# 目录

老舍作品精选

# 四世同堂（一）

老舍　著

山东科学技术出版社
·济南·

**图书在版编目(CIP)数据**

四世同堂 / 老舍著 . -- 济南 : 山东科学技术出版社, 2022.5

(老舍作品精选)

ISBN 978-7-5723-1102-4

Ⅰ. ①四… Ⅱ. ①老… Ⅲ. ①长篇小说－中国－现代 Ⅳ. ①I246.5

中国版本图书馆CIP数据核字(2021)第265878号

**老舍作品精选**

**四世同堂**

LAO SHE ZUOPIN JINGXUAN

SISHI TONGTANG

责任编辑:董小眉 潘 菲

装帧设计:艺唐广告

---

**主管单位:山东出版传媒股份有限公司**

**出 版 者:山东科学技术出版社**

地址:济南市市中区舜耕路517号

邮编:250003 电话:(0531)82098088

网址:www.lkj.com.cn

电子邮件:sdkj@sdcbcm.com

**发 行 者:山东科学技术出版社**

地址:济南市市中区舜耕路517号

邮编:250003 电话:(0531)82098067

**印 刷 者:湖北鑫光印务股份有限公司**

地址:湖北省云梦经济开发区三湖大道13号

邮编:430070 电话:(0712)4084888

---

**规格**:32开(146 mm×210 mm)

**印张**:38.75 **字数**:775千 **印数**:1~7 000

**版次**:2022年5月第1版 **印次**:2022年5月第1次印刷

**定价**:115.20元

# 出版说明

秉承传播经典的宗旨，本套《老舍作品精选》丛书特别精选了我国著名文学家老舍先生的经典文学作品，让广大读者走进中国经典文学世界，感受本土文学的艺术魅力。

由于时代的不同，作家当时写作的字词用法与现在的阅读标准有些不同。但是为了尊重经典，再现原著语言的历史风貌，本套丛书还是保留了老舍先生原本的写作用字（如“的”“地”“得”的用法，“作”“做”的用法等）和标点用法，一些不符合现代汉语使用习惯的句式、拟声词、当前汉语规范中可用但又不列为首选的某些字词等也未做改动，让读者在品读文学大家的经典著作时，真切地了解到当时的社会状况和风土人情，从而体会到中国文学的魅力。

希望本套丛书能使读者得到启示，有所收获。

# 第一部

# 惶　惑

# 一

祁老太爷什么也不怕，只怕庆不了八十大寿。在他的壮年，他亲眼看见八国联军怎样攻进北京城。后来，他看见了清朝的皇帝怎样退位，和接续不断的内战；一会儿九城的城门紧闭，枪声与炮声日夜不绝；一会儿城门开了，马路上又飞驰着得胜的军阀的高车大马。战争没有吓倒他，和平使他高兴。逢节他要过节，遇年他要祭祖，他是个安分守己的公民，只求消消停停的过着不至于愁吃愁穿的日子。即使赶上兵荒马乱，他也自有办法：最值得说的是他的家里老存着全家够吃三个月的粮食与咸菜。这样，即使炮弹在空中飞，兵在街上乱跑，他也会关上大门，再用装满石头的破缸顶上，便足以消灾避难。

为什么祁老太爷只预备三个月的粮食与咸菜呢？这是因为在他的心理上，他总以为北平是天底下最可靠的大城，不管有什么灾难，到三个月必定灾消难满，而后诸事大吉。北平的灾难恰似一个人免不了有些头疼脑热，过几天自然会好了的。不信，你看吧，祁老太爷会屈指算计：直皖战争有几个月？直奉战争又有好久？啊！听我的，咱们北平的灾难过不去三个月！

七七抗战那一年，祁老太爷已经七十五岁。对家务，他早已不再操心。他现在的重要工作是浇浇院中的盆花，说说老年间的故事，给笼中的小黄鸟添食换水，和携着重孙子孙女极慢极慢的去逛大街和护国寺。可是，芦沟桥的炮声一响，他老人家便没法不稍微操点心了，谁教他是四世同堂的老太爷呢。

儿子已经是过了五十岁的人，而儿媳的身体又老那么病病歪歪的，所以祁老太爷把长孙媳妇叫过来。老人家最喜欢长孙媳妇，因为第一，她已给祁家生了儿女，教他老人家有了重孙子孙女；第二，她既会持家，又懂得规矩，一点也不像二孙媳妇那样把头发烫得烂鸡窝似的，看着心里就闹得慌；第三，儿子不常住在家里，媳妇又多病，所以事实上是长孙与长孙媳妇当家，而长孙终日在外教书，晚上还要预备功课与改卷子，那么一家十口的衣食茶水，与亲友邻居的庆吊交际，便差不多都由长孙媳妇一手操持了；这不是件很容易的事，所以老人天公地道的得偏疼点她。还有，老人自幼长在北平，耳习目染的和旗籍人学了许多规矩礼路：儿媳妇见了公公，当然要垂手侍立。可是，儿媳妇既是五十多岁的人，身上又经常的闹着点病；老人若不教她垂手侍立吧，便破坏了家规；教她立规矩吧，又于心不忍，所以不如干脆和长孙媳妇商议商议家中的大事。

祁老人的背虽然有点弯，可是全家还属他的身量最高。在壮年的时候，他到处都被叫作“祁大个子”。高身量，长脸，他本应当很有威严，可是他的眼睛太小，一笑便变成一条缝子，于是，人们只看见他的高大的身躯，而觉不出什么特别可敬畏的地方来。到了老年，他倒变得好看了一些：黄暗的脸，雪白的须眉，眼角腮旁全皱出永远含笑的纹溜；小眼深深的藏在笑纹与白眉中，看去总是笑眯眯的显出和善；在他真发笑的时候，他的小眼放出一点点光，倒好像是有无限的智慧而不肯一下子全放出来似的。

把长孙媳妇叫来，老人用小胡梳轻轻的梳着白须，半天没有出声。老人在幼年只读过三本小书与六言杂字；少年与壮年吃尽苦处，独力置买了房子，成了家。他的儿子也只在私塾读过三年书，就去学徒；直到了孙辈，才受了风气的推移，而去入大学读书。现在，他是老太爷，可是他总觉得学问既不及儿子——儿子到如今还能背诵上下《论语》，而且写一笔被算命先生推奖的好字——更不及孙子，而很怕他们看不起他。因此，他对晚辈说话的时候总是先楞一会儿，表示自己很会思想。对长孙媳妇，他本来无须这样，因为她识字并不多，而且一天到晚嘴中不是叫孩子，便是谈论油盐酱醋。不过，日久天长，他已养成了这个习惯，也就只好教孙媳妇多站一会儿了。

长孙媳妇没入过学校，所以没有学名。出嫁以后，才由她的丈夫像赠送博士学位似的送给她一个名字——韵梅。韵梅两个字仿佛不甚走运，始终没能在祁家通行得开。公婆和老太爷自然没有喊她名字的习惯与必要，别人呢又觉得她只是个主妇，和“韵”与“梅”似乎都没多少关系。况且，老太爷以为“韵梅”和“运煤”既然同音，也就应该同一个意思，“好吗，她一天忙到晚，你们还忍心教她去运煤吗？”这样一来，连她的丈夫也不好意思叫她了，于是她除了“大嫂”“妈妈”等应得的称呼外，便成了“小顺儿的妈”；小顺儿是她的小男孩。

小顺儿的妈长得不难看，中等身材，圆脸，两只又大又水灵的眼睛。她走路，说话，吃饭，作事，都是快的，可是快得并不发慌。她梳头洗脸擦粉也全是快的，所以有时候碰巧了把粉擦得很匀，她就好看一些；有时候没有擦匀，她就不大顺眼。当她没有把粉擦好而被人家嘲笑的时候，她仍旧一点也不发急，而随着人家笑自己。她是天生的好脾气。

祁老人把白须梳够，又用手掌轻轻擦了两把，才对小顺儿的妈说：

“咱们的粮食还有多少啊？”

小顺儿的妈的又大又水灵的眼很快的转动了两下，已经猜到老太爷的心意。很脆很快的，她回答：

“还够吃三个月的呢！”

其实，家中的粮食并没有那么多。她不愿因说了实话，而惹起老人的罗嗦。对老人和儿童，她很会运用善意的欺骗。

“咸菜呢？”老人提出第二个重要事项来。

她回答的更快当：“也够吃的！干疙疸，老咸萝卜，全还有呢！”她知道，即使老人真的要亲自点验，她也能马上去买些来。

“好！”老人满意了。有了三个月的粮食与咸菜，就是天塌下来，祁家也会抵抗的。可是老人并不想就这么结束了关切，他必须给长孙媳妇说明白了其中的道理：

“日本鬼子又闹事哪！哼！闹去吧！庚子年，八国联军打进了北京城，连皇上都跑了，也没把我的脑袋掰了去呀！八国都不行，单是几个日本小鬼还能有什么蹦儿？咱们这是宝地，多大的乱子也过不去三个月！咱们可也别太粗心大胆，起码得有窝头和咸菜吃！”

老人说一句，小顺儿的妈点一次头，或说一声“是”。老人的话，她已经听过起码有五十次，但是还当作新的听。老人一见有人欣赏自己的话，不由的提高了一点嗓音，以便增高感动的力量：

“你公公，别看他五十多了，论操持家务还差得多呢！你婆婆，简直是个病包儿，你跟她商量点事儿，她光会哼哼！这一家，我告诉你，就仗着你跟我！咱们俩要是不操心，一家子连裤子都穿不上！你信不信?”

小顺儿的妈不好意思说“信”，也不好意思说“不信”，只好低着眼皮笑了一下。

“瑞宣还没回来哪?”老人问。瑞宣是他的长孙。

“他今天有四五堂功课呢。”她回答。

“哼！开了炮，还不快快的回来！瑞丰和他的那个疯娘们呢?”老人问的是二孙和二孙媳妇——那个把头发烫成鸡窝似的妇人。

“他们俩——”她不知道怎样回答好。

“年轻轻的公母俩，老是蜜里调油，一时一刻也离不开，真也不怕人家笑话!”

小顺儿的妈笑了一下:“这早晚的年轻夫妻都是那个样儿!”

“我就看不下去!”老人斩钉截铁的说。“都是你婆婆宠得她！我没看见过，一个年轻轻的妇道一天老长在北海，东安市场和——什么电影园来着?”

“我也说不上来!”她真说不上来，因为她几乎永远没有看电影去的机会。

“小三儿呢?”小三儿是瑞全，因为还没有结婚，所以老人还叫他小三儿；事实上，他已快在大学毕业了。

“老三带着妞子出去了。”妞子是小顺儿的妹妹。

“他怎么不上学呢?”

“老三刚才跟我讲了好大半天，说咱们要再不打日本，连北平都要保不住!”小顺儿的妈说得很快，可是也很清楚。“说的时候，他把脸都气红了，又是搓拳，又是磨掌的！我就直劝他，反正咱们姓祁的人没得罪东洋人，他们一定不能欺侮到咱们头上来！我是好意这么跟他说，好教他消消气；喝，哪知道他跟我瞪了眼，好像我和日本人串通一气似的！我不敢再言语了，他气哼哼的扯起妞子就出去了！您瞧，我招了谁啦？”

老人楞了一小会儿，然后感慨着说：“我很不放心小三儿，怕他早晚要惹出祸来！”

正说到这里，院里小顺儿撒娇的喊着：

“爷爷！爷爷！你回来啦？给我买桃子来没有？怎么，没有？连一个也没有？爷爷你真没出息！”

小顺儿的妈在屋中答了言：“顺儿！不准和爷爷讪脸！再胡说，我就打你去！”

小顺儿不再出声，爷爷走了进来。小顺儿的妈赶紧去倒茶。爷爷（祁天佑）是位五十多岁的黑胡子小老头儿。中等身材，相当的富泰，圆脸，重眉毛，大眼睛，头发和胡子都很重很黑，很配作个体面的铺店的掌柜的——事实上，他现在确是一家三间门面的布铺掌柜。他的脚步很重，每走一步，他的脸上的肉就颤动一下。作惯了生意，他的脸上永远是一团和气，鼻子上几乎老拧起一旋笑纹。今天，他的神气可有些不对。他还要勉强的笑，可是眼睛里并没有笑时那点光，鼻子上的一旋笑纹也好像不能拧紧；笑的时候，他几乎不敢大大方方的抬起头来。

“怎样？老大！”祁老太爷用手指轻轻的抓着白胡子，就手儿看了看儿子的黑胡子，心中不知怎的有点不安似的。

黑胡子小老头很不自然的坐下，好像白胡子老头给了他一些什么精神上的压迫。看了父亲一眼，他低下头去，低声的说：

“时局不大好呢！”

“打得起来吗?”小顺儿的妈以长媳的资格大胆的问。

“人心很不安呢!”

祁老人慢慢的立起来:“小顺儿的妈，把顶大门的破缸预备好!”

# 二

祁家的房子坐落在西城护国寺附近的“小羊圈”。说不定，这个地方在当初或者真是个羊圈，因为它不像一般的北平的胡同那样直直的，或略微有一两个弯儿，而是颇像一个葫芦。通到西大街去的是葫芦的嘴和脖子，很细很长，而且很脏。葫芦的嘴是那么窄小，人们若不留心细找，或向邮差打听，便很容易忽略过去。进了葫芦脖子，看见了墙根堆着的垃圾，你才敢放胆往里面走，像哥仑布看到海上有漂浮着的东西才敢更向前进那样。走了几十步，忽然眼一明，你看见了葫芦的胸：一个东西有四十步，南北有三十步长的圆圈，中间有两棵大槐树，四围有六七家人家。再往前走，又是一个小巷——葫芦的腰。穿过“腰”，又是一块空地，比“胸”大着两三倍，这便是葫芦肚儿了。“胸”和“肚”大概就是羊圈吧？这还待历史家去考查一番，而后才能断定。

祁家的房便是在葫芦胸里。街门朝西，斜对着一棵大槐树。在当初，祁老人选购房子的时候，房子的地位决定了他的去取。他爱这个地方。胡同口是那么狭窄不惹人注意，使他觉到安全；而葫芦胸里有六七家人家，又使他觉到温暖。门外呢，两株大槐下可供孩子们玩耍，既无车马，又有槐豆槐花与槐虫可以当作儿童的玩具。同时，地点虽是陋巷，而西通大街，背后是护国寺——每逢七八两日有庙会——买东西不算不方便。所以，他决定买下那所房。

房子的本身可不很高明。第一，它没有格局。院子是东西长而南北短的一个长条，所以南北房不能相对；假若相对起来，院子便被挤成一条缝，而颇像轮船上房舱中间的走道了。南房两间，因此，是紧靠着街门，而北房五间面对着南院墙。两间东房是院子的东尽头；东房北边有块小空地，是厕所。南院墙外是一家老香烛店的晒佛香的场院，有几株柳树。幸而有这几株树，否则祁家的南墙外便什么也没有，倒好像是火车站上的房子，出了门便是野地了。第二，房子盖得不甚结实。除了北房的木料还说得过去，其余的简直没有值得夸赞的地方。在祁老人手里，南房的山墙与东房的后墙便塌倒过两次以上，而界墙的——都是碎砖头砌的——坍倒是每年雨季所必不能免的。院中是一墁土地，没有甬路；每逢雨季，院中的存水就能有一尺多深，出入都须打赤脚。

祁老人可是十分喜爱这所房。主要的原因是，这是他自己置买的产业，不论格局与建筑怎样不好，也值得自傲。其次，自从他有了这所房，他的人口便有增无减，到今天已是四世同堂！这里的风水一定是很好！在长孙瑞宣结婚的时候，全部房屋都彻底的翻盖了一次。这次是祁天佑出的力——他想把父亲置买的产业变成一座足以传世的堡垒，好上足以对得起老人，下对得起儿孙。木料糟了的一概撤换，碎砖都换上整砖，而且见木头的地方全上了油漆。经过一修改，这所房子虽然在格局上仍然有欠体面，可是在实质上却成了小羊圈数一数二的好房子。祁老人看着新房，满意的叹了口气。到他作过六十整寿，决定退休以后，他的劳作便都放在美化这所院子上。在南墙根，他逐渐的给种上秋海棠，玉簪花，绣球，和虎耳草。院中间，他养着四大盆石榴，两盆夹竹桃，和许多不须费力而能开花的小植物。在南房前面，他还种了两株枣树，一株结的是大白枣，一株结的是甜酸的“莲蓬子儿”。

看着自己的房，自己的儿孙，和手植的花草，祁老人觉得自己的一世劳碌并没有虚掷。北平城是不朽之城，他的房子也是永世不朽的房子。

现在，天佑老夫妇带着小顺儿住南屋。五间北房呢，中间作客厅；客厅里东西各有一个小门，通到瑞宣与瑞丰的卧室；尽东头的和尽西头的一间，都另开屋门，东头是瑞全的，西头是祁老太爷的卧室。东屋作厨房，并堆存粮米，煤球，柴火；冬天，也收藏石榴树和夹竹桃什么的。当初，在他买过这所房子来的时候，他须把东屋和南屋都租出去，才能显着院内不太空虚；今天，他自己的儿孙都快住不下了。屋子都住满了自家的人，老者的心里也就充满了欢喜。他像一株老树，在院里生满了枝条，每一条枝上的花叶都是由他生出去的！

在胡同里，他也感到得意。四五十年来，他老住在这里，而邻居们总是今天搬来，明天搬走，能一气住到十年二十年的就少少的。他们生，他们死，他们兴旺，他们衰落，只有祁老人独自在这里生了根。因家道兴旺而离开这陋巷的，他不去巴结；因家道衰落而连这陋巷也住不下去的，他也无力去救济；他只知道自己老在这里不动，渐渐的变成全胡同的老太爷。新搬来的人家，必定先到他这里来拜街坊；邻居有婚丧事设宴，他必坐首席；他是这一带的老人星，代表着人口昌旺，与家道兴隆！

在得意里，他可不敢妄想。他只希望能在自己的长条院子里搭起喜棚，庆祝八十整寿。八十岁以后的事，他不愿去想；假若老天教他活下去呢，很好；老天若收回他去呢，他闭眼就走，教子孙们穿着白孝把他送出城门去！

在葫芦胸里，路西有一个门，已经堵死。路南有两个门，都是清水脊门楼，房子相当的整齐。路北有两个门，院子都不大，可都住着三四家人家。假若路南是贵人区，路北便是贫民区。路东有三个门，尽南头的便是祁宅。与祁家一墙之隔的院子也是个长条儿，住着三家子人。再过去，还有一家，里外两个院子，有二十多间房，住着至少有七八家子，而且人品很不齐。这可以算作个大杂院。祁老太爷不大看得起这个院子，所以拿那院子的人并不当作街坊看待；为掩饰真正的理由，他总说那个院子只有少一半在“胸”里，而多一半在葫芦腰里，所以不能算作近邻，倒好像“胸”与“腰”相隔有十几里路似的。

把大杂院除外，祁老人对其余的五个院子的看待也有等级。最被他重视的是由西数第一个——门牌一号——路南的门。这个门里住着一家姓钱的，他们搬走过一次，可是不久又搬了回来，前后在这里已住过十五六年。钱老夫妇和天佑同辈，他的两个少爷都和瑞宣同过学。现在，大少爷已结了婚，二少爷也定了婚而还未娶。在一般人眼中，钱家的人都有点奇怪。他们对人，无论是谁，都极有礼貌，可是也都保持着个相当的距离，好像对谁都看得起，又都看不起。他们一家人的服装都永远落后十年，或二十年，到如今，钱老先生到冬天还戴红呢子大风帽。他家的妇女似乎永远不出大门一步；遇必要的时候，她们必须在门口买点针线或青菜什么的，也只把门开开一点缝子，仿佛怕走漏了门中什么秘密似的。他们的男人虽然也和别家的一样出来进去，可是他们的行动都像极留着神，好使别人莫测高深。钱老先生没有作事，很少出门；只有在他脸上有点酒意的时候，才穿着古老的衣服在门口立一会儿，仰头看着槐花，或向儿童们笑一笑。他们的家境如何？他们有什么人生的乐趣？有什么生活上的痛苦？都没有人知道。他们的院子里几乎永远没有任何响动。遇上胡同里有什么娶亲的，出殡的，或是来了跑旱船或耍猴子的，大家都出来看看热闹，只有钱家的门照旧关得严严的。他们不像是过日子，而倒像终年的躲债或避难呢。

在全胡同里，只有祁老人和瑞宣常到钱家来，知道一些钱家的“秘密”。其实，钱家并没有什么秘密。祁老人心中很明白这个，但是不愿对别人说。这样，他就仿佛有一种替钱家保守秘密的责任似的，而增高了自己的身分。

钱家的院子不大，而满种着花。祁老人的花苗花种就有许多是由这里得来的。钱老先生的屋里，除了鲜花，便是旧书与破字画。他的每天的工作便是浇花，看书，画画，和吟诗。到特别高兴的时候，他才喝两盅自己泡的茵陈酒。钱老先生是个诗人。他的诗不给别人看，而只供他自己吟味。他的生活是按照着他的理想安排的，并不管行得通行不通。他有时候挨饿，挨饿他也不出一声。他的大少爷在中学教几点钟书，在趣味上也颇有父风。二少爷是这一家中最没有诗意的，他开驶汽车。钱老先生决不反对儿子去开汽车，而只不喜闻儿子身上的汽油味；因此，二少爷不大回家来，虽然并没有因汽油味和父亲犯了什么意见。至于钱家的妇女，她们并不是因为男子专制而不出大门，而倒是为了服装太旧，自惭形秽。钱先生与儿子绝对不是肯压迫任何人的人，可是他们的金钱能力与生活的趣味使他们毫不注意到服装上来，于是家中的妇女也就只好深藏简出的不出去多暴露自己的缺陷。

在祁老人与钱先生的交往中，祁老人老来看钱先生，而钱先生绝对不到祁家去。假若祁老人带来一瓶酒，送给钱先生，钱先生必定马上派儿子送来比一瓶酒贵着两三倍的一些礼物；他永远不白受人家的东西。他的手中永远没有宽裕过，因为他永远不算账，不记账。有钱他就花掉，没钱他会愣着想诗。他的大少爷也有这样的脾气。他宁可多在家中练习几点钟的画，而不肯去多教几点钟的书，增加一点收入。

论性格，论学识，论趣味，祁老人都没有和钱先生成为好友的可能。可是，他们居然成了好朋友。在祁老人呢，他，第一，需要个年老的朋友，好有个地方去播放他的陈谷子烂芝麻。第二，他佩服钱老人的学问和人品。在钱先生呢，他一辈子不肯去巴结任何人，但是有愿与他来往的，他就不便拒绝。他非常的清高，可并没有看不起人的恶习气。假若有人愿意来看他，他是个顶和蔼可亲的人。

虽然已有五十七八岁，钱默吟先生的头发还没有多少白的。矮个子，相当的胖，一嘴油光水滑的乌牙，他长得那么厚厚敦敦的可爱。圆脸，大眼睛，常好把眼闭上想事儿。他的语声永远很低，可是语气老是那么谦恭和气，教人觉得舒服。他和祁老人谈诗，谈字画，祁老人不懂。祁老人对他讲重孙子怎么又出了麻疹，二孙媳怎么又改烫了飞机头，钱先生不感趣味。但是，两个人好像有一种默契：你说，我就听着；我说，你就听着。钱默吟教祁老人看画，祁老人便点头夸好。祁老人报告家中的琐事，默吟先生便随时的答以“怎么好？”“真的吗？”“对呀！”等等简单的句子。若实在无词以答，他也会闭上眼，连连的点头。到最后，两个人的谈话必然的移转到养花草上来，而二人都可以滔滔不绝的说下去，也都感到难得的愉快。虽然祁老人对石榴树的趣味是在多结几个大石榴，而钱先生是在看花的红艳与石榴的美丽，可是培植的方法到底是有相互磋磨的必要的。

畅谈了花草以后，钱先生往往留祁老人吃顿简单的饭，而钱家的妇女也就可以借着机会来和老人谈谈家长里短——这时节，连钱先生也不能不承认在生活中除了作诗作画，也还有油盐酱醋这些问题的。

瑞宣有时候陪着祖父来上钱家串门儿，有时候也独自来。当他独自来的时候，十之八九是和太太或别人闹了脾气。他是个能用理智控制自己的人，所以虽然偶尔的动了怒，他也不愿大喊大叫的胡闹。他会一声不响的溜到钱家去，和钱家父子谈一谈与家事国事距离很远的事情，便把胸中的恶气散尽。

在钱家而外，祁老人也喜欢钱家对门，门牌二号的李家。在全胡同里，只有李家的老人与祁老太爷同辈，而且身量只比祁老人矮着不到一寸——这并不是李四爷的身子比祁老人的短这么些，而是他的背更弯了一点。他的职业的标志是在他的脖子上的一个很大的肉包。在二三十年前，北平有不少这种脖子上有肉包的人。他们自成一行，专给人们搬家。人家要有贵重的东西，像大磁瓶，座钟，和楠木或花梨的木器，他们便把它们捆扎好，用一块窄木板垫在脖子上，而把它们扛了走。他们走得要很稳，脖子上要有很大的力量，才能负重而保险不损坏东西。人们管这一行的人叫作“窝脖儿的”。自从有板子车以后，这行的人就渐渐的把“窝”变成了“拉”，而年轻的虽然还吃这一行的饭，脖子上可没有那个肉包了。李四爷在年轻的时候一定是很体面，尽管他脖子有肉包，而背也被压得老早就有点弯。现在，他的年纪已与祁老人不相上下，可是长脸上还没有多少皱纹，眼睛还不花，一笑的时候，他的眼与牙都放出光来，使人还能看出一点他年轻时的漂亮。

二号的院子里住着三家人，房子可是李四爷的。祁老人的喜欢李四爷，倒不是因为李四爷不是个无产无业的游民，而是因为李四爷的为人好。在他的职业上，他永远极尽心，而且要钱特别克己；有时候他给穷邻居搬家，便只要个饭钱，而不提工资。在职业以外，特别是在有了灾难的时节，他永远自动的给大家服务。例如：地方上有了兵变或兵灾，他总是冒险的顶着枪子儿去到大街上探听消息，而后回来报告给大家应当怎样准备。城门要关闭了，他便在大槐树下喊两声："要关城了！赶紧预备点粮食呀！"及至灾难过去，城门又开了，他便又去喊："太平没事啦，放心吧！"祁老人虽然以这一带的老人星自居，可是从给大家服务上来说，他自愧不如李四爷。所以，从年纪上和从品德上说，他没法不尊敬李四爷。虽然李家的少爷也是"窝脖儿的"，虽然李家院子是个又脏又乱的小杂院。两个老人若在大槐树下相遇而立定了，两家的晚辈便必定赶快的拿出凳子来，因为他们晓得两个老人的谈话多数是由五六十年前说起，而至少须花费一两钟头的。

李四爷的紧邻四号，和祁老人的紧邻六号都也是小杂院。四号住着剃头匠孙七夫妇；马老寡妇与她的外孙子，外孙以沿街去叫："转盘的话匣子"为业；和拉洋车的小崔——除了拉车，还常打他的老婆。六号也是杂院，而人们的职业较比四号的略高一级：北房里住着丁约翰，信基督教，在东交民巷的"英国府"作摆台的。北耳房住着棚匠刘师傅夫妇，刘师傅在给人家搭棚而外，还会练拳和耍"狮子"。东屋住着小文夫妇，都会唱戏，表面上是玩票，而暗中拿“黑杵”[1]。

对四号与六号的人们，祁老人永远保持着不即不离的态度，有事就量力相助，无事便各不相扰。李四爷可就不然了，他对谁都愿意帮忙，不但四号与六号的人们都是他的朋友，就连七号——祁老人所不喜欢的大杂院——也常常的受到他的协助。不过，连这样，李四爷还时常遭受李四妈的指摘与责骂。李四妈，满头白发，一对大近视眼，几乎没有一天不骂那个“老东西”的。她的责骂，多数是她以为李四爷对朋友们还没有尽心尽力的帮忙，而这种责骂也便成为李四爷的见义勇为的一种督促。全胡同里的孩子，不管长得多么丑，身上有多么脏臭，都是李四妈的“宝贝儿”。对于成年人，李四妈虽然不好意思叫出来，而心中以为他们和她们都应该是她的“大宝贝儿”。她的眼看不清谁丑谁俊，她的心也不辨贫富老幼；她以为一切苦人都可怜可爱，都需要他们老夫妇的帮忙。因此，胡同里的人有时候对祁老人不能不敬而远之，而对李老夫妇便永远热诚的爱戴；他们有什么委屈都去向李四妈陈诉，李四妈便马上督促李四爷去帮忙，而且李四妈的同情的眼泪是既真诚而又丰富的。

夹在钱家与祁家中间的三号是祁老人的眼中钉。在祁家的房还没有翻修以前，三号是小羊圈里最体面的房。就是在祁家院子重修以后，论格局也还不及三号的款式像样。第一，三号门外，在老槐下面有一座影壁，粉刷得黑是黑，白是白，中间油好了二尺见方的大红福字。祁家门外，就没有影壁，全胡同里的人家都没有影壁！第二，论门楼，三号的是清水脊，而祁家的是花墙子。第三，三号是整整齐齐的四合房，院子里方砖墁地。第四，三号每到夏

---

①黑杵，旧社会的票友，私下接受的报酬称“黑杵”。

天，院中必由六号的刘师傅给搭起新席子的凉棚，而祁家的阴凉儿只仗着两株树影儿不大的枣树供给。祁老人没法不嫉妒！

论生活方式，祁老人更感到精神上的压迫与反感。三号的主人，冠晓荷，有两位太太，而二太太是唱奉天大鼓的，曾经红过一时的，尤桐芳。冠先生已经五十多岁，和祁天佑的年纪仿上仿下，可是看起来还像三十多岁的人，而且比三十多岁的人还漂亮。冠先生每天必定刮脸，十天准理一次发，白头发有一根拔一根。他的衣服，无论是中服还是西装，都尽可能的用最好的料子；即使料子不顶好，也要做得最时样最合适。小个子，小长脸，小手小脚，浑身上下无一处不小，而都长得匀称。匀称的五官四肢，加上美妙的身段，和最款式的服装，他颇像一个华丽光滑的玻璃珠儿。他的人虽小，而气派很大，平日交结的都是名士与贵人。家里用着一个厨子，一个顶懂得规矩的男仆，和一个老穿缎子鞋的小老妈。一来客，他总是派人到便宜坊去叫挂炉烤鸭，到老宝丰去叫远年竹叶青。打牌，讲究起码四十八圈，而且饭前饭后要唱鼓书与二簧。对有点身分的街坊四邻，他相当的客气，可是除了照例的婚丧礼吊而外，并没有密切的交往。至于对李四爷，刘师傅，剃头的孙七，和小崔什么的，他便只看到他们的职业，而绝不拿他们当作人看。“老刘，明天来拆天棚啊！”“四爷，下半天到东城给我取件东西来，别误了！”“小崔，你要是跑得这么慢，我就不坐你的车了！听见没有？”对他们，他永远是这样的下简单而有权威的命令。

冠太太是个大个子，已经快五十岁了还专爱穿大红衣服，所以外号叫作大赤包儿。赤包儿是一种小瓜，红了以后，北平的儿童拿着它玩。这个外号起得相当的恰当，因为赤包儿经儿童揉弄以后，皮儿便皱起来，露出里面的黑种子。冠太太的脸上也有不少的皱纹，而且鼻子上有许多雀斑，尽管她还擦粉抹红，也掩饰不了脸上的褶子与黑点。她比她的丈夫的气派更大，一举一动都颇像西太后。她比冠先生更喜欢，也更会，交际；能一气打两整天整夜的麻雀牌，而还保持着西太后的尊傲气度。

冠太太只给冠先生生了两个小姐，所以冠先生又娶了尤桐芳，为是希望生个胖儿子。尤桐芳至今还没有生儿子。可是和大太太吵起嘴来，她的声势倒仿佛有十个儿子作后援似的。她长得不美，可是眉眼很媚；她的眉眼一天到晚在脸上乱跑。两位小姐，高第与招弟，本质都不错，可是在两位母亲的教导下，既会修饰，又会满脸上跑眉毛。

祁老人既嫉妒三号的房子，又看不上三号所有的男女。特别使他不痛快的是二孙媳妇的服装打扮老和冠家的妇女比赛，而小三儿瑞全又和招弟小姐时常有些来往。因此，当他发脾气的时候，他总是手指西南，对儿孙说：“别跟他们学！那学不出好来！”这也就暗示出：假若小三儿再和招弟姑娘来往，他会把他赶出门去的。

# 三

祁老人用破缸装满石头，顶住了街门。

李四爷在大槐树下的警告："老街旧邻，都快预备点粮食啊，城门关上了！"更使祁老人觉得自己是诸葛亮。他不便隔着街门告诉李四爷："我已经都预备好了！"可是心中十分满意自己的未雨绸缪，料事如神。

在得意之间，他下了过于乐观的判断：不出三天，事情便会平定。

儿子天佑是个负责任的人，越是城门紧闭，他越得在铺子里。

儿媳妇病病歪歪的，听说日本鬼子闹事，长叹了一口气，心中很怕万一自己在这两天病死，而棺材出不了城！一急，她的病又重了一些。

瑞宣把眉毛皱得很紧，而一声不出；他是当家人，不能在有了危险的时候，长吁短叹的。

瑞丰和他的摩登太太一向不注意国事，也不关心家事；大门既被祖父封锁，只好在屋里玩扑克牌解闷。老太爷在院中罗嗦，他俩相视，缩肩，吐一吐舌头。

小顺儿的妈虽然只有二十八岁，可是已经饱经患难。她同情老太爷的关切与顾虑；同时，她可也不怕不慌。她的心好像比她的身体老的多，她看得很清楚：患难是最实际的，无可幸免的；但是，一个人想活下去，就不能不去设法在患难中找缝子，逃了出去——尽人事，听天命。总之生在这个年月，一个人须时时勇敢的去面对那危险的，而小心提防那“最”危险的事。你须把细心放在大胆里，去且战且走。你须把受委屈当作生活，而从委屈中咂摸出一点甜味来，好使你还肯活下去。

她一答一和的跟老人说着话儿，从眼泪里追忆过去的苦难，而希望这次的危险是会极快便过去的。听到老人的判断——不出三天，事情便会平定——她笑了一下：“那敢情好！”而后又发了点议论：“我就不明白日本鬼子要干什么！咱们管保谁也没得罪过他们，大家伙平平安安的过日子，不比拿刀动杖的强？我猜呀，日本鬼子准是天生来的好找别扭，您说是不是？”

老人想了一会儿才说：“自从我小时候，咱们就受小日本的欺侮，我简直想不出道理来！得啦，就盼着这一回别把事情闹大了！日本人爱小便宜，说不定这回是看上了芦沟桥。”

“干吗单看上了芦沟桥呢？”小顺儿的妈纳闷。“一座大桥既吃不得，又不能搬走！”

“桥上有狮子呀！这件事要搁着我办，我就把那些狮子送给他们，反正摆在那里也没什么用！”

“哼！我就不明白他们要那些狮子干吗？”她仍是纳闷。

“要不怎么是小日本呢！看什么都爱！”老人很得意自己能这么明白日本人的心理。“庚子年的时候，日本兵进城，挨着家儿搜东西，先是要首饰，要表；后来，连铜钮扣都拿走！”

“大概拿铜当作了金子，不开眼的东西！”小顺儿的妈挂了点气说。她自己是一棵草也不肯白白拿过来的人。

“大嫂！”瑞全好像自天而降的叫了声。

“哟！”大嫂吓了一跳。“三爷呀！干吗？”

“你把嘴闭上一会儿行不行？你说得我心里直闹得慌！”

在全家里，没有人敢顶撞老太爷，除了瑞全和小顺儿。现在他拦阻大嫂说话，当然也含着反抗老太爷的意思。

老太爷马上听出来那弦外之音。“怎么？你不愿意听我们说话，把耳朵堵上就是了！”

“我是不爱听！”瑞全的样子很像祖父，又瘦又长，可是在思想上，他与祖父相隔了有几百年。他的眼也很小，但很有神，眼珠像两颗发光的黑豆子。在学校里，他是篮球选手。打球的时候，他的两颗黑豆子随着球乱转，到把球接到手里，他的嘴便使劲一闭，像用力咽一口东西似的。他的眼和嘴的表情，显露出来他的性格——性子急，而且有决断。现在，他的眼珠由祖父转到大嫂，又由大嫂转到祖父，倒好像在球场上监视对方的球手呢。“日本人要芦沟桥的狮子？笑话！他们要北平，要天津，要华北，要整个的中国！”

“得了，得了！老三！少说一句。”大嫂很怕老三把祖父惹恼。

其实，祁老人对孙子永远不动真气——若是和重孙子在一处，则是重孙子动气，而太爷爷陪笑了。

“大嫂，你老是这样！不管谁是谁非，不管事情有多么严重，你老是劝人少说一句！”三爷虽然并不十分讨厌大嫂，可是心中的确反对大嫂这种敷衍了事的办法。现在，气虽然是对大嫂发的，而他所厌恶的却是一般的——他不喜欢任何不论是非，而只求敷衍的人。

“不这样，可教我怎样呢？”小顺儿的妈并不愿意和老三拌嘴，而是为她多说几句，好教老太爷不直接的和老三开火。“你们饿了找我要吃，冷了向我要衣服，我还能管天下大事吗？”

这，把老三问住了。像没能把球投进篮去而抓抓头那样，他用瘦长而有力的手指抓了两下头。

祖父笑了，眼中发出点老而淘气的光儿。“小三儿！在你嫂子面前，你买不出便宜去！没有我和她，你们连饭都吃不上，还说什么国家大事！”

“日本鬼子要是打破了北平，谁都不用吃饭！”瑞全咬了咬牙。他真恨日本鬼子。

“那！庚子年，八国联军……”老人想把拿手的故事再重述一遍，可是一抬头，瑞全已经不见了。“这小子！说不过我就溜开！这小子！”

门外有人拍门。

“瑞宣！开门去！”祁老人叫。“多半是你爸爸回来了。”

瑞宣又请上弟弟瑞全，才把装满石头的破缸挪开。门外，立着的不是他们的父亲，而是钱默吟先生。他们弟兄俩全楞住了。钱先生来访是件极稀奇的事。瑞宣马上看到时局的紧急，心中越发不安。瑞全也看到危险，可是只感到兴奋，而毫无不安与恐惧。

钱先生穿着件很肥大的旧蓝布衫，袖口与领边已全磨破。他还是很和蔼，很镇定，可是他自己知道今天破例到友人家来便是不镇定的表示。含着笑，他低声的问：“老人们都在家吧？”

“请吧！钱伯父！”瑞宣闪开了路。

钱先生仿佛迟疑了一下，才往里走。

瑞全先跑进去，告诉祖父："钱先生来了。"

祁老人听见了，全家也都听到，大家全为之一惊。祁老人迎了出来。又惊又喜，他几乎说不上话来。

钱默吟很自然，微抱歉意的说着："第一次来看你老人家，第一次！我太懒了，简直不愿出街门。"

到北屋客厅坐下，钱先生先对瑞宣声明："千万别张罗茶水！一客气，我下次就更不敢来了！"这也暗示出，他愿意开门见山的把来意说明，而且不希望逐一的见祁家全家的老幼。

祁老人先提出实际的问题："这两天我很惦记着你！咱们是老邻居，老朋友了，不准说客气话，你有粮食没有。没有，告诉我一声！粮食可不比别的东西，一天，一顿，也缺不得！"

默吟先生没说有粮，也没说没粮，而只含混的一笑，倒好像即使已经绝粮，他也不屑于多去注意。

"我——"默吟先生笑着，闭了闭眼。"我请教瑞宣世兄，"他的眼也看了瑞全一下，"时局要演变到什么样子呢？你看，我是不大问国事的人，可是我能自由地生活着，全是国家所赐。我这几天什么也干不下去！我不怕穷，不怕苦，我只怕丢了咱们的北平城！一朵花，长在树上，才有它的美丽；拿到人的手里就算完了。北平城也是这样，它顶美，可是若被敌人占据了，它便是被折下来的花了！是不是？"

见他们没有回答。他又补上了两句："假若北平是树，我便是花，尽管是一朵闲花。北平若不幸丢失了，我想我就不必再活下去！"

祁老人颇想说出他对北平的信仰，而劝告钱先生不必过于忧虑。可是，他不能完全了解钱先生的话；钱先生的话好像是当票子上的字，虽然也是字，而另有个写法——你要是随便的乱猜，赎错了东西才麻烦呢！于是，他的嘴唇动了动，而没说出话来。

瑞宣，这两天心中极不安，本想说些悲观的话，可是有老太爷在一旁，他不便随便开口。

瑞全没有什么顾忌。他早就想谈话，而找不到合适的人。大哥的学问见识都不坏，可是大哥是那么能故意的缄默，非用许多方法不能招出他的话来。二哥，呕，跟二哥二嫂只能谈谈电影与玩乐。和二哥夫妇谈话，还不如和祖父或大嫂谈谈油盐酱醋呢——虽然无趣，可是至少也还和生活有关。现在，他抓住了钱先生。他知道钱先生是个有些思想的人——尽管他的思想不对他的路子。他立起来挺了挺腰，说：

“我看哪，不是战，就是降！”

“至于那么严重？”钱先生的笑纹僵在了脸上，右腮上有一小块肉直抽动。

“有田中奏折在那里，日本军阀不能不侵略中国；有九一八的便宜事在那里，他们不能不马上侵略中国。他们的侵略是没有止境的，他们征服了全世界，大概还要征服火星！”

“火星？”祖父既不相信孙子的话，更不知道火星在哪条大街上。

瑞全没有理会祖父的质问，理直气壮的说下去：“日本的宗教，教育，气量，地势，军备，工业，与海盗文化的基础，军阀们的野心，全都朝着侵略的这一条路子走。走私，闹事，骑着人家脖子拉屎，都是侵略者的必有的手段！芦沟桥的炮火也是侵略的手段之一，这回能敷衍过去，过不了十天半月准保又在别处——也许就在西苑或护国寺——闹个更大的事。日本现在是骑在虎背上，非乱撞不可！”

瑞宣脸上笑着，眼中可已经微微的湿了。

祁老人听到“护国寺”，心中颤了一下：护国寺离小羊圈太近了！

“三爷，”钱先生低声的叫。“咱们自己怎么办呢？”

瑞全，因为气愤，话虽然说的不很多，可是有点声嘶力竭的样子。心中也仿佛很乱，没法再说下去。在理智上，他知道中国的军备不是日本的敌手，假若真打起来，我们必定吃很大的亏。但是，从感情上，他又愿意马上抵抗，因为多耽误一天，日本人便多占一天的便宜；等到敌人完全布置好，我们想还手也来不及了！他愿意抵抗。假若中日真的开了仗，他自己的生命是可以献给国家的。可是，他怕被人问倒：“牺牲了性命，准能打得胜吗？”他决不怀疑自己的情愿牺牲，可是不喜欢被人问倒，他已经快在大学毕业，不能在大家面前显出有勇无谋，任着感情乱说。他身上出了汗。抓了抓头，他坐下了，脸上起了好几个红斑点。

“瑞宣？”钱先生的眼神与语气请求瑞宣发表意见。

瑞宣先笑了一下，而后声音很低的说：“还是打好！”

钱先生闭上了眼，详细咂摸瑞宣的话的滋味。

瑞全跳了起来，把双手放在瑞宣的双肩上：“大哥！大哥！”他的脸完全红了，又叫了两声大哥，而说不上话来。

这时候，小顺儿跑了进来，“爸！门口，门口……”

祁老人正找不着说话的机会与对象，急快的抓到重孙子：“你看！你看！刚开开门，你就往外跑，真不听话！告诉你，外边闹日本鬼子哪！”

小顺儿的鼻子皱起来，撇着小嘴：“什么小日本儿，我不怕！

中华民国万岁！”他得意的伸起小拳头来。

“顺儿！门口怎么啦?”瑞宣问。

小顺儿手指着外面，神色相当诡密的说：“那个人来了！说要看看你!”

“哪个人?”

“三号的那个人!”小顺儿知道那个人是谁，可是因为听惯了大家对那个人的批评，所以不愿意说出姓名来。

“冠先生?”

小顺儿对爸爸点了点头。

“谁? 呕，他!”钱先生要往起立。

“钱先生！坐着你的!”祁老人说。

“不坐了!”钱先生立起来。

“你不愿意跟他谈话，走，上我屋里去!”祁老人诚意的相留。

“不啦！改天谈，我再来！不送!”钱先生已很快的走到屋门口。

祁老人扶着小顺儿往外送客。他走到屋门口，钱先生已走到南屋外的枣树下。瑞宣，瑞全追着送出去。

冠晓荷在街门坎里立着呢。他穿着在三十年前最时行，后来曾经一度极不时行，到如今又二番时行起来的团龙蓝纱大衫，极合身，极大气。下面，白地细蓝道的府绸裤子，散着裤角；脚上是青丝袜，白千层底青缎子鞋；更显得连他的影子都极漂亮可爱。见钱先生出来，他一手轻轻拉了蓝纱大衫的底襟一下，一手伸出来，满面春风的想和钱先生拉手。

钱先生既没失去态度的自然，也没找任何的掩饰，就那么大大方方的走出去，使冠先生的手落了空。

冠先生也来得厉害，若无其事的把手顺便送给了瑞宣，很亲热的握了一会儿。然后，他又和瑞全拉手，而且把左手放在上面，轻轻的按了按，显出加劲儿的亲热。

祁老人不喜欢冠先生，带着小顺儿到自己屋里去。瑞宣和瑞全陪着客人在客厅里谈话。

冠先生只到祁家来过两次。第一次是祁老太太病故，他过来上香奠酒，并没坐多大一会儿就走了。第二次是谣传瑞宣要作市立中学的校长，他过来预为贺喜，坐了相当长的时间。后来，谣言并未变成事实，他就没有再来过。

今天，他是来会钱先生，而顺手看看祁家的人。

冠晓荷在军阀混战的时期，颇作过几任地位虽不甚高，而油水很厚的官。他作过税局局长，头等县的县长，和省政府的小官儿。近几年来，他的官运不甚好，所以他厌恶南京政府，而每日与失意的名士，官僚，军阀，鬼混。他总以为他的朋友中必定有一两个会重整旗鼓，再掌大权的，那么，他自己也就还有一步好的官运——也就是财运。和这些朋友交往，他的模样服装都很够格儿；同时，他的几句二簧，与八圈麻将，也都不甚寒伧。近来，他更学着念佛，研究些符咒与法术；于是，在遗老们所常到的恒善社，和其他的宗教团体与慈善机关，他也就有资格参加进去。他并不怎么信佛与神，而只拿佛法与神道当作一种交际的需要，正如同他须会唱会赌那样。

只有一样他来不及，他作不上诗文，画不上梅花或山水来。他所结交的名士们，自然用不着说，是会这些把戏的了；就连在天津作寓公的，有钱而失去势力的军阀与官僚，也往往会那么一招两招的。连大字不识的丁老帅，还会用大麻刷子写一丈大的一笔虎呢。就是完全不会写不会画的阔人，也还爱说道这些玩艺；这种玩艺儿是“阔”的一种装饰，正像阔太太必有钻石与珍珠那样。

他早知道钱默吟先生能诗善画，而家境又不甚宽绰。他久想送几个束修，到钱家去熏一熏。他不希望自己真能作诗或作画，而只求知道一点术语和诗人画家的姓名，与派别，好不至于在名人们面前丢丑。

他设尽方法想认识钱先生，而钱先生始终像一棵树——你招呼他，他不理你。他又不敢直入公堂的去拜访钱先生，因为若一度遭了拒绝，就不好再谋面了。今天，他看见钱先生到祁家去，所以也赶过来。在祁家相识之后，他就会马上直接送两盆花草，或几瓶好酒去，而得到熏一熏的机会。还有，在他揣测，别看钱默吟很窘，说不定家中会收藏着几件名贵的字画。自然喽，他若肯出钱买古玩的话，有的是现成的“琉璃厂”。不过，他不想把钱花在这种东西上。那么，假若与钱先生交熟了以后，他想他必会有方法弄过一两件宝物来，岂不怪便宜的么？有一两件古物摆在屋里，他岂不就在陈年竹叶青酒，与漂亮的姨太太而外，便又多一些可以展览的东西，而更提高些自己的身分么？

没想到，他会碰了钱先生一个软钉子！他的心中极不高兴。他承认钱默吟是个名士，可是比钱默吟的名气大着很多的名士也没有这么大的架子呀！“给脸不要脸，好，咱们走着瞧吧！”他想报复：“哼！只要我一得手，姓钱的，准保有你个乐子！”在表面上，他可是照常的镇定，脸上含着笑与祁家弟兄敷衍。

“这两天时局很不大好呢！有什么消息没有？”

“没什么消息，”瑞宣也不喜欢冠先生，可是没法不和他敷衍。“荷老看怎样？”

“这个——”冠先生把眼皮垂着，嘴张着一点，作出很有见解的样子。“这个——很难说！总是当局的不会应付。若是应付得好，我想事情绝不会弄到这么严重！”

瑞全的脸又红起来，语气很不客气的问：“冠先生，你看应当怎样应付呢？”

“我？”冠先生含笑的楞了一小会儿。“这就是不在其位，不谋其政了！我现在差不多是专心研究佛法。告诉二位，佛法中的滋味实在是其妙无穷！知道一点佛说佛法，心里就像喝了点美酒似的，老那么晕晕忽忽的好受！前天，在孙清老家里，（丁老帅，李将军，方锡老，都在那儿，）我们把西王母请下来了，还给她照了个像。玄妙，妙不可言！想想看，西王母，照得清楚极了，嘴上有两条长须，就和鲇鱼的须一样，很长很长，由这儿——”他的手指了指嘴，“一直——”，他的嘴等着他的手向肩上绕，“伸到这儿，玄妙！”

“这也是佛法？”瑞全很不客气的问。

“当然！当然！”冠先生板着脸，十分严肃的说。“佛法广大无边，变化万端，它能显示在两条鲇鱼须上！”

他正要往下说佛法，他的院里一阵喧哗。他立起来，听了听。“呕，大概是二小姐回来了！昨天她上北海去玩，大概是街上一乱，北海关了前后门，把她关在里边了。内人很不放心，我倒没怎么慌张，修佛的人就有这样好处，心里老是晕晕忽忽的，不着急，不发慌；佛会替咱们安排一切！好，我看看去，咱们改天再畅谈。”说罢，他脸上镇定，而脚步相当快的往外走。

祁家弟兄往外相送。瑞宣看了三弟一眼，三弟的脸红了一小阵儿。

已到门口，冠先生很恳切的，低声的向瑞宣说：“不要发慌！就是日本人真进了城，咱们也有办法！有什么过不去的事，找我来，咱们是老邻居，应当互助！”

# 四

天很热，而全国的人心都凉了，北平陷落！

李四爷立在槐荫下，声音凄惨的对大家说：“预备下一块白布吧！万一非挂旗不可，到时候用胭脂涂个红球就行！庚子年，我们可是挂过！”他的身体虽还很强壮，可是今天他感到疲乏。说完话，他蹲在了地上，呆呆的看着一条绿槐虫儿。

李四妈在这两天里迷迷忽忽的似乎知道有点什么危险，可是始终也没细打听。今天，她听明白了是日本兵进了城，她的大近视眼连连的眨巴，脸上白了一些。她不再骂她的老头子，而走出来与他蹲在了一处。

拉车的小崔，赤着背出来进去的乱晃。今天没法出车，而家里没有一粒米。晃了几次，他凑到李老夫妇的跟前：“四奶奶！您还得行行好哇！”

李四爷没有抬头，还看着地上的绿虫儿。李四妈，不像平日那么哇啦哇啦的，用低微的声音回答：“待一会儿，我给你送二斤杂合面儿去！”

“那敢情好！我这儿谢谢四奶奶啦！”小崔的声音也不很高。

“告诉你，好小子，别再跟家里的吵！日本鬼子进了城！”李四妈没说完，叹了口气。

剃头匠孙七并不在剃头棚子里耍手艺，而是在附近一带的铺户作包月活。从老手艺的水准说，他对打眼，掏耳，捶背，和刮脸，都很出色。对新兴出来花样，像推分头，烫发什么的，他都不会，也不屑于去学——反正他作买卖家的活是用不着这一套新手艺的。今天，铺子都没开市，他在家中喝了两盅闷酒，脸红扑扑的走出来。借着点酒力，他想发发牢骚：

“四太爷！您是好意。告诉大伙儿挂白旗，谁爱挂谁挂，我孙七可就不能挂！我恨日本鬼子！我等着，他们敢进咱们的小羊圈，我教他们知道知道我孙七的厉害！”

要搁在平日，小崔一定会跟孙七因辩论而吵起来；他们俩一向在辩论天下大事的时候是死对头。现在，李四爷使了个眼神，小崔一声没出的躲开。孙七见小崔走开，颇觉失望，可是还希望李老者跟他闲扯几句，李四爷一声也没出。孙七有点不得劲儿。待了好大半天，李四爷抬起头来，带着厌烦与近乎愤怒的神气说：“孙七！回家睡觉去！”孙七，虽然有点酒意，也不敢反抗李四爷，笑了一下，走回家去。

六号没有人出来。小文夫妇照例现在该吊嗓子，可是没敢出声。刘师傅在屋里用力的擦自己的一把单刀。

头上已没有了飞机，城外已没有了炮声，一切静寂。只有响晴的天上似乎有一点什么波动，随人的脉搏轻跳，跳出一些金的星，白的光。亡国的晴寂！

瑞宣，胖胖的，长得很像父亲。不论他穿着什么衣服，他的样子老是那么自然，大雅。这个文文雅雅的态度，在祁家是独一份儿。祁老太爷和天佑是安分守己的买卖人，他们的举止言谈都毫无掩饰的露出他们的本色。瑞丰受过教育，而且有点不大看得起祖父与父亲，所以他拚命往文雅，时髦里学。可是，因为学的过火，他老显出点买办气或市侩气；没得到文雅，反失去家传的纯朴。老三瑞全是个愣小子，毫不关心哪是文雅，哪是粗野。只有瑞宣，不知从何处学来的，或者学也不见就学得到，老是那么温雅自然。同他的祖父，父亲一样，他作事非常的认真。但是，在认真中——这就与他的老人们不同了——他还很自然，不露出剑拔弩张的样子。他很俭省，不虚花一个铜板，但是他也很大方——在适当的地方，他不打算盘。在他心境不好的时候，他像一片春阴，教谁也能放心不会有什么狂风暴雨。在他快活的时候，他也只有微笑，好像是笑他自己为什么要快活的样子。

他很用功，对中国与欧西的文艺都有相当的认识。可惜他没机会，或财力，去到外国求深造。在学校教书，他是顶好的同事与教师，可不是顶可爱的，因为他对学生的功课一点也不马虎，对同事们的应酬也老是适可而止。他对任何人都保持着个相当的距离。他不故意的冷淡谁，也不肯绕着弯子去巴结人。他是凭本事吃饭，无须故意买好儿。

在思想上，他与老三很接近，而且或者比老三更深刻一点。所以，在全家中，他只与老三说得来。可是，与老三不同，他不愿时常发表他的意见。这并不是因为他骄傲，不屑于对牛弹琴，而是他心中老有点自愧——他知道的是甲，而只能作到乙，或者甚至于只到丙或丁。他似乎有点女性，在行动上他总求全盘的体谅。举个例说：在他到了该结婚的年纪，他早已知道什么恋爱神圣，结婚自由那一套。可是他娶了父亲给他定下的“韵梅”。他知道不该把辈子拴在个他所不爱的女人身上，但是他又不忍看祖父，父母的泪眼与愁容。他替他们想，也替他的未婚妻想。想过以后，他明白了大家的难处，而想得到全盘的体谅。他只好娶了她。他笑自己这样的软弱。同时，赶到他一看祖父与父母的脸上由忧愁改为快活，他又感到一点骄傲——自我牺牲的骄傲。

当下过雪后，他一定去上北海，爬到小白塔上，去看西山的雪峰。在那里，他能一气立一个钟头。那白而远的山峰把他的思想引到极远极远的地方去。他愿意摆脱开一切俗事，到深远的山中去读书，或是乘着大船，在海中周游世界一遭。赶到不得已的由塔上下来，他的心便由高山与野海收回来，而想到他对家庭与学校的责任。他没法卸去自己的人世间的责任而跑到理想的世界里去。于是，他顺手儿在路上给祖父与小顺儿买些点心，像个贤孙慈父那样婆婆妈妈的！好吧，既不能远走高飞，便回家招老小一笑吧！他的无可如何的笑纹又摆在他冻红了的脸上。

他几乎没有任何嗜好。黄酒，他能喝一斤。可是非到过年过节的时候，决不动酒。他不吸烟。茶和水并没有什么分别。他的娱乐只有帮着祖父种种花，和每星期到“平安”去看一次或两次电影。他的看电影有个实际的目的：他的英文很不错，可是说话不甚流利，所以他愿和有声片子去学习。每逢他到“平安”去，他总去的很早，好买到前排的座位——既省钱，又得听。坐在那里，他连头也不回一次，因为他知道二爷瑞丰夫妇若也在场，就必定坐头等座儿；他不以坐前排为耻，但是倒怕老二夫妇心里不舒服。

北平陷落了，瑞宣像个热锅上的蚂蚁，出来进去，不知道要作什么好。他失去了平日的沉静，也不想去掩饰。出了屋门，他仰头看看天，天是那么晴朗美丽，他知道自己还是在北平的青天底下。一低头，仿佛是被强烈的阳光闪的，眼前黑了一小会儿——天还是那么晴蓝，而北平已不是中国人的了！他赶紧走回屋里去。到屋里，他从平日积蓄下来的知识中，去推断中日的战事与世界的关系。忽然听到太太或小顺儿的声音，他吓了一跳似的，从世界大势的阴云中跳回来：他知道中日的战争必定会使世界的地理与历史改观，可是摆在他面前的却是这一家老少的安全与吃穿。祖父已经七十多岁，不能再去出力挣钱。父亲挣钱有限，而且也是五十好几的人。母亲有病，禁不起惊慌。二爷的收入将将够他们夫妇俩花的，而老三还正在读书的时候。天下太平，他们都可以不愁吃穿，过一份无灾无难的日子。今天，北平亡了，该怎么办？平日，他已是当家的；今天，他的责任与困难更要增加许多倍！在一方面，他是个公民，而且是个有些知识与能力的公民，理当去给国家作点什么，在这国家有了极大危难的时候。在另一方面，一家老的老，小的小，平日就依仗着他，现在便更需要他。他能甩手一走吗？不能！不能！可是，不走便须在敌人脚底下作亡国奴，他不能受！不能受！

出来进去，出来进去，他想不出好主意。他的知识告诉他那最高的责任，他的体谅又逼着他去顾虑那最迫切的问题。他想起文天祥，史可法，和许多许多的民族英雄，同时也想起杜甫在流离中的诗歌。

老二还在屋中收听广播——日本人的广播。

老三在院中把脚跳起多高："老二，你要不把它关上，我就用石头砸碎了它！"

小顺儿吓愣了，忙跑到祖母屋里去。祖母微弱的声音叫着，"老三！老三！"

瑞宣一声没出的把老三拉到自己的屋中来。

哥儿俩对愣了好大半天，都想说话，而不知从何处说起。老三先打破了沉寂，叫了声："大哥！"瑞宣没有答应出来，好像有个枣核堵住了他的嗓子。老三把想起来的话又忘了。

屋里，院中，到处，都没有声响。天是那么晴，阳光是那么亮，可是整个的大城——九门紧闭——像晴光下的古墓！忽然的，远处有些声音，像从山上往下轱辘石头。

"老三，听！"瑞宣以为是重轰炸机的声音。

"敌人的坦克车，在街上示威！"老三的嘴角上有点为阻拦嘴唇颤动的惨笑。

老大又听了听。"对！坦克车！辆数很多！哼！"他咬住了嘴唇。

坦克车的声音更大了，空中与地上都在颤抖。

最爱和平的中国的最爱和平的北平，带着它的由历代的智慧与心血而建成的湖山，宫殿，坛社，寺宇，宅园，楼阁与九条彩龙的影壁，带着它的合抱的古柏，倒垂的翠柳，白玉石的桥梁，与四季的花草，带着它的最轻脆的语言，温美的礼貌，诚实的交易，徐缓的脚步，与唱给宫廷听的歌剧……不为什么，不为什么，突然的被飞机与坦克强奸着它的天空与柏油路！

"大哥！"老三叫了声。

街上的坦克，像几座铁矿崩炸了似的发狂的响着，瑞宣的耳与心仿佛全聋了。

"大哥！"

"啊？"瑞宣的头偏起一些，用耳朵来找老三的声音。"呕！说吧！"

“我得走！大哥！不能在这里作亡国奴！”

“啊?”瑞宣的心还跟着坦克的声音往前走。

“我得走！”瑞全重了一句。

“走？上哪儿?”

坦克的声音稍微小了一点。

“上哪儿都好，就是不能在太阳旗下活着！”

“对！”瑞宣点了点头，胖脸上起了一层小白疙疸。“不过，也别太忙吧？谁知道事情准变成什么样子呢。万一过几天‘和平’解决了，岂不是多此一举？你还差一年才能毕业！”

“你想，日本人能叼住北平，再撒了嘴?”

“除非把华北的利益全给了他！”

“没了华北，还有北平?”

瑞宣愣了一会儿，才说：“我是说，咱们允许他用经济侵略，他也许收兵。武力侵略没有经济侵略那么合算。”

坦克车的声音已变成像远处的轻雷。

瑞宣听了听，接着说：“我不拦你走，只是请你再稍等一等！”

“要等到走不了的时候，可怎么办?”

瑞宣叹了口气。“哼！你……我永远走不了！”

“大哥，咱们一同走！”

瑞宣的浅而惨的笑又显露在抑郁的脸上：“我怎么走？难道叫这一家老小都……”

“太可惜了！你看，大哥，数一数，咱们国内像你这样受过高等教育，又有些本事的人，可有多少?”

“我没办法！”老大又叹了口气，“只好你去尽忠，我来尽孝了！”

这时候，李四爷已立起来，轻轻的和白巡长谈话。白巡长已有四十多岁，脸上剃得光光的，看起来还很精神。他很会说话，遇到住户们打架拌嘴，他能一面挖苦，一面恫吓，而把大事化小，小事化无。因此，小羊圈一带的人们都怕他的利口，而敬重他的好心。

今天，白巡长可不十分精神。他深知道自己的责任是怎样的重大——没有巡警就没有治安可言。虽然他只是小羊圈这一带的巡长，可是他总觉得整个的北平也多少是他的。他爱北平，更自傲能作北平城内的警官。可是，今天北平被日本人占据了；从此他就得给日本人维持治安了！论理说，北平既归了外国人，就根本没有什么治安可讲。但是，他还穿着那身制服，还是巡长！他不大明白自己是干什么呢！

“你看怎样呀？巡长！”李四爷问：“他们能不能乱杀人呢？”

“我简直不敢说什么，四大爷！”白巡长的语声很低。“我仿佛是教人家给扣在大缸里啦，看不见天地！”

“咱们的那么多的兵呢？都哪儿去啦？”

“都打仗来着！打不过人家呀！这年月，打仗不能专凭胆子大，身子棒啦！人家的枪炮厉害，有飞机坦克！咱们……”

“那么，北平城是丢铁了？”

“大队坦克车刚过去，你难道没听见？”

“铁啦？”

“铁啦！”

“怎么办呢？”李四爷把声音放得极低：“告诉你，巡长，我恨日本鬼子！”

巡长向四外打了一眼：“谁不恨他们！得了，说点正经的：四大爷，你待会儿到祁家，钱家去告诉一声，教他们把书什么的烧一烧。日本人恨念书的人！家里要是存着三民主义或是洋文书，就更了不得！我想这条胡同里也就是他们两家有书，你去一趟吧！我不好去——”巡长看了看自己的制服。

李四爷点头答应。白巡长无精打彩的向葫芦腰里走去。

四爷到钱家拍门，没人答应。他知道钱先生有点古怪脾气，又加上在这兵荒马乱的时候不便惹人注意，所以等了一会儿就上祁家来。

祁老人的诚意欢迎，使李四爷心中痛快了一点。为怕因祁老人提起陈谷子烂芝麻而忘了正事，他开门见山的说明了来意。祁老人对书籍没有什么好感，不过书籍都是钱买来的，烧了未免可惜。他打算教孙子们挑选一下，把该烧的卖给“打鼓儿的”[1]好了。

“那不行！”李四爷对老邻居的安全是诚心关切着的。“这两天不会有打鼓儿的；就是有，他们也不敢买书！”说完，他把刚才没能叫开钱家的门的事也告诉了祁老者。

祁老者在院中叫瑞全：“瑞全，好孩子，把洋书什么的都烧了吧！都是好贵买来的，可是咱们能留着它们惹祸吗？”

老三对老大说：“看！焚书坑儒！你怎样？”

“老三你说对了！你是得走！我既走不开，就认了命！你走！我在这儿焚书，挂白旗，当亡国奴！”老大无论如何再也控制不住自己，他落了泪。

“听见没有啊，小三儿？”祁老者又问了声。

“听见了！马上就动手！”瑞全不耐烦的回答了祖父，而后小

①打鼓儿的，指旧社会手中打着小皮鼓串街买破旧东西的人。

声的向瑞宣："大哥！你要是这样，教我怎好走开呢？"

瑞宣用手背把泪抹去。"你走你的，老三！要记住，永远记住，你家的老大并不是个没出息的人……"他的嗓子里噎了几下，不能说下去。

# 五

瑞全把选择和焚烧书籍的事交给了大哥。他很喜爱书，但是现在他觉得自己与书的关系已不十分亲密了。他应该放下书而去拿起枪刀。他爱书，爱家庭，爱学校，爱北平，可是这些已并不再在他心中占有重要的地位。青年的热血使他的想象飞驰。他，这两天，连作梦都梦到逃亡。他还没有能决定怎样走，和向哪里走，可是他的心似乎已从身中飞出去；站在屋里或院中，他看见了高山大川，鲜明的军旗，凄壮的景色，与血红的天地。他要到那有鲜血与炮火的地方去跳跃，争斗。在那里，他应该把太阳旗一脚踢开，而把青天白日旗插上，迎着风飘荡！

被压迫百多年的中国产生了这批青年，他们要从家庭与社会的压迫中冲出去，成个自由的人。他们也要打碎民族国家的铐镣，成个能挺着胸在世界上站着的公民。他们没法有滋味的活下去，除非他们能创造出新的中国史。他们的心声就是反抗。瑞全便是其中的一个。他把中国几千年来视为最神圣的家庭，只当作一种生活的关系。到国家在呼救的时候，没有任何障碍能拦阻得住他应声而至；像个羽毛已成的小鸟，他会毫无栈恋的离巢飞去。

祁老人听李四爷说叫不开钱家的门，很不放心。他知道钱家有许多书。他打发瑞宣去警告钱先生，可是瑞全自告奋勇的去了。

已是掌灯的时候，门外的两株大槐像两只极大的母鸡，张着慈善的黑翼，仿佛要把下面的五六户人家都盖覆起来似的。别的院里都没有灯光，只有三号——小羊圈唯一的安了电灯的一家——冠家的院里灯光辉煌，像过年似的，把影壁上的那一部分槐叶照得绿里透白。瑞全在影壁前停了一会儿，才到一号去叫门。不敢用力敲门，他轻轻的叩了两下门环，又低声假嗽一两下，为是双管齐下，好惹起院内的注意。这样作了好多次，里面才低声的问了声："谁呀?"他听出来，那是钱伯伯的声音。

"我，瑞全!"他把嘴放在门缝上回答。

里面很轻很快的开了门。

门洞里漆黑，教瑞全感到点不安。他一时决定不了是进去还是不进去好。他只好先将来意说明，看钱伯伯往里请他不请!

"钱伯伯！咱们的书大概得烧！今天白巡长嘱咐李四爷告诉咱们!"

"进去说，老三!"钱先生一边关门，一边说。然后，他赶到前面来："我领路吧，院里太黑!"

到了屋门口，钱先生教瑞全等一等，他去点灯。瑞全说不必麻烦。钱先生语声中带着点凄惨的笑："日本人还没禁止点灯!"

屋里点上了灯，瑞全才看到自己的四围都是长长短短的，黑糊糊的花丛。

"老三进来!"钱先生在屋中叫。瑞全进去，还没坐下，老者就问："怎样？得烧书?"

瑞全的眼向屋中扫视了一圈。"这些线装书大概可以不遭劫了吧？日本人恨咱们的读书人，更恨读新书的人；旧书或者还不至于惹祸！”

“呕！”钱默吟的眼闭了那么一下。“可是咱们的士兵有许多是不识字的，也用大刀砍日本人的头！对不对？”

瑞全笑了一下。“侵略者要是肯承认别人也是人，也有人性，会发火，他就无法侵略了！日本人始终认为咱们都是狗，踢着打着都不哼一声的狗！”

“那是个最大的错误！”钱先生的胖短手伸了一下，请客人坐下。他自己也坐下。“我是向来不问国家大事的人，因为我不愿谈我所不深懂的事。可是，有人来亡我的国，我就不能忍受！我可以任着本国的人去发号施令，而不能看着别国的人来作我的管理人！”他的声音还像平日那么低，可是不像平日那么温柔。愣了一会儿，他把声音放得更低了些，说：“你知道吗，我的老二今天回来啦！”

“二哥在哪儿呢？我看看他！”

“又走啦！又走啦！”钱先生的语声里似乎含着点什么秘密。

“他说什么来着？”

“他？”钱默吟把声音放得极低，几乎像对瑞全耳语呢。“他来跟我告别！”

“他上哪儿？”

“不上哪儿！他说，他不再回来了！教我在将来报户口的时候，不要写上他；他不算我家的人了！”钱先生的语声虽低，而眼中发着点平日所没有的光；这点光里含着急切，兴奋，还有点骄傲。

“他要干什么去呢？”

老先生低声的笑了一阵。“我的老二就是个不爱线装书，也不爱洋装书的人。可是他就不服日本人！你明白了吧？”

瑞全点了点头。“二哥要跟他们干？可是，这不便声张吧？”

“怎么不便声张呢？”钱先生的声音忽然提高，像发了怒似的。

院中，钱太太咳嗽了两声。

“没事！我和祁家的老三说闲话儿呢！”钱先生向窗外说。而后，把声音又放低，对瑞全讲：“这是值得骄傲的事！我——一个横草不动，竖草不拿的人——会有这样的一个儿子，我还怕什么？我只会在文字中寻诗，我的儿子——一个开汽车的——可是会在国破家亡的时候用鲜血去作诗！我丢了一个儿子，而国家会得到一个英雄！什么时候日本人问到我的头上来：那个杀我们的是你的儿子？我就胸口凑近他们的枪刺，说：一点也不错！我还要告诉他们：我们还有多少多少像我的儿子的人呢！你们的大队人马来，我们会一个个的零削你们！你们在我们这里坐的车，住的房，喝的水，吃的饭，都会教你们中毒！中毒！”钱先生一气说完，把眼闭上，嘴唇上轻颤。

瑞全听愣了。愣着愣着，他忽然的立起来，扑过钱先生去，跪下磕了一个头：“钱伯伯！我一向以为你只是个闲人，只会闲扯！现在……我给你道歉！”没等钱先生有任何表示，他很快的立起来。“钱伯伯，我也打算走！”

“走？”钱先生细细的看了看瑞全。“好！你应当走，可以走！你的心热，身体好！”

“你没有别的话说？”瑞全这时候觉得钱伯伯比任何人都可爱，比他的父母和大哥都更可爱。

“只有一句话！到什么时候都不许灰心！人一灰心便只看到别人的错处，而不看自己的消沉堕落！记住吧，老三！”

“我记住！我走后，只是不放心大哥！瑞宣大哥是那么有思想有本事，可是被家所累，没法子逃出去！在家里，对谁他也说不来，可是对谁他也要笑眯眯的像个当家人似的！我走后，希望伯伯你常常给他点安慰；他最佩服你！”

“那，你放心吧！咱们没法子把北平的一百万人都搬了走，总得有留下的。我们这走不开的老弱残兵也得有勇气，差不多和你们能走开的一样。你们是迎着炮弹往前走，我们是等着锁镣加到身上而不能失节！来吧，我跟你吃一杯酒！”

钱先生向桌底下摸了会儿，摸出个酒瓶来，浅绿，清亮，像翡翠似的——他自已泡的茵陈。不顾得找酒杯，他顺手倒了两半茶碗。一仰脖，他把半碗酒一口吃下，咂了几下嘴。

瑞全没有那么大的酒量，可是不便示弱，也把酒一饮而尽。酒力登时由舌上热到胸中。

“钱伯伯！”瑞全咽了几口热气才说：“我不一定再来辞行啦，多少要保守点秘密！”

“还辞行？老实说，这次别离后，我简直不抱再看见你们的希望！‘风萧萧兮易水寒，壮士一去兮不复还！’”钱先生手按着酒瓶，眼中微微发了湿。

瑞全腹中的酒渐渐发散开，他有点发晕，想到空旷的地方去痛快的吸几口气。“我走啦！”他几乎没敢再看钱先生就往外走。

钱先生还手按酒瓶愣着。直到瑞全走出屋门，他才追了上来。他一声没出的给瑞全开了街门，看着瑞全出去；而后，把门轻轻关好，长叹了一声。

瑞全的半碗酒吃猛了点，一着凉风，他的血流得很快，好像河水开了闸似的。立在槐树的黑影下，他的脑中像走马灯似的，许多许多似乎相关，又似乎不相关的景象，连续不断的疾驰。他看见这是晚饭后，灯火辉煌的时候，在煤市街，鲜鱼口那一带，人们带着酒臭与热脸，打着响亮满意的“嗝儿”，往戏园里挤。戏园里，在亮得使人头疼的灯光下，正唱着小武戏。一闪，他又看见：从东安市场，从北河沿，一对对的青年男女，倚着肩，眼中吐露出爱的花朵，向真光，或光陆，或平安电影场去；电影园放着胡鲁胡鲁响的音乐，或情歌。他又看见北海水上的小艇，在灯影与荷叶中摇荡；中山公园中的古柏下坐着，走着，摩登的士女。这时候，哪里都应当正在热闹，人力车，马车，电车，汽车，都在奔走响动。

一阵凉风把他的幻影吹走。他倾耳细听，街上没有一点声音。那最常听到的电车铃声，与小贩的呼声，今天都一律停止。北平是在悲泣！

忽然的，槐树尖上一亮，像在梦中似的，他猛孤丁的看见了许多房脊。光亮忽然又闪开，眼前依旧乌黑，比以前更黑。远处的天上，忽然又划过一条光来，很快的来回闪动；而后，又是一条，与刚才的一条交叉到一处，停了一停；天上亮，下面黑，空中一个颤动的白的十字。星星失去了光彩，侵略者的怪眼由城外扫射着北平的黑夜。全城静寂，任着这怪眼——探照灯——发威！

瑞全的酒意失去了一半，脸上不知何时已经被泪流湿。他不是个爱落泪的人。可是，酒意，静寂，颤动的白光，与他的跳动的心，会合在一处，不知不觉的把泪逼出来。他顾不得去擦眼。有些泪在面上，他觉得心中舒服了一些。

三号的门开了。招弟小姐出来，立在阶上，仰着头向上找，大概是找那些白光呢。她是小个子，和她的爸爸一样的小而俊俏。她的眼最好看，很深的双眼皮，一对很亮很黑的眼珠，眼珠转到眶中的任何部分都显着灵动俏媚。假若没有这一对眼睛，她虽长得很匀称秀气，可就显不出她有什么特别引人注意的地方了。她的眼使她全身都灵动起来，她的眼把她所有的缺点都遮饰过去，她的眼能替她的口说出最难以表达的心意与情感，她的眼能替她的心与脑开出可爱的花来。尽管她没有高深的知识，没有什么使人佩服的人格与行动，可是她的眼会使她征服一切；看见她的眼，人们便忘了考虑别的，而只觉得她可爱。她的眼中的光会走到人们的心里，使人立刻发狂。

她现在穿着件很短的白绸袍，很短很宽，没有领子。她的白脖颈全露在外面，小下巴向上翘着；仿佛一个仙女往天上看有什么动静呢。院内的灯光照到大槐上，大槐的绿色又折到她的白绸袍上，给袍子轻染上一点灰暗，像用铅笔轻轻擦上的阴影。这点阴影并没能遮住绸子的光泽，于是，光与影的混合使袍子老像微微的颤动，毛毛茸茸的像蜻蜓的翅翼在空中轻颤。

瑞全的心跳得更快了。他几乎没加思索，就走了过来。他走得极轻极快，像自天而降的立在她的面前。这，吓了她一跳，把手放在了胸口上。

“你呀？”她把手放下去，一双因惊恐而更黑更亮的眼珠定在了他的脸上。

“走一会儿去？”瑞全轻轻的说。

她摇了摇头，而眼中含着点歉意的说：“那天我就关在了北海一夜，不敢再冒险了！”

“咱们是不是还有逛北海的机会呢？”

“怎么没有？”她把右手扶在门框上，脸儿稍偏着点问。

瑞全没有回答她。他心中很乱。

“爸爸说啦，事情并不怎么严重!”

“呕!”他的语气中带着惊异与反感。

“瞧你这个劲儿！进来吧，咱们凑几圈小牌，好不好？多闷得慌啊!”她往前凑了一点。

“我不会！明天见吧!”像往前带球似的，他三两步跑到自己家门前。开开门，回头看了一眼，她还在那里立着呢。他想再回去和她多谈几句，可是像带着怒似的，梆的一声关上门。

他几乎一夜没能睡好。在理智上，他愿坚决的斩断一切情爱——男女，父母，兄弟，朋友的——而把自己投在战争的大浪中，去尽自己的一点对国家的责任。可是，情爱与爱情——特别是爱情——总设法挤入他的理智，教他去给自己在无路可通的地方开一条路子。他想：假若他能和招弟一同逃出北平去，一同担任起抗战中的工作，够多么美好！他对自己起誓，他决定不能在战争未完的时候去讲恋爱。他只希望有一个自己所喜爱的女友能同他一道走，一同工作。能这样，他的工作就必定特别的出色！

招弟的语言，态度，教他极失望。他万没想到在城池陷落的日子，她还有心想到打牌！

再一想，他就又原谅了招弟，而把一切罪过都加到她的父母身上去。他不能相信她的本质就是不堪造就的。假若她真爱他的话，他以为必定能够用言语，行为，和爱情，把她感化过来，教她成个有用的小女人。

呕！即使她的本质就不好吧，她还可爱！每逢一遇到她，他就感到他的身与心一齐被她的黑眼睛吸收了去；她是一切，他什么也不是。他只感到快活，温暖，与任何别人所不能给他的一种生命的波荡。在她的面前，他觉得他是荷塘里，伏在睡莲的小圆叶上的一个翠绿的嫩蛙。他的周围全是香，美，与温柔！

去她的吧！日本人已入了城，还想这一套？没出息！他闭紧了眼。

但是，他睡不着。由头儿又想了一遍，还是想不清楚。

想过了一遍，两遍，三遍，他自己都觉得不耐烦了，可是还睡不着。

他开始替她想：假若她留在北平，她将变成什么样子呢？说不定，她的父亲还会因求官得禄而把她送给日本人呢！想到这里，他猛的坐了起来。教她去伺候日本人？教她把美丽，温柔，与一千种一万种美妙的声音，眼神，动作，都送给野兽？

不过，即使他的推测不幸而变为事实，他又有什么办法呢？还是得先打出日本鬼子去吧？他又把脊背放在了床上。

头一遍鸡鸣！他默数着一二三四……

# 六

有许多像祁老者的老人，希望在太平中度过风烛残年，而被侵略者的枪炮打碎他们的希望。即使他们有一份爱国的诚心，可是身衰气败，无能为力。他们只好忍受。忍受到几时？是否能忍受得过去？他们已活了六七十年，可是剩下的几年却毫不能自主；即使他们希望不久就入墓，而墓地已经属于敌人！他们不知如何是好！

有许多像祁天佑的半老的人，事业已经固定，精力已剩了不多，他们把自己的才力已看得十分清楚，只求在身心还未完全衰老的时候再努力奔忙几年，好给儿孙打下一点生活的基础，而后再——假若可能——去享几年清福。他们没有多少野心，而只求在本分中凭着努力去挣得衣食与家业。可是，敌人进了他们的城；机关，学校，商店，公司……一切停闭。离开北平？他们没有任何准备，而且家庭之累把他们牢牢的拴在屋柱上。不走？明天怎办呢？他们至少也许还有一二十年的生命，难道这么长的光阴都要像牛马似的，在鞭挞下度过去？他们不晓得怎样才好！

有许多像祁瑞宣的壮年人，有职业，有家庭，有知识，有爱国心，假若他们有办法，他们必定马上去奔赴国难，决不后人。他们深恨日本人，也知道日本人特别恨他们。可是，以瑞宣说吧，一家大小的累赘，像一块巨石压在他的背上，使他抬不起头来，眼老钉在地上；尽管他想飞腾，可是连动也动不得。现在，学校是停闭了，还有开学的希望没有？不知道！即使开学，他有什么脸去教学生呢？难道他上堂去告诉年轻的学生们好好的当亡国奴？假若学校永远停闭，他便非另谋生路不可；可是，他能低首下心的向日本人或日本人的走狗讨饭吃吗？他不知怎样才好！

有许多像瑞全的青年人，假若手中有武器，他们会马上去杀敌。平日，他们一听到国歌便肃然起敬，一看到国旗便感到兴奋；他们的心一点也不狭小偏激，但是一提到他们的国家，他们便不由的，有一种近乎主观的，牢不可破的，不容有第二种看法的，意见——他们以为他们自己的国家最好，而且希望它会永远完整，光明，兴旺！他们很自傲能够这样，因为这是历史上所没有过的新国民的气象。他们的自尊自傲，使他们没法子不深恨日本人，因为日本人几十年来天天在损伤他们国家的尊严，破坏他们的国土的完整；他们打算光荣的活着，就非首先反抗日本不可！这是新国民的第一个责任！现在，日本兵攻破他们的北平！他们宁愿去死，也不愿受这个污辱！可是，他们手中是空的；空着手是无法抵抗敌人的飞机与坦克的。既不能马上去厮杀，他们想立刻逃出北平，加入在城外作战的军队。可是，他们怎么走？向哪里走？事前毫无准备。况且，事情是不是可以好转呢？谁也不知道。他们都是学生，知道求学的重要；假若事情缓和下去，而他们还可以继续求学，他们就必定愿意把学业结束了，而后把身心献给国家。他们着急，急于知道个究竟，可是谁也不能告诉他们预言。他们不知怎样才好！

有许多小崔，因为北平陷落而登时没有饭吃；有许多小文夫妇，闭上了他们的口，不能再歌舞升平；有许多孙七，诟骂着日本人而没有更好的方法发泄恶气；有许多刘师傅想着靠他们的武艺和日本小鬼去拚一拚，可是敌人的坦克车在柏油路上摆开，有一里多地长；有许多……谁都有吃与喝那样的迫切的问题，谁都感到冤屈与耻辱，他们都在猜测事情将要怎样变化——谁都不知怎样才好！

整个的北平变成了一只失去舵的孤舟，在野水上飘荡！舟上的人们，谁都想作一点有益的事情，而谁的力量也不够拯救他自己的。人人的心中有一团苦闷的雾气。

玉泉山的泉水还闲适的流着，积水滩，后海，三海的绿荷还在吐放着清香；北面与西面的青山还在蓝而发亮的天光下面雄伟的立着；天坛，公园中的苍松翠柏还伴着红墙金瓦构成最壮美的景色；可是北平的人已和北平失掉了往日的关系；北平已不是北平人的北平了。在苍松与金瓦的上面，悬着的是日本旗！人们的眼，画家的手，诗人的心，已经不敢看，不敢画，不敢想北平的雄壮伟丽了！北平的一切已都涂上耻辱与污垢！人们的眼都在相互的问："怎么办呢？"而得到的回答只是摇头与羞愧！

只有冠晓荷先生的心里并没感觉到有什么不舒服。他比李四爷，小崔，孙七，刘师傅……都更多知道一些什么"国家""民族""社会"这类的名词；遇到机会，他会运用这些名词去登台讲演一番。可是，小崔们虽然不会说这些名词，心里却有一股子气儿，一股子不服人的，特别不服日本人的，气儿。冠先生，尽管嘴里花哨，心中却没有这一股子气。他说什么，与相信什么，完全是两回事。他口中说"国家民族"，他心中却只知道他自己。他自己是一切。他自己是一颗光华灿烂的明星，大赤包与尤桐芳和他的女儿是他的卫星——小羊圈三号的四合房是他的宇宙。在这个宇宙里，作饭，闹酒，打牌，唱戏，穿好衣服，彼此吵嘴闹脾气，是季节与风雨。在这个宇宙里，国家民族等等只是一些名词；假若出卖国家可以使饭食更好，衣服更漂亮，这个宇宙的主宰——冠晓荷——连眼也不眨巴一下便去出卖国家。在他心里，生命就是生活，而生活理当奢华舒服。为达到他的理想生活水准，他没有什么不可以作的事。什么都是假的，连国家民族都是假的，只有他的酒饭，女人，衣冠，与金钱，是真的。

从老早，他就恨恶南京，因为国民政府，始终没有给他一个差事。由这点恨恶向前发展，他也就看不起中国。他觉得中国毫无希望，因为中国政府没有给他官儿作！再向前发展，他觉得英国法国都可爱，假若英国法国能给他个官职。现在，日本人攻进了北平；日本人是不是能启用他呢？想了半天，他的脸上浮起点笑意，像春风吹化了的冰似的，渐渐的由冰硬而露出点水汪汪的意思来。他想：日本人一时绝难派遣成千成万的官吏来，而必然要用些不抗日的人们去办事。那么，他便最有资格去作事，因为凭良心说，他向来没存过丝毫的抗日的心思。同时，他所结交的朋友中有不少是与日本人有相当的关系的，他们若是帮助日本人去办事，难道还能剩下他吗？想到这里，他对着镜子看了看自己，觉得印堂确是发亮，眼睛也有光。他好像记得西河沿福来店的大相士神仙眼说过，他就在这二年里有一步好运。对着镜子，他喊了一声："桐芳！"他看到自己喊人的口形是颇有些气派，也听到自己的声音是清亮而带着水音儿，他的必能走好运的信心当时增高了好几倍。

"干吗呀？"桐芳娇声细气的在院里问。

因为自己心里高兴，他觉得她的声音特别的甜美好听，而且仿佛看到了她的永远抹得鲜红而范围扩大的嘴唇。他好像受了她的传染，声音也带着几分甜美与尖锐：

“那回神仙眼说我哪一年交好运来着？”问罢，他偏着点头，微笑的等她回答。

“就是今年吧？”她刚说完，马上又把那个“吧”字取缔了：“就是今年！今年不是牛年吗？”

“是牛年！他说我牛年交运啊？”

“一点不错，我记得死死的！”

他没再说什么，而觉得心中有一股热气直往上冲腾。他不便说出来，而心里决定好：日本人是可爱的，因为给他带来好运！

在全城的人都惶惑不安的时节，冠晓荷开始去活动。在他第一次出门的时候，他的心中颇有些不安。街上重要的路口，像四牌楼，新街口，和护国寺街口，都有武装的日本人站岗，枪上都上着明晃晃的刺刀。人们过这些街口，都必须向岗位深深的鞠躬。他很喜欢鞠躬，而且很会鞠日本式的躬；不过，他身上并没有什么特别的证章或标志，万一日本兵因为不认识他而给他一些麻烦呢？人家日本人有的是子弹，随便闹着玩也可以打死几个人呀！还有，他应当怎样出去呢？是步行呢？还是把小崔叫过来，作他的暂时的包车夫呢？假若步行到阔人的家里去，岂不被人耻笑？难道冠晓荷因为城亡了就失去坐车的身分？假若坐车呢，万一过十字路口，碰上日本兵可怎么办呢？坐在车上安然不动，恐怕不行吧？这倒是个问题！

想了好久，他决定坐小崔的车出去。把小崔叫来，冠先生先和他讲条件：

“小崔，这两天怎么样？”

小崔，一个脑袋像七棱八瓣的倭瓜的年轻小伙子，没有什么好气儿的回答：

“怎么样？还不是饿着！”不错，冠先生确是小崔的主顾，可是小崔并不十分看得起冠先生。

“得啦，”冠先生降格相从的一笑，“今天不至于饿着了，拉我出去吧！”

“出去？城外头还开着炮哪！”小崔并不十分怕大炮，他倒是心中因怀疑冠先生要干什么去而有些反感。他不准知道冠先生出去作什么，但是他确能猜到：在这个炮火连天的时候要出去，必定是和日本人有什么勾结。他恨在这时候与日本人有来往的人。他宁可煞一煞腰带，多饿一两顿，也不愿拉着这样的人去满街飞跑！生活艰苦的人，像小崔，常常遇到人类和其他的一切动物最大的忧患——饥饿。可是，因为常常的碰上它，他们反倒多了一些反抗的精神；积极的也好，消极的也好，他们总不肯轻易屈服。

冠先生，可是，不明白这点道理；带着骄傲与轻蔑的神气，他说：“我不教你白拉，给你钱！而且，”他轻快的一仰下巴颏，“多给你钱！平日，我给你八毛钱一天，今天我出一块！一块！”他停顿了一下，又找补上个“一块！”这两个字是裹着口水，像一块糖果似的，在口中咂着味儿说出来的。他以为这两个字一定会教任何穷人去顶着枪弹往前飞跑的。

“车厂子都关着呢，我哪儿赁车去？再说，”小崔没往下说，而在倭瓜脸上摆出些不屑的神气来。

“算啦！算啦！”冠先生挂了气。“不拉就说不拉，甭绕弯子！你们这种人，就欠饿死！”

大赤包儿这两天既没人来打牌，又不能出去游逛，一脑门子都是官司。她已经和尤桐芳和两个女儿都闹过了气，现在想抓到机会另辟战场。仰着脸，挑着眉，脚步沉稳，而怒气包身，她像座轧路的汽辗子似的走进来。并没有看小崔（因为不屑于），她手指着冠先生：

“你跟他费什么话呢？教他滚蛋不就结啦！”

小崔的倭瓜脸上发了红。他想急忙走出去，可是他管不住了自己。平日他就讨厌大赤包，今天在日本鬼子进城的时节，他就觉得她特别讨厌：“说话可别带脏字儿，我告诉你！好男不跟女斗，我要是还口，你可受不了！”

“怎么着？”大赤包的眼带着杀气对准了小崔的脸，像两个机关枪枪口似的。她脸上的黑雀斑一个个都透出点血色，紫红红的像打了花脸。“怎么着？”她稳而不怀善意的往前迈了两步。

“你说怎么着？”小崔一点也不怕她，不过心中可有点不大好受，因为他知道假若大赤包真动手，他就免不了吃哑叭亏；她是个女的，他不能还手。

教小崔猜对了：大赤包冷不防的给了他一个气魄很大的嘴巴。他发了火：“怎吗？打人吗？”可是，还不肯还手。北平是亡了，北平的礼教还存在小崔的身上。“要打，怎不去打日本人呢？”

“好啦！好啦！”冠先生觉得小崔挨了打，事情就该结束了，他过来把大赤包拉开。“小崔，你还不走？”

“走？新新！凭什么打人呢？你们这一家子都是日本人吗？”小崔立住不动。

二太太桐芳跑了进来。两只永远含媚的眼睛一扫，她已经明白了个大概。她决定偏向着小崔。一来，她是唱鼓书出身，同情穷苦的人们；二来，为反抗大赤包，她不能不袒护小崔。“得了，小崔，好男不跟女斗。甭跟她生气！”

小崔听到这两句好话，气平了一点："不是呀，二太太！你听我说！"

"全甭说啦！我都明白！等过两天，外面消停了，你还得拉我出去玩呢！走吧，家去歇歇吧！"桐芳知道从此以后，大赤包决不再坐小崔的车，所以故意这么交待一番，以示反抗。

小崔也知道自己得罪了两个——冠先生和大赤包——照顾主儿；那么，既得到桐芳的同情与照应，也该见台阶就下。"好啦，二太太，我都看在你的面上啦！"说完，手摸着热辣辣的脸，往外走。

约摸着小崔已走到门口，冠先生才高声的声明："这小子，给脸不要脸！你看着，从此再不坐他的车！"说罢，他在屋中很快的来回走了两趟，倒好像是自己刚刚打完人似的那样发着余威！

"算啦吧，你！"大赤包发着真正的余威，"连个拉车的你都治不了，你没长着手吗？你家里的小妖精帮着拉车的说话，你也不敢哼一声，你看你，还像个男子汉大丈夫！多咱你的小婆子跟拉车的跑了，你大概也不敢出一声，你个活王八！"

她的话里本也骂到桐芳，可是桐芳已躲到自己屋里去。像得了胜的蟋蟀似的在盆儿里暗自得意。

冠晓荷微笑的享受着这绝对没有乐音的叫骂，决定不还口。他怕因为吵闹，说丧气话，而冲坏了自己的好运。他又走到镜子前，细细端详自己的印堂与眉眼：印堂的确发亮，他得到不少的安慰。

冠太太休息了一会儿，老声老气的问：

"你雇车干吗？难道这时候还跟什么臭女人拿约会吗？"

冠先生转过脸来，很俊美的一笑："我出去干点正经的，我的太太!”

“你还有什么正经的？十来年了，你连屁大的官儿都没作过!”

“这就快作了啊!”

“怎吗?”

“一朝天子一朝臣，你还不明白吗?”

“嗯!”大赤包由鼻孔里透出点不大信任他的声音与意思。可是，很快的她又“嗯”了一下，具有恍然大悟的表示。她马上把嘴唇并上，嘴角下垂，而在鼻洼那溜儿露出点笑意。她的喜怒哀乐都是大起大落，整出整入的；只有这样说恼便恼，说笑就笑，才能表现出她的魄力与气派，而使她像西太后。

她的语声忽然变得清亮了：“你为什么不早说！走，我跟你去!”

“咱们俩走着去?”

“不会叫汽车吗?”

“铺子都关着门哪!”

“就是铁门，我也会把它砸开！走!”

# 七

虽然孙七平日好和小崔闹别扭，及至小崔受了委屈，他可是真诚的同情小崔。

“怎么着？大赤包敢打人？”孙七——因为给人家剃过二十多年的头，眼睛稍微有点近视——眯着点眼问。

“他妈的，他们还没勾上日本鬼子呢，就这个样；赶明儿他们给小鬼子咂上××，还有咱们活的份儿吗？”小崔的声音故意放高，为是教三号的人们听见。

“他们也得敢！”孙七的声音也不低。“咱们走着瞧，光脚的还怕穿鞋的吗？”

孙七和小崔的联合攻击，教全胡同的人都晓得了冠家的活动。大家全不晓得国家大事要怎样演变，而一致的以为冠晓荷没有人味儿。

这点“舆论”不久便传到白巡长的耳中去。他把小崔调到个空僻的地方嘱咐了一番：

“你少说点话！这年月，谁也不准知道谁站在那儿呢，最好是别得罪人！听见没有？”

"听见了！"小崔，一个洋车夫，对巡警是向来没有什么好感的。白巡长可是个例外。多少次，他因酒后发酒疯，或因穷而发邪脾气，人家白巡长总是嘴里厉害，而心中憨厚，不肯把他带了走。因此，即使白巡长的话不能完全教他心平气和，他也勉强的遵从。"白巡长，难道日本兵就这么永远占了北平吗？"

"那，我不知道。我就知道坏鬼们都快要抬头！"白巡长叹了口气。

"怎么？"

"怎么！你看哪，每打一次仗，小偷儿，私运烟土的，和嘎杂子们[1]，就都抖起来一回。我知道的清楚，因为我是干警察的。我们明明知道，可是不能管他们，你看，连我们自己还不知道明天是什么样儿呀！这次，就更不同了；来的是日本人，还有不包庇坏蛋琉璃球儿的？你看着吧，赶明儿大街上要不公然的吆喝烟土，你把咱的眼珠子挖了去！"

"那么从今以后就没有咱们好人走的路儿了？"

"好人？城全教人家给打下来了，好人又值几个铜板一个？不过，话得往回说，坏人尽管摇头摆尾的得意，好人还得作好人！咱们得忍着点，不必多得罪人，好鞋不踩臭狗屎，你明白我的话吧？"

小崔点了点头，而心中有点发胡涂。

事实上，连日本人也没把事情弄清楚。日本并不像英美那样以政治决定军事，也不像德意那样以军事决定政治。她的民族的性格似乎替她决定了一切。她有天大的野心，而老自惭腿短身量矮，所以尽管她有吞吃了地球的欲望，而不敢公然的提出什么主义，打起什么旗号。她只能在军人闯出祸来以后，才去找合适的欺人的名

①嘎杂子们，指不正经，调皮胡闹的人。

词与说法。她的政治是给军事擦屁股用的。

在攻陷北平以前，在北平，在天津，在保定，日本都埋伏下一些地痞流氓，替她们作那些绝对无耻，连她自己也不好意思承认的事情。及至北平攻陷，这些地痞流氓自然没有粉墨登场的资格与本领，而日本也并未准备下多少官吏来马上发号施令。所以，北平只是军事的占领，一切都莫名其妙的停顿下来。

小崔的腿，孙七的手，小文的嘴，都空闲起来。只有冠晓荷“马不停蹄”。可是，他并没奔走出什么眉目来。和大赤包转了两天，他开始明白，政治与军事的本营都在天津。北平是世界的城园，文物的宝库，而在政治与军事上，它却是天津的附属。策动侵华的日本人在天津，最愿意最肯帮助日本人的华人也在那里。假若天津是唱着文武带打的大戏，北平只是一出空城计。

可是，冠晓荷并不灰心。他十分相信他将要交好运，而大赤包的鼓励与协助，更教他欲罢不能。自从娶了尤桐芳以后，他总是与小太太串通一气，夹攻大赤包。大赤包虽然气派很大，敢说敢打敢闹，可是她的心地却相当的直爽，只要得到几句好话，她便信以为真的去原谅人。冠晓荷常常一方面暗中援助小太太，一方面给大赤包甜蜜的话听，所以她深恨尤桐芳，而总找出理由原谅她的丈夫。同时，她也知道在姿色上，在年龄上，没法与桐芳抗衡，所以原谅丈夫仿佛倒是一种无可奈何的败中取胜的办法。她交际，她热心的帮助丈夫去活动，也是想与桐芳争个各有千秋。这回在城亡国辱之际，除了凑不上手打牌，与不能出去看戏，她并没感到有什么可痛心的，也没想到晓荷的好机会来到。及至听到他的言论，她立刻兴奋起来。她看到了官职，金钱，酒饭，与华美的衣服。她应当拚命去帮助丈夫，好教这些好东西快快到她的手中。她的热诚与努力，颇使晓荷感动，所以这两天他对太太特别的和蔼客气，甚至于善意的批评她的头发还少烫着几个鬈儿！这，使她得到不少的温暖，而暂时的与桐芳停了战。

第三天，她决定和晓荷分头出去。由前两天的经验，她晓得留在北平朋友们都并没有什么很大的势力，所以她一方面教晓荷去找他们，多有些联络反正是有益无损的；在另一方面，她自己去另辟门路，专去拜访妇女们——那些在天津的阔人们的老太太，太太，姨太太，或小姐，因为爱听戏或某种原因而留在北平的。她觉得这条路子比晓荷的有更多的把握，因为她既自信自己的本领，又知道运动官职地位是须走内线的。把晓荷打发走，她嘱咐桐芳看家，而教两个女儿也出去：

“你们也别老坐在家里白吃饭！出去给你爸爸活动活动！自从政府迁到南京，你爸爸就教人家给刷下来了；虽然说咱们没有挨过饿，可是坐吃山空，日子还长着呢，将来怎么办？乘着他还能蹦蹦跳跳的，乘着这个改朝换代的时机，咱们得众星捧月，把他抬出去！听明白没有？”

高第和招弟并不像妈妈那么热心。虽然她们的家庭教育教她们喜欢热闹，奢侈，与玩乐，可是她们究竟是年轻一代的人；她们多少也知道些亡国的可耻。

招弟先说了话。她是妈妈的“老”女儿，所以比姐姐得宠。今天，因为怕日本兵挨家来检查，所以她只淡淡的敷了一点粉，而没有抹口红。“妈，听说路上遇见日本兵，就要受搜查呢！他们专故意的摸女人的胸口！”

“教他们摸去吧！还能摸掉你一块肉！”大赤包一旦下了决心，是什么也不怕的。“你呢？”她问高第。

高第比妹妹高着一头，后影儿很好看，而面貌不甚美——嘴唇太厚，鼻子太短，只有两只眼睛还有时候显着挺精神。她的身量与脾气都像妈妈，所以不得妈妈的喜欢；两个硬的碰到一块儿，谁也不肯退让，就没法不碰出来火光。在全家中，她可以算作最明白的人，有时候她敢说几句他们最不爱听的话。因此，大家都不敢招惹她，也就都有点讨厌她。

“我要是你呀，妈，我就不能让女儿在这种时候出去给爸爸找官儿作！丢人！”高第把短鼻子纵成一条小硬棒子似的说。

“好！你们都甭去！赶明儿你爸爸挣来钱，你们可别伸手跟他要啊！”大赤包一手抓起刺绣的手提包，一手抓起小檀香骨的折扇，像战士冲锋似的走出去。

“妈！”招弟把娘叫住。“别生气，我去！告诉我上哪儿？”

大赤包匆忙的由手提包里拿出一张小纸，和几块钱的钞票来。指着纸条，她说：“到这几家去！别直入公堂的跟人家求事，明白吧？要顺口答音的探听有什么路子可走！你打听明白了，明天我好再亲自去。我要是一个人跑得过来，决不劳动你们小姐们！真！我跑酸了腿，决不为我自己一个人！”

交代完，大赤包口中还唧唧咕咕的叨唠着走出去。招弟手中拿着那张小纸和几张钞票，向高第吐了吐舌头。“得！先骗过几块钱来再说！姐姐，咱们俩出去玩会儿好不好？等妈妈回来，咱们就说把几家都拜访过了，可是都没有人在家，不就完啦。”

“上哪儿去玩。还有心情去玩？”高第皱着眉说。

“没地方去玩倒是真的！都是臭日本鬼子闹的！”招弟撅着小嘴说。“也不知什么时候才能太平？”

“谁知道！招弟，假若咱们打不退日本兵，爸爸真去给鬼子作事，咱们怎办呢?”

“咱们?”招弟眨着眼想了一会儿。“我想不出来！你呢?”

“那，我就不再吃家里的饭!”

“哟!”招弟把脖儿一缩，“你净拣好听的说！你有挣饭吃的本事吗?”

“嗨!”高第长叹了一口气。

“我看哪，你是又想仲石了，没有别的!”

“我倒真愿去问问他，到底这都是怎么一回事!”

仲石是钱家那个以驶汽车为业的二少爷。他长得相当的英俊，在驶着车子的时候，他的脸蛋红红的，头发蓬松着，显出顶随便，而又顶活泼的样子；及至把蓝布的工人服脱掉，换上便装，头发也梳拢整齐，他便又像个干净利落的小机械师。虽然他与冠家是紧邻，他可是向来没注意过冠家的人们，因为第一他不大常回家来，第二他很喜爱机械，一天到晚他不是要弄汽车上的机件（他已学会修理汽车），便是拆开再安好一个破表，或是一架收音机；他的心里几乎没想过女人。他的未婚妻是他嫂子的叔伯妹妹，而由妈妈硬给他定下的。他看嫂子为人老实规矩，所以也就相信她的叔伯妹妹也必定错不了。他没反对家中给他定婚，也没怎样热心的要结婚。赶到妈妈问他“多咱办喜事啊”的时候，他总是回答：“不忙！等我开了一座修理汽车行再说!”他的志愿是开这么一个小铺，自东自伙，能够装配一切零件。他愿意躺在车底下去摆弄那些小东西；弄完，看着一部已经不动的车又能飞快的跑起来，他就感到最大的欣悦。

有一个时期，他给一家公司开车，专走汤山。高第，有一次，参加了一个小团体，到汤山旅行，正坐的是仲石的车。她有点晕车，所以坐在了司机台上。她认识仲石，仲石可没大理会她。及至说起话来，他才晓得她是冠家的姑娘，而对她相当的客气。在他，这不过是情理中当然的举动，丝毫没有别的意思。可是，高第，因为他的模样的可爱，却认为这是一件罗曼司的开始。

高第有过不少的男友，但是每逢他们一看到招弟，便马上像蜂儿看到另一朵更香蜜的花似的，而放弃了她。她为这个和妹妹吵嘴，妹妹便理直气壮的反攻："我并不要抢你的朋友，可是他们要和我相好，有什么办法呢？也许是你的鼻子不大讨人喜欢吧？"这种无情的攻击，已足教高第把眼哭肿，而妈妈又在一旁敲打着："是呀，你要是体面点，有个人缘儿，能早嫁个人，也教我省点心啊！"妈妈的本意，高第也知道，是假若她能像妹妹一样漂亮，嫁个阔人，对冠家岂不有很大的好处么？

因此，高第渐渐的学会以幻想作安慰。她老想有朝一日，她会忽然的遇到一个很漂亮的青年男子，在最静僻的地方一见倾心，直到结婚的时候才教家中看看他是多么体面，使他们都大吃一惊。她需要爱；那么，既得不到，她便在脑中给自己制造。

遇见了仲石，她以为心里所想的果然可以成为事实！她的耳朵几乎是钉在了西墙上，西院里的一咳一响，都使她心惊。她耐心的，不怕费事的，去设尽心机打听钱家的一切，而钱家的事恰好又没多少人晓得。她从电话簿子上找到公司的地址，而常常绕着道儿到公司门外走来走去，希望能看到仲石，可是始终也见不到。越是这样无可捉摸，她越感到一种可爱的苦痛。她会用幻想去补充她所缺乏的事实，而把仲石的身世，性格，能力等等都填满，把他制造成个最理想的青年。

她开始爱读小说，而且自己偷偷的也写一些故事。哪一个故事也没能写得齐全，只是她的白字与错字却非常的丰富。故事中的男主角永远是仲石，女主角可有时候是她自己，有时候是招弟。遇到以招弟为女主角的时候，那必定是个悲剧。

招弟偷看了这些不成篇的故事。她是世界上第一个知道高第有这个秘密的。为报复姐姐使她作悲剧的主角，她时常以仲石为工具去嘲弄姐姐。在她看，钱家全家的人都有些古怪；仲石虽然的确是个漂亮青年，可是职业与身分又都太低。尽管姐姐的模样不秀美，可还犯不上嫁个汽车司机的。在高第心中呢，仲石必是个能作一切，知道一切的人，而暂时的以开车为好玩，说不定哪一天他就会脱颖而出，变成个英雄，或什么承受巨大遗产的财主，像小说中常见到的那样的人物。每逢招弟嘲讽她，她就必定很严肃的回答："我真愿意和他谈谈，他一定什么都知道！"

今天，招弟又提起仲石来，高第依然是那么严肃的回答，而且又补充上：

"就算他是个不折不扣的汽车夫吧，也比跪下向日本人求官作的强，强的多！"

# 八

祁瑞宣的心里很为难。八月中旬是祖父七十五岁的寿日。在往年，他必定叫三四桌有海参，整鸡，整鱼的三大件的席来，招待至亲好友，热闹一天。今年怎么办呢？这个事不能去和老人商议，因为一商议就有打算不招待亲友的意思，而老人也许在表面上赞同，心里却极不高兴——老人的年岁正像岁末的月份牌，撕一张就短一张，而眼看着已经只剩下不多的几张了；所以，老人们对自己的生日是特别注意的，因为生日与丧日的距离已没有好远。

"我看哪，"小顺儿的妈很费了一番思索才向丈夫建议，"还是照往年那么办。你不知道，今年要是鸦雀无声的过去，他老人家非病一场不可！你爱信不信！"

"至于那么严重？"瑞宣惨笑了一下。

"你没听见老人直吹风儿吗？"小顺儿的妈的北平话，遇到理直气壮振振有词的时候，是词汇丰富，而语调轻脆，像清夜的小梆子似的。"这两天不住的说，只要街上的铺子一下板子，就什么事也没有了。这不是说给咱们听哪吗？老人家放开桄儿（尽量的）活，还能再活几年，再说，咱们要是不预备下点酒儿肉儿的，亲戚朋友们要是来了，咱们岂不抓瞎？”

“他们会不等去请，自动的来，在这个年月？”

“那可就难说！别管天下怎么乱，咱们北平人绝不能忘了礼节！”

瑞宣没再言语。平日，他很自傲生在北平，能说全国遵为国语的话，能拿皇帝建造的御苑坛社作为公园，能看到珍本的书籍，能听到最有见解的言论，净凭耳熏目染，也可以得到许多见识。连走卒小贩全另有风度！今天，听到韵梅的话，他有点讨厌北平人了，别管天下怎么乱……呕，作了亡国奴还要庆寿！

“你甭管，全交给我得啦！哪怕是吃炒菜面呢，反正亲友来了，不至于对着脸儿发楞！老人家呢要看的是人，你给他山珍海味吃，他也吃不了几口！”小顺儿的妈说完，觉得很满意，用她的水灵的大眼睛扫射了一圈，仿佛天堂，人间，地狱，都在她的了解与管理中似的。

祁天佑回家来看看。他的脸瘦了一些，挂着点不大自然的笑容。“铺户差不多都开了门，咱们可挑出了幌子去。有生意没生意的，开开门总觉得痛快点！”他含着歉意的向祁老人报告。

“开开门就行了！铺户一开，就有了市面，也就显着太平了！”祁老人的脸上也有了笑容。

和老父亲搭讪了几句，天佑到自己屋里看看老伴儿。她虽还是病病歪歪的，而心里很精细，问了国事，再问铺子的情形。天佑对国事不十分清楚，而只信任商会，商会一劝大家献捐，他就晓得是要打仗，商会一有人出头维持治安，他便知道地面上快消停了。这次，除了商会中几个重要人物作些私人的活动，商会本身并没有什么表示，而铺户的开市是受了警察的通告的。因此，天佑还不能肯确的说大局究竟如何。

至于买卖的好坏，那要完全依着治乱而决定，天佑的难处就在因为不明白时局究竟如何，而不敢决定是否马上要收进点货物来。

“日本鬼子进了城，一时不会有什么生意。生意淡，货价就得低，按理说我应当进点货，等时局稍微一平静，货物看涨，咱们就有个赚头！可是，我自己不敢作主，东家们又未必肯出钱，我只好楞着！我心里不用提有多么不痛快了！这回的乱子和哪一回都不同，这回是日本鬼子打咱们，不是咱们自己打自己，谁知道他们会拉什么屎呢？”

“过一天算一天吧，你先别着急！”

“我别着急？铺子赚钱，我才能多分几个！”

“天塌砸众人哪，又有什么法儿呢？”

说到这里，瑞宣进来了，提起给祖父作寿的事。父亲皱了皱眉。在他的心里，给老父亲作寿差不多和初二十六祭财神一样，万不能马虎过去。但是，在这日本兵刚刚进了城的时候，他实在打不起精神来。想了半天，他低声的说：“你看着办吧，怎办怎好！”瑞宣更没了主意。

大家愣住了，没有话说，虽然心里都有千言万语。这时候，隔壁小文拉起胡琴来，小文太太像在城根喊嗓子那样，有音无字的咿——咿——啊——啊——了几声。

“还有心思干这个！”瑞宣皱着眉说。

“人家指着这个吃饭呀！”天佑本来也讨厌唱戏，可是没法子不说这句实话。意在言外的，他抓到了人们的心情的根底——教谁压管着也得吃饭！

瑞宣溜了出来。他觉得在屋中透不过气来。父亲的这一句话教他看见了但丁的地狱，虽然是地狱，那些鬼魂们还能把它弄得十分热闹！他自己也得活下去，也就必须和鬼魂们挤来挤去！

“瑞宣！”天佑叫了一声，赶到屋门口来。“你到学校看看去吧！”

小顺儿正用小砖头打树上的半红的枣子。瑞宣站住，先对小顺儿说：“你打不下枣儿来，不留神把奶奶屋的玻璃打碎，就痛快了！”

“门口没有，没有卖糖的，还不教人家吃两个枣儿？”小顺儿怪委屈的说。

奶奶在屋里接了话：“教他打去吧！孩子这几天什么也吃不着！”

小顺儿很得意，放胆的把砖头扔得更高了些。

瑞宣问父亲：“哪个学校？”

“教堂的那个。我刚才由那里过，听见打铃的声儿，多半是已经开了课。”

“好！我去看看！”瑞宣正想出去走走，散一散胸中的闷气。

“我也去！”小顺儿打下不少的叶子，而没打下一个枣儿，所以改变计划，想同父亲逛逛街去。

奶奶又答了话：“你不能去呀！街上有日本鬼子！教爷爷给你打两个枣儿！乖！”

瑞宣没顾得戴帽子，匆匆的走出去。

他是在两处教书。一处是市立中学，有十八个钟点，都是英语。另一处是一个天主教堂立的补习学校，他只教四个钟头的中文。兼这四小时的课，他并不为那点很微薄的报酬，而是愿和校内的意国与其他国籍的神父们学习一点拉丁文和法文。他是个不肯教脑子长起锈来的人。

大街上并没有变样子。他很希望街上有了惊心的改变，好使他咬一咬牙，管什么父母子女，且去身赴国难。可是，街上还是那个老样儿，只是行人车马很少，教他感到寂寞，空虚，与不安。正如他父亲所说的，铺户已差不多都开了门，可是都没有什么生意。那些老实的，规矩的店伙，都静静的坐在柜台内，有的打着盹儿，有的向门外呆视。胡同口上已有了洋车，车夫们都不像平日那么嬉皮笑脸的开玩笑，有的靠着墙根静立，有的在车簸箕上坐着。耻辱的外衣是静寂。

他在护国寺街口，看见了两个武装的日本兵，像一对短而宽的熊似的立在街心。他的头上出了汗。低下头，他从便道上，紧擦着铺户的门口走过去。他觉得两脚像踩着棉花。走出老远，他才敢抬起头来。仿佛有人叫了他一声，他又低下头去；他觉得自己的姓名很可耻。

到了学校，果然已经上了课，学生可是并没有到齐。今天没有他的功课，他去看看意国的窦神父。平日，窦神父是位非常和善的人；今天，在祁瑞宣眼中，他好像很冷淡，高傲。瑞宣不知道这是事实，还是因自己的心情不好而神经过敏。说过两句话后，神父板着脸指出瑞宣的旷课。瑞宣忍着气说："在这种情形之下，我想必定停课！"

"呕！"神父的神气十分傲慢。"平常你们都很爱国，赶到炮声一响，你们就都藏起去！"

瑞宣咽了口吐沫，楞了一会儿。他又忍住了气。他觉得神父的指摘多少是近情理的，北平人确是缺乏西洋人的那种冒险的精神与英雄气概。神父，既是代表上帝的，理当说实话。想到这里，他笑了一下，而后诚意的请教：

“窦神父！你看中日战争将要怎么发展呢?”

神父本也想笑一下，可是被一点轻蔑的神经波浪把笑拦回去。“我不知道！我只知道改朝换代是中国史上常有的事!”

瑞宣的脸上烧得很热。他从神父的脸上看到人类的恶根性——崇拜胜利（不管是用什么恶劣的手段取得的胜利），而对失败者加以轻视及污蔑。他一声没出，走了出来。

已经走出半里多地，他又转身回去，在教员休息室写了一张纸条，叫人送给窦神父——他不再来教课。

再由学校走出来，他觉得心中轻松了一些。可是没有多大一会儿，他又觉得这实在没有什么可得意的；一个被捉进笼中的小鸟，尽管立志不再啼唱，又有什么用处呢？他有点头疼。丧胆游魂的，他走到小羊圈的口上，街上忽然乱响起来，拉车的都急忙把车拉入胡同里去，铺户都忙着上板子，几个巡警在驱逐行人：“别走了！回去！到胡同口里去!”铺户上板子的声响，无论在什么时候，总给人以不快之感。瑞宣楞着了。一眼，他看见白巡长。赶过去，他问：“是不是空袭?”这本是他突然想起来的，并没有什么特别的意义。及至已经问出来，他的心中忽然一亮：“我们有空军，来炸北平吧！和日本人一同炸死，也甘心!”他暗自祷告着。

白巡长的微笑是耻辱，无可奈何，与许多说不出的委屈的混合物：“什么空袭？净街？给——”他的眼极快的向四围一扫，而后把声音放低，“给日本老爷净街!”

瑞宣的心中又黑了，低头走进巷口。

在大槐树底下，小崔的车歪脖横狼的放着。小崔，倭瓜脸气得一青一红的，正和李四爷指手画脚的说："看见没有？刚刚把车拉出去，又净了街！教人怎么往下混呢？一刀把我宰了，倒干脆！这么笨锯锯我，简直受不了！"

李四爷今天得到消息较迟，含着歉意的向瑞宣打招呼："街上怎样啦？祁大爷！"

"吃过饭了？四爷爷？"瑞宣立住，勉强的笑着说："大概是日本要人从这里过，净街！"

"不是关城门？"在李四爷的心中，只要不关城门，事情就不至于十分严重。

"不至于吧！"

"快三十年没见过这个阵式了！"李四爷慨叹着说。"当初有皇上的时候，皇上出来才净街！难道日本人要作咱们的皇上吗？"

瑞宣没话可答，惨笑了一下。

"祁先生！"小崔用乌黑的手扯了瑞宣一把，给大褂上印上了两个指头印儿。"你看，到底要怎样呢？真要他妈的老这么锯磨人，我可要当兵去啦！"

瑞宣喜欢李四爷与小崔这点情感，可是他没法回答他们的问题。

四大妈拖着破鞋，眯着两只大近视眼，从门内出来。"谁说当兵去？又是小崔吧？你这小子，放下老婆不管，当兵去？真有你的！把老婆交给我看着吗？赶紧回家睡个觉去，等铺子开了门，再好好的去拉车！"

"四大妈，谁知道铺子关到什么时候呢！一落太阳，又该戒严了，我拉谁去？"

"甭管借盐，还是借醋，我不准你在这儿瞎胡扯！"

小崔知道反抗四大妈是没有便宜的，气哼哼的把车拉进院子去。

“看你这老东西！”四大妈转移了攻击的目标。“铺子都上了门，你怎么不喊一声，教大家伙知道知道哇？”说到了这里，她才看见瑞宣：“哟！祁大爷呀，你看我这瞎摸合眼[1]的？祁大爷，这么一会儿关城，一会儿净街的，到底都是怎么回事呀？”

瑞宣没话可说。他恨那些华北执政的人们，平日把百姓都装在罐子里，一旦遇到危难，他们甩手一走，把那封得严严的罐子留给敌人！凭着几千年的文化与历史，民气是绝对可用的，可是……

“我也说不清！盼着过几天就好点了吧！”他只能这么敷衍一下，好搭讪着走开。

进了家门，他看见祁老人，天佑，瑞丰夫妇，都围着枣树闲谈呢。瑞丰手里捧着好几个半红的枣子，一边吃，一边说：“这就行了！甭管日本人也罢，中国人也罢，只要有人负责，诸事就都有了办法。一有了办法，日本人和咱们的心里就都消停了！”说着，把枣核儿用舌头一顶，吐在地上；又很灵巧的把另一个枣子往高处一扔，用嘴接住。

瑞丰长得干头干脑的，什么地方都仿佛没有油水。因此，他特别注意修饰，凡能以人工补救天然的，他都不惜工本，虔诚修治。他的头发永远从当中分缝，生发油与生发蜡上得到要往下流的程度。他的小干脸永远刮得极干净，像个刚刚削去皮的荸荠；脸蛋上抹着玉容油。他的小干手上的指甲，永远打磨得十分整齐，而且擦上油。他的衣服都作得顶款式，鲜明，若在天桥儿闲溜，人家总以为他是给哪个红姑娘弹弦子的。

①瞎摸合眼，表示眼力不好，看不清楚的意思。

或者因为他的头小，所以脑子也不大，他所注意的永远是最实际的东西与问题，所走的路永远是最省脚步的捷径。他没有丝毫的理想。

现在，他是一家中学的庶务主任。

瑞宣与瑞全都看不上老二。可是祁老人，天佑，和天佑太太都相当的喜欢他，因为他的现实主义使老人们觉得他安全可靠，不至于在外面招灾惹祸。假若不是他由恋爱而娶了那位摩登太太，老人们必定会派他当家过日子；他是那么会买东西，会交际，会那么婆婆妈妈的和七姑姑八老姨都说得来。不幸，他娶了那么位太太。他实际，她自私；二者归一，老人们看出不妥之处来，而老二就失去了家庭中最重要的地位。为报复这个失败，他故意的不过问家事，而等到哥嫂买贵了东西，或处置错了事情，他才头头是道的去批评，甚至于攻击。

“大哥！”瑞丰叫得很亲切，显出心中的痛快：“我们学校决定了用存款维持目前，每个人——不论校长，教员，和职员——都暂时每月拿二十块钱维持费。大概你们那里也这么办。二十块钱，还不够我坐车吸烟的呢！可是，这究竟算是有了个办法；是不是？听说，日本的军政要人今天在日本使馆开会，大概不久就能发表中日两方面的负责人。一有人负责，我想，经费就会有了着落，维持费或者不至于发好久。得啦，这总算都有了头绪；管他谁组织政府呢，反正咱们能挣钱吃饭就行！”

瑞宣很大方的一笑，没敢发表自己的意见。在父子兄弟之间，他知道，沉默有时候是最保险的。

祁老人连连的点头，完全同意于二孙子的话。他可是没开口说什么，因为二孙媳妇也在一旁，他不便当众夸奖孙子，而增长他们小夫妇的骄气。

“你到教堂去啦？怎么样？”天佑问瑞宣。

瑞丰急忙把嘴插进来：“大哥，那个学校可是你的根据地！公立学校——或者应当说，中国人办的学校——的前途怎样，谁还也不敢说。外国人办的就是铁杆儿庄稼！你马上应当运动，多得几个钟点！洋人决不能教你拿维持费！”

瑞宣本来想暂时不对家中说他刚才在学校中的举动，等以后自已找到别的事，补偿上损失，再告诉大家。经老二这么一通，他冒了火。还笑着，可是笑得很不好看，他声音很低，而很清楚的说：“我已经把那四个钟头辞掉了！”

“什——“老二连”什”下的“么”还没说出来，就又闭上了嘴。平日，他和老三常常吵嘴；老三不怕他，他也不怕老三；争吵总是无结果而散。对老大，他只敢暗中攻击，而不敢公开的吵闹；他有点怕老大。今天，看瑞宣的神色不大对，他很快的闭上了嘴。

祁老人心里很不满意长孙这个把馒头往外推的办法，可是不便说什么，于是假装没有听见。

天佑知道长子的一举一动都有分寸，也知道一个人在社会上作事是必定有进有退的，而且进退决定于一眨眼的工夫，不愿意别人追问为了什么原因。所以，他很怕别人追问瑞宣，而赶紧的说：“反正只是四点钟，没关系！老大你歇歇去！”

小顺儿的妈正在东屋里作事，两手又湿又红，用手背抹着脑门上的汗，在屋门里往外探了探头。院中大家的谈话，她没有听清楚，可是直觉的感到有点不对。见丈夫往北屋走，她问了声：“有晾凉的绿豆汤，喝不喝？”她的语气满含着歉意，倒好像是她自已作了什么使大家不快的事。

瑞宣摇了摇头，走进老三屋里去。老三正在床上躺着，看一本线装书——洋书都被大哥给烧掉，他一来因为无聊，二来因要看看到底为什么线装书可以保险，所以顺手拿起一本来。看了半天，他才明白那是一本《大学衍义》。他纳着气儿慢慢的看那些大字。字都印得很清楚，可是仿佛都像些舞台上的老配角，穿戴着残旧的衣冠，在那儿装模作样的扭着方步，一点也不精神。当他读外文的或中文的科学书籍的时候，书上那些紧凑的小字就像小跳蚤似的又黑又亮。他皱紧了眉头，用眼去捉它们，一个个的捉入脑中。他须花费很大的心力与眼力，可是读到一个段落，他便整个的得到一段知识，使他心中高兴，而脑子也仿佛越来越有力量。那些细小的字，清楚的图表，在他了解以后，不但只使他心里宽畅，而且教他的想象活动——由那些小字与图解，他想到宇宙的秩序，伟大，精微，与美丽。假若在打篮球的时候，他觉得满身都是力量与筋肉，而心里空空的；赶到读书的时候，他便忘了身体，而只感到宇宙一切的地方都是精微的知识。现在，这本大字的旧书，教他摸不清头脑，不晓得说的到底是什么。他开始明白为什么敌人不怕线装书。

"大哥！你出去啦?"他把书扔在一边，一下子坐起来。

瑞宣把与窦神父见面的经过，告诉了弟弟，然后补上："无聊！不过，心里多少痛快点！"

"我喜欢大哥你还有这么点劲儿！"瑞全很兴奋的说。

"谁知道这点劲儿有什么用处呢？能维持多么久呢?"

"当然有用处！人要没有这点劲儿，跟整天低着头拣食的鸡有什么分别呢？至于能维持多么久，倒难说了；大哥你就吃了这一家子人的亏；连我也算上，都是你的累赘！"

"一想起窦神父的神气，我真想跺脚一走，去给中国人争点气！连神父都这样看不起咱们，别人更可想见了！我们再低着头装窝囊废，世界上恐怕就没一个人同情咱们，看得起咱们了！”

“大哥你尽管这么说，可是老拦着我走！”

“不，我不拦你走！多咱我看走的时机到了，我必定放了你！”

“可要保守秘密呀，连大嫂也别告诉。”老三声音很低的说。

“当然！”

“我就不放心妈妈！她的身子骨那么坏，我要偷偷的走了，她还不哭个死去活来的？”

瑞宣愣了一会儿才说：“那有什么法子呢！国破，家就必亡啊！”

# 九

要是依着日本军阀的心意，当然最如意与简明的打算，是攻陷一处便成立个军政府，以军人作首领，而把政治用枪刺挑着。但是，这样去作，须一下手便有通盘的军事计划与雄厚的兵力。事实上，他们有极大的侵略野心，而没有整个的用兵计划与庞大得足以一鼓而攻下华北的兵力。他们的野心受了欺诈的诱惑，他们想只要东响几声炮，西放一把火，就能使中华的政府与人民丧胆求和，而他们得以最小的损失换取最大的利益。欺诈是最危险的事，因为它会翻过头来骗你自己。日本军人攻下了北平与天津，而战事并没有完结。他们须将错就错的继续打下去，而不能不把用枪刺穿住的肥肉分给政客们与资本家们一些。他们讨厌政客与大腹贾，可是没法子不准他们分肥。他们更讨厌中国的汉奸，而汉奸又恰好能帮助他们以很小的兵力镇服一座城或一个县分。他们须擦一擦手上的血，预备和他们所讨厌的政客与汉奸握手。握手之后，那些政客与汉奸会给他们想出许多好听的字眼，去欺骗中国人与他们自己。他们最不愿要和平，而那些小鼻小眼的人却提出“和平”；他们本只忠于自己——为升官，为抢钱，而发动战争——而政客们偏说他们是忠于天皇。“武士道”的精神，因此，一变而为欺人与自欺，而应当叱咤风云的武士都变成了小丑。

假若他们不是这样，而坦率的自比于匈奴或韩尼布尔，以烧红的铁鞭去击碎了大地，他们在历史上必定会留下个永远被诅咒的名声，像魔鬼永远与天使对立似的。但是，他们既要杀人放火，而又把血迹与火场用纸掩盖上。历史上将无以名之，而只能很勉强的把他们比作黄鼬或老鼠。

北平为老鼠们净了街。老鼠是诡诈而怕人的。

他们的聚议，假若不是因战争催迫着，将永无结果。他们非教政客与汉奸们来帮忙不可，可是帮忙即须染指。他们应教别人分润多少？分润什么？自己抢来的，而硬看着别人伸手来拿，不是什么好受的事，特别是在鼠眼的东洋武士们。假若照着他们的本意，他们只须架上机关枪，一刻钟的工夫便把北平改成个很大的屠场，而后把故宫里的宝物，图书馆的书籍，连古寺名园里的奇花与珍贵的陈设，统统的搬了走，用不着什么拐弯抹角的作文章。可是，还有许多西洋人在北平，东洋的武士须戴上一张面具，遮盖上狰狞的面孔。政客们又说，这是政治问题，不应当多耗费子弹。资本家们也笑容可掬的声明，屠杀有背于经济的原理。最后，汉奸们打躬作揖的陈述，北平人是最老实的，决不抗日，应求“皇军”高抬贵手。于是，最简单的事变成很复杂，而屠杀劫抢变为组织政府与施行“王道”。

这样的从军事占领迂回到组织政府，使藏在天津的失意军阀与官僚大为失望。他们的作官与搂钱的欲望，已经随着日寇的侵入而由期待变为马上可以如愿以偿。他们以为只要一向日本军人磕头便可以富贵双临。没料到，日本军是要详加选择，而并不摸摸脑袋就算一个人。同时，日本军人中既有派别，而政客与资本家又各有党系，日本人须和日本人斗争，华人也就必须随着乱转，而不知道主要的势力是在哪里。他们的简单的认日本军阀为义父的办法须改为见人就叫爸爸。他们慌乱、奔走、探听、勾结、竞争、唯恐怕落选——这回能登台，才能取得“开国元勋”的资格与享受。他们像暑天粪窖的蛆那么活跃。

更可怜的是冠晓荷一类的人。他们所巴结的人已经是慌乱而不知究竟如何，他们自己便更摸不清头脑。他们只恨父母没多给了他们两条腿！他们已奔走得筋疲力尽，而事情还是渺茫不定。

冠晓荷的俊美的眼已陷下两个坑儿，脸色也黑了一些。他可是一点也不灰心，他既坚信要转好运，又绝不疏忽了人事。他到处还是侃侃而谈，谈得嗓子都有点发哑，口中有时候发臭。他买了华达丸含在口中，即使是不说话的时候，口中好还有些事作。他的事情虽然还没有眉目，他可是已经因到各处奔走而学来不少名词与理论；由甲处取来的，他拿到乙处去卖；然后，由乙处又学来一半句，再到丙处去说。实在没有地方去说，他还会在家中传习给太太与女儿。而且，这样的传习与宣传，还可以掩饰自己的失败，常常的在一语未完而打个哈欠什么的，表示自己因努力而感到疲乏。

假若他的事情已经成功，他一定不会有什么闲心去关切，或稍稍的注意，老街旧邻们。现在，事情还没有任何把握，他就注意到邻居们：为什么像祁瑞宣那样的人们会一声不响，大门不出，二门不迈的呢？他们究竟有什么打算与把握呢？对钱默吟先生，他特别的注意。他以为，像钱先生那样的年纪，学问，与为人，必定会因日本人来到而走一步好运。在他这几天的奔走中，他看到不少的名士们，有的预备以诗文结交日本朋友，打算创立个诗社什么的。

从这些诗人骚客的口中，冠晓荷学会了一套：

“日本人是喜欢作诗的，而且都作中国旧诗！要不怎么说白话诗没价值呢！”

有的预备着以绘画和书法为媒，与日本人接近，冠晓荷又学会一套：

“艺术是没有国籍的，中国人作画，正和日本人一样，都要美。我们以美易美，也就没什么谁胜谁败之分了！”

有的预备着以种花草为保身之计，他们说：“日本人最爱花草。在东洋，连插花瓶都极有讲究！大家在一块儿玩玩花草，也就无须乎分什么中国人与日本人了！”这一套也被冠先生学会。

这些准备与言论，使冠晓荷想到钱默吟。钱先生既会诗文，又会绘画，还爱种花；全才！他心中一动：呕！假若打着钱先生的旗号，成立个诗社或画社，或开个小鲜花店，而由他自己去经营，岂不就直接的把日本人吸引了来，何必天天求爷爷告奶奶的谋事去呢？

想到这里，他也恍然大悟，呕！怨不得钱先生那么又臭又硬呢，人家心里有数儿呀！他很想去看看钱先生，但是又怕碰壁。想起上次在祁家门口与钱先生相遇的光景，他不肯再去吃钉子。他想还是先到祁家打听一下好。假若祁瑞宣有什么关于钱默吟的消息，他再决定怎样去到钱宅访问——只要有希望，碰钉子也不在乎。同时，他也纳闷祁瑞宣有什么高深莫测的办法，何以一点也不慌不忙的在家里蹲着。含上一颗华达丸，梳了梳头发，他到祁家来看一眼。

“瑞宣！”他在门口拱好了手，非常亲切的叫：“没事吧？我来看看你们！”

同瑞宣来到屋中，落了坐，他先夸奖了小顺儿一番，然后引入正题："有甚么消息没有？"

"没有呢！"

"太沉闷了！"冠晓荷以为瑞宣是故意有话不说，所以想用自己的资料换取情报："我这几天不断出去，真实的消息虽然很少，可是大致的我已经清楚了大势所趋。一般的说，大家都以为中日必须合作。"

"哪个大家？"瑞宣本不想得罪人，但是一遇到冠先生这路人，他就不由的话中带着刺儿。

冠先生觉到了那个刺儿，转了转眼珠，说："自然，我们都希望中国能用武力阻止住外患，不过咱们打得过日本与否，倒是个问题。北平呢，无疑的是要暂时由日本人占领，那么，我想，像咱们这样有点用处的人，倒实在应当出来作点事，好少教我们的人民吃点亏。这条胡同里，我就看得起你老哥和钱默翁，也就特别的关切你们。这几天，默翁怎样？"

"这两天，我没去看他。"

"他是不是有什么活动呢？"

"不知道！他恐怕不会活动吧，他是诗人！"

"诗人不见得就不活动呀！听说诗人杜秀陵就很有出任要职的可能！"

瑞宣不愿再谈下去。

"咱们一同看看默翁去，好不好？"

"改天吧！"

"哪一天？你定个时间！"

瑞宣被挤在死角落里，只好改敷衍为进攻。"找他干什么呢？"

“是呀，”晓荷的眼放出光来，“这就是我要和你商量商量的呀！我知道钱先生能诗善画，而且爱养花草。日本人呢，也喜欢这些玩艺儿。咱们——你，我，钱先生——要是组织个什么诗画社，消极的能保身，积极的还许能交往上日本人，有点什么发展！我们一定得这么作，这确乎是条平妥的路子！”

“那么，冠先生，你以为日本人就永远占据住咱们的北平了？”

“他们占据一个月也好，一百年也好，咱们得有个准备。说真的，你老哥别太消极！在这个年月，咱们就得充分的活动，好弄碗饭吃，是不是？”

“我想钱先生决不肯作这样的事！”

“咱们还没见着他呢，怎能断定？谁的心里怎么样，很难不详谈就知道！”

瑞宣的胖脸微微红起来。“我自己就不干！”他以为这一句话一定开罪于冠先生，而可以不再多罗嗦了。

冠先生并没恼，反倒笑了一下：“你不作诗，画画，也没关系！我也不会！我是说由默翁作文章，咱们俩主持事务。早一点下手，把牌子创开，日本人必闻风而至，咱们的小羊圈就成了文化中心！”

瑞宣再不能控制自己，冷笑得出了声。

“你再想想看！”冠先生立起来。“我觉得这件事值得作！作好了，于我们有益；作不好呢也无损！”一边说，他一边往院中走。“要不这样好不好？我来请客，把钱先生请过来，大家谈谈？他要是不愿上我那里去呢，我就把酒菜送到这边来！你看怎样？”

瑞宣答不出话来。

走到大门口，冠先生又问了声：“怎样？”

瑞宣自己也不知道哼了一句什么，便转身进来。他想起那位窦神父的话。把神父的话与冠晓荷的话加在一处，他打了个冷战。

冠晓荷回到家中，正赶上冠太太回来不久。她一面换衣服，一面喊洗脸水和酸梅汤。她的赤包儿式的脸上已褪了粉，口与鼻大吞大吐的呼吸着，声势非常的大，仿佛是刚刚抢过敌人的两三架机关枪来似的。

大赤包对丈夫的财禄是绝对乐观的。这并不是她信任丈夫的能力，而是相信她自己的手眼通天。在这几天内，她已经和五位阔姨太太结为干姊妹，而且顺手儿赢了两千多块钱。她预言：不久她就会和日本太太们结为姊妹，而教日本的军政要人们也来打牌。

因为满意自己，所以她对别人不能不挑剔。“招弟！你干了什么？高第你呢？怎么？该加劲儿的时候，你们反倒歇了工呢？”然后，指槐骂柳的，仍对两位小姐发言，而目标另有所在：“怎么，出去走走，还晒黑了脸吗？我的脸皮老，不怕晒！我知道帮助丈夫兴家立业，不能专仗着脸子白，装他妈的小妖精！”

说完，她伸着耳朵听；假若尤桐芳有什么反抗的表示，她准备人举进攻。

尤桐芳，可是，没有出声。

大赤包把枪口转向丈夫来：

“你今天怎么啦？也不出去？把事情全交给我一个人了？你也不害羞！走，天还早呢，你给我乖乖的再跑一趟去！你又不是裹脚的小妞儿，还怕走大了脚？”

“我走！我走！”冠先生拿腔作调的说。“请太太不要发脾气！”说罢，戴起帽子，懒洋洋的走出去。

他走后，尤桐芳对大赤包开了火。她颇会调动开火的时间：

冠先生在家，她能忍就忍，为是避免祸首的罪名；等他一出门，她的枪弹便击射出来。大赤包的嘴已很够野的，桐芳还要野上好几倍。骂到连她自己都觉难以入耳的时候，她会坦率的声明：“我是唱玩艺儿出身满不在乎！”

尤桐芳不记得她的父母是谁，“尤”是她养母的姓。四岁的时候，她被人拐卖出来。八岁她开始学鼓书。她相当的聪明，十岁便登台挣钱。十三岁，被她的师傅给强奸了，影响到她身体的发育，所以身量很矮。小扁脸，皮肤相当的细润，两只眼特别的媚。她的嗓子不错，只是底气不足，往往唱着唱着便声嘶力竭。她的眼补救了嗓子的不足。为生活，她不能不利用她的眼帮助歌唱。她一出台，便把眼从右至左打个圆圈：使台下的人都以为她是看自己呢。因此，她曾经红过一个时期。她到北平来献技的时候，已经是二十二岁。一来是，北平的名角太多；二来是她曾打过二次胎，中气更不足了；所以，她在北平不甚得意。就是在她这样失意的时候，冠先生给她赎了身。大赤包的身量——先不用多说别的——太高，所以他久想娶个矮子。

假若桐芳能好好的读几年的书，以她的身世，以她的聪明，她必能成为一个很有用的小女人。退一步说，即使她不读书，而能堂堂正正的嫁人，以她的社会经验，和所受的痛苦，她必能一扑纳心[①]的作个好主妇。她深知道华美的衣服，悦耳的言笑，丰腴的酒席，都是使她把身心腐烂掉，而被扔弃在烂死岗子的毒药。在表面上，她使媚眼，她歌唱，她开玩笑，而暗地里她却以泪洗面。没有父母，没有兄弟姊妹亲戚；睁开眼，世界是个空的。在空的世界中，她须向任何人都微笑，都飞眼，为是赚两顿饭吃。在二十岁的

①一扑纳心，形容一个人死心塌地的跟随着别人。

时候，她已明白了一切都是空虚，她切盼遇到个老实的男人，给她一点生活的真实。可是，她只能作姨太太！除了她的媚眼无法一时改正——假如她遇上一个好男人——她愿立刻改掉一切的恶习。但是，姨太太是“专有”的玩物；她须把媚惑众人的手段用来取悦一个人。再加上大赤包的嫉妒与压迫，她就更须向丈夫讨好，好不至于把到了口的饭食又丢掉。一方面，她须用旧有的诱惑技巧拴住丈夫的心，另一方面，她决定不甘受欺侮，以免变成垫在桌腿下的青蛙。况且，在心里，她不比任何人坏；或者，因为在江湖上走惯了，她倒比一般的人更义气一些。以一个女人来说，她也不比任何女人更不贞节。虽然她十三岁就破了身，二十二岁就已堕过两次胎，可是那并不是她自己的罪恶。因此，大赤包越攻击她，她便越要抗辩，她觉得大赤包没有骂她的资格。不幸，她的抗辩，本来是为得到了解，可是因为用了诟骂的形式来表达，便招来更多的攻击与仇恨。她也就只好将错就错的继续反攻。

今天，她的责骂不仅是为她自己，而且是为了她的老家——辽宁。也不准知道自己是关外人不是，但是她记得在沈阳的小河沿卖过艺，而且她的言语也是那里的。既无父母，她愿妥定的有个老家，好教自己觉得不是无根的浮萍。她知道日本人骗去了她的老家，也晓得日本人是怎样虐待着她的乡亲，所以她深恨大赤包的设尽方法想接近日本人。

在全家里，她只和高第说得来。冠晓荷对她相当的好，但是他的爱她纯粹是宠爱玩弄，而毫无尊重的意思。高第呢，既不得父母的欢心，当然愿意有个朋友，所以对桐芳能平等相待，而桐芳也就对高第以诚相见。

桐芳叫骂了一大阵以后，高第过来劝住了她。雷雨以后，多数是晴天；桐芳把怨气放尽，对高第特别的亲热。两个人谈起心来。一来二去的，高第把自己的一点小秘密告诉了桐芳，引起桐芳许多的感慨。

“托生个女人，唉，就什么也不用说了！我告诉你，大小姐，一个女人就像一个风筝。别看它花红柳绿的，在半天空中摇摇摆摆，怪美的，其实那根线儿是在人家手里呢！不服气，你要挣断那根线儿，好，你就头朝下，不是落在树上，就是挂在电线上，连尾巴带翅膀，全扯得稀烂，比什么都难看！”牢骚了一阵，她把话拉回来：“我没见过西院里的二爷。不过，要嫁人的话，就嫁个老老实实的人；不怕穷点，只要小两口儿能消消停停的过日子就好！你甭忙，我去帮你打听！我这一辈子算完了，睁开眼，天底下没有一个亲人！不错，我有个丈夫；可是，又不算个丈夫！也就是我的心路宽，脸皮厚；要不然，我早就扎在尿窝子里死啦！得啦，我就盼着你有一门子好亲事，也不枉咱们俩相好一程子！”

高第的短鼻子上纵起不少条儿笑纹。

# 十

北平的天又高起来！“八一三”！上海的炮声把久压在北平人的头上的黑云给掀开了！

祁瑞宣的眉头解开，胖脸上拥起一浪一浪的笑纹，不知不觉的低声哼着岳武穆的《满江红》。

瑞全扯着小顺儿，在院中跳了一个圈，而后把小妞子举起来，扔出去，再接住，弄得妞子惊颤的尖声笑着，而吓坏了小顺儿的妈。

“老三！你要是把她的嫩胳臂嫩腿摔坏了，可怎么办！”小顺儿的妈高声的抗议。

祁老人只晓得上海是个地名，对上海抗战一点也不感兴趣，只慨叹着说：“劫数！劫数！这又得死多少人呀！”

天佑在感情上很高兴中国敢与日本决一死战，而在理智上却担忧自己的生意：“这一下子更完了，货都由上海来啊！”

“爸爸，你老想着那点货，就不为国家想想！”瑞全笑着责备他老人家。

“我并没说打日本不好哇！”天佑抱歉的声辩。

小顺儿的妈莫名其妙，也不便打听，看到大家都快活，她便加倍用力的工作，并且建议吃一顿茴香馅的饺子。歪打正着，瑞全以为大嫂是要以吃饺子纪念这个日子，而大加夸赞。

“大嫂我帮着你包！”

“你呀？歇着吧！打惯了球的手，会包饺子？别往脸上贴金啦！”

天佑太太听到大家吵嚷，也出了声：

“怎么啦？”

瑞全跑到南屋，先把窗子都打开，而后告诉妈妈：“妈！上海也开了仗！”

“好！蒋委员长作大元帅吧？”

“是呀！妈，你看咱们能打胜不能？”瑞全喜欢得忘了妈妈不懈得军事。

“那谁知道呀！反正先打死几万小日本再说！”

“对！妈你真有见识！”

“你们要吃饺子是不是？”

“大嫂的主意！她真有两下子，什么都知道！”

“搀我起来，我帮她拌馅子去；她拌馅子老太咸！”

“妈你别动，我们有的是人！连我还下手呢！”

“你？”妈妈笑了一下。她慢慢的自己坐起来。

瑞全忙过去搀扶，而不知把手放在哪儿好。

“算了吧！别管我，我会下地！这两天我好多了！”事实上，她的病是像夏天的雨，说来就来，说走就走。当她精神好的时候，她几乎和好人差不多；可是，忽然的一阵不舒服，她便须赶快去睡倒。

慢慢的，她穿上了鞋，立了起来。立起来，她是那么矮，那么瘦，瑞全仿佛向来没注意过似的；他有点惊讶。他很爱妈妈，可是向来没想到过妈妈就是这样的一个小老太太。再看，妈妈与祖父，父亲，都长得不同。她不是祁家的人，可又是他的母亲，他觉得奇怪，而不知怎么的就更爱她。再看，她的脸色是那么黄，耳朵薄得几乎是透明的，他忽然感到一阵难过。上海开了仗，早晚他须由家里跑出去；上海在呼唤他！他走了以后，谁知道什么时候才能再见到妈妈呢？是不是能再见到她呢？

“妈！”他叫出来，想把心中的秘密告诉她。

“啊？”

“啊——没什么！”他跑到院中，仰头看着那又高又蓝的天，吐了口气。

他到东屋看了看，见大嫂没有容纳他帮忙包饺子的表示，没出声，找了大哥去。

“大哥！我该走了吧？想想看，上海一开仗，得用多少人，我不能光坐在家里等好消息！”

“到上海去？”

“是呀！以前，想走我找不到目的地；现在有了去处，还不走？再不走，我就要爆炸了！”

“怎么走呢？天津有日本人把住，你又年轻力壮，又像学生的样子，日本人能轻易放你过去？我不放心！”

“你老这么婆婆妈妈的，大哥！这根本是冒险的事，没法子想得周到！溜出北平去再说，走一步再打算第二步！”

“咱们再仔细想一想！”瑞宣含着歉意的说。“怎样走？怎样化装？带什么东西？都须想一想！”

“要是那样，就别走啦！”瑞全并没发气，可是不耐烦的走出去。

瑞丰有点见风驶舵。见大家多数的都喜欢上海开仗的消息，他觉得也应当随声附和。在他心里，他并没细细的想过到底打好，还是不打好。他只求自己的态度不使别人讨厌。

瑞丰刚要赞美抗战，又很快的改了主意，因为太太的口气“与众不同”。

瑞丰太太，往好里说，是长得很富泰；往坏里说呢，干脆是一块肉。身量本就不高，又没有脖子，猛一看，她很像一个啤酒桶。脸上呢，本就长得蠢，又尽量的往上涂抹颜色，头发烫得像鸡窝，便更显得蠢而可怕。瑞丰干枯，太太丰满，所以瑞全急了的时候就管他们叫“刚柔相济”。她不只是那么一块肉，而且是一块极自私的肉。她的脑子或者是一块肥油，她的心至好也不过是一块像蹄髈一类的东西。

“打上海有什么可乐的？”她的厚嘴唇懒懒的动弹，声音不大，似乎喉眼都糊满脂肪。“我还没上过上海呢！炮轰平了它，怎么办？”

“轰不平！”瑞丰满脸赔笑的说：“打仗是在中国地，大洋房都在租界呢，怎能轰平？就是不幸轰平了，也没关系；赶到咱们有钱去逛的时候，早就又修起来了；外国人多么阔，说修就修，说拆就拆，快得很！”

“不论怎么说，我不爱听在上海打仗！等我逛过一回再打仗不行吗？”

瑞丰很为难，他没有阻止打仗的势力，又不愿得罪太太，只好不敢再说上海打仗的事。

“有钱去逛上海，”太太并不因瑞丰的沉默而消了气：“你多咱才能有钱呢？嫁了你才算倒了霉！看这一家子，老少男女都是啬刻鬼，连看回电影都好像犯什么罪似的！一天到晚，没有说，没有笑，没有玩乐，老都撅着嘴像出丧的！”

“你别忙啊！”瑞丰的小干脸上笑得要裂缝子似的，极恳切的说：“你等我事情稍好一点，够咱们花的，再分家搬出去呀！”

“等！等！等！老是等！等到哪一天？”瑞丰太太的胖脸涨红，鼻洼上冒出油来。

中国的飞机出动！北平人的心都跳起多高！小崔的耳边老像有飞机响似的，抬着头往天上找。他看见一只敌机，但是他硬说是中国的，红着倭瓜脸和孙七辩论：

“要讲剃头刮脸，我没的可说；你拜过师，学过徒！说到眼神，就该你闭上嘴了；尊家的一对眼有点近视呀！我看得清楚极了！飞机的翅膀上画着青天白日；一点错没有！咱们的飞机既能炸上海，就能炸北平！”

孙七心中本来也喜欢咱们的飞机能来到北平，可是经小崔一说，他就不能不借题抬几句杠。及至小崔攻击到他的近视眼，他认了输，夹着小白布包，笑嘻嘻的到铺户去作活。到了铺户中，他把小崔的话扩大了一些，告诉给小商人们。他一手按着人家的脸，一手用刀在脸上和下巴底下刮剃，低声而恳切的说：“我刚才看见七架咱们的轰炸机，好大个儿！翅儿上画着青天白日，清楚极了！”人家在他的剃刀威胁之下，谁也不敢分辩。

小崔哼唧着小曲，把车拉出去。到车口，他依然广播着他看见了中国飞机。在路上，看到日本兵，他扬着点脸飞跑；跑出相当的远，他高声的宣布：“全杀死你们忘八日的！”而后，把咱们的飞机飞过天空的事，告诉给坐车的人。

李四爷许久也没应下活来——城外时时有炮声，有几天连巡警都罢了岗，谁还敢搬家呢。今天，他应下一档儿活来，不是搬家，而是出殡。他的本行是“窝脖儿”，到了晚年，他也应丧事；他既会稳当的捆扎与挪移箱匣桌椅，当然也能没有失闪的调动棺材。在护国寺街口上，棺材上了杠。一把纸钱像大白蝴蝶似的飞到空中，李四爷的尖锐清脆的声音喊出：“本家儿赏钱八十吊啊！”抬杠的人们一齐喊了声“啊！”李四爷，穿着孝袍，精神百倍的，手里打着响尺①，好像把满怀的顾虑与牢骚都忘了。

李四大妈在小羊圈口上，站得紧靠马路边，为是看看丈夫领殡——责任很重的事——的威风。擦了好几把眼，看见了李四爷，她含笑的说了声：“看这个老东西！”

棚匠刘师傅也有了事作。警察们通知有天棚的人家，赶快把棚席拆掉。警察们没有告诉大家拆棚的理由，可是大家都猜到这是日本鬼子怕中央的飞机来轰炸；席棚是容易起火的。刘师傅忙着出去拆棚。高高的站在房上，他希望能看到咱们的飞机。

小文夫妇今天居然到院中来调嗓子，好像已经不必再含羞带愧的作了。

连四号的马老寡妇也到门口来看看。她最胆小，自从芦沟桥响了炮，她就没迈过街门的门坎。她也不许她的外孙——十九岁的程长顺——去作生意，唯恐他有什么失闪。她的头发已完全白了，而浑身上下都收拾得干干净净的，手指上还戴着四十年前的式样的，又重又大的，银戒指。她的相貌比李四妈还更和善；心理也非

①响尺，旧社会出殡起杠时，一个人用两根尺样长的木器，击响声。

常的慈祥，和李四妈差不多。可是，她在行动上，并不像李四妈那样积极，活跃，因为自从三十五岁她就守寡，不能不沉稳谨慎一些。

她手中有一点点积蓄，可是老不露出来。过日子，她极俭省，并且教她的外孙去作小生意。外孙程长顺在八岁的时候父母双亡，就跟着外婆。他的头很大，说话有点囔鼻，像患着长期伤风似的。因为头大，而说话又呜囔呜囔的，所以带着点傻相；其实他并不傻。外婆对他很好，每饭都必给他弄点油水，她自己可永远吃素。在给他选择个职业的时候，外婆很费了一番思索；结果是给他买了一架旧留声机和一两打旧唱片子，教他到后半天出去转一转街。长顺非常喜欢这个营业，因为他自己喜欢唱戏。他的营业也就是消遣。他把自己所有的唱片上的戏词与腔调都能唱上来。遇到片子残破，中间断了一点的时候，他会自己用嘴哼唧着给补充上。有时候，在给人家唱完半打或一打片子之后，人家还特烦他大声的唱几句。他说话时虽呜囔呜囔的，唱起来可并不这样；反之，正因为他的鼻子的关系，他的歌唱的尾音往往收入鼻腔，听起来很深厚有力。他的生意很不错，有几条街的人们专等着他，而不照顾别人。他的囔鼻成了他的商标。他的志愿是将来能登台去唱黑头，因他的脑袋既大，而又富于鼻音。

这一程子，长顺闷得慌极了！外婆既不许他出去转街，又不准他在家里开开留声机。每逢他刚要把机器打开，外婆就说："别出声儿呀，长顺，教小日本儿，听见还了得！"

今天，长顺告诉外婆："不要紧了，我可以出去作买卖啦！上海也打上了，咱们的飞机，一千架，出去炸日本鬼子！咱们准得打胜！上海一打胜，咱们北平就平安了！"

外婆不大信长顺的话，所以大着胆子亲自到门外调查一下；倒仿佛由门外就能看到上海似的。

老太太的白发，在阳光下，发着一圈儿银光。大槐树的绿色照在她的脸上，给皮肤上的黄亮光儿减去一些，有皱纹的地方都画上一些暗淡的细道儿。胡同里没有行人，没有动静，她独自立了一会儿，慢慢的走回屋中去。

“怎样？外婆！”长顺急切的问。

“倒没有什么，也许真是平安了！”

“上海一开仗，咱们准打胜！外婆你信我的话，准保没错儿！”长顺开始收拾工具，准备下午出去作生意。

全胡同中，大家都高兴，都准备着迎接胜利，只有冠晓荷心中不大痛快。他的事情还没有眉目。假若事情已定，他大可以马上去浑水摸鱼，管什么上海开仗不开仗。但是，事情既没决定，而上海已经在抗战，万一中国打胜，他岂不是没打到狐狸而弄来一屁股臊？他很不痛快的决定这两天暂时停止活动，看看风色再说。

大赤包可深不以为然：“你怎么啦？事情刚开头儿，你怎么懈了劲儿呢？上海打仗？关咱们什么屁事？凭南京那点兵就打得过日本？笑话！再有六个南京也不行！”大赤包差不多像中了邪。她以为后半世的产业与享受都凭此一举，绝对不能半途而废。

凑巧，六号住的丁约翰回来了。丁约翰的父亲是个基督徒，在庚子年被义和团给杀了。父亲殉道，儿子就得到洋人的保护；约翰从十三岁就入了“英国府”作打杂儿的。渐渐的，他升为摆台的，现在已经是四十多岁的人了。虽然摆台的不算什么很高贵的职业，可是由小羊圈的人们看来，丁约翰是与众不同的。他自己呢也很会吹嘘，一提到身家，他便告诉人家他是世袭基督徒，一提到职业，他便声明自己是在英国府作洋事——他永远管使馆叫作“府”，因为“府”只比“宫”次一等儿。他在小羊圈六号住三间正房，并不像孙七和小崔们只住一间小屋。他的三间房都收拾得很干净，而且颇有些洋摆设：案头上有许多内容一样而封面不同的洋书——四福音书和圣诗；橱子里有许多残破而能将就使用的啤酒杯，香槟杯，和各式样的玻璃瓶与咖啡盒子。论服装，他也有特异之处，他往往把旧西服上身套在大衫上当作马褂——当然是洋马褂。

在全胡同里，他只与冠家有来往。这因为：第一，他看不起别的人家，而大家也并不怎么特别尊敬他，所以彼此两便，不必往来；第二，他看得起冠家，而冠家也能欣赏他的洋气，这已经打下友谊的基础，再加上，他由“府”里拿出来的一点黄油，咖啡，或真正的牛津橙子酱什么的，只有冠家喜欢要，懂得它们是多么地道，所以双方就更多了一些关系——他永远把这类的洋货公道的卖给冠家。

这次，他只带来半瓶苏格兰的灰色奇酒，打算白送给冠先生。

假若丁约翰是在随便的一家西餐馆摆台，大赤包必定不会理会他，即使他天天送来黄油与罐头。丁约翰是在英国府摆台，这就大有文章了。假若宫里的太监本来是残废的奴役，而因在皇宫里的关系被人另眼看待，那么，大赤包理当另眼看待丁约翰。她觉得丁约翰本人与丁约翰所拿来的东西，都不足为奇，值得注意的倒是“英国府”那三个有声势的字。丁约翰来自英国府，那些东西来自英国府，这教大赤包感到冠家与英国使馆有了联系，一点可骄傲的联系！每逢她给客人拿出咖啡或果酱的时候，她必要再三的说明：“这是由英国府拿出来的！”“英国府”三个字仿佛粘在了她的口中，像口香糖似的那么甜美。

见丁约翰提着酒瓶进来，她立刻停止了申斥丈夫，而把当时所能搬运到脸上的笑意全搬运上来："哟！丁约翰！"她也非常喜欢"约翰"这两个字。虽然它们不像"英国府"那么堂皇雄伟，可是至少也可以与"沙丁鱼""灰色奇酒"并驾齐驱的含有洋味。

丁约翰，四十多岁，脸刮得很光，背挺得很直，眼睛永远不敢平视，而老向人家的手部留意，好像人们的手里老拿着刀叉似的。听见大赤包亲热的叫他，他只从眼神上表示了点笑意——在英国府住惯了，他永远不敢大声的说笑。

"拿着什么？"大赤包问。

"灰色奇！送给你的，冠太太！"

"送？"她的心里颤动了一下。她顶喜欢小便宜。接过去，像抱吃奶的婴孩似的，她把酒瓶搂在胸前。"谢谢你呀，约翰！你喝什么茶？还是香片吧？你在英国府常喝红茶，该换换口味！"

"坐下，约翰！"冠先生也相当的客气。"有什么消息没有？上海的战事，英国府方面怎样看？"

"中国还能打得过日本吗？外国人都说，大概有三个月，至多半年，事情就完了！"丁约翰很客观的说，倒仿佛他不是中国人，而是外国的驻华外交官。

"怎么完？"

"中国军队教人家打垮！"

大赤包听到此处，一兴奋，几乎把酒瓶掉在地上。"冠晓荷！你听见没有？虽然我是个老娘们，我的见识可不比你们男人低！把胆子壮起点来，别错过了机会！"

冠晓荷楞了一小会儿，然后微笑了一下："你说的对！你简直是会思想的坦克车！"

# 十一

生在某一种文化中的人，未必知道那个文化是什么，像水中的鱼似的，他不能跳出水外去看清楚那是什么水。假若他自己不能完全客观的去了解自己的文化，那能够客观的来观察的旁人，又因为生活在这种文化以外，就极难咂摸到它的滋味，而往往因一点胭脂，断定他美，或几个麻斑而断定他丑。不幸，假若这个观察者是要急于搜集一些资料，以便证明他心中的一点成见，他也许就只找有麻子的看，而对擦胭脂的闭上眼。

日本人是相当的细心的。对中国的一切，他们从好久就有很详密的观察与调查，而自居为最能了解中国人的人。对中国的工矿农商与军事的情形，他们也许比中国人还更清楚，但是，他们要拿那些数目字作为了解中国文化的基础，就正好像拿着一本旅行指南而想作出欣赏山水的诗来。同时，他们为了施行诡诈与愚弄，他们所接触的中国人多数的是中华民族的渣滓。这些渣滓，不幸，给了他们一些便利，他们便以为认识了这些人就是认识了全体中国人，因而断定了中国文化里并没有礼义廉耻，而只有男盗女娼。国际间的友谊才是了解文化的真正基础，彼此了解并尊重彼此的文化，世界上才会有和平。日本人的办法，反之，却像一个贼到一所大宅子中去行窃，因贿赂了一两条狗而偷到了一些值钱的东西；从此，他便认为宅子中的东西都应该是他的，而以为宅子中只有那么一两条可以用馒头收买的狗。这，教日本人吃了大亏。他们的细心，精明，勤苦，勇敢，都因为那两条狗而变成心劳日拙，他们变成了惯贼，而贼盗是要受全人类的审判的！

他们没有想到在平津陷落以后，中国会有全面的抗战。在他们的军人心里，以为用枪炮劫夺了平津，便可以用军事占领的方式，一方面假装静候政治的解决，一方面实行劫抢，先把他们的衣袋装满了金银。这样，他们自己既可达到发财的目的，又可以使军人的声势在他们国内继长增高。因此，上海的抗战，使在平津的敌寇显出慌张。他们须一方面去迎战，一方面稳定平津；他们没法把平津的财宝都带在身上去作战。怎样稳定平津？他们在事前并没有多少准备。肆意的屠杀固然是最简截明快的办法，但是，有了南京政府的全面抗战，他们开始觉到屠杀也许是危险的事，还不如把他们所豢养的中国狗拉出几条来，给他们看守着平津。假若在这时候，他们能看清楚，中国既敢抗战，必定是因为在军事的估量而外，还有可用的民气，在物质的损失中，具有忍无可忍的决心，他们就会及时的收兵，免得使他们自己堕入无底的深渊。可是，他们不相信中国是有深厚文化的国家，而只以枪炮的数目估计了一切。人类最大的惨剧便是彼此以武力估计价值，像熊或狗似的老想试试自己的力气，而忽略了智慧才是最有价值的，与真有价值的。

酝酿了许久的平津政治组织，在那半死不活的政务委员会外，只出来了没有什么用处的地方维持会，与替日本人维持地面的市政府。日本军人们心里很不痛快，因为这样的简陋的场面颇有损于

“帝国”的尊严。汉奸们很不高兴，因为出头的人是那么少，自己只空喜欢了一场，而并不能马上一窝蜂似的全作了官。好讽刺的人管这叫作傀儡戏，其实傀儡戏也要行头鲜明，锣鼓齐备，而且要生末净旦俱全；这不能算是傀儡戏，而只是一锣，一羊，一猴的猴子戏而已。用金钱，心血，人命，而只换来一场猴子把戏，是多滑稽而可怜呢！

冠晓荷听了丁约翰的一番话，决定去加入猴子戏，而把全面的抗战放在一边，绝对不再加以考虑。市长和警察局长既然发表了，他便决定向市政府与警察局去活动。对市政与警政，他完全不懂，但是总以为作官是一种特别的技巧，而不在乎有什么专门的学识没有。

他和大赤包又奔走了三四天，依然没有什么结果。晓荷于无可如何之中，找出点原谅自己的道理：“我看哪，说不定上海的作战只是给大家看看，而骨子里还是讲和。讲和之后，北平的官员还是由南京任命，所以现在北平也不大更动人。要不然，就凭咱们这点本事，经验，和活动的能力，怎么会就扑个空呢？”

“放你的狗屁！”大赤包心中也不高兴，但是还咬着牙不自认失败。“你的本事在哪儿？我问问你！真有本事的话，出去一伸手就拿个官儿来，看看你！不说你自己是窝囊废，倒胡猜乱想的泄自己的气！日子还长着呢，现在就泄了气还行吗？挺挺你的脊梁骨，去干哪！”

冠先生很难过的笑了笑。不便和太太吵嘴，他暗中决定：无论用什么方法，也得弄个官儿，教她见识见识！

这时候，真的消息与类似谣言的消息，像一阵阵方向不同，冷暖不同的风似的刮入北平。北平，在世界人的心中是已经死去，而北平人却还和中国一齐活着，他们的心还和中华一切地方的英勇抵抗而跳动。东北的义勇军又活动了，南口的敌人，伤亡了二千，青岛我军打退了登陆的敌人，石家庄被炸……这些真的假的消息，一个紧跟着一个，一会儿便传遍了全城。特别使小羊圈的人们兴奋的是一个青年汽车夫，在南口附近，把一部卡车开到山涧里去，青年和车上的三十多名日本兵，都摔成了肉酱。青年是谁？没有人知道。但是，人们猜测，那必是钱家的二少爷。他年轻，他在京北开车，他老不回家……这些事实都给他们的猜测以有力的佐证，一定是他！

可是，钱宅的街门还是关得严严的，他们无从去打听消息。他们只能多望一望那两扇没有门神，也没有多少油漆的门，表示尊敬与钦佩！

瑞宣听到人们的嘀咕，心中又惊又喜。他常听祖母说，在庚子年八国联军入城的时候，许多有地位的人全家自尽殉难。不管他们殉难的心理是什么，他总以为敢死是气节的表现。这回日本人攻进北平，人们仿佛比庚子年更聪明了，除了阵亡的将士，并没有什么殉难的官员与人民。这是不是真正的聪明呢？他不敢断定。现在，听到钱二少爷的比自杀殉难更壮烈，更有意义的举动，他觉得北平人并不尽像他自己那么因循苟安，而是也有英雄。他相信这件事是真的，因为钱老人曾经对瑞全讲过二少爷的决定不再回家。同时，他深怕这件事会连累到钱家的全家，假若大家因为钦佩钱仲石而随便提名道姓的传播。他找了李四爷去。

李四爷答应了暗地里嘱咐大家，不要再声张，而且赞叹着：“咱们要是都像人家钱二少，别说小日本，就是大日本也不敢跟咱们刺毛啊！”

瑞宣本想去看看钱老先生，可是没有去，一来他怕惹起街坊们的注意，二来怕钱先生还不晓得这回事，说出来倒教老人不放心。

李四爷去嘱咐大家，大家都觉得应该留这点神。可是，在他遇到小崔以前，小崔已对尤桐芳说了。小崔虽得罪了冠先生和大赤包，尤桐芳和高第可是还坐他的车；桐芳对苦人，是有同情心的，所以故意的雇他的车，而且多给点钱，好教小崔没白挨了大赤包的一个嘴巴；高第呢是成心反抗母亲，母亲越讨厌小崔，她就越多坐他的车子。

坐着小崔的车，桐芳总喜欢和他说些闲话。在家里，一切家务都归大赤包处理，桐芳不能过问。她虽嫁了人，而不能作主妇，她觉得自己好像是住在旅馆中的娼妓！因此，她爱问小崔一些家长里短，并且羡慕小崔的老婆——虽然穷苦，虽然常挨打，可究竟是个管家的主妇。小崔呢，不仅向桐芳报告家政，也谈到街坊四邻的情形。照着往常的例子，他把他引以为荣的事也告诉了她。

“冠太太！”不当着冠家的人，他永远称呼她太太，为是表明以好换好。“咱们的胡同里出了奇事！”

“什么奇事？”她问，以便叫他多喘喘气。

“听说钱家的二爷，摔死了一车日本兵！”

“是吗？听谁说的？”

“大家伙儿都那么说！”

“喝！他可真行！”

“北平人也不都是窝囊废！”

“那么他自己呢？”

“自然也死喽！拚命的事吗！”

桐芳回到家中，把这些话有枝添叶的告诉给高第，而被招弟偷偷听了去。招弟又“本社专电”似的告诉了冠先生。

晓荷听完了招弟的报告，心中并没有什么感动。他只觉得钱二少爷有点愚蠢：一个人只有一条命，为摔死别人，而也把自己饶上，才不上算！除了这点批判而外，他并没怎样看重这条专电。顺口答音的，他告诉了大赤包。

大赤包要是决定作什么，便连作梦也梦见那回事。她的心思，现在，完全萦绕在给冠晓荷运动官上，所以刮一阵风，或房檐上来了一只喜鹊，她都以为与冠先生的官运有关。听到钱二少的消息，她马上有了新的决定。

“晓荷！”她的眼一眨一眨的，脸儿上笼罩着一股既庄严又神秘的神气，颇似西太后与内阁大臣商议国家大事似的。“去报告！这是你的一条进身之路！”

晓荷楞住了。教他去贪赃受贿，他敢干；他可是没有挺着胸去直接杀人的胆气。

“怎么啦？你！”大赤包审问着。

“去报告？那得抄家呀！”晓荷觉得若是钱家被抄了家，都死在刀下，钱先生一定会来闹鬼！

“你这个松头日脑的家伙！你要管你自己的前途，管别人抄家不抄家干吗！再说，你不是吃过钱老头子的钉子，想报复吗？这是机会！”

听到“报复”，他动了点心。他以为钱默吟大不该那么拒人千里之外；那么，假若钱家真被抄了家，也是咎由自取——大概也就不会在死后还闹鬼！他也琢磨出来：敢情钱默吟的又臭又硬并不是因为与日本人有关系，而是与南京通着气。那么，假若南京真打胜了，默吟得了势，还有他——冠晓荷——的好处吗？

“这个消息真不真呢？”他问。

“桐芳听来的，问她！”大赤包下了懿旨。

审问桐芳的结果，并不能使晓荷相信那个消息是千真万确的。他不愿拿着个可信可疑的消息去讨赏。大赤包可是另有看法：

“真也罢，假也罢，告他一状再说！即使消息是假的，那又有什么关系，我们的消息假，而心不假；教上面知道咱们是真心实意的向着日本人，不也有点好处吗？你要是胆子小，我去！”

晓荷心中还不十分安帖，可是又不敢劳动皇后御驾亲征，只好答应下来。

桐芳又很快的告诉了高第。高第在屋里转开了磨。仲石，她的幻想中的英雄，真的成了英雄。她觉得这个英雄应当是属于她的。可是，他已经死去。她的爱，预言，美好的幻梦，一齐落了空！假若她不必入尼姑庵，而世界上还有她的事作的话，她应当首先去搭救钱家的人。但是，她怎么去见钱先生呢？钱先生既不常出来，而街门又永远关得严严的；她若去叫门，必被自己家里的人听到。写信，从门缝塞进去？也不妥当。她必须亲自见到钱先生，才能把话说得详尽而恳切。

她去请桐芳帮忙。桐芳建议从墙头上爬过去。她说：“咱们的南房西边不是有一棵小槐树？上了槐树，你就可以够着墙头！”

高第愿意这样去冒险。她的心里，因仲石的牺牲，装满了奇幻的思想的。她以为仲石的死是受了她的精神的感召，那么，在他死后，她也就应当作些非凡的事情。她决定去爬墙，并且嘱咐桐芳给她观风。

大概有九点钟吧。冠先生还没有回来。大赤包有点头痛，已早早的上了床。招弟在屋中读着一本爱情小说。高第决定乘这时机，到西院去。她嘱咐桐芳听着门，因为她回来的时候是不必爬墙的。

她的短鼻子上出着细小的汗珠，手与唇都微颤着。爬墙的危险，与举动的奇突，使她兴奋，勇敢，而又有点惧怕。爬到墙那边，她就可以看见英雄的家；虽然英雄已死，她可是还能看到些英雄的遗物；她应当要过一两件来，作为纪念！想到那里，她的心跳得更快了；假若不是桐芳托她两把，她必定上不去那棵小树。上了树，她的心中清醒了好多，危险把幻想都赶了走。她的眼睁得很大，用颤抖的手牢牢的抓住墙头。

费了很大的事，她才转过身去。转了身，手扒着墙头，脚在半空，她只顾了喘气，把一切别的事都忘掉。她不敢往下看，又不敢松手，只闭着眼挣扎着挂在那里。好久，她心里一迷忽，手因无力而松开，她落在了地上。她的身量高，西院的地又因种花的关系而颇松软，所以她只觉得心中震动了一下，腿脚倒都没碰疼。这时候，她清醒了好多，心跳得很快。再转过身来，她看明白：其余的屋子都黑忽忽的，只有北房的西间儿有一点灯光。灯光被窗帘遮住，只透出一点点。院中，高矮不齐，一丛丛的都是花草；在微弱的灯光中，像一些蹲伏着的人。高第的心跳得更快了；她大着胆，手捂着胸口，慢慢的用脚试探着往前挪动，底襟时时挂在刺梅一类的枝上。好容易，她挪移到北屋外，屋里有两个人轻轻的谈话。她闭着气，蹲在窗下。屋里的语声是一老一少，老的（她想）一定是钱老先生，少的或者是钱大少爷。听了一会儿，她辨清那年少的不是北平口音，而是像胶东的人。这，引起她的好奇心，想立起来看看窗帘有没有缝隙。急于立起来，她忘了窗台，而把头碰在上面。

她把个“哎哟”只吐出半截，可是已被屋中听到。灯立刻灭了。隔了一小会儿，钱先生的声音在问：“谁？”

她慌成了一团，一手捂着胸口，一手按着头，半蹲半立的木在那里。

钱先生轻轻的出来，又低声的问了声“谁？”

“我！”她低声的回答。

钱先生吓了一跳：“你是谁？”

高第留着神立起来：“小点声！我是隔壁的大小姐，有话对你说。”

“进来！”钱先生先进去，点上灯。

高第的右手还在头上摸弄那个包，慢慢的走进去。

钱先生本来穿着短衣，急忙找到大衫穿上，把钮扣扣错了一个。“冠小姐？你打哪儿进来的？”

高第一脚的露水，衣服被花枝挂破了好几个口子，头上一个包，头发也碰乱，看了看自己，看了看钱先生，觉得非常的好笑。她微笑了一下。

钱先生的态度还镇静，可是心里有点莫名其妙之感，眨巴着眼呆看着她。

“我由墙上跳过来的，钱伯伯！”她找了个小凳，坐下。

“跳墙？”诗人向外打了一眼。“干吗跳墙？”

“有要紧的事！”她觉得钱先生是那么敦厚可爱，不应当再憋闷着他。“仲石的事！”

“仲石怎样？”

“伯伯，你还不知道？”

“不知道！他没有回来！”

“大家都说，都说……”她低下头去，楞着。

“都说什么?”

“都说他摔死一车日本兵!”

“真的?”老人的油汪水滑的乌牙露出来，张着点嘴，等她回答。

“大家都那么说!”

“呕!他呢?”

“也……”

老人的头慢慢往下低，眼珠往旁边挪，不敢再看她。高第急忙的立起来，以为老人要哭。老人忽然又抬起头来，并没有哭，只是眼中湿润了些。纵了一下鼻子，他伸手把桌下的酒瓶摸上来。“小姐，你……”他的话说得不甚真切，而且把下半句——你不喝酒吧?——咽了回去。厚敦敦的手微有点颤，他倒了大半茶杯茵陈酒，一扬脖喝了一大口。用袖口抹了抹嘴，眼亮起来，他看着高处，低声的说:“死得好!好!”打了个酒嗝，他用乌牙咬上了下唇。

“钱伯伯，你得走!”

“走?”

“走!大家现在都吵嚷这件事，万一闹到日本人耳朵里去，不是要有灭门的罪过吗?”

“呕!”钱先生反倒忽然笑了一下，又端起酒来。“我没地方去!这是我的家，也是我的坟墓!况且，刀放脖子上的时候，我要是躲开，就太无勇了吧!小姐，我谢谢你!请回去吧!怎么走?”

高第心里很不好受。她不能把她父母的毒计告诉钱先生，而钱先生又是这么真纯，正气，可爱。她把许多日子构成的幻想全都忘掉，忘了对仲石的虚构的爱情，忘了她是要来看看“英雄之家”，她是面对着一位可爱而将要遭受苦难的老人；她应当设法救他。可是，她一时想不出主意。她用一点笑意掩饰了她心中的不安，而说了声：

“我不用再跳墙了吧？”

“当然！当然！我给你开门去！”他先把杯中的余酒喝尽，而后身子微晃了两晃，仿佛头发晕似的。

高第扶住了他。他定了定神，说：“不要紧！我开门去！”他开始往外走。一边走一边嘟囔：“死得好！死得好！我的……”他没敢叫出儿子的名字来，把手扶在屋门的门框上，立了一会儿。院中的草茉莉与夜来香放着浓烈的香味，他深深的吸了一口气。

高第不能明白老诗人心中的复杂的感情，而只觉得钱先生的一切都与父亲不同。她所感到的不同并不是在服装面貌上，而是在一种什么无以名之的气息上，钱先生就好像一本古书似的，宽大，雅静，尊严。到了大门内，她说了句由心里发出来的话：“钱伯伯，别伤心吧！”

钱老人嗯嗯的答应了两声，没说出话来。

出了大门，高第飞也似的跑了几步。她跳墙的动机是出于好玩，冒险，与诡秘的恋爱；搭救钱先生只是一部分。现在，她感到了充实与热烈，忘了仲石，而只记住钱先生；她愿立刻的一股脑儿都说给桐芳听。桐芳在门内等着她呢，没等叫门，便把门开开了。

默吟先生立在大门外，仰头看着大槐树的密丛丛的黑叶子，长叹了一声。忽然，灵机一动，他很快的跑到祁家门口。正赶上瑞宣来关街门，他把瑞宣叫了出来。

“有工夫没有？我有两句话跟你谈谈！”他低声的问。

“有！要不是你来，我就关门睡觉去了！完全无事可作，连书也看不下去！”瑞宣低声的答对。

“好！上我那里去！”

“我进去说一声。”

默吟先生先回去，在门洞里等着瑞宣。瑞宣紧跟着就来到，虽然一共没有几步路，可是他赶得微微有点喘；他知道钱先生夜间来访，必有要紧的事。

到屋里，钱先生握住瑞宣的手，叫了声：“瑞宣！”他想和瑞宣谈仲石的事。不但要谈仲石殉国，也还要把儿子的一切——他幼时是什么样子，怎样上学，爱吃什么……——都说给瑞宣听。可是，他咽了两口气，松开手，嘴唇轻轻的动了几动，仿佛是对自己说：“谈那些干什么呢！”

比了个手式，请瑞宣坐下，钱先生把双肘都放在桌儿上，面紧对着瑞宣的，低声而恳切的说：“我要请你帮个忙！”

瑞宣点了点头，没问什么事；他觉得只要钱伯伯教他帮忙，他就应当马上答应。

钱先生拉过一个小凳来，坐下，脸仍旧紧对着瑞宣，闭了会儿眼。睁开眼，他安详了好多，脸上的肉松下来一些。

“前天夜里，”他低声的安详的说：“我睡不着。这一程子了，我夜夜失眠！我想，亡了国的人，大概至少应当失眠吧！睡不着，我到门外去散散步。轻轻的开开门，我看见一个人紧靠着槐树立着呢！我赶紧退了回来。你知道，我是不大爱和邻居们打招呼的。退回来，我想了想：这个人不大像附近的邻居。虽然我没看清楚他的脸，可是以他的通身的轮廓来说，他不像我认识的任何人。这引起我的好奇心。我本不是好管闲事的人，可是失眠的人的脑子特别精细，我不由的想看清他到底是谁，和在树底下干什么。”说到这里，他又闭了闭眼，然后把杯中的余滴倒在口中，咂摸着滋味。“我并没往他是小偷或土匪上想，因为我根本没有值钱的东西怕偷。我也没以为他是乞丐。我倒是以为他必定有比无衣无食还大的困难。留了很小的一点门缝，我用一只眼往外看。果然，不出我所料，他是有很大的困难。他在槐树下面极慢极慢的来回绕，一会儿立住，仰头看看；一会儿又低着头慢慢的走。走了很久，忽然他极快的走向路西的堵死的门去了。他开始解腰带！我等着，狠心的等着！等他把带子拴好了才出去；我怕出去早了会把他吓跑！”

“对的！”瑞宣本不想打断老人的话，可是看老人的嘴角已有了白沫儿，所以插进一两个字，好教老人喘口气。

“我极快的跑出去！”默吟先生的眼发了光。“一下子搂住他的腰！他发了怒，回手打了我两拳。我轻轻的叫了声‘朋友！’他不再挣扎，而全身都颤起来。假若他一个劲儿跟我挣扎，我是非松手不可的，他年轻力壮！‘来吧！’我放开手，说了这么一句。他像个小羊似的跟我进来！”

“现在还在这里？”

钱先生点了点头。

“他是作什么的？”

“诗人！”

“诗人？”

钱先生笑了一下：“我说他的气质像诗人，他实在是个军人。他姓王，王排长。在城内作战，没能退出去。没有钱，只有一身破裤褂，逃走不易，藏起来又怕连累人，而且怕被敌人给擒住，所以他想自尽。他宁可死，而不作俘虏！我说他是诗人，他并不会作诗；我管富于情感，心地爽朗的人都叫作诗人；我和他很说得来。我请你来就是为这个人的事。咱们得设法教他逃出城去。我想不出办法来，而且，而且，”老先生又愣住了。

“而且，怎样？钱伯伯！”

老人的声音低得几乎不易听见了：“而且，我怕他在我这里吃连累！你知道，仲石，”钱先生的喉中噎了一下：“仲石，也许已经死啦！说不定我的命也得赔上！据说，他摔死一车日本兵，日本人的气量是那么小，哪能白白饶了我！不幸，他们找上我的门来，岂不也就发现了王排长？”

“听谁说的，仲石死了？”

“不用管吧！”

“伯伯，你是不是应当躲一躲呢？”

“我不考虑那个！我手无缚鸡之力，不能去杀敌雪耻，我只能临危不苟，儿子怎死，我怎么陪着。我想日本人会打听出他是我的儿子，我也就不能否认他是我的儿子！是的，只要他们捕了我去，我会高声的告诉他们，杀你们的是钱仲石，我的儿子！好，我们先不必再谈这个，而要赶快决定怎样教王排长马上逃出城去。他是军人，他会杀敌，我们不能教他死在这里！”

瑞宣的手摸着脸，细细的思索。

钱先生倒了半杯酒，慢慢的喝着。

想了半天，瑞宣忽然立起来。“我先回家一会儿，和老三商议商议；马上就回来。”

“好！我等着你！”

# 十二

老三因心中烦闷，已上了床。瑞宣把他叫起来。极简单扼要的，瑞宣把王排长的事说给老三听。老三的黑豆子眼珠像夜间的猫似的，睁得极黑极大，而且发着带着威严的光。他的颧骨上红起两朵花。听完，他说了声：“我们非救他不可！”

瑞宣也很兴奋，可是还保持着安详，不愿因兴奋而卤莽，因卤莽而败事。慢条斯礼的，他说：“我已经想了个办法，不知道你以为如何？”

老三慌手忙脚的登上裤子，下了床，倒仿佛马上他就可以把王排长背出城似的。“什么办法？大哥！”

“先别慌！我们须详细的商量一下，这不是闹着玩的事！”

瑞全忍耐的坐在床沿上。

“老三！我想啊，你可以同他一路走。”

老三又立了起来：“那好极了！”

“这有好处，也有坏处。好处是王排长既是军人，只要一逃出城去，他就必有办法；他不会教你吃亏。坏处呢，他手上的掌子，和说话举止的态度神气，都必教人家一看就看出他是干什么的。日本兵把着城门，他不容易出去；他要是不幸而出了岔子，你也跟着遭殃！”

“我不怕！”老三的牙咬得很紧，连脖子上的筋都挺了起来。

“我知道你不怕，”瑞宣要笑，而没有笑出来。“有勇无谋可办不了事！我们死，得死在晴天大日头底下，不能窝窝囊囊的送了命！我想去找李四大爷去。”

“他是好人，可是对这种事他有没有办法，我就不敢说！”

“我——教给他办法！只要他愿意，我想我的办法还不算很坏！”

“什么办法？什么办法？”

“李四大爷要是最近给人家领杠出殡，你们俩都身穿重孝，混出城去，大概不会受到检查！”

“大哥！你真有两下子！”瑞全跳了起来。

“老实点！别教大家听见！出了城，那就听王排长的了。他是军人，必能找到军队！”

“就这么办了，大哥！”

“你愿意？不后悔？”

“大哥你怎么啦？我自己要走的，能后悔吗？况且，别的事可以后悔，这种事——逃出去，不作亡国奴——还有什么可后悔的呢？”

瑞宣沉静了一会儿才说：“我是说，逃出去以后，不就是由地狱入了天堂，以后的困难还多的很呢。前些日子我留你，不准你走，也就是这个意思。五分钟的热气能使任何人登时成为英雄，真正的英雄却是无论受多么久，多么大的困苦，而仍旧毫无悔意或灰心的人！记着我这几句话，老三！记住了，在国旗下吃粪，也比在太阳旗下吃肉强！你要老不灰心丧气，老像今天晚上这个劲儿，我才放心！好，我找李四大爷去。”

瑞宣去找李四爷。老人已经睡了觉，瑞宣现把他叫起来。李四妈也跟着起来，夹七夹八的一劲儿问：是不是祁大奶奶要添娃娃？还是谁得了暴病，要请医生？经瑞宣解释了一番，她才明白他是来与四爷商议事体，而马上决定非去给客人烧一壶水喝不可，瑞宣拦不住她，而且觉得她离开屋里也省得再打岔，只好答应下来。她掩着怀，瞎摸合眼的走出去，现找劈柴升火烧水。乘着她在外边瞎忙，瑞宣把来意简单的告诉了老人。老人横打鼻梁①，愿意帮忙。

“老大，你到底是读书人，想得周到！”老人低声的说：“城门上，车站上，检查得极严，实在不容易出去。当过兵的人，手上脚上身上仿佛全有记号，日本人一看就认出来；捉住，准杀头！出殡的，连棺材都要在城门口教巡警拍一拍，可是穿孝的人倒还没受过多少麻烦。这件事交给我了，明天就有一档子丧事，你教他们俩一清早就跟我走，杠房有孝袍子，我给他们赁两身。然后，是教他俩装作孝子，还是打执事的，我到时候看，怎么合适怎办！”

四大妈的水没烧开，瑞宣已经告辞，她十分的抱歉，硬说柴火被雨打湿了：“都是这个老东西，什么事也不管；下雨的时候，连劈柴也不搬进去！”

“闭上你的嘴！半夜三更的你嚎什么！”老人低声的责骂。

瑞宣又去找钱老者。

这时候，瑞全在屋里兴奋得不住的打嗝，仿佛被食物噎住了似的。想想这个，想想那个，他的思想像走马灯似的，随来随去，没法集中。他恨不能一步跳出城去，加入军队去作战。刚想到这

①横打鼻梁，表示认真负责的姿态。

里，他又看见自己跟招弟姑娘在北海的莲花中荡船。他很愿意马上看见她，告诉她他要逃出城去，作个抗战的英雄！不，不，不，他又改了主意，她没出息，绝对不会欣赏他的勇敢与热烈。这样乱想了半天，他开始感到疲乏，还有一点烦闷。期待是最使人心焦的事，他的心已飞到想象的境界，而身子还在自己的屋里，他不知如何处置自己。

妈妈咳嗽了两声。他的心立时静下来。可怜的妈妈！只要我一出这个门，恐怕就永远不能相见了！他轻轻的走到院中。一天的明星，天河特别的白。他只穿着个背心，被露气一侵，他感到一点凉意，胳臂上起了许多小冷疙疸。他想急忙走进南屋，看一看妈妈，跟她说两句极温柔的话。极轻极快的，他走到南屋的窗外。他立定，没有进去的勇气。在平日，他万也没想到母子的关系能够这么深切。他常常对同学们说："一个现代青年就像一只雏鸡，生下来就可以离开母亲，用自己的小爪掘食儿吃！"现在，他木在那里。他决不后悔自己的决定，他一定要逃走，去尽他对国家应尽的责任；但是，他至少也须承认他并不像一只鸡雏，而是永远，永远与母亲在感情上有一种无可分离的联系。立了有好大半天，他听见小顺儿哼唧。妈妈出了声："这孩子！有臭虫，又不许拿！活像你三叔的小时候，一拿臭虫就把灯盏儿打翻！"他的腿有点软，手扶住了窗台。他还不能后悔逃亡的决定，可也不以自己的腿软为可耻。在分析不清自己到底是勇敢，还是软弱，是富于感情，还是神经脆弱之际，他想起日本人的另一罪恶——有多少母与子，夫与妻，将受到无情的离异，与永久的分别！想到这里，他的脖子一使劲，离开了南屋的窗前。

在院里，他绕了一个圈儿。大嫂的屋里还点着灯。他觉得大嫂也不像往日那么俗气与琐碎了。他想进去安慰她几句，表明自己平日对她的顶撞无非是叔嫂之间的小小的开玩笑，在心里他是喜欢大嫂，感激大嫂的。可是，他没敢进去，青年人的嘴不是为道歉预备着的！

瑞宣从外面轻轻的走进来，直奔了三弟屋中去。老三轻手蹑脚的紧跟来，他问："怎样？大哥！"

"明天早晨走！"瑞宣好像已经筋疲力尽了似的，一下子坐在床沿上。

"明——"老三的心跳得很快，说不上话来。以前，瑞宣不许他走，他非常的着急；现在，他又觉得事情来的太奇突了似的。用手摸了摸他的胳臂，他觉得东西都没有预备，自己只穿着件背心，实在不像将有远行的样子。半天，他才问出来："带什么东西呢？"

"啊？"瑞宣仿佛把刚才的一切都忘记了，眼睛直钩钩的看着弟弟，答不出话来。

"我说，我带什么东西？"

"呕！"瑞宣听明白了，想了一想："就拿着点钱吧！还带着，带着，你的纯洁的心，永远带着！"他还有千言万语，要嘱告弟弟，可是他已经不能再说出什么来。摸出钱袋，他的手微颤着拿出三十块钱的票子来，轻轻的放在床上。然后，他立起来，把手搭在老三的肩膀上，细细的看着他。"明天早上我叫你！别等祖父起来，咱们就溜出去！老三！"他还要往下说，可是闭上了嘴。一扭头，他轻快的走出去。老三跟到门外，也没说出什么来。

弟兄俩谁也睡不着。在北平陷落的那一天，他们也一夜未曾合眼。但是，那一夜，他们只觉得渺茫，并抓不住一点什么切身的东西去思索或谈论。现在，他们才真感到国家，战争，与自己的关系，他们须把一切父子兄弟朋友的亲热与感情都放在一旁，而且只有摆脱了这些最难割难舍的关系，他们才能肩起更大的责任。他们——即不准知道明天是怎样——把过去的一切都想起来，因为他们是要分离；也许还是永久的分离。瑞宣等太太睡熟，又穿上衣服，找了老三去。他们直谈到天明。

听到祁老人咳嗽，他们溜了出去。李四爷是惯于早起的人，已经在门口等着他们。把弟弟交给了李四爷，瑞宣的头，因为一夜未眠和心中难过，疼得似乎要裂开。他说不出什么来，只紧跟在弟弟的身后东转西转。

"大哥！你回去吧！"老三低着头说。见哥哥不动，他又补了一句："大哥，你在这里我心慌！"

"老三！"瑞宣握住弟弟的手。"到处留神哪！"说完，他极快的跑回家去。

到屋中，他想睡一会儿。可是，他睡不着。他极疲乏，但是刚一闭眼，他就忽然惊醒，好像听见什么对老三不利的消息。他爱老三；因为爱他，所以才放走他。他并不后悔教老三走，只是不能放心老三究竟走得脱走不脱。一会儿，他想到老三的参加抗战的光荣，一会儿又想到老三被敌人擒住，与王排长一同去受最惨的刑罚。他的脸上和身上一阵阵的出着讨厌的凉汗。

同时，他得想出言词去敷衍家里的人。他不能马上痛痛快快的告诉大家实话，那会引起全家的不安，或者还会使老人们因关切而闹点病。他得等合适的机会再说，而且有证据使大家放心老三的安全。

多么长的天啊！太阳影儿仿佛随时的停止前进，钟上的针儿也像不会再动。好容易，好容易，到了四点钟，他在枣树下听见四大妈高声向李四爷说话。他急忙跑出去。李四爷低声的说：

“他们出了城!”

# 十三

瑞全走后，祁老人问了瑞宣好几次："小三儿哪里去啦?"瑞宣编了个谎，硬说日本兵要用瑞全的学校作营房，所以学生都搬到学校里去住，好教日本兵去另找地方。其实呢，瑞宣很明白：假若日本兵真要占用学校，一个电话便够了，谁也不敢反抗。他知道自己的谎言编制的并不高明，可是老人竟自相信了，也就不必再改编。

瑞丰看出点棱缝来，心中很不高兴，向大哥提出质问。瑞宣虽然平日不大喜欢老二，可是他觉得在这种危患中，兄弟的情谊必然的增高加厚，似乎不应当欺哄老二，所以他说了实话。

"怎么?大哥你教他走的?"瑞丰的小干脸绷得像鼓皮似的。

"他决心要走，我不好阻止；一个热情的青年，理当出去走走!"

"大哥你可说得好!你就不想想，他不久就毕业，毕业后抓俩钱儿，也好帮着家里过日子呀!真，你怎么把只快要下蛋的鸡放了走呢?再说，赶明儿一调查户口，我们有人在外边抗战，还不是蘑菇?"

假若老二是因为不放心老三的安全而责备老大，瑞宣一定不会生气，因为人的胆量是不会一样大的。胆量小而情感厚是可以原谅的。现在，老二的挑剔，是完全把手足之情抛开，而专从实利上讲，瑞宣简直没法不动气了。

可是，他咽了好儿口气，到底控制住了自己。他是当家的，应当忍气；况且，在城亡国危之际，家庭里还闹什么饥荒呢。他极勉强的笑了一笑。“老二，你想得对，我没想到！”

“现在最要紧的是千万别声张出去！”老二相当骄傲的嘱告哥哥。“一传说出去，咱们全家都没命！我早就说过，大哥你不要太宠着老三，你老不听！我看哪，咱们还是分居的好！好吗，这玩艺儿，老三闯出祸来，把咱老二的头耍下去，才糟糕一马司！”

瑞宣不能再忍。他的眼只剩了一条缝儿，胖脸上的肉都缩紧。还是低声的，可是每个字都像小石子落在渊涧里，声小而结实，他说：“老二！你滚出去！”

老二没想到老大能有这么一招，他的小干脸完全红了，像个用手绢儿擦亮了的小山里红似的。他要发作。可是一看大哥的眼神和脸色，他忍住了气：“好，我滚就是了！”

老大拦住了他：“等等！我还有话说呢！”他的脸白得可怕。“平日，我老敷衍你，因为这里既由我当家，我就不好意思跟你吵嘴。这可是个错误！你以为我不跟你驳辩，就是你说对了，久而久之，就养成了你的坏毛病——你总以为搂住便宜就好，牺牲一点就坏。我很抱歉，我没能早早的矫正你！今天，我告诉你点实话吧！老三走得对，走得好！假若你也还自居为青年，你也应当走，作点比吃喝打扮更大一点的事去！两重老人都在这里，我自己没法子走开，但是我也并不以此就原谅自己！你想想看，日本人的刀已放在咱们的脖子上，你还能单看家中的芝麻粒大的事，而不往更大点的事上多瞧一眼吗？我并不逼着你走，我是教你先去多想一想，往远处大处想一想！”他的气消了一点，脸上渐渐的有了红色。“请你原谅我的发脾气，老二！但是，你也应当知道，好话都是不大受听的！好，你去吧！”他拿出老大哥的气派来，命令弟弟出去，省得再继续争吵。

老二吃了这个钉子，心中不平，暗中把老三偷走的事去报告祖父与母亲，为了讨点好。

妈妈得到消息，并没抱怨老大，也没敢吵嚷，只含着泪一天没有吃什么。

祁老人表示出对老大不满意：“单单快到我的生日，你教老三走！你等他给我磕完头再走也好哇！”

小顺儿的妈听到这话，眼珠一转，对丈夫说：“这就更非给他老人家作寿不可啦！将功折罪，别教二罪归一呀！”

瑞宣决定给老人庆寿，只是酒菜要比往年俭省一点。

这时候，学校当局们看上海的战事既打得很好，而日本人又没派出教育负责人来，都想马上开学，好使教员与学生们都不至于精神涣散。瑞宣得到通知，到学校去开会。教员们没有到齐，因为已经有几位逃出北平。谈到别人的逃亡，大家的脸上都带出愧色。谁都有不能逃走的理由，但是越说道那些理由越觉得惭愧。

校长来到。他是个五十多岁，极忠诚，极谨慎的一位办中等教育的老手。大家坐好，开会。校长立起来，眼看着对面的墙壁，足有三分钟没有说出话来。瑞宣低着头，说了声：“校长请坐吧！”校长像犯了过错的小学生似的，慢慢的坐下。

一位年纪最轻的教员，说出大家都要问而不好意思问的话来：

“校长！我们还在这儿作事，算不算汉奸呢？”

大家都用眼盯住校长。校长又僵着身子立起来，用手摆弄着一管铅笔。他轻嗽了好几下，才说出话来：

“诸位老师们！据兄弟看，战事不会在短期间里结束。按理说，我们都应当离开北平。可是，中学和大学不同。大学会直接向教育部请示，我们呢只能听教育局的命令。城陷之后教育局没人负责，我们须自打主张。大学若接到命令，迁开北平，大学的学生以年龄说，有跋涉长途的能力，以籍贯说，各省的人都有，可以听到消息便到指定的地方集合。咱们的学生，年纪既小，又百分之——”他又嗽了两下，“之——可以说百分之九十是在城里住家。我们带着他们走，走大道，有日本兵截堵，走小道，学生们的能力不够。再说，学生的家长们许他们走吗？也是问题。因此，我明知道，留在这里是自找麻烦，自讨无趣——可怎么办呢?！日本人占定了北平，必首先注意到学生们，也许大肆屠杀青年，也许收容他们作亡国奴，这两个办法都不是咱们所能忍受的！可是，我还想暂时维持学校的生命，在日本人没有明定办法之前，我们不教青年们失学；在他们有了办法之后，我们忍辱求全的设法不教青年们受到最大的损失——肉体上的，精神上的。老师们，能走的请走，我决不拦阻，国家在各方面都正需要人才。不能走的，我请求大家像被奸污了的寡妇似的，为她的小孩子忍辱活下去。我们是不是汉奸？我想，不久政府就会派人来告诉咱们；政府不会忘了咱们，也一定知道咱们逃不出去的困难！”他又嗽了两声，手扶住桌子，“兄弟还有许多的话，但是说不上来了。诸位同意呢，咱们下星期一开学。”他眼中含着点泪，极慢极慢的坐下去。

沉静了好久，有人低声的说：“赞成开学！”

“有没有异议？”校长想往起立，而没能立起来。没有人出声。他等了一会儿，说：“好吧，我们开学看一看吧！以后的变化还大得很，我们能尽心且尽心吧！”

由学校出来，瑞宣像要害热病似的那么憋闷。他想安下心去，清清楚楚的看出一条道路来。可是，他心中极乱，抓不住任何一件事作为思索的起点。他嘴中开始嘟囔。听见自己的嘟囔，心中更加烦闷。平日，他总可怜那些有点神经不健全，而一边走路一边自己嘟囔嘟囔的人。今天，他自己也这样了；莫非自己要发疯？他想起来屈原的披发行吟。但是，他有什么可比屈原的呢？“屈原至少有自杀的勇气，你有吗？”他质问自己。他不敢回答。他想到北海或中山公园去散散闷，可是又阻止住自己：“公园是给享受太平的人们预备着的，你没有资格去！”他往家中走。“打败了的狗只有夹着尾巴往家中跑，别无办法！”他低声的告诉自己。

走到胡同口，巡警把他截住。“我在这里住。”他很客气的说。

“等一会儿吧！”巡警也很客气。“里边拿人呢！”

“拿人？”瑞宣吃了一惊。“谁？什么案子？”

“我也不知道！”巡警抱歉的回答。“我只知道来把守这儿，不准行人来往。”

“日本宪兵？”瑞宣低声的问。

巡警点了点头。然后，看左右没有人，他低声的说：“这月的饷还没信儿呢，先帮着他们拿咱们的人！真叫窝囊！谁知道咱们北平要变成什么样子呢！先生，你绕个圈儿再回来吧，这里站不住！”

瑞宣本打算在巷口等一会儿，听巡警一说，他只好走开。他猜想得到，日本人捉人必定搜检一切，工夫一定小不了，他决定去走一两个钟头再回来。

“拿谁呢?”他一边走一边猜测。第一个，他想到钱默吟；“假若真是钱先生，”他对自己说，“那——”他想不出来别的话了，而只觉得腿有点发软。第二个，他想到自己的家，是不是老三被敌人捉住了呢?他身上出了汗。他站住，想马上回去。但是，回去又有什么用呢?巡警是不会准他进巷口的。再说，即使他眼看着逮捕钱诗人或他自己家里的人，他又有什么办法呢?没办法！这就叫作亡国惨！没了任何的保障，没有任何的安全，亡国的人是生活在生与死的隙缝间的。楞了半天，他才看出来，他是立在护国寺街上的一家鲜花厂的门口。次日便是庙会。在往常，这正是一挑子一挑子由城外往厂子里运花的时候；到下午，厂子的门洞便已堆满了不带盆子的花棵，预备在明日开庙出售。今天，厂子里外都没有一点动静。门洞里冷清清的只有一些败叶残花。在平日，瑞宣不喜欢逛庙，而爱到花厂里看看，买花不买的，看到那些水灵的花草，他便感到一点生意。现在，他呆呆的看着那些败叶残花，觉得仿佛丢失了一点什么重要的东西。“亡了国就没有了美!”他对自己说。说完，他马上矫正自己：“为什么老拿太平时候的标准来看战时的事呢?在战时，血就是花，壮烈的牺牲便是美!”

这时候，日本宪兵在捉捕钱诗人，那除了懒散，别无任何罪名的诗人。胡同两头都临时设了岗，断绝交通。冠晓荷领路。他本不愿出头露面，但是日本人一定教他领路，似乎含有既是由他报告的，若拿不住人，就拿他是问的意思。事前，他并没想到能有这么一招；现在，他只好硬着头皮去干。他的心跳得很快，脸上还勉强的显出镇定，而眼睛像被猎犬包围了的狐狸似的，往四外看，唯恐教邻居们看出他来。他把帽子用力往前扯，好使别人不易认出他来。胡同里的人家全闭了大门，除了槐树上悬着的绿虫儿而外，没有其他的生物。他心中稍为平静了些，以为人们都已藏起去。其实，棚匠刘师傅，还有几个别的人，都扒着门缝往外看呢，而且很清楚的认出他来。

白巡长，脸上没有一点血色，像失了魂似的，跟在冠晓荷的身后。全胡同的人几乎都是他的朋友，假若他平日不肯把任何人带到区署去，他就更不能不动感情的看着朋友们被日本人捕去。对于钱默吟先生，他不甚熟识，因为钱先生不大出来，而且永远无求于巡警。但是，白巡长准知道钱先生是一百二十成的老好人；假若人们都像钱先生，巡警们必可以无为而治。到了钱家门口，他才晓得是捉捕钱先生，他恨不能一口将冠晓荷咬死！可是，身后还有四个铁棒子似的兽兵，他只好把怒气压抑住。自从城一陷落，他就预想到，他须给敌人作爪牙，去欺侮自己的人。除非他马上脱去制服，他便没法躲避这种最难堪的差事。他没法脱去制服，自己的本领，资格，与全家大小的衣食，都替他决定下他须作那些没有人味的事！今天，果然，他是带着兽兵来捉捕最老实的，连个苍蝇都不肯得罪的，钱先生！

敲了半天的门，没有人应声。一个铁棒子刚要用脚瑞门，门轻轻的开了。开门的是钱先生。像刚睡醒的样子，他的脸上有些红的褶皱，脚上拖着布鞋，左手在扣着大衫的钮子。头一眼，他看见了冠晓荷，他忙把眼皮垂下去。第二眼，他看到白巡长；白巡长把头扭过去。第三眼，他看到冠晓荷向身后的兽兵轻轻点了点头，像犹大出卖耶稣的时候那样。极快的，他想到两件事：不是王排长出了毛病，便是仲石的事泄漏了。极快的，他看清楚是后者，因为眼前是冠晓荷——他想起高第姑娘的警告。

很高傲自然的，他问了声："干什么？"

这三个字像是烧红了的铁似的。冠晓荷一低头，仿佛是闪躲那红热的火花，向后退了一步。白巡长也跟着躲开。两个兽兵像迎战似的，要往前冲。钱先生的手扶在门框上，挡住他们俩，又问了声："干什么?"一个兽兵的手掌打在钱先生的手腕上，一翻，给老诗人一个反嘴巴。诗人的口中流出血来。兽兵往里走。诗人楞了一会儿，用手扯住那个敌兵的领子，高声的喊喝："你干什么！"敌兵用全身的力量挣扭，钱先生的手，像快溺死的人抓住一条木棍似的，还了扣。白巡长怕老人再吃亏，急快的过来用手一托老先生的肘；钱先生的手放开，白巡长的身子挤进来一点，隔开了老先生与敌兵；敌兵一脚正瑞在白巡长的腿上。白巡长忍着疼，把钱先生拉住，假意威吓着。钱先生没再出声儿。

一个兵守住大门，其余的全进入院中；白巡长拉着钱先生也走进来。白巡长低声的说："不必故意的赌气，老先生！好汉不吃眼前亏！"

冠晓荷的野心大而胆量小，不敢进来，也不敢在门外立着。他走进了门洞，掏出闽漆嵌银的香烟盒，想吸支烟。打开烟盒，他想起门外的那个兵，赶紧把盒子递过去，卖个和气。敌兵看了看他，看了看烟盒，把盒子接过去，关上，放在了衣袋里。冠先生惨笑了一下，学着日本人说中国话的腔调："好的！好的！大大的好！"

钱大少爷——孟石——这两天正闹痢疾。本来就瘦弱，病了两天，他就更不像样子了。长头发蓬散着，脸色发青，他正双手提着裤子往屋中走，一边走，一边哼哼。看见父亲被白巡长拉着，口中流着血，又看三个敌兵像三条武装的狗熊似的在院中晃，他忘了疾痛，摇摇晃晃的扑过父亲来。白巡长极快的想到：假若敌人本来只要捉钱老人，就犯不上再白饶上一个。假若钱少爷和日本人冲突，那就非也被捕不可。想到这儿，他咬一咬牙，狠了心。一手他还拉着钱先生，一手他握好了拳。等钱少爷走近了，他劈面给了孟石一个满脸花。孟石倒在地上。白巡长大声的呼喝着“大烟鬼！大烟鬼！”说完，他指了指孟石，又把大指与小指翘起，放在嘴上，嘴中吱吱的响，作给日本人看。他知道日本人对烟鬼是向来“优待”的。

敌兵没管孟石，都进了北屋去检查。白巡长乘这个机会解释给钱先生听：“老先生你年纪也不小了，跟他们拚就拚吧；大少爷可不能也教他们捉了去！”

钱先生点了点头。孟石倒在地上，半天没动；他已昏了过去。钱先生低头看着儿子，心中虽然难过，可是难过得很痛快。二儿子的死——现在已完全证实——长子的受委屈与自己的苦难，他以为都是事所必至，没有什么可稀奇的。太平年月，他有花草，有诗歌，有茶酒；亡了国，他有牺牲与死亡；他很满意自己的遭遇。他看清他的前面是监牢，毒刑，与死亡，而毫无恐惧与不安。他只盼着长子不被捕，那么他的老妻与儿媳妇便有了依靠，不至于马上受最大的耻辱与困苦。他不想和老妻诀别，他想她应该了解他：她受苦一世，并无怨言；他殉难，想必她也能明白他的死的价值。对冠晓荷，他不愿去怨恨。他觉得每个人在世界上都像庙中的五百罗汉似的，各有各的一定的地位；他自己的应当死，正如冠晓荷的应当卖人求荣。这样的一一想罢，他的心中很平静坦然。在平日，他有什么感触，便想吟诗。现在，他似乎与诗告别了，因为他觉得二子仲石的牺牲，王排长的宁自杀不投降，和他自己的命运，都是“亡国篇”中的美好的节段——这些事实，即使用散文记录下来，依然是诗的；他不必再向音节词律中找诗了。

这时候，钱太太被兽兵从屋里推了出来，几乎跌倒。他不想和她说什么，可是她慌忙的走过来："他们拿咱们的东西呢！你去看看！"

钱先生哈哈的笑起来。白巡长拉了钱先生好几下，低声的劝告："别笑！别笑！"钱太太这才看清，丈夫的口外有血。她开始用袖子给他擦。"怎么啦？"老妻的袖口擦在他的口旁，他像忽然要发痧似的，心中疼了一阵，身上都出了汗。手扶着她，眼闭上，他镇定了一会儿。睁开眼，他低声的对她说："我还没告诉你，咱们的老二已经不在了，现在他们又来抓我！不用伤心！不用伤心！"他还有许多话要嘱咐她，可是再也说不出来。

钱太太觉得她是作梦呢。她看到的，听到的，全接不上榫子来。自从芦沟桥开火起，她没有一天不叨念小儿子的，可是丈夫和大儿子总告诉她，仲石就快回来了。那天，夜里忽然来了位客人，像是种地的庄稼汉儿，又像个军人。她不敢多嘴，他们也不告诉她那是谁。忽然，那个人又不见了。她盘问丈夫，他只那么笑一笑，什么也不说。还有一晚上，她分明听见院中有动静，又听到一个女子的声音嘁嘁喳喳的；第二天，她问，也没得到回答。这些都是什么事呢？今天，丈夫口中流着血，日本兵在家中乱搜乱抢，而且丈夫说二儿子已经不在了！她想哭，可是惊异与惶惑截住了她的眼泪。她拉住丈夫的臂，想一样一样的细问。她还没开口，敌兵已由屋中出来，把一根皮带子扔给了白巡长。钱先生说了话："不必绑！我跟着你们走！"白巡长拿起皮绳，低声的说："松拢上一点，省得他们又动打！"老太太急了，喊了声："你们干什么？要把老头弄了到哪儿去？放开！"她紧紧的握住丈夫的臂。白巡长很着急，唯恐敌兵打她。正在这时候，孟石苏醒过来，叫了声："妈!"钱先生在老妻的耳边说："看老大去！我去去就来，放心!"一扭身，他挣开了她的手，眼中含着两颗怒，愤，傲，烈，种种感情混合成的泪，挺着胸往外走。走了两步，他回头看了看他手植的花草，一株秋葵正放着大朵的鹅黄色的花。

瑞宣从护国寺街出来，正碰上钱先生被四个敌兵押着往南走。他们没有预备车子，大概为是故意的教大家看看。钱先生光着头，左脚拖着布鞋，右脚光着，眼睛平视，似笑非笑的抿着嘴。他的手是被捆在身后。瑞宣要哭出来。钱先生并没有看见他。瑞宣呆呆的立在那里，看着，看着，渐渐的他只能看到几个黑影在马路边上慢慢的动，在晴美的阳光下，钱先生的头上闪动着一些白光。

迷迷瞪瞪的他走进小羊圈，除了李四爷的门开着半扇，各院的门还全闭着。他想到钱家看看，安慰安慰孟石和老太太。刚在钱家的门口一楞，李四爷——在门内坐着往外偷看呢——叫了他一声。他找了四大爷去。

"先别到钱家去!"李四爷把瑞宣拉到门里说："这年月，亲不能顾亲，友不能顾友，小心点!"

瑞宣没有回答出什么来，楞了一会儿，走出来。到家中，他的头痛得要裂。谁也没招呼，他躺在床上，有时候有声，有时候无声的，自己嘟囔着。

全胡同里的人，在北平沦陷的时候，都感到惶惑与苦闷，及至听到上海作战的消息，又都感到兴奋与欣悦。到现在为止，他们始终没有看见敌人是什么样的面貌，也想不出到底他们自己要受什么样的苦处。今天，他们才嗅到了血腥，看见了随时可以加在他们身上的损害。他们都跟钱先生不大熟识，可是都知道他是连条野狗都不得罪的人。钱先生的被打与被捕，使他们知道了敌人的厉害。他们心中的“小日本”已改了样子；小日本儿们不仅是来占领一座城，而是来要大家的命！同时，他们斜眼扫着冠家的街门，知道了他们须要极小心，连“小日本”也不可再多说；他们的邻居里有了甘心作日本狗的人！他们恨冠晓荷比恨日本人还更深，可是他们不会组织起来与他为难；既没有团体的保障，他们个人也就只好敢怒而不敢言。

冠晓荷把门闭得紧紧的，心中七上八下的不安。太阳落下去以后，他更怕了，唯恐西院里有人来报仇。不敢明言，他暗示出，夜间须有人守夜。

大赤包可是非常的得意，对大家宣布：

“得啦，这总算是立了头一功！咱们想退也退不出来了，就卖着力气往前干吧！”交待清楚了这个，她每五分钟里至少下十几条命令，把三个仆人支使得脚不挨地的乱转。一会儿，她主张喝点酒，给丈夫庆功；一会儿，她要请干姊妹们来打牌；一会儿，她要换衣裳出去打听打听钱先生的消息；一会儿，她把刚换好的衣服又脱下来，而教厨子赶快熬点西米粥。

及至她看清冠晓荷有点害怕，她不免动了气：

“你这小子简直不知好歹，要吃，又怕烫，你算哪道玩艺儿呢？这不是好容易找着条道路，立了点功，你怎反倒害了怕呢？姓钱的是你的老子，你怕教人家把他一个嘴巴打死？”

晓荷勉强的打着精神说：“大丈夫敢作敢当，我才不怕！”

“这不结啦！”大赤包的语气温柔了些。“你是愿意打八圈，还是喝两盅儿？”没等他回答，她决定了：“打八圈吧，今个晚上我的精神很好！高第！你来不来？桐芳你呢？”

高第说要去睡觉。桐芳拒绝了。大赤包发了脾气，想大吵一阵。可是，招弟说了话：

“妈！你听！”

西院里钱太太放声哭起来，连大赤包也不再出声了。

# 十四

中秋前后是北平最美丽的时候。天气正好不冷不热，昼夜的长短也划分得平匀。没有冬季从蒙古吹来的黄风，也没有伏天里挟着冰雹的暴雨。天是那么高，那么蓝，那么亮，好像是含着笑告诉北平的人们：在这些天里，大自然是不会给你们什么威胁与损害的。西山北山的蓝色都加深了一些，每天傍晚还披上各色的霞帔。

在太平年月，街上的高摊与地摊，和果店里，都陈列出只有北平人才能一一叫出名字来的水果。各种各样的葡萄，各种各样的梨，各种各样的苹果，已经叫人够看够闻够吃的了，偏偏又加上那些又好看好闻好吃的北平特有的葫芦形的大枣，清香甜脆的小白梨，像花红那样大的白海棠，还有只供闻香儿的海棠木瓜，与通体有金星的香槟子，再配上为拜月用的，贴着金纸条的枕形西瓜，与黄的红的鸡冠花，可就使人顾不得只去享口福，而是已经辨不清哪一种香味更好闻，哪一种颜色更好看，微微的有些醉意了！

那些水果，无论是在店里或摊子上，又都摆列的那么好看，果皮上的白霜一点也没蹭掉，而都被摆成放着香气的立体的图案画，使人感到那些果贩都是些艺术家，他们会使美的东西更美一些。况且，他们还会唱呢！他们精心的把摊子摆好，而后用清脆的嗓音唱出有腔调的“果赞”：“唉——一毛钱儿来耶，你就挑一堆我的小白梨儿，皮儿又嫩，水儿又甜，没有一个虫眼儿，我的小嫩白梨儿耶！”歌声在香气中颤动，给苹果葡萄的静丽配上音乐，使人们的脚步放慢，听着看着嗅着北平之秋的美丽。

同时，良乡的肥大的栗子，裹着细沙与糖蜜在路旁唰啦唰啦的炒着，连锅下的柴烟也是香的。“大酒缸”门外，雪白的葱白正拌炒着肥嫩的羊肉；一碗酒，四两肉，有两三毛钱就可以混个醉饱。高粱红的河蟹，用席篓装着，沿街叫卖，而会享受的人们会到正阳楼去用小小的木锤，轻轻敲裂那毛茸茸的蟹脚。

同时，在街上的“香艳的”果摊中间，还有多少个兔儿爷摊子，一层层的摆起粉面彩身，身后插着旗伞的兔儿爷——有大有小，都一样的漂亮工细，有的骑着老虎，有的坐着莲花，有的肩着剃头挑儿，有的背着鲜红的小木柜；这雕塑的小品给千千万万的儿童心中种下美的种子。

同时，以花为粮的丰台开始一挑一挑的往城里运送叶齐苞大的秋菊，而公园中的花匠，与爱美的艺菊家也准备给他们费了半年多的苦心与劳力所养成的奇葩异种开“菊展”。北平的菊种之多，式样之奇，足以甲天下。

同时，像春花一般骄傲与俊美的青年学生，从清华园，从出产莲花白酒的海甸，从东南西北城，到北海去划船；荷花久已残败，可是荷叶还给小船上的男女身上染上一些清香。

同时，那文化过熟的北平人，从一入八月就准备给亲友们送节礼了。街上的铺店用各式的酒瓶，各种馅子的月饼，把自己打扮得像鲜艳的新娘子；就是那不卖礼品的铺户也要凑个热闹，挂起秋节大减价的绸条，迎接北平之秋。

北平之秋就是人间的天堂，也许比天堂更繁荣一点呢！

祁老太爷的生日是八月十三。口中不说，老人的心里却盼望着这一天将与往年的这一天同样的热闹。每年，过了生日便紧跟着过节，即使他正有点小小的不舒服，他也必定挣扎着表示出欢喜与兴奋。在六十岁以后，生日与秋节的联合祝贺几乎成为他的宗教仪式——在这天，他须穿出最心爱的衣服；他须在事前预备好许多小红纸包，包好最近铸出的银角子，分给向他祝寿的小儿；他须极和善的询问亲友们的生活近况，而后按照着他的生活经验逐一的给予鼓励或规劝；他须留神观察，教每一位客人都吃饱，并且检出他所不大喜欢的瓜果或点心给儿童们拿了走。他是老寿星，所以必须作到老寿星所应有的一切慈善，客气，宽大，好免得教客人们因有所不满而暗中抱怨，以致损了他的寿数。生日一过，他感到疲乏；虽然还表示出他很关心大家怎样过中秋节，而心中却只把它作为生日的尾声，过不过并不太紧要，因为生日是他自己的，过节是大家的事；这一家子，连人口带产业，都是他创造出来的，他理应有点自私。

今年，他由生日的前十天，已经在夜间睡得不甚安帖了。他心中很明白，有日本人占据着北平，他实在不应该盼望过生日与过节能和往年一样的热闹。虽然如此，他可是不愿意就轻易的放弃了希望。钱默吟不是被日本宪兵捉去，至今还没有消息么？谁知道能再活几天呢！那么，能够活着，还不是一件喜事吗？为什么不快快活活的过一次生日呢？这么一想，他不但希望过生日，而且切盼这一次要比过去的任何一次——不管可能与否——更加倍的热闹！说不定，这也许就是末一次了哇！况且，他准知道自己没有得罪过日本人，难道日本人——不管怎样不讲理——还不准一个老实人庆一庆七十五的寿日吗？

他决定到街上去看看。北平街市上，在秋节，应该是什么样子，他一闭眼就能看得清清楚楚；他实在没有上街去的必要。但是，他要出去，不是为看他所知道的秋节街市，而是为看看今年的街市上是否有过节的气象。假若街上照常的热闹，他便无疑的还可以快乐的过一次生日。而日本人的武力占领北平也就没什么大了不得的地方了。

到了街上，他没有闻到果子的香味，没有遇到几个手中提着或肩上担着礼物的人，没有看见多少中秋月饼。他本来走的很慢，现在完全走不上来了。他想得到，城里没有果品，是因为，城外不平安，东西都进不了城。他也知道，月饼的稀少是大家不敢过节的表示。他忽然觉得浑身有些发冷。在他心中，只要日本人不妨碍他自己的生活，他就想不起恨恶他们。对国事，正如对日本人，他总以为都离他很远，无须乎过问。他只求能平安的过日子，快乐的过生日；他觉得他既没有辜负过任何人，他就应当享有这点平安与快乐的权利！现在，他看明白，日本已经不许他过节过生日！

以祁老人的饱经患难，他的小眼睛里是不肯轻易落出泪来的。但是，现在他的眼有点看不清前面的东西了。他已经活了七十五岁。假若小儿们会因为一点不顺心而啼哭，老人们就会由于一点不顺心而想到年岁与死亡的密切关系，而不大容易控制住眼泪，等到老人与小儿们都不会泪流，世界便不是到了最和平的时候，就是到了最恐怖的时候。

找了个豆汁儿摊子，他借坐了一会，心中才舒服了一些。

他开始往家中走。路上，他看见两个兔儿爷摊子，都摆着许多大小不同的，五光十色的兔儿爷。在往年，他曾拉着儿子，或孙子，或重孙子，在这样的摊子前一站，就站个把钟头，去欣赏，批评，和选购一两个价钱小而手工细的泥兔儿。今天，他独自由摊子前面过，他感到孤寂。同时，往年的兔儿爷摊子是与许多果摊儿立在一处的，使人看到两种不同的东西，而极快的把二者联结到一起——用鲜果供养兔子王。由于这观念的联合，人们的心中就又立刻勾出一幅美丽的，和平的，欢喜的，拜月图来。今天，两个兔儿爷的摊子是孤立的，两旁并没有那色香俱美的果子，使祁老人心中觉得异样，甚至于有些害怕。

他想给小顺儿和妞子买两个兔儿爷。很快的他又转了念头——在这样的年月还给孩子们买玩艺儿？可是，当他还没十分打定主意的时候，摆摊子的人，一个三十多岁的瘦子，满脸含笑的叫住了他："老人家照顾照顾吧！"由他脸上的笑容，和他声音的温柔，祁老人看出来，即使不买他的货物，而只和他闲扯一会儿，他也必定很高兴。祁老人可是没停住脚步，他没有心思买玩具或闲扯。瘦子赶过来一步："照顾照顾吧！便宜！"听到"便宜"，几乎是本能的，老人停住了脚。瘦子的笑容更扩大了，假若刚才还带有不放心的意思，现在仿佛是已把心放下去。他笑着叹了口气，似乎是说："我可抓到了一位财神爷！"

"老人家，您坐一会儿，歇歇腿儿！"瘦子把板凳拉过来，而且用袖子拂拭了一番。"我告诉您，摆出来三天了，还没开过张，您看这年月怎办？货物都是一个夏天作好的，能够不拿出来卖吗？可是……"看老人已经坐下，他赶紧入了正题："得啦，你老人家拿我两个大的吧，准保赔着本儿卖！您要什么样子的？这一对，一个骑黑虎的，一个骑黄虎的，就很不错！玩艺作的真地道！"

“给两个小孩儿买，总得买一模一样的，省得争吵！”祁老人觉得自己是被瘦子圈弄住了，不得不先用话搪塞一下。

“有的是一样的呀，您挑吧！”瘦子决定不放跑了这个老人。“您看，是要两个黑虎的呢，还是来一对莲花座儿的？价钱都一样，我贱贱的卖！”

“我不要那么大的！孩子小，玩艺儿大，容易摔了！”老人又把瘦子支回去，心中痛快了一点。

“那么您就挑两个小的，得啦！”瘦子决定要把这号生意作成。“大的小的，价钱并差不多，因为小的工细，省了料可省不了工！”他轻轻的拿起一个不到三寸高的小兔儿爷，放在手心上细细的端详：“您看，活儿作得有多么细致！”

小兔儿的确作得细致：粉脸是那么光润，眉眼是那么清秀，就是一个七十五岁的老人也没法不像小孩子那样的喜爱它。脸蛋上没有胭脂，而只在小三瓣嘴上画了一条细线，红的，上了油；两个细长白耳朵上淡淡的描着点浅红；这样，小兔儿的脸上就带出一种英俊的样子，倒好像是兔儿中的黄天霸似的。它的上身穿着朱红的袍，从腰以下是翠绿的叶与粉红的花，每一个叶褶与花瓣都精心的染上鲜明而匀调的彩色，使绿叶红花都闪闪欲动。

祁老人的小眼睛发了光。但是，他晓得怎样控制自己。他不能被这个小泥东西诱惑住，而随便花钱。他会像悬崖勒马似的勒住他的钱——这是他成家立业的首要的原因。

“我想，我还是挑两个不大不小的吧！”他看出来，那些中溜儿的玩具，既不像大号的那么威武，也不像小号的那么玲珑，当然价钱也必合适一点。

瘦子有点失望。可是，凭着他的北平小贩应有的修养，他把失望都严严的封在心里，不准走漏出半点味儿来。“您爱哪样的就挑哪样的，反正都是小玩艺儿，没有好大的意思！”

老人费了二十五分钟的工夫，挑了一对。又费了不到二十五分也差不多的时间，讲定了价钱。讲好了价钱，他又坐下了——非到无可如何的时候，他不愿意往外掏钱；钱在自己的口袋里是和把狗拴在屋里一样保险的。

瘦子并不着急。他愿意有这么位老人坐在这里，给他作义务的广告牌。同时，交易成了，彼此便变成朋友，他对老人说出心中的话：

“要照这么下去，我这点手艺非绝了根儿不可！”

“怎么？”老人把要去摸钱袋的手又拿了出来。

“您看哪，今年我的货要是都卖不出去，明年我还傻瓜似的预备吗？不会！要是几年下去，这行手艺还不断了根？您想是不是？”

“几年？”老人的心中凉了一下。

“东三省……不是已经丢了好几年了吗？”

“哼！”老人的手有点发颤，相当快的掏出钱来，递给瘦子。“哼！几年！我就入了土喽！”说完，他几乎忘了拿那一对泥兔儿，就要走开，假若不是瘦子很小心的把它们递过来。

“几年！”他一边走一边自己嘟囔着。口中嘟囔着这两个字，他心中的眼睛已经看到，他的棺材恐怕是要从有日本兵把守着的城门中抬出去，而他的子孙将要住在一个没有兔儿爷的北平；随着兔儿爷的消灭，许多许多可爱的，北平特有的东西，也必定绝了根！他想不起像“亡国惨”一类的名词，去给他心中的抑郁与关切一个简单而有力的结论，他只觉得“绝了根”，无论是什么人和什么东西，是“十分”不对的！在他的活动了七十五年的心中，对任何不对的事情，向来很少有用“十分”来形容的时候。即使有时候他感到有用“十分”作形容的必要，他也总设法把它减到九分，八分，免得激起自己的怒气，以致发生什么激烈的行动；他宁可吃亏，而决不去带着怒气应付任何的事。他没读过什么书，但是他老以为这种吃亏而不动气的办法是孔夫子或孟夫子直接教给他的。

一边走，他一边减低“十分”的成数。他已经七十五岁了，“老不以筋骨为能”，他必须往下压制自己的愤怒。不知不觉的，他已走到了小羊圈，像一匹老马那样半闭着眼而能找到了家。走到钱家门外，他不由的想起钱默吟先生，而立刻觉得那个“十分”是减不得的。同时，他觉得手中拿着两个兔儿爷是非常不合适的；钱先生怎样了，是已经被日本人打死，还是熬着苦刑在狱里受罪？好友生死不明，而他自己还有心程给重孙子买兔儿爷！想到这里，他几乎要承认钱少爷的摔死一车日本兵，和孙子瑞全的逃走，都是合理的举动了。

一号的门开开了。老人受了一惊。几乎是本能的，他往前赶了几步；他不愿意教钱家的人看见他——手中拿着兔儿爷！

紧走了几步以后，他后了悔。凭他与钱老者的友谊，他就是这样的躲避着朋友的家属吗？他马上放缓了脚步，很惭愧的回头看了看。钱太太——一个比蝴蝶还温柔，比羊羔还可怜的年近五十的矮妇人——在门外立着呢。她的左腋下夹着一个不很大的蓝布包儿，两只凹进很深的眼看看大槐树，又看看蓝布包儿，好像在自家门前迷失了路的样子。祁老人向后转。钱太太的右手拉起来一点长袍——一件极旧极长的袍子，长得遮住脚面——似乎也要向后转。老人赶了过去，叫了声钱太太。钱太太不动了，呆呆的看着他。她脸上的肌肉像是已经忘了怎样表情，只有眼皮慢慢的开闭。

"钱太太!"老人又叫了一声，而想不起别的话来。

她也说不出话来；极度的悲苦使她心中成了一块空白。

老人咽了好几口气，才问出来："钱先生怎样了?"

她微微的一低头，可是并没有哭出来；她的泪仿佛已经早已用完了。她很快的转了身，迈进了门坎。老人也跟了进去。在门洞中，她找到了自己的声音，一种失掉了言语的音乐的哑涩的声音：

"什么地方都问过了，打听不到他在哪里！祁伯伯！我是个终年不迈出这个门坎的人，可是现在我找遍了九城!"

"大少爷呢?"

"快，快，快不行啦！父亲被捕，弟弟殉难，他正害病；病上加气，他已经三天没吃一口东西，没说一句话了！祁伯伯，日本人要是用炮把城轰平了，倒比这么坑害人强啊!"说到这里，她的头扬起来。眼中，代替眼泪的，是一团儿怒的火；她不住的眨眼，好像是被烟火烧炙着似的。

老人楞了一会儿。他很想帮她的忙，但是事情都太大，他无从尽力。假若这些苦难落在别人的身上，他会很简单的判断："这都是命当如此!"可是，他不能拿这句话来判断眼前的这一回事，因为他的确知道钱家的人都是一百一十成的好人，绝对不应该受这样的折磨。

"现在，你要上哪儿去呢?"

她看了看腋下的蓝布包儿，脸上抽动了一下，而后又扬起头来，决心把害羞压服住："我去当当!"紧跟着，她的脸上露出极微的，可是由极度用力而来的，一点笑意，像在浓云后努力透出的一点阳光。"哼！平日，我连拿钱买东西都有点害怕，现在我会也上当铺了!"

祁老人得到可以帮忙的机会："我，我还能借给你几块钱！"

"不，祁伯伯！"她说得那么坚决，哑涩的嗓子中居然出来一点尖锐的声音。

"咱们过得多呀！钱太太！"

"不！我的丈夫一辈子不求人，我不能在他不在家的时候……"她没有能说完这句话，她要刚强，可是她也知道刚强的代价是多么大。她忽然的改了话："祁伯伯！你看，默吟怎样呢？能够还活着吗？能够还回来吗？"

祁老人的手颤起来。他没法回答她。想了半天，他声音很低的说："钱太太！咱们好不好去求求冠晓荷呢？"他不会说："解铃还是系铃人"，可是他的口气与神情帮忙他，教钱太太明白了他的意思。

"他？求他？"她的眉有点立起来了。

"我去！我去！"祁老人紧赶着说。"你知道，我也很讨厌那个人！"

"你也不用去！他不是人！"钱太太一辈子不会说一个脏字，"不是人"已经把她所有的愤恨与诅咒都说尽了。"啊，我还得赶紧上当铺去呢！"说着，她很快的往外走。

祁老人完全不明白她了。她，那么老实，规矩，好害羞的一个妇人，居然会变成这么坚决，烈性与勇敢！楞住一会，看她已出了大门，他才想起跟出来。出了门，他想拦住她，可是她已拐了弯——她居然不再注意关上门，那永远关得严严的门！老人叹了口气，不知道怎的很想把手中的一对泥东西摔在大槐树的粗干子上。可是，他并没肯那么办。他也想进去看看钱大少，可是也打不起精神来，他觉得心里堵得慌！

走到三号门口，他想进去看看冠先生，给钱默吟说说情。可是，他还须再想一想。他的愿意搭救钱先生是出于真心，但是他绝不愿因救别人而连累了自己。在一个并不十分好对付的社会中活了七十多岁，他知道什么叫作谨慎。

到了家中，他仿佛疲倦得已不能支持。把两个玩艺儿交给小顺儿的妈，他一语未发的走进自己的屋中。小顺儿的妈只顾了接和看两个泥东西，并没注意老人的神色。她说了声："哟！还有卖兔儿爷的哪！"说完，她后了悔；她的语气分明是有点看不起老太爷，差不多等于说："你还有心思买玩艺儿哪，在这个年月！"她觉得不大得劲儿。为掩饰自己的不知如何是好，她喊了声小顺儿："快来，太爷爷给你们买兔儿爷来啦！"

小顺儿与妞子像两个箭头似的跑来。小顺儿劈手拿过一个泥兔儿去，小妞子把一个食指放在嘴唇上，看着兔儿爷直吸气，兴奋得脸上通通的红了。

"还不进去给老太爷道谢哪？"他们的妈高声的说。

妞子也把兔儿爷接过来，双手捧着，同哥哥走进老人的屋内。

"太爷爷！"小顺儿笑得连眉毛都挪了地方。"你给买来的？"

"太爷爷！"妞子也要表示感谢，而找不到话说。

"玩去吧！"老人半闭着眼说："今年玩了，明年可……"他把后半句话咽回去了。

"明年怎样？明年买更大，更大，更大的吧？"小顺儿问。

"大，大，大的吧？"妞子跟着哥哥说。

老人把眼闭严，没回出话来。

# 十五

北平虽然作了几百年的“帝王之都”，它的四郊却并没有受过多少好处。一出城，都市立刻变成了田野。城外几乎没有什么好的道路，更没有什么工厂，而只有些菜园与不十分肥美的田；田亩中夹着许多没有树木的坟地。在平日，这里的农家，和其他的北方的农家一样，时常受着狂风，干旱，蝗虫的欺侮，而一年倒有半年忍受着饥寒。一到打仗，北平的城门紧闭起来，城外的治安便差不多完全交给农民们自行维持，而农民们便把生死存亡都交给命运。他们，虽然有一辈子也不一定能进几次城的，可是在心理上都自居为北平人。他们都很老实，讲礼貌，即使饿着肚子也不敢去为非作歹。他们只受别人的欺侮，而不敢去损害别人。在他们实在没有法子维持生活的时候，才把子弟们送往城里去拉洋车，当巡警或作小生意，得些工资，补充地亩生产的不足。到了改朝换代的时候，他们无可避逃的要受到最大的苦难：屠杀，抢掠，奸污，都首先落在他们的身上。赶到大局已定，皇帝便会把他们的田墓用御笔一圈，圈给那开国的元勋；于是，他们丢失了自家的坟墓与产业，而给别人作看守坟陵的奴隶。

祁老人的父母是葬在德胜门外土城西边的一块相当干燥的地里。据风水先生说，这块地背枕土城——北平城的前身——前面西山，主家业兴旺。这块地将将的够三亩，祁老人由典租而后又找补了点钱，慢慢的把它买过来。他并没有种几株树去纪念父母，而把地仍旧交给原来的地主耕种，每年多少可以收纳一些杂粮。他觉得父母的坟头前后左右都有些青青的麦苗或白薯秧子也就和树木的绿色相差无几，而死鬼们大概也可以满意了。

在老人的生日的前一天，种着他的三亩地的常二爷——一个又干又倔，而心地极好的，将近六十岁的，横粗的小老头儿——进城来看他。德胜门已经被敌人封闭，他是由西直门进来的。背着一口袋新小米，他由家里一口气走到祁家。除了脸上和身上落了一层细黄土，简直看不出来他是刚刚负着几十斤粮走了好几里路的。一进街门，他把米袋放下，先声势浩大的跺了一阵脚，而后用粗硬的手使劲地搓了搓脸，又在身上拍打了一回；这样把黄土大概的除掉，他才提起米袋往里走，一边走一边老声老气的叫："祁大哥！祁大哥！"虽然他比祁老人小着十好几岁，可是，当初不知怎么论的，他们彼此兄弟相称。

常二爷每次来访，总是祁家全家人最兴奋的一天。久住在都市里，他们已经忘了大地的真正颜色与功用；他们的"地"不是黑土的大道，便是石子垫成，铺着臭油的马路。及至他们看到常二爷——满身黄土而拿着新小米或高粱的常二爷——他们才觉出人与大地的关系，而感到亲切与兴奋。他们愿意听他讲些与政治，国际关系，衣装的式样，和电影明星，完全无关，可是紧紧与生命相连，最实际，最迫切的问题。听他讲话，就好像吃腻了鸡鸭鱼肉，而嚼一条刚从架上摘下来的，尖端上还顶着黄花的王瓜，那么清鲜可喜。他们完全以朋友对待他，虽然他既是个乡下人，又给他们种着地——尽管只是三亩来的坟地。

祁老人这两天心里正不高兴。自从给小顺儿们买了兔儿爷那天起，他就老不大痛快。对于庆祝生日，他已经不再提起，表示出举行与否全没关系。对钱家，他打发瑞宣给送过十块钱去，钱太太不收。他很想到冠家去说说情，可是他几次已经走到三号的门外，又退了回来。他厌恶冠家像厌恶一群苍蝇似的。但是，不去吧，他又觉得对不起钱家的人。不错，在这年月，人人都该少管别人的闲事；像猫管不着狗的事那样。可是，见死不救，究竟是于心不安的。人到底是人哪，况且，钱先生是他的好友啊！他不便说出心中的不安，大家动问，他只说有点想"小三儿"，遮掩过去。

听到常二爷的声音，老人从心里笑了出来，急忙的迎到院里。院中的几盆石榴树上挂着的"小罐儿"已经都红了，老人的眼看到那发光的红色，心中忽然一亮；紧跟着，他看到常二爷的大腮帮，花白胡须的脸。他心中的亮光像探照灯照住了飞机那么得意。

"常老二！你可好哇？"

"好噢！大哥好？"常二爷把粮袋放下，作了个通天扯地的大揖。

到了屋里，两位老人彼此端详了一番，口中不住的说"好"，而心中都暗道："又老了一些！"

小顺儿的妈闻风而至，端来洗脸水与茶壶。常二爷一边用硬手搓着硬脸，一边对她说："泡点好叶子哟！"

她的热诚劲儿使她的言语坦率而切于实际：

"那没错！先告诉我吧，二爷爷，吃了饭没有？"

瑞宣正进来，脸上也带着笑容，把话接过去："还用问吗，你作去就是啦!”

常二爷用力的用手巾钻着耳朵眼，胡子上的水珠一劲儿往下滴。“别费事！给我作碗片儿汤就行了!”

“片儿汤?”祁老人的小眼睛睁得不能再大一点。“你这是到了我家里啦！顺儿的妈，赶紧去作，作四大碗炸酱面，煮硬一点!”

她回到厨房去。小顺儿和妞子飞跑的进来。常二爷已洗完脸，把两个孩搂住，而后先举妞子，后举小顺儿，把他们举得几乎够着了天——他们的天便是天花板。把他们放下，他从怀里掏出五个大红皮油鸡蛋来，很抱歉的说：“简直找不出东西来！得啦，就这五个蛋吧！真拿不出手去，哼!”

这时候，连天佑太太也振作精神，慢慢的走进来。瑞丰也很想过来，可是被太太拦住：“一个破种地的乡下脑壳，有什么可看的!”她撇着胖嘴说。

大家团团围住，看常二爷喝茶，吃面，听他讲说今年的年成，和家中大小的困难，都感到新颖有趣。最使他们兴奋的，是他把四大碗面条，一中碗炸酱，和两头大蒜，都吃了个干净。吃完，他要了一大碗面汤，几口把它喝干，而后挺了挺腰，说了声：“原汤化原食!”

大家的高兴，可惜，只是个很短的时间的。常二爷在打过几个长而响亮的饱嗝儿以后，说出点使大家面面相觑的话来：

“大哥！我来告诉你一声，城外头近来可很不安静！偷坟盗墓的很多!”

“什么?”祁老人惊异的问。

“偷坟盗墓的！大哥你看哪，城里头这些日子怎么样，我不大知道。城外头，干脆没人管事儿啦！你说闹日本鬼子吧，我没看见一个，你说没闹日本鬼子吧，黑天白日的又一劲儿咕咚大炮，打下点粮食来，不敢挑出去卖；不卖吧，又怎么买些针头线脑的呢；眼看着就到冬天，难道不给孩子们身上添点东西吗？近来就更好了，王爷坟和张老公坟全教人家给扒啦，我不晓得由哪儿来的这么一股儿无法无天的人，可是我心里直沉不住气！我自己的那儿亩旱也不收，涝也不收的冤孽地，和那儿间东倒西歪痨病腔子的草房，都不算一回事！我就是不放心你的那块坟地！大哥，你托我给照应着坟，我没拿过你一个小铜板，你也没拿我当作看坟的对待。咱们是朋友。每年春秋两季，我老把坟头拍得圆圆的，多添几锹土；什么话呢，咱们是朋友。那点地的出产，我打了五斗，不能告诉你四斗九升。心眼放正，老天爷看得见！现在，王爷坟都教人家给扒了，万一……”常二爷一劲儿眨巴他的没有什么睫毛的眼。

大家全楞住了。小顺儿看出来屋里的空气有点不大对，扯了扯妞子：“走，咱们院子里玩去！”

妞子看了看大家，也低声说了声：“肘！”——“走”字，她还不大说得上来。

大家都感到问题的严重，而都想不出办法来。瑞宣只说出一个“亡”字来，就又闭上嘴。他本来要说“亡了国连死人也得受刑！”可是，说出来既无补于事，又足以增加老人们的忧虑，何苦呢，所以他闭上了嘴。

天佑太太说了话：“二叔你就多分点心吧，谁教咱们是父一辈子一辈的交情呢！”她明知道这样的话说不说都没关系，可是她必须说出来；老太太们大概都会说这种与事无益，而暂时能教大家缓一口气的话。

“就是啊，老二！”祁老人马上也想起话来。“你还得多分分心！”

“那用不着大哥你嘱咐！”常二爷拍着胸膛说：“我能尽心的地方，决不能要滑！说假话是狗养的！我要交待清楚，到我不能尽心的时候，大哥你可别一口咬定，说我不够朋友！哼，这才叫做天下大乱，大变人心呢！”

“老二！你只管放心！看事做事；你尽到了心，我们全家感恩不尽！我们也不能抱怨你！那是我们祁家的坟地！”祁老人一气说完，小眼睛里窝着两颗泪。他真的动了心。假如不幸父母的棺材真叫人家给掘出来，他一辈子的苦心与劳力岂不全都落了空？父母的骨头若随便被野狗叼了走，他岂不是白活了七十多岁，还有什么脸再见人呢？

常二爷看见祁老人眼中的泪，不敢再说别的，而只好横打鼻梁负起责任：“得啦，大哥！什么也甭再说了，就盼着老天爷不亏负咱们这些老实人吧！”说完，他背着手慢慢往院中走。（每逢他来到这里，他必定要把屋里院里全参观一遍，倒好像是游览故宫博物院呢。）来到院中，他故意的夸奖那些石榴，好使祁老人把眼泪收回去。祁老人也跟着来到院中，立刻喊瑞丰拿剪子来，给二爷剪下两个石榴，给孩子们带回去。瑞丰这才出来，向常二爷行礼打招呼。

“老二，不要动！”常二爷拦阻瑞丰去剪折石榴。“长在树上是个玩艺儿！我带回家去，还不够孩子们吃三口的呢！乡下孩子，老像饿疯了似的！”

“瑞丰你剪哪！”祁老人坚决的说。“剪几个大的！”

这时候，天佑太太在屋里低声的叫瑞宣：“老大，你搀我一把儿，我站不起来啦！”

瑞宣赶紧过去搀住了她。“妈！怎么啦?”

“老大！咱们作了什么孽，至于要掘咱们的坟哪!”

瑞宣的手碰着了她的，冰凉！他没有话可说，但是没法子不说些什么：“妈！不要紧！不要紧！哪能可巧就轮到咱们身上呢！不至于！不至于!”一边说着，他一边搀着她走，慢慢走到南屋去。“妈！喝口糖水吧?”

“不喝！我躺会儿吧!”

扶她卧倒，他呆呆的看着她的瘦小的身躯。他不由的想到：她不定什么时候就会死去，而死后还不知哪会儿就被人家掘出来！他是应当在这里守着她呢？还是应当像老三那样去和敌人决斗呢？他决定不了什么。

“老大，你去吧!”妈妈闭着眼说，声音极微细。

他轻轻的走出来。

常二爷参观到厨房，看小顺儿的妈那份忙劲儿，和青菜与猪肉之多，他忽然的想起来：“哟！明天是大哥的生日！你看我的记性有多好!”说完，他跑到院中，就在石榴盆的附近给祁老人跪下了：“大哥，你受我三个头吧！盼你再活十年二十年的，硬硬朗朗的!”

“不敢当噢!”祁老人喜欢得手足无措。“老哥儿们啦，不敢当!”

“就是这三个头!”二爷一边磕头一边说。“你跟我‘要’礼物，我也拿不出来!”叩罢了头，他立起来，用手掸了掸磕膝上的尘土。

瑞宣赶紧跑过来，给常二爷作揖致谢。

小顺儿以为这很好玩，小青蛙似的，爬在地上，给他的小妹磕了不止三个头。小妞子笑得哏哏的，也忙着跪下给哥哥磕头。磕着磕着，两个头顶在一处，改为顶老羊。

大人们，心里忧虑着坟墓的安全，而眼中看到儿童的天真，都无可如何的笑了笑。

“老二！”祁老人叫常二爷。“今天不要走，明天吃碗寿面再出城！”

“那——”常二爷想了想：“我不大放心家里呀！我并没多大用处，究竟是在家可以给他们仗点胆！嘿！这个年月，简直的没法儿混！”

“我看，二爷爷还是回去的好！”瑞宣低声的说。“省得两下里心都不安！”

“这话对！”常二爷点着头说。“我还是说走就走！抓早儿出城，路上好走一点！大哥，我再来看你！我还有点荞麦呢，等打下来，我送给你点！那么，大哥，我走啦！”

“不准你走！”小顺儿过来抱住常二爷的腿。

“不肘！”妞子永远模仿着哥哥，也过来拉住老人的手。

“好乖！真乖！”常二爷一手拍着一个头，口中赞叹着。“我还来呢！再来，我给你们扛个大南瓜来！”

正这么说着，门外李四爷的清脆嗓音在喊：“城门又关上了，先别出门啊！”

祁老人与常二爷都是饱经患难的人，只知道谨慎，而不知道害怕。可是听到李四爷的喊声，他们脸上的肌肉都缩紧了一些，胡子微微的立起来。小顺儿和妞子，不知道为什么，赶紧撒开手，不再缠磨常二爷了。

“怎么？”小顺儿的妈从厨房探出头来问：“又关了城？我还忘

了买黄花和木耳，非买去不可呢！”

大家都觉得这不是买木耳的好时候，而都想责备她一半句。可是，大家又都知道她是一片忠心，所以谁也没肯出声。见没人搭话，她叹了口气，像蜗牛似的把头缩回去。

“老二！咱们屋里坐吧！”祁老人往屋中让常二爷，好像屋中比院里更安全似的。

常二爷没说什么，心中七上八下的非常的不安。晚饭，他到厨房去帮着烙饼，本想和祁少奶奶说些家长里短；可是，一提起家中，他就更不放心，所以并没能说得很痛快。晚间，刚点灯不久，他就睡了，准备次日一清早就出城。

天刚一亮，他就起来了，可是不能不辞而别——怕大门不锁好，万一再有“扫亮子”的小贼。等到小顺儿的妈起来升火，他用凉水漱了漱口，告诉她他要赶早儿出城。她一定要给他弄点东西吃，他一定不肯；最后，她塞给他一张昨天晚上剩下的大饼，又倒了一大碗暖瓶里的开水，勒令教他吃下去。吃完，他拿着祁老人给的几个石榴，告辞。她把他送出去。

城门还是没有开。他向巡警打听，巡警说不上来什么时候才能开城，而嘱咐他别紧在那里晃来晃去。他又回到祁家来。

没有任何人的帮助，小顺儿的妈独力做好了够三桌人吃的“炒菜面”。工作使她疲劳，可也使她自傲。看常二爷回来，她更高点兴，因为她知道即使她的烹调不能尽满人意，她可是必能由常二爷的口中得到最好的称赞。

祁老人也颇高兴常二爷的没能走脱，而凑着趣说：“这是城门替我留客，老二！”

眼看就十点多钟了，客人没有来一个！祁老人虽然还陪着常二爷闲谈，可是脸上的颜色越来越暗了。常二爷看出来老人的神色不对，颇想用些可笑的言语教他开心，但是自己心中正挂念着家里，实在打不起精神来。于是，两位老人就对坐着发楞。楞得实在难堪了，就交替着咳嗽一声，而后以咳嗽为题，找到一两句话——只是一两句，再往下说，就势必说到年岁与健康，而无从不悲观。假若不幸而提到日本鬼子，那就更糟，因为日本人是来毁灭一切的，不管谁的年纪多么大，和品行怎样好。

天佑一清早就回来了，很惭愧的给父亲磕了头。他本想给父亲买些鲜果和螃蟹什么的，可是城门关着，连西单牌楼与西四牌楼的肉市与菜市上都没有一个摊子，他只好空着手回来。他知道，老父亲并不争嘴；不过，能带些东西回来，多少足以表示一点孝心。再说，街上还能买到东西，就是“天下太平”的证据，也好教老人高兴一点。可是，他空着手回来！他简直不敢多在父亲面前立着或坐着，恐怕父亲问到市面如何，而增加老人的忧虑。他也不敢完全藏到自己的屋中去，深恐父亲挑了眼，说他并没有祝寿的诚心。他始终没敢进南屋去，而一会儿进到北屋给父亲和常二爷添添茶，一会儿到院中用和悦的声音对小顺儿说：“看！太爷爷的石榴有多么红呀！”或对小妞子说：“哟！太爷爷给买的兔儿爷？真好看！好好拿着，别摔了噢！”他的语声不但和悦，而且相当的高，好教屋里的老人能听见。口中这么说道着，他的心里可正在盘算：每年在这个时节，城里的人多少要添置一些衣服；而城外的人，收了庄稼以后，必定进城来买布匹；只要价钱公道，尺码儿大，就不怕城外的人不成群搭伙的来照顾的。他的小布铺，一向是言无二价，而且是尺码加一。他永不仗着“大减价”去招生意，他的尺就是最好的广告。可是，今年，他没看见一个乡下的主顾；城门还关着呢！至于城里的人，有钱的不敢花用，没钱的连饭都吃不上，谁还买布！他看准，日本人不必用真刀真枪的乱杀人，只要他们老这么占据着北平，就可以杀人不见血的消灭多少万人！他想和家里的人谈谈这个，但是今天是老太爷的生日，他张不开口。他须把委屈放在肚子里，而把孝心，像一件新袍子似的，露在外面。

天佑太太扎挣着，很早的就起来，穿起新的竹布大衫，给老公公行礼。在她低下头行礼的时候，她的泪偷偷的在眼中转了几转。她觉得她必死在老公公的前头，而也许刚刚埋在地里就被匪徒们给掘出来！

最着急的是小顺儿的妈。酒饭都已预备好，而没有一个人来！劳力是她自己的，不算什么。钱可是大家的呢；假若把菜面都剩下，别人还好办，老二瑞丰会首先责难她的！即使瑞丰不开口，东西都是钱买来的，她也不忍随便扔掉啊！她很想溜出去，把李四爷请来，可是人家能空着手来吗？她急得在厨房里乱转，实在憋不住了，她到上屋去请示：

“你们二位老人家先喝点酒吧？”

常二爷纯粹出于客气的说：“不忙！天还早呢！”其实，他早已饿了。

祁老人愣了一小会儿，低声的说：“再等一等！”

她笑得极不自然的又走回厨房。

瑞丰也相当的失望，他平日最喜欢串门子，访亲友，好有机会把东家的事说给西家，再把西家的事说给东家，而在姑姑老姨之间充分的表现他的无聊与重要。亲友们家中有婚丧事儿，他必定到场，去说，去吃，去展览他的新衣帽，像只格外讨好的狗似的，总在人多的地方摇摆尾巴。自从结婚以后，他的太太扯住了他的腿，不许他随便出去。在她看，中山公园的来今雨轩，北海的五龙亭，东安市场与剧院才是谈心，吃饭，和展览装饰的好地方。她讨厌那些连“嘉宝”与“阮玲玉”都不晓得的三姑姑与六姨儿。因此，他切盼今天能来些位亲友，他好由北屋串到南屋的跟平辈的开些小玩笑，和长辈们说些陈谷子烂芝麻；到吃饭的时候，还要扯着他的干而尖锐的嗓子，和男人们拚酒猜拳。吃饱，喝足，把谈话也都扯尽，他会去告诉大嫂：“你的菜作得并不怎样，全仗着我的招待好，算是没垮台；你说是不是？大嫂？”

等到十一点多钟了，还是没有人来。瑞丰的心凉了半截。他的话，他的酒量，他的酬应天才，今天全没法施展了！“真奇怪！人们因为关城就不来往了吗？北平人太泄气！太泄气！”他叼着根烟卷儿在屋中来回的走，口中嘟囔着。

“哼！不来人才好呢！我就讨厌那群连牙也不刷的老婆子老头子们！”二太太撇着嘴说。“我告诉你，丰，赶到明儿个老三的事犯了，连条狗也甭想进这个院子来！看看钱家，你就明白了！”

瑞丰恍然大悟：“对呀！不都是关城的缘故，倒恐怕是老三逃走的事已然吵嚷动了呢！”

“你这才明白！木头脑袋！我没早告诉你吗，咱们得分出去另过吗？你老不听我的，倒好像我的话都有毒似的！赶明儿老三的案子犯了，尊家也得教宪兵捆了走！”

“依你之见呢？”瑞丰拉住她的胖手，轻轻的拍了两下。

“过了节，你跟大哥说：分家！”

“咱们月间的收入太少哇！”他的小干脸上皱起许多细纹来，像个半熟了的花仔儿似的。“在这里，大嫂是咱们的义务老妈子；分出去，你又不会作饭。”

“什么不会？我会，就是不作！”

“不管怎样吧，反正得雇女仆，开销不是更大了吗？”

“你是死人，不会去活动活动？”二太太仿佛感到疲乏，打了个肥大款式的哈欠；大红嘴张开，像个小火山口似的。

“哟！你不是说话太多了，有点累的慌？”瑞丰很关切的问。

“在舞场，公园，电影园，我永远不觉得疲倦；就是在这里我才老没有精神；这里就是地狱，地狱也许比这儿还热闹点儿！”

“咱们找什么路子呢？”他不能承认这里是地狱，可是也不敢顶撞太太，所以只好发问。

她的胖食指指着西南：“冠家！”

“冠家？”瑞丰的小干脸上登时发了光。他久想和冠家的人多有来往，一来是他羡慕晓荷的吃喝穿戴，二来是他想跟两位小姐勾搭勾搭，开开心。可是，全家的反对冠家，使他不敢特立独行，而太太的管束又教他不敢正眼看高第与招弟。今天，听到太太的话，他高兴得像饿狗得到一块骨头。

“冠先生和冠太太都是顶有本事的人，跟他们学，你才能有起色！可是，”胖太太说到这里，她的永远缩缩着的脖子居然挺了起来，“你要去，必得跟我一道！要是偷偷的独自去和她们要骨头，我砸烂了你的腿！”

“也不至有那么大的罪过呀！”他扯着脸不害羞的说。

他们决定明天去给冠家送点节礼。

瑞宣的忧虑是很多的，可是不便露在外面。为目前之计，他须招老太爷和妈妈欢喜。假若他们因忧郁而闹点病，他马上就会感到更多的困难。他暗中去关照了瑞丰，建议给父亲，嘱托了常二爷：“吃饭的时候，多喝几杯！拼命的闹哄，不给老人家发牢骚的机会!”对二弟妹，他也投递了降表：“老太爷今天可不高兴，二妹，你也得帮忙，招他笑一笑！办到了我过了节，请你看电影。”

二奶奶得到这个贿赂，这才答应出来和大家一同吃饭；她本想独自吃点什么，故意给大家下不来台的。

把大家都运动好，瑞宣用最欢悦的声音叫：“顺儿的妈！开饭哟!”然后又叫瑞丰：“老二！帮着拿菜!”

老二“啊”了一声，看着自己的蓝缎子夹袍，实在不愿到厨房去。待了一会儿，看常二爷自动的下了厨房，他只好跟了过去，拿了几双筷子。

小顺儿，妞子，和他们的兔儿爷——小顺儿的那个已短了一个犄角——也都上了桌子，为是招祁老太爷欢喜。只有大奶奶不肯坐下，因为她须炒菜去。天佑和瑞宣爷儿俩把所能集合起来的笑容都摆在脸上。常二爷轻易不喝酒，但是喝起来，因为身体好，很有个量儿；他今天决定放量的喝。瑞丰心里并没有像父亲与哥哥的那些忧虑，而纯以享受的态度把筷子老往好一点的菜里伸。

祁老人的脸上没有一点笑容。很勉强的，他喝了半盅儿酒，吃了一箸子菜。大家无论如何努力制造空气，空气中总是湿潮的，像有一片儿雾。雾气越来越重，在老人的眼皮上结成两个水珠。他不是个多愁善感的人，但是在今天他要是还能快乐，他就不是神经错乱，也必定是有了别的毛病。

面上来了，他只喝了一口卤。擦了擦胡子，他问天佑：“小三儿没信哪?”

天佑看瑞宣，瑞宣没回答出来什么。

吃过面，李四爷在大槐树下报告，城门开了，常二爷赶紧告辞。常二爷走后，祁老人躺下了，晚饭也没有起来吃。

# 十六

中秋。程长顺很早的吃了午饭，准备作半天的好生意。可是，转了几条胡同，把嗓子喊干，并没作上一号买卖。撅着嘴，抹着头上的汗，他走回家来。见了外婆，泪在眼眶里，鼻音加倍的重，他叨唠：“这是怎么啦？大节下的怎么不开张呢？去年今天，我不是拿回五块零八毛来吗？”

“歇会儿吧，好小子！”马寡妇安慰着他。“去年是去年，今年是今年啊！”

剃头的孙七，吃了两杯闷酒，白眼珠上横着好几条血丝，在院中搭了话：“马老太太，咱们是得另打主意呀！这样，简直混不下去，你看，现在铺子里都裁人，我的生意越来越少！有朝一日呀，哼！我得打着‘唤头’[①]，沿街兜生意去！我一辈子爱脸面，难道要了这么多年的手艺，真教我下街去和刚出师的乡下孩子们争生意吗？我看明白啦，要打算好好的活着，非把日本鬼子赶出去不可！”

---

①唤头，沿街理发者所持的吆喝工具，铁制，形状像大镊子。

“小点声呀！孙师傅！教他们听见还了得！”马寡妇开着点门缝，低声的说。

孙七哈哈的笑起来。马寡妇赶紧把门关好，像耳语似的对长顺说：“不要听孙七的，咱们还是老老实实的过日子，别惹事！反正天下总会有太平了的时候！日本人厉害呀，架不住咱们能忍啊！”老太太深信她的哲理是天下最好的，因为“忍”字教她守住贞节，渡过患难，得到像一个钢针那么无趣而永远发着点光的生命。

这时候，已经是下午四点钟，小崔交了车，满脸怒气的走回来。

孙七的近视眼没有看清小崔脸上的神色。“怎样？今天还不错吧？”

“不错？”小崔没有好气的说。“敢情不错！听说过没有？大八月十五的，车厂子硬不放份儿，照旧交车钱！”

“没听说过！这是他妈的日本办法吧？”

“就是啊！车主硬说，近来三天一关城，五天一净街，收不进钱来，所以今天不能再放份儿！”

“你乖乖的交了车份儿？”

“我又不是车主儿的儿子，不能那么听话！一声没哼，我把车拉出去了，反正我心里有数儿！拉到过午，才拉了两个座儿；还不够车份儿钱呢！好吧，我弄了一斤大饼，两个子儿的葱酱，四两酱肘子，先吃他妈的一顿再说。吃完，我又在茶馆里泡了好大半天。泡够了，我把两个车胎全扎破，把车送了回去。进了车厂子，我神气十足的，喊了声：两边都放炮啦，明儿个见！说完，我就扭出来了！”

“真有你的，小崔！你行！”

屋里，小崔的太太出了声："孙七爷，你白活这么大的岁数呀！他大节下的，一个铜板拿不回来，你还夸奖他哪？人心都是肉作的，你的是什么作的呀，我问问你！"说着她走了出来。

假若给她两件好衣裳和一点好饮食，她必定是个相当好看的小妇人。衣服的破旧，与饥寒的侵蚀，使她失去青春。虽然她才二十三岁，她的眉眼，行动，与脾气，却已都像四五十岁的人了。她的小长脸上似乎已没有了眉眼，而只有替委屈与忧愁工作活动的一些机关。她的四肢与胸背已失去青年妇人所应有的诱惑力，而只是一些洗衣服，走路，与其他的劳动的，带着不多肉的木板与木棍。今天，她特别的难看。头没有梳，脸没有洗，虽然已是秋天，她的身上却只穿着一身像从垃圾堆中掘出来的破单裤褂。她的右肘和右腿的一块肉都露在外面。她好像已经忘了她是个女人。是的，她已经忘了一切，而只记着午饭还没有吃——现在已是下午四点多钟。

孙七爷，虽然好抢话吵嘴，一声没出的躲开。他同情她，所以不能和她吵嘴，虽然她的话不大好听。同时，他也不便马上替她说公道话，而和小崔吵闹起来；今天是八月节，不应当吵闹。

小崔很爱他的太太，只是在喝多了酒的时候才管辖不住他的拳头，而砸在她的身上。今天，他没有吃酒，也就没有伸出拳头去的蛮劲儿。看着她蓬头垢面的样子，他楞了好大半天，说不出话来。虽然如此，他可是不肯向她道歉，他要维持住男人的威风。

马老太太轻轻的走出屋门来，试着步儿往前走。走到小崔的身旁，她轻轻拉了他一把。然后，她向小崔太太说："别着急啦，大节下的！我这儿还有两盘倭瓜馅的饺子呢，好歹的你先垫一垫！"

小崔太太吸了吸鼻子，带着哭音说："不是呀，马老太太！挨一顿饥，两顿饿，并不算什么！一年到头老是这样，没个盼望，没个办法，算怎么一回事呢？我嫁给他三年了，老太太你看看我，还像个人不像？”说完，她一扭头，极快的走进屋中去。

小崔叹了口气，倭瓜脸上的肌肉横七竖八的乱扭动。

马老太太又拉了他一把：“来！把饺子给她拿过去！给她两句好话！不准又吵闹！听见了没有？”

小崔没有动。他不肯去拿马老太太的饺子。他晓得她一辈子省吃俭用，像抱了窝的老母鸡似的，拾到一颗米粒都留给长顺吃。他没脸去夺她的吃食。嗽了一声，他说：

“老太太！留着饺子给长顺吃吧！”

长顺囔着鼻子，在屋内搭了碴儿：

“我不吃！我想哭一场！大节下的，跑了七八里，会一个铜板没挣！”

马老太太提高了点嗓音：“你少说话，长顺！”

“老太太！”小崔接着说：“我想明白了，我得走，我养不了她，”他向自己屋中指了指。“照这么下去，我连自己也要养不活了！我当兵去，要死也死个痛快！我去当兵，她呢只管改嫁别人，这倒干脆，省得都饿死在这里！”

孙七又凑了过来。“我不知道，军队里还要我不要。要是能行的话，我跟你一块儿走！这像什么话呢，好好的北平城，教小鬼子霸占着！”

听到他们两个的话，马老太太后悔了。假若今天不是中秋节，她决不会出来多事。这并不是她的心眼不慈善，而是严守着她的“多一事不如少一事”的寡妇教条。“别这么说呀！”她低声而恳切的说：“咱们北平人不应当说这样的话呀！凡事都得忍，忍住了气，老天爷才会保佑咱们，不是吗？”她还有许多话要说，可是唯恐怕教日本人听了去，所以搭讪着走进屋中，心里很不高兴。

过了一会儿，她教长顺把饺子送过去。长顺刚拿起盘子来，隔壁的李四妈端着一大碗热气腾腾的炖猪头肉，进了街门。她进屋就喊，声音比碗里的肉更热一点。“小崔！好小子！我给你送点肉来！什么都买不到，那个老东西不知道由哪儿弄来个猪头！”话虽是对小崔说的，她可是并没看见他；她的话是不能存在心中的，假若遇不到对象，她会像上了弦的留声机似的，不管有人听没有，独自说出来。

“四大妈！又教你费心！”小崔搭了话。

“哟！你在这儿哪？快接过去！”

小崔笑着把碗接过去，对四大妈他是用不着客气推让的。

“好小子！把碗还给我！我不进屋里去啦！哟！”她又看见了孙七。“七爷！你吃了没有？来吧，跟你四大爷喝一盅去！什么闹日本鬼子不闹的，反正咱们得过咱们的节！”

这时候，钱家的老少两位妇人放声的哭起来。孙七爷听到了一耳朵，赶紧说：“四大妈，听！”

四大妈的眼神儿差点事，可是耳朵并不沉。“怎么啦？呕！小崔，你把碗送过来吧，我赶紧到钱家看看去！”

孙七跟着她，“我也去！”

马老太太见小崔已得到一碗肉，把饺子收回来一半，而教长顺只送过一盘子去：“快去快来！别再出门啦，钱家不定又出了什么事！”

祁家过了个顶暗淡的秋节。祁老人和天佑太太都病倒，没有起床。天佑吃了点老人生日剩下的菜，便到铺子去；因为铺伙们今天都歇工，他不能不去照应着点；他一向是在三节看着铺子，而教别人去休息；因此，他给大家的工钱尽管比别家的小，可是大家还都乐意帮助他；他用人情补足了他们物质上的损失。他走后，瑞宣和韵梅轻轻的拌了几句嘴。韵梅吃过了不很高兴的午饭，就忙着准备晚间供月的东西。她并不一定十分迷信月亮爷，不过是想万一它有一点点灵应呢，在这慌乱的年月，她就不应当不应酬得周到一些。再说呢，年年拜月，今年也似乎不可缺少，特别是在婆婆正卧病在床的时候。她须教婆婆承认她的能力与周到，好教婆婆放心养病，不必再操一点心。

瑞宣满腔的忧郁，看她还弄那些近乎儿戏的东西，怒气便找到了个出口："真！你还弄那些个玩艺？"

假若她和缓的说明了她的用意，瑞宣自然会因了解而改了口气。可是，她的心中也并不高兴，所以只觉得丈夫有意向她发气，而忽略了说明真相的责任。"哟！"她的声音不大，可是很清脆。"你看我一天到晚老闹着玩，不作一点正经事，是不是？"说话的时候，她的眼神比言语还加倍的厉害。

瑞宣不愿意继续的吵，因为他晓得越吵声音就必定越大，教病着的老人们听见不大好意思。他忍住了气，可是脸上阴沉的要落下水来。他躲到院中，呆呆的看着树上的红石榴。

在三点钟左右的时候，他看见瑞丰夫妇都穿着新衣服往外走。瑞丰手里提着个小蒲包，里面装的大概是月饼。他没问他们上哪里去，他根本看不起送礼探亲家一类的事。

瑞丰夫妇是到冠家去。

冠先生与冠太太对客人的欢迎是极度热烈的。晓荷拉住瑞丰的手，有三分多钟，还不肯放开。他的呼吸气儿里都含着亲热与温暖。大赤包，摇动着新烫的魔鬼式的头发，把瑞丰太太搂在怀中。

祁氏夫妇来的时机最好。自从钱默吟先生被捕，全胡同的人都用白眼珠瞟冠家的人。虽然在口中，大赤包一劲儿的说“不在乎”，可是心中究竟不大够味儿。大家的批评并不能左右她的行动，也不至于阻碍她的事情，因为他们都是些没有势力的人。不过，像小崔，孙七，刘棚匠，李四爷，那些“下等人”也敢用白眼瞟她，她的确有些吃不消。今天，看瑞丰夫妇来到，她觉得胡同中的“舆论”一定是改变了，因为祁家是这里的最老的住户，也就是“言论界”的代表人。瑞丰拿来的一点礼物很轻微，可是大赤包极郑重的把它接过来——它是一点象征，象征着全胡同还是要敬重她，像敬重西太后一样。无论个性怎样强的人，当他作错事的时候，心中也至少有点不得劲，而希望别人说他并没作错。瑞丰来访，是给晓荷与大赤包来作证人——即使他们的行为不正，也还有人来巴结！

瑞丰夫妇在冠家觉得特别舒服，像久旱中的花木忽然得到好雨。他们听的，看的，和感觉到的，都恰好是他们所愿意听的，看的，与感觉到的。大赤包亲手给他们煮了来自英国府的咖啡，切开由东城一家大饭店新发明的月饼。吸着咖啡，瑞丰慢慢的有了些醉意：冠先生的最无聊的话，也不是怎么正好碰到他的心眼上，像小儿的胖手指碰到痒痒肉上那么又痒痒又好受。冠先生的姿态与气度，使他钦佩羡慕，而愿意多来几次，以便多多的学习。他的小干脸上红起来，眼睛在不偷着瞟尤桐芳与招弟姑娘的时候，便那么闭一闭，像一股热酒走到腹部时候那样的微晕。

瑞丰太太的一向懒洋洋的胖身子与胖脸，居然挺脱起来。她忽然有了脖子，身量高出来一寸。说着笑着，她连乳名——毛桃儿——也告诉了大赤包。

“打几圈儿吧？”大赤包提议。

瑞丰没带着多少钱，但是绝对不能推辞。第一，他以为今天是中秋节，理应打牌。第二，在冠家而拒绝打牌，等于有意破坏秩序。第三，自己的腰包虽然不很充实，可是他相信自己的技巧不坏，不至于垮台。瑞丰太太马上答应了："我们俩一家吧！我先打！"说着，她摸了摸手指上的金戒指，暗示给丈夫："有金戒指呢！宁输掉了它，不能丢人！"瑞丰暗中佩服太太的见识与果敢，可是教她先打未免有点不痛快。他晓得她的技巧不怎样高明，而脾气又怕——越输越不肯下来。假若他立在她后边，给她指点指点呢，她会一定把输钱的罪过都归到他身上，不但劳而无功，而且罪在不赦。他的小干脸上有点发僵。

这时候，大赤包问晓荷："你打呀？"

"让客人！"晓荷庄重而又和悦的说："瑞丰你也下场好了！"

"不！我和她一家儿！"瑞丰自以为精明老练，不肯因技痒而失去控制力。

"那么，太太，桐芳或高第招弟，你们四位太太小姐们玩会儿好啦！我们男的伺候着茶水！"晓荷对妇女的尊重，几乎像个英国绅士似的。

瑞丰不能不钦佩冠先生了，于是爽性决定不立在太太背后看歪脖子胡。

大赤包一声令下，男女仆人飞快的跑进来，一眨眼把牌桌摆好，颇像机械化部队的动作那么迅速准确。

桐芳把权利让给了招弟，表示谦退，事实上她是怕和大赤包因一张牌也许又吵闹起来。

妇人们入了座。晓荷陪着瑞丰闲谈，对牌桌连睬也不睬。

"打牌，吃酒，"他告诉客人，"都不便相强。强迫谁打牌，正和揪着人家耳朵灌酒一样的不合理。我永远不抢酒喝，不争着打牌；也不勉强别人陪我。在交际场中，我觉得我这个态度最妥当！"

瑞丰连连的点头。他自己就最爱犯争着打牌和闹酒的毛病。他觉得冠先生应当作他的老师！同时，他偷眼看大赤包。她活像一只雌狮。她的右眼照管着自己的牌，左眼扫射着牌手们的神气与打出的牌张；然后，她的两眼一齐看一看桌面，很快的又一齐看到远处坐着的客人，而递过去一点微笑。她的微笑里含着威严与狡猾，像雌狮对一只小兔那么威而不厉的逗弄着玩。她的抓牌与打牌几乎不是胳臂与手指的运动，而像牌由她的手中蹦出或被她的有磁性的肉吸了来似的。她的肘，腕，甚至于乳房，好像都会抓牌与出张。出张的时节，她的牌撂得很响，给别人的神经上一点威胁，可是，那张牌到哪里去了？没人能知道，又给大家一点惶惑。假若有人不知进退的问一声："打的什么？"她的回答又是那么一点含着威严，与狡猾的微笑，使发问的人没法不红了脸。她自己胡了牌，随着牌张的倒下，她报出胡数来，紧跟着就洗牌；没人敢质问她，或怀疑她，她的全身像都发着电波，给大家的神经都通了电，她说什么就必定是什么。可是，别人胡了牌而少算了翻数，她也必定据实的指出错误："跟我打牌，吃不了亏！输赢有什么关系，牌品要紧！"这，又使大家没法不承认即使把钱输给她，也输得痛快。

瑞丰再看他的太太，她已经变成在狮子旁边的一只肥美而可怜的羊羔。她的眼忙着看手中的牌，又忙着追寻大赤包打出就不见了的张子，还要抽出空儿看看冠家的人们是否在暗笑她。她的左手在桌上，紧紧的按着两张牌，像唯恐他们会偷偷的跑出去；右手，忙着抓牌，又忙着调整牌，以致往往不到时候就伸出手去，碰到别人的手；急往回缩，袖子又撩倒了自己的那堵小竹墙。她的脸上的肌肉缩紧，上门牙咬着下嘴唇，为是使精力集中，免生错误，可是那三家的牌打得太熟太快，不知怎的她就落了空。“哟！”她不晓得什么时候，谁打出的二索；她恰好胡二索调单——缺一门，二将，孤幺，三翻！她只“哟”了一声，不便再说什么，多说更泄自己的气。三家的二索马上都封锁住了，她只好换了张儿。她打出了二索，大赤包胡坎二索！大赤包什么也没说，而心中发生的电码告诉明白了瑞丰太太：“我早就等着你的二索呢！”

瑞丰还勉强着和晓荷乱扯，可是心中极不放心太太手上的金戒指。

牌打到西风圈，大赤包连坐三把庄。她发了话：“瑞丰，你来替我吧！我幸得都不像话了，再打，准保我还得连庄！你来；别教太太想我们娘儿三个圈弄她一个人！你来呀！”

瑞丰真想上阵。可是，晓荷吸住了他。他刚刚跟晓荷学到一点怎样落落大方，怎好就马上放弃了呢？学着晓荷的媚笑样子，他说：“你连三把庄，怎知道她不连九把庄呢？”说着，他看了看太太，她从鼻子上抹去一个小汗珠，向他笑了。他非常满意自己的词令，而且心中感谢冠先生的熏陶。他觉得从前和三姑姑六姨姨的抢两粒花生米，说两句俏皮话，或夸赞自己怎样扣住一张牌，都近乎无聊，甚至于是下贱。冠先生的态度与行动才真是足以登大雅之堂的！

“你不来呀？”大赤包的十个小电棒儿又洗好了牌。“那天在曹宅，我连坐了十四把庄，你爱信不信！”她知道她的威吓是会使瑞丰太太更要手足失措的。

她的牌起得非常的整齐，连庄是绝对可靠的了。可是，正在计划着怎样多添一翻的时节，西院的两位妇人哭嚎起来。哭声像小钢针似的刺入她的耳中。她想若无其事的继续赌博，但是那些小钢针好像是穿甲弹，一直钻到她的脑中，而后爆炸开。她努力控制自己的肌肉与神经，不许它们泄露她的内心怎样遭受着轰炸。可是，她控制不住她的汗。她的夹肢窝忽然的湿了一点，而最讨厌的是脑门与鼻尖上全都潮润起来。她的眼由东扫西射改为紧紧的盯着她的牌。只有这样，她才能把心拴住，可是她也知道这样必定失去谈笑自如的劲儿，而使人看出她的心病。她不后悔自己作过的事，而只恨自己为什么这样脆弱，连两声啼哭都受不住！

啼声由嚎啕改为似断似续的悲啼，牌的响声也一齐由清脆的拍拍改为在桌布上的轻滑。牌的出入迟缓了好多，高第和招弟的手都开始微颤。大赤包打错了一张牌，竟被瑞丰太太胡了把满贯。

晓荷的脸由微笑而扩展到满脸都是僵化了的笑纹，见瑞丰太太胡了满贯，他想拍手喝彩，可是，手还没拍到一处，他发现了手心上出满了凉汗。手没有拍成，他把手心上的汗偷偷的抹在裤子上。这点动作使他几乎要发怒。他起码也有三十年没干过这么没出息的事了——把汗擦在裤子上！这点失仪的耻辱的分量几乎要超过卖人害命的罪过的，因为他一生的最大的努力与最高的成就，就是在手脚的动作美妙而得体上。他永远没用过他的心，像用他的手势与眼神那么仔细过。他的心像一罐罐头牛奶，即使打开，也只是由一个小孔，慢慢的流出一小条牛奶来。在这小罐里永远没有像风暴或泉涌的情感。他宁可费两个钟头去修脚，而不肯闭上眼看一会儿他的心。可是，西院的哭声确是使他把汗擦在裤子上的原因。他害了怕。他一定是动了心。动了心就不易控制手脚，而失去手足的美好姿态便等于失去了他的整个的人！他赶紧坐好，把嘴唇偷偷的舔活润了，想对瑞丰解释："那个……"他找不到与无聊扯淡相等的话，而只有那种话才能打开僵局。他有点发窘。他不晓得什么叫良心的谴责，而只感到心中有点憋闷。

“爸爸！”高第叫了一声。

“啊？”晓荷轻妙的问了声。他觉得高第这一声呼叫极有价值，否则他又非僵在那儿不可。

“替我打两把呀？”

“好的！好的！”他没等女儿说出理由来便答应了，而且把“的”说得很重，像刚刚学了两句国语的江南人那样要字字清楚，而把重音放错了地方。因为有了这样的“的”，他爽性学江南口音，补上：“吾来哉！吾来哉！”而后，脚轻轻的跳了个小箭步，奔了牌桌去。这样，他觉得就是西院的全家都死了，也可以与他丝毫无关了。

他刚坐下，西院的哭声，像歇息了一会儿的大雨似的，比以前更加猛烈了。

大赤包把一张幺饼猛的拍在桌上，眼看着西边，带着怒气说：“太不像话了，这两个臭娘们！大节下的嚎什么丧呢！”

“没关系！”晓荷用两个手指夹着一张牌，眼瞟着太太，说：“她们哭她们的，我们玩我们的！”

“还差多少呀？”瑞丰搭讪着走过来。“先歇一会儿怎样？”

他太太的眼射出两道“死光”来：“我的牌刚刚转好一点！你要回家，走好了，没人拦着你！”

“当然打下去！起码十六圈，这是规矩！”冠先生点上支香烟，很俏式的由鼻中冒出两条小龙来。

瑞丰赶紧走回原位，觉得太太有点不懂事，可是不便再说什么；他晓得夫妻间的和睦是仗着丈夫能含着笑承认太太的不懂事而维持着的。

“我要是有势力的话，碰！”大赤包碰了一对九万，接着说：“我就把这样的娘们一个个都宰了才解气！跟她们作邻居真算倒了霉，连几圈小麻将她们都不许你消消停停的玩！”

屋门开着呢，大赤包的一对幺饼型的眼睛看见桐芳和高第往外走。“嗨！你们俩上哪儿？”她问。

桐芳的脚步表示出快快溜出去的意思，可是高第并不怕她的妈妈，而想故意的挑战：“我们到西院看看去！”

“胡说！”大赤包半立起来，命令晓荷：“快拦住她们！”

晓荷顾不得向瑞丰太太道歉，手里握着一张红中就跑了出去。到院中，他一把没有抓住桐芳，（因为红中在手里，他使不上力）她们俩跑了出去。

牌没法打下去了。冠先生与冠太太都想纳住气，不在客人面前发作。在他俩的心中，这点修养与控制是必须表现给客人们看的，以便维持自己的身分。能够敷衍面子，他们以为，就是修养。但是，今天的事似乎特别另样。不知怎的，西院的哭声仿佛抓住了大赤包的心，使她没法不暴躁。那一丝丝的悲音像蜘蛛用丝缠裹一个小虫似的，缠住她的心灵。她想用玩耍，用瞎扯，去解脱自己，但是毫无功效。哭声向她要求缴械投降。不能！不能投降！她须把怒火发出来，以便把裹住她的心灵的蛛丝烧断。她想去到院中，跳着脚辱骂西院的妇女们一大顿。可是，不知到底为了什么，她鼓不起勇气；西院的哭声像小唧筒似的浇灭了她的勇敢。她的怒气拐了弯，找到了晓荷：“你就那么饭桶，连她们俩都拦不住？这算怎回事呢？她们俩上西院干什么去？你也去看看哪！普天下，找不到另一个像你这样松头日脑的人！你娶小老婆，你生女儿，可是你管不住她们！这像什么话呢？”

晓荷手中掂着那张红中，微笑着说：“小老婆是我娶的，不错！女儿可是咱们俩养的，我不能负全责。”

“别跟我胡扯！你不敢去呀，我去！我去把她们俩扯回来！”大赤包没有交待一声牌是暂停，还是散局，立起来就往院中走。

瑞丰太太的胖脸由红而紫，像个熟过了劲儿的大海茄。这把牌，她又起得不错，可是大赤包离开牌桌，而且并没交代一声。她感到冤屈与耻辱。西院的哭声，她好像完全没有听到。她是“一个心眼”的人。

瑞丰忙过去安慰她：“钱家大概死了人！不是老头子教日本人给枪毙了，就是大少爷病重。咱们家去吧！在咱们院子里不至于听得这么清楚！走哇？”

瑞丰太太一把拾起自己的小皮包，一把将那手很不错的牌推倒，怒冲冲的往外走。

“别走哇！”晓荷闪开了路，而口中挽留她。

她一声没出。瑞丰搭讪着也往外走，口中啊啊着些个没有任何意思的字。

“再来玩！”晓荷不知送他们出去好，还是只送到院中好。他有点怕出大门。

大赤包要往西院去的勇气，到院中便消去了一大半。看瑞丰夫妇由屋里出来，她想一手拉住一个，都把他们拉回屋中。可是，她又没作到。她只能说出：“不要走！这太对不起了！改天来玩呀！”她自己也觉出她的声音里并没带着一点水分，而像枯朽了的树枝被风刮动的不得已而发出些干涩的响声来。

瑞丰又啊啊了几声，像个惊惶失措的小家兔儿似的，蹦打蹦打的，紧紧的跟随在太太的后面。

祁家夫妇刚走出去，大赤包对准了晓荷放去一个鱼雷。“你怎么了？怎么连客也不知道送送呢？你怕出大门，是不是？西院的娘们是母老虎，能一口吞了你？”

晓荷决定不反攻，他的心里像打牌到天亮的时候那么一阵阵儿的发迷糊。他的脸上还笑着，唯一的原因是没有可以代替笑的东西。楞了半天，他低声的对自己说：“这也许就是个小报应呢！”

“什吗？”大赤包听见了，马上把双手叉在腰间，像一座“怒”的刻像似的。“放你娘的驴屁！”

“什么屁不好放，单放驴屁？”晓荷觉得质问的非常的得体，心中轻松了些。

# 十七

孙七，李四妈，瑞宣，李四爷，前后脚的来到钱家。事情很简单！钱孟石病故，他的母亲与太太在哭。

李四妈知道自己的责任是在劝慰两位妇人。可是，她自己已哭成了个泪人。“这可怎么好噢！怎么好噢！”她双手拍着大腿说。

孙七，泪在眼圈里，跺开了脚！“这是什么世界！抓去老的，逼死小的！我……”他想破口大骂，而没敢骂出来。

瑞宣，在李四爷身后，决定要和四爷学，把一就看成一，二看成二；哀痛，愤怒，发急，都办不了事。尽管钱老人是他的朋友，孟石是他的老同学，他决定不撒开他的感情去恸哭，而要极冷静的替钱太太办点事。可是，一眼看到死尸与哭着的两个妇人，他的心中马上忘了棺材，装殓，埋葬，那些实际的事，而由孟石的身上看到一部分亡国史。钱老人和孟石的学问，涵养，气节，与生命，就这么胡里胡涂的全结束了。还有千千万万人的生命，恐怕也将要这么结束！人将要像长熟了的稻麦那样被镰刀割倒，连他自己也必定受那一刀之苦。他并没为忧虑自己的死亡而难过，他是想死的原因与关系。孟石为什么应当死？他自己为什么该当死？在一个人死了之后，他的长辈与晚辈应当受着什么样的苦难与折磨？想到这里，他的泪，经过多少次的阻止，终于大串的落下来。

孟石，还穿着平时的一身旧夹裤褂，老老实实的躺在床上，和睡熟了的样子没有多大区别。他的脸瘦得剩了一条。在这瘦脸上，没有苦痛，没有表情，甚至没有了病容，就那么不言不语的，闭着眼安睡。瑞宣要过去拉起他的瘦，长，苍白的手，喊叫着问他："你就这么一声不响的走了吗？你不晓得仲石的壮烈吗？为什么脸上不挂起笑纹？你不知道父亲在狱中吗？为什么不怒目？"可是，他并没有走过去拉死鬼的手。他知道在死前不抵抗的，只能老老实实的闭上眼，而北平人倒有百分之九十九是不抵抗的，他自己也是其中的一个，他自己也会有那么一天就这样闭上了眼，连脸上也不带出一点怒气。他哭出了声。多日来的羞愧，忧郁，顾虑，因循，不得已，一股脑儿都哭了出来。他不是专为哭一位亡友，而是多一半哭北平的灭亡与耻辱！

四大妈拉住两个妇人的手，陪着她们哭。钱太太与媳妇已经都哭傻了，张着嘴，合着眼，泪与鼻涕流湿了胸前，她们的哭声里并没有一个字，只是由心里往外倾倒眼泪，由喉中激出悲声。哭一会儿，她们噎住，要闭过气去。四大妈急忙给她们捶背，泪和言语一齐放出来："不能都急死哟！钱太太！钱少奶奶！别哭喽！"她们缓过气来，哼唧着，抽搭着，生命好像只剩了一根线那么细，而这一根线还要涌出无穷的泪来。气顺开，她们重新大哭起来。冤屈，愤恨，与自己的无能，使她们愿意马上哭死。

李四爷含着泪在一旁等着。他的年纪与领杠埋人的经验，教他能忍心的等待。等到她们死去活来的有好几次了，他抹了一把鼻涕，高声的说："死人是哭不活的哟！都住声！我们得办事！不能教死人臭在家里!”

孙七不忍再看，躲到院中去。院中的红黄鸡冠花开得正旺，他恨不能过去拔起两棵，好解解心中的憋闷：“人都死啦，你们还开得这么有来有去的！他妈的!”

瑞宣把泪收住，低声的叫：“钱伯母！钱伯母!”他想说两句有止恸收泪的作用的话，可是说不出来；一个亡了国的人去安慰另一个亡了国的人，等于屠场中的两头牛相对哀鸣。

钱太太哭得已经没有了声音，没有了泪，也差不多没有了气。她直着眼，楞起来。她的手和脚已然冰冷，失去了知觉。她已经忘了为什么哭，和哭谁，除了心中还跳，她的全身都已不会活动。她楞着，眼对着死去的儿子楞着，可是并没看见什么；死亡似乎已离她自己不远，只要她一闭目，一垂头，她便可以很快的离开这苦痛的人世。

钱少奶奶还连连的抽搭。四大妈拉着她的手，挤咕着两只哭红了的眼，劝说：“好孩子！好孩子！要想开点呀！你要哭坏了，谁还管你的婆婆呢?”

少奶奶横着心，忍住了悲恸。楞了一会儿，她忽然的跪下了，给大家磕了报丧的头。大家都楞住了；想了一下，才明白过来。四大妈的泪又重新落下来：“起来吧！苦命的孩子!”可是，少奶奶起不来了。这点控制最大的悲哀的努力，使她筋疲力尽。手脚激颤着，她瘫在了地上。

这时候，钱太太吐出一口白沫子来，哼哼了两声。

“想开一点呀，钱太太!”李四爷劝慰：“有我们这群人呢，什么事都好办!”

“钱伯母！我也在这儿呢!”瑞宣对她低声的说。

孙七轻轻的进来：“钱太太！咱们的胡同里有害人的，也有帮助人的，我姓孙的是来帮忙的，有什么事！请你说就是了！”

钱太太如梦方醒的看了大家一眼，点了点头。

桐芳和高第已在门洞里立了好半天。听院内的哭声止住了，她们才试着步往院里走。

孙七看见了她们，赶紧迎上来，要细看看她们是谁。及至看清楚了，他头上与脖子上的青筋立刻凸起来。他久想发作一番，现在他找到了合适的对象：“小姐太太们，这儿没唱戏，也不耍猴子，没有什么好看的！请出！”

桐芳把外场劲儿拿出来：“七爷，你也在这儿帮忙哪？有什么我可以作的事没有？”

孙七听小崔说过，桐芳的为人不错。他是错怪了人，于是弄得很僵。

桐芳和高第搭讪着往屋里走。瑞宣认识她们，可是向来没和她们说过话。李四妈的眼神既不好，又忙着劝慰钱家婆媳，根本不晓得屋里又添了两个人。钱家婆媳不大认识她们；就是相识，也没心思打招呼。她们俩看看这个，看看那个，心中极不得劲儿。李四爷常给冠家作事，当然认识她们，他可是故意的不打招呼。

桐芳无可奈何的过去拉了李四爷一下，把他叫到院中来。高第也跟了出来。

“四爷！”桐芳低声而亲热的叫。“我知道咱们的胡同里都怎么恨我们一家子人！可是我和高第并没过错。我们俩没出过坏主意，陷害别人！我和高第想把这点意思告诉给钱老太太，可是看她哭得死去活来的，实在没法子张嘴。得啦，我求求你吧，你老人家得便替我们说一声吧！”

四爷不敢相信她的话，也不敢不信。最初，他以为她俩是冠家派来的“侦探”。听桐芳说得那么恳切，他又觉得不应当过度的怀疑她们。他不好说什么，只不着边际的点了点头。

“四爷！”高第的短鼻子上纵起许多带着感情的碎纹。“钱太太是不是很穷呢？”

李四爷对高第比对桐芳更轻视一些，因为高第是大赤包的女儿。他又倔又硬的回答出一句：“穷算什么呢？钱家这一下子断了根，绝了后！”

“仲石是真死啦？钱老先生也……”高第说不下去了。她一心只盼仲石的死是个谣言，而钱先生也会不久被释放出来，好能实现她自己的那个神秘的小梦。可是，看到钱家妇女的悲伤，和孟石的死，她知道自己的梦将永远是个梦了。她觉得她应当和钱家婆媳一同大哭一场，因为她也变成了寡妇——一个梦中的寡妇。

李四爷有点不耐烦，很不客气的说：“你们二位要是没别的事，就请便吧！我还得——”

桐芳把话抢过来：“四爷，我和高第有一点小意思！”她把手中握了半天的一个小纸包——纸已被手心上的汗沤得皱起了纹——递过来：“你不必告诉钱家的婆媳，也不必告诉别人，你爱怎么用就怎么用，给死鬼买点纸烧也好，给……也好，都随你的便！这并不是谁教给我们这么作的，我们只表一表我们自己的心意；为这个，回头大概我们还得和家中打一架呢！”

李四爷的心中暖和了一点，把小纸包接了过来。他晓得钱家过的是苦日子，而丧事有它的必须花钱的地方。当着她俩，他把小包儿打开，以便心明眼亮；里面是桐芳的一个小金戒指，和高第的二十五块钞票。

“我先替你们收着吧！”老人说。“用不着，我原物交还；用得着，我有笔清账！我不告诉她们，好在她们一家子都不懂得算账！”

桐芳和高第的脸上都光润了一点，觉得她们是作了一件最有意义的事。

她们走后，李老人把瑞宣叫到院中商议：“事情应该快办哪，钱少爷的身上还没换一换衣服呢！要老这么耽搁着，什么时候能抬出去呢？入土为安；又赶上这年月，更得快快的办啦！”

瑞宣连连点头。“四爷，要依着我，连寿衣都不必去买，有什么穿什么；这年月不能再讲体面。棺材呢，买口结实点的，弄十六个人赶快抬出去，你老人家看是不是？”

李老人抓了抓脖子上的大肉包。“我也这么想。恐怕还得请几位——至少是五众儿——和尚，超渡超渡吧？别的都可以省，这俩钱儿非花不可！”

孙七凑了过来：“四大爷！难道不报丧吗？钱家有本家没有，我不晓得；老太太和少奶奶的娘家反止非赶紧去告诉一声不可呀！别的我尽不了力，这点跑腿的事，我办得了！我一个人不行，还有小崔呢！”

“四爷爷！”瑞宣亲热的叫着：“现在我们去和钱太太商议，管保是毫无结果，她已经哭昏了。”

李老人猜到瑞宣的心意：“咱们可作不了主，祁大爷！事情我都能办，棺材铺，杠房，我都熟，都能替钱太太省钱。可是，没有她的话，我可不敢去办。”

“对！”瑞宣没说别的，赶快跑回屋中，把四大妈叫出来：“老太太，你先去问她们有什么至亲，请了来，好商议商议怎办事呀！”

李四妈的大近视眼已哭成了一对小的红桃，净顾了难受，什么主意也没有，而且耳朵似乎也发聋，听不清任何人的话。

瑞宣急忙又改了主意："四爷爷！孙师傅！你们先家去歇一会儿，教四祖母在这里照应着她们婆媳。"

"可怜的少奶奶！一朵花儿似的就守了寡！"四大妈的双手又拍起大腿来。

没人注意她的话。瑞宣接着说："我家去把小顺儿的妈找来，叫她一边劝一边问钱太太。等问明白了，我通知你们两位，好不好？"

孙七忙接过话来："四大爷，你先回家吃饭，我在这儿守着点门！祁大爷，你也请吧！"说完，他像个放哨的兵似的，很勇敢的到门洞里去站岗。

李四爷同瑞宣走出来。

瑞宣忘了亡国的耻辱与钱家的冤屈，箭头儿似的跑回家中。他的眼还红着，而心中痛快了许多。现在，他似乎只求自己能和李四爷与孙七一样的帮钱家的忙；心中的委屈仿佛已经都被泪冲洗干净，像一阵大雨把胡同里的树叶与渣滓洗净了那样。找到了韵梅，他把刚才吵嘴的事已经忘净，很简单而扼要的把事情告诉明白了她。她还没忘了心中的委屈，可是一听到钱家的事，她马上挺了挺腰，忙而不慌的擦了把手，奔了钱家去。

祁老人把瑞宣叫了去。瑞宣明知道说及死亡必定招老人心中不快，可是他没法作善意的欺哄，因为钱家的哭声是随时可以送到老人的耳中的。

听到孙子的报告，老人好大半天没说上话来。患难打不倒他的乐观，死亡可使他不能再固执己见。说真的，城池的失守并没使他怎样过度的惶惑不安；他有他自己的老主意；主意拿定，他觉得就是老天爷也没法难倒他。及至“小三儿”不辞而别，钱默吟被捕，生日没有过成，坟墓有被发掘的危险，最后，钱少爷在中秋节日死去，一件一件像毒箭似的射到他心中，他只好闭口无言了！假若他爽直的说出他已经不应当再乐观，他就只好马上断了气。他还希望再活几年！可是，钱少爷年轻轻的就会已经死了！哼，谁知道老天要怎样收拾人呢！他的惯于切合实际的心本想拿出许多计划：钱家的丧事应当怎样办，钱家婆媳应当取什么态度，和祁家应该怎样帮钱家的忙……可是，他一句没说出来。他已不大相信自己的智慧与经验了！

瑞丰在窗外偷偷的听话儿呢。他们夫妇的“游历”冠家，据胖太太看，并没有多大的成功。她的判断完全根据着牌没有打好这一点上。她相信，假若继续打下去，她必定能够大捷，而赢了钱买点能给自己再增加些脂肪的吃食，在她想，是最足以使她的心灵得到慰藉的事。可是，牌局无结果而散！她有点看不起大赤包！

瑞丰可并不这么看。学着冠先生的和悦而潇洒的神气与语声，他说：“在今天的情形之下，我们很难怪她。我们必须客观的，客观的，去判断一件事！说真的，她的咖啡，点心，和招待的殷勤，到底是只此一家，并无分号，在咱们这条胡同里！”他很满意自己的词令，只可惜嗓音还少着一点汁水，不十分像冠先生——冠先生的声音里老像有个刚咬破的蜜桃。

胖太太，出乎瑞丰意料之外，居然没有反驳，大概是因为除了牌局的未能圆满结束，她实在无法否认冠家的一切确是合乎她的理想的。看到太太同意，瑞丰马上建议：“我们应当多跟他们来往！别人不了解他们，我们必须独具只眼！我想我和冠晓荷一定可以成为莫逆之交的！”说完，他的眼珠很快的转了好几个圈；他满意运用了“独具只眼”与“莫逆之交”，像诗人用恰当了两个典故似的那么得意。

他去偷听瑞宣对老祖父说些什么，以便报告给冠家。他须得到晓荷与大赤包的欢心，他的前途才能有希望。退一步讲，冠家即使不能给他实利，那么常能弄到一杯咖啡，两块洋点心，和白瞧瞧桐芳与招弟，也不算冤枉！

瑞宣走出来，弟兄两个打了个照面。瑞丰见大哥的眼圈红着，猜到他必是极同情钱太太。他把大哥叫到枣树下面。枣树本来就不甚体面，偏又爱早早的落叶，像个没有模样而头发又稀少的人似的那么难看。幸而枝子的最高处还挂着几个未被小顺儿的砖头照顾到的红透了的枣子，算是稍微遮了一点丑。瑞丰和小顺儿一样，看到枣子总想马上放到口中。现在，他可是没顾得去打那几个红枣，因为有心腹话要对哥哥说。

“大哥！”他的声音很低，神气恳切而诡秘：“钱家的孟石也死啦！”“也”字说得特别的用力，倒好像孟石的死是为凑热闹似的。

“啊！”瑞宣的声音也很低，可是不十分好听。“他也是你的同学！”他的“也”字几乎与二弟的那个同样的有力。

瑞丰仰脸看了看树上的红枣，然后很勉强的笑了笑。“尽管是同学！我对大哥你不说泛泛的话，因为你闯出祸来，也跑不了我！我看哪，咱们都少到钱家去！钱老人的生死不明，你怎知道没有日本侦探在暗中监视着钱家的人呢？再说，冠家的人都怪好的，咱们似乎也不必因为帮忙一家邻居，而得罪另一家邻居，是不是？”

瑞宣舔了舔嘴唇，没说什么。

“钱家，”瑞丰决定要把大哥说服，“现在是家破人亡，我们无论怎样帮忙，也不会得到丝毫的报酬。冠家呢——”说到这里，他忽然改了话："大哥，你没看报吗？"

瑞宣摇了摇头。真的，自从敌人进了北平，报纸都被奸污了以后，他就停止了看报。在平日，看报纸是他的消遣之一。报纸不但告诉他许多事，而且还可以掩护他，教他把脸遮盖起来，在他心中不很高兴的时候。停止看报，对于他，是个相当大的折磨，几乎等于戒烟或戒酒那么难过。可是，他决定不破戒。他不愿教那些带着血的谎话欺哄他，不教那些为自己开脱罪名的汉奸理论染脏了他的眼睛。

"我天天看一眼报纸上的大字标题！"瑞丰说。"尽管日本人说话不尽可靠，可是我们的仗打得不好是真的！山西，山东，河北，都打得不好，南京还保得住吗？所以，我就想：人家冠先生的办法并不算错！本来吗，比如说南京真要也丢了，全国还不都得属东洋管；就是说南京守得住，也不老容易的打回来呀！咱们北平还不是得教日本人管着？胳臂拧不过大腿去，咱们一家子还能造反，打败日本人吗？大哥，你想开着点，少帮钱家的忙，多跟冠家递个和气，不必紧自往死牛犄角里钻！"

"你说完了？"瑞宣很冷静的问。

老二点了点头。他的小干脸上要把智慧，忠诚，机警，严肃，全一下子拿出来，教老大承认他的才气的优越与心地的良善。可是，他只表现了一点掩饰不住的急切与不安。眉头皱着一点，他用手背抹了抹嘴角上的一堆小白沫儿。

"老二！"瑞宣想说的话像刚倒满了杯的啤酒，都要往外流了。可是，看了老二一眼，他决定节省下气力。他很冷淡的笑了笑，像冰上炸开一点纹儿似的。"我没有什么可说的！"

老二的小干脸僵巴起来。"大哥！我很愿意把话说明白了，你知道，她——”他向自己的屋中很恭敬的指了指，倒像屋中坐着的是位女神。“她常劝我分家，我总念其手足的情义，不忍说出口来！你要是不顾一切的乱来，把老三放走，又帮钱家的忙，我可是真不甘心受连累！”他的语声提高了许多。

天佑太太在南屋里发问：“你们俩嘀咕什么呢？”

老大极快的回答：“说闲话呢，妈！”

老二打算多给哥哥一点压力：“你要是不能决定，我跟妈商议去！”

“妈和祖父都病着呢！”瑞宣的声音还是很低。“等他们病好了再说不行吗？”

“你跟她说说去吧！”老二又指了指自己的屋子。“这并不是我一个人的主意！”

瑞宣，一个受过新教育的人，晓得什么叫小家庭制度。他没有一点反对老二要分出去的意思。不过，祖父，父亲，和母亲，都绝对不喜欢分家，他必得替老人们设想，而敷衍老二。老二在家里，与分出去，对瑞宣在家务上的，经济上的，伦理上的，负担并没什么差别。可是，老二若是分出去，三位老人就必定一齐把最严重的谴责加在他的身上。所以，他宁可多忍受老二夫妇一些冤枉气，而不肯叫老人们心中都不舒服。他受过新教育，可是须替旧伦理尽义务。他没有一时一刻忘了他的理想，可是整天，整月，整年的，他须为人情与一家大小的饱暖去工作操劳。每逢想到这种矛盾，他的心中就失去平静，而呆呆的发楞。现在，他又楞起来。

“怎样？”老二紧催了一板。

“啊？”瑞宣眨巴了几下眼，才想起刚才的话来。想起老二的话来，正像一位在思索着宇宙之谜的哲学家忽然想起缸里没有了米那样，他忽然的发了气。他的脸突然的红了，紧跟着又白起来。“你到底要干吗？”他忘了祖父与母亲的病，忘了一切，声音很低，可是很宽，像憋着大雨的沉雷。“分家吗？你马上滚！”

南屋的老太太忘了病痛，急忙坐起来，隔着窗户玻璃往外看：“怎么啦？怎么啦？”

老大上了当。老二凑近窗前：“妈！这你可听见了？大哥叫我滚蛋！”

幸而，母亲的心是平均的拴在儿女身上的。她不愿意审判他们，因为审判必须决定屈直胜负。她只用她的地位与慈爱的威权压服他们：“大节下的呀！不准吵嘴！”

老二再向窗前凑了凑，好像是他受了很大的委屈，而要求母亲格外爱护他。

老大又楞起来。他很后悔自己的卤莽，失去控制，而惹得带病的妈妈又来操心！

瑞丰太太肉滚子似的扭了出来。“丰！你进来！有人叫咱们滚，咱们还不忙着收拾收拾就走吗？等着叫人家踢出去，不是白饶一面儿吗？”

瑞丰放弃了妈妈，小箭头似的奔了太太去。

“瑞宣——”祁老人在屋里扯着长声儿叫：“瑞宣——”并没等瑞宣答应，他发开了纯为舒散肝气的议论：“不能这样子呀！小三儿还没有消息，怎能再把二的赶出去呢！今天是八月节，家家讲究团圆，怎么单单咱们说分家呢？要分，等我死了再说；我还能活几天？你们就等不得呀！”

瑞宣没搭理祖父，也没安慰妈妈，低着头往院外走。在大门外，他碰上了韵梅。她红着眼圈报告：

“快去吧！钱太太不哭啦！孙七爷已经去给她和少奶奶的娘家送信，你赶紧约上李四爷，去商议怎么办事吧！”

瑞宣的怒气还没消，可是决定尽全力去帮钱家的忙。他觉得只有尽力帮助别人，或者可以减轻他的忧虑，与不能像老三那样去赴国难的罪过。

他在钱家守了一整夜的死人。

# 十八

除了娘家人来到，钱家婆媳又狠狠的哭了一场之外，她们没有再哭出声来。钱太太的太阳穴与腮全陷进去多么深，以致鼻子和颧骨都显着特别的坚硬，有棱有角。二者必居其一：不是她已经把泪都倾尽，就是她下了决心不再哭。恐怕是后者，因为在她的陷进很深的眼珠里，有那么一点光。这点光像最温柔的女猫怕淘气的小孩动她的未睁开眼的小猫那么厉害，像带着鸡雏的母鸡感觉到天上来了老鹰那么勇敢，像一个被捉住的麻雀要用它的小嘴咬断了笼子棍儿那么坚决。她不再哭，也不多说话，而只把眼中这点光一会儿放射出来，一会儿又收起去；存储了一会儿再放射出来。

大家很不放心这点光。

李四爷开始喜欢钱太太，因为她是那么简单痛快，只要他一出主意，她马上点头，不给他半点麻烦和淤磨。从一方面看，她对于一切东西的价钱和到什么地方去买，似乎全不知道，所以他一张口建议，她就点头。从另一方面看，她的心中又像颇有些打算，并不胡里胡涂的就点头。比如说：四爷说，棺材只求结实，不管式样好看不好看；她点点头。四爷说，灵柩在家里只停五天，出殡只要十六个杠儿和一班儿清音吹鼓手；她又点点头。可是，当他提到请和尚放焰口的时候，她摇了头，因为钱先生和少爷们都不信佛，家里从来没给任何神佛烧过香。这，教李四爷觉得很奇怪。他很想问明白，钱家是不是“二毛子”，信洋教。可是他没敢问，因为他想不起钱家的人在什么时候上过教堂，而且这一家子无论在什么地方都丝毫不带洋气儿。李四爷不能明白她，而且心中有点不舒服——在他想，无论怎样不信佛的人，死后念念经总是有益无损的事。钱太太可是很坚决，她连着摇了两次头。

李四爷也看出来：她的反对念经，一定不是为省那几个钱，因为当他建议买棺材与别的事的时候，虽然他立意要给她节省，可是并没有明说出来；她只点头，而并没问：“那得要多少钱哪？”她既像十分明白李四爷必定会给省钱，又像随便花多少也不在乎的样子。李四爷一方面喜欢她的简单痛快，另一方面又有点担心——她到底有多少钱呢？

为慎重起见，李四爷避着钱太太，去探听少奶奶的口气。她没有任何意见，婆婆说怎办，就怎办。四爷又特别提出请和尚念经的事，她说：“公公和孟石都爱作诗，什么神佛也不信。”四爷不知道诗是什么，更想不透为什么作诗就不信佛爷。他只好放弃了自己的主张，虽然在心中已经算计好，他会给她们请来五位顶规矩而又便宜的和尚。他问到钱太太到底有多少钱，少奶奶毫不迟疑的回答：“一个钱没有！”

李四爷抓了头。不错，他自己准备好完全尽义务，把杠领出城去。但是，杠钱，棺材钱，和其他的开销，尽管他可以设法节省，可也要马上就筹出款子来呀！他把瑞宣拉到一边，咬了咬耳朵。

瑞宣按着四爷的计划，先糙糙的在心中造了个预算表，然后才说："我晓得咱们胡同里的人多数的都肯帮忙。但是钱太太绝不喜欢咱们出去替她化缘募捐。咱们自己呢，至多也不过能掏出十块八块的，那和总数还差得多呢！咱们是不是应当去问问她们的娘家人呢？"

"应当问问！"老人点了头。"这年月，买什么都要付现钱！要不是闹日本鬼子，我准担保能赊出一口棺材来；现在，连一斤米全赊不出来，更休提寿材了！"

钱太太的弟弟，和少奶奶的父亲，都在这里。钱太太的弟弟陈野求，是个相当有学问，而心地极好的中年瘦子。脸上瘦，所以就显得眼睛特别的大。当他的眼珠定住的时候，他好像是很深沉，个性很强似的。可是他不常定住眼珠；反之，他的眼珠总爱"多此一举"的乱转，倒好像他是很浮躁，很好事。有这么一对眼，再加上两片薄得像刀刃似的，极好开合（找不到说话的对象，他自己会叨唠得很热闹）的嘴唇，他就老那么飘轻飘轻的，好像一片飞在空中的鸡毛那样被人视为无足重轻。事实上，他既不深沉，也不浮躁。他的好转眼珠只是一种习惯，他的好说话是为特意讨别人的好。他是个好人。假若不是因为他有一位躺在坟地的，和一位躺在床上的，太太，这两位太太给他生的八个孩子，他必定不会老被人看成空中飞动的一片鸡毛。只要他用一点力，他就能成为一位学者。可是，八张像蝗虫的小嘴，和十六对像铁犁的脚，就把他的学者资格永远褫夺了。无论他怎样卖力气，八个孩子的鞋袜永远教他爱莫能助！

他和钱默吟是至近的亲戚，也是最好的朋友。姐丈与舅爷所学的不同，但是谈到学问，彼此都有互相尊敬的必要。至于谈到人生的享受，野求就非常的羡慕默吟了；默吟有诗有画有花木与茵陈酒，而野求只有吵起来像一群饥狼似的孩子。他非常的喜欢来看姐姐与姐丈，因为即使正赶上姐丈也断了粮，到底他们还可以上下古今的闲扯——他管这个闲扯叫作“磨一磨心上的锈”。可是，他不能常来，八个孩子与一位常常生病的太太，把他拴在了柴米油盐上。

当孙七把口信捎到的时候，他正吃着晚饭——或者应当说正和孩子们抢着饭吃。孙七把话说完，野求把口中没咽净的东西都吐在地上。没顾得找帽子，他只向屋里嚷了一声，就跑了出来；一边走一边落泪。

就是他，陪着瑞宣熬了第一夜。瑞宣相当的喜欢这个人。最足以使他们俩的心碰到一处的是他们对国事的忧虑，尽管忧虑，可是没法子去为国尽忠。他告诉瑞宣：“从历史的久远上看，作一个中国人并没什么可耻的地方。但是，从只顾私而不顾公，只讲斗心路而不敢真刀真枪的去干这一点看，我实在不佩服中国人。北平亡了这么多日子了，我就没看见一个敢和敌人拚一拚的！中国的人惜命忍辱实在值得诅咒！话虽这样说，可是你我……”他很快的停住，矫正自己：“不，我不该这么说！”

“没关系！”瑞宣惨笑了一下：“你我大概差不多！”

“真的？我还是只说我自己吧！八个孩子，一个老闹病的老婆！我就像被粘在苍蝇纸上的一个苍蝇，想飞，可是身子不能动！”唯恐瑞宣张嘴，他抢着往下说：“是的，我知道连小燕还不忍放弃了一窝黄嘴的小雏儿，而自己到南海上去飞翔。可是，从另一方面看，岳武穆，文天祥，也都有家庭！咱们，呕，请原谅！我，不是咱们！我简直是个妇人，不是男子汉！再抬眼看看北平的文化，我可以说，我们的文化或者只能产生我这样因循苟且的家伙，而不能产生壮怀激烈的好汉！我自己惭愧，同时我也为我们的文化担忧！”

瑞宣长叹了一声：“我也是个妇人！”

连最爱说话的陈野求也半天无话可说了。

现在，瑞宣和李四爷来向野求要主意。野求的眼珠定住了。他的轻易不见一点血色的瘦脸上慢慢的发暗——他的脸红不起来，因为贫血。张了几次嘴，他才说出话来：“我没钱！我的姐姐大概和我一样！”

怕野求难堪，瑞宣嘟囔着：“咱们都穷到一块儿啦！”

他们去找少奶奶的父亲——金三爷。他是个大块头。虽然没有李四爷那么高，可是比李四爷宽的多。宽肩膀，粗脖子，他的头几乎是四方的。头上脸上全是红光儿，脸上没有胡须，头上只剩了几十根灰白的头发。最红的地方是他的宽鼻头，放开量，他能一顿喝斤半高粱酒。在少年，他踢过梅花桩，摔过私跤，扔过石锁，练过形意拳，而没读过一本书。经过五十八个春秋，他的功夫虽然已经撂下了，可是身体还像一头黄牛那么结实。

金三爷的办公处是在小茶馆里。沏上一壶自己带来的香片，吸两袋关东叶子烟，他的眼睛看着出来进去的人，耳中听着四下里的话语，心中盘算着自己的钱。看到一个合适的人，或听到一句有灵感的话，他便一个木楔子似的挤到生意中去。他说媒，拉纤，放账！他的脑子里没有一个方块字，而有排列得非常整齐的一片数目字。他非常的爱钱，钱就是他的“四书”或“四叔”——他分不清“书”与“叔”有多少不同之处。可是，他也能很大方。在应当买脸面的时候，他会狠心的拿出钱来，好不至于教他的红鼻子减少了光彩。假若有人给他一瓶好酒，他的鼻子就更红起来，也就更想多发点光。

他和默吟先生作过同院的街坊。默吟先生没有借过他的钱，而时常送给他点茵陈酒，因此，两个人成了好朋友。默吟先生一肚子诗词，三爷一肚子账目，可是在不提诗词与帐目，而都把脸喝红了的时候，二人发现了他们都是“人”。

因为友好，他们一来二去的成了儿女亲家。在女儿出阁以后，金三爷确是有点后悔，因为钱家的人永远不会算账，而且也无账可算。但是，细看一看呢，第一，女儿不受公婆的气；第二，小公母俩也还和睦；第三，钱家虽穷，而穷的硬气，不但没向他开口借过钱，而且仿佛根本不晓得钱是什么东西；第四，亲家公的茵陈酒还是那么香咧，而且可以白喝。于是，他把后悔收起来，而时时暗地里递给女儿几个钱，本利一概牺牲。

这次来到钱家，他准知道买棺材什么的将是他的责任。可是，他不便自告奋勇。他须把钱花到亮飕的地方。他没问亲家母的经济情形如何，她也没露一点求助的口气。他忍心的等着；他的钱像舞台上的名角似的，非敲敲锣鼓是不会出来的。

李四爷和瑞宣来敲锣鼓，他大仁大义的答应下：“二百块以内，我兜着！二百出了头，我不管那个零儿！这年月，谁手里也不方便！”说完，他和李四爷又讨论了几句；对四爷的办法，他都点了头；他从几句话中看出来四爷是内行，绝对不会把他的“献金”随便被别人赚了去。对瑞宣，他没大招呼，他觉得瑞宣太文雅，不会是能办事的人。

李四爷去奔走。瑞宣，因为丧事的“基金”已有了着落，便陪着野求先生谈天。好像是有一种暗中的谅解似的，他们都不敢提默吟先生。在他们的心里，都知道这是件最值得谈的事，因为孟石仲石都已死去，而钱老先生是生死不明；他们希望老人还活着，还能恢复自由，好使这一家人有个办法。但是，他们都张不开口来谈，因为他们对营救钱先生丝毫不能尽力，空谈一谈有什么用呢？因此，他们口中虽然没有闲着，可是心中非常的难过，他们的眼神互相的告诉："咱们俩是最没有用的蠢材！"

谈来谈去，谈到钱家婆媳的生活问题。瑞宣忽然灵机一动："你知道不知道，他们收藏着什么有价值的东西呢？字画，或是善本的书？假若有这一类的东西，我们负责给卖一卖，不是就能进一笔钱吗？"

"我不知道！"野求的眼珠转得特别的快，好像愿意马上能发现一两件宝物，足以使姐姐免受饥寒似的。"就是有，现在谁肯出钱买字画书籍呢？咱们的想法都只适用于太平年日，而今天……"他的薄嘴唇紧紧的闭上，贫血的脑中空了一块，像个搁久了的鸡蛋似的。

"问问钱太太怎样？"瑞宣是急于想给她弄一点钱。

"那，"野求又转了几下眼珠。"你不晓得我姐姐的脾气！她崇拜我的姐丈！"很小心的，他避免叫出姐丈的名字来。"我晓得姐丈是个连一个苍蝇也不肯得罪的人，他一定没强迫过姐姐服从他。可是他一句话，一点小小的癖好，都被姐姐看成神圣不可侵犯的，绝对不能更改的事。她宁可挨一天的饿，也不肯缺了他的酒；他要买书，她马上会摘下头上的银钗。你看，假若他真收藏着几件好东西，她一定不敢去动一动，更不用说拿去卖钱了！"

"那么，出了殡以后怎么办呢？"

野求好大半天没回答上来，尽管他是那么喜欢说话的人。愣够了，他才迟迟顿顿的说："为她们有个照应，我可以搬来住。她们需要亲人的照应，你看出来没有我姐姐的眼神？”

瑞宣点了点头。

“她眼中的那点光儿不对！谁知道她要干什么呢？丈夫被捕，两个儿子一齐死了，恐怕她已打定了什么主意。她是最老实的人，但是被捆好的一只鸡也要挣扎挣扎吧？我很不放心！我应当来照应着她！话可是又说回来，我还自顾不暇，怎能再多养两口人呢？光是来照应着她们，而看着她们挨饿，那算什么办法呢？假若这是在战前，我无论怎样，可以找一点兼差，供给她们点粗茶淡饭。现在，教我上哪儿找兼差去呢？亡了国，也就亡了亲戚朋友之间的善意善心！征服者是狼，被征服的是一群各自逃命的羊！再说，她们清静惯了，我要带来八个孩子，一天就把这满院的花草踏平，半天就把她们的耳朵震聋，大概她们也受不了！简单的说吧，我没办法！我的心快碎了，可是想不出办法！”

棺材到了，一口极笨重结实，而极不好看的棺材！没上过漆，木材的一切缺陷全显露在外面，显出凶恶狠毒的样子。

孟石只穿了一身旧衣服，被大家装进那个没有一点感情的大白匣子去。

金三爷用大拳头捶了棺材两下子，满脸的红光忽然全晦暗起来，高声的叫着：“孟石！孟石！你就这么忍心的走啦？”

钱太太还是没有哭。在棺材要盖上的时候，她颤抖着从怀中掏出一小卷，没有裱过，颜色已灰黄了的纸来，放在儿子的手旁。

瑞宣向野求递了个眼神。他们俩都猜出来那必是一两张字画。可是他们都不敢去问一声，那个蠢笨的大白匣子使他们的喉中发涩，说不出话来。他们都看见过棺材，可是这一口似乎与众不同，它使他们意味到全个北平就也是一口棺材！

少奶奶大哭起来。金三爷的泪是轻易不落下来的，可是女儿的哭声使他的眼失去了控制泪珠的能力。这，招起他的暴躁；他过去拉着女儿的手，厉声的喝喊："不哭！不哭！"女儿继续的悲号，他停止了呼喝，泪也落了下来。

出殡的那天是全胡同最悲惨的一天。十六个没有穿袈衣的穷汉，在李四爷的响尺的指挥下，极慢极小心的将那口白辣辣的棺材在大槐树下上了杠。没有丧种，少奶奶披散着头发，穿着件极长的粗布孝袍在棺材前面领魂。她像一个女鬼。金三爷悲痛的，暴躁的，无可如何的，搀着她；红鼻子上挂着一串眼泪。在起杠的时节，他跺了跺两只大脚。一班儿清音，开始奏起简单的音乐。李四爷清脆的嗓子喊起"例行公事"的"加钱"，只喊出半句来。他的响尺不能击错一点，因为它是杠夫的耳目，可是敲得不响亮；他绝对不应当动心，但是动了心。一辆极破的轿车，套着一匹连在棺材后面都显出缓慢的瘦骡子，拉着钱太太。她的眼，干的，放着一点奇异的光，紧钉住棺材的后面；车动，她的头也微动一下。

祁老人，还病病歪歪的，扶着小顺儿，在门内往外看。他不敢出来。小妞子也要出来看，被她的妈扯了回去。瑞宣太太的心眼最软。把小妞子扯到院中，她听见婆婆在南屋里问她："钱家今天出殡啊？"她只答应了一声"是！"然后极快的走到厨房，一边切着菜，一边落泪。

瑞宣，小崔，孙七，都去送殡。除了冠家，所有的邻居都立在门外含泪看着。看到钱少奶奶，马老寡妇几乎哭出声来，被长顺搀了回去："外婆！别哭啊！"劝着外婆，他的鼻子也酸起来。小文太太扒着街门，只看了一眼，便转身进去了。四大妈的责任是给钱家看家。她一直追着棺材，哭到胡同口，才被四大爷叱喝回来。

死亡，在亡国的时候，是最容易碰到的事。钱家的悲惨景象，由眼中进入大家的心中；在心中，他们回味到自己的安全。生活在丧失了主权的土地上，死是他们的近邻！

# 十九

冠宅的稠云再也不能控制住雷雨了。几天了，大赤包的脸上老挂着一层发灰光的油。她久想和桐芳高第开火。可是，西院里还停着棺材；她的嗓子像锈住了的枪筒，发不出火来。她老觉得有一股阴气，慢慢的从西墙透过来；有一天晚上，在月光下，她仿佛看见西墙上有个人影。她没敢声张，可是她的头发都偷偷的竖立起来。

西院的棺材被抬了走。她的心中去了一块病。脸上的一层灰色的油慢慢变成暗红的，她像西太后似的坐在客室的最大的一张椅子上。像火药库忽然爆炸了似的，她喊了声："高第！来！"

高第，虽然见惯了阵式，心中不由的颤了一下。把短鼻子上拧起一朵不怕风雨的小花，她慢慢的走过来。到了屋中，她没有抬头，问了声："干吗?"她的声音很低很重，像有铁筋洋灰似的。

大赤包脸上的雀斑一粒粒的都发着光，像无数的小黑枪弹似的。"我问问你！那天，你跟那个臭娘们上西院干什么去了？说！"

桐芳，一来是激于义愤，二来是不甘心领受"臭娘们"的封号，三来是不愿教高第孤立无援，一步便窜到院中，提着最高的嗓音质问："把话说明白点儿，谁是臭娘们呀？"

"心里没病不怕冷年糕！"大赤包把声音提得更高一点，企图着压倒桐芳的声势。"来吧！你敢进来，算你有胆子！"

桐芳的个子小，力气弱，讲动武，不是大赤包的对手。但是，她的勇气催动着她，像小鹞子并不怕老鹰那样，扑进了北屋。

大赤包，桐芳，高第的三张嘴一齐活动，谁也听不清谁的话，而都尽力的发出声音，像林中的群鸟只管自己啼唤，不顾得听取别人的意见那样。她们渐渐的失去了争吵的中心，改为随心所欲的诟骂，于是她们就只须把毒狠而污秽的字随便的编串到一块，而无须顾及文法和修辞。这样，她们心中和口中都感到爽快，而越骂越高兴。她们的心中开了闸，把平日积聚下的污垢一下子倾泻出来。她们平日在人群广众之间所带着的面具被扯得粉碎，露出来她们的真正的脸皮，她们得到了"返归自然"的解放与欣喜！

晓荷先生藏在桐芳的屋里，轻轻的哼唧着《空城计》的一段"一六"，右手的食指中指与无名指都富有弹性的在膝盖上点着板眼。现在，他知道，还不到过去劝架的时候；雨要是没下够，就是打雷也不会晴天的。他晓得：等到她们的嘴角上已都起了白沫儿，脸上已由红而白，舌头都短了一些的时候，他再过去，那才能收到马到成功的效果，不费力的便振作起家长的威风。

瑞丰，奉了太太之命，来劝架。劝架这件工作的本身，在他看，是得到朋友的信任与增高自己的身分的捷径。当你给朋友们劝架的时候，就是那占理的一面，也至少在言语或态度上有他的过错——你抓住了他的缺陷。在他心平气和了之后，他会怪不好意思和你再提起那件事，而即使不感激你，也要有点敬畏你。至于没有理的一面，因为你去调解而能逃脱了无理取闹所应得的惩罚，自然就非感激你不可了。等到事情过去，你对别的朋友用不着详述闹事理的首尾，而只简直的——必须微微的含笑——说一声："他们那件事是我给了的！"你的身分，特别是在这人事关系比法律更重要的社会里，便无疑的因此而增高了好多。

瑞丰觉得他必须过去劝架，以便一举两得：既能获得冠家的信任，又能增高自己的身分。退一步讲，即使他失败了，冠家的人大概也不会因为他的无能而忽视了他的热心的。是的，他必须去，他须像个木楔似的硬楔进冠家去，教他们没法不承认他是他们的好朋友。况且，太太的命令是不能不遵从的呢。

他把头发梳光，换上一双新鞋，选择了一件半新不旧的绸夹袍，很用心的把袖口卷起，好露出里面的雪白的衬衣来。他没肯穿十成新的长袍，一来是多少有点不适宜去劝架，二来是穿新衣总有些不自然——他是到冠家去，人家冠先生的文雅风流就多半仗着一切都自自然然。

到了战场，他先不便说什么，而只把小干脸板得紧紧的，皱上眉头，倒好像冠家的争吵是最严重的事，使他心中感到最大的苦痛。

三个女的看到他，已经疲乏了的舌头又重新活跃起来，像三大桶热水似的，把话都泼在他的头上。他咽了一口气。然后，他的眼向大赤包放出最诚恳的关切，头向高第连连的点着，右耳向桐芳竖着，鼻子和口中时时的哼着，唧着，叹息着。他没听清一句话，可是他的耳目口鼻全都浸入她们的声音中，像只有他能了解她们似的。

她们的舌头又都周转不灵了，他乘机会出了声："得了！都看我吧！冠太太！"

“真气死人哪！”大赤包因为力气已衰，只好用咬牙增高感情。“冠小姐！歇歇去！二太太！瞧我啦！”

高第和桐芳连再瞪仇敌一眼的力气也没有了，搭讪着作了光荣的退却。

大赤包喝了口茶，打算重新再向瑞丰述说心中的委屈。瑞丰也重新皱上眉，准备以算一道最难的数学题的姿态去听取她的报告。

这时候，晓荷穿着一身浅灰色湖绸的夹袄夹裤，夹袄上罩着一件深灰色细毛线打的菊花纹的小背心，脸上储蓄着不少的笑意，走进来。

“瑞丰！今天怎么这样闲在？”他好像一点不晓得她们刚吵完架似的。没等客人还出话来，他对太太说：“给瑞丰弄点什么吃呢？”

虽然还想对瑞丰诉委屈，可是在闹过那么一大场之后，大赤包又觉得把心思与话语转变个方向也未为不可。她是相当爽直的人。“对啦！瑞丰，我今天非请请你不可！你想吃什么？”

没有太太的命令，瑞丰不敢接受冠家的招待。转了一下他的小眼珠，他扯了个谎：“不，冠太太！家里还等着我吃饭呢！今天，有人送来了一只烤鸭子！我决不能跟你闹客气！改天，改天，我和内人一同来！”

“一言为定！明天好不好？”大赤包的脸，现在，已恢复了旧观，在热诚恳切之中带着不少的威严。见瑞丰有立起来告辞的倾向，她又补上：“喝杯热茶再走，还不到吃饭的时候！”她喊仆人泡茶。

瑞丰，急于回去向太太报功，可是又不愿放弃多和冠氏夫妇谈一谈的机会，决定再多坐一会儿。

晓荷很满意自己的从容不迫，调度有方；他觉得自己确有些诸葛武侯的气度与智慧。他也满意大赤包今天的态度，假若她还是不依不饶的继续往下吵闹，即使他是武侯，大概也要手足失措。因此，他要在客人面前表示出他对她们的冲突并不是不关心，好教太太得到点安慰，而且也可以避免在客人走后再挨她的张手雷的危险。

未曾开言，他先有滋有味的轻叹了一声，以便惹起客人与太太的注意。叹罢了气，他又那么无可如何的，啼笑皆非的微笑了一下。然后才说："男大当婚，女大当聘，一点也不错！我看哪，"他瞟了太太一眼，看她的神色如何，以便决定是否说下去。见大赤包的脸上的肌肉都松懈着，有些个雀斑已被肉褶儿和皱纹掩藏住，他知道她不会马上又变脸，于是决定往下说："我看哪，太太！咱们应当给高第找婆家了！近来她的脾气太坏了，闹得简直有点不像话！"

瑞丰不敢轻易发表意见，只把一切所能集合起来的表情都摆在脸上，又是皱眉，又是眨眼，还舔一舔嘴唇，表现出他的关切与注意。

大赤包没有生气，而只把嘴角往下撇，撇到成了一道很细很长的曲线，才又张开："你横是不敢说桐芳闹得不像话！"

瑞丰停止了皱眉，挤眼。他的小干脸上立刻变成了"没字碑"。他不敢因为"作戏"而显出偏袒，招任何一方面的不快。

晓荷从太太的脸色和语声去判断，知道她不会马上作"总攻击"，搭讪着说："真的，我真不放心高第！"

"瑞丰！"大赤包马上来了主意："你帮帮忙，有合适的人给她介绍一个!”

瑞丰受宠若惊的，脸上像打了个闪似的，忽然的一亮:“我一定帮忙!一定!”说完，他开始去检查他的脑子，颇想能马上找到一两位合适的女婿，送交大赤包审核备案。同时，他心里说:“嘿!假若我能作大媒!给冠家!给冠家!”也许是因为太慌促吧，他竟自没能马上想起配作冠家女婿的“举子”来。他改了话，以免老楞着:“家家有本难念的经!”

“怎么?府上也……”晓荷也皱了皱眉，知道这是轮到他该表示同情与关切的时候了。

“提起来话长得很!”瑞丰的小干脸上居然有点湿润的意思，像脸的全部都会落泪似的。

“闲谈!闲谈!我反正不会拉老婆舌头!”晓荷急于要听听祁家的争斗经过。

凭良心说，瑞丰实在没有什么委屈可诉。可是，他必须说出点委屈来，以便表示自己是怎样的大仁大义;假若没有真的，他也须“创作”出一些实事。一个贤人若是甘心受苦难而一声不出，一个凡人就必须说出自己的苦难，以便自居为贤人。吸着刚沏来的香茶，他像个受气的媳妇回到娘家来似的，诉说着祁家四代的罪状。最后，他提到已经不能再住在家里，因为大哥瑞宣与大嫂都压迫着他教他分家。这，分明是个十成十的谎言，可是为得别人的同情，谎言是必须用的工具。

晓荷很同情瑞丰，而不便给他出什么主意，因为一出主意便有非实际去帮忙不可的危险。最使他满意的倒是听到祁家人的不大和睦，他的心就更宽绰了一些，而把自己家事的纠纷看成了事有必至，理有固然。

大赤包也很同情瑞丰，而且马上出了主意。她的主意向来是出来的很快，因为她有这个主意不好就马上另出一个，而丝毫不感到矛盾的把握！

“瑞丰，你马上搬到我这里来好啦！我的小南屋闲着没用，只要你不嫌窄别①，搬来就是了！我一定收你的房钱，不教你白住，你不用心里过意不去！好啦，就这样办啦！”

这，反倒吓了瑞丰一跳。他没想到事情能会这么快就有办法！有了办法，他反倒没了主意。他不敢谢绝冠太太的厚意，也不敢马上答应下来。他的永远最切实际的心立刻看到，假若他搬了来，只就打牌那一件事，且不说别的，他就“奉陪”不起。他的小干脸忽然缩小了一圈。他开始有点后悔，不该为闲扯而把自己弄得进退两难。

冠先生看出客人的为难，赶紧对太太说：“别劝着人家分家呀！”

大赤包的主意，除了她自己愿意马上改变，永远是不易撤销的：“你知道什么！我不能看着瑞丰——这么好的人——在家里小菜碟似的受欺负！”她转向瑞丰：“你什么时候愿意来，那间小屋总是你的！君子一言，快马一鞭！”

瑞丰觉得点头是他必尽的义务。他点了头。口中也想说两句知恩感德的话，可是没能说出来。

晓荷看出瑞丰的为难，赶紧把话岔开。“瑞丰，这两天令兄颇帮钱家的忙。钱家到底怎么办的丧事，令兄也许对你讲过了吧？”

瑞丰想了一会儿才说：“他没对我讲什么！他——唉！他跟我说不到一块儿！我们只有手足之名，而无手足之情！”他的颇像初

①窄别，即不宽裕的意思。

中学生的讲演稿子的词令，使他很满意自己的口才。

“噢！那就算了吧！”晓荷的神情与语调与其说是不愿为难朋友，还不如说是激将法。

瑞丰，因为急于讨好，不便把谈话结束在这里：“晓翁，要打听什么？我可以去问瑞宣！即使他不告诉我，不是还可以从别的方面……”

“没多大了不起的事！”晓荷淡淡的一笑。“我是要打听打听，钱家有什么字画出卖没有？我想，钱家父子既都能写能画，必然有点收藏。万一因为办丧事需钱而想出手，我倒愿帮这个忙！”他的笑意比刚才加重了好多，因为他的话是那么巧妙，居然把“乘人之危”变成“帮这个忙”，连他自己都觉得有点“太”聪明了，而不能不高兴一下。

“你要字画干什么？这年月花钱买破纸？你简直是个半疯子！”大赤包觉得一件漂亮的衣服可以由家里美到街上去，而字画只能挂在墙上；同样的花钱，为什么不找漂亮的，能在大街上出风头的东西去买呢？

“这，太太，你可不晓得！”晓荷笑得很甜美的说。“我自有妙用！自有妙用！噢，”他转向瑞丰：“你给我打听一下！先谢谢！”他把脊背挺直，而把脑袋低下，拱好的拳头放在头上，停了有五六秒钟。

瑞丰也忙着拱手，但是没有冠先生那样的庄严漂亮。他心中有点发乱。他的比鸡鸭的大不了多少的脑子搁不下许多事——比打哈哈凑趣，或抢两个糖豌豆重大一点的事。他决定告辞回家，去向太太要主意。

回到家中，他不敢开门见山的和太太讨论，而只皱着眉在屋中来回的走——想不出主意，而觉得自己很重要。直到太太下了命令，他才无可如何的据实报告。

太太，听到可以搬到冠家去，像饿狗看见了一块骨头：“那好极了！丰！你这回可露了本事！”

太太的褒奖使他没法不笑着接领，但是：“咱们月间的收入是……”他不能说下去，以免把自己的重要剥夺净尽。

“挣钱少，因为你俩眼儿黑糊糊，不认识人哪！”瑞丰太太直挺脖子，想教喉中清亮一些，可是没有效果；她的话都像带着肉馅儿似的。“现在咱们好容易勾上了冠家，还不一扑纳心的跟他们打成一气？我没看见过你这么没出息的人！”

瑞丰等了一会儿，等她的气消了一点，才张嘴：“咱们搬过去，连伙食钱都没有！”

“不会在那院住，在这院吃吗？难道瑞宣还不准咱们吃三顿饭？”

瑞丰想了想，觉得这的确是个办法！

“去，跟他们说去！你不去，我去！”

“我去！我去！我想大哥总不在乎那点饭食！而且，我会告诉明白他，多咱我有了好事，就马上自己开伙；这不过是暂时之计！”

钱家的坟地是在东直门外。杠到了鼓楼，金三爷替钱太太打了主意，请朋友们不必再远送。瑞宣知道自己不惯于走远路，不过也还想送到城门。可是野求先生很愿接受这善意的劝阻，他的贫血的瘦脸上已经有点发青，假若一直送下去，他知道他会要闹点毛病的。他至少须拉个伴儿，因为按照北平人的规矩，丧家的至亲必须送到坟地的；他不好意思独自“向后转”。他和瑞宣咬了个耳朵。看了看野求的脸色，瑞宣决定陪着他“留步”。

小崔和孙七决定送出城去。

野求怪难堪的，到破轿车的旁边，向姐姐告辞。钱太太两眼钉住棺材的后面，好像听明白了，又像没大听明白他的话，只那么偶然似的点了一下头。他跟着车走了几步。“姐姐！别太伤心啦！明天不来，我后天必来看你！姐姐！”他似乎还有许多话要说，可是腿一软，车走过去。他呆呆的立在马路边上。

瑞宣也想向钱太太打个招呼，但是看她那个神气，他没有说出话来。两个人呆立在马路边上，看着棺材向前移动。天很晴，马路很长，他们一眼看过去，就能看到那像微微有些尘雾的东直门。秋晴并没有教他们两个觉到爽朗。反之，他们觉得天很低，把他们俩压在那里不能动。他们所看到的阳光，只有在那口白而丑恶的，很痛苦的一步一步往前移动的，棺材上的那一点。那几乎不是阳光，而是一点无情的，恶作剧的，像什么苍蝇一类的东西，在死亡上面颤动。慢慢的，那口棺材离他们越来越远了。马路两边的电杆渐渐的往一处收拢，像要钳住它，而最远处的城门楼，静静的，冷酷的，又在往前吸引它，要把它吸到那个穿出去就永退不回来的城门洞里去。

楞了好久，两个人才不约而同的往归路走，谁也没说什么。

瑞宣的路，最好是坐电车到太平仓；其次，是走烟袋斜街，什刹海，定王府大街，便到了护国寺。可是，他的心仿佛完全忘了选择路线这件事。他低着头，一直往西走，好像要往德胜门去。陈野求跟着他。走到了鼓楼西，瑞宣抬头向左右看了看。极小的一点笑意显现在他的嘴唇上：“哟！我走到哪儿来啦？”

“我也不应该往这边走！我应当进后门！”野求的眼垂视着地上，像有点怪不好意思似的。

瑞宣心里想：这个人的客气未免有点过火！他打了个转身。陈先生还跟着。到烟袋斜街的口上，他向陈先生告别。陈先生还跟着。瑞宣有些不大得劲儿了，可是不好意思说什么。最初，他以为陈先生好说话，所以舍不得分离。可是，陈先生并没说什么。他偷眼看看，陈先生的脸色还是惨绿的，分明已经十分疲乏。他纳闷：为什么已经这样的疲倦了，还陪着朋友走冤枉路呢？

眼看已到斜街的西口，瑞宣实在忍不住了。“陈先生！别陪我啦吧？你不是应该进后门？”

野求先生的头低得不能再低，用袖子擦了擦嘴。愣了半天。他的最灵巧的薄嘴唇开始颤动。最后，他的汗和话一齐出来：“祁先生！”他还低着头，眼珠刚往上一翻便赶紧落下去。“祁先生！唉——”他长叹了一口气。“你，你，有一块钱没有？我得带回五斤杂合面去！八个孩子！唉——”

瑞宣很快的摸出五块一张的票子来，塞在野求的手里。他没说什么，因为找不到恰当的话。

野求又叹了口气。他想说很多的话，解释明白他的困难，和困难所造成的无耻。

瑞宣没容野求解释，而只说了声：“咱们都差不多！”是的，在他心里，他的确看清楚：恐怕有那么一天，他会和野求一样的无耻与难堪，假若日本兵老占据住北平！他丝毫没有轻视野求先生的意思，而只求早早的结束了这小小的一幕悲喜剧。没再说什么，他奔了什刹海去。

什刹海周围几乎没有什么行人。除了远远的，随着微风传来的，电车的铃声，他听不到任何的响声。“海”中的菱角，鸡头米，与荷花，已全只剩了一些残破的叶子，在水上漂着或立着。水边上柳树的叶子已很稀少，而且多半变成黄的。在水心里，立着一只像雕刻的，一动也不动的白鹭。“海”的秋意，好像在白鹭身上找到了集中点，它是那么静，那么白，那么幽独凄惨。瑞宣好像被它吸引住了，呆呆的立在一株秋柳的下面。他想由七七抗战起一直想到钱孟石的死亡，把还活在心中的一段亡国史重新温习一遍，以便决定此后的行动。可是，他的心思不能集中。在他刚要想起一件事，或拿定一个主意的时候，他的心中就好像有一个小人儿，掩着口在笑他：你想那个干吗？反正你永远不敢去抵抗敌人，永远不敢决定什么！他有许多事实上的困难，足以使他为自己辩护。但是心中那个小人儿不给他辩护的机会。那个小人儿似乎已给他判了案：“不敢用血肉相拚的，只能臭死在地上！”

极快的，他从地上拔起腿来，沿着“海”岸疾走。

到了家中，他想喝口茶，休息一会儿，便到钱家去看看。他觉得钱家的丧事仿佛给了他一点寄托，帮人家的忙倒能够暂时忘记了自己的忧愁。

他的一杯茶还没吃完，瑞丰便找他来谈判。

瑞宣听完二弟的话，本要动气。可是，他心中忽而一亮，从二弟身上找到了一个可以自谅自慰的理由——还有比我更没出息的人呢！这个理由可并没能教他心里快活；反之，他更觉得难过了。他想：有他这样的明白而过于老实的人，已足以教敌人如入无人之境的攻入北平；那么，再加上老二与冠晓荷这类的人，北平就恐怕要永难翻身了。由北平而想到全国，假若到处的知识分子都像他自己这样不敢握起拳头来，假若到处有老二与冠晓荷这样的蛆虫，中国又将怎样呢？想到了这个，他觉得无须和老二动气了。等老二说完，他声音极低的，像怕得罪了老二似的，说：“分家的事，请你对父亲说吧，我不能作主！至于搬出去，还在这里吃饭，只要我有一碗，总会分给你一半的，不成问题！还有别的话吗？”

瑞丰反倒楞住了。他原是准备好和老大“白刃相接”的；老大的态度和语声使他没法不放下刺刀，而不知如何是好了。楞了一会儿，他的小干脸上发了亮，他想明白啦：他的决定必是无懈可击的完全合理，否则凭老大的精明，决不会这么容易点头吧！有了这点了解，他觉得老大实在有可爱的地方；于是，他决定乘热打铁，把话都说净。怪亲热的，他叫了声：“大哥！”

瑞宣心中猛跳了一下，暗自说：我是“他”的大哥！

“大哥！”老二又叫了声，仿佛决心要亲热到家似的。“你知道不知道，钱家可有什么好的字画？”他的声音相当的高，表示出内心的得意。

“干吗？”

“我是说，要是有的话，我愿意给找个买主；钱家两位寡妇——”

“钱老先生还没死！”

“管他呢！我是说，她们俩得点钱，不是也不错？”

“钱太太已经把字画放在孟石的棺材里了！”

“真的？”老二吓了一大跳。“那个老娘们，太，太，”他没好意思往下说，因为老大的眼钉着他呢。停了一会儿，他才一计不成再生一计的说：“大哥，你再去看看！万一能找到一些，我们总都愿帮她们的忙！”说完，他搭讪着走出去，心中预备好一句“我们大成功！”去说给太太听，好教她的脸上挂出些胖的笑纹！

老二走出去，瑞宣想狂笑一阵。可是，他马上后了悔。不该，他不该，对老二取那个放任的态度！他是哥哥，应当以作兄长的诚心，说明老二的错误，不应该看着弟弟往陷阱里走！他想跑出去，把老二叫回来。只是想了想，他并没有动。把微微发热的手心按在脑门上，他对自己说："算了吧，我和他还不一样的是亡国奴！"

# 二十

瑞宣和四大妈都感到极度的不安：天已快黑了，送殡的人们还没有回来！四大妈早已把屋中收拾好，只等他们回来，她好家去休息。他们既还没有回来，她是闲不住的人，只好拿着把破扫帚，东扫一下子，西扫一下子的消磨时光。瑞宣已把“歇会儿吧，四奶奶！”说了不知多少次，她可是照旧的走出来走进去，口中不住的抱怨那个老东西，倒好像一切错误都是四大爷的。

天上有一块桃花色的明霞，把墙根上的几朵红鸡冠照得像发光的血块。一会儿，霞上渐渐有了灰暗的地方；鸡冠花的红色变成深紫的。又隔了一会儿，霞散开，一块红的，一块灰的，散成许多小块，给天上摆起几穗葡萄和一些苹果。葡萄忽然明起来，变成非蓝非灰，极薄极明，那么一种妖艳使人感到一点恐怖的颜色；红的苹果变成略带紫色的小火团。紧跟着，像花忽然谢了似的，霞光变成一片灰黑的浓雾；天忽然的暗起来，像掉下好几丈来似的。瑞宣看看天，看看鸡冠花；天忽然一黑，他觉得好像有块铅铁落在他的心上。他完全失去他的自在与沉稳。他开始对自己嘟囔：“莫非城门又关了？还是……”天上已有了星，很小很远，在那还未尽失去蓝色的天上极轻微的眨着眼。“四奶奶!”他轻轻的叫。“回去休息休息吧!累了一天!该歇着啦!”

“那个老东西!埋完了,还不说早早的回来!坟地上难道还有什么好玩的?老不要脸!”她不肯走。虽然住在对门,她满可以听到她们归来的声音而赶快再跑过来,可是她不肯那么办。她必须等着钱太太回来,交待清楚了,才能离开。万一日后钱太太说短少了一件东西,她可吃不消!

天完全黑了。瑞宣进屋点上了灯。院里的虫声吱吱的响成一片。虫声是那么急,那么惨,使他心中由烦闷变成焦躁。案头上放着几本破书,他随手拿起一本来;放翁的《剑南集》。就着灯,他想读一两首,镇定镇定自己的焦急不安。一掀,他看见一张纸条,上面有些很潦草的字——孟石的笔迹,他认得。在还没看清任何一个字之前,他似乎已然决定:他愿意偷走这张纸条,作个纪念。马上他又改了主意:不能偷,他须向钱太太说明,把它要了走。继而又一想:死亡不定什么时候就轮到自己,纪念?笑话!他开始看那些字:

“初秋:万里传烽火,惊心独倚楼;云峰余夏意,血海洗秋收!”下面还有两三个字,写得既不清楚,又被秃笔随便的涂抹了几下,没法认出来。一首未写完的五律。

瑞宣随手拉了一只小凳,坐在了灯前,像第一次并没看明白似的,又读了一遍。平日,他不大喜欢中国诗词。虽然不便对别人说,可是他心中觉得他阅过的中国诗词似乎都像鸦片烟,使人消沉懒散,不像多数的西洋诗那样像火似的燃烧着人的心。这个意见,他谦退的不便对别人说;他怕自己的意见只是浅薄的成见。对钱家父子,他更特别的留着神不谈文艺理论,以免因意见或成见的不同而引起友谊的损伤，今日，他看到孟石的这首未完成的五律，他的对诗词的意见还丝毫没有改变。可是，他舍不得放下它。他翻过来掉过去的看，想看清那抹去了的两三个字；如果能看清，他想把它续成。他并没觉到孟石的诗有什么好处，他自己也轻易不弄那纤巧的小玩艺儿。可是，他想把这首诗续成。

想了好半天，他没能想起一个字来。他把纸条放在原处，把书关好。“国亡了，诗可以不亡！”他自言自语的说：“不，诗也得亡！连语言文字都可以亡的！”他连连的点头。“应当为孟石复仇，诗算什么东西呢！”他想起陈野求，全胡同的人，和他自己，叹了一口气：“都只鬼混，没人，没人，敢拿起刀来！”

四大妈的声音吓了他一跳：“大爷，听！他们回来啦！”说完，她瞎摸合眼的就往外跑，几乎被门坎绊了一跤。

“慢着！四奶奶！”瑞宣奔过她去。

“没事！摔不死！哼，死了倒也干脆！”她一边唠叨，一边往外走。

破轿车的声音停在了门口。金三爷带着怒喊叫：“院里还有活人没有？拿个亮儿来！”

瑞宣已走到院中，又跑回屋中去端灯。

灯光一晃，瑞宣看见一群黄土人在闪动，还有一辆黄土盖严了的不动的车，与一匹连尾巴都不摇一摇的，黄色的又像驴又像骡子的牲口。

金三爷还在喊：“死鬼们！往下抬她！”

四大爷，孙七，小崔，脸上头发上全是黄土，只有眼睛是一对黑洞儿，像泥鬼似的，全没出声，可全都过来抬人。

瑞宣把灯往前伸了伸，看清抬下来的是钱少奶奶。他欠着脚，从车窗往里看，车里是空的，并没有钱太太。

四大妈揉了揉近视眼，依然看不清楚："怎么啦？怎么啦？"她的手已颤起来。

金三爷又发了命令："闪开路！"

四大妈赶紧躲开，几乎碰在小崔的身上。

"拿灯来领路！别在那儿愣着！"金三爷对灯光儿喊。

瑞宣急忙转身，一手掩护着灯罩，慢慢的往门里走。

到了屋中，金三爷一屁股坐在了地上；虽然身体那么硬棒，他可已然筋疲力尽。

李四爷的腰已弯得不能再弯，两只大脚似乎已经找不着了地，可是他还是照常的镇静，婆婆妈妈的处理事："你赶紧去泡白糖姜水！这里没有火，家里弄去！快！"他告诉四大妈。

四大妈连声答应："这里有火，我知道你们回来要喝水！到底怎回事呀？"

"快去作事！没工夫说闲话！"四大爷转向孙七与小崔："你们俩回家去洗脸，待一会儿到我家里去吃东西，车把式呢？"

车夫已跟了进来，在屋门外立着呢。

四大爷掏出钱来："得啦，把式，今天多受屈啦！改天我请喝酒！"他并没在原价外多给一个钱。

车夫，一个驴脸的中年人，连钱看也没有看就塞在身里。"四大爷，咱们爷儿们过的多！那么，我走啦？"

"咱们明天见啦！把式！"四大爷没往外送他，赶紧招呼金三爷："三爷，谁去给陈家送信呢？"

"我管不着！"三爷还在地上坐着，红鼻子被黄土盖着，像一截刚挖出来的胡萝卜。"姓陈的那小子简直不是玩艺儿！这样的至亲，他会偷油儿不送到地土上，我反正不能找他去，我的脚掌儿都磨破了！”

“怎么啦，四爷爷？”瑞宣问。

李四爷的嗓子里堵了一下。“钱太太碰死在棺材上了！”

“什，”瑞宣把“什”下面的“么”咽了回去。他非常的后悔，没能送殡送到地土；多一个人，说不定也许能手急眼快的救了钱太太。况且，他与野求是注意到她的眼中那点“光”的。

这时候，四大妈已把白糖水给少奶奶灌下去，少奶奶哼哼出来。

听见女儿出声，金三爷不再顾脚疼，立了起来。“苦命的丫头！这才叫要咱们的好看呢！”一边说着，他一边走进里间，去看女儿。看见女儿，他的暴躁减少了许多，马上打了主意：“姑娘，用不着伤心，都有爸爸呢！爸爸缺不了你的吃穿！愿意跟我走，咱们马上回家，好不好？”

瑞宣知道不能放了金三爷，低声的问李四爷：“尸首呢？”

“要不是我，简直没办法！庙里能停灵，可不收没有棺材的死尸！我先到东直门关厢赊了个火匣子，然后到莲花庵连说带央告，差不多都给人家磕头了，人家才答应下暂停两天！换棺材不换，和怎样抬埋，马上都得打主意！嘿！我一辈子净帮人家的忙，就没遇见过这么挠头的事！”一向沉稳老练的李四爷现在显出不安与急躁。“四妈！你倒是先给我弄碗水喝呀！我的嗓子眼里都冒了火！”

“我去！我去！”四大妈听丈夫的语声语气都不对，不敢再骂“老东西”。

“咱们可不能放走金三爷！”瑞宣说。

金三爷正从里间往外走。“干吗不放我走？我该谁欠谁的是怎着？我已经发送了一个姑爷，还得再给亲家母打幡儿吗？你们找陈什么球那小子去呀！死的是他的亲姐姐！”

瑞宣纳住了气，惨笑着说：“金三伯伯，陈先生刚刚借了我五块钱去，你想想，他能发送得起一个人吗？”

“我要有五块钱，就不借给那小子！”金三爷坐在一条凳子上，一手揉脚，一手擦脸上的黄土。

“嗯——”瑞宣的态度还是很诚恳，好教三爷不再暴躁。“他倒是真穷！这年月，日本人占着咱们的城，作事的人都拿不到薪水，他又有八个孩子，有什么办法呢？得啦，伯伯你作善作到底！干脆的说，没有你就没有办法！”

四大妈提来一大壶开水，给他们一人倒了一碗。四大爷蹲在地上，金三爷坐在板凳上，一齐吸那滚热的水。水的热气好像化开了三爷心里的冰。把水碗放在凳子上，他低下头去落了泪。一会儿，他开始抽搭，老泪把脸上的黄土冲了两道沟儿。然后，用力的捏了捏红鼻子，又唾了一大口白沫子，他抬起头来。“真没想到啊！真没想到！就凭咱们九城八条大街，东单西四鼓楼前，有这么多人，就会干不过小日本，就会教他们治得这么苦！好好的一家人，就这么接二连三的会死光！好啦，祁大爷，你找姓陈的去！钱，我拿；可是得教他知道！明人不能把钱花在暗地里！”

瑞宣，虽然也相当的疲乏，决定去到后门里，找陈先生。四大爷主张教小崔去，瑞宣不肯，一来因为小崔已奔跑了一整天，二来他愿自己先见到陈先生，好教给一套话应付金三爷。

月亮还没上来，门洞里很黑。约摸着是在离门坎不远的地方，瑞宣踩到一条圆的像木棍而不那么硬的东西上。他本能的收住了脚，以为那是一条大蛇。还没等到他反想出北方没有像手臂粗的蛇来，地上已出了声音：“打吧！没的说！我没的说！”

瑞宣认出来语声：“钱伯伯！钱伯伯！”

地上又不出声了。他弯下腰去，眼睛极用力往地上找，才看清：钱默吟是脸朝下，身在门内，脚在门坎上爬伏着呢。他摸到一条臂，还软和，可是湿碌碌的很凉。他头向里喊：“金伯伯！李爷爷！快来！”他的声音的难听，马上惊动了屋里的两位老人。他们很快的跑出来。金三爷嘟囔着：“又怎么啦？又怎么啦？狼嚎鬼叫的？”

“快来！抬人！钱伯伯！”瑞宣发急的说。

“谁？亲家？”金三爷撞到瑞宣的身上。“亲家？你回来的好！是时候！”虽然这么叨唠，他可是很快的辨清方位，两手抄起钱先生的腿来。

“四妈！”李四爷摸着黑抄起钱先生的脖子。“快，拿灯！”

四大妈的手又哆嗦起来，很忙而实际很慢的把灯拿出来，放在了窗台上。“谁？怎么啦？简直是闹鬼哟！”

到屋里，他们把他放在了地上。瑞宣转身把灯由窗台上拿进来，放在桌上。地上躺着的确是钱先生，可已经不是他们心中所记得的那位诗人了。

钱先生的胖脸上已没有了肉，而只剩了一些松的，无倚无靠的黑皮。长的头发，都粘合到一块儿，像用胶贴在头上的，上面带着泥块与草棍儿。在太阳穴一带，皮已被烫焦，斑斑块块的，像拔过些“火罐子”似的。他闭着眼，而张着口，口中已没有了牙。身上还是那一身单裤褂，已经因颜色太多而辨不清颜色，有的地方撕破，有的地方牢牢的粘在身上，有的地方很硬，像血或什么粘东西凝结在上面似的。赤着脚，满脚是污泥，肿得像两只刚出泥塘的小猪。

他们呆呆的看着他。惊异，怜悯，与愤怒拧绞着他们的心，他们甚至于忘了他是躺在冰凉的地上。李四妈，因为还没大看清楚，倒有了动作；她又泡来一杯白糖水。

看见她手中的杯子，瑞宣也开始动作。他十分小心，恭敬的，把老人的脖子抄起来，教四大妈来灌糖水。四大妈离近了钱先生，看清了他的脸，“啊”了一声，杯子出了手！李四爷想斥责她，但是没敢出声。金三爷凑近了一点，低声而温和的叫：“亲家！亲家！默吟！醒醒！”这温柔恳切的声音，出自他这个野调无腔的人的口中，有一种分外的悲惨，使瑞宣的眼中不由的湿了。

钱先生的嘴动了动，哼出两声来。李四爷忽然的想起动作，他把里间屋里一把破藤子躺椅拉了出来。瑞宣慢慢的往起搬钱先生的身子，金三爷也帮了把手，想把钱先生搀到躺椅上去。钱先生由仰卧改成坐的姿势。他刚一坐起来，金三爷“啊”了一声，其中所含的惊异与恐惧不减于刚才李四妈的那个。钱先生背上的那一部分小褂只剩了两个肩，肩下面只剩了几条，都牢固的镶嵌在血的条痕里。那些血道子，有的是定好了黑的或黄的细长疤痕；有的还鲜红的张着，流着一股黄水；有的并没有破裂，而只是蓝青的肿浮的条子；有的是在黑疤下面扯着一条白的脓。一道布条，一道黑，一道红，一道青，一道白，他的背是一面多日织成的血网！

“亲家！亲家！”金三爷真的动了心。说真的，孟石的死并没使他动心到现在这样的程度，因为他把女儿给了孟石，实在是因为他喜爱默吟。“亲家！这是怎回事哟！日本鬼子把你打成这样？我日他们十八辈儿的祖宗！”

“先别吵！”瑞宣还扶着钱诗人。“四大爷，快去请大夫！”

“我有白药!”四大爷转身就要走，到家中去取药。

“白药不行！去请西医，外科西医!”瑞宣说得非常的坚决。

李四爷，虽然极信服白药，可是没敢再辩驳。扯着两条已经连立都快立不稳的腿，走出去。

钱先生睁了睁眼，哼了一声，就又闭上了。

李四妈为赎自己摔了杯子的罪过，又沏来一杯糖水。这回，她没敢亲自去灌，而交给了金三爷。

小崔回来了，在窗外叫：“四奶奶还不吃饭去吗？天可真不早啦!”

“你去和孙七吃，别等我!”

“四爷呢？”

“请大夫去了!”

“怎么不叫我去呢？”说着，他进了屋中。一眼看到地上的情景，他差点跳起来：“什么？钱先生!”

瑞宣扶着钱先生，对小崔说：“崔爷，再跑一趟后门吧，请陈先生马上来!”

“好孩子!”李四妈的急火横在胸里，直打嗝儿。“你去嚼两口馒头，赶紧跑一趟!”

“这——”小崔想问明白钱先生的事。

“快去吧，好孩子!”四妈央告着。

小崔带着点舍不得走的样子走出去。

糖水灌下去，钱先生的腹内响了一阵。没有睁眼，他的没了牙的嘴轻轻的动。瑞宣辨出几个字，而不能把它们联成一气，找出意思来。又待了一会儿，钱先生正式的说出话来：“好吧！再打吧！我没的说！没的说!”说着，他的手——与他的脚一样的污黑——

紧紧抓在地上，把手指甲抠在方砖的缝子里，像是为增强抵抗苦痛的力量。他的语声还和平日一样的低碎，可是比平日多着一点把生死置之度外的劲儿。忽然的，他睁开了眼——一对像庙中佛像的眼，很大很亮，而没看见什么。

“亲家！我，金三！”金三爷蹲在了地上，脸对着亲家公。

“钱伯伯！我，瑞宣！”

钱先生把眼闭了一闭，也许是被灯光晃的，也许是出于平日的习惯。把眼再睁开，还是向前看着，好像是在想一件不易想起的事。

里屋里，李四妈一半劝告，一半责斥的，对钱少奶奶说：“不要起来！好孩子，多躺一会儿！不听话，我可就不管你啦！”

钱先生似乎忘了想事，而把眼闭成一道缝，头偏起一点，像偷听话儿似的。听到里间屋的声音，他的脸上有一点点怒意。“啊！”他巴唧了两下唇：“又该三号受刑了！挺着点，别嚎！咬上你的唇，咬烂了！”

钱少奶奶到底走了出来，叫了声：“爸爸！”

瑞宣以为她的语声与孝衣一定会引起钱先生的注意。可是，钱先生依然没有理会什么。

扶着那把破藤椅，少奶奶有泪无声的哭起来。

钱先生的两手开始用力往地上拄。像要往起立的样子。瑞宣想就劲儿把他搀到椅子上去。可是，钱先生的力气，像狂人似的，忽然大起来。一使劲，他已经蹲起来。他的眼很深很亮，转了几下：“想起来了！他姓冠！哈哈！我去教他看看，我还没死！”他再一使力，立了起来。身子摇了两下，他立稳。他看到了瑞宣，但是不认识。他的凹进去的腮动了动，身子向后躲闪：“谁？又拉我去上电刑吗?”他的双手很快的捂在太阳穴上。

“钱伯伯！是我！祁瑞宣！这是你家里!”

钱先生的眼像困在笼中的饥虎似的，无可如何的看着瑞宣，依然辨不清他是谁。

金三爷忽然心生一计:“亲家！孟石和亲家母都死啦!”他以为钱先生是血迷了心，也许因为听见最悲惨的事大哭一场，就会清醒过来的。

钱先生没有听懂金三爷的话。右手的手指轻按着脑门，他仿佛又在思索。想了半天，他开始往前迈步——他肿得很厚的脚已不能抬得很高；及至抬起来，他不知道往哪里放它好。这样的走了两步，他仿佛高兴了一点。“忘不了！是呀，怎能忘了呢！我找姓冠的去!”他一边说，一边吃力的往前走，像带着脚镣似的那么缓慢。

因为想不起更好的主意，瑞宣只好相信金三爷的办法。他想，假若钱先生真是血迷了心，而心中只记着到冠家去这一件事，那就不便拦阻。他知道，钱先生若和冠晓荷见了面，一定不能不起些冲突；说不定钱先生也许一头碰过去，与冠晓荷同归于尽！他既不便阻拦，又怕出了凶事；所以很快的他决定了，跟着钱先生去。主意拿定，他过去搀住钱诗人。

“躲开!”钱先生不许搀扶。“躲开！拉我干什么？我自己会走！到行刑场也是一样的走!”

瑞宣只好跟在后面。金三爷看了女儿一眼，迟疑了一下，也跟上来。李四大妈把少奶奶搀了回去。

不知要倒下多少次，钱先生才来到三号的门外。金三爷与瑞宣紧紧的跟着，唯恐他倒下来。

三号的门开着呢。院中的电灯虽不很亮，可是把走道照得相当的清楚。钱先生努力试了几次，还是上不了台阶；他的脚腕已肿得不灵活。瑞宣本想搀他回家去，但是又一想，他觉得钱先生应当进去，给晓荷一点惩戒。金三爷大概也这么想，所以他扶住了亲家，一直扶进大门。

冠氏夫妇正陪着两位客人玩扑克牌。客人是一男一女，看起来很像夫妇，而事实上并非夫妇。男的是个大个子，看样子很像个在军阀时代作过师长或旅长的军人。女的有三十来岁，看样子像个从良的妓女。他们俩的样子正好说明了他们的履历——男的是个小军阀，女的是暂时与他同居的妓女，他一向住在天津，新近才来到北平，据说颇有所活动，说不定也许能作警察局的特高科科长呢。因此，冠氏夫妇请他来吃饭，而且诚恳的请求他带来他的女朋友。饭后，他们玩起牌来。他的牌品极坏。遇到“爱司”，“王”，“后”，他便用他的并不很灵巧的大手，给作上记号。发牌的时候，他随便的翻看别家的牌，而且扯着脸说：“喝，你有一对红桃儿爱司！”把牌发好，他还要翻开余牌的第一张看个清楚。他的心和手都很笨，并不会暗中闹鬼儿耍手彩；他的不守牌规只是一种变相的敲钱。等到赢了几把以后，他会腆着脸说：“这些办法都是跟张宗昌督办学来的！”冠氏夫妇是一对老牌油子，当然不肯吃这个亏。可是，今天他们俩决定认命输钱，因为对于一个明天也许就走马上任的特务主任是理当纳贡称臣的。晓荷的确有涵养，越输，他的态度越自然，谈笑越活泼。还不时的向那位女“朋友”飞个媚眼。大赤包的气派虽大，可是到底还有时候沉不住气，而把一脸的雀斑都气得一明一暗的。晓荷不时的用脚尖偷偷碰她的腿，使她注意不要得罪了客人。

晓荷的脸正对着屋门。他是第一个看见钱先生的。看见了，他的脸登时没有了血色。把牌放下，他要往起立。

“怎么啦？”大赤包问。没等他回答，她也看见了进来的人。“干什么？”她像叱喝一个叫花子似的问钱先生。她确是以为进来的是个要饭的。及至看清那是钱先生，她也把牌放在了桌上。

“出牌呀！该你啦，老冠！”军人的眼角撩到了进来的人，可是心思还完全注意在赌牌上。

钱先生看着冠晓荷，嘴唇开始轻轻的动，好像是小学生在到老师跟前背书以前先自己暗背一过儿那样。

金三爷紧跟着亲家，立在他的身旁。

瑞宣本想不进屋中去，可是楞了一会儿之后，觉得自己太缺乏勇气。笑了一下，他也轻轻的走进去。

晓荷看见瑞宣，想把手拱起来，搭讪着说句话。但是他的手抬不起来。肯向敌人屈膝的，磕膝盖必定没有什么骨头，他僵在那里。

“这是他妈的怎回事呢？”军人见大家楞起来，发了脾气。

瑞宣极想镇定，而心中还有点着急。他盼着钱先生快快的把心中绕住了的主意拿出来，快快的结束了这一场难堪。

钱先生往前凑了一步。自从来到家中，谁也没认清，他现在可认清了冠晓荷。认清了，他的话像背得烂熟的一首诗似的，由心中涌了出来。

“冠先生！”他的声音几乎恢复了平日的低柔，他的神气也颇似往常的诚恳温厚。“你不用害怕，我是诗人，不会动武！我来，是为看看你，也叫你看看我！我还没死！日本人很会打人，但是他们打破了我的身体，打断了我的骨头，可打不改我的心！我的心永远是中国人的心！你呢，我请问你，你的心是哪一国的呢？请你回答我！”说到这里，他似乎已经筋疲力尽，身子晃了两晃。

瑞宣赶紧过去，扶住了老人。

晓荷没有任何动作，只不住的舐嘴唇。钱先生的样子与言语丝毫没能打动他的心，他只是怕钱先生扑过来抓住他。

军人说了话：“冠太太，这是怎回事？”

大赤包听明白钱先生并不是来动武，而且旁边又有刚敲过她的钱的候补特务处处长助威，她决定拿出点厉害来。“这是成心捣蛋，你们全滚出去！”

金三爷的方头红鼻子一齐发了光，一步，他迈到牌桌前。“谁滚出去？”

晓荷想跑开。金三爷隔着桌子，一探身，老鹰掐膝的揪住他的脖领，手往前一带，又往后一放，连晓荷带椅子一齐翻倒。

“打人吗？”大赤包立起来，眼睛向军人求救。

军人——一个只会为虎作伥的军人——急忙立起来，躲在了一边。妓女像个老鼠似的，藏在他的身后。

“好男不跟女斗！”金三爷要过去抓那个像翻了身的乌龟似的冠晓荷。可是，大赤包以气派的关系，躲晚了一点，金三爷不耐烦，把手一撩，正撩在她的脸上。以他的扔过石锁的手，只这么一撩，已撩活动了她的两个牙，血马上从口中流出来。她抱着腮喊起来：“救命啊！救命！”

“出声，我捶死你！”

她捂着脸，不敢再出声，躲在一旁。她很想跑出去，喊巡警。可是，她知道现在的巡警并不认真的管事。这时节，连她都仿佛感觉到亡了国也有别扭的地方！

军人和女友想跑出去。金三爷怕他们出去调兵，喝了声：“别动!”军人很知道服从命令，以立正的姿态站在了屋角。

瑞宣虽不想去劝架，可是怕钱先生再昏过去，所以两手紧握着老人的胳臂，而对金三爷说:“算了吧! 走吧!”

金三爷很利落，又很安稳的，绕过桌子去:“我得管教管教他! 放心，我会打人! 教他疼，可不会伤了筋骨!”

晓荷这时候手脚乱动的算是把自己由椅子上翻转过来。看逃无可逃，他只好往桌子下面钻。金三爷一把握住他的左脚腕，像拉死狗似的把他拉出来。

晓荷知道北平的武士道的规矩，他“叫”了:“爸爸! 别打!”

金三爷没了办法。“叫”了，就不能再打。捏了捏红鼻子头，他无可如何的说:“便宜你小子这次! 哼!”说完，他挺了挺腰板，蹲下去，把钱先生背了起来;向瑞宣一点头:“走!”走出屋门，他立住了，向屋中说:“我叫金三，住在蒋养房，什么时候找我来，清茶恭候!”

招弟害怕，把美丽的小脸用被子蒙起，蜷着身躺在床上，一动也不敢动。

桐芳与高第在院中看热闹呢。

借着院中的灯光，钱先生看见了她们。他认清了高第:“你是个好孩子!”

金三爷问了声:“什么”，没得到回答，于是放开两只踢梅花桩的大脚，把亲家背回家去。

见“敌人”走净，冠家夫妇一齐量好了声音，使声音不至传到西院去，开始咒骂。大赤包漱了漱口，宣布她非报仇不可，而且想出许多足以使金三爷碎尸万断的计策来。晓荷对客人详细的说明，他为什么不抵抗，不是胆小，而是好鞋不踩臭狗屎! 那位军人也慷慨激壮的述说：他是没动手，若是动了手的话，十个金三也不是他的对手。女的没说什么，只含笑向他们点头。

# 二十一

李四爷对西半城的中医，闭眼一想，大概就可以想起半数以上来。他们的住址，和他们的本领，他都知道。对于西医，他只知道几位的姓名与住址，而一点也不晓得他们都会治什么病。碰了两三家，他才在武定侯胡同找到了一位他所需要的外科大夫。这是一位本事不大，而很爱说话的大夫，脸上很瘦，身子细长，动作很慢，像有一口大烟瘾似的。问了李四爷几句话，他开始很慢很慢的，把刀剪和一些小瓶往提箱里安放。对每件东西，他都迟疑不决的看了再看，放进箱内去又拿出来，而后再放进去。李四爷急得出了汗，用手式和简短的话屡屡暗示出催促的意思。大夫仍然不慌不忙，一边收拾东西，一边慢慢的说："不忙！那点病，我手到擒来，保管治好！我不完全是西医，我也会中国的接骨拿筋。中西贯通，我决误不了事！"这几句"自我介绍"，教李四爷的心舒服了一点。老人相信白药与中国的接骨术。

像是向来没出诊过似的，大夫好容易才把药箱装好。他又开始换衣服。李四爷以为半夜三更的，实在没有打扮起来的必要，可是不敢明说出来。及至大夫换好了装，老人觉得他的忍耐并没有白费。他本来以为大夫必定换上一身洋服，或是洋医生爱穿的一件白袍子。可是，这位先生是换上了很讲究的软绸子夹袍，和缎子鞋。把袖口轻轻的，慢慢的，卷起来，大夫的神气很像准备出场的说相声的。李四爷宁愿意医生像说相声的，也不喜欢穿洋服的假洋人。

看大夫卷好袖口，李四爷把那个小药箱提起来。大夫可是还没有跟着走的意思。他点着了一支香烟，用力往里吸，而后把不能不往外吐的一点烟，吝啬的由鼻孔里往外放；他不是吐烟，而像是给烟细细的过滤呢。这样吸了两口烟，他问：

“我们先讲好了诊费吧？先小人后君子！”

李四爷混了一辈子，他的办法永远是交情第一，金钱在其次。在他所认识的几位医生里，还没有一位肯和他先讲诊费的。只要他去请，他们似乎凭他的年纪与客气，就得任劳任怨，格外的克己。听了这位像说相声的医生这句话，老人觉得有点像受了污辱。同时，为时间的关系，他又不肯把药箱放下，而另去请别人。他只好问：“你要多少钱呢？”这句话说得很不好听，仿佛是意在言外的说：“你不讲交情，我也犯不上再客气！”

医生又深深的吸了口烟，才说：“出诊二十元，药费另算。”

“药费也说定了好不好？归了包堆，今天这一趟你一共要多少钱？”李四爷晓得八元的出诊费已经是很高的，他不能既出二十元的诊金，再被医生敲一笔药费。没等大夫张口，他把药箱放下了。“干脆这么说吧，一共拢总，二十五元，去就去，不去拉倒！”二十五元是相当大的数目，他去年买的那件小皮袄连皮筒带面子，才一共用了十九块钱。现在，他不便因为嘎噔价钱[1]而再多耽误工夫，治病要紧。好在，他心中盘算，高第的那点钱和桐芳的小金戒指还

①嘎噔价钱，讨价还价的意思。

在他手里，这笔医药费总不至于落空。

“少点！少点！”医生的瘦脸上有一种没有表情的表情，像石头那么坚硬，无情，与固定。“药贵呀！上海的仗老打不完，药来不了！”

四爷的疲乏与着急使他控制不住了自己的脾气：“好吧，不去就算啦！”他要往外走。

“等一等！”大夫的脸上有了点活动气儿。“我走这一趟吧，赔钱的买卖！一共二十五元。外加车费五元！”

四爷叹了口无可如何的气，又把药箱提起来。

夜间，没有什么人敢出来，胡同里找不到一部洋车。到胡同口上，四爷喊了声：“车！”

大夫，虽然像有口大烟瘾，走路倒相当的快。“不用喊车，这几步路我还能对付！这年月，真叫无法！我要车钱，而不坐车，好多收几个钱！”

李四爷只勉强的哼了两声。他觉得这个像说相声的医生是个不折不扣的骗子手！他心中很后悔自己没坚持教钱先生服点白药，或是请位中医，而来找这么个不三不四的假洋大夫。他甚至于决定：假若这位大夫光会敲钱，而不认真去调治病人，他会毫不留情的给他几个有力的嘴巴的。

可是，大夫慢慢的和气起来：“我告诉你，假若他们老占据着这座城，慢慢的那些短腿的医生会成群的往咱们这里灌，我就非饿死不可！他们有一切的方便，咱们什么也没有啊！”

李老者虽是个没有受过教育的人，心中却有个极宽广的世界。他不但关切着人世间的福利，也时时的往那死后所应去的地方望一眼。他的世界不只是他所认识的北平城，而是也包括着天上与地下。他总以为战争，灾患，不过都是一时的事；那永远不改的事却是无论在什么时候，人们都该行好作善，好使自己纵然受尽人间的苦处，可是死后会不至于受罪。因此，他不大怕那些外来的危患。反之，世上的苦难越大，他反倒越活跃，越肯去帮别人的忙。他是要以在苦难中所尽的心力，去换取死后与来生的幸福。他自己并说不上来他的信仰是从哪里来的，他既不信佛，不信玉皇大帝，不信孔圣人，他也又信佛，信玉皇与孔圣人。他的信仰中有许多迷信，而迷信并没能使他只凭烧高香拜神像去取得好的报酬。他是用义举善行去表现他的心，而他的心是——他自己并不能说得这么清楚——在人与神之间发生作用的一个机关。自从日本人进了北平城，不错，他的确感到了闷气与不安。可是他的眼仿佛会从目前的危难跃过去，而看着那更远的更大的更有意义的地点。他以为日本鬼子的猖狂只是暂时的，他不能只管暂时的患难而忽略了那久远的事件。现在，听到了大夫的话，李老人想起钱先生的家败人亡。在平日，他看大夫与钱先生都比他高着许多，假若他们是有彩羽的鹦鹉，他自己不过是屋檐下的麻雀。他没想到日本人的侵袭会教那些鹦鹉马上变成丢弃在垃圾堆上的腐鼠。他不再讨厌在他旁边走着的瘦医生了。他觉得连他自己也许不定在哪一天就被日本人砍去头颅！

月亮上来了。星渐渐的稀少，天上空阔起来。和微风匀到一起的光，像冰凉的刀刃儿似的，把宽静的大街切成两半，一半儿黑，一半儿亮。那黑的一半，使人感到阴森，亮的一半使人感到凄凉。李四爷，很想继续听着大夫的话，可是身上觉得分外的疲倦。他打了个很长的哈欠，凉风儿与凉的月光好像一齐进入他的口中；凉的，疲倦的，泪，顺着鼻子往下滚。揉了揉鼻子，他稍微精神了一点。他看见了护国寺街口立着的两个敌兵。他轻颤了一下，全身都起了极细碎的小白鸡皮疙疸。

大夫停止了说话，眼看着那一对只有钢盔与刺刀发着点光的敌兵，他的身子紧贴着李四爷，像求老人保护他似的，快也不是，慢也不是的往前走。李四爷也失去了态度的自然，脚落在有月光的地上倒仿佛是落在空中；他的脚，在平日，是最稳当的，现在他觉得飘摇不定。他极不放心手中的药箱，万一敌兵要起疑呢？他恨那只可以被误认为子弹箱的东西，也恨那两个兵！

敌兵并没干涉他们。可是他们俩的脊骨上感到寒凉。有敌兵站着的地方，不管他们在发威还是含笑，总是地狱！他们俩的脚是在他们自己的国土上走，可是像小贼似的不敢把脚放平。极警觉，极狼狈的，他们走到了小羊圈的口儿上。像老鼠找到了洞口似的，他们感到了安全，钻了进去。

钱先生已被大家给安放在床上。他不能仰卧，而金三爷又不忍看他脸朝下爬着。研究了半天，瑞宣决定教老人横卧着，他自己用双手撑着老人的脖子与大腿根。怕碰了老人的伤口，他把自己的夹袍轻轻的搭上。老人似乎是昏昏的睡过去，但是每隔二三分钟，他的嘴与腮就猛的抽动一下，腿用力的往下一登；有时候，随着口与腿的抽动，他轻喊一声——像突然被马蜂或蝎子螫了似的。扶着，看着，老人，瑞宣的夹肢窝里流出了凉汗。他心中的那个几乎近于抽象的“亡国惨”，变成了最具体的，最鲜明的事实。一个有学识有道德的诗人，在亡国之际，便变成了横遭刑戮的野狗！他想流泪，可是愤恨横在他的心中，使他的泪变成一些小的火苗，烧着他的眼与喉。他不住的干嗽。

李四妈把钱少奶奶搀到西屋去，教她睡下。四大妈还不觉得饿，而只想喝水。喝了两三大碗开水，她坐在床边，一边擦着脑门上的汗，一边和自己嘀咕："好好的一家子人哟！怎么会闹成这个样子呢？"她的大近视眼被汗淹得更迷糊了，整个的世界似乎都变成一些模糊不清的黑影。

金三爷在门口儿买了几个又干又硬的硬面饽饽，啃两口饽饽，喝一点开水。他时时的凑过来，看亲家一眼。看亲家似睡似死的躺着，他的硬面饽饽便塞在食管中，噎得直打嗝儿。躲开，灌一口开水，他的气又顺过来。他想回家去休息，可是又不忍得走。他既然惹了冠晓荷，他就须挺起腰板等着下回分解。他不能缩头缩脑的躲开。无论怎么说，刚才在冠家的那一幕总是光荣的；那么，他就不能跳出是非场去，教人家笑他有始无终！把饽饽吃到一个段落，他点上了长烟袋，挺着腰板吸着烟。他觉得自己很像秉烛待旦的关老爷！

医生来到，金三爷急扯白脸的教李四爷回家："四爷！你一定得回家歇歇去！这里全有我呢！走！你要不走，我是狗日的！"

四爷见金三爷起了关门子誓，不便再说什么，低声的把诊费多少告诉了瑞宣，把那个戒指与那点钱也递过去。"好啦，我回家吃点东西去，哪时有事只管喊我一声。金三爷，祁大少爷，你们多辛苦吧！"他走了出去。

医生轻轻跺了跺鞋上的尘土，用手帕擦了擦脸，又卷了卷袖口，才坐在了金三爷的对面。他的眼神向金三爷要茶水，脸上表示出他须先说些闲话儿，而不忙着去诊治病人。假若他的行头像说相声的，他的习惯是地道北平人的——在任何时间都要摆出闲暇自在的样子来，在任何急迫中先要说道些闲话儿。

金三爷，特别是在战胜了冠晓荷以后，不想扯什么闲盘儿，而愿直截了当的作些事。

“病人在那屋里呢！”他用大烟袋指了指。

“呕！”大夫的不高兴与惊异掺混在一块儿，这么出了声儿，怕金三爷领略不出来其中的滋味，他又“呕”了一声，比第一声更沉重一些。

“病人在那屋里呢！快着点，我告诉你！”金三爷立了起来，红鼻子向大夫发着威。

大夫觉得红鼻子与敌兵的刺刀有相等的可怕，没敢再说什么，像条小鱼似的溜开。看见了瑞宣，他仿佛立刻感到“这是个好打交代的人”。他又挽了挽袖口，眼睛躲着病人，而去挑逗瑞宣。

瑞宣心中也急，但是老实的狗见了贼也不会高声的叫，他还是婆婆妈妈的说：“医生，请来看看吧！病得很重！”

“病重，并不见得难治。只要断症断得准，下药下得对！断症最难！”大夫的眼始终没看病人，而很有力量的看着瑞宣。“你就说，那么大名气的尼古拉，出诊费二百元，汽车接送，对断症都并没有把握！我自己不敢说高明，对断症还相当的，相当的，准确！”

“这位老先生是被日本人打伤的，先生！”瑞宣想提出日本人来，激起大夫一点义愤，好快快的给调治。

可是，瑞宣只恰好把大夫的话引到另一条路上来：“是的！假若日本医生随着胜利都到咱们这儿来挂牌，我就非挨饿不可！我到过日本，他们的医药都相当的发达！这太可虑了！”

金三爷在外屋里发了言：“你磨什么豆腐呢？不快快的治病！”

瑞宣觉得很难以为情，只好满脸赔笑的说：“他是真着急！大夫，请过来看看吧！”

大夫向外面瞪了一眼，无可如何的把钱先生身上盖着的夹袍拉开，像看一件丝毫无意购买的东西似的，随便的看了看。

“怎样？”瑞宣急切的问。

“没什么！先上点白药吧！”大夫转身去找药箱。

“什么？”瑞宣惊讶的问，“白药？”

大夫找到了药箱，打开，拿出一小瓶白药来。“我要是给它个外国名字，告诉你它是拜耳的特效药，你心里大概就舒服了！我可是不欺人！该用西药，我用西药；该用中药，就用中药；我是要沟通中西医术，自成一家！”

“不用听听心脏吗？”瑞宣看不能打倒白药，只好希望大夫施展些高于白药的本事。

“用不着！咱们有消炎的好药，吃几片就行了！”大夫又在小箱里找，找出几片白的“布朗陶西耳”来。

瑞宣晓得那些小白片的用处与用法。他很后悔，早知道大夫的办法是这么简单，他自己就会治这个病，何必白花三十元钱呢！他又发了问，还希望大夫到底是大夫，必定有些他所不知道的招数：“老人有点神经错乱，是不是——”

“没关系！身上疼，就必影响到神经；吃了我的药，身上不疼了，心里也自然会平静起来。要是你真不放心的话，给他买点七厘散，或三黄宝蜡，都极有效。我不骗人，能用有效的中国药，就不必多教洋药房赚去咱们的钱！”

瑞宣没了办法。他很想自己去另请一位高明的医生来，可是看了看窗外的月影，他只好承认了白药与布朗陶西耳。“是不是先给伤口消一消毒呢？”

大夫笑了一下。“你仿佛倒比我还内行！上白药用不着消毒！中国药，中国办法；西洋药，西洋办法。我知道怎样选择我的药，也知道各有各的用法！好啦！”他把药箱盖上，仿佛一切已经办妥，只等拿钱了。

瑞宣决定不能给大夫三十块钱。钱还是小事，他不能任着大夫的意这样戏弄钱诗人。说真的，假若他的祖父或父亲有了病，他必定会尽他该尽的责任；可是，尽责任总多少含有一点勉强。对钱诗人，他是自动的，真诚的，愿尽到朋友所能尽的心力。钱先生是他所最佩服的人；同时，钱先生又是被日本人打伤的。对钱先生个人，和对日本人的愤恨，他以为他都应该负起使老人马上能恢复健康的责任——没有一点勉强！

他的眼睁得很大，而黑眼珠凝成很小的两个深黑的点子，很不客气的问大夫说：“完啦？”

“完啦！”大夫板着瘦脸说。“小病，小病！上上药，服了药，准保见好！我明天不来，后天来；大概我一共来看四五次就可以毫无问题了！”

“你用不着再来！”瑞宣真动了气。“有你这样的大夫，不亡国才怪！”

“扯那个干什么呢？”大夫的瘦脸板得很紧，可是并没有带着怒。“该怎么治，我怎么治，不能乱来！亡国？等着看吧，日本大夫们一来到，我就非挨饿不可！说老实话，我今天能多赚一个铜板，是一个铜板！”

瑞宣的脸已气白，但是不愿再多和大夫费话，掏出五块钱来，放在了药箱上：“好，你请吧！”

大夫见了钱，瘦脸上忽然一亮。及至看明白只是五块钱，他的脸忽然黑起来，像疾闪后的黑云似的。“这是怎回事？”

金三爷在外间屋坐着打盹，大夫的声音把他惊醒。巴唧了两下嘴，他立起来。“怎么啦？”

“凭这一小瓶，和这几小片，他要三十块钱！”瑞宣向来没作过这样的事。这点事若放在平日，他一定会咽口气，认吃亏，决不能这样的因不吃亏而显出自己的小气，褊狭。

金三爷往前凑了凑，红鼻子有声有色的出着热气。一把，他将药箱拿起来。

大夫慌了。他以为金三爷要把药箱摔碎呢。“那可摔不得！”

金三爷处置这点事是很有把握的。一手提着药箱，一手捏住大夫的脖子：“走！”这样，他一直把大夫送到门外。把小箱放在门坎外，他说了声：“快点走！这次我便宜了你！”

大夫，拿着五块钱，提起药箱，向着大槐树长叹了口气。

瑞宣，虽然不信任那个大夫，可是知道布朗陶西耳与白药的功效。很容易的，他掰开钱先生的嘴（因为已经没有了门牙），灌下去一片药。很细心的，他把老人的背轻轻的用清水擦洗了一遍，而后把白药敷上。钱先生始终一动也没动，仿佛是昏迷过去了。

这时候，小崔领着陈野求走进来。野求，脸上挂着许多细碎的汗珠，进了屋门，晃了好几晃，像要晕倒的样子。小崔扶住了他。他吐出了两口清水，脸上出了更多的汗，才缓过一口气。手扶着脑门，又立了半天，他才很勉强的说出话来。“金三爷！我先看看姐丈去！”他的脸色是那么绿，语气是那么低卑，两眼是那么可怜的乱转，连金三爷也不便说什么了。金三爷给了小崔个命令：“你回家睡觉去吧！有什么事，咱们明天再说！”

小崔已经很疲倦，可是舍不得走开。他恭敬的，低声的问：“钱老先生怎样了？”在平日，全胡同里与他最少发生关系的人恐怕就是钱先生，钱先生连街门都懒得出，就更没有照顾小崔的车子的机会了。可是小崔现在极敬重钱先生，不是因为平日的交情，而是为钱先生的敢和日本人拚命！

“睡着了！”金三爷说：“你走吧！明天见！”

小崔还要说些什么，表示他对钱老人的敬重与关切，可是他的言语不够用，只好把手心的汗都擦在裤子上，低着头走出去。

看到了姐丈，也就想起亲姐姐，野求的泪像开了闸似的整串的往下流。他没有哭出声来。疲乏，忧郁，痛心，和营养不良，使他瘫倒在床前。

金三爷虽然很看不起野求，可是见他瘫倒，心中不由的软起来。“起来！起来！哭办不了事！城外头还放着一口子呢！”他的话还很硬，可是并没有为难野求的意思。

野求有点怕金三爷，马上楞楞磕磕的立起来。泪还在流，可是脸上没有了任何痛苦的表情，像雷闪已停，虽然还落着雨，而天上恢复了安静的样子。

“来吧！”金三爷往外屋里叫野求和瑞宣。“你们都来！商量商量，我好睡会儿觉！”

自从日本兵进了北平城，除了生意冷淡了些，金三爷并没觉得有什么该关心的地方。他的北平，只是一个很大的瓦片厂。当他立在高处的时候，他似乎看不见西山和北山，也看不见那黄瓦与绿瓦的宫殿，而只看见那灰色的，一垄一垄的，屋顶上的瓦。那便是他的田，他的货物。有他在中间，卖房子的与买房子的便会把房契换了手，而他得到成三破二的报酬[①]。日本人进了城，并没用轰炸

①成三破二的报酬，旧社会买卖房地产的陋规，即买主应付出买房总价钱的三成，卖房人应付出总卖价的二成给介绍人作为报酬。

南苑与西苑的飞机把北平城内的“瓦片”也都炸平；那么，有房子就必有买有卖，也就有了金三爷的“庄稼”。所以，他始终觉得北平的被日本人占据与他并没多大的关系。

及至他看到了女婿与亲家太太的死亡，和亲家的遍体鳞伤，他才觉出来日本人的攻城夺地并不是与他毫无关系——他的女儿守了寡，他最好的朋友受了重伤！赶到他和冠晓荷发生了冲突，他开始觉得不但北平的沦陷与他有关系，而且使他直接的卷入漩涡。他说不清其中的始末原由，而只觉得北平并不仅仅是一大片砖瓦，而是与他有一种特别的关系。这种关系只能用具体的事实来说明，而具体的事实就在他的心上与眼前——北平属了日本人，他的至亲好友就会死亡；他们的死亡不仅损失了他的金钱，而且使他看到更大的危险，大家都可以无缘无故死去的危险。在平日，他几乎不知道什么是国家；现在，他微微的看见了一点国家的影子。这个影子使他的心扩大了一些，宽大了一些。他还想不出他是否该去，和怎样去，抵抗日本人；可是，他仿佛须去作一点异于只为自己赚钱的事，心里才过得去。

陈野求的可怜的样子，和瑞宣的热诚的服侍钱老人，都使他动了一点心。他本来看不起他们；现在，他想和他们商议商议钱家的事，像好朋友似的坐在一块儿商议。

瑞宣本来就没心去计较金三爷曾经冷淡过他；在看见金三爷怎样收拾了冠晓荷以后，他觉得这个老人是也还值得钦佩的。在危患中，他看出来，只有行动能够自救与救人。说不定，金三爷的一伸拳头，就许把冠晓荷吓了回去，而改邪归正。假使全北平的人都敢伸拳头呢？也许北平就不会这么像死狗似的，一声不出的受敌人的踢打吧？他认识了拳头的伟大与光荣。不管金三爷有没有知识，有没有爱国的心，反正那对拳头使金三爷的头上发出圣洁的光。他自己呢，只有一对手，而没有拳头。他有知识，认识英文，而且很爱国，可是在城亡了的时候，他像藏在洞里的一条老鼠！他的自惭使他钦佩了金三爷。

“都坐下！”金三爷下了命令。他已经十分疲乏，白眼珠上横着几条细的血道儿，可是他还强打精神要把事情全盘的讨论一过儿——他觉得自己非常的重要，有主意，有办法，因为他战胜了冠晓荷。又点上了烟，巴唧了两口，话和烟一齐放出来：“第一件，”他把左手的拇指屈起来，“明天怎么埋亲家太太。”

野求顾不得擦拭脸上的泪；眼珠儿定住，泪道儿在鼻子两旁挂着，他对金三爷的红鼻子发楞。听到三爷的话，他低下头去；即使三爷没有看他，他也觉到有一对眼睛钉在了他的头上。

瑞宣也没话可说。

他们仿佛是用沉默哀恳着金三爷再发发善心。

金三爷咧了咧嘴，无可如何的一笑。“我看哪，事情还求李四爷给办，钱，”他的眼真的钉在野求的头上。

野求的头低得更深了些，下巴几乎碰到锁子骨上面。

“钱，唉！还得我出吧？”

野求大口的咽着吐沫，有点响声。

“谁教三爷你……”瑞宣停顿住，觉得在国破家亡的时候，普通的彼此敷衍的话是不应当多说的。

“第二件，埋了亲家太太以后，又该怎么办？我可以把姑娘接回家去，可是那么一来，谁照应着亲家呢？要是叫她在这儿伺候着公公，谁养活着他们呢？”

野求抬了抬头，想建议他的全家搬来，可是紧跟着便又低下头去，不敢把心意说出来；他晓得自己的经济能力是担负不起两个人的一日三餐的；况且姐丈的调养还特别要多花钱呢！

瑞宣心中很乱，假若事情发生在平日，他想他一定会有办法。可是事情既发生在现时，即使他有妥当的办法，谁能保险整个的北平不在明天变了样子呢？谁敢保证明天钱先生不再被捕呢？谁知道冠晓荷要怎样报复呢？谁敢说金三爷，甚至连他自己，不遇到凶险呢？在屠户刀下的猪羊还能提出自己的办法吗？

他干嗽了好几下，才说出话来。他知道自己的话是最幼稚，最没力量，可是不能不说。即使是个半死的人，说一句话总还足以表示他有点活气儿。“三伯伯！我看少奶奶得在这儿伺候着钱伯伯。我，和我的内人，会帮她的忙。至于他们公媳二人的生活费用，只好由咱们大家凑一凑了。我这些话都不是长远的办法，而只是得过且过，混过今天再说明天。谁敢说，明天咱们自己不被日本人拿去呢！”

野求长叹了一口气。

金三爷把大手放在光头上，用力的擦了几下子。他要发怒，他以为凭自己的武功和胆气，他是天不怕地不怕，绝对不会受欺侮的。

这时候，里屋里钱先生忽然“啊”了一声，像一只母鸡在深夜里，冷不防的被黄狼咬住，那么尖锐，苦痛，与绝望。野求的脸，好容易稍微转过一点颜色来，听到这一声，马上又变成惨绿的。瑞宣像被针刺了似的猛的站起来。金三爷头上仅有的几根头发全忽的竖起，他忘了自己的武功与胆气，而觉得像有一把尖刀刺入他的心。

三个人前后脚跑进里屋。钱老人由横躺改为脸朝下的趴伏，两臂左右的伸开，双手用力的抓着床单子，指甲差不多抠进了布中。他似乎还睡着呢，可是口中出着点被床单阻住的不甚清楚的声音。瑞宣细听才听明白：“打！打！我没的说！没有！打吧！”

野求的身上颤抖起来。

金三爷把头转向了外，不忍再看。咬了咬牙，他低声的说：“好吧，祁大爷，先把亲家治好了，再说别的吧！”

# 二十二

无论刮多大的风，下多大的雨，无论天气怎样的寒，还是怎样的热，无论家中有什么急事，还是身体不大舒服，瑞宣总不肯告假。假若不得已的请一两点钟假，他也必定补课，他不肯教学生在功课上吃一点亏。一个真认识自己的人，就没法不谦虚。谦虚使人的心缩小，像一个小石卵，虽然小，而极结实。结实才能诚实。瑞宣认识他自己，他觉得他的才力，智慧，气魄，全没有什么足以傲人的地方；他只能尽可能的对事对人尽到他的心，他的力。他知道在人世间，他的尽心尽力的结果与影响差不多等于把一个石子投在大海里，但是他并不肯因此而把石子可惜的藏在怀中，或随便的掷在一汪儿臭水里。他不肯用坏习气减少他的石子的坚硬与力量。打铃，他马上拿起书上讲堂；打铃，他才肯离开教室。他没有迟到早退的，装腔作势的恶习。不到万不得已，他也永远不旷课。上堂教课并不给他什么欣悦，他只是要对得住学生，使自己心中好受。

学校开了课。可是他并不高兴去。他怕见到第二代的亡国奴。他有许多理由与事实，去原谅自己在北平低着头受辱。他可是不能原谅自己，假若他腆着脸到讲台上立定，仿佛是明告诉学生们他已承认了自己无耻，也教青年们以他为榜样！

但是，他不能不去。为了收入，为了使老人们心安，为了对学校的责任，他不能藏在家里。他必须硬着头皮去受刑——教那些可爱的青年们的眼，像铁钉似的，钉在他的脸上与心中。

校门，虽然是开学的日子，却没有国旗。在路上，他已经遇到三三两两的学生；他不敢和他们打招呼。靠着墙根，他低着头疾走，到了校门外，学生们更多了。他不知道怎样的走进了那个没有国旗的校门。

教员休息室是三间南房，一向潮湿；经过一夏天未曾打开门窗，潮气像雾似的凝结在空中，使人不敢呼吸。屋里只坐着三位教师。见瑞宣进来，他们全没立起来。在往常，开学的日子正像家庭中的节日，大家可以会见一个夏天未见面的故人，和新聘来的生朋友，而后不是去聚餐，便是由校长请客，快活的过这一天。这一天，是大家以笑脸相迎，而后脸上带着酒意，热烈的握手，说“明天见”的日子。今天，屋里像坟墓那样潮湿，静寂。三位都是瑞宣的老友。有两位是楞磕磕的吸着烟，一位是注视着桌子上纵起的一片漆皮。他们都没向瑞宣打招呼，而只微微的一点头，像大家都犯了同样的罪，在监狱中不期而遇的那样。瑞宣向来是得拘谨就拘谨的人，现在就更不便破坏了屋中沉寂的空气。他觉得只有冷静，在今天，才似乎得体。在今天，只有冷静沉寂才能表示出大家心中的苦闷。在静寂中，大家可以渐渐的听到彼此心中的泪在往外涌。

坐下，他翻弄翻弄一本上学期用过的点名簿。簿子的纸非常的潮湿，好几页联到一处，很不易揭开。揭开，纸上出了一点点声音。这一点声音，在屋中凝结住的潮气中发出，使他的身上忽然微痒，像要出汗的样子。他赶紧把簿子合上。虽然这么快的把簿子合上，他可是已经看到一列学生的名字——上学期还是各别的有名有姓的青年，现在已一律的，没有例外的，变成了亡国奴。他几乎坐不住了。

听一听院里，他希望听到学生们的欢笑与喊叫。在往日，学生们在上课前后的乱闹乱吵老给他一种刺激，使他觉到：青春的生命力量虽然已从他自己身上渐渐消逝，可是还在他的周围；使他也想去和他们一块儿蹦蹦跳跳，吵吵闹闹。现在，院里没有任何声音！学生们——不，不是学生们，而是亡国奴们——也和他一样因羞愧而静寂！这比成群的飞机来轰炸还更残酷！

他喜欢听学生的欢笑，因为没有欢笑的青春便是夭折。今天，他可是不能希望他们和往日一样的活泼；他们都是十四五岁左右的人，不能没心没肺！同时，他们确是不喊不叫了，难道他们从此永远如此吗？假若他们明天就又喊又闹了，难道他们就该为亡国而只沉默一天吗？他想不清楚，而只觉得房里的潮气像麻醉药似的糊在他的鼻子上，使他堵得慌！

咽了几口气，他渴盼校长会忽然的进来，像一股阳光似的进来，把屋中的潮气与大家心中的闷气都赶了走。

校长没有来。教务主任轻轻的把门拉开。他是学校中的老人，已经作了十年的教务主任。扁脸，矮身量，爱说话而说不上什么来，看着就是个没有才干，而颇勤恳负责的人。进了屋门，他的扁脸转了一圈；他的看人的方法是脸随着眼睛转动，倒好像是用一面镜子照大家呢。看清了屋中的四位同事，他紧赶几步，扑过瑞宣来，很亲热的握手；而后，他又赶过那三位去，也一一的握手。在往常，他的话必定在握手以前已经说出来好几句。今天，他的手握得时间比较的长，而没有话可说。都握完手，大家站了一圈儿，心中都感到应当出点声音，打破屋中的被潮湿浸透了的沉寂。

“校长呢?”瑞宣问。

“嗯——”教务主任的话来得很不顺畅：“校长不大舒服，不大舒服。今天，他不来了；嘱咐我告诉诸位，今天不举行开学式；一打铃，诸位老师上班就是了；和学生们谈一谈就行了，明天再上课——啊，再上课。”

大家又楞住了。他们都在猜想：校长也许是真病了，也许不是。和学生们谈一谈?谈什么呢?

教务主任很愿再说些什么，使大家心中痛快一些，可是他想不起说什么才好。摸了摸扁脸，他口中出着点没有字的声音，搭讪着走出去。

四位先生又僵在了那里。

铃声，对于一个作惯了教员的，有时候很好听，有时候很不悦耳。瑞宣向来不讨厌铃声，因为他只要决定上课，他必定已经把应教的功课或该发还的卷子准备得好好的。他不怕学生质问，所以也不怕铃声。今天，他可是怕听那个管辖着全校的人的行动的铃声，像一个受死刑的囚犯怕那绑赴刑场的号声或鼓声似的。他一向镇定，就是十年前他首次上课堂讲书的时节，他的手也没有发颤。现在，他的手在袖口里颤起来。

铃声响了。他迷迷糊糊的往外走，脚好像踩在棉花上。他似乎不晓得往哪里走呢。凭着几年的习惯，他的脚把他领到讲堂上去。低着头，他进了课堂。屋里极静，他只能听到自己的心跳。上了讲台，把颤动着的右手放在讲桌上，他慢慢的抬起头来。学生们坐得很齐，一致的竖直了背，扬着脸，在看他。他们的脸都是白的，没有任何表情，像是石头刻的。一点辣味儿堵塞住他的嗓子，他嗽了两声。泪开始在他的眼眶里转。

他应当安慰他们，但是怎样安慰呢？他应当鼓舞起他们的爱国心，告诉他们抵抗敌人，但是他自己怎么还在这里装聋卖傻的教书，而不到战场上去呢？他应当劝告他们忍耐，但是怎么忍耐呢？他可以教他们忍受亡国的耻辱吗？

把左手也放在桌上，支持着他的身体，他用极大的力量张开了口。他的声音，好像一根细鱼刺似的横在了喉中。张了几次嘴，他并没说出话来。他希望学生们问他点什么。可是，学生们没有任何动作；除了有几个年纪较大的把泪在脸上流成很长很亮的道子，没有人出声。城亡了，民族的春花也都变成了木头。

胡里胡涂的，他从嗓子里挤出两句话来："明天上课。今天，今天，不上了！"

学生们的眼睛开始活动，似乎都希望他说点与国事有关的消息或意见。他也很想说，好使他们或者能够得着一点点安慰。可是，他说不出来。真正的苦痛是说不出来的！狠了狠心，他走下了讲台。大家的眼失望的追着他。极快的，他走到了屋门；他听到屋中有人叹气。他迈门坎，没迈利落，几乎绊了一跤。屋里开始有人活动，声音很微，像是偷手摸脚的那样往起立和往外走呢。他长吸了一口气，没再到休息室去，没等和别的班的学生会面，他一气跑回家中，像有个什么鬼追着似的。

到家里，谁也没理，他连鞋也没脱，便倒在床上。他的脑中已是空的，只有一些好像可以看得见的白的乱丝在很快的转。他用力的闭着眼。脑中的乱丝好似转疲了，渐渐的减降速度。单独的，不相关联的，忽现忽没的观念，像小星星似的，开始由那团乱丝中往起跳。他没有能力使它们集合到一处，他觉得烦躁。

他忽然坐起来。仿佛像万花筒受了震动似的，他的脑中忽然结成一朵小花——“这就是爱国吧？”他问自己。问完，他自己低声的笑起来。他脑中的花朵又变了：“爱国是一股热情所激发出来的崇高的行动！光是想一想，说一说，有什么用处呢？”

一声没出，他又跑到钱家去。服侍钱先生，现在，变成他的最有意义，最足以遮羞的事！

另外请来一位西医，详细的给钱先生检查过，钱先生的病是：“身上的伤没有致命的地方，可以治好；神经受了极大的刺激，也许一时不能恢复原状；他也许忘了以前一切的事，也许还能有记忆；他需要长时间的静养。”

金三爷，李四爷，陈野求和小崔一清早就出了城，去埋葬钱太太。看家的还是四大妈。瑞宣来到，她叫他招呼着钱先生，她照应着少奶奶。

各线的战事消息都不大好。北平的街上增加了短腿的男女，也开始见到日本的军用票。用不着看报，每逢看见街上的成群的日本男女，瑞宣就知道我们又打了个败仗。上海的战事，不错，还足以教他兴奋。可是，谁也能看出来，上海的战事并没有多少希望，假若其余的各线都吃败仗。在最初，他把希望同等的放在北方的天险与南方的新军上。他知道北方的军队组织与武器是无法和日本兵较量的，所以他希望以天险补救兵力与武器的缺陷。可是，天险一个个的好像纸糊的山与关，很快的相继陷落。每逢这些地方陷落，他的心中就好像被利刃刺进一次。他所知道的一点地理是历史的附属。由历史中，他记得山海关，娘子关，喜峰口，雁门关。他没到过这些地方，不晓得它们到底“险”到甚么程度。他只觉得这些好听的地名给他一些安全之感——有它们便有中国历史的安全。可是，这些地方都并不足以阻挡住敌人。在惶惑不安之中，他觉得历史仿佛是个最会说谎的骗子，使他不敢再相信自己的国家中的一切。假若还有不骗人的事情，那便是在上海作战的，曾经调整过的新军。上海无险可守，可是倒能打得那么出色。有“人”才有历史与地理。可是，上海的国军能支持多久？到底有多少师人？多少架飞机？他无从知道。他知道上海在海上，而海是日本人的。他怀疑日本以海陆空的联合攻击，我们只以陆军迎战，是否能致胜？同时，他觉得应当马上离开家，去参加斗争；有人才有历史与地理，难道他自己应该袖手旁观么？可是他走不动，“家”把他的生命埋在了北平，而北平已经失去它的历史，只是个地理上的名词。

他的胖脸瘦了一圈，眼睛显着特别的大。终日，他老像想着点什么不该随便忘记了的事，可是一经想起，他又愿意把它忘掉。亡了国的人既没有地方安置身体，也没有地方安置自己的心。他几乎讨厌了他的家。他往往想象：假若他是单身一人，那该多么好呢？没有四世同堂的锁镣，他必会把他的那一点点血洒在最伟大的时代中，够多么体面呢？可是，人事不是想象的产物；骨肉之情是最无情的锁链，把大家紧紧的穿在同一的命运上。他不愿再到学校去。那已经不是学校，而是青年的集中营，日本人会不久就来到，把吗啡与毒药放进学生们的纯洁的脑中，教他们变成了第二等的“满洲人”。

他只愿看着钱先生。老人的痛苦像是一种警告：“你别忘了敌人的狠毒！”老人的哀鸣与各处的炮火仿佛是相配合的两种呼声：“旧的历史，带着它的诗，画，与君子人，必须死！新的历史必须由血里产生出来！”这种警告与呼声并不能使他像老三似的马上逃出北平，可是消极的，他能因此而更咬紧一点牙，在无可如何之中不至于丧失了节操。这就有一点意义。至少，也比蹲在家里，听着孩子哭与老人们乱叨唠强上一点。

同时，他深想明白明白钱老人为什么能逃出虎口，由监狱跑回家中。老人已经落在虎口中，居然会又逃出来，这简直不可置信！莫非日本人觉得战事没有把握，所以不愿多杀人？还是日本的军人与政客之间有什么斗争与冲突，而使钱先生找到可以钻出来的隙缝？或者是日本人虽然正打着胜仗，可是事实上却有很大的牺牲，以致军人和政客都各处乱动，今天来了明天走，没有一定的办法，没有一定的主意，“二郎”拿来的人，“三郎”可以放了走？他想不清楚。他希望钱老人会详详细细的告诉他。现在，老人可还不会讲话。他愿意殷勤的看护，使老人早日恢复健康，早些对他说了一切。这是亡国的过程中的一个小谜。猜破了这个谜，他才能够明白一点征服者与被征服者中间的一点关系，一个实在的具体的事件——假若记载下来，也颇可以给历史留下点儿“扬州十日”里的创痕与仇恨！

服了止痛安神的药，钱先生睡得很好。伤口和神经还时常教他猛的扭动一下，或哀叫一声，可是他始终没有睁开眼。

看着这像是沉睡，又像是昏迷的老人，瑞宣不由的时时不出声的祷告。他不知向谁祷告好，而只极虔诚的向一个什么具有的人形的“正义”与“慈悲”祈求保佑。这样的祷告，有时候使他觉得心里舒服一点，有时候又使他暗笑自己。当他觉得心里舒服一点的时候，他几乎要后悔为什么平日那么看不起宗教，以致缺乏着热诚，与从热诚中激出来的壮烈的行动。可是，再一想，那些来到中国杀人放火的日本兵们几乎都带着佛经，神符，和什么千人针；他们有宗教，而宗教会先教他们变成野兽，而后再入天堂！想到这里，他又没法不暗笑自己了。

看着昏睡的钱老人，瑞宣就这么东想想西想想。一会儿，他觉得自己是有最高文化的人——爱和平，喜自由，有理想，和审美的心；不野调无腔，不迷信，不自私。一会儿，他又以为自己是最没有用处的废物；城亡了，他一筹莫展；国亡了，他还是低着头去作个顺民；他的文化连丝毫的用处也没有！

想到他的头都有点疼了，他轻手蹑脚的走出去，看看院里的秋花，因为钱先生不喜用盆，而把花草多数都种在地上，所以虽然已经有许多天没有浇灌，可是墙阴下的鸡冠与葵花什么的还照常开着花。看着一朵金黄的，带着几条红道道的鸡冠，他点点头，对自己说："对了！你温柔，美丽，像一朵花。你的美丽是由你自己吸取水分，日光，而提供给世界的。可是，你缺乏着保卫自己的能力；你越美好，便越会招来那无情的手指，把你折断，使你死灭。一朵花，一座城，一个文化，恐怕都是如此！玫瑰的智慧不仅在乎它有色有香，而也在乎它有刺！刺与香美的联合才会使玫瑰安全，久远，繁荣！中国人都好，只是缺少自卫的刺！"想到这里，他的心中光亮起来；他认清了自己的长处，不再以自己为废物；同时，他也认清，自己的短处，知道如何去坚强自己。他的心中有了力量。

正在这时候，祁老人拉着小顺儿慢慢的走进来。时间是治疗痛苦的药。老人的病，与其说是身体上的，还不如说是精神上的。他心里不痛快。慢慢的，他觉得终日躺在床上适足以增加病痛，还不如起来活动活动。有些病是起于忧郁，而止于自己解脱的。时间会巧妙的使自杀的决心改为"好死不如癞活"。他从床上起来；一起来，便不再只愁自己，而渐渐的想起别人。他首先想到他的好友，钱先生。孟石出殡的时候，他在大门内看了一眼；而后又躺着哼哼了整一天。每一口棺材，在老人眼中，都仿佛应当属于自己。他并没为孟石多想什么，因为他只顾了想象自己的一把骨头若装在棺材里该是什么滋味。他很怕死。快入墓的人大概最注意永生。他连着问小顺儿的妈好几次："你看我怎样啊？"

她的大眼睛里为钱家含着泪，而声音里为祖父拿出轻松与快活来："爷爷，你一点病也没有！老人哪，一换节气都得有点腰酸腿疼的，躺两天就会好了的！凭你的精神，老爷子，顶少顶少也还得活二十年呢！"

孙媳妇的话像万应锭似的，什么病都不治，而什么病都治，把老人的心打开。她顺水推舟的建议：

"爷爷，大概是饿了吧？我去下点挂面好不好？"

老人不好意思马上由死亡而跳到挂面上来，想了一会儿，把议案修正了一下："冲一小碗藕粉吧！嘴里老白唧唧的没有味儿！"

及至老人听到钱先生的回来，他可是一心一意的想去看看，而完全忘了自己的病痛。钱先生是他的好友，他应当尽可能的去安慰与照应，他不能再只顾自己。

他叫瑞丰搀着他去。瑞丰不敢去，第一，他怕到钱家去；第二，更怕被冠家的人看见他到钱家去；第三，特别怕在钱家遇见瑞宣——他似乎已痛深恶绝了大哥，因为大哥竟敢公然与冠家为敌，帮着钱默吟和金三爷到冠家叫闹，打架。听祖父叫他，他急忙躺在了床上，用被子蒙上头，而由胖太太从胖喉咙中挤出点声音来："他不大舒服，刚吃了阿司匹灵！"

"呕！还是吃一丸子羚翘解毒呀！秋瘟！"

这样，老人才改派了小顺儿作侍从。

小顺儿很得意。看见了爸爸，他的小尖嗓子像开了一朵有声的花似的："爸爸！太爷爷来啦！"

怕惊动了钱老人与少奶奶，瑞宣忙向小顺儿摆手。小顺儿可是不肯住声："钱爷爷在哪儿哪？他叫日本鬼子给打流了血，是吗？臭日本鬼子！"

祁老人连连的点头，觉得重孙子聪明绝顶，值得骄傲。"这小子！什么都知道！"

瑞宣一手搀着祖父，一手拉着儿子，慢慢往屋中走。进了屋门，连小顺儿似乎都感到点不安，他不敢再出声了。进到屋里，祁老人一眼看到了好友——钱先生正脸朝外躺着呢。那个脸，没有一点血色，可是并不很白，因为在狱中积下的泥垢好像永远也不能再洗掉。没有肉，没有活软气儿，没有睡觉时的安恬的样子，腮深深的陷入，唇张着一点，嘴是个小黑洞，眼闭着，可是没有闭严，眼皮下时时露出一点轻轻动的白膜，黑紫黑紫的炙痕在太阳穴与脑门上印着，那个脸已经不像个脸，而像个被一层干皮包着的头颅骨。他的呼吸很不平匀。堵住了气，他的嘴就张得更大一些，眼皮似要睁开那么连连的眨巴。小顺儿用小手捂上了眼。祁老人呆呆的看着好友的脸，眼中觉得发干，发辣，而后又发湿。他极愿意发表一点意见，但是说不上话来，他的口与舌都有些麻木。他的意见，假若说出来，大概是："瑞宣，你父亲和钱先生的年纪仿上仿下。不知道为什么，我好像看到你父亲也变成这样！"由这几句要说而说不出的话，他慢慢的想起日本人。一个饱经患难的老人，像他，很会冷静的，眼不见心不烦的，拒绝相信别人的话，好使自己的衰老了的心多得到一些安静。从"九一八"起，他听到多少多少关于日本人怎样野蛮残暴的话，他都不愿信以为真。在他的心灵的深处，他早就知道那些话并不会虚假，可是他不愿相信，因为相信了以后，他就会看出危险，而把自己能平平安安活到八十岁的一点分内的希望赶快扔弃了。现在，看到了好友的脸，他想到了自己的儿子，也就想到他自己。日本人的刺刀是并不躲开有年纪的人的。他可以故意的拒绝相信别人的话，但是没法不相信钱先生的脸。那张脸便是残暴的活广播。

楞了不知有多久，他才迷迷糊糊的往前凑了一步。他想看看钱先生的身上。

“爷爷！”瑞宣低声的叫。“别惊动他吧！”他晓得教老人看了钱先生的脊背，是会使老人几天吃不下饭去的。

“太爷爷！”小顺儿扯了扯老人的袍襟：“咱们走吧！”

老人努力的想把日本人放在脑后，而就眼前的事，说几句话。他想告诉瑞宣应当给钱先生买什么药，请哪位医生，和到什么地方去找专治跌打损伤的秘方。他更希望钱先生此时会睁开眼，和他说一两句话。他相信，只要他能告诉钱先生一两句话，钱先生的心就会宽起来；心一宽，病就能好得快。可是，他还是说不上话来。他的年纪，经验，智慧，好像已经都没有了用处。日本人打伤了他的好友，也打碎了他自己的心。他的胡子嘴动了好几动，只说出：“走吧，小顺儿！”

瑞宣又搀住了祖父，他觉得老人的胳臂像铁一样重。好容易走到院中，老人立住，对那些花木点了点头，自言自语的说：“这些花草也得死！唉！”

# 二十三

钱先生慢慢的好起来。日夜里虽然还是睡的时间比醒的时间多，可是他已经能知道饥渴，而且吃的相当的多了。瑞宣偷偷的把皮袍子送到典当铺去，给病人买了几只母鸡，专为熬汤喝。他不晓得到冬天能否把皮袍赎出来，但是为了钱先生的恢复康健，就是冬天没有皮袍穿，他也甘心乐意。

钱少奶奶，脸上虽还是青白的，可是坚决的拒绝了李四大妈的照应，而挣扎着起来服侍公公。

金三爷，反正天天要出来坐茶馆，所以一早一晚的必来看看女儿与亲家。钱先生虽然会吃会喝了，可是还不大认识人。所以，金三爷每次来到，不管亲家是睡着还是醒着，总先到病榻前点一点他的四方脑袋，而并不希望和亲家谈谈心，说几句话儿。点完头，他拧上一袋叶子烟，巴唧几口，好像是表示：“得啦，亲家，你的事，我都给办了！只要你活着，我的心就算没有白费！”然后，他的红脸上会发出一点快活的光儿来，觉得自己一辈子有了件值得在心中存记着的事——发送了女婿，亲家母，还救活了亲家！

对女儿，他也没有多少话可讲。他以为守寡就是守寡，正像卖房的就是卖房一样的实际，用不着格外的痛心与啼哭。约摸着她手中没了钱，他才把两三块钱放在亲家的床上，高声的仿佛对全世界广播似的告诉姑娘："钱放在床上啦！"

当他进来或出去的时候，他必在大门外稍立一会儿，表示他不怕遇见冠家的人。假若遇不见他们，他也要高声的咳嗽一两声，示一示威。不久，全胡同里的小儿都学会了他的假嗽，而常常的在冠先生的身后演习。

冠先生并不因此而不敢出门。他自有打算，沉得住气。"小兔崽子们！"他暗中咒骂："等着你们冠爷爷的，我一旦得了手，要不像抹臭虫似的把你们都抹死才怪！"他的奔走，在这些日子，比以前更加活跃了许多。最近，因为勤于奔走的缘故，他已摸清了一点政局的来龙去脉。由一位比他高明着许多倍的小政客口中，他听到：在最初，日本军阀愿意把华北的一切权利都拿在自己的手中，所以他们保留着那个已经破碎不全的华北政务委员会。同时，为维持北平一城的治安，他们从棺材里扒出来几个老汉奸组织起维持会。其实维持会只是个不甚体面的古董铺，并没有任何实权。那真正替敌人打扫街道与维持秩序的，却是市政府。在市政府中，天津帮占了最大的势力。现在，山东，河北，河南，山西，敌军都有迅速的进展：敌军既不能用刺刀随在每个中国人的背后，就势必由日本政客与中国汉奸合组起来个代替"政务委员会"的什么东西，好挂起五色旗来统治整个的华北，好教汉奸们替"皇军"使用军用票，搜刮物资，和发号施令。这个机构很难产出，因为日本军人根本讨厌政治，根本不愿意教类似政治的东西拘束住他们的肆意烧杀。他们在找到完全听他们的话的，同时又能敷衍中国百姓的，汉奸以前，决不肯轻易摆出个政府来。在天津，在敌人占据了各学校之后，他们本无意烧掉各图书馆的书籍，不是爱惜它们，而是以为书籍也多少可以换取几个钱的。可是，及至他们的驻津领事劝告他们，把书籍都运回国去。他们马上给图书馆们举行了火葬。他们讨厌外交官的多口。他们愿像以总督统管朝鲜那样，来统治华北和一切攻陷的地方，把文官的势力削减到零度。可是，军队的活动，不能只仗着几个命令；军队需要粮草，服装，运输工具，和怎样以最少的士兵取得最大的胜利。这，使讨厌文官与政治的军阀没法不想到组织政府，没法不借重于政客与汉奸。军阀的烦恼永远是“马上得之，不能马上治之”。

在日军进入北平的时候，最先出现于北平人眼前的新组织是新民会，一个从炮火烟雾中钻出来的宣传机关。冠晓荷听见说有这么个机关，而没有十分注意它，他不大看得起宣传工作。他心目中的“差事”是税局，盐务；他心中的头衔是县长，科长，处长……他觉得一个“会”，既无税局与盐务署的收入，又无县长，处长的头衔，一定就没有什油水与前途。现在，他才明白过来：这个“会”是大有前途的，因为他是紧跟着军队的，替军队宣扬“德威”的亲近的侍从。有它，日本军队才能在屠杀之后把血迹埋掩起来；有它，日本军队才能欺哄自己：他们对被征服的民众的确有了“和平的”办法。它不跟军阀争什么，而是老老实实的在军人身后唱着“太平歌词”。军人以炮火打瘫了一座城，新民会赶紧过来轻轻的给上一点止痛的药。

那位小政客告诉冠晓荷：“要谋大官，你非直接向日本军官手里去找不可。维持会不会有很长的寿命。到市政府找事呢，你须走天津帮的路线。新民会较比容易进去，因为它是天字第一号的顺民，不和日本军人要什么——除了一碗饭与几个钱——而紧跟着日本兵的枪口去招抚更多的顺民，所以日本军人愿意多收容些这样的人。只要你有一技之长，会办报，会演戏，会唱歌，会画图，或者甚至于会说相声，都可以作为进身的资格。此外，还有个万不可忽视的力量——请注意地方上的‘老头子’！老头子们是由社会秩序的不良与法律保障的不足中造成他们的势力。他们不懂政治，而只求实际的为自己与党徒们谋安全。他们也许知道仇视敌人，但是敌人若能给他们一点面子，他们就会因自己的安全而和敌人不即不离的合作。他们未必出来作官，可是愿意作敌人用人选士的顾问。这是个最稳固最长久的力量！”

这一点分析与报告，使冠晓荷闻所未闻。虽然在官场与社会中混了二三十年，他可是始终没留过心去观察和分析他的环境。他是个很体面的苍蝇，哪里有粪，他便与其他的蝇子挤在一处去凑热闹；在找不到粪的时候，他会用腿儿玩弄自己的翅膀，或用头轻轻的撞窗户纸玩，好像表示自己是普天下第一号的苍蝇。他永远不用他的心，而只凭喝酒打牌等等的技巧去凑热闹。从凑热闹中，他以为他就会把油水捞到自己的碗中来。

听到人家这一片话，他闭上了眼，觉得他自己很有思想，很深刻，倒好像那都是他自己思索出来的。过了一会儿，他把这一套话到处说给别人听，而且声明马上要到天津去，去看看老朋友们。把这一套说完，他又谦虚的承认自己以前的浮浅：“以前，我说过：艺术是没有国界的，和……那些不着边际的话。那太浮浅了！人是活到老，学到老的！现在，我总算抓到了问题的根儿，总算有了进步！有了进步！”

他并不敢到天津去。不错，他曾经在各处做过事；可是，在他的心的深处却藏着点北平人普遍的毛病——怕动，懒得动。他觉得到天津去——虽然仅坐三小时的火车——就是“出外”，而出外是既冒险而又不舒服的事。再说，在天津，他并没有真正的朋友。那么，白花一些钱，而要是还找不到差事，岂不很不上算？

对日本的重要军人，他一个也不认识。他很费力的记住了十来个什么香月，大角，板垣，与这个郎，那个田，而且把报纸上记载的他们的行动随时在他的口中“再版”，可是他自己晓得他们与他和老虎与他距离得一样的远。

至于“老头子”们，他更无法接近，也不大高兴接近。他的不动产虽不多，银行的存款也并没有超过一万去，可是他总以为自己是个绅士。他怕共产党，也怕老头子们。他觉得老头子就是窦尔墩，而窦尔墩的劫富安贫是不利于他的。

他想应当往新民会走。他并没细打听新民会到底都作些什么，而只觉得自己有作头等顺民的资格与把握。至不济，他还会唱几句二簧，一两折奉天大鼓（和桐芳学的），和几句相声！况且，他还作过县长与局长呢！他开始向这条路子进行。奔走了几天，毫无眉目，可是他不单不灰心，反倒以为“心到神知”，必能有成功的那一天。无事乱飞是苍蝇的工作，而乱飞是早晚会碰到一只死老鼠或一堆牛粪的。冠先生是个很体面的苍蝇。

不知别人怎样，瑞丰反正是被他给“唬”住了。那一套分析，当冠先生从容不迫的说给瑞丰听的时候，使瑞丰的小干脸上灰暗起来。他——瑞丰——没想到冠先生能这么有眼光，有思想！他深怕自己的才力太小，不够巴结冠先生的了！

冠先生可是没对瑞丰提起新民会来，因为他自己既正在奔走中，不便教瑞丰知道了也去进行，和他竞争；什么地方该放胆宣传，什么地方该保守秘密，冠先生的心中是大有分寸的。

二三十年的军阀混战，“教育”成像晓荷的一大伙苍蝇。他们无聊，无知，无心肝，无廉耻，因为军阀们不懂得用人，而只知道豢养奴才。在没有外患的时候，他们使社会腐烂。当外患来到，他们使国家亡得快一点。

受过只管收学费与发文凭的教育的瑞丰，天然的羡慕晓荷。他自己没作过官，没接近过军阀，可是他的文凭既是换取生活费用的执照，他就没法不羡慕冠先生的衣食住行的舒服与款式。他以为冠先生是见过世面的“人物”，而他自己还是口黄未退的“雏儿”。

瑞丰决定赶快搬到三号的那间小屋子去住。那间小屋小到仅足以放下一张床的，只有个小门，没有窗户。当瑞丰去看一眼的时候，他没看见什么——因为极黑暗——而只闻到一些有猫屎味的潮气。他愿意住这间小屋，他的口气表示出来：只要能和冠家住在一处，哪怕是教他立着睡觉也无所不可！

这时候，西长安街新民报社楼上升起使全城的人都能一抬头便看见的大白气球，球下面扯着大旗，旗上的大字是“庆祝保定陷落”！保定，在北平人的心里几乎是个地理上的名词。它的重要仿佛还赶不上通州，更不用说天津或石家庄了。他们只知道保定出酱菜与带响的大铁球。近些年来，揉铁球的人越来越少了，保定与北平人的关系也就越发模糊不清了。现在，“保定陷落”在白气球底下刺着大家的眼，大家忽然的想起它来，像想起一个失踪很久的好友或亲戚似的。大家全低下头去。不管保定是什么样的城，它是中国的地方！多失陷一座别的城，便减少克复北平的一分希望。他们觉得应该为保定带孝，可是他们看到的是“气球”与“庆祝”！亡国是最痛心，最可耻，可是他们得去庆祝！自己庆祝亡国！

日本的“中国通”并不通。他们不晓得怎么给北平人留面子。

假若他们一声不出的，若无其事的，接受胜利，北平人是会假装不知道而减少对征服者的反感的。但是，日本人的“小”心眼里，既藏不住狠毒，也藏不住得意。像猫似的，他们捉住老鼠不去马上吃掉，而要戏耍好大半天；用爪牙戏弄被征服者是他们的唯一的“从容”。他们用气球扯起保定陷落的大旗来！

新民会抓到表功的机会。即使日本人要冷静，新民会的头等顺民也不肯不去铺张。在他们的心里，他们不晓得哪是中国，哪是日本。只要有人给饭吃，他们可以作任何人的奴才。他们像苍蝇与臭虫那样没有国籍。

他们决定为自庆亡国举行大游行。什么团体都不易推动与召集，他们看准了学生——决定利用全城的中学生和小学生来使游行成功。

瑞丰喜欢热闹。在平日，亲友家的喜事，他自然非去凑热闹不可了；就是丧事，他也还是“争先恐后”的去吃，去看，去消遣。他不便设身处地的去想丧主的悲苦；那么一来，他就会“自讨无趣”。他是去看穿着白孝，哭红了眼圈儿的妇女们；他觉得她们这样更好看。他注意到酒饭的好坏，和僧人们的嗓子是否清脆，念经比唱小曲更好听；以便回到家中批评给大家听。丧事是人家的，享受是他自己的，他把二者极客观的从当中画上一条清楚的界线。对于庆祝亡国，真的，连他也感到点不大好意思。可是及至他看到街上铺户的五色旗，电车上的松枝与彩绸，和人力车上的小纸旗，他的心被那些五光十色给吸住，而觉得国家的丧事也不过是家庭丧事的扩大，只要客观一点，也还是可以悦心与热闹耳目的。他很兴奋。无论如何，他须看看这个热闹。

同时，在他的同事中有位姓蓝名旭字紫阳的，赏给了他一个笑脸和两句好话——“老祁，大游行你可得多帮忙啊！”他就更非特别卖点力气不可了。他佩服蓝紫阳的程度是不减于他佩服冠晓荷的。

紫阳先生是教务主任兼国文教员，在学校中的势力几乎比校长的还大。但是，他并不以此为荣。他的最大的荣耀是他会写杂文和新诗。他喜欢被称为文艺家。他的杂文和新诗都和他的身量与模样具有同一的风格：他的身量很矮，脸很瘦，鼻子向左歪着，而右眼向右上方吊着；这样的左右开弓，他好像老要把自己的脸扯碎了似的；他的诗文也永远写得很短，像他的身量；在短短的几行中，他善用好几个“然而”与“但是”，扯乱了他的思想而使别人莫测高深，像他的眉眼。他的诗文，在寄出去以后，总是不久或好久而被人家退还，他只好降格相从的在学校的壁报上发表。在壁报上发表了以后，他恳切的嘱咐学生们，要拿它们当作模范文读。同时，他恨那些成名的作家。想起成名的作家，他的鼻子与右眼便分向左右拚命的斜去，一直到五官都离了本位，才放松了一会儿。他以为作家的成名都仗着巴结出版家与彼此互相标榜。他认为作家们偶尔的被约去讲演或报纸上宣布了到哪里旅行或参观，都是有意的给自己作宣传与登广告。他并不去读他们的著作，而只觉得有了他们的著作才削夺了他自己发表作品的机会。他自己的心眼儿是一团臭粪，所以他老用自己的味儿把别人在他的思索中熏臭。因为他的心是臭的，所以他的世界也是臭的，只有他自己——他觉得——可怜可爱而且像花一样的清香。

他已经三十二岁，还没有结婚。对于女人，他只能想到性欲。他的脸与诗文一样的不招女人喜爱，所以他因为接近不了女人而也恨女人。看见别人和女性一块走，他马上想起一些最脏最丑的情景，去写几句他自己以为最毒辣而其实是不通的诗或文，发泄他心中的怨气。他的诗文似乎是专为骂人的，而且以为他最富正义感。

他的口很臭，因为身子虚，肝火旺，而又不大喜欢刷牙。他的话更臭，无论在他所谓的文章里还是在嘴中，永远不惜血口喷人。因此，学校里的同事们都不愿招惹他，而他就变本加厉的猖狂，渐渐的成了学校中的一霸。假若有人肯一个嘴巴把他打出校门，他一定连行李也不敢回去收拾，便另找吃饭的地方去。可是，北平人与吸惯了北平的空气的人——他的同事们——是对任何人任何事都不敢伸出手去的。他们敷衍他，他就成了英雄。

蓝先生不佩服世界史中的任何圣哲与伟人，因而也就不去摹仿他们的高风亮节。当他想起一位圣哲的时候，他总先想到圣哲的大便是不是臭的。赶到想好了圣哲的大便也必然的发臭，他就像发现了一个什么真理似的去告诉给学生们，表示他是最有思想的人。对同事们，除非在嘴巴的威胁之下，他永远特立独行，说顶讨厌的话，作顶讨厌的事。他自居为“异人”。对瑞丰，他可是一向相当的客气。瑞丰是庶务。每逢他受蓝先生的委托买些私人用的东西，像毛巾与稿纸什么的，他总买来顶好的东西而不说价钱。蓝先生每次都要问价钱，而后还发一大套议论——贪污是绝对要不的！尽管是公家的一根草，我们也不能随便的拿！瑞丰笑着听取“训话”。听完了，他只说一声：“改天再说，忙什么？”于是，“改天再说”渐渐的变为“不再提起”，而蓝先生觉得瑞丰是有些道理的人，比圣哲和伟人还更可喜一点！

日本人进了城，蓝先生把“紫阳”改为“东阳”，开始向敌人或汉奸办的报纸投稿。这些报纸正缺乏稿子，而蓝先生的诗文，虽然不通，又恰好都是攻击那些逃出北平，到前线或后方找工作的作家们，所以“东阳”这个笔名几乎天天像两颗小黑痣似的在报屁股上发现。他恨那些作家，现在他可以肆意的诟骂他们了，因为他们已经都离开了北平。他是专会打死老虎的。看见自己的稿子被登出，他都细心的剪裁下来，用学校的信笺裱起，一张张的挂在墙上。他轻易不发笑，可是在看着这些裱好了的小纸块的时候，他笑得出了声。他感激日本人给了他“成名”的机会，而最使他动心的是接到了八角钱的稿费。看着那八角钱，他想象到八元，八十元，八百元！他不想再扯碎自己的脸，而用右手压着向上吊着的眼，左手搬着鼻子，往一块儿拢合，同时低呼着自己的新笔名：“东阳！东阳！以前你老受着压迫，现在你可以自己创天下了！你也可以结合一群人，领导一群人，把最高的稿费拿到自己手中了！鼻子不要再歪呀！你，鼻子，要不偏不倚的指向光明的前途哟！”

他入了新民会。

这两天，他正忙着筹备庆祝大会，并赶制宣传的文字。在他的文字里，他并不提中日的战争与国家大事，而只三言五语的讽刺他所嫉恨的作家们：“作家们，保定陷落了，你们在哪里呢？你们又在上海滩上去喝咖啡与跳舞吧？”这样的短文不十分难写，忙了一个早半天，他就能写成四五十段；冠以总题：“匕首文”。对庆祝大会的筹备，可并不这么容易。他只能把希望放在他的同事与学生们身上。他通知了全体教职员与全体学生，并且说了许多恫吓的话，可是还不十分放心。照常例，学生结队离校总是由体育教师领队。他不敢紧紧的逼迫体育教员，因为他怕把他逼急而抡起拳头来。别位教师，虽然拳头没有那么厉害，可是言语都说的不十分肯定。于是，他抓到了瑞丰。

“老祁！”他费了许多力气才把眉眼调动得有点笑意。“他们要都不去的话，咱们俩去！我作正领队——不，总司令，你作副司令！”

瑞丰的小干脸上发了光。他既爱看热闹，又喜欢这个副司令的头衔。“我一定帮忙！不过，学生们要是不听话呢？”

“那简单的很！”东阳的鼻眼又向相反的方向扯开。“谁不去，开除谁！简单的很！”

回到家中，瑞丰首先向胖太太表功：

“蓝东阳入了新民会。他找我帮忙，领着学生去游行。他总司令，我副司令！我看，只要巴结好了他，我不愁没有点好事作！”说完，他还觉得不甚满意，因为只陈述了事实，而没拿出足以光耀自己的理由来。他想了一会儿，又找补上：“他为什么不找别人，而单单的找咱们？”他等着胖太太回答。

她没搭理他。他只好自动的说出：“这都是因为咱们平日会作事！你看，每逢他托我买东西，我总给他买顶好的，而不说价钱。一条毛巾或两刀稿纸什么的，难道他自己不会去买，而必定托我去？这里就有文章！可是，咱们也会作文章！一条毛巾或两刀稿纸，咱们还能没地方去‘拿’？‘拿’来，送给他，这就叫不费之惠！我要连这个小过门都不会，还当什么庶务？”

胖太太微微的点一点头，没有特别的夸赞他。他心中不甚满意，所以找了大嫂去再说一遍，以期得到预期的称赞。

“大嫂，你等着看这个热闹吧！”

“哟！这年月还有什么热闹呀？”大嫂的一向很水灵的眼近来有点发昏，白眼珠上老有些黄暗的朦子——老太爷的不舒服，婆婆的病，丈夫的忧郁，老三的出走，家计的困难，都给她增多了关切与工作。她仍然不大清楚日本人为什么要和我们打仗，和为什么占据了北平，可是她由困难与劳累中仿佛咂摸到了这些不幸与苦痛都是日本人带给她的。她觉得受更大更多的苦难已经是命中注定的事了，她想不到还会有什么热闹可看；就是有，她也没心去看！

“顶热闹的大游行！学校里由我领队！不是吹，大嫂，我老二总算有一套！你多咱看见过庶务作领队的？”

“真的！”大嫂不晓得怎样回答好，只用这个有一百多种解释的字表示她的和蔼。

老二把嫂嫂的“真的”解释成：庶务领队真乃“出类拔萃”。于是，有枝添叶的把事情的经过与将来的希望都又说了一遍。

“你哥哥也得去吧？”韵梅从老二的叙述中听出点不大是味儿的地方来。她知道那个出好酱菜的城也是中国的，而中国人似乎不该去庆祝它的陷落。假若她没想错，她以为，瑞宣就又必很为难，因为难而也许又生她的气。她很怕丈夫生气。在结婚以前，她就由娘家人的神色与低声的嘀咕中领会到她的未婚夫不大喜欢她。虽然心中反对自由结婚，她可是不能不承认现在的世界上确乎可以“自由”一下，而未婚夫的不喜欢她，或者正因为不“自由”！她认定了自己是毫无罪过的苦命人。假若瑞宣坚持不要她，她愿意把这条苦命结束了。幸而瑞宣没坚持己见，而把她娶过来。她并不感激他，因为既是明媒正娶，她自有她的身分与地位。可是，她心中始终有点不大安逸，总觉得丈夫与她之间有那么一层薄纱，虽然不十分碍事，可是他们俩老因此而不能心贴着心的完全粘合在一处。没有别的办法，她只能用“尽责”去保障她的身分与地位——她须教公婆承认她是个能干的媳妇，教亲友承认她是很像样的祁家少奶奶，也教丈夫无法不承认她的确是个贤内助。她——即使在结婚和生儿养女以后——也不能学那些“自由”的娘们那种和男人眉来眼去的丑相。她不能把太太变为妖精，像二弟妇那样。她只能消极的不招丈夫生气，使夫妇相安无事。在思想上，言论上，和一部分行动上，瑞宣简直是她的一个永不可解的谜。她不愿费她的脑子去猜破这个谜，而只求尽到自己的责任，慢慢的教“谜”自动的说出谜底来。是的，她有时候也忍无可忍的和他吵几句嘴，不过，在事后一想，越吵嘴便相隔越远；吵嘴会使谜更难猜一些。她看清楚：不急，不气，才会使日子过得平安。

最近，丈夫更像个谜了。可是她看得很明白，这个谜已经不是以前的那个了。现在这个谜是日本人给她出的。日本人使她的丈夫整天的没个笑容，脸上湿碌碌的罩着一层忧郁的云。她可怜丈夫，而无从安慰他。她既不知道日本人都怀着什么鬼胎，又不清楚日本人的鬼胎在什么地方影响着她的丈夫。她不敢问他，可又替他憋闷的慌。她只能摆出笑脸操作一切，而不愿多说多道惹他生气。只要他不对她发脾气，她就可以安一点心，把罪恶都归在日本人身上。因此，她也盼望中日的战争早早结束了，所有在北平的日本人全滚出去，好使瑞宣仍旧作她一个人的谜，而是全家的当家人，有说有笑有生趣。

瑞宣从钱家刚回来。关于学生游行的事，他已经听到，而且打定主意不去参加。他的校长，在开学的那天没有到校，现在还请着假。瑞宣猜想：假若大游行成为事实，校长大概十之八九会辞职的。他颇想到校长家中去谈一谈，假若校长真要辞职，他自己也该赶早另找事作；他知道校长是能负责必负责，而不能因负责累及自己的气节的人。他愿和这样的人谈一谈。

他刚走到枣树那溜儿，老二便由东屋的门外迎接上来。

“大哥，你们学校里筹备得怎样了？我们那里由我领队！”

“好!”瑞宣的脸上没有丝毫的表情，这个“好”字是块更无表情的硬石子。

韵梅在厨房的门口，听到那块石子的声响。她心中跳了一下。假若她怕丈夫对她生气的话，她就更怕他和别人发脾气。她晓得丈夫在平日很会纳着气敷衍大家，使家中的暗潮不至于变为狂风大浪。现在，她不敢保险丈夫还能忍气，因为北平全城都在风浪之中，难道一只小木船还能不摇动吗?

她说了话。她宁愿话不投机，招丈夫对她发怒，也不愿看着他们兄弟之间起了口舌。“刚由钱家回来吧?钱先生怎样了?是不是能吃点什么啦?跌打损伤可非吃不可呀!”

“嗯——好点啦!”瑞宣仍旧板着脸，可是他的回答教韵梅明白，并且放心，他理解了她的用意。

他走进自己的屋中。她相当的满意自己。老二没有声音的笑了笑，笑老大的不识时务。

这时候，冠先生穿着半旧的绸袍走出门来。由他的半旧的衣服可以看出来，他要拜访的一定不是什么高贵的人。他奔了六号去。

# 二十四

在冠家的历史中，曾经有过一个时期，大赤包与尤桐芳联合起来反抗冠晓荷。六号住的文若霞，小文的太太，是促成冠家两位太太合作的“祸首”。

小文是中华民国元年元月元日降生在一座有花园亭榭的大宅子中的。在幼年时期，他的每一秒钟都是用许多金子换来的。在他的无数的玩具中，一两一个的小金锭与整块翡翠琢成的小壶都并不算怎样的稀奇。假若他早生三二十年，他一定会承袭上一等侯爵，而坐着八人大轿去见皇帝的。他有多少对美丽的家鸽，每天按着固定的时间，像一片流动的霞似的在青天上飞舞。他有多少对能用自己的长尾包到自己的头的金鱼，在年深苔厚的缸中舞动。他有多少罐儿入谱的蟋蟀，每逢竞斗一次，就须过手多少块白花花的洋钱。他有在冬天还会振翅鸣叫的，和翡翠一般绿的蝈蝈，用雕刻得极玲珑细致的小葫芦装着，揣在他的怀里；葫芦的盖子上镶着宝石。……他吃，喝，玩，笑，像一位太子那么舒适，而无须乎受太子所必须受的拘束。在吃，喝，玩，笑之外，他也常常生病；在金子里生活着有时候是不大健康的。不过，一生病，他便可以得到更多的怜爱，糟蹋更多的钱，而把病痛变成一种也颇有意思的消遣；贵人的卧病往往是比穷人的健壮更可羡慕的。他极聪明，除了因与书籍不十分接近而识字不多外，对什么游戏玩耍他都一看就成了专家。在八岁的时候，他已会唱好几出整本的老生戏，而且腔调韵味极像谭叫天的。在十岁上，他已经会弹琵琶，拉胡琴——胡琴拉得特别的好。

在满清的末几十年，旗人的生活好像除了吃汉人所供给的米，与花汉人供献的银子而外，整天整年的都消磨在生活艺术中。上自王侯，下至旗兵，他们都会唱二簧，单弦，大鼓，与时调。他们会养鱼，养鸟，养狗，种花，和斗蟋蟀。他们之中，甚至也有的写一笔顶好的字，或画点山水，或作些诗词——至不济还会诌几套相当幽默的悦耳的鼓儿词。他们的消遣变成了生活的艺术。他们没有力气保卫疆土和稳定政权，可是他们会使鸡鸟鱼虫都与文化发生了最密切的关系。他们听到了革命的枪声便全把头藏在被窝里，可是他们的生活艺术是值得写出多少部有价值与趣味的书来的。就是从我们现在还能在北平看到的一些小玩艺儿中，像鸽铃，风筝，鼻烟壶儿，蟋蟀罐子，鸟儿笼子，兔儿爷，我们若是细心的去看，就还能看出一点点旗人怎样在最细小的地方花费了最多的心血。

文侯爷不是旗人。但是，因为爵位的关系，他差不多自然而然的便承袭了旗人的那一部文化。假若他不生在民国元年，说不定他会成为穿宫过府的最漂亮的人物，而且因能拉会唱和斗鸡走狗得到最有油水的差事。不幸，他生在民国建国的第一天。他的思想——假若他也有思想——趣味，生活习惯与本领，完全属于前朝，而只把两只脚立在民国的土地上。民国的国民不再作奴隶，于是北平那些用楠木为柱，琉璃作瓦的王府，不到几年就因老米与银锭的断绝而出卖，有的改为军阀的私宅，有的改为学校，有的甚至拆毁了而把砖瓦零卖出去，换些米面。贵族的衰落多半是像雨后的鲜蘑的，今天还是庞大的东西，明天就变成一些粉末，随风而逝！

文侯爷的亭台阁榭与金鱼白鸽，在他十三四岁的时候，也随着那些王公的府邸变成了换米面的东西。他并没感到怎样的难过，而只觉得生活上有些不方便。那些值钱的东西本来不是他自己买来的，所以他并不恋恋不舍的，含着泪的，把它们卖出去。他不知道那些物件该值多少钱，也不晓得米面卖多少钱一斤；他只感到那些东西能换来米面便很好玩。经过多少次好玩，他发现了自己身边只剩下了一把胡琴。

他的太太，文若霞，是家中早就给他定下的。她的家庭没有他的那么大，也没有那么阔绰，可是也忽然的衰落，和他落在同一的情形上。他与她什么也没有了，可是在十八岁上他们俩有了个须由他们自己从一棵葱买到一张桌子的小家庭。他们为什么生在那用金子堆起来的家庭，是个谜；他们为什么忽然变成连一块瓦都没有了的人，是个梦；他们只知道他们小两口都像花一样的美，只要有个屋顶替他们遮住雨露，他们便会像一对春天的小鸟那么快活。在他们心中，他们都不晓得什么叫国事，与世界上一共有几大洲。他们没有留恋过去的伤感，也没有顾虑明天的忧惧，他们今天有了饭便把握住了今天的生活；吃完饭，他们会低声的歌唱。他们的歌唱慢慢的也能供给他们一些米面，于是他们就无忧无虑的，天造地设的，用歌唱去维持生活。他们经历了历史的极大的变动，而像婴儿那么无知无识的活着；他们的天真给他们带来最大的幸福。

小文——现在，连他自己似乎也忘了他应当被称为侯爷——在结婚之后，身体反倒好了一点，虽然还很瘦，可是并不再三天两头儿的闹病了。矮个子，小四方脸，两道很长很细的眉，一对很知道好歹的眼睛，他有个令人喜爱的清秀模样与神气。在他到票房和走堂会去的时候，他总穿起相当漂亮的衣裳，可是一点也不显着匪气。平时，他的衣服很不讲究，不但使人看不出他是侯爷，而且也看不出他是票友。无论他是打扮着，还是随便的穿着旧衣裳，他的风度是一致的：他没有骄气，也不自卑，而老是那么从容不迫的，自自然然的，眼睛平视，走着他的不紧不慢的步子。对任何人，他都很客气；同时，他可是决不轻于去巴结人。在街坊四邻遇到困难，而求他帮忙的时候，他决不摇头，而是手底下有什么便拿出什么来。因此，邻居们即使看不起他的职业，可还都相当的尊敬他的为人。

在样子上，文若霞比她的丈夫更瘦弱一点。可是，在精力上，她实在比他强着好多。她是本胡同中的林黛玉。长脸蛋，长脖儿，身量不高，而且微有一点水蛇腰，看起来，她的确有些像林黛玉。她的皮肤很细很白，眉眼也很清秀。她走道儿很慢，而且老低着头，像怕踩死一个虫儿似的。当她这么羞怯怯的低头缓步的时候，没人能相信她能登台唱戏。可是，在她登台的时候，她的眉画得很长很黑，她的眼底下染上蓝晕，在台口一扬脸便博个满堂好儿；她的眉眼本来清秀，到了台上便又添上英竦。她的长脸蛋揉上胭脂，淡淡的，极匀润的，从腮上直到眼角，像两片有光的浅粉的桃瓣。她“有”脖子。她的水蛇腰恰好能使她能伸能缩，能软能硬。她走得极稳，用轻移缓进控制着锣鼓。在必要时，她也会疾走；不是走，而是在台上飞。她能唱青衣，但是拿手的是花旦；她的嗓不很大，可是甜蜜，带着膛音儿。

论唱，论做，论扮相，她都有下海的资格。可是，她宁愿意作拿黑杵的票友，而不敢去搭班儿。

她唱，小文给她拉琴。他的胡琴没有一个花招儿，而托腔托得极严。假若内行们对若霞的唱作还有所指摘，他们可是一致的佩服他的胡琴。有他，她的不很大的嗓子就可以毫不费力的得到预期的彩声。在维持生活上，小文的收入比她的多，因为他既无须乎像她那么置备行头和头面，而且经常的有人来找他给托戏。

在他们小夫妇初迁来的时候，胡同里的青年们的头上都多加了些生发油——买不起油的也多抿上一点水。他们有事无事的都多在胡同里走两趟，希望看到“她”。她并不常出来。就是出来，她也老那么低着头，使他们无法接近。住过几个月，他们大家开始明白这小夫妇的为人，也就停止了给头发上加油。大家还感到她的秀美，可是不再怀着什么恶意了。

为她而出来次数最多的是冠晓荷。他不只在胡同里遇见过她，而且看过她的戏。假若她是住在别处，倒也罢了；既是近邻，他觉得要对她冷淡，便差不多是疏忽了自己该尽的义务。再说，论年纪，模样，技艺，她又远胜尤桐芳；他要是漠不关心她，岂不是有眼而不识货么。他知道附近的年轻人都在头发上加了油，可是他也知道只要他一往前迈步，他们就没有丝毫的希望；他的服装，气度，身分，和对妇女的经验，都应当作他们的老师。从另一方面看呢，小文夫妇虽然没有挨饿的危险，可是说不上富裕来；那么，他要是常能送过去一两双丝袜子什么的，他想他必能讨过一些便宜来的；有这么“经济”的事儿，他要是不向前进攻，也有些不大对得住自己。他决定往前伸腿。

在胡同中与大街上，他遇上若霞几次。他靠近她走，他娇声的咳嗽，他飞过去几个媚眼，都没有效果。他改了主意。拿着点简单的礼物，他直接的去拜访新街坊了。

小文夫妇住的是两间东房，外间是客厅，内间是卧室；卧室的门上挂着张很干净的白布帘子。客厅里除了一张茶几，两三个小凳之外，差不多没有什么东西。墙上的银花纸已有好几张脱落下来的。墙角上放着两三根藤子棍。这末一项东西说明了屋中为什么这样简单——便于练武把子。

小文陪着冠先生在客厅内闲扯。冠先生懂得“一点”二簧戏，将将够在交际场中用的那么一点。他决定和小文谈戏。敢在专家面前拿出自己的一知半解的人不是皇帝，便是比皇帝也许更胡涂的傻蛋。冠先生不傻。他是没皮没脸。

“你看，是高庆奎好，还是马连良好呢?”冠先生问。

小文极自然的反问：

“你看呢?”小文的态度是那么自然，使冠晓荷绝不会怀疑他是有意的不回答问题，或是故意的要考验考验客人的知识。不，没人会怀疑他。他是那么自然，天真。他是贵族。在幼年时，他有意无意的学会这种既不忙着发表意见，而还能以极天真自然的态度使人不至于因他的滑头而起反感。

冠晓荷不知道怎样回答好了。对那两位名伶，他并不知道长在哪里，短在何处。“嗯——”他微一皱眉，“恐怕还是高庆奎好一点!”唯恐说错，赶紧又补上：“一点——点!”

小文没有摇头，也没有点头。他干脆的把这一页揭过去，而另提出问题。假若他摇头，也许使冠先生心中不悦；假若点头，自己又不大甘心。所以，他硬把问题摆在当地，而去另谈别的。幼年时，他的侯府便是一个小的社会；在那里，他见过那每一条皱纹都是用博得“天颜有喜”的狡猾与聪明铸成的大人物——男的和女的。见识多了，他自然的学会几招。脸上一点没露出来，他的心中可实在没看起冠先生。

又谈了一会儿，小文见客人的眼不住的看那个白布门帘，他叫了声："若霞！冠先生来啦！"倒好像冠先生是多年的老友似的。

冠先生的眼盯在了布帘上，心中不由的突突乱跳。

很慢很慢的，若霞把帘子掀起，而后像在戏台上似的，一闪身出了场。她穿着件蓝布半大的褂子，一双白缎子鞋；脸上只淡淡的拍了一点粉。从帘内一闪出来，她的脸就正对着客人，她的眼极大方的天真的看着他。她的随便的装束教她好像比在舞台上矮小了好多，她的脸上不似在舞台上那么艳丽，可是肉皮的细润与眉眼的自然教她更年轻一些，更可爱一些。可是，她的声音好像是为她示威。一种很结实，很清楚，教无论什么人都能听明白这是一个大方的，见过世面的，好听而不好招惹的声音。这个声音给她的小长脸上忽然的增加了十岁。

"冠先生，请坐！"

冠先生还没有站好，便又坐下了。他的心里很乱。她真好看，可是他不敢多看。她的语音儿好听，可是他不愿多听——那语声不但不像在舞台上那么迷人，反而带着点令人清醒的冷气儿。

冠晓荷，在进到这小夫妇的屋里以前，以为他必受他们俩的欢迎，因为他十分相信自己的地位身分是比他们俩高得很多的。因此，他所预备下的话，差不多都属于"下行"的：他会照应他们，他们理应感激与感谢他。他万没想到他们俩的气度会是这么自自然然的不卑不亢！他有点发慌！预备好的话已经拿不出来，而临时找话说总容易显出傻气。

他扯什么，他们夫妇俩就随着扯什么。但是，无论扯什么，他们俩的言语与神气都老有个一定的限度。他们自己不越这个限度，也不容冠晓荷越过去。他最长于装疯卖傻的“急进”。想当初，他第一次约尤桐芳吃饭的时候，便假装疯魔的吻了她的嘴。今天，他施展不开这套本事。

来看小文夫妇的人相当的多。有的是来约帮忙，有的是来给若霞说戏，或来跟她学戏，有的是来和小文学琴，有的……这些人中有男有女，有老有少，他们都像是毫无用处的人，可是社会要打算成个社会，又非有他们不可。他们有一种没有用处的用处。他们似乎都晓得这一点，所以他们只在进来的时候微向冠先生一点头，表示出他们自己的尊傲。到临走的时候，他们都会说一声“再见”或“您坐着”，而并没有更亲密的表示。冠先生一直坐了四个钟头。他们说戏，练武把，或是学琴，绝对不因他在那里而感到不方便。他们既像极坦然，又像没把冠先生放在眼里。他们说唱便唱，说比画刀枪架儿便抄起墙角立着的藤子棍儿。他们在学本事或吊嗓子之外，也有说有笑。他们所说的事情与人物，十之八九是冠先生不知道的。他们另有个社会。他们口中也带着脏字，可是这些字用得都恰当，因恰当而健康。他们的行动并没有像冠先生所想象的那么卑贱，随便，与乱七八糟！

他觉得大家对他太冷淡。他几次想告辞而又不忍得走。又坐了会儿，他想明白：大家并没冷淡他，而是他自视太高，以为大家应当分外的向他献殷勤；那么，大家一不“分外”的表示亲热，自然就显着冷淡了。他看明白这一点，也就决定不仅呆呆的坐在那里，而要参加他们的活动。在一个适当的机会，他向小文说，他也会哼哼两句二簧。他的意思是教小文给他拉琴。小文又没点头，也没摇头，而把冠先生的请求搁在了一旁。冠先生虽然没皮没脸，也不能不觉得发僵。他又想告辞。

正在这时候，因为屋里人太多了，小文把白布帘折卷起来。冠晓荷的眼花了一下。

里间的顶棚与墙壁是新糊的四白落地，像洞房似的那么干净温暖。床是钢丝的。不多的几件木器都是红木的。墙上挂着四五个名伶监制的泥花脸，一张谭叫天的戏装照片，和一张相当值钱的山水画。在小文夫妇到须睡木板与草垫子的时候，他们并不因没有钢丝床而啼哭。可是，一旦手中有了钱，他们认识什么是舒服的，文雅的；他们自幼就认识钢丝床，红木桌椅，与名贵的字画。

冠晓荷看楞了。这间卧室比他自己的既更阔气，又文雅。最初，他立在屋门口往里看。过了一会儿，假装为细看那张山水画，而在屋中巡阅了一遭。巡阅完，他坐在了床沿上，细看枕头上的绣花。他又坐了一个钟头。在这最后的六十分钟里，他有了新的发现。他以为文若霞必定兼营副业，否则怎能置备得起这样的桌椅摆设呢？他决定要在这张床上躺那么几次！

第二天，他很早的就来报到。小文夫妇没有热烈的欢迎他，也没有故意的冷淡他，还是那么不即不离的，和昨天差不多。到快吃饭的时候，他约他们去吃个小馆，他们恰巧因有堂会不能相陪。

第三天，冠先生来的更早。小文夫妇还是那样不卑不亢的对待他。他不能否认事情并没什么发展，可是正因为如此，他才更不能放松一步。在这里，即使大家都没话可说，相对着发楞，他也感到舒服。

在这三五天之内，大赤包已经与尤桐芳联了盟。大赤包的娘家很有钱。在当初，假若不是她家中的银钱时常在冠晓荷的心中一闪一闪的发光，他绝不会跟她结婚；在结婚之前，她的脸上就有那么多的雀斑。结婚之后，大赤包很爱冠晓荷——他的确是个可爱的风流少年。同时，她也很害怕，她感觉到他并没把风流不折不扣的都拿了出来给她——假若他是给另一个妇人保存着可怎么好呢！因此，她的耳目给冠晓荷撒下了天罗地网。在他老老实实的随在她身后的时候，她知道怎样怜爱他，打扮他，服侍他，好像一个老姐姐心疼小弟弟那样。赶到她看出来，或是猜想到，他有冲出天罗地网的企图，她会毫不留情的管教他，像继母打儿子那么下狠手。

可惜，她始终没给冠家生个男娃娃。无论她怎样厉害，她没法子很响亮的告诉世界上：没有儿子是应当的呀！所有的妇科医院，她都去访问过；所有的司管生娃娃的神仙，她都去烧过香；可是她拦不住冠晓荷要娶小——他的宗旨非常的光明正大，为生儿子接续香烟！她翻滚的闹，整桶的流泪，一会儿声言自杀，一会儿又过来哀求……把方法用尽，她并没能拦住他娶了尤桐芳。

在作这件事上，冠晓荷表现了相当的胆气与聪明。三天的工夫，他把一切都办好；给朋友们摆上了酒席，他告诉他们他是为要儿子而娶姨太太。他在南城租了一间小北屋，作为第二洞房。

大赤包在洞房中人还未睡熟，便带领着人马来偷营劫寨。洞房里没有多少东西，但所有的那一点，都被打得粉碎。她给尤桐芳个下马威。然后，她雇了辆汽车，把桐芳与晓荷押解回家。她没法否认桐芳的存在，但是她须教桐芳在她的眼皮底下作小老婆。假若可能，她会把小老婆折磨死！

幸而桐芳建稳了阵地，对大赤包的每一进攻都予以有力的还击。这样，大赤包与尤桐芳虽然有机会就吵，可是暗中彼此伸了大指，而桐芳的生命与生活都相当的有了保障。

冠晓荷天天往文家跑，使大赤包与尤桐芳两位仇敌变成了盟友。大赤包决定不容丈夫再弄一个野娘们来。桐芳呢，既没能给晓荷生儿子，而年岁又一天比一天大起来；假若晓荷真的再来一份儿外家，她的前途便十分暗淡了。她们俩联了盟。桐芳决定不出一声，而请大赤包作全权代表。

大赤包一张口就说到了家：

“晓荷！请你不要再到六号去！你要非去不可呢，我和桐芳已商量好，会打折你的腿。把你打残废了，我们俩情愿养活着你，伺候着你！”

晓荷想辩驳几句，说他到文家去不过是为学几句戏，并无他意。

大赤包不准他开口。

“现在，你的腿还好好的，愿意去，只管去！不过，去过以后，你的腿……我说到哪里，作到哪里！”她的语声相当的低细，可是脸煞白煞白的，十足的表明出可以马上去杀人的决心与胆气。

晓荷本想斗一斗她，可是几次要抬腿出去，都想到太太的满脸煞气，而把腿收回来。

桐芳拜访了若霞一次。她想：她自己的，与文若霞的，身分，可以说是不分上下。那么，她就可以利用这个职业相同的关系——一个唱鼓书的与一个女票友——说几句坦白而发生作用的话。

桐芳相当痛苦的把话都说了。若霞没有什么表示，而只淡淡的说了句：“他来，我没法撵出他去；他不来，我永远不会下帖请他去。”说完，她很可爱的笑了一小声。

桐芳不甚满意若霞的回答。她原想，若霞会痛痛快快的一口答应下不准冠晓荷再进来的。若霞既没这样的坚决的表示，桐芳反倒以为若霞真和晓荷有点感情了。她没敢登时对若霞发作，可是回到家中，她决定与大赤包轮流在大门洞内站岗，监视晓荷的出入。

晓荷没法逃出监视哨的眼睛。他只好留神打听若霞在何时何地清唱或彩唱，好去捧场，并且希望能到后台去看她，约她吃回饭什么的。他看到了她的戏，可是她并没从戏台上向他递个眼神。他到后台约她，也不知道怎么一转动，她已不见了！

不久，这点只为“心到神知”的秘密工作，又被大赤包们看破。于是，冠先生刚刚的在戏院中坐下，两位太太也紧跟着坐下；冠先生刚刚拚着命喊了一声好，欢迎若霞出场，不知道他的两只耳朵怎么就一齐被揪住，也说不清是谁把他脚不擦地的掩出戏院外。胡里胡涂的走了好几十步，他才看清，他是作了两位太太的俘虏。

从这以后，晓荷虽然还不死心，可是表面上服从了太太的话，连向六号看一看都不敢了。

在日本兵入了城以后，他很“关切”小文夫妇。不错，小文夫妇屋中摆着的是红木桌椅，可是戏园与清唱的地方都关起门来，而又绝对不会有堂会，他们大概就得马上挨饿！他很想给他们送过一点米或几块钱去。可是，偷偷的去吧，必惹起口舌；向太太说明吧，她一定不会相信他还能有什么“好”意。他越关切文家，就越可怜自己在家庭中竟自这样失去信用与尊严！

现在，他注意到了新民会，也打听明白庆祝保定陷落的大游行是由新民会主持，和新民会已去发动各行各会参加游行。所谓各会者，就是民众团体的，到金顶妙峰山或南顶娘娘庙等香火大会去朝香献技的开路，狮子，五虎棍，耍花坛，杠箱官儿①，秧歌等等

①杠箱官儿，清末民国初年，一种民间的文娱节目。一个扮演官员的人坐在箱子上，前后有人扛着，旁边还有“官员”边走边耍。

单位。近些年来，因民生的凋敝，迷信的破除，与娱乐习尚的改变，这些“会”好像已要在北京城内绝迹了。在抗战前的四五年中，这些几乎被忘掉的民间技艺才又被军队发现而重新习练起来——它们表演的地方可不必再是香火大会，表演的目的也往往由敬神而改为竞技。许多老人们看见这些档子玩艺儿，就想起太平年月的光景而不住的感叹。许多浮浅的青年以为这又是一个复古的现象，开始诅咒它们。

新民会想起它们来，一来因为这种会都是各行业组织起来的；那么，有了它们就差不多是有了民意；二来因为这不是田径赛或搏击那些西洋玩艺，而是地道的中国东西，必能取悦于想以中国办法灭亡中国的日本人。

冠晓荷这次的到六号去是取得了太太的同意的。他是去找棚匠刘师傅。耍太狮少狮是棚匠们的业余的技艺。当几档子“会”在一路走的时候，遇见桥梁，太狮少狮便须表演“吸水”等极危险，最见功夫的玩艺。只有登梯爬高惯了的棚匠，才能练狮子。刘师傅是耍狮子的名手。

冠晓荷不是替别人来约刘师傅去献技，而是打算由他自己“送给”新民会一两档儿玩艺。不管新民会发动得怎样，只要他能送上一两组人去，就必能引起会中对他的注意。他已和一位新闻记者接洽好，替他作点宣传。

刚到六号的门外，他的心已有点发跳。进到院中，他愿像一枝火箭似的射入东屋去。可是，他用力刹住心里的闸，而把脚走向北小屋去。

“刘师傅在家?”他轻轻的问了声。

刘师傅的身量并不高，可是因为浑身到处都有力气，所以显着个子很大似的。他已快四十岁，脸上可还没有什么皱纹。脸色相当的黑，所以白眼珠与一口很整齐的牙就显着特别的白。有一口白而发光的牙的人，像刘师傅，最容易显出精神，健壮来。圆脸，没有什么肉，处处都有棱有角的发着光。

听见屋外有人叫，他像一条豹子那么矫健轻快的迎出来。他已预备好了一点笑容，脸上的棱角和光亮都因此而软化了一些。及至看清楚，门外站着的是冠晓荷，他的那点笑容突然收回去，脸上立刻显着很黑很硬了。

“呕，冠先生！”他在阶下挡住客人，表示出有话当面讲来，不必到屋中去。他的屋子确是很窄憋，不好招待贵客，但是假若客人不是冠晓荷，他也决不会逃避让座献茶的义务的。

冠先生没有接受刘师傅的暗示，大模大样的想往屋里走。对比他地位高的人，他把人家的屁也看成暗示；对比他低下的人，暗示便等于屁。

“有事吗？冠先生！”刘师傅还用身子挡着客人。“要是——我们茶馆坐坐去好不好？屋里太不像样儿！”他觉得冠先生不会还听不出他的意思来，而闪开了一点身子——老挡着客人像什么话呢。

冠先生似乎根本没听见刘师傅的话。“无聊”，假若详细一点来解释，便是既不怕白费了自己的精神，又不怕讨别人的厌。冠先生一生的特长便是无聊。见刘师傅闪开了点，他伸手去拉门。刘师傅的脸沉下来了。“我说，冠先生，屋里不大方便，有什么话咱们在这里说！”

见刘师傅的神气不对了，冠先生才想起来：他今天是来约请人家帮忙的，似乎不该太不客气了。他笑了一下，表示并不恼刘师傅的没有礼貌。然后，很甜蜜的叫了声“刘师傅”，音调颇像戏台上小旦的。“我求你帮点忙！”

“说吧，冠先生！”

“不！”晓荷作了个媚眼。“不！你得先答应我！”

“你不告诉我明白了，我不能点头！”刘师傅说得很坚决。

“不过，一说起来，话就很长，咱们又没个地方——”晓荷看了四围一眼，觉得此地实在不是讲话的所在。

“没关系！我们粗卤人办事，三言两语，脆快了当，并不挑地方！”刘师傅的白牙一闪一闪的说，脸上很难看。

“刘师傅，你知道，”冠先生又向四外看了一眼，把声音放得很低，“保定……不是要大游行吗？”

“呕！”刘师傅忽然笑了，笑得很不好看。“你是来约我耍狮子去？”

“小点声！”冠先生开始有点急切。“你怎么猜着的？”

“他们已经来约过我啦！”

“谁？”

“什么民会呀！”

“呕！”

“我告诉了他们，我不能给日本人耍！我的老家在保定，祖坟在保定！我不能庆祝保定陷落！”

冠晓荷楞了一小会儿，忽然的一媚笑：“刘师傅，你不帮忙他们，可否给我个脸呢？咱们是老朋友了！”说罢，他皱上点眉看着刘师傅，以便增补上一些感动力。

“就是我爸爸来叫我，我也不能去给日本人耍狮子！”说完，刘师傅拉开屋门，很高傲，威严的走进去。

冠先生的气不打一处来！他恨不能追进屋去，把刘棚匠饱打一顿！可是，他不敢发作；论力气，刘师傅能打他这样的四五个人；论道理，尽管他恨刘师傅，可是他不能派给合适的罪名。他呆呆的立在那里，非常的僵得慌！

小文从外面走来，非常的安详，自然。

冠先生急中生智，忙向刘师傅的屋门推了两下子，“不送！不送！”他的声音带出那么多的诚恳与着急，刘师傅似乎非服从不可了。

小文看见了冠先生的动作，仿佛也听见了刘师傅在屋里说：“那么，就真不送了！”他的小四方脸上泛起一层笑意，准备和冠先生搭话。

“文先生！干吗去啦？”冠先生亲热的打招呼。小文大大方方的一笑，把左手抬了起来，教冠先生看：“刚由当铺回来！”

冠先生看清他的手里攥着一张当票儿。他想顺着这张当票子说出他对文宅的关切与愿意帮忙。可是，小文的神气既不以当当为耻，也似乎没感到生活有什么可怕的压迫。他把当票子给冠先生看，似乎完全出于天真好玩，而一点也没有向他求怜的意思。看着小文，冠先生一时不能决定怎样张嘴好。他微一楞住，小文可就不知怎的笑了笑，点了头，躲开了。他第二次独自立在了院中。

他的气更大了！他本想搭讪着和小文一同走进东屋，看看若霞——能多亲近她一次，就是回家多挨几句骂也值得！小文这样的溜开，教他不好意思迈大步赶上前去——人的行动和在舞台上的差不多，丢了一板，便全盘错乱了。

他低着头往外走。

看！谁在大槐树下立着呢？祁瑞丰！

冠先生的眼刚刚看清瑞丰的小干脸，他的心就像哨的响了一声似的那么痛快，高兴。在这张小干脸上，他看到了一点他自己；像小儿看见亲娘似的，他扑了过来。

瑞丰看着小妞子玩耍呢——他自己还没有儿女，所以对侄男侄女倒确乎很爱护。在小顺儿与妞子之间，他又特别的喜爱妞子；一个男孩子不知怎的就容易惹起什么“后代香烟”之感，而难免有点嫉妒；女孩子似乎就没有这点作用。为将要有领队游行的荣耀，他今天特别的高兴，所以把妞子带到门外来玩耍；假若遇到卖糖果的，他已决定要给妞子五分钱，教她自己挑选几块糖。

没有等冠先生问，他把蓝东阳与游行等等都一五一十的说了。他非常的得意，说话的时候直往起欠脚，好像表示自己的身量和身分都高起一块似的。

冠先生有点嫉妒。一个像针尖那么小的心眼，要是连嫉妒也不会了，便也就不会跳动了。可是，他不便表示出他的妒意。他勉强的笑，笑得很用力，而没有多少笑意。他拉住了瑞丰的手：

“我能不能见见这位蓝东阳先生呢？呕，干脆我请他来吃晚饭好不好？你夫妇作陪！”

瑞丰的心开开一朵很大的花。请吃饭便是他的真，善，美！可是，他不敢替东阳先生答应什么。论实际的情形，他不能替东阳作主；论作戏，他也须思索一下，好显出自己的重要。

“一定这么办了！”冠先生不许瑞丰再迟疑。“你劳驾跑一趟吧，我马上就去备一份儿帖子！好在，就是他今天不能来，你和他商定一个时间好啦！”

瑞丰受了感动。他也想由心的最深处掏出一点什么来，还敬给冠先生。想了一会儿，他心里冒出来一串“呕！呕！呕！”他想起来了：

“冠先生！东阳先生还没结过婚！你不是嘱托过我，给大小姐留点心？”

“是呀！那就更好啦！他是学——”

“文学的！手底下很硬！啊——硬得很！”

“好极了！高第看过好多本小说！我想，她既喜爱文学，就必也喜爱文学家！这件事么——好得很！”

大槐树下两张最快活的脸，在一块儿笑了好几分钟，而后依依不舍的分开——一个进了三号，一个进到五号。

# 二十五

北平，那刚一降生似乎就已衰老，而在灭亡的时候反倒显着更漂亮的北平，那因为事事都有些特色，而什么事也显不出奇特的北平，又看见一桩奇事。

北平人，正像别处的中国人，只会吵闹，而不懂得什么叫严肃。

北平人，不论是看着王公大人的，行列有两三里长的，执事乐器有几百件的，大殡，还是看着一把纸钱，四个杠夫的简单的出丧，他们只会看热闹，而不会哀悼。

北平人，不论是看着一个绿脸的大王打跑一个白脸的大王，还是八国联军把皇帝赶出去，都只会咪嘻咪嘻的假笑，而不会落真的眼泪。

今天，北平可是——也许是第一次吧——看见了严肃的，悲哀的，含泪的，大游行。

新民会的势力还小，办事的人也还不多，他们没能发动北平的各界都来参加。参加游行的几乎都是学生。

学生，不管他们学了什么，不管他们怎样会服从，不管他们怎么幼稚，年轻，他们知道个前人所不知道的“国家”。低着头，含着泪，把小的纸旗倒提着，他们排着队，像送父母的丧似的，由各处向天安门进行。假若日本人也有点幽默感，他们必会咂摸出一点讽刺的味道，而申斥新民会——为什么单教学生们来作无声的庆祝呢？

瑞宣接到学校的通知，细细的看过，细细的撕碎，他准备辞职。

瑞丰没等大哥起来，便已梳洗完毕，走出家门。一方面，他愿早早的到学校里，好多帮蓝东阳的忙；另一方面，他似乎也有点故意躲避着大哥的意思。

他极大胆的穿上了一套中山装！自从日本人一进城，中山装便与三民主义被大家藏起去，正像革命军在武汉胜利的时候，北平人——包括一些旗人在内——便迎时当令的把发辫卷藏在帽子里那样。瑞丰是最识时务的人。他不但把他的那套藏青哔叽的中山装脱下来，而且藏在箱子的最深处。可是，今天他须领队。他怎想怎不合适，假若穿着大衫去的话。他冒着汗从箱子底上把那套中山装找出来，大胆的穿上。他想：领队的必须穿短装，恐怕连日本人也能看清他之穿中山装是只为了“装”，而绝对与革命无关。假若日本人能这样原谅了中山装，他便是中山装的功臣，而又有一片牛好向朋友们吹了。

穿着中山装，他走到了葫芦肚的那片空地。他开始喊嗓子：立——正，齐步——走……他不知道今天是否由他喊口令，可是有备无患，他须喊一喊试试。他的嗓音很尖很干，连他自己都觉得不甚好听。可是他并不灰心，还用力的喊叫；只要努力，没有不成的事，他对自己说。

到了学校，东阳先生还没起来。

学生也还没有一个。

瑞丰，在这所几乎是空的学校里，感到有点不大得劲儿。他爱热闹，可是这里极安静；他要表演表演他的口令，露一露中山装，可是等了半天，还不见一个人。他开始怀疑自己的举动——答应领队，和穿中山装——是否聪明？直到此刻，他才想到，这是为日本人办事，而日本人，据说，是不大好伺候的。哼，带着学生去见日本人！学生若是一群小猴，日本人至少也是老虎呀！这样一想，他开始害了怕；他打算乘蓝东阳还没有起来，就赶紧回家，脱了中山装，还藏在箱子底儿上。不知怎的，他今天忽然这样怕起日本人来；好像是直觉的，他感到日本人是最可怕的，最不讲情理的，又像人，又像走兽的东西。他永远不和现实为敌。亡国就是亡国，他须在亡了国的时候设法去吃，喝，玩，与看热闹。自从日本人一进城，他便承认了日本是征服者。他觉得只要一这样的承认，他便可以和日本人和和气气的住在一处——凭他的聪明，他或者还能占日本人一点小便宜呢！奇怪，今天他忽然怕起日本人来。假若不幸（他闭上眼乱想），在学生都到了天安门的时候，而日本人开了机关枪呢？像一滴冰水落在脊背上那样，他颤抖了一下。他，为了吃喝玩乐，真愿投降给日本人；可是，连他也忽然的怕起来。

学生，慢慢的，三三两两的来到。瑞丰开始放弃了胡思乱想；只要有人在他眼前转动，他便能因不寂寞而感到安全。

在平日，他不大和学生们亲近。他是职员，他知道学生对职员不像对教员那么恭敬，所以他以为和学生们隔离得远一些也许更能维持自己的尊严。今天，他可是决定和学生们打招呼。

学生们对他都很冷淡。起初，他还以为这是平日与他们少联络的关系；及至学生差不多都来齐，而每个人脸上都是那么忧郁，不快活，他才又感到点不安。他还是没想到学生是为庆祝保定陷落而羞愧，沉默；他又想起那个“万一学生都到了天安门，而日本人开了机关枪呢?”他感到事情有些不妙。大家不笑不闹，他便觉得要有什么祸事发生。

他找了蓝先生去。蓝先生刚醒，而还没有起床的决心；闭着眼，享受着第一支香烟。看到了烟，瑞丰才敢问：“醒啦？蓝先生！”

蓝先生最讨厌人家扰他的早睡和早上吸第一支烟时的小盹儿。他没出声，虽然听清楚了瑞丰的话。

瑞丰又试着说了声：“学生们都到得差不多了。”

蓝东阳发了怒：“到齐了就走吧，紧着吵我干吗呢?”

“校长没来，先生只来了一位，怎能走呢?”

“不走就不走!”蓝先生狠命的吸了一口烟，把烟头摔在地上，把脑袋又钻到被子里面去。

瑞丰愣在了那里，倒好像发愣有什么作用似的。虽然他无聊，无知，他却没有完全丢掉北平人的爱面子。虽然巴结蓝先生是关系着他的前途，他可是不能忍受这样的没礼貌。他愿意作真奴隶，而被呼为先生；虚伪是文化的必要的粉饰！他想放手不管游行这回事了，他的脸面不能就这么随便的丢掉！可是，他又不愿就这么干巴巴的和蓝先生断绝了关系；一个北平人是不妨为维持脸面而丢一点脸面的。他想，他应当平心静气的等蓝先生完全醒清楚了再说。假如蓝先生在完全清醒了之后，而改变了态度，事情就该从新另想一番了。

正在瑞丰这么迟疑不决的当儿，蓝先生的头又从那张永远没有拆洗过的被子里钻了出来。为赶走困倦，他那一向会扯动的鼻眼像都长了腿儿似的，在满脸上乱跑，看着很可笑，又很可怕。鼻眼扯动了一大阵，他忽然的下了床。他用不着穿袜子什么的，因为都穿着呢；他的睡衣也就是“醒衣”。他的服装，白天与夜间的不同只在大衫与被子上；白天不盖被，夜间不穿大衫，其余的都昼夜不分。

下了床，他披上了长袍，又点上一支烟。香烟点好，他感觉得生活恰好与昨晚就寝时联结到一块——吸着烟就寝，吸着烟起床，中间并无空隙，所以用不着刷牙漱口洗脸等等麻烦。

没有和瑞丰作任何的商议，蓝先生发了话：“集合！”

“这么早就出发吗？”瑞丰问。

“早一点晚一点有什么关系呢！有诗感的那一秒钟便是永生，没有诗的世纪等于零！”东阳得意的背诵着由杂志上拾来的话。

“点名不点？”

“当然点名！我好惩办那偷懒不来的！”

“要打校旗？”

“当然！”

“谁喊口令？”

“当然是你了！你想起什么，作就是了！不必一一的问！”东阳的脾气，在吃早点以前，是特别坏的。

“不等一等校长？”

“等他干吗？”东阳右眼的黑眼珠猛的向上一吊，吓了瑞丰一跳。“他来，这件事也得由我主持！我，在，新，民，会，里！”这末几个字是一个一个由他口中像小豆子似的蹦出来的，每蹦出一个字，他的右手大指便在自己的胸上戳一下。他时常作出这个样子，而且喜欢这个样子，他管这叫作“斗争的姿态”。

瑞丰有点摸不清头脑了，心中很不安。不错，他的确是喜欢热闹，爱多事，可是他不愿独当一面的去负责任，他的胆子并不大。立在那里，他希望蓝先生同他一道到操场去集合学生。他不敢独自去。可是，蓝先生仿佛把事情一总全交给了瑞丰；对着唇间的烟屁股，他又点着了一支烟；深深的吸了一口，他把自己摔倒在床上，闭上了眼。

瑞丰虽然不大敢独自去集合学生，可也不敢紧自麻烦蓝先生。看蓝先生闭上了眼，他觉得只好乖乖的走出去，不便再说什么。事实上，蓝东阳的成功，就是因为有像瑞丰这样的人甘心给他垫腰。蓝先生并没有什么才气——不论是文学的，还是办事的。在他没有主意的时候，他会发脾气，而瑞丰这样的人偏偏会把这样的发脾气解释成有本事的人都脾气不好。在他的几年社会经验中，蓝先生没有学会了别的，而只学到：对地位高的人要拚命谄媚——无论怎样不喜欢捧的人也到底是喜欢捧！对地位相同和地位低的人要尽量的发脾气，无理取闹的发脾气。地位相同的人，假若因不惹闲气而躲避着他，他便在精神上取得了上风。对比他地位低的人，就更用不着说，他的脾气会使他的地位特别的凸出，倒好像他天生的应当是太子或皇帝似的。

瑞丰把校旗和点名簿都找出来。几次，他想拿着点名册子到操场去；几次，他又把它们放下。事前，他绝对没有想到领队出去会是这么困难。现在，他忽然的感觉到好多好多足以使他脊骨上发凉的事——假若他拿着校旗到操场去而被学生打骂一顿呢！假若到了天安门而日本人开了机关枪呢！他的小干脑袋上出了汗。

他又找了蓝先生去。话是很难编造得精巧周到的，特别是在头上出着汗的时候。可是他不能不把话说出来了，即使话中有揭露自己的软弱的地方。

蓝先生听到瑞丰不肯独自到操场去的话，又发了一阵脾气。他自己也不愿意去，所以想用脾气强迫着瑞丰独自把事办了。等瑞丰真的把学生领走，他想，他再偷偷的随在队伍后边，有事呢就溜开，没事呢就跟着。到了天安门，也还是这样，天下太平呢，他便带出大会干事的绸条，去规规矩矩的向台上的日本人鞠躬；见风头不顺呢，他便轻手蹑脚的躲开。假若诗歌是狡猾卑鄙的结晶，蓝东阳便真可以算作一个大诗人了。

瑞丰很坚决，无论如何也不独自去集合，领队。他的胆子小，不敢和蓝先生发脾气。但是，为了自己的安全，他不惜拿出近乎发气的样子来。

结果，在打了集合的铃以后，蓝先生拿着点名册，瑞丰拿着校旗，又找上已经来到的那一位先生，一同到操场去。两位工友抱着各色的小纸旗，跟在后面。

瑞丰的中山装好像有好几十斤重似的，他觉得非常的压得慌。一进操场，他预料学生们必定哈哈的笑他；即使不笑出声来，他们也必会偷偷的唧唧咕咕。

出他意料之外，学生三三两两的在操场的各处立着，几乎都低着头，没有任何的声响。他们好像都害着什么病。瑞丰找不出别的原因，只好抬头看了看天；阴天会使人没有精神。可是，天上的蓝色像宝石似的发着光，连一缕白云都看不到。他更慌了，不晓得学生们憋着什么坏胎，他赶快把校旗——还卷着呢——斜倚在墙根上。

见瑞丰们进来，学生开始往一处集拢，排成了两行。大家还都低着头，一声不出。

蓝先生，本来嘴唇有点发颤，见学生这样老实，马上放宽了点心，也就马上想拿出点威风来。这位诗人的眼是一向只看表面，而根本连想也没想到过人的躯壳里还有一颗心的。今天，看到学生都一声不出，他以为是大家全怕他呢。腋下夹着那几本点名册子，向左歪着脸，好教向上吊着的那只眼能对准了大家，他发着威说："用不着点名，谁没来我都知道！一定开除！日本友军在城里，你们要是不和友军合作，就是自讨无趣！友军能够对你们很客气，也能够十分的严厉！你们要看清楚！为不参加游行而被开除的，我必报告给日本方面，日本方面就必再通知北平所有的学校，永远不收容他。这还不算，日本方面还要把他看成乱党，不一定什么时候就抓到监牢里去！听明白没有？"蓝先生的眼角糊着一滩黄的膏子，所以不住的眨眼；此刻，他一面等着学生回答，一面把黄糊子用手指挖下来，抹在袍襟上。

学生还没出声。沉默有时候就是抵抗。

蓝先生一点没感到难堪，回头嘱咐两位工友把各色的小旗分给每个学生一面。无语的，不得已的，大家把小旗接过去。旗子散完，蓝先生告诉瑞丰："出发！"

瑞丰跑了两步，把校旗拿过来，打开。那是一面长方的，比天上的蓝色稍深一点的蓝绸旗。没有镶边，没有缀穗，这是面素净而大方的旗子；正当中有一行用白缎子剪刻的字。

校旗展开，学生都自动的立正，把头抬起来。大家好像是表示：教我们去就够了，似乎不必再教代表着全校的旗帜去受污辱吧！这点没有明说出来的意思马上表面化了——瑞丰把旗子交给排头，排头没有摇头，也没有出声，而只坚决的不肯接受。这是个十五岁而发育得很高很大的，重眉毛胖脸的，诚实得有点傻气的，学生。他的眼角窝着一颗很大的泪，腮上涨得通红，很困难的呼吸着，双手用力的往下垂。他的全身都表示出：假若有人强迫他拿那杆蓝旗，他会拚命！

瑞丰看出来胖学生的不好惹，赶紧把旗子向胖子背后的人递，也同样的遇到拒绝。瑞丰僵在了那里，心中有点气而不敢发作。好像有一股电流似的一直通到排尾，极快的大家都知道了两个排头的举动。照旧的不出声，大家一致的把脸板起来，表示谁也不肯接受校旗。瑞丰的小眼珠由排头溜到排尾，看出来在那些死板板的脸孔下都藏着一股怒气；假若有人不识时务的去戳弄，那股怒气会像炸弹似的炸开，把他与蓝东阳都炸得粉碎。他木在那里。那面校旗像有毒似的他不愿意拿着，而别人也不愿意接过去。

蓝先生偏着点脸，也看清自己在此刻万不可以发威。他告诉一位工友："你去打旗！两块钱的酒钱！"

这是个已快五十岁的工友。在这里，他已一气服务过十五年。在职务上，他不过是工友。在维持学校的风纪上，他的功劳实在不亚于一位尽心的训导员。以他服务多年的资格，他对教员与学生往往敢说出使他们愧悔的忠言。他的忠告，有时候足以调解了两三个人的纠纷，有时候甚至于把一场风潮从暗中扑灭。大家都敬爱他，他也爱这个学校——校长，教员，学生，都年年有变动，只有他老在这里。

今天，论年纪，资格，都不该叫老姚——那位老工友——打旗，跑那么远的路。老姚心里对庆祝保定陷落也和学生们一样的难过。听蓝先生派他，他楞了一会儿。他不愿意去。可是，他看出来，教员已经和学生为校旗而僵持着，假若他也拒绝打旗，就也许激起一些不快的事儿来。叹了口气，他过去把旗子接到手中，低着头立在队伍的前面。

现在该瑞丰喊口令了。他向后退着跑了几步，自己觉得这几步跑得很有个样子。跑到适当的距离，他立住，双脚并齐，从丹田上使力，喊出个很尖很刺耳的“立”字来。他的头扬起来，脖筋都涨起多高，支持着“立”字的拉长；而后，脚踵离开了地，眼睛很快的闭上，想喊出个很脆很有力的“正”字来。力量确是用了，可是不知怎的“正”字竟会像哑巴爆竹，没有响。他的小干脸和脖子都红起来。他知道学生们一定会笑出声儿来。他等着他们发笑，没有旁的办法。奇怪，他们不但没有笑声，连笑意也没有。他干嗽了两下，想敷衍了事的喊个向右转和齐步走，好教自己下台。可是他的嗓音仿佛完全丢失了。他张了张嘴，而没有声音出来。

老姚对立正，齐步走，这一套是颇熟习的。看见瑞丰张嘴，他就向右转，打起旗来，慢慢的走。

学生们跟着老姚慢慢的走，走出操场，走出校门，走出巷口。他们的头越来越低，手中的小纸旗紧紧的贴着裤子。他们不敢出一声，也不敢正眼的看街上的人。他们今天是正式的去在日本人面前承认自己是亡国奴！

北平特有的秋晴里走着一队队的男女学生——以他们的小小的，天真的心，去收容历史上未曾有过的耻辱！他们没法子抵抗。他们在不久之前都听过敌人的炮声与炸弹声，都看见过敌人的坦克车队在大街上示威，他们知道他们的父兄师长都不打算抵抗。他们只能低着头为敌人去游行。他们的手中的小旗上写着“大日本万岁！”

这最大的耻辱使甚至于还不过十岁的小孩也晓得了沉默，他们的口都被耻辱给封严。汽车上，电车上，人力车上，人家与铺户的门前，都悬着旗，结着彩，可是北平像死了似的那么静寂。一队队的低头不语的小学生走过，这默默的队伍使整条条的街都登时闭住了气。在往日，北平的街上有两条狗打架，也会招来多少人围着看；或者还有人喊几声好。今天，行人都低着头。铺户里外没有看热闹的。学生的队伍前面没有喇叭与铜鼓，领队的人既不喊一二一，也不吹着哨子，使大家的脚步齐一。大家只是那么默默的，丧胆游魂的，慢慢的走。排在队伍中的不敢往左右看，路上的行人也不敢向队伍看。他们都晓得今天不是什么游行，而是大家头一次公开的与敌人见面，公开的承认敌人是北平的主人！路上的人都晓得：往日的学生游行多半是向恶势力表示反抗；他们有时候赞同学生的意见，也有时候不十分满意学生的举动；但是不管怎样，他们知道学生是新的国民，表现着新的力量；学生敢反抗，敢闹事。今天，学生们却是到天安门去投降，而他们自己便是学生们的父兄！

瑞丰本是为凑热闹来的，他万没想到街上会这么寂寞。才走了一里多路，他就感觉到了疲乏；这不是游行，而是送殡呢！不，比送殡还更无聊，难堪！虽然他的脑子相当的迟钝，可是看看街上，再看看学生，他也没法否认事情大概有点不对！队伍刚一走入大街的时候，他还跳前跳后，像看羊群的犬似的，表示自己的确有领队的能力与热心。为挽救适才在操场中没有把口号喊好的丢脸，他一边跳前跳后，还一边点动着小干脑袋，喊起一二一，好教大家把脚步放齐，振作振作精神。可是，他白费了力。大家的脚抬不起来。慢慢的，他停止了喊一二一；慢慢的，他也停止了跳前跳后，而只在队伍的中溜儿老老实实的走；慢慢的，他也低下头去。他不晓得为什么自己会这样了。他爱热闹，他一向不懂得什么叫作严肃。可是，今天北平的街上与北平的学生使他第一次低下头去，感觉到他应该一声不出。他很后悔参加这次的游行。他偷眼向前后找蓝东阳，已然不见了。他的心中有点发慌。虽然阳光是那么晴美，街上到处都悬旗结彩，可是他忽然觉得怪可怕！他不知道天安门安排着什么险恶的埋伏，他只觉得北平的天，北平的地，与北平的人，今天都有点可怕。他没有多少国家观念，可是，现在他似乎感到了一点不合适——亡了国的不合适！

迷迷糊糊的走到东四牌楼，他很想偷偷的离开队伍。可是他又不敢这样办，怕蓝先生责骂他。他只好硬着头皮向前走，两个腿肚子好像要转筋似的那么不好受。

这时节，瑞宣正在屋里对着日历发楞，今天是双十节！

他拒绝了参加游行。于是，无可避免的，他就须联想到辞职。在学校里，他是个在尽心教功课而外别无野心的人。虽然在更换教务主任与校长的时节，他常常被大家看成为最有希望的候补人，可是这纯粹出于他的资望与人品的感召，而与他自己丝毫不相干；他绝对不肯运动任何人帮忙他作主任或校长。他的尽心教课是目的，不是为达到什么目的的手段。在教课而外，对于学生团体的活动，只要是学校认为正当的，只要他接到正式的约请，他就必定参加。他以为教育不仅是教给学生一点课本上的知识，而也需要师生间的感情的与人格的接触。他知道在团体的活动中，他自己不是个爱出风头的人，但是他并不因此而偷懒——他会很冷静的热心。在他的心里他反对学生们的时常出去游行。可是，每逢游行，他必定参加，不管他对游行的目的赞同与否。他以为自己既是教师，就该负看管学生的责任，特别是在学生结队离开学校的时候。诚然，他的热心绝不会使他侵犯了校长或任何教员职员的职权，或分外多管些闲事，可是跟着队伍走动的本身，就叫他心中安适——他应当在学生的左右。假若学生们遇到什么不幸与危险，他自己必会尽力保护他们。随着学生平安无事的回来，看着学生都进了校门，他才把心放下。然后，不进校门，便急快的回家——他并不为参加游行而多用学校一盆水，洗去脸上的灰土。

今天，他没去参加游行。他不能去！他不能去大睁白眼的看着男女学生在国庆日向日本旗与日本人鞠躬！可是，从另一方面想，他这是不尽责。他应当辞职。他生平最看不起那些拿着薪金而不负责办事的人。不过，辞职只是安慰自己的良心，并无补于眼前的危难——假若，他想，日本人把学生集合在天安门而施行大屠杀呢？在理智上，他找到许多日本人不至于那么毒狠的理由，而且也想到：即使有他跟随着学生，日本人若是要屠杀，他有什么能力去阻止呢？日本人若用机关枪扫射，他也必死无疑；而他是一家人的家长！

思前想后，他决定不了什么。越决定不了，他就越焦躁；他头上出了汗。最后，他想到：即使日本人本不想在今天屠杀，焉知道我们的学生中没有向日本人扔一两个炸弹的呢？那么多的学生难道真的就没有一个有胆气的？是的，今天在北平投一两个炸弹也不过像往大海中扔一块小砖儿；可是，历史是有节奏的，到时候就必须有很响的一声鼓或一声锣。豪侠义士们便是历史节奏中的大锣大鼓。他们的响声也许在当时没有任何效果，可是每到民族危亡的时机，那些巨响就又在民族的心中鸣颤。那是天地间永久不灭的声音。想到这里，他的理智无论如何再也不能控制住情感。不管是生是死，他须到天安门去看看。

披上长袍，他一边扣着钮扣，一边往外疾走，连小顺儿的

“爸，你上哪儿?”也没顾得回答！

刚出了大门，他便碰到了小崔——刚刚把车由街上拉回来。瑞宣本不想和小崔打招呼，可是一眼看到了车子，他楞了一下。他要坐小崔的车，不仅是为路相当的远，也是因心中急躁，不耐烦一步一步的走去。

小崔，在拉着车子的时节，永远不肯对邻居们先打招呼，怕是被人误会他是揽生意。他的车子新，腿快，所以要价儿也高一些。他怕因自己的车价儿高而使邻居们为难。现在，看祁瑞宣向他一打楞，他先说了话；他是把瑞宣算在坐得起他的车子的阶级中的。

“祁先生坐车吗？要坐的话，我就拉一趟！”没等瑞宣答话，他絮絮叨叨的说下去，好像心中久已憋得慌了的样子：“街上光一队一队的过学生，碰不着一个坐车子的！学生，干什么都是学生，真也有脸！去年，给委员长打旗子游街的是他们；今天，给日本人打旗子游街的又是他们！什么学生，简直是诚心找骂！你说是不是?”

瑞宣的脸成了大红布；假若可能，连头发根也都发了红！他知道小崔骂的是学生，而并非骂他。他也知道小崔的见解并不完全正确，小崔是不会由一件事的各方面都想到而后再下判断的。虽然这样，他可是没法子止住脸红，小崔骂的是学生，而他祁——瑞宣——便是学生的老师呀！他自己现在也是要上天安门去呀！再说，小崔的见解，不管对与不对恐怕也就是一般人共同的见解，而一般人共同的见解，不管对与不对，是会很快的变成类似信仰的东西的！他不知道是谁——日本人还是中国的汉奸——出的这样的绝户主意，教学生们在国庆日到天安门去向敌人磕头。万般皆下品，惟有读书高！读书人是小崔们的偶像。读书人是有腿儿的礼义廉耻，是圣人的门徒。读书人领头儿喊抵制日货，拥护国民政府，还有许多不可解的什么男女平权，自由独立……今天，读书人却领着头儿去喊大日本万岁！

瑞宣极快的想起这些，又极快的止住思索：他须决定是否还到天安门去。假若还去的话，他会坐在车上和小崔谈，教小崔知道些学生们的困难与痛苦。可是，他决定了不去。他的话不会说服了小崔，不是因为小崔的脑袋是木头的，而是因为小崔的带着感情的判断恐怕是无可驳倒的，除非今天在会场上有一两个学生扔出炸弹去；可是，到底有这样的学生没有呢？

冠先生，穿着蓝缎子硬夹袍，满面春风的从三号扭了出来。他的眼珠微一移动，就把小崔像米中的一粒细砂似的筛了出去，而把全副的和颜悦色都向瑞宣摆正。

小崔把车放在门口，提起车垫子来。他很纳闷为什么祁瑞宣这样手足失措的，但又不肯和冠晓荷在一处立着，所以很不高兴的走进家门去。

“瑞宣！”冠先生的声音非常的温柔亲热。“是不是要到天安门去？这个热闹倒还值得一看！要去，我们一道走？”

瑞宣愿意和小崔谈一整天，而不高兴和冠晓荷过一句话。小崔恨学生们，冠先生却爱看学生们的热闹。“这……”瑞宣不晓得自己口中说了几个什么字，迷迷糊糊的便走了回来，在院中低着头走。

冠先生并不是去看热闹，而是想教日本人看看他。对怎样加入新民会去，他还没找到什么门路。本来想约刘师傅去给弄两档儿“玩艺”，引起日本人的注意，谁知道刘师傅会那么不知趣，毫不客气的拒绝了。玩艺儿既献不上去，他想他至少须教日本人看看他自己。不错，在逮捕钱默吟的时候，日本宪兵已看见了他。但是，宪兵不过是宪兵，宪兵大概不会放给他差事。今天，在天安门前，必定有一些日本要人，叫要人看见才有作官的希望。

瑞丰和他的队伍差不多是最早来到天安门的。他预料着，会场四围必定像开庙会一样的热闹，一群群卖糖食和水果的小贩，一群群的红男绿女，必定沿着四面的红墙，里三层外三层的呼喊，拥挤，来回的乱动；在稍远的地方甚至有照西湖景和变戏法的，敲打着简单而有吸引力的锣鼓。他也希望由东面西面和南面，一会儿传来一线军乐的声音，而后，喇叭与铜鼓的声音越来越大，他能探一探头便看见一张在空中飘动着的旗子。北平学校的校旗是一校一个样子，一个颜色，谁也不和谁相同的。在旗子后边，他喜欢看那耀武扬威的体操教员与那满身是绳子棒子的童子军。他特别欢喜那嘀嗒嘀嗒的军乐，音调虽然简单，可是足以使他心跳；当他的心这样跳动的时候，他总觉得自己颇了解铁血主义似的。在他高兴而想哼唧的时候，十之八九他是哼唧着军号的简单的嗒嘀嗒。

可是，眼前的实在景物与他所期望看到的简直完全不同。天安门的，太庙的，与社稷坛的红墙，红墙前的玉石栏杆，红墙后的黑绿的老松，都是那么雄美庄严，仿佛来到此处的晴美的阳光都没法不收敛起一些光芒，好使整个的画面显出肃静。这里不允许吵闹与轻佻。高大的天安门面对着高大的正阳门，两个城楼离得那么近，同时又像离得极远。在两门之间的行人只能觉得自己像个蚂蚁那么小。可怜的瑞丰和他的队伍，立在两门之间的石路上，好像什么也不是了似的。瑞丰看不到热闹，而只感到由城楼，红墙，和玉石出来一股子什么沉重的空气，压在他的小细脖颈；他只好低下头去。为开会，在玉石的桥前已搭好一座简单的讲台。席棚木板的讲台，虽然插满了大小的旗子，可是显着非常的寒伧；假若那城楼，石桥，是不朽的东西，这席棚好像马上就可以被一阵风刮得无影无踪！台上还没有人。瑞丰看看空台，看看城楼，赶紧又低下头去。他觉得可怕。在秋日的晴光中，城楼上的一个个的黑的眼睛好像极慢极慢的眨动呢！谁敢保，那些黑眼睛里没有机关枪呢！他极盼多来些人，好撑满了广场，给他仗一些胆气！慢慢的，从东，西，南，三面都来了些学生。没有军鼓军号，没有任何声响，一队队的就那么默默的，无可如何的，走来，立住。车马已经停止由这里经过。四外可是没有赶档子的小贩，也没有看热闹的男女。瑞丰参加过几次大的追悼会，哪一次也没有像今天这么安静——今天可是庆祝会呀！

学生越来越多了。人虽多，可是仍旧填不满天安门前的广场。人越多，那深红的墙与高大的城楼仿佛也越红越高，镇压下去人的声势。人，旗帜，仿佛不过是一些毫无分量的毛羽。而天安门是一座庄严美丽的山。巡警，宪兵，也增多起来；他们今天没有一点威风。他们，在往日，保护过学生，也殴打过学生，今天，他们却不知如何是好——天安门，学生，日本人，亡国，警察，宪兵，这些连不到一气的，像梦似的联到了一气！懒懒的，羞愧的，他们站在学生一旁，大家都不敢出声。天安门的庄严尊傲使他们沉默，羞愧——多么体面的城，多么可耻的人啊！

蓝东阳把干事的绸条还在衣袋里藏着，不敢挂出来。他立在离学生差不多有半里远的地方，不敢挤在人群里。常常欠起一点脚来，他向台上望，切盼他的上司与日本人来到，好挂出绸条，抖一抖威风。台上还没有人。吊起他的眼珠，他向四外寻，希望看见个熟人；找不到，天安门前是多么大呀，找人和找针一样的难。像刚停落下来的鸟儿似的，他东张张西望望，心里极不安。天安门的肃静和学生的沉默教他害了怕。他那比鸡脑子大不了多少的诗心，只会用三五句似通不通的话去幸灾乐祸的讥诮某人得了盲肠炎，或嫉妒的攻击某人得到一百元的稿费。他不能欣赏天安门的庄严，也不能了解学生们的愤愧与沉默。他只觉得这么多人而没有声音，没有动作，一定埋藏着什么祸患，使他心中发颤。

学生们差不多已都把脚站木了，台上还没有动静。他们饥渴，疲倦，可是都不肯出声，就是那不到十岁的小儿女们也懂得不应当出声，因为他们知道这是日本人叫他们来开会。他们没法不来，他们可是恨日本鬼子。一对对的小眼睛眨巴眨巴的看着天安门，那门洞与门楼是多么高大呀，高大得使他们有点害怕！一对对的小眼睛眨巴眨巴的看着席棚，席棚上挂着日本旗，还有一面大的，他们不认识的五色旗。他们莫名其妙，这五道儿的旗子是干什么的，莫非这就是亡国旗么？谁知道！他们不敢问老师们，因为老师们今天都低着头，眼中像含着泪似的。他们也只好低下头去，用小手轻轻的撕那写着中日亲善等等字样的纸旗。

学生差不多已到齐，但是天安门前依旧显着空虚冷落。人多而不热闹比无人的静寂更难堪——甚至于可怕。在大中华的历史上，没有过成千上万的学生在敌人的面前庆祝亡国的事实。在大中华的历史上，也没有过成千上万的学生，立在一处而不出一声。最不会严肃的中国人，今天严肃起来。

开会是带有戏剧性的；台上的播音机忽然的响了，奏着悲哀阴郁的日本歌曲。四围，忽然来了许多持枪的敌兵，远远的把会场包围住。台上，忽然上来一排人，有穿长袍的中国人，也有武装的日本人。忽然，带着绸条的人们——蓝东阳在内——像由地里刚钻出来的，跳跳钻钻的在四处跑。

不知是谁设的计，要把大会开得这么有戏剧性。可是，在天安门前，那伟大庄严的天安门前，这点戏剧性没有得到任何效果。一个小儿向大海狂喊一声是不会有效果的。那广播的音乐没有使天安门前充满了声音，而只像远远的有人在念经或悲啼——一种好自杀的民族的悲啼。远远的那些兵，在天安门与正阳门的下面，是那么矮小，好像是一些小的黑黑的宽宽的木棒子；在天安门前任何丑恶的东西都失掉了威风。台上，那穿长袍的与武装的，都像些小傀儡，在一些红红绿绿的小旗子下，坐着或立着；他们都觉得自己很重要，可是他们除了像傀儡而外，什么也不像。蓝东阳与他的“同志”们，满以为忽然的挂出绸条，会使自己全身都增加上光彩，而且使别人敬畏他们，可是天安门与学生们只是那么静静的，一动不动，一声不出，似乎根本没有理会他们。

一个穿长袍的立起来了，对着扩声机发言。由机器放大了的声音，碰到那坚厚的红墙，碰到那高大的城楼，而后散在那像没有边际似的广场上，只像一些带着痰的咳嗽。学生们都低着头，听不到什么，也根本不想听见什么；他们管那穿长袍而伺候日本人的叫作汉奸。

穿长袍的坐下，立起个武装的日本人。蓝东阳与他的“同志”们，这时候已分头在各冲要的地方站好，以便“领导”学生。他们拚命的鼓掌，可是在天安门前，他们的掌声直好像大沙漠上一只小麻雀在拍动翅膀。他们也示意教学生们鼓掌，学生们都低着头，没有任何动作，台上又发出了那种像小猫打胡噜的声音，那个日本武官是用中国话说明日本兵的英勇无敌，可是他完全白费了力，台下的人听不见，也不想听。他的力气白费了，而且他自己似乎也感到没法使天安门投降；天安门是那么大，他自己是那么小，好像一个猴向峨嵋山示威呢。

一个接着一个，台上的东洋小木人们都向天安门发出嗡嗡的蚊鸣，都感到不如一阵机关枪把台下的人扫射干净倒还痛快。他们也都感到仿佛受了谁的愚弄。那些学生的一声不出，天安门的庄严肃静，好像都强迫着他们承认自己是几个猴子，耍着猴子戏。他们在城楼上，玉石桥下面，都埋伏了兵与机关枪，防备意外的袭击。在台上，他们还能远远的望到会场外围给他们放哨的兵——看着也像小傀儡。可是，天安门和学生们好像不懂得炸弹与手枪有什么用处，沉默与淡漠仿佛也是一种武器，一种不武而也可怕的武器。

台上和台下的干事们喊了几句口号。他们的口都张得很大，手举得很高，可是声音很小，很不清楚。学生们一声不出。庆祝保定的胜利？谁不知道保定是用炸弹与毒气攻下来的呢！

台上的傀儡们下了台，不见了。带绸条的干事们拿着整篮子的昭和糖来分发，每个学生一块。多么高大的天安门啊，每人分得那么小的一块糖！中日亲善啊，每人分得一块糖，在保定被毒气与炸弹毁灭之后！昭和糖与小旗子都被扔弃在地上。

冠先生早已来到，而不敢往前凑，怕有人放炸弹。台上已经有两三个人讲过话，他才大着胆来到台前。他很想走上台去，可是被巡警很不客气的拦住。他只好站在学生的前面。学生的第一行离讲台也有五六丈远，台上的人不容易看清楚了他。他想往前挪一挪，按照旧戏中呈递降表的人那样打躬，报门而进，好引起台上的注意。巡警不准他往前挪动。他给巡警解释了几句：

“请放心，我没有别的意思！我是要给台上的人们行个礼！”

“难道台上的人是尊家的爸爸?”巡警没有好气的问。

冠先生没再说什么，也没再想往前挪动，只那么心到神知的，远远的，向上深深鞠了躬。而后，他必恭必敬的听着台上发出来的声音；扬着脸，希望台上的人或者能看清了他的眉眼。最后，他也接过一块昭和糖，而且对“干事”说：“会开得很好呢!”——天安门的一幕滑稽剧，只得到这么一句称赞。

# 二十六

瑞宣在院中走来走去，像个热锅上的蚂蚁。他以为无论如何今天天安门前必要出点岔子。这是日本人公开的与北平市民见面的第一次。日本人当然以战胜者的姿态出现。北平人呢？瑞宣晓得北平人的软弱，可是他也晓得在最软弱的人里也会有敢冒险去牺牲的，在亡了国的时候。这么大的北平，难道还没有一两个敢拚命的人？只要有这么一两个人，今天的天安门前便一定变成屠场。瑞宣，和一般的北平人一样，是不喜欢流血的。可是，他以为今天天安门前必不可免的要流血，不管他喜欢与否。他甚至想到，假若今天北平还不溅出点血去，北平人就似乎根本缺乏着一点什么基本的东西，而可以嬉皮笑脸的接受最大的耻辱了。他几乎盼望流血了！

同时，他又怕天安门前有什么不幸。今天赴会的都是被强迫了去的学生。以往的军事的政治的失败，其咎不在学生，那么学生也就没有用血替别人洗刷点羞耻的责任。况且国内读书的人是那么少，大家应当为保护学生而牺牲，而不应当先去牺牲学生，尽管是在国家危亡的时候。他想起许多相熟的年轻可爱的面孔，有的跟他感情特别好，有的对他很冷淡，但是客观的看来他们都可爱，因为他们都天真，年轻。假若这些面孔，这些民族的花朵，今天在天安门前，遭受到枪弹的射击，或刺刀的戳伤……他不敢再往下想。他们是他的学生，也是中华民族的读书种子！

但是，从另一方面想，学生，只有学生，才是爱国的先锋队。他们有血气，有知识。假若他们也都像他的祖父那样萎缩，或者像他自己这样前怕狼后怕虎的不敢勇往直前，岂不就是表示着民族的血已经涸竭衰老了么？况且，小崔的也不完全错误呢！反抗帝国主义的侵略，反抗帝制，反抗旧礼教的束缚，反抗……都是学生；学生在五十年来的中国革命史上有过光荣的纪录——这纪录有好些个地方是用血写下来的！那么，难道今天，北平的学生，就忘了自己的光荣，而都乖乖的拿起"中日亲善"的小纸旗，一声不出吗？

他想不清楚。他只觉得烦躁不安。他甚至于关心到瑞丰的安全。他看不起二弟，但他们到底是一奶同胞的手足。他切盼瑞丰快快回来，告诉他开会的经过。

瑞丰一直到快三点钟了才回来。他已相当疲乏，可是脸上带着点酒意，在疲乏中显着兴奋。从一清早到开完会，他心中都觉得很别扭。他想看热闹，可是什么热闹也没看见。开完了会，他的肚子里已饿得咕噜咕噜的乱响。他想找机会溜开，不管把学生带回学校去。看蓝东阳那么滑头，他觉得自己是上了当，所以他不愿再负领队的责任。可是，在他还没能偷偷的溜开以前，学生们已自动的散开；他们不愿排着队回校，在大街上再丢一次脸。年纪很小的，不大认识路的，学生，很自然的跟在工友老姚后面；他们知道随着他走是最可靠的。别的学校也采取了这个办法。一会儿，学生向四外很快的散净，只剩下一地的破纸旗与被弃掷的昭和糖。瑞丰看学生散去，心中松了一口气。顺手拾起块昭和糖，剥去了纸皮儿，放在口中，他开始慢慢的，不大起劲的，往西走。

他本想穿过中山公园——已改称中央公园——走，可以省一点路。看了看，公园的大门没有一个人出入，他改了主意。他怕静寂的地方。顺着马路往西走，他想他应当到西单牌楼，找个小馆，吃点东西。他没想到蓝东阳会这么滑头，不通情理，教他操心领队，而还得自己掏腰包吃午饭。“什么玩艺儿！”他一边嚼着糖，一边低声的骂：“这算那道朋友呢！”他越想越气，而那最可气的地方是：“哪怕到大酒缸请我喝二两白干，吃一碟咸水豆儿呢，也总算懂点人情啊！”正这么骂着，身后忽然笑了一声，笑得非常的好听。他急一回头。冠先生离他只有一步远，笑的声音断了，笑的意思还在脸上荡漾着。

“你好大胆子！”冠先生指着瑞丰的脸说。

“我怎么啦？”瑞丰莫名其妙的问。

“敢穿中山装！”冠先生脸上显出淘气的样子，显然的他是很高兴。没等瑞丰说话，他接续着：“瑞丰，我佩服你的胆量！你行！”

听到这夸赞，瑞丰把所有的烦恼与不满都一下子扫除净尽，而马上天真的笑起来。（容易满足的人有时候比贪而无厌的人更容易走到斜路上去！）

二人齐着肩往西走。瑞丰笑了好几气才说出话来：“真的，这不能不算冒险！头一个敢在日本人眼前穿中山装的，我，祁瑞丰！”然后，他放低了声音：“万一咱们的人要是能打回来，凭我这一招——敢穿中山装——我大概也得有点好处？”

冠先生不愿讨论“万一”的事，他改了话路：“今天的会开得不坏呢！”

瑞丰不知道会开得好与不好，而只知道它不很热闹，怪别扭。现在，听了冠先生的话，他开始觉得会的确开得不错。他所受过的教育，只教给了他一些七零八碎的知识，而没教给他怎么思想，和怎么判断；因此，他最适宜于当亡国奴——他没有自己的见解，而愿意接受命令；只要命令后面还随着二两酒或半斤肉。

“不在乎那几块糖！”冠先生给瑞丰解释。“难道没有昭和糖，我们就不来开会吗？我是说，今天的大会平平安安的开过去，日本人没开枪，咱们的学生也没扔炸弹——阿弥陀佛！——得啦，这总算买金的遇见了卖金的！今天大家见了面，以后就好说话了。说实话，刚开会的时候，我简直的不敢过去！那是玩的吗，一个爆竹就能勾出机关枪来！得，现在我心里算是一块石头落了地！从今天起，咱们该干什么就干什么，不必再藏藏躲躲的了；反正连学生今天都在天安门前，青天大日头底下，向日本人鞠了躬，吃了昭和糖！你说是不是？”

“就是！就是！”瑞丰的小干脑袋很轻脆的点动。冠先生这番话使他恍然大悟：他不应当只为蓝东阳要滑头而恨蓝东阳，他还是应当感谢蓝东阳——到底是蓝东阳教他领队来参加这次大会的。要按照冠先生的说法去推断，他今天的举动简直是有历史的意义，他差不多可以算个开国的功臣。他很高兴。高兴往往使人慷慨，他建议请冠先生吃顿小馆。

“瑞丰！”冠先生好像生了气似的。“你请我？笑话了！论年纪，辈数……凭哪一样你应当请我？”

假若虚伪极了就有点像真诚，冠先生的要请瑞丰吃饭是真诚的。他的虚伪极了的真诚是来自北平的文化，这文化使他即使在每天亡一次国的情形下，也要争着请客。这是个极伟大的亡国的文化。

瑞丰不敢再说什么。若要再争一争，便破坏了彼此的真诚与热烈。

“吃什么？瑞丰！”这又完全是出于客气。只要冠先生决定了请客，他就也决定了吃什么与吃哪个饭馆。对于吃，他的经验与知识足以使他自信，而且使别人绝不吃亏的。

“吃安儿胡同的烤肉怎样？”他没等瑞丰建议出来，就这样问。

瑞丰听到安儿胡同与烤肉，口中马上有一大团馋涎往喉中流去，噎得他没能说出话来，而只极恳切的点头。他的肚中响得更厉害了。

不知不觉的，他们俩脚底下都加了劲。烤肉是最实际的东西，他们暂时忘了其他的一切。

可是，战争到底也鞭挞到了他们俩，不管他们俩是怎样的乐观，无耻，无聊。那名气很大的烤肉的小铺子没有开张，因为市上没有牛羊肉。城内的牛羊已被宰光，远处的因战争的阻隔，来不到城中。看着那关着门的小铺，他们俩几乎要落泪。

很抱歉的，冠先生把瑞丰领到西长安街的一家四川馆，找了个小单间。瑞丰没有多大的吃辣子的本事，而又不便先声明，心中颇不自在。冠先生没看菜牌子，而只跟跑堂的嘀咕了两句。一会儿，跑堂的拿上来一个很精致的小拼盘，和一壶烫得恰到好处的竹叶青。

抿了一口色香俱美的竹叶青，瑞丰叫了声：“好！”

冠先生似笑不笑的笑了一下：“先别叫好！等着尝尝我要的菜吧！”

“不辣吧？”瑞丰对自己口腹的忠诚胜过了客气。

“真正的川菜并不辣！请你放心！”冠先生的眼中发出了点知识渊博的光。用嘴唇裹了一点点酒，他咂着滋味说：“酒烫得还好！”

跑堂的好像跟冠先生很熟，除了端菜伺候而外，还跟冠先生说闲话。冠先生为表示这是随便吃点便饭，不必讲究什么排场，也就和跑堂的一问一答的，透出点亲热劲儿。跑堂的端上来一个炒菜，冠先生顺口随便的问：“生意怎样？”

“不好呢！”跑堂的——一位三十多岁，每说一句话，必笑一下的，小矮个儿——皱了皱眉，又赶快的笑了一下。“简直的不好作生意！不预备调货吧，怕有吃主儿来；预备吧，碰巧了，就一天没有一个吃主儿！”他又笑了一下，笑得很惨。

“干这杯！”冠先生先让瑞丰的酒，而后才又安慰跑堂的：“生意就快好起来了！”

“是吗？”这回，跑堂的一连笑了两下。可是，刚笑完，他就又觉出来笑得太幼稚了一些。“保定也丢了，生意还能……”

“我哪回吃饭没给钱？你怎么这样不信我的话呢？”冠先生假装儿皱上眉，和跑堂的逗着玩。“我告诉你，越丢多了地方，才越好作生意！一朝天子一朝臣；就怕一个地方一个天子，到处是天子，乱打一锅粥，那才没办法！你明白我的意思？”

跑堂的不敢得罪照顾主儿，可也不便十分得罪自己的良心，他没置可否的笑了下，赶紧出去端菜。

当一个文化熟到了稀烂的时候，人们会麻木不仁的把惊魂夺魄的事情与刺激放在一旁，而专注意到吃喝拉撒中的小节目上去。瑞丰，在吃过几杯竹叶青之后，把一切烦恼都忘掉，而觉得世界像刚吐蕊的花那样美好。在今天早半天，不论是在学校里，还是在天安门前，假若有人对他说两句真话，他或者能明白过来一点，而多少的要收起去一些无聊。不幸，他又遇见了冠晓荷，与冠晓荷的竹叶青和精美的四川菜。只要他的口腹得到满足，他就能把灵魂当五分钱卖出去。他忘了蓝东阳的可恶，天安门前的可怕，和他几乎要想起来的日本人的狠毒，而只觉得那浅黄的竹叶青酒在浑身荡漾，像春暖花开时候的溪水似的。白斩鸡的油挂在他的薄嘴唇上，使他感到上下唇都厚起来，有了力量。他觉得生命真正可爱，而所以可爱者就是因为肉美酒香。只要有人给他酒肉，他以为，他就应当诚心的感激。现在，这顿饭是冠先生给他的，他就该完全同意饭主子所说的。他的小干脸上红润起来，小干脑袋里被酒力催的嗡嗡的轻响，小眼睛里含着颗小泪珠——他感激冠先生！

冠先生虽然从敌人一进城就努力运动，而至今还没能弄到一官半职的，他可是依然乐观。他总以为改朝换代的时候是最容易活动的时候，因为其中有个肯降与不肯降的问题——他是决定肯投降的。对瑞丰，他先夸奖天安门大会开得很好，而后称赞新民会的成绩——谁还没有成绩，只有新民会居然在天安门前露了脸，教学生们和日本人打了对面！然后，他又提起蓝东阳来："你给我约了他没有啊？还没有？为什么呢？嘴上无毛，办事不牢！无论如何，你给我把他请到！什么？明天晚饭，再好没有啦！告诉你，瑞丰，你要乐观，要努力，要交结的广，有这三样，一个人就可以生生不已，老有饱饭吃！"

瑞丰听一句，点一下头。越听越痛快，也就越吃的多。说真的，自从敌人攻陷北平，他还没吃过这么舒服的一顿饭。他感激冠先生，他相信冠先生所说的话句句是有价值的。因为相信冠先生的话，他对自己的前途也就看出来光明。只要他乐观，努力去活动，他一定会走一步好运的！

吃过饭，冠先生在西单牌楼底下和瑞丰分了手，他还要“看两个朋友。咱们家里见！别忘了请蓝东阳去哟！再见！”

瑞丰疲倦而又兴奋的回到家中。

瑞宣见弟弟安全的回来，心中安定了些。可是，紧跟着，他就难过起来，心里说：“那么多的学生和教师，就楞会没有一个敢干一下子的！”他并不轻看他们，因为他自己也是知识分子，他自己不是连天安门都没敢去么？他知道，他不应当以勇敢或懦弱评判任何个人，而应当先责备那个甚至于把屈膝忍辱叫作喜爱和平的文化。那个文化产生了静穆雍容的天安门，也产生了在天安门前面对着敌人而不敢流血的青年！不，他似乎连那个文化也不应责备。难道喜爱和平是错误吗？他说不清，心中憋闷的慌。他不喜欢和老二谈话，可是又不能不和他谈几句，好散散心中的烦闷。

瑞丰身上的那点酒精使他觉得自己很充实，很伟大。最初，他迷迷糊糊的，想不出自己为何充实与伟大。及至到了家中，他忽然明白过来，他的确是充实，并且伟大，因为他参加了天安门的大会。他相信自己必定很有胆气，否则哪敢和日本人面对面的立着呢。想到此处，他就越发相信了冠晓荷的话——大家在天安门前见了面，从此就中日一家，天下太平，我们也可以畅快的吃涮羊肉了。是的，他觉到自己的充实与伟大，只要努力活动一下，吃涮羊肉是毫无问题的。更使他高兴的，是瑞宣大哥今天看他回来并没那么冷淡的一点头，而含着笑过来问了声：“老二，回来啦？”这一问，使瑞丰感到骄傲，他就更充实伟大了一些。同时，他也觉得更疲乏了一些；疲乏足以表示出自己的重要。

小顺儿的妈看丈夫在院中绕来绕去，心中非常的不安。她不敢解劝他，而一语不发又很难过。她只能用她的两只水灵的大眼睛偷偷的撩着他，以便抓住机会教小顺儿或小妞子跑过去，拉住他的手，或说几句话。她晓得丈夫是向来不迁怒到儿女身上去的。现在，看到他的脸上有了笑容，她也赶快走过来，听听老二带回来的新闻。

祁老太爷每逢听到一个坏消息，就更思念“小三儿”。他不知道别的，而准知道小三儿的性情非常倔强，不打了胜仗是不会回来的。那么，我们多打一个败仗，小三儿也自然的就离家更远了些！老人不愿为国家担忧，因为他以为宰相大臣才是管国事的，而他自己不过是个无知的小民。但是，对于孙子，他觉得他的确有关切的权利；没人能说祖父惦念孙子是不对的！他听到了保定的陷落，就不由的嘟嘟囔囔的念叨小三儿，见老二回来，老人也走了出来，听听消息——即使没有消息可听，看孙子一眼也是好的。

只要祁老人一念叨小三儿，天佑太太自然而然的就觉得病重了一些。祖父可以用思念孙子当作一种消遣，母亲的想儿子可是永远动真心的。今天，在惦念三儿子以外，她还注意到二儿子的很早出去，和大儿子的在院中溜来溜去。她心中十分的不安。听见老二回来，她也喘嘘嘘的走出来。

大家围住了瑞丰。他非常的得意。他觉得大家在聪明上，胆量上，见解上，都远不及他，所以他应当给大家说些乐观的话，使他们得到点安慰。

“我告诉你，大哥！”老二的牙缝里还塞着两小条儿肉，说话时口中满有油水：“真想不到学生们今天会这么乖！太乖了，连一个出声的也没有！会开得甭提多么顺当啦！鸦雀无声！你看，日本官儿们都很体面，说话也很文雅。学生们知趣，日本官儿们也知趣，一个针尖大的岔子也没出，没想到，真没想到！这就行喽，丑媳妇见了公婆的面，以后就好说了。有今天这一场，咱们大家就都可以把长脸往下一拉，什么亡国不亡国的！大哥你——”他的眼向四下里找瑞宣，瑞宣不知在什么时候已经轻轻地走开了。他不由的“嗯？”了一声。小妞子看明白了二叔的意思，嘚突的小嘴说：“爸，出出啦。”短胖的食指指着西边。

瑞宣偷偷的溜了出去。他不能再往下听。再听下去，他知道，他的一口毒恶的唾沫一定会啐在瑞丰的脸的正中间！

他晓得，学生教员们若是在天安门前，有什么激烈的举动，是等于无谓的牺牲。我们打死一两个日本要人，并不能克复北平；日本人打死我们许多青年，也不见得有什么不利。他晓得这个。可是，在感情上他还是希望有那么一点壮烈的表现，不管上算与吃亏。壮烈不是算盘上能打出来的。再退一步！即使大家不肯作无益的牺牲，那么严肃的沉默也还足以表示出大家的不甘于嬉皮笑脸的投降。由瑞丰的话里，他听出来，大家确是采取了默默的抵抗。可是，这沉默竟自被瑞丰解释作“很乖！”瑞丰的无耻也许是他个人的，但是他的解释不见得只限于他自己，许多许多人恐怕都要那么想，因为学生一向是为正义，为爱国而流血的先行。这一回，大家必定说，学生泄了气！这一次是这样无声无色的过去了，下一次呢？还沉默吗？万一要改为嬉皮笑脸呢？瑞宣在门外槐树下慢慢的走，简直不敢再往下想。

小崔由街上回来，没有拉着车，头上有个紫里蒿青的大包。

瑞宣没意思招呼小崔，不是小看一个拉车的，而是他心中烦闷，不想多说话，可是，小崔像憋着一肚子话，好容易找到可以谈一谈的人似的，一直扑了过来。小崔的开场白便有戏剧性：

“你就说，事情有多么邪行！”

“怎么啦?”瑞宣没法不表示点惊疑。只有最狠心的人才会极冷淡的使有戏剧性的话失去效果。

“怎么啦？邪！”小崔显然的是非常的兴奋。“刚才我拉了个买卖。”他的眼向四外一扫，然后把声音放低。“一个日本兵!”

“日本兵!”瑞宣不由的重了一句，而后他慢慢的往“葫芦腰”那边走。小崔的故事既关联着日本兵，他觉得不该立在胡同里卖嚷嚷。

小崔跟着，把声音放得更低了些：“一个二十上下岁的日本兵。记住了，我说的是一个日本兵，因为他浑身上下没有一丝一毫不像日本兵的地方。我告诉你，祁大爷，我恨日本人，不愿意拉日本人，不管给我多少钱！今天早半天不是庆祝保定的——”

“——陷落!”瑞宣给补上。

“是呀！我心里甭提多么难受啦，所以快过午我才拉出车去。谁想到，刚拉了一号小买卖之后，就遇上了这个日本兵!”说着，他们俩已来到空旷的葫芦肚儿里。在这里，小崔知道，不管是立着还是走着谈，都不会被别人听见。往前走，不远便是护国寺的夹道，也是没有多少行人的。他没立住，而用极慢极缓的步子似走似不走的往前挪蹭。“遇上他的地方，没有别的车子，你看多么别扭!他要坐车，我没法不拉，他是日本兵啊！拉吧，有什么法子呢？拉到了雍和宫附近，我以为这小子大概要逛庙。我没猜对。他向旁边的一条很背静的胡同指了指，我就进了胡同，心里直发毛咕[①]，胡同里直仿佛连条狗也没有。走两步，我回回头；走两步，我回回头！好家伙，高丽棒子不是干过吗——在背静地方把拉车的一刀扎

①毛咕，心里害怕。

死，把车拉走！我不能不留这点神！高丽棒子，我晓得，都是日本人教出来的。我的车上，现在可坐着个真正日本人！不留神？好，噗哧一下儿，我不就一命归西了吗！忽然的，他出了声。胡同两面没有一个门。我一楞，他由车上跳下去。我不明白他要干什么。等他已经走出好几步去了，我才明白过来，原来他没给我钱；进这条背静胡同大概就为是不给钱。我楞了一会儿，打不定主意。这可只是一会儿，听明白了！把车轻轻的放下，我一个箭步蹿出去，那小子就玩了个嘴吃屎。我早看明白了，单打单，他不是我的对手；我的胳臂比他的粗！不给钱，我打出他的日本屎来！他爬起来，也打我。用日本话骂我——我懂得一个'巴嘎亚路'。我不出声，只管打；越打我越打得好！什么话呢，今个早上，成千上万的学生满街去打降旗；我小崔可是在这儿，赤手空拳，收拾个日本兵！我心里能够不痛快吗？打着打着，出了奇事。他说了中国话，东北人！我的气更大了，可是我懒得再打了。我说不上来那时候我心里是怎么股子味儿，仿佛是恶心要吐，又仿佛是——我说不上来！他告了饶，我把他当个屁似的放了！祁先生，我问你一句话，他怎会变成了日本人呢？"

他们已走到护国寺的残破的界墙外，瑞宣决定往北走，北边清静。他半天没有回答出话来。直等到小崔催了一声："啊？"他才说：

"记得'九一八'？"

小崔点了点头。

"老一辈的东北人永远是中国人。在'九一八'的时候才十几岁的，像你打的那个兵，学的是日本话，念的是日本书，听的是日本宣传，他怎能不变呢？没有人愿意作奴隶，可是，谁也架不住一天一天的，成年论月的，老听别人告诉你：你不是中国人！”

“真的吗？”小崔吃惊的问。“比方说，天天有人告诉我，我不是中国人，我也会相信吗？”

“你不会！倒退几年，你就会！”

“祁先生！那么现在咱们的小学生，要是北平老属日本人管着的话，过个三年五载的，也会变了吗？”

瑞宣还没想到这一层。听小崔这么一问，他浑身的汗毛眼都忽然的一刺，脑中猛的“轰”了一下，头上见了细汗！他扶住了墙，腿发软！

“怎么啦？”小崔急切的问。

“没什么！我心里不好受！”

老舍作品精选

# 四世同堂（二）

老舍 著

山东科学技术出版社
·济南·

**图书在版编目(CIP)数据**

四世同堂 / 老舍著 . -- 济南 : 山东科学技术出版社, 2022.5

(老舍作品精选)

ISBN 978-7-5723-1102-4

Ⅰ. ①四…　Ⅱ. ①老…　Ⅲ. ①长篇小说－中国－现代　Ⅳ. ①I246.5

中国版本图书馆 CIP 数据核字(2021)第 265878 号

**老舍作品精选**
**四世同堂**
LAO SHE ZUOPIN JINGXUAN
SISHI TONGTANG

责任编辑:董小眉　潘　菲
装帧设计:艺唐广告

---

**主管单位:山东出版传媒股份有限公司**
**出 版 者:山东科学技术出版社**
地址:济南市市中区舜耕路 517 号
邮编:250003　电话:(0531)82098088
网址:www.lkj.com.cn
电子邮件:sdkj@sdcbcm.com
**发 行 者:山东科学技术出版社**
地址:济南市市中区舜耕路 517 号
邮编:250003　电话:(0531)82098067
**印 刷 者:湖北鑫光印务股份有限公司**
地址:湖北省云梦经济开发区三湖大道 13 号
邮编:430070　电话:(0712)4084888

---

**规格:**32 开(146 mm×210 mm)
**印张:**38.75　**字数:**775 千　**印数:**1~7 000
**版次:**2022 年 5 月第 1 版　**印次:**2022 年 5 月第 1 次印刷
**定价:**115.20 元

# 二十七

瑞宣不再到学校去。他可是并没正式的辞职，也没请假。他从来是个丁是丁，卯是卯的人，永远没干过这种拖泥带水的事。现在，他好像以为辞职与请假这些事都太小，用不着注意了；作亡国奴才真正是大事，连作梦他都梦见我们打胜仗，或是又丢失了一座城。

他必须去挣钱。父亲的收入是仗着年底分红；一位掌柜的，按照老规矩，月间并没有好多的报酬；父亲的铺子是遵守老规矩的。可是，从“七七”起，除了杂粮店与煤炭厂，恐怕没有几家铺店还照常有交易，而父亲的布匹生意是最清淡的一个——谁在兵荒马乱之际还顾得作新衣服呢。这样，到年终，父亲恐怕没有什么红利好拿。

老二瑞丰呢，瑞宣看得很清楚，只要得到个收入较多的事情，就必定分居另过。老二，和二奶奶，不是肯帮助人的人。

积蓄吗，祖父和母亲手里也许有几十或几百块现洋。但是这点钱，除非老人们肯自动的往外拿，是理应没人过问的——老人的钱，正和老人的病相反，是不大愿意教别人知道的。瑞宣自己只在邮局有个小折子，至多过不去百块钱。

这样，他是绝对闲不起的。他应当马上去找事情。要不然，他便须拿着维持费，照常的教书；等教育局有了办法，再拿薪水。无论怎样吧，反正他不应当闲起来。他为什么不肯像老三那样蹀脚一走？还不是因为他须奉养着祖父与父母和看管着全家？那么，既不肯忍心的抛弃下一家老少，他就该设法去挣钱。他不该既不能尽忠，又不能尽孝。他晓得这些道理。可是，他没法子打起精神去算计煤米柴炭，当华北的名城一个接着一个陷落的时候。他不敢再看他的那些学生，那些在天安门庆祝过保定陷落的学生。假若整个的华北，他想，都沦陷了，而一时收复不来；这群学生岂不都变成像被小崔打了的小兵？他知道，除了教书，他很不易找到合适的事作。但是，他不能为挣几个钱，而闭上眼不看学生们渐渐的变成奴隶！什么都可以忍，看青年变成奴隶可不能忍！

瑞丰屋里的广播收音机只能收本市的与冀东的播音，而瑞宣一心一意的要听南京的消息。他能在夜晚走十几里路，有时候还冒着风雨，到友人家中去，听南京的声音，或看一看南京播音的记录。他向来是中庸的，适可而止的；可是，现在为听南京的播音，他仿佛有点疯狂了似的。不管有什么急事，他也不肯放弃了听广播。气候或人事阻碍他去听，他会大声的咒骂——他从前几乎没破口骂过人。南京的声音叫他心中温暖，不管消息好坏，只要是中央电台播放的，都使他相信国家不但没有亡，而且是没有忘了他这个国民——国家的语声就在他的耳边！

什么是国家？假若在战前有人问瑞宣，他大概须迟疑一会儿才回答得出，而所回答的必是毫无感情的在公民教科书上印好的那个定义。现在，听着广播中的男女的标准国语，他好像能用声音辨别出哪是国家，就好像辨别一位好友的脚步声儿似的。国家不再是个死板的定义，而是个有血肉，有色彩，有声音的一个巨大的活东西。听到她的声音，瑞宣的眼中就不由的湿润起来。他没想到过能这样的捉摸到了他的国家，也没想到过他有这么热烈的爱它。平日，他不否认自己是爱国的。可是爱到什么程度，他便回答不出。今天，他知道了：南京的声音足以使他兴奋或颓丧，狂笑或落泪。

他本来已经拒绝看新民会控制着的报纸，近来他又改变了这个态度。他要拿日本人所发的消息和南京所广播的比较一下。在广播中，他听到了北平报纸上所不载的消息。因此，他就完全否定了北平所有的报纸上的消息的真实性。即使南京也承认了的军事挫败，只要报纸上再登出来，他便由信而改为半信半疑。他知道不应当如此主观的比较来源不同的报道，可是只有这么作，他才觉得安心，好受一点。爱国心是很难得不有所偏袒的。

最使他兴奋的是像胡阿毛与八百壮士一类的消息。有了这种壮烈牺牲的英雄们，他以为，即使军事上时时挫败，也没什么关系了。有这样的英雄的民族是不会被征服的！每听到这样一件可歌可泣的故事，他便兴奋得不能安睡。在半夜里，他会点上灯，把它们记下来。记完了，他觉得他所知道的材料太少，不足以充分的表现那些英雄的忠心烈胆；于是，就把纸轻轻的撕毁，而上床去睡——这才能睡得很好。

对外交消息，在平日他非常的注意，现在他却很冷淡。由过去的百年历史中，他——正如同别的晓得一点历史的中国人——晓得列强是不会帮助弱国的。他觉得国联的展缓讨论中日问题，与九国公约的要讨论中日问题，都远不如胡阿毛的举动的重要。胡阿毛是中国人。多数的中国人能像胡阿毛那样和日本人干，中国便成了有人的国家，而不再是任人割取的一块老实的肥肉。胡阿毛敢跟日本人干，也就敢跟世界上的一切“日本人”干。中国人是喜欢和平的，但是在今天必须有胡阿毛那样敢用生命换取和平的，才能得到世人的钦仰，从而真的得到和平。

这样，他忙着听广播，忙着看报，忙着比较消息，忙着判断消息的可靠与否，有时候狂喜，有时候忧郁，他失去平日的稳重与平衡，好像有点神经病似的了。

他可是没有忘了天天去看钱默吟先生。钱先生渐渐的好起来。最使瑞宣痛快的是钱老人并没完全失去记忆与思想能力，而变为残废。老人慢慢的会有系统的说几句话了。这使瑞宣非常的高兴。他晓得日本人的残暴。钱老人的神志逐渐清爽，在他看，便是残暴的日本人没有能力治服了一位诗人的证明。同时，他把老人看成了一位战士，仗虽然打输了，可是并未屈服。只要不屈服，便会复兴；他几乎把钱诗人看成为中国的象征了。同时，他切盼能听到钱先生述说被捕受刑的经过，而详细的记载下来，成为一件完整的，信实的，亡城史料。

可是，钱老人的嘴很严。他使瑞宣看出来，他是绝对不会把被捕以后的事说给第二个人的。他越清醒，便越小心；每每在他睡醒以后，他要问：“我没说梦话吧？”他确是常说梦话的，可是因为牙齿的脱落，与声音的若断若续，即使他有条理的说话，也不会被人听懂。在清醒的时候，他闭口不谈被捕的事。瑞宣用尽了方法，往外诱老人的话，可是没有结果。每逢老人一听到快要接触到被捕与受刑的话，他的脸马上发白，眼中也发出一种光，像老鼠被猫儿堵住了的时候那种惧怕的，无可如何的光。这时候，他的样子，神气都变得像另一个人了。以前，他是胖胖的，快乐的，天真的，大方的；现在，他的太阳穴与腮全陷进去，缺了许多牙齿，而神气又是那么惊慌不安。一看到这种神气，瑞宣就十分惭愧。可是，惭愧并没能完全胜过他的好奇。本来吗，事情的本身是太奇——被日本宪兵捕去，而还能活着出来，太奇怪了！况且，钱老人为什么这样的不肯说狱中那一段事实呢？

慢慢的，他测悟出来：日本人，当放了老人的时候，一定强迫他起下誓，不准把狱中的情形告诉给第二个人。假若这猜得不错，以老人的诚实，必定不肯拿起誓当作白玩。可是，从另一方面看，老人的通达是不亚于他的诚实的，为什么一定要遵守被迫起下的誓言呢？不，事情恐怕不能就这么简单吧？

再一想，瑞宣不由的便想到老人的将来：老人是被日本人打怕了，从此就这么一声不响的活下去呢？还是被打得会懂得了什么叫作仇恨，而想报复呢？他不敢替老人决定什么。毒刑是会把人打老实了的，他不愿看老人就这么老老实实的认了输。报复吧？一个人有什么力量呢！他又不愿看老人白白的去牺牲——老人的一家子已快死净了！

对钱太太与钱大少爷的死，老人一来二去的都知道了。在他的梦中，他哭过，哭他的妻和子。醒着的时候，他没有落一个泪。他只咬着那未落净的牙，腮上的陷坑儿往里一嘬一嘬的动。他的眼会半天不眨巴的向远处看，好像要自杀和要杀人似的楞着。他什么也不说，而只这么楞着。瑞宣很怕看老人这么发呆。他不晓得怎样去安慰才好，因为他根本猜不到老人为什么这样发楞——是绝望，还是计划着报仇。

老人很喜欢听战事的消息，瑞宣是当然的报道者。这也使瑞宣很为难。他愿意把刚刚听来的消息，与他自己的意见，说给老人听；老人的理解是比祁老人和韵梅的高明得很多的。可是，只要消息不十分好，老人便不说什么，而又定着眼楞起来。他已不像先前那样婆婆妈妈的和朋友谈话了，而是在听了友人的话以后，他自己去咂摸滋味——他把心已然关在自己的腔子里。他好像有什么极应保守秘密的大计划，必须越少说话越好的锁在心里。瑞宣很为难，因为他不会撒谎，不会造假消息，而又不愿教老人时时的不高兴。他只能在不完全欺骗中，设法夸大那些好消息，以便使好坏平衡，而减少一些老人的苦痛。可是，一听到好消息，老人便要求喝一点酒，而酒是，在养病的时候，不应当喝的。

虽然钱诗人有了那么多的改变，并且时时使瑞宣为难，可是瑞宣仍然天天来看他，伺候他，陪着他说话儿。伺候钱诗人差不多成了瑞宣的一种含有宗教性的服务。有一天不来，他就在别种郁闷难过而外又加上些无可自恕的罪过似的。

钱先生也不再注意冠晓荷。金三爷或瑞宣偶然提起冠家，他便闭上口不说什么，也不问什么。只有在他身上不大好受，或心里不甚得劲儿的时候，若赶上冠家大声的猜拳或拉着胡琴唱戏，他才说一声“讨厌”，而闭上眼装睡。

瑞宣猜不透老先生的心里。老人是完全忘了以前的事呢？还是假装的忘记，以便不露痕迹的去报仇呢？真的，钱先生已经变成了一个谜！瑞宣当初之所以敬爱钱先生，就是因为老人的诚实，爽直，坦白，真有些诗人的气味。现在，他极怕老人变成个丧了胆的，连句带真感情的话也不敢说的人。不，老人不会变成那样的人，瑞宣心中盼望着。可是，等老人的身体完全康复了之后，他究竟要作些什么呢？一个谜！

金三爷来的次数少一些了。看亲家的病一天比一天的好，又搭上冠家也没敢再过来寻衅，他觉得自己已尽了责任，也就不必常常的来了。

可是，每逢他来到，钱老人便特别的高兴。这使瑞宣几乎要有点嫉妒了。瑞宣晓得往日金三爷在钱老人的眼中，只是个还不坏的亲友，而不是怎样了不起的人物。虽然诗人的心中也许尽可能的消灭等级，把只要可以交往的人都看作朋友，一律平等，可是瑞宣晓得老人到底不能不略分一分友人的高低——他的确晓得往日金三爷并不这样受钱老人的欢迎。

瑞宣，当金三爷也来看病人的时候，很注意的听两位老人都说些什么，以便猜出钱老人特别喜欢金三爷的理由。他只有纳闷。金三爷的谈话和平日一样的简单，粗鲁，而且所说的都是些最平常的事，绝对没有启发心智或引人作深想的地方。

在庆祝保定陷落的第二天，瑞宣在钱家遇到了金三爷。这是个要变天气的日子，天上有些不会落雨，而只会遮住阳光的灰云，西风一阵阵的刮得很凉。树叶子纷纷的往下落。瑞宣穿上了件旧薄棉袍。金三爷却还只穿着又长又大的一件粗白布小褂，上面罩着件铜钮扣的青布大坎肩——已是三十年的东西了，青色已变成了暗黄，胸前全裂了口。在坎肩外边，他系了一条蓝布搭包。

钱诗人带着满身的伤，更容易感觉到天气的变化；他的浑身都酸疼。一见金三爷进来，他便说：

“天气要变呀，风多么凉啊！”

“凉吗？我还出汗呢！”真的，金三爷的脑门上挂着不少很大的汗珠。从怀里摸出块像小包袱似的手绢，仿佛是擦别人的头似的，把自己的秃脑袋用力的擦了一番。随擦，他随向瑞宣打了个招呼。对瑞宣，他的态度已改变了好多，可是到底不能像对李四爷那么亲热。坐下，好大一会儿，他才问亲家："好点吧?"

钱老人，似乎是故意求怜的，把身子蜷起来。声音也很可怜的，他说："好了点！今天可又疼得厉害！要变天!"说罢，老人眨巴着眼等待安慰。

金三爷捏了捏红鼻头，声如洪钟似的："也许要变天！一边养，一边也得忍！忍着疼，慢慢的就不疼了!"

在瑞宣看，金三爷的话简直说不说都没大关系。可是钱老人仿佛听到了最有意义的劝慰似的，连连的点头。瑞宣知道，当初金三爷是崇拜钱诗人，才把姑娘给了孟石的。现在，他看出来，钱诗人是崇拜金三爷了。为什么呢？他猜不出。

金三爷坐了有十分钟。钱老人说什么，他便顺口答音的回答一声"是"，或"不是"，或一句很简单而没有什么意思的短话。钱老人不说什么，他便也一声不响，呆呆的坐着。

楞了好一大会儿，金三爷忽然立起来。"看看姑娘去。"他走了出去。在西屋，和钱少奶奶说了大概有两三句话，他找了个小板凳，在院中坐好，极深沉严肃的抽了一袋老关东叶子烟。当当的把烟袋锅在阶石上磕净，立起来，没进屋，只在窗外说了声："走啦！再来!"

金三爷走后好半天，钱老人对瑞宣说："在这年月，有金三爷的身体比有咱们这一肚子书强得太多了！三个读书的也比不上一个能打仗的!"

瑞宣明白了。原来老人羡慕金三爷的身体。为什么？老人要报仇！想到这儿，他不错眼珠的看着钱先生，看了足有两三分钟。是的，他看明白了：老人不但在模样上变了，他的整个的人也都变了。谁能想到不肯损伤一个蚂蚁的诗人，会羡慕起来，甚至是崇拜起来，武力与身体呢？看着老人陷下去的腮，与还有时候带出痴呆的眼神，瑞宣不敢保证老先生能够完全康复，去执行报仇的计划。可是，只要老人有这么个报仇的心思，也就够可敬的了。他觉得老人与中国一样的可敬。中国在忍无可忍的时候，便不能再因考虑军备的不足，而不去抗战。老人，在受了侮辱与毒刑之后，也不再因考虑身体精力如何，而不想去报复。在太平的年月，瑞宣是反对战争的。他不但反对国与国的武力冲突，就是人与人之间的彼此动武，他也认为是人类的野性未退的证据。现在，他可看清楚了：在他的反战思想的下面实在有个像田园诗歌一样安静老实的文化作基础。这个文化也许很不错，但是它有个显然的缺陷，就是：它很容易受暴徒的蹂躏，以至于灭亡。会引来灭亡的，不论是什么东西或道理，总是该及时矫正的。北平已经亡了，矫正是否来得及呢？瑞宣说不上来。他可是看出来，一个生活与趣味全都是田园诗样的钱先生现在居然不考虑一切，而只盼身体健壮，好去报仇，他没法不敬重老人的胆气。老人似乎不考虑什么来得及与来不及，而想一下子由饮酒栽花的隐士变成敢流血的战士。难道在国快亡了的时候，有血性的人不都应当如此么？

因为钦佩钱老人，他就更看不起自己。他的脑子一天到晚像陀螺一般的转动，可是连一件事也决定不了。他只好管自己叫作会思想的废物！

乘着钱先生闭上了眼，瑞宣轻轻的走出来。在院中，他看见钱少奶奶在洗衣服。她已有了三个多月的身孕。在孟石死去的时候，因为她的衣裳肥大，大家都没看出她有“身子”。在最近，她的“怀”开始显露出来。金三爷在前些天，把这件喜信告诉了亲家。钱先生自从回到家来，没有笑过一次，只在听到这个消息的时候，他笑了笑，而且说了句金三爷没听明白的话："生个会打仗的孩子吧！"瑞宣也听见了这句话，在当时也没悟出什么道理来。今天，看见钱少奶奶，他又想起来那句话，而且完全明白了其中的含义。

钱少奶奶没有什么模样，可是眉眼都还端正，不难看。她没有剪发，不十分黑而很多的头发梳了两根松的辫子，系着白头绳。她不高，可是很结实，腰背直直的好像担得起一切的委屈似的。她不大爱说话，就是在非说不可的时候，她也往往用一点表情或一个手势代替了话。假若有人不晓得这个，而紧跟她说，并且要求她回答，她便红了脸而更说不出来。

瑞宣不敢跟她多说话，而只指了指北屋，说了声："又睡着了。"

她点了点头。

瑞宣每逢看见她，也就立刻看到孟石——他的好朋友。有好几次，他几乎问出来："孟石呢？"为避免这个错误，他总是看着她的白辫梢，而且不敢和她多说话——免得自己说错了话，也免得教她为难。今天，他仍然不敢多说，可是多看了她两眼。他觉得她不仅是个年轻的可怜的寡妇，而也是负着极大的责任的一位母亲。她，他盼望，真的会给钱家和中国生个会报仇的娃娃！

一边这么乱想，一边走，不知不觉的他走进了家门。小顺儿的妈正责打小顺儿呢。她很爱孩子，也很肯管教孩子。她没受过什么学校教育，但从治家与教养小孩子来说，她比那受过学校教育，反对作贤妻良母，又不幸作了妻与母，而把家与孩子一齐活糟蹋了的妇女，高明得多了。她不准小孩子有坏习惯，从来不溺爱他们。她晓得责罚有时候是必要的。

瑞宣不大爱管教小孩。他好像是儿女的朋友，而不是父亲。他总是那么婆婆妈妈的和他们玩耍和瞎扯。等到他不高兴的时候，孩子们也自然的会看出不对，而离他远远的。当韵梅管孩子的时候，他可是绝对守中立，不护着孩子，也不给她助威。他以为夫妻若因管教儿女而打起架来，就不但管不了儿女，而且把整个的家庭秩序完全破坏了。这最不上算。

假若小顺儿的妈从丈夫那里得到管教儿女的“特权”，她可还另有困难，当她使用职权的时候。婆母是个明白人：当她管教自己的孩子的时候，她的公平与坚决差不多是与韵梅相同的。可是现在她老了。她仍然愿意教孙辈所受的管束与昔年自己的儿子所受的一样多，一样好；但是，也不是怎的，她总以为儿媳妇的管法似乎太严厉，不合乎适可而止的中道。她本想不出声，可是声音仿佛没经她的同意便自己出去了。

即使幸而通过了祖母这一关，小顺儿们还会向太爷爷请救，而教妈妈的巴掌或笤帚疙瘩落了空。在祁老人眼中，重孙儿孙女差不多就是小天使，永远不会有任何过错；即使有过错，他也要说：“孩子哪有不淘气的呢?”

祁老人与天佑太太而外，还有个瑞丰呢。他也许不甚高兴管闲事，但是赶上他高兴的时候，他会掩护着小顺儿与妞子，使他们不但挨不上打，而且教给他们怎样说谎扯皮的去逃避责罚。

现在，瑞宣刚走进街门，便听到了小顺儿的尖锐的，多半是为求救的，哭声。他知道韵梅最讨厌这种哭声，因为这不是哭，而是呼唤祖母与太爷爷出来干涉。果然，他刚走到枣树旁，南屋里的病人已坐起来，从窗上的玻璃往外看。看到了瑞宣，老太太把他叫住：“老大！别教小顺儿的妈老打孩子呀！这些日子啦，孩子们吃也吃不着，喝也喝不着，还一个劲儿的打，受得了吗！”

瑞宣心里说：“妈妈的话跟今天小顺儿的犯错儿挨打，差不多没关系！”可是，他连连的点头，往“战场”走去。他不喜欢跟病着的母亲辩论什么。

“战场”上，韵梅还瞪着大眼睛责备小顺儿，可是小顺儿已极安全的把脸藏在太爷爷的手掌里。他仍旧哭得很厉害，表示向妈妈挑战。

祁老人一面给重孙子擦泪，一面低声嘟囔着。他只能低声的，因为第一，祖公对孙媳妇不大好意思高声的斥责；第二，他准知道孙媳妇是讲理的人，决不会错打了孩子。“好乖孩子！”他嘟囔着：“不哭啦！多么好的孩子，还打哪？真！”

瑞宣听出来：假若祖母是因为这一程子的饮食差一点，所以即使孩子犯了过也不该打；太爷爷便表示“多么好的孩子”，而根本不应当责打，不管“好”孩子淘多大的气！

小妞子见哥哥挨打，唯恐连累了自己，藏在了自以为很严密，而事实上等于不藏的，石榴盆后面，两个小眼卜哒卜哒的从盆沿上往外偷看。

瑞宣从祖父一直看到自己的小女儿，没说出什么来便走进屋里去。到屋里，他对自己说：“这就是亡国奴的家庭教育，只有泪，哭喊，不合理的袒护，而没有一点点硬气儿！钱老人盼望有个会打仗的孩子，这表明钱诗人——受过日本人的毒打以后——彻底的觉悟过来：会打仗的孩子是并不多见的，而须赶快的产生下来。可是，这是不是晚了一些呢？日本人，在占据着北平的时候，会允许中国人自由的教育小孩子，把他们都教育成敢打仗的战士吗？钱诗人的醒悟恐怕已经太迟了？”正这么自言自语的叨唠，小妞子忽然从外面跑进来，院中也没了声音。瑞宣晓得院中已然风平浪静，所以小妞子才开始活动。

小妞儿眼中带出点得意与狡猾混合起来的神气，对爸爸说：

“哥，挨打！妞妞，藏！藏花盆后头！”说完，她露出一些顶可爱的小白牙，笑了。

瑞宣没法子对妞子说：“你狡猾，坏，和原始的人一样的狡猾，一样的坏！你怕危险，不义气！”他不能说，他知道妞子是在祖母和太爷爷的教养下由没有牙长到了满嘴都是顶可爱的小牙的年纪；她的油滑不是天生的，而是好几代的聪明教给她的！这好几代的聪明宁可失去他们的北平，也不教他们的小儿女受一巴掌的苦痛！

# 二十八

不管是有意的，还是无意的，冠先生交朋友似乎有个一定的方法。他永远对最新的朋友最亲热。这也许是因为有所求而交友的缘故。等到新劲儿一过去，热劲儿就也渐渐的消散，像晾凉了的馒头似的。

现在，蓝东阳是冠先生的宝贝。

即使我们知道冠先生对最新的朋友最亲热的原因，我们也无法不钦佩他的技巧。这技巧几乎不是努力学习的结果，而差不多全部都是天才的产物。冠先生的最见天才的地方就是“无聊”。只有把握到一切都无聊——无聊的啼笑，无聊的一问一答，无聊的露出牙来，无聊的眨巴眼睛，无聊的说地球是圆的，或烧饼是热的好吃……才能一见如故的，把一个初次见面的友人看成自己的亲手足一般，或者比亲手足还更亲热。也只有那在什么有用的事都可以不作，而什么白费时间的事都必须作的文化里，像在北平的文化里，无聊的天才才能如鱼得水的找到一切应用的工具。冠先生既是天才，又恰好是北平人。

相反的，蓝东阳是没有文化的，尽管他在北平住过了十几年。

蓝先生的野心很大。因为野心大，所以他几乎忘了北平是文化区；虽然他大言不惭的自居为文化的工程师，可是从生活上与学识上，他都没注意到过文化的内容与问题。他所最关心的是怎样得到权利，妇女，金钱，与一个虚假的文艺者的称呼。

因此，以冠晓荷的浮浅无聊，会居然把蓝东阳"唬"得一楞一楞的。凡是晓荷所提到的烟，酒，饭，茶的作法，吃法，他几乎都不知道。及至冠家的酒饭摆上来，他就更佩服了冠先生——冠先生并不瞎吹，而是真会享受。在他初到北平的时期，他以为到东安市场吃天津包子或褡裢火烧，喝小米粥，便是享受。住过几年之后，他才知道西车站的西餐与东兴楼的中菜才是说得出口的吃食。今天，他才又知道铺子中所卖的菜饭，无论怎么精细，也说不上是生活的艺术；冠先生这里是在每一碟咸菜里都下着一番心，在一杯茶和一盅酒的色，香，味，与杯盏上都有很大的考究；这是吃喝，也是历史与艺术。是的，冠先生并没有七盘八碗的预备整桌的酒席；可是他自己家里作的几样菜是北平所有的饭馆里都吃不到的。除了对日本人，蓝东阳是向来不轻于佩服人的。现在，他佩服了冠先生。

在酒饭之外，他还觉出有一股和暖的风，从冠先生的眼睛，鼻子，嘴，眉，和喉中刮出来。这是那种在桃花开了的时候的风，拂面不寒，并且使人心中感到一点桃色的什么而发痒，痒得怪舒服。冠先生的亲热周到使东阳不由的要落泪。他一向以为自己是受压迫的，因为他的文稿时常因文字不通而被退回来；今天，冠先生从他一进门便呼他为诗人，而且在吃过两杯酒以后，要求他朗读一两首他自己的诗。他的诗都很短，朗诵起来并不费工夫。他读完，冠先生张着嘴鼓掌。掌拍完，他的嘴还没并上；好容易并上了，他极严肃的说："好哑！好哑！的确的好哑！"蓝诗人笑得把一向往上吊着的那个眼珠完全吊到太阳穴里去了，半天也没落下来。

捧人是需要相当的勇气的。冠先生有十足的勇气——他会完全不要脸。

"高第！"冠先生亲热的叫大女儿。"你不是喜欢新文艺吗？跟东阳学学吧！"紧跟着对东阳说："东阳，你收个女弟子吧！"

东阳没答出话来。他昼夜的想女人，见了女人他可是不大说得出正经话来。

高第低下头去，她不喜欢这个又瘦又脏又难看的诗人。

冠先生本盼望女儿对客人献点殷勤，及至看高第不哼一声，他赶紧提起小磁酒壶来，让客："东阳，咱们就是这一斤酒，你要多喝也没有！先干了杯！呕！呕！对！好，干脆，这一壶归你，你自己斟！咱们喝良心酒！我和瑞丰另烫一壶！"

瑞丰和胖太太虽然感到一点威胁——东阳本是他们的，现在颇有已被冠先生夺了去的样子——可是还很高兴。一来是大赤包看丈夫用全力对付东阳，她便设法不教瑞丰夫妇感到冷淡；二来是他们夫妇都喜欢热闹，只要有好酒好饭的闹哄着，他们俩就决定不想任何足以破坏眼前快乐的事情。以瑞丰说，只要教他吃顿好的，好像即使吃完就杀头也没什么不可以的。胖太太还另有一件不好意思而高兴的事：东阳不住的看她。她以为这是她战败了冠家的两位姑娘，而值得骄傲。事实上呢，东阳是每看到女人便想到实际的问题；论起实际，他当然看胖乎乎的太太比小姐们更可爱。

招弟专会戏弄"癞虾蟆"。顶俏美的笑了一下，她问东阳："你告诉告诉我，怎样作个文学家，好不好？"并没等他回答，她便提出自己的意见："是不是不刷牙不洗脸，就可以作出好文章呢？"

东阳的脸红了。

高第和尤桐芳都咯咯的笑起来。

冠先生很自然的，拿起酒杯，向东阳一点头："来，罚招弟一杯，咱们也陪一杯，谁教她是个女孩子呢！"

吃过饭，大家都要求桐芳唱一支曲子。桐芳最讨厌有新朋友在座的时候"显露原形"。她说这两天有点伤风，嗓子不方便。瑞丰——久已对她暗里倾心——帮她说了几句话，解了围。桐芳，为赎这点罪过，提议打牌。瑞丰领教过了冠家牌法的厉害，不敢应声。胖太太比丈夫的胆气大一点，可是也没表示出怎么热烈来。蓝东阳本是个"钱狠子"，可是现在有了八成儿醉意，又看这里有那么多位女性，他竟自大胆的说："我来！说好，十六圈！不多不少，十扭圈！"他的舌头已有点不大利落了。

大赤包，桐芳，招弟，东阳，四位下了场。招弟为怕瑞丰夫妇太僵得慌，要求胖太太先替她一圈或两圈。

冠先生稍有点酒意，拿了两个细皮带金星的鸭儿梨，向瑞丰点了点头。瑞丰接过一个梨，随主人来到院中。两个人在灯影中慢慢的来回溜。冠先生的确是有点酒意了。他忽然噗哧的笑了一声。而后，亲热的叫："瑞丰！瑞丰！"瑞丰嘴馋，像个饿猴子似的紧着啃梨，嘴唇轻响的嚼，不等嚼碎就吞下去。满口是梨，他只好由鼻子中答应了声："嗯！"

"你批评批评！"冠先生口中谦虚，而心中骄傲的说："你给我批评一下，不准客气！你看我招待朋友还有什么不周到的地方？"

瑞丰是容易受感动的，一见冠先生这样的"不耻下问"，不由的心中颤动了好几下。赶快把一些梨渣滓啐出去，他说："我决不说假话！你的——无懈可击！"

“是吗？你再批评批评！你看，就是用这点儿——”他想不起个恰当的字，“这点儿，啊——亲热劲儿，大概和日本人来往，也将就了吧？你看怎么样？批评一下！”

“一定行！一定！”瑞丰没有伺候过日本人，但是他以为只要好酒好菜的供养着他们，恐怕他们也不会把谁活活的吃了。

冠先生笑了一下，可是紧跟着又叹了口气。酒意使他有点感伤，心里说：“有这样本事，竟自怀才不遇！”

瑞丰听见了这声叹气，而不便说什么。他不喜欢忧郁和感伤！快活，哪怕是最无聊无耻的快活，对于他都胜于最崇高的哀怨。他急忙往屋里走。晓荷，还拿着半个梨独自站在院里。

文章不通的人，据说，多数会打牌。东阳的牌打得不错。一上手，他连胡了两把。这两把都是瑞丰太太放的冲[①]。假若她知趣，便应该马上停手，教招弟来。可是，她永远不知趣，今天也不便改变作风。瑞丰倒还有这点敏感，可是不敢阻拦太太的高兴；他晓得，他若开口教她下来，他就至少须牺牲这一夜的睡眠，好通宵的恭听太太的训话。大赤包给了胖子一点暗示，她说日本人打牌是谁放冲谁给钱。胖太太还是不肯下来。打到一圈，大赤包笑着叫招弟：“看你这孩子，你的牌，可教祁太太受累！快来！好教祁二嫂休息休息！”胖太太这才无可如何的办了交代，红着脸张罗着告辞。瑞丰怕不好看，直搭讪着说：“再看两把！天还早！”

第二圈，东阳听了两次胡，可都没胡出来，因为他看时机还早而改了叫儿，以便多胡一番。他太贪。这两把都没胡，他失去了自信，而越打越慌，越背。他是打赢不打输的人，他没有牌品。在

①放的冲，打麻将时上家不考虑下家的情况，随便打出牌去叫放的冲。

平日写他那自认为是批评文字的时候，他总是攻击别人的短处，而这些短处正是他想作而作不到的事。一个写家被约去讲演，或发表了一点政见，都被他看成是出风头，为自己宣传；事实上，那只是因为没人来请他去讲演，和没有人请他发表什么意见。他的嫉妒变成了讽刺，他的狭窄使他看起来好像挺勇敢，敢去战斗似的。他打牌也是这样，当牌气不大顺的时候。他摔牌，他骂骰子，他怨别人打的慢，他嫌灯光不对，他挑剔茶凉。他自己毫无错处，他不和牌完全因为别人的瞎打乱闹。

瑞丰看事不祥，轻轻的拉了胖太太一把，二人没敢告辞，以免扰动牌局，偷偷的走出去。冠先生轻快的赶上来，把他们送到街门口。

第二天，瑞丰想一到学校便半开玩笑的向东阳提起高第姑娘来。假若东阳真有意呢，他就不妨真的作一次媒，而一箭双雕的把蓝与冠都捉到手里。

见到东阳，瑞丰不那么乐观了。东阳的脸色灰绿，一扯一扯的像要裂开。他先说了话："昨天冠家的那点酒，菜，茶，饭，一共用多少钱？"

瑞丰知道这一问或者没怀着好意，但是他仍然把他当作好话似的回答："呕，总得花二十多块钱吧，尽管家中作的比外叫的菜便宜；那点酒不会很贱了，起码也得四五毛一斤！"

"他们赢了我八十！够吃那么四回的！"东阳的怒气像夏天的云似的涌上来，"他们分给你多少？"

"分给我？"瑞丰的小眼睛睁得圆圆的。

"当然喽！要不然，我跟他们丝毫的关系都没有，你干吗给两下里介绍呢？"

瑞丰，尽管是浅薄无聊的瑞丰，也受不了这样的无情的，脏污的，攻击。他的小干脑袋上的青筋全跳了起来。他明知道东阳不是好惹的，不该得罪的，可是他不能太软了，为了脸面，他不能太软了！他拿出北平人的先礼后拳的办法来：

“你这是开玩笑呢，还是——”

“我不会开玩笑！我输了钱！”

“打牌还能没有输赢？怕输就别上牌桌呀！”

论口齿，东阳是斗不过瑞丰的。可是东阳并不怕瑞丰的嘴。专凭瑞丰平日的处世为人的态度来说，就有许多地方招人家看不起的；所以，无论他怎样能说会道，东阳是不会怕他的。

“你听着！”东阳把臭黄牙露出来好几个，像狗打架时那样。“我现在是教务主任，不久就是校长，你的地位是在我手心里攥着的！我一撒手，你就掉在地上！我告诉你，除非你赔偿上八十块钱，我一定免你的职！”

瑞丰笑了。他虽浮浅无聊，但究竟是北平人，懂得什么是“里儿”，哪叫“面儿”[①]。北平的娘儿们，也不会像东阳这么一面理。“蓝先生，你快活了手指头，红中白板的摸了大半夜，可是教我拿钱；哈，天下哪有这么便宜的事？要是有的话，我早去了，还轮不到尊家你呢！”

东阳不敢动武，他怕流血。当他捉到一个臭虫——他的床上臭虫很多——的时候，他都闭上眼睛去抹杀它，不敢明目张胆的作。今天，因为太看不起瑞丰了，他居然说出：“你不赔偿的话，可留神我会揍你！”

---

①“里儿”、“面儿”，日常待人接物的道理。有老于世故的意思。

瑞丰没想到东阳会这样的认真。他后悔了，后悔自己爱多事。可是，自己的多事并不是没有目的；他是为讨东阳的喜欢，以便事情有些发展，好多挣几个钱。这，在他想，不能算是错误。他原谅了自己，那点悔意像蜻蜓点水似的，轻轻的一挨便飞走了。

他没有钱。三个月没有发薪了。他晓得学校的“金库”里也不过统共有十几块钱。想到学校与自己的窘迫，他便也想到东阳的有钱。东阳的钱，瑞丰可以猜想得到，一部分是由新民会得来的，一部分也必是由爱钱如命才积省下来的。既然是爱钱如命，省吃俭用的省下来的，谁肯轻易一输，就输八十呢？这么一想，瑞丰明白了，东阳的何以那么着急，而且想原谅了他的无礼。他又笑了一下，说：“好吧，我的错儿，不该带你到冠家去！我可是一番好意，想给你介绍那位高第小姐；谁想你会输那么多的钱呢！”

“不用费话！给我钱！”东阳的散文比他的诗通顺而简明的多了。

瑞丰想起来关于东阳的笑话。据说：东阳给女朋友买过的小梳子小手帕之类的礼物，在和她闹翻了的时候，就详细的开一张单子向她索要！瑞丰开始相信这笑话的真实，同时也就很为了难——他赔还不起那么多钱，也没有赔还的责任，可是蓝东阳又是那么蛮不讲理！

“告诉你！”东阳满脸的肌肉就像服了毒的壁虎似乎全部抽动着。“告诉你！不给钱，我会报告上去，你的弟弟逃出北平——这是你亲口告诉我的——加入了游击队！你和他通气！”

瑞丰的脸白了。他后悔，悔不该那么无聊，把家事都说与东阳听，为是表示亲密！不过，后悔是没用的，他须想应付困难的办法。

他想不出办法。由无聊中闹出来的事往往是无法解决的。

他着急！真要是那么报告上去，得抄家！

他是最怕事的人。因为怕事，所以老实；因为老实，所以他自居为孝子贤孙。可是，孝子贤孙现在惹下了灭门之祸！

他告诉过东阳，老三逃出去了。那纯粹因为表示亲密；假若还有别的原因的话，也不过是因为除了家长里短，他并没有什么可对友人说的。他万也没想到东阳会硬说老三参加了游击队！他没法辩驳，他觉得忽然的和日本宪兵，与宪兵的电椅皮鞭碰了面！他一向以为日本人是不会和他发生什么太恶劣的关系的，只要他老老实实的不反日，不惹事。今天，料想不到的，日本人，那最可怕的，带着鞭板锁棍的，日本人，却突然的立在他面前。

他哄的一下出了汗。

他非常的着急，甚至于忘了先搪塞一下，往后再去慢慢的想办法。急与气是喜欢相追随的弟兄，他瞪了眼。

东阳本来很怕打架，可是丝毫不怕瑞丰的瞪眼，瑞丰平日给他的印象太坏了，使他不去考虑瑞丰在真急了的时节也敢打人。“怎样？给钱，还是等我去给你报告？”

一个人慌了的时候，最容易只沿着一条路儿去思索。瑞丰慌了。他不想别的，而只往坏处与可怕的地方想。听到东阳最后的恐吓，他又想出来：即使真赔了八十元钱，事情也不会完结；东阳哪时一高兴，仍旧可以给他报告呀！

“怎样？”东阳又催了一板，而且往前凑，逼近了瑞丰。

瑞丰像一条癞狗被堵在死角落里，没法子不露出抵抗的牙与爪来了。他一拳打出去，倒仿佛那个拳已不属他管束了似的。他不晓得这一拳应当打在哪里，和果然打在哪里，他只知道打着了一些什么；紧跟着，东阳便倒在了地上。他没料到东阳会这么不禁碰。他急忙往地上看，东阳已闭上了眼，不动。轻易不打架的人总以为一打就会出人命的；瑞丰浑身上下都忽然冷了一下，口中不由的说出来："糟啦！打死人了！"说完，不敢再看，也不顾得去试试东阳还有呼吸气儿与否，他拿起腿便往外跑，像七八岁的小儿惹了祸，急急逃开那样。

他生平没有走过这么快。像有一群恶鬼赶着，而又不愿教行人晓得他身后有鬼，他贼眉鼠眼的疾走。他往家中走。越是怕给家中惹祸的，当惹了祸的时候越会往家中跑。

到了家门口，他已喘不过气来。扶住门垛子，他低头闭上了眼，大汗珠拍哒拍哒的往地上落。这么忍了极小的一会儿，他用袖子抹了抹脸上的汗，开始往院里走。他一直奔了大哥屋中去。

瑞宣正在床上躺着。瑞丰在最近五年中没有这么亲热的叫过大哥："大哥！"他的泪随着声音一齐跑出来。

这一声"大哥"，打动了瑞宣的心灵。他急忙坐起来问："怎么啦？老二！"

老二从牙缝里挤出来："我打死了人！"

瑞宣立起来，心里发慌。但是，他的修养马上来帮他的忙，教他稳定下来。他低声的，关心而不慌张的问："怎么回事呢？坐下说！"说罢，他给老二倒了杯不很热的开水。

老二把水一口喝下去。老大的不慌不忙，与水的甜润，使他的神经安贴了点。他坐下，极快，极简单的，把与东阳争吵的经过说了一遍。他没说东阳的为人是好或不好，也没敢给自己的举动加上夸大的形容；他真的害了怕，忘记了无聊与瞎扯。说完，他的手颤动着掏出香烟来，点上一支。

瑞宣声音低而恳切的问："他也许是昏过去了吧？一个活人能那么容易死掉？"

老二深深的吸了口烟。"我不敢说！"

"这容易，打电话问一声就行了！"

"怎么？"老二现在仿佛把思索的责任完全交给了大哥，自己不再用一点心思。

"打电话找他，"瑞宣和善的说明："他要是真死了或是没死，接电话的人必定能告诉你。"

"他要是没死呢？我还得跟他说话？"

"他若没死，接电话的人必说：请等一等。你就把电话挂上好啦。"

"对！"老二居然笑了一下，好像只要听从哥哥的话，天大的祸事都可以化为无有了似的。

"我去，还是你去？"老大问。

"一道去好不好？"老二这会儿不愿离开哥哥。在许多原因之中，有一个是他暂时还不愿教太太知道这回事。他现在才看清楚：对哥哥是可以无话不说的，对太太就不能不有时候闭上嘴。

附近只有一家有电话的人家。那是在葫芦肚里，门前有排得很整齐的四棵大柳树，院内有许多树木的牛宅。葫芦肚是相当空旷的。四围虽然有六七家人家，可没有一家的建筑与气势能稍稍减去门外的荒凉的。牛宅是唯一的体面宅院，但是它也无补于事，因为它既是在西北角上，而且又深深的被树木掩藏住——不知道的人很不易想到那片树木里还有人家。这所房与其说是宅院，还不如说是别墅或花园——虽然里边并没有精心培养着的奇花异草。

牛先生是著名的大学教授，学问好，而且心怀恬淡。虽然在这里已住了十二三年，可是他几乎跟邻居们全无来往。这也许是他的安分守己，无求于人的表示，也许是别人看他学识太深而不愿来“献丑”。瑞宣本来有机会和他交往，可是他——瑞宣——因不愿“献丑”而没去递过名片。瑞宣永远愿意从书本上钦佩著者的学问，而不肯去拜见著者——他觉得那有点近乎巴结人。

瑞丰常常上牛宅来借电话，瑞宣今天是从牛宅迁来以后第一次来到四株柳树底的大门里。

老二借电话，而请哥哥说话。电话叫通，蓝先生刚刚的出去。

“不过，事情不会就这么完了吧？”从牛宅出来，老二对大哥说。

“慢慢的看吧！”瑞宣不很带劲儿的回答。

“那不行吧？我看无论怎着，我得赶紧另找事，不能再到学校去；蓝小子看不见我，也许就忘了这件事！”

“也许！”瑞宣看明白老二是胆小，不敢再到学校去，可是不好意思明说出来。真的，他有许许多多的话要说。其中的最现成的恐怕就是：“这就是你前两天所崇拜的人物，原来不过如此！”或者：“凭你，蓝东阳，冠晓荷，就会教日本人平平安安的统治北平？你们自己会为争一个糖豆而打得狗血喷头！”可是，他闭紧了嘴不说，他不愿在老二正很难过的时候去教训或讥讽，使老二更难堪。

“找什么事情呢？”老二嘟囔着。“不管怎样，这两天反正我得请假！”

瑞宣没再说什么。假若他要说，他一定是说：“你不到学校去，我可就得去了呢！”是的：他不能和老二都在家里蹲着，而使老人们看着心焦。他自从未参加那次游行，就没请假，没辞职，而好几天没到学校去。现在，他必须去了，因为老二也失去了位置。

他很难过；他生平没作过这样忽然旷课，又忽然复职的事！学校里几时才能发薪，不晓得。管它发薪与否，占住这个位置至少会使老人们稍微安点心。他准知道：今天老二必不敢对家中任何人说道自己的丢脸与失业；但是，过了两三天，他必会打开嘴，向大家乞求同情。假若瑞宣自己也还不到学校去，老人们必会因可怜老二而责备老大。他真的不喜欢再到学校去，可是非去不可，他叹了口气。

“怎么啦?”老二问。

“没什么!”老大低着头说。

弟兄俩走到七号门口，不约而同的停了一步。老二的脸上没了血色。

有三四个人正由三号门外向五号走，其中有两个是穿制服的!

瑞丰想回头就跑，被老大拦住：“两个穿制服的是巡警。那不是白巡长？多一半是调查户口。”

老二慌得很：“我得躲躲！穿便衣的也许是特务！”没等瑞宣再说话，他急忙转身顺着西边的墙角疾走。

瑞宣独自向家中走。到了门口，巡警正在拍门。他笑着问：“干什么？白巡长!”

“调查户口，没别的事。”白巡长把话说得特别的温柔，为是免得使住户受惊。

瑞宣看了看那两位穿便衣的，样子确乎有点像侦探。他想，他们俩即使不为老三的事而来，至少也是被派来监视白巡长的。瑞宣对这种人有极大的反感。他们永远作别人的爪牙，而且永远威风凛凛的表示作爪牙的得意；他们宁可失掉自己的国籍，也不肯失掉威风。

白巡长向“便衣”们说明：“这是住在这里最久的一家!”说

着，他打开了簿子，问瑞宣："除了老三病故，人口没有变动吧？"

瑞宣十分感激白巡长，而不敢露出感激的样子来，低声的回答了一声："没有变动。"

"没有亲戚朋友住在这里？"白巡长打着官腔问。

"也没有！"瑞宣回答。

"怎么？"白巡长问便衣，"还进去吗？"

这时候，祁老人出来了，向白巡长打招呼。

瑞宣很怕祖父把老三的事说漏了兜。幸而，两个便衣看见老人的白须白发，仿佛放了点心。他们俩没说什么，而只那么进退两可的一犹豫。白巡长就利用这个节骨眼儿，笑着往六号领他们。

瑞宣同祖父刚要转身回去，两个便衣之中的一个又转回来，很傲慢的说："听着，以后就照这本簿子发良民证！我们说不定什么时候，也许是在夜里十二点，来抽查；人口不符，可得受罚，受顶大的罚！记住！"

瑞宣把一团火压在心里，没出一声。

老人一辈子最重要的格言是"和气生财"。他极和蔼的领受"便衣"的训示，满脸堆笑的说："是！是！你哥儿们多辛苦啦！不进来喝口茶吗？"

便衣没再说什么，昂然的走开。老人望着他的后影，还微笑着，好像便衣的余威未尽，而老人的谦卑是无限的。瑞宣没法子责备祖父。祖父的过度的谦卑是从生活经验中得来，而不是自己创制的。从同一的观点去看，连老二也不该受责备。从祖父的谦卑里是可以预料到老二的无聊的。苹果是香美的果子，可是烂了的时候还不如一条鲜王瓜那么硬气有用。中国确是有深远的文化，可惜它已有点发霉发烂了；当文化霉烂的时候，一位绝对良善的七十多岁的

老翁是会向“便衣”大量的发笑，鞠躬的。

“谁知道，”瑞宣心里说：“这也许就是以柔克刚的那点柔劲。有这个柔劲儿，连亡国的时候都软软糊糊的，不知道怎么一下子就全完了，像北平亡了的那样！有这股子柔劲儿，说不定哪一会儿就会死而复苏啊！谁知道！”他不敢下什么判断，而只过去搀扶祖父——那以“和气生财”为至理的老人。

祁老人把门关好，还插上了小横闩，才同长孙往院里走；插上了闩，他就感到了安全，不管北平城是被谁占据着。

“白巡长说什么来着？”老人低声的问，仿佛很怕被便衣听了去。“他不是问小三儿来着？”

“老三就算是死啦！”瑞宣也低声的说。他的声音低，是因为心中难过。

“小三儿算死啦？从此永远不回来啦？”老人因惊异而有点发怒。“谁说的？怎么个理儿？”

天佑太太听见了一点，立刻在屋中发问：“谁死啦？老大！”

瑞宣知道说出来就得招出许多眼泪，可是又不能不说——家中大小必须一致的说老三已死，连小顺儿与妞子都必须会扯这个谎。是的，在死城里，他必须说那真活着的人死去了。他告诉了妈妈。

妈妈不出声的哭起来。她最怕的一件事——怕永不能再见到小儿子——已经实现了一半儿！瑞宣说了许多他自己也并不十分相信的话，去安慰妈妈。妈妈虽然暂时停止住哭，可是一点也不信老大的言语。

祁老人的难过是和儿媳妇的不相上下，可是因为安慰她，自己反倒闸住了眼泪。

瑞宣的困难反倒来自孩子们。小顺儿与妞子刨根问底的提出好多问题：三叔哪一天死的？三叔死在了哪里？三叔怎么死的？死了还会再活吗？他回答不出来，而且没有心思去编造一套——他已够苦痛的了，没心陪着孩子们说笑。他把孩子们交给了韵梅。她的想象力不很大，可是很会回答孩子们的问题——这是每一位好的妈妈必须有的本事。

良民证！瑞宣死死的记住了这三个字！谁是良民？怎样才算良民？给谁作良民？他不住的这么问自己。回答是很容易找到的：不反抗日本人的就是日本人的良民！但是，他不愿这么简单的承认了自己是亡国奴。他盼望能有一条路，教他们躲开这最大的耻辱。没有第二条路，除了南京胜利。想到这里，他几乎要跪下，祈祷上帝，他可是并不信上帝。瑞宣是最理智，最不迷信的人。

良民证就是亡国奴的烙印。一旦伸手接过来，就是南京政府打了胜仗，把所有在中国的倭奴都赶回三岛去，这个烙印还是烙印，还是可耻！一个真正的国民就永远不伸手接那个屈膝的证件！永远不该指望别人来替自己洗刷耻辱！可是，他须代表全家去接那作奴隶的证书；四世同堂，四世都一齐作奴隶！

轻蔑么？对良民证冷笑么？那一点用处也没有！作亡国奴没有什么好商议的，作就伸手接良民证，不作就把良民证摔在日本人的脸上！冷笑，不抵抗而否认投降，都是无聊，懦弱！

正在这个时候，老二回来了，手里拿着一封信。恐怕被别人看见似的。他向老大一点头，匆匆的走进哥哥的屋中。瑞宣跟了进去。

“刚才是调查户口，”瑞宣告诉弟弟。

老二点点头，表示已经知道了。然后，用那封信——已经拆开——拍着手背，非常急躁的说："要命就干脆拿了去，不要这么钝刀慢剐呀！"

"怎么啦？"老大问。

"我活了小三十岁了，就没见过这么没心没肺的人！"老二的小干脸上一红一白的，咬着牙说。

"谁？"老大眨巴着眼问。

"还能有谁！"老二拍拍的用信封抽着手背。"我刚要进门，正碰上邮差。接过信来，我一眼就认出来，这是老三的字！怎这么胡涂呢！你跑就跑你的得了，为什么偏偏要我老二陪绑呢！"他把信扔给了大哥。

瑞宣一眼便看明白，一点不错，信封上是老三的笔迹。字写得很潦草，可是每一个都那么硬棒，好像一些跑动着的足球队员似的。看清楚了字迹，瑞宣的眼中立刻湿了。他想念老三，老三是他的弟弟，也是他的好友。

信是写给老二的，很简单：

"丰哥：出来好，热闹，兴奋！既无儿女，连二嫂也无须留在家里，外面也有事给她作，外面需要一切年轻的人！母亲好吗？大哥"到此为止，信忽然的断了。大哥怎样？莫非因为心中忽然一难过而不往下写了么？谁知道！没有下款，没有日月，信就这么有头无尾的完了。

瑞宣认识他的三弟，由这样的一段信里，他会看见老三的思路：老三不知因为什么而极兴奋。他是那样的兴奋，所以甚至忘了老二的没出息，而仍盼他逃出北平——外面需要一切年轻的人。他有许多话要说，可是顾虑到信件的检查，而忽然的问母亲好吗？母亲之外，大哥是他所最爱的人，所以紧跟着写上"大哥"。可是，跟大哥要说的话也许须写十张二十张纸；作不到，爽性就一字也不说了。

看着信，瑞宣也看见了老三，活泼，正直，英勇的老三！他舍不得把眼从信上移开。他的眼中有一些泪，一些欣悦，一些悲伤，一些希望，和许多许多的兴奋。他想哭，也想狂笑。他看见了老二，也看见老三。他悲观，又乐观。他不知如何是好。

瑞丰一点也不能明白老大，正如同他一点也不能明白老三。他的心理很简单——怕老三连累了他。“告诉妈不告诉？哼！他还惦记着妈！信要被日本人检查出来，连妈也得死！”他没好气的嘟囔。

瑞宣的复杂的，多半是兴奋的，心情，忽然被老二这几句像冰一样冷的话驱逐开，驱逐得一干二净。他一时说不上话来，而顺手把那封信掖到衣袋里去。

“还留着？不赶紧烧了？那是祸根！”老二急扯白脸的说。

老大笑了笑。“等我再看两遍，一定烧！”他不愿和老二辩论什么。“老二！真的，你和二妹一同逃出去也不错；学校的事你不是要辞吗？”

“大哥！”老二的脸沉下来。“教我离开北平？”他把“北平”两个字说得那么脆，那么响，倒好像北平就是他的生命似的，绝对不能离开，一步不能离开！

“不过是这么一说，你的事当然由你作主！”瑞宣耐着性儿说。“蓝东阳，啊，我怕蓝东阳陷害你！”

“我已经想好了办法。”老二很自信的说。“先不告诉你，大哥。我现在只愁没法给老三去信，嘱咐他千万别再给家里来信！可是他没写来通讯处；老三老那么慌慌张张的！”说罢，他走了出去。

# 二十九

天越来越冷了。在往年，祁家总是在阴历五六月里叫来一两大车煤末子，再卸两小车子黄土，而后从街上喊两位“煤黑子”来摇煤球，摇够了一冬天用的。今年，从“七七”起，城门就时开时闭，没法子雇车去拉煤末子。而且，在日本人的横行霸道之下，大家好像已不顾得注意这件事，虽然由北平的冬寒来说这确是件很重要的事。连小顺儿的妈和天佑太太都忘记了这件事。只有祁老人在天未明就已不能再睡的时候，还盘算到这个问题，可是当长孙媳妇告诉他种种的困难以后，他也只好抱怨大家都不关心家事，没能在“七七”以前就把煤拉到，而想不出高明的办法来。

煤一天天的涨价。北风紧吹，煤紧加价。唐山的煤大部分已被日本人截了去，不再往北平来，而西山的煤矿已因日本人与我们的游击队的混战而停了工。北平的煤断了来源！

祁家只有祁老人和天佑的屋里还保留着炕，其余的各屋里都早已随着“改良”与“进步”而拆去，换上了木床或铁床。祁老人喜欢炕，正如同他喜欢狗皮袜头，一方面可以表示出一点自己不喜新厌故的人格，另一方面也是因为老东西确实有它们的好处，不应当一笔抹杀。在北平的三九天，尽管祁老人住的是向阳的北房，而且墙很厚，窗子糊得很严，到了后半夜，老人还是感到一根针一根针似的小细寒风，向脑门子，向肩头，继续不断的刺来。尽管老人把身子蜷成一团，像只大猫，并且盖上厚被与皮袍，他还是觉不到温暖。只有炕洞里升起一小炉火，他才能舒舒服服的躺一夜。

天佑太太并不喜欢睡热炕，她之所以保留着它是她准知道孙子们一到三四岁就必被派到祖母屋里来睡，而有一铺炕是非常方便的。炕的面积大，孩子们不容易滚了下去；半夜里也容易照管，不至于受了热或着了凉。可是，她的南屋是全院中最潮湿的，最冷的；到三九天，夜里能把有水的瓶子冻炸。因此，她虽不喜欢热炕，可也得偶尔的烧它一回，赶赶湿寒。

没有煤！祁老人感到一种恐怖！日本人无须给他任何损害与干涉，只须使他在凉炕上过一冬天，便是极难熬的苦刑！天佑太太虽然没有这么惶恐，可也知道冬天没有火的罪过是多么大！

瑞宣不敢正眼看这件事。假若他有钱，他可以马上出高价，乘着城里存煤未卖净的时候，囤起一冬或一年的煤球与煤块。但是，他与老二都几个月没拿薪水了，而父亲的收入是很有限的。

小顺儿的妈以家主妇的资格已向丈夫提起好几次："冬天要是没有火，怎么活着呢？那，北平的人得冻死一半！"

瑞宣几次都没正式的答复她，有时候他惨笑一下，有时候假装耳聋。有一次，小顺儿代替爸爸发了言："妈，没煤，顺儿去拣煤核儿！"又待了一会儿，他不知怎么想起来："妈！也会没米，没白面吧？"

"别胡说啦！"小顺儿的妈半恼的说："你愿意饿死！混小子！"

瑞宣楞了半天，心里说："怎见得不会不绝粮呢！"他一向没想到过这样的问题。经小顺儿这么一说，他的眼忽然看出老远老远去。今天缺煤，怎见得明天就不缺粮呢？以前，他以为亡城之苦是干脆的受一刀或一枪；今天，他才悟过来，那可能的不是脆快的一刀，而是慢慢的，不见血的，冻死与饿死！想到此处，他否认了自己不逃走的一切理由。冻，饿，大家都得死，谁也救不了谁；难道因为他在家里，全家就可以没煤也不冷，没米也不饿吗？他算错了账！

掏出老三的那封信，他读了再读的读了不知多少遍。他渴望能和老三谈一谈。只有老三能明白他，能替他决定个主意。

他真的憋闷极了，晚间竟自和韵梅谈起这回事。平日，对家务事，他向来不但不专制，而且多少多少糖豆酸枣儿的事都完全由太太决定，他连问也不问。现在，他不能再闭着口，他的脑中已涨得要裂。

韵梅不肯把她的水灵的眼睛看到山后边去，也不愿丈夫那么办。“孩子的话，干吗记在心上呢？我看，慢慢的就会有了煤！反正着急也没用！挨饿？我不信一个活人就那么容易饿死！你也走？老二反正不肯养活这一家人！我倒肯，可又没挣钱的本事！算了吧，别胡思乱想啦，过一天是一天，何必绕着弯去发愁呢！”

她的话没有任何理想与想象，可是每一句都那么有分量，使瑞宣无从反驳。是的，他无论怎样，也不能把全家都带出北平去。那么，一家老幼在北平，他自己就也必定不能走。这和二加二是四一样的明显。

他只能盼望国军胜利，快快打回北平！

太原失陷！广播电台上又升起大气球，“庆祝太原陷落！”

学生们又须大游行。

他已经从老二不敢再到学校里去的以后就照常去上课。他不肯教老人们看着他们哥儿俩都在家中闲着。

庆祝太原陷落的大游行，他是不是去参加呢？既是学校中的教师，他理应去照料着学生。另一方面，从一种好奇心的催促，他也愿意去参加——他要看看学生与市民是不是还像庆祝保定陷落时那么严肃沉默。会继续的严肃，就会不忘了复仇。

可是，他又不敢去，假若学生们已经因无可奈何而变成麻木呢？他晓得人的面皮只有那么厚，一揭开就完了！他记得学校里有一次闹风潮，有一全班的学生都退了学。可是，校长和教员们都坚不让步，而学生们的家长又逼着孩子们回校。他们只好含羞带愧的回来。当瑞宣在风潮后第一次上课的时候，这一班的学生全低着头，连大气都不出一声，一直呆坐了一堂；他们失败了，他们羞愧！他们是血气方刚的孩子！可是，第二天再上课，他们已经又恢复了常态，有说有笑的若无其事了。他们不过是孩子！他们的面皮只有那么厚，一揭开就完了！一次游行，两次游行，三次五次游行，既不敢反抗，又不便老拧着眉毛，学生们就会以嬉皮笑脸去接受耻辱，而慢慢的变成了没有知觉的人。学生如是，市民们就必更容易撕去脸皮，苟安一时。

他不知怎样才好，他恨自己没出息，没有抛妻弃子，去奔赴国难的狠心与决心！

这几天，老二的眉毛要拧下水珠来。胖太太已经有三四天没跟他说话。他不去办公的头两天，她还相信他的乱吹，以为他已另有高就。及至他们俩从冠宅回来，她就不再开口说话，而把怒目与撇嘴当作见面礼。他俩到冠宅去的目的是为把蓝东阳的不近人情报告明白，而求冠先生与冠太太想主意，给瑞丰找事。找到了事，他们旧事重提的说：“我们就搬过来住，省得被老三连累上！”瑞丰以为冠氏夫妇必肯帮他的忙，因为他与东阳的吵架根本是因为冠家赢了钱。

冠先生相当的客气，可是没确定的说什么。他把这一幕戏让给了大赤包。

大赤包今天穿了一件紫色绸棉袍，唇上抹着有四两血似的口红，头发是刚刚烫的，很像一条绵羊的尾巴。她的气派之大差不多是空前的，脸上的每一个雀斑似乎都表现着傲慢与得意。

那次，金三爷在冠家发威的那次，不是有一位带着个妓女的退职军官在座吗？他已运动成功，不久就可以发表——警察局特高科的科长。他叫李空山。他有过许多太太，多半是妓女出身。现在，既然又有了官职，他决定把她们都遣散了，而正经娶个好人家的小姐，而且是读过书的小姐。他看中了招弟。可是大赤包不肯把那么美的招弟贱卖了。她愿放手高第。李空山点了头。虽然高第不很美，可的确是位小姐，作过女学生的小姐。再说，遇必要时，他还可以再弄两个妓女来，而以高第为正宫娘娘，她们作妃子，大概也不至于有多少问题。大赤包的女儿不能白给了人。李空山答应给大赤包运动妓女检查所的所长。这是从国都南迁以后，北平的妓馆日见冷落，而成为似有若无的一个小机关。现在，为慰劳日本军队，同时还得防范花柳病的传播，这个小机关又要复兴起来。李空山看大赤包有作所长的本领。同时，这个机关必定增加经费，而且一加紧检查就又必能来不少的“外钱”。别人还不大知道，李空山已确实的打听明白，这将成为一个小肥缺。假若他能把这小肥缺弄到将来的丈母娘手里，他将来便可以随时给高第一点气受，而把丈母娘的钱挤了过来——大赤包一给他钱，他便对高第和气两天。他把这些都盘算好以后，才认真的给大赤包去运动。据最近的消息：他很有把握把事情弄成功。

起床，睡倒，走路，上茅房，大赤包的嘴里都轻轻的叫自己：“所长！所长！”这两个字像块糖似的贴在了她的舌头上，每一咂就满口是水儿！她高兴，骄傲，恨不能一个箭步跳上房顶去，高声喊出：“我是所长！”她对丈夫只哼儿哈儿的带理不理，对大女儿反倒拿出好脸，以便诱她答应婚事，别犯牛脾气。对桐芳，她也居然停止挑战，她的理由是：“大人不和小人争！”她是所长，也就是大人！

她也想到她将来的实权，而自己叨唠：“动不动我就检查！动不动我就检查！怕疼，怕麻烦，给老太太拿钱来！拿钱来！拿钱来！”她一边说，一边点头，把头上的发夹子都震落下两三个来。她毫不客气的告诉了瑞丰：

“我们快有喜事了，那间小屋得留着自己用！谁教你早不搬来呢？至于蓝东阳呀，我看他还不错吗！怎么？你是为了我们才和他闹翻了的？真对不起！可是，我们也没有赔偿你的损失的责任！我们有吗？”她老气横秋的问冠晓荷。

晓荷眯了眯眼，轻轻一点头，又一摇头；没说什么。

瑞丰和胖太太急忙立起来，像两条挨了打的狗似的跑回家去。

更使他们夫妇难过的是蓝东阳还到冠家来，并且照旧受欢迎，因为他到底是作着新民会的干事，冠家不便得罪他。大赤包福至心灵的退还了东阳四十元钱：“我们玩牌向来是打对折给钱的；那天一忙，就实价实收了你的；真对不起！”东阳也大方一下，给高第姐妹买了半斤花生米。大赤包对这点礼物也发了一套议论：

“东阳！你作的对！这个年月，一个年轻的小伙子得知道钱是好的，应当节省，好积攒下结婚费！礼轻人物重，不怕你给她们半个花生米，总是你的人心！你要是花一大堆钱，给她们买好些又贵又没用的东西，我倒未必看得起你啦！”

东阳听完这一套，笑得把黄牙板全露出来，几乎岔了气。他自居为高第姐妹俩的爱人，因为她们俩都吃了他的几粒花生米。

这些，是桐芳在门外遇见胖太太，嘁嘁喳喳的报告出来的。胖太太气得发昏，浑身的肥肉都打战！

老二的耳朵，这几天了，老抿着。对谁，他都非常的客气。这一程子的饭食本来很苦，有时候因城门关闭，连大白菜都吃不到，而只用香油炒一点麻豆腐；老二这两天再也不怨大嫂不会过日子。饭食太苦，而端起碗来，不管有菜没有，便扒搂干净，嘴中嚼得很响，像鸭子吃东西那样。他不但不怨饭食太苦，而且反倒夸奖大嫂在这么困难的时候还能教大家吃上饭，好不容易！这么一来，瑞宣和韵梅就更为了难，因老二的客气原是为向兄嫂要点零钱，好买烟卷儿什么的。老大只好因此而多跑一两趟当铺！

胖太太一声没出，偷偷的提了个小包就回娘家了。这使老二终日像失了群的鸡，东瞧瞧，西看看的在满院子打转，不知如何是好。他本不想把失业这事实报告给老人们，现在他不能再闭着嘴，因为他需要老人们的怜爱——和太太吵了架之后，人们往往想起来父母。他可并没实话实说。他另编了一个故事。他晓得祁家的文化与好莱坞的恰恰相反：好莱坞的以打了人为英雄，祁家以挨了打为贤孝。所以，他不敢说他打了蓝东阳，而说蓝东阳打了他，并且要继续的打他。祖父与妈妈都十分同情他。祖父说：

“好！他打咱们，是他没理，我们绝不可以还手！”

妈妈也说：“他还要打，我们就躲开他！”

“是呀！”老二很爱听妈妈的话：“所以我不上学校去啦！我赶紧另找点事作，不便再受他的欺侮，也不便还手打他！是不是？”

他也没敢提出老三来，怕一提起来就涉及分家的问题。他正赋闲，必须吃家中的饭，似乎不便提到分家。即使在这两天内，宪兵真为老三的事来捉他，他也只好认命；反正他不愿意先出去挨饿。

瑞宣本来有点怕到学校去，现在又很愿意去了，为是躲开老二。老二的胆小如鼠并不是使老大看不起他的原因。老大知道，从一个意义来讲，凡是在北平作顺民的都是胆小的，老二并不是特例。老二的暂时失业也没使老大怎样的难过；大家庭本来就是今天我吃你，明天你吃我的一种算不清账目的组织，他不嫌老二白吃几天饭。可是，他讨厌老二的毫不悔悟，而仍旧是那么无聊。老大以为经过这点挫折，老二应该明白过来：东阳那样的人是真正汉奸坯子，早就不该和他亲近；在吃亏以后，就该立志永远不再和这类的人来往。老二应该稍微关心点国事，即使没有舍身救国的决心，也该有一点国荣民荣，国辱民辱的感觉，知道一点羞耻。老二没有一丝一毫的悔悟。因祖父，父母，兄嫂，都没好意思责备他，他倒觉得颇安逸，仿佛失业是一种什么新的消遣，他享受大家的怜悯。假若连胖太太也没申斥他，他或者还许留下胡子，和祖父一样的退休养老呢！瑞宣最不喜欢在新年的时候，看到有些孩子戴起瓜皮帽头儿，穿上小马褂。他管他们叫作“无花果秧儿”。瑞丰就是，他以为，这种秧苗的长大起来最好的代表——生出来就老声老气的，永远不开花。

为躲避老二，在庆祝太原陷落的这一天，他还上了学。他没决定去参加游行，也没决定不去；他只是要到学校里看看。到了学校，他自然而然的希望学生们来问他战事的消息，与中日战争的前途。他也希望大家都愁眉苦眼的觉到游行的耻辱。

可是，没人来问他什么。他很失望。过了一会儿，他明白过来：人类是好争胜的动物，没人喜欢谈论自己的败阵；青年们恐怕特别是如此。有好几个他平日最喜欢的少年，一见面都想过来跟他说话，可是又都那么像心中有点鬼病似的，撩了他一眼，便一低头的躲开。他们这点行动表示了青年人在无可如何之中还要争强的心理。他走到操场去。那里正有几个学生踢着一个破皮球。看见他，他们都忽然的楞住好像是觉到自己作了不应作的事情而惭愧。可是，紧跟着，他们就又踢起球来，只从眼角撩着他。他赶紧走开。

他没再回教员休息室，而一直走出校门，心中非常的难受。他晓得学生们并未忘了羞耻，可是假若这样接二连三的被强迫着去在最公开的地方受污辱，他们一定会把面皮涂上漆的。想到这里，他心中觉得一刺一刺的疼。

在大街上，他遇到十几部大卡车，满满的拉着叫花子——都穿着由喜轿铺赁来的彩衣。每一部车上，还有一份出丧的鼓手。汽车缓缓的驶行，锣鼓无精打彩的敲打着，车上的叫花子都缩着脖子把手中的纸旗插在衣领上，以便揣起手来——天相当的冷。他们的脸上几乎没有任何表情，就那么缩着脖，揣着手，在车上立着或坐着。他们好像什么都知道，又好像什么都不知道。他们仿佛是因习惯了无可如何，因习惯了冷淡与侮辱，而完全心不在焉的活着，满不在乎的立在汽车上，或断头台上。

当汽车走过他的眼前，一个像蓝东阳那样的人，把手中提着的扩音喇叭放在嘴上，喊起来："孙子们，随着我喊！中日亲善！庆祝太原陷落！"花子们还是没有任何表情，声音不高不低的，懒洋洋的，随着喊，连头也不抬起来。他们好像已经亡过多少次国了，绝对不再为亡国浪费什么感情。他们毫不动情几乎使他们有一些尊严，像城隍庙中塑的泥鬼那样的尊严。这点尊严甚至于冷淡了战争与兴亡。瑞宣浑身都颤起来。远处来了一队小学生。他闭上了眼。他不忍把叫花子与小学生连到一处去思索！假若那些活泼的，纯洁的，天真的，学生也像了叫花子……他不敢往下想！可是，学生的队伍就离叫花子的卡车不很远啊！

迷迷糊糊的他不晓得怎么走回了小羊圈。在胡同口上，他碰见了棚匠刘师傅。是刘师傅先招呼的他，他吓了一跳。定了一定神，他才看明白是刘师傅，也看明白了胡同。

二人进了那永远没有多少行人的小胡同口，刘师傅才说话：

“祁先生，你看怎样呀？我们要完吧？保定，太原，都丢啦！太原也这么快？不是有——”他说不上“天险”来。

“谁知道！”瑞宣微笑着说，眼中发了湿。

“南京怎样？”

瑞宣不能，不肯，也不敢再说“谁知道！”“盼着南京一定能打胜仗！”

“哼！”刘师傅把声音放低，而极恳切的说：“你也许笑我，我昨天夜里向东南烧了一股高香！祷告上海打胜仗！”

“非胜不可！”

“可是，你看，上海还没分胜负，怎么人们就好像断定了一定亡国呢？”

“谁？”

“谁？你看，上次保定丢了，就有人约我去耍狮子，我没去；别人也没去。昨天，又有人来约了，我还是不去，别人可据说是答应下了。约我的人说：别人去，你不去，你可提防着点！我说，杀剐我都等着！我就想，人们怎那么稀松没骨头呢？”

瑞宣没再说什么。

“今天的游行，起码也有几档子‘会’！”刘师傅把“会”字说的很重。“哼！走会是为朝山敬神的，今天会给日本人去当玩艺儿看！真没骨头！”

“刘师傅！”瑞宣已走到家门外的槐树下面，站住了说：“像你这样的全身武艺，为什么不走呢？”

刘师傅怪不是味儿的笑了。“我早就想走！可是，老婆交给谁呢？再说，往哪儿走？腰中一个大钱没有，怎么走？真要是南京偷偷的派人来招兵，有路费，知道一定到哪里去，我必定会跟着走！我只会搭棚这点手艺，我的拳脚不过是二把刀，可是我愿意去和日本小鬼子碰一碰！”

他们正谈到这里，瑞丰从院中跑出来，小顺儿在后面追着喊：“我也去！二叔！我也去！”

看见哥哥与刘师傅，瑞丰收住了脚。小顺儿赶上，揪住二叔的衣裳：“带我去！不带我去，不行！”

“干吗呀？小顺儿！放开二叔的衣裳！”瑞宣沉着点脸，而并没生气的说。

“二叔，去听戏，不带着我！”小顺儿还不肯撒手二叔的衣裳，撅着嘴说。

瑞丰笑了。“哪儿呀！听说中山公园唱戏，净是名角名票，我去问问小文。他们要也参加的话，我同他们一道去；我还没有看过小文太太彩唱呢。”

刘师傅看了他们哥儿俩一眼，没说什么。

瑞宣很难过。他可是不便当着别人申斥弟弟，而且也准知道，假若他指摘老二，老二必会说："我不去看，人家也还是唱戏！我不去看戏，北平也不会就退还给中国人！"他木在了槐树下面。

从树上落下一个半干了的，像个黑虫儿似的，槐豆角来。小顺儿急忙去拾它。他这一动，才把僵局打开，刘师傅说了声"回头见！"便走开。瑞宣拉住了小顺儿。瑞丰跟着刘师傅进了六号。

小顺儿拿着豆角还不肯放弃了看戏，瑞宣耐着烦说："二叔去打听唱戏不唱！不是六号现在就唱戏！"

很勉强的，小顺儿随着爸爸进了街门。到院内，他把爸爸拉到了祖母屋中去。

南屋里很凉，老太太今天精神不错，正围着被子在炕上给小顺儿补袜子呢。做几针，她就得把小破袜子放下，手伸到被子里去取暖。

瑞宣的脸上本来就怪难过的样子，一看到母亲屋里还没升火，就更难看了。

老太太看出儿子的脸色与神气的不对。母亲的心是儿女们感情的温度表。"又怎么了？老大！"

瑞宣虽是个感情相当丰富的人，可是很不喜欢中国人的动不动就流泪。自从北平陷落，他特别的注意控制自己，虽然有多少多少次他都想痛哭。他不大爱看旧剧。许多原因中之一是：旧剧中往往在悲的时候忽然瞎闹打趣，和悲的本身因哭得太凶太容易而使人很难过的要发笑。可是，他看过一回《宁武关》；他受了极大的感动。他觉得一个壮烈英武的战士，在殉国之前去别母，是人世间悲惨的极度，只有最大的责任心才能胜过母子永别的苦痛，才不至于马上碎了心断了肠！假若《宁武关》不是别母而是别父，瑞宣想，它便不能成为最悲的悲剧。这出戏使他当时落了泪，而且在每一想起来的时候心中还很难过——一想到这出戏，他不由的便想起自己的母亲！

现在，听母亲叫他，他忽然的又想起那出戏。他的泪要落出来。他晓得自己不是周遇吉，但是，现在失陷的是太原——情形的危急很像明末！

他忍住了泪，可也没能说出什么来。

"老大！"母亲从炕席下摸出三五个栗子来，给了小顺儿，叫他出去玩。"老二到底是怎回事？"

瑞宣依实的报告给母亲，而后说："他根本不该和那样的人来往，更不应该把家中的秘密告诉那样的人！蓝东阳是个无聊的人，老二也是个无聊的人；可是蓝东阳无聊而有野心，老二无聊而没心没肺；所以老二吃了亏。假若老二不是那么无聊，不是那么无心少肺，蓝东阳就根本不敢欺侮他。假若老二不是那么无聊，他满可以不必怕东阳而不敢再上学去。他好事，又胆小，所以就这么不明不白的失了业！"

"可是，老二藏在家里就准保平安没事吗？万一姓蓝的还没有忘了这回事，不是还可以去报告吗？"

"那——"瑞宣楞住了。他太注意老二的无聊了，而始终以为老二的不敢到学校去是白天见鬼。他忽略了蓝东阳是可以认真的去卖友求荣的。"那——老二是不会逃走的，我问过他！"

"那个姓蓝的要真的去报告，你和老二恐怕都得教日本人抓去吧？钱先生受了那么大的苦处，不是因为有人给他报告了吗？"

瑞宣心中打开了鼓。他看到了危险。可是，为使老母安心，他笑着说："我看不要紧！"他可是说不出"不要紧"的道理来。

离开了母亲，瑞宣开始发起愁来。他是那种善于检查自己的心理状态的人，他纳闷为什么他只看到老二的无聊而忘了事情可能的变成很严重——老二和他要真被捕了去，这一家人可怎么办呢？在危乱中，他看明白，无聊是可以丧命的！

隔着院墙，他喊老二。老二不大高兴的走回来。在平日，要不是祖父，父母与太太管束的严，老二是可以一天到晚长在文家的；他没有什么野心，只是愿意在那里凑热闹，并且觉得能够多看小文太太几眼也颇舒服。碍于大家的眼目，他不敢常去；不过，偶尔去到那里，他必坐很大的工夫——和别的无聊的人一样，他的屁股沉，永远讨厌，不自觉。

“干什么？”老二很不高兴的问。

老大没管弟弟的神色如何，开始说出心中的忧虑：“老二！我不知道为什么老没想到我刚刚想起来的这点事！你看，我刚刚想起来，假若蓝东阳真要去报告，宪兵真要把你，或我，或咱们俩，捕了去，咱们怎办呢？”

老二的脸转了颜色。当初，他的确很怕东阳去告密；及至在家中忍了这么三五天，而并没有动静，他又放了心，觉得只要老老实实的在家中避着便不会有危险。家便是他的堡垒，父母兄弟便是他的护卫。他的家便是老鼠的洞，有危险便藏起去，危险过去再跑出来；他只会逃避，而不会争斗与抵抗。现在，他害了怕——随便就被逗笑了的人也最容易害怕，一个糖豆可以使他欢喜，一个死鼠也可以吓他一跳。

“那怎么办呢？”他舐了舐嘴唇才这样问。

“老二！”瑞宣极恳切的说：“战事很不利，在北平恐怕一时绝不会有出路！像蓝东阳那样的人，将来我们打胜的时候，必会治他的罪——他是汉奸！不幸我们失败了，我们能殉国自然顶好，不能呢，也不许自动的，像蓝东阳与冠晓荷那样的，去给敌人作事。作一个国民至少应该明白这一点道理！你以前的错误，咱们无须提起。今天，我希望你能挺起腰板，放弃了北平的一切享受与无聊，而赶快逃出去，给国家作些事。即使你没有多大本领，作不出有益于大家的事，至少你可以作个自由的中国人，不是奴隶或汉奸！不要以为我要赶走你！我是要把弟弟们放出去，而独自奉养着祖父与父母。这个责任与困苦并不小，有朝一日被屠杀或被饿死，我陪侍着老人们一块儿死；我有两个弟弟在外面抗日，死我也可以瞑目了！你应当走！况且，蓝东阳真要去报告老三的事，你我马上就有被捕的危险；你应该快走！"

老大的真诚，恳切，与急迫，使瑞丰受了感动。感情不深厚的人更容易受感动；假若老二对亡国的大事不甚关心，他在听文明戏的时候可真爱落泪。现在，他也被感动得要落下泪来，用力压制着泪，他嗓音发颤的说：

"好！我赶紧找二奶奶去，跟她商议一下！"

瑞宣明知道老二与胖太太商议是不会有好结果的，因为她比丈夫更浮浅更糊涂。可是他没有拦阻老二，也没嘱咐老二不要听太太的话；他永远不肯赶尽杀绝的逼迫任何人。

老二匆匆的走出去。

瑞宣虽然很怀疑他的一片话到底有多少用处，可是看老二这样匆匆的出去，心中不由的痛快了一点。

# 三十

人肉不是为鞭子预备着的。谁都不高兴挨打。不过，刚强的人明知苦痛而不怕打，所以能在皮鞭下为正义咬上牙。与这种人恰恰相反的是：还没有看见鞭子已想到自己的屁股的人，他们望到拿着鞭子的人就老远的跪下求饶。蓝东阳便是这样的人。

当他和瑞丰吵嘴的时候，他万也没想到瑞丰会真动手打他。他最怕打架。因为怕打架，所以他的“批评”才永远是偷偷摸摸的咒骂他所嫉妒的人，而不敢堂堂正正的骂阵。因为怕打架，他才以为政府的抗日是不智慧，而他自己是最聪明——老远的就向日本人下跪了！

因为他的身体虚弱，所以瑞丰的一拳把他打闭住了气。不大一会儿，他就苏醒过来。喝了口水，他便跑了出去，唯恐瑞丰再打他。

在北平住得相当的久，他晓得北平人不打架。可是，瑞丰居然敢动手！“嗯！这家伙必定有什么来历！”他坐在一家小茶馆里这么推断。他想回学校，去给那有来历敢打他的人道歉。不，不能道歉！一道歉，他就失去了往日在学校的威风，而被大家看穿他的蛮不讲理原来因为欠打。他想明白：一个人必须教日本人知道自己怕打，而绝对不能教中国人知道。他必须极怕日本人，而对中国人发威。

可是，瑞丰不敢再来了！这使他肆意的在校内给瑞丰播放丑事。他说瑞丰骗了他的钱，挨了他的打，没脸再来作事。大家只好相信他的话，因为瑞丰既不敢露面，即使东阳是瞎吹也死无对证。他的脸，这两天，扯动的特别的厉害。他得意。除了写成好几十段，每段一二十字或三四十字，他自称为散文诗的东西，他还想写一部小说，给日本人看。内容还没想好，但是已想出个很漂亮的书名——五色旗的复活。他觉得精力充沛，见到街上的野狗他都扯一扯脸，示威；见到小猫，他甚至于还加上一声“噗!”

瑞丰既然是畏罪而逃，东阳倒要认真的收拾收拾他了。东阳想去告密。但是，他打听出来，告密并得不到赏金。不上算！反之，倒还是向瑞丰敲俩钱也许更妥当。可是，万一瑞丰着了急而又动打呢？也不妥!

他想去和冠晓荷商议商议。对冠晓荷，他没法不佩服；冠晓荷知道的事太多了。有朝一日，他想，他必定和日本人发生更密切的关系，他也就需要更多的知识，和冠晓荷一样多的知识，好在吃喝玩乐之中取得日本人的欢心。即使作不到这一步，他也还应该为写文章而和冠先生多有来往；假若他也像冠先生那样对吃酒吸烟都能说出那么一大套经验与道理，他不就可以一点不感困难而像水一般的流出文章来么。

另一方面，冠家的女人也是一种引诱的力量，他盼望能因常去闲谈而得到某种的收获。

他又到了冠家。大赤包的退还他四十元钱，使他惊异，兴奋，感激。他没法不表示一点谢意，所以出去给招弟们买来半斤花生米。

他不敢再打牌。甘心作奴隶的人是不会豪放的；敢一掷千金的人必不肯由敌人手下乞求一块昭和糖吃。他想和晓荷商议商议，怎样给祁家报告。可是，坐了好久，他始终没敢提出那回事。他怕冠家抢了他的秘密去！他佩服冠晓荷，也就更嫉妒冠晓荷。他的妒心使他不能和任何人合作。也正因为这个，他的心中才没有亲疏之分；他没有中国朋友，也不认日本人作敌人。

他把秘密原封的带了回来，而想等个最好的机会再卖出去。

庆祝太原陷落的游行与大会使他非常的满意，因为参加的人数既比上次保定陷落的庆祝会多了许多，而且节目也比上次热闹。但是，美中不足，日本人不很满意那天在中央公园表演的旧剧。戏目没有排得好。当他和他的朋友们商议戏目的时候，没有一个人的戏剧知识够分得清《连环计》与《连环套》是不是一出戏的。他们这一群都是在北平住过几年，知道京戏好而不会听，知道北平有酸豆汁与烤羊肉而不敢去吃喝的，而自居为"北平通"的人。他们用压力把名角名票都传了来，而不晓得"点"什么戏。最使他们失败的是点少了"粉戏"。日本上司希望看淫荡的东西，而他们没能照样的供给。好多的粉戏已经禁演了二三十年，他们连戏名都说不上来，也不晓得哪个角色会演。

蓝东阳想，假若他们之中有一个冠晓荷，他们必不至于这样受窘。他们晓得怎么去迎合，而不晓得用什么去迎合；晓荷知道。

他又去看冠先生。他没有意思把冠先生拉进新民会去，他怕冠先生会把他压下去。他只想多和冠先生谈谈，从谈话中不知不觉的他可以增加知识。

冠家门口围着一圈儿小孩子，两个老花子正往门垛上贴大红的喜报，一边儿贴一边儿高声的喊：“贵府老爷高升喽！报喜来喽！”

大赤包的所长发表了。为讨太太的喜欢，冠晓荷偷偷的写了两张喜报，教李四爷给找来两名花子，到门前来报喜。当他在高等小学毕业的时候，还有人来在门前贴喜报，唱喜歌。入了民国，这规矩渐渐的在北平死去。冠晓荷今天决定使它复活！叫花子讨了三次赏，冠晓荷赏了三次，每次都赏的很少，以便使叫花子再讨，而多在门前吵嚷一会儿。当蓝东阳来到的时候，叫花子已讨到第四次赏，而冠先生手中虽已攥好了二毛钱，可是还不肯出来，为是教他们再多喊两声。他希望全胡同的人都来围在他的门外。可是，他看明白，门外只有一群小孩子，最大的不过是程长顺。

他的报子写得好。大赤包被委为妓女检查所的所长，冠先生不愿把妓女的字样贴在大门外。可是，他不晓得转文说，妓女应该是什么。琢磨了半天，他看清楚“妓”字的半边是“支”字，由“支”他想到了“织”；于是，他含着笑开始写：“贵府冠夫人荣升织女检查所所长……”

东阳歪着脸看了半天，想不出织女是干什么的。他毫不客气的问程长顺：“织女是干什么的？”

长顺儿是由外婆养大的，所以向来很老实。可是，看这个眉眼乱扯的人说话这样不客气，他想自己也不该老实的过火了。囔着鼻子，他回答：“牛郎的老婆！”

东阳恍然大悟：“呕！管女戏子的！牛郎织女天河配，不是一出戏吗？”这样猜悟出来，他就更后悔不早来请教关于唱戏的事；同时，他打定了主意：假若冠先生肯入新民会的话，他应当代为活动。冠宅门外刚贴好的红报子使他这样改变以前的主张。刚才，他还想只从冠先生的谈话中得到一些知识，而不把他拉进“会”里去；现在，他看明白，他应当诚意的和冠家合作，因为冠家并不只是有两个钱而毫无势力的——看那张红报子，连太太都作所长！他警告自己这回不要再太嫉妒了，没看见官与官永远应当拜盟兄弟与联姻吗?

冠先生两臂像赶鸡似的抡动着，口中叱呼着：“走！走！把我的耳朵都吵聋了！”而后，把已握热的二毛钱扔在地上：“绝不再添！听见了吧?”说完，把眼睛看到别处去，教花子们晓得这是最后的一次添钱。

花子们拾起二毛钱，嘟嘟囔囔的走开。

冠晓荷一眼看到了蓝东阳，马上将手拱起来。

蓝东阳没见过世面，不大懂得礼节。他的处世的诀窍一向是得力于“无礼”——北平人的礼太多，一见到个毫不讲礼的便害了怕，而诸事退让。

冠先生决定不让东阳忘了礼。他拱起手来，先说出：“不敢当！不敢当!”

东阳还没想起“恭喜！恭喜!”而只把手也拱起来。冠先生已经满意，连声的说：“请！请！请!”

二人刚走到院里，就听见使东阳和窗纸一齐颤动的一声响。晓荷忙说：“太太咳嗽呢！太太作了所长，咳嗽自然得猛一些!”

大赤包坐在堂屋的正当中，声震屋瓦的咳嗽，谈笑，连呼吸的声音也好像经由扩音机出来的。见东阳进来，她并没有起立，而只极吝啬的点了一下头，而后把擦着有半斤白粉的手向椅子那边一摆，请客人坐下。她的气派之大已使女儿不敢叫妈，丈夫不敢叫太太，而都须叫所长。见东阳坐下，她把嗓子不知怎么调动的，像有点懒得出声，又像非常有权威，似乎有点痰，而声音又那么沉重有劲的叫："来呀！倒茶！"

东阳，可怜的，只会作几句似通不通的文句的蓝东阳，向来没见过有这样气派的妇人，几乎不知如何是好了！她已不止是前两天的她，而是她与所长之"和"了！他不知说什么好，所以没说出话来。他心中有点后悔——自己入了新民会的时候，为什么不这样抖一抖威风呢？从一个意义来说，作官不是也为抖威风么？

晓荷又救了东阳。他向大赤包说：

"报告太太！"

大赤包似怒非怒，似笑非笑的插嘴：

"所长太太！不！干脆就是所长！"

晓荷笑着，身子一扭咕，甜蜜的叫："报告所长！东阳来给你道喜！"

东阳扯动着脸，立起来，依然没找到话，而只向她咧了咧嘴，露出来两三个大的黄牙。

"不敢当哟！"大赤包依然不往起立，像西太后坐在宝座上接受朝贺似的那么毫不客气。

正在这个时候，院中出了声，一个尖锐而无聊的声："道喜来喽！道喜来喽！"

"瑞丰！"晓荷稍有点惊异的，低声的说。

"也请！"大赤包虽然看不起瑞丰，可是不能拒绝他的贺喜；拒绝贺喜是不吉利的。

晓荷迎到屋门："劳动！劳动！不敢当！"

瑞丰穿着最好的袍子与马褂，很像来吃喜酒的样子。快到堂屋的台阶，他收住了脚步，让太太先进去——这是他由电影上学来的洋规矩。胖太太也穿着她的最好的衣服，满脸的傲气教胖脸显得更胖。她高扬着脸，扭着胖屁股，一步一喘气的慢慢的上台阶。她手中提着个由稻香村买来的，好看而不一定好吃的，礼物篮子。

大赤包本还是不想立起来，及至看见那个花红柳绿的礼物篮子，她不好意思不站起一下了。

在礼节上，瑞丰是比东阳胜强十倍的。他最喜欢给人家行礼，因为他是北平人。他亲热的致贺，深深的鞠躬，而后由胖太太手里取过礼物篮子，放在桌子上。那篮子是又便宜，又俗气，可是摆在桌子上多少给屋中添了一些喜气。道完了喜，他亲热的招呼东阳：

"东阳兄，你也在这儿？这几天我忙得很，所以没到学校去！你怎样？还好吧？"

东阳不会这一套外场劲儿，只扯动着脸，把眼珠吊上去，又放下来，没说什么。他心里说："早晚我把你小子圈在牢里去，你不用跟我逗嘴逗牙的！"

这时候，胖太太已经坐在大赤包的身旁，而且已经告诉了大赤包：瑞丰得了教育局的庶务科科长。她实在不为来道喜，而是为来雪耻——她的丈夫作了科长！

"什么？"冠家夫妇不约而同的一齐喊。大赤包有点不高兴丈夫的声音与她自己的没分个先后，她说："你让我先说好不好？"

晓荷急忙往后退了两小步，笑着回答："当然！所长！对不起得很！"

"什么？"大赤包立起来，把戴着两个金箍子的大手伸出去："你倒来给我道喜？祁科长！真有你的！你一声不出，真沉得住气！"说着，她用力和瑞丰握手，把他的手指握得生疼。"张顺！"

她放开手，喊男仆："拿英国府来的白兰地！"然后对大家说："我们喝一杯酒，给祁科长，和科长太太，道喜！"

"不！"瑞丰在这种无聊的场合中，往往能露出点天才来："不！我们先给所长，和所长老爷，道喜！"

"大家同喜！"晓荷很柔媚的说。

东阳立在那里，脸慢慢的变绿，他妒，他恨！他后悔没早几天下手，把瑞丰送到监牢里去！现在，他只好和瑞丰言归于好，瑞丰已是科长！他恨瑞丰，而不便惹恼科长！

酒拿到，大家碰了杯。

瑞丰嘬不住粪，开始说他得到科长职位的经过："我必得感谢我的太太！她的二舅是刚刚发表了的教育局局长的盟兄。局长没有她的二舅简直不敢就职，因为二舅既作过教育局局长，又是东洋留学生——说东洋话和日本人完全一个味儿！可是，二舅不愿再作事，他老人家既有点积蓄，身体又不大好，犯不上再出来操心受累。局长苦苦的哀求，都快哭了，二舅才说：好吧，我给你找个帮手吧。二舅一想就想到了我！凑巧，我的太太正在娘家住着，就对二舅说：二舅，瑞丰大概不会接受比副局长小的地位！二舅直央告她：先屈尊屈尊外甥女婿吧！副局长已有了人，而且是日本人指派的，怎好马上就改动呢？她一看二舅病病歪歪的，才不好意思再说别的，而给我答应下来科长——可必得是庶务科科长！"

"副局长不久还会落到你的手中的！预祝高升！"晓荷又举起酒杯来。

东阳要告辞。屋中的空气已使他坐不住了。大赤包可是不许他走。"走？你太难了！今天难道还不热闹热闹吗？怎么，一定要走？好，我不死留你。你可得等我把话说完了！"她立起来，一只手扶在心口上，一只手扶着桌角，颇像演戏似的说："东阳，你在新民会；瑞丰，你入了教育局；我呢，得了小小的一个所长；晓荷，不久也会得到个地位，比咱们的都要高的地位；在这个改朝换代的时代，我们这一下手就算不错！我们得团结，互相帮忙，互相照应，好顺顺当当的打开我们的天下，教咱们的家中的每一个人都有事作，有权柄，有钱财！日本人当然拿第一份儿，我们，连我们的姑姑老姨，都须拿到第二份儿！我们要齐心努力的造成一个势力，教一切的人，甚至于连日本人，都得听我们的话，把最好的东西献给我们！"

瑞丰歪着脑袋，像细听一点什么声响的鸡似的，用心的听着。当大赤包说到得意之处，他的嘴唇也跟着动。

晓荷规规矩矩的立着，听一句点一下头，眼睛里不知怎么弄的，湿漉漉的仿佛有点泪。东阳的眼珠屡屡的吊上去，又落下来。他心中暗自盘算：我要利用你们，而不被你们利用；你不用花言巧语的引诱我，我不再上当！

胖太太撇着嘴微笑，心里说：我虽没当上科长，可是我丈夫的科长是我给弄到手的；我跟你一样有本领，从此我一点也不再怕你！

大赤包的底气本来很足，可是或者因为兴奋过度的关系，说完这些话时，微微有点发喘。她用按在心口上的那只手揉了揉胸。

她说完，晓荷领头儿鼓掌。而后，他极柔媚甜蜜的请祁太太说话。

胖太太的胖脸红了些，双手抓着椅子，不肯立起来。她心中很得意，可是说不出话来。

晓荷的双手极快极轻的拍着："请啊！科长太太！请啊！"

瑞丰知道除了在半夜里骂他，太太的口才是不怎么样的。可是他不敢替太太说话，万一太太今天福至心灵的有了口才呢！他的眼盯住了太太的脸，细细的察颜观色，不敢冒昧的张口。以前，他只像怕太太那么怕她；现在，他怕她像怕一位全能的神似的！

胖太太立了起来。晓荷的掌拍得更响了。她，可是，并没准备说话。笑了一下，她对瑞丰说："咱们家去吧！不是还有许多事哪吗？"

大赤包马上声明："对！咱们改天好好的开个庆祝会，今天大家都忙！"

祁科长夫妇往外走，冠所长夫妇往外送；快到了大门口，大赤包想起来："我说，祁科长！你们要是愿意搬过来住，我们全家欢迎噢！"

胖太太找到了话说："我们哪，马上就搬到二舅那里去。那里离教育局近，房子又款式，还有……"她本想说："还有这里的祖父与父母都怯头怯脑的，不够作科长的长辈的资格。"可是看了瑞丰一眼，她没好意思说出来；丈夫既然已作了科长，她不能不给他留点面子。

东阳反倒不告辞了，因为怕同瑞丰夫妇一道出来，而必须进祁宅去道道喜。他看不起瑞丰。

大赤包由外面回来便问晓荷："到祁家去趟吧！去，找点礼物！"她知道家中有不少像瑞丰拿来的那种礼物篮子，找出两个来，掸掸尘土就可以用——这种篮子是永远川流不息的由这一家走到那一家的。"找两个！东阳你也得去！"

东阳不甘心向瑞丰递降表，可是"科长"究竟是有分量的。比如说：他很愿意乘这个时机把校长赶跑，而由他自己去担任。为实现这计划，在教育局有个熟人是方便的。为这个，他应当给瑞丰送礼！他并且知道，只要送给北平人一点轻微的礼物，他就差不多会给你作天那么大的事的。他点头，愿和冠家夫妇一同去到祁家贺喜。

晓荷找出两份儿礼物来，一份儿是两瓶永远不会有人喝的酒，一份儿是成匣的陈皮梅，藕粉，与饼干；两份儿都已游历过至少有二十几家人家了。晓荷告诉仆人换一换捆束礼物的红绿线。“得！这就满好！礼轻人物重！”

祁老人和天佑太太听说瑞丰得了科长，喜欢得什么似的！说真的，祁老人几乎永远没盼望过子孙们去作官；他晓得树大招风，官大招祸，而不愿意子孙们发展得太快了——他自己本是贫苦出身哪！天佑作掌柜，瑞宣当教师，在他看，已经是增光耀祖的事，而且也是不招灾不惹祸的事。他知道，家道暴发，远不如慢慢的平稳的发展；暴发是要伤元气的！作官虽然不必就是暴发，可是“官”，在老人心里，总好像有些什么可怕的地方！

天佑太太的心差不多和老公公一样。她永远没盼望过儿子们须大红大紫，而只盼他们结结实实的，规规矩矩的，作些不甚大而被人看得起的事。

瑞丰作了科长。老人与天佑太太可是都很喜欢。一来是，他们觉得家中有个官，在这乱闹东洋鬼子的时际，是可以仗胆子的。二来是，祁家已有好几代都没有产生一个官了。现在瑞丰的作官既已成为事实，老人们假若一点不表示欢喜，就有些不近人情——一个吃素的人到底不能不觉到点骄傲，当他用鸡鱼款待友人的时候。况且几代没官，而现在忽然有了官，祁老人就不能不想到房子——他独力置买的房子——的确是有很好的风水。假若老人只从房子上着想，已经有些得意，天佑太太就更应该感到骄傲，因为“官儿子”是她生养的！即使她不是个浅薄好虚荣的人，她也应当欢喜。

可是，及至听说二爷决定搬出去，老人们的眼中都发了一下黑。祁老人觉得房子的风水只便宜了瑞丰，而并没荣耀到自己！再一想，作了官，得了志，就马上离开老窝，简直是不孝！风水好的房子大概不应当出逆子吧？老太爷决定在炕上躺着不起来，教瑞丰认识认识“祖父的冷淡”！天佑太太很为难：她不高兴二儿子竟自这么狠心，得了官就踩脚一走。可是，她又不便拦阻他；她晓得现在的儿子是不大容易老拴在家里的，这年月时行“娶了媳妇不要妈”！同时，她也很不放心，老二要是言听计从的服从那个胖老婆，他是会被她毁了的。她想，她起码应该警告二儿子几句。可是，她又懒得开口——儿子长大成人，妈妈的嘴便失去权威！她深深的明了老二是宁肯上了老婆的当，也不肯听从妈妈的。最后，她决定什么也不说，而在屋中躺着，装作身体又不大舒服。

小顺儿的妈决定沉住了气，不去嫉妒老二作官。她的心眼儿向来是很大方的。她欢欢喜喜的给老人们和老二夫妇道了喜。听到老二要搬了走，她也并没生气，因为她知道假若还在一处同居，官儿老二和官儿二太太会教她吃不消的。他们俩走了倒好。他们俩走后，她倒可以安心的伺候着老人们。在她看，伺候老人们是她的天职。那么，多给老人们尽点心，而少生点兄弟妯娌间的闲气，算起来还倒真不错呢！

刚一听到这个消息，瑞宣没顾了想别的，而只感到松了一口气——管老二干什么去呢，只要他能自食其力的活着，能不再常常来讨厌，老大便谢天谢地！

待了一会儿，他可是赶快的变了卦。不，他不能就这么不言不语的教老二夫妇搬出去。他是哥哥，理应教训弟弟。还有，他与老二都是祁家的人，也都是中国的国民，祁瑞宣不能有个给日本人作事的弟弟！瑞丰不止是找个地位，苟安一时，而是去作小官儿，去作汉奸！瑞宣的身上忽然一热，有点发痒；祁家出了汉奸！老三逃出北平，去为国效忠，老二可在家里作日本人的官，这笔账怎么算呢？认真的说，瑞宣的心里有许多界划不甚清，黑白不甚明的线儿。他的理想往往被事实战败，他的坚强往往被人生的小苦恼给软化，因此，他往往不固执己见，而无可无不可的，睁一眼闭一眼的，在家庭与社会中且战且走的活着。对于忠奸之分，和与此类似的大事上，他可是绝对不许他心中有什么界划不清楚的线条儿。忠便是忠，奸便是奸。这可不能像吃了一毛钱的亏，或少给了人家一个铜板那样可以马虎过去。

他在院中等着老二。石榴树与夹竹桃什么的都已收到东屋去，院中显着空旷了一些。南墙根的玉簪，秋海棠，都已枯萎；一些黄的大叶子，都残破无力的垂挂着，随时有被风刮走的可能。在往年，祁老人必定早已用炉灰和煤渣儿把它们盖好，上面还要扣上空花盆子。今年，老人虽然还常常安慰大家，说“事情不久就会过去”，可是他自己并不十分相信这个话，他已不大关心他的玉簪花便是很好的证明。两株枣树上连一个叶子也没有了，枝头上蹲着一对缩着脖子的麻雀。天上没有云，可是太阳因为不暖而显着惨淡。屋脊上有两三棵干了的草在微风里摆动。瑞宣无聊的，悲伤的，在院中走溜儿。

一看见瑞丰夫妇由外面进来，他便把瑞丰叫到自己的屋中去。他对人最喜欢用暗示，今天他可决不用它，他晓得老二是不大听得懂暗示的人，而事情的严重似乎也不允许他多绕弯子。他开门见山的问："老二，你决定就职？"

老二拉了拉马褂的领子，沉住了气，回答："当然！科长不是随便在街上就可以拣来的！"

"你晓得不晓得，这是作汉奸呢？"瑞宣的眼盯住了老二的。

"汉——"老二的确没想过这个问题，他张着嘴，有半分多钟没说出话来。慢慢的，他并上了口；很快的，他去搜索脑中，看有没有足以驳倒老大的话。一想，他便想到："科长——汉奸！两个绝对联不到一处的名词！"想到，他便说出来了。

"那是在太平年月！"瑞宣给弟弟指出来。"现在，无论作什么，我们都得想一想，因为北平此刻是教日本人占据着！"

老二要说："无论怎样，科长是不能随便放手的！"可是没敢说出来，他先反攻一下："要那么说呀，大哥，父亲开铺子卖日本货，你去教书，不也是汉奸吗？"

瑞宣很愿意不再说什么，而教老二干老二的去。可是，他觉得不应当负气。笑了笑，他说："那大概不一样吧？据我看，因家庭之累或别的原因，逃不出北平，可是也不蓄意给日本人作事的，不能算作汉奸。像北平这么多的人口，是没法子一下儿都逃空的。逃不了，便须挣钱吃饭，这是没法子的事。不过，为挣钱吃饭而有计划的，甘心的，给日本人磕头，像蓝东阳和冠晓荷，和你，便不大容易说自己不是汉奸了。你本来可以逃出去，也应当逃出去。可是你不肯。不肯逃，而仍旧老老实实作你的事，你既只有当走不走的罪过，而不能算是汉奸。现在，你很高兴能在日本人派来的局长手下作事，作行政上的事，你就已经是投降给日本人；今天你甘心作科长，明日也大概不会拒绝作局长；你的心决定了你的忠奸，倒不一定在乎官职的大小。老二！听我的话，带着弟妹逃走，作一个清清白白的人！我没办法，我不忍把祖父，父母都干撂在这里不管，而自己远走高飞；可是我也决不从日本人手里讨饭吃。可以教书，我便继续教书；书不可以教了，我设法去找别的事；实在没办法，教我去卖落花生，我也甘心；我可就是不能给日本人作事！我觉得，今天日本人要是派我作个校长，我都应当管自己叫作汉奸，更不用说我自己去运动那个地位了！”

说完这一段话，瑞宣像吐出插在喉中的一根鱼刺那么痛快。他不但劝告了老二，也为自己找到了无可如何的，似妥协非妥协的，地步。这段话相当的难说，因为他所要分划开的是那么微妙不易捉摸。可是他竟自把它说出来；他觉得高兴——不是高兴他的言语的技巧，而是满意他的话必是发自内心的真诚；他真不肯投降给敌人，而又真不易逃走，这两重“真”给了他两道光，照明白了他的心路，使他的话不至于含混或模糊。

瑞丰楞住了，他万也没想到大哥会罗嗦出那么一大套。在他想：自己正在找事的时候找到了事，而且是足以使蓝东阳都得害点怕的事，天下还有比这更简单，更可喜的没有？没有！那么，他理应欢天喜地，庆祝自己的好运与前途；怎么会说着说着说出汉奸来呢？他心中相当的乱，猜不准到底大哥说的是什么意思。他决定不再问。他只能猜到：瑞宣的学问比他好，反倒没作上官，一定有点嫉妒。妒就妒吧，谁教老二的运气好呢！他立起来，正了正马褂，像要笑，又像要说话，而既没笑，也没说话的搭讪着，可又不是不骄傲的，走了出去。既不十分明白哥哥的话，又找不到什么足以减少哥哥的妒意的办法，他只好走出去，就手儿也表示出哥哥有哥哥的心思，弟弟有弟弟的办法，谁也别干涉谁！

他刚要进自己的屋子，冠先生，大赤包，蓝东阳一齐来到。

两束礼物是由一个男仆拿着，必恭必敬的随在后边。

大赤包的声势浩大，第一声笑便把枣树上的麻雀吓跑。第二声，把小顺儿和妞子吓得躲到厨房去："妈！妈！"小顺儿把眼睛睁得顶大，急切的这样叫："那，那院的大红娘们来了！"是的，大赤包的袍子是枣红色的。第三声，把祁老人和天佑太太都赶到炕上去睡倒，而且都发出不见客的哼哼。

祁老人，天佑太太，瑞宣夫妇都没有出来招待客人。小顺儿的妈本想过来张罗茶水，可是瑞宣在玻璃窗上瞪了一眼，她便又轻轻的走回厨房去。

# 三十一

一次游行，又一次游行，学生们，叫花子们都“游”惯了，小崔与孙七们也看惯了。他们俩不再责骂学生，学生也不再深深的低着头。大家都无可如何的，马马虎虎的活着。苦闷，忧虑，惶惑，寒冷，耻辱，使大家都感到生活是一种“吃累”，没有什么趣味与希望。虽然如此，可是还没法不活下去。

只有一个希望，希望各战场我们胜利。北平已是下过了雨的云，没有作用的飘浮着；它只能希望别处的云会下好雨。在各战场中，大家特别注意上海；上海是他们的一大半希望。他们时时刻刻打听上海的消息，即使一个假消息也是好的。只有上海的胜利能医救他们的亡国病。他们甚至于到庙中烧香，到教堂去祷告，祈求胜利。他们喜爱街上的卖报的小儿们，因为他们的尖锐的声音总是喊着好消息——恰恰和报纸上说的相反。他们宁可相信报童的“预言”，而不相信日本人办的报纸。

可是我们在上海失利！

南京怎样呢？上海丢掉，南京还能守吗？还继续作战吗？

恐怕要和吧？怎么和呢？华北恐怕是要割让的吧？那样，北平将永远是日本人的了！

孙七正在一家小杂货铺里给店伙剃头。门外有卖“号外”的。按照过去的两三个月的经验说，“号外”就是“讣文”！报童喊号外，一向是用不愉快的低声；他们不高兴给敌人喊胜利。一个鼻子冻红了的小儿向铺内探探头，纯粹为作生意，而不为给敌人作宣传，轻轻的问：“看号外？掌柜的！”

“什么事？”孙七问，剃刀不动地方的刮着。

报童揉了揉鼻子：“上海——”

“上海怎样？”

“——撤退！”

孙七的剃刀撒了手。刀子从店伙的肩头滚到腿上，才落了地。幸亏店伙穿着棉袄棉裤，没有受伤。

“这是闹着玩的吗？七爷！”店伙责备孙七。

“上海完了！”孙七慢慢的将刀子拾起，楞着出神。

“噢！”店伙不再生气，他晓得“上海完了”是什么意思。

报童也愣住了。

孙七递过去一个铜板。报童叹了口气，留下一张小小的号外，走开。

剃头的和被剃头的争着看：“上海皇军总胜利！”店伙把纸抢过去，团成一团，扔在地上，用脚去搓。孙七继续刮脸，近视眼挤咕挤咕的更不得力了！

小崔红着倭瓜脸，程长顺囔着鼻子，二人辩论得很激烈。长顺说：尽管我们在上海打败，南京可必能守住！只要南京能守半年，敌兵来一阵败一阵，日本就算败了！想想看，日本是那么小的国，有多少人好来送死呢！

小崔十分满意南京能守住，但是上海的败退给他的打击太大，他已不敢再乐观了。他是整天际在街面上的人，他晓得打架和打仗都必有胜有败，“只要敢打，就是输了也不算丢人。”根据这点道理，他怀疑南京是否还继续作战。他顶盼望继续作战，而且能在败中取胜；可是，盼望是盼望，事实是事实。“一二八”那次，不是上海一败就讲和了吗？他对长顺说出他的疑虑。

长顺把小学教科书找出来，指给小崔看：“看看这张南京图吧！你看看！这是雨花台，这是大江！哼，我们要是守好了，连个鸟儿也飞不进去！”

“南口，娘子关，倒都是险要呢，怎么……”

长顺不等小崔说完，抢过来：“南京是南京！娘子关是娘子关！”他的脸红起来，急得眼中含着点泪。他本来是低着声，怕教外婆听见，可是越说声音越大。他轻易不和人家争吵，所以一争吵便非常的认真；一认真，他就忘记了外婆。

“长顺！”外婆的声音。

他晓得外婆的下一句的是什么，所以没等她说出来便回到屋中去，等有机会再和小崔争辩。

六号的刘师傅差点儿和丁约翰打起来。在平日，他们俩只点点头，不大过话；丁约翰以为自己是属于英国府与耶稣的，所以看不起老刘；刘师傅晓得丁约翰是属于英国府与耶稣的，所以更看不起他。今天，丁约翰刚由英国府回来，带回一点黄油，打算给冠家送了去——他已看见冠家门外的红报子。在院中，他遇到刘师傅。虽然已有五六天没见面，他可是没准备和老刘过话。他只冷淡的——也必定是傲慢的——点了一下头。

刘师傅决定不理会假洋人的傲慢，而想打听打听消息；他以为英国府的消息必然很多而可靠。他递了个和气，笑脸相迎的问：

“刚回来？怎么样啊？”

“什么怎样？”丁约翰的脸刮得很光，背挺得很直，颇像个机械化的人似的。

“上海！”刘师傅挪动了一下，挡住了丁约翰的去路；他的确为上海的事着急。

“噢，上海呀！”约翰偷偷的一笑。“完啦！”说罢他似乎觉得已尽到责任，而想走开。

老刘可是又发了问：“南京怎样呢？”

丁约翰皱了皱眉，不高兴起来。“南京？我管南京的事干吗？”他说的确是实话，他是属于英国府的，管南京干吗。

老刘发了火。冲口而出的，他问：“难道南京不是咱们的国都？难道你不是中国人？”

丁约翰的脸沉了下来。他知道老刘的质问是等于叫他洋奴。他不怕被呼为洋奴，刘师傅——一个臭棚匠——可是没有叫他的资格！“噢！我不是中国人，你是，又怎么样？我并没有看见尊家打倒一个日本人呀！”

老刘的脸马上红过了耳朵。丁约翰戳住了他的伤口。他有点武艺，有许多的爱国心与傲气，可是并没有去打日本人！假若丁约翰是英国府的奴才，他——刘棚匠——便是日本人的奴才，因为北平是被日本人占据住。他和约翰并没有什么区别！他还不出话来了！

丁约翰往旁边挪了一步，想走开。

老刘也挪了一步，还挡着路。他想教约翰明白，他们两个根本不同，可是一时找不到话，所以只好暂不放走约翰。

约翰见老刘答不出话来，知道自己占了上风；于是，虽然明知老刘有武艺而仍愿意多说两句带棱刺的话：“挡着我干什么？有本事去挡日本人的坦克车呀！”

刘师傅本不愿打架，他知道自己的手脚厉害，很容易打伤了人。现在，羞恼成怒，他瞪了眼。

丁约翰不上当，急忙走开。他知道在言语上占了上风，而又躲开老刘的拳脚，才是完全胜利。

刘师傅气得什么似的，可是没追上前去；丁约翰既不敢打架，何必紧紧的逼迫呢。

小文揣着手，一动也不动的立在屋檐下。他嘴中叼着根香烟；烟灰结成个长穗，一点点的往胸前落。他正给太太计划一个新腔。他没注意丁刘二人为什么吵嘴，正如同他没注意上海战事的谁胜谁败。他专心一志的要给若霞创造个新腔儿。这新腔将使北平的戏园茶社与票房都起一些波动，给若霞招致更多的荣誉，也给他自己的脸上添增几次微笑。他的心中没有中国，也没有日本。他只知道宇宙中须有美妙的琴音与婉转的歌调。

若霞有点伤风，没敢起床。

小文，在丁刘二人都走开之后，忽然灵机一动，他急忙走进屋去，拿起胡琴来。

若霞虽然不大舒服，可是还极关心那个新腔。“怎样？有了吗？”她问。

“先别打岔！快成了！”

丁约翰拿着黄油。到冠宅去道喜。

大赤包计算了一番，自己已是“所长”，是不是和一个摆台的平起平坐呢？及至看到黄油，她毫不迟疑的和约翰握了手。她崇拜黄油。她不会外国语，不大知道外国事，可是她常用黄油作形容词——“那个姑娘的脸像黄油那么润！”这样的形容使她觉得自己颇知道外国事，而且仿佛是说着外国话！

约翰，在英国府住惯了，晓得怎样称呼人。他一口一个“所长”，把大赤包叫得心中直发痒。

晓荷见太太照旧喜欢约翰，便也拿出接待外宾的客气与礼貌，倒好像约翰是国际联盟派来的。见过礼以后，他开始以探听的口气问：

“英国府那方面对上海战事怎样看呢？”

“中国是不会胜的！”约翰极沉稳的，客观的，像英国的贵族那么冷静高傲的回答。

“噢，不会胜？”晓荷眯着眼问，为是把心中的快乐掩藏起一些去。

丁约翰点了点头。

晓荷送给太太一个媚眼，表示：“咱们放胆干吧，日本人不会一时半会儿离开北平！”

“哼！他买了我，可卖了女儿！什么玩艺儿！”桐芳低声而激烈的说。

“我不能嫁那个人！不能！”高第哭丧着脸说。那个人就是李空山。大赤包的所长拿到手，李空山索要高第。

“可是，光发愁没用呀！得想主意！”桐芳自己也并没想起主意，而只因为这样一说才觉到“想”是比“说”重要着许多的。

“我没主意！”高第坦白的说。“前些天，我以为上海一打胜，像李空山那样的玩艺儿就都得滚回天津去，所以我不慌不忙。现在，听说上海丢了，南京也守不住……”她用不着费力气往下说了，桐芳会猜得出下面的话。

桐芳是冠家里最正面的注意国事的人。她注意国事，因为她自居为东北人。虽然她不知道家乡到底是东北的哪里，可是她总想回到说她的言语的人们里去。她还清楚的记得沈阳的“小河沿”，至少她希望能再看看“小河沿”的光景。因此，她注意国事；她知道，只有中国强胜了，才能收复东北，而她自己也才能回到老家去。

可是，当她知道一时还没有回老家的可能，而感到绝望的时候，她反倒有时候无可如何的笑自己：“一国的大事难道就是为你这个小娘们预备着的吗？”

现在，听到高第的话，她惊异的悟出来：“原来每个人的私事都和国家有关！是的，高第的婚事就和国家有关！”悟出这点道理来，她害了怕。假若南京不能取胜，而北平长久的被日本人占着，高第就非被那个拿妇女当玩艺儿的李空山抓去不可！高第是她的好朋友。假若她自己已是家庭里的一个只管陪男人睡觉的玩具，社会中的一个会吃会喝的废物，她不愿意任何别的女人和她一样，更不用说她的好朋友了。

“高第！你得走！”桐芳放开胆子说。

“走？”高第楞住了。假若有像钱仲石那样的一个青年在她身旁，她是不怕出走的。为了爱情，哪一个年轻的姑娘都希望自己能飞起去一次。可是，她身旁既没有个可爱的青年男子，又没有固定的目的地，她怎么走呢？平日，和妈妈或妹妹吵嘴的时节，她总觉得自己十分勇敢。现在，她觉得自己连一点儿胆子也没有。从她所知道一点史事中去找可资摹仿的事实，她只能找到花木兰。可是木兰从军的一切详细办法与经验，她都无从找到。中国历史上可以给妇女行动作参考的记载是那么贫乏，她觉到自己是自古以来最寂寞的一个人！

“我可以跟你走！”桐芳看出来，高第没有独自逃走的胆量。

“你，你为什么要走呢？”高第假若觉得自己还是个“无家之鬼”，她可是把桐芳看成为关在笼中的鸟——有食有水有固定的地方睡觉，一切都定好，不能再动。

“我为什么一定要在这里呢？”桐芳笑了笑。她本想告诉高第：光是你妈妈，我已经受不了，况且你妈妈又作了所长呢！可是，话都到嘴边上了，她把它截住。她的人情世故使她留了点心——大赤包无论怎么不好，恐怕高第也不高兴听别人攻击自己的妈妈吧。

高第没再说什么，她心中很乱。她决定不了自己该走不该，更不能替桐芳决定什么。她觉得她须赶紧打好了主意，可是越急就越打不定主意。她长叹了一口气。

天佑在胡同口上遇见了李四爷。两个人说话答礼儿的怪亲热，不知不觉的就一齐来到五号。

祁老人这两天极不高兴，连白胡子都不大爱梳弄了。对二孙与三孙的离开家里，他有许多理由责备他们，也有许多理由可以原谅他们。但是，他既不责备，也不原谅，他们。他只觉得心中堵得慌。他所引以自傲的四世同堂的生活眼看就快破碎了；孙子已走了两个！他所盼望的三个月准保平安无事，并没有实现；上海也丢了！虽他不大明白国事，他可是也看得出：上海丢了，北平就更没有了恢复自由的希望，而北平在日本人手里是什么事都会发生的——三孙子走后，二孙子不是也走了么？看见瑞丰瑞全住过的空屋子，他具体的明白了什么是战争与离乱！

见儿子回来，还跟着李四爷，老人的小眼睛里又有了笑光。

天佑的思想使他比父亲要心宽一些。三儿的逃走与二儿的搬出去，都没给他什么苦痛。他愿意一家大小都和和气气的住在一处，但是他也知道近些年来年轻人是长了许多价钱，而老年人不再像从前那么贵重了。他看明白：儿子们自有儿子们的思想与办法，老人们最好是睁一眼闭一眼的别太认真了。因此，他并没怎样替瑞全担忧，也不愿多管瑞丰的事。

可是，近两个月来，他的头发忽然的白了许多根！假若对父子家庭之间，他比父亲心宽，对国事他可比父亲更关心更发愁。祁老人的年月大一半属于清朝的皇帝，而天佑在壮年就遇见了革命。从忧国，他一直的忧虑到他的生意；国和他的小小的生意是像皮与肉那样的不可分开。他不反对发财。他可更注重“规矩”。他的财须是规规矩矩发的。他永远没想到过“趁火打劫”，和“浑水摸鱼”。他从来没想象过，他可以在天下大乱的时际去走几步小道儿，走到金山里去。因此，他准知道，只要国家一乱，他的生意就必然的萧条，而他的按部就班的老实的计划与期望便全都完事！他的头发没法不白起来。

三位老者之中，李四爷当然的是最健壮的，可是他的背比两三月前也更弯曲了一些。他不愁吃穿，不大忧虑国事，但是日本人直接的间接的所给他的苦痛，已足够教他感到背上好像压着一块石头。无论是领杠还是搬家，他常常在城门上遭受检查，对着敌兵的刺刀，他须费多少话，赔多少礼，才能把事办妥；可是，在埋葬了死人，或把东西搬运到城外之后，城门关上了。他须在城外蹲小店儿。七十岁的人了，劳累了一天之后，他需要回家去休息，吃口热饭，喝口热茶，和用热水烫烫脚。可是，他被关在城外。他须在小店儿里与叫花子们挤在一处过夜。有时候，城门一连三五天不开；

他须把一件衣服什么的押在摊子上或小铺里，才能使自己不挨饿。他的时间就那么平白无故的空空耗费了！他恨日本人！日本人随便把城关上，和他开玩笑！日本人白白的抢去了他的时间与自由。

祁老人眼中的笑光并没能保留好久。他本想和李四爷与天佑痛痛快快的谈上一两小时，把心中的积郁全一下子吐尽。可是，他找不到话。他的每次都灵验的预言："北平的灾难过不去三个月"，显然的在这一次已不灵验了。假若他这次又说对了，他便很容易把过去的多少灾难与困苦像说鼓儿词似的一段接着一段的述说。不幸，他这次没能猜对。他须再猜一回。对国事，他猜不到。他觉得自己是落在什么迷魂阵里，看不清东西南北。他失去了自信。

天佑呢，见老人不开口，他自己便也不好意思发牢骚。假若他说出心中的忧虑，他就必然的惹起父亲的注意——注意到他新生的许多根白发。那会使父子都很难过的！

李四爷要说的话比祁家父子的都更多。一天到晚在街面上，他听的多，见的广，自然也就有了丰富的话料。可是，他打不起精神来作报告——近来所见所闻的都是使人心中堵得慌的事，说出来只是添愁！

三位老人虽然没有完全楞起来，可是话语都来得极不顺溜。他们勉强的笑，故意的咳嗽，也都无济于事。小顺儿的妈进来倒茶，觉出屋中的沉闷来。为招老人们的喜欢，她建议留四爷爷吃羊肉热汤儿面。建议被接受了，可是宾主的心情都并没因此而好转。

天佑太太扶着小顺儿，过来和四大爷打招呼。她这几天因为天冷，又犯了气喘，可是还扎挣着过来，为是听一听消息。她从来没有像近来这样关心国事过。她第一不放心"小三儿"，第二怕自己死在日本人管着的北平——也许棺材出不了城，也许埋了又被贼盗把她掘出来。为这两件时刻惦记着，忧虑着的事，她切盼我们能打胜。只有我们打胜，“小三儿”——她的“老”儿子——才能回来，她自己也可以放心的死去了。

为是表示亲热，她对四爷说出她的顾虑。她的话使三位老者的心立刻都缩紧。他们的岁数都比她大呀！乐观了一辈子的祁老人说了丧气话：

“四爷！受一辈子苦倒不算什么，老了老了的教日本人收拾死，才，才，才……”他说不下去了。

李四大妈差不多成了钱家的人了。钱少奶奶，和钱家的别人一样，是刚强而不愿多受帮助的。可是，在和李四妈处熟了以后，她不再那么固执了。公公病着，父亲近来也不常来，她需要一个朋友。尽管她不大喜欢说话，她心中可是有许多要说的——这些要说的话，在一个好友面前，就仿佛可以不说而心中也能感到痛快的。李四妈虽然代替不了她的丈夫，可是确乎能代替她的婆婆，而且比婆婆好，因为李四妈是朋友，而婆婆，无论怎样，总是婆婆。她思念丈夫；因为思念他，她才特别注意她腹中的小孩。她永远不会再看见丈夫，可是她知道她将会由自己身中产出一条新的生命，有了这新生命，她的丈夫便会一部分的还活在世上。在这一方面，她也需要一个年岁大的妇人告诉她一些经验。这是她头一胎，也是最后的一胎。她必须使他顺利的产下来，而后由她自己把他养大。假若他能是个男的——她切盼他是个男的——他便是第二个孟石。她将照着孟石的样子把他教养大，使他成为有孟石的一切好处，而没有一点孟石的坏处的人！这样一想，她便想到很远很远的地方去。可是，越想得远，心中就越渺茫而也就越害怕。她不是怀着一个小孩，而是怀着一个“永生”的期望与责任！李四妈能告诉她许多使她不至于心慌得过度的话。李四妈的话使她明白：生产就是生产，而不是什么见神见鬼的事。李四妈的爽直与诚恳减少了钱少奶奶的惶惑不安。

钱老人已经能坐起一会儿来了。坐起来，他觉得比躺着更寂寞。躺着的时候，他可以闭上眼乱想；坐起来，他需要个和他说几句话的人。听到西屋里四大妈对少奶奶咯啦咯啦的乱说，他就设法把她调过来。他与四大妈的谈话几乎永远结束在将来的娃娃身上，而这样的结束并不老是愉快的。四大妈不知道为什么钱先生有时候是那么喜欢，甚至于给还有四五个月才能降生的娃娃起了名字。“四大妈，你说是钱勇好，还是钱仇好？仇字似乎更厉害一些！”她回答不出什么来。平日，她就有点怕钱先生，因为钱先生的言语是那么难懂；现在，他问她哪个字好，她就更茫然的答不出了。不过，只要他欢喜，四大妈就受点憋闷也无所不可。可是，老人有时候一听到将来的娃娃，便忽然动了怒。这简直教四大妈手足无措了。他为什么发怒呢？她去问钱少奶奶，才晓得老人不愿意生个小亡国奴。虽然近来她已稍微懂了点“亡国奴”的意思，可是到底不明白为什么它会招钱先生那么生气。她以为“亡国奴”至多也不过像“他妈的”那样不受听而已。她弄不明白，只好挤咕着老近视眼发楞，或傻笑。

虽然如此，钱先生可是还很喜欢四大妈。假若她有半日没来，他便不知要问多少次。等她来到，他还要很诚恳的，甚至于近乎罗嗦的，向她道歉；使她更莫名其妙。他以为也许言语之间得罪了她，而她以为即使有一星半点的顶撞也犯不着这么客气。

瑞宣把上海的坏消息告诉了钱先生。他走后，四大妈来到。老人整天的一语未发，也不张罗吃东西。四大妈急得直打转儿，几次想去和他谈会儿话，可是又不敢进去。她时时的到窗外听一听屋里的动静，只有一次她听到屋里说：“一定是小亡国奴了！”

瑞宣把消息告诉了钱先生以后，独自在“酒缸”上喝了六两白干。摇摇晃晃的走回家来，他倒头便睡。再一睁眼，已是掌灯的时分；喝了两杯茶，他继续睡下去。他愿意一睡不再醒，永远不再听到坏消息！他永远没这样“荒唐”过；今天，他没了别的办法！

# 三十二

南京陷落!

天很冷。一些灰白的云遮住了阳光。水倾倒在地上，马上便冻成了冰。麻雀藏在房檐下。

瑞宣的头上可是出着热汗。上学去，走在半路，他得到这一部历史上找不到几次的消息。他转回家来。不顾得想什么，他只愿痛哭一场。昏昏糊糊的，他跑回来。到了屋中，他已满头大汗。没顾得擦汗，他一头扎到床上，耳中直轰轰的响。

韵梅觉出点不对来，由厨房跑过来问："怎么啦？没去上课呀?"

瑞宣的泪忽然落下来。

"怎么啦?"她莫名其妙，惊异而恳切的问。

他说不上话来。像为父母兄弟的死亡而啼哭那样，他毫不羞愧的哭着，渐渐的哭出声来。

韵梅不敢再问，又不好不问，急得直搓手。

用很大的力量，他停住了悲声。他不愿教祖父与母亲听见。还流着泪，他啐了一口唾沫，告诉她："你去吧！没事！南京丢了！”

“南京丢了？”韵梅虽然没有像他那么多的知识与爱国心，可是也晓得南京是国都。“那，咱们不是完啦吗？”

他没再出声。她无可如何的走出去。

广播电台上的大气球又骄傲的升起来，使全北平的人不敢仰视。“庆祝南京陷落！”北平人已失去他们自己的城，现在又失去了他们的国都！

瑞丰同胖太太来看瑞宣。他们俩可是先到了冠宅去。冠先生与大赤包热烈的欢迎他们。

大赤包已就了职，这几天正计划着：第一，怎样联络地痞流氓们，因为妓女们是和他们有最密切关系的。冠晓荷建议去找金三爷。自从他被金三爷推翻在地上，叫了两声爸爸以后，他的心中就老打不定主意——是报仇呢？还是和金三爷成为不打不相识的朋友呢？对于报仇，他不甚起劲；这两个字，听起来就可怕！圣人懂得仁爱，英雄知道报仇；晓荷不崇拜英雄，不敢报仇；他顶不喜欢读《水浒传》——一群杀人放火的恶霸，没意思！他想应当和金三爷摆个酒，嘻嘻哈哈的吃喝一顿，忘了前嫌。他总以为金三爷的样子，行动，和本领，都有点像江湖奇侠——至少他也得是帮会里的老头子！这样，他甚至于想到拜金三爷为师。师在五伦之中，那么那次的喊爸爸也就无所不可了。现在，为帮助大赤包联络地痞流氓，就更有拜老头子的必要，而金三爷的影子便时时出现在他的心眼中。再说，他若与金三爷发生了密切关系，也就顺手儿结束了钱冠两家的仇怨——他以为钱先生既已被日本人“管教”过，想必见台阶就下，一定不会拒绝与他言归于好的。大赤包赞同这个建议。她气派十分大的闭了闭眼，才说：“应该这么办！即使他不在帮里，凭他那两下子武艺，给咱们作个打手也是好的！你去办吧！”晓荷很得意的笑了笑。

第二，怎么笼络住李空山和蓝东阳。东阳近来几乎有工夫就来，虽然没有公然求婚，可是每次都带来半斤花生米或两个冻柿子什么的给小姐；大赤包看得出这是蓝诗人的“爱的投资”。她让他们都看明白招弟是动不得的——她心里说：招弟起码得嫁个日本司令官！可是，她又知道高第不很听话，不肯随着母亲的心意去一箭双雕的笼络住两个人。论理，高第是李空山的。可是，她愿教空山在做驸马以前多给她效点劳；一旦作了驸马爷，老丈母娘就会失去不少的权威的。同时，在教空山等候之际，她也愿高第多少的对东阳表示点亲热，好教他给晓荷在新民会中找个地位。高第可是对这两个男人都很冷淡。大赤包不能教二女儿出马，于是想到了尤桐芳。她向晓荷说明：“反正桐芳爱飞眼，教她多瞟李空山两下，他不是就不紧迫着要高第了吗？你知道，高第也得招呼着蓝东阳啊！”

“那怪不好意思的吧？”晓荷满脸赔笑的说。

大赤包沉了脸：“有什么不好意思？我要是去偷人，你才戴绿帽子！桐芳是什么东西？你有什么不好意思的？李空山要是真喜欢她，教她走好啦！我还留着我的女儿，给更体面的人呢！”

晓荷不敢违抗太太的命令，又实在觉得照令而行有点难为情。无论多么不要脸的男人也不能完全铲除了嫉妒，桐芳是他的呀！无可如何的，他只答应去和桐芳商议，而不能替桐芳决定什么。这很教大赤包心中不快，她高声的说出来：“我是所长！一家子人都吃着我，喝着我，就得听我的吩咐！不服气，你们也长本事挣钱去呀！”

第三，她须展开两项重要的工作：一个是认真检查，一个是认真爱护。前者是加紧的，狠毒的，检查妓女；谁吃不消可以设法通融免检——只要肯花钱。后者是使妓女们来认大赤包作干娘；彼此有了母女关系，感情上自然会格外亲密；只要她们肯出一笔“认亲费”，并且三节都来送礼。这两项工作的展开，都不便张贴布告，俾众周知，而需要一个得力的职员去暗中活动，把两方面的关系弄好。冠晓荷很愿意担任这个事务，可是大赤包怕他多和妓女们接触，免不了发生不三不四的事，所以另找了别人——就是那曾被李四爷请来给钱先生看病的那位医生。他叫高亦陀。大赤包颇喜欢这个人，更喜欢他的二千元见面礼。

第四，是怎样对付暗娼。战争与灾难都产生暗娼。大赤包晓得这个事实。她想作一大笔生意——表面上严禁暗娼，事实上是教暗门子来“递包袱”。暗娼们为了生活，为了保留最后的一点廉耻，为了不吃官司，是没法不出钱的；只凭这一笔收入，大赤包就可以发相当大的财。

为实现这些工作计划，大赤包累得常常用拳头轻轻的捶胸口几下。她的装三磅水的大暖水瓶老装着鸡汤，随时的呷两口，免得因勤劳公事而身体受了伤。她拚命的工作，心中唯恐怕战争忽然停止，而中央的官吏再回到北平；她能搂一个是一个，只要有了钱，就是北平恢复了旧观也没大关系了。

南京陷落！大赤包不必再拚命，再揪着心了。她从此可以从从容容的，稳稳当当的，作她的所长了。她将以“所长”为梯子，而一步一步的走到最高处去。她将成为北平的第一个女人——有自己的汽车，出入在东交民巷与北京饭店之间，戴着镶有最大的钻石的戒指，穿着足以改变全东亚妇女服装式样的衣帽裙鞋！

她热烈的欢迎瑞丰夫妇。她的欢迎词是：

“咱们这可就一块石头落了地，可以放心的作事啦！南京不是一年半载可以得回来的，咱们痛痛快快的在北平多快活两天儿吧！告诉你们年轻的人们吧，人生一世，就是吃喝玩乐；别等到老掉了牙再想吃，老毛了腰再想穿；那就太晚喽！”然后，她对胖太太：“祁二太太，你我得打成一气，我要是北平妇女界中的第一号，你就必得是第二号。比如说：我今天烫猫头鹰头，你马上也就照样的去烫，有咱们两个人在北海或中央公园溜一个小圈儿，明天全北平的女人就都得争着改烫猫头鹰头！赶到她们刚烫好不是，哼，咱们俩又改了样！咱们俩教她们紧着学都跟不上，教她们手忙脚乱，教她们没法子不来磕头认老师！”她说到这里，瑞丰打了岔：

“冠所长！原谅我插嘴！我这两天正给她琢磨个好名字，好去印名片。你看，我是科长，她自然少不了交际，有印名片的必要！请给想一想，是祁美艳好，还是祁菊子好？她原来叫玉珍，太俗气点！”

大赤包没加思索，马上决定了：“菊子好！像日本名字！凡是带日本味儿的都要时兴起来！”

晓荷像考古学家似的说：“菊子夫人不是很有名的电影片儿吗？”

“谁说不是！”瑞丰表示钦佩的说：“这个典故就出自那个影片呀！”

大家全笑了笑，觉得都很有学问。

“祁科长！”大赤包叫。“你去和令兄说说，能不能把金三爷请过来？”她扼要的把事情说明白，最后补上：“天下是我们的了，我们反倒更得多交朋友了！你说是不是？”

瑞丰高兴作这种事，赶快答应下来。“我跟瑞宣也还有别的事商量。”说完，他立起来。“菊子，你不过那院去?”

胖菊子摇了摇头。假若可能，她一辈子也不愿再进五号的门。

瑞丰独自回到家中，应酬公事似的向祖父和母亲问了安，就赶快和瑞宣谈话：

“那什么，你们学校的校长辞职——这消息别人可还不知道，请先守秘密！——我想大哥你应当活动一下。有我在局里，运动费可以少花一点。你看，南京已经丢了，咱们反正是亡了国，何必再固执呢？再说，教育经费日内就有办法，你能多抓几个，也好教老人们少受点委屈！怎么样？要活动就得赶快！这年月，找事不容易！”一边说，他一边用食指轻轻的弹他新买的假象牙的香烟烟嘴。说完，把烟嘴叼在口中，像高射炮寻找飞机似的左右转动。叼着这根假象牙的东西，他觉得气派大了许多，几乎比科长所应有的气派还大了些！

瑞宣的眼圈还红着，脸上似乎是浮肿起来一些，又黄又松。听弟弟把话说完，他半天没言语。他懒得张口。他晓得老二并没有犯卖国的罪过，可是老二的心理与态度的确和卖国贼的同一个味道。他无力去诛惩卖国贼，可也不愿有与卖国贼一道味儿的弟弟。说真的，老二只吃了浮浅，无聊，与俗气的亏，而并非是什么罪大恶极的人。可是，在这国家危亡的时候，浮浅，无聊，与俗气，就可以使人变成汉奸。在汉奸里，老二也不过是个小三花脸儿，还离大白脸的奸雄很远很远。老二可恨，也可怜！

“怎样？你肯出多少钱?”老二问。

“我不愿作校长，老二!”瑞宣一点没动感情的说。

“你不要老这个样子呀，大哥!”瑞丰板起脸来。“别人想多花钱运动都弄不到手，你怎么把肉包子往外推呢？你开口就是国家，闭口就是国家，可是不看看国家成了什么样子！连南京都丢了，光你一个人有骨头又怎么样呢?”老二的确有点着急。他是真心要给老大运动成功，以便兄弟们可以在教育界造成个小小的势力，彼此都有些照应。

老大又不出声了。他以为和老二辩论是浪费唇舌。他劝过老二多少次，老二总把他的话当作耳旁风。他不愿再白费力气。

老二本来相当的怕大哥。现在，既已作了科长，他觉得不应当还那么胆小。他是科长，应当向哥哥训话：

“大哥，我真替你着急！你要是把机会错过，以后吃不上饭可别怨我！以我现在的地位，交际当然很广，挣得多，花得也多，你别以为我可以帮助你过日子!”

瑞宣还不想和老二多费什么唇舌，他宁可独力支持一家人的生活，也不愿再和老二多罗嗦。“对啦！我干我的，你干你的好啦!”他说。他的声音很低，可是语气非常的坚决。

老二以为老大一定是疯了。不然的话，他怎敢得罪科长弟弟呢!

“好吧，咱们各奔前程吧!”老二要往外走，又停住了脚。“大哥，求你一件事。别人转托的，我不能不把话带到!”他简单的说出冠家想请金三爷吃酒，求瑞宣给从中拉拢一下。他的话说得很简单，好像不屑于和哥哥多谈似的。最后，他又板着脸教训：“冠家连太太都能作官，大哥你顶好对他们客气一点！这年月，多得罪人不会有好处!”

瑞宣刚要动气，就又控制住自己。仍旧相当柔和的，他说：“我没工夫管那种闲事，对不起!”

老二猛的一推门就走出去。他也下了决心不再和疯子哥哥打交道。在院中，他提高了声音叨唠，为是教老人们听见：“简直岂有此理！太难了！太难了！有好事不肯往前巴结，倒好像作校长是丢人的事！”

“怎么啦？老二！”祁老人在屋中问。

“什么事呀？”天佑太太也在屋中问。

韵梅在厨房里，从门上的一块小玻璃往外看；不把情形看准，她不便出来。

老二没进祖父屋中去，而站在院中卖嚷嚷：“没事，你老人家放心吧！我想给大哥找个好差事，他不干！以后呢，我的开销大，不能多孝顺你老人家；大哥又不肯去多抓点钱；这可怎么好？我反正尽到了手足的情义，以后家中怎样，我可就不负责喽！”

“老二！”妈妈叫：“你进来一会儿！我问你几句话！”

“还有事哪，妈！过两天我再来吧！”瑞丰匆匆的走出去。他无意使母亲与祖父难堪，但是他急于回到冠家去，冠家的一切都使他觉着舒服合适。

天佑太太的脸轻易不会发红，现在两个颧骨上都红起一小块来。她的眼也发了亮。她动了气。这就是她生的，养大的，儿子！作了官连妈妈也不愿意搭理啦！她的病身子禁不起生气，所以近二三年来她颇学会了点视而不见，听而不闻的本事，省得教自己的病体加重。今天这口气可是不好咽，她的手哆嗦起来，嘴中不由的骂出：“好个小兔崽子！好吗！连你的亲娘都不认了！就凭你作了个小科长！”

她这么一出声，瑞宣夫妇急忙跑了过来。他们俩晓得妈妈一动气必害大病。瑞宣顶怕一家人没事儿拌嘴闹口舌。他觉得那是大家庭制度的最讨厌的地方。但是，母亲生了气，他又非过来安慰不可。多少世纪传下来的规矩，差不多变成了人的本能；不论他怎样不高兴，他也得摆出笑脸给生了气的妈妈看。好在，他只须走过来就够了，他晓得韵梅在这种场合下比他更聪明，更会说话。

韵梅确是有本事。她不问婆婆为什么生气，而抄着根儿说：“老太太，又忘了自己的身子吧！怎么又动气呢？”这两句话立刻使老太太怜爱了自己，而觉得有哼哼两声的必要。一哼哼，怒气就消减了一大半，而责骂也改成了叨唠：“真没想到啊，他会对我这个样！对儿女，我没有偏过心，都一样的对待！我并没少爱了一点老二呀，他今天会……”老太太落了泪，心中可是舒展多了。

老太爷还没弄清楚都是怎么一回事，也凑过来问：“都是怎么一回子事呀？乱七八糟的！”

瑞宣搀祖父坐下。韵梅给婆婆拧了把热毛巾，擦擦脸；又给两位老人都倒上热茶，而后把孩子拉到厨房去，好教丈夫和老人们安安静静的说话儿。

瑞宣觉得有向老人们把事说清楚的必要。南京陷落了，国已亡了一大半。从一个为子孙的说，他不忍把老人们留给敌人，而自己逃出去。可是，对得住父母与祖父就是对不住国家。为赎自己对不住国家的罪过，他至少须消极的不和日本人合作。他不愿说什么气节不气节，而只知这在自己与日本人中间必须画上一条极显明的线。这样，他须得到老人们的协助；假若老人们一定要吃得好喝得好，不受一点委屈，他便没法不像老二似的那么投降给敌人。他决定不投降给敌人，虽然他又深知老人们要生活得舒服一点是当然的；他们在世界上的年限已快完了，他们理当要求享受一点。他必须向老人们道歉，同时也向他们说清楚：假若他们一定讨要享受，他会狠心逃出北平的。

很困难的，他把心意说清楚。他的话要柔和，而主意又拿定不变；他不愿招老人们难过，而又不可避免的使他们难过；一直到说完，他才觉得好像割去一块病似的，痛快了一些。

母亲表示得很好：“有福大家享，有苦大家受；老大你放心，我不会教你为难！”

祁老人害了怕。从孙子的一大片话中，他听出来：日本人是一时半会儿绝不能离开北平的了！日本人，在过去的两三个月中，虽然没直接的伤害了他，可是已经弄走了他两个孙子。日本人若长久占据住北平，焉知道这一家人就不再分散呢？老人宁可马上死去，也不愿看家中四分五裂的离散。没有儿孙们在他眼前，活着或者和死了一样的寂寞。他不能教瑞宣再走开！虽然他心中以为长孙的拒绝作校长有点太过火，可是他不敢明说出来；他晓得他须安慰瑞宣：

“老大，这一家子都仗着你呀！你看怎办好，就怎办！好吧歹吧，咱们得在一块儿忍着，忍过去这步坏运！反正我活不了好久啦，你还能不等着抓把土埋了我吗！”老人说到末一句，声音已然有点发颤了。

瑞宣不能再说什么。他觉得他的态度已经表示得够明显，再多说恐怕就不怎么合适了。听祖父说得那样的可怜，他勉强的笑了：“对了，爷爷！咱们就在一块儿苦混吧！”

话是容易说的；在他心里，他可是晓得这句诺言是有多大分量！他答应了把四世同堂的一个家全扛在自己的双肩上！同时，他还须远远的躲开占据着北平的日本人！

他有点后悔。他知道自己的挣钱的本领并不大。他的爱惜羽毛不许他见钱就抓。那么，他怎能独力支持一家人的生活呢？再说，日本人既是北平的主人，他们会给他自由吗？

可是，无论怎样，他也感到一点骄傲——他表明了态度，一个绝对不作走狗的态度！走着瞧吧，谁知道究竟怎样呢！

这时候，蓝东阳来到冠家。他是为筹备庆祝南京陷落大会来到西城，顺便来向冠家的女性们致敬——这回，他买来五根灌馅儿糖。在路上，他已决定好绝口不谈庆祝会的事。每逢他有些不愿别人知道的事，他就觉得自己很重要，很深刻；尽管那件事并没有保守秘密的必要。

假若他不愿把自己知道的告诉别人，他可是愿意别人把所知道的都告诉给他。他听说，华北的政府就要成立——成立在北平。华北的日本军人，见南京已经陷落，不能再延迟不决；他们必须先拿出个华北政府来，好和南京对抗——不管南京是谁出头负责。听到这个消息，他把心放下去，而把耳朵竖起来。放下心去，因为华北有了日本人组织的政府，他自己的好运气便会延长下去。竖起耳朵来，他愿多听到一些消息，好多找些门路，教自己的地位再往上升。他的野心和他的文字相仿，不管通与不通，而硬往下做！他已经决定了：他须办一份报纸，或一个文艺刊物。他须作校长。他须在新民会中由干事升为主任干事。他须在将要成立的政府里得到个位置。事情越多，才越能成为要人；在没有想起别的事情以前，他决定要把以上的几个职位一齐拿到手。他觉得他应当，可以，必须，把它们拿到手，因为他自居为怀才未遇的才子；现在时机来到了，他不能随便把它放过去。他是应运而生的莎士比亚，不过要比莎士比亚的官运财运和桃花运都更好一些。

进到屋中，把五根糖扔在桌儿上，他向大家咧了咧嘴，而后把自己像根木头似的摔在椅子上。除了对日本人，他不肯讲礼貌。

瑞丰正如怨如慕的批评他的大哥。他生平连想都没大想到过，他可以作教育局的科长。他把科长看成有天那么大。把他和科长联在一块，他没法不得意忘形。他没有冠先生的聪明，也没有蓝东阳的沉默。“真！作校长仿佛是丢人的事！你就说，天下竟会有这样的人！看他文文雅雅的，他的书都白念了！”

冠晓荷本想自荐。他从前作过小官；既作过小官，他以为，就必可以作中学校校长。可是，他不愿意马上张口，露出饥不择食的样子。这一下，他输了棋。蓝东阳开了口：

“什么？校长有缺吗？花多少钱运动？”他轻易不说话，一说可就说到根儿上；他张口就问了价钱。

晓荷像吃多了白薯那样，冒了一口酸水，把酸水咽下去，他仍然笑着，不露一点着急的样子。他看了看大赤包，她没有什么表示。她看不起校长，不晓得校长也可以抓钱，所以没怪晓荷。晓荷心中安定了一些。他很怕太太当着客人的面儿骂他无能。

瑞丰万没想到东阳来得那么厉害，一时答不出话来了。

东阳的右眼珠一劲儿往上吊，喉中直咯咯的响，嘴唇儿颤动着，凑过瑞丰来。像猫儿看准了一个虫子，要往前扑那么紧张，他的脸色发了绿，上面的青筋全跳了起来。他的嘴像要咬人似的，对瑞丰说：“你办去好啦，我出两千五百块钱！你从中吃多少，我不管，事情成了，我另给你三百元！今天我先交二千五，一个星期内我要接到委任令！”

“教育局可不是我一个人的呀！”瑞丰简直忘了他是科长。他还没学会打官话。

“是呀！反正你是科长呀！别的科长能荐人，你怎么不能？你为什么作科长，假若你连一句话都不能给我说！”东阳的话和他的文章一样，永远不管逻辑，而只管有力量。“不管怎样，你得给我运动成功，不然的话，我还是去给你报告！”

“报告什么！”可怜的瑞丰，差不多完全教东阳给弄胡涂了。

“还不是你弟弟在外边抗日？好吗，你在这里作科长，你弟弟在外边打游击战，两边儿都教你们占着，敢情好！”东阳越说越气壮，绿脸上慢慢的透出点红来。

“这，这，这，”瑞丰找不出话来，小干脸气得焦黄。

大赤包有点看不上东阳了，可是不好出头说话；她是所长，不能轻易发言。

晓荷悟出一点道理来：怪不得他奔走这么多日子，始终得不到个位置呢；时代变了，他的方法已然太老，太落伍了！他自己的办法老是摆酒，送礼，恭维，和摆出不卑不亢的架子来。看人家蓝东阳！人家托情运动事直好像是打架，没有丝毫的客气！可是，人家既是教务主任，又是新民会的干事，现在又瞪眼“买”校长了！他佩服了东阳！他觉得自己若不改变作风，天下恐怕就要全属于东阳，而没有他的份儿了！

胖菊子——一向比瑞丰厉害，近来又因给丈夫运动上官职而更自信——决定教东阳见识见识她的本事。还没说话，她先推了东阳一把，把他几乎推倒。紧跟着，她说：

“你这小子可别这么说话，这不是对一位科长说话的规矩！你去报告！去！去！马上去！咱们斗一斗谁高谁低吧！你敢去报告，我就不敢？我认识人，要不然我的丈夫也不会作上科长！你去报告好了，你说我们老三抗日，我也会说你是共产党呀！你是什么揍的？我问问你！”胖太太从来也没高声的一气说这么多话，累得鼻子上出了油，胸口也一涨一落的直动。她的脸上通红，可是心中相当的镇定，她没想到既能一气骂得这么长，而且这么好。她很得意。她平日最佩服大赤包，今天她能在大赤包面前显露了本事，她没法不觉得骄傲。

她这一推和一顿骂把东阳弄软了。他脸上的怒气和凶横都忽然的消逝。好像是骂舒服了似的，他笑了。

晓荷没等东阳说出话来便开了口：

"我还没作过校长，倒颇想试一试，祁科长你看如何？呕，东阳，我决不抢你的事，先别害怕！我是把话说出来，给大家作个参考，请大家都想一想怎么办最好。"

这几句话说得是那么柔和，周到，屋中的空气马上不那么紧张了。蓝东阳又把自己摔在椅子上，用黄牙咬着手指甲。瑞丰觉得假若冠先生出头和东阳竞争，他天然的应当帮助冠先生。胖菊子不再出声，因为刚才说的那一段是那么好，她正一句一句的追想，以便背熟了好常常对朋友们背诵。

大赤包说了话。先发言的勇敢，后发言的却占了便宜。她的话，因为是最后说的，显着比大家的都更聪明合理：

"我看哪，怎么运动校长倒须搁在第二，你们三个——东阳，瑞丰，晓荷——第一应当先拜为盟兄弟。你们若是成为不愿同年同月同日同时生，而愿同年同月同日同时死的弟兄，你们便会和和气气的，真真诚诚的，彼此帮忙。慢慢的，你们便会成为新朝廷中的一个势力。你们说对不对？"

瑞丰，论辈数，须叫晓荷作叔叔，不好意思自己提高一辈。

东阳本来预备作冠家的女婿，也不好意思和将来的岳父先拜盟兄弟。

晓荷见二人不语，笑了笑说："所长所见极是！肩膀齐为弟兄，不要以为我比你们大几岁，你们就不好意思！所长，就劳你大驾，给我预备香烛纸马吧！”

# 三十三

瑞宣以为华北政府既费了那么多的日子才产生出来，它必定有一些他所不知道的人物，好显出确有点改朝换代的样子。哪知道，其中的人物又是那一群他所熟知的，也是他所痛恨的，军阀与官僚。由这一点上看，他已看清日本人是绝对没有丝毫诚心去履行那些好听的口号与标语的。只有卑鄙无能的人才能合他们的脾味，因为他们把中国人看成只配教贪官污吏统辖着的愚夫愚妇——或者猪狗！

看着报纸上的政府人员名单，他胸中直堵得慌。他不明白，为什么中国会有这么多甘心作走狗的人！这错处在哪里呢？是的，历史，文化，时代，教育，环境，政治，社会，民族性，个人的野心……都可以给一些解释，但是什么解释也解释不开这个媚外求荣的羞耻！他们实际上不能，而在名义上确是，代表着华北的人民；他们几个人的行动教全华北的人民都失去了“人”的光彩！

他恨这群人，他诅咒着他们的姓名与生存！

可是，紧跟着他就也想起瑞丰，东阳，与冠晓荷。这三个小鬼儿的地位比伪政府中的人低多了，可是他们的心理与志愿却和大汉奸们是一模一样的。谁敢说，瑞丰不会作到教育督办？谁敢说，冠晓荷不会作财政总长呢？这么一想，他想明白了：假若圣贤是道德修养的积聚；汉奸却恰恰的相反——是道德修养的削减。圣贤是正，汉奸是负。浮浅，愚蠢，无聊，像瑞丰与晓荷，才正是日本人所喜欢要的，因为他们是“负”数。日本人喜欢他们，正如同日本人喜欢中国的鸦片烟鬼。

想到这里，他也就想出对待“负数”的办法来。杀！他们既是负数，就绝对没有廉耻。他们绝不会受任何道德的，正义的，感动；他们只怕死。杀戮是对待他们的最简截的办法，正如同要消灭蝗灾只有去赶尽杀绝了蝗虫。谁去杀他们呢？华北的每一个人，因为每一个人都受了他们的连累，都随着他们丧失了人格。杀他们与杀日本人是每一个良善国民的无可推诿的责任！

可是，他就管不了自己的弟弟！不要说去杀，他连打老二一顿都不肯！假若老二帮助日本人，他却成全了老二！他和老二有一样的罪过：老二卖国，老大不干涉卖国的人！他不干涉老二，全华北的人民也都不干涉伪政府的汉奸，华北便像一个一动也不动的死海，只会蒸发臭气！想到这里，他无可如何的笑了。一切是负数——伪政府，瑞丰，晓荷，那些不敢诛奸的老实人，和他自己！他只能“笑”自己，因为自己的存在已是负数的！

庆祝南京陷落的大会与游行，比前几次的庆祝都更热闹。瑞宣的脸一青一红的在屋中听着街上的叫花子与鼓手们的喧呼与锣鼓。他难过。可是他已不再希望在天安门或在任何地方有什么反抗的举动——一切都是负数！他既看到自己的无用与无能，也就不便再责备别人。他的唯一的可以原谅自己的地方是家庭之累，那么，连汉奸当然也都有些“累”而都可以原谅了！最会原谅自己的是最没出息的！

可是，不久他便放弃了这种轻蔑自己与一切人的态度，他听到蒋委员长的继续抗战的宣言。这宣言，教那最好战的日本人吃了一惊，教汉奸们的心中冷了一冷，也教瑞宣又挺起胸来。不！他不能自居为负数而自暴自弃。别人，因为中央继续抗战，必会逃出北平去为国效忠。中央，他想，也必会派人来，抚慰民众和惩戒汉奸！一高兴，他的想象加倍的活动，他甚至于想到老三会偷偷的回来，作那惩处汉奸或别的重要工作！那将是多么兴奋，多么像传奇的事呀，假若他能再看见老三！

瑞宣，既是个中国的知识分子，不会求神或上帝来帮助他自己和他的国家。他只觉得继续抗战是中国的唯一的希望。他并不晓得中国与日本的武力相差有多少，也几乎不想去知道。爱国心现在成了他的宗教信仰，他相信中国必有希望，只要我们肯去抵抗侵略。

他去看钱先生，他愿一股脑儿的把心中所有话都说净。南京的陷落好像舞台上落下幕来，一场争斗告一段落。战争可是并没停止，正像幕落下来还要再拉起去。那继续抗战的政府，与为国效忠的军民，将要受多少苦难，都将要作些什么，他无从猜到。他可是愿在这将要再开幕的时候把他自己交代清楚：他的未来的苦难也不比别人的少和小，虽然他不能扛着枪到前线去杀敌，或到后方作义民。他决定了：在沦陷的城内，他一定不能因作孝子而向敌人屈膝；他宁可丢了脑袋，也不放弃了膝磕。这是一件不容易的事，像掉在海里而拒绝喝水那么不容易。可是，他很坚决，无论受多大的苦处，他要挣扎过去，一直到北平城再看到国旗的时候！老三既不在家，他只好去把这个决定说给钱先生；只有对一位看得起他的，相信他的朋友，交代清楚，他才能开始照计而行去作事，去挣钱；不然的话，他就觉得去作事挣钱是与投降一样可耻的。

在南京陷落的消息来到的那一天，钱先生正决定下床试着走几步。身上的伤已差不多都平复了，他的脸上也长了一点肉，虽然嘴还瘪瘪着，腮上的坑儿可是小得多了。多日未刮脸，长起一部柔软而黑润的胡须，使他更像了诗人。他很不放心他的腿。两腿腕时常肿起来，酸痛。这一天，他觉得精神特别的好，腿腕也没发肿，所以决定下床试一试。他很怕两腿是受了内伤，永远不能行走！他没告诉儿媳妇，怕她拦阻。轻轻的坐起来，他把腿放下去；一低头，他才发现地上没有鞋。是不是应当喊少奶奶来给找鞋呢？正在犹豫不定之间，他听到四大妈的大棉鞋塌拉塌拉的响。

“来啦？四大妈？”他极和气的问。

“来喽！”四大妈在院中答应。“甭提啦，又跟那个老东西闹了一肚子气！”

“都七十多了，还闹什么气哟！”钱先生精神特别的好，故意找话说。

“你看哪，”她还在窗外，不肯进来，大概为是教少奶奶也听得见：“他刚由外边回来，就撅着大嘴，说什么南京丢了，气横横的不张罗吃，也不张罗喝！我又不是看守南京的，跟我发什么脾气呀，那个老不死的东西！”

钱先生只听到“南京丢了”，就没再往下听。光着袜底，他的脚碰着了地。他急于要立起来，好像听到南京陷落，他必须立起来似的。他的脚刚有一部分碰着地，他的脚腕就像一根折了的秫秸棍似的那么一软，他整个的摔倒在地上。这一下几乎把他摔昏了过去。在冰凉的地上趴伏了好大半天，他才缓过气来。他的腿腕由没有感觉而发麻，而发酸，而钻心的疼。他咬上了嘴唇，不哼哼出来。疼得他头上出了黄豆大的汗珠，他还是咬住了残余的几个牙，不肯叫出来。他挣扎着坐起来，抱住他的脚。他疼，可是他更注意他的脚是日久没用而发了麻，还是被日本人打伤不会再走路。他急于要知道这点区别，因为他必须有两条会活动的腿，才能去和日本人拚命。扶着床沿，一狠心，他又立起来了，像有百万个细针一齐刺着他的腿腕。他的汗出得更多了。可是他立住了。他挣扎着，想多立一会儿，眼前一黑，他趴在了床上。这样卧了许久许久，他才慢慢爬上床去，躺好。他的脚还疼，可是他相信只要慢慢的活动，他一定还能走路，因为他刚才已能站立了那么一会儿。他闭上了眼。来往于他的心中的事只有两件，南京陷落与他的脚疼。

慢慢的，他的脚似乎又失去知觉，不疼也不麻了。他觉得好像没有了脚。他赶紧蜷起腿来，用手去摸；他的确还有脚，一双完整的脚。他自己笑了一下。只要有脚能走路，他便还可以作许多的事。那与南京陷落，与孟石仲石和他的老伴儿的死亡都有关系的事。

他开始从头儿想。他应当快快的决定明天的计划，但是好像成了习惯似的，他必须把过去的那件事再想一遍，心里才能觉得痛快，才能有条有理的去思想明天的事。

他记得被捕的那天的光景。一闭眼，白巡长，冠晓荷，宪兵，太太，孟石，就都能照那天的地位站在他的眼前。他连墙根的那一朵大秋葵也还记得。跟着宪兵，他走到西单商场附近的一条胡同里。他应当晓得那是什么胡同，可是直到现在也没想起来。在胡同里的一条小死巷里，有个小门。他被带进去。一个不小的院子，一排北房有十多间，像兵营，一排南房有七八间，像是马棚改造的。

院中是三合土砸的地，很平，像个小操场。刚一进门，他就听到有人在南屋里惨叫。他本走得满头大汗，一听见那惨叫，马上全身都觉得一凉。他本能的立住了像快走近屠场的牛羊似的那样本能的感到危险。宪兵推了他一把，他再往前走。他横了心，抬起头来。"至多不过是一死！"他口中念道着。

到尽东头的一间北屋里，有个日本宪兵搜检他的身上。他只穿着那么一身裤褂，一件大衫，和一只鞋，没有别的东西。检查完，他又被带到由东数第二间北屋去。在这里，一个会说中国话的日本人问他的姓名籍贯年岁职业等等，登记在卡片上。当他回答没有职业的时候，那个人把笔咬在口中，细细的端详了他一会儿。这是个，瘦硬的脸色青白的人。他觉得这个瘦人也许不会很凶，所以大大方方的教他端详。那个人把笔从口中拿下来，眼还紧盯着他，又问："犯什么罪？"

他的确不知道自己犯了什么罪。像平日对好友发笑似的，他很天真的笑了一下，而后摇了摇头。他的头还没有停住，那个瘦子就好像一条饥狼似的极快的立起来，极快的给了他一个嘴巴。他啐出一个牙来。瘦子，还立着，青白的脸上起了一层霜似的，又问一声："犯什么罪？"

他的怒气撑住了疼痛，很安详的，傲慢的，他一个字一个字的说："我不知道！"

又是一个嘴巴，打得他一歪身。他想高声的叱责那个人，他想质问他有没有打人的权，和凭什么打人。可是他想起来，面前的是日本人。日本人要是有理性就不会来打中国。因此，他什么也不愿说；对一个禽兽，何必多费话呢。他至少应当说："你们捕了我来，我还不晓得为了什么。我应当问你们，我犯了什么罪！"可是，连这个他也懒得说了。看了看襟上的血，他闭了闭眼，心里说：“打吧！你打得碎我的脸，而打不碎我的心！”

瘦硬的日本人咽了一口气，改了口：“你犯罪不犯？”随着这句话，他的手又调动好了距离；假若他得到的是一声“不”，或是一摇头。他会再打出个最有力的嘴巴。

他看明白了对方的恶意，可是他反倒横了心。咽了一口带血的唾沫，他把脚分开一些，好站得更稳。他决定不再开口，而准备挨打。他看清：对方的本事只是打人，而自己自幼儿便以打人为不合理的事，那么，他除了准备挨打之外，还有什么更好的方法呢？再说，他一辈子作梦也没梦到，自己会因为国事军事而受刑；今天，受到这样的对待，他感到极大的痛苦，可是在痛苦之中也感到忽然来到的光荣。他咬上了牙，准备忍受更多的痛苦，为是多得到一些光荣！

手掌又打到他的脸上，而且是一连串十几掌。他一声不响，只想用身体的稳定不动作精神的抵抗。打人的微微的笑着，似乎是笑他的愚蠢。慢慢的，他的脖子没有力气；慢慢的，他的腿软起来；他动了。左右开弓的嘴巴使他像一个不倒翁似的向两边摆动。打人的笑出了声——打人不是他的职务，而是一种宗教的与教育的表现；他欣赏自己的能打，会打，肯打，与胜利。被打的低下头去，打人的变了招数，忽然给囚犯右肋上一拳，被打的倒在了地上。打人的停止了笑，定睛看地上的那五十多岁一堆没有了力气的肉。

在灯光之中，他记得，他被塞进一辆大汽车里去。因为脸肿得很高，他已不易睁开眼。同时，他也顾不得睁眼看什么。汽车动了，他的身子随着动，心中一阵清醒，一阵昏迷，可是总知道自己是在什么东西中动摇——他觉得那不是车，而是一条在风浪中的船。慢慢的，凉风把他完全吹醒。从眼皮的隙缝中，他看到车外的灯光，一串串的往后跑。他感到眩晕，闭上了眼。他不愿思索什么。他的妻儿，诗画，花草，与茵陈酒，都已像从来就不是他的。在平日，当他读陶诗，或自己想写一首诗的时节，他就常常的感到妻室儿女与破坛子烂罐子都是些障碍，累赘，而诗是在清风明月与高山大川之间的。一想诗，他的心灵便化在一种什么抽象的宇宙里；在那里，连最美的山川花月也不过是暂时的，粗糙的，足以限制住思想的东西。他所追求的不只是美丽的现象，而是宇宙中一点什么气息与律动。他要把一切阻障都去掉，而把自己化在那气息与律动之间，使自己变为无言的音乐。真的，他从来没能把这个感觉写出来。文字不够他用的；一找到文字，他便登时限制住了自己的心灵；文字不能随着他的心飞腾，荡漾在宇宙的无形的大乐里，而只能落在纸上。可是，当他一这么思索的时候，尽管写不出诗来，他却也能得到一些快乐。这个快乐不寄存在任何物质的，可捉摸的事物上，而是一片空灵，像绿波那么活动可爱，而多着一点自由与美丽。绿波只会流入大海，他的心却要飞入每一个星星里去。在这种时候，他完全忘了他的肉体；假若无意中摸到衣服或身体，他会忽然的颤抖一下，像受了惊似的。

现在，他闭上了眼，不愿思索一切。真的，他最先想到的就是："大概拉去枪毙！"可是，刚想到这个，他便把眼闭得更紧一点，问自己："怕吗？怕吗？"紧跟着，他便阻止住乱想，而愿和作诗的时候似的忘了自己，忘了一切。"死算什么呢！"他口中咀嚼着这一句。待了一会儿，他又换了一句："死就是化了！化了！"他心中微微的感到一点愉快。他的脸上身上还都疼痛，可是心中的一点愉快教他轻视疼痛，教他忘了自己。又待了一会儿，在一阵迷糊之后，他忽然想起来：现在教他“化了”的不是诗，而是人世间的一点抽象的什么；不是把自己融化在什么山川的精灵里，使自己得到最高的和平与安恬，而是把自己化入一股刚强之气，去抵抗那恶的力量。他不能只求“化了”，而是须去抵抗，争斗。假若从前他要化入宇宙的甘泉里去，现在他须化成了血，化成忠义之气；从前的是可期而不可得的，现在是求仁得仁，马上可以得到的；从前的是天上的，现在的是人间的。是的，他须把血肉掷给敌人，用勇敢和正义结束了这个身躯！一股热气充满了他的胸膛，他笑出了声。

车停住了。他不知道那是什么地方，也不屑于细看。殉国是用不着选择地点的。他只记得那是一座大楼，仿佛像学校的样子。他走得很慢，因为脚腕上砸着镣。他不晓得为什么敌人是那么不放心他，一定给他带镣，除非是故意的给他多增加点痛苦。是的，敌人是敌人，假若敌人能稍微有点人心人性，他们怎会制作战争呢？他走得慢，就又挨了打。胡里胡涂的，辨不清是镣子磕的痛，还是身上被打的痛，他被扔进一间没有灯亮的屋子去。他倒了下去，正砸在一个人的身上。底下的人骂了一声。他挣扎着，下面的人推搡着，不久，他的身子着了地。那个人没再骂，他也一声不出；地上是光光的，连一根草也没有，他就那么昏昏的睡去。

第二天一整天没事，除了屋里又添加了两个人。他顾不得看同屋里的人都是谁，也不顾得看屋子是什么样。他的脸肿得发涨，牙没有刷，面没有洗，浑身上下没有地方不难过。约摸在上午十点钟的时候，有人送来一个饭团，一碗开水。他把水喝下去，没有动那团饭。他闭着眼，两腿伸直，背倚着墙，等死。他只求快快的死，没心去看屋子的同伴。

第三天还没事。他生了气。他开始明白：一个亡了国的人连求死都不可得。敌人愿费一个枪弹，才费一个枪弹；否则他们会教你活活的腐烂在那里。他睁开了眼。屋子很小，什么也没有，只在一面墙上有个小窗，透进一点很亮的光。窗栏是几根铁条。屋子当中躺着一个四十多岁的人，大概就是他曾摔在他身上的那个人。这个人的脸上满是凝定了的血条，像一道道的爆了皮的油漆；他蜷着腿，而伸着两臂，脸朝天仰卧，闭着眼。在他的对面，坐着一对青年男女，紧紧的挤在一块儿；男的不很俊秀，女的可是长得很好看；男的扬着头看顶棚，好久也不动一动；女的一手抓着男的臂，一手按着自己的膝盖，眼睛——很美的一对眼睛——一劲儿眨巴，像受了最大的惊恐似的。看见他们，他忘了自己求死的决心。他张开口，想和他们说话。可是，口张开而忘了话，他感到一阵迷乱。他的脑后抽着疼。他闭上眼定了定神。再睁开眼，他的唇会动了。低声而真挚的，他问那两个青年：

“你们是为了什么呢?”

男青年吓了一跳似的，把眼从顶棚上收回。女的开始用她的秀美的眼向四面找，倒好像找什么可怕的东西似的。

“我们——”男的拍了女的一下。女的把身子更靠紧他一些。

“你们找打！别说话！”躺着的人说。说了这句话，他似乎忘了他的手；手动了动，他疼得把眼鼻都拧在一处，头向左右乱摆：“哎哟！哎哟！”他从牙缝里放出点再也拦不住的哀叫。“哎哟！他们吊了我三个钟头，腕子断了！断了！”

女的把脸全部的藏在男子的怀里。男青年咽下一大口唾沫去。

屋外似乎有走动，很重的皮鞋声在走廊中响。中年人忽然的坐起来，眼中发出怒的光，“我……”他想高声的喊。

他的手极快的捂住中年人的嘴。中年人的嘴还在动，热气喷着他的手心。“我喊，把走兽们喊来！”中年人挣扎着说。

他把中年人按倒。屋中没了声音，走廊中皮鞋还在响。

用最低的声音，他问明白：那个中年人不晓得自己犯了什么罪，只是因为他的相貌长得很像另一个人。日本人没有捉住那另一个人，而捉住了他，教他替另一个人承当罪名；他不肯，日本人吊了他三点钟，把手腕吊断。

那对青年也不晓得犯了什么罪，而被日本人从电车上把他们捉下来。他们是同学，也是爱人。他们还没受过审，所以更害怕；他们知道受审必定受刑。

听明白了他们的“犯罪”经过，第一个来到他心中的事就是想援救他们。可是，看了看脚上的镣，他哑笑了一下，不再说话。呆呆的看着那一对青年，他想起自己的儿子来。从模样上说，那个男学生一点也不像孟石和仲石，但是从一点抽象的什么上说，他越看，那个青年就越像自己的儿子。他很想安慰他的儿子几句。待了一会儿，他又觉得那一点也不像他的儿子。他的儿子，仲石，会把自己的身体和日本人的身体摔碎在一处，摔成一团肉酱。他的儿子将永远活在民族的心里，永远活在赞美的诗歌里；这个青年呢？这个青年大概只会和爱人在一处享受温柔乡的生活吧？他马上开了口：

“你挺起胸来！不要怕！我们都得死，但须死得硬梆！你听见了吗？”

他的声音很低，好像是对自己说呢。那个青年只对他翻了翻白眼。

当天晚上，门开了，进来一个敌兵，拿着手电筒。用电筒一扫，他把那位姑娘一把拉起来。她尖叫了一声。男学生猛的立起来，被敌兵一拳打歪，窝在墙角上。敌兵往外扯她。她挣扎。又进来一个敌兵。将她抱了走。

青年往外追，门关在他的脸上。倚着门，他呆呆的立着。

远远的，女人尖锐的啼叫，像针尖似的刺进来，好似带着一点亮光。

女人不叫了。青年低声的哭起来。

他想立起来，握住青年的手。可是他的脚腕已经麻木，立不起来。他想安慰青年几句，他的舌头好像也麻木了。他瞪着黑暗。他忽然的想到："不能死！不能死！我须活着，离开这里，他们怎样杀我们，我要怎样杀他们！我要为仇杀而活着！"

快到天亮，铁栏上像蛛网颤动似的有了些光儿。看着小窗，他心中发噤，晓风很凉。他盼望天快明，倒好像天一明他就可以出去似的。他往四处找那个青年，看不见。他愿把心中的话告诉给青年："我常在基督教教堂外面看见'信，望，爱'。我不大懂那三个字的意思。今天，我明白了：相信你自己的力量，盼望你不会死，爱你的国家！"

他正这么思索，门开了，像扔进一条死狗似的，那个姑娘被扔了进来。

小窗上一阵发红，光颤抖着透进来。

女的光着下身，上身只穿着一件贴身的小白坎肩。她已不会动。血道子已干在她的大腿上。

男青年脱下自己的褂子，给她盖上了腿，而后，低声的叫："翠英！翠英！"她不动，不出声。他拉起她的一只手——已经冰凉！他把嘴堵在她的耳朵上叫："翠英！翠英！"她不动。她已经死了一个多钟头。

男青年不再叫，也不再动她。把手插在裤袋里，他向小窗呆立着。太阳已经上来，小窗上的铁栏都发着光——新近才安上的。男青年一动不动的站着，仰着点头，看那三四根发亮的铁条。他足足的这么立了半个多钟头。忽然的他往起一蹿，手扒住窗沿，头要往铁条上撞。他的头没能够到铁条。他极失望的跳下来。

他——钱先生——呆呆的看着，猜不透青年是要逃跑，还是想自杀。

青年转过身来，看着姑娘的身体。看着看着，热泪一串串的落下来。一边流泪，他一边往后退；退到了相当的距离，他又要往前蹿，大概是要把头碰在墙上。

“干什么?”他——钱老人——喝了一句。

青年楞住了。

“她死，你也死吗?谁报仇?年轻的人，长点骨头！报仇！报仇!”

青年又把手插到裤袋中去楞着。楞了半天，他向死尸点了点头。而后，他轻轻的，温柔的，把她抱起来，对着她的耳朵低声的说了几句话。把她放在墙角，他向钱先生又点了点头，仿佛是接受了老人的劝告。

这时候，门开开，一个敌兵同着一个大概是医生的走进来。医生看了看死尸，掏出张印有表格的纸单来，教青年签字。“传染病!”医生用中国话说：“你签字!”他递给青年一支头号的派克笔。青年咬上了嘴唇，不肯接那支笔。钱先生嗽了一声，送过一个眼神。青年签了字。

医生把纸单很小心的放在袋中，又去看那个一夜也没出一声的中年人。中年人的喉中响了两声，并没有睁一睁眼；他是个老实人，仿佛在最后的呼吸中还不肯多哼哼两声，在没了知觉的时候还吞咽着冤屈痛苦，不肯发泄出来；他是世界上最讲和平的一个中国人。医生好像很得意的眨巴了两下眼睛，而后很客气的对敌兵说："消毒！"敌兵把还没有死的中年人拖了出去。

屋中剩下医生和两个活人，医生仿佛不知怎么办好了；搓着手，他吸了两口气；然后深深的一鞠躬，走出去，把门倒锁好。

青年全身都颤起来，腿一软，他蹲在了地上。

"这是传染病！"老人低声的说。"日本人就是病菌！你要不受传染，设法出去；最没出息的才想自杀！"

门又开了，一个日本兵拿来姑娘的衣服，扔给青年。"你，她，走！"

青年把衣服扔在地上，像条饥狼扑食似的立起来。钱先生又咳嗽了一声，说了声"走！"

青年无可如何的把衣服给死尸穿上，抱起她来。

敌兵说了话："外边有车！对别人说，杀头的！杀头的！"

青年抱着死尸，立在钱先生旁边，仿佛要说点什么。

老人把头低了下去。

青年慢慢的走出去。

# 三十四

剩下他一个人，他忽然觉得屋子非常的大了，空洞得甚至于有点可怕。屋中原来就什么也没有，现在显着特别的空虚，仿佛丢失了些什么东西。他闭上了眼。他舒服了一些。在他的心中，地上还是躺着那个中年人，墙角还坐着那一对青年男女。有了他们，他觉得有了些倚靠。他细细的想他们的声音，相貌，与遭遇。由这个，他想到那个男青年的将来——他将干什么去呢？是不是要去从军？还是……

不管那个青年是干什么去，反正他已给了他最好的劝告。假若他的劝告被接受，那个青年就必定会像仲石那样去对付敌人。是的，敌人是传染病，仲石和一切的青年们都应当变成消毒剂！想到这里，他睁开了眼。屋子不那么空虚了，它还是那么小，那么牢固；它已不是一间小小的囚房，而是抵抗敌人，消灭敌人的发源地。敌人无缘无故的杀死那个中年人与美貌的姑娘，真的；可是只有那样的任意屠杀才会制造仇恨和激起报复。敌人作得很对！假若不是那样，凭他这个只会泡点茵陈酒，玩玩花草的书呆子，怎会和国家的兴亡发生了关系呢？

他的心平了下去。他不再为敌人的残暴而动怒。这不是讲理的时候，而是看谁杀得过谁的时候了。不错，他的脚上是带着镣，他的牙已有好几个活动了，他的身体是被关在这间制造死亡的小屋里；可是，他的心里从来没有像现在这样充实过。身子被囚在小屋里，他的精神可是飞到历史中去，飞到中国一切作战的地方去。他手无寸铁，但是还有一口气。他已说服了一个青年，他将在这里等候着更多的人，用他的一口气坚强他们，鼓励他们，直到那口气被敌人打断。假若他还能活着走出去，他希望他的骨头将和敌人的碎在一处，像仲石那样！

他忘记了他的诗，画，酒，花草，和他的身体，而只觉得他是那一口气。他甚至于觉得那间小屋很美丽。它是他自己的，也是许多人的，监牢，而也是个人的命运与国运的联系点。看着脚上的镣，摸着脸上的伤，他笑了。他决定吞食给他送来的饭团，好用它所给的一点养分去抵抗无情的鞭打。他须活着；活着才能再去死！他像已落在水里的人，抓住一块木头那样把希望全寄托给它。他不能，绝对不能，再想死。他以前并没有真的活着过；什么花呀草呀，那才真是像一把沙子，随手儿落出去。现在他才有了生命，这生命是真的，会流血，会疼痛，会把重如泰山的责任肩负起来。

有五六天，他都没有受到审判。最初，他很着急；慢慢的，他看明白：审问与否，权在敌人，自己着急有什么用呢？他压下去他的怒气。从门缝送进一束稻草来，他把它垫在地上，没事儿就抽出一两根来，缠弄着玩。在草心里，他发现了一条小虫，他小心把虫放在地上，好像得到一个新朋友。虫老老实实的卧在那里，只把身儿蜷起一点。他看着它，想不出任何足以使虫更活泼，高兴，一点的办法。像道歉似的，他向虫低语：“你以为稻草里很安全，可是落在了我的手里！我从前也觉得很安全，可是我的一切不过是根稻草！别生气吧，你的生命和我的生命都一边儿大；不过，咱们若能保护自己，咱们的生命才更大一些！对不起，我惊动了你！可是，谁叫你信任稻草呢？”

就是在捉住那个小虫的当天晚上，他被传去受审。审问的地方是在楼上。很大的一间屋子，像是课堂。屋里的灯光原来很暗，可是他刚刚进了屋门，极强的灯光忽然由对面射来，使他瞎了一会儿。他被拉到审判官的公案前，才又睁开眼；一眼就看见三个发着光的绿脸——它们都是化装过的。三个绿脸都不动，六只眼一齐凝视着他，像三只猫一齐看着个老鼠那样。忽然的，三个头一齐向前一探，一齐露出白牙来。

他看着他们，没动一动。他是中国的诗人，向来不信“怪力乱神”，更看不起玩小把戏。他觉得日本人的郑重其事玩把戏，是非常的可笑。他可是没有笑出来，因为他也佩服日本人的能和魔鬼一样真诚！

把戏都表演过，中间坐的那个绿小鬼向左右微一点头，大概是暗示：“这是个厉害家伙！”他开始问，用生硬的中国语问：

“你的是什么？”

他脱口而出的要说：“我是个中国人！”可是，他控制住自己。他要爱护自己的身体，不便因快意一时而招致皮骨的损伤。同时，他可也想不起别的，合适的答话。

“你的是什么？”小鬼又问了一次。紧跟着，他说明了自己的意思：“你，共产党？”

他摇了摇头。他很想俏皮的反问：“抗战的南京政府并不是共产党的！”可是，他又控制住了自己。

左边的绿脸出了声："八月一号，你的在那里？"

"在家里！"

"在家作什么？"

想了想："不记得了！"

左边的绿脸向右边的两张绿脸递过眼神："这家伙厉害！"

右边的绿脸把脖子伸出去，像一条蛇似的口里嘶嘶的响："你！你要大大的打！"紧跟着，他收回脖子来，把右手一扬。

他——钱老人——身后来了一阵风，皮鞭像烧红的铁条似的打在背上，他往前一栽，把头碰在桌子上。他不能再控制自己，他像怒了的虎似的大吼了一声。他的手按在桌子上："打！打！我没的说！"

三张绿脸都咬着牙微笑。他们享受那嗖嗖的鞭声与老人的怒吼。他们与他毫无仇恨，他们找不出他的犯罪行为，他们只愿意看他受刑，喜欢听他喊叫；他们的职业，宗教，与崇高的享受，就是毒打无辜的人。

皮鞭像由机器管束着似的，均匀的，不间断的，老那么准确有力的抽打。慢慢的，老人只能哼了，像一匹折了腿的马那样往外吐气，眼珠子努出多高。又挨了几鞭，他一阵恶心，昏了过去。

醒过来，他仍旧是在那间小屋里。他口渴，可是没有水喝。他的背上的血已全定住，可是每一动弹，就好像有人撕扯那一条条的伤痕似的。他忍着渴，忍着痛，双肩靠在墙角上，好使他的背不至于紧靠住墙。他一阵阵的发昏。每一发昏，他就觉得他的生命像一些蒸气似的往外发散。他已不再去想什么，只在要昏过的时候呼着自己的名字。他已经不辨昼夜，忘了愤怒与怨恨，他只时时的呼叫自己，好像是提醒自己："活下去！活下去！"这样，当他的生命像一股气儿往黑暗中飞腾的时候，就能远远的听见自己的呼唤而又退回来。他于是咬上牙，闭紧了眼，把那股气儿关在身中。生命的荡漾减少了他身上的苦痛；在半死的时候，他得到安静与解脱。可是，他不肯就这样释放了自己。他宁愿忍受苦痛，而紧紧的抓住生命。他须活下去，活下去！

日本人的折磨人成了一种艺术。他们第二次传讯他的时候，是在一个晴美的下午。审官只有一个，穿着便衣。他坐在一间极小的屋子里，墙是淡绿色的；窗子都开着，阳光射进来，射在窗台上的一盆丹红的四季绣球上。他坐在一个小桌旁边，桌上铺着深绿色的绒毯，放着一个很古雅的小瓶，瓶中插着一枝秋花。瓶旁边，有两个小酒杯，与一瓶淡黄的酒。他手里拿着一卷中国古诗。

当钱先生走进来的时候，他还看着那卷诗，仿佛他的心已随着诗飞到很远的地方，而忘了眼前的一切。及至老人已走近，他才一惊似的放下书，赶紧立起来。他连连的道歉，请“客人”坐下，他的中国话说得非常的流利，而且时时的转文。

老人坐下。那个人口中连连的吸气，往杯中倒酒，倒好了，他先举起杯：“请！”老人一扬脖，把酒喝下去。那个人也饮干，又吸着气倒酒。干了第二杯，他笑着说：

“都是一点误会，误会！请你不必介意！”

“什么误会？”老人在两杯酒入肚之后，满身都发了热。他本想一言不发，可是酒力催着他开开口。

日本人没正式的答复他，而只狡猾的一笑；又斟上酒。看老人把酒又喝下去，他才说话：

“你会作诗？”

老人微一闭眼，作为回答。

“新诗？还是旧诗？”

“新诗还没学会！”

“好的很！我们日本人都喜欢旧诗！”

老人想了想，才说：“中国人教会了你们作旧诗，新诗你们还没学了去！”

日本人笑了，笑出了声。他举起杯来：“我们干一杯，表示日本与中国的同文化，共荣辱！四海之内皆兄弟也，而我们差不多是同胞弟兄！”

老人没有举杯。“兄弟？假若你们来杀戮我们，你我便是仇敌！兄弟？笑话！”

“误会！误会！”那个人还笑着，笑得不甚自然。“他们乱来，连我都不尽满意他们！”

“他们是谁？”

“他们——”日本人转了转眼珠。“我是你的朋友！我愿意和你作最好的朋友，只要你肯接受我的善意的劝告！你看，你是老一辈的中国人，喝喝酒，吟吟诗。我最喜欢你这样的人！他们虽然是不免乱来，可是他们也并不完全闭着眼瞎撞，他们不喜欢你们的青年人，那会作新诗和爱读新诗的青年人；这些人简直不很像中国人，他们受了英美人的欺骗，而反对日本。这极不聪明！日本的武力是天下无敌的，你们敢碰碰它，便是自取灭亡。因此，我虽拦不住他们动武，也劝不住你们的青年人反抗，可是我还立志多交中国朋友，像你这样的朋友。只要你我能推诚相见，我们便能慢慢的展开我们的势力与影响，把日华的关系弄好，成为真正相谅相助，共存共亡的益友！你愿意作什么？你说一声，没有办不到的！我有力量释放了你，叫你达到学优而仕的愿望！”

多大半天，老人没有出声。

“怎样？”日本人催问。“呕，我不应当催促你！真正的中国人是要慢条斯礼的！你慢慢去想一想吧？”

“我不用想！愿意释放我，请快一点！”

“放了你之后呢？”

“我不答应任何条件！饿死事小，失节事大！”

“你就不为我想一想？我凭白无故的放了你，怎么交代呢？”

“那随你！我很爱我的命，可是更爱我的气节！”

“什么气节？我们并不想灭了中国！”

“那么，打仗为了什么呢？”

“那是误会！”

“误会？就误会到底吧！除非历史都是说谎，有那么一天，咱们会晓得什么是误会！”

“好吧！”日本人用手慢慢的摸了摸脸。他的右眼合成了一道细缝，而左眼睁着。“饿死事小，你说的，好，我饿一饿你再看吧！三天内，你将得不到任何吃食！”

老人立了起来，头有点眩晕；扶住桌子，他定了神。

日本人伸出手来，“我们握握手不好吗？”

老人没任何表示，慢慢的往外走。已经走出屋门，他又被叫住：“你什么时候想明白了，什么时候通知我，我愿意作你的朋友！”

回到小屋中，他不愿再多想什么，只坚决的等着饥饿。是的，日本人的确会折磨人，打伤外面，还要惩罚内里。他反倒笑了。

当晚，小屋里又来了三个犯人，全是三四十岁的男人。由他们的惊恐的神色，他晓得他们也都没有罪过；真正作了错事的人会很沉静的等待判决。他不愿问他们什么，而只低声的嘱咐他们："你们要挺刑！你们认罪也死，不认罪也死，何苦多饶一面呢？用不着害怕，国亡了，你们应当受罪！挺着点，万一能挺过去，你们好知道报仇！"

三天，没有他的东西吃。三天，那三个新来的人轮流着受刑，好像是打给他看。饥饿，疼痛，与眼前的血肉横飞，使他闭上眼，不出一声。他不愿死，但是死亡既来到，他也不便躲开。他始终不晓得到底犯了什么罪，也不知道日本人为什么偏偏劝他投降，他气闷。可是，饿了三天之后，他的脑子更清楚了；他看清：不管日本人要干什么，反正他自己应当坚定；日本人说他有罪，他便是有罪，他须破着血肉去接取毒刑，日本人教他投降，他便是无罪，他破出生命保全自己的气节。把这个看清，他觉得事情非常的简单了，根本用不着气闷。他给自己设了个比喻：假若你遇见一只虎，你用不着和它讲情理，而须决定你自己敢和它去争斗不敢！不用思索虎为什么咬你，或不咬你，你应当设法还手打它！

他想念他的小儿子，仲石。他更想不清楚为什么日本人始终不提起仲石来。莫非仲石并没有作了那件光荣的事？莫非冠晓荷所报告的是另一罪行？假若他真是为仲石的事而被捕，他会毫不迟疑的承认，而安心等着死刑。是的，他的确愿意保留着生命，去作些更有意义的事；可是，为了补充仲石的壮烈，他是不怕马上就死去的。日本人，可是，不提起仲石，而劝他投降。什么意思呢？莫非在日本人眼中，他根本就像个只会投降的人？这么一想，他发了怒。真的，他活了五十多岁，并没作出什么有益于国家与社会的事。可是，消极的，他也没作过任何对不起国家与社会的事。为什么日本人看他像汉奸呢？呕！呕！他想出来了：那山水画中的宽衣博带的人物，只会听琴看花的人物，不也就是对国事袖手旁观的人么？日本人当然喜欢他们。他们至多也不过会退隐到山林中去，“不食周粟”；他们决不会和日本人拚命！“好！好！好！”他对自己说：“不管仲石作过还是没作过那件事，我自己应当作个和国家紧紧拴在一处的新人，去赎以前袖手旁观国事的罪过！我不是被国事连累上，而是因为自己偷闲取懒误了国事；我罪有应得！从今天起，我须把生死置之度外的去保全性命，好把性命完全交给国家！”

这样想清楚，虽然满身都是污垢和伤痕，他却觉得通体透明，像一块大的水晶。

日本人可是并不因为他是块水晶而停止施刑；即使他是金钢钻，他们也要设法把他磨碎。

他挺着，挺着，不哼一声。到忍受不了的时候，他喊：“打！打！我没的说！”他咬着牙，可是牙被敲掉。他晕死过去，他们用凉水喷他，使他再活过来。他们灌他凉水，整桶的灌，而后再教他吐出来。他们用杠子轧他的腿，用火绒炙他的头。他忍着挺受。他的日子过得很慢，当他清醒的时候；他的日子过得很快，当他昏迷过去的工夫。他决定不屈服，他把生命像一口唾液似的，在要啐出去的时节，又吞咽下去。

审问他的人几乎每次一换。不同的人用不同的刑，问不同的话。他已不再操心去猜测到底他犯了什么罪。他看出来：假若他肯招认，他便是犯过一切的罪，随便承认一件，都可以教他身首分离。反之他若是决心挺下去，他便没犯任何罪，只是因不肯诬赖自己而受刑罢了。他也看明白：日本人也不一定准知道他犯了什么罪，可是既然把他捉来，就不便再随便放出去；随便打着他玩也是好的。猫不只捕鼠，有时候捉到一只美丽无辜的小鸟，也要玩弄好大半天！

他的同屋的人，随来随走，他不记得一共有过多少人。他们走，是被释放了，还是被杀害了，他也无从知道。有时候，他昏迷过去好大半天；再睁眼，屋中已经又换了人。看着他的血肉模糊的样子，他们好像都不敢和他交谈。他可是只要还有一点力气，便鼓舞他们，教他们记住仇恨和准备报仇。这，好似成了他还须生活下去的唯一的目的与使命。他已完全忘了自己，而只知道他是一个声音；只要有一口气，他就放出那个声音——不是哀号与求怜，而是教大家都挺起脊骨，竖起眉毛来的信号。

到最后，他的力气已不能再支持他。他没有了苦痛，也没有了记忆；有好几天，他死去活来的昏迷不醒。

在一天太阳已平西的时候，他苏醒过来。睁开眼，他看见一个很体面的人，站在屋中定睛看着他。他又闭上了眼。恍恍惚惚的，那个人似乎问了他一些什么，他怎么答对的，已经想不起来了。他可是记得那个人极温和亲热的拉了拉他的手，他忽然清醒过来；那只手的热气好像走到了他的心中。他听见那个人说："他们错拿了我，一会儿我就会出去。我能救你。我在帮，我就说你也在帮，好不好？"以后的事，他又记不清了，恍惚中他好像在一本册子上按了斗箕，答应永远不向别人讲他所受过的一切折磨与苦刑。在灯光中，他被推在一座大门外。他似醒似睡的躺在墙根。

秋风儿很凉，时时吹醒了他。他的附近很黑，没有什么行人，远处有些灯光与犬吠。他忘了以前的一切，也不晓得他以后要干什么。他的残余的一点力气，只够使他往前爬几步的。他拚命往前爬，不知道往哪里去，也不管往哪里去。手一软，他又伏在地上。他还没有死，只是手足都没有力气再动一动。像将要入睡似的，他恍忽的看见一个人——冠晓荷。

像将溺死的人，能在顷刻中看见一生的事，他极快的想起来一切。冠晓荷是这一切的头儿。一股不知道哪里得的力气，使他又扬起头来。他看清：他的身后，也就是他住过那么多日子的地方，是北京大学。他决定往西爬，冠晓荷在西边。他没想起家，而只想起在西边他能找到冠晓荷！冠晓荷把他送到狱中，冠晓荷也会领他回去。他须第一个先教冠晓荷看看他，他还没死！

他爬，他滚，他身上流着血汗，汗把伤痕腌得极痛，可是他不停止前进；他的眼前老有个冠晓荷。冠晓荷笑着往前引领他。

他回到小羊圈，已经剩了最后的一口气。他爬进自己的街门。他不晓得怎样进了自己的屋子，也不认识自己的屋子。醒过来，他马上又想起冠晓荷。伤害一个好人的，会得到永生的罪恶。他须马上去宣布冠晓荷的罪恶……

慢慢的，他认识了人，能想起一点过去的事。他几乎要感激冠晓荷。假若不是冠晓荷，他或者就像一条受了伤的野狗似的死在路上。当他又会笑了以后，他常常为这件事发笑——一个害人的会这么万想不到的救了他所要害的人！

对瑞宣，金三爷，和四大妈的照应与服侍，他很感激。可是，他的思想却没以感激他们为出发点，而想怎样酬答他们。只有一桩事，盘旋在他的脑海中——他要想全了自从被捕以至由狱中爬出来的整部经过。他天天想一遍。病越好一些，他就越多想起一点。不错，其中有许多许多小块的空白，可是，渐渐的他已把事情的经过想出个大致。渐渐的，他已能够一想起其中的任何一事件，就马上左右逢源的找到与它有关的情节来，好像幼时背诵《大学》《中庸》那样，不论先生抽提哪一句，他都能立刻接答下去。这个背熟了的故事，使他不因为身体的渐次痊好，和亲友们的善意深情，而忘了他所永不应忘了的事——报仇。

瑞宣屡屡的问他，他总不肯说出来，不是为他对敌人起过誓，而是为把它存在自己的心中，像保存一件奇珍似的，不愿教第二个人看见。把它严严的存在自己心中，他才能严密的去执行自己的复仇的计划；书生都喜欢纸上谈兵，只说而不去实行；他是书生，他知道怎样去矫正自己。

在他入狱的经过中，他引为憾事的只有他不记得救了他的人是谁。他略略的记得一点那个人的模样；姓名，职业，哪里的人，他已都不记得；也许他根本就没有询问过。他并不想报恩；报仇比报恩更重要。虽然如此，他还是愿意知道那是谁；至少他觉得应当多交一个朋友，说不定那个人还会帮助他去报仇的。

对他的妻与儿，他也常常的想起，可是并不单独的想念他们。他把他们和他入狱的经过放在一处去想，好增加心中的仇恨。他不该入狱，他们不该死。可是，他入了狱，他们死掉。这都不是偶然的，而是因为日本人要捉他，要杀他们。他是读书明理的人，他应当辨明恩怨。假若他只把毒刑与杀害看成“命该如此”，他就没法再像个人似的活着，和像个人似的去死！

想罢了入狱后的一切，他开始想将来。

对于将来，他几乎没有什么可顾虑的，除了安置儿媳妇的问题。她，其实，也好安置。不过，她已有了孕；他可以忘了一切，而不轻易的忘了自己的还未出世的孙子或孙女。他可以牺牲了自己，而不能不管他的后代。他必须去报仇，可是也必须爱护他孙子。仇的另一端是爱，它们的两端是可以折回来碰到一处，成为一个圈圈的。

“少奶奶！”他轻轻的叫。

她走进来，他看见了她半天才说：“你能走路不能啊！我要教你请你的父亲去。”

她马上答应了。她的健康已完全恢复，脸上已有了点红色。她心中的伤痕并没有平复，可是为了腹中的小儿和四大妈的诚恳的劝慰，她已决定不再随便的啼哭或暗自发愁，免得伤了胎气。

她走后，他坐起来，闭目等候着金三爷。他切盼金三爷快快的来到，可是又后悔没有嘱咐儿媳不要走得太慌，而自己嘟囔着：“她会晓得留心的！她会！可怜的孩子！”嘟囔了几次，他又想笑自己：这么婆婆妈妈的怎像个要去杀敌报仇的人呢！

少奶奶去了差不多一个钟头才回来。金三爷的发光的红脑门上冒着汗，不是走出来的，而是因为随着女儿一步一步的蹭，急出来的。到了屋中，他叹了口气：“要随着她走一天的道儿，我得急死！”

少奶奶向来不大爱说话，可是在父亲跟前，就不免撒点娇：“我还直快走呢！”

“好！好！你去歇会儿吧！”钱老人的眼中发出点和善的光来。在平日，他说不上来是喜爱她，还是不喜爱她。他仿佛只有个儿媳，而公公与儿媳之间似乎老隔着一层帐幕。现在，他觉得她是个最可怜最可敬的人。一切将都要灭亡，只有她必须活着，好再增多一条生命，一条使死者得以不死的生命。

“三爷！劳你驾，把桌子底下的酒瓶拿过来！”他微笑着说。

“刚刚好一点，又想喝酒！”金三爷对他的至亲好友是不闹客气的。可是，他把酒瓶找到，并且找来两个茶杯。倒了半杯酒，他看了亲家一眼，“够了吧？”

钱先生颇有点着急的样子："给我！我来倒！"

金三爷吸了口气，把酒倒满了杯，递给亲家。

"你呢？"钱老人拿着酒杯问。

"我也得喝？"

钱老人点了点头："也得是一杯！"

金三爷只好也给自己倒了一杯。

"喝！"钱先生把杯举起来。

"慢点哟！"金三爷不放心的说。

"没关系！"钱先生分两气把酒喝干。

亮了亮杯底，他等候着亲家喝。一见亲家也喝完，他叫了声："三爷！"而后把杯子用力的摔在墙上，摔得粉碎。

"怎么回事？"金三爷莫名其妙的问。

"从此不再饮酒！"钱先生闭了闭眼。

"那好哇！"金三爷眨巴着眼，拉了张小凳，坐在床前。

钱先生看亲家坐好，他猛的由床沿上出溜下来，跪在了地上；还没等亲家想出主意，他已磕了一个头。

金三爷忙把亲家拉了起来。"这是怎回事？这是怎回事？"一面说，他一面把亲家扶到床沿上坐好。

"三爷，你坐下！"看金三爷坐好，钱先生继续着说："三爷，我求你点事！虽然我给你磕了头，你可是能管再管，不要勉强！"

"说吧，亲家，你的事就是我的事！"金三爷掏出烟袋来，慢慢的拧烟。

"这点事可不算小！"

"先别吓唬我！"金三爷笑了一下。

"少奶奶已有了孕。我，一个作公公的，没法照应她。我打算

——”

“教她回娘家，是不是？你说一声就是了，这点事也值得磕头？她是我的女儿呀！”金三爷觉得自己既聪明又慷慨。

“不，还有更麻烦的地方！她无论生儿生女，你得替钱家养活着！我把儿媳和后代全交给了你！儿媳还年轻，她若不愿守节，任凭她改嫁，不必跟我商议。她若是改了嫁，小孩可得留给你，你要像教养亲孙子似的教养他。别的我不管，我只求你必得常常告诉他，他的祖母，父亲，叔父，都是怎样死的！三爷，这个麻烦可不小，你想一想再回答我！你答应，我们钱家历代祖宗有灵，都要感激你；你不答应，我决不恼你！你想想看！”

金三爷有点摸不清头脑了，吧唧着烟袋，他楞起来。他会算计，而不会思想。女儿回家，外孙归他养活，都作得到；家中多添两口人还不至于教他吃累。不过，亲家这是什么意思呢？他想不出！为不愿多发楞，他反问了句：“你自己怎么办呢？”

酒劲上来了，钱先生的脸上发了点红。他有点急躁。“不用管我，我有我的办法！你若肯把女儿带走，我把这些破桌子烂板凳，托李四爷给卖一卖。然后，我也许离开北平，也许租一间小屋，自己瞎混。反正我有我的办法！我有我的办法！”

“那，我不放心！”金三爷脸上的红光渐渐的消失，他的确不放心亲家。在社会上，他并没有地位。比他穷的人，知道他既是钱狠子，手脚又厉害，都只向他点头哈腰的敬而远之。比他富的人，只在用着他的时候才招呼他；把事办完，他拿了佣钱，人家就不再理他。他只有钱先生这么个好友，能在生意关系之外，还和他喝酒谈心。他不能教亲家离开北平，也不能允许他租一间小屋子去独自瞎混。“那不行！连你，带我的女儿，都归了我去！我养活得起你们！你五十多了，我快奔六十！让咱们天天一块儿喝两杯吧！”

“三爷！”钱先生只这么叫了一声，没有说出别的来。他不能把自己的计划说出来，又觉得这是违反了“事无不可对人言”的道理。他也知道金三爷的话出于一片至诚，自己不该狠心的不说出实话来。沉默了好久，他才又开了口：“三爷，年月不对了，我们应当各奔前程！干脆一点，你答应我的话不答应？”

“我答应！你也得答应我，搬到我那里去！”

很难过的，钱先生扯谎：“这么办，你先让我试一试，看我能独自混下去不能！不行，我一定找你去！”

金三爷楞了许久才勉强的点了头。

“三爷，事情越快办越好！少奶奶愿意带什么东西走，随她挑选！你告诉她去，我没脸对她讲！三爷，你帮了我的大忙！我，只要不死，永远，永远忘不了你的恩！”

金三爷要落泪，所以急忙立起来，把烟袋锅用力磕了两下子。而后，长叹了一口气，到女儿屋中去。

钱先生还坐在床沿上，心中说不出是应当高兴，还是应当难过。妻，孟石，仲石，都已永不能再见；现在，他又决别了老友与儿媳——还有那个未生下来的孙子！他至少应当等着看一看孙子的小脸；他相信那个小脸必定很像孟石。同时，他又觉得只有这么狠心才对，假若他看见了孙子，也许就只顾作祖父而忘了别的一切。“还是这样好！我的命是白拣来的，不能只消磨在抱孙子上！我应当庆祝自己有这样的狠心——敌人比我更狠得多呀！”看了看酒瓶，他想再喝一杯。可是，他没有去动它。只有酒能使他高兴起来，但是他必须对得起地上破碎的杯子！他咽了一大口唾沫。

正这样呆坐，野求轻手蹑脚的走进来。老人笑了。按着他的决心说，多看见一个亲戚或朋友与否，已经都没有任何关系。可是，他到底愿意多看见一个人；野求来的正是时候。

“怎么？都能坐起来了？”野求心中也很高兴。

钱先生笑着点了点头。“不久我就可以走路了！”

“太好了！太好了！”野求揉着手说。

野求的脸上比往常好看多了，虽然还没有多少肉，可是颜色不发绿了。他穿着件新青布棉袍，脚上的棉鞋也是新的。一边和姐丈闲谈，他一边掏胸前尽里边的口袋。掏了好大半天，他掏出来十五张一块钱的钞票来。笑着，他轻轻的把钱票放在床上。

“干吗？”钱先生问。

野求笑了好几气，才说出来：“你自己买点什么吃！”说完，他的小薄嘴唇闭得紧紧的，好像很怕姐丈不肯接受。

“你哪儿有富余钱给我呢？”

“我，我，找到个相当好的事！”

“在哪儿？”

野求的眼珠停止了转动，楞了一会儿。“新政府不是成立了吗？”

“哪个新政府？”

野求叹了口气。“姐丈！你知道我，我不是没有骨头的人！可是，八个孩子，一个病包儿似的老婆，教我怎办呢？难道我真该瞪着眼看他们饿死吗？”

“所以你在日本人组织的政府里找了差事！”钱先生不错眼珠的看着野求的脸。

野求的脸直抽动。“我没去找任何人！我晓得廉耻！他们来找我，请我去帮忙。我的良心能够原谅我！”

钱先生慢慢的把十五张票子拿起来，而极快的一把扔在野求的脸上："你出去！永远永远不要再来，我没有你这么个亲戚！走！"他的手颤抖着指着屋门。

野求的脸又绿了。他的确是一片热诚的来给姐丈送钱，为是博得姐丈的欢心，谁知道结果会是碰了一鼻子灰。他不能和姐丈辩驳，姐丈责备的都对。他只能求姐丈原谅他的不得已而为之，可是姐丈既不肯原谅，他就没有一点办法。他也不好意思就这么走出去，姐丈有病，也许肝火旺一点，他应当忍着气，把这一场和平的结束过去，省得将来彼此不好见面。姐丈既是至亲，又是他所最佩服的好友，他不能就这么走出去，绝了交。他不住的舔他的薄嘴唇。坐着不妥，立起来也不合适，他不知怎样才好。

"还不走？"钱先生的怒气还一点也没减，催着野求走。

野求含着泪，慢慢的立起来。"默吟！咱们就……"羞愧与难过截回去了他的话。他低着头，开始往外走。

"等等！"钱先生叫住了他。

他像个受了气的小媳妇似的赶紧立住，仍旧低着头。

"去，开开那只箱子！那里有两张小画，一张石谿的，一张石谷的，那是我的镇宅的宝物。我买得很便宜，才一共花了三百多块钱。光是石谿的那张，卖好了就可以卖四五百。你拿去，卖几个钱，去作个小买卖也好；哪怕是去卖花生瓜子呢，也比投降强！"把这些话说完，钱先生的怒气已去了一大半。他爱野求的学识，也知道他的困苦，他要成全他，成全一个好友是比责骂更有意义的。"去吧！"他的声音像平日那么柔和了。"你拿去，那只是我的一点小玩艺儿，我没心程再玩了！"

野求顾不得去想应当去拿画与否，就急忙去开箱子。他只希望这样的服从好讨姐丈的欢喜。箱子里没有多少东西，所有的一些东西也不过是些破书烂本子。他愿意一下子就把那两张画找到，可是又不敢慌忙的乱翻；他尊重图书，特别尊重姐丈的图书；书越破烂，他越小心。找了好久，他看不到所要找的东西。

“没有吗？”钱先生问。

“找不到！”

“把那些破东西都拿出来，放在这里！”他拍了拍床。“我找！”

野求轻轻的，像挪动一些珍宝似的，一件件的往床上放那些破书。钱先生一本本的翻弄。他们找不到那两张画。

“少奶奶！”钱先生高声的喊，“你过来！”

他喊的声音是那么大，连金三爷也随着少奶奶跑了过来。

看到野求的不安的神气，亲家的急躁，与床上的破纸烂书，金三爷说了声：“这又是那一出？”

少奶奶想招呼野求，可是公公先说了话：

“那两张画儿呢？”

“哪两张？”

“在箱子里的那两张，值钱的画！”

“我不知道！”少奶奶莫名其妙的回答。

“你想想看，有谁开过那个箱子没有！”

少奶奶想起来了。

金三爷也想起来了。

少奶奶也想起丈夫与婆婆来，心中一阵发酸，可是没敢哭出来。

“是不是一个纸卷哟？”金三爷说。

“是！是！没有裱过的画！”

“放在孟石的棺材里了！”

“谁？”

“亲家母！”

钱先生楞了好半天，叹了口气。

# 第二部

# 偷生

# 三十五

春天好似不管人间有什么悲痛，又带着它的温暖与香色来到北平。地上与河里的冰很快的都化开，从河边与墙根都露出细的绿苗来。柳条上缀起鹅黄的碎点，大雁在空中排开队伍，长声的呼应着。一切都有了生意，只有北平的人还冻结在冰里。

苦了小顺儿和妞子。这本是可以买几个模子，磕泥饽饽的好时候。用黄土泥磕好了泥人儿，泥饼儿，都放在小凳上，而后再从墙根采来叶儿还卷着的香草，摆在泥人儿的前面，就可以唱了呀："泥泥饽饽，泥泥人儿耶，老头儿喝酒，不让人儿耶！"这该是多么得意的事呀！可是，妈妈不给钱买模子，而当挖到了香草以后，唱着"香香蒿子，辣辣罐儿耶"的时候，父亲也总是不高兴的说："别嚷！别嚷！"

他们不晓得妈妈近来为什么那样吝啬，连磕泥饽饽的模子也不给买。爸爸就更奇怪，老那么横虎子似的，说话就瞪眼。太爷爷本是他们的"救主"，可是近来他老人家也仿佛变了样子。在以前，每逢柳树发了绿的时候，他必定带着他们到护国寺去买赤包儿秧子，葫芦秧子，和什么小盆的"开不够"与各种花仔儿。今年，他连萝卜头，白菜脑袋，都没有种，更不用说是买花秧去了。

爷爷不常回来，而且每次回来，都忘记给他们带点吃食。这时候不是正卖豌豆黄，爱窝窝，玫瑰枣儿，柿饼子，和天津萝卜么？怎么爷爷总说街上什么零吃也没有卖的呢？小顺儿告诉妹妹："爷爷准是爱说瞎话！"

祖母还是待他们很好，不过，她老是闹病，哼哼唧唧的不高兴。她常常念叨三叔，盼望他早早回来，可是当小顺儿自告奋勇，要去找三叔的时候，她又不准。小顺儿以为只要祖母准他去，他必定能把三叔找回来。他有把握！妞子也很想念三叔，也愿意陪着哥哥去找他。因为这个，他们小兄妹俩还常拌嘴。小顺儿说："妞妞，你不能去！你不认识路！"妞子否认她不识路："我连四牌楼，都认识！"

一家子里，只有二叔满面红光的怪精神。可是，他也不知怎么老不回来。他只在新年的时候来过一次，大模大样的给太爷爷和祖母磕了头就走了，连一斤杂拌儿也没给他们俩买来。所以他们俩拒绝了给他磕头拜年，妈妈还直要打他们；臭二叔！胖二婶根本没有来过，大概是，他们猜想，肉太多了，走不动的缘故。

最让他们羡慕的是冠家。看人家多么会过年！当妈妈不留神的时候，他们俩便偷偷的溜出去，在门口看热闹。哎呀，冠家来了多少漂亮的姑娘呀！每一个都打扮得那么花哨好看，小妞子都看呆了，嘴张着，半天也闭不上！她们不但穿得花哨，头和脸都打扮得漂亮，她们也都非常的活泼，大声的说着笑着，一点也不像妈妈那么愁眉苦眼的。她们到冠家来，手中都必拿着点礼物。小顺儿把食指含在口中，连连的吸气。小妞子"一，二，三"的数着；她心中最大的数字是"十二"，一会儿她就数到了"十二个瓶子！十二包点心！十二个盒子！”她不由的发表了意见：“他们过年，有多少好吃的呀！”

他们还看见一次，他们的胖婶子也拿着礼物到冠家去。他们最初以为她是给他们买来的好吃食，而跑过去叫她，她可是一声也没出便走进冠家去。因此，他们既羡慕冠家，也恨冠家——冠家夺去他们的好吃食。他们回家报告给妈妈：敢情胖婶子并不是胖得走不动，而是故意的不来看他们。妈妈低声的嘱咐他们，千万别对祖母和太爷爷说。他们不晓得这是为了什么，而只觉得妈妈太奇怪；难道胖二婶不是他们家的人么？难道她已经算是冠家的人了么？但是，妈妈的话是不好违抗的，他们只好把这件气人的事存在心里。小顺儿告诉妹妹：“咱们得听妈妈的话哟！”说完他像小大人似的点了点头，仿佛增长了学问似的。

是的，小顺儿确是长了学问。你看，家中的大人们虽然不乐意听冠家的事，可是他们老嘀嘀咕咕的讲论钱家。钱家，他由大人的口中听到，已然只剩了一所空房子。钱少奶奶回了娘家，那位好养花的老头儿忽然不见了。他上哪儿去了呢？没有人知道。太爷爷没事儿就和爸爸嘀咕这回事。有一回，太爷爷居然为这个事而落了眼泪。小顺儿忙着躲开，大人们的泪是不喜欢教小孩子看见的。妈妈的泪不是每每落在厨房的炉子上么？

更教小顺儿心里跳动而不敢说什么的事，是听说钱家的空房子已被冠先生租了去，预备再租给日本人。日本人还没有搬了来，房屋可是正在修理——把窗子改矮，地上换木板好摆日本的“榻榻密”。小顺儿很想到一号去看看，又怕碰上日本人。他只好和了些黄土泥，教妹妹当泥瓦匠，建造小房子。他自己作监工的。无论妹妹把窗子盖得多么矮，他总要挑剔：“还太高！还太高！”他捏了个很小的泥人，也就有半寸高吧。“你看看，妹，日本人是矮子，只有这么高呀!”

这个游戏又被妈妈禁止了。妈妈仿佛以为日本人不但不是那么矮，而且似乎还很可怕；她为将要和日本人作邻居，愁得什么似的。小顺儿看妈妈的神气不对，不便多问；他只命令妹妹把小泥屋子毁掉，他也把那个不到半寸高的泥人揉成了个小球，扔在门外。

最使他们俩和全家伤心的是常二爷在城门洞里被日本人打了一顿，而且在瓮圈儿里罚跪。

常二爷的生活是最有规律的，而且这规律是保持得那么久，倒好像他是大自然的一个钟摆，老那么有规律的摆动，永远不倦怠与停顿。因此，他虽然已经六十多岁，可是他自己似乎倒不觉得老迈；他的年纪仿佛专为给别人看的，像一座大钟那样给人们报告时间。因此，虽然他吃的是粗茶淡饭，住的是一升火就像砖窑似的屋子，穿的是破旧的衣裳，可是他，自青年到老年，老那么活泼结实，直像刚挖出来的一个红萝卜，虽然带着泥土，而鲜伶伶的可爱。

每到元旦，他在夜半就迎了神，祭了祖，而后吃不知多少真正小磨香油拌的素馅饺子——他的那点猪肉必须留到大年初二祭完财神，才作一顿元宝汤的。吃过了素馅饺子，他必须熬一通夜。他不赌钱，也没有别的事情，但是他必须熬夜，为是教灶上老有火亮，贴在壁上的灶王爷面前老烧着一线高香。这是他的宗教。他并不信灶王爷与财神爷真有什么灵应，但是他愿屋中有点光亮与温暖。他买不起鞭炮，与成斤的大红烛，他只用一线高香与灶中的柴炭，迎接新年，希望新年与他的心地全是光明的。后半夜，他发困的时候，他会出去看一看天上的星；经凉风儿一吹，他便又有了精神。进来，他抓一把专为过年预备的铁蚕豆，把它们嚼得嘣嘣的响。他并不一定爱吃那些豆子，可是真满意自己的牙齿。

天一亮，他勒一勒腰带，顺着小道儿去“逛”大钟寺。没有人这么早来逛庙，他自己也并不希望看见什么豆汁摊子，大糖葫芦，沙雁，风车与那些红男绿女。他只是为走这么几里地，看一眼那座古寺；只要那座庙还存在，世界仿佛就并没改了样，而他感到安全。

看见了庙门，他便折回来，沿路去向亲戚朋友拜年。到十点钟左右，他回到家，吃点东西，便睡一个大觉。大年初二，很早的祭了财神，吃两三大碗馄饨，他便进城去拜年，祁家必是头一家。

今年，他可是并没有到大钟寺去，也没到城里来拜年。他的世界变了，变得一点头脑也摸不着。夜里，远处老有枪声，有时候还打炮。他不知道是谁打谁，而心里老放不下去。像受了惊吓的小儿似的，睡着睡着他就猛的一下子吓醒。有的时候，他的和邻居的狗都拚命的叫，叫得使人心里发颤。第二天，有人告诉他：夜里又过兵来着！什么兵？是我们的，还是敌人的？没人知道。

假若夜里睡不消停，白天他心里也不踏实。谣言很多。尽管他的门前是那么安静，可是只要过来一辆大车或一个行人，便带来一片谣言。有的说北苑来了多少敌兵，有的说西苑正修飞机场，有的说敌兵要抓几千名佚子，有的说沿着他门前的大道要修公路。抓佚？他的儿子正年轻力壮啊！他得设法把儿子藏起去。修公路？他的几亩田正在大道边上；不要多，只占去他二亩，他就受不了！他决定不能离开家门一步，他须黑天白日盯着他的儿子与田地！

还有人说：日本人在西苑西北屠了两三个村子，因为那里窝藏着我们的游击队。这，常二爷想，不能是谣言；半夜里的枪声炮响不都是在西北么？他愿意相信我们还有游击队，敢和日本鬼子拚命。同时，他又怕自己的村子也教敌人给屠了。想想看吧，德胜门关厢的监狱不是被我们的游击队给砸开了么？他的家离德胜门也不过七八里路呀！屠村子是可能的！

他不但听见，也亲眼看见了：顺着大道，有许多人从西北往城里去，他们都扶老携幼的，挑着或背着行李。他打听明白：这些人起码都是小康之家，家中有房子有地。他们把地像白给似的卖出去，放弃了房子，搬到城里去住。他们怕屠杀。这些人也告诉他：日本人将来不要地税，而是要粮食，连稻草与麦秆儿全要。你种多少地，收多少粮，日本人都派人来监视；你收粮，他拿走！你不种，他照样的要！你不交，他治死你！

常二爷的心跳到口中来。背着手在他的田边上绕，他须细细的想一想。他有智慧，可是脑子很慢。是不是他也搬进城去住呢？他向西山摇了摇头。山，他，他的地，都永远不能动！不能动！真的，他的几亩地并没给过他任何物质上的享受。他一年到头只至多吃上两三次猪肉，他的唯一的一件礼服是那件洗过不知多少次的蓝布大褂。可是，他还是舍不得离开他的地。离开他的地，即使吃喝穿住都比现在好，他也不一定快活。有地，才有他会作的事；有地，他才有了根。

不！不！什么都也许会遇见，只有日本人来抢庄稼是谣言，地道的谣言！他不能先信谣言，吓唬自己。看着土城，他点了点头。他不知道那是金元时代的遗迹，而只晓得他自幼儿就天天看见它，到如今它也还未被狂风吹散。他也该像这土城，永远立在这里。由土城收回眼神，他看到脚前的地，麦苗儿，短短的，黑绿的麦苗儿，一垄一垄的一直通到邻家的地，而后又连到很远很远的地，又……他又看见到西山。谣言！谣言！这是他的地，那是王家的，那是丁家的，那是……西山；这才是实在的！别的都是谣言！

不过，万一敌人真要抢粮来，怎办呢？即使不来抢，而用兵马给践踏坏了，怎办呢？他想不出办法！他的背上有点痒，像是要出汗！他只能昼夜的看守着他的地。有人真来抢劫，他会拚命！这么决定了，他又高兴一点，开始顺着大道去拣马粪。拣着一堆马粪，他就回头看一看他的地，而后告诉自己：都是谣言，地是丢不了的！金子银子都容易丢了，只有这黑黄的地土永远丢不了！

快到清明了，他更忙了一些。一忙，他心里反倒踏实了好多。夜里虽还时时听到枪声，可是敌人并没派人来要粮。麦苗已经不再趴在地上，都随着春风立起来，油绿油绿的。一行行的绿麦，镶着一条条的黄土，世界上还有什么比这更好看呢？再看，自己的这一块地，收拾得多么整齐，麦垄有多么直溜！这块地的本质原不很好，可是他的精神与劳力却一点不因土壤而懈怠。老天爷不下雨，或下雨太多，他都无法挽救旱涝；可是只要天时不太坏，他就用上他的全力去操作，不省下一滴汗。看看他的地，他觉得应当骄傲，高兴！他的地不仅出粮食，也表现着他的人格。他和地是一回事。有这块地，连日月星辰也都属于他了！

对祁家那块坟地，他一点也不比自己的那块少卖力气。“快清明了！”他心中说：“应当给他们拍一拍坟头！谁管他们来不来烧纸呢！”他给坟头添了土，拍得整整齐齐的。一边拍，一边他想念祁家的人，今年初二，他没能去拜年，心中老觉得不安。他盼望他们能在清明的时节来上坟。假若他们能来，那就说明了城里的人已不怕出城，而日本人抢粮的话十之八九是谣言了。

离他有二里地的马家大少爷闹嗓子，已经有一天多不能吃东西。马家有几亩地，可是不够吃的，多亏大少爷在城里法院作法警，月间能交家三头五块的。大少爷的病既这么严重，全家都慌了，所以来向常二爷要主意。常二爷正在地里忙着，可是救命的事是义不容辞的。他不是医生，但是凭他的生活经验与人格，邻居们相信他或者比相信医生的程度还更高一些。他记得不少的草药偏方，从地上挖巴挖巴就能治病，既省钱又省事。在他看，只有城里的人才用得着医生，唯一的原因是城里的人有钱。对马家少爷的病，他背诵了许多偏方，都觉得不适用。闹嗓子是重病。最后，他想起来六神丸。他说：

“这可不是草药，得上城里买去，很贵!”

贵也没办法呀，救命要紧！马家的人从常二爷的口中听到药名，仿佛觉得病人的命已经可以保住。他们丝毫不去怀疑六神丸。只要出自常二爷之口，就是七神丸也一样能治病的。问题只在哪儿去筹几块钱，和托谁去买。

七拚八凑的，弄到了十块钱。谁去买呢？当然是常二爷。大家的逻辑是：常二爷既知道药名，就也必知道到哪里去买；而且，常二爷若不去买，别人即使能买到，恐怕也会失去效验的！

“得到前门去买呀!”常二爷不大愿意离开家，可又不便推辞，只好提出前门教大家考虑一下。前门，在大家的心中，是个可怕的地方。那里整天整夜的拥挤着无数的人马车辆，动不动就会碰伤了人。还有，乡下的土财主要是想进城花钱，不是都花在前门外么？那里有穿着金线织成的衣服的女人，据说这种女人“吃”土财主十顷地像吃一个烧饼那么容易！况且，前门离西直门还有十多里路呢。

不过，唯其因为前门这样的可怕，才更非常二爷出马不行。

嘴上没有胡须的人哪能随便就上前门呢！

常二爷被自己的话绕在里边了！他非去不可！众望所归，还有什么可说的呢？揣上那十块钱，他勒了勒腰带，准备进城。已经走了几步，有人告诉他，一进西直门就坐电车，一会儿就到前门。他点了点头，而心中很乱；他不晓得坐电车都有多少手续与规矩。他一辈子只晓得走路，坐车已经是个麻烦，何况又是坐电车呢！不，他告诉自己，不坐车，走路是最妥当的办法！

刚一进西直门，他就被日本兵拦住了。他有点怕，但是决定沉住了气。心里说："我是天字第一号的老实人，怕什么呢？"

日本人打手式教他解开怀。他很快的就看明白了，心中几乎要高兴自己的沉着与聪明。在解钮扣之前，他先把怀中掖着的十块钱票子取了出来，握在手中。心里说："除了这个，准保你什么也搜不着！有本事的话，你也许能摸住一两个虱子！"

日本人劈手把钱抢过去，回手就是左右开弓两个嘴巴。常二爷的眼前飞起好几团金星。

"大大的坏，你！"日本兵指着老人的鼻子说。说罢，他用手捏着老人的鼻子，往城墙上拉；老人的头碰在了墙上，日本兵说："看！"

老人看见了，墙上有一张告示。可是，他不认那么多的字。对着告示，他咽了几口气。怒火烧着他的心，慢慢的他握好了拳。他是个中国人，北方的中国人，北平郊外的中国人。他不认识多少字，他可是晓得由孔夫子传下来的礼义廉耻。他吃的是糠，而道出来的是仁义。他一共有几亩地，而他的人格是顶得起天来的。他是个最讲理的，知耻的，全人类里最拿得出去的，人！他不能这么白白的挨打受辱，他可以不要命，而不能随便丢弃了"理"！

可是，他也是世界上最爱和平的人。慢慢的，他把握好的拳头又放开了。他的邻居等着吃药呢！他不能只顾自己的脸面，而忘了马少爷的命！慢慢的，他转过身来，像对付一条恶狗似的，他忍着气央求："那几块钱是买药的，还给我吧！那要是我自己的钱，就不要了，你们当兵的也不容易呀！"

日本兵不懂他的话，而只向旁边的一个中国警察一努嘴。警察过来拉住老人的臂，往瓮圈里拖。老人低声的问："怎么回事？"

警察用很低的声音，在老人耳边说："不准用咱们的钱啦，一律用他们的！带着咱们的钱，有罪！好在你带的少，还不至于有多大的罪过。得啦，"他指着瓮圈内的路旁，"老人家委屈一会儿吧！"

"干什么？"老人问。

"跪一会儿！"

"跪？"老人从警察手中夺出胳臂来。

"好汉不吃眼前亏！你这么大的年纪啦，招他捶巴一顿，受不了！没人笑话你，这是常事！多咱咱们的军队打回来，把这群狗养的都杀绝！"

"我不能跪！"老人挺起胸来。

"我可是好意呀，老大爷！论年纪，你和我父亲差不多！这总算说到家了吧？我怕你再挨打！"

老人没了主意，日本兵有枪，他自己赤手空拳。即使他肯拚命，马家的病人怎么办呢？极慢极慢的，眼中冒着火，他跪了下去。他从手到脚都哆嗦着。除了老亲和老天爷，他没向任何人屈过膝。今天，他跪在人马最多的瓮圈儿中。他不敢抬头，而把牙咬得山响，热汗顺着脖子往下流。

虽然没抬头，他可是觉得出，行人都没有看他；他的耻辱，也是他们的；他是他们中间的老人。跪了大概有一分钟吧，过来一家送殡的，闹丧鼓子乒乒乓乓的打得很响。音乐忽然停止。一群人都立在他身旁，等着检查。他抬起头来看了一眼，那些穿孝衣的都用眼盯着日本人，沉默而着急，仿佛很怕棺材出不了城。他叹了口气，对自己说："连死人也逃不过这一关！"

日本兵极细心的检查过了一切的人，把手一扬，锣鼓又响了。一把纸钱，好似撒的人的手有点哆嗦，没有揉好，都三三两两的还没分开，就落在老人的头上。日本兵笑了。那位警察乘着机会走过来，假意作威的喊："你还不滚！留神，下次犯了可不能这么轻轻的饶了你！"

老人立起来，看了看巡警，看了看日本兵，看了看自己的磕膝。他好像不认识了一切，呆呆的愣在那里。他什么也不想，只想过去拧下敌兵的头来。一辈子，他老承认自己的命运不好，所以永远连抱怨老天爷不下雨都觉得不大对。今天他所遇到的可并不是老天爷，而是一个比他年轻许多的小兵。他不服气！人都是人，谁也不应当教谁矮下一截，在地上跪着！

"还不走哪？"警察很关心的说。

老人用手掌使劲的擦了擦嘴上的花白短胡，咽了口气，慢慢的往城里走。

他去找瑞宣。进了门，他没敢跺脚和拍打身上的尘土，他已经不是人，他须去掉一切人的声势。走到枣树那溜儿，带着哭音，他叫了声："祁大哥！"

祁家的人全一惊，几个声音一齐发出来："常二爷！"

他立在院子里。"是我哟！我不是人！"

小顺儿是头一个跑到老人的跟前，一边叫，一边扯老人的手。

“别叫了！我不是太爷，是孙子！”

“怎么啦？”祁老人越要快而越慢的走出来。“老二，你进来呀！”

瑞宣夫妇也忙着跑过来。小妞儿慌手忙脚的往前钻，几乎跌了一跤。

“老二！”祁老人见着老友，心中痛快得仿佛像风雪之后见着阳光似的。“你大年初二没有来！不是挑你的眼，是真想你呀！”

“我来？今天我来了！在城门上挨了打，罚了跪！凭我这个年纪，罚跪呀！”他看着大家，用力往回收敛他的泪。可是，面前的几个脸都是那么熟习和祥，他的泪终于落了下来。

“怎么啦？常二爷爷！”瑞宣问。

“先进屋来吧！”祁老人虽然不知是怎回事，可是见常二爷落了泪，心中有些起急。“小顺儿的妈，打水，泡茶去！”

进到屋中，常二爷把城门上的一幕学说给大家听。“这都是怎回事呢？大哥，我不想活着了，快七十了，越活越矮，我受不了！”

“是呀！咱们的钱也不准用了！”祁老人叹着气说。

“城外头还照常用啊！能怪我吗？”常二爷提出他的理由来。

“罚跪还是小事，二爷爷！不准用咱们的钱才厉害！钱就是咱们的血脉，把血脉吸干，咱们还怎么活着呢？”瑞宣明知道这几句话毫无用处，可是已经憋了好久，没法不说出来。

常二爷没听懂瑞宣的话，可是他另悟出点意思来：“我明白了，这真是改朝换代了，咱们的钱不准用，还教我在街上跪着！”

瑞宣不愿再和老人讲大事，而决定先讨他个欢心。“得啦，还没给你老人家拜年，给你拜个晚年吧！”说完，他就跪在了地上。

这，不但教常二爷笑了笑，连祁老人也觉得孙子明礼可爱。

祁老人心中一好受，马上想出了主意：

“瑞宣，你给买一趟药去！小顺儿的妈，你给二爷爷作饭！”

常老人不肯教瑞宣跑一趟前门。瑞宣一定要去：“我不必跑那么远，新街口有一家铺子就带卖！我一会儿就回来！”

“真的呀？别买了假药！”常二爷受人之托，唯恐买了假药。

“假不了！”瑞宣跑了出去。

饭作好，常二爷不肯吃。他的怒气还未消。大家好说歹说的，连天佑太太也过来劝慰，他才勉强的吃了一碗饭。饭后说闲话，他把乡下的种种谣言说给大家听，并且下了注解：“今天我不敢不信这些话了，日本人是什么屎都拉得出来的！”

瑞宣买来药，又劝慰了老人一阵。老人拿着药告辞：“大哥，没有事我可就不再进城了！反正咱们心里彼此想念着就是了！”

小顺儿与妞子把常二爷的事听明白了差不多一半。常二爷走后，他开始装作日本人，教妹妹装常二爷，在台阶下罚跪。妈妈过来给他屁股上两巴掌，“你什么不好学，单学日本人！”小顺儿抹着泪，到祖母屋中去诉苦。

# 三十六

杏花开了。台儿庄大捷。

程长顺的生意完全没了希望。日本人把全城所有的广播收音机都没收了去，而后勒令每一个院子要买一架日本造的，四个灯的，只能收本市与冀东的收音机。冠家首先遵命，昼夜的开着机器，冀东的播音节目比北平的迟一个多钟头，所以一直到夜里十二点，冠家还锣鼓喧天的响着。六号院里，小文安了一架，专为听广播京戏。这两架机器的响声，前后夹攻着祁家，吵得瑞宣时常的咒骂。瑞宣决定不买，幸而白巡长好说话，没有强迫他。

“祁先生你这么办，”白巡长献计：“等着，等到我交不上差的时候，你再买。买来呢，你怕吵得慌，就老不开开好了！这是日本人作一笔大生意，要讲听消息，谁信……”

李四爷也买了一架，不为听什么，而只为不惹事。他没心听戏，也不会鼓逗那个洋玩艺。他的儿子，胖牛儿，可是时常把它开开，也不为听什么，而是觉得花钱买来的，不应当白白的放着不用。

七号杂院里，没有人愿意独力买一架，而大家合伙买又办不到，因为谁出了钱都是物主，就不便听别人的支配，而这个小东西又不是随便可以乱动的。后来，说相声的黑毛儿方六有一天被约去广播，得了一点报酬，买来一架，为是向他太太示威。他的理由是：“省得你老看不起我，贫嘴恶舌的说相声！瞧吧，我方六也到广播电台去露了脸！我在那儿一出声，九城八条大街，连天津三不管，都听得见！不信，你自己听听好喽！”

四号里，孙七和小崔当然没钱买，也不高兴买。“累了一天，晚上得睡觉，谁有工夫听那个！”小崔这么说。孙七完全同意小崔的话，可是为显出自己比小崔更有见识，就提出另一理由来：“还不光为了睡觉！谁广播？日本人！这就甭说别的了，我反正不花钱听小鬼子造谣言！”

他们俩不肯负责，马寡妇可就慌了。明明的白巡长来通知，每家院子都得安一架，怎好硬不听从呢？万一日本人查下来，那还了得！同时她又不肯痛痛快快的独自出钱。她出得起这点钱，但是最怕人家知道她手里有积蓄。她决定先和小崔太太谈一谈。就是小崔太太和小崔一样的不肯出钱，她也得教她知道知道她自己手中并不宽绰。

“我说崔少奶奶，”老太太的眼睛眨巴眨巴的，好像心中有许多妙计似的。“别院里都有了响动，咱们也不能老耗着呀！我想，咱们好歹的也得弄一架那会响的东西，别教日本人挑出咱们的错儿来呀！”

小崔太太没从正面回答，而扯了扯到处露着棉花的破袄，低着头说：“天快热起来，棉衣可是脱不下来，真愁死人！”

是的，夹衣比收音机重要多了。马老太太再多说岂不就有点不知趣了么？她叹了口气，回到屋中和长顺商议。

长顺呜囔着鼻子，没有好气。“这一下把我的买卖揍到了底！家家有收音机，有钱的没钱的一样可以听大戏，谁还听我的话匣子？谁？咱们的买卖吹啦，还得自己买一架收音机？真！日本人来调查，我跟他们讲讲理！”

“他们也得讲理呀！他们讲理不就都好办了吗？长顺，我养你这么大，不容易，你可别给我招灾惹祸呀！”

长顺很坚决，一定不去买。为应付外婆，他时常开开他的留声机。“日本人真要是来查的话，咱们这儿也有响动就完了！”同时，他不高兴老闷在家里，听那几张已经听过千百次的留声机片。他得另找个营生。这又使外婆昼夜的思索，也想不出办法来。教外孙去卖花生瓜子什么的，未免有失身分；作较大的生意吧，又没那么多的本钱；卖力气，长顺是娇生惯养的惯了，吃不了苦；要手艺，他又没有任何专长。她为了大难。为这个，她半夜里有时候睡不着觉。听着外孙的呼声，她偷偷的咒骂日本人。她本来认为她和外孙是连个苍蝇也不得罪的人，日本人就绝对不会来欺侮他们。不错，日本人没有杀到他们头上来；可是，长顺没了事作，还不是日本人捣的鬼？她渐渐的明白了孙七和小崔为什么那样恨日本人。虽然她还不敢明目张胆的，一答一和的，对他们发表她的意见，可是，赶到他们俩在院中谈论日本人的时候，她在屋中就注意的听着；若是长顺不在屋里，她还大胆的点一点头，表示同意他们的话语。

长顺不能一天到晚老听留声机。他开始去串门子。他知道不应当到冠家去。外婆所给他的一点教育，使他根本看不起冠家的人。他很想到文家去，学几句二簧，可是他知道外婆是不希望他成为“戏子”，而且也必定反对他和小文夫妇常常来往的。外婆不反对他和李四爷去谈天，但是他自己又不大高兴去，因为李四爷尽管是年高有德的人，可是不大有学问。他自己虽然也不过只能连嚼带糊的念戏本儿，可是觉得有成为学者的根底——能念唱本儿，慢慢的不就能念大书了么？一来二去的，他去看丁约翰，当约翰休假的时候，他想讨换几个英国字，好能读留声机片上的洋字。他以为一切洋字都是英文，而丁约翰是必定精通英文的。可是，使他失望的是约翰并不认识那些字！不过，丁约翰有一套理论："英文也和中文一样，有白话，有文言，写的和说的大不相同，大不相同！我在英国府作事，有一口儿英国话就够了；念英国字，那得有幼工，我小时候可惜没下过功夫！英国话，我差不多！你就说黄油吧，叫八特儿；茶，叫踢；水，是窝特儿！我全能听能说！"

长顺听了这一套，虽然不完全满意，可是究竟不能不钦佩丁约翰。他记住了八特儿，并且在家里把脂油叫作"白八特儿"，气得外婆什么似的。

丁约翰既没能满足他，又不常回来，所以程长顺找到了瑞宣。对瑞宣，他早就想亲近。可是，看瑞宣的文文雅雅的样子，他有点自惭形秽，不敢往前巴结。有一天，看瑞宣拉着妞子在门口看大槐树上的两只喜鹊，他搭讪着走过来打招呼。不错，瑞宣的确有点使人敬而远之的神气，可是也并不傲气凌人。因此，他搭讪着跟了进去。在瑞宣的屋中，他请教了留声机片上的那几个英国字。瑞宣都晓得，并且详细的给他解释了一番。他更佩服了瑞宣，心中说：人家是下过幼工的！

长顺的求知心很盛，而又不敢多来打扰瑞宣，所以每一来到的时候，他的语声就呜囔的特别的厉害，手脚都没地方放。及至和瑞宣说过了一会儿话，听到了他所没听过的话，他高了兴，开始极恭敬诚恳的问瑞宣许多问题。他相当的聪明，又喜欢求知。瑞宣看出来他的局促不安与求知的恳切，所以告诉他可以随便来，不必客气。这样，他才敢放胆的到祁家来。

瑞宣愿意有个人时常来谈一谈。年前，在南京陷落的时节，他的心中变成一片黑暗。那时候，他至多也不过能说：反正中日的事情永远完不了；败了，再打就是了！及至他听到政府继续抗战的宣言，他不再悲观了。他常常跟自己说："只要打，就有出路！"一冬，他没有穿上皮袍，因为皮袍为钱先生的病送到当铺里去，而没能赎出来。他并没感觉到怎样不舒服。每逢太太催他去设法赎皮袍的时候，他就笑一笑："心里热，身上就不冷！"赶到过年的时候，家中什么也没有，他也不着急，仿佛已经忘了过年这回事。韵梅的心中可不会这么平静，为讨老人们的喜欢，为应付儿女们的质问，她必须好歹的点缀点缀；若光是她自己，不过年本是无所不可的。她不敢催他，于是心中就更着急。忍到无可忍了，她才问了声："怎么过年呀？"瑞宣又笑了笑。他已经不愿再为像过年这路的事体多费什么心思，正像他不关心冬天有皮袍没有一样。他的心长大了。他并无意变成个因悲观而冷酷的人，也不愿意因愤慨而对生活冷淡。他的忽略那些生活中的小事小节，是因为心中的坚定与明朗。他看清楚，一个具有爱和平的美德的民族，敢放胆的去打断手足上的锁镣，它就必能刚毅起来，而和平与刚毅揉到一起才是最好的品德。他还愁什么呢？看见山的，谁还肯玩几块小石卵呢？皮袍的有无，过年不过，都是些小石子，他已经看到了大山。

被太太催急了，他建议去把她那件出门才穿的灰鼠袍子送到当铺中去。韵梅生了气："你怎么学得专会跑当铺呢？过日子讲究添置东西，咱们怎么专把东西往外送呢？"说真的，那虽然是她唯一的一件心爱的衣服，可是她并不为心疼它而生气。她所争的是家庭过日子的道理。

瑞宣没有因为这不客气的质问而发脾气。他已决定不为这样的小事动他的感情。苦难中的希望，洗涤了他的灵魂。

结果，韵梅的皮袍入了当铺。

转过年开学，校中有五位同事不见了。他们都逃出北平去。瑞宣不能不惭愧自己的无法逃走，同时也改变了在北平的都是些糟蛋的意见。他的同事，还另外有许多人，并不是糟蛋，他们敢冒险逃出去。他们逃出去，绝不为去享受，而是为不甘心作奴隶。北平也有“人”!

由瑞丰口中，他听到各学校将要有日本人来作秘书，监视全校的一切活动。他知道这是必然的事，而决定看看日本秘书将怎么样给学生的心灵上刑。假若可能，他将在暗中给学生一些鼓励，一些安慰，教他们不忘了中国。这个作不到，他再辞职，去找别的事作。为了家中的老小，他须躲避最大的危险。可是，在可能的范围内，他须作到他所能作的，好使自己不完全用惭愧宽恕自己。

钱先生忽然不见了，瑞宣很不放心。可是，他很容易的就想到，钱先生一定不会隐藏起来，而是要去作些不愿意告诉别人的事。假若真要隐藏起去，他相信钱先生会告诉他的；钱先生是个爽直的人。爽直的人一旦有了不肯和好友说的话，他的心中必定打算好了一个不便连累朋友的计划。想到这里，他不由的吐出一口气来，心里说：“战争会创造人！坏的也许更坏，而好的也会更好！”他想象不出来，钱诗人将要去作些什么，和怎么去作，他可是绝对相信老人会不再爱惜生命，不再吟诗作画。钱老人的一切似乎都和抗战紧紧的联系在一处。他偷偷的喝了一盅酒，预祝老诗人的成功。

同事们与别人的逃走，钱老人的失踪，假若使他兴奋，禁止使用法币可使他揪心。他自己没有银行存款，用不着到银行去调换伪币，可是他觉得好像有一条绳子紧紧的勒在他与一切人的脖子上。日本人收法币去套换外汇，同时只用些纸来欺骗大家。华北将只要弄一些纸片，而没有一点真的“财”。华北的血脉被敌人吸干！那些中国的银行还照常的营业，他想不出它们会有什么生意，和为什么还不关门。看着那些好看的楼房，他觉得它们都是纸糊的“楼库”。假若他弄不十分清楚银行里的事，他可是从感情上高兴城外的乡民还照旧信任法币。法币是纸，伪币也是纸，可是乡下人拒绝使用伪钞。这，他以为，是一种爱国心的表现。这是心理的，而不是经济的。他越高兴乡民这种表现，就越看不起那些银行。

和银行差不多，是那些卖新书的书店。它们存着的新书已被日本人拿去烧掉，它们现在印刷的已都不是“新”书。瑞宣以为它们也应当关门，可是它们还照常的开着。瑞宣喜欢逛书铺和书摊。看到新书，他不一定买，可是翻一翻它们，他就觉得舒服，新书仿佛是知识的花朵。出版的越多，才越显出文化的荣茂。现在，他看见的只是《孝经》《四书》与《西厢记》等等的重印，而看不到真的新书。日本人已经不许中国人发表思想。

是的，北平已没了钱财，没了教育，没了思想！但是，瑞宣的心中反倒比前几个月痛快的多了。他并不是因看惯了日本人和他们的横行霸道而变成麻木不仁，而是看到了光明的那一面。只要我们继续抵抗，他以为，日本人的一切如意算盘总是白费心机。中央政府的继续抗战的宣言像一剂泻药似的洗涤了他的心；他不再怀疑这次战争会又像“九一八”与“一二八”那样胡里胡涂的结束了。

有了这个信心，他也就有了勇气。他把日本人在教育上的，经济上的，思想上的侵略，一股拢总都看成为对他这样不能奔赴国难的人的惩罚。他须承认自己的不能尽忠国家的罪过，从而去勇敢的受刑。同时，他决定好，无论受什么样的苦处，他须保持住不投降不失节的志气。不错，政府是迁到武汉去了。可是，他觉得自己的心离政府更近了一些。是的，日本人最厉害的一招是堵闭了北平人的耳朵，不许听到中央的广播，而用评戏，相声与像哭号似的日本人歌曲，麻醉北平人的听觉。可是，瑞宣还设法去听中央的广播，或看广播的纪录。他有一两位英国朋友，他们家里的收音机还没被日本人拿了去。听到或看到中央的消息，他觉得自己还是个中国人，时时刻刻的分享着在战争中一切中国人的喜怒哀乐。就是不幸他马上死亡，他的灵魂也会飞奔了中央去的。他觉得自己绝不是犯了神经病，由喜爱和平改为崇拜战争，绝不是。他读过托尔司泰，罗素，罗曼罗兰的非战的文字，他也相信人类的最大的仇敌是大自然，人类最大的使命是征服自然，使人类永远存在。人不应当互相残杀。可是，中国的抗战绝不是黩武喜杀，而是以抵抗来为世界保存一个和平的，古雅的，人道的，文化。这是个极大的使命。每一个有点知识的人都应当挺起胸来，担当这个重任。爱和平的人而没有勇敢，和平便变成屈辱，保身便变为偷生。

看清了这个大题目，他便没法不注意那些随时发生的小事：新民报社上面为庆祝胜利而放起的大气球，屡次被人们割断了绳子，某某汉奸接到了装着一颗枪弹的信封，在某某地方发现了抗日的传单……这些事都教他兴奋。他知道抗战的艰苦，知道这些小的表现绝不足以吓倒敌人，可是他没法不感觉到兴奋快活，因为这些小事正是那个大题目下的小注解；事情虽小，而与那最大的紧紧的相联，正像每一细小的神经都通脑中枢一样。

台儿庄的胜利使他的坚定变成为一种信仰。西长安街的大气球又升起来，北平的广播电台与报纸一齐宣传日本的胜利。日本的军事专家还写了许多论文，把这一战役比作但能堡的歼灭战。瑞宣却独自相信国军的胜利。他无法去高声的呼喊，告诉人们不要相信敌人的假消息。他无法来放起一个大气球，扯开我们胜利的旗帜。他只能自己心中高兴，给由冠家传来的广播声音一个轻蔑的微笑。

真的，即使有机会，他也不会去高呼狂喊，他是北平人。他的声音似乎专为吟咏用的。北平的庄严肃静不允许狂喊乱闹，所以他的声音必须温柔和善，好去配合北平的静穆与雍容。虽然如此，他心中可是觉得憋闷。他极想和谁谈一谈。长顺儿来得正好。长顺年轻，虽然自幼儿就受外婆的严格管教，可是年轻人到底有一股不能被外婆消灭净尽的热气。他喜欢听瑞宣的谈话。假若外婆的话都以“不”字开始——不要多说话！不要管闲事！不要……——瑞宣的话便差不多都以“我们应当”起头儿。外婆的话使他的心缩紧，好像要缩成一个小圆弹子，攥在手心里才好。瑞宣的话不然，它们使他兴奋，心中发热，眼睛放亮。他最喜欢听瑞宣说：“中国一定不会亡！”瑞宣的话有时候很不容易懂，但是懂不懂的，他总是细心的听。他以为即使有一两句不懂，那又有什么关系呢，反正有“中国不亡”打底儿就行了！

长顺听了瑞宣的话，也想对别人说；知识和感情都是要往外发泄的东西。他当然不敢和外婆说。外婆已经问过他，干吗常到祁家去。他偷偷的转了转眼珠，扯了个谎：“祁大爷教给我念洋文呢！”外婆以为外国人都说同样的洋文，正如同北平人都说北平话那样。那么，北平城既被日本人占据住，外孙子能说几句洋文，也许有些用处；因此，她就不拦阻外孙到祁家去。

可是，不久他就露了破绽。他对孙七与小崔显露了他的知识。论知识的水准，他们三个原本都差不多。但是，年岁永远是不平等的。在平日，孙七与小崔每逢说不过长顺的时候，便搬出他俩的年岁来压倒长顺。长顺心中虽然不平，可是没有反抗的好办法。外婆不是常常说，不准和年岁大的人拌嘴吗？现在，他可是说得头头是道，叫孙七与小崔的岁数一点用处也没有了。况且，小崔不过比他大着几岁，长顺简直觉得他几乎应当管小崔叫老弟了。

不错，马老太太近来已经有些同情孙七与小崔的反日的言论；可是，听到自己的外孙滔滔不绝的发表意见，她马上害怕起来。她看出来：长顺是在祁家学“坏”了！

她想应当快快的给长顺找个营生，老这么教他到处去摇晃着，一定没有好处。有了正当的营生，她该给外孙娶一房媳妇，拢住他的心。她自己只有这么个外孙，而程家又只有这么一条根，她绝对不能大撒手儿任着长顺的意儿爱干什么就干什么。这是她最大的责任，无可脱卸！日本人尽管会横行霸道，可是不能拦住外孙子结婚，和生儿养女。假如她自己这辈子须受日本人的气，长顺的儿女也许就能享福过太平日子了。只要程家有了享福的后代，他们也必不能忘了她老婆子的，而她死后也就有了焚香烧纸的人！

老太太把事情都这么想清楚，心中非常的高兴。她觉得自己的手已抓住了一点什么最可靠的东西，不管年月如何难过，不管日本人怎样厉害，都不能胜过她。她能克服一切困难。她手里仿佛拿到了万年不易的一点什么，从汉朝——她的最远的朝代是汉朝——到如今，再到永远，都不会改变！她的眼睛亮起来，颧骨上居然红润了一小块。

在瑞宣这方面，他并没料到长顺会把他的话吸收得那么快，而且使长顺的内心里发生了变动。在学校里，他轻易不和学生们谈闲话，即使偶一为之，他也并没感到他的话能收到多大的效果。学校里的教师多，学生们听的话也多，所以学生们的耳朵似乎已变硬，不轻易动他们的感情。长顺没入过中学，除了简单数目的加减，与眼前的几个字，他差不多什么也不知道。因此，他的感情极容易激动，就像一个粗人受人家几句煽惑便马上敢去动武打架那样。有一天，他扭捏了半天，而后说出一句话来：

“祁先生！我从军去好不好？”

瑞宣半天没能回出话来。他没料到自己的闲话会在这个青年的心中发生了这么大的效果。他忽然发现了一个事实：知识不多的人反倒容易有深厚的情感，而这情感的泉源是我们的古远的文化。一个人可以很容易获得一些知识，而性情的深厚却不是一会儿工夫培养得出的。上海与台儿庄的那些无名的英雄，他想起来，岂不多数是没有受过什么教育的乡下人么？他们也许写不上来“国家”两个字，可是他们都视死如归的为国家牺牲了性命！同时，他也想到，有知识的人，像他自己，反倒前怕狼后怕虎的不敢勇往直前；知识好像是情感的障碍。他正这样思索，长顺又说了话：

“我想明白了：就是日本人不勒令家家安收音机，我还可以天天有生意作，那又算得了什么呢？国要是亡了，几张留声机片还能救了我的命吗？我很舍不得外婆，可是事情摆在这儿，我能老为外婆活着吗？人家那些打仗的，谁又没有家，没有老人呢？人家要肯为国家卖命，我就也应当去打仗！是不是？祁先生！”

瑞宣还是回不出话来。在他的理智上，他知道每一个中国人都该为保存自己的祖坟与文化而去战斗。可是，在感情上，因为他是中国人，所以他老先去想每个人的困难。他想：长顺若是抛下他的老外婆，而去从军，外婆将怎么办呢？同时，他又不能拦阻长顺，正如同他不能拦阻老三逃出北平那样。

“祁先生，你看我去当步兵好，还是炮兵好？”长顺呜呜囔囔的又发了问。“我愿意作炮兵！你看，对准了敌人的大队，忽隆一炮，一死一大片，有多么好呢！”他说得是那么天真，那么热诚，连他的呜囔的声音似乎都很悦耳。

瑞宣不能再楞着。笑了一笑，他说：“再等一等，等咱们都详细的想过了再谈吧！”他的话是那么没有力量，没有决断，没有意义，他的口中好像有许多锯末子似的。

长顺走了以后，瑞宣开始低声的责备自己：“你呀，瑞宣，永远成不了事！你的心不狠，永远不肯教别人受委屈吃亏，可是你今天眼前的敌人却比毒蛇猛兽还狠毒着多少倍！为一个老太婆的可怜，你就不肯教一个有志的青年去从军！”

责备完了自己，他想起来：这是没有用处的，长顺必定不久就会再来问他的。他怎么回答呢？

# 三十七

大赤包变成全城的妓女的总干娘。高亦陀是她的最得力的“太监”。高先生原是卖草药出身，也不知怎的到过日本一趟，由东洋回来，他便挂牌行医了。他很谨慎的保守他的出身的秘密，可是一遇到病人，他还没忘了卖草药时候的胡吹乱嗙；他的话比他的医道高明着许多。嘴以外，他仗着“行头”鲜明，他永远在出门的时候穿起过分漂亮的衣服鞋袜，为是十足的卖弄“卖像儿”；在江湖上，“卖像儿”是非常重要的。

一个古老的文化本来就很复杂，再加上一些外来的新文化，便更复杂得有点莫名其妙，于是生活的道路上，就像下过大雨以后出来许多小径那样，随便哪个小径都通到吃饭的处所。在我们老的文化里，我们有很多医治病痛的经验，这些经验的保留者与实行者便可以算作医生。赶到科学的医术由西方传来，我们又知道了以阿司匹灵代替万应锭，以兜安氏药膏代替冻疮膏子药；中国人是喜欢保留古方而又不肯轻易拒绝新玩艺儿的。因此，在这种时候要行医，顶好是说中西兼用，旧药新方，正如同中菜西吃，外加叫条子与高声猜拳那样。高亦陀先生便是这种可新可旧，不新不旧，在文化交界的三不管地带，找饭吃的代表。

他的生意可惜并不甚好。他不便去省察自己的本事与学问，因为那样一来，他便会完全失去自信，而必不可免的摘下“学贯中西”的牌匾。他只能怨自己的运气不大好，同时又因嫉妒而轻视别的医生；他会批评西医不明白中国医道，中医又不懂科学，而一概是杀人的庸医。

大赤包约他帮忙，他不能不感激知遇之恩。假若他的术贯中西的医道使他感到抓住了时代的需要，去作妓女检查所的秘书就更是天造地设的机遇。他会说几句眼前的日本语，他知道如何去逢迎日本人，他的服装打扮足以“唬”得住妓女，他有一张善于词令的嘴。从各方面看，他都觉得胜任愉快，而可以大展经纶。他本来有一口儿大烟瘾，可是因为收入不怎么丰，所以不便天天有规律的吸食。现在，他看出来他的正规收入虽然还不算很多，可是为大赤包设法从妓女身上榨取油水的时候，他会，也应当，从中得些好处的。于是，他也就马上决定天天吸两口儿烟，一来是日本人喜欢中国的瘾士，二来是常和妓女们来往，会抽口儿烟自然是极得体的。

对大赤包，在表面上，他无微不至的去逢迎。他几乎“长”在了冠家。大家打牌，他非到手儿不够的时候，决不参加。他的牌打得很好，可是他知道“喝酒喝厚了，赌钱赌薄了”的格言，不便于天天下场。不下场的时候，他总是立在大赤包身后，偶尔的出个主意，备她参考。他给她倒茶，点烟，拿点心，并且有时候还轻轻的把松散了的头发替她整理一下。他的相貌，风度，姿态，动作，都像陪阔少爷冶游，帮吃帮喝的“篾片儿”。大赤包完全信任他，因为他把她伺候得极舒服。每当大赤包上车或下车，他总过去搀扶。每当她要“创造”一种头式，或衣样，他总从旁供献一点意见。她的丈夫从来对她没有这样殷勤过。他是西太后的李莲英。

可是，在他的心里，他另有打算。他须稳住了大赤包，得到她的完全的信任，以便先弄几个钱。等到手里充实了以后，他应当去直接的运动日本人，把大赤包顶下去，或者更好一点把卫生局拿到手里。他若真的作了卫生局局长，哼，大赤包便须立在他的身后，伺候着他打牌了。

对冠晓荷，他只看成为所长的丈夫，没放在眼里。他非常的实际，冠晓荷既还赋闲，他就不必分外的客气。对常到冠家来的人，像李空山，蓝东阳，瑞丰夫妇，他都尽量的巴结，把主任，科长叫得山响，而且愿意教大家知道他是有意的巴结他们。他以为只有被大家看出他可怜，大家才肯提拔他；到他和他们的地位或金钱可以肩膀齐为兄弟的时候，他再拿出他的气派与高傲来。他的气派与高傲都在心中储存着呢！把主任与科长响亮的叫过之后，他会冰凉的叫一声冠“先生”，教晓荷脸上起一层小白疙瘩。

冠晓荷和东阳，瑞丰拜了盟兄弟。虽然他少报了五岁，依然是“人哥”。他羡慕东阳与瑞丰的官运，同时也羡慕他们的年轻有为。当初一结拜的时候，他颇高兴能作他们的老大哥。及至转过年来，他依然得不到一官半职，他开始感觉到一点威胁。虽然他的白发还是有一根便拔一根，可是他感到自己或者真是老得不中用了；要不然，凭他的本事，经验，风度，怎么会干不过了那个又臭又丑的蓝东阳，和傻蛋祁瑞丰呢？他心中暗暗的着急。高亦陀给他的刺激更大，那声冰凉的“先生”简直是无情的匕首，刺着他的心！他想回敬出来一两句俏皮的，教高亦陀也颤抖一下的话，可是又不便因快意一时而把太太也得罪了；高亦陀是太太的红人啊。他只好忍着，心中虽然像开水一样翻滚，脸上可不露一点痕迹。他要证明自己是有涵养的人。他须对太太特别的亲热，好在她高兴的时候，给高亦陀说几句坏话，使太太疏远他。反正她是他的太太，尽管高亦陀一天到晚长在这里，也无碍于他和太太在枕畔说话儿呀。为了这个，他已经不大到桐芳屋里去睡。

大赤包无论怎样像男人，到底是女子，女子需要男人的爱，连西太后恐怕也非例外。她不但看出高亦陀的办事的本领，也感到他的殷勤。凭她的岁数与志愿，她已经不再想作十八九岁的姑娘们的春梦。可是，她平日的好打扮似乎也不是偶然的。她的心爱的红色大概是为补救心中的灰暗。她从许多年前，就知道丈夫并不真心爱她。现在呢，她又常和妓女们来往，她满意自己的权威，可是也羡慕她们的放浪不拘。她没有工夫去替她们设身处地的去想她们的苦痛；她只理会自己的存在，永远不替别人想什么。她只觉得她们给她带来一股像春风的什么，使她渴想从心中放出一朵鲜美的花来。她并没看得起高亦陀，可是高亦陀的殷勤到底是殷勤。想想看，这二三十年来，谁给过她一点殷勤呢？她没有过青春。不管她怎样会修饰打扮，人们仿佛总以为她像一条大狗熊，尽管是一条漂亮的大狗熊。她知道客人们的眼睛不是看高第与招弟，便是看桐芳，谁也不看她。他们若是看她，她就得给他们预备茶水或饭食，在他们眼中，她只是主妇，而且是个不大像女人的主妇！

在初一作所长的时节，她的确觉得高兴，而想拿出最大的度量，宽容一切的人，连桐芳也在内。赶到所长的滋味已失去新鲜，她开始想用一点什么来充实自己，使自己还能像初上任时那么得意。第一个她就想到了桐芳。不错，以一个妇女而能作到所长，她不能不承认自己是个女中的豪杰。但是，还没得到一切。她的丈夫并不完全是她的。她应当把这件事也马上解决了。平日，她的丈夫往往偏向着桐芳；今天她已是所长，她必须用所长的威力压迫丈夫，把那个眼中钉拔了去。

赶到晓荷因为抵制高亦陀而特别和她表示亲密，她并没想出他的本意来；她的所作所为是无可批评的。她以为他是看明白了她的心意，而要既承认君臣之义，又恢复夫妻之爱；她开始向桐芳总攻。

这次的对桐芳攻击，与从前的那些次大不相同。从前，她的武器只是叫骂吵闹。这样的武器，桐芳也有一份儿，而且比她的或者更锐利一点。现在，她是所长，她能指挥窑子里的鱼兵虾将作战。有权的才会狠毒，而狠毒也就是威风。她本来想把桐芳赶出门去就算了，可是越来越狠，她决定把桐芳赶到窑子里去。一旦桐芳到了那里，大赤包会指派鱼兵虾将监视着她，教她永远困在那里。把仇敌随便的打倒，还不如把仇敌按着计划困在自己指定的地方那么痛快；她看准了窑子是桐芳的最好的牢狱。

大赤包不常到办公处去，因为有一次她刚到妓女检查所的门口，就有两三个十五六岁的男孩子大声的叫她老鸨子。她追过去要打他们，他们跑得很快，而且一边跑一边又补上好儿声老鸨子。她很想把门外的牌子换一换，把“妓女”改成更文雅的字眼儿。可是，机关的名称是不能随便改变的。她只好以不常去保持自己的尊严。有什么公文，都由高亦陀拿到家来请她过目；至于经常的事务，她可以放心的由职员们代办，因为职员们都清一色的换上了她的娘家的人；他们既是她的亲戚，向来知道她的厉害，现在又作了她的属员，就更不敢不好好的效力。

决定了在家里办公，她命令桐芳搬到瑞丰曾经要住的小屋里去，而把桐芳的屋子改为第三号客厅。北屋的客厅是第一号，高第的卧室是第二号。凡是贵客，与头等妓女，都在第一号客厅由她自己接见。这么一来，冠家便每天都贵客盈门，因为贵客们顺便的就打了茶围。第二号客厅是给中等的亲友，与二等妓女预备着的，由高第代为招待。穷的亲友与三等妓女都到第三号客厅去，桐芳代为张罗茶水什么的。

一号和二号客厅里，永远摆着牌桌。麻雀，扑克，押宝，牌九，都随客人的便；玩的时间与赌的大小，也全无限制。无论玩什么，一律抽头儿。头儿抽得很大，因为高贵的香烟一开就是十来筒，在屋中的每一角落，客人都可以伸手就拿到香烟；开水是昼夜不断，高等的香片与龙井随客人招呼，马上就沏好。“便饭”每天要开四五桌，客人虽多，可是酒饭依然保持着冠家的水准。热毛巾每隔三五分钟由漂亮的小老妈递送一次；毛巾都消过毒——这是高亦陀的建议。

只有特号的客人才能到大赤包的卧室里去。这里有由英国府来的红茶，白兰地酒，和大炮台烟。这里还有一份儿很精美的鸦片烟烟具。

大赤包近来更发了福，连脸上的雀斑都一个个发亮，好像抹上了英国府来的黄油似的。她手指上的戒指都被肉包起来，因而手指好像刚灌好的腊肠。随着肌肉的发福，她的气派也更扩大。每天她必细细的搽粉抹口红，而后穿上她心爱的红色马甲或长袍，坐在堂屋里办公和见客。她的眼和耳控制着全个院子，她的咳嗽与哈欠都是一种信号——二号与三号客厅的客人们若吵闹得太凶了，她便像放炮似的咳嗽一两声，教他们肃静下来；她若感到疲倦便放一声像空袭警报器似的哈欠，教客人们鞠躬告退。

在堂屋坐腻了，她才到各屋里像战舰的舰长似的检阅一番，而二三等的客人才得到机会向她报告他们的来意。她点头，就是“行”；她皱眉，便是“也许行”；她没任何的表示，便是“不行”。假若有不知趣的客人，死乞白赖的请求什么，她便责骂尤桐芳。

午饭后，她要睡一会儿午觉。只要她的卧室的帘子一放下来，全院的人都立刻闭上了气，用脚尖儿走路。假若有特号的客人，她可以牺牲了午睡，而精神也不见得疲倦。她是天生的政客。

遇到好的天气，她不是带着招弟，便是瑞丰太太，偶尔的也带一两个她最宠爱的“姑娘”，到中山公园或北海去散散步，顺便展览她的头式和衣裳的新样子——有许多“新贵”的家眷都特意的等候着她，好模仿她的头发与衣服的式样。在这一方面，她的创造力是惊人的：她的灵感的来源最显著的有两个，一个是妓女，一个是公园里的图画展览会。妓女是非打扮得漂亮不可的。可是，从历史上看，在民国以前，名妓多来自上海与苏州，她们给北平带来服装打扮的新式样，使北平的妇女们因羡慕而偷偷的模仿。民国以后，妓女的地位提高了一些，而女子教育也渐渐的发达，于是女子首先在梳什么头，作什么样的衣服上有了一点自由，她们也就在这个上面表现出创造力来。这样，妓女身上的俗艳就被妇女们的雅致给压倒。在这一方面，妓女们失去了领导的地位。大赤包有眼睛，从她的“干女儿”的脸上，头上，身上，脚上，她看到了前几年的风格与式样，而加上一番揣摩。出人意料的，她恢复了前几年曾经时行的头式，而配以最新式样的服装。她非常的大胆，硬使不调和的变成调和。假若不幸而无论如何也不调谐，她会用她的气派压迫人们的眼睛，承认她的敢于故作惊人之笔，像万里长城似的，虽然不美，而惊心动魄。在她这样打扮了的时节，她多半是带着招弟去游逛。招弟是彻底的摩登姑娘，不肯模仿妈妈的出奇制胜。于是，一老一少，一常一奇，就更显出妈妈的奇特，而女儿反倒平平常常了。当她不是这样怪里怪气的时候，她就宁教瑞丰太太陪着她，也不要招弟，因为女儿的年轻貌美天然的给她不少威胁。

每逢公园里有画展，她必定进去看一眼。她不喜欢山水花卉与翎毛，而专看古装的美人。遇到她喜爱的美人，她必定购一张。她愿意教“冠所长”三个字长期的显现在大家眼前，所以定画的时节，她必嘱咐把这三个字写在特别长的红纸条上，而且字也要特别的大。画儿定好，等到“取件”的时节，她不和画家商议，而自己给打个八折。她觉得若不这样办，就显不出所长的威风，好像妓女检查所所长也是画家们的上司似的。画儿取到家中之后，她到夜静没人的时候，才命令晓荷给她展开，她详细的观赏。古装美人衣服上的边缘如何配色，头发怎样梳，额上或眉间怎样点“花子”，和拿着什么样的扇子，她都要细心的观摩。看过两三次，她发明了宽袖宽边的衣服，或像唐代的长髻垂发，或眉间也点起“花子”，或拿一把绢制的团扇。她的每一件发明，都马上成为风气。

假若招弟专由电影上取得装饰的模范，大赤包便是温故知新，从古旧的本位的文化中去发掘，而后重新改造。她并不懂得什么是美，可是她的文化太远太深了，使她没法不利用文化中的色彩与形式。假若文化是一条溪流，她便是溪水的泡沫，而泡沫在遇上相当合适的所在，也会显出它的好看。她不懂得什么叫文化，正像鱼不知道水是什么化合的一样。但是，鱼若是会浮水，她便也会戏弄文化。

在她的心里，她只知道出风头，与活得舒服。事实上，她却表现着一部分在日本辖制下的北平人的精神状态。这一部分人是投降给日本人的。在投降之后，他们不好意思愧悔，而心中又总有点不安，所以他们只好鬼混，混到哪里是哪里，混到几时是几时。这样，物质的享受与肉欲的放纵成了他们发泄感情的唯一的出路。假若“气节”令他们害怕，他们会以享受与纵欲自取灭亡，作个风流鬼。他们吸鸦片，喝药酒，捧戏子，玩女人；他们也讲究服装打扮。在这种心理下，大赤包就成了他们的女人的模范。大赤包的成功是她误投误撞的碰到了汉奸们的心理状态。在她，她始终连什么亡国不亡国都根本没有思索过。她只觉得自己有天才，有时运，有本领，该享受，该作大家的表率。她使大家有了事作，有了出风头的机会与启示。她看不起那模仿她的女人们，因为她们缺乏着创造的才智。况且，她们只能模仿她的头发，衣装，与团扇，而模仿不了她作所长。她是女英雄，能抓住时机自己升官发财，而不手背朝下去向男人要钱买口红与钻石。站在公园或屋里，她觉得她的每一个脚指头都嘎噔嘎噔的直响！

在她的客厅里，她什么都喜欢谈，只是不谈国事。南京的陷落与武汉的成为首都，已使她相信她可以高枕无忧的作她的事情了。她并不替日本人思索什么，她觉得日本人的占据北平实在是为她打开一个天下。她以为若没有她，日本驻北平的军队便无从得到花姑娘，便无法防止花柳病的传播，而连冠家带她娘家的人便不会得到一切享受。她觉得她比日本人还更重要。她与日本人的关系，她以为，不是主与仆的，而是英雄遇见了好汉，相得益彰。因此，北平全城只要有集会她必参加，而且在需要锦标与奖品的时候，她必送去一份。这样，她感到她是与日本人平行的，并不分什么高低。

赶到她宴请日本人的时候，她也无所不尽其极的把好的东西拿出来，使日本人不住的吸气。她要用北平文化中的精华，教日本人承认她的伟大。她不是汉奸，不是亡国奴，而是日本人在吃喝穿戴等等上的导师。日本人，正如同那些妓女，都是她的宝贝儿，她须给他们好的吃喝，好的娱乐。她是北平的皇后，而他们不过是些乡下孩子。

假如大赤包像吃了顺气丸似的那么痛快，冠晓荷的胸中可时时觉得憋闷。他以为日本人进了北平，他必定要走一步好运。可是，他什么也没得到。他奔走得比谁都卖力气，而成绩比谁都坏。他急躁，他不平。他的过去的经历与资格不但不足以帮助他，反倒像是一种障碍。高不成，低不就，他落了空。他几乎要失去自信，而怀疑自己已经控制不住环境与时代了。他不晓得自己是时代的渣滓，而以为自己是最会随机应变抓住时机的人。照着镜子，他问自己："你有什么缺点呢？怎么会落在人家后头了呢？"他不明白，他觉得日本人的攻占北平一定有点错误，要不然，怎会没有他的事作呢？

对于大赤包的得到职位，他起初是从心里真的感觉快活。他以为连女人还可以作官，他自己就更不成问题了。可是，官职老落不到他的头上来，而太太的气焰一天高似一天，他有点受不住了。他又不能不承认事实，太太作官是千真万确的，而凡是官就必有官的气派，太太也非例外。他只好忍气吞声的忍耐着。他知道，太太已经是不好随便得罪的，况且是有官职的太太呢。他不便自讨无趣的和她表示什么。反之，他倒应该特别的讨太太的喜欢，表示对她的忠诚与合作。因此，他心里明明喜爱桐芳，可也没法不冷淡她。假若他还照以前那样宠爱桐芳，他知道必定会惹起大赤包的反感，而自己也许碰一鼻子灰。他狠心的牺牲了桐芳，希望在他得到官职以后，再恢复旧日的生活秩序。他听到太太有把桐芳送到窑子去的毒计，也不敢公开的反对；他绝对不能得罪太太，太太是代表着一种好运与势力。鸡蛋是不便和石头相碰的；他很自傲，但是时运强迫他自认为鸡蛋。

他可是仍然不灰心。他还见机会就往前钻；时运可以对不起他，他可不能对不起自己。在钻营而外，他对于一些小的事情也都留着心，表现出自己的才智。租下钱家的房子是他的主意。这主意深得太太的嘉奖。把房子租下来，转租给日本人，的确是个妙计。自从他出卖了钱先生，他知道，全胡同的人都对他有些不敬。他不愿意承认作错了事，而以为大家对他的不敬纯粹出于他的势力不足以威镇一方的。当大赤包得了所长的时候，他以为大家一定要巴结他了。可是他们依旧很冷淡，连个来道喜的也没有。现在，他将要作二房东，日本人，连日本人，都要由他手里租房住！二房东虽然不是什么官衔，可是房客是日本人，这个威风可就不小。他已经板着面孔训示了白巡长：

“我说，白巡长，”他的眼皮眨巴的很灵动，“你晓得一号的房归了我，不久就有日本人来住。咱们的胡同里可是脏得很，你晓得日本人是爱干净的。你得想想办法呀！”

白巡长心中十分讨厌冠晓荷，可是脸上不便露出来，微笑着说：“冠先生，胡同里的穷朋友多，拿不出清洁费呀！”

“那是你的事，我没法管！”冠先生的脸板得有棱有角的说。“你设法办呢，讨日本人的喜欢！你不管呢，日本人会直接的报告上去，我想对你并没有好处！我看，你还是劝大家拿点钱，雇人多打扫打扫好！大家出钱，你作了事，还不好？”

他没等白巡长再回出话来，就走了进去，心中颇为得意。有日本人租他的房，他便拿住了白巡长，也就是拿住了全胡同的人。

当大赤包赠送银杯，锦标，或别的奖品的时候，冠晓荷总想把自己的名字也刻上，绣上，或写上。大赤包不许："你不要这样子呀！"她一点不客气的说。"写上你算怎回事呢？难道还得注明了你是我的丈夫？"

晓荷心里很不好受，可是他还尽心的给她想该题什么字样。他的学问有限的很；唯其如此，他才更能显出绞尽脑汁的样子，替她思索。他先声明："我是一片忠心，凡事决不能马马虎虎！"然后，他皱上眉，点上香烟，研好了墨，放好了纸，把《写信不求人》，《春联大全》之类的小册子堆在面前，作为参考书，还嘱咐招弟们不要吵闹，他才开始思索。他假嗽，他喝茶，他闭眼，他背着手在屋中来回的走。这样闹哄了许久，他才写下几个字来。写好，他放开轻快的步子，捧着那张纸像捧着圣旨似的，去给大赤包看。她气派很大的眯着眼看一看，也许看见了字，也许根本没看见，就微微一点头："行啦！"事实上，她多半是没有看见写的是什么。在她想，只要杯或盾是银的，旗子是缎子的，弄什么字就都无所不可。为表示自己有学问，晓荷自己反倒微笑着批评："这还不十分好，我再想想看！"

遇到蓝东阳在座，晓荷必和他斟酌一番。蓝东阳只会作诗与小品文，对编对联与题字等等根本不懂。可是他不便明说出来，而必定用黄牙啃半天他的黑黄的指甲，装着用脑子的样子。结果，还是晓荷胜利，因为东阳的指甲已啃到无可再啃的时节总是说："我非在夜间极安静的时候不能用脑子！算了吧，将就着用吧！"这样战胜了东阳，晓荷开始觉得自己的确有学问，也就更增加了点怀才不遇之感——一种可以自傲的伤心。

一个怀才不遇的人特别爱表现他的才。晓荷，为表现自己的才气，给大赤包造了一本名册。名册的“甲”部都是日本人，“乙”部是伪组织的高官，“丙”部是没有什么实权而声望很高，被日本人聘作咨议之类的“元老”，“丁”部是地方上有头脸的人。他管这个名册叫作四部全书，仿佛堪作四库全书的姐妹著作似的。每一个名下，他详细的注好：年龄，住址，生日，与嗜好。只要登在名册上，他便认为那是他的友人，设法去送礼。送礼，在他看，是征服一切人之特效法宝。为送礼，他和瑞丰打过赌；瑞丰输了。瑞丰以为晓荷的办法是大致不错的，不过，他怀疑日本人是否肯接受晓荷的礼物。他从给日本人作特务的朋友听到：在南京陷落以后，日本军官们已得到训令——他们应当鼓励中国人吸食鸦片，但是不论在任何场合，他们自己不可以停留在有鸦片烟味的地方，免得受鸦片的香味的诱惑；他们不得接受中国人的礼物。瑞丰报告完这点含有警告性的消息，晓荷闭了闭眼，而后噗哧一笑。“瑞丰！你还太幼稚！我告诉你，我亲眼看见过日本人吸鸦片！命令是命令，命令改变不了鸦片的香美！至于送礼，咱们马上打个赌！”他打开了他的四部全书。“你随便指定一个日本人，今天既不是他的生日，也不是中国的或日本的节日，我马上送过一份礼去，看他收不收，他收下，你输一桌酒菜，怎样？”

瑞丰点了头。他知道自己要输，可是不便露出怕输一桌酒席的意思。

晓荷把礼物派人送出去，那个人空着手回来，礼物收下了。

“怎样？”晓荷极得意的问瑞丰。

“我输了！”瑞丰心疼那桌酒席，但是身为科长，不便说了不算。

“为这种事跟我打赌！你老得输！”晓荷微笑着说。也不仅为赢了一桌酒席得意，而也更得意日本人接受了他的礼物。“告诉你，只要你肯送礼，你几乎永远不会碰到摇头的人！只要他不摇头，他——无论他是怎样高傲的人——便和你我站得肩膀一边齐了！告诉你，我一辈子专爱惩治那些挑着眉毛，自居清高的人。怎么惩治，给他送礼。礼物会堵住一切人的嘴，会软化一切人的心，日本人也是人；既是人，就得接我的礼；接了我的礼，他便什么威风也没有了！你信不信?”

瑞丰只有点头，说不上什么来。自从作了科长，他颇有些看不起冠大哥。可是冠大哥的这一片话实在教他钦佩，他没法不恢复以前对冠先生的尊敬。冠先生虽然现在降了一等，变成了冠大哥，到底是真有“学问”！他想，假若他自己也去实行冠大哥的理论，大概会有那么一天，他会把礼物送给日本天皇，而天皇也得拍一拍他的肩膀，叫他一声老弟的。

因为研究送礼，晓荷又发现了日本人很迷信。他不单看见了日本军人的身上带着神符与佛像，他还听说：日本人不仅迷信神佛，而且也迷信世界上所有的忌讳。日本人也忌讳西洋人的礼拜五，十三，和一枝火柴点三支香烟。他们好战，所以要多方面的去求保佑。他们甚至于讨厌一切对他们的预言。英国的威尔斯预言过中日的战争，并且说日本人到了湖沼地带便因瘟疫而全军覆没。日本人的“三月亡华论”已经由南京陷落而不投降，和台儿庄的大捷而成了梦想。他们想起来威尔斯的预言，而深怕被传染病把他们拖进坟墓里去。因此，他们不惜屠了全村，假若那里发现了霍乱或猩红热。他们的武士道精神使他们不怕死，可是知道了自己准死无疑，他们又没法不怕死。他们怕预言，甚至也怕说“死”。根据着这个道理，晓荷送给日本人的礼物总是三样。他避免“四”，因为

“四”和死的声音相近。这点发现使他名闻九城，各报纸不单有了记载，而且都有短评称赞他的才智。

这些小小的成功，可是并没能完全减去他心中的苦痛。他已是北平的名人，东方画艺研究会，大东亚文艺作家协会（这是蓝东阳一手创立起来的），三清会（这是道门的一个新组织，有许多日本人参加）；还有其他的好些个团体，都约他入会，而且被选为理事或干事。他几乎得天天去开会，在会中还要说几句话，或唱两段二簧，当有游艺节目的时候。可是，他作不上官！他的名片上印满了理事，干事等等头衔，而没有一个有分量的。他不能对新朋友不拿出名片来，而那些不支薪的头衔只招人家对他翻白眼！当他到三清会或善心社去看扶乩或拜神的时候，他老暗暗的把心事向鬼神们申诉一番：“对神仙，我决不敢扯假话！论吃喝穿戴，有太太作所长，也就差不多了。不过，凭我的经验与才学，没点事作，实在不大像话呀！我不为金钱，还能不为身分地位吗？我自己还是小事，你们作神佛的总得讲公道呀；我得不到一官半职的，不也是你们的羞耻吗？”闭着眼，他虔诚的这样一半央求，一半讥讽，心中略为舒服一点。可是申诉完了，依然没有用处，他差不多要恨那些神佛了。神佛，但是，又不可以得罪；得罪了神佛也许要出点祸事呢！他只好轻轻的叹气。叹完了气，他还得有说有笑的和友人们周旋。他的胸口有时候一窝一窝的发痛！胸口一痛，他没法不低声的骂了：

“白亡了会子国，他妈的连个官儿也作不上，邪！”

# 三十八

一晃儿已是五月节。祁老人的几盆石榴，因为冬天保护的不好，只有一棵出了两三个小蓇葖。南墙根的秋海棠与玉簪花连叶儿也没出，代替它们的是一些兔儿草。祁老人忽略了原因——冬天未曾保护它们——而只去看结果，他觉得花木的萎败是家道衰落的恶兆；他非常的不高兴。他时常梦见“小三儿”，可是“小三儿”连封信也不来；难道“小三儿”已经遇到什么不幸了吗？他问小顺儿的妈，她回答不出正确的消息，而只以梦解梦。近来，她的眼睛显着更大了，因为脸上掉了不少的肉。把许多笑意凑在眼睛里，她告诉老人：“我也梦见了老三，他甭提多么喜欢啦！我想啊，他一定在外边混得很好！他就根儿就是有本事的小伙子呀！爷爷，你不要老挂念着他，他的本事，聪明，比谁都大！”其实，她并没有作过那样的梦。一天忙到晚，她实在没有工夫作梦。可是，她的“创造的”梦居然使老人露出一点点笑容。他到底相信梦与否，还是个问题。但是，到了无可奈何的时候，他只好相信那虚渺的谎言，好减少一点实际上的苦痛。

除了善意的欺骗老人之外，小顺儿的妈还得设法给大家筹备过节的东西。她知道，过节并不能减少他们的痛苦，可是鸦雀无声的不点缀一下，他们就会更难过。

在往年，到了五月初一和初五，从天亮，门外就有喊："黑白桑葚来大樱桃"的，一个接着一个，一直到快吃午饭的时候，喊声还不断。喊的声音似乎不专是为作生意，而有一种淘气与凑热闹的意味，因为卖樱桃桑葚的不都是职业的果贩，而是有许多十几岁的儿童。他们在平日，也许是拉洋车的，也许是卖开水的，到了节，他们临时改了行——家家必须用粽子，桑葚，樱桃，供佛，他们就有一笔生意好作。

今年，小顺儿的妈没有听到那种提醒大家过节的呼声。北城的果市是在德胜门里，买卖都在天亮的时候作。隔着一道城墙，城外是买卖旧货的小市，赶市的时候也在出太阳以前。因为德胜门外的监狱曾经被劫，日本人怕游击队乘着赶市的时候再来突击，所以禁止了城里和城外的早市，而且封锁了德胜门。至于樱桃和桑葚，本都是由北山与城外来的，可是从西山到北山还都有没一定阵地的战事，没人敢运果子进城。"唉！"小顺儿的妈对灶王爷叹了口气："今年委屈你喽！没有卖樱桃的呀！"这样向灶王爷道了歉，她并不就不努力去想补救的办法；"供几个粽子也可以遮遮羞啊！"

可是，粽子也买不到。北平的卖粽子的有好几个宗派："稻香村"卖的广东粽子，个儿大，馅子种类多，价钱贵。这种粽子并不十分合北平人的口味，因为馅子里面硬放上火腿或脂油；北方人对糯米已经有些胆怯，再放上火腿什么的，就更害怕了。可是，这样的东西并不少卖，一来是北平人认为广东的一切都似乎带着点革命性，所以不敢公然说它不好吃，二来是它的价钱贵，送礼便显得体面——贵总是好的，谁管它好吃与否呢。

真正北平的正统的粽子是（一）北平旧式满汉饽饽铺卖的，没有任何馅子，而只用顶精美的糯米包成小，很小的，粽子；吃的时候，只撒上一点白糖。这种粽子也并不怎么好吃，可是它洁白，娇小，摆在彩色美丽的盘子里显着非常的官样。（二）还是这样的小食品，可是由沿街吆喝的卖蜂糕的带卖，而且用冰镇过。（三）也是沿街叫卖的，可是个子稍大，里面有红枣。这是最普通的粽子。

此外，另有一些乡下人，用黄米包成粽子，也许放红枣，也许不放，个儿都包得很大。这，专卖给下力的人吃，可以与黑面饼子与油条归并在一类去，而内容与形式都不足登大雅之堂的。

小顺儿的妈心中想着的粽子是那糯米的，里面有红枣子的。她留心的听着门外的“小枣儿大粽子啵！”的呼声。可是，她始终没有听到。她的北平变了样子：过端阳节会没有樱桃，桑葚，与粽子！她本来不应当拿这当作一件奇事，因为自从去年秋天到如今，北平什么东西都缺乏，有时候忽然一关城，连一棵青菜都买不到。可是，今天她没法不感觉着别扭，今天是节日呀。在她心里，过节不过节本来没有多大关系；她知道，反正要过节，她自己就须受劳累；她须去买办东西，然后抱着火炉给大家烹调；等大家都吃得酒足饭饱，她已经累得什么也不想吃了。可是，从另一方面想，这就是她的生活，她仿佛是专为给大家操作而活着的。假若家中没有老的和小的，她自然无须乎过节，而活着仿佛也就没有任何意义了。她说不上来什么是文化，和人们只有照着自己的文化方式——像端阳节必须吃粽子，樱桃，与桑葚——生活着才有乐趣。她只觉得北平变了，变得使她看着一家老小在五月节瞪着眼没事作。她晓得这是因为日本人占据住北平的结果，可是不会扼要的说出：亡了国便是不能再照着自己的文化方式活着。她只感到极度的别扭。

为补救吃不上粽子什么的，她想买两束蒲子，艾子，插在门前，并且要买几张神符贴在门楣上，好表示出一点“到底”有点像过节的样子。她喜爱那些神符。每年，她总是买一张大的，黄纸的，印着红的钟馗，与五个蝙蝠的，贴在大门口；而外，她要买几张粘在白纸上的剪刻的红色“五毒儿”图案，分贴在各屋的门框上。她也许相信，也许根本不相信，这些纸玩艺儿有什么避邪的作用，但是她喜爱它们的色彩与花纹。她觉得它们比春联更美观可爱。

可是，她也没买到。不错，她看见了一两份儿卖神符的，可是价钱极贵，因为日本人不许乱用纸张，而颜料也天天的涨价。她舍不得多花钱。至于卖蒲子艾子的，因为城门出入的不便，也没有卖的。

小顺儿的小嘴给妈妈不少的难堪：“妈，过节穿新衣服吧？吃粽子吧？吃好东西吧？脑门上抹王字不抹呀？妈，你该上街买肉去啦！人家冠家买了多少多少肉，还有鱼呢！妈，冠家门口都贴上判儿啦，不信，你去看哪！”他的质问，句句像是对妈妈的谴责！

妈妈不能对孩子发气，孩子是过年过节的中心人物，他们应当享受，快活。但是，她又真找不来东西使他们高声的笑。她只好惭愧的说：“初五才用雄黄抹王字呢！别忙，我一定给你抹！”

“还得戴葫芦呢？”葫芦是用各色的绒线缠成的樱桃，小老虎，桑葚，小葫芦……联系成一串儿，供女孩子们佩带的。

“你臭小子，戴什么葫芦？”妈妈半笑半恼的说。

“给小妹戴呀！”小顺儿的理由老是多而充实的。

妞子也不肯落后，“妈！妞妞戴！”

妈妈没办法，只好抽出点工夫，给妞子作一串儿“葫芦”。只缠得了一个小黄老虎，她就把线笸箩推开了。没有旁的过节的东西，只挂一串儿“葫芦”有什么意思呢？假若孩子们肚子里没有一点好东西，而只在头上或身上戴一串儿五彩的小玩艺，那简直是欺骗孩子们！她在暗地里落了泪。

天佑在初五一清早，拿回来一斤猪肉和两束蒜薹。小顺儿虽不懂得分两，也看出那一块肉是多么不体面。“爷爷！就买来这么一小块块肉哇？”他笑着问。

爷爷没回答出什么来，在祁老人和自己的屋里打了个转儿，就搭讪着回了铺子。他非常的悲观，但是不愿对家里的人说出来。他的生意没有法子往下作，可是又关不了门。日本人不准任何商店报歇业，不管有没有生意。天佑知道，自从大小汉奸们都得了势以后，绸缎的生意稍微有了点转机。但是，他的铺子是以布匹为主，绸缎只是搭头儿；真正讲究穿的人并不来照顾他。专靠卖布匹吧，一般的人民与四郊的老百姓都因为物价的高涨，只顾了吃而顾不了穿，当然也不能来照顾他。再说，各地的战争使货物断绝了来源；他既没法添货，又不像那些大商号有存货可以居奇。他简直没有生意。他愿意歇业，而官厅根本不许呈报。他须开着铺子，似乎专为上税与定阅官办的报纸——他必须看两份他所不愿意看的报纸。他和股东们商议，他们不给他一点好主意，而仿佛都愿意立在一旁看他的笑话。他只好裁人。这又给他极大的痛苦。他的铺伙既没有犯任何的规矩，又赶上这兵荒马乱理应共患难的时候，他凭什么无缘无故的辞退人家呢？五月节，他又裁去两个人。两个都是他亲手教出来的徒弟。他们了解他的困难，并没说一句不好听的话。他们愿意回家，他们家里有地，够他们吃两顿棒子面的。可是，他们越是这样好离好散的，他心中才越难过。他觉得他已是个毫无本领，和作事不公平的人。他们越原谅他，他心中便越难受。

更使他揪心的是，据说，不久日本人就要清查各铺户的货物，而后由他们按照存货的多少，配给新货。他们给你多少是多少，他们给你什么你卖什么。他们也许只给你三匹布，而配上两打雨伞。你就须给买主儿一块布，一把或两把雨伞，不管人家需要雨伞与否！

天佑的黑胡子里露出几根白的来，在表面上，他要装出沉得住气的样子，一声不哼不响。他是北平铺子的掌柜的，不能当着店伙与徒弟们胡说乱骂。可是，没有人在他面前，他的胡子嘴儿就不住的动："这算什么买卖规矩呢？布铺吗，卖雨伞！我是这儿的掌柜呢，还是日本人是掌柜呢？"叨唠完了一阵，他没法儿不补上个"他妈的！"他不会骂人撒村，只有这三个字是他的野话，而也只有这三个字才能使他心中痛快一下。

这些委屈为难，他不便对铺子的人说，并且决定也不教家里的人知道。对老父亲，他不单把委屈圈在心里，而且口口声声的说一切都太平了，为是教老人心宽一点。就是对瑞宣，他也不愿多说什么，他知道三个儿子走了两个，不能再向对家庭最负责的长子拉不断扯不断的发牢骚。父子见面，几乎是很大的痛苦。瑞宣的眼偷偷的瞟着父亲，父亲的眼光碰到了儿子的便赶紧躲开。两个人都有多少多少被泪浸渍了许久的话，可是不便连话带泪一齐倾倒出来。一个是五十多的掌柜，一个是三十多岁的中学教师，都不便随便的把泪落下来。而且，他们都知道，一畅谈起来，他们就必定说到国亡家必破的上头来，而越谈就一定越悲观。所以，父子见面，都只那么笑一笑，笑得虚伪，难堪，而不能不笑。因此，天佑更不愿回家了。铺子中缺人是真的，但是既没有多少生意，还不致抽不出点回家看看的工夫来。他故意的不回家，一来是为避免与老亲，儿孙，相遇的痛苦，二来也表示出一点自己的倔强——铺子既关不了门，我就陪它到底；尽管没有生意，我可是应尽到自己的责任！

在一家人中，最能了解天佑的是瑞宣。有祁老人在上面压着，又有儿子们在下面比着，天佑在权威上年纪上都须让老父亲一步，同时他的学问与知识又比不上儿子们，所以他在家中既须作个孝子，又须作个不招儿子们讨厌的父亲。因此，大家都只看见他的老实，而忽略了他的重要。只有瑞宣明白：父亲是上足以承继祖父的勤俭家风，下足以使儿子受高等教育的继往开来的人。他尊敬父亲，也时常的想给父亲一些精神的安慰。他是长子，他与父亲的关系比老二与老三都更亲密；他对父亲的认识，比弟弟们要多着几年的时光。特别在近几个月中，他看出父亲的忧郁和把委屈放在肚子里的刚强，也就更想给父亲一些安慰。可是，怎么去安慰呢？父子之间既不许说假话，他怎能一面和老人家谈真话，还能一面使老人家得到安慰呢；真话，在亡国的时候，只有痛苦！且先不讲国家大事吧，只说家中的事情已经就够他不好开口的了。他明知道父亲想念老三，可是他有什么话可以教老人不想念老儿子呢？他明知道父亲不满意老二，他又有什么话使老人改为喜欢老二呢？这些，都还是以不谈为妙。不过，连这些也不谈，父子还谈什么呢？他觉得父子之间似乎隔上了一段纱幕，彼此还都看得见，可是谁也摸不着谁了。侵略者的罪恶不仅是把他的兄弟拆散，而且使没有散开的父子也彼此不得已的冷淡了！

大家马马虎虎的吃过午饭，瑞丰不知在哪里吃得酒足饭饱的来看祖父。不，他不像是来看祖父。进门，他便向大嫂要茶：“大嫂！泡壶好茶喝喝！酒喝多了点！有没有好叶子呀，没有就买去！”他是像来表现自己的得意与无聊。

小顺儿的妈话都到嘴边上了，又控制住自己。她想说：“连祖父都喝不着好茶叶，你要是懂人事，怎么不买来点儿呢？”可是，想了一想，她又告诉自己：“何必呢，大节下的！再说，他无情，难道我就非无义不可吗？”这么想开，她把水壶坐在火炉上。

瑞宣躲在屋里，假装睡午觉。可是，老二决定要讨厌到底。“大哥呢？大哥！”他一边叫，一边拉开屋门。“吃了就睡可不好啊！”他明明见哥哥在床上躺着，可是决定不肯退出来。瑞宣只好坐了起来。

“大哥，你们学校里的日本教官怎样？”他坐在个小凳上，酒气喷人的打了两个长而有力的嗝儿。

瑞宣看了弟弟一眼，没说什么。

瑞丰说下去：“大哥，你要晓得，教官，不管是教什么，都必然的是太上校长。人家挣的比校长还多，权力也自然比校长大。校长若是跟日本要人有来往呢，教官就客气点；不然的话，教官可就不好伺候了！近来，我颇交了几个日本朋友。我是这么想，万一我的科长丢了，我还能——凭作过科长这点资格——来个校长作作，要作校长而不受日本教官的气，我得有日本朋友。这叫作有备无患，大哥你说是不是？”他眨巴着眼，等大哥夸赞他。

瑞宣还一声没出。

“噢，大哥，”老二的脑子被酒精催动的不住的乱转，“听说下学期各校的英文都要裁去，就是不完全裁，也得拨出一大半的时间给日文。你是教英文的，得乘早儿打个主意呀！其实，你教什么都行，只要你和日本教官说得来！我看哪，大哥，你别老一把死拿，老板着脸作事；这年月，那行不通！你也得活动着点，该应酬的应酬，该送礼的别怕花钱！日本人并不像你想的那么坏，只要你肯送礼，他们也怪和气的呢！”

瑞宣依旧没出声。

老二，心中有那点酒劲儿，没觉出哥哥的冷淡。把话说完，他觉得很够个作弟弟的样子，把好话都不取报酬的说给了大哥。他立了起来，推开门，叫：“大嫂！茶怎样了？劳驾给端到爷爷屋来吧！”他走向祁老人的屋子去。

瑞宣想起学校中的教官——山木——来。那是个五十多岁的矮子，长方脸，花白头发，戴着度数很深的近视镜。山木教官是个动物学家，他的著作——华北的禽鸟——是相当有名的。他不像瑞丰所说的那种教官那样，除了教日语，他老在屋里读书或制标本，几乎不过问校务。他的中国话说得很好，可是学生骂他，他只装作没有听见。学生有时候把黑板擦子放在门上，他一拉门便打在头上，他也不给学生们报告。这，引起瑞宣对他的注意，因为瑞宣听说别的学校里也有过同样的事情，而教官报告上去以后，宪兵便马上来捉捕学生，下在监牢里。瑞宣以为山木教官一定是个反对侵略，反对战争的学者。

可是，一件事便改变了瑞宣的看法。有一天，教员们都在休息室里，山木轻轻的走进来。向大家极客气的鞠了躬，他向教务主任说，他要对学生们训话，请诸位先生也去听一听。他的客气，使大家不好意思不去。学生全到了礼堂，他极严肃的上了讲台。他的眼很明，声音低而极有劲，身子一动也不动的，用中国话说：

“报告给你们的一件事，一件大事。我的儿子山木少尉在河南阵亡的了！这是我最大的，最大的，光荣！中国，日本，是兄弟之

邦；日本在中国作战不是要灭中国，而是要救中国。中国人不明白，日本人有见识，有勇气，敢为救中国而牺牲性命。我的儿子，唯一的儿子，死在中国，是最光荣的！我告诉你们，为是教你们知道，我的儿子是为你们死了的！我很爱我的儿子，可是我不敢落泪，一个日本人是不应当为英雄的殉职落泪的！”他的声音始终是那么低而有力，每个字都是控制住了的疯狂。他的眼始终是干的，没有一点泪意。他的唇是干的，缩紧的，像两片能开能闭的刀片儿。他的话，除了几个不大妥当的“的”字，差不多是极完美简劲的中国话——他的感情好像被一种什么最大的压力压紧，所以能把疯狂变为理智，而有系统的，有力量的，能用别国的言语说出来。说完，他定目看着下面，好像是极轻视那些人，极厌恶那些人。可是，他又向他们极深，极规矩的，鞠了躬。而后慢慢的走下台来。仰起脸，笑了笑，又看了看大家，他轻轻的，相当快的，走出去。

瑞宣很想独自去找山木，跟他谈一谈。他要告诉山木：“你的儿子根本不是为救中国而牺牲了的，你的儿子和几十万军队是来灭中国的！”他也想对山木说明白：“我没想到你，一个学者，也和别的日本人一样的胡涂！你们的胡涂使你们疯狂，你们只知道你们是最优秀的，理当作主人的民族，而不晓得没有任何一个民族甘心作你们的奴隶。中国的抗战就是要打明白了你们，教你们明白你们并不是主人的民族，而世界的和平是必定仗着民族的平等与自由的！”他还要告诉山木：“你以为你们已经征服了我们，其实，战争还没有结束，你们还不能证明是否战胜！你们的三月亡华论已经落了空，现在，你们想用汉奸帮助你们慢慢的灭亡中国；你们的方法变动了一点，而始终没有觉悟你们的愚蠢与错误。汉奸是没有多大用处的，他们会害了我们，也会害了你们！日本人亡不了中国，汉奸也亡不了中国，因为中国绝对不向你们屈膝，而中国人也绝不相信汉奸！你们须及早的觉悟，把疯狂就叫作疯狂，把错误就叫作错误，不要再把疯狂与错误叫作真理！”

可是，他在操场转了好几个圈子，把想好了的话都又咽回去。他觉得假若一个学者还疯狂到那个程度，别的没有什么知识的日本人就更可想而知了。即使他说服了一个山木，又有什么用处呢？况且，还不见得就能说服了他呢。

要想解决中日的问题，他看清楚，只有中国人把日本人打明白了。我们什么时候把“主人”打倒，他才会省悟，才会失去自信而另打好主意。说空话是没有用处的。对日本人，枪弹是最好的宣传品！

想到这里，他慢慢的走出校门。一路上，他还没停止住思索。他想：说服山木或者还是小事，更要紧的倒是怎样防止学生们不上日本教官的，与伪报纸的宣传的当。怎样才不教学生们上当呢？在讲堂上，他没法公开的对学生谈什么，他怀疑学生和教师里边会没有日本的侦探。况且，他是教英文的，他不能信口开河的忽然的说起文天祥史可法的故事，来提醒学生们。同时，假若他还是按照平常一样，除了教课，什么闲话也不说，他岂不是只为那点薪水而来上课，在拿钱之外，什么可以自慰自解的理由也没有了吗？他不能那么办，那太没有人味儿了！

今天，听到瑞丰的一片话，他都没往心里放。可是，他却听进去了：暑假后要裁减英文钟点。虽然老二别的话都无聊讨厌，这点消息可不能看成耳旁风。假若他的钟点真的被减去一半或多一半，他怎么活着呢？他立起来。他觉得应当马上出去走一走，不能再老这么因循着。他须另找事作。为家计，他不能一星期只教几个钟点的英文。为学生，他既没法子给他们什么有益的指导，他就该离开他们——这不勇敢，可是至少能心安一点。去到处奔走事情是他最怕的事。但是，今天，他决定要出去跑跑。

他走在院中，小顺儿和妞子正拉着瑞丰从祁老人屋里出来。

“爸！”小顺儿极高兴的叫。“我们看会去！”

“什么会？”瑞宣问。

“北平所有的会，高跷，狮子，大鼓，开路，五虎棍，多啦！多啦！今儿个都出来！”瑞丰替小顺儿回答。“本来新民会想照着二十年前那样办，教城隍爷出巡，各样的会随着沿路的耍。可是，咱们的城隍爷的神像太破旧了，没法儿往外抬，所以只在北海过会。这值得一看，多年没见的玩艺儿，今天都要露一露。日本人有个好处，他们喜欢咱们的旧玩艺儿！”

“爸，你也去！”小顺儿央求爸爸。

“我没工夫！”瑞宣极冷酷的说——当然不是对小顺儿。

他往外走，瑞丰和孩子们也跟出来。一出大门，他看见大赤包，高第，招弟，和胖菊子，都在槐荫下立着，似乎是等着瑞丰呢。她们都打扮得非常的妖艳，倒好像她们也是一种到北海去表演的什么“会”似的。瑞宣低下头，匆匆的走过去。他忽然觉得心里闹得慌，胃中一酸，吐了一口清水。山木与别的日本人的疯狂，他刚才想过，是必须教中国人给打明白的。可是，大赤包与瑞丰却另有一种疯狂，他们把屈膝与受辱看成享受。日本人教北平人吃不上粽子，而只给他们一些热闹看，他们也就扮得花花绿绿的去看！假若日本人到处遇到大赤包与瑞丰，他们便会永久疯狂下去！他真想走回去，扯瑞丰两个大嘴巴子。看了看自己的手，那么白软的一对手，他无可如何的笑了笑。他不会打人。他的教育与文化和瑞丰的原是一套，他和瑞丰的软弱只有程度上的差别而已！他和瑞丰都缺乏那种新民族的（像美国人）英武好动，说打就打，说笑就笑，敢为一件事（不论是为保护国家，还是为试验飞机或汽车的速度，）而去牺牲了性命。想到这里，他觉得即使自己的手不是那么白软，也不能去打瑞丰了；他和瑞丰原来差不多，他看不起瑞丰也不过是以五十步笑百步罢了。

更使他难过的是他现在须托人找事情作。他是个没有什么野心的人，向来不肯托人情，拉关系。朋友们求他作事，他永远尽力而为；他可是绝不拿帮助友人作本钱，而想从中生点利。作了几年的事，他觉得这种助人而不求人的作风使他永远有朋友，永远受友人的尊敬。今天，他可是被迫的无可奈何，必须去向友人说好话了。这教他非常的难过。侵略者的罪恶，他觉得，不仅是烧杀淫掠，而且也把一切人的脸皮都揭了走！

同时，他真舍不得那群学生。教书，有它的苦恼，但也有它的乐趣。及至教惯了书，即使不提什么教育神圣的话，一个人也不愿忽然离开那些可爱的青年的面孔，那些用自己的心血灌溉过的花草！再说，虽然他自己不敢对学生们谈论国事，可是至少他还是个正直的，明白的人。有他和学生在一处，至少他可以用一两句话纠正学生的错误，教他们要忍辱而不忘了复仇。脱离学校便是放弃这一点点责任！他难过！

况且，他所要恳求的是外国朋友呢。平日，他最讨厌“洋狗”——那种歪戴帽，手插在裤袋里，口中安着金牙，从牙缝中蹦出外国字的香烟公司的推销员，和领外国人逛颐和园的翻译。因此，他自己虽然教英文，而永远不在平常谈话的时候夹上英国字。他也永不穿西装。他不是个褊狭的国家主义者，他晓得西洋文明与文化中什么地方值得钦佩。他可是极讨厌那只戴上一条领带便自居洋狗的浅薄与无聊。他以为“狗仗人势”是最卑贱的。据他看，“洋狗”比瑞丰还更讨厌，因为瑞丰的无聊是纯粹中国式的，而洋狗则是双料的——他们一点也不晓得什么是西洋文化，而把中国人的好处完全丢掉。连瑞丰还会欣赏好的竹叶青酒，而洋狗必定要把汽水加在竹叶青里，才咂一咂嘴说：有点像洋酒了！在国家危亡的时候，洋狗是最可怕的人，他们平常就以为中国姓不如外国姓热闹悦耳，到投降的时候就必比外国人还厉害的来破坏自己的文化与文物。在邻居中，他最讨厌丁约翰。

可是，今天，他须往丁约翰出入的地方走。他也得去找“洋”事！

他晓得，被日本人占据了的北平，已经没有他作事的地方，假若他一定“不食周粟”的话。他又不能教一家老小饿死，而什么也不去作。那么，去找点与日本人没有关系的事作，实在没什么不可原谅自己的地方。可是，他到底觉得不是味儿。假若他有几亩田，或有一份手艺，他就不必为难的去奉养着老亲。可是，他是北平人。他须活下去，而唯一的生活方法是挣薪水。他几乎要恨自己为什么单单的生在北平了！

走到了西长安街，他看到一档子太狮少狮。会头打着杏黄色的三角旗，满头大汗的急走，像是很怕迟到了会场的样子。一眼，他看见了棚匠刘师傅。他的心里凉了一阵儿，刘师傅怎么也投降了呢？他晓得刘师傅的为人，不敢向前打招呼，他知道那必给刘师傅以极大的难堪。他自己反倒低下头去。他不想责备刘师傅，“凡是不肯舍了北平的，迟早都得舍了廉耻！”他和自己嘟囔。

他要去见的，是他最愿意看到的，也是他最怕看到的，人。

那是曾经在大学里教过他英文的一位英国人，富善先生。富善先生是个典型的英国人，对什么事，他总有他自己的意见，除非被人驳得体无完肤，他决不轻易的放弃自己的主张与看法。即使他的意见已经被人驳倒，他还要卷土重来找出稀奇古怪的话再辩论几回。他似乎拿辩论当作一种享受。他的话永远极锋利，极不客气，把人噎得出不来气。可是，人家若噎得他也出不来气，他也不发急。到他被人家堵在死角落的时候，他会把脖子憋得紫里蒿青的，连连的摇头。而后，他请那征服了他的人吃酒。他还是不服气，但是对打胜了的敌人表示出敬重。

他极自傲，因为他是英国人。不过，有人要先说英国怎样怎样的好，他便开始严厉的批评英国，仿佛英国自有史以来就没作过一件好事。及至对方也随着他批评英国了，他便改过来，替英国辩护，而英国自有史以来又似乎没有作错过任何一件事。不论他批评英国也罢，替英国辩护也罢，他的行为，气度，以至于一举一动，没有一点不是英国人的。

他已经在北平住过三十年。他爱北平，他的爱北平几乎等于他的爱英国。北平的一切，连北平的风沙与挑人粪的，在他看，也都是好的。他自然不便说北平比英国更好，但是当他有点酒意的时候，他会说出真话来："我的骨头应当埋在西山静宜园外面！"

对北平的风俗掌故，他比一般的北平人知道的还要多一些。北平人，住惯了北平，有时候就以为一切都平平无奇。他是外国人，他的眼睛不肯忽略任何东西。凡事他都细细的看，而后加以判断，慢慢的他变成了北平通。他自居为北平的主人，因为他知道一切。他最讨厌那些到北平旅行来的外国人："一星期的工夫，想看懂了北平？别白花了钱而且污辱了北平吧！"他带着点怒气说。

他的生平的大志是写一本《北平》。他天天整理稿子，而始终是“还差一点点！”他是英国人，所以在没作成一件事的时候，绝对不肯开口宣传出去。他不肯告诉人他要写出一本《北平》来，可是在遗嘱上，他已写好——杰作《北平》的著者。

英国人的好处与坏处都与他们的守旧有很大的关系。富善先生，既是英国人，当然守旧。他不单替英国守旧，也愿意为北平保守一切旧的东西。当他在城根或郊外散步的时候，若遇上一位提着鸟笼或手里揉着核桃的“遗民”，他就能和他一谈谈几个钟头。他，在这种时候，忘记了英国，忘记了莎士比亚，而只注意那个遗民，与遗民的鸟与核桃。从一个英国人的眼睛看，他似乎应当反对把鸟关在笼子里。但是，现在他忘了英国。他的眼睛变成了中国人的，而且是一个遗民的。他觉得中国有一整部特异的，独立的，文化，而养鸟是其中的一部分。他忘了鸟的苦痛，而只看见了北平人的文化。

因此，他最讨厌新的中国人。新的中国人要革命，要改革，要脱去大衫而穿上短衣，要使女子不再缠足，要放出关在笼子中的画眉与八哥。他以为这都是消灭与破坏那整套的文化，都该马上禁止。凭良心说，他没有意思教中国人停在一汪儿死水里。可是，他怕中国人因改革而丢失了已被他写下来的那个北平。他会拿出他收藏着的三十年前的木版年画，质问北平人：“你看看，是三十年前的东西好，还是现在的石印的好？看看颜色，看看眉眼，看看条线，看看纸张，你们哪样比得上三十年前的出品！你们已忘了什么叫美，什么叫文化！你们要改动，想要由老虎变成猫！”

同年画儿一样，他存着许多三十年前的东西，包括着鸦片烟具，小脚鞋，花翎，朝珠。“是的，吸鸦片是不对的，可是你看看，细看看，这烟枪作的有多么美，多么精致！”他得意的这样说。

当他初来到北平，他便在使馆——就是丁约翰口中的英国府——作事。因为他喜爱北平，所以他想娶一个北平姑娘作太太。那时候，他知道的北平事情还不多，所以急于知道一切，而想假若和中国人联了姻，他就能一下子明白多少多少事情。可是，他的上司警告了他：“你是外交官，你得留点神！”他不肯接受那个警告，而真的找到了一位他所喜爱的北平小姐。他知道，假若他真娶了她，他必须辞职——把官职辞掉，等于毁坏了自己的前途。可是，他不管明天，而决定去完成他的“东方的好梦”。不幸，那位小姐得了个暴病儿，死去。他非常的伤心。虽然这可以保留住他的职位，可是他到底辞了职。他以为只有这样才能对得住死者——虽然没结婚，我可是还辞了职。在他心情不好的时候，他常常的嘟囔着：“东方是东方，西方是西方，”而加上：“我想作东方人都不成功！”辞职以后，他便在中国学校里教教书，或在外国商店里临时帮帮忙。他有本事，而且生活又非常的简单，所以收入虽不多，而很够他自己花的。他租下来东南城角一个老宅院的一所小花园和三间房。他把三间房里的墙壁挂满了中国画，中国字，和五光十色的中国的小玩艺，还求一位中国学者给他写了一块匾——“小琉璃厂”。院里，他养着几盆金鱼，几笼小鸟，和不少花草。一进门，他盖了一间门房，找来一个曾经伺候过光绪皇帝的太监给他看门。每逢过节过年的时候，他必教太监戴上红缨帽，给他作饺子吃。他过圣诞节，复活节，也过五月节和中秋节。“人人都像我这样，一年岂不多几次享受么？”他笑着对太监说。

他没有再恋爱，也不想结婚，朋友们每逢对他提起婚姻的事，他总是摇摇头，说：“老和尚看嫁妆，下辈子见了！”他学会许多北平的俏皮话与歇后语，而时常的用得很恰当。

当英国大使馆迁往南京的时候，他又回了使馆作事。他要求大使把他留在北平。这时候，他已是六十开外的人了。

他教过，而且喜欢，瑞宣，原因是瑞宣的安详文雅，据他看，是有点像三十年前的中国人。瑞宣曾帮助他搜集那或者永远不能完成的杰作的材料，也帮助他翻译些他所要引用的中国诗歌与文章。瑞宣的英文好，中文也不错。和瑞宣在一块儿工作，他感到愉快。虽然二人也时常的因意见不同而激烈的彼此驳辩，可是他既来自国会之母的英国，而瑞宣又轻易不红脸，所以他们的感情并不因此而受到损伤。在北平陷落的时候，富善先生便派人给瑞宣送来信。信中，他把日本人的侵略比之于欧洲黑暗时代北方野蛮人的侵袭罗马；他说他已有两三天没正经吃饭。信的末了，他告诉瑞宣："有什么困难，都请找我来，我一定尽我力之所能及的帮助你。我在中国住了三十年，我学会了一点东方人怎样交友与相助!"

瑞宣回答了一封极客气的信，可是没有找富善先生去。他怕富善老人责难中国人。他想象得到老人会一方面诅咒日本人的侵略，而一方面也会责备中国人的不能保卫北平。

今天，他可是非去不可了。他准知道老人会帮他的忙，可也知道老人必定会痛痛快快的发一顿牢骚，使他难堪。他只好硬着头皮去碰一碰。无论怎么说，吃老人的闲话是比伸手接日本人的钱要好受的多的。

果然不出他所料，富善先生劈头就责备了中国人一刻钟。不错，他没有骂瑞宣个人，可是瑞宣不能因为自己没挨骂而不给中国人辩护。同时，他是来求老人帮忙，可也不能因此而不反驳老人。

富善先生的个子不很高，长脸，尖鼻子，灰蓝色的眼珠深深的藏在眼窝里。他的腰背还都很直，可是头上稀疏的头发已差不多都白了。他的脖子很长，而且有点毛病——每逢话说多了，便似堵住了气的伸一伸脖子，很像公鸡要打鸣儿似的。

瑞宣看出来，老人的确是为北平动了心，他的白发比去年又增加了许多根，而且说话的时候不住的伸脖子。虽然如此，他可是不便在意见上故意的退让。他不能为挣钱吃饭，而先接受了老人的斥责。他必须告诉明白了老人：中国还没有亡，中日的战争还没有结束，请老人不要太快的下断语。

辩论了有半个多钟头，老人才想起来："糟糕！只顾了说话儿，忘了中国规矩！"他赶紧按铃叫人拿茶来。

送茶来的是丁约翰。看瑞宣平起平坐和富善先生谈话，约翰的惊异是难以形容的。

喝了一口茶，老人自动的停了战。他没法儿驳倒瑞宣，也不能随便的放弃了自己的意见，只好等有机会另开一次舌战。他知道瑞宣必定有别的事来找他，他不应当专说闲话。他笑了笑，用他的稍微有点结巴，而不算不顺利的中国话说："怎样？找我有事吧？先说正经事吧！"

瑞宣说明了来意。

老人伸了好几下脖子，告诉瑞宣："你上这里来吧，我找不到个好助手；你来，我们在一块儿工作，一定彼此都能满意！你看，那些老派的中国人，英文不行啊，可是中文总靠得住。现在的中国大学毕业生，英文不行，中文也不行——你老为新中国人辩护，我说的这一点，连你也没法反对吧？"

"当一个国家由旧变新的时候，自然不能一步就迈到天堂去！"瑞宣笑着说。

“哦?”老人急忙吞了一口茶。“你又来了！北平可已经丢了，你们还变？变什么?”

“丢了再夺回来!”

“算了！算了！我完全不相信你的话，可是我佩服你的信念坚定！好啦，今天不再谈，以后咱们有的是机会开辩论会。下星期一，你来办公，把你的履历给我写下来，中文的和英文的。”

瑞宣写完，老人收在衣袋里。“好不好喝一杯去？今天是五月节呀!”

# 三十九

由东城往回走，瑞宣一路上心中不是味儿。由挣钱养家上说，他应当至少也感到可以松一口气了；可是从作“洋”事上说，尽管他与丁约翰不同，也多少有点别扭。往最好里讲，他放弃了那群学生，而去帮助外国人作事，也是一种逃避。他觉得自己是在国家最需要他的时候，作出最对不起国家的事！他低着头，慢慢的走。他没脸看街上的人，尽管街上走着许多胡胡涂涂去到北海看热闹的人。他自己不胡涂，可是他给国家作了什么呢？他逃避了责任。

可是，他又不能否认这个机会的确解决了眼前的困难——一家大小暂时可以不挨饿。他没法把事情作得连一点缺陷也没有，北平已经不是中国人的北平，北平人也已经不再是可以完全照着自己的意思活着的人。他似乎应当庆祝自己的既没完全被日本人捉住，而又找到了一个稍微足以自慰自解的隙缝。这样一想，他又抬起头来。他想应当给老人们买回一点应节的点心去，讨他们一点喜欢。他笑自己只会这么婆婆妈妈的作孝子，可是这到底是一点合理的行动，至少也比老愁眉不展的，招老人们揪心强一点！他在西单牌楼一家饽饽铺买了二十块五毒饼。

这是一家老铺子，门外还悬着“满汉饽饽”，“进贡细点”等等的金字红牌子。铺子里面，极干净，极雅致的，只有几口大朱红木箱，装着各色点心。墙上没有别的东西，只有已经黄暗了的大幅壁画，画的是《三国》与《红楼梦》中的故事。瑞宣爱这种铺子，屋中充满了温柔的糖与蛋糕，还有微微的一点奶油的气味，使人闻着心里舒服安静。屋中的光线相当的暗，可是刚一走近柜台，就有头永远剃的顶光，脸永远洗得极亮的店伙，安静的，含笑的，迎了上来，用极温和的低声问：“您买什么？”

这里没有油饰得花花绿绿的玻璃柜，没有颜色刺目的罐头与纸盒，没有一边开着玩笑一边作生意的店伙，没有五光十色的“大减价”与“二周年纪念”的纸条子。这里有的是字号，规矩，雅洁，与货真价实。这是真正北平的铺店，充分和北平的文化相配备。可是，这种铺子已慢慢的灭绝，全城只剩了四五家，而这四五家也将要改成“稻香村”，把点心，火腿，与茶叶放在一处出售；否则自取灭亡。随着它灭亡的是规矩，诚实，那群有真正手艺的匠人，与最有礼貌的店伙。

瑞宣问了好几种点心，店伙都抱歉的回答“没有”。店伙的理由是，材料买不到，而且预备了也没有人买。应时的点心只有五毒饼，因为它卖不出去还可以揉碎了作“缸炉”——一种最易消化的，给产妇吃的点心。瑞宣明知五毒饼并不好吃，可只好买了二十块，他知道明年也许连五毒饼这个名词都要随着北平的灭亡而消灭的！

出了店门，他跟自己说：“明年端阳也许必须吃日本点心了！连我不也作了洋事吗？礼貌，规矩，诚实，文雅，都须灭亡，假若我们不敢拚命去保卫它们的话！”

快到家了，他遇见了棚匠刘师傅。刘师傅的脸忽然的红起来。瑞宣倒觉得怪难为情的，说什么也不好，不说什么也不好。刘师傅本已低下头去，可又赶紧抬起来，决定把话说明白，他是心中藏不住话的人。“祁先生，我到北海去了，可是没有给他们要玩艺，我本来连去也不肯去，可是会头把我的名字报上去了，我要不去，就得惹点是非！你说我怎么办？我只好应了个卯，可没要玩艺儿！我……”他的心中似乎很乱，不知道再说什么才好，他的确恨日本人，绝不肯去给日本人要狮子，可是他又没法违抗会头的命令，因为一违抗，他也许会吃点亏。他要教瑞宣明白他的困难，而依旧尊敬他。他明知自己丢了脸，而还要求原谅。他也知道，这次他到了场而没有表演，大概下一次他就非下场不可了，他怎么办呢？他晓得“既在矮檐下，怎敢不低头”的道理，可是他豪横了一生，难道，就真把以前的光荣一笔抹去，而甘心向敌人低头吗？不低头吧，日本人也许会给他点颜色看看。他只有一点武艺，而日本人有机关枪！

瑞宣想象得到刘师傅心中的难过与忧虑，可是也找不到什么合适的话来说。他曾经问过刘师傅，凭他的武艺，为什么不离开北平。刘师傅那时候既没能走开，现在还有什么话好讲呢？他想说：“不走，就得把脸皮揭下来，扔在粪坑里！”可是，这又太不像安慰邻居——而且是位好邻居——的话。他也不能再劝刘师傅逃走，刘师傅若是没有困难，他相信，一定会不等劝告就离开北平的。既有困难，而他又不能帮助解决，光说些空话有什么用处呢？他的嘴唇动了几动，而找不到话说。他虽没被日本人捉去拷打，可是他已感到自己的心是上了刑。

这会儿，程长顺由门里跑出来，他楞头磕脑的，不管好歹的，开口就是一句："刘师傅！听说你也要狮子去啦？"

刘师傅没还出话来，憋得眼睛里冒了火。他不能计较一个小孩子，可是又没法不动怒，他瞪着长顺，像要一眼把他瞪死似的。

长顺害了怕，他晓得自己说错了话。他没再说什么，慢慢的退回门里去。

"真他妈的！"刘师傅无聊的骂了这么一句，而后补上："再见！"扭头就走开。

瑞宣独自楞了一会儿，也慢慢的走进家门。他不知道怎样判断刘师傅与程长顺才好。论心地，他们都是有点血性的人。论处境，他们与他都差不多一样。他没法夸赞他们，也不好意思责备他们。他们与他好像是专为在北平等着受灵魂的凌迟而生下来的。北平是他们生身之地，也是他们的坟地——也许教日本人把他们活埋了！

不过，他的五毒饼可成了功。祁老人不想吃，可是脸上有了笑容。在他的七十多年的记忆里，每一件事和每一季节都有一组卡片，记载着一套东西与办法。在他的端阳节那组卡片中，五毒饼正和中秋的月饼与年节的年糕一样，是用红字写着的。他不一定想吃它们，但是愿意看到它们，好与脑中的卡片对证一下，而后觉得世界还没有变动，可以放了心。今年端阳，他没看见樱桃，桑葚，粽子，与神符。他没说什么，而心中的卡片却七上八下的出现，使他不安。现在，至少他看见一样东西，而且是用红字写着的一样东西，他觉得端阳节有了着落，连日本人也没能消灭了它。他赶紧拿了两块分给了小顺儿与妞子。

小顺儿和妞子都用双手捧着那块点心，小妞子乐得直吸气。小顺儿已经咬了一口，才问："这是五毒饼呀！有毒啊？"

老人叹着气笑了笑："上边的蝎子，蜈蚣，都是模子磕出来的，没有毒！"

瑞宣在一旁看着，起初是可怜孩子们——自从北平陷落，孩子们什么也吃不到。待了一会儿，他忽然悟出一点道理来："怪不得有人作汉奸呢，好吃好喝到底是人生的基本享受呀！有好吃的，小孩子便笑得和小天使一般可爱了！"他看着小顺儿，点了点头。

"爸！"小顺儿从点心中挪动着舌头："你干吗直点头呀？"

小妞子怕大人说她专顾了吃，也莫名其妙的问了声："点头？"

瑞宣惨笑了一下，不愿回答什么。假若他要回答，他必定是说："可是，我不能为孩子们的笑容而出卖了灵魂！"

他不像老二那么心中存不住事。他不想马上告诉家中，他已找到了新的位置。假若在太平年月，他一定很高兴得到那个位置，因为既可以多挣一点钱，又可以天天有说英语的机会，还可以看到外国书籍杂志，和听外国语的广播。现在，他还看见了这些便利，可是高兴不起来。他总觉得放弃了那群学生是件不勇敢不义气，和逃避责任的事。假若一告诉家中，他猜得到，大家必定非常的欢喜，而大家的欢喜就会更增多他的惭愧与苦痛。

但是，看到几块点心会招出老的小的那么多的笑容，他压不住自己的舌头了。他必须告诉他们，使大家更高兴一点。

他把事情说了出来。果然，老人与韵梅的喜悦正如同他猜想到的那么多。三言五语之间，消息便传到了南屋。妈妈兴奋得立刻走过来，一答一和的跟老公公提起她怎样在老大初作事挣钱的那一天，她一夜没能闭眼，和怎样在老二要去作事的时候，她连夜给他赶作一双黑绒的布底鞋，可是鞋已作好，老二竟自去买了双皮鞋，使她难受了两三天。

儿媳妇的话给了老公公一些灵感，祁老人的话语也开了闸。他提起天佑壮年时候的事，使大家好像听着老年的故事，而忘了天佑是还活着的人。他所讲的连天佑太太还有不知道的，这使老人非常的得意，不管故事的本身有趣与否，它的年代已足使儿媳妇的陈谷子烂芝麻减色不少。

韵梅比别人都更欢喜。几个月来，为了一家大小的吃穿，她已受了不知多少苦处。现在可好了，丈夫有了洋事。她一眼看到还没有到手的洋钱，而洋钱是可以使她不必再揪心缸里的米与孩子脚上的鞋袜的。她不必再骂日本人。日本人即使还继续占据着北平，也与她无关了！听着老人与婆婆“讲古”，她本来也有些生儿养女的经验，也值得一说，可是她没敢开口，因为假若两位老亲讲的是古树，她的那点经验也不过是一点刚长出的绿苗儿。她想，丈夫既有了可靠的收入，一家人就能和和气气的过日子，等再过二三十年，她便也可以安坐在炕上，对儿女们讲古了。

瑞宣听着看着，心中难过，而不敢躲开。看着，听着是他的责任！看别人发笑，他还得陪着笑一下，或点点头。他想起山木教官。假若山木死了爱子也不能落泪，他自己就必须在城已亡的时候还陪着老人们发笑。全民族的好战狂使山木像铁石那样无情，全民族的传统的孝悌之道使他自己过分的多情——甚至于可以不管国家的危亡！他没法一狠心把人伦中的情义斩断，可是也知道家庭之累使他，或者还有许多人，耽误了报国的大事！他难过，可是没有矫正自己的办法；一个手指怎能拨转得动几千年的文化呢？

好容易二位老人把话说到了一个段落，瑞宣以为可以躲到自己屋里休息一会了。可是祁老人要上街去看看，为是给儿子天佑送个信，教儿子也喜欢喜欢。小顺儿与妞子也都要去，而韵梅一劲儿说老人招呼不了两个淘气精。瑞宣只好陪了去。他问小顺儿：

“你们不是刚刚上过北海吗？”意思是教孩子们不必跟去了。

“还说呢！”韵梅答了话：“刚才都哭了一大阵啦！二爷愿意带着他们，胖婶儿嫌麻烦，不准他们去，你看两个小人儿这个哭哇！”

瑞宣又没了话，带孩子们出去也是一种责任！

幸而，老少刚一出门，遇上了小崔。瑞宣实在不愿再走一趟，于是把老人和孩子交给了小崔：“崔爷，你拉爷爷去好不好？上铺子。越慢走越好！小顺儿，妞子，你们好好的坐着，不准乱闹！崔爷，要没有别的买卖，就再拉他们回来。”

小崔点了头。瑞宣把爷爷搀上车；小崔把孩子们抱了上去，而后说说笑笑的拉了走。

瑞宣松了一口气。

老太太在枣树下面，看树上刚刚结成的像嫩豌豆的小绿枣儿呢。瑞宣由门外回来，看到母亲在树下，他觉得很新奇。枣树的叶子放着浅绿的光，老太太的脸上非常的黄，非常的静，他好像是看见了一幅什么静美而又动心的画图，他想起往日的母亲。拿他十岁时或二十岁时的母亲和现在的母亲一比，他好像不认识她了。他楞住，呆呆的看着她。她慢慢的从小绿枣子上收回眼光，看了看他。她的眼深深的陷在眶儿里，眼珠有点瘪而痴呆，可是依然露出仁慈与温柔——她的眼睛改了样儿，而神韵还没有变，她还是母亲。瑞宣忽然感到心中有点发热，他恨不能过去拉住她的手，叫一声妈，把她的仁慈与温柔都叫出来，也把她的十年前或二十年前的眼睛与一切都叫回来。假若那么叫出一声妈来，他想自己必定会像小顺儿与妞子那样天真，把心中的委屈全一股脑儿倾泻出来，使心中痛快一回！可是，他没有叫出来，他的三十多岁的嘴已经不会天真的叫妈了。

“瑞宣！”妈妈轻轻的叫，“你来，我跟你说几句话儿！”她的声音是那么温柔，好像有一点央求他的意思。

他极亲热的答应了一声。他不能拒绝妈妈的央求。他知道老二老三都不在家，妈妈一定觉得十分寂寞。他很惭愧自己为什么早没想到这一点，而多给母亲一点温暖与安慰。他随着妈妈进了南屋。

“老大！”妈妈坐在炕沿上，带着点不十分自然的笑容说：“你找到了事，可是我看你并不怎么高兴，是不是？”

“嗯——”老大为了难，不知怎样回答好。

“说实话，跟我还不说实话吗？”

“对啦，妈！我是不很高兴！”

“为什么？”老太太又笑了笑，仿佛是表示，无论儿子怎样回答，她是不会生气的。

老大晓得不必说假话了。“妈，我为了家就为不了国，为了国就为不了家！几个月来，我为了这个就老不高兴，现在还是不高兴，将来我想我也不会高兴。我觉得国家遇到这么大的事，而我没有去参加，真是个——是个——”他想不出恰当的字来，而半羞半无聊的笑了一下。

老太太楞了半天，而后点了点头：“我明白！我和祖父连累了你！”

“我自己还有老婆儿女！他们也得仗着我活着！”

“是不是有人常嘲笑你？说你胆小无能？”

“没有！我的良心时时刻刻的嘲笑我！”

“嗯！我，我恨我还不死，老教你吃累！”

“妈!”

“我看出来了，日本鬼子是一时半会儿不会离开北平的。有他们在这儿，你永远不会高兴！我天天扒着玻璃瞅着你，你是我的大儿子，你不高兴，我心里也不会好受!”

瑞宣半天没说出话来。在屋中走了两步，他无聊的笑了一下：“妈，你放心吧！我慢慢的就高兴了!”

“你?”妈妈也笑了一下。“我明白你!”

瑞宣的心疼了一下，什么也说不来了。

妈妈也不再出声。

最后，瑞宣搭讪着说了声：“妈，你躺会儿吧！我去写封信!”他极困难的走了出来。

回到自己屋中，他不愿再想妈妈的话，因为想到什么时候也总是那句话，永远没有解决的办法。他只会敷衍环境，而不会创造新的局面，他觉得他的生命是白白的糟塌了。

他的确想写信，给学校写信辞职。到了自己屋中，他急忙的就拿起笔来。他愿意换一换心思，好把母亲的话忘了。可是，拿着笔，他写不下去。他想应当到学校去，和学生们再见一面。他应当嘱告学生们：能走的，走，离开北平！不能走的，要好好的读书，储蓄知识；中国是亡不了的，你们必须储蓄知识，将来好为国家尽力。你们不要故意的招惹日本人，也不要甘心作他们的走狗；你们须忍耐，坚强的沉毅的忍耐，心中永别忘了复仇雪耻!

他把这一段话翻来覆去的说了多少遍。他觉得只有这么交代一下，他才可以赎回一点放弃了学生的罪过。可是，他怎样去说呢？假若他敢在讲堂上公开的说，他马上必被捕。他晓得各学校里都有人被捕过。明哲保身在这危乱的时代并不见得就是智慧，可是一旦他被捉去，祖父和母亲就一定会愁死。他放下笔，在屋中来回的走。是的，现在日本人还没捉了他去，没给他上刑，可是他的口，手，甚至于心灵，已经全上了锁镣！走了半天，他又坐下，拿起笔来，写了封极简单的信给校长。写完，封好，贴上邮票，他小跑着把它投在街上的邮筒里。他怕稍迟疑一下，便因后悔没有向学生们当面告别，而不愿发出那封信去。

快到吃晚饭的时候，小崔把老少三口儿拉了回来。天气相当的热，又加上兴奋，小顺儿和妞子的小脸上全都红着，红得发着光。祁老人脸上虽然没发红，可是小眼睛里窝藏着不少的快活。他告诉韵梅："街上看着好像什么事也没有了，大概日本人也不会再闹到哪里去吧?"希望在哪里，错误便也在哪里。老人只盼着太平，所以看了街上的光景就认为平安无事了。

小崔把瑞宣叫到大槐树底下，低声的说："祁先生，你猜我遇见谁了?"

"谁?"

"钱先生!"

"钱——"瑞宣一把抓住小崔的胳臂，把他扯到了门内；关上门，他又重了一声："钱先生?"

小崔点了点头。"我在布铺的对面小茶馆里等着老人家。刚沏上茶，我一眼看到了他！他的一条腿走路有点不方便，走得很慢。进了茶馆，屋里暗，外面亮，他定了定神，好像看不清哪里有茶桌的样子。"

"他穿着什么?"瑞宣把声音放得很低的问；他的心可是跳得很快。

"一身很脏的白布裤褂！光着脚，似乎是穿着，又像是拖着，一双又脏又破的布鞋！”

“噢！”瑞宣一想就想到，钱诗人已经不再穿大褂了；一个北平人敢放弃了大褂，才敢去干真事！“他胖了还是瘦了？”

“很瘦！那可也许是头发欺的[①]。他的头发好像有好几个月没理过了！头发一长，脸不是就显着小了吗？”

“有了白的没有？”

小崔想了想：“有！有！他的眼可是很亮。平日他一说话，眼里不是老那么泪汪汪的，笑不唧儿的吗？现在，他还是那么笑不唧儿的，可是不泪汪汪的了。他的眼很亮，很干，他一看我，我就觉得不大得劲儿！”

“没问他在哪儿住？”

“问了，他笑了笑，不说！我问他好多事，在哪儿住呀？干什么呀？金三爷好呀？他都不答腔！他跟我坐在了一块，要了一碗白开水。喝了口水，他的嘴就开了闸。他的声音很低，其实那会儿茶馆里并没有几个人。”

“他告诉了你什么？”

“有好多话，因为他的声音低，又没有了门牙，我简直没有听明白。我可听明白了一件，他教我走！”

“上哪儿？”

“当兵去！”

“你怎么说？”

“我？”小崔的脸红了。“你看，祁先生，我刚刚找到了个事，怎能走呢？”

“什么事？”

---

①头发欺的，形容头发太长面庞显得消瘦，没精神。

“你们二爷教我给他拉包月去！既是熟人儿，又可以少受点累，我不愿意走！”

“你可是还恨日本人?”

“当然喽！我告诉了钱先生，我刚刚有了事，不能走，等把事情搁下了再说?”

“他怎么说?”

“他说？等你把命丢了，可就晚了!”

“他生了气?”

“没有！他教我再想一想!”像唯恐瑞宣再往下钉他似的，他赶紧的接着说：“他还给了我一张神符!”他从衣袋中掏出来一张黄纸红字的五雷神符。“我不知道给我这个干吗？五月节贴神符，不是到晌午就揭下来吗？现在天已经快黑了!”

瑞宣把神符接过来，打开，看了看正面，而后又翻过来，看看背面，除了红色印的五雷诀与张天师的印，他看不到别的。“崔爷，把它给我吧?”

“拿着吧，祁先生！我走啦！车钱已经给了。”说完，他开开门，走出去，好像有点怕瑞宣再问他什么的样子。

掌灯后，他拿起那张神符细细的看，在背面，他看见了一些字。那些字也是红的，写在神符透过来的红色上；不留神看，那只是一些红的点子与道子，比透过来的红色重一些。就近了灯光，他细细的看，他发现了一首新诗：

“用滴着血的喉舌，
我向你们恳求：
离开那没有国旗的家门吧，
别再恋恋不舍!

国家在呼唤你们，
像慈母呼唤她的儿女！
去吧，脱去你们的长衫，
长衫会使你们跌倒——
跌入了坟墓！
在今天，你们的礼服应当是军装，
你们的国土不是已经变成战场？
离开这已经死去的北平，
你们才会凯旋；
留在这里是陪伴着棺木！
抵抗与流血是你们的，
最光荣的徽章，
为了生存，你们须把它挂在胸上！
要不然，你们一样的会死亡，
死亡在耻辱与饥寒上！
走吧，我向你们央告！
多走一个便少一个奴隶，
多走一个便多添一个战士！
走吧，国家在呼唤你，
国——家——在——呼——唤——你！”

看完，瑞宣的手心上出了汗。真的，这不是一首好的诗，可是其中的每一个字都像个极锋利的针，刺着他的心！他就是不肯脱去长衫，而甘心陪伴着棺木的，无耻的，人！

那不是一首好诗，可是他没法把它放下。不大一会儿，他已把它念熟。念熟又怎样呢？他的脸上发了热。

“小顺儿，叫爸爸吃饭!”韵梅的声音。

“爸！吃饭!”小顺儿尖锐的叫。

瑞宣浑身颤了一下，把神符塞在衣袋里。

# 四十

瑞宣一夜没有睡好。天相当的热，一点风没有，像憋着暴雨似的。躺在床上，他闭不上眼。在黑暗中，他还看见钱老人的新诗，像一群小的金星在空中跳动。他决定第二天到小崔所说的茶馆去，去等候钱诗人，那放弃了大褂与旧诗的钱诗人。他一向钦佩钱先生，现在，他看钱先生简直的像钉在十字架上的耶稣。真的，耶稣并没有怎么特别的关心国事与民族的解放，而只关切着人们的灵魂。可是，在敢负起十字架的勇敢上说，钱先生却的确值得崇拜。不错，钱先生也许只看到了眼前，而没看到“永生”，可是没有今天的牺牲与流血，又怎能谈到民族的永生呢？

他知道钱先生必定会再被捕，再受刑。但是他也想象得到钱先生必会是很快乐——甘心被捕，甘心受刑，只要有一口气，就和敌人争斗！这是个使人心中快活的决定，钱先生找到了这个决定，眼前只有一条道儿，不必瞻前顾后的，徘徊歧路；钱先生有了“信心”，也就必定快活！

他自己呢？没有决定，没有信心，没有可以一直走下去的道路！他或者永远不会被捕，不会受刑，可是也永远没有快乐！他的

“心”受着苦刑！他切盼看到钱先生，畅谈一回。

自从钱先生离开小羊圈，瑞宣就以为他必定离开了北平。他没想到钱先生会还在敌人的鼻子底下作反抗的工作。是的，他想得到钱先生的腿不甚便利，不能远行。可是，假若老先生没有把血流在北平的决心，就是腿掉了一条也还会逃出去的。老人是故意要在北平活动，和流尽他的血。这样想清楚，他就更愿意看到老人。见到老人，他以为，他应当先给他磕三个头！老人所表现的不只是一点点报私仇的决心，而是替一部文化史作正面的证据。钱先生是地道的中国人，而地道的中国人，带着他的诗歌，礼义，图画，道德，是会为一个信念而杀身成仁的。蓝东阳，瑞丰，与冠晓荷，没有钱先生的那样的学识与修养，而只知道中国饭好吃，所以他们只看见了饭，而忘了别的一切。文化是应当用筛子筛一下的，筛了以后，就可以看见下面的是土与渣滓，而剩下的是几块真金。钱诗人是金子，蓝东阳们是土。

想到这里，瑞宣的心中清楚了一点，也轻松了一点。他看到了真正中国的文化的真实力量，因为他看见一块金子。不，不，他决定不想复古。他只是从钱老人身上看到了不必再怀疑中国文化的证据。有了这个证据，中国人才能自信。有了自信，才能再进一步去改善——一棵松树修直了才能成为栋梁，一株臭椿，修直了又有什么用呢？他一向自居为新中国人，而且常常和富善先生辩论中国人应走的道路——他主张必定铲除了旧的，树立新的。今天他才看清楚，旧的，像钱先生所有的那一套旧的，正是一种可以革新的基础。反之，若把瑞丰改变一下，他至多也不过改穿上洋服，像条洋狗而已。有根基的可以改造，一片荒沙改来改去还是一片荒沙！

他愿把这一点道理说给钱先生听。他切盼明天可以见到钱先生。

可是，当他次日刚刚要出去的时候，他被堵在了院中。

丁约翰提着两瓶啤酒，必恭必敬的挡住了瑞宣的去路。约翰的虔敬与谦卑大概足以感动了上帝。“祁先生，”他鞠了个短，硬，而十分恭敬的躬，“我特意的请了半天的假，来给先生道喜！”

瑞宣从心里讨厌约翰，他以为约翰是百年来国耻史的活证据——被外国人打怕，而以媚外为荣！他楞在了那里，不晓得怎样应付约翰才好。他不愿把客人让进屋里去，他的屋子与茶水是招待李四爷，小崔，与孙七爷的；而不愿教一位活的国耻玷污了他的椅凳与茶杯。

丁约翰低着头，上眼皮挑起，偷偷的看瑞宣。他看出瑞宣的冷淡，而一点没觉得奇怪，他以为瑞宣既能和富善先生平起平坐，那就差不多等于和上帝呼兄唤弟；他是不敢和上帝的朋友闹气的。“祁先生，您要是忙，我就不进屋里去了！我给您拿来两瓶啤酒，小意思，小意思！”

“不！”瑞宣好容易才找到了声音。“不！我向来不收礼物！”

丁约翰吞着声说：“祁先生！以后诸事还都得求您照应呢！我理当孝敬您一点小——小意思！”

“我告诉你吧，”瑞宣的轻易不红的脸红起来，“我要是能找到别的事，我决不吃这口洋饭，这没有什么可喜的，我倒真的应当哭一场，你明白我的意思？”

丁约翰没明白瑞宣的意思，他没法儿明白。他只能想到瑞宣是个最古怪的人，有了洋事而要哭！“您看！您看！”他找不到话说了。

“谢谢你！你拿走吧！”瑞宣心中很难受，他对人没有这样不客气过。

约翰无可如何的打了转身。瑞宣也往外走。

“不送！那不敢当！不敢当！”约翰横拦着瑞宣。瑞宣也不好意思说：“不是送你，我是要出门。”瑞宣只好停住了脚，立在院里。

立了有两分钟，瑞宣又往外走。迎头碰到了刘师傅。刘师傅的脸板得很紧，眉皱着一点。“祁先生，你要出去？我有两句要紧的话跟你讲！”他的口气表示出来，不论瑞宣有什么要紧的事，也得先听他说话。

瑞宣把他让进屋里来。

刚坐下，刘师傅就开了口，他的话好像是早已挤在嘴边上的。“祁先生，我有件为难的事！昨天我不是上北海去了吗？虽然我没给他们要玩艺，我心里可是很不好过！你知道，我们外场人都最讲脸面；昨天我姓刘的可丢了人！程长顺——我知道他是小孩子，说话不懂得轻重——昨天那一问，我恨不能当时找个地缝钻了进去！昨天我连晚饭都没吃好，难过！晚饭后，我出去散散闷气，我碰见了钱先生！”

“在哪儿？”瑞宣的眼亮起来。

“就在那边的空场里！”刘师傅说得很快，仿佛很不满意瑞宣的打岔。“他好像刚从牛宅出来。”

“从牛宅？”

刘师傅没管瑞宣的发问，一直说了下去：“一看见我他就问我干什么呢。没等我回答，他就说，你为什么不走呢？又没等我开口，他说：北平已经是块绝地，城里边只有鬼，出了城才有人！我不十分明白他的话，可是大概的猜出一点意思来。我告诉了他我自己的难处，我家里有个老婆。他笑了笑，教我看看他，他说：我不单有老婆，还有儿子呢！现在，老婆和儿子哪儿去了呢？怕死的必死，不怕死的也许能活，他说。末了，他告诉我，你去看看祁先生，看他能帮助你不能。说完，他就往西廊下走了去。走出两步，他回过头来说：问祁家的人好！祁先生，我溜溜的①想了一夜，想起这么主意：我决定走！可是家里必定得一月有六块钱！按现在的米面行市说，她有六块钱就足够给房钱和吃窝窝头的。以后东西也许都涨价钱，谁知道！祁先生，你要是能够每月接济她六块钱，我马上就走！还有，等到东西都贵了的时候，你可以教她过来帮祁太太的忙，只给她两顿饭吃就行了！这可都是我想出来的，你愿意不愿意，可千万别客气！”刘师傅喘了口气。“我愿意走，在这里，我早晚得憋闷死！出城进城，我老得给日本兵鞠躬，没事儿还要找我去要狮子，我受不了！”

瑞宣想了一会儿，笑了笑：“刘师傅，我愿意那么办！我刚刚找到了个事情，一月六块钱也许还不至于太教我为难！不过，将来怎样，我可不能说准了！”

刘师傅立起来，吐了一大口气。“以后的事，以后再说吧！只要现在我准知道你肯帮忙，我走着就放心了！祁先生，我不会说什么，你是我的恩人！”他作了个扯天扯地的大揖。

“就这么办啦！只要薪水下来，我就教小顺儿的妈把钱送过去！”

“我们再见了！祁先生！万一我死在外边，你可还得照应着她呀！”

“我尽我的力！我的问题要像你的这么简单，我就跟你一块儿

①溜溜的，足足的、整整的。

走!”

刘师傅没顾得再说什么，匆匆的走出去，硬脸上发着点光。

瑞宣的心跳得很快。镇定了一下，他不由的笑了笑。自从“七七”抗战起，他觉得只作了这么一件对得起人的事。他愿意马上把这件事告诉给钱先生。他又往外走。刚走到街门，迎面来了冠晓荷，大赤包，蓝东阳，胖菊子，和丁约翰。他知道丁约翰必定把啤酒供献给了冠家，而且向冠家报告了他的事情。胖菊子打了个极大的哈欠，嘴张得像一个红的勺。蓝东阳的眼角上堆着两堆屎，嘴唇上裂开不少被烟卷烧焦的皮。他看出来，他们大概又“打”了个通夜。

大赤包首先开了口，她的脸上有不少皱纹，而临时抹了几把香粉，一开口，白粉直往下落。她把剩余的力气都拿了出来，声音雄壮的说:

“你可真行！祁大爷！你的嘴比蛤蜊还关得紧！找到那么好的事，一声儿都不出，你沉得住气！佩服你！说吧，是你请客，还是我们请你?”

晓荷在一旁连连的点头，似乎是欣赏太太的词令，又似乎向瑞宣表示钦佩。等太太把话说完，他恭敬而灵巧的向前赶了一步，拱起手来，笑了好几下，才说:

“道喜！道喜！哼，别看咱们的胡同小啊，背乡出好酒！内人作了日本官，你先生作了英国官，咱们的小胡同简直是国际联盟!”

瑞宣恨不能一拳一个都把他们打倒，好好的踢他们几脚。可是，他不会那么撒野。他的礼貌永远捆着他的手脚。他说不上什么来，只决定了不往家中让他们。

可是，胖菊子往前挪了两步。“大嫂呢？我去看看她，给她道喜!”说完，她挤了过来。

瑞宣没法不准自家人进来，虽然她的忽然想起大嫂使他真想狠狠的捶她几捶。

她挤进来，其余的人也就鱼贯而入。丁约翰也又跟进来，仿佛是老没把瑞宣看够似的。

蓝东阳始终没开口。他恨瑞丰，现在也恨瑞宣。谁有事情作，他恨谁。可是，恨尽管恨，他可是在发泄恨怨之前要忍气讨好。他跟着大家走进来，像给一个不大有交情的人送殡似的。

祁老太爷和天佑太太忽然的涨了价钱。大赤包与冠晓荷直像闹洞房似的，走进老人们的屋子，一口一个老爷子与老太太。小顺儿与妞子也成了小宝贝。蓝东阳在冠家夫妇身后，一劲儿打哈欠，招得大赤包直瞪他。丁约翰照常的十分规矩，而脸上有一种无可形容的喜悦，几乎使他显出天真与纯洁。胖菊子特意的跑到厨房去慰问韵梅，一声声的大嫂都稍微有点音乐化了——她的嗓音向来是怪难听的。

祁老人讨厌冠家人的程度是不减于瑞宣的。可是，今天冠氏夫妇来道喜，他却真的觉到欢喜。他最发愁的是家人四散，把他亲手建筑起来的四世同堂的堡垒拆毁，今天，瑞宣有了妥当的事作，虽然老二与小三儿搬了出去，可是到底四世同堂还是四世同堂。只要瑞宣老不离家，四世同堂便没有拆毁之虞。为了这个，他没法不表示出心中的高兴。

天佑太太明白大儿子的心理，所以倒不愿表示出使瑞宣不高兴的喜悦来。她只轻描淡写的和客人们敷衍了几句，便又躺在炕上。

韵梅很为难。她晓得丈夫讨厌冠家的人与胖婶子，她可是又不便板起脸来得罪人。得罪人，在这年月，是会招来祸患的。即使不提祸患，她也不愿欺骗大家，说这是不值得庆贺的。她是主妇，她晓得丈夫有固定的收入是如何重要。她真想和胖婶子掰开揉碎的谈一谈家长里短，说说猪肉怎样不好买，和青菜怎样天天涨价儿。尽管胖婶子不是好妯娌，可是能说一说油盐酱醋的问题，也许就有点作妯娌的样儿了。可是，她不敢说，怕丈夫说她肤浅，爱说闲话。她只好把她最好听的北平话收在喉中，而用她的大眼睛观察大家的神色，好教自己的笑容与眼神都不出毛病。

瑞宣的脸越来越白了。他不肯和这一伙人多敷衍，而又没有把他们赶出门去的决心与勇气。他差不多要恨自己的软弱无能了。

大赤包把院中的人都慰问完了，又出了主意："祁大爷！你要是不便好事请客，我倒有个主意。这年月，我们都不该多铺张，真的！但是，有喜事不热闹一下，又太委屈。好不好咱们来它两桌牌？大家热闹一天？这不是我的新发明，不过现在更应该提倡就是啦。两桌牌抽的头儿，管保够大家吃饭喝酒的。你不必出钱，我们也免得送礼，可是还能有吃有喝的玩一天，不是怪好的办法吗？"

"是呀！"晓荷赶紧把太太的理论送到实际上来："我们夫妇，东阳，瑞丰夫妇，已经是五位了，再凑上三位就行了。好啦，瑞宣，你想约谁？"

"老太爷不准打牌，这是我们的家教！"瑞宣极冷静的说。

大赤包的脸上，好像落下一张幕来，忽然发了暗。她的美意是向来不准别人拒绝的。

晓荷急忙的开了口："这里不方便，在我们那儿！瑞宣，你要是在我们那里玩一天，实在是我们冠家的光荣！"

瑞宣还没回出话来，瑞丰小跑着跑进来。瑞丰的嘴张着，脑门上有点汗，小干脸上通红。跑进来，他没顾得招呼别人，一直奔了大哥去。“大哥!”这一声“大哥”叫得是那么动人，大家立刻都沉静下来，胖菊子几乎落了泪。

“大哥!”老二又叫了声，仿佛别的话都被感情给堵塞住了似的。喘了两口气，他才相当顺利的说出话来：“幸而我今天到铺子看看父亲，要不然我还闷在罐儿里呢？好家伙，英国大使馆！你真行，大哥!”显然的，他还有许多话要说，可是感情太丰富了，他的心里因热烈而混乱，把话都忘了。

瑞宣楞起来。楞了一会儿，他忽然的笑了。对这群人，他没有别的任何办法，除了冷笑。他本想抓住老二，给老二两句极难听的话，自然，他希望，别人也就“知难而退”了。可是，他把话收住了——他知道甘心作奴隶的人是不会因为一两句不悦耳的话而释放了他的，何苦多白费唇舌呢。

韵梅看出丈夫的为难与难堪。她试着步儿说：“你不是还得到东城去吗?”

大赤包首先领略到这个暗示，似恼非恼的说：“得啦，咱们别耽误了祁先生的正事，走吧!”

“走?”瑞丰像受了一惊似的，“大哥，你真的就不去弄点酒来，大家喝两口儿?”

瑞宣又没出声。他觉得不出声不单效果大，而且能保持住自己的尊严。

“老二，”祁大嫂笑着扯谎：“他真有事！改天我给你烙馅儿饼吃!”

大赤包没等瑞丰再开口，就往外走。大家都怪不得劲的跟随着她。瑞宣像陪着犯人到行刑场去似的往外送。

小崔头一天给瑞丰拉包月。他可是没把车停在祁家门外，他怕遇到冠家的人。把车停在西边的那株大槐树下面，他脸朝北坐着。大家由祁家出来，他装作没看见。等他们都进了冠家，他箭头似的奔过瑞宣来。

“祁先生！这倒巧！”他很高兴的说：“我刚刚拉上包月，听说你也找到好事啦！道个喜吧！”他作了个揖。

瑞宣惨笑了一下。他想告诉小崔几句真话。小崔，在他看，是比冠家那一群强的多，顺眼的多了。“崔爷，别喜欢吧！你知道，咱们还是在日本人的手心儿里哪！”

小崔想了想，又说：“可是，祁先生，要不是因为闹小日本儿，咱们不是还许得不到好事哪吗？”

“崔爷！你可别怪我说直话！你的想法差不多跟他们一样了！”瑞宣指了指冠家。

“我，我，”小崔噎了一口气，“我跟他们一样？”

“你慢慢的想一想吧！”瑞宣又惨笑了一下，走进门去。

小崔又坐在车上，仰着头向绿槐叶发楞。

冠家的客厅中今天没有客人，连高亦陀与李空山都没有来。节前，三个招待室都挤满了人，晓荷立了一本收礼与送礼的账本，到现在还没完全登记完毕。今天，已经过了节，客人们仿佛愿意教“所长”休息一天。

大赤包一进门便坐在她的宝座上，吐了一口长气。“瑞丰！他简直不像是你的同胞弟兄！怎那么别扭呢？我没看见过这样的人！”

“倒也别说，”晓荷一闭眼，从心中挖出一小块智慧来。“一龙生九种，种种不同！”

“说真的，”瑞丰感叹着说：“我们老大太那个！我很担心哪。

他的这个好事又混不了好久！他空有那么好的学问，英文说的和英国人一个味儿，可是社会上的事儿一点都不知道，这可怎么好！凭他，闹着玩似的就能拿个教育局局长，他可是老板着脸，见着日本人他就不肯鞠躬！没办法！没办法！”

大家都叹了口气。蓝东阳已咧着嘴昏昏的睡去。

丁约翰轻嗽了一下。大家知道这不仅是轻嗽，于是把眼睛都转向他来。他微带歉意的笑了笑，而后说：“不过，祁先生的办法也有来历！英国人都是那么死板板！他是英国派儿，所以才能进了英国府！我不知道，我说的对不对！”

晓荷转了好几下眼珠，又点了点头：“这话对！这话对！唱花脸的要暴，唱花旦的要媚，手法各有不同！”

“嗯！”大赤包把舌头咂了一下，咂摸出点味道：“要这么说，我们可就别怪他了！他有他的路子！”

“这，我倒没想到！”瑞丰坦白的说。“随他去吧！我反正管不了他！”

“他也管不了你！”胖菊子又打了个哈欠。

“说的好！好！”晓荷用手指尖“鼓掌”。“你们祁家弟兄是各有千秋！”

# 四十一

在太平年月，北平的夏天是很可爱的。从十三陵的樱桃下市到枣子稍微挂了红色，这是一段果子的历史——看吧，青杏子连核儿还没长硬，便用拳头大的小蒲篓儿装起，和“糖稀”一同卖给小姐与儿童们。慢慢的，杏子的核儿已变硬，而皮还是绿的，小贩们又接二连三的喊：“一大碟，好大的杏儿喽！”这个呼声，每每教小儿女们口中馋出酸水，而老人们只好摸一摸已经活动了的牙齿，惨笑一下。不久，挂着红色的半青半红的“土”杏儿下了市。而吆喝的声音开始音乐化，好像果皮的红美给了小贩们以灵感似的。而后，各种的杏子都到市上来竞赛：有的大而深黄，有的小而红艳，有的皮儿粗而味厚，有的核子小而爽口——连核仁也是甜的。最后，那驰名的“白杏”用绵纸遮护着下了市，好像大器晚成似的结束了杏的季节。当杏子还没断绝，小桃子已经歪着红嘴想取而代之。杏子已不见了。各样的桃子，圆的，扁的，血红的，全绿的，浅绿而带一条红脊椎的，硬的，软的，大而多水的，和小而脆的，都来到北平给人们的眼，鼻，口，以享受。

红李，玉李，花红和虎拉车①，相继而来。人们可以在一个担子上看到青的红的，带霜的发光的，好几种果品，而小贩得以充分的施展他的喉音，一口气吆喝出一大串儿来——“买李子耶，冰糖味儿的水果来耶；喝了水儿的，大蜜桃呀耶；脆又甜的大沙果子来耶……”

每一种果子到了熟透的时候，才有由山上下来的乡下人，背着长筐，把果子遮护得很严密，用拙笨的，简单的呼声，隔半天才喊一声：大苹果，或大蜜桃。他们卖的是真正的“自家园”的山货。他们人的样子与货品的地道，都使北平人想象到西边与北边的青山上的果园，而感到一点诗意。

梨，枣和葡萄都下来的较晚，可是它们的种类之多与品质之美，并不使它们因迟到而受北平人的冷淡。北平人是以他们的大白枣，小白梨与牛乳葡萄傲人的。看到梨枣，人们便有“一叶知秋”之感，而开始要晒一晒夹衣与拆洗棉袍了。

在最热的时节，也是北平人口福最深的时节。果子以外还有瓜呀！西瓜有多种，香瓜也有多种。西瓜虽美，可是论香味便不能不输给香瓜一步。况且，香瓜的分类好似有意的“争取民众”——那银白的，又酥又甜的“羊角蜜”假若适于文雅的仕女吃取，那硬而厚的，绿皮金黄瓤子的“三白”与“哈蟆酥”就适于少壮的人们试一试嘴劲，而“老头儿乐”，顾名思义，是使没牙的老人们也不至向隅的。

在端阳节，有钱的人便可以尝到汤山的嫩藕了。赶到迟一点鲜藕也下市，就是不十分有钱的，也可以尝到“冰碗”了——一大碗冰，上面覆着张嫩荷叶，叶上托着鲜菱角，鲜核桃，鲜杏仁，鲜

①虎拉车，一种水果名，近似沙果。

藕，与香瓜组成的香，鲜，清，冷的，酒菜儿。就是那吃不起冰碗的人们，不是还可以买些菱角与鸡头来，尝一尝“鲜”吗？

假若仙人们只吃一点鲜果，而不动火食，仙人在地上的洞府应当是北平啊！

天气是热的，可是一早一晚相当的凉爽，还可以作事。会享受的人，屋里放上冰箱，院内搭起凉棚，他就会不受到暑气的侵袭。假若不愿在家，他可以到北海的莲塘里去划船，或在太庙与中山公园的老柏树下品茗或摆棋。“通俗”一点的，什刹海畔借着柳树支起的凉棚内，也可以爽适的吃半天茶，咂几块酸梅糕，或呷一碗八宝荷叶粥。愿意洒脱一点的，可以拿上钓竿，到积水滩或高亮桥的西边，在河边的古柳下，作半日的垂钓。好热闹的，听戏是好时候，天越热，戏越好，名角儿们都唱双出。夜戏散台差不多已是深夜，凉风儿，从那槐花与荷塘吹过来的凉风儿，会使人精神振起，而感到在戏园受四五点钟的闷气并不冤枉，于是便哼着《四郎探母》什么的高高兴兴的走回家去。天气是热的，而人们可以躲开它！在家里，在公园里，在城外，都可以躲开它。假若愿远走几步，还可以到西山卧佛寺，碧云寺，与静宜园去住几天啊。就是在这小山上，人们碰运气还可以在野茶馆或小饭铺里遇上一位御厨，给作两样皇上喜欢吃的菜或点心。

就是在祁家，虽然没有天棚与冰箱，没有冰碗儿与八宝荷叶粥，大家可也能感到夏天的可爱。祁老人每天早晨一推开屋门，便可以看见他的蓝的，白的，红的，与抓破脸的牵牛花，带着露水，向上仰着有蕊的喇叭口儿，好像要唱一首荣耀创造者的歌似的。他的倭瓜花上也许落着个红的蜻蜓。他没有上公园与北海的习惯，但是睡过午觉，他可以慢慢的走到护国寺。那里的天王殿上，在没有庙会的日子，有评讲《施公案》或《三侠五义》的；老人可以泡一壶茶，听几回书。那里的殿宇很高很深，老有溜溜的小风，可以教老人避暑。等到太阳偏西了，他慢慢的走回来，给小顺儿和妞子带回一两块豌豆黄或两三个香瓜。小顺儿和妞子总是在大槐树下，一面拣槐花，一面等候太爷爷和太爷爷手里的吃食。老人进了门，西墙下已有了荫凉，便搬个小凳坐在枣树下，吸着小顺儿的妈给作好的绿豆汤。晚饭就在西墙儿的荫凉里吃。菜也许只是香椿拌豆腐，或小葱儿腌王瓜，可是老人永远不挑剔。他是苦里出身，觉得豆腐与王瓜是正合他的身分的。饭后，老人休息一会儿，就拿起瓦罐和喷壶，去浇他的花草。作完这项工作，天还没有黑，他便坐在屋檐下和小顺子们看飞得很低的蝙蝠，或讲一两个并没有什么趣味，而且是讲过不知多少遍数的故事。这样，便结束了老人的一天。

天佑太太在夏天，气喘得总好一些，能够磨磨蹭蹭的作些不大费力的事。当吃饺子的时候，她端坐在炕头上，帮着包；她包的很细致严密，饺子的边缘上必定捏上花儿。她也帮着晒菠菜，茄子皮，晒干藏起去，备作年下作饺子馅儿用。吃倭瓜与西瓜的时候，她必把瓜子儿晒在窗台上，等到雨天买不到糖儿豆儿的，好给孩子们炒一些，占住他们的嘴。这些小的操作使她暂时忘了死亡的威胁。有时候亲友来到，看到她正在作事，就必定过分的称赞她几句，而她也就懒懒的回答："唉，我又活啦！可是，谁知道冬天怎样呢！"

就是小顺儿的妈，虽然在炎热的三伏天，也还得给大家作饭，洗衣服，可也能抽出一点点工夫，享受一点只有夏天才能得到的闲情逸致。她可以在门口买两朵晚香玉，插在头上，给她自己放着香味；或找一点指甲草，用白矾捣烂，拉着妞子的小手，给她染红指甲。

瑞宣没有嗜好，不喜欢热闹，一个暑假他可充分的享受“清”福，他可以借一本书，消消停停的在北平图书馆消磨多半天，而后到北海打个穿堂，出北海后门，顺便到什刹海看一眼。他不肯坐下喝茶，而只在极渴的时候，享受一碗冰镇的酸梅汤。有时候，他高了兴，也许到西直门外的河边上，赁一领席，在柳荫下读读雪莱或莎士比亚。设若他是带着小顺子，小顺子就必捞回几条金丝荷叶与灯笼水草，回到家中好要求太爷爷给他买两条小金鱼儿。

小顺子与妞子的福气，在夏天，几乎比任何人的都大。第一，他们可以光着脚不穿袜，而身上只穿一件工人裤就够了。第二，实在没有别的好耍了，他们还有门外的两株大槐树。拣来槐花，他们可以要求祖母给编两个小花篮。把槐虫玩腻了，还可以在树根和墙角搜索槐虫变的“金刚”；金刚的头会转，一问它哪是东，或哪是西，它就不声不响的转一转头！第三，夏天的饭食也许因天热而简单一些，可是厨房里的王瓜是可以在不得已的时候偷取一根的呀。况且，瓜果梨桃是不断的有人给买来，小顺儿声明过不止一次：“一天吃三百个桃子，不吃饭，我也干！”就是下了大雨，不是门外还有吆喝：“牛筋来豌豆，豆儿来干又香”的吗？那是多么兴奋的事呀，小顺儿头上盖着破油布，光着脚，踩着水，到门口去买用花椒大料煮的豌豆。卖豌豆的小儿，戴着斗笠，裤角卷到腿根儿上，捧着笸箩。豌豆是用小酒盅儿量的，一个钱一小酒盅儿。买回来，坐在床上，和妞子分食；妞子的那份儿一定没有他的那么香美，因为妞子没去冒险到门外去买呀！等到雨晴了，看，成群的蜻蜓在院中飞，天上还有七色的虹啊！

可是，可是，今年这一夏天只有暑热，而没有任何其他的好处。祁老人失去他的花草，失去他的平静，失去到天王殿听书的兴致。小顺儿的妈劝他多少次喝会儿茶解解闷去，他的回答老是“这年月，还有心听闲书去?”

天佑太太虽然身体好了一点，可是无事可作。晒菠菜吗？连每天吃的菠菜还买不到呢，还买大批的晒起来？城门三天一关，两天一闭，青菜不能天天入城。赶到一防疫，在城门上，连茄子倭瓜都被洒上石灰水，一会儿就烂完。于是，关一次城，防一回疫，菜蔬涨一次价钱，弄得青菜比肉还贵！她觉得过这样的日子大可不必再往远处想了，过年的时候要吃干菜馅的饺子？到过年的时候再说吧！谁知道到了新年物价涨到哪里去，世界变成什么样子呢！她懒得起床了。

小顺儿连门外也不敢独自去耍了。那里还有那两株老槐，“金刚”也还在墙角等着他，可是他不敢再出去。一号搬来了两家日本人，一共有两个男人，两个青年妇人，一个老太婆，和两个八九岁的男孩子。自从他们一搬来，首先感到压迫的是白巡长。冠晓荷俨然自居为太上巡长，他命令白巡长打扫胡同，通知邻居们不要教小孩子们在槐树下拉屎撒尿，告诉他槐树上须安一盏路灯，嘱咐他转告倒水的“三哥”，无论天怎么旱，井里怎么没水，也得供给够了一号用的——“告诉你，巡长，日本人是要天天洗澡的，用的水多！别家的水可以不倒，可不能缺了一号的！”

胡同中别的人，虽然没有受这样多的直接压迫，可是精神上也都感到很大的威胁。北平人，因为北平作过几百年的国都，是不会排外的。小羊圈的人决不会歧视一家英国人或土耳其人。可是，对这两家日本人，他们感到心中不安；他们知道这两家人是先灭了北平而后搬来的。他们必须承认他们的邻居也就是他们的征服者！

他们多少听说过日本人怎样灭了朝鲜，怎样夺去台湾，和怎样虐待奴使高丽与台湾人。现在，那虐待奴使高丽与台湾的人到了他们的面前！况且，小羊圈是个很不起眼的小胡同；这里都来了日本人，北平大概的确是要全属于日本人的了！他们直觉的感到，这两家子不仅是邻居，而也必是侦探！看一眼一号，他们仿佛是看见了一颗大的延时性的爆炸弹！

一号的两个男人都是三十多岁的小商人。他们每天一清早必定带着两个孩子——都只穿着一件极小的裤衩儿——在槐树下练早操。早操的号令是广播出来的，大概全城的日本人都要在这时候操练身体。

七点钟左右，那两个孩子，背着书包，像箭头似的往街上跑去，由人们的腿中拚命往电车上挤。他们不像是上车，而像两个木橛硬往车里钉。无论车上与车下有多少人，他们必须挤上去。他俩下学以后，便占据住了小羊圈的“葫芦胸”：他们赛跑，他们爬树，他们在地上滚，他们相打——打得有时候头破血出。他们想怎么玩耍便怎么玩耍，好像他们生下来就是这一块槐荫的主人。他们愿意爬哪一家的墙，或是用小刀宰哪一家的狗，他们便马上去作，一点也不迟疑。他们家中的妇人永远向他们微笑，仿佛他们两个是一对小的上帝。就是在他们俩打得头破血出的时候，她们也只极客气的出来给他们抚摸伤痛，而不敢斥责他们。他们俩是日本的男孩子，而日本的男孩子必是将来的杀人不眨眼的“英雄”。

那两个男人每天都在早晨八点钟左右出去，下午五点多钟回来。他们老是一同出入，一边走一边低声的说话。哪怕是遇见一条狗，他们也必定马上停止说话，而用眼角撩那么一下。他们都想挺着胸，目空一切的，走着德国式的齐整而响亮的步子；可是一遇到人，他们便本能的低下头去，有点自惭形秽似的。他们不招呼邻居，邻居也不招呼他们，他们仿佛感到孤寂，又仿佛享受着一种什么他们特有的乐趣。全胡同中，只有冠晓荷和他们来往。晓荷三天两头的要拿着几个香瓜，或一束鲜花，或二斤黄花鱼，去到一号“拜访”。他们可是没有给他送过礼。晓荷唯一的报酬是当由他们的门中出来的时候，他们必全家都送出他来，给他鞠极深的躬。他的躬鞠得比他们的更深。他的鞠躬差不多是一种享受。鞠躬已毕，他要极慢的往家中走，为是教邻居们看看他是刚由一号出来的，尽管是由一号出来，他还能沉得住气！即使不到一号去送礼，他也要约摸着在他们快要回来的时候，在槐树下徘徊，好等着给他们鞠躬。假若在槐树下遇上那两个没人喜爱的孩子，他也必定向他们表示敬意，和他们玩耍。两个孩子不客气的，有时候由老远跑来，用足了力量，向他的腹部撞去，撞得他不住的咧嘴；有时候他们故意用很脏的手抓弄他的雪白的衣裤，他也都不着急，而仍旧笑着拍拍他们的头。若有邻居们走过来，他必定搭讪着说：“两个娃娃太有趣了！太有趣！”

邻居们完全不能同意冠先生的“太有趣”。他们讨厌那两个孩子，至少也和讨厌冠先生的程度一个样。那两个孩子不仅用头猛撞冠先生，也同样的撞别人。他们最得意的是撞四大妈，和小孩子们。他们把四大妈撞倒已不止一次，而且把胡同中所有的孩子都作过他们的头力试验器。他们把小顺儿撞倒，而后骑在他的身上，抓住他的头发当作缰绳。小顺儿，一个中国孩子，遇到危险只会喊妈！

小顺儿的妈跑了出去。她的眼，一看到小顺儿变成了马，登时冒了火。在平日，她不是护犊子的妇人；当小顺儿与别家孩子开火的时候，她多半是把顺儿扯回家来，绝不把错过安在别人家孩子的头上。今天，她可不能再那样办。小顺儿是被日本孩子骑着呢。假若没有日本人的攻陷北平，她也许还不这么生气，而会大大方方的说：孩子总是孩子，日本孩子当然也会淘气的。现在，她却想到了另一条路儿上去，她以为日本人灭了北平，所以日本孩子才敢这么欺侮人。她不甘心老老实实的把小孩儿扯回来。她跑了过去，伸手把"骑士"的脖领抓住，一抡，抡出去；骑士跌在了地上。又一伸手，她把小顺儿抓起来。拉着小顺儿的手，她等着，看两个小仇敌敢再反攻不敢。两个日本孩子看了看她，一声没出的开始往家中走。她以为他们必是去告诉大人，出来讲理。她等着他们。他们并没出来。她松了点劲儿，开始骂小顺儿："你没长着手吗？不会打他们吗？你个脓包！"小顺儿又哭了，哭得很伤心。"哭！哭！你就会哭！"她气哼哼的把他扯进家来。

祁老人不甚满意韵梅这样树敌，她更挂了火。对老人们，她永远不肯顶撞；今天，她好像有一股无可控制的怒气，使她忘了平日的规矩。是的，她的声音并不高，可是谁也能听得出她的顽强与盛怒："我不管！他们要不是日本孩子，我还许笑一笑就拉倒了呢！他们既是日本孩子，我倒要斗斗他们！"

老人见孙媳妇真动了气，没敢再说什么，而把小顺儿拉到自己屋中，告诉他："在院里玩还不行吗？干吗出去惹事呢？他们厉害呀，你别吃眼前亏呀，我的乖乖！"

晚间，瑞宣刚一进门，祁老人便轻声的告诉他："小顺儿的妈惹了祸喽！"瑞宣吓了一跳。他晓得韵梅不是随便惹祸的人，而不肯惹事的人若一旦惹出事来，才不好办。"怎么啦？"他急切的问。

老人把槐树下的一场战争详细的说了一遍。

瑞宣笑了笑："放心吧，爷爷，没事，没事！教小顺儿练练打架也好！"

祁老人不大明白孙子的心意，也不十分高兴孙子这种轻描淡写的态度。在他看，他应当领着重孙子到一号去道歉。当八国联军攻入北平的时候，他正是个青年人，他看惯了连王公大臣，甚至于西太后与皇帝，都是不敢招惹外国人的。现在，日本人又攻入了北平，他以为今天的情形理当和四十年前一个样！可是，他没再说什么，他不便因自己的小心而和孙子拌几句嘴。

韵梅也报告了一遍，她的话与神气都比祖父的更有声有色。她的怒气还没完全消散，她的眼很亮，颧骨上红着两小块。瑞宣听罢，也笑一笑。他不愿把这件小事放在心里。

可是，他不能不觉到一点高兴。他没想到韵梅会那么激愤，那么勇敢。他不止满意她的举动，而且觉得应当佩服她。由她这个小小的表现，他看出来：无论怎么老实的人，被逼得无可奈何的时候，也会反抗。他觉得韵梅的举动，在本质上说，几乎可与钱先生，钱仲石，刘师傅的反抗归到一类去了。不错，他看见了冠晓荷与瑞丰，可是也看见了钱先生与瑞全。在黑暗中，才更切迫的需要光明。正因为中国被侵略了，中国人才会睁开眼，点起自己心上的灯！

一个夏天，他的心老浸渍在愁苦中，大的小的事都使他难堪与不安。他几乎忘了怎样发笑。使馆中的暑假没有学校中的那么长，他失去了往年夏天到图书馆去读书的机会，虽然他也晓得，即使能有那个机会，他是否能安心的读书，还是个问题。当他早晨和下午出入家门的时候，十回倒有八回，他要碰到那两个日本男人。不错，自从南京陷落，北平就增加了许多日本人，在什么地方都可以遇见他们；可是，在自己的胡同里遇见他们，仿佛就另有一种难堪。遇上他们，他不知怎样才好。他不屑于向他们点头或鞠躬，可是也不便怒目相视。他只好在要出门或要进胡同口的时候，先四下里观观风。假若他们在前面，他便放慢了脚步；他们在后面，他便快走几步。这虽是小事，可是他觉到别扭；还不是别扭，而是失去了出入的自由。他还知道，日子一多，他的故意躲避他们，会引起他们的注意，而日本人，不管是干什么的，都也必是侦探！

在星期天，他就特别难过。小顺儿和妞子一个劲儿吵嚷："爸！玩玩去！多少日子没上公园看猴子去啦！上万牲园也好哇，坐电车，出城，看大象！"他没法拒绝小儿女们的要求，可是也知道：公园，北海，天坛，万牲园，在星期日，完全是日本人的世界。日本女的，那些永远含笑的小磁娃娃，都打扮得顶漂亮，抱着或背着小孩，提着酒瓶与食盒；日本男人，那些永远用眼角撩人的家伙，也打扮起来，或故意不打扮起来，空着手，带着他们永远作奴隶的女人，和跳跳钻钻的男孩子，成群打伙的去到各处公园，占据着风景或花木最好的地方，表现他们的侵略力量。他们都带着酒，酒使小人物觉得伟大。酒后，他们到处发疯，东倒西晃的把酒瓶掷在马路当中或花池里。

同时，那些无聊的男女，像大赤包与瑞丰，也打扮得花花绿绿的，在公园里挤来挤去。他们穿得讲究，笑得无聊，会吃会喝，还会在日本男女占据住的地方去表演九十度的鞠躬。他们仿佛很高兴表示出他们的文化，亡国的文化，好教日本人放胆侵略。最触目伤心的是那些在亡城以前就是公子哥儿，在亡城以后，还无动于衷的青年，还携带着爱人，划着船，或搂着腰，口中唱着情歌。他们的钱教他们只知道购买快乐，而忘了还有个快亡了的国。

瑞宣不忍看见这些现象。他只好闷在家里，一语不发的熬过去星期日。他觉得很对不起小顺儿与妞子，但是没有好的办法。

好容易熬过星期日，星期一去办公又是一个难关。他无法躲避富善先生。富善先生在暑假里也不肯离开北平。他以为北平本身就是消暑的最好的地方。青岛，莫干山，北戴河？“噗！”他先喷一口气。“那些地方根本不像中国！假若我愿意看洋房子和洋事，我不会回英国吗？”他不走。他觉得中海北海的莲花，中山公园的芍药，和他自己的小园中的丁香，石榴，夹竹桃，和杂花，就够他享受的了。“北平本身就是一朵大花，”他说：“紫禁城和三海是花心，其余的地方是花瓣和花萼，北海的白塔是挺入天空的雄蕊！它本身就是一朵花，况且它到处还有树与花草呢！”

他不肯去消暑，所以即使没有公事可办，他也要到使馆来看一看。他一来，就总给瑞宣的“心病”上再戳几个小伤口儿。

“噢喉！安庆也丢了！”富善先生劈面就这么告诉瑞宣。

富善先生，真的，并没有意思教瑞宣难堪。他是真关心中国，而不由的就把当日的新闻提供出来。他绝不是幸灾乐祸，愿意听和愿意说中国失败的消息。可是，在瑞宣呢，即使他十分了解富善先生，他也觉得富善先生的话里是有个很硬的刺儿。况且，“噢喉！马当要塞也完了！”“噢喉，九江巷战了！”“噢喉！六安又丢了！”接二连三的，隔不了几天就有一个坏消息，真使瑞宣没法抬起头来。他得低着头，承认那是事实，不敢再大大方方的正眼看富善先生。

他有许多话去解释中日的战争绝不是短期间能结束的，那么，只要打下去，中国就会有极大的希望。每一次听到富善先生的报告，他就想拿出他的在心中转过几百几千回的话，说给富善先生。

可是，他又准知老先生好辩论，而且在辩论的时候，老先生是会把同情中国的心暂时收藏起去，而毒狠的批评中国的一切的。老先生是有为辩论而辩论的毛病的。老先生会把他的——瑞宣的——理论与看法叫作“近乎迷信的成见”！

因此，他严闭起口来，拦住他心中的话往外泛溢。这使他憋得慌，可是到底还比和富善先生针锋相对的舌战强一些。他知道，一个英国人，即使是一个喜爱东方的英国人，像富善先生，必定是重实际的。像火一样的革命理论，与革命行为，可以出自俄国，法国，与爱尔兰，而绝不会产生在英国。英国人永远不作梦想。这样，瑞宣心中的话，若是说出来，只能得到富善先生的冷笑与摇头，因为他的话是一个老大的国家想用反抗的精神，一下子返老还童，也就必定被富善先生视为梦想。他不愿多费唇舌，而落个说梦话。

这样把话藏起来，他就更觉得它们的珍贵。他以为《正气歌》与岳武穆的《满江红》大概就是这么作出来的——把压在心里的愤怒与不便对别人说的信仰压成了每一颗都有个花的许多块钻石。可是，他也知道，在它们成为钻石之前，他是要感到孤寂与苦闷的。

和平的谣言很多。北平的报纸一致的鼓吹和平，各国的外交界的人们也几乎都相信只要日本人攻到武汉，国民政府是不会再迁都的。连富善先生也以为和平就在不远。他不喜欢日本人，可是他以为他所喜爱的中国人能少流点血，也不错。他把这个意思暗示给瑞宣好几次，瑞宣都没有出声。在瑞宣看，这次若是和了，不久日本就会发动第二次的侵略；而日本的再侵略不但要杀更多的中国人，而且必定把英美人也赶出中国去。瑞宣心里说：“到那时候，连富善先生也得收拾行李了！”

虽然这么想，他心中可是极不安。万一要真和了呢？这时候讲和便是华北的死亡。就是不提国事，他自己怎么办呢？难道他就真的在日本人鼻子底下苟且偷生一辈子吗？因此，他喜欢听，哪怕是极小的呢，抵抗与苦战的事。就是小如韵梅与两个日本孩子打架的事，他也喜欢听。这不是疯狂，他以为，而是一种不愿作奴隶的人应有的正当态度。没有流血与抵抗是不会见出正义与真理的。因此，他也就想到，他应当告诉程长顺逃走，应当再劝小崔别以为拉上了包车便万事亨通。他也想告诉丁约翰不要拿“英国府”当作铁杆庄稼；假若英国不帮中国的忙，有朝一日连“英国府”也会被日本炸平的。

“七七”一周年，他听到委员长的告全国军民的广播。他的对国事的推测与希望，看起来，并不是他个人的成见，而也是全中国的希望与要求。他不再感觉孤寂；他的心是与四万万同胞在同一的律动上跳动着的。他知道富善先生也必定听到这广播，可是还故意的告诉给他。富善先生，出乎瑞宣意料之外，并没和他辩论什么，而只严肃的和他握了握手。他不明白富善先生的心中正在想什么，而只好把他预备好了的一片话存在心中。他是要说：“日本人说三个月可以灭了中国，而我们已打了一年。我们还继续的抵抗，而继续抵抗便增多了我们胜利的希望。打仗是两方面的事，只要被打的敢还手，战局便必定会有变化。变化便带来希望，而希望产生信心！”

这段话虽然没说出来，可是他暗自揣想，或者富善先生也和那位窦神父一样，尽管表面上是一团和气，可是挖出根儿来看，他们到底是西洋人，而西洋人中，一百个倒有九十九个是崇拜——也许崇拜的程度有多有少——武力的。他甚至于想再去看看窦神父，看看窦神父是不是也因中国抗战了一年，而且要继续抵抗，便也严肃的和他握手呢？他没找窦神父去，也不知道究竟富善先生是什么心意。他只觉得心里有点痛快，甚至可以说是骄傲。他敢抬着头，正眼儿看富善先生了。由他自己的这点骄傲，他仿佛也看出富善先生的为中国人而骄傲。是的，中国的独力抵抗并不是奇迹，而是用真的血肉去和枪炮对拚的。中国人爱和平，而且敢为和平而流血，难道这不是件该骄傲的事么？他不再怕富善先生的“噢喉”了。

他请了半天的假，日本人也纪念“七七”。他不忍看中国人和中国学生到天安门前向侵略者的阵亡将士鞠躬致敬。他必须躲在家里。他恨不能把委员长的广播马上印刷出来，分散给每一个北平人。可是，他既没有印刷的方便，又不敢冒那么大的险。他叹了口气，对自己说：“国是不会亡的了，可是瑞宣你自己尽了什么力气呢？”

# 四十二

星期天也是瑞宣的难关。他不肯出去游玩，因为无论是在路上，还是在游玩的地方，都无可避免的遇上许多日本人。日本人的在虚伪的礼貌下藏着的战胜者的傲慢与得意，使他感到难堪。整个的北平好像已变成他们的胜利品。

他只好藏在家里，可是在家里也还不得心静。瑞丰和胖菊子在星期天必然的来讨厌一番。他们夫妇老是匆匆忙忙的跑进来，不大一会儿又匆匆忙忙的跑出去，表示出在万忙之中，他们还没忘了来看哥哥。在匆忙之中，瑞丰——老叼着那枝假象牙的烟嘴儿——要屈指计算着，报告给大哥：

“今儿个又有四个饭局！都不能不去！不能不去！我告诉你，大哥，我爱吃口儿好的，喝两杯儿好的，可是应酬太多，敢情就吃不动了！近来，我常常闹肚子！酒量，我可长多了！不信，多喒有工夫，咱们哥儿俩喝一回，你考验考验我！拳也大有进步！上星期天晚饭，在会贤堂，我连赢了张局长七个，七个劈面！”用食指轻轻弹了弹假象牙的烟嘴儿，他继续着说：“朋友太多了！专凭能多认识这么多朋友，我这个科长就算没有白当。我看得很明白，一个人在社会上，就得到处拉关系，关系越多，吃饭的道儿才越宽，饭碗才不至于起恐慌。我——”他放低了点声：“近来，连特务人员，不论是日本的，还是中国的都应酬，都常来常往。我身在教育局，而往各处，像金银藤和牵牛花似的，分散我的蔓儿！这样，我相信，我才能到处吃得开！你说是不是，大哥？”

瑞宣回不出话来，口中直冒酸水。

同时，胖菊子拉着大嫂的手，教大嫂摸她的既没领子又没袖子的褂子：“大嫂，你摸摸，这有多么薄，多么软！才两块七毛钱一尺！”教大嫂摸完了褂子，她又展览她的手提包，小绸子伞，丝袜子，和露着脚指头的白漆皮鞋，并且一一的报出价钱来。

两个人把该报告的说到一段落，便彼此招呼一声：“该走了吧？王宅不是还等着咱们打牌哪吗？”而后，就亲密的并肩的匆匆走出去。

他俩走后，瑞宣必定头疼半点钟。他的头疼有时候延长到一点钟，或更长一些，假若冠晓荷也随着瑞丰夫妇来访问他。晓荷的讨厌几乎到了教瑞宣都要表示钦佩的程度，于是也就教瑞宣没法不头疼。假若瑞丰夫妇只作“自我宣传”，晓荷就永不提他自己，也不帮助瑞丰夫妇乱吹，而是口口声声的赞扬英国府，与在英国府作事的人。他管自己的来看瑞宣叫作“英日同盟”！

每逢晓荷走后，瑞宣就恨自己为什么不在晓荷的脸上啐几口唾沫。可是，赶到晓荷又来到，他依然没有那个决心，而哼儿哈儿的还敷衍客人。他看出自己的无用。时代是钢铁的，而他自己是块豆腐！

为躲避他们，他偶尔的出去一整天。到处找钱先生。可是，始终没有遇见过钱先生一次。看到一个小茶馆，他便进去看一看，甚至于按照小崔的形容探问一声。"不错，看见过那么个人，可是不时常来。"几乎是唯一的回答。走得筋疲力尽，他只好垂头丧气的走回家来。假若他能见到钱先生，他想，他必能把一夏天所有的恶气都一下子吐净。那该是多么高兴的事！可是，钱先生像沉在大海里的一块石头。

比较使他高兴，而并不完全没有难堪的，是程长顺的来访。程长顺还是那么热烈的求知与爱国，每次来几乎都要问瑞宣："我应当不应当走呢？"

瑞宣喜欢这样的青年。他觉得即使长顺并不真心想离开北平，就凭这样一问也够好听的了。可是，及至想到长顺的外婆，他又感到了为难，而把喜悦变成难堪。

有一天，长顺来到，恰好瑞宣正因为晓荷刚来访看过而患头疼。他没能完全控制住自己，而告诉了长顺："是有志气的都该走！"

长顺的眼亮了起来："我该走？"

瑞宣点了头。

"好！我走！"

瑞宣没法再收回自己的话。他觉到一点痛快，也感到不少的苦痛——他是不是应当这样鼓动一个青年去冒险呢？这是不是对得起那位与长顺相依为命的老太婆呢？他的头更疼了。长顺很快的就跑出去，好像大有立刻回家收拾收拾就出走的样子。瑞宣的心中更不好过了。从良心上讲，他劝一个青年逃出监牢是可以不受任何谴责的，可是，他不是那种惯于煽惑别人的人，他的想象先给长顺想出许多困难与危险，而觉得假若不幸长顺白白的丧掉性命，他自己便应负全责。他不知怎样才好。

连着两三天的工夫，他天天教韵梅到四号去看一眼，看长顺是否已经走了。

长顺并没有走。他心中很纳闷。三天过了，他在槐荫下遇见了长顺。长顺仿佛是怪羞愧的只向他点了点头就躲开了。他更纳闷了。是不是长顺被外婆给说服了呢？还是年轻胆子小，又后悔了呢？无论怎样，他都不愿责备长顺。可是他也不能因长顺的屈服或后悔而高兴。

第五天晚上，天有点要落雨的样子。云虽不厚，可是风很凉，所以大家都很早的进了屋子；否则吃过晚饭，大家必定坐在院中乘凉的。长顺，仍然满脸羞愧的，走进来。

瑞宣有心眼，不敢开门见山的问长顺什么，怕长顺难堪。长顺可是仿佛来说心腹话，没等瑞宣发问，就“招”了出来：

“祁先生！”他的脸红起来，眼睛看着自己的鼻子，语声更呜囔得厉害了。“我走不了！”

瑞宣不敢笑，也不敢出声，而只同情的严肃的点了点头。

“外婆有一点钱，”长顺低声的，呜囔着鼻子说：“都是法币。她老人家不肯放账吃利，也不肯放在邮政局去。她自己拿着。只有钱在她自己手里，她才放心！”

“老人们都是那样。”瑞宣说。

长顺看瑞宣明白老人们的心理，话来得更顺利了一些：“我不知道她老人家有多少钱，她永远没告诉过我。”

“对！老人家们的钱，没有第二个人知道藏在哪里，和有多少。”

“这可就坏了事！”长顺用袖口抹了一下鼻子。“前几个月，日本人不是贴告示，教咱们把法币都换成新票子吗？我看见告示，就告诉了外婆。外婆好像没有听见。”

“老人们当然不信任鬼子票儿！”

“对！我也那么想，所以就没再催她换。我还想，大概外婆手里有钱也不会很多，换不换的也许没多大关系。后来，换钱的风声越来越紧了，我才又催问了一声。外婆告诉我：昨天她在门外买了一个乡下人的五斤小米，那个人低声的说，他要法币。外婆的法币就更不肯出手啦。前两天，白巡长来巡逻，站在门口，和外婆瞎扯，外婆才知道换票子的日期已经过了，再花法币就圈禁一年。外婆哭了一夜。她一共有一千元啊，都是一元的单张，新的，交通银行的！她有一千！可是她一元也没有了！丢了钱，她敢骂日本鬼子了，她口口声声要去和小鬼子拚命！外婆这么一来，我可就走不了啦。那点钱是外婆的全份儿财产，也是她的棺材本儿。丢了那点钱，我们娘儿俩的三顿饭马上成问题！你看怎么办呢？我不能再说走，我要一走，外婆非上吊不可！我得设法养活外婆，她把我拉扯这么大，这该是我报恩的时候了！祁先生？”长顺的眼角有两颗很亮的泪珠，鼻子上出着汗，搓着手等瑞宣回答。

瑞宣立了起来，在屋中慢慢的走。在长顺的一片话里，他看见了自己。家和孝道把他，和长顺，拴在了小羊圈。国家在呼唤他们，可是他们只能装聋。他准知道，年轻人不走，并救不活老人，或者还得与老人们同归于尽。可是，他没有跺脚一走的狠心，也不能劝长顺狠心的出走，而教他的外婆上吊。他长叹了一声，而后对长顺说：

“把那一千元交给熟识的山东人或山西人，他们带走，带到没有沦陷的地方，一元还是一元。当然，他们不能一元当一元的换给你，可是吃点亏，总比都白扔了好。”

“对！对！”长顺已不再低着头，而把眼盯住瑞宣的脸，好像瑞宣的每一句话都是福音似的。“我认识天福斋的杨掌柜，他是山东人！行！他一定能帮这点忙！祁先生，我去干什么好呢？”

瑞宣想不起什么是长顺的合适的营业。“想一想再说吧，长顺！”

“对！你替我想一想，我自己也想着！”长顺把鼻子上的汗都擦去，立了起来。立了一会儿，他的声音又放低：“祁先生，你不耻笑我不敢走吧？”

瑞宣惨笑了一下。“咱们都是一路货！”

“什么？”长顺不明白瑞宣的意思。

“没关系！”瑞宣不愿去解释。“咱们明天见！劝外婆别着急！”

长顺走后，外边落起小雨来。听着雨声，瑞宣一夜没有睡熟。

长顺的事还没能在瑞宣心里消逝，陈野求忽然的来看他。

野求的身上穿得相当的整齐，可是脸色比瑞宣所记得的更绿了。到屋里坐下，他就定上了眼珠，薄嘴唇并得紧紧的。几次他要说话，几次都把嘴唇刚张开就又闭紧。瑞宣注意到，当野求伸手拿茶碗的时候，他的手是微颤着的。

“近来还好吧？”瑞宣想慢慢的往外引野求的话。

野求的眼开始转动，微笑了一下：“这年月，不死就算平安！”说完，他又不出声了。他仿佛是很愿用他的聪明，说几句漂亮的话，可是心中的惭愧与不安又不允许他随便的说。他只好楞起来。楞了半天，他好像费了很大的力量似的，把使他心中羞愧与不安的话提出来：

“瑞宣兄！你近来看见默吟没有？”按道理说，他比瑞宣长一辈，可是他向来谦逊，所以客气的叫“瑞宣兄”。

“有好几位朋友看见了他，我自己可没有遇见过；我到处去找他，找不到！”

舐了舐嘴唇，野求准备往外倾泻他的话：“是的！是的！我也是那样！有两位画画儿的朋友都对我说，他们看见了他。”

“在哪儿？”

“在图画展览会。他们展览作品，默吟去参观。瑞宣兄，你晓得我的姐丈自己也会画？”

瑞宣点了点头。

“可是，他并不是去看画！他们告诉我，默吟慢条斯理的在展览室绕了一圈，而后很客气的把他们叫出来。他问他们：你们画这些翎毛，花卉，和烟云山水，为了什么呢？你们画这些，是为消遣吗？当你们的真的山水都满涂了血的时候，连你们的禽鸟和花草都被炮火打碎了的时候，你们还有心消遣？你们是为画给日本人看吗？噢！日本人打碎了你们的青山，打红了你们的河水，你们还有脸来画春花秋月，好教日本人看着舒服，教他们觉得即使把你们的城市田园都轰平，你们也还会用各种颜色粉饰太平！收起你们那些污辱艺术，轻蔑自己的东西吧！要画，你们应当画战场上的血，和反抗侵略的英雄！说完，他深深的给他们鞠了一躬，嘱咐他们想一想他的话，而后头也没回的走去。我的朋友不认识他，可是他们跟我一形容，我知道那必是默吟！”

“你的两位朋友对他有什么批评呢？陈先生！”瑞宣很郑重的问。

“他们说他是半疯子！”

“半疯子？难道他的话就没有一点道理？”

“他们！”野求赶紧笑了一下，好像代朋友们道歉似的。“他们当然没说他的话是疯话，不过，他们只会画一笔画，开个画展好卖几个钱，换点米面吃，这不能算太大的过错。同时，他们以为他要是老这么到处乱说，迟早必教日本人捉去杀了！所以，所以……”

“你想找到他，劝告他一下？”

“我劝告他？”野求的眼珠又不动了，像死鱼似的。他咬上了嘴唇，又楞起来。好大一会儿之后，他叹了口极长的气，绿脸上隐隐的有些细汗珠。“瑞宣兄！你还不知道，他和我绝了交吧？”

“绝交？”

野求慢慢的点了好几下头。“我的心就是一间行刑的密室，那里有一切的刑具，与施刑的方法。”他说出了他与默吟先生绝交的经过。“那可都是我的过错！我没脸再见他，因为我没能遵照他的话而脱去用日本钱买的衣服，不给儿女们用日本钱买米面吃。同时，我又知道给日本人作一天的事，作一件事，我的姓名就永远和汉奸们列在一处！我没脸去见他，可是又昼夜的想见他，他是我的至亲，又是良师益友！见了他，哪怕他抽我几个嘴巴呢，我也乐意接受！他的掌会打下去一点我的心病，内疚！我找不到他！我关心他的安全与健康，我愿意跪着请求他接受我的一点钱，一件衣服！可是，我也知道，他决不会接受我这两只脏手所献给的东西，任何东西！那么，见了面又怎样呢？还不是更增加我的苦痛？”他极快的喝了一口茶，紧跟着说：“只有痛苦！只有痛苦！痛苦好像就是我的心！孩子们不挨饿了，也穿上了衣裳。他们跳，他们唱，他们的小脸上长了肉。但是，他们的跳与唱是毒针，刺着我的心！我怎么办？没有别的办法，除了设法使我自己麻木，麻木，不断的麻木，我才能因避免痛苦而更痛苦，等到心中全是痛苦而忘记了痛苦！”

“陈先生！你吸上了烟？”瑞宣的鼻子上也出了汗。

野求把脸用双手遮住，半天没动弹。

“野求先生！”瑞宣极诚恳的说：“不能这么毁坏自己呀！”

野求慢慢的把手放下去，仍旧低着头，说：“我知道！我知道！可是我管不住自己！姐丈告诉过我：去卖花生瓜子，也比给日本人作事强。可是，咱们这穿惯了大褂的人，是宁可把国耻教大褂遮住，也不肯脱了大褂作小买卖去的！因此，我须麻醉自己。吸烟得多花钱，我就去兼事；事情越多，我的精神就越不够，也就更多吸几口烟。我现在是一天忙到晚，好像专为给自己找大烟钱。只有吸完一顿烟，我才能迷迷糊糊的忘了痛苦。忘了自己，忘了国耻，忘了一切！瑞宣兄，我完了！完了！”他慢慢的立起来。“走啦！万一见到默吟，告诉他我痛苦，我吸烟，我完了！”他往外走。

瑞宣傻子似的跟着他往外走。他有许多话要说，而一句也说不出来。

二人极慢的，无语的，往外走。快走到街门，野求忽然站住了，回过头来：“瑞宣兄！差点忘了，我还欠你五块钱呢！”他的右手向大褂里伸。

“野求先生！咱们还过不着那五块钱吗？”瑞宣惨笑了一下。

野求把手退回来：“咱们——好，我就依实啦！谢谢吧！”

到了门口，野求向一号打了一眼：“现在有人住没有？”

“有！日本人！”

“噢！”野求咽了一大口气，而后向瑞宣一点头，端着肩走去。

瑞宣呆呆的看着他的后影，直到野求拐了弯。回到屋中，他老觉得野求还没走，即使闭上眼，他也还看见野求的瘦脸；野求的形象好像贴在了他的心上！慢慢的，每一看到那张绿脸，他也就看到自己。除了自己还没抽上大烟，他觉得自己并不比野求好到哪里去——凡是留在北平的，都是自取灭亡！

他坐下，无聊的拿起笔来，在纸上乱写。写完，他才看清"我们都是自取灭亡！"盯着这几个字，他想把纸条放在信封里，给野求寄了去。可是，刚想到这里，他也想起默吟先生；随手儿他把纸条儿揉成一个小团，扔在地上。默吟先生就不是自取灭亡的人。是的，钱诗人早晚是会再被捕，被杀掉。可是，在这死的时代，只有钱先生那样的死才有作用。有良心而无胆气的，像他和野求，不过只会自杀而已！

# 四十三

广州陷落。我军自武汉后撤。

北平的日本人又疯了。胜利！胜利！胜利以后便是和平，而和平便是中国投降，割让华北！北平的报纸上登出和平的条件：日本并不要广州与武汉，而只要华北。

汉奸们也都高了兴，华北将永远是日本人的，也就永远是他们的了！

可是，武汉的撤退，只是撤退；中国没有投降！

狂醉的日本人清醒过来以后，并没找到和平。他们都感到头疼。他们发动战争，他们也愿极快的结束战争，好及早的享受两天由胜利得来的幸福。可是，他们只发动了战争，而中国却发动了不许他们享受胜利！他们失去了主动。他们只好加紧的利用汉奸，控制华北，用华北的资源，粮草，继续作战。

瑞宣对武汉的撤退并没有像在南京失守时那么难过。在破箱子底上，他找出来一张不知谁藏的，和什么时候藏的，大清一统地图来。把这张老古董贴在墙上，他看到了重庆。在地图上，正如在他心里，重庆离他好像并不很远。在从前，重庆不过是他记忆中的一个名词，跟他永远不会发生什么关系。今天，重庆离他很近，而且有一种极亲密的关系。他觉得只要重庆说“打”，北平就会颤动；只要重庆不断的发出抗战的呼声，华北敌人的一切阴谋诡计就终必像水牌上浮记着的账目似的，有朝一日必被抹去，抹得一干二净。看着地图，他的牙咬得很紧。他必须在北平立稳，他的一思一念都须是重庆的回响！他须在北平替重庆抬着头走路，替全中国人表示出：中国人是不会投降的民族！

在瑞宣这样沉思的时候，冠家为庆祝武汉的撤退，夜以继日的欢呼笑闹。第一件使他们高兴的是蓝东阳又升了官。

华北，在日本人看，是一把拿定了。所以，他们应一方面加紧的肃清反动分子，一方面把新民会的组织扩大，以便安抚民众。日本人是左手持剑，右手拿着昭和糖，威胁与利诱，双管齐下的。

新民会改组。它将是宣传部，社会部，党部，与青年团合起来的一个总机关。它将设立几处，每处有一个处长。它要作宣传工作，要把工商界的各行都组织起来，要设立少年团与幼年团，要以作顺民为宗旨发动仿佛像一个政党似的工作。

在这改组的时节，原来在会的职员都被日本人传去，当面试验，以便选拔出几个处长和其他的重要职员。蓝东阳的相貌首先引起试官的注意，他长得三分像人，七分倒像鬼。日本人觉得他的相貌是一种资格与保证——这样的人，是地道的汉奸胎子，永远忠于他的主人，而且最会欺压良善。

东阳的脸已足引起注意，恰好他的举止与态度又是那么卑贱得出众，他得了宣传处处长。当试官传见他的时候，他的脸绿得和泡乏了的茶叶似的，他的往上吊着的眼珠吊上去，一直没有回来，他的手与嘴唇都颤动着，他的喉中堵住一点痰。他还没看见试官，便已鞠了三次最深的躬，因为角度太大，他几乎失去身体的平衡，而栽了下去。当他走近了试官身前的时候，他感激得落了泪。试官受了感动，东阳得到了处长。

头一处给他预备酒席庆贺升官的当然是冠家。他接到了请帖，可是故意的迟到了一个半钟头。及来到冠家，他的架子是那么大，连晓荷的善于词令都没能使他露一露黄牙。进门来，他便半坐半卧的倒在沙发上，一语不发。他的绿脸上好像搽上了一层油，绿得发光。人家张罗他的茶水，点心，他就那么懒而骄傲的坐着，把头窝在沙发的角儿上，连理也不理。人家让他就位吃酒，他懒得往起立。让了三四次，他才不得已的，像一条毛虫似的，把自己拧咕[①]到首座。屁股刚碰到椅子，他把双肘都放在桌子上，好像要先打个盹儿的样子。他的心里差不多完全是空的，而只有“处长，处长”随着心的跳动，轻轻的响。他不肯喝酒，不肯吃菜，表示出处长是见过世面的，不贪口腹。赶到酒菜的香味把他的馋涎招出来，他才猛孤丁的夹一大箸子菜，放在口里，旁若无人的大嚼大咽。

大赤包与冠晓荷交换了眼神，他们俩决定不住口的叫处长，像叫一个失了魂的孩子似的。他们认为作了处长，理当摆出架了；假若东阳不肯摆架子，他们还倒要失望呢。他们把处长从最低音叫到最高音，有时候二人同时叫，而一高一低，像二部合唱似的。

任凭他们夫妇怎样的叫，东阳始终不哼一声。他是处长，他必须沉得住气；大人物是不能随便乱说话的。

甜菜上来，东阳忽然的立起来，往外走，只说了声：“还有事！”

他走后，晓荷赞不绝口的夸奖他的相貌：“我由一认识他，就

---

①拧咕，身子歪歪扭扭的样子。

看出来蓝处长的相貌不凡。你们注意没有？他的脸虽然有点发绿，可是你们细看，就能看出下面却有一层极润的紫色儿，那叫朱砂脸，必定掌权！”

大赤包更实际一些：“管他是什么脸呢，处长才是十成十的真货，我看哪，哼！”她看了高第一眼。等到只剩了她与晓荷在屋里的时候，她告诉他：“我想还是把高第给东阳吧。处长总比科长大多了！”

“是的！是的！所长所见甚是！你跟高第说去！这孩子，总是别别扭扭的，不听话！”

“我有主意！你甭管！”

其实，大赤包并没有什么高明的主意。她心里也知道高第确是有点不听话。

高第的不听话已不止一天。她始终不肯听从着妈妈去“拴”住李空山。李空山每次来到，除了和大赤包算账，（大赤包由包庇暗娼来的钱，是要和李空山三七分账的，）便一直到高第屋里去，不管高第穿着长衣没穿，还是正在床上睡觉。他俨然以高第的丈夫自居。进到屋中，他便一歪身倒在床上。高兴呢，他便闲扯几句；不高兴，他便一语不发，而直着两眼盯着她。他逛惯了窑子，婴惯了妓女；他以为一切妇女都和窑姐儿差不多。

高第不能忍受这个。她向妈妈抗议。大赤包理直气壮的教训女儿：“你简直的是胡涂！你想想看，是不是由他的帮忙，我才得到了所长？自然喽，我有作所长的本事与资格；可是，咱们也不能忘恩负义，硬说不欠他一点儿情！由你自己说，你既长得并不像天仙似的，他又作着科长，我看不出这件婚事有什么不配合的地方。你要睁开眼看看事情，别闭着眼作梦！再说，他和我三七分账，我受了累，他白拿钱，我是哑巴吃黄连有苦说不出！你要是明理，就该牢笼住他；你要是嫁给他，难道他还好意思跟老丈母娘三七分账吗？你要知道，我一个人挣钱，可是给你们大家花；我的钱并没都穿在我自己的肋条骨上！”

抗议没有用，高第自然的更和桐芳亲近了。可是，这适足以引起妈妈对桐芳增多恶感，而想马上把桐芳赶到妓院里去。为帮忙桐芳，高第不敢多和桐芳在一块。她只好在李空山躺到她的床上的时候，气哼哼的拿起小伞与小皮包走出去，一走就是一天。她会到北海的山石上，或公园的古柏下，呆呆的坐着；到太寂寞了的时节，她会到晓荷常常去的通善社或崇善社去和那些有钱的，有闲的，想用最小的投资而获得永生的善男善女们鬼混半天。

高第这样躲开，大赤包只好派招弟去敷衍李空山。她不肯轻易放手招弟，可是事实逼迫着她非这样作不可。她绝对不敢得罪李空山。惹恼了李空山，便是砸了她的饭锅。

招弟，自从妈妈作了所长，天天和妓女们在一块儿说说笑笑，已经失去了她的天真与少女之美。她的本质本来不坏。在从前，她的最浪漫的梦也不过和小女学生们的一样——小说与电影是她的梦的资料。她喜欢打扮，愿意有男朋友，可是这都不过是一些小小的，哀而不伤的，青春的游戏。她还没想到过男女的问题和男女间彼此的关系与需要。她只觉得按照小说与电影里的办法去调动自己颇好玩——只是好玩，没有别的。现在，她天天看见妓女。她忽然的长成了人。她从妓女们身上看到了肉体，那无须去想象，而一眼便看清楚的肉体。她不再作浪漫的梦，而要去试一试那大胆的一下子跳进泥塘的行动——像肥猪那样似的享受泥塘的污浊。

真的，她的服装与头发脸面的修饰都还是摩登的，没有受娼妓们的影响。可是，在面部的表情上，与言语上，她却有了很大的变动。她会老气横秋的，学着妓女们的口调，说出足以一下子就跳入泥淖的脏字，而嬉皮笑脸的满意自己的大胆，咂摸着脏字里所藏蕴着的意味。她所受的那一点学校教育不够教她分辨是非善恶的，她只有一点直觉，而不会思想。这一点少女的直觉，一般的说，是以娇羞与小心为保险箱的。及至保险箱打开了，不再锁上，她便只顾了去探索一种什么更直接的，更痛快的，更原始的，愉快，而把害羞与小心一齐扔出去，像摔出一个臭鸡蛋那么痛快。她不再运用那点直觉，而故意的睁着眼往泥里走。她的青春好像忽然被一阵狂风刮走，风过去，剩下一个可以与妓女为伍的小妇人。

她接受了妈妈的命令，去敷衍李空山。

李空山看女人是一眼便看到她们的最私秘的地方去的。在这一点上，他很像日本人。见招弟来招待他，他马上拉住她的手，紧跟着就吻了她，摸她的身上。这一套，他本来久想施之于高第的，可是高第“不听话”。现在，他对比高第更美更年轻的招弟用上了这一套，他马上兴奋起来，急忙到绸缎庄给她买了三身衣料。

大赤包看到衣料，心里颤了一下。招弟是她的宝贝，不能随便就被李空山挖了去。可是，绸缎到底是绸缎，绸缎会替李空山说好话。她不能教招弟谢绝。同时，她相信招弟是聪明绝顶的，一定不会轻易的吃了亏。所以，她不便表示什么。

招弟并不喜欢空山。她也根本没有想到什么婚姻问题。她只是要冒险，尝一尝那种最有刺激性的滋味，别人没敢，李空山敢，对她动手，那么也就无所不可。她看见不止一次，晓荷偷偷的吻那些妓女。现在，她自己大胆一点，大概也没有什么了不起的过错与恶果。

武汉陷落，日本人要加紧的肃清北平的反动分子，实行清查户口，大批的捉人。李空山忙起来。他不大有工夫再来到高第的床上躺一躺。他并不忠心于日本主子，而是为他自己弄钱。他随便的捕人，捕得极多，而后再依次的商议价钱，肯拿钱的便可以被释放；没钱的，不管有罪无罪，便丧掉生命。在杀戮无辜的人的时候，他的胆子几乎与动手摸女人是一边儿大的。

大赤包见李空山好几天没来，很不放心。是不是女儿们得罪了他呢？她派招弟去找他："告诉你，招弟，乖乖！去看看他！你就说：武汉完了事，大家都在这里吃酒；没有他，大家都怪不高兴的！请他千万抓工夫来一趟，大家热闹一天！穿上他送给你的衣裳！听见没有？"

把招弟打发走，她把高第叫过来。她皱上点眉头，像是很疲乏了的，低声的说："高第，妈妈跟你说两句话。我看出来，你不大喜欢李空山，我也不再勉强你！"她看着女儿，看了好大一会儿，仿佛是观察女儿领会了妈妈的大仁大义没有。"现在蓝东阳作了处长，我想总该合了你的意吧？他不大好干净，可是那都因为他没有结婚，他若是有个太太招呼着他，他必定不能再那么邋遢了。说真的，他要是好好的打扮打扮，还不能不算怪漂亮的呢！况且，他又年轻，又有本事；现在已经是处长，焉知道不作到督办什么的呢！好孩子，你听妈妈的话！妈妈还能安心害了你吗？你的岁数已经不小了，别老教妈妈悬着心哪！妈妈一个人打里打外，还不够我操心的？好孩子，你跟他交交朋友！你的婚事要是成了功，不是咱们一家子都跟着受用吗？"说完这一套，她轻轻的用拳头捶着胸口。

高第没有表示什么。她讨厌东阳不亚于讨厌李空山。就是必不得已而接受东阳，她也得先和桐芳商议商议；遇到大事，她自己老拿不定主意。

乘着大赤包没在家，高第和桐芳在西直门外的河边上，一边慢慢的走，一边谈心。河仅仅离城门有一里来地，可是河岸上极清静，连个走路的人也没有。岸上的老柳树已把叶子落净，在秋阳中微摆着长长的柳枝。河南边的莲塘只剩了些干枯到能发出轻响的荷叶，塘中心静静的立着一只白鹭。鱼塘里水还不少，河身可是已经很浅，只有一股清水慢慢的在河心流动，冲动着一穗穗的长而深绿的水藻。河坡还是湿润的，这里那里偶尔有个半露在泥外的田螺，也没有小孩们来挖它们。秋给北平的城郊带来萧瑟，使它变成触目都是秋色，一点也不像一个大都市的外围了。

走了一会儿。她们俩选了一棵最大的老柳，坐在它的露在地面上的根儿上。回头，她们可以看到高亮桥，桥上老不断的有车马来往，因此，她们不敢多回头；她们愿意暂时忘了她们是被圈在大笼子——北平——的人，而在这里自由的吸点带着地土与溪流的香味的空气。

“我又不想走了！”桐芳皱着眉，吸着一根香烟；说完这一句，她看着慢慢消散的烟。

“你不想走啦？”高第好像松了一口气似的问。“那好极啦！你要走了，剩下我一个人，我简直一点办法也没有！”

桐芳眯着眼看由鼻孔出来的烟，脸上微微有点笑意，仿佛是享受着高第的对她的信任。

“可是，”高第的短鼻子上纵起一些小褶子，“妈妈真赶出你去呢？教你到……”

桐芳把半截烟摔在地上，用鞋跟儿碾碎，撇了撇小嘴：“我等着她的！我已经想好了办法，我不怕她！你看，我早就想逃走，可是你不肯陪着我。我一想，斗大的字我才认识不到一石，我干什么去呢？不错，我会唱点玩艺儿；可是，逃出去再唱玩艺儿，我算怎么一回事呢？你要是同我一道走，那就不同了；你起码能写点算点，大小能找个事作；你作事，我愿意刷家伙洗碗的作你的老妈子；我敢保，咱们俩必定过得很不错！可是，你不肯走；我一个人出去没办法！”

“我舍不得北平，也舍不得家！”高第很老实的说了实话。

桐芳笑了笑。“北平教日本人占着，家里教你嫁给刽子手，你还都舍不得！你忘了，忘了摔死一车日本兵的仲石，忘了说你是个好姑娘的钱先生！”

高第把双手搂在磕膝上，楞起来。楞了半天，她低声的说：“你不是也不想走啦？”

桐芳一扬头，把一缕头发摔到后边去：“不用管我，我有我的办法！”

“什么办法？”

“不能告诉你！”

“那，我也有我的办法！反正我不能嫁给李空山，也不能嫁给蓝东阳！我愿意要谁，才嫁给谁！”高第把脸扬起来，表示出她的坚决。是的，她确是说了实话。假使她不明白任何其他的事，她可是知道婚姻自由。自由结婚成了她的一种信仰。她并说不出为什么婚姻应当自由，她只是看见了别人那么作，所以她也须那么作。她在生命上，没有任何足以自傲的地方，而时代强迫着她作个摩登小姐。怎样才算摩登？自由结婚！只要她结了婚，她好像就把生命在世界上拴牢，这，她与老年间的妇女并没有什么差别。可是，她必须要和老妇女们有个差别。怎样显出差别？她要结婚，可是上面必须加上“自由”！结婚后怎样？她没有过问。凭她的学识与本事，结婚后她也许挨饿，也许生了娃娃而弄得稀屎糊在娃娃的脑门上。这些，她都没有想过。她只需要一段浪漫的生活，由恋爱而结婚。有了这么一段经历，她便成了摩登小姐，而后堕入地狱里去也没关系！她是新时代的人，她须有新时代的迷信，而且管迷信叫作信仰。她没有立足于新时代的条件，而坐享其成的要吃新时代的果实。历史给了她自由的机会，可是她的迷信教历史落了空。

桐芳半天没有出声。

高第又重了一句：“我愿意要谁才嫁给谁！”

“可是，你斗得过家里的人吗？你吃着家里，喝着家里，你就得听他们的话！”桐芳的声音很低，而说得很恳切。“你知道，高第，我以后帮不了你的忙了，我有我的事！我要是你，我就跺脚一走！在我们东北，多少女人都帮着男人打日本鬼子。你为什么不去那么办？你走，你才能自由！你信不信？”

“你到底要干什么呢？怎么不帮忙我了呢？”

桐芳轻轻的摇了摇头，闭紧了嘴。

待了半天，桐芳摘下一个小戒指来，递到高第的手里，而后用双手握住高第的手：“高第！从今以后，在家里咱们彼此不必再说话。他们都知道咱俩是好朋友，咱们老在一块儿招他们的疑心。以后，我不再理你，他们也许因为咱俩不相好了，能多留我几天。这个戒指你留着作个纪念吧！”

高第害了怕。“你，你是不是想自杀呢？”

桐芳惨笑了一下：“我才不自杀！”

“那你到底……”

“日后你就明白了，先不告诉你！”桐芳立起来，伸了伸腰；

就手儿揪住一根柳条。高第也立了起来："那么，我还是没有办法呀！"

"话已经说过了，你有胆子就有出头之日；什么都舍不得，就什么也作不成！"

回到家中，太阳已经快落下去。

招弟还没有回来。

大赤包很想不动声色，可是没能成功。她本来极相信自己与招弟的聪明，总以为什么人都会吃亏，而她与她的女儿是绝对不会的。可是，天已经快黑了，而女儿还没有回来，又是个无能否认的事实。再说，她并不是不晓得李空山的厉害。她咬上了牙。这时候，她几乎真像个"母亲"了，几乎要责备自己不该把女儿送到虎口里去。可是，责备自己便是失去自信，而她向来是一步一个脚印儿的女光棍；光棍是绝对不能下"罪己诏"的！不，她自己没有过错，招弟也没有过错；只是李空山那小子可恶！她须设法惩治李空山！

她开始在院中慢慢的走遛儿，一边儿走一边儿思索对付李空山的方法。她一时想不出什么方法来，因为她明知道空山不是好惹的。假若，她想，方法想得不好，而自己"赔了夫人又折兵"那才丢透了脸！这样一想，她马上发了怒。她干嗽了一两声，一股热气由腹部往上冲，一直冲到胸口，使她的胸口发辣。这股热气虽然一劲儿向上冲，可是她的皮肤上反倒觉得有点冷，她轻颤起来。一层小鸡皮疙疸盖住了她满脸的雀斑。她不能再想什么了。只有一个观念像虫儿似的钻动她的心——她丢了人！

作了一辈子女光棍，现在她丢了人！她不能忍受！算了，什么也无须想了，她去和李空山拚命吧！她握紧了拳，抹着蔻丹的指甲把手心都抠得有点疼。是的，什么也不用再说，拚命去是唯一的好办法。晓荷死了有什么关系呢？高第，她永远没喜爱过高第；假若高第随便的吃了大亏，也没多大关系呀。桐芳，哼，桐芳理应下窑子；桐芳越丢人才越好！一家人中，她只爱招弟。招弟是她的心上的肉，眼前的一朵鲜花。而且，这朵鲜花绝不是为李空山预备着的！假若招弟而是和一位高贵的人发生了什么关系，也就没有什么说不通的地方；不幸，单单是李空山抢去招弟，她没法咽下这口气！李空山不过是个科长啊！

她喊人给她拿一件马甲来。披上了马甲，她想马上出去找李空山，和他讲理，和他厮打，和他拚命！但是，她的脚却没往院外走。她晓得李空山是不拿妇女当作妇女对待的人；她若打他，他必还手，而且他会喝令许多巡警来帮助他。她去"声讨"，就必吃更大的亏，丢更多的脸。她是女光棍，而他恰好是无赖子。

晓荷早已看出太太的不安，可是始终没敢哼一声。他知道太太是善于迁怒的人，他一开口，也许就把一堆狗屎弄到自己的头上来。

再说，他似乎还有点幸灾乐祸。大赤包，李空山都作了官，而他自己还没有事作，他乐得的看看两个官儿像两条凶狗似的恶战一场。他几乎没有关切女儿的现在与将来。在他看，女儿若真落在李空山手里呢，也好。反之，经过大赤包的一番争斗而把招弟救了出来呢，也好。他非常的冷静。丢失了女儿和丢失了国家，他都能冷静的去承认事实，而不便动什么感情。

天上已布满了秋星，天河很低很亮。大赤包依然没能决定是否出去找空山和招弟。这激起她的怒气。她向来是急性子，要干什么便马上去干。现在，她的心与脚不能一致，她没法不发气。她找到晓荷作发气的目标。进到屋中，她像一大堆放过血的，没有力量的，牛肉似的，把自己扔在沙发上。她的眼盯住晓荷。

晓荷知道风暴快来到，赶紧板起脸来，皱起点眉头，装出他也很关切招弟的样子。他的心里可是正在想：有朝一日，我须登台彩唱一回，比如说唱一出《九更天》或《王佐断臂》；我很会作戏！

他刚刚想好自己挂上髯口，穿上行头，应该是多么漂亮，大赤包的雷已经响了。

“我说你就会装傻充楞呀！招弟不是我由娘家带来的，她是你们冠家的姑娘，你难道就不着一点急?”

“我很着急!”晓荷哭丧着脸说。“不过，招弟不是常常独自出去，回来的很晚吗?”

“今天跟往常不一样！她是去看……”她不敢往下说了，而啐了一大口唾沫。

“我并没教她去!”晓荷反攻了一句。即使招弟真丢了人，在他想，也都是大赤包的过错，而过错有了归处，那丢人的事仿佛就可以变成无关紧要了。

大赤包顺手抄起一个茶杯，极快的出了手。哗啦！连杯子带窗户上的一块玻璃全碎了。她没预计到茶杯会碰到玻璃上，可是及至玻璃被击碎，她反倒有点高兴，因为玻璃的声音是那么大，颇足以助她的声势。随着这响声，她放开了嗓子：“你是什么东西！我一天到晚打内打外的操心，你坐在家里横草不动，竖草不拿！你长着心肺没有?”

高亦陀在屋中抽了几口烟，忍了一个盹儿。玻璃的声音把他惊醒。醒了，他可是不会马上立起来。烟毒使他变成懒骨头。他懒懒的打了个哈欠。揉了揉眼睛，然后对着小磁壶的嘴咂了两口茶，这才慢慢的坐起来。坐了一小会儿，他才轻挑软帘扭了出来。

三言两语，把事情听明白，他自告奋勇找招弟小姐去。

晓荷也愿意去，他是想去看看光景，假若招弟真的落在罗网里，他应当马上教李空山拜见老泰山，而且就手儿便提出条件，教李空山给他个拿干薪不作事的官儿作。他以为自己若能借此机会得到一官半职，招弟的荒唐便实在可以变为增光耀祖的事了，反之，他若错过了这个机会，他觉得就有点对不起自己，而且似乎还有点对不起日本人——日本人占据住北平，他不是理当去效力么？

可是，大赤包不准他去。她还要把他留在家里，好痛痛快快的骂他一顿。再说，高亦陀，在她看，是她的心腹，必定比晓荷更能把事情处理得妥当一些。她的脾气与成见使她忘了详加考虑，而只觉得能挟制丈夫才见本领。

高亦陀对晓荷软不唧的笑了笑，像说相声的下场时那么轻快的走出去。

大赤包骂了晓荷一百分钟！

亦陀曾经背着大赤包给李空山“约”过好几次女人，他晓得李空山会见女人的地方。

那是在西单牌楼附近的一家公寓里。以前，这是一家专招待学生的，非常规矩的，公寓。公寓的主人是一对五十多岁的老夫妇，男的管账，女的操厨，另用着一个四十多岁的女仆给收拾屋子，一个十四五岁的小男孩给沏茶灌水和跑跑腿儿。这里，没有熟人的介绍，绝对租不到房间；而用功的学生是以在这里得到一个铺位为荣的。老夫妇对待住客们几乎像自己的儿女，他们不只到月头收学生们的食宿费，而也关心着大家的健康与品行。学生们一致的称呼他们老先生和老太太。学生们有了困难，交不上房租，只要说明了理由，老先生会叹着气给他们垫钱，而且借给他们一些零花。因此，学生们在毕业之后，找到了事作，还和老夫妇是朋友，逢节过年往往送来一些礼物，酬谢他们从前的厚道。这是北平的一家公寓，住过这里的学生们，无论来自山南海北，都因为这个公寓而更多爱北平一点。他们从这里，正如同在瑞蚨祥绸缎庄买东西，和在小饭馆里吃饭，学到了一点人情与规矩。北平的本身仿佛就是个大的学校，它的训育主任便是每个北平人所有的人情与礼貌。

“七七”抗战以后，永远客满的这一家公寓竟自空起来。大学都没有开学，中学生很少住公寓的。老夫妇没了办法。他们不肯把公寓改成旅馆，因为开旅馆是“江湖”上的生意，而他们俩不过是老老实实的北平人。他们也关不了门，日本人不许任何生意报歇业。就正在这个当儿，李空山来到北平谋事。他第一喜爱这所公寓的地点——西单牌楼的交通方便，又是热闹的地方。第二，他喜欢这所公寓既干净，又便宜。他决定要三间房。为了生计，老夫妇点了头。

刚一搬进来，李空山便带着一个女人，和两三个男人。他们打了一夜的牌。老夫妇过来劝阻，李空山瞪了眼。老夫妇说怕巡警来抄赌，李空山命令带来的女人把大门开开，教老夫妇看看巡警敢进来不敢。半恼半笑的，李空山告诉老夫妇：“你们知道不知道现在是另一朝代了？日本人喜欢咱们吸烟打牌！”说完，他命令“老先生”去找烟灯。老先生拒绝了，李空山把椅子砸碎了两张。他是“老”军人，懂得怎样欺侮老百姓。

第二天，他又换了个女人。老夫妇由央告而挂了怒，无论如何，请他搬出去。李空山一语不发，坚决的不搬。老先生准备拚命：“老命不要了，我不能教你在这儿撒野！”李空山还是不动，仿佛在这里生了根。

最后，连那个女人也看不过去了，她说了话："李大爷，你有的是钱，哪里找不到房住，何苦跟这个老头子为难呢？"

李空山卖了个面子，对女人说："你说的对，小宝贝！"然后，他提出了条件，教老夫妇赔偿五十元的搬家费。老夫妇承认了条件，给了钱，在李空山走后，给他烧了一股高香。

李空山把五十元全塞给了那个女人："得啦，白住了两天房，白玩了女人，这个买卖作得不错！"他笑了半天，觉得自己非常的漂亮，幽默。

在李空山作了特高科的科长以后，他的第一件"德政"便是强占那所公寓的三间房。他自己没有去，而派了四名腰里带着枪的"干员"去告诉公寓的主人："李科长——就是曾经被你撵出去的那位先生，要他原来住过的那三间房！"他再三再四的嘱咐"干员"们，务必把这句话照原样说清楚，因为他觉得这句话里含有报复的意思。他只会记着小仇小怨，对小仇小怨，他永远想着报复。为了报复小仇小怨，他不惜认敌作父。借着敌人的威风，去欺侮一对无辜的老夫妇，是使他高兴与得意的事。

公寓的老夫妇看到四只手枪，只好含着泪点了头。他们是北平人，遇到凌辱与委屈，他们会责备自己"得罪了人"，或是叹息自己的运气不佳。他们既忍受日本人的欺压，也怕日本人的爪牙的手枪。

李空山并不住在这里，而只在高兴玩玩女人，或玩玩牌的时候，才想起这个"别墅"来。每来一次，他必定命令老夫妇给三间屋里添置一点东西与器具；在发令之前，他老教他们看看手枪。因此，这三间屋子收拾得越来越体面，在他高兴的时候，他会告诉

“老先生”：“你看，我住你的房间好不好？器具越来越多，这不是‘进步’么？”赶到“老先生”问他添置东西的费用的时候，他也许瞪眼，也许拍着腰间的手枪说：“我是给日本人作事的，要钱，跟日本人去要！我想，你也许没有那么大的胆子吧？”“老先生”不敢再问，而悟出来一点道理，偷偷的告诉了太太：“认命吧，谁教咱们打不出日本人去呢？”

高亦陀的心里没有一天忘记了怎样利用机会打倒大赤包，然后取而代之。因此，他对李空山特别的讨好。他晓得李空山好色，所以他心中把李空山与女人拴了一个结。大赤包派他去“制造”暗娼，他便一方面去工作，一方面向李空山献媚：“李科长，又有个新计划，不知尊意如何？每逢有新下海的暗门子，我先把她带到这里来，由科长给施行洗礼，怎样？”

李空山不明白什么叫“洗礼”，可是高亦陀轻轻挽了挽袖口，又挤了挤眼睛，李空山便恍然大悟了，他笑得闭不上了嘴。好容易停住笑，他问：

“你给我尽心，拿什么报答你呢？是不是我得供给你点烟土？”

高亦陀轻快的躲开，一劲儿摆手：“什么报酬不报酬呢？凭你的地位，别人巴结也巴结不上啊，我顺手儿能办的事，敢提报酬？科长你要这么客气，我可就不敢再来了！”

这一套恭维使李空山几乎忘了自己的姓氏，拍着高亦陀的肩头直喊“老弟！”于是，高亦陀开始往“别墅”运送女人。

高亦陀算计得很正确：假若招弟真的落了圈套，她必定是在公寓里。

他猜对了。在他来到公寓以前，李空山已经和招弟在那里玩耍了三个钟头。

招弟，穿着空山给她的夹袍和最高的高跟鞋，好像身量忽然的长高了许多。挺着她的小白脖子，挺着她那还没有长得十分成熟的胸口，她仿佛要把自己在几点钟里变成个熟透了的小妇人。她的黑眼珠放着些浮动的光儿，东瞭一下西瞭一下的好似要表示出自己的大胆，而又有点不安。她的唇抹得特别的红，特别的大，见棱见角的，像是要用它帮助自己的勇敢。她的头发烫成长长的卷儿，一部分垂在项上，每一摆动，那些长卷儿便微微刺弄她的小脖子，有点发痒。额上的那些发鬈梳得很高，她时时翻眼珠向上看，希望能看到它们；发高，鞋跟高，又加上挺着项与胸，她觉得自己是长成了人，应当有胆子作成人们所敢作的事。

她忘了自己是多么娇小秀气。她忘了以前所有的一点生活的理想。她忘了从前的男朋友们。她忘了国耻。假若在北平沦陷之后，她能常常和祁瑞全在一处，凭她的聪明与热气，她一定会因反抗父母而表示出一点爱国的真心来。可是，瑞全走了。她只看到了妓女与父母所作的卑贱无聊的事。她的心被享受与淫荡包围住。慢慢的，她忘了一切，而只觉得把握住眼前的快乐是最实际最直截了当的。冲动代替了理想，她愿意一下子把自己变成比她妈妈更漂亮，更摩登，也更会享受的女人。假若能作到这个，她想，她便是个最勇敢的女郎，即使天塌下来也不会砸住她，更不用提什么亡国不亡国了。

她并不喜爱李空山，也不想嫁给他。她只觉得空山怪好玩。她忘了以前的一切，对将来也没作任何打算。她的家教是荒淫，所以她也只能想到今天有酒今天醉。在她心的深处，还有一点点光亮，那光亮给她照出，像电影场打“玻片”似的，一些警戒的字句。可是，整个的北平都在乌七八糟中，她所知道的“能人”们，都闭着眼瞎混——他们与她们都只顾了嘴与其他的肉体上的享受，她何必独自往相反的方向走呢。她看见了那些警戒的语言，而只一撇嘴。她甚至于告诉自己：在日本人手下找生活，只有鬼混。这样劝告了自己，她觉得一切都平安无事了，而在日本人手下活着也颇有点好处与方便。

没有反抗精神的自然会堕落。

见了李空山，李空山没等她说什么便“打道”公寓。她知道自己是往井里落呢，她的高跟鞋的后跟好像踩着一片薄冰。她有点害怕。可是，她不便示弱而逃走。她反倒把胸口挺得更高了一些。她的眼已看不清楚一切，而只那么东一转西一转的动。她的嗓子里发干，时时的轻嗽一下。嗽完了，她感到无聊，于是就不着边际的笑一笑。她的心跳动得很快，随着心的跳动，她感到自己的身体直往上升，仿佛是要飘到空中去。她怕，可也更兴奋。她的跳动得很快的心像要裂成两半儿。她一会儿想往前闯去，一会儿想往后撤退，可是始终没有任何动作。她不能动了，像一个青蛙被蛇吸住那样。

到了公寓，她清醒了一点。她想一溜烟似的跑出去。可是，她也有点疲乏，所以一步也没动。再看看李空山，她觉得他非常的粗俗讨厌。他身上的气味很难闻。两个便衣已经在院中放了哨。她假装镇定的用小镜子照一照自己的脸，顺口哼一句半句有声电影的名曲。她以为这样拿出摩登姑娘的大方自然，也许足以阻住李空山的袭击。她又极珍贵自己了。

可是，她终于得到她所要的。事后，她非常的后悔，她落了泪。李空山向来不管女人落泪不落泪。女人，落在他手里，便应当像一团棉花，他要把它揉成什么样，便揉成什么样。他没有温柔，而且很自负自己的粗暴无情，他的得意的经验之语是："对女人别留情！砸折了她的腿，她才越发爱你！"

高亦陀来到。

# 四十四

见高亦陀来到，招弟开始往脸上拍粉，重新抹口红，作出毫不在乎的样子。在家中，她看惯了父母每逢丢了脸就故意装出这种模样。这样一作戏，她心中反倒平定下来。她觉得既然已经冒了险，以后的事就随它的便吧，用不着发愁，也用不着考虑什么。她自自然然的对亦陀打了招呼，仿佛是告诉他："你知道也好，不知道也好，反正我一切都不在乎！"

高亦陀的眼睛恰好足够判断这种事情的，一眼他便看明白事情的底蕴。他开始夸赞招弟的美貌与勇敢。他一字不提事情的正面，而只诚恳的扯闲话儿，在闲话之中，他可是教招弟知道：他是她的朋友，他会尽力帮她忙，假若她需要帮忙的话。他很爱说话，但是他留着神，不让他的话说走了板眼。

听亦陀闲扯了半天，招弟更高兴起来，也开始有说有笑，仿佛她从此就永远和空山住在一处也无所不可了。真的，她还没想出来她的第二步应当往哪里走，可是表示出她的第一步并没有走错。不管李空山是什么东西，反正今天她已被他占有，那么她要是马上就想和他断绝关系，岂不反倒有点太怕事与太无情么？好吧，歹吧，她须不动声色的应付一切。假若事情真不大顺利，她也还有最后的一招，她须像她妈妈似的作个女光棍。她又用小镜子照了照自己，她的脸，眼，鼻子，嘴，是那么美好，她觉得就凭这点美丽，她是绝对不会遇到什么灾难和不幸的。

看和招弟闲谈的时间已经够了，亦陀使了个眼神，把李空山领到另一间屋里去。一进门，他便扯天扯地的作了三个大揖，给空山道喜。

空山并没觉得有什么可喜，因为女人都是女人，都差不多；他在招弟身上并没找到什么特殊的地方来。他只说了声："麻烦得很！"

"麻烦？怎么？"高亦陀很诚恳的问。

"她不是混事的，多少有点麻烦！"空山把自己扔在一个大椅子上，显着疲乏厌倦，而需要一点安慰似的。

"科长！"高亦陀的瘦脸上显出严肃的神气："你不是很想娶个摩登太太吗？那是对的！就凭科长你的地位身分，掌着生杀之权，是该有一位正式的太太的！招弟姑娘呢，又是那么漂亮年轻，多少人费了九牛二虎的力量都弄不到手，而今居然肥猪拱门落在你手里，还不该请朋友们痛痛快快的吃回喜酒？"

亦陀这一番话招出空山不少的笑容来，可是他还一劲儿的说："麻烦！麻烦！"他几乎已经不知道"麻烦"是指着什么说的，而只是说顺了嘴儿，没法改动字眼。同时，老重复这两个字也显着自己很坚决，像个军人的样子，虽然他不晓得为什么要坚决。

亦陀见科长有了笑容，赶紧凑过去，把嘴放在空山的耳朵上，问："是真正的处女吧？"

空山的大身子像巨蛇似的扭了扭，用肘打了亦陀的肋部一下：

“你！你！”而后，抿着嘴笑了一下，又说了声：“你！”

“就凭这一招，科长，还值不得请客吗？”高亦陀又挽了挽袖口，脸上笑得直往下落烟灰。

“麻烦！”李空山的脑子里仍然没出现新的字样。

“不麻烦！”亦陀忽然郑重起来。“一点都不麻烦！你通知冠家，不论大赤包怎么霸道，她也不敢惹你！”

“当然！”空山懒不唧的，又相当得意的，点了点头。

“然后，由你们两家出帖请客，一切都交给晓荷去办，咱们坐享其成。好在晓荷专爱办这种事，也会办这种事。咱们先向冠家要陪嫁。我告诉你，科长，大赤包由你的提拔，已经赚了不少的钞票，也该教她吐出一点儿来了！把嫁妆交涉好，然后到了吉期，我去管账。结账的时候，我把什么喜联喜幛的全交给冠家，把现金全给你拿来。大赤包敢说平分的话，咱们亮手枪教她看看就是了。我想，这是一笔相当可观的收入，而且科长你也应当这么作一次了。请原谅我的直言无隐，要是别人当了这么多日子的科长，早就不知道打过多少次秋风啦。科长你太老实，老有点不好意思。你可就吃了亏。这回呢，你是千真万确的娶太太，难道还不给大家一个机会，教大家孝敬你老一点现款吗？”

听完这一片良言，李空山心里痒了一阵，可是依然只说出：“麻烦！麻烦！”

“一点不麻烦！”亦陀的话越来越有力，可是声音也越低。声音低而有力，才足以表示亲密，而且有点魔力。“你把事情都交给我，先派我作大媒好了。这里只有个大赤包不好斗，不过，咱们说句闲话，她能办的，我，不才，也能办。她要是敢闹刺儿，你把她的所长干掉就是了。咱们只是闲扯，比方说，科长你要是愿意抬举我，我一定不会跟你三七成分账，我是能孝敬你多少，就拿出多少，我决不能像大赤包那么忘恩负义！这可都是闲篇儿，科长你可别以为我要顶大赤包；她是我的上司，我对她也不能忘恩负义！话往回说，你把事情全交给我好了，我一定会办得使你满意！”

“麻烦！”李空山很喜欢亦陀的话，可是为表示自己有思想，所以不便立刻完全同意别人的策略——愚人之所以为愚人，就是因为他以为自己很有思想。

“还有什么麻烦呀？我一个人的爷爷！”高亦陀半急半笑的说。

“有了家，”李空山很严肃的提出理由来，“就不自由了！”

高亦陀低声的笑了一阵。“我的科长，家就能拴住咱们了吗？别的我不知道，我到过日本。”

空山插了话：“到过日本，你？”

“去过几天！”亦陀谦恭而又自傲的说：“我知道日本人的办法。日本男人把野娘们带到家来过夜，他的太太得给铺床叠被的伺候着。这个办法对！她，”亦陀的鼻子向旁边的屋子一指，“她是摩登小姐，也许爱吃醋；可是，你只须教训她两回，她就得乖乖的听话。砸她，拧她，咬她，都是好的教训。教训完了，给她买件衣料什么的，她就破涕为笑了！这样，她既不妨碍你的自由，你又可以在大宴会或招待日本人的时候，有个漂亮太太一同出席，够多么好！没有麻烦！没有一点麻烦！况且，说句丑话，在真把她玩腻了的时候，你满可以把她送给日本朋友啊！告诉你，科长，有日本人占住北平，咱们实在有一切的便利！”

空山笑了。他同意亦陀的最后一项办法——把招弟送给日本人，假如她太不听话。

“就这么办啦，科长！”亦陀跳动着轻碎的小步往外走。隔着窗子，他告诉招弟："二小姐，我到府上送个话儿，就说今天你不回去了！"没等招弟开口，他已经走出去。

他雇车回到冠家。一路上，他一直是微笑着。他回忆刚才在公寓里的经过，像想一出《蒋干盗书》那类的戏似的那么有趣。最得意的地方是李空山已经注意到他到过日本，和他对日本人怎样对待女子的知识。他感到他的知识已发生了作用，毫无疑义的，他将凭借着那点知识而腾达起来——他将直接的去伺候日本人，而把大赤包连李空山——连李空山——全一脚踢开！他觉得北平已不是"原根"的花木，而是已接上了日本的种儿。在这变种的时候，他自己是比任何人都更有把握的得风气之先，先变得最像日本人，也就得到最多的金钱与势力。以前，他在天桥儿卖过草药；将来，他必须在日本人面前去卖草药，成为一个最伟大的草药贩子。他的草药将是他的唇舌，机智，与拉拢的手段。他将是今日的苏秦张仪，在浑水里摸到最大的一条鱼。

一直到进了冠家的大门，他才停止了微笑，换上了一脸的严肃。院中很静。桐芳与高第已经都关门就寝，只有北屋还有灯光。

大赤包还在客厅中坐着呢，脸上的粉已褪落，露出黄暗的皱纹与大颗的黑雀斑，鼻子上冒出一些有光的油。晓荷在屋中来回的走，他的骂已挨够，脸上露出点风暴过去将要有晴天的微笑。他的眼时常瞭着大赤包，以便随时收起微笑，而拿出一点忧郁来。在平日，他很怕大赤包。今天，看她真动了气，他反倒有点高兴；不管她怎样的骂他，反正她是遇到了李空山那样的一个敌手，这很值得高兴。他并没为招弟思索什么，而只想招弟若真和李空山结婚，他将得到个机会施展自己的本事。他将要极精细的，耐心的，去给她选择嫁妆，既要省钱，又要漂亮。他将要去定多少桌喜酒，怎样把菜码略微一调动便可以省一元钱，而教一般的客人看不出其中的奥妙。把这些都想过，他想到自己：在吉期那天，他将穿什么衣服，好把自己扮成既像老太爷，又能显出“老来俏”。他将怎样露出既有点疲倦，而仍对客人们极其周到。他将喝五成酒，好教脸上红扑扑的，而不至于说话颠三倒四。他将在大家的面前，表演一回尽美尽善的老泰山！

假若日本人的疯狂是昂首挺胸的，冠晓荷和类似他的北平人的疯狂是沉溺在烟酒马褂与千层底缎鞋之间的。日本人的疯狂是老要试试自己的力气，冠晓荷的是老要表现自己的无聊。这两种疯狂——凡是只知道自己，只关切自己，而不睁眼看看世界的，都可以叫作疯狂——遇到一处，就正好一个可以拚命的打人，一个死不要脸的低着头看自己的缎子鞋。按说，晓荷对招弟应当多少关点心，她是他的亲女儿。在一个中国人的心里，父亲是不能把女儿当作一根草棍儿似的随便扔出去的。可是，晓荷的疯狂使他心中很平静。对女儿，正像对他生身之地北平一样，被别人糟塌了，他一点也不动心。他的确是北平的文化里的一个虫儿，可是他并没有钻到文化的深处去，他的文化只有一张纸那么薄。他只能注意酒食男女，只能分别香片与龙井的吃法，而把是非善恶全付之一笑，一种软性疯狂的微笑。

见高亦陀进来，晓荷作出极镇定而又极恳切的样子，问了声“怎样？”

亦陀没理会晓荷，而看了看大赤包。她抬了抬眼皮。亦陀晓得女光棍是真着了急，而故意的要“拿捏”她一下；亦陀也是个软性的疯子。他故意作出疲乏的样子，有声无力的说：“我得先抽一口！”他一直走进内间去。

大赤包追了进去。晓荷仍旧在客厅里慢慢的走。他不屑于紧追亦陀，他有他的身分！

等亦陀吸了一大口烟之后，大赤包才问："怎样？找到他们，啊，她，没有？"

一边慢慢的挑烟，亦陀一边轻声缓调的说："找到了。二小姐说，今天不回来了。"

大赤包觉得有多少只手在打她的嘴巴！不错，女儿迟早是要出嫁的，但是她的女儿就须按照她的心意去嫁人。招弟这样不明不白的被李空山抢去，她吃不消。她想不起一点自己的教养女儿的错误，而招弟竟敢这么大胆妄为，她不能不伤心。不过，招弟只是个年轻的女孩子，还有可原谅。李空山是祸首，没有任何可原谅的地方；假若没有李空山的诱惑，招弟一定不会那样大胆。她把过错全归到李空山的身上，而咬上了牙。哼，李空山是故意向她挑战，假若她低了头，她就不用再在北平叫字号充光棍了。这一点，比招弟的失足还更要紧。她知道，即使现在把招弟抢救回来，招弟也不能再恢复"完整"。可是，她必须去抢救，不是为招弟的名誉与前途，而是为斗一斗李空山。她和李空山，从现在起，已是势不两立！

"晓荷！"雷似的她吼了一声。"叫车去！"

雷声把亦陀震了起来。"干吗？"

一手插腰，一手指着烟灯，大赤包咬着牙说："我斗一斗姓李的那小子！我找他去！"

亦陀立了起来。"所长！是二小姐倾心愿意呀！"

"你胡说！我养的孩子，我明白！"大赤包的脸上挂上了一层白霜；手还指着烟灯，直颤。"晓荷！叫车去！"

晓荷向屋门里探了探头。

大赤包把指向烟灯的手收回来，面对着晓荷，“你个松头日脑的东西！女儿，女儿，都叫人家给霸占了，你还王八大缩头呢！你是人不是？是人不是？说！”

“不用管我是什么东西吧，”晓荷很镇定的说：“咱们应当先讨论讨论怎样解决这件事，光发脾气有什么用呢？”在他的心里，他是相当满意招弟的举动的，所以他愿意从速把事情解决了。他以为能有李空山那么个女婿，他就必能以老泰山的资格得到一点事作。他和东阳，瑞丰，拜过盟兄弟，可是并没得到任何好处。盟兄弟的关系远不如岳父与女婿的那么亲密，他只须一张嘴，李空山就不能不给他尽心。至于招弟的丢人，只须把喜事办得体面一些，就能遮掩过去，正如同北平陷落而挂起五色旗那样使人并不觉得太难堪。势力与排场，是最会遮羞的。

大赤包楞了一楞。

高亦陀赶紧插嘴，唯恐教晓荷独自得到劝慰住了她的功劳。“所长！不必这么动气，自己的身体要紧，真要气出点病来，那还了得！”说着，他给所长搬过一张椅子来，扶她坐下。

大赤包哼哼了两声，觉得自己确是不应动真气；气病了自己实在是一切人的损失。

亦陀接着说：“我有小小的一点意见，说出来备所长的参考。第一，这年月是讲自由的年月，招弟小姐并没有什么很大的过错。第二，凭所长你的名誉身分，即使招弟小姐有点不检点，谁也不敢信口胡说，你只管放心。第三，李空山虽然在这件事上对不起所长，可是他到底是特高科的科长，掌着生杀之权。那么，这件婚事实在是门当户对，而双方的势力与地位，都足以教大家并上嘴的。第四，我大胆说句蠢话，咱们的北平已经不是往日的北平了，咱们就根本无须再顾虑往日的规矩与道理。打个比方说，北平在咱们自己手里的时候，我就不敢公开的抽两口儿烟。今天，我可就放胆的去吸，不但不怕巡警宪兵，而且还得到日本人的喜欢。以小比大，招弟小姐的这点困难，也并没有什么难解决的地方，或者反倒因为有这么一点困难，以后才更能出风头呢。所长请想我的话对不对？”

大赤包沉着脸，眼睛看着鞋上的绣花，没哼一声。她知道高亦陀的话都对，但是不能把心中的恶气全消净。她有些怕李空山，因为怕他，所以心里才难过。假若她真去找他吵架，她未必干得过他。反之，就这么把女儿给了他，焉知他日后不更嚣张，更霸道了呢。她没法办。

晓荷，在亦陀发表意见的时候，始终立在屋门口听着，现在他说了话：“我看哪，所长，把招弟给他就算了！”

“你少说话！”大赤包怕李空山，对晓荷可是完全能控制得住。

“所长！”亦陀用凉茶漱了漱口，啐在痰盂里，而后这么叫，“所长，毛遂自荐，我当大媒好了！事情是越快办越好，睡长梦多！”

大赤包深深的吸了一口气，用手轻轻的揉着胸口，她的心中憋得慌。

亦陀很快的又呼噜了一口烟，向所长告辞：“咱们明天再详谈！就是别生气，所长！”

第二天，大赤包起来的很迟。自从天一亮，她就醒了，思前想后的再也闭不上眼。她可是不愿意起床，一劲儿盼望招弟在她起床之前回来，她好作为不知道招弟什么时候回来的样子而减少一点难堪。可是，一直等到快晌午了，招弟还没回来。大赤包又发了怒。她可是没敢发作。昨天，她已经把晓荷骂了个狗血喷头，今天若再拿他出气，似乎就太单调了一些。今天，她理当从高第与桐芳之中选择出一个作为“骂挡子”。但是，她不能骂高第。她一向偏疼招弟，而把高第当作个赔钱货，现在，给她丢人的反倒是她的心上的肉，而不是高第。她不能再激怒了高第，使高第也去胡闹八光。她只好骂桐芳。但是，桐芳也骂不得。她想象得到：假若她敢挑战，桐芳必定会立在门外的大槐树下去向全胡同广播招弟的丑事。她的怒气只能憋在心里。她巴结上了李空山，得到了所长的职位与她所希冀的金钱与势力，可是今天她受了苦刑，有气不敢发泄，有话不敢骂出来！她并没有一点悔意，也决不想责备自己，可是她感到心中像有块掏不出来的什么病。快晌午了，她不能再不起来。假若她还躺在床上，她想那就必定首先引起桐芳的注意，而桐芳会极高兴的咒诅她就这么一声不响气死在床上的。她必须起来，必须装出若无其事的样子，以无耻争取脸面。

起来，她没顾得梳洗，就先到桐芳的小屋里去看一眼。桐芳没在屋里。

高第，脸上还没搽粉，从屋里出来，叫了一声“妈！”

大赤包看了女儿一眼。高第，因为脸上没有粉，唇上没有口红，比往日更难看了些。她马上就想到：招弟倒真好看呢，可是白白的丢掉了。想到这里，她以为高第是故意的讽刺她呢！她可是还不敢发脾气。她问了声：“她呢？”

“谁？桐芳啊？她和爸爸一清早就出去了，也许是看招弟去了吧？我听见爸爸说：去看新亲！”

大赤包的头低下去，两手紧紧的握成拳头，半天没说出话来。

高第往前凑了两步，有点害怕，又很勇敢的说：“妈！先前你教我敷衍李空山，你看他是好人吗？”

大赤包抬起头来，很冷静的问：“又怎样呢？”

高第怕妈妈发怒，赶紧假笑了一下。“妈！自从日本人一进北平，我看你和爸爸的心意和办法就都不对！你看，全胡同的人有谁看得起咱们？谁不说咱们吃日本饭？据我瞧，李空山并不厉害，他是狗仗人势，借着日本人的势力才敢欺侮咱们。咱们吃了亏，也是因为咱们想从日本人手里得点好处。跟老虎讨交情的，早晚是喂了老虎！”

大赤包冷笑起来。声音并不高，而十分有劲儿的说：“呕！你想教训我，是不是？你先等一等！我的心对得起老天爷！我的操心受累全是为了你们这一群没有用的吃货！教训我？真透着奇怪！没有我，你们连狗屎也吃不上！”

高第的短鼻子上出了汗，两只手交插在一块来回的绞。“妈，你看祁瑞宣，他也养活着一大家子人，可是一点也不……”她舐了舐厚嘴唇，没敢把坏字眼说出来，怕妈妈更生气。“看人家李四爷，孙七，小崔，不是都还没饿死吗？咱们何必单那么着急，非巴结……不可呢？”

大赤包又笑了一声：“得啦，你别招我生气，行不行？行不行！你懂得什么？”

正在这个时节，晓荷，满脸的笑容，用小碎步儿跑进来。像蜂儿嗅准了一朵花似的，他一直奔了大赤包去。离她有两步远，他立住，先把笑意和殷勤放射到她的眼里，而后甜美的说：“所长！二姑娘回来了！”

晓荷刚说完，招弟就轻巧的，脸上似乎不知怎样表情才好，而又没有一点显然的惭愧或惧怕的神气，走进来。她的顶美的眼睛由高第看到妈妈，而后看了看房脊。她的眼很亮，可是并不完全镇定，浮动着一些随时可以变动的光儿。先轻快的咽了一点唾沫，她才勇敢的，微笑着，叫了一声“妈！”

大赤包没出声。

桐芳也走进来，只看了高第一眼，便到自己的小屋里去。

“姐！”招弟假装很活泼的过去拉住高第的手，而后咯咯的笑起来，连她自己也不知道笑的什么。

晓荷看看女儿，看看太太，脸上满布着慈祥与愉快，嘴中低声念道：“一切不成问题！都有办法！都有办法！”

“那个畜生呢？”大赤包问晓荷。

“畜生？”晓荷想了一下才明白过来：“一切都不成问题！所长，先洗洗脸去吧！”

招弟放开姐姐的手，仰着脸，三步并成两步的，跑进自己屋中去。

大赤包还没走到屋门口，高亦陀就也来到。有事没事的，他总是在十二点与下午六点左右，假若不能再早一点的话，来看朋友，好吃人家的饭。赶了两步，他搀着大赤包上台阶，倒好像她是七八十岁的人似的。

大赤包刚刚漱口，祁瑞丰也来到。刚一进屋门，他便向大家道喜。道完喜，他发表了他的说与不说都没关系的意见：

“这太好了！太好了！事情应当这样！应当这样！冠家李家的联姻，简直是划时代的一个，一个，”他想不出来到底应当说一个什么才对，而把话转到更实际一些的问题上去：“冠大哥！我们什么时候吃喜酒呢？这回你可非露一手儿不行呀！酒是酒，菜是菜，一点也不能含糊。我去邀大家，单说鲜花花篮，起码得弄四十对来！还有，咱们得教李科长约些个日本人来助威，因为这是划时代的一个，一个……”他还是想不出一个什么来，而觉得自己很文雅，会找字眼，虽然没有找到。

晓荷得到了灵感，板着脸，眼睛一眨一眨的，像是在想一句诗似的。“是的！是的！一定要请日本朋友们，这是表示中日亲善的好机会！我看哪，”他的眼忽然一亮，像猫子忽然看到老鼠那样，“干脆请日本人给证婚，岂不更漂亮？”

瑞丰连连的点头：“难得大哥你想的出，那简直是空前之举！”

晓荷笑了：“的确是空前！我冠某办事，当然得有两手惊人的！”

“嫁妆呢？”瑞丰靠近了晓荷，极亲密的说：“是不是教菊子来住在这儿，好多帮点忙？”

“到时候，我一定去请她来，咱们这样的交情，我决不闹客气！先谢谢你呀！”晓荷说完，轻巧的一转身，正看见蓝东阳进来。他赶紧迎过去：“怎么！消息会传得这么快呢？”

东阳自从升了官，架子一天比一天大。他的架子，不过，可不是趾高气扬的那一种，而是把骨骼放松，仿佛随时都可以被风吹散。他懒得走，懒得动，屁股老像在找凳子；及至坐下，他就像瘫在了那里，不愿再起来。偶尔的要走几步路，他的身子就很像刚学迈步的小儿，东倒一下，西倒一下的乱摆。他的脸上可不这么松懈，眼睛老是左右开弓的扯动，牙老咬着，表示自己虽然升了官，而仍然有无限的恨意——恨自己没有一步跳到最高处去，恨天下有那么多的官儿，而不能由他全兼任过来。越恨，他就越觉得自己重要，所以他的嘴能不漱就不漱，能不张开就不张开，表示出不屑于与凡人交谈，而口中的臭气仿佛也很珍贵，不轻于吐出一口来。

他没回答晓荷的质问，而一直扑奔了沙发去，把自己扔在上面。对瑞丰，他根本没理会。他恨瑞丰，因为瑞丰没有给他运动上中学校长。

在沙发上，扯动了半天他的眼睛，他忽然开了口："是真的？"

"什么是真的？"晓荷笑着问。晓荷是一向注意彼此间的礼貌的，可是他并不因此而讨厌东阳的没规矩。凡是能作官的，在他看，就都可钦佩；所以，即使东阳是条驴，他也得笑脸相迎。

"招弟！"东阳从黄牙板中挤出这两个字。

"那还能是假的吗，我的老弟台！"晓荷哈哈的笑起来。

东阳不再出声，用力的啃手指甲。他恨李空山能得到美丽的招弟，而他自己落了空。他想起一共给招弟买过多少回花生米，哼，那些爱的投资会居然打了"水飘儿"！他的大指的指甲上出了血，他的脸紧缩得像个小干核桃。恨，给了他灵感，他脑中很快的构成了一首诗：

"死去吧，你！
白吃了我的花生米，
狗养的！"

诗作成，他默念了两三遍，以便记牢，好写下来寄到报社去。

有了诗，也就是多少有了点稿费，他心中痛快了一点。他忽然的立起来，一声没出的走出去。

"吃了饭再走啊！"晓荷追着喊。

东阳连头也没回。

"这家伙是怎回事？"瑞丰有点怕东阳，直等东阳走出去才开口。

"他？"晓荷微笑着，好像是了解一切人的性格似的说："要人都得有点怪脾气！"

好事不出门，坏事行千里。不大的工夫，冠家的丑事就传遍了全胡同。对这事，祁老人首先向韵梅发表了意见："小顺儿的妈，你看怎样，应了我的话没有？小三儿，原先，时常跟她套交情，要不是我横拦着，哼，把她弄到家来，那比二媳妇还要更糟！什么话呢，不听老人言，祸事在眼前，一点也不错！"老人非常自傲这点先见之明，说完了，一劲儿的梳弄胡子，好像是表示胡子便代表智慧与远见。

小顺儿的妈却另有见解："其实，老爷子你倒不必操那个心。不管老三当初怎么往前伸腿，他也不会把她弄到手。她们一家子都是势利眼！"

老人听出韵梅的话中有些真理，可是为了维持自己的尊严，不便完全同意，于是只轻描淡写的叹了口气。

小顺儿的妈把自己的意见又向丈夫提出，瑞宣只微微的一皱眉，不愿意说什么。假若他愿开口的话，他必告诉她："这并不只是冠家的羞耻，而是我们大家出了丑，因为冠家的人是活在我们中间的——我们中间为什么会有这样的人呢？假若你要只承认冠家的存在是一种事实，你便也承认了日本人的侵略我们是不可避免的，因为臭肉才会招来苍蝇！反之，你若能看清冠家的存在是我们的一个污点，你才会晓得我们要反抗日本，也要扫除我们内部的污浊。公民们有合理的生活，才会有健康的文化，才会打退侵略者。"他可是没有开口，一来因为怕太太不了解，二来他觉得自己的生活恐怕也不尽合理，要不然他为什么不去参加抗战的工作，而只苟延残喘的在日本旗子下活着呢？

胡同中最热心给冠家作宣传的是小崔，孙七，与长顺。小崔和大赤包有点私仇，所以他不肯轻易放掉这个以宣传为报复的机会。他不像瑞宣那样会思索，而只从事情的表面上取得他的意见：

“好吧，你往家里招窑姐儿，你教人家作暗门子，你的女儿也就会偷人！老天爷有眼睛！”

孙七虽然同意小崔的意见，可是他另有注重之点：“告诉你，小崔，这是活报应！你苟着日本人，得了官儿，弄了钱，哼，你的女儿走桃花运！你看着，小崔，凡是给日本人作事，狐假虎威的人，早晚都得遭报！”

长顺对男女的关系还弄不十分清楚，因此他才更注意这件事。他很想把故事中的细节目都打听明白，以便作为反对冠家的资料，一方面也增长些知识。他刨根问底的向小崔与孙七探问，他们都不能满足他。他甚至于问李四大妈，李四大妈似乎还不知道这件事，而郑重的嘱咐他：“年轻轻的，可别给人家造谣言哪！那么俊秀的姑娘，能作出那么不体面的事？不会！就是真有这么回事，咱们的嘴上也得留点德哟！”

李四大妈嘱咐完了，还不放心，偷偷的把事情告诉了长顺的外婆。两位老太婆对于冠家几乎没有任何的批判，而只觉得长顺这个小人儿太“精”了。外婆给了长顺警告。长顺儿表面上不敢反抗外婆，而暗中更加紧的去探问，并且有枝添叶的作宣传。

李四爷听到了这件事，而不肯发表任何意见。他的一对老眼睛看过的事情，好的歹的，善的恶的，太多了；他不便为一件特殊的事显出大惊小怪。在他的经验中，他看见过许多次人世上的动乱，在这些动乱里，好人坏人都一样的被一个无形的大剪子剪掉，或碰巧躲开剪刀，而留下一条命。因此，他知道性命的脆弱，与善恶的不十分分明。在这种情形下，他只求凭着自己的劳力去挣钱吃饭，使心中平安。同时，在可能的范围中，他要作些与别人有益的事，以便死后心中还是平安的。他不为好人遭了恶报而灰心，也不为歹人得了好处而改节。他的老眼睛老盯着一点很远很远的光，那点光会教他死后心里平安。他是地道的中国人，仿佛已经活了几千年或几万年，而还要再活几千年或几万年。他永远吃苦，有时候也作奴隶。忍耐是他最高的智慧，和平是他最有用的武器。他很少批评什么，选择什么，而又无时不在默默的批评，默默的选择。他可以丧掉生命，而永远不放手那点远处的光。他知道他会永生，绝不为一点什么波动而大惊小怪。

有人问李四爷："冠家是怎回事?"他只笑一笑，不说什么。他好像知道冠家，汉奸们，和日本人，都会灭亡，而他自己永远活着。

只有丁约翰不喜欢听大家的意见。说真的，他并不以为招弟的举动完全合理，可是为表示他是属于英国府的，他不能随便的人云亦云的乱说。他仍旧到冠家去，而且送去点礼物。他觉得只有上帝才能裁判他，别人是不应干涉他，批评他的。

"舆论"开始由孙七给带到附近的各铺户去，由小崔带到各条街上去。每逢大赤包或招弟出来，人们的眼睛都射出一点好像看见一对外国男女在街上接吻那样的既稀奇又怪不好过的光来。在她们的背后，有许多手指轻轻的戳点。

大赤包和招弟感觉到了那些眼光与手指，而更加多了出来的次数。大赤包打扮得更红艳，把头扬得高高的，向"舆论"挑战。招弟也打扮得更漂亮，小脸儿上增加了光彩与勇敢，有说有笑的随着妈妈游行。

晓荷呢，天天总要上街。出去的时候，他走得相当的快，仿佛要去办一件要事。回来，他手中总拿着一点东西，走得很慢；遇到熟人，他先轻叹一声，像是很疲倦的样子，而后报告给人们："唉！为父母的对儿女，可真不容易！只好'尽心焉而已'吧！"

# 四十五

陈野求找不到姐丈钱默吟，所以他就特别的注意钱先生的孙子——钱少奶奶真的生了个男娃娃。自从钱少奶奶将要生产，野求就给买了催生的东西，亲自送到金家去。他晓得金三爷看不起他，所以要转一转面子。在他的姐姐与外甥死去的时候，他的生活正极其困苦，拿不出一个钱来。现在，他的生活已大见改善，他决定教金三爷看看，他并不是不通人情的人。再说，钱少奶奶住在娘家，若没有钱家这面的亲戚来看看她，她必定感到难过，所以他愿以舅公的资格给她点安慰与温暖。小孩的三天十二天与满月，他都抓着工夫跑来，带着礼物与他的热情。他永远不能忘记钱姐丈，无论姐丈怎样的骂过他，甚至和他绝交。可是，他随时随地的留神，也找不着姐丈，他只好把他的心在这个小遗腹子身上表现出来。他知道姐丈若是看见孙子，应当怎样的快乐；钱家已经差不多是同归于尽，而现在又有了接续香烟的男娃娃。那么，钱姐丈既然没看到孙子，他——野求——就该代表姐丈来表示快乐。

还有，自从他给伪政府作事，他已经没有了朋友。在从前，他的朋友多数是学术界的人。现在，那些人有的已经逃出北平，有的虽然仍在北平，可是隐姓埋名的闭户读书，不肯附逆。有的和他一样，为了家庭的累赘，无法不出来挣钱吃饭。对于那不肯附逆的，他没脸再去访见，就是在街上偶然的遇到，他也低下头去，不敢打招呼。对那与他一样软弱的老友，大家也断绝了往来，因为见了面彼此难堪。自然，他有了新的同事。可是同事未必能成为朋友。再说，新的同事们里面，最好的也不过是像他自己的这路人——虽然心中晓得是非善恶，而以小不忍乱了大谋，自动的涂上了三花脸。其余的那些人，有的是浑水摸鱼，乘机会弄个资格；他们没有品行，没有学识，在国家太平的时候，永远没有希望得到什么优越的地位；现在，他们专凭钻营与无耻，从日本人或大汉奸的手里得到了意外的腾达。有的是已经作了一二十年的小官儿，现在拚命的挣扎，以期保持住原来的地位，假若不能高升一步的话；除了作小官儿，他们什么也不会，“官”便是他们的生命，从谁手中得官，他们便无暇考虑，也不便考虑。这些人们一天到晚谈的是“路线”，关系，与酬应。野求看不起他们，没法子和他们成为朋友。他非常的寂寞。同时，他又想到乌鸦都是黑的，他既与乌鸦同群，还有什么资格看不起他们呢？他又非常的惭愧。

好吧，即使老友都断绝了关系，新朋友又交不来，他到底还有个既是亲又是友的钱默吟啊。可是，默吟和他绝了交！北平城是多么大，有多少人啊，他却只剩下了个病包儿似的太太，与八个孩子，而没有一个朋友！寂寞也是一种监狱！

他常常想起小羊圈一号来。院子里有那么多的花，屋中是那么安静宽阔，没有什么精心的布置，而显出雅洁。那里的人是默吟与孟石，他们有的是茶，酒，书，画，虽然也许没有隔宿的粮米。在那里谈半天话是多么快活的事，差不多等于给心灵洗了个热水浴，使灵魂多出一点痛快的汗珠呀。可是，北平亡了，小羊圈一号已住上了日本人。日本人享受着那满院的花草，而消灭了孟石，仲石，与他的胞姐。凭这一点，他也不该去从日本人手中讨饭吃吧？

他吃上了鸦片，用麻醉剂抵消寂寞与羞惭。

为了吃烟，他须有更多的收入。好吧，兼事，兼事！他有真本事，那些只会浑水摸鱼的人，摸到了鱼而不晓得怎样作一件像样的公文，他们需要一半个像野求这样的人。他们找他来，他愿意多帮忙。在这种时节，他居然有一点得意，而对自己说："什么安贫乐道啊，我也得过且过的瞎混吧！"为了一小会儿的高兴，人会忘了他的灵魂。

可是，不久他便低下头去，高兴变成了愧悔。在星期天，他既无事可作，又无朋友可访，他便想起他的正气与灵魂。假若孩子们吵得厉害，他便扔给他们一把零钱，大声的嚷着："都滚！滚！死在外边也好！"孩子出去以后，他便躺在床上，向烟灯发楞。不久，他便后悔了那样对待孩子们，自己嘀咕着："还不是为了他们，我才……唉！失了节是八面不讨好的！"于是，他就那么躺一整天。他吸烟，他打盹儿，他作梦，他对自己叨唠，他发楞。但是，无论怎着，他救不了自己的灵魂！他的床，他的卧室，他的办公室，他的北平，都是他的地狱！

钱少奶奶生了娃娃，野求开始觉得心里镇定了一些。他自己已经有八个孩子，他并不怎么稀罕娃娃。但是，钱家这个娃娃仿佛与众不同——他是默吟的孙子。假若"默吟"两个字永远用红笔写在他的心上，这个娃娃也应如此。假若他丢掉了默吟，他却得到了一个小朋友——默吟的孙子。假若默吟是诗人，画家，与义士，这个小娃娃便一定不凡，值得敬爱，就像人们尊敬孔圣人的后裔似的。钱少奶奶本不过是个平庸的女人，可是自从生了这个娃娃，野求每一见到她，便想起圣母像来。

附带使他高兴的，是金三爷给外孙办了三天与满月，办得很像样子。在野求看，金三爷这样肯为外孙子花钱，一定也是心中在思念钱默吟。那么，金三爷既也是默吟的崇拜者，野求就必须和他成为朋友。友情的结合往往是基于一件偶然的事情与遭遇的。况且，在他到金家去过一二次之后，他发现了金三爷并没有看不起他的表示。这也许是因为金三爷健忘，已经不记得孟石死去时的事了，或者也许是因为野求现在身上已穿得整整齐齐，而且带来礼物？不管怎样吧，野求的心中安稳了。他决定与金三爷成为朋友。

金三爷是爱面子的。不错，他很喜欢这个外孙子。但是，假若这个外孙的祖父不是钱默吟，他或者不会花许多钱给外孙办三天与满月的。有这一点曲折在里面，他就渴望在办事的时候，钱亲家公能够自天而降，看看他是怎样的义气与慷慨。他可以拉住亲家公的手说："你看，你把媳妇和孙子托给了我，我可没委屈了他们！你我是真朋友，你的孙子也就是我的孙子！"可是，钱亲家公没能自天而降的忽然来到。他的话没有说出的机会。于是，求其次者，他想能有一个知道默吟所遭受的苦难的人，来看一看，也好替他证明他是怎样的没有忘记了朋友的嘱托。野求来得正好，野求知道钱家的一切。金三爷，于是，忘了野求从前的没出息，而把腹中藏着的话说给了野求。野求本来能说会道，乘机会夸赞了金三爷几句，金三爷的红脸上发了光。乘着点酒意，他坦白的告诉了野求："我从前看不起你，现在我看你并不坏！"这样，他们成了朋友。

假若金三爷能这样容易的原谅了野求，那就很不难想到，他也会很容易原谅了日本人的。他，除了对于房产的买与卖，没有什么富裕的知识。对于处世作人，他不大知道其中的绝对的是与非，而只凭感情去瞎碰。谁是他的朋友，谁就“是”；谁不是他的朋友，谁就“非”。一旦他为朋友动了感情，他敢去和任何人交战。他帮助钱亲家去打大赤包与冠晓荷，便是个好例子。同样的，钱亲家是被日本人毒打过，所以他也恨日本人，假若钱默吟能老和他在一块儿，他大概就会永远恨日本人，说不定他也许会杀一两个日本人，而成为一个义士。不幸，钱先生离开了他。他的心又跳得平稳了。不错，他还时常的想念钱亲家，但是不便因想念亲家而也必须想起冠晓荷与日本人。他没有那个义务。到时候，他经女儿的提醒，他给亲家母与女婿烧化纸钱，或因往东城外去而顺脚儿看看女婿的坟。这些，他觉得已经够对得起钱家的了，不能再画蛇添足的作些什么特别的事。况且，近来他的生意很好啊。

假若一个最美的女郎往往遭遇到最大的不幸，一个最有名的城也每每受到最大的污辱。自从日本人攻陷了南京，北平的地位就更往下落了许多。明眼的人已经看出：日本本土假若是天字第一号，朝鲜便是第二号，满洲第三，蒙古第四，南京第五——可怜的北平，落到了第六！尽管汉奸们拚命的抓住北平，想教北平至少和南京有同样的分量，可是南京却好歹的有个“政府”，而北平则始终是华北日军司令的附属物。北平的“政府”非但不能向“全国”发号施令，就是它权限应达到的地方，像河北，河南，山东，山西，也都跟它貌合心离，因为济南，太原，开封，都各有一个日军司令。每一个司令是一个军阀。华北恢复了北伐以前的情形，所不同者，昔日是张宗昌们割据称王，现在代以日本军人。华北没有“政治”，只有军事占领。北平的“政府”是个小玩艺儿。因此，日本人在别处打了胜仗，北平本身与北平的四围，便更遭殃。日本在前线的军队既又建了功，北平的驻遣军司令必然的也要在“后方”发发威。反之，日本人若在别处打了败仗，北平与它的四围也还要遭殃，因为驻遣军司令要向已拴住了的狗再砍几刀，好遮遮前线失利的丑。总之，日本军阀若不教他自己的兵多死几个，若不教已投降的顺民时时尝到枪弹，他便活不下去。杀人是他的“天职”。

因此，北平的房不够用的了。一方面，日本人像蜂儿搬家似的，一群群的向北平来“采蜜”。另一方面，日本军队在北平四围的屠杀，教乡民们无法不放弃了家与田园，到北平城里来避难。到了北平城里是否就能活命，他们不知道。可是，他们准知道他们的家乡有多少多少小村小镇是被敌人烧平屠光了的。

这，可就忙了金三爷。北平的任何生意都没有起色，而只兴旺了金三爷这一行，与沿街打小鼓收买旧货的。

在从前的北平，“住”是不成问题的。北平的人多，房子也多。特别是在北伐成功，政府迁到南京以后，北平几乎房多于人了。多少多少机关都搬到南京去，随着机关走的不止是官吏与工友，而且有他们的家眷。像度量衡局，印铸局等等的机关，在官吏而外，还要带走许多的技师与工人。同时，像前三门外的各省会馆向来是住满了人——上“京”候差，或找事的闲人。政府南迁，北平成了文化区，这些闲人若仍在会馆里傻等着，便是没有常识。他们都上了南京，去等候着差事与面包。同时，那些昔日的军阀，官僚，政客们，能往南去的，当然去到上海或苏州，以便接近南京，便于活动；就是那些不便南下的，也要到天津去住；在他们看，只有个市政府与许多男女学生的北平等于空城。这样，有人若肯一月出三四十元，便能租到一所带花园的深宅大院，而在大杂院里，三四十个铜板就是一间屋子的租金，连三等巡警与洋车夫们都不愁没有地方去住。

现在，房子忽然成了每一个人都须注意的问题。租房住的人忽然得到通知——请另找房吧！那所房也许是全部的租给了日本人，也许是因为日本人要来租赁而房主决定把它出卖。假若与日本人无关，那就必定是房主的亲戚或朋友由乡下逃来，非找个住处不可。这样一来，租房住的不免人人自危，而有房子的也并不安定——只要院中有间房，哪怕是一两间呢，亲戚朋友仿佛就都注意到，不管你有没有出租的意思。亲友而外，还有金三爷这批人呢。他们的眼仿佛会隔着院墙看清楚院子里有无空闲的屋子。一经他们看到空着的屋子，他们的本事几乎和新闻记者差不多，无论你把大门关得怎样严紧，他们也会闯进来的。同时，有些积蓄的人，既不信任伪币，又无处去投资，于是就赶紧抓住了这个机会——买房！房，房，房！到处人们都谈房，找房，买房，或卖房。房成了问题，成了唯一有价值的财产，成了日本人给北平带来的不幸！

显然的，日本人的小脑子里并没有考虑过这个问题，而只知道他们是战胜者，理当像一群开了屏的孔雀似的昂步走进北平来。假若他们晓得北平人是怎样看不起东洋孔雀，而躲开北平，北平人就会假装作为不知道似的，而忘掉了日本的侵略。可是，日本人只晓得胜利，而且要将胜利像徽章似的挂在胸前。他们成群的来到北平，而后分开，散住在各胡同里。只要一条胡同里有了一两家日本人，中日的仇恨，在这条胡同里便要多延长几十年。北平人准知道这些分散在各胡同里的日本人是侦探，不管他们表面上是商人还是教师。北平人的恨恶日本人像猫与狗的那样的相仇，不出于一时一事的抵触与冲突，而几乎是本能的不能相容。即使那些日本邻居并不作侦探，而是天字第一号的好人，北平人也还是讨厌他们。一个日本人无论是在哪个场合，都会使五百个北平人头疼。北平人所有的一切客气，规矩，从容，大方，风雅，一见到日本人便立刻一干二净。北平人不喜欢笨狗与哈巴狗串秧儿的“板凳狗”———种既不像笨狗那么壮实，又不像哈巴狗那么灵巧的，撅嘴，罗圈腿，姥姥不疼舅舅不爱的矮狗。他们看日本人就像这种板凳狗。他们也感到每个日本人都像个“孤哀子”。板凳狗与孤哀子的联结，实在使北平人不能消化！北平人向来不排外，但是他们没法接纳板凳狗与孤哀子。这是日本人自己的过错，因为他们讨厌而不自觉。他们以为自己是“最”字的民族，这就是说：他们的来历最大，聪明最高，模样最美，生活最合理……他们的一切都有个“最”字，所以他们最应霸占北平，中国，亚洲，与全世界！假若他们屠杀北平人，北平人也许感到一点痛快。不，他们没有洗城，而要来与北平人作邻居；这使北平人头疼，恶心，烦闷，以至于盼望有朝一日把孤哀子都赶尽杀绝。

日本人不拦阻城外的人往城内迁移，或者是因为他们想借此可以增多城内繁荣的气象。日本人的作风永远是一面敲诈，一面要法律；一面烧杀，一面要繁荣。可是，虚伪永远使他们自己显露了原形。他们要繁荣北平，而北平人却因城外人的迁入得到一些各处被烧杀的真消息。每一个逃难的永远是独立的一张小新闻纸，给人们带来最正确的报导。大家在忙着租房，找房，匀房，卖房之际，附带着也听到了日本人的横行霸道，而也就更恨日本人。

金三爷的心里可没理会这些拐弯抹角儿。他是一个心孔的人，看到了生意，他就作生意，顾不得想别的。及至生意越来越多，他不但忘了什么国家大事，而且甚至于忘了他自己。他仿佛忽然落在了生意网里，左顾右盼全是生意。他的红脸亮得好像安上了电灯。

他算计，他跑路，他交涉，他假装着急，而狠心的不放价码。他的心像上紧了的钟弦，非走足了一天不能松散。有时候，摸一摸，他的荷包中已没了叶子烟，也顾不得去买。有时候，太阳已偏到西边去，他还没吃午饭。他忘了自己。生意是生意，少吃一顿饭算什么呢，他的身体壮，能够受得住。到晚间，回到家中，他才觉出点疲乏，赶紧划搂三大碗饭，而后含笑的吸一袋烟，烟袋还没离嘴，他已打上了盹；倒在床上，登时鼾声像拉风箱似的，震动得屋檐中的家雀都患了失眠。

偶然有半天闲暇，他才想起日本人来，而日本人的模样，在他心中，已经改变了许多。他的脑子里只有几个黑点，把两点或三点接成一条线，便是他的思想。这样简单的画了两三次线条，他告诉自己："日本人总算还不错，他们给我不少的生意！日本人自己不是也得租房买房么？他们也找过我呀！朋友！大家都是朋友，你占住北平，我还作生意，各不相扰，就不坏！"

拧上一锅子烟，他又细想了一遍，刚才的话一点破绽也没有。于是他想到了将来："照这么下去，我也可以买房了。已经快六十了，买下它那么两三所小房，吃房租，房租越来越高呀！那就很够咱一天吃两顿白面的了。白面有了办法，谁还干这种营生？也该拉着外孙子，溜溜街呀，坐坐茶馆吧！"

一个人有了老年的办法才算真有了办法。金三爷看准了自己的面前有了两三所可以出白面的房子，他的老年有了办法！他没法不钦佩自己。

且不要说将来吧，现在他的身分已经抬高了许多呀。以前，他给人家介绍房子，他看得出无论是买方还是卖方，都拿他当作一根火柴似的，用完了便丢在地上。他们看他不过比伸手白要钱的乞丐略高一点。现在可不同了，因为房屋的难找，他已变成相当重要的人。他扭头一走，人们便得赶紧拉回他来，向他说一大片好话。他得到“佣钱”，而且也得到了尊严。这又得归功于日本人。日本人若是不占据着北平，哪会有这种事呢？好啦，他决定不再恨日本人，大丈夫应当恩怨分明。

小孩儿长得很好，不十分胖而处处都结实。金三爷说小孩子的鼻眼像妈妈，而妈妈一定以为不但鼻眼，连头发与耳朵都像孟石。自从一生下来到如今，（小孩已经半岁了）这个争执还没能解决。

另一不能解决的事是小孩的名字。钱少奶奶坚决的主张，等着祖父来给起名字，而金三爷以为马上应当有个乳名，等钱先生来再起学名。乳名应当叫什么呢？父女的意见又不能一致。金三爷一高兴便叫“小狗子”或“小牛儿”，钱少奶奶不喜欢这些动物。她自已逗弄孩子的时候，一会儿叫“大胖胖”，一会儿叫“臭东西”，又遭受金三爷的反对：“他并不胖，也不臭！”意见既不一致，定名就非常的困难，久而久之，金三爷就直截了当的喊“孙子”，而钱少奶奶叫“儿子”。于是，小孩子一听到“孙子”，或“儿子”，便都张着小嘴傻笑。这可就为难了别人，别人不便也喊这个小人儿孙子或儿子。

为了这点不算很大，而相当困难的问题，金家父女都切盼钱先生能够赶快回来，好给小孩一个固定不移的名字。可是，钱先生始终不来。

野求非常喜欢这个无名的孩子——既是默吟的孙子，又是他与金三爷成为朋友的媒介。只要有工夫，他总要来看一眼。他准知道娃娃还不会吃东西，拿玩具，但是他不肯空着手来。每来一次，他必须带来一些水果或花红柳绿的小车儿小鼓儿什么的。

"野求!"金三爷看不过去了:"他不会吃,不会耍,干吗糟塌钱呢?下次别这么着了!"

"小意思!小意思!"野求仿佛道歉似的说:"钱家只有这么一条根!"在他心里,他是在想:"我丢失了他的祖父(我的最好的朋友!),不能再丢失了这个小朋友。小朋友长大,他会,我希望,亲热的叫舅爷爷,而不叫我别的难听的名字!"

这一天,天已经黑了好久,野求拿着一大包点心到蒋养房来。从很远,他就伸着细脖子往金家院子看,看还有灯光没有;他知道金三爷和钱少奶奶都睡得相当的早。他希望他们还没有睡,好把那包点心交出去。他不愿带回家去给自己的孩子吃,因为他看不起自己的孩子——爸爸没出息,还有什么好儿女呢!再说,若不是八个孩子死扯着他,他想他一定不会这样的没出息。没有家庭之累,他一定会逃出北平,作些有人味的事。虽然孩子们并没有罪过,他可是因为自己的难过与惭愧,不能不轻看他们。反之,他看默吟的孙子不仅是个孩子,而是一个什么的象征。这孩子的祖父是默吟,他的祖母,父亲,叔父已都殉了国,他是英雄们的后裔,他代表着将来的光明——祖辈与父辈的牺牲,能教子孙昂头立在地球上,作个有幸福有自由的国民!他自己是完了,他的儿女也许因为他自己的没出息而也不成材料;只有这里,金三爷的屋子里,有一颗民族的明珠!

再走近几步,他的心凉了,金家已没有了灯光!他立住,跟自己说:"来迟了,吃鸦片的人没有时间观念,该死!"

他又往前走了两步,他不肯轻易打回头。他可又没有去敲门的决心,为看看孩子而惊动金家的人,他觉得有点不大好意思。

离金家的街门只有五六步了，他看见一个人原在门垛子旁边立着，忽然的走开，向和他相反的方向走，走得很慢。

野求并没看清那是谁，但是像猫“感到”附近有老鼠似的，他浑身的感觉都帮助他，促迫他，相信那一定是钱默吟。他赶上前去。前面的黑影也走得快了，可是一拐一拐的，不能由走改为跑。野求开始跑。只跑了几步，他赶上了前面的人。他的泪与声音一齐放出来：“默吟！”

钱先生低下头去，腿虽不方便，而仍用力加快的走。野求像喝醉了似的，不管别人怎样，而只顾自己要落泪，要说话，要行动。一下子，他把那包点心扔在地上，顺手就扯住了姐丈。满脸是泪的，他抽搭着叫：“默吟！默吟！什么地方都找到，现在我才看见了你！”

钱先生收住脚步，慢慢的走；快走给他苦痛。他依旧低着头，一声不出。

野求又加上了一只手，扯住姐丈的胳臂。“默吟，你就这么狠心吗？我知道，我承认，我是软弱无能的混蛋！我只求你跟我说一句话，是，哪怕只是一句话呢！对！默吟，跟我说一句！不要这样低着头，你瞪我一眼也是好的呀！”

钱先生依然低着头，一语不发。

这时候，他们走近一盏街灯。野求低下身去，一面央求，一面希望看到姐丈的脸。他看见了：姐丈的脸很黑很瘦，胡子乱七八糟的遮住嘴，鼻子的两旁也有两行泪道子。

“默吟！你再不说话，我可就跪在当街了！”野求苦苦的央告。

钱先生叹了一口气。

“姐丈！你是不是也来看那个娃娃的？”

默吟走得更慢了，低着头，用手背抹去脸上的泪。“嗯!”

听到姐丈这一声嗯，野求像个小儿似的，带着泪笑了。“姐丈！那是个好孩子，长得又俊又结实!”

“我还没看见过他!”默吟低声的说。“我只听到了他的声音。天天，我约摸着金三爷就寝了，才敢在门外站一会儿。听到娃娃的哭声，我就满意了。等他哭完，睡去，我抬头看看房上的星；我祷告那些星保佑着我的孙子！在危难中，人容易迷信!”

野求像受了催眠似的，抬头看了看天上的星。他不知道再说什么好。默吟也不再出声。

默默的，他们已快走到蒋养房的西口。野求还紧紧的拉着姐丈的臂。默吟忽然站住了，夺出胳臂来。两个人打了对脸。野求看见了默吟的眼，两只和秋星一样亮的眼。他颤抖了一下。在他的记忆里，姐丈的眼永远是慈祥与温暖的泉源。现在，姐丈的眼发着钢铁的光，极亮，极冷，怪可怕。默吟只看了舅爷那么一眼，然后把头转开：“你该往东去吧?”

“我——”野求舐了舐嘴唇。“你住在哪儿呢?”

“有块不碍事的地我就可以睡觉!”

“咱们就这么分了手吗?”

“嗯——等国土都收复了，咱们天天可以在一块儿!”

“姐丈！你原谅了我?”

默吟微微摇了摇头：“不能！你和日本人，永远得不到我的原谅!”

野求的贫血的脸忽然发了热：“你诅咒我好了！只要你肯当面诅咒我，就是我的幸福!”

默吟没回答什么，而慢慢的往前迈步。

野求又扯住了姐丈。“默吟！我还有多少多少话要跟你谈呢！”

“我现在不喜欢闲谈！”

野求的眼珠定住。他的心中像煮沸的一锅水那么乱。随便的他提出个意见：“为什么咱们不去看看那个娃娃呢？也好教金三爷喜欢喜欢哪！”

“他，他和你一样的使我失望！我不愿意看到他。教他干他的吧，教他给我看着那个娃娃吧！假若我有办法，我连看娃娃的责任都不托给他！我极愿意看看我的孙子，但是我应当先给孙子打扫干净了一块土地，好教他自由的活着！祖父死了，孙子或者才能活！反之，祖父与孙子都是亡国奴，那，那，”默吟先生笑了一下。他笑得很美。“回家去吧，咱们有缘就再见吧！”

野求木在了那里。不错眼珠的，他看着姐丈往前走。那个一拐一拐的黑影确是他的姐丈，又不大像他的姐丈；那是一个永远不说一句粗话的诗人，又是一个自动的上十字架的战士。黑影儿出了胡同口，野求想追上去，可是他的腿酸得要命。低下头，他长叹了一声。

野求没有得到姐丈的原谅，心中非常的难过。他佩服默吟。因为佩服默吟，他才觉得默吟有裁判他的权威。得不到姐丈的原谅，在他看，就等于脸上刺了字——他是汉奸！他用手摸了摸自己的瘦脸，只摸到一点湿冷的泪。

他开始打回头，往东走。又走到金家门口，他不期然而然的停住了脚步。小孩子哭呢。他想象着姐丈大概就是这样的立在门外，听着小孩儿啼哭。他赶紧又走开，那是多么惨哪！祖父不敢进去看自己的孙子，而只立在门外听一听哭声！他的眼中又湿了。

走了几步，他改了念头。他到底看见了姐丈。不管姐丈原谅他与否，到底这是件可喜的事。这回姐丈虽没有宽恕他，可是已经跟他说了话；那么，假若再遇上姐丈，他想，他也许就可以得到谅解了，姐丈原本是最慈善和蔼的人哪！想到这里，他马上决定去看看瑞宣。他必须把看到了默吟这个好消息告诉给瑞宣，好教瑞宣也喜欢喜欢。他的腿不酸了，他加快了脚步。

瑞宣已经躺下了，可是还没入睡。听见敲门的声音，他吓了一跳。这几天，因为武汉的陷落，日本人到处捉人。前线的胜利使住在北方的敌人想紧紧抓住华北，永远不放手。华北，虽然到处有汉奸，可是汉奸并没能替他们的主子得到民心。连北平城里还有像钱先生那样的人；城外呢，离城三四十里就还有用简单的武器，与最大的决心的，与敌人死拚的武装战士。日本人必须肃清这些不肯屈膝的人们，而美其名叫作“强化治安”。即使他们拿不到真正的“匪徒”，他们也要捉一些无辜的人，去尽受刑与被杀的义务。他们捕人的时间已改在夜里。像猫头鹰捕麻雀那样，东洋的英雄们是喜欢偷偷摸摸的干事的。瑞宣吓了一跳。他晓得自己有罪——给英国人作事便是罪过。急忙穿上衣服，他轻轻的走出来。他算计好，即使真是敌人来捕他，他也不便藏躲。去给英国人作事并不足以使他有恃无恐，他也不愿那么狗仗人势的有恃无恐。该他入狱，他不便躲避。对祖父，与一家子人，他已尽到了委屈求全的忍耐与心计，等到该他受刑了，他不便皱上眉。他早已盘算好，他既不能正面的赴汤蹈火的去救国，至少他也不该太怕敌人的刀斧与皮鞭。

院里很黑。走到影壁那溜儿，他问了声：“谁？”

“我！野求！”

瑞宣开开了门。三号的门灯立刻把光儿射进来。三号院里还有笑声。是的，他心里很快的想到：三号的人们的无耻大概是这时代最好的护照吧？还没等他想清楚，野求已迈进门坎来。

“哟！你已经睡了吧？真！吸烟的人没有时间观念！对不起，我惊动了你！”野求擦了擦脸上的凉汗。

“没关系！”瑞宣淡淡的一笑，随手又系上个钮扣。“进来吧！”

野求犹豫了一下。“太晚了吧？”可是，他已开始往院里走。他喜欢和朋友闲谈，一得到闲谈的机会，他便把别的都忘了。

瑞宣开开堂屋的锁。

野求开门见山的说出来：“我看见了默吟！”

瑞宣的心里忽然一亮，亮光射出来，从眼睛里慢慢的分散在脸上。“看见他了？”他笑着问。

野求一气把遇到姐丈的经过说完。他只是述说，没有加上一点自己的意见。他仿佛是故意的这样办，好教瑞宣自己去判断；他以为瑞宣的聪明足够看清楚：野求虽然没出息，得不到姐丈的原谅，可是他还真心真意的佩服默吟，关切默吟，而且半夜里把消息带给瑞宣。

瑞宣并没表示什么。这时候，他顾不得替野求想什么，而只一心一意的想看到钱先生。

“明天，”他马上打定了主意，“明天晚上八点半钟，咱们在金家门口见！”

“明天？”野求转了转眼珠：“恐怕他未必……”

以瑞宣的聪明，当然也会想到钱先生既不喜欢见金三爷与野求，明天——或者永远——他多半不会再到那里去。可是，他是那么急切的愿意看看诗人，他似乎改了常态：“不管！不管！反正我必去！”

第二天，他与野求在金家门外等了一晚上，钱先生没有来。

“瑞宣！”野求哭丧着脸说：“我就是不幸的化身！我又把默吟来听孙子的哭声这点权利给剥夺了！人别走错一步！一步错，步步错！”

瑞宣没说什么，只看了看天上的星。

老舍作品精选

# 四世同堂（三）

老舍 著

山东科学技术出版社
·济南·

图书在版编目（CIP）数据

四世同堂 / 老舍著 . -- 济南 : 山东科学技术出版社, 2022.5
（老舍作品精选）
ISBN 978-7-5723-1102-4

Ⅰ. ①四…　Ⅱ. ①老…　Ⅲ. ①长篇小说 – 中国 – 现代
Ⅳ. ①I246.5

中国版本图书馆 CIP 数据核字（2021）第 265878 号

**老舍作品精选**
**四世同堂**
LAO SHE ZUOPIN JINGXUAN
SISHI TONGTANG

责任编辑：董小眉　潘　菲
装帧设计：艺唐广告

---

**主管单位：山东出版传媒股份有限公司**
**出 版 者：山东科学技术出版社**
地址：济南市市中区舜耕路 517 号
邮编：250003　电话：（0531）82098088
网址：www.lkj.com.cn
电子邮件：sdkj@sdcbcm.com
**发 行 者：山东科学技术出版社**
地址：济南市市中区舜耕路 517 号
邮编：250003　电话：（0531）82098067
**印 刷 者：湖北鑫光印务股份有限公司**
地址：湖北省云梦经济开发区三湖大道 13 号
邮编：430070　电话：（0712）4084888

---

**规格**：32 开（146 mm×210 mm）
**印张**：38.75　**字数**：775 千　**印数**：1~7 000
**版次**：2022 年 5 月第 1 版　**印次**：2022 年 5 月第 1 次印刷
**定价**：115.20 元

# 四十六

瑞宣想错了，日本人捕人并不敲门，而是在天快亮的时候，由墙外跳进来。在大处，日本人没有独创的哲学，文艺，音乐，图画，与科学，所以也就没有远见与高深的思想。在小事情上，他们却心细如发，捉老鼠也用捉大象的力量与心计。小事情与小算盘作得周到详密，使他们像猴子拿虱子似的，拿到一个便满心欢喜。因此，他们忘了大事，没有理想，而一天到晚苦心焦虑的捉虱子。在瑞宣去看而没有看到钱先生的第三天，他们来捕瑞宣。他们捕人的方法已和捕钱先生的时候大不相同了。

瑞宣没有任何罪过，可是日本人要捉他。捉他，本是最容易的事。他们只须派一名宪兵或巡警来就够了。可是，他们必须小题大作，好表示出他们的聪明与认真。约摸是在早上四点钟左右吧，一辆大卡车停在了小羊圈的口外，车上有十来个人，有的穿制服，有的穿便衣。卡车后面还有一辆小汽车，里面坐着两位官长。为捕一个软弱的书生，他们须用十几个人，与许多汽油。只有这样，日本人才感到得意与严肃。日本人没有幽默感。

车停住，那两位军官先下来视察地形，而后在胡同口上放了哨。他们拿出地图，仔细的阅看。他们互相耳语，然后与卡车上轻轻跳下来的人们耳语。他们倒仿佛是要攻取一座堡垒或军火库，而不是捉拿一个不会抵抗的老实人。这样，商议了半天，嘀咕了半天，一位军官才回到小汽车上，把手交插在胸前，坐下，觉得自己非常的重要。另一位军官率领着六七个人像猫似的轻快的往胡同里走。没有一点声音，他们都穿着胶皮鞋。看到了两株大槐，军官把手一扬两个人分头爬上树去，在树叉上蹲好，把枪口对准了五号。军官再一扬手，其余的人——多数是中国人——爬墙的爬墙，上房的上房。军官自己藏在大槐树与三号的影壁之间。

天还没有十分亮，星星可已稀疏。全胡同里没有一点声音，人们还都睡得正香甜。一点晓风吹动着老槐的枝子。远处传来一两声鸡鸣。一个半大的猫顺着四号的墙根往二号跑，槐树上与槐树下的枪马上都转移了方向。看清楚了是个猫，东洋的武士才又聚精会神的看着五号的门，神气更加严肃。

瑞宣听到房上有响动。他直觉的想到了那该是怎回事。他根本没往闹贼上想，因为祁家在这里住过了几十年，几乎没有闹过贼。人缘好，在这条胡同里，是可以避贼的。一声没出，他穿上了衣服。而后，极快的他推醒了韵梅："房上有人！别大惊小怪！假若我教他们拿去，别着急，去找富善先生！"

韵梅似乎听明白，又似乎没有听明白，可是身上已发了颤。"拿你？剩下我一个人怎么办呢？"她的手紧紧的扯住他的裤子。

"放开！"瑞宣低声的急切的说："你有胆子！我知道你不会害怕！千万别教祖父知道了！你就说，我陪着富善先生下乡了，过几天就回来！"他一转身，极快的下了地。

"你要不回来呢？"韵梅低声的问。

"谁知道！"

屋门上轻轻的敲了两下。瑞宣假装没听见。韵梅哆嗦得牙直响。

门上又响了一声。瑞宣问："谁？"

"你是祁瑞宣？"门外轻轻的问。

"是！"瑞宣的手颤着，提上了鞋；而后，扯开屋门的闩。

几条黑影围住了他，几个枪口都贴在他身上。一个手电筒忽然照在他的脸上，使他闭了一会儿眼。枪口戳了戳他的肋骨，紧跟着一声："别出声，走！"

瑞宣横了心，一声没出，慢慢往外走。

祁老人一到天亮便已睡不着。他听见了一些响动。瑞宣刚走在老人的门外，老人先嗽了一声，而后懒懒的问："什么呀！谁呀？有人闹肚子啊？"

瑞宣的脚微微的一停，就接着往前走。他不敢出声。他知道前面等着他的是什么。有钱先生的受刑在前，他不便希望自己能幸而免。他也不便先害怕，害怕毫无用处。他只有点后悔，悔不该为了祖父，父母，妻子，而不肯离开北平。可是，后悔并没使他怨恨老人们：听到祖父的声音，他非常的难过。他也许永远看不见祖父了！他的腿有点发软，可是依旧鼓着勇气往外走。他晓得，假若他和祖父过一句话，他便再也迈不开步。到了枣树旁边，他往南屋看了一眼，心中叫了一声"妈！"

天亮了一些。一出街门，瑞宣看到两株槐树上都跳下一个人来。他的脸上没有了血色，可是他笑了。他很想告诉他们："捕我，还要费这么大的事呀？"他可是没有出声。往左右看了看，他觉得胡同比往日宽阔了许多。他痛快了一点。四号的门响了一声。几条

枪像被电气指挥着似的，一齐口儿朝了北。什么也没有，他开始往前走。到了三号门口，影壁后钻出来那位军官。两个人回去了，走进五号，把门关好。听见关门的微响，瑞宣的心中更痛快了些——家关在后面，他可以放胆往前迎接自己的命运了！

韵梅顾不得想这是什么时间，七下子八下子的就穿上了衣服。也顾不得梳头洗脸，她便慌忙的走出来，想马上找富善先生去。她不常出门，不晓得怎样走才能找到富善先生。但是，她不因此而迟疑。她很慌，可也很坚决，不管怎样困难，她须救出她的丈夫来。为营救丈夫，她不惜牺牲了自己。在平日，她很老实；今天，她可下了决心不再怕任何人与任何困难。几次，泪已到了眼中，她都用力的睁她的大眼睛，把泪截了回去。她知道落泪是毫无用处的。在极快的一会儿工夫，她甚至于想到瑞宣也许被杀。不过，就是不幸丈夫真的死了，她也须尽她所有的一点能力养活儿女，侍奉公婆与祖父。她的胆子不大，但是真面对面的遇见了鬼，她也只好闯上前去。

轻轻的关好了屋门，她极快的往外走。看到了街门，她也看到那一高一矮的两个人。两个都是中国人，拿着日本人给的枪。两支枪阻住她的去路："干什么？不准出去！"

韵梅的腿软了，手扶住了影壁。她的大眼睛可是冒了火："躲开！我要出去！"

"谁也不准出去！"那个身量高的人说："告诉你，去给我们烧点水，泡点茶；有吃的东西拿出点来！快回去！"

韵梅浑身都颤抖起来。她真想拼命，但是她一个人打不过两个枪手。况且，活了这么大，她永远没想到过和人打架斗殴。她没了办法。但是，她也不甘心就这么退回来。她明知无用而不能不说的问他们：

“你们凭什么抓去我的丈夫呢？他是顶老实的人！”

这回，那个矮一点的人开了口：“别废话！日本人要拿他，我们不晓得为什么！快去烧开水！”

“难道你们不是中国人？”韵梅瞪着眼问。

矮一点的人发了气：“告诉你，我们对你可是很客气，别不知好歹！回去！”他的枪离韵梅更近了一些。

她往后退了退。她的嘴干不过手枪。退了两步，她忽然的转过身来，小跑着奔了南屋去。她本想不惊动婆母，可是没了别的办法；她既出不去街门，就必须和婆母要个主意了。

把婆母叫醒，她马上后了悔。事情是很简单，可是她不知道怎么开口好了。婆母是个病身子，她不应当大惊小怪的吓唬她。同时，事情是这么紧急，她又不该磨磨蹭蹭的绕弯子。进到婆母的屋中，她呆呆的楞起来。

天已经大亮了，南屋里可是还相当的黑。天佑太太看不清楚韵梅的脸，而直觉的感到事情有点不大对：“怎么啦？小顺儿的妈！”

韵梅的憋了好久的眼泪流了下来。她可是还控制着自己，没哭出声来。

“怎么啦？怎么啦？”天佑太太连问了两声。

“瑞宣，”韵梅顾不得再思索了。“瑞宣教他们抓去了！”

像有几滴冰水落在天佑太太的背上，她颤了两下。可是，她控制住自己。她是婆母，不能给儿媳一个坏榜样。再说，五十年的生活都在战争与困苦中渡过，她知道怎样用理智与心计控住感情。她用力扶住一张桌子，问了声：“怎么抓去的？”

极快的，韵梅把事情述说了一遍。快，可是很清楚，详细。

天佑太太一眼看到生命的尽头。没了瑞宣，全家都得死！她可是把这个压在了心里，没有说出来。少说两句悲观的话，便能给儿媳一点安慰。她楞住，她须想主意。不管主意好不好，总比哭泣与说废话强。“小顺儿的妈，想法子推开一块墙，告诉六号的人，教他们给使馆送信去！”老太太这个办法不是她的创作，而是跟祁老人学来的。从前，遇到兵变与大的战事，老人便杵开一块墙，以便两个院子的人互通消息，和讨论办法。这个办法不一定能避免灾患，可是在心理上有很大的作用，它能使两个院子的人都感到人多势众，减少了恐慌。

韵梅没加思索，便跑出去。到厨房去找开墙的家伙。她没想她有杵开界墙的能力，和杵开以后有什么用处。她只觉得这是个办法，并且觉得她必定有足够的力气把墙推开；为救丈夫，她自信能开一座山。

正在这个时候，祁老人起来了，拿着扫帚去打扫街门口。这是他每天必作的运动。高兴呢，他便扫干净自己的与六号的门外，一直扫到槐树根儿那溜儿，而后跺一跺脚，直一直腰，再扫院中。不高兴呢，他便只扫一扫大门的台阶，而后扫院内。不管高兴与否，他永远不扫三号的门外，他看不起冠家的人。这点运动使他足以给自己保险——老年人多动一动，身上就不会长疙疸与痈疽。此外，在他扫完了院子的时候，他还要拿着扫帚看一看儿孙，暗示给他们这就叫作勤俭成家！

天佑太太与韵梅都没看见老人出去。

老人一拐过影壁就看到了那两个人，马上他说了话。这是他自己的院子，他有权利干涉闯进来的人。“怎么回事？你们二位？”

他的话说得相当的有力，表示出他的权威；同时，又相当的柔和，以免得罪了人——即使那两个是土匪，他也不愿得罪他们。等到他看见了他们的枪，老人决定不发慌，也不便表示强硬。七十多年的乱世经验使他稳重，像橡皮似的，软中带硬。“怎吗？二位是短了钱花吗？我这儿是穷人家哟！”

“回去！告诉里边的人，谁也不准出来！”高个子说。

“怎么？”老人还不肯动气，可是眼睛眯起来。“这是我的家！”

“罗嗦！不看你上了岁数，我给你几枪把子！”那个矮子说，显然的他比高个子的脾气更坏一些。

没等老人说话，高个子插嘴：“回去吧，别惹不自在！那个叫瑞宣的是你的儿子还是孙子？”

“长孙！”老人有点得意的说。

“他已经教日本人抓了走！我们俩奉命令在这儿把守，不准你们出去！听明白了没有？”

扫帚松了手。老人的血忽然被怒气与恐惧咂净，脸上灰了。“为什么拿他呢？他没有罪！”

“别废话，回去！”矮子的枪逼近了老人。

老人不想抢矮子的枪，但是往前迈了一步。他是贫苦出身，年纪大了还有把子力气；因此，他虽不想打架，可是身上的力气被怒火催动着，他向前冲着枪口迈了步。“这是我的家，我要出去就出去！你敢把我怎样呢？开枪！我决不躲一躲！拿去我的孙子，凭什么？”在老人的心里，他的确要央求那两个人，可是他的怒气已经使他的嘴不再受心的指挥。他的话随便的，无伦次的，跑出来。话这样说了，他把老命置之度外，他喊起来：“拿去我的孙子，不行！日本人拿去他，你们是干什么的？拿日本鬼子吓唬我，我见过鬼子！躲开！我找鬼子去！老命不要了！”说着，他扯开了小袄，露出他的瘦而硬的胸膛。“你枪毙了我！来！”怒气使他的手颤抖，可是把胸膛拍得很响。

“你嚷！我真开枪！”矮子咬着牙说。

“开！开！冲着这儿来！”祁老人用颤抖的手指戳着自己的胸口。他的小眼睛眯成了一道缝子，挺直了腰，腮上的白胡子一劲儿的颤动。

天佑太太首先来到。韵梅，还没能杵开一块砖，也跑了过来。两个妇人一边一个扯住老人的双臂，往院子里边扯。老人跳起脚来，高声的咒骂。他忘了礼貌，忘了和平，因为礼貌与和平并没给他平安与幸福。

两个妇人连扯带央告的把老人拉回屋中，老人闭上了口，只剩了哆嗦。

“老爷子！”天佑太太低声的叫，“先别动这么大的气！得想主意往出救瑞宣啊！”

老人咽了几口气，用小眼睛看了看儿媳与孙媳。他的眼很干很亮。脸上由灰白变成了微红。看完两个妇人，他闭上了眼。是的，他已经表现了他的勇敢，现在他须想好主意。他知道她们婆媳是不会有什么高明办法的，他向来以为妇女都是没有心路的。很快的，他想出来办法：“找天佑去！”

纯粹出于习惯，韵梅微笑了一下：“咱们不是出不去街门吗？爷爷！”

老人的心疼了一下，低下头去。他自己一向守规矩，不招惹是非；他的儿孙也都老实，不敢为非作歹。可是，一家子人都被手枪给囚禁在院子里。他以为无论日本鬼子怎样厉害，也一定不会找寻到他的头上来。可是，三孙子逃开，长孙被捕，还有两支手枪堵住了大门。这是什么世界呢？他的理想，他的一生的努力要强，全完了！他已是个被圈在自己家里的囚犯！他极快的检讨自己一生的所作所为，他找不到一点应当责备自己的事情。虽然如此，他现在可是必须责备自己，自己一定是有许多错误，要不然怎么会弄得家破人亡呢？在许多错误之中，最大的一个恐怕就是他错看了日本人。他以为只要自己近情近理的，不招灾惹祸的，过日子，日本人就必定会允许他享受一团和气的四世同堂的幸福。他错了。日本人是和任何中国人都势不两立的！想明白了这一点，他觉得他是白活了七十多岁。他不敢再信任自己，他的老命完全被日本人攥在手心里，像被顽皮的孩子握住的一条槐树虫！

他没敢摸他的胡子。胡子已不再代表着经验与智慧，而只是老朽的标记。哼哼了一两声，他躺在了炕上。“你们去吧，我没主意！”

婆媳楞了一会儿，慢慢的走出来。

“我还挖墙去！”韵梅两只大眼离离光光的，不知道看什么好，还是不看什么好。她心里燃着一把火，可是还要把火压住，好教老人们少着一点急。

“你等等！”天佑太太心中的火并不比儿媳的那一把少着火苗。可是她也必须镇定，好教儿媳不太发慌。她已忘了她的病；长子若有个不幸，她就必得死，死比病更厉害。“我去央告央告那两个人，教我出去送个信！”

“不用！他们不听央告！”韵梅搓着手说。

“难道他们不是中国人？就不帮咱们一点儿忙？”

韵梅没回答什么，只摇了摇头。

太阳出来了。天上有点薄云，而遮不住太阳的光。阳光射入薄云里，东一块西一块的给天上点缀了一些锦霞。婆媳都往天上看了看。看到那片片的明霞，她们觉得似乎像是作梦。

韵梅无可如何的，又回到厨房的北边，拿起铁通条。她不敢用力，怕出了响声被那两个枪手听见。不用力，她又没法活动开一块砖。她出了汗。她一边挖墙，一边轻轻的叫："文先生！文先生！"这里离小文的屋子最近，她希望小文能听见她的低叫。没有用。她的声音太低。她不再叫，而手上加了劲。半天，她才只活动开一块砖。叹了口气，她楞起来。小妞子叫她呢。她急忙跑到屋中。她必须嘱咐小妞子不要到大门那溜儿去。

小妞子还不大懂事，可是从妈妈的脸色与神气上看出来事情有点不大对。她没敢掰开揉碎的细问，而只用小眼瞄着妈妈。等妈妈给她穿好衣服，她紧跟在妈妈后边，不敢离开。她是祁家的孩子，她晓得害怕。

妈妈到厨房去卝火，妞子帮着给拿火柴，找劈柴。她要表现出她很乖，不招妈妈生气。这样，她可以减少一点恐惧。

大佑太太独自在院中立着。她的眼直勾勾的对着已落了叶的几盆石榴树，可是并没有看见什么。她的心跳得很快。她极想躺一躺去，可是用力的控制住自己。不，她不能再管自己的病；她必须立刻想出搭救长子的办法来。忽然的，她的眼一亮。眼一亮，她差点要晕倒。她急忙蹲了下去。她想起来一个好主意。想主意是劳心的事，她感到眩晕。蹲了一小会儿，她的兴奋劲儿慢慢退了下去。她极留神的往起立。立起来，她开足了速度往南屋走。在她的陪嫁的箱子里，她有五六十块现洋，都是"人头"的。她轻轻的开开箱子，找到箱底上的一只旧白布袜子。她用双手提起那只旧袜子，好不至于哗啷哗啷的响。手伸到袜子里去，摸到那硬的凉的银块子。她的心又跳快了。这是她的“私钱”。每逢病重，她就必想到这几十块现洋；它们足以使她在想到死亡的时候得到一点安慰，因为它们可以给她换来一口棺材，而少教儿子们着一点急。今天，她下决心改变了它们的用途；不管自己死去有无买棺材的现钱，她必须先去救长子瑞宣。瑞宣若是死在狱里，全家就必同归于尽，她不能太自私的还不肯动用“棺材本儿”！轻轻的，她一块一块的往外拿钱。每一块都是晶亮的，上面有个胖胖的袁世凯。她永远没判断过袁世凯，因为袁世凯在银圆上是那么富泰威武，无论大家怎样说袁世凯不好，她总觉得他必是财神下界。现在她可是没有闲心再想这些，而只觉得有这点钱便可以买回瑞宣的命来。

她只拿出二十块来。她看不起那两个狗仗人势给日本人作事的枪手。二十块，每人十块，就够收买他们的了。把其余的钱又收好，她用手帕包好这二十块，放在衣袋里。而后，她轻轻的走出了屋门。走到枣树下面，她立住了。不对！那两个人既肯帮助日本人为非作歹，就必定不是好人。她若给了他们钱，而反倒招出他们的歹意来呢？他们有枪！他们既肯无故的捉人，怎么知道不肯再见财起意，作明火呢？世界的确变了样儿，连行贿都须特别的留神了！

立了许久，她打不定主意。她贫血，向来不大出汗，现在她的手心上湿了。为救儿子，她须冒险；可是白白冒了险，而再招出更多的麻烦，就不上算。她着急，但是她不肯因着急而像掉了头的苍蝇那样去乱撞。

正在这么左右为难，她听到很响的一声铃——老二瑞丰来了！瑞丰有了包车，他每次来，即使大门开着，也要响一两声车铃。铃声替他广播着身分与声势。天佑太太很快的向前走了两步。只是两步，她没再往前走。她必须教二儿子施展他的本领，而别因她的热心反倒坏了事。她是祁家的妇人，她知道妇人的规矩——男人能办的就交给男人，妇女不要不知分寸的跟着夹缠。

韵梅也听到了铃声，急忙跑过来。看见婆母，她收住了脚步。她的大眼睛亮起来，可是把声音放低，向婆母耳语："老二！"

老太太点了点头，嘴角上露出一点点笑意。

两个妇人都不敢说什么，而心中都温暖了一点。不管老二平日对待她们怎样的不合理，假若今天他能帮助营救瑞宣，她们就必会原谅他。两个妇人的眼都亮起来，她们以为老二必会没有问题的帮忙，因为瑞宣是他的亲哥哥呀。

韵梅轻轻的往前走，婆母扯住了她。她给呼气儿加上一丁点声音："我探头看看，不过去！"说完，她在影壁的边上探出头去，用一只眼往外看。

那两个人都面朝了外。矮子开开门。

瑞丰的小干脸向着阳光，额上与鼻子上都非常的亮。他的眼也很亮，两腮上摆出点笑纹，像刚吃了一顿最满意的早饭似的那么得意。帽子在右手里拿着，他穿着一身刚刚作好的藏青哔叽中山装。胸前戴着教育局的证章，刚要迈门坎，他先用左手摸了摸它。一摸证章，他的胸忽然挺得更直一些。他得意，他是教育局的科长。今天他特别得意，因为他是以教育局的科长的资格，去见日本天皇派来的两位特使。

武汉陷落以后，华北的地位更重要了。日本人可以放弃武汉，甚至于放弃了南京，而决不撒手华北。可是，华北的"政府"，像我们从前说过的，并没有多少实权，而且在表面上还不如南京那么体面与重要。因此，日本天皇派来两位特使，给北平的汉奸们打打气，同时也看华北是否像军人与政客所报告的那样太平。今天，这两位特使在怀仁堂接见各机关科长以上的官吏，向大家宣布天皇的德意。

接见的时间是在早九点。瑞丰后半夜就没能睡好，五点多钟便起了床。他加细的梳头洗脸，而后穿上修改过五次，一点缺陷也没有的新中山装。临出门的时候，他推醒了胖菊子："你再看一眼，是不是完全合适？我看袖子还是长了一点，长着一分！"菊子没有理他，掉头又睡着了。他对自己笑了笑："哼！我是在友军入城后，第一个敢穿出中山装去的！有点胆子！今天，居然能穿中山装去见天皇的特使了！瑞丰有两下子！真有两下子！"

天还早，离见特使的时候还早着两个多钟头。他要到家中显露显露自己的中山装，同时也教一家老少知道他是去见特使——这就等于皇上召见啊，诸位！

临上车，他教小崔把车再重新擦抹一遍。上了车以后，他把背靠在车箱上，而挺着脖子，口中含着那只假象牙的烟嘴儿。晓风凉凉的拂着脸，刚出来的太阳照亮他的新衣与徽章。他左顾右盼的，感到得意。他几次要笑出声来，而又控制住自己，只许笑意轻轻的发散在鼻洼嘴角之间。看见一个熟人，他的脖子探出多长，去勾引人家的注意。而后，嘴撅起一点，整个的脸上都拧起笑纹，像被敲裂了的一个核桃。同时，双手抱拳，放在左脸之旁，左肩之上。车走出好远，他还那样抱拳，表示出身分高而有礼貌。手刚放下，他的脚赶快去按车铃，不管有无必要。他得意，仿佛偌大的北平都属于他似的。

家门开了，他看见了那个矮子。他楞了一楞。笑意与亮光马上由他的脸上消逝，他嗅到了危险。他的胆子很小。

“进来!”矮子命令着。

瑞丰没敢动。

高个子凑过来。瑞丰因为，近来交结了不少特务，认识高个子。像小儿看到个熟面孔，便把恐惧都忘掉那样，他又有了笑容:“哟，老孟呀!”老孟只点了点头。

矮子一把将瑞丰扯进来。瑞丰的脸依然对着老孟:“怎么回事?老孟!”

“抓人!”老孟板着脸说。

“抓谁?”瑞丰的脸白了一些。

“大概是你的哥哥吧!”

瑞丰动了心。哥哥总是哥哥。可是，再一想，哥哥到底不是自己。他往外退了一步，舐了舐嘴唇，勉强的笑着说:“呕!我们哥儿俩分居另过，谁也不管谁的事!我是来看看老祖父!”

“进去!”矮子向院子里指。

瑞丰转了转眼珠。“我想，我不进去了吧!”

矮子抓住瑞丰的腕子:“进来的都不准再出去，有命令!”是的，老孟与矮子的责任便是把守着大门，进来一个捉一个。

“不是这么说，不是这么说，老孟!”瑞丰故意的躲着矮子。“我是教育局的科长!”他用下颏指了指胸前的证章，因为一手拿着帽子，一手被矮子攥住，都匀不出来。

“不管是谁!我们只知道命令!”矮子的手加了劲，瑞丰的腕子有点疼。

“我是个例外!”瑞丰强硬了一些。“我去见天皇派来的特使!你要不放我，请你们去给我请假!”紧跟着，他又软了些:“老孟，何苦呢，咱们都是朋友!”

老孟干嗽了两小声："祁科长，这可教我们俩为难！你有公事，我们这里也是公事！我们奉命令，进来一个抓一个，现在抓人都用这个办法。我们放了你，就砸了我们的饭锅！"

瑞丰把帽子扣在头上，伸手往口袋里摸。惭愧，他只摸到两块钱。他的钱都须交给胖菊子，然后再向她索要每天的零花儿。手摸索着那两张票子，他不敢往外拿。他假笑着说："老孟！我非到怀仁堂去不可！这么办，我改天请你们二位吃酒！咱们都是一家人！"转脸向矮子："这位老哥贵姓？"

"郭！没关系！"

韵梅一劲儿的哆嗦，天佑太太早凑过来，拉住儿媳的手，她也听到了门内的那些使儿媳哆嗦的对话。忽然的，她放开儿媳的手，转过了影壁去。

"妈！"瑞丰只叫出来半声，唯恐因为证实了他与瑞宣是同胞兄弟而走不脱。

老太太看了看儿子，又看了看那两个人，而后咽了一口唾沫。慢慢的，她掏出包着二十块现洋的手帕来。轻轻的，她打开手帕，露出白花花的现洋。六只眼都像看变戏法似的瞪住了那雪白发亮的，久已没看见过的银块子。矮子老郭的下巴垂了下来；他厉害，所以见了钱也特别的贪婪。

"拿去吧，放了他！"老太太一手拿着十块钱，放在他们的脚旁。她不屑于把钱交在他们手里。

矮子放开瑞丰，极快的拾起钱来。老孟吸了口气，向老太太笑了一下，也去拣钱。矮子挑选了一块，对它吹了口气，然后放在耳边听了听。他也笑了一下："多年不见了，好东西！"

瑞丰张了张嘴，极快的跑了出去。

老太太拿着空手帕，往回走。拐过了影壁，她和儿媳打了对脸。韵梅的眼中含着泪，泪可是没能掩盖住怒火。到祁家这么多年了，她没和婆母闹过气。今天，她不能再忍。她的伶俐的嘴已不会说话，而只怒视着老太太。

老太太扶住了墙，低声的说："老二不是东西，可也是我的儿子!"

韵梅一下子坐在地上，双手捧着脸低声的哭起来。

瑞丰跑出来，想赶紧上车逃走。越想越怕，他开始哆嗦开了。小崔的车，和往日一样，还是放在西边的那棵槐树下。瑞丰走到三号门外，停住了脚。他极愿找个熟人说出他的受惊与冒险。他把大哥瑞宣完全忘掉，而只觉得自己受的惊险值得陈述，甚至于值得写一部小说！他觉得只要进了冠家，说上三句哈哈，两句笑话的，他便必定得到安慰与镇定。不管瑞宣是不是下了地狱，他反正必须上天堂——冠家就是他的天堂。

在平日，冠家的人起不了这么早。今天，大赤包也到怀仁堂去，所以大家都起了床。大赤包的心里充满高兴与得意。可是心中越喜欢，脸上就越不便表示出来。她花了一个钟头的工夫去描眉搽粉抹口红，而仍不满意；一边修饰，她一边抱怨香粉不好，口红不地道。头部的装修告一段落，选择衣服又是个恼人的问题。什么话呢，今天她是去见特使，她必须打扮得极精彩，连一个钮扣也不能稍微马虎一点。箱子全打开了，衣服堆满了床与沙发。她穿了又脱，换了又换，而始终不能满意。"要是特使下个命令，教我穿什么衣服，倒省了事!"她一边照镜子，一边这么唠叨。

"你站定，我从远处看一看!"晓荷走到屋子的尽头，左偏一偏头，右定一定眼，仔细的端详。"我看就行了！你走两步看!"

“走你妈的屎！”大赤包半恼半笑的说。

“唉！唉！出口伤人，不对！”晓荷笑着说：“今天咱可不敢招惹你，好家伙，特使都召见你呀！好的很！好的很！”晓荷从心里喜欢。“说真的，这简直是空前，空前之举！要是也有我的份儿呀，哼，我早就哆嗦上了！所长你行，真沉得住气！别再换了，连我的眼都有点看花了！”

这时候，瑞丰走进来。他的脸还很白，可是一听到冠家人们的声音，他已经安静了一些。

“看新中山装哟！”晓荷一看见瑞丰，马上这么喊起来。“还是男人容易打扮！看，只是这么一套中山装，就教瑞丰年轻了十岁！”在他心里，他实在有点隐痛：太太和瑞丰都去见特使，他自己可是没有份儿。虽然如此，他对于太太的修饰打扮与瑞丰的穿新衣裳还是感到兴趣。他，和瑞丰一样，永远不看事情本身的好坏，而只看事情的热闹不热闹。只要热闹，他便高兴。

“了不得啦！”瑞丰故作惊人之笔的说，说完，他一下子坐在了沙发上。他需要安慰。因此，他忘了他的祖父，母亲，与大嫂也正需要安慰。

“怎么啦?”大赤包端详着他的中山装问。

“了不得啦！我就知道早晚必有这么一场吗！瑞宣，瑞宣，”他故意的要求效果。

“瑞宣怎样?”晓荷恳切的问。

“掉下去了！”

“什么?”

“掉——被抓去了！”

“真的?”晓荷倒吸了一口气。

“怎么抓去的？”大赤包问。

“糟透了！”瑞丰不愿正面的回答问题，而只顾表现自己：“连我也差点儿教他们抓了走！好家伙，要不是我这身中山装，这块徽章，和我告诉他们我是去见特使，我准得也掉下去！真！我跟老大说过不止一次，他老不信，看，糟了没有？我告诉他，别跟日本人犯别扭，他偏要牛脖子；这可好，他抓去了，门口还有两个新门神爷！”瑞丰说出这些，心中痛快多了，脸上慢慢的有了血色。

“这话对，对！”晓荷点头咂嘴的说。“不用说，瑞宣必是以为仗着英国府的势力，不会出岔子。他可是不知道，北平是日本人的，老英老美都差点劲儿！”这样批评了瑞宣，他向大赤包点了点头，暗示出只有她的作法才是最聪明的。

大赤包没再说什么。她不同情瑞宣，也有点看不起瑞丰。她看瑞丰这么大惊小怪的，有点缺乏男儿气。她把这件事推在了一旁，问瑞丰：“你是坐你的车走啊？那你就该活动着了！”

瑞丰立起来。“对，我先走啦。所长是雇汽车去？”

大赤包点了点头：“包一上午汽车！”

瑞丰走了出去。坐上车，他觉得有点不是劲儿。大赤包刚才对他很冷淡啊。她没安慰他一句，而只催他走；冷淡！呕，对了！他刚由家中逃出来，就到三号去，大赤包一定是因为怕受连累而以为他太荒唐。对，准是这么回事！瑞宣太胡闹了，哼！你教人家抓去不要紧，连累得我老二也丢了人缘！这么一盘算，他有点恨瑞宣了。

小崔忽然说了话，吓了瑞丰一跳。小崔问：“先生，刚才你怎么到了家，可不进去？”

瑞丰不想把事情告诉小崔。老孟老郭必定不愿意他走漏消息。

可是，他存不住话。像一般的爱说话的人一样，他先嘱咐小崔："你可别对别人再说呀！听见没有？瑞宣掉下去了！"

"什么？"小崔收住了脚步，由跑改为大步的走。

"千万别再告诉别人！瑞宣教他们抓下去了！"

"那么，咱们是上南海，还是……不是得想法赶紧救他吗？"

"救他？连我还差点吃了罣误官司！"瑞丰理直气壮的说。

小崔的脸本来就发红，变成了深紫的。又走了几步，他放下了车。极不客气的，他说："下来！"

瑞丰当然不肯下车。"怎回事？"

"下来！"小崔非常的强硬。"我不伺候你这样的人！那是你的亲哥哥，喝，好，你就大撒巴掌不管？你还是人不是？"

瑞丰也挂了火。不管他怎样懦弱，他也不能听车夫的教训。可是，他把火压下去。今天他必须坐着包车到南海去。好吗，多少多少人都有汽车，他若坐着雇来的车去，就太丢人了！他宁可吃小崔几句闲话，也不能教自己在南海外边去丢人！包车也是一种徽章！他假装笑了："算了，小崔！等我见完了特使，再给瑞宣想办法，一定！"

小崔犹豫了一会儿。他很想马上回去，给祁家跑跑腿。他佩服瑞宣，他应当去帮忙。可是，他也想到：他自己未必有多大的能力，倒不如督催着瑞丰去到处奔走。况且瑞宣到底是瑞丰的亲哥哥，难道瑞丰就真能站在一旁看热闹？再说呢，等到瑞丰真不肯管这件事的时候，他会把他拉到个僻静的地方，饱打一顿。什么科长不科长的，揍！这样想清楚，他又慢慢的抄起车把来。他本想再钉问一句，可是既有"揍"打底儿，他不便再费话了。

一路上，瑞丰没再出一声。小崔给了他个难题作。他决定不管瑞宣的事，可是小崔这小子要是死不放松，就有点麻烦。他不敢辞掉小崔，他知小崔敢动拳头。他想不出办法，而只更恨瑞宣。有瑞宣这样的一个人，他以为，就足以使天下都不能安生！

快到南海了，他把心事都忘掉。看哪，军警早已在路两旁站好，里外三层。左右两行站在马路边上，枪上都上了刺刀，面朝着马路中间。两行站在人行道上，面也朝着马路。在这中间又有两行，端着枪，面朝着铺户。铺户都挂出五色旗与日本旗，而都上着板子。路中间除了赴会的汽车，马车，与包月的人力车，没有别的车，也没有行人；连电车也停了。瑞丰看看路中心，再看看左右的六行军警，心中有些发颤。同时，他又感到一点骄傲，交通已经断绝，而他居然还能在马路中间走，身分！幸而他处置的得当，没教小崔在半途中跑了；好家伙，要是坐着破车来，军警准得挡住他的去路。他想蹬一下车铃，可是急忙收住了脚。大街是那么宽，那么静，假若忽然车铃一响，也许招出一排枪来！他的背离了车箱，直挺挺的坐着，心揪成了一小团。连小崔也有点发慌了，他跑得飞快，而时时回头看看瑞丰，瑞丰心中骂："该死！别看我！招人家疑心，不开枪才怪！"

府右街口一个顶高身量的巡警伸出一只手。小崔拐了弯。人力车都须停在南海的西墙外。这里有二三十名军警，手里提着手枪，维持秩序。

下了车，瑞丰遇见两个面熟的人，心中安静了一点。他只向熟人点了点头，凑过去和他们一块走，而不敢说话。这整个的阵式已把他的嘴封严。那两个人低声的交谈，他感到威胁，而又不便拦阻他们。及至听到一个人说："下午还有戏，全城的名角都得到！"他的话冲破了恐惧，他喜欢热闹，爱听戏。"还有戏？咱们也可以听?”

“那可就不得而知了，科长阶级有资格听戏没有，还……”那个人想必也是什么科长，所以惨笑了一下。

瑞丰赶紧运用他的脑子，他必须设法听上戏，不管资格够不够。

在南海的大门前，他们被军警包围着，登记，检查证章证件，并搜检身上。瑞丰并没感到侮辱，他觉得这是必须有的手续，而且只有科长以上的人才能“享受”这点“优遇”。别的都是假的，科长才是真调货!

进了大门，一拐弯，他的眼前空旷了。但是他没心思看那湖山宫宇之美，而只盼望赶快走到怀仁堂，那里也许有很好的茶点——先啃它一顿儿再说！他笑了。

一眼，他看见了大赤包，在他前面大约有三箭远。他要向前赶。两旁的军警是那么多，他不敢快走。再说，他也有点嫉妒，大赤包是坐了汽车来的，所以迟起身而反赶到他前面。到底汽车是汽车！有朝一日，他须由包车阶级升为汽车阶级！大丈夫必须有志气!

正在这么思索，大门门楼上的军乐响了。他的心跳起来，特使到了！军警喝住他，教他立在路旁，他极规矩的服从了命令。立了半天，军乐停了，四外一点声音也没有。他怕静寂，手心上出了汗。

忽然的，两声枪响，很近，仿佛就在大门外。跟着，又响了几枪。他慌了，不知不觉的要跑。两把刺刀夹住了他，“别动!”

外面还不住的放枪，他的心跳到嗓子里来。

他没看见怀仁堂，而被军警把他，和许多别的人，大赤包也在内，都圈在大门以内的一排南房里。大家都穿着最好的衣服，佩着徽章，可是忽然被囚在又冷又湿的屋子里，没有茶水，没有足够用的椅凳，而只有军警与枪刺。他们不晓得门外发生了什么事，而只能猜测或者有人向特使行刺。

瑞丰没替特使担忧，而只觉得扫兴；不单看不上了戏，连茶点也没了希望呀！人不为面包而生，瑞丰也不是为面包而活着的，假若面包上没有一点黄油的话。还算好，他是第一批被驱逐进来的，所以得到了一个椅子。后进来的有许多人只好站着。他稳稳的坐定，纹丝不动，生怕丢失了他的椅子。

大赤包毕竟有些气派。她硬把一个人扒拉开，占据了他的座位。坐在那里，她还是大声的谈话，甚至于质问军警们："这是什么事呢？我是来开会，不是来受罪！"

瑞丰的肚子报告着时间，一定是已经过午了，他的肚子里饿得唧哩咕噜的乱响。他害怕起来，假若军警老这么围着，不准出去吃东西，那可要命！他最怕饿！一饿，他就很容易想起"牺牲"，"就义"，与"死亡"等等字眼。

约摸着是下午两点了，才来了十几个日本宪兵。每个宪兵的脸上都像刚死了父亲那么难看。他们指挥军警细细搜检屋里的人，不论男女都须连内衣也脱下来。瑞丰对此一举有些反感，他以为闹事的既在大门外，何苦这么麻烦门内的人呢。可是，及至看到大赤包也打了赤背，露出两个黑而大的乳房，他心平气和了一些。

搜检了一个多钟头，没有任何发现，他们才看见一个宪兵官长扬了扬手。他们由军警押着向中海走。走出中海的后门，他们吸到了自由的空气。瑞丰没有招呼别人，三步并作两步的跑到西四牌楼，吃了几个烧饼，喝了一大碗馄饨。肚子撑圆，他把刚才那一幕丑剧完全忘掉，只当那是一个不甚得体的梦。走到教育局，他才听到：两位特使全死在南海大门外。城门又关上，到现在还没开。街上已不知捕去多少人。听到这点情报，他对着胸前的徽章发开了楞：险哪！幸亏他是科长，有中山装与徽章。好家伙，就是当嫌疑犯拿去也不得了呀！他想，他应当去喝两杯酒，庆祝自己的好运。科长给他的性命保了险！

下了班，他在局子门外找小崔。没找到。他发了气："他妈的！天生来的不是玩艺儿，得偷懒就偷懒！"他步行回了家。一进门就问："小崔没回来呀？"没有，谁也没看到小崔。瑞丰心中打开了鼓："莫非这小子真辞活儿不干了？嘿，真他妈的邪门！我还没为瑞宣着急，你着哪门子急呢？他又不是你的哥哥！"他冒了火，准备明天早上小崔若来到，他必厉厉害害的骂小崔一顿。

第二天，小崔还是没露面。城内还到处捉人。"唉？"瑞丰对自己说："莫非这小子教人家抓去啦？也别说，那小子长得贼眉鼠眼的，看着就像奸细！"

为给特使报仇，城内已捉去两千多人，小崔也在内。各色各样的人被捕，不管有无嫌疑，不分男女老少，一概受了各色各样的毒刑。

真正的凶手可是没有拿着。

日本宪兵司令不能再等，他必须先枪毙两个，好证明自己的精明强干。好吗，捉不着行刺特使的人，不单交不了差事，对不起天皇，也被全世界的人耻笑啊！他从两千多皮开肉绽的人里选择出两个来：一个是四十多岁的姓冯的汽车夫，一个是小崔。

第三天早八点，姓冯的汽车夫与小崔，被绑出来，游街示众。他们俩都赤着背，只穿着一条裤子，头后插着大白招子。他们俩是要被砍头，而后将人头号令[①]在前门外五牌楼[②]上。冯汽车夫由狱里一出来，便已搭拉了脑袋，由两个巡警搀着他。他已失了魂。小崔挺着胸自己走。他的眼比脸还红。他没骂街，也不怕死，而心中非常的后悔，后悔他没听钱先生与祁瑞宣的劝告。他的年岁，身体，和心地，都够与日本兵在战场上拚个死活的，他有资格去殉国。可是，他就这么不明不白的被拉出去砍头。走几步，他仰头看看天，再低头看看地。天，多么美的北平的青天啊。地，每一寸都是他跑熟了的黑土地。他舍不得这块天地，而这块天地，就是他的坟墓。

两面铜鼓，四只军号，在前面吹打。前后多少排军警，都扛着上了刺刀的枪，中间走着冯汽车夫与小崔。最后面，两个日本军官骑着大马，得意的监视着杀戮与暴行。

瑞丰在西单商场那溜儿，听见了鼓号的声音，那死亡的音乐。他飞跑赶上去，他喜欢看热闹，军鼓军号对他有特别的吸引力。杀人也是“热闹”，他必须去看，而且要看个详细。

“哟！”他不由的出了声。他看见了小崔。他的脸马上成了一张白纸，急忙退回来。他没为小崔思想什么，而先摸了摸自己的脖子——小崔是他的车夫呀，他是不是也有点危险呢？

他极快的想到，他必须找个可靠的人商议一下。万一日本人来盘查他，他应当怎样回话呢？他小跑着往北疾走，想找瑞宣大哥去谈一谈。大哥必定有好主意。走了有十几丈远，他才想起来，瑞宣不是也被捕了么？他收住了脚，立定。恐惧变成了愤怒，他嘟囔着：“真倒霉！光是咱自己有心路也不行呀，看这群亲友，全是不知死的鬼！早晚我是得吃了他们的亏！”

---

①号令，示众。

②五牌楼，位于正阳门南的一座牌楼，今已拆除。

# 四十七

程长顺微微有点肚子疼，想出去方便方便。刚把街门开开一道缝，他就看见了五号门前的一群黑影。他赶紧用手托着门，把它关严。然后，他扒着破门板的一个不小的洞，用一只眼往外看着。他的心似乎要跳了出来，忘了肚子疼。捕人并没费多少工夫，可是长顺等得发急。好容易，他又看见了那些黑影，其中有一个是瑞宣——看不清面貌，他可是认识瑞宣的身量与体态。他猜到了那是怎回事。他的一只眼，因为用力往外看，已有点发酸。他的手颤起来。一直等到那些黑影全走净，他还立在那里。他的呼吸很紧促，心中很乱。他只有一个念头，去救祁瑞宣。怎么去救呢？他想不出。他记得钱家的事。假若不从速搭救出瑞宣来，他以为，祁家就必定也像钱家那样的毁灭！他着急，有两颗急出来的泪在眼中盘旋。他想去告诉孙七，但是他知道孙七只会吹大话，未必有用。把手放在头上，他继续思索。把全胡同的人都想到了，他心中忽然一亮，想起李四爷来。他立刻去开门。可是急忙的收回手来。他须小心，他知道日本人的诡计多端。他转了身，进到院中。把一条破板凳放在西墙边，他上了墙头。双手一叫劲，他的身子落在二号的地上。他没想到自己会能这么灵巧轻快。脚落了地，他仿佛才明白自己干的是什么。

“四爷爷！四爷爷！”他立在窗前，声音低切的叫。口中的热气吹到窗纸上，纸微微的作响。

李四爷早已醒了，可是还闭着眼多享受一会儿被窝中的温暖。“谁呀？”老人睁开眼问。

“我！长顺！”长顺呜囔着鼻子低声的说。“快起来！祁先生教他们抓去了！”

“什么？”李老人极快的坐起来，用手摸衣服。掩着怀，他就走出来：“怎回事？怎回事？”

长顺搓着手心上的凉汗，越着急嘴越不灵便的，把事情说了一遍。

听完，老人的眼眯成了一道缝，看着墙外的槐树枝。他心中极难过。他看明白：在胡同中的老邻居里，钱家和祁家是最好的人，可是好人都保不住了命。他自信自己也是好人，照着好人都要受难的例子推测，他的老命恐怕也难保住。他看着那些被晓风吹动着的树枝，说不出来话。

“四爷爷！怎么办哪？”长顺扯了扯四爷的衣服。

“呕！”老人颤了一下。“有办法！有！赶紧给英国使馆去送信？”

“我愿意去！”长顺眼亮起来。

“你知道找谁吗？”老人低下头，亲热的问。

“我——”长顺想了一会儿，“我会找丁约翰！”

“对！好小子，你有出息！你去好，我脱不开身，我得偷偷的去告诉街坊们，别到祁家去！”

“怎么?”

“他们拿人，老留两个人在大门里等着，好进去一个捉一个！他们还以为咱们不知道，其实，其实，”老人轻蔑的一笑，“他们那么作过一次，咱们还能不晓得?”

“那么，我就走吧?”

“走！由墙上翻过去！还早，这么早出门，会招那两个埋伏起疑！等太阳出来再开门！你认识路?”

长顺点了点头，看了看界墙。

“来，我托你一把儿！”老人有力气。双手一托，长顺够到了墙头。

“慢着！留神扭了腿！”

长顺没出声，跳了下去。

太阳不知道为什么出来的那么慢。长顺穿好了大褂，在院中向东看着天。外婆还没有起来。他唯恐她起来盘问他。假若对她说了实话，她一定会拦阻他——“小孩子！多管什么事！”

天红起来，长顺的心跳得更快了。红光透过薄云，变成明霞，他跑到街门前。立定，用一只眼往外看。胡同里没有一点动静，只有槐树枝上添了一点亮的光儿。他的鼻子好像已不够用，他张开了嘴，紧促的，有声的，呼吸气。他不敢开门。他想象着，门一响就会招来枪弹！他须勇敢，也必须小心。他年轻，而必须老成。作一年的奴隶，会使人增长十岁。

太阳出来了！他极慢极慢的开开门，只开了够他挤出去的一个缝子。像鱼往水里钻似的，他溜出去。怕被五号的埋伏看见，他擦着墙往东走。走到“葫芦肚”里，阳光已把护国寺大殿上的残破的琉璃瓦照亮，一闪一闪的发着光，他脚上加了劲。在护国寺街西口，他上了电车。电车只开到西单牌楼，西长安街今天断绝交通。下了车，他买了两块滚热的切糕，一边走一边往口中塞。铺户的伙计们都正悬挂五色旗。他不晓得这是为了什么，也不去打听。挂旗的日子太多了，他已不感兴趣；反正挂旗是日本人的主意，管它干什么呢。进不了西长安街，他取道顺城街往东走。

没有留声机在背上压着，他走得很快。他的走路的样子可不大好看，大脑袋往前探着，两只手，因失去了那个大喇叭筒与留声机片，简直不知放在什么地方好。脚步一快，他的手更乱了，有时候抡得很高，有时候忘了抡动，使他自己走着走着都莫名其妙了。

一看见东交民巷，他的脚步放慢，手也有了一定的律动。他有点害怕。他是由外婆养大的，外婆最怕外国人，也常常用躲避着洋人教训外孙。因此，假若长顺得到一支枪，他并不怕去和任何外国人交战，可是，在初一和敌人见面，他必先楞一楞，而后才敢杀上前去。外婆平日的教训使他必然的楞那么一楞。

他跺了跺脚上的土，用手擦了擦鼻子上的汗，而后慢慢的往东交民巷里边走，他下了决心，必须闯进使馆去，可是无意中的先跺了脚，擦去汗。看见了英国使馆，当然也看见了门外站得像一根棍儿那么直的卫兵。他不由的站住了。几十年来人们惧外的心理使他不敢直入公堂的走过去。

不，他不能老立在那里。在多少年的恐惧中，他到底有一颗青年的心。一颗日本人所不认识的心。他的血涌上了脸，面对着卫兵走了过去。没等卫兵开口，他用高嗓音，为是免去呜呜囔囔，说："我找丁约翰！"

卫兵没说什么，只用手往里面一指。他奔了门房去。门房里的一位当差的很客气，教他等一等。他的涌到脸上的血退了下去。

他没觉得自己怎么勇敢，也不再害怕，心中十分的平静。他开始看院中的花木——一个中国人仿佛心中刚一平静就能注意花木庭园之美。

丁约翰走出来。穿着浆洗得有棱有角的白衫，他低着头，鞋底不出一点声音的，快而极稳的走来，他的动作既表示出英国府的尊严，又露出他能在这里作事的骄傲。见了长顺，他的头稍微扬起些来，声音很低的说："哟，你！"

"是我！"长顺笑了一下。

"我家里出了什么事？"

"没有！祁先生教日本人抓去了！"

丁约翰楞住了。他绝对没想到日本人敢逮捕英国府的人！他并不是不怕日本人。不过，拿英国人与日本人比较一下，他就没法不把英国加上个"大"字，日本加上个"小"字。这大小之间，就大有分寸了。他承认日本人的厉害，而永远没想象到过他们的厉害足以使英国府的人也下狱。他皱上了眉，发了怒——不是为中国人发怒，而是替英国府抱不平。

"这不行！我告诉你，这不行！你等等，我告诉富善先生去！非教他们马上放了祁先生不可！"仿佛怕长顺跑了似的，他又补了句："你等着！"

不大一会儿，丁约翰又走回来。这回，他走得更快，可也更没有声音。他的眼中发了光，稳重而又兴奋的向长顺勾了一勾手指。他替长顺高兴，因为富善先生要亲自问长顺的话。

长顺傻子似的随着约翰进到一间不很大的办公室，富善先生正在屋中来回的走，脖子一伸一伸的像噎住了似的。富善先生的心中显然的是很不安定。见长顺进来，他立住，拱了拱手。他不大喜欢握手，而以为拱手更恭敬，也更卫生一些。对长顺，他本来没有拱手的必要；长顺不过是个孩子。可是，他喜欢纯粹的中国人。假若穿西装的中国人永远得不到他的尊敬，那么穿大褂的，不论年纪大小，总被他重视。

“你来送信，祁先生被捕了?”他用中国话问，他的灰蓝色的眼珠更蓝了一些，他是真心的关切瑞宣。“怎么拿去的?”

长顺结结巴巴的把事情述说了一遍。他永远没和外国人说过话，他不知道怎样说才最合适，所以说得特别的不顺利。

富善先生极注意的听着。听完，他伸了伸脖子，脸上红起好几块来。“嗯！嗯！嗯！”他连连的点头。“你是他的邻居，唉?”看长顺点了头，他又“嗯”了一声。“好！你是好孩子！我有办法！”他挺了挺胸。“赶紧回去，设法告诉祁老先生，不要着急！我有办法！我亲自去把他保出来！”沉默了一会儿，他好像是对自己说：“这不是捕瑞宣，而是打老英国的嘴巴！杀鸡给猴子看，哼!”

长顺立在那里，要再说话，没的可说，要告辞又不好意思。他的心里可是很痛快，他今天是作了一件“非常”的事情，足以把孙七的嘴堵住不再吹牛的事情！

“约翰！”富善先生叫。“领他出去，给他点车钱！”而后对长顺：“好孩子。回去吧！别对别人说咱们的事！”

丁约翰与长顺都极得意的走出来。长顺拦阻丁约翰给他车钱：“给祁先生办点事，还能……”他找不着适当的言语表现他的热心，而只傻笑了一下。

丁约翰塞到长顺的衣袋里一块钱。他奉命这样作，就非作不可。

出了东交民巷，长顺真的雇了车。他必须坐车，因为那一元钱是富善先生给他雇车用的。坐在车上，他心中开了锅。他要去对外婆，孙七，李四爷，和一切的人讲说他怎样闯进英国府。紧跟着，他就警告自己："一声都不要出，把嘴闭严像个蛤蜊！"同时，他又须设计怎样去报告给祁老人，教老人放心，一会儿，他又想象着祁瑞宣怎样被救出来，和怎样感激他。想着想着，凉风儿吹低了他的头。一大早上的恐惧，兴奋，与疲乏，使他闭上了眼。

忽然的他醒了，车已经停住。他打了个极大的哈欠，像要把一条大街都吞吃了似的。

回到家中，他编制了一大套谎言敷衍外婆，而后低着头思索怎样通知祁老人的妙计。

这时候，全胡同的人们已都由李四爷那里得到了祁家的不幸消息。李四爷并没敢挨家去通知，而只在大家都围着一个青菜挑子买菜的时候，低声的告诉了大家。得到了消息，大家都把街门打开，表示镇定。他们的心可是跳得都很快。只是这么一条小胡同里，他们已看到钱家与祁家两家的不幸。他们都想尽点力，帮忙祁家，可是谁也没有办法与能力。他们只能偷偷的用眼角瞭着五号的门。他们还照常的升火作饭，沏茶灌水，可是心里都有一种说不出来的悲哀与不平。

到了晌午，大家的心跳得更快了，这可是另一种的跳法。他们几乎忘了瑞宣的事，因为听到了两个特使被刺身亡的消息。孙七连活都顾不得作了，他须回家喝两口酒。多少日子了，他没听到一件痛快的事；今天，他的心张开了："好！解恨！谁说咱们北平没有英雄好汉呢！"他一边往家走，一边跟自己说。他忘了自己的近视眼，而把头碰在了电线杆子上。摸着头上的大包，他还是满心欢喜："是这样！要杀就拣大个的杀！是！"

小文夫妇是被传到南海唱戏的，听到这个消息，小文发表了他的艺术家的意见："改朝换代都得死人，有钱的，没钱的，有地位的，没地位的，作主人的，作奴隶的，都得死！好戏里面必须有法场，行刺，砍头，才热闹，才叫好！"说完，他拿起胡琴来，拉了一个过门。虽然他要无动于衷，可是琴音里也不怎么显着轻快激壮。

文若霞没说什么，只低头哼唧了几句审头刺汤。

李四爷不想说什么，搬了个小板凳，坐在门外，面对着五号的门。秋阳晒在他的头上，他觉得舒服。他心中的天平恰好两边一样高了——你们拿去我们的瑞宣，我们结果了你们的特使。一号的小孩子本是去向特使行参见礼的，像两个落在水里的老鼠似的跑回家来。他俩没敢在门外胡闹，而是一直的跑进家门，把门关严。李四爷的眼角上露出一点笑纹来。老人一向不喜欢杀生，现在他几乎要改变了心思——"杀"是有用处的，只要杀得对！

冠晓荷憋着一肚子话，想找个人说一说。他的眉头皱着点，仿佛颇有所忧虑。他并没忧虑大赤包的安全，而是发愁恐怕日本人要屠城。他觉得特使被刺，理当屠城。自然，屠城也许没有他的事，因为冠家是日本人的朋友。不过，日本人真要杀红了眼，杀疯了心，谁准知道他们不迷迷糊糊的也给他一刀呢？过度害怕的也就是首先屈膝的，可是屈膝之后还时常打哆嗦。

一眼看见了李四爷，他赶了过来："这么闹不好哇！"他的眉头皱得更紧了一些。"你看，这不是太岁头上动土吗？"他以为这件事完全是一种胡闹。

李四爷立起来，拿起小板凳。他最不喜欢得罪人，可是今天他的胸中不知哪儿来的一口壮气，他决定得罪冠晓荷。

正在这个时候，一个人像报丧似的奔了祁家去。到门外，他没有敲门，而说了一个什么暗号。门开了，他和里面的人像蚂蚁相遇那么碰一碰须儿，里面的两个人便慌忙走出来。三个人一齐走开。

李四爷看出来：特使被刺，大概特务不够用的了，所以祁家的埋伏也被调了走。他慢慢的走进家去。过了一小会儿，他又出来，看晓荷已不在外面，赶紧的在四号门外叫了声长顺。

长顺一早半天并没闲着，到现在还在思索怎么和祁老人见面。听见李四爷的声音，他急忙跑出来。李四爷只一点手，他便跟在老人的身后，一同到祁家去。

韵梅已放弃了挖墙的工作，因为祁老人不许她继续下去。老人的怒气还没消逝，声音相当大的对她说："干吗呀？不要再挖，谁也帮不了咱们的忙，咱们也别连累别人！这些老法子，全没了用！告诉你，以后不要再用破缸顶街门！哼，人家会由房上跳进来！完了，完了！我白活了七十多岁！我的法子全用不上了！"是的，他的最宝贵的经验都一个钱也不值了。他失去了自信。他像一匹被人弃舍了的老马，任凭苍蝇蚊子们欺侮，而毫无办法。

小顺儿和妞子在南屋里偷偷的玩耍，不敢到院子里来。偷偷的玩耍是儿童的很大的悲哀。韵梅给他们煮了点干豌豆，使他们好占住嘴，不出声。

小顺儿头一个看见李四爷进来。他极兴奋的叫了声"妈！"院子里已经安静了一早半天，这一声呼叫使大家都颤了一下。

韵梅红着眼圈跑过来。"小要命鬼！你叫唤什么？"刚说完，她也看见了李四爷，顾不得说什么，她哭起来。

她不是轻于爱落泪的妇人，可是这半天的灾难使她没法不哭了。丈夫的生死不明，而一家人在自己的院子里作了囚犯。假若她有出去的自由，她会跑掉了鞋底子去为丈夫奔走，她有那么点决心与勇气。可是，她出不去。再说，既在家中出不去，她就该给老的小的弄饭吃，不管她心中怎么痛苦，也不管他们吃不吃。可是，她不能到街上或门外去买东西。她和整个的世界断绝了关系，也和作妻的，作母的，作媳妇的责任脱了节。虽然没上锁镣，她却变成囚犯。她着急，生气，发怒，没办法。她没听说过，一人被捕，而全家也坐“狱”的办法。只有日本人会出这种绝户主意。现在，她才真明白了日本人，也才真恨他们。

“四爷！”祁老人惊异的叫。“你怎么进来的？”

李四爷勉强的一笑：“他们走啦！”

“走啦？”天佑太太拉着小顺儿与妞子赶了过来。

“日本的特使教咱们给杀啦，他们没工夫再守在这里！”

韵梅止住了啼哭。

“特使？死啦？”祁老人觉得一切好像都是梦。没等李四爷说话，他打定了主意。“小顺儿的妈，拿一股高香来，我给日本人烧香！”

“你老人家算了吧！”李四爷又笑了一下。“烧香？放枪才有用呢！”

“哼！”祁老人的小眼睛里发出仇恨的光来。“我要是有枪，我就早已打死门口的那两个畜生了！中国人帮着日本人来欺侮咱们，混账！”

“算了吧，听听长顺儿说什么。”李四爷把立在他身后的长顺拉到前边来。

长顺早已等得不耐烦了，马上挺了挺胸，把一早上的英勇事迹，像说一段惊险的故事似的，说给大家听。当他初进来的时候，大家都以为他是来看看热闹，所以没大注意他。现在，他成了英雄，连他的呜囔呜囔的声音仿佛都是音乐。等他说完，祁老人叹了口气：

“长顺，难为你！好孩子！好孩子！我当是老街旧邻们都揣着手在一旁看祁家的哈哈笑呢，原来……”他不能再说下去。感激邻居的真情使他忘了对日本人的愤怒，他的心软起来，怒火降下去，他的肩不再挺着，而松了下去。摸索着，他慢慢的坐在了台阶上，双手捧住了头。

“爷爷！怎么啦？”韵梅急切的问。

老人没抬头，低声的说：“我的孙子也许死不了啦！天老爷，睁开眼照应着瑞宣吧！”事情刚刚有点希望，他马上又还了原，仍旧是个老实的，和平的，忍受患难与压迫的老人。

天佑太太挣扎了一上午，已经感到疲乏，极想去躺一会儿。可是，她不肯离开李四爷与长顺。她不便宣布二儿瑞丰的丑恶，但是她看出来朋友们确是比瑞丰还更亲近，更可靠。这使她高兴，而又难过。把感情都压抑住，她勉强的笑着说：“四大爷！长顺！你们可受了累！”

韵梅也想道出心中的感激，可是说不出话来。她的心完全在瑞宣身上。她不敢怀疑富善先生的力量，可又不放心丈夫是不是可能的在富善先生去到以前，就已受了刑！她的心中时时的把钱先生与瑞宣合并到一块儿，看见个满身是血的瑞宣。

李四爷看看这个，看看那个，心中十分难过。眼前的男女老少都是心地最干净的人，可是一个个的都无缘无故的受到魔难。他几乎没有法子安慰他们。很勉强的，他张开了口：

“我看瑞宣也许受不了多少委屈，都别着急！”他轻嗽了一下，他知道自己的话是多么平凡，没有力量。“别着急！也别乱吵嚷！英国府一定有好法子！长顺，咱们走吧！祁大哥，有事只管找我去！”他慢慢的往外走。走了两步，他回头对韵梅说：“别着急！先给孩子们作点什么吃吧！”

长顺也想交代一两句，而没能想出话来。无聊的，他摸了摸小顺儿的头。小顺儿笑了：“妹妹，我，都乖，听话！不上门口去！”

他们往外走。两个妇人像被吸引着似的，往外送。

李四爷伸出胳臂来。“就别送了吧！”

她们楞楞磕磕的站住。

祁老人还捧着头坐在那里，没动一动。

这时候，瑞宣已在狱里过了几个钟头。这里，也就是钱默吟先生来过的地方。这地方的一切设备可是已和默吟先生所知道的大不相同了。当默吟到这里的时节，它的一切还都因陋就简的，把学校变为临时的监狱。现在，它已是一座“完美的”监狱，处处看得出日本人的“苦心经营”。任何一个小地方，日本人都花了心血，改造又改造，使任何人一看都得称赞它为残暴的结晶品。在这里，日本人充分的表现了他们杀人艺术的造诣。是的，杀人是他们的一种艺术，正像他们吃茶与插瓶花那么有讲究。来到这里的不只是犯人，而也是日本人折来的花草；他们必须在断了呼吸以前，经验到最耐心的，最细腻的艺术方法，把血一滴一滴的，缓慢的，巧妙的，最痛苦的，流尽。他们的痛苦正是日本人的欣悦。日本军人所受的教育，使他们不仅要凶狠残暴，而是吃进去毒狠的滋味，教残暴变成像爱花爱鸟那样的一种趣味。这所监狱止是这种趣味与艺术的试验所。

瑞宣的心里相当的平静。在平日，他爱思索；即使是无关宏旨的一点小事，他也要思前想后的考虑，以便得到个最妥善的办法。从“七七”抗战以来，他的脑子就没有闲着过。今天，他被捕了，反倒觉得事情有了个结束，不必再想什么了。脸上很白，而嘴边上挂着点微笑，他走下车来，进了北京大学——他看得非常的清楚，那是“北大”。

钱先生曾经住过的牢房，现在已完全变了样子。楼下的一列房，已把前脸儿拆去，而安上很密很粗的铁条，极像动物园的兽笼子。牢房改得很小，窄窄的分为若干间，每间里只够容纳一对野猪或狐狸的。可是，瑞宣看清，每一间里都有十个到十二个犯人。他们只能胸靠着背，嘴顶着脑勺儿立着，谁也不能动一动。屋里除了人，没有任何东西，大概犯人大小便也只能立着，就地执行。瑞宣一眼扫过去，这样的兽笼至少有十几间。他哆嗦了一下。笼外，只站着两个日兵，六只眼——兵的四只，枪的两只——可以毫不费力的控制一切。瑞宣低下头去。他不晓得自己是否也将被放进那集体的“站笼”去。假若进去，他猜测着，只须站两天他就会断了气的。

可是，他被领到最靠西的一间牢房里去，屋子也很小，可是空着的。他心里说：“这也许是优待室呢！”小铁门开了锁。他大弯腰才挤了进去。三合土的地上，没有任何东西，除了一片片的，比土色深的，发着腥气的，血迹。他赶紧转过身来，面对着铁栅，他看见了阳光，也看见了一个兵。那个兵的枪刺使阳光减少了热力。抬头，他看见天花板上悬着一根铁条。铁条上缠着一团铁丝，铁丝中缠着一只手，已经腐烂了的手。他收回来眼光，无意中的看到东墙，墙上舒舒展展的钉着一张完整的人皮。他想马上走出去，可是立刻看到了铁栅。既无法出去，他爽性看个周到，他的眼不敢迟疑的转到西墙上去。墙上，正好和他的头一边儿高，有一张裱好的横幅，上边贴着七个女人的阴户。每一个下面都用红笔记着号码，旁边还有一朵画得很细致的小图案花。

瑞宣不敢再看。低下头，他把嘴闭紧。待了一会儿，他的牙咬出响声来。他不顾得去想自己的危险，一股怒火燃烧着他的心。他的鼻翅撑起来，带着响的出气。

他决定不再想家里的事。他看出来，他的命运已被日本人决定。那悬着的手，钉着的人皮，是特意教他看的，而他的手与皮大概也会作展览品。好吧，命运既被决定，他就笑着迎上前去吧。他冷笑了一声。祖父，父母，妻子……都离他很远了，他似乎已想不清楚他们的面貌。就是这样才好，死要死得痛快，没有泪，没有萦绕，没有顾虑。

他呆呆的立在那里，不知有多久；一点斜着来的阳光碰在他的头上，他才如梦方醒的动了一动。他的腿已发僵，可是仍不肯坐下，倒仿佛立着更能多表示一点坚强的气概。有一个很小很小的便衣的日本人，像一头老鼠似的，在铁栅外看了他一眼，而后笑着走开。他的笑容留在瑞宣的心里，使瑞宣恶心了一阵。又过了一会儿，小老鼠又回来，向瑞宣恶意的鞠了一躬。小老鼠张开嘴，用相当好的中国话说：“你的不肯坐下，客气，我请一位朋友来陪你！”说完，他回头一招手。两个兵抬过一个半死的人来，放在铁栅外，而后搬弄那个人，使他立起来。那个人——一个脸上全肿着，看不清有多大岁数的人——已不会立住。两个兵用一条绳把他捆在铁栅上。“好了！祁先生，这个人的不听话，我们请他老站着。”小老鼠笑着说，说完他指了指那个半死的人的脚。瑞宣这才看清，那个人的两脚十指是钉在木板上的。那个人东晃一下，西晃一下，而不能倒下去，因为有绳子拢着他的胸。他的脚指已经发黑。过了好大半天，那个人哎哟了一声。一个兵极快的跑过来，用枪把子像舂米似的砸他的脚。已经腐烂的脚指被砸断了一个。那个人像饥狼似的长嚎了一声，垂下头去，不再出声。“你的喊！打！”那个兵眼看着瑞宣，骂那个人。然后，他珍惜的拾起那个断了的脚指，细细的玩赏。看了半天，他用臂拢着枪，从袋中掏出张纸来，把脚指包好，记上号码。而后，他向瑞宣笑了笑，回到岗位去。

过了有半个钟头吧，小老鼠又来到。看了看断指的人，看了看瑞宣。断指的人已停止了呼吸。小老鼠惋惜的说：“这个人不结实的，穿木鞋不到三天就死的！中国人体育不讲究的！”一边说，他一边摇头，好像很替中国人的健康担忧似的。叹了口气，他又对瑞宣说：“英国使馆，没有木鞋的？”

瑞宣没出声，而明白了他的罪状。

小老鼠板起脸来：“你，看起英国的，看不起大日本的！要悔改的！”说完，他狠狠的踢了死人两脚。话从牙缝中溅出来：“中国人，一样的！都不好的！”他的两只发光的鼠眼瞪着瑞宣。瑞宣没瞪眼，而只淡淡的看着小老鼠。老鼠发了怒：“你的厉害，你的也会穿木鞋的！”说罢，他扯着极大的步子走开，好像一步就要跨过半个地球似的。

瑞宣呆呆的看着自己的脚。等着脚指上挨钉。他知道自己的身体并不十分强壮，也许钉了钉以后，只能活两天。那两天当然很痛苦，可是过去以后，就什么也不知道了，永远什么也不知道了——无感觉的永生！他盼望事情就会如此的简单，迅速。他承认他有罪，应当这样惨死，因为他因循，苟安，没能去参加抗战。

两个囚犯，默默的把死人抬了走。他两个眼中都含着泪，可是一声也没出。声音是“自由”的语言，没有自由的只能默默的死去。

院中忽然增多了岗位。出来进去的日本人像蚂蚁搬家那么紧张忙碌。瑞宣不晓得南海外的刺杀，而只觉得那些乱跑的矮子们非常的可笑。生为一个人，他以为，已经是很可怜，生为一个日本人，把可怜的生命全花费在乱咬乱闹上，就不但可怜，而且可笑了！

一队一队的囚犯，由外面像羊似的被赶进来，往后边走。瑞宣不晓得外边发生了什么事，而只盼望北平城里或城外发生了什么暴动。暴动，即使失败，也是光荣的。像他这样默默的等着剥皮剁指，只是日本人手中玩弄着的一条小虫，耻辱是他永远的谥号！

# 四十八

瑞宣赶得机会好。司令部里忙着审刺客，除了小老鼠还来看他一眼，戏弄他几句，没有别人来打扰他。第一天的正午和晚上，他都得到一个比地皮还黑的馒头，与一碗白水。对着人皮，他没法往下咽东西。他只喝了一碗水。第二天，他的“饭”改了：一碗高粱米饭代替了黑馒头。看着高粱米饭，他想到了东北。关内的人并不吃高粱饭。这一定是日本人在东北给惯了囚犯这样的饭食，所以也用它来“优待”关内的犯人。日本人自以为最通晓中国的事，瑞宣想，那么他们就该知道北平人并不吃高粱。也许是日本人在东北作惯了的，就成了定例定法，适用于一切的地方。瑞宣，平日自以为颇明白日本人，不敢再那么自信了。他想不清楚，日本人在什么事情上要一成不变，在哪里又随地变动；和日本人到底明白不明白中国人与中国事。

对他自己被捕的这件事，他也一样的摸不清头脑。日本人为什么要捕他呢？为什么捕了来既不审问，又不上刑呢？难道他们只是为教他来观光？不，不能！日本人不是最阴险，最诡秘，不愿教人家知道他们的暴行的吗？那么，为什么教他来看呢？假若他能幸而逃出去，他所看见的岂不就成了历史，永远是日本人的罪案么？他们也许决不肯放了他，那么，又干吗“优待”他呢？他怎想，怎弄不清楚。他不敢断定，日本人是聪明，还是愚痴；是事事有办法，还是随意的乱搞。

最后，他想了出来：只要想侵略别人，征服别人，伤害别人，就只有乱搞，别无办法。侵略的本身就是胡来，因为侵略者只看见了自己，而且顺着自己的心思假想出被侵略者应当是什么样子。这样，不管侵略者计算的多么精细，他必然的遇到挫折与失算。为补救失算，他只好再顺着自己的成见从事改正，越改也就越错，越乱。小的修正与严密，并无补于大前提的根本错误。日本人，瑞宣以为，在小事情上的确是费了心机；可是，一个极细心捉虱子的小猴，永远是小猴，不能变成猩猩。

这样看清楚，他尝了一两口高粱米饭。他不再忧虑。不管他自己是生还是死，他看清日本人必然失败。小事聪明，大事胡涂，是日本人必然失败的原因。

假若瑞宣正在这么思索大的问题，富善先生可是正想一些最实际的，小小的而有实效的办法。瑞宣的被捕，使老先生愤怒。把瑞宣约到使馆来作事，他的确以为可以救了瑞宣自己和祁家全家人的性命。可是，瑞宣被捕。这，伤了老人的自尊心。他准知道瑞宣是最规矩正派的人，不会招灾惹祸。那么，日本人捉捕瑞宣，必是向英国人挑战。的确，富善先生是中国化了的英国人。可是，在他的心的深处，他到底隐藏着一些并未中国化了的东西。他同情中国人，而不便因同情中国人也就不佩服日本人的武力。因此，看到日本人在中国的杀戮横行，他只能抱着一种无可奈何之感。他不是个哲人，他没有特别超越的胆识，去斥责日本人。这样，他一方面，深盼英国政府替中国主持正义，另一方面，却又以为只要日本不攻击英国，便无须多管闲事。他深信英国是海上之王，日本人决不敢来以卵投石。对自己的国力与国威的信仰，使他既有点同情中国，又必不可免的感到自己的优越。他决不幸灾乐祸，可也不便见义勇为，为别人打不平。瑞宣的被捕，他看，是日本人已经要和英国碰一碰了。他动了心。他的同情心使他决定救出瑞宣来，他的自尊心更加强了这个决定。

他开始想办法。他是英国人，一想他便想到办公事向日本人交涉。可是，他也是东方化了的英国人，他晓得在公事递达之前，瑞宣也许已经受了毒刑，而在公事递达之后，日本人也许先结果了瑞宣的性命，再回复一件“查无此人”的，客气的公文。况且，一动公文，就是英日两国间的直接抵触，他必须请示大使。那麻烦，而且也许惹起上司的不悦。为迅速，为省事，他应用了东方的办法。

他找到了一位“大哥”，给了钱（他自己的钱），托“大哥”去买出瑞宣来。“大哥”是爱面子而不关心是非的。他必须卖给英国人一个面子，而且给日本人找到一笔现款。

钱递进去，瑞宣看见了高粱米饭。

第三天，也就是小崔被砍头的那一天，约摸在晚八点左右，小老鼠把前天由瑞宣身上搜去的东西都拿回来，笑得像个开了花的馒头似的，低声的说：“日本人大大的好的！客气的！亲善的！公道的！你可以开路的！”把东西递给瑞宣，他的脸板起来：“你起誓的！这里的事，一点，一点，不准说出去的！说出去，你会再拿回来的，穿木鞋的！”

瑞宣看着小老鼠出神。日本人简直是个谜。即使他是全能的上帝，也没法子判断小老鼠到底是什么玩艺儿！他起了誓。他这才明白为什么钱先生始终不肯对他说狱中的情形。

剩了一个皮夹，小老鼠不忍释手。瑞宣记得，里面有三张一元的钞票，几张名片，和两张当票。瑞宣没伸手索要，也无意赠给小老鼠。小老鼠，最后，绷不住劲儿了，笑着问：“心交心交？”瑞宣点了点头。他得到小老鼠的夸赞：“你的大大的好！你的请！”瑞宣慢慢的走出来。小老鼠把他领到后门。

瑞宣不晓得是不是富善先生营救他出来的，可是很愿马上去看他；即使富善先生没有出力，他也愿意先教老先生知道他已经出来，好放心。心里这样想，他可是一劲儿往西走。“家”吸引着他的脚步。他雇了一辆车。在狱里，虽然挨了三天的饿，他并没感到疲乏；怒气持撑着他的精神与体力。现在，出了狱门，他的怒气降落下去，腿马上软起来。坐在车上，他感到一阵眩晕，恶心。他用力的抓住车垫子，镇定自己。昏迷了一下，出了满身的凉汗，他清醒过来。待了半天，他才去擦擦脸上的汗。三天没盥洗，脸上有一层浮泥。

闭着眼，凉风擦着他的耳与腮，他舒服了一点。睁开眼，最先进入他的眼中的是那些灯光，明亮的，美丽的，灯光。他不由的笑了一下。他又得到自由，又看到了人世的灯光。马上，他可是也想起那些站在囚牢里的同胞。那些人也许和他一样，没有犯任何的罪，而被圈在那里，站着；站一天，两天，三天，多么强壮的人也会站死，不用上别的刑。

“亡国就是最大的罪！”他想起这么一句，反复的念叨着。他忘了灯光，忘了眼前的一切。那些灯，那些人，那些铺户，都是假的，都是幻影。只要狱里还站着那么多人，一切就都不存在！北平，带着它的湖山宫殿，也并不存在。存在的只有罪恶！

车夫，一位四十多岁，腿脚已不甚轻快的人，为掩饰自己的迟慢，说了话："我说先生，你知道今儿个砍头的拉车的姓什么吗？"

瑞宣不知道。

"姓崔呀！西城的人！"

瑞宣马上想到了小崔。可是，很快的他便放弃了这个想头。他知道小崔是给瑞丰拉包车，一定不会忽然的，无缘无故的被砍头。再一想，即使真是小崔，也不足为怪；他自己不是无缘无故的被抓进去了么？"他为什么……"

"还不知道吗，先生？"车夫看着左右无人，放低了声音说："不是什么特使教咱们给杀了吗？姓崔的，还有一两千人都抓了进去；姓崔的掉了头！是他行的刺不是，谁可也说不上来。反正咱们的脑袋不值钱，随便砍吧！我日他奶奶的！"

瑞宣明白了为什么这两天，狱中赶进来那么多人，也明白了他为什么没被审讯和上刑。他赶上个好机会，白拣来一条命。假若他可以"幸而免"，焉知道小崔不可以误投罗网呢？国土被人家拿去，人的性命也就交给人家掌管，谁活谁死都由人家安排。他和小崔都想偷偷的活着，而偷生恰好是惨死的原因。他又闭上了眼，忘了自己与小崔，而想象着在自由中国的阵地里，多少多少自由的人，自由的选择好死的地方与死的目的。那些面向着枪弹走的才是真的人，才是把生命放在自己的决心与胆量中的。他们活，活得自由；死，死得光荣。他与小崔，哼，不算数儿！

车子忽然停在家门口，他楞磕磕的睁开眼。他忘了身上没有一个钱。摸了摸衣袋，他向车夫说："等一等，给你拿钱。"

"是了，先生，不忙！"车夫很客气的说。

他拍门，很冷静的拍门。由死亡里逃出，把手按在自己的家门上，应当是动心的事。可是他很冷静。他看见了亡国的真景象，领悟到亡国奴的生与死相距有多么近。他的心硬了，不预备在逃出死亡而继续去偷生摇动他的感情。再说，家的本身就是囚狱，假若大家只顾了油盐酱醋，而忘了灵魂上的生活。

他听到韵梅的脚步声。她立住了，低声的问“谁?”他只淡淡的答了声“我!”她跑上来，极快的开了门。夫妻打了对脸。假若她是个西欧的女人，她必会急忙上去，紧紧的抱住丈夫。她是中国人，虽然她的心要跳出来，跳到丈夫的身里去，她可是收住脚步，倒好像夫妻之间有一条什么无形的墙壁阻隔着似的。她的大眼睛亮起来，不知怎样才好的问了声：“你回来啦?”

“给车钱!”瑞宣低声的说。说完，他走进院中去。他没感到夫妻相见的兴奋与欣喜，而只觉得自己的偷偷被捉走，与偷偷的回来，是一种莫大的耻辱。假若他身上受了伤，或脸上刺了字，他必会骄傲的迈进门坎，笑着接受家人的慰问与关切。可是，他还是他，除了心灵上受了损伤，身上并没一点血痕——倒好像连日本人都不屑于打他似的。当爱国的人们正用战争换取和平的时候，血痕是光荣的徽章。他没有这个徽章，他不过只挨了两三天的饿，像一条饿狗垂着尾巴跑回家来。

天佑太太在屋门口立着呢。她的声音有点颤：“老大!”

瑞宣的头不敢抬起来，轻轻的叫了声：“妈!”

小顺儿与妞子这两天都睡得迟了些，为是等着爸爸回来，他们俩笑着，飞快的跑过来：“爸！你回来啦?”一边一个，他们拉住了爸的手。

两只温暖的小手，把瑞宣的心扯软。天真纯挚的爱把他的耻辱驱去了许多。

“老大！瑞宣！”祁老人也还没睡，等着孙子回来，在屋中叫。紧跟着，他开开屋门：“老大，是你呀？”

瑞宣拉着孩子走过来：“是我，爷爷！”

老人哆嗦着下了台阶，心急而身体慢的跪下去：“历代的祖宗有德呀！老祖宗们，我这儿磕头了！”他向西磕了三个头。

撒开小顺儿与妞子，瑞宣赶紧去搀老祖父。老人浑身仿佛都软了，半天才立起来。老少四辈儿都进了老人的屋中。

天佑太太乘这个时节，在院中嘱告儿媳：“他回来了，真是祖上的阴功，就别跟他讲究老二了！是不是？”

韵梅眨了两下眼，“我不说！”

在屋中，老人的眼盯住了长孙，好像多年没见了似的。瑞宣的脸瘦了一圈儿。三天没刮脸，短的，东一束西一根的胡子，给他添了些病容。

天佑太太与韵梅也走进来，她们都有一肚子话，而找不到话头儿，所以都极关心的又极愚傻的，看着瑞宣。

“小顺儿的妈！”老人的眼还看着孙子，而向孙媳说：“你倒是先给他打点水，泡点茶呀！”

韵梅早就想作点什么，可是直到现在才想起来泡茶和打水。她笑了一下：“我简直的迷了头啦，爷爷！”说完，她很快的跑出去。

“给他作点什么吃呀！”老人向儿媳说。他愿也把儿媳支出去，好独自占有孙子，说出自己的勇敢与伤心来。

天佑太太也下了厨房。

老人的话太多了，所以随便的就提出一句来——话太多了的时候，是在哪里都可以起头的。

“我怕他们吗?”老人的小眼眯成了一道缝，把三天前的斗争场面从新摆在眼前：“我？哼！露出胸膛教他们放枪！他们没——敢——打！哈哈!”老人冷笑了一声。

小顺儿拉了爸一把，爷儿俩都坐在炕沿上。小妞子立在爸的腿中间。他们都静静的听着老人指手划脚的说。瑞宣摸不清祖父说的是什么，而只觉得祖父已经变了样子。在他的记忆中，祖父的教训永远是和平，忍气，吃亏，而没有勇敢，大胆，与冒险。现在，老人说露出胸膛教他们放枪了！压迫与暴行大概会使一只绵羊也要向前碰头吧?

天佑太太先提着茶壶回来。在公公面前，她不敢坐下。可是，尽管必须立着，她也甘心。她必须多看长子几眼，还有一肚子话要对儿子说。

两口热茶喝下去，瑞宣的精神振作了一些。虽然如此，他还是一心的想去躺下，睡一觉。可是，他必须听祖父说完，这是他的责任。他的责任很多，听祖父说话儿，被日本人捕去，忍受小老鼠的戏弄……都是他的责任。他是尽责任的亡国奴。

好容易等老人把话说完，他知道妈妈必还有一大片话要说。可怜的妈妈！她的脸色黄得像一张旧纸，没有一点光彩；她的眼陷进好深，眼皮是青的；她早就该去休息，可是还挣扎着不肯走开。

韵梅端来一盆水。瑞宣不顾得洗脸，只草草的擦了一把；坐狱使人记住大事，而把洗脸刷牙可以忽略过去。

“你吃点什么呢?”韵梅一边给老人与婆母倒茶，一边问丈夫。她不敢只单纯的招呼丈夫，而忽略了老人们。她是妻，也是媳妇；媳妇的责任似乎比妻更重要。

“随便!”瑞宣的肚中确是空虚，可是并不怎么热心张罗吃东西，他更需要安睡。

“揪点面片儿吧，薄薄的！”天佑太太出了主意。等儿媳走出去，她才问瑞宣：“你没受委屈啊？”

“还好！”瑞宣勉强的笑了一下。

老太太还有好多话要说，但是她晓得怎么控制自己。她的话像满满的一杯水，虽然很满，可是不会撒出来。她看出儿子的疲倦，需要休息。她最不放心的是儿子有没有受委屈。儿子既说了“还好”，她不再多盘问。“小顺儿，咱们睡觉去！”

小顺儿舍不得离开。

“小顺儿，乖！”瑞宣懒懒的说。

“爸！明天你不再走了吧？”小顺儿似乎很不放心爸爸的安全。

“嗯！”瑞宣说不出什么来。他知道，只要日本人高兴，明天他还会下狱的。

等妈妈和小顺儿走出去，瑞宣也立起来。“爷爷，你该休息了吧？”

老人似乎有点不满意孙子：“你还没告诉我，你都受了什么委屈呢！”老人非常的兴奋，毫无倦意。他要听听孙子下狱的情形，好与自己的勇敢的行动合到一处成为一段有头有尾的历史。

瑞宣没精神，也不敢，述说狱中的情形。他知道中国人不会保守秘密，而日本人又耳目灵通；假若他随便乱说，他就必会因此而再下狱。于是，他只说了句“里边还好！”就拉着妞子走出来。

到了自己屋中，他一下子把自己扔在床上。他觉得自己的床比什么都更可爱，它软软的托着他的全身，使身上一切的地方都有了着落，而身上有了靠头，心里也就得到了安稳与舒适。惩治人的最简单，也最厉害的方法，便是夺去他的床！这样想着，他的眼已闭上，像被风吹动着的烛光似的，半灭未灭的，他带着未思索完的一点意思沉入梦乡。

韵梅端着碗进来，不知怎么办好了。叫醒他呢，怕他不高兴；不叫他呢，又怕面片儿凉了。

小妞子眨巴着小眼，出了主意："妞妞吃点？"

在平日，妞子的建议必遭拒绝；韵梅不许孩子在睡觉以前吃东西。今天，韵梅觉得一切都可以将就一点，不必一定都守规矩。她没法表示出她心中的欢喜，好吧，就用给小女儿一点面片吃来表示吧。她扒在小妞子的耳边说："给你一小碗吃，吃完乖乖的睡觉！爸回来好不好？"

"好！"妞子也低声的说。

韵梅坐在椅子上看一眼妞子，看一眼丈夫。她决定不睡觉，等丈夫醒了再去另作一碗面片。即使他睡一夜，她也可以等一夜。丈夫回来了，她的后半生就都有了依靠，牺牲一夜的睡眠算得了什么呢。她轻轻的起来，轻轻的给丈夫盖上了一床被子。

快到天亮，瑞宣才醒过来。睁开眼，他忘了是在哪里，很快的，不安的，他坐起来。小妞子的小床前放着油灯，只有一点点光儿。韵梅在小床前一把椅子上打盹呢。

瑞宣的头还有点疼，心中寡寡劳劳的①像是饿，又不想吃，他想继续睡觉。可是韵梅的彻夜不睡感动了他。他低声的叫："小顺儿的妈！梅！你怎么不睡呢？"

韵梅揉了揉眼，把灯头捻大了点。"我等着给你作面呢！什么时候了？"

邻家的鸡声回答了她的问题。

①寡寡劳劳的，形容心中发空。

“哟！”她立起来，伸了伸腰，“快天亮了！你饿不饿?”

瑞宣摇了摇头。看着韵梅，他忽然的想说出心中的话，告诉她狱中的情形，和日本人的残暴。他觉得她是他的唯一的真朋友，应当分担他的患难，知道他一切的事情。可是，继而一想，他有什么值得告诉她的呢？他的软弱与耻辱是连对妻子也拿不出来的呀！

“你躺下睡吧，别受了凉！”他只拿出这么两句敷衍的话来。是的，他只能敷衍。他没有生命的真火与热血，他只能敷衍生命，把生命的价值贬降到马马虎虎的活着，只要活着便是尽了责任。

他又躺下去，可是不能再安睡。他想，即使不都说，似乎也应告诉韵梅几句，好表示对她的亲热与感激。可是，韵梅吹灭了灯，躺下便睡着了。她好像简单得和小妞子一样，只要他平安的回来，她便放宽了心；他说什么与不说什么都没关系。她不要求感激，也不多心冷淡，她的爱丈夫的诚心像一颗灯光，只管放亮，而不索要报酬与夸赞。

早晨起来，他的身上发僵，好像受了寒似的。他可是决定去办公，去看富善先生，他不肯轻易请假。

见到富善先生，他找不到适当的话表示感激。富善先生，到底是英国人，只问了一句“受委屈没有”就不再说别的了。他不愿意教瑞宣多说感激的话。英国人沉得住气。他也没说怎样把瑞宣救出来的。至于用他个人的钱去行贿，他更一字不提，而且决定永远不提。

“瑞宣！”老人伸了伸脖子，恳切的说：“你应当休息两天，气色不好！”

瑞宣不肯休息。

“随你！下了班，我请你吃酒！”老先生笑了笑，离开瑞宣。

这点经过，使瑞宣满意。他没告诉老人什么，老人也没告诉他什么，而彼此心中都明白：人既然平安的出来，就无须再去罗嗦了。瑞宣看得出老先生是真心的欢喜，老人也看得出瑞宣是诚心的感激，再多说什么便是废话。这是英国人的办法，也是中国人的交友之道。

到了晌午，两个人都喝过了一杯酒之后，老人才说出心中的顾虑来：

“瑞宣！从你的这点事，我看出一点，一点——噢，也许是过虑，我也希望这是过虑！我看哪，有朝一日，日本人会突击英国的！”

“能吗？”瑞宣不敢下断语。他现在已经知道日本人是无可捉摸的。替日本人揣测什么，等于预言老鼠在夜里将作些什么。

“能吗？怎么不能！我打听明白了，你的被捕纯粹因为你在使馆里作事！”

“可是英国有强大的海军？”

“谁知道！希望我这是过虑！”老人呆呆的看着酒杯，不再说什么。

喝完了酒，老人告诉瑞宣：“你回家吧，我替你请半天假。下午四五点钟，我来看你，给老人们压惊！要是不麻烦的话，你给我预备点饺子好不好？”

瑞宣点了头。

冠晓荷特别注意祁家的事。瑞宣平日对他那样冷淡，使他没法不幸灾乐祸。同时，他以为小崔既被砍头，大概瑞宣也许会死。他知道，瑞宣若死去，祁家就非垮台不可。祁家若垮了台，便减少了他一些精神上的威胁——全胡同中，只有祁家体面，可是祁家不肯和他表示亲善。再说，祁家垮了，他就应当买过五号的房来，再租给日本人。他的左右要是都与日本人为邻，他就感到安全，倒好像是住在日本国似的了。

可是，瑞宣出来了。晓荷赶紧矫正自己。要是被日本人捉去而不敢杀，他想，瑞宣的来历一定大得很！不，他还得去巴结瑞宣。他不能因为精神上的一点压迫而得罪大有来历的人。

他时时的到门外来立着，看看祁家的动静。在五点钟左右，他看到了富善先生在五号门外叩门，他的舌头伸出来，半天收不回去。像暑天求偶的狗似的，他吐着舌头飞跑进去："所长！所长！英国人来了！"

"什么？"大赤包惊异的问。

"英国人！上五号去了！"

"真的？"大赤包一边问，一边开始想具体的办法。"我们是不是应当过去压惊呢？"

"当然去！马上就去，咱们也和那个老英国人套套交情！"晓荷急忙就要换衣服。

"请原谅我多嘴，所长！"高亦陀又来等晚饭，恭恭敬敬的对大赤包说。"那合适吗？这年月似乎应当抱住一头儿，不便脚踩两只船吧？到祁家去，倘若被暗探看见，报告上去，总……所长你说是不是？"

晓荷不加思索的点了头。"亦陀你想的对！你真有思想！"

大赤包想了想："你的话也有理。不过，作大事的人都得八面玲珑。方面越多，关系越多，才能在任何地方，任何时候，都吃得开！我近来总算能接近些个大人物了，你看，他们说中央政府不好吗？不！他们说南京政府不好吗？不！他们说英美或德意不好吗？不！要不怎么成为大人物呢，人家对谁都留着活口儿，对谁都不即不离的。因此，无论谁上台，都有他们的饭吃，他们永远是大人物！亦陀，你还有点所见者小！”

“就是！就是！”晓荷赶快的说：“我也这么想！闹义和拳的时候，你顶好去练拳；等到有了巡警，你就该去当巡警。这就叫作义和拳当巡警，随机应变！好啦，咱们还是过去看看吧？”

大赤包点了点头。

富善先生和祁老人很谈得来。祁老人的一切，在富善先生眼中，都带着地道的中国味儿，足以和他心中的中国人严密的合到一块儿。祁老人的必定让客人坐上座，祁老人的一会儿一让茶，祁老人的谦恭与繁琐，都使富善先生满意。

天佑太太与韵梅也给了富善先生以很好的印象。她们虽没有裹小脚，可是也没烫头发与抹口红。她们对客人非常的有礼貌，而繁琐的礼貌老使富善先生心中高兴。

小顺儿与妞子看见富善先生，既觉得新奇，又有点害怕，既要上前摸摸老头儿的洋衣服，而又有点忸怩。这也使富善先生欢喜，而一定要抱一抱小妞子——“来吧，看看我的高鼻子和蓝眼睛！”

由表面上的礼貌与举止，和大家的言谈，富善先生似乎一眼看到了一部历史，一部激变中的中国近代史。祁老人是代表着清朝人的，也就是富善先生所最愿看到的中国人。天佑太太是代表着清朝与民国之间的人的，她还保留着一些老的规矩，可是也拦不住新的事情的兴起。瑞宣纯粹的是个民国的人，他与祖父在年纪上虽只差四十年，而在思想上却相隔有一两世纪。小顺儿与妞子是将来的人。将来的中国人须是什么样子呢？富善先生想不出。他极喜欢祁老人，可是他拦不住天佑太太与瑞宣的改变，更拦不住小顺子与妞子的继续改变。他愿意看见个一成不变的，特异而有趣的中国文化，可是中国像被狂风吹着的一只船似的，顺流而下。看到祁家的四辈人，他觉得他们是最奇异的一家子。虽然他们还都是中国人，可是又那么复杂，那么变化多端。最奇怪的是这些各有不同的人还居然住在一个院子里，还都很和睦，倒仿佛是每个人都要变，而又有个什么大的力量使他们在变化中还不至于分裂涣散。在这奇怪的一家子里，似乎每个人都忠于他的时代，同时又不激烈的拒绝别人的时代，他们把不同的时代揉到了一块，像用许多味药揉成的一个药丸似的。他们都顺从着历史，同时又似乎抗拒着历史。他们各有各的文化，而又彼此宽容，彼此体谅。他们都往前走又像都往后退。

这样的一家人，是否有光明的前途呢？富善先生想不清楚了。更迫切的，这样的一家人是否受得住日本人的暴力的扫荡，而屹然不动呢？他看着小妞子与小顺儿，心中有一种说不出的难过。他自居为中国通，可是不敢再随便的下断语了！他看见这一家子，像一只船似的，已裹在飓风里。他替他们着急，而又不便太着急；谁知道他们到底是一只船还是一座山呢？为山着急是多么傻气呢！

大赤包与晓荷穿着顶漂亮的衣服走进来。为是给英国人一个好印象，大赤包穿了一件薄呢子的洋衣，露着半截胖胳臂，没有领子。她的唇抹得极大极红，头发卷成大小二三十个鸡蛋卷，像个漂亮的妖精。

他们一进来，瑞宣就楞住了。可是，极快的他打定了主意。他是下过监牢，看过死亡与地狱的人了，不必再为这种妖精与人怪动气动怒。假若他并没在死亡之前给日本人屈膝，那就何必一定不招呼两个日本人的走狗呢？他决定不生气，不拒绝他们。他想，他应当不费心思的逗弄着他们玩，把他们当作小猫小狗似的随意耍弄。

富善先生吓了一跳。他正在想，中国人都在变化，可是万没想到中国人会变成妖精。他有点手足失措。

瑞宣给他们介绍："富善先生。冠先生，冠太太，日本人的至友和亲信！"

大赤包听出瑞宣的讽刺，而处之泰然。她尖声的咯咯的笑了。"哪里哟！日本人还大得过去英国人？老先生，不要听瑞宣乱说！"

晓荷根本没听出来讽刺，而只一心一意的要和富善先生握手。他以为握手是世界上最文明的，最进步的礼节，而与一位西洋人握手差不多便等于留了十秒钟或半分钟的洋。

可是，富善先生不高兴握手，而把手拱起来。晓荷赶紧也拱手："老先生，了不得的，会拱手的！"他拿出对日本人讲话的腔调来，他以为把中国话说得半通不通的就差不多是说洋话了。

他们夫妇把给祁瑞宣压惊这回事，完全忘掉，而把眼，话，注意，都放在富善先生身上。大赤包的话像暴雨似的往富善先生身上浇。富善先生每回答一句就立刻得到晓荷的称赞——"看！老先生还会说'岂敢'！""看，老先生还知道炸酱面！好的很！"

富善先生开始后悔自己的东方化。假若他还是个不折不扣的英国人，那就好办了，他会板起面孔给妖精一个冷肩膀吃。可是，他是中国化的英国人，学会了过度的客气与努力的敷衍。他不愿拒人于千里之外。这样，大赤包和冠晓荷可就得了意，像淘气无知的孩子似的，得到个好脸色便加倍的讨厌了。

最后，晓荷又拱起手来："老先生，英国府方面还用人不用！我倒愿意，是，愿意……你晓得？哈哈！拜托，拜托！"

以一个英国人说，富善先生不应当扯谎，以一个中国人说，他又不该当面使人难堪。他为了难。他决定牺牲了饺子，而赶快逃走。他立起来，结结巴巴的说："瑞宣，我刚刚想，啊，想起来，我还有点，有点事！改天，改天再来，一定，再来……”

还没等瑞宣说出话来，冠家夫妇急忙上前挡住老先生。大赤包十二分诚恳的说：“老先生，我们不能放你走，不管你有什么事！我们已经预备了一点酒菜，你一定要赏我们个面子！”

“是的，老先生，你要是不赏脸，我的太太必定哭一大场！”晓荷在一旁帮腔。

富善先生没了办法——一个英国人没办法是“真的”没有了办法。

“冠先生，”瑞宣没着急，也没生气，很和平而坚决的说：“富善先生不会去！我们就要吃饭，也不留你们二位！”

富善先生咽了一口气。

“好啦！好啦！”大赤包感叹着说。“咱们巴结不上，就别再在这儿讨厌啦！这么办，老先生，我不勉强你上我们那儿去，我给你送过来酒和菜好啦！一面生，两面熟，以后咱们就可以成为朋友了，是不是？”

“我的事，请你老人家还多分心！”晓荷高高的拱手。

“好啦！瑞宣！再见！我喜欢你这么干脆嘹亮，西洋派儿！”大赤包说完，一转眼珠，作为向大家告辞。晓荷跟在后面，一边走一边回身拱手。

瑞宣只在屋门内向他们微微一点头。

等他们走出去，富善先生伸了好几下脖子才说出话来：“这，这也是中国人？”

“不幸得很！”瑞宣笑了笑。“我们应当杀日本人，也该消灭这种中国人！日本人是狼，这些人是狐狸！”

# 四十九

忽然的山崩地裂，把小崔太太活埋在黑暗中。小崔没给过她任何的享受，但是他使她没至于饿死，而且的确相当的爱她。不管小崔怎样好，怎样歹吧，他是她的丈夫，教她即使在挨着饿的时候也还有盼望，有依靠。可是，小崔被砍了头。即使说小崔不是有出息的人吧，他可也没犯过任何的罪，他不偷不摸，不劫不抢。只有在发酒疯的时候，他才敢骂人打老婆，而撒酒疯并没有杀头的罪过。况且，就是在喝醉胡闹的时节，他还是爱听几句好话，只要有人给他几句好听的，他便乖乖的去睡觉啊。

她连怎么哭都不会了。她傻了。她忽然的走到绝境，而一点不知道为了什么。冤屈，愤怒，伤心，使她背过气去。马老太太，长顺，孙七和李四妈把她救活。醒过来，她只会直着眼长嚎，嚎了一阵，她的嗓子就哑了。

她楞着。楞了好久，她忽然的立起来，往外跑。她的时常被饥饿困迫的瘦身子忽然来了一股邪力气，几乎把李四妈撞倒。

“孙七，拦住她！”四大妈喊。

孙七和长顺费尽了力量，把她扯了回来。她的散开的头发一部分被泪粘在脸上，破鞋只剩了一只，咬着牙，哑着嗓子，她说：“放开我！放开！我找日本人去，一头跟他们碰死！”

孙七的近视眼早已哭红，这时候已不再流泪，而只和长顺用力揪着她的两臂。孙七动了真情。平日，他爱和小崔拌嘴瞎吵，可是在心里他的确喜爱小崔，小崔是他的朋友。

长顺的鼻子一劲儿抽纵，大的泪珠一串串的往下流。他不十分敬重小崔，但是小崔的屈死与小崔太太的可怜，使他再也阻截不住自己的泪。

李四大妈，已经哭了好几场，又重新哭起来。小崔不止是她的邻居，而也好像是她自己的儿子。在平日，小崔对她并没有孝敬过一个桃子，两个枣儿，而她永远帮助他，就是有时候她骂他，也是出于真心的爱他。她的扩大的母性之爱，对她所爱的人不索要任何酬报。她只有一个心眼，在那个心眼里她愿意看年轻的人都蹦蹦跳跳的真像个年轻的人。她万想不到一个像欢龙似的孩子会忽然死去，而把年轻轻的女人剩下作寡妇。她不晓得，也就不关心，国事；她只知道人，特别是年轻的人，应当平平安安的活着。死的本身就该诅咒，何况死的是小崔，而小崔又是被砍了头的呀！她重新哭起来。

马老太太自己就是年轻守了寡的。看到小崔太太，她想当年的自己。真的，她不像李四妈那么热烈，平日对小崔夫妇不过当作偶然住在一个院子里的邻居，说不上友谊与亲爱。可是，寡妇与寡妇，即使是偶然的相遇，也有一种不足为外人道的同情。她不肯大声的哭，而老泪不住的往外流。

不过，比较的，马老太太到底比别人都更清醒，冷静一些。她的嘴还能说话：“想法子办事呀，光哭有什么用呢！人已经死啦！”她说出实话——人已经死啦！人死是哭不活的，她知道。她的丈夫就是年轻轻的离开了她的。她知道一个寡妇应当怎样用狠心代替爱心。她若不狠心的接受命运，她早已就入了墓。

她的劝告没有任何的效果。小崔太太仿佛是发了疯，两眼直勾勾的向前看着，好像看着没有头的小崔。她依旧挣扎，要夺出臂来：“他死得屈！屈！屈！放开我！”她哑着嗓子喊，嘴唇咬出血来。

“别放开她，长顺！”马老太太着急的说。“不能再惹乱子！连祁大爷，那么老实的人，不是也教他们抓了去吗！”

这一提醒，使大家——除了小崔太太——都冷静了些。李四妈止住了哭声。孙七也不敢再高声的叫骂。长顺虽然因闯入英国府而觉得自己有点英雄气概，可是也知道他没法子去救活小崔，而且看出大家的人头都不保险，说不定什么时候就掉下去。

大家都不哭不喊的，呆呆的看着小崔太太，谁也想不出办法来。小崔太太还是挣扎一会儿，歇一会儿，而后再挣扎。她越挣扎，大家的心越乱。日本人虽只杀了小崔，而把无形的刀刺在他们每个人的心上。最后，小崔太太已经筋疲力尽，一翻白眼，又闭过气去。大家又忙成了一团。

李四爷走进来。

“哎哟！”四大妈用手拍着腿，说：“你个老东西哟，上哪儿去喽，不早点来！她都死过两回去喽！”

孙七，马老太太，和长顺，马上觉得有了主心骨——李四爷来到，什么事就都好办了。

小崔太太又睁开了眼。她已没有立起来的力量。坐在地上，看到李四爷，她双手捧着脸哭起来。

“你看着她！”李四爷命令着四大妈。老人的眼里没有一点泪，他好像下了决心不替别人难过而只给他们办事。他的善心不允许他哭，而哭只是没有办法的表示。“马老太太，孙七，长顺，都上这儿来！”他把他们领到了马老太太的屋中。

“都坐下！”四爷看大家都坐下，自己才落座。“大家先别乱吵吵，得想主意办事！头一件，好歹的，咱们得给她弄一件孝衣。第二件，怎么去收尸，怎么抬埋——这都得用钱！钱由哪儿来呢？”

孙七揉了揉眼。马老太太和长顺彼此对看着，不出一声。李四爷，补充上：“收尸，抬埋，我一个人就能办，可是得有钱！我自己没钱，也没地方去弄钱！”

孙七没钱，马老太太没钱，长顺没钱。大家只好呆呆的发楞。

“我不想活下去了！”孙七哭丧着脸说，“日本人平白无故的杀了人，咱们只会在这儿商量怎么去收尸！真体面！收尸又没有钱，咱们这群人才算有出息！真他妈的！活着，活着干吗呢？”

“你不能那么说！”长顺抗辩。

“长顺！”马老太太阻止住外孙的发言。

李四爷不愿和孙七辩论什么。他的不久就会停止跳动的心里没有伤感与不必要的闲话，他只求就事论事，把事情办妥。他问大家：“给她募化怎样呢？”

“哼！全胡同里就属冠家阔，我可是不能去手背朝下跟他们化缘，就是我的亲爹死了，没有棺材，我也不能求冠家去！什么话呢，我不能上窑子里化缘去！”

“我上冠家去！”长顺自告奋勇。

马老太太不愿教长顺到冠家去，可是又不便拦阻，她知道小崔的尸首不应当老扔在地上，说不定会被野狗咬烂。

“不要想有钱的人就肯出钱！”李四爷冷静的说。“这么办好不好？孙七，你到街上的铺户里伸伸手，不勉强，能得几个是几个。我和长顺在咱们的胡同里走一圈儿。然后，长顺去找一趟祁瑞丰，小崔不是给他拉包月吗？他大概不至于不肯出几个钱。我呢，去找找祁天佑，看能不能要块粗白布来，好给小崔太太做件孝袍子。马老太太，我要来布，你分心给缝一缝。”

“那好办，我的眼睛还看得见！”马老太太很愿意帮这点忙。

孙七不大高兴去化缘。他真愿帮忙，假若他自己有钱，他会毫不吝啬的都拿出来；去化缘，他有点头疼。但是，他没敢拒绝；揉着眼，他走出去。

“咱们也走吧，”李四爷向长顺说。“马老太太，帮着四妈看着她，”他向小崔屋里指了指，“别教她跑出去！”

出了门，四爷告诉长顺：“你从三号起，一号用不着去。我从胡同那一头儿起，两头儿一包，快当点儿！不准动气，人家给多少是多少，不要争竞。人家不给，也别抱怨。”说完，一老一少分了手。

长顺还没叫门，高亦陀就从院里出来了。好像偶然相遇似的，亦陀说：“哟！你来干什么？”

长顺装出成年人的样子，沉着气，很客气的说：“小崔不是死了吗，家中很窘，我来跟老邻居们告个帮！”他的呜囔的声音虽然不能完全去掉，可是言语的恰当与态度的和蔼使他自己感到满意。他觉得自从到过英国府，他忽然的长了好几岁。他已不是孩子了，他以为自己满有结婚的资格；假若真结了婚，他至少会和丁约翰一样体面的。

高亦陀郑重其事的听着，脸上逐渐增多严肃与同情。听完，他居然用手帕擦擦眼，拭去一两点想象的泪。然后，他慢慢的从衣袋里摸出十块钱来。拿着钱，他低声的，恳切的说："冠家不喜欢小崔，你不用去碰钉子。我这儿有点特别费，你拿去好啦。这笔特别费是专为救济贫苦人用的，一次十块，可以领五六次。这，你可别对旁人说，因为款子不多，一说出去，大家都来要，我可就不好办了。我准知道小崔太太苦得很，所以愿意给她一份儿。你不用告诉她这笔钱是怎样来的，以后你就替她来领好啦；这笔款都是慈善家捐给的，人家不愿露出姓名来。你拿去吧！"他把钱票递给了长顺。

长顺的脸红起来。他兴奋。头一个他便碰到了财神爷！

"噢，还有点小手续！"亦陀仿佛忽然的想起来。"人家托我办事，我总得有个交代！"他掏出一个小本，和一支钢笔来。"你来签个字吧！一点手续，没多大关系！"

长顺看了看小本，上面只有些姓名，钱数，和签字。他看不出什么不对的地方来。为急于再到别家去，他用钢笔签上字。字写得不很端正，他想改一改。

"行啦！根本没多大关系！小手续！"亦陀微笑着把小本子与笔收回去。"好啦，替我告诉小崔太太，别太伤心！朋友们都愿帮她的忙！"说完，他向胡同外走了去。

长顺很高兴的向五号走。在门外立了会儿，他改了主意。他手中既已有了十块钱，而祁家又遭了事，他不想去跟他们要钱。他进了六号。他知道刘师傅和丁约翰都不在家，所以一直去看小文；他不愿多和太太们罗嗦。小文正在练习横笛，大概是准备给若霞托昆腔。见长顺进来，他放下笛子，把笛胆像条小蛇似的塞进去。"来，我拉，你唱段黑头吧？"他笑着问。

“今天没工夫！”长顺对唱戏是有瘾的，可是他控制住了自己；他已自居为成人了。他很简单的说明来意。

小文向里间问：“若霞！咱们还有多少钱？”他是永远不晓得家中有多少钱和有没有钱的。

“还有三块多钱。”

“都拿来。”

若霞把三块四毛钱托在手掌上，由屋里走出来。“小崔是真……”她问长顺。

“不要问那个！”小文皱上点眉。“人都得死！谁准知道自己的脑袋什么时候掉下去呢！”他慢慢的把钱取下来，放在长顺的手中。“对不起，只有这么一点点！”

长顺受了感动。“你不是一共就有……我要是都拿走，你们……”

“那还不是常有的事！”小文笑了一下。“好在我的头还连着脖子，没钱就想法子弄去呀！小崔……”他的喉中噎了一下，不往下说了。

“小崔太太怎么办呢？”若霞很关切的问。

长顺回答不出来。把钱慢慢的收在衣袋里，他看了若霞一眼，心里说：“小文要是被日本人杀了，你怎么办呢？”心中这样嘀咕着，他开始往外走。他并无意诅咒小文夫妇，而是觉得死亡太容易了，谁敢说小文一定不挨刀呢。

小文没往外相送。

长顺快走到大门，又听到了小文的笛音。那不是笛声，而是一种什么最辛酸的悲啼。他加快了脚步，那笛声要引出他的泪来。

他到了七号的门外，正遇上李四爷由里边出来。他问了声：

“怎么样，四爷爷?”

“牛宅给了十块，这儿——”李四爷指了指七号，而后数手中的钱，“这儿大家都怪热心的，可是手里都不富裕，一毛，四毛……统共才凑了两块一毛钱。我一共弄了十二块一，你呢?”

“比四爷爷多一点，十三块四!”

“好！把钱给我，你找祁瑞丰去吧?”

“这还不够?”

“要单是买一口狗碰头，雇四个人抬抬，这点就够了。可是这是收尸的事呀，不递给地面上三头两块的，谁准咱们挪动尸首呀?再说，小崔没有坟地，不也得……”

长顺一边听一边点头。虽然他觉得忽然的长了几岁，可是他到底是个孩子，他的知识和经验，比起李四爷来，还差得很远很远。他看出来，岁数是岁数，光“觉得”怎样是不中用的。“好啦，四爷爷，我找祁二爷去!”他以为自己最拿手的还是跑跑路，用脑子的事只好让给李四爷了。

教育局的客厅里坐满了人。长顺找了个不碍事的角落坐下。看看那些出来进去的人，再看看自己鞋上的灰土，与身上的破大褂，他怪不得劲儿。这几天来他所表现的勇敢，心路，热诚，与他所得到的岁数，经验，与自尊，好像一下子都离开了他，而只不折不扣的剩下个破鞋烂褂子的，平凡的，程长顺。他不敢挺直了脖子，而半低着头，用眼偷偷的撩着那些人。那些人不是科长科员便是校长教员，哪一个都比他文雅，都有些派头。只有他怯头怯脑的像个乡下佬儿。他是个十八九岁的孩子，他的感情也正好像十八九岁的孩子那样容易受刺激，而变化万端。他，现在，摸不清自己到底是干什么的了。他有聪明，有热情，有青春，假若他能按部就班的读些书，他也会变成个体面的，甚至或者是很有学问的人。可是，他没好好的读过书。假若他没有外婆的牵累，而逃出北平，他也许成为个英勇的抗战青年，无名或有名的英雄。可是，他没能逃出去。一切的“可能”都在他的心力上，身体上，他可是呆呆的坐在教育局的客厅里，像个傻瓜。他觉到羞惭，又觉得自己应当骄傲；他看不起绸缎的衣服，与文雅的态度，可又有点自惭形秽。他只盼瑞丰快快出来，而瑞丰使他等了半个多钟头。

屋里的人多数走开了，瑞丰才叼着假象牙的烟嘴儿，高扬着脸走进来。他先向别人点头打招呼，而后才轻描淡写的，顺手儿的，看见了长顺。

长顺心中非常的不快，可是身不由己的立了起来。

“坐下吧！”瑞丰从假象牙烟嘴的旁边放出这三个字来。

长顺傻子似的又坐下。

“有事吗？”瑞丰板着面孔问。“呕，先告诉你，不要没事儿往这里跑，这是衙门！”

长顺想给瑞丰一个极有力的嘴巴。可是，他受人之托，不能因愤怒而忘了责任。他的脸红起来，低声忍气的呜囔：“小崔不是……”

“哪个小崔？我跟小崔有什么关系？小孩子，怎么乱拉关系呢？把砍了头的死鬼，安在我身上，好看，体面？简直是胡来吗！真！快走吧！我不知道什么小崔小孙，也不管他们的事！请吧，我忙得很！”说罢，他把烟嘴儿取下来，弹了两下，扬着脸走出去。

长顺气得发抖，脸变成个紫茄子。平日，他和别的邻居一样，虽然有点看不起瑞丰，可是看他究竟是祁家的人，所以不好意思严格的批评，就仿佛十条王瓜中有一条苦的也就可以马虎过去了。他万没想到瑞丰今天会这样无情无义。是的，瑞丰是无情无义！若仅是教长顺儿丢脸下不来台，长顺倒也不十分计较；人家是科长，长顺自己不过是背着留声机，沿街卖唱的呀。长顺恼的是瑞丰不该拒绝帮小崔的忙，小崔是长顺的，也是瑞丰的，邻居，而且给瑞丰拉过车，而且是被砍了头，而且……长顺越想越气。慢慢的他从客厅走出来。走到大门外，他不肯再走，想在门外等着瑞丰。等瑞丰出来，他要当着大家的面，扭住瑞丰的脖领，辱骂他一场。他想好了几句话："祁科长，怨不得你作汉奸呢！你敢情只管日本人叫爸爸，而忘了亲戚朋友！你是他妈的什么玩艺儿！"说过这几句，长顺想象着，紧跟着就是几个又脆又响的大嘴巴，把瑞丰的假象牙的烟嘴打飞。他也想象到怎样顺手儿教训教训那些人模狗样的科长科员们："别看我的衣裳破，一肚子窝窝头，我不给日本人磕头请安！他妈的，你们一个个的皮鞋呢帽啷当的，孙子，你们是孙子！听明白没有？你们是孙子，孙泥！"

这样想好，他的头抬起来，眼中发出亮光。他不自惭形秽了。他才是真正有骨头，有血性的人。那些科长科员们还不配给他掸掸破鞋上的灰土的呢！

可是，没有多大一会儿，他的心气又平静了。他到底是外婆养大的，知道怎样忍气。他须赶紧跑回家去，好教外婆放心。惨笑了一下，他嘟嘟囔囔的往回走。他气愤，又不得不忍气；他自傲，又不能不咽下去耻辱；他既是孩子，又是大人；既是英雄，又是亡国奴。

回到家中，他一直奔了小崔屋中去。孙七和四大妈都在那里。小崔太太在炕上躺着呢。听长顺进来，她猛孤丁的坐起来，直着眼看他。她似乎认识他，又似乎拿他作一切人的代表似的："他死得冤！死得冤！死得冤！"四大妈像对付一个小娃娃似的，把她放倒：

“乖啊！先好好的睡会儿啊！乖！”她又躺下去，像死去了似的一动也不动。

长顺的鼻子又不通了，用手揉了揉。

孙七的眼还红肿着，没话找话的问：“怎样？瑞丰拿了多少？”

长顺的怒火重新燃起。“那小子一个铜板没拿！甭忙。放着他的，搁着我的，多咱他走单了，我会给他个厉害！我要不用沙子迷瞎他的眼，才怪！”

“该打的不止他一个人哟！”孙七慨叹着说：“我走了十几家铺子，才弄来五块钱！不信，要是日本人教他们上捐，要十个他们绝不敢拿九个半！为小崔啊，他们的钱仿佛都穿在肋条骨上了！真他妈的！”

“就别骂街了吧，你们俩！”马老太太轻轻的走进来。“人家给呢是人情，不给是本分！”

孙七和长顺都不同意马老太太的话，可是都不愿意和她辩论。

李四爷夹着块粗白布走进来。“马老太太，给缝缝吧！人家祁天佑掌柜的真够朋友，看见没有，这么一大块白布，还另外给了两块钱！人家想的开：三个儿子，一个走出去，毫无音信，一个无缘无故的下了狱；钱算什么呢！”

“真奇怪，瑞丰那小子怎么不跟他爸爸和哥哥学一学！”孙七说，然后把瑞丰不肯帮忙的情形，替长顺学说了一遍。

马老太太抱着白布走出去，她不喜欢听孙七与长顺的乱批评人。在她想，瑞丰和祁掌柜是一家人，祁掌柜既给了布和钱，瑞丰虽然什么都没给，也就可以说得过去了；十个脚趾头哪能一边儿长呢。她的这种地道中国式的“辩证法”使她永远能格外的原谅人，也能使她自己受了委屈还不动怒。她开始细心的给小崔太太剪裁孝袍子。

李四爷也没给瑞丰下什么断语，而开始忧虑收尸的麻烦。小崔太太是哭主，当然得去认尸。看她的半死半活的样子，他想起钱默吟太太来。假若小崔太太看到没有脑袋的丈夫，而万一也寻了短见，可怎么办呢？还有，小崔的人头是在五牌楼上号令着的，怎么往下取呢？谁知道日本人要号令三天，还是永远挂在那里，一直到把皮肉烂净了呢？若是不管人头而只把腔子收在棺材里，又像什么话呢？在老人的一生里，投河觅井的，上吊抹脖子的，他都看见过，也都抬埋过。他不怕死亡的丑陋，而总设法把丑恶装入了棺材，埋在黄土里，好使地面上显着干净好看。他没遇见过这么难办的事，小崔是按照着日本人的办法被砍头的，谁知道日本人的办法是怎一回事呢？他不单为了难，而且觉得失去了自信——连替人世收拾流净了血的尸身也不大好办了，日本人真他妈的混账！

孙七只会发脾气，而不会想主意。他告诉四爷："不用问我，我的脑袋里边直嗡嗡的响！"

长顺很愿告奋勇，同四爷爷一道去收尸。可是他又真有点害怕，万一小崔冤魂不敢找日本人去，而跟了他来呢？那还了得！他的心中积存着不少外婆给他说的鬼故事。

四大妈的心中很简单："你这个老东西；你坐在这儿发愁，就办得了事啦？你走啊，看看尸首，定了棺材，不就行了吗？"

李四爷无可如何的立起来。他的老伴儿的话里没有一点学问与聪明，可是颇有点智慧——是呀，坐着发愁有什么用呢。人世间的事都是"作"出来的，不是"愁"出来的。

"四大爷！"孙七也立起来。"我跟你去！我抱着小崔的尸身哭一场去！"

“等你们回来，我再陪着小崔太太去收殓！有我，你们放心，她出不了岔子！”四大妈挤咕着大近视眼说。

前门外五牌楼的正中悬着两个人头，一个朝南，一个朝北。孙七的眼睛虽然有点近视，可是一出前门他就留着心，要看看朋友的人头。到了大桥桥头，他扯了李四爷一把：“四大爷，那两个黑球就是吧？”

李四爷没言语。

孙七加快了脚步，跑到牌楼底下，用力眯着眼，他看清了，朝北的那个是小崔。小崔的扁倭瓜脸上没有任何表情，闭着双目，张着点嘴，两腮深陷，像是作着梦似的，在半空中悬着；脖子下，只有缩紧了的一些黑皮。再往下看，孙七只看到了自己的影子，与朱红的牌楼柱子。他抱住了牌楼最外边的那根柱子，已经立不住了。

李四爷赶了过来，“走！孙七！”

孙七已不能动。他的脸上煞白，一对大的泪珠堵在眼角上，眼珠定住。

“走！”李四爷一把抓住孙七的肩膀。

孙七像醉鬼似的，两脚拌着蒜，跟着李四爷走。李四爷抓着他的一条胳臂。走了一会儿，孙七打了个长嗝儿，眼角上的一对泪珠落下来。“四大爷，你一个人去吧！我走不动了！”他坐在了一家铺户的门外。

李四爷只楞了一小会儿，没说什么，就独自向南走去。

走到天桥，四爷和茶馆里打听了一下，才知道小崔的尸身已被拉到西边去。他到西边去找，在先农坛的“墙”外，一个破砖堆上，找到了小崔的没有头的身腔。小崔赤着背，光着脚，两三个脚趾已被野狗咬了去。四爷的泪流了下来。

离小崔有两三丈远，立着个巡警。四爷勉强的收住泪，走了过去。

“我打听打听，”老人很客气的对巡警说，“这个尸首能收殓不能？”

巡警也很客气。“来收尸？可以！再不收，就怕教野狗吃了！那一位汽车夫的，已经抬走了！”

“不用到派出所里说一声？”

“当然得去！”

“人头呢？”

“那，我可就说不上来了！尸身由天桥拖到这儿来，上边并没命令教我们看着。我们的巡官可是派我们在这儿站岗，怕尸首教野狗叼了走。咱们都是中国人哪！好吗，人教他们给砍了，再不留个尸身，成什么话呢？说到人头，就另是一回事了。头在五牌楼上挂着，谁敢去动呢？日本人的心意大概是只要咱们的头，而不要身子。我看哪，老大爷，你先收了尸身吧；人头……真他妈的，这是什么世界！”

老人谢了谢警察，又走回砖堆那里去。看一眼小崔，看一眼先农坛，他茫然不知怎样才好了。他记得在他年轻的时候，这里是一片荒凉，除了红墙绿柏，没有什么人烟。赶到民国成立，有了国会，这里成了最繁华的地带。城南游艺园就在坛园里，新世界正对着游艺园，每天都像过新年似的，锣鼓，车马，昼夜不绝。这里有最华丽的饭馆与绸缎庄，有最妖艳的妇女，有五彩的电灯。后来，新世界与游艺园全都关了门，那些议员与妓女们也都离开北平，这最繁闹的地带忽然的连车马都没有了。坛园的大墙拆去，砖瓦与土地卖给了民间。天桥的旧货摊子开始扩展到这里来，用喧哗叫闹与乱七八糟代替了昔日的华丽庄严。小崔占据的那堆破砖，便是拆毁了的坛园的大墙所遗弃下的。变动，老人的一生中看见了多少变动啊！可是，什么变动有这个再大呢——小崔躺在这里，没有头！坛里的青松依然是那么绿，而小崔的血染红了两块破砖。这不是个恶梦么？变动，谁能拦得住变动呢？可是，变动依然是存在；尊严的坛园可以变为稀脏乌乱的小市；而市场，不管怎么污浊纷乱，总是生命的集合所在呀！今天，小崔却躺在这里，没了命。北平不单是变了，而也要不复存在，因为日本人已经把小崔的和许多别人的脑袋杀掉。

越看，老人的心里越乱。这是小崔吗？假若他不准知道小崔被杀了头，他一定不认识这个尸身。看到尸身，他不由的还以为小崔是有头的，小崔的头由老人心中跳到那丑恶黑紫的脖腔上去。及至仔细一看，那里确是没有头，老人又忽然的不认识了小崔。小崔的头忽有忽无，忽然有眉有眼，忽然是一圈白光，忽然有说有笑，忽然什么也没有。

那位岗警慢慢的凑过来。“老大爷，你……”

老人吓了一跳似的揉了揉眼。小崔的尸首更显明了一些，一点不错这是小崔，掉了头的小崔。老人叹了口气，低声的叫：“小崔！我先埋了你的身子吧！”说完，他到派出所去见巡长，办了收尸的手续。而后在附近的一家寿材铺定了一口比狗碰头稍好一点的柳木棺材，托咐铺中的人给马上去找杠夫与五个和尚，并且在坛西的乱死岗子给打一个坑。把这些都很快的办妥，他在天桥上了电车。电车开了以后，老人被摇动的有点发晕，他闭上眼养神。偶一睁眼，他看见车中人都没有头；坐着的立着的都是一些腔子，像躺在破砖堆上的小崔。他急忙的眨一眨眼，大家都又有了头。他嘟囔着："有日本人在这里，谁的脑袋也保不住！"

到了家，他和马老太太与孙七商议，决定了：孙七还得同他回到天桥，去装殓和抬埋小崔。孙七不愿再去，可是老人以为两个人一同去，才能心明眼亮，一切都有个对证。孙七无可如何的答应了。他们也决定了，不教小崔太太去，因为连孙七等见了人头就瘫软在街上，小崔太太若见到丈夫的尸身，恐怕会一下子哭死的。至于人头的问题，只好暂时不谈。他们既不能等待人头摘下来再入殓，也不敢去责问日本人为什么使小崔身首分家，而且不准在死后合到一处。

把这些都很快的商量好，他们想到给小崔找两件装殓的衣服，小崔不能既没有头，又光着脊背入棺材。马老太太拿出长顺的一件白小褂，孙七找了一双袜子和一条蓝布裤子。拿着这点东西，李四爷和孙七又打回头，坐电车到天桥去。

到了天桥，太阳已经平西了。李四爷一下电车便告诉孙七，"时候可不早了，咱们得麻利着点！"可是，孙七的腿又软了。李老人发了急："你是怎回子事？"

"我？"孙七挤咕着近视眼。"我并不怕看死尸！我有点胆子！可是，小崔，小崔是咱们的朋友哇，我动心！"

"谁又不动心呢？光动心，腿软，可办不了事呀！"李老人一边走一边说。"硬正点，我知道你是有骨头的人！"

经老人这么一鼓励，孙七加快了脚步，赶了上来。

老人在一个小铺里，买了点纸钱，烧纸，和香烛。

到了先农坛外，棺材，杠夫，和尚，已都来到。棺材铺的掌柜和李四爷有交情，也跟了来。

老人教孙七点上香烛，焚化烧纸，他自己给小崔穿上衣裤。孙七找了些破砖头挤住了香烛，而后把烧纸燃着。他始终没敢抬头看小崔。小崔入了棺材，他想把纸钱撒在空中，可是他的手已抬不起来。蹲在地上，他哭得放了声。李老人指挥着钉好棺材盖，和尚们响起法器，棺材被抬起来，和尚们在前面潦草的，敷衍了事的，击打着法器，小跑着往前走。棺材很轻，四个杠夫迈齐了脚步，也走得很快。李老人把孙七拉起来，赶上去。

“坑打好啦？”李四爷含着泪问那位掌柜的。

“打好了！杠夫们认识地方！”

“那么，掌柜的请回吧！咱们铺子里见，归了包堆该给你多少钱，回头咱们清账！”

“就是了，四大爷！我沏好了茶等着你！”掌柜的转身回去。

太阳已快落山。带着微红的金光，射在那简单的，没有油漆的，像个大匣子似的，白棺材上。棺材走得很快，前边是那五个面黄肌瘦的和尚，后边是李四爷与孙七。没有执事，没有孝子，没有一个穿孝衣的，而只有那么一口白木匣子装着没有头的小崔，对着只有一些阳光的，荒冷的，野地走去。几个归鸦，背上带着点阳光，倦怠的，缓缓的，向东飞。看见了棺材，它们懒懒的悲叫了几声。

法器停住，和尚们不再往前送。李四爷向他们道了辛苦。棺材走得更快了。

一边荒地，到处是破砖烂瓦与枯草，在瓦砾之间，有许多许多小的坟头。在四五个小坟头之中，有个浅浅的土坑，在等待着小崔。很快的，棺材入了坑。李四爷抓了把黄土，撒在棺材上：“小崔，好好的睡吧！”

太阳落下去。一片静寂。只有孙七还大声的哭。

# 五十

天气骤寒。

瑞宣，在出狱的第四天，遇见了钱默吟先生。他看出来，钱先生是有意的在他每日下电车的地方等着他呢。他猜的不错，因为钱先生的第一句话就是：

“你有资格和我谈一谈了，瑞宣！”

瑞宣惨笑了一下。他晓得老先生所谓的“资格”，必定是指入过狱而言。

钱先生的脸很黑很瘦，可是也很硬。从这个脸上，已经找不到以前的胖忽忽的，温和敦厚的，书生气。他完全变了，变成个瘪太阳，嘬腮梆，而棱角分明的脸。一些杂乱无章的胡子遮住了嘴。一对眼极亮，亮得有力；它们已不像从前那样淡淡的看人，而是像有些光亮的尖针，要钉住所看的东西。这已经不像个诗人的脸，而颇像练过武功的人的面孔，瘦而硬棒。

老先生的上身穿着件短蓝布袄，下身可只是件很旧很薄的夹裤。脚上穿着一对旧布鞋，袜子是一样一只，一只的确是黑的，另一只似乎是蓝的，又似乎是紫的，没有一定的颜色。

瑞宣失去了平素的镇定，简直不知道怎样才好了。钱先生是他的老邻居与良师益友，又是爱国的志士。他一眼便看到好几个不同的钱先生：邻居，诗人，朋友，囚犯，和敢反抗敌人的英雄。从这许多方面，他都可以开口慰问，道出他心中的关切，想念，钦佩，与欣喜。可是，他一句话也说不出。钱先生的眼把他瞪呆了，就好像一条蛇会把青蛙吸住，不敢再动一动，那样。

钱先生的胡子下面发出一点笑意，笑得大方，美好，而且真诚。在这点笑意里，没有一点虚伪或骄傲，而很像一个健康的婴儿在梦中发笑那么天真。这点笑充分的表示出他的无忧无虑，和他的健康与勇敢。它像老树开花那么美丽，充实。瑞宣也笑了笑，可是他自己也觉出笑得很勉强，无力，而且带着怯懦与羞愧。

“走吧，谈谈去！”钱先生低声的说。

瑞宣从好久好久就渴盼和老人谈一谈。在他的世界里，他只有三个可以谈得来的人：瑞全，富善先生，和钱诗人。三个人之中，瑞全有时候很幼稚，富善先生有时候太强词夺理，只有钱先生的态度与言语使人永远感到舒服。

他们进了个小茶馆。钱先生要了碗白开水。

“喝碗茶吧？”瑞宣很恭敬的问，抢先付了茶资。

“士大夫的习气须一律除去，我久已不喝茶了！”钱先生吸了一小口滚烫的开水。“把那些习气剥净，咱们才能还原儿，成为老百姓。你看，爬在战壕里打仗的全是不吃茶的百姓，而不是穿大衫，喝香片的士大夫。咱们是经过琢磨的玉，百姓们是璞。一个小玉戒指只是个装饰，而一块带着石根子的璞，会把人的头打碎！”

瑞宣看了看自己的长袍。

“老三没信？”老人很关切的问。

“没有。”

“刘师傅呢？”

“也没信。”

“好！逃出去的有两条路，不是死就是活。不肯逃出去的只有一条路——死！我劝过小崔，我也看见了他的头！”老人的声音始终是很低，而用眼光帮助他的声音，在凡是该加重语气的地方，他的眼就更亮一些。

瑞宣用手鼓逗着盖碗的盖儿。

“你没受委屈？在——”老人的眼极快的往四外一扫。

瑞宣已明白了问题，“没有！我的肉大概值不得一打！”

“打了也好，没打也好！反正进去过的人必然的会记住，永远记住，谁是仇人，和仇人的真面目！所以我刚才说：你有了和我谈一谈的资格。我时时刻刻想念你，可是我故意的躲着你，我怕你劝慰我，教我放弃了我的小小的工作。你入过狱了，见过了死亡，即使你不能帮助我，可也不会劝阻我了！劝阻使我发怒。我不敢见你，正如同我不敢去见金三爷和儿媳妇！”

“我和野求找过你，在金……”

老人把话抢过去：“别提野求！他有脑子，而没有一根骨头！他已经给自己挖了坟坑！是的，我知道他的困难，可是不能原谅他！给日本人作过一天事的，都永远得不到我的原谅！我的话不是法律，但是被我诅咒的人大概不会得到上帝的赦免！”

这钢铁一般硬的几句话使瑞宣微颤了一下。他赶快的发问：

“钱伯伯，你怎么活着呢？”

老人微笑了一下。“我？很简单！我按照着我自己的方法活着，而一点也不再管士大夫那一套生活的方式，所以很简单！得到什么，我就吃什么；得到什么，我就穿什么；走到哪里，我便睡在哪里。整个的北平城全是我的家！简单，使人快乐。我现在才明白了佛为什么要出家，耶稣为什么打赤脚。文化就是衣冠文物。有时候，衣冠文物可变成了人的累赘。现在，我摆脱开那些累赘，我感到了畅快与自由。剥去了衣裳，我才能多看见点自己！”

“你都干些什么呢？”瑞宣问。

老人喝了一大口水。“那，说起来可很长。”他又向前后左右扫了一眼。这正是吃晚饭的时节，小茶馆里已经很清静，只在隔着三张桌子的地方还有两个洋车夫高声的谈论着他们自己的事。“最初，”老人把声音更放低一些，“我想借着已有的组织，从新组织起来，作成个抗敌的团体。战斗，你知道，不是一个人能搞成功的。我不是关公，不想唱《单刀会》；况且，关公若生在今天，也准保不敢单刀赴会。你知道，我是被一个在帮的人救出狱来的？好，我一想，就想到了他们。他们有组织，有历史，而且讲义气。我开始调查，访问。结果，我发现了两个最有势力的，黑门和白门。白门是白莲教的支流，黑门的祖师是黑虎玄坛。我见着了他们的重要人物，说明了来意。他们，他们，”老人扯了扯脖领，好像呼吸不甚舒畅似的。

“他们怎样？”

“他们跟我讲‘道’！”

“道？”

“道！”

“什么道呢？”

“就是吗，什么道呢？白莲教和黑虎玄坛都是道！你信了他们的道，你就得到他们的承认，你入了门。入了门的就‘享受’义气。这就是说，你在道之外，还得到一种便利与保障。所谓便利，就是别人买不到粮食，你能买得到，和诸如此类的事。所谓保障，就是在有危难的时节，有人替你设法使你安全。我问他们抗日不呢？他们摇头！他们说日本人很讲义气，没有侵犯他们，所以他们也得讲义气，不去招惹日本人，他们的义气是最实际的一种君子协定，在这个协定之外，他们无所关心——连国家民族都算在内。他们把日本人的侵略看成一种危难，只要日本人的刀不放在他们的脖子上，他们便认为日本人很讲义气，而且觉得自己果然得到了保障。日本人也很精明，看清楚了这个，所以暂时不单不拿他们开刀，而且给他们种种便利，这样，他们的道与义气恰好成了抗日的阻碍！我问他们是否可以联合起来，黑门与白门联合起来，即使暂时不公开的抗日，也还可以集中了力量作些有关社会福利的事情。他们绝对不能联合，因为他们各自有各自的道。道不同便是仇敌。不过，这黑白两门虽然互相敌视，可是也自然的互相尊敬，因为人总是一方面忌恨敌手，一方面又敬畏敌手的。反之他们对于没有门户的人，根本就不当作人待。当我初一跟他们来往的时候，以我的样子和谈吐，他们以为我也必定是门内的人。及至他们发现了，我只是赤裸裸的一个人，他们极不客气的把我赶了出来。我可是并不因此而停止了活动，我还找他们去，我去跟他们谈道，我告诉他们，我晓得一些孔孟庄老和佛与耶稣的道，我喜欢跟他们谈一谈。他们拒绝了我。他们的道才是道，世界上并没有孔孟庄老与佛耶，仿佛是。他们又把我赶出来，而且警告我，假若我再去罗嗦，他们会结果我的性命！他们的道遮住了他们眼，不单不愿看见真理，而且也拒绝了接受知识。对于我个人，他们没有丝毫的敬意。我的年纪，我的学识，与我的爱国的热诚，都没有一点的用处，我不算人，因为我不信他们的道！”

老人不再说话，瑞宣也楞住。沉默了半天，老人又笑了一下。“不过，你放心，我可是并不因此而灰心。凡是有志救国的都不会灰心，因为他根本不考虑个人的生死得失，这个借用固有的组织的计划既行不通，我就想结合一些朋友，来个新的组织。但是，我一共有几个朋友呢？很少。我从前的半隐士的生活使我隔绝了社会，我的朋友是酒，诗，图画，与花草。再说，空组织起来，而没有金钱与武器，又有什么用呢？我很伤心的放弃了这个计划。我不再想组织什么，而赤手空拳的独自去干。这几乎近于愚蠢，现代的事情没有孤家寡人可以成功的。可是，以我过去的生活，以北平人的好苟安偷生，以日本特务网的严密，我只好独自去干。我知道这样干永远不会成功，我可也知道干总比不干强。我抱定干一点是一点的心，尽管我的事业失败，我自己可不会失败：我决定为救国而死！尽管我的工作是沙漠上的一滴雨，可是一滴雨到底是一滴雨；一滴雨的勇敢就是它敢落在沙漠上！好啦，我开始作泥鳅。在鱼市上，每一大盆鳝鱼里不是总有一条泥鳅吗？它好动，鳝鱼们也就随着动，于是不至于大家都静静的压在一处，把自己压死，北平城是个大盆，北平人是鳝鱼，我是泥鳅。”老人的眼瞪着瑞宣，用手背擦了擦嘴角上的白沫子。而后接着说：

“当我手里还有足够买两个饼子，一碗开水的钱的时候，我就不管明天，而先去作今天一天的事。我走到哪儿，哪儿便是我的办公室。走到图画展览会，我便把话说给画家们听。他们也许以为我是疯子，但是我的话到底教他们发一下楞。发楞就好，他们再拿起彩笔的时候，也许就要想一想我的话，而感到羞愧。遇到青年男女在公园里讲爱情，我便极讨厌的过去问他们，是不是当了亡国奴，恋爱也照样是神圣的呢？我不怕讨厌，我是泥鳅！有时候，我也挨打；可是，我一说：'打吧！替日本人多打死一个人吧！'他们永远就收回手去。在小茶馆里，我不只去喝水，而也抓住谁就劝谁，我劝过小崔，劝过刘师傅，劝过多少多少年轻力壮的人。这，很有效。刘师傅不是逃出去了么？虽然不能在北平城里组织什么，我可是能教有血性的人逃出去，加入我们全国的抗日的大组织里去！大概的说：苦人比有钱的人，下等人比穿长衫的人，更能多受感动，因为他们简单真纯。穿长衫的人都自己以为有知识，不肯听别人的指导。他们的顾虑又很多，假若他们的脚上有个鸡眼，他们便有充分的理由拒绝逃出北平！

"当我实在找不到买饼子的钱了，我才去作生意。我存了几张纸，和一些画具。没了钱，我便画一两张颜色最鲜明的画去骗几个钱。有时候，懒得作画，我就用一件衣服押几个钱，然后买一些薄荷糖之类的东西，到学校门口去卖。一边卖糖，我一边给学生们讲历史上忠义的故事，并且劝学生们到后方去上学。年轻的学生们当然不容易自己作主逃出去，但是他们至少会爱听我的故事，而且受感动。我的嘴是我的机关枪，话是子弹。"

老人一口把水喝净，叫茶房给他再倒满了杯。"我还不只劝人们逃走，也劝大家去杀敌。见着拉车的，我会说：把车一歪，就摔他个半死；遇上喝醉了的日本人，把他摔下来，掐死他！遇见学生，我，我也狠心的教导：作手工的刀子照准了咽喉刺去，也能把日本教员弄死。你知道，以前我是个不肯伤害一个蚂蚁的人；今天，我却主张杀人，鼓励杀人了。杀戮并不是我的嗜好与理想，不过是一种手段。只有杀，杀败了敌人，我们才能得到和平。和日本人讲理，等于对一条狗讲唐诗；只有把刀子刺进他们的心窝，他们或者才明白别人并不都是狗与奴才。我也知道，杀一个日本人，须至少有三五个人去抵偿。但是，我不能只算计人命的多少，而使鳝鱼们都腐烂在盆子里。越多杀，仇恨才越分明；会恨，会报仇的人才不作亡国奴。北平没有抵抗的丢失了，我们须用血把它夺回来。恐怖必须造成。这恐怖可不是只等着日本人屠杀我们，而是我们也杀他们。我们有一个敢举起刀来的，日本人就得眨一眨眼，而且也教咱们的老实北平人知道日本人并不是铁打的。多咱恐怖由我们造成，多咱我们就看见了光明；刀枪的亮光是解放与自由闪电。前几天，我们刺杀了两个特使，你等着看吧，日本人将必定有更厉害的方法来对付我们；同时，日本人也必定在表面上作出更多中日亲善的把戏；日本人永远是一边杀人，一边给死鬼唪经的。只有杀，只有多杀，你杀我，我杀你，彼此在血水里乱滚，我们的鳝鱼才能明白日本人的亲善是假的，才能不再上他们的当。为那两个特使，小崔和那个汽车夫白白的丧了命，几千人无缘无故的入了狱，受了毒刑。这就正是我们所希望的。从一个意义来讲，小崔并没白死，他的头到今天还给日本人的‘亲善’与‘和平’作反宣传呢！我们今天唯一的标语应当是七杀碑，杀！杀！杀！……”

老人闭上眼，休息了一会儿。睁开眼，他的眼光不那么厉害了。很温柔的，几乎是像从前那么温柔的，他说：“将来，假若我能再见太平，我必会忏悔！人与人是根本不应当互相残杀的！现在，我可决不后悔。现在，我们必须放弃了那小小的人道主义，去消灭敌人，以便争取那比妇人之仁更大的人道主义。我们须暂时都变成猎人，敢冒险，敢放枪，因为面对面的我们遇见了野兽。诗人与猎户合并在一处，我们才会产生一种新的文化，它既爱好和平，而在必要的时候又会英勇刚毅，肯为和平与真理去牺牲。我们必须像一座山，既满生着芳草香花，又有极坚硬的石头。你看怎样？瑞宣！”

瑞宣点了点头，没有说什么。他看钱伯伯就像一座山。在从前，这座山只表现了它的幽美，而今天它却拿出它的宝藏来。他若泛泛的去夸赞两句，便似乎是污辱了这座山。他说不出什么来。

过了半天，他才问了声：“你的行动，钱伯伯，难道不招特务们的注意吗？”

“当然！他们当然注意我！”老人很骄傲的一笑。“不过，我有我的办法。我常常的和他们在一道！你知道，他们也是中国人。特务是最时髦的组织，也是最靠不住的组织。同时，他们知道我身上并没有武器，不会给他们闯祸。他们大概拿我当个半疯子，我也就假装疯魔的和他们乱扯。我告诉他们，我入过狱，挺过刑，好教他们知道我并不怕监狱与苦刑。他们也知道我的确没有钱，在我身上他们挤不出油水来。在必要的时候，我还吓唬他们，说我是中央派来的。他们没有多少国家观念，可是也不真心信服日本人，他们渺渺茫茫的觉得日本人将来必失败——他们说不上理由来，大概只因为日本人太讨厌，所以连他们也盼望日本人失败。（这是日本人最大的悲哀！）既然盼望日本人失败，他们当然不肯真刀真枪的和中央派来的人蛮干，他们必须给自己留个退步。告诉你，瑞宣，死也并不容易，假若你一旦忘记了死的可怕。我不怕死，所以我在死亡的门前找到了许多的小活路儿。我一时没有危险。不过，谁知道呢，将来我也许会在最想不到的地方与时间，忽然的死掉。管它呢，反正今天我还活着，今天我就放胆的工作！”

这时候，天已经黑了。小茶馆里点起一盏菜油灯。

“钱伯伯，”瑞宣低声的叫。“家去，吃点什么，好不好？”

老人毫不迟疑的拒绝了："不去！见着你的祖父和小顺子，我就想起我自己从前的生活来，那使我不好过。我今天正像人由爬行而改为立起来，用两条腿走路的时候；我一松气，就会爬下去，又成为四条腿的动物！人是脆弱的，须用全力支持自己！"

"那么，我们在外边吃一点东西？"

"也不！理由同上！"老人慢慢的往起立。刚立稳，他又坐下了。"还有两句话。你认识你们胡同里的牛教授？"

"不认识。干吗？"

"不认识就算了。你总该认识尤桐芳喽？"

瑞宣点点头。

"她是有心胸的，你应该照应她一点！我也教给了她那个字——杀！"

"杀谁？"

"该杀的人很多！能消灭几个日本人固然好，去杀掉几个什么冠晓荷，李空山，大赤包之类的东西也好。这次的抗战应当是中华民族的大扫除，一方面须赶走敌人，一方面也该扫除清了自己的垃圾。我们的传统的升官发财的观念，封建的思想——就是一方面想作高官，一方面又甘心作奴隶——家庭制度，教育方法，和苟且偷安的习惯，都是民族的遗传病。这些病，在国家太平的时候，会使历史无声无色的，平凡的，像一条老牛似的往前慢慢的蹭；我们的历史上没有多少照耀全世界的发明与贡献。及至国家遇到危难，这些病就像三期梅毒似的，一下子溃烂到底。大赤包们不是人，而是民族的脏疮恶疾，应当用刀消割了去！不要以为他们只是些不知好歹，无足介意的小虫子，而置之不理。他们是蛆，蛆会变成苍蝇，传播恶病。在今天，他们的罪过和日本人一样的多，一样的大。所以，他们也该杀！”

“我怎么照应她呢？”瑞宣相当难堪的问。

“给她打气，鼓励她！一个妇人往往能有决心，而在执行的时候下不去手！”老人又慢慢的往起立。

瑞宣还不肯动。他要把想了半天的一句话——“对于我，你有什么教训呢？”——说出来。可是，他又不敢说。他知道自己的怯懦与无能。假若钱伯伯教他狠心的离开家庭，他敢不敢呢？他把那句话咽了下去，也慢慢的立起来。

两个人出了茶馆，瑞宣舍不得和钱老人分手，他随着老人走。走了几步，老人立住，说：“瑞宣，送君千里终须别，你回家吧！”

瑞宣握住了老人的手。“伯父，我们是不是能常见面呢？你知道……”

“不便常见！我知道你想念我，我又何尝不想念你们！不过，我们多见一面，便多耗费一些工夫；耗费在闲谈上！这不上算。再说呢，中国人不懂得守秘密，话说多了，有损无益。我相信你是会守秘密的人，所以今天我毫无保留的把心中的话都倾倒出来。可是，就是你我也以少谈心为是。甘心作奴隶的应当张开口，时时的喊主人。不甘心作奴隶的应当闭上嘴，只在最有用的时候张开——喷出仇恨与怒火。看机会吧，当我认为可以找你来的时候，我必找你来。你不要找我！你看，你和野求已经把我窃听孙子的啼哭的一点享受也剥夺了！再见吧！问老人们好！”

瑞宣无可如何的松开手。手中像有一股热气流出去，他茫然的立在那里，看着钱先生在灯影中慢慢的走去。一直到看不见老人了，他才打了转身。

他一向渴盼见到钱先生。今天，他看到了老人，可是他一共没有说了几句话。羞愧截回去他的言语。论年岁，他比老人小着很多。论知识，他的新知识比钱诗人的丰富。论爱国心，他是新时代的人，理当至少也和钱伯伯有一样多。可是，他眼看着钱伯伯由隐士变为战士，而他还是他，他没有丝毫的长进。他只好听着老人侃侃而谈，他自己张不开口。没有行动，多开口便是无聊。这个时代本应当属于他，可是竟自被钱老人抢了去。他没法不觉得惭愧。

到了家，大家已吃过了晚饭。韵梅重新给他热菜热饭。她问他为什么回来晚了，他没有回答。随便的扒搂了一碗饭，他便躺在床上胡思乱想。“到底钱伯伯怎样看我呢?”他翻来覆去的想这个问题。一会儿，他觉得钱老人必定还很看得起他；要不然，老人为什么还找他来，和他谈心呢？一会儿，他又以为这纯粹是自慰，他干了什么足以教老人看得起他的事呢？没有，他没作过任何有益于抗敌救国的事！那么，老人为什么还看得起他呢？不，不！老人不是因为看得起他，而只是因为想念他，才找他来谈一谈。

他想不清楚，他感到疲倦。很早的，他便睡了觉。

随着第二天的朝阳，他可是看见了新的光明。他把自己放下，而专去想钱先生。他觉得钱先生虽然受尽苦处，可是还很健康，或者也很快活。为什么？因为老人有了信仰，有了决心；信仰使他绝对相信日本人是可以打倒的，决心使他无顾虑的，毫不迟疑的去作打倒日本人的工作。信仰与决心使一个老诗人得到重生与永生。

看清楚这一点，瑞宣以为不管他的行动是否恰好配备着抗战，他也应当在意志的坚定上学一学钱老人。他虽然没拚着命去杀敌，可是他也决定不向敌人屈膝。这，在以前，他总以为是消极的，是不抵抗，是逃避，是可耻的事。因为可耻，所以他总是一天到晚的低着头，不敢正眼看别人，也不敢对镜子看自己。现在，他决定要学钱先生，尽管在行动上与钱先生不同，可是他也要像钱先生那样的坚定，快乐。他的不肯向敌人屈膝不只是逃避，而是一种操守。坚持着这操守，他便得到一点儿钱先生的刚毅之气。为操守而受苦，受刑，以至于被杀，都顶好任凭于它。他须为操守与苦难而打起精神活着，不应当再像个避宿的蜗牛似的，老把头藏起去。是的，他须活着；为自己，为家庭，为操守，他须活着，而且是堂堂正正的，有说有笑的，活着。他应当放宽了心。不是像老二瑞丰那样的没皮没脸的宽心，而是用信仰与坚决充实了自己，使自己像一座不可摇动的小山。他不应当再躲避，而反倒应该去看，去接触，一切。他应当到冠家去，看他们到底腐烂到了什么程度。他应当去看小崔怎样被砍头。他应当去看日本人的一切暴行与把戏。看过了，他才能更清楚，更坚定，说不定也许不期而然的狠一下心，去参加了抗战的工作。人是历史的，而不是梦的，材料。他无须为钱先生忧虑什么，而应当效法钱先生的坚强与无忧无虑。

早饭依然是昨晚剩下的饭熬的粥，和烤窝窝头与老腌萝卜。可是，他吃得很香，很多。他不再因窝窝头而替老人们与孩子们难过，而以为男女老幼都理应受苦；只有受苦才能使大家更恨敌人，更爱国家。这是惩罚，也是鞭策。

吃过饭，他忙着去上班。一出门，他遇上了一号的两个日本人。他没低下头去，而昂首看着他们。他们，今天在他的眼中，已经不是胜利者，而是炮灰。他知道他们早晚会被征调了去，死在中国的。

他挤上电车去。平日，挤电车是一种苦刑；今天他却以为这是一种锻炼。想起狱中那群永远站立的囚犯，和钱先生的瘸着腿奔走，他觉得他再不应为挤车而苦恼；为小事苦恼，会使人过度的悲观。

这是星期六。下午两点他就可以离开公事房。他决定去看看下午三时在太庙大殿里举行的华北文艺作家协会的大会。他要看，他不再躲避。

太庙自从辟为公园，始终没有像中山公园那么热闹过。它只有原来的古柏大殿，而缺乏着别的花木亭榭。北平人多数是喜欢热闹的，而这里太幽静。现在，已是冬天，这里的游人就更少了。瑞宣来到，大门外虽然已经挂起五色旗与日本旗，并且贴上了许多标语，可是里外都清锅冷灶的，几乎看不到一个人。他慢慢的往园内走，把帽子拉到眉边，省得教熟人认出他来。

他看见了老柏上的有名的灰鹤。两只，都在树顶上立着呢。他立定，呆呆的看着它们。从前，他记得，他曾带着小顺儿，特意来看它们，可是没有看到。今天，无意中的看到，他仿佛是被它们吸住了，不能再动。据说，这里的灰鹤是皇帝饲养着的，在这里已有许多年代。瑞宣不晓得一只鹤能活多少年，是否这两只曾经见过皇帝。他只觉得它们，在日本人占领了北平之后，还在这里活着，有些不大对。它们的羽毛是那么光洁，姿态是那么俊逸，再配上那红的墙，绿的柏，与金瓦的宫殿，真是仙境中的仙鸟。可是，这仙境中的主人已换上了杀人不眨眼的倭寇；那仙姿逸态又有什么用呢？说不定，日本人会用笼子把它们装起，运到岛国当作战利品去展览呢！

不过，鸟儿到底是无知的。人呢？他自己为什么只呆呆的看着一对灰鹤，而不去赶走那些杀人的魔鬼呢？他不想去看文艺界的大会了。灰鹤与他都是高傲的，爱惜羽毛的，而他与它们的高傲只是一种姿态而已，没有用，没有任何的用！他想低着头走回家去。

可是，极快的，他矫正了自己。不，他不该又这样容易伤感，而把头又低下去。伤感不是真正的，健康的，感情。由伤感而落的泪是露水，没有甘霖的功用。他走向会场去。他要听听日本人说什么，要看看给日本人作装饰的文艺家的面目。他不是来看灰鹤。

会场里坐着立着已有不少的人，可是还没有开会。他在签到簿上画了个假名字。守着签到簿的，和殿里的各处，他看清，都有特务。自从被捕后，他已会由服装神气上认出他们来。他心中暗笑了一下。特务是最时髦的组织，可也是最靠不住的组织，他想起钱先生的话来。以特务支持政权，等于把房子建筑在沙滩上。日本人很会建筑房子，可惜没看地基是不是沙子。

他在后边找了个人少的地方坐下。慢慢的，他认出好几个人来：那个戴瓜皮小帽，头像一块宝塔糖的，是东安市场专偷印淫书的艺光斋的老板；那个一脸浮油，像火车一样吐气的胖子，是琉璃厂卖墨盒子的周四宝；那个圆眼胖脸的年轻人是后门外德文斋纸店跑外的小山东儿；那个满脸烟灰，腮上有一撮毛的是说相声的黑毛儿方六。除了黑毛儿方六（住在小羊圈七号）一定认识他，那三位可是也许认识他，也许不认识，因为他平日爱逛书铺与琉璃厂，而且常在德文斋买东西，所以慢慢的知道了他们，而他们不见得注意过他。此外，他还看到一位六十多岁而满脸搽着香粉的老妖精；想了半天，他才想起来，那是常常写戏评的票友刘禹清；他在戏剧杂志上看见过他的像片。在老妖精的四围，立着的，坐着的，有好几个脸上满是笑容的人，看着都眼熟，他可是想不起他们都是谁。由他们的神气与衣服，他猜想他们不是给小报报屁股写文章的，便是小报的记者。由这个大致不错的猜测，他想到小报上新出现的一些笔名——二傻子，大白薯，清风道士，反迅斋主，热伤风……。把这些笔名放在面前那些发笑的人们身上，他觉得非常的合适，合适得使他要作呕。

大赤包，招弟，冠晓荷，走了进来。大赤包穿着一件紫大缎的长袍，上面罩着件大红绣花的斗篷，头上戴着一顶大红的呢洋帽，帽沿很窄，上面斜插二尺多长的一根野鸡毛。她走得极稳极慢，一进殿门，她双手握紧了斗篷，头上的野鸡毛从左至右画了个半圆，眼睛随着野鸡毛的转动，检阅了全殿的人。这样亮完了相儿，她的两手松开，肩膀儿一拱，斗篷离了身，轻而快的落在晓荷的手中。而后，她扶着招弟，极稳的往前面走，身上纹丝不动，只有野鸡毛微颤。全殿里的人都停止了说笑，眼睛全被微颤的野鸡毛吸住。走到最前排，她随便的用手一推，像驱逐一个虫子似的把中间坐着的人推开，她自己坐在那里——正对着讲台桌上的那瓶鲜花。招弟坐在妈妈旁边。

晓荷把太太的斗篷搭在左臂上，一边往前走，一边向所有的人点头打招呼。他的眼眯着，嘴半张着，嘴唇微动，而并没说什么；他不费力的使大家猜想他必是和他们说话呢。这样走了几步，觉得已经对大家招呼够了，他闭上了嘴，用小碎步似跳非跳的赶上太太，像个小哈巴狗似的同太太坐在一处。

瑞宣看到冠家夫妇的这一场，实在坐不住了；他又想回家。可是，这时候，门外响了铃。冠晓荷半立着，双手伸在头上鼓掌。别人也跟着鼓掌。瑞宣只好再坐稳。

在掌声中，第一个走进来的是蓝东阳。今天，他穿着西服。没人看得见他的领带，因为他的头与背都维持着鞠躬的姿式。他横着走，双手紧紧的贴在身旁，头与背越来越低，像在地上找东西似的。他的后面是，瑞宣认得，曾经一度以宣传反战得名的日本作家井田。十年前，瑞宣曾听过井田的讲演。井田是个小个子，而肚子很大，看起来很像会走的一个泡菜坛子。他的肚子，今天，特别往外凸出；高扬着脸。他的头发已有许多白的。东阳横着走，为是一方面尽引路之责，一方面又表示出不敢抢先的谦逊。他的头老在井田先生的肚子旁边，招得井田有点不高兴，所以走了几步以后，井田把肚子旁边的头推开，昂然走上了讲台。他没等别人上台，便坐在正中间。他的眼没有往台下看，而高傲的看着彩画的天花板。第二，第三，第四，也都是日本人。他们的身量都不高，可是每个人都觉得自己是一座宝塔似的。日本人后面是两个高丽人，高丽人后面是两个东北青年。蓝东阳被井田那么一推，爽性不动了，就那么屁股顶着墙，静候代表们全走过去。都走完了，他依然保持着鞠躬的姿态，往台上走。走到台上，他直了直腰，重新向井田鞠躬。然后，他转身，和台下的人打了对脸。他的眼珠猛的往上一吊，脸上的肌肉用力的一扯，五官全挪了地方，好像要把台下的人都吃了似的。这样示威过了，他挺着身子坐下。可是，屁股刚一挨椅子，他又立起来，又向井田鞠躬。井田还欣赏着天花板。这时候，冠晓荷也立起来，向殿门一招手。一个漂亮整齐的男仆提进来一对鲜花篮。晓荷把花篮接过来，恭敬的交给太太与女儿一人一只。大赤包与招弟都立起来，先转脸向后看了看，为是教大家好看清了她们，而后慢慢的走上台去。大赤包的花篮献给东阳，招弟的献给井田。井田把眼从天花板上收回，看着招弟；坐着，他和招弟握了握手。然后，母女立在一处，又教台下看她们一下。台下的掌声如雷。她们下来，晓荷慢慢的走上了台，向每个人都深深的鞠了躬，口中轻轻的介绍自己："冠晓荷！冠晓荷！"台下也给他鼓了掌。

蓝东阳宣布开会：

“井田先生！”一鞠躬。“菊池先生！”一鞠躬。他把台上的人都叫到，给每个人都鞠了躬，这才向台下一扯他的绿脸，很傲慢的叫了声：“诸位文艺作家！”没有鞠躬。叫完这一声，他楞起来，仿佛因为得意而忘了他的开会词。他的眼珠一劲儿往上吊。台下的人以为他是表演什么功夫呢，一齐鼓掌。他的手颤着往衣袋里摸，半天，才摸出一张小纸条来。他半身向左转，脸斜对着井田，开始宣读：

“我们今天开会，

因为必须开会！”他把“必须”念得很响，而且把一只手向上用力的一伸。台下又鼓了掌。他张着嘴等候掌声慢慢的停止。而后再念：

“我们是文艺家，

天然的和大日本的文豪们是一家！”台下的掌声，这次，响了两分钟。在这两分钟里，东阳的嘴不住的动，念叨着：“好诗！好诗！”掌声停了，他把纸条收起去。“我的话完了，因为诗是语言的结晶，无须多说。现在，请大文豪井田先生训话！井田先生！”又是极深的一躬。

井田挺着身，立在桌子的旁边，肚子支出老远。看一眼天花板，看一眼招弟，他不耐烦的一摆手，阻住了台下的鼓掌，而后用中国话说：

“日本的是先进国，它的科学，文艺，都是大东亚的领导，模范。我的是反战的，大日本的人民都是反战的，爱和平的。日本和高丽的，满洲国的，中国的，都是同文同种同文化的。你们，都应当随着大日本的领导，以大日本的为模范，共同建设起大东亚的和平的新秩序的！今天的，就是这一企图的开始，大家的努力的！”他又看了招弟一眼，转身坐下了。

东阳鞠躬请菊池致词。瑞宣在大家正鼓掌中间，溜了出来。

出来，他几乎不认识了东西南北。找了棵古柏，他倚着树身坐下去。他连想象也没想象到过，世界上会能有这样的无耻，欺骗，无聊，与戏弄。最使他难过的倒还不是蓝东阳与大赤包，而是井田。他不单听过井田从前的讲演，而且读过井田的文章。井田，在十几年前，的确是值得钦敬的一位作家。他万没想到，井田居然也会作了日本军阀的走狗，来戏弄中国人，戏弄文艺，并且戏弄真理。由井田身上，他看到日本的整部的文化；那文化只是毒药丸子上面的一层糖衣。他们的艺术，科学，与衣冠文物，都是假的，骗人的；他们的本质是毒药。他从前信任过井田，佩服过井田，也就无可避免的认为日本自有它的特殊的文化。今天，看清井田不过是个低贱的小魔术家，他也便看见日本的一切都是自欺欺人的小把戏。

想到这里，他没法不恨自己，假若他有胆子，一个手榴弹便可以在大殿里消灭了台上那一群无耻的东西，而消灭那群东西还不只是为报仇雪恨，也是为扫除真理的戏弄者。日本军阀只杀了中国人，井田却勒死了真理与正义。这是全人类的损失。井田口中的反战，和平，文艺，与科学，不止是欺骗黑毛儿方六与周四宝，而也是要教全世界承认黑是白，鹿是马。井田若成了功——也就是全体日本人成了功——世界上就须管地狱叫作天堂，把魔鬼叫作上帝，而井田是天使！

他恨自己。是的，他并没给井田与东阳鼓掌。可是，他也没伸出手去，打那些无耻的骗子。他不但不敢为同胞们报仇，他也不敢为真理与正义挺一挺身。他没有血性，也没有灵魂！

殿外放了一挂极长的爆竹。他无可如何的立起来，往园外走。两只灰鹤被爆竹惊起，向天上飞去。瑞宣又低下头去。

# 五十一

在日本人想：用武力劫夺了土地，而后用汉奸们施行文治，便可以稳稳的拿住土地与人民了。他们以为汉奸们的确是中国人的代表，所以汉奸一登台，人民必定乐意服从，而大事定矣。同时，他们也以为中国的多少次革命都是几个野心的政客们要的把戏，而人民一点也没受到影响。因此，利用不革命的，和反革命的，汉奸们，他们计算好，必定得到不革命的，和反革命的人民的拥护与爱戴，而上下打成一片。他们心目中的中国人还是五十年前的中国人。

以北平而言，他们万没想到他们所逮捕的成千论万的人，不管是在党的，还是与政党毫无关系的，几乎一致的恨恶日本人，一致的承认孙中山先生是国父。他们不能明白这是怎么一回事，因为他们只以自己的狂傲推测中国人必定和五十年前一模一样，而忽略了五十年来的真正的历史。狂傲使他们变成色盲。

赶到两个特使死在了北平，日本人开始有了点“觉悟”。他们看出来，汉奸们的号召力并不像他们所想象的那么大。他们应当改弦更张，去掉几个老汉奸，而起用几个新汉奸。新汉奸最好是在党的，以便使尊孙中山先生为国父的人们心平气和，乐意与日本人合作。假若找不到在党的，他们就须去找一两位亲日的学者或教授，替他们收服民心。同时，他们也须使新民会加紧的工作，把思想统制起来，用中日满一体与大东亚共荣，代替国民革命。同时，他们也必不能放弃他们最拿手的好戏——杀戮。他们必须恩威兼用，以杀戮配备“王道”。同时，战争已拖了一年多，而一点看不出速战速决的希望，所以他们必须尽力的搜刮，把华北所有的东西都拿了去，以便以战养战。这与“王道”有根本的冲突，可是日本人的心里只会把事情分开，分成甲乙丙丁若干项目，每一项都须费尽心机去计划，去实行，而不会高视远瞩的通盘计算一下。他们是一出戏的演员，每个演员都极卖力气的表演，而忘了整部戏剧的主题与效果。他们有很好的小动作，可是他们的戏失败了。

已是深冬。祁老人与天佑太太又受上了罪。今年的煤炭比去冬还更缺乏。去年，各煤厂还有点存货。今年，存货既已卖完，而各矿的新煤被日本人运走，只给北平留下十分之一二。祁老人夜间睡不暖，早晨也懒得起来。日本人破坏了他的鸡鸣即起的家风。他不便老早的起来，教瑞宣夫妇为难。在往年，只要他一在屋中咳嗽，韵梅便赶快起床去升火，而他每日的第一件事便是看到一个火苗儿很旺的小白炉子放在床前。火光使老人的心里得到安慰与喜悦。现在，他明知道家中没有多少煤，他必须蜷卧在炕上，给家中省下一炉儿火。

天佑太太一向体贴儿媳，也自然的不敢喊冷。可是，她止不住咳嗽，而且也晓得她的咳嗽会教儿子儿媳心中难过。她只好用被子堵住口，减轻了咳嗽的声音。

瑞宣自从看过文艺界协会开会以后，心中就没得过片刻的安静。他本想要学钱先生的坚定与快活，可是他既没作出钱先生所作的事，他怎么能坚定与快乐呢。行动是信仰的肢体。没有肢体，信仰只是个游魂！同时，他又不能视而不见，听而不闻的，放弃行动，而仍自居清高。那是犬儒。

假若他甘心作犬儒，他不但可以对战争与国家大事都嗤之以鼻，他还可以把祖父，妈妈的屋中有火没有也假装看不见。可是，他不能不关心国事，也不能任凭老人们挨冷受冻而不动心。他没法不惶惑，苦闷，甚至于有时候想自杀。

刮了一夜的狂风。那几乎不是风，而是要一下子便把地面的一切扫净了的灾患。天在日落的时候已变成很厚很低很黄，一阵阵深黄色的“沙云”在上面流动，发出使人颤抖的冷气。日落了，昏黄的天空变成黑的，很黑，黑得可怕。高处的路灯像矮了好些，灯光在颤抖。上面的沙云由流动变为飞驰，天空发出了响声，像一群疾行的鬼打着胡哨。树枝儿开始摆动。远处的车声与叫卖声忽然的来到，又忽然的走开。星露出一两个来，又忽然的藏起来。一切静寂。忽然的，门，窗，树木，一齐响起来，风由上面，由侧面，由下面，带着将被杀的猪的狂叫，带着黄沙黑土与鸡毛破纸，扫袭着空中与地上。灯灭了，窗户打开，墙在颤，一切都混乱，动摇，天要落下来，地要翻上去。人的心都缩紧，盆水立刻浮了一层冰。北平仿佛失去了坚厚的城墙，而与荒沙大漠打成了一片。世界上只有飞沙与寒气的狂舞，人失去控制自然的力量，连猛犬也不敢叫一声。

一阵刮过去，一切都安静下来。灯明了，树枝由疯狂的鞠躬改为缓和的摆动。天上露出几颗白亮的星来。可是，人们刚要喘一口气，天地又被风连接起，像一座没有水的，没有边沿的，风海。

电车很早的停开，洋车夫饿着肚子空着手收了车，铺户上了板子，路上没了行人。北平像风海里的一个黑暗无声的孤岛。

祁老人早早的便躺下了。他已不像是躺在屋里，而像飘在空中。每一阵狂风都使他感到渺茫，忘了方向，忘了自己是在哪里，而只觉得有千万个细小的针尖刺着他的全身。他辨不清是睡着，还是醒着，是作梦，还是真实。他刚要想起一件事来，一阵风便把他的心思刮走；风小了一下，他又找到自己，好像由天边上刚落下来那样。风把他的身与心都吹出去好远，好远，而他始终又老躺在冰凉的炕上，身子蜷成了一团。

好容易，风杀住了脚步。老人听见了一声鸡叫。鸡声像由天上落下来的一个信号，他知道风已住了，天快明。伸手摸一摸脑门，他好似触到一块冰。他大胆的伸了伸酸疼的两条老腿，赶快又蜷回来；被窝下面是个小的冰窖。屋中更冷了，清冷，他好像睡在河边上或沙漠中的一个薄薄的帐棚里，他与冰霜之间只隔了一层布。慢慢的，窗纸发了青。他忍了一个小盹。再睁开眼，窗纸已白；窗棱的角上一堆堆的细黄沙，使白纸上映出黑的小三角儿来。他老泪横流的打了几个酸懒的哈欠。他不愿再忍下去，而狠心的坐起来。坐了一会儿，他的腿还是僵硬的难过，他开始穿衣服，想到院中活动活动，把血脉活动开。往常，他总是按照老年间的办法，披上破皮袍，不系钮扣，而只用搭包松松的一拢；等扫完了院子，洗过脸，才系好钮扣，等着喝茶吃早点。今天，他可是一下子便把衣服都穿好，不敢再松拢着。

一开屋门，老人觉得仿佛是落在冰洞里了。一点很尖很小很有力的小风像刀刃似的削着他的脸，使他的鼻子流出清水来。他的嘴前老有些很白的白气。往院中一撒眼，他觉得院子仿佛宽大了一些。地上极干净，连一个树叶也没有。地是灰白的，有的地方裂开几条小缝。空中什么也没有，只是那么清凉的一片，像透明的一大片冰。天很高，没有一点云，蓝色很浅，像洗过多少次的蓝布，已经露出白色来。天，地，连空中，都发白，好似雪光，而哪里也没有雪。这雪光有力的联接到一处，发射着冷气，使人的全身都浸在寒冷里，仿佛没有穿着衣服似的。屋子，树木，院墙，都静静的立着，都缩紧了一些，形成一个凝冻了的世界。老人不敢咳嗽；一点声响似乎就能震落下一些冰来。

待了一会儿，天上，那凝冻了的天上，有了红光。老人想去找扫帚，可是懒得由袖口里伸出手来；再看一看地上，已经被狂风扫得非常的干净，无须他去费力，揣着手，他往外走。开开街门，胡同里没有一个人，没有任何动静。老槐落下许多可以当柴用的枯枝。老人忘了冷，伸出手来，去拾那些树枝。抱着一堆干枝，他往家中走。上了台阶，他楞住了，在门神脸底下的两个铜门环没有了。“嗯？”老人出了声。

这是他自己置买的房，他晓得院中每一件东西的变化与历史。当初，他记得，门环是一对铁的，鼓膨膨的像一对小乳房，上面生了锈。后来，为庆祝瑞宣的婚事，才换了一副黄铜的——门上有一对发光的门环就好像妇女戴上了一件新首饰。他喜爱这对门环，永远不许它们生锈。每逢他由外边回来，看到门上的黄亮光儿，他便感到痛快。

今天，门上发光的东西好像被狂风刮走，忽然的不见了，只剩下两个圆圆的印子，与钉子眼儿。门环不会被风刮走，他晓得；可是他低头在阶上找，希望能找到它们。台阶上连一颗沙也没有。把柴棍儿放在门坎里，他到阶下去找，还是找不到。他跑到六号的门外去看，那里的门环也失了踪。他忘了冷。很快的他在胡同里兜了一圈，所有的门环都不见了。“这闹的什么鬼呢？”老人用冻红了的手，摸了摸胡须，摸到了一两个小冰珠。他很快的走回来，叫瑞宣。这是星期天，瑞宣因为天既冷，又不去办公，所以还没起床。老人本不想惊动孙子，可是控制不住自己。全胡同里的门环在一夜的工夫一齐丢掉，毕竟是空前的奇事。

瑞宣一边穿衣服，一边听祖父的话。他似乎没把话都听明白，楞眼巴睁的走出来，又楞眼巴睁的随着老人往院外走。看到了门环的遗迹，他才弄清楚老人说的是什么。他笑了，抬头看了看天。天上的红光已散，白亮亮的天很高很冷。

“怎回事呢?”老人问。

“夜里风大，就是把街门搬了走，咱们也不会知道！进来吧，爷爷！这儿冷！”瑞宣替祖父把门内的一堆柴棍儿抱了进来。

“谁干的呢？好大胆子！一对门环能值几个钱呢?”老人一边往院中走，一边叨唠。

“铜铁都顶值钱，现在不是打仗哪吗?”瑞宣搭讪着把柴火送到厨房去。

老人和韵梅开始讨论这件事。瑞宣藏到自己的屋中去。屋中的暖而不大好闻的气儿使他想再躺下睡一会儿，可是他不能再放心的睡觉，那对丢失了的门环教他觉到寒冷，比今天的天气还冷。不便对祖父明说，他可是已从富善先生那里得到可靠的情报，日本军部已委派许多日本的经济学家研究战时的经济——往真切里说，便是研究怎样抢劫华北的资源。日本攻陷了华北许多城市与地方，而并没有赚着钱；现代的战争是谁肯多往外扔掷金钱，谁才能打胜的。不错，日本人可以在攻陷的地带多卖日本货。可是，战事影响到国内的生产，而运到中国来的货物又恰好只能换回去他们自己发行的，一个铜板不值的伪钞。况且，战争还没有结束的希望，越打就越赔钱。所以他们必须马上抢劫。他们须抢粮，抢煤，抢铜铁，以及一切可以伸手就拿到的东西。尽管这样，他们还不见得就能达到以战养战的目的，因为华北没有什么大的工业，也没有够用的技术人员与工人。他们打胜了仗，而赔了本儿。因此，军人们想起来经济学家们，教他们给想点石成金的方法。

乘着一夜的狂风，偷去铜的和铁的门环，瑞宣想，恐怕就是日本经济学家的抢劫计划的第一炮。这个想法若搁在平日，瑞宣必定以为自己是浅薄无聊。今天，他可是郑重其事的在那儿思索，而丝毫不觉得这个结论有什么可笑。他知道，日本的确有不少的经济学家，但是，战争是消灭学术的，炮火的放射是把金钱打入大海里的愚蠢的把戏。谁也不能把钱扔在海里，而同时还保存着它。日本人口口声声的说，日本是“没有”的国家，而中国是“有”的国家。这是最大的错误。不错，中国的确是很大很大；可是它的人也特别多呀。它以农立国，而没有够用的粮食。中国“没有”，日本“有”。不过，日本把它的“有”都玩了炮火，它便变成了“没有”。于是，它只好抢劫“没有”的中国。抢什么呢？门环——门环也是好的，至少它们教日本的经济学者交一交差。再说，学者们既在军阀手下讨饭吃，他们便也须在学术之外，去学一学那夸大喜功的军人们——军人们，那本来渺小而愿装出伟大的样子的军人们，每逢作一件事，无论是多么小的事，都要有点戏剧性，好把屁大的事情弄得有声有色。学者们也学会这招数，所以在一夜狂风里，使北平的人们都失去了门环，而使祁老人惊讶称奇。

这可并不只是可笑的事，瑞宣告诉自己。日本人既因玩弄炮火与战争，把自己由“有”而变为“没有”，他们必会用极精密的计划与方法，无微不至的去抢劫。他们的心狠，会刮去华北的一层地皮，会把成千论万的人活活饿死。再加上汉奸们的甘心为虎作伥，日本人要五百万石粮，汉奸们也许要搜括出一千万石，好博得日本人的欢心。这样，华北的人民会在不久就死去一大半！假若这成为事实，他自己怎么办呢？他不肯离开家，就是为养活着一家大小。可是，等到日本人的抢劫计划施展开，他有什么方法教他们都不至于饿死呢？

是的，人到了挨饿的时候就会拚命的。日本人去抢粮食，也许会引起人民的坚决的抵抗。那样，沦陷了的地方便可以因保存粮食而武装起来。这是好事。可是，北平并不产粮，北平人又宁可挨饿也不去拚命。北平只会陪着别人死，而决不挣扎。瑞宣自己便是这样的人！

这时候，孩子们都醒了，大声的催促妈妈给熬粥。天佑太太与祁老人和孩子们有一搭无一搭的说话儿。瑞宣听着老少的声音，就好像是一些毒刺似的刺着他的心。他们现在还都无可如何的活着，不久他们会无可如何的都死去——没有挣扎，没有争斗，甚至于没有怒骂，就那么悄悄的饿死！

太阳的光并不强，可是在一夜狂风之后，看着点阳光，大家仿佛都感到暖和。到八九点钟，天上又微微的发黄，树枝又间断的摆动。

“风还没完！”祁老人叹了口气。

老人刚说完，外面砰，砰，响了两声枪。很响，很近，大家都一楞。

“又怎么啦？”老人只轻描淡写的问了这么一句，几乎没有任何的表情。“各扫门前雪，休管他人瓦上霜”是他的处世的哲学，只要枪声不在他的院中，他便犯不上动心。

"听着像是后大院里!"韵梅的大眼睁得特别的大，而嘴角上有一点笑——一点含有歉意的笑，她永远怕别人嫌她多嘴，或说错了话。她的"后大院"是指着胡同的胡芦肚儿说的。

瑞宣往外跑。搁在平日，他也会像祖父那样沉着，不管闲事。今天，在他正忧虑大家的死亡的时节，他似乎忘了谨慎，而想出去看看。

"爸！我也去!"小顺儿的脚冻了一块，一瘸一点的追赶爸爸。

"你干吗去？回来!"韵梅像老鹰抓小鸡似的把小顺儿抓住。

瑞宣跑到大门外，三号的门口没有人，一号的门口站着那个日本老婆婆。她向瑞宣鞠躬，瑞宣本来没有招呼过一号里的任何人，可是今天在匆忙之间，他还了一礼。程长顺在四号门外，想动而不敢动的听着外婆的喊叫："回来，你个王大胆！顶着枪子，上哪儿去!"见着瑞宣，长顺急切的问："怎么啦?"

"不知道!"瑞宣往北走。

小文揣着手，嘴唇上搭拉着半根烟卷，若无其事的在六号门口立着。"好像响了两枪？或者也许是爆竹!"他对瑞宣说，并没拿下烟卷来。

瑞宣点了点头，没说什么，还往北走。他既羡慕，又厌恶，小文的不动声色。

七号门外站了许多人，有的说话，有的往北看。

白巡长脸煞白的，由北边跑来："都快进去！待一会儿准挨家儿检查！不要慌，也别大意！快进去!"说完，他打了转身。

"怎么回事?"大家几乎是一致的问。

白巡长回过头来："我倒霉，牛宅出了事!"

"什么事?"大家问。

白巡长没再回答，很快的跑去。

瑞宣慢慢的往回走，口中无声的嚼着："牛宅！牛宅！"他猜想不到牛宅出了什么事，可是想起钱先生前两天的话来。钱先生不是问过他，认识不认识牛教授吗？干什么这样问呢？瑞宣想不明白。莫非牛教授要作汉奸？不能！不能！瑞宣虽然与牛教授没有过来往，可是他很佩服教授的学问与为人。假若瑞宣也有点野心的话，便是作牛教授第二——有被国内外学者所推崇的学识，有那么一座院子大，花草多的住宅，有简单而舒适的生活，有许多图书。这样的一位学者，是不会作汉奸的。

回到家中，大家都等着他报告消息，可是他什么也没说。

过了不到一刻钟，小羊圈已被军警包围住。两株老槐树下面，立着七八个宪兵，不准任何人出入。

祁老人把孩子们关在自己屋里，连院中都不许他们去。无聊的，他对孩子们低声的说：

"当初啊，我喜欢咱们这所房子的地点。它僻静。可是，谁知道呢，现而今连这里也不怎么都变了样儿。今天拿人，明儿个放枪，都是怎么回事呢？"

小妞子回答不出，只用冻红了的胖手指钻着鼻孔。小顺儿，正和这一代的小儿女们一样，脱口而出的回答了出来：

"都是日本小鬼儿闹的！"

祁老人知道小顺儿的话无可反驳，可是他不便鼓励小孩子们这样仇恨日本人："别胡说！"他低声的说。说完，他的深藏着的小眼藏得更深了一点，好像有点对不起重孙子似的。

正在这个时节，走进来一群人，有巡警，有宪兵，有便衣，还有武装的，小顺儿深恨的，日本人。地是冻硬了的，他们的脚又用力的跺，所以呱哒呱哒的分外的响。小人物喜欢自己的响动大。两个立在院中观风，其余的人散开，到各屋去检查。

他们是刚刚由冠家来的，冠家给了他们香烟，热茶，点心，和白兰地酒，所以他们并没搜检，就被冠晓荷鞠着躬送了出来。祁家没有任何东西供献给他们，他们决定细细的检查。

韵梅在厨房里没动。她的手有点颤，可是还相当的镇定。她决定一声不出，而只用她的大眼睛看着他们。她站在菜案子前面，假若他们敢动她一动，她伸手便可以抓到菜刀。

天佑太太在刚能记事的时候，就遇上八国联军攻陷了北平。在她的差不多像一张白纸的脑子上，侵略与暴力便给她划上了最深的痕记。她知道怎样镇定。一百年的国耻使她知道怎样忍辱，而忍辱会产生报复与雪耻。日本的侵华，发动得晚了一些。她呆呆的坐在炕沿上，看看进来的人。她没有打出去他们的力量，可也不屑于招呼他们。

小妞子一见有人进来，便藏在了太爷爷的身后边。小顺儿看着进来的人，慢慢的把一个手指含在口中。祁老人和蔼了一世，今天可是把已经来到唇边上的客气话截在了口中，他不能再客气。他好像一座古老的，高大的，城楼似的，立在那里；他阻挡不住攻城的人，但是也不怕挨受攻击的炮火。

可是，瑞宣特别的招他们的注意。他的年纪，样子，风度，在日本人眼中，都仿佛必然的是嫌疑犯。他们把他屋中所有的抽屉，箱子，盒子，都打开，极细心的查看里边的东西。他们没找到什么，于是就再翻弄一过儿，甚至于把箱子底朝上，倒出里面的东西。瑞宣立在墙角，静静的看着他们。最后，那个日本人看见了墙上那张大清一统地图。他向瑞宣点了点头："大清的，大大的好！"

瑞宣仍旧立在那里，没有任何表示。日本人顺手拿起韵梅自己也不大记得的一支镀金的，錾花的，短簪，放在袋中，然后又看了大清地图一眼，依依不舍的走出去。

他们走后，大家都忙着收拾东西，谁都有一肚子气，可是谁也没说什么。连小顺儿也知道，这是受了侮辱，但是谁都没法子去雪耻，所以只好把怨气存在肚子里。

一直到下午四点钟，黄风又怒吼起来的时候，小羊圈的人们才得到出入的自由，而牛宅的事也开始在大家口中谈论着。

除了牛教授受了伤，已被抬到医院去这点事实外，大家谁也不准知道那是怎么一回事。牛教授向来与邻居们没有什么来往，所以平日大家对他家中的事就多半出于猜测与想象；今天，猜测与想象便更加活动。大家因为不确知那是什么事，才更要说出一点道理来，据孙七说：日本人要拉牛教授作汉奸，牛教授不肯，所以他们打了他两枪——一枪落了空，一枪打在教授的左肩上，不致有性命的危险。孙七相当的敬重牛教授，因为他曾给教授剃过一次头。牛教授除了教课去，很少出门。他洗澡，剃头，都在家里。有一天，因为下雨，他的仆人因懒得到街上去叫理发匠，所以找了孙七去。孙七的手艺虽不高，可是牛教授只剃光头，所以孙七满可以交差。牛教授是不肯和社会接触，而又并不讲究吃喝与别的享受的人。只要他坐在家中，就是有人来把他的头发都拔了去，似乎也无所不可。在孙七看呢，教授大概就等于高官，所以牛教授才不肯和邻居们来往。可是，他竟自给教授剃过头，而且还和教授谈了几句话。这是一种光荣。当铺户中的爱体面的青年伙计埋怨他的手艺不高明的时候，他会沉住了气回答：“我不敢说自己的手艺好，可是牛教授的头也由我剃！”因此，他敬重牛教授。

程长顺的看法和孙七的大不相同。他说：牛教授要作汉奸，被“我们”的人打了两枪。尽管没有打死，可是牛教授大概也不敢再惹祸了。长顺儿的话不知有何根据，但是在他的心理上，他觉得自己的判断是正确的。小羊圈所有的院子，他都进去过，大家都听过他的留声机。只有牛宅从来没照顾过他。他以为牛教授不单不像个邻居，也不大像人。人，据长顺想，必定要和和气气，有说有笑。牛教授不和大家来往，倒好像是庙殿中的一个泥菩萨，永远不出来玩一玩。他想，这样的人可能的作汉奸。

这两种不同的猜想都到了瑞宣的耳中。他没法判断哪个更近于事实。他只觉得很难过。假若孙七猜的对，他便看到自己的危险。真的，他的学识与名望都远不及牛教授。可是，日本人也曾捉过他呀。谁敢保险日本人不也强迫他去下水呢？是的，假若他们用手枪来威胁他，他会为了气节，挺起胸来吃一枪弹。不过，他闭上眼，一家老小怎么办呢？

反过来说，假若程长顺猜对了，那就更难堪。以牛教授的学问名望而甘心附逆，这个民族可就真该灭亡了！

风还相当的大，很冷。瑞宣可是在屋中坐不住。揣着手，低着头，皱着眉，他在院中来回的走。细黄沙渐渐的积在他的头发与眉毛上，他懒得去擦。冻红了的鼻子上垂着一滴清水，他任凭它自己落下来，懒得去抹一抹。从失去的门环，他想象到明日生活的困苦，他看见一条绳索套在他的，与一家老幼的，脖子上，越勒越紧。从牛教授的被刺，他想到日本人会一个一个的强奸清白的人；或本来是清白的人，一来二去便失去坚强与廉耻，而自动的去作妓女。

可是，这一切只是空想。除非他马上逃出北平去，他就没法解决问题。但是，他怎么逃呢？随着一阵狂风，他狂吼了一声。没办法！

# 五十二

牛教授还没有出医院，市政府已发表了他的教育局长。瑞宣听到这个消息，心里反倒安定了一些。他以为凭牛教授的资格与学识，还不至于为了个局长的地位就肯附逆；牛教授的被刺，他想，必是日本人干的。教育局长的地位虽不甚高，可是实际上却掌管着几十所小学，和二十来所中学，日本人必须在小学生与中学生身上严格施行奴化教育，那么，教育局长的责任就并不很小，所以他们要拉出一个有名望的人来负起这个重任。

这样想清楚，他急切的等着牛教授出院的消息。假若，他想，牛教授出了院而不肯就职，日本人便白费了心机，而牛教授的清白也就可以大昭于世。反之，牛教授若是肯就职，那就即使是出于不得已，也会被世人笑骂。为了牛教授自己，为了民族的气节，瑞宣日夜的祷告牛教授不要轻于迈错了脚步！

可是，牛教授还没有出院，报纸上已发表了他的谈话：“为了中日的亲善与东亚的和平，他愿意担起北平的教育责任；病好了他一定就职。”在这条新闻旁边，还有一幅像片——他坐在病床上，与来慰看他的日本人握手；他的脸上含着笑。

瑞宣呆呆的看着报纸上的那幅照像。牛教授的脸是圆圆的，不胖不瘦；眉眼都没有什么特点，所以圆脸上是那么平平的，光润的，连那点笑容都没有什么一定的表情。是的，这一点不错，确是牛教授。牛教授的脸颇足以代表他的为人，他的生活也永远是那么平平的，与世无争，也与世无忤。

“你怎会也作汉奸呢?”瑞宣半疯子似的问那张像片。无论怎么想，他也想不透牛教授附逆的原因。在平日，尽管四邻们因为牛教授的不随和，而给他造一点小小的谣言，可是瑞宣从来没有听到过牛教授有什么重大的劣迹。在今天，凭牛教授的相貌与为人，又绝对不像个利欲熏心的人。他怎么会肯附逆呢?

事情决不很简单，瑞宣想。同时，他切盼那张照像，正和牛教授被刺一样，都是日本人耍的小把戏，而牛教授一定会在病好了之后，设法逃出北平的。

一方面这样盼望，一方面他到处打听到底牛教授是怎样的一个人。在平日，他本是最不喜欢东打听西问问的人；现在，他改变了态度。这倒并不是因他和牛教授有什么交情，而是因为他看清楚牛教授的附逆必有很大的影响。牛教授的行动将会使日本人在国际上去宣传，因为他有国际上的名望。他也会教那些以作汉奸为业的有诗为证的说：“看怎样，什么清高不清高的，老牛也下海了啊!清高？屁!”他更会教那些青年们把冒险的精神藏起，而“老成”起来：“连牛教授都肯这样，何况我们呢?”牛教授的行动将不止毁坏了他自己的令名，而且会教别人坏了心术。瑞宣是为这个着急。

果然，他看见了冠晓荷夫妇和招弟，拿着果品与极贵的鲜花(这是冬天)，去慰问牛教授。

“我们去看看牛教授!”晓荷摸着大衣上的水獭领子，向瑞宣说："不错呀，咱们的胡同简直是宝地，又出了个局长！我说，瑞宣，老二在局里作科长，你似乎也该去和局长打个招呼吧？"

瑞宣一声没出，心中像挨了一刺刀那么疼了一阵。

慢慢的，他打听明白了：牛教授的确是被"我们"的人打了两枪，可惜没有打死。牛教授，据说，并没有意思作汉奸，可是，当日本人强迫他下水之际，他也没坚决的拒绝。他是个科学家。他向来不关心政治，不关心别人的冷暖饥饱，也不愿和社会接触。他的脑子永远思索着科学上的问题。极冷静的去观察与判断，他不许世间庸俗的事情扰乱了他的心。他只有理智，没有感情。他不吸烟，不吃酒，不听戏，不看电影，而只在脑子疲乏了的时候种些菜，或灌灌花草。种菜浇花只是一种运动，他并不欣赏花草的美丽与芬芳。他有妻，与两个男孩；他可是从来不会为妻儿的福利想过什么。妻就是妻，妻须天天给他三餐与一些开水。妻拿过饭来，他就吃；他不挑剔饭食的好坏，也不感谢妻的操心与劳力。对于孩子们，他仿佛只承认那是结婚的结果，就好像大狗应下小狗，老猫该下小猫那样；他犯不上教训他们，也不便抚爱他们。孩子，对于他，只是生物与生理上的一种事实。对科学，他的确有很大的成就；以一个人说，他只是那么一张平平的脸，与那么一条不很高的身子。他有学问，而没有常识。他有脑子与身体，而没有人格。

北平失陷了，他没有动心。南京陷落了，他还照常工作。他天天必匀出几分钟的工夫看看新闻纸，但是他只承认报纸上的新闻是一些客观的事实，与他丝毫没有关系。当朋友们和他谈论国事的时候，他只仰着那平平的脸听着，好像听着讲古代历史似的。他没有表示过自己的意见。假若他也有一点忧虑的话，那就是：不论谁和谁打仗，他只求没有人来麻烦他，也别来践踏他的花草，弄乱了他的图书与试验室。这一点要求若是能满足，他就可以把头埋在书籍与仪器中，即使谁把谁灭尽杀绝，他也不去过问。

这个态度，假若搁在一个和平世界里，也未为不可。不幸，他却生在个乱世。在乱世里，花草是长不牢固的，假若你不去保护自己的庭园；书籍仪器是不会按秩序摆得四平八稳的，假若你不会拦阻强盗们闯进来。在乱世，你不单要放弃了自己家中的澡盆与沙发，而且应当根本不要求洗澡与安坐。一个学者与一个书记，一位小姐与一个女仆，都须这样。在乱世，每一个国民的头一件任务是牺牲自己，抵抗敌人。

可是，牛教授只看见了自己，与他的图书仪器，他没看见历史，也不想看。他好像是忽然由天上掉下来的一个没有民族，没有社会的独身汉。他以为只要自己有那点学问，别人就决不会来麻烦他。同时，用他的冷静的，客观的眼光来看，他以为日本人之所以攻打中国，必定因为中国人有该挨打的因由；而他自己却不会挨打，因为他不是平常的中国人；他是世界知名的学者，日本人也知道，所以日本人也必不会来欺侮他。

日本人，为了收买人心，和威胁老汉奸们，想造就一批新汉奸。新汉奸的资格是要在社会上或学术上有相当高的地位，同时还要头脑简单。牛教授恰好有这两种资格。他们三番五次的派了日本的学者来“劝驾”，牛教授没有答应，也没有拒绝。他没有作官的野心，也不想发财。但是，日本学者的来访，使他感到自己的重要。因而也就想到，假若一方面能保持住自己的图书仪器，继续作研究的工作，一方面作个清闲的官儿，也就未为不可。他愿意作研究是个事实，日本人需要他出去作官也是个事实。那么，把两个事实能归并到一处来解决，便是左右逢源。他丝毫没想到什么羞耻与气节，民族与国家。他的科学的脑子，只管观察事实，与解决问题。他这个无可无不可的态度，使日本人更进一步的以恐吓来催促他点头。他们警告他，假若他不肯“合作”，他们会马上抄他的家。他害了怕，他几乎不会想象：丢失了他的图书，仪器，庭院，与花木，他还怎么活下去。对于他，上街去买一双鞋子，或剃一剃头，都是可怕的事，何况把他的“大本营”都毁掉了呢？生活的方式使他忘了后方还有个自由的中国，忘了他自己还有两条腿，忘了别处也还有书籍与仪器。生活方式使他成了生活的囚犯。他宁可失去灵魂，而不肯换个地方去剃头。

许多的朋友都对他劝告，他不驳辩，甚至于一语不发。他感到厌烦。钱默吟以老邻居的资格来看过他，他心中更加腻烦。他觉得只有赶快答应了日本人的要求，造成既成事实，或许能心静一些。

手枪放在他面前，紧跟着枪弹打在他的肩上，他害了怕，因害怕而更需要有人保护他。他不晓得自己为什么挨枪，和闯进来的小伙子为什么要打他。他的逻辑与科学方法都没了用处，而同时他又不晓得什么是感情，与由感情出发的举动。日本人答应了保护他，在医院病房的门口和他的住宅的外面都派了宪兵站岗。他开始感到自己与家宅的安全。他答应了作教育局长。

瑞宣由各方面打听，得到上面所说的一些消息。他不肯相信那些话，而以为那只是大家的猜测。他不能相信一个学者会这样的胡涂。可是，牛教授决定就职的消息天天登在报纸上，使他又无法不信任自己的眼睛。他恨不能闯进医院去，把牛教授用绳子勒死。对那些老汉奸们，他可以用轻蔑与冷笑把他们放逐到地狱里去，他可是不能这么轻易的放过牛教授。牛教授的附逆关系着整个北平教育界的风气与节操。可是，他不能去勒死牛教授。他的困难与顾忌不许他作任何壮烈的事。因此，他一方面恨牛教授，一方面也恨自己。

老二瑞丰回来了。自从瑞宣被捕，老二始终没有来过。今天，他忽然的回来，因为他的地位已不稳，必须来求哥哥帮忙。他的小干脸上不像往常那么发亮，也没有那点无聊的笑容。进了门，他绕着圈儿，大声的叫爷爷，妈，哥哥，大嫂，好像很懂得规矩似的。叫完了大家，他轻轻的拍了拍小顺儿与妞子的乌黑的头发，而后把大哥拉到一边去，低声的恳切的说：

“大哥！得帮帮我的忙！要换局长，我的事儿恐怕要吹！你认识，”

瑞宣把话抢过来：“我不认识牛教授！”

老二的眉头儿拧上了一点：“间接的总……”

“我不能兜着圈子去向汉奸托情！”瑞宣没有放高了声音，可是每个字都带着一小团怒火。

老二把假象牙的烟嘴掏出来，没往上安烟卷，而只轻轻的用它敲打着手背。“大哥！那回事，我的确有点不对！可是，我有我的困难！你不会记恨我吧？”

“哪回事？”瑞宣问。

“那回，那回，”老二舐了舐嘴唇，“你遭了事的那回。”

“我没记恨你，过去的事还有什么说头呢？”

“噢！”老二没有想到哥哥会这么宽宏大量，小小的吃了一惊。同时，他的小干脸上被一股笑意给弄活软了一点。他以为老大既不记仇，那么再多说上几句好话，老大必会消了怒，而帮他的忙的。“大哥，无论如何，你也得帮我这点忙！这个年月，弄个位置不是容易的事！我告诉你，大哥，这两天我愁得连饭都吃不下去！”

“老二，”瑞宣耐着性儿，很温柔的说：“听我说！假若你真把事情搁下，未必不是件好事。你只有个老婆，并无儿女，为什么不跑出去，给咱们真正的政府作点事呢？

老二干笑了一下。“我，跑出去？”

“你怎么不可以呢？看老三！”瑞宣把脸板起来。

“老三？谁知道老三是活着，还是死了呢？好，这儿有舒舒服服的事不作，偏到外边瞎碰去，我不那么傻！”

瑞宣闭上了口。

老二由央求改为恐吓：“大哥，我说真话，万一不幸我丢了差事，你可得养活着我！谁教你是大哥呢？”

瑞宣微笑了一下，不打算再说什么。

老二又去和妈妈与大嫂嘀咕了一大阵，他照样的告诉她们：“大哥不是不认识人，而是故意看我的哈哈笑！好，他不管我的事，我要是掉下来，就死吃他一口！反正弟弟吃哥哥，到哪里也讲得出去！”说完，他理直气壮的，叼着假象牙烟嘴，走了出去。

两位妇人向瑞宣施了压力。瑞宣把事情从头至尾细细的说了一遍，她们把话听明白，都觉得瑞宣应当恨牛教授，和不该去为老二托情。可是，她们到底还不能放心：“万一老二真回来死吃一口呢？”

“那，”瑞宣无可如何的一笑，“那就等着看吧，到时候再说！”

他知道，老二若真来死吃他一口，倒还真是个严重的问题。但是，他不便因为也许来也许不来的困难而先泄了气。他既没法子去勒死牛教授，至少他也得撑起气，不去向汉奸求情。即使不幸而老二果然失了业，他还有个消极的办法——把自己的饭分给弟弟一半，而他自己多勒一勒腰带。这不是最好的办法，但是至少能教他自己不输气。他觉得，在一个亡城中，他至少须作到不输气，假使他作不出争气的事情来。

没到一个星期，瑞丰果然回来了。牛教授还在医院里，由新的副局长接收了教育局。瑞丰昼夜的忙了四五天。办清了交代，并且被免了职。

牛教授平日的朋友差不多都是学者，此外他并不认识多少人。学者们既不肯来帮他的忙，而他认识的人又少，所以他只推荐了他的一个学生作副局长，替他操持一切；局里其余的人，他本想都不动。瑞丰，即使不能照旧作科长，也总可以降为科员，不至失业。但是，平日他的人缘太坏了，所以全局里的人都乘着换局长之际，一致的攻击他。新副局长，于是，就拉了自己的一个人来，而开掉了瑞丰。

瑞丰忽然作了科长，忘了天多高，地多厚。官架子也正像谈吐与风度似的，需要长时间的培养。瑞丰没有作过官，而想在一旦之间就十足的摆出官架子来，所以他的架子都不够板眼。对于上司，他过分的巴结，而巴结得不是地方。这，使别人看不起他，也使被恭维的五脊子六兽[①]的难过。可是，当他喝了两杯猫尿之后，他忘了上下高低，他敢和上司们挑战划拳，而毫不客气的把他们战败。对于比他地位低的，他的脸永远是一块硬的砖，他的眼是一对小枪弹，他的眉毛老像要拧出水来。可是，当他们跟他硬顶的时候，他又忽然的软起来，甚至于给一个工友道歉。在无事可干的时候，他会在公事房里叼着假象牙的烟嘴，用手指敲着板，哼唧着京戏；或是自己对自己发笑，仿佛是告诉大家：“你看，我作了科长，

---

①五脊子六兽，形容心里难受，浑身不是滋味。

真没想到！”

对于买办东西，他永远亲自出马，不给科里任何人以赚俩回扣的机会。大家都恨他。可是，他自己也并不敢公然的拿回扣，而只去敲掌柜们一顿酒饭，或一两张戏票。这样，他时常的被铺户中请去吃酒看戏，而且在事后要对同事们大肆宣传：“昨天的戏好得很！和刘掌柜一块去的，那家伙胖胖的怪有个意思！”或是：“敢情山西馆子作菜也不坏呢！樊老西儿约我，我这是头一回吃山西菜！”他非常得意自己的能白吃白喝，一点也没注意同事们怎样的瞪他。

是的，他老白吃白喝。他永远不请客。他的钱须全数交给胖菊子，而胖菊子每当他暗示须请请客的时候总是说：“你和局长的关系，保你稳作一辈子科长，请客干什么？”老二于是就不敢再多说什么，而只好向同事们发空头支票。他对每一个同事都说过：“过两天我也请客！”可是，永远没兑过现。“祁科长请客，永没指望！”是同事们给他制造的一句歇后语。

对女同事们，瑞丰特别的要献殷勤。他以为自己的小干脸与刷了大量油的分头，和齐整得使人怪难过的衣服鞋帽必定有很大的诱惑力，只要他稍微表示一点亲密，任何女人都得拿他当个爱人。他时常送给她们一点他由铺户中白拿来的小物件，而且表示他要请她们看电影或去吃饭。他甚至于大胆的和她们定好了时间地点。到时候，她们去了，可找不着他的影儿。第二天见面，他会再三再四的道歉，说他母亲忽然的病了，或是局长派他去办一件要紧的公事，所以失了约。慢慢的，大家都知道了他的母亲与局长必会在他有约会的时候生病和有要事，也就不再搭理他，而他扯着脸对男同事们说：“家里有太太，顶好别多看花瓶儿们！弄出事来就够麻烦的！”他觉得自己越来越老成了。

一来二去，全局的人都摸到了他的作风，大家就一致的不客气，说话就跟他瞪眼。尽管他没心没肺，可是钉子碰得太多了，不论怎样也会落一两个疤的。他开始思索对付的方法。他结识了不少的歪毛淘气儿。这些家伙之中有的真是特务，有的自居为特务。有了这班朋友，瑞丰在钉子碰得太疼的时候，便风言风语的示威："别惹急了我哟！我会教你们三不知的去见阎王爷！"

论真的，他并没赚到钱，而且对于公事办得都相当的妥当。可是，他的浮浅，无聊，与摆错了的官架子，结束了他的官运。

胖菊子留在娘家，而把瑞丰赶了出来。她的最后的训令是："你找到了官儿再回来；找不到，别再见我！我就是科长太太，不是光杆儿祁瑞丰的老婆！"钱，东西，她全都留下，瑞丰空着手，只拿着那个假像牙烟嘴回到家来。

瑞宣见弟弟回来，决定不说什么。无论如何，弟弟总是弟弟，他不便拦头一杠子把弟弟打个闷弓。他理当劝告弟弟，但是劝告也不争这一半天，日子还长着呢。

祁老人相当的喜欢。要搁在往年，他必会因算计过日子的困难而不大高兴二孙子的失业回来。现在，他老了；所以只计算自己还能活上几年，而忘了油盐酱醋的价钱。在他死去之前，他愿意儿孙们都在他的眼前。

天佑太太也没说什么，她的沉默是和瑞宣的差不多同一性质。

韵梅天然的不会多嘴多舌。她知道增加一口闲人，在这年月，是什么意思。可是，她须把委屈为难藏在自己心里，而不教别人难堪。

小顺儿和妞子特别的欢迎二叔，出来进去的拉着他的手。他们不懂得别的，只知道二叔回来，多有一个人和他们玩耍。

见全家对他这番光景，瑞丰的心安下去。第二天，老早他就起来，拿了把扫帚，东一下子西一下子的扫院子。他永远没作过这种事；今天，为博得家人的称赞，他咬上了牙。他并没能把院子扫得很干净，可是祁老人看见孙子的努力，也就没肯多加批评。

扫完了院子，他轻快的，含笑的，给妈妈打了洗脸水去，而且张罗着给小顺儿穿衣服。

吃过早饭，他到哥哥屋里去拿笔墨纸砚，声明他“要练练字。你看，大哥，我作了一任科长，什么都办得不错，就是字写得难看点！得练练！练好了，给铺户写写招牌，也能吃饭！”然后，他警告孩子们：“我写字的时候，可要躲开，不许来胡闹！”

祁老人是自幼失学，所以特别尊敬文字，也帮着嘱咐孩子们：“对了，你二叔写字，不准去裹乱！”

这样“戒严”之后，他坐在自己屋里，开始聚精会神的研墨。研了几下子，他想起一件事来：“大嫂！大嫂！上街的时候，别忘了带包烟回来哟！不要太好的，也不要太坏的，中中儿的就行。”

“什么牌子是中中儿的呀？”大嫂不吸烟，不懂得烟的好坏。

“算了，待一会儿，我自己去买。”他继续的研墨，已经不像方才那么起劲了。听到大嫂的脚步声，他又想起一桩事来：“大嫂，你上街吧？带点酒来哟！作了一任科长没落下别的，只落下点酒瘾！好在喝不多，而且有几个花生米就行！”

大嫂的话——白吃饭，还得预备烟酒哇？——已到唇边，又咽了下去。她不单给他打来四两酒，还买来一包她以为是“中中儿”的香烟。

一直到大嫂买东西回来，老二一共写了不到十个字。他安不下心去，坐不住。他的心里像有一窝小老鼠，这个出来，那个进去，没有一会儿的安静。最后，他放下了笔，决定不再受罪。他没有忍耐力，而且觉得死心塌地的用死工夫是愚蠢。人生，他以为，就是瞎混，而瞎混必须得出去活动，不能老闷在屋子里写字。只要出去乱碰，他想，就是瞎猫也会碰着死老鼠。他用双手托住后脑勺儿，细细的想：假若他去托一托老张呢，他也许能打入那么一个机关？若是和老李说一说呢，他或者就能得到这么个地位……。他想起好多好多人来，而哪一个人仿佛都必定能给他个事情。他觉得自己必定是个有人缘，怪可爱的人，所以朋友们必不至于因为他失业而冷淡了他。他恨不能马上去找他们，坐在屋里是没有一点用处的。可是，他手里没有钱呀！托朋友给找事，他以为，必须得投一点资：先给人家送点礼物啊，或是请吃吃饭啊，而后才好开口。友人呢，接收了礼物，或吃了酒饭，也就必然的肯卖力气；礼物与酒食是比资格履历更重要的。

今天，他刚刚回来，似乎不好意思马上跟大哥要"资本"。是的，今天他不能出去。等一等，等两天，他再把理论和大哥详细的说出，而后求大哥给他一笔钱。他以为大哥必定有钱，要不怎么他赤手空拳的回来，大哥会一声不哼，而大嫂也说一不二的供给他烟酒呢？

他很想念胖菊子。但是，他必须撑着点劲儿，不便马上去看她，教她看不起。只要大哥肯给他一笔钱，为请客之用，他就会很快的找到事作，而后夫妇就会言归于好。胖菊子对他的冷酷无情，本来教他感到一点伤心。可是，经过几番思索之后，他开始觉得她的冷酷正是对他的很好的鼓励。为和她争一口气，他须不惜力的去奔走活动。

把这些都想停妥了之后，他放弃了写字，把笔墨什么的都送了回去。他看见了光明，很满意自己的通晓人情世故。

吃午饭的时候，他把四两酒喝干净。酒后，他红着脸，晕晕忽忽的，把他在科长任中的得意的事一一说给大嫂听，好像讲解着一篇最美丽的诗似的。

晚间，瑞宣回来之后，老二再也忍不住，把要钱的话马上说了出来。瑞宣的回答很简单：

"我手里并不宽绰。你一定用钱呢，我可以设法去借，可是我须知道你要谋什么事！你要是还找那不三不四的事，我不能给你弄钱去！"

瑞丰不明白哥哥所谓的不三不四的事是什么事，而横打鼻梁的说："大哥你放心，我起码也得弄个科员！什么话呢，作过了一任科长，我不能随便找个小事，丢了咱们的脸面！"

"我说的不三不四的事正是科长科员之类的事。在日本人或汉奸手底下作小官还不如摆个香烟摊子好！"

瑞丰简直一点也不能明白大哥的意思。他心中暗暗的着急，莫非大哥已经有了神经病，分不出好歹来了么？他可也不愿急扯白脸的和大哥辩论，而伤了弟兄的和睦。他只提出一点，恳求大哥再详加考虑：

"大哥，你看我要是光棍儿一个人，摆香烟摊子也无所不可。我可是还有个老婆呢！她不准我摆香烟摊子！除非我弄到个相当体面的差事，她不再见我！"说到这里，老二居然动了感情，眼里湿了一些，很有落下一两颗泪珠的可能。

瑞宣没再说什么。他是地道的中国读书人，永远不肯赶尽杀绝的逼迫人，即使他知道逼迫有时候是必要的，而且是有益无损的。

老二看大哥不再说话，跑去和祖父谈心，为是教老人向老大用一点压力。祁老人明白瑞宣的心意，可是为了四世同堂的发展与繁荣，他又不能不同情二孙子。真要是为了孙子不肯给日本人作事，而把孙媳妇丢了，那才丢人丢得更厉害。是的，他的确不大喜欢胖菊子。可是，她既是祁家的人，死了也得是祁家的鬼，不能半途拆了伙。老人答应了给老二帮忙。

老二一得意，又去找妈妈说这件事。妈妈脸上没有一点笑容，告诉他："老二，你要替你哥哥想一想，别太为难了他！多咱你要是能明白了他，你就也能跟他一样的有出息了！作妈妈的对儿女都一样的疼爱，也盼望着你们都一样的有出息！你哥哥，无论作什么事，都四面八方的想到了；你呢，你只顾自己！我这样的说你，你别以为我是怪你丢了事，来家白吃饭。说真的，你有事的时候，一家老小谁也没沾过你一个铜板儿的好处！我是说，你现在要找事，就应当听你哥哥的话，别教他又皱上眉头；这一家子都仗着他，你知道!"

老二不大同意妈妈的话，可是也没敢再说什么。他搭讪着走出来，对自己说："妈妈偏向着老大，我有什么办法呢?"

第二天，他忘了练字，而偷偷的和大嫂借了一点零钱，要出去看亲戚朋友。"自从一作科长，忙得连亲友都没工夫去看。乘这两天闲着，看他们一眼去!"他含着笑说。

一出门，他极自然的奔了三号去。一进三号的门，他的心就像春暖河开时的鱼似的，轻快的浮了起来。

冠家的人都在家，可是每个人的脸上都像挂着一层冰。晓荷极平淡的招呼了他一声，大赤包和招弟连看也没看他一眼。他以为冠家又在吵架拌嘴，所以搭讪着坐下了。坐了两三分钟，没有人开腔。他们并没有吵架拌嘴，而是不肯答理他。他的脸发了烧，手心上出了凉汗。他忽然的立起来，一声没出，极快的走出去。他动了真怒。北平的陷落，小崔的被杀，大哥的被捕，他都没动过心。今天，他感到最大的耻辱，比失去北平，屠杀百姓，都更难堪。因为这是伤了他自己的尊严。他自己比中华民国还更重要。出了三号的门，看看四下没人，他咬着牙向街门说："你们等着，二太爷非再弄上个科长教你们看看不可！再作上科长，我会照样回敬你们一杯冰激凌！"他下了决心，非再作科长不可。他挺起胸来，用力的跺着脚踵，怒气冲冲的走去。

他气昏了头，不知往哪里去好，于是就信马由缰的乱碰。走了一二里地，他的气几乎完全消了，马上想到附近的一家亲戚，就奔了那里去。到门口，他轻轻的用手帕掸去鞋上的灰土，定了定神，才慢条斯礼的往里走。他不能教人家由鞋上的灰土而看出他没有坐着车来。见着三姑姑六姨，他首先声明："忙啊，忙得不得了，所以老没能看你们来！今天，请了一天的假，特意来请安！"这样，他把人们骗住，免得再受一次羞辱。大家相信了他的话，于是就让烟让茶的招待他，并且留他吃饭。他也没太客气，有说有笑的，把饭吃了。

这样，他转了三四家。到处他都先声明他是请了假来看他们，也就到处都得到茶水与尊重。他的嘴十分的活跃，到处他总是拉不断扯不断的说笑，以至把小干嘴唇都用得有些麻木。在从前，他的话多数是以家长里短为中心；现在，他却总谈作官与作事的经验与琐事，使大家感到惊异，而佩服他见过世面。只有大家提到中日的问题，他才减少了一点热烈，话来得不十分痛快。在他的那个小心眼里，他实在不愿意日本人离开北平，因为只有北平在日本人手里，他才有再作科长的希望。但是，这点心意又不便明说出来，他知道大家都恨日本人。在这种时节，他总是含糊其词的敷衍两句，而后三转两转不知怎么的又把话引到别处去，而大家也就又随着他转移了方向。他很满意自己这点小本事，而归功于“到底是作了几天官儿，学会了怎样调动言语！”

天已经很黑了，他才回到家来。他感觉得有点疲乏与空虚。打了几个无聊的哈欠以后，他找了大嫂去，向她详细的报告亲友们的状况。为了一家人的吃喝洗作，她很难得匀出点工夫去寻亲问友，所以对老二的报告她感到兴趣。祁老人上了年纪，心中不会想什么新的事情，而总是关切着老亲旧友；只要亲友们还都平安，他的世界便依然是率由旧章，并没有发生激剧的变动。因此，他也来听取瑞丰的报告，使瑞丰忘了疲乏与空虚，而感到自己的重要。

把亲戚都访看得差不多了，大家已然晓得他是失了业而到处花言巧语的骗饭吃，于是就不再客气的招待他。假若大家依旧的招待他，他满可以就这么天天和大嫂要一点零钱，去游访九城。他觉得这倒也怪无拘无束的悠闲自在。可是大家不再尊重他，不再热茶热饭的招待他，他才又想起找事情来。是的，他须马上去找事，好从速的“收复”胖菊子，好替——替谁呢？——作点事情。管他呢，反正给谁作事都是一样，只要自己肯去作事便是有心胸。他觉得自己很伟大。

“大嫂！”他很响亮的叫。“大嫂！从明天起，我不再去散逛了，我得去找事！你能不能多给我点钱呢？找事，不同串门子看亲戚；我得多带着几个钱，好应酬应酬哇！”

大嫂为了难。她知道钱是好的，也知道老二是个会拿别人的钱不当作钱的人。假若她随便给他，她就有点对不起丈夫与老人们。看吧，连爷爷还不肯吃一口喝一口好的，而老二天天要烟要酒。这已经有点不大对，何况在烟酒而外，再要交际费呢。再说，她手里实在并不宽裕呀。可是，不给他吧，他一闹气，又会招得全家不安。虽然祁家的人对她都很好，可是他们到底都是亲骨肉，而她是外来的。那么，大家都平平静静的也倒没有什么，赶到闹起气来，他们恐怕就会拿她当作祸首了。

她当然不能把这点难处说出来。她只假装的发笑，好拖延一点时间，想个好主意。她的主意来得相当的快——一个中国大家庭的主妇，尽管不大识字，是世界上最伟大的政治家。“老二，我偷偷的给你当一票当去吧？”去当东西，显然的表示出她手里没钱。从祁老人的治家的规条来看呢，出入典当铺是不体面的事；老二假若也还有人心的话，他必会拦阻大嫂进当铺。假若老二没心没肺的赞同此意呢，她也会只去此一遭，下不为例。

老二向来不替别人想什么，他马上点了头：“也好！”

大嫂的怒气像山洪似的忽然冲下来。但是，她的控制自己的力量比山洪还更厉害。把怒气压回去，她反倒笑了一笑。“不过，现在什么东西也当不出多少钱来！大家伙儿都去当，没多少人往外赎啊！”

“大嫂你多拿点东西！你看，没有应酬，我很难找到事！得，大嫂，我给你行个洋礼吧！”老二没皮没脸的把右手放在眉旁，给大嫂敬礼。

凑了一点东西，她才当回两块二毛钱来。老二心里不甚满意，可是没表示出来。他接过钱去，又磨着大嫂给添了八毛，凑足三块。

拿起钱，他就出去了。他找到了那群歪毛儿淘气儿，鬼混了一整天。晚间回来，他向大嫂报告事情大有希望，为是好再骗她的钱。他留着心，没对大嫂说他都和谁鬼混了一天，因为他知道大嫂的嘴虽然很严密，向来不爱拉舌头扯簸箕，可是假若她晓得他去交结歪毛淘气儿，她也会告诉大哥，而大哥会又教训他的。

就是这样，他天天出去，天天说事情有希望。而大嫂须天天给他买酒买烟，和预备交际费。她的手越来越紧，老二也就越来越会将就，三毛五毛，甚至几个铜板，他也接着。在十分困难的时候，他不惜偷盗家中一件小东西，拿出去变卖。有时候，大嫂太忙，他便献殷勤，张罗着上街去买东西。他买来的油盐酱醋等等，不是短着分量，便是忽然的又涨了价钱。

在外边呢，他虽然因为口袋里寒伧，没能和那些歪毛淘气儿成为莫逆之交，可是他也有他的一些本领，教他们无法不和他交往。第一，他会没皮没脸的死腻，对他们的讥诮与难听的话，他都作为没听见。第二，他的教育程度比他们的高，字也认识得多，对他们也不无用处。这样，不管他们待他怎样。他可是认定了他是他们的真朋友和“参谋”。于是，他们听戏——自然是永远不打票——他必定跟着。他们敲诈来了酒肉，他便跟着吃。他甚至于随着那真作特务的去捕人。这些，都使他感到兴奋与满意。他是走进了一个新的世界，看见了新的东西，学来了新的办法。他们永远不讲理，而只讲力；他们永远不考虑别人怎样，而只管自己合适不合适；他们永远不说瑞宣口中的话，而只说那夸大得使自己都吓一跳的言语。瑞丰喜欢这些办法。跟他们混了些日子，他也把帽子歪戴起来，并且把一条大毛巾塞在屁股上，假装藏着手枪。他的五官似乎都离了原位：嘴角老想越过耳朵去；鼻孔要朝天，像一双高射炮炮口；眼珠儿一刻不停的在转动，好像要飞出来，看看自己的后脑勺儿。在说话与举动上，他也学会了张嘴就横着来，说话就瞪眼，可是等到对方比他更强硬，他会忽然变成羊羔一般的温柔。在起初，他只在随着他们的时候，才敢狐假虎威的这样作。慢慢的，他独自也敢对人示威，而北平人又恰好是最爱和平，宁看拉屎，不看打架的，所以他的蛮横居然成功了几次。这越发使他得意，增加了自信。他以为不久他就会成为跺跺脚便山摇地动的大瓢把子[①]的。

不过，每逢看见了家门，他便赶紧把帽子拉正，把五官都复原。他的家教比他那点拿文凭混毕业的学校教育更有效一点，更保持得长远一点。他还不敢向家里的人瞪眼撇嘴。家，在中国，是礼教的堡垒。

有一天，可是，他喝多了酒，忘了这座堡垒。两眼离离光光的，身子东倒西歪的，嘴中唱唱咧咧的，他闯入了家门。一进门，他就骂了几声，因为门垛子碰了他的帽子。他的帽子不仅是歪戴着，而是在头上乱转呢。拐过了影壁，他又像哭又像笑的喊大嫂：

“大嫂！哈哈！给我沏茶哟！”

大嫂没应声。

他扶着墙骂开了：“怎么，没人理我？行！我×你妈！”

“什么？”大嫂的声音都变了。她什么苦都能吃，只是不能受人家的侮辱。

天佑正在家里，他头一个跑了出来。“你说什么？”他问了一句。这个黑胡子老头儿不会打人，连自己的儿子也不会去打。

祁老人和瑞宣也出来看。

老二又骂了一句。

瑞宣的脸白了，但是当着祖父与父亲，他不便先表示什么。

---

①大瓢把子，称呼武艺高强者。

祁老人过去细看了看孙子。老人是最讲规矩的，看明白瑞丰的样子，他的白胡子抖起来。老人是最爱和平的，可是他自幼是寒苦出身，到必要时，他并不怕打架。他现在已经老了，可还有一把子力气。他一把抓住了瑞丰的肩头，瑞丰的一只脚已离了地。

“你怎样?”瑞丰撇着嘴问祖父。

老人一声没出，左右开弓的给瑞丰两个嘴巴。瑞丰的嘴里出了血。

天佑和瑞宣都跑过来，拉住了老人。

“骂人，撒野，就凭你！”老人的手颤着，而话说得很有力。是的，假若瑞丰单单是吃醉了，老人大概是不会动气的。瑞丰骂了人，而且骂的是大嫂，老人不能再宽容。不错，老人的确喜欢瑞丰在家里，尽管他是白吃饭不干活。可是，这么些日子了，老人的眼睛也并不完全视而不见的睁着，他看出来瑞丰的行动是怎样的越来越下贱。他爱孙子，他可是也必须管教孙子。对于一个没出息的后辈，他也知道恨恶。

“拿棍子来！”老人的小眼睛盯着瑞丰，而向天佑下命令：“你给我打他！打死了，有我抵偿！”

天佑很沉静，用沉静压制着为难。他并不心疼儿子，可是非常的怕家中吵闹。同时，他又怕气坏了老父亲。他只紧紧的扶着父亲，说不出话来。

“瑞宣！拿棍子去！”老人把命令移交给长孙。

瑞宣真厌恶老二，可是对于责打弟弟并不十分热心。他和父亲一样的不会打人。

“算了吧！”瑞宣低声的说：“何必跟他动真气呢，爷爷！把自己气坏了，还了得！”

“不行！我不能饶了他！他敢骂嫂子，瞪祖父，好吗！难道他是日本人？日本人欺侮到我头上来，我照样会拚命！”老人现在浑身都哆嗦着。

韵梅轻轻的走到南屋去，对婆婆说：“你老人家去劝劝吧！”虽然挨老二的骂的是她，她可是更关心祖父。祖父，今天在她眼中，并不只是个老人，而是维持这一家子规矩与秩序的权威。祖父向来不大爱发脾气，可是一发起脾气来就会教全家的人，与一切邪魔外道，都感到警戒与恐惧。

天佑太太正搂着两个孩子，怕他们吓着。听到儿媳的话，她把孩子交过去，轻轻的走出来。走到瑞丰的跟前，她极坚决的说：“给爷爷跪下！跪下！”

瑞丰挨了两个嘴巴，酒已醒了一大半，好像无可奈何，又像莫名其妙的，倚着墙呆呆的立着，倒仿佛是看什么热闹呢。听到母亲的话，他翻了翻眼珠，身子晃了两晃，而后跪在了地上。

“爷爷，这儿冷，进屋里去吧！”天佑太太的手颤着，而脸上赔着笑说。

老人又数唠了一大阵，才勉强的回到屋中去。

瑞丰还在那里跪着。大家都不再给他讲情，都以为他是罪有应得。

在南屋里，婆媳相对无言。天佑太太觉得自己养出这样的儿子，实在没脸再说什么。韵梅晓得发牢骚和劝慰婆母是同样的使婆母难过，所以闭上了嘴。两个孩子不知道为了什么，而只知道出了乱子，全眨巴着小眼不敢出声，每逢眼光遇到了大人的，他们搭讪着无声的笑一下。

北屋里，爷儿三个谈得很好。祁老人责打过了孙子，心中觉得痛快，所以对儿子与长孙特别的亲热。天佑呢，为博得老父亲的欢心，只拣老人爱听的话说。瑞宣看两位老人都已有说有笑，也把笑容挂在自己的脸上。说了一会儿话，他向两位老人指出来：“假若日本人老在这里，好人会变坏，坏人会变得更坏！”这个话使老人们沉思了一会儿，而后都叹了口气。乘着这个机会，他给瑞丰说情：“爷爷，饶了老二吧！天冷，把他冻坏了也麻烦！”

老人无可如何的点了头。

# 五十三

尤桐芳的计划完全失败。她打算在招弟结婚的时候动手，好把冠家的人与道贺来的汉奸，和被邀来的日本人，一网打尽。茫茫人海，她没有一个知己的人；她只挂念着东北，她的故乡，可是东北已丢给了日本，而千千万万的东北人都在暴政与毒刑下过着日子。为了这个，她应当报仇。或者，假若高第肯逃出北平呢，她必会跟了走。可是，高第没有胆子。桐芳不肯独自逃走，她识字不多，没有作事的资格与知识。她的唯一的出路好像只有跑出冠家，另嫁个人。嫁人，她已看穿：凭她的年纪，出身，与逐渐衰老的姿貌，她已不是那纯洁的青年人所愿意追逐的女郎。要嫁人，还不如在冠家呢。冠晓荷虽然没什么好处，可是还没虐待过她。不过，冠家已不能久住，因为大赤包口口声声要把她送进窑子去。她没有别的办法，只好用死结束了一切。她可是不能白白的死，她须教大赤包与成群的小汉奸，最好再加上几个日本人，与她同归于尽。在结束她自己的时候，她也结束了压迫她的人。

她时常碰到钱先生。每逢遇见他一次，她便更坚决了一些，而且慢慢的改变了她的看法。钱先生的话教她的心中宽阔了许多，不再只想为结束自己而附带的结束别人。钱先生告诉她：这不是为结束自己，而是每一个有心胸有灵魂的中国人应当去作的事。锄奸惩暴是我们的责任，而不是无可奈何的“同归于尽”。钱先生使她的眼睁开，看到了她——尽管是个唱鼓书的，作姨太太的，和候补妓女——与国家的关系。她不只是个小妇人，而也是个国民，她必定能够作出点有关于国家的事。

桐芳有聪明。很快的，她把钱先生的话，咂摸出味道来。她不再和高第谈心了，怕是走了嘴，泄露了机关。她也不再和大赤包冲突，她快乐的忍受大赤包的逼迫与辱骂。她须拖延时间，等着下手的好机会。她知道了自己的重要，尊敬了自己，不能逞气一时而坏了大事。她决定在招弟结婚的时候动手。

可是，李空山被免了职。刺杀日本特使与向牛教授开枪的凶犯，都漏了网。日本人为减轻自己的过错，一方面乱杀了小崔与其他的好多嫌疑犯，一方面免了李空山的职。他是特高科的科长，凶手的能以逃走是他的失职。他不单被免职，他的财产也被没收了去。日本人鼓励他贪污，在他作科长的时候；日本人拿去他的财产，当他被免职的时候。这样，日本人赚了钱，而且惩办了贪污。

听到这消息，冠晓荷皱上了眉。不论他怎么无聊，他到底是中国人，不好拿儿女的婚姻随便开玩笑。他不想毁掉了婚约，同时又不愿女儿嫁个无职无钱的穷光蛋。

大赤包比晓荷厉害的多，她马上决定了悔婚。以前，她因为怕李空山的势力，所以才没敢和他大吵大闹。现在，他既然丢掉了势力与手枪，她不便再和他敷衍。她根本不赞成招弟只嫁个小小的科长，现在，她以为招弟得到了解放的机会，而且不应放过这个机会去。

招弟同意妈妈的主张。她与李空山的关系，原来就不怎么稳定。她是要玩一玩，冒一冒险。把这个目的达到，她并不怎样十分热心的和李空山结婚。不过，李空山若是一定要她呢，她就作几天科长太太也未为不可。尽管她不喜欢李空山的本人，可是科长太太与金钱，势力，到底还是未便拒绝的。她的年纪还轻，她的身体与面貌比从前更健全更美丽，她的前途还不可限量，不管和李空山结婚与否，她总会认定了自己的路子，走进那美妙的浪漫的园地的。现在，李空山既已不再作科长，她可就不必多此一举的嫁给他；她本只要嫁给一个"科长"的。李空山加上科长，等于科长；李空山减去科长，便什么也不是了。她不能嫁给一个"零"。

在从前，她的心思与对一切的看法往往和妈妈的不大相同。近来，她越来越觉得妈妈的所作所为都很聪明妥当。妈妈的办法都切于实际。在她破身以前，她总渺茫的觉得自己很尊贵，所以她的眼往往看到带有理想的地方去。她仿佛是作着一个春梦，梦境虽然空虚渺茫，可是也有极可喜爱的美丽与诗意，现在，她已经变成个妇人，她不再作梦。她看到金钱，肉欲，享受的美丽——这美丽是真的，可以摸到的；假若摸不到，便应当设法把它牵过来，像牵过一条狗那样。妈妈呢，从老早就是个妇人，从老早就天天设计把狗牵在身边。她认识了妈妈，佩服了妈妈。她也告诉了妈妈：

"李空山现在真成了空山，我才不会跟他去呢！"

"乖！乖宝贝！你懂事，要不怎么妈妈偏疼你呢！"大赤包极高兴的说。

大赤包和招弟既都想放弃了李空山，晓荷自然不便再持异议，而且觉得自己过于讲信义，缺乏时代精神了。

李空山可也不是好惹的。虽然丢了官，丢了财产，他可是照旧穿的很讲究，气派还很大。他赤手空拳的打下“天下”，所以在作着官的时候，他便是肆意横行的小皇帝；丢了“天下”呢，他至多不过仍旧赤手空拳，并没有损失了自己的什么，所以准备卷土重来。他永远不灰心，不悔过。他的勇敢与大胆是受了历史的鼓励。他是赤手空拳的抓住了时代。人民——那驯顺如羔羊，没有参政权，没有舌头，不会反抗的人民——在他的脚前跪倒，像垫道的黄土似的，允许他把脚踩在他们的脖子上。历代，在政府失去统制的力量，而人民又不会团结起来的时候，都有许多李空山出来兴妖作怪。只要他们肯肆意横行，他们便能赤手空拳打出一份儿天下。他们是中国人民的文化的鞭挞者。他们知道人民老实，所以他们连睡觉都瞪着眼。他们晓得人民不会团结，所以他们七出七入的敢杀个痛快。中国的人民创造了自己的文化，也培养出消灭这文化的魔鬼。

李空山在军阀的时代已尝过了“英雄”的酒食，在日本人来到的时候，他又看见了“时代”，而一手抓住不放。他和日本人恰好是英雄所见略同：日本人要来杀老实的外国人，李空山要杀老实的同胞。

现在，他丢了官与钱财，但是还没丢失了自信与希望。他很胡涂，愚蠢，但是在胡涂愚蠢之中，他却看见了聪明人所没看到的。正因为他胡涂，他才有胡涂的眼光，正因为他愚蠢，所以他才有愚蠢的办法。人民若没法子保护庄稼，蝗虫还会客气么？李空山认准了这是他的时代。只要他不失去自信，他总会诸事遂心的。丢了官有什么关系呢，再弄一份儿就是了。在他的胡涂的脑子里，老存着一个最有用处的字——混。只要打起精神鬼混，他便不会失败，小小的一些挫折是没大关系的。

戴着貂皮帽子，穿着有水獭领子的大衣，他到冠家来看“亲戚”。他带着一个随从，随从手里拿着七八包礼物——盒子与纸包上印着的字号都是北平最大的商店的。

晓荷看看空山的衣帽，看看礼物上的字号，再看看那个随从，（身上有枪！）他不知怎办好了。怪不得到如今他还没弄上一官半职呢；他的文化太高！日本人是来消灭文化的，李空山是帮凶。晓荷的胆子小，爱文雅，怕打架。从空山一进门，他便感到“大事不好了”，而想能让步就让步。他没敢叫“姑爷”，可也不敢不显出亲热来，他怕那支手枪。

脱去大衣，李空山一下子把自己扔在沙发上，好像是疲乏的不得了的样子。随从打过热手巾把来，李空山用它紧捂着脸，好大半天才拿下来；顺手在毛巾上净了一下鼻子。擦了这把脸，他活泼了一些，半笑的说：

“把个官儿也丢咧，×！也好，该结婚吧！老丈人，定个日子吧！”

晓荷回不出话来，只咧了一下嘴。

“跟谁结婚？”大赤包极沉着的问。

晓荷的心差点儿从口中跳了出来！

“跟谁？”空山的脊背挺了起来，身子好像忽然长出来一尺多。“跟招弟呀！还有错儿吗？”

“是有点错儿！”大赤包的脸带出点挑战的笑来。“告诉你，空山，拣干脆的说，你引诱了招弟，我还没惩治你呢！结婚，休想！两个山字落在一块儿，你请出！”

晓荷的脸白了，搭讪着往屋门那溜儿凑，准备着到必要时好往外跑。

可是，空山并没发怒；流氓也有流氓的涵养。他向随从一挤眼。随从凑过去，立在李空山的身旁。

大赤包冷笑了一下："空山，别的我都怕，就是不怕手枪！手枪办不了事！你已经不是特高科的科长了，横是不敢再拿人！"

"不过，弄十几个盒子来还不费事，死马也比狗大点！"空山慢慢的说。

"论打手，我也会调十几二十个来；打起来，不定谁头朝下呢！你要是想和平了结呢，自然我也没有打架的瘾。"

"是，和平了结好！"晓荷给太太的话加上个尾巴。

大赤包瞪了晓荷一眼，而后把眼中的余威送给空山："我虽是个老娘们，办事可喜欢麻利，脆！婚事不许再提，礼物你拿走，我再送你二百块钱，从此咱们一刀两断，谁也别麻烦谁。你愿意上这儿来呢，咱们是朋友，热茶香烟少不了你的。你不愿意再来呢，我也不下帖子请你去。怎样？说干脆的！"

"二百块？一个老婆就值那么点钱？"李空山笑了一下，又缩了缩脖子。他现在需要钱。在他的算盘上，他这样的算计：白玩了一位小姐，而还拿点钱，这是不错的买卖。即使他没把招弟弄到手，可是在他的一部玩弄女人的历史里，到底是因此而增多了光荣的一页呀。况且，结婚是麻烦的事，谁有工夫伺候着太太呢。再说，他在社会上向来是横行无阻，只要他的手向口袋里一伸，人们便跪下，哪怕口袋里装着一个小木橛子呢。今天，他碰上了不怕他的人。他必须避免硬碰，而只想不卑不亢的多捞几个钱。他不懂什么是屈辱，他只知道"混"。

"再添一百，"大赤包拍出三百块钱来。"行呢，拿走！不行，拉倒！"

李空山哈哈的笑起来，“你真有两下子，老丈母娘！”这样占了大赤包一个便宜，他觉得应当赶紧下台；等到再作了官的时候，再和冠家重新算账。披上大衣，他把桌上的钱抓起来，随便的塞在口袋里。随从拿起来那些礼物。主仆二人吊儿郎当的走了出去。

“所长！”晓荷亲热的叫。“你真行，佩服！佩服！”

“哼！要交给你办，你还不白白的把女儿给了他？他一高兴，要不把女儿卖了才怪！”

晓荷听了，轻颤了一下；真的，女儿若真被人家给卖了，他还怎么见人呢！

招弟，只穿着件细毛线的红背心，外披一件大衣，跑了过来。进了屋门，嘴唇连串的响着：“不噜……！”而后跳了两三步，“喝，好冷！”

“你这孩子，等冻着呢！”大赤包假装生气的说。“快伸上袖子！”

招弟把大衣穿好，手插在口袋中，挨近了妈妈，问：“他走啦？”

“不走，还死在这儿？”

“那件事他不提啦？”

“他敢再提，教他吃不了兜着走！”

“得！这才真好玩呢！”招弟撒着娇说。

“好玩？告诉你，我的小姐！”大赤包故意沉着脸说：“你也该找点正经事作，别老招猫递狗儿的给我添麻烦！”

“是的！是的！”晓荷板着脸，作出老父亲教训儿女的样子。“你也老大不小的啦，应当，应当，”他想不起女儿应当去作些什么。

“妈！”招弟的脸上也严肃起来。“现在我有两件事可以作。一件是暂时的，一件是长久的。暂时的是去练习滑冰。”

“那——”晓荷怕溜冰有危险。

“别插嘴，听她说！”大赤包把他的话截回去。

“听说在过新年的时候，要举行滑冰大会，在北海。妈，我告诉你，你可别再告诉别人哪！我，勾玛丽，还有朱樱，我们三个打算表演个中日满合作，看吧，准得叫好！”

“这想得好！”大赤包笑了一下。她以为这不单使女儿有点“正经”事作，而且还可以大出风头，使招弟成为报纸上的资料与杂志上的封面女郎。能这样，招弟是不愁不惹起阔人与日本人的注意的。“我一定送个顶大顶大的银杯去。我的银杯，再由你得回来，自家便宜了自家，这才俏皮！”

“这想得更好！”晓荷夸赞了一声。

“那个长久的，是这样，等溜冰大会过去，我打算正正经经的学几出戏。”招弟郑重的陈说：“妈，你看，人家小姐们都会唱，我有嗓子，闲着也是闲着，何不好好的学学呢？学会了几出，拍，一登台，多抖啊！要是唱红了，我也上天津，上海，大连，青岛，和东京！对不对？”

“我赞成这个计划！”晓荷抢着说。“我看出来，现在干什么也不能大红大紫，除了作官和唱戏！你看，坤角儿有几个不一出来就红的，只要行头好，有人捧，三下两下子就挂头牌。讲捧角，咱们内行！只要你肯下工夫，我保险你成功！”

“是呀！”招弟兴高采烈的说：“就是说！我真要成了功，爸爸你拴个班子，不比老这么闲着强？”

“的确！的确！”晓荷连连的点头。

“跟谁去学呢?”大赤包问。

“小文夫妇不是很现成吗?”招弟很有韬略似的说:“小文的胡琴是人所共知，小文太太又是名票，我去学又方便!妈，你听着!”招弟脸朝了墙，扬着点头，轻咳了一下，开始唱倒板:“儿夫一去不回还”，她的嗓子有点闷，可是很有中气。

“还真不坏!真不坏!应当学程砚秋，准成!”晓荷热烈的夸赞。

“妈，怎样?”招弟仿佛以为爸爸的意见完全不算数儿，所以转过脸来问妈妈。

“还好!”大赤包自己不会唱，也不懂别人唱的好坏，可是她的气派表示出自己非常的懂行。“晓荷，我先嘱咐好了你，招弟要是学戏去，你可不准往文家乱跑!”

晓荷本想借机会，陪着女儿去多看看小文太太，所以极力的促成这件事。哪知道，大赤包，比他更精细。“我决不去裹乱，我专等着给我们二小姐成班子!是不是，招弟?”他扯着脸把心中的难过遮掩过去。

桐芳大失所望，颇想用毒药把大赤包毒死，而后她自己也自尽。可是，钱先生的话还时常在她心中打转，她不肯把自己的命就那么轻轻的送掉。她须忍耐，再等机会。在等待机会的时节，她须向大赤包屈膝，好躲开被送进窑子去的危险。她不便直接的向大赤包递降表，而决定亲近招弟。她知道招弟现在有左右大赤包的能力。她陪着招弟去练习滑冰，在一些小小的过节上都把招弟伺候得舒舒服服。慢慢的，这个策略发生了预期的效果。招弟并没有为她对妈妈求情，可是在妈妈要发脾气的时候，总设法教怒气不一直的冲到桐芳的头上去。这样，桐芳把自己安顿下，静待时机。

高亦陀见李空山败下阵去，赶紧打了个跟斗，拚命的巴结大赤包。倒好像与李空山是世仇似的，只要一说起话来，他便狠毒的咒诅李空山。

连晓荷都看出点来，亦陀是两面汉奸，见风使舵。可是大赤包依然信任他，喜爱他。她的心术不正，手段毒辣，对谁都肯下毒手。但是，她到底是个人，是个妇人。在她的有毒汁的心里，多少还有点“人”的感情，所以她也要表示一点慈爱与母性。她爱招弟和亦陀，她闭上眼爱他们，因为一睁眼她就也想阴狠的收拾他们了。因此，无论亦陀是怎样的虚情假意，她总不肯放弃了他；无论别人怎样说亦陀的坏话，她还是照旧的信任他。她这点拗劲儿恐怕也就是多少男女英雄失败了的原因。她觉得自己非常的伟大，可是会被一条哈巴狗或一只小花猫把她领到地狱里去。

亦陀不单只是消极的咒骂李空山，也积极的给大赤包出主意。他很委婉的指出来：李空山和祁瑞丰都丢了官，这虽然是他们自己的过错，可是多少也有点“伴君如伴虎”的意味在内。日本人小气，不容易伺候。所以，他以为大赤包应当赶快的，加紧的，弄钱，以防万一。大赤包觉得这确是忠告，马上决定增加妓女们给她献金的数目。高亦陀还看出来：现在北平已经成了死地，作生意没有货物，也赚不到钱，而且要纳很多的税。要在这块死地上抠几个钱，只有买房子，因为日本人来要住房，四郊的难民来也要住房。房租的收入要比将本图利的作生意有更大的来头。大赤包也接受了这个意见，而且决定马上买过一号的房来——假若房主不肯出脱，她便用日本人的名义强买。

把这些纯粹为了大赤包的利益的计划都供献出，亦陀才又提出有关他自己的一个建议。他打算开一家体面的旅馆，由大赤包出资本，他去经营。旅馆要设备得完美，专接贵客。在这个旅馆里，住客可以打牌聚赌，可以找女人——大赤包既是统制着明娼和暗娼，而高亦陀又是大赤包与娼妓们的中间人，他们俩必会很科学的给客人们找到最合适的“伴侣”。在这里，住客还可以吸烟。烟，赌，娼，三样俱备，而房间又雅致舒服，高亦陀以为必定能生意兴隆，财源茂盛。他负经营之责，只要个经理的名义与一份儿薪水，并不和大赤包按成数分帐。他只有一个小要求，就是允许他给住客们治花柳病和卖他的草药——这项收入，大赤包也不得“抽税”。

听到这个计划，大赤包感到更大的兴趣，因为这比其他的事业更显得有声有色。她喜欢热闹。冠晓荷的口中直冒馋水，他心里说：假若他能作这样的旅馆的经理，就是死在那里，也自甘情愿。但是，他并没敢和亦陀竞争经理的职位，因为一来这计划不是他出的，当然不好把亦陀一脚踢开；二来，作经理究竟不是作官，他是官场中人，不便轻于降低了身分。他只建议旅馆里还须添个舞厅，以便教高贵的女子也可以进来。

在生意经里，“隔行利”是贪不得的。亦陀对开旅舍毫无经验，他并没有必能成功的把握与自信。他只是为利用这个旅馆来宣传他的医道与草药。假若旅馆的营业失败，那不过只丢了大赤包的钱。而他的专治花柳与草药仍然会声名广播的。

大赤包是眼里不揉沙子的人，向来不肯把金钱打了“水漂儿”玩。但是，现在她手里有钱，她觉得只要有钱便万事亨通，干什么都能成功。钱使她增多了野心，钱的力气直从她的心里往外顶，像蒸气顶着壶盖似的。她必须大锣大鼓的干一下。哼，烟，赌，娼，舞，集中到一处，不就是个“新世界”么？国家已经改朝换代，她是开国的功臣，理应给人们一点新的东西看看，而且这新东西也正是日本人和中国人都喜欢要的。她觉得自己是应运而生的女豪杰，不单会赚钱，也会创造新的风气，新的世界。她决定开办这个旅馆。

对于筹办旅馆的一切，冠晓荷都帮不上忙，可是也不甘心袖手旁观。没事儿他便找张纸乱画，有时候是画房间里应当怎样摆设桌椅床铺，有时候是拟定旅舍的名字。“你们会跑腿，要用脑子可是还得找我来，”他微笑着对大家说。“从字号到每间屋里的一桌一椅，都得要‘雅’，万不能大红大绿的俗不可耐！名字，我已想了不少，你们挑选吧，哪一个都不俗。看，绿芳园，琴馆，迷香雅室，天外楼……都好，都雅！”这些字号，其实，都是他去过的妓院的招牌。正和开妓院的人一样，他要雅，尽管雅的后面是男盗女娼。“雅”是中国艺术的生命泉源，也是中国文化上最贱劣的油漆。晓荷是地道的中国人，他在摸不到艺术的泉源的时候会拿起一小罐儿臭漆。

在设计这些雅事而外，他还给招弟们想出化装滑冰用的服装。他告诉她们到那天必须和演话剧似的给脸上抹上油，眼圈涂蓝，脸蛋擦得特别的红。“你们在湖心，人们立在岸上看，非把眉眼画重了不可！”她们同意这个建议，而把他叫作老狐狸精，他非常的高兴。他又给她们琢磨出衣服来：招弟代表中国，应当穿鹅黄的绸衫，上边绣绿梅；勾玛丽代表满洲，穿满清时贵妇人的氅衣，前后的补子都绣东北的地图；朱樱代表日本，穿绣樱花的日本衫子。三位小姐都不戴帽，而用发辫，大拉翅，与东洋蓬头，分别中日满。三位小姐，因为自己没有脑子，就照计而行。

一晃儿过了新年，正月初五下午一点，在北海举行化装滑冰比赛。

过度爱和平的人没有多少脸皮，而薄薄的脸皮一旦被剥了去，他们便把屈服叫作享受，忍辱苟安叫作明哲保身。北平人正在享受着屈辱。有钱的，没钱的，都努力的吃过了饺子，穿上最好的衣裳；实在找不到齐整的衣服，他们会去借一件；而后到北海——今天不收门票——去看升平的景象。他们忘了南苑的将士，会被炸弹炸飞了血肉，忘记了多少关在监狱里受毒刑的亲友，忘记了他们自己脖子上的铁索，而要痛快的，有说有笑的，饱一饱眼福。他们似乎甘心吞吃日本人给他们预备下的包着糖衣的毒丸子。

有不少青年男女分外的兴高采烈。他们已经习惯了给日本人排队游行，看熟了日本教师的面孔，学会了几句东洋话，看惯了日本人办的报纸。他们年岁虽轻，而学会了得过且过，他们还记得自己是中国人，可是不便为这个而不去快乐的参加滑冰。

到十二点，北海已装满了人。新春的太阳还不十分暖，可是一片晴光增加了大家心中的与身上的热力。“海”上的坚冰微微有些细碎的麻坑，把积下的黄土都弄湿，发出些亮的光来。背阴的地方还有些积雪，也被暖气给弄出许多小坑，像些酒窝儿似的。除了松柏，树上没有一个叶子，而树枝却像柔软了许多，轻轻的在湖边上，山石旁，摆动着。天很高很亮，浅蓝的一片，处处像落着小小的金星。这亮光使白玉石的桥栏更洁白了一些，黄的绿的琉璃瓦与建筑物上的各种颜色都更深，更分明，像刚刚画好的彩画。小白塔上的金顶发着照眼的金光，把海中全部的美丽仿佛要都带到天上去。

这全部的美丽却都被日本人的血手握着，它是美妙绝伦的俘获品，和军械，旗帜，与带血痕的军衣一样的摆列在这里，记念着暴力的胜利。湖边，塔盘上，树旁，道路中，走着没有力量保护自己的人。他们已失去自己的历史，可还在这美景中享受着耻辱的热闹。

参加比赛的人很多，十分之九是青年男女。他们是民族之花，现在变成了东洋人的玩具。只有几个岁数大的，他们都是曾经在皇帝眼前溜过冰的人，现在要在日本人面前露一露身手，日本人是他们今天的主子。

五龙亭的两个亭子作为化装室，一个亭子作为司令台。也不是怎么一来，大赤包，便变成女化装室的总指挥。她怒叱着这个，教训着那个，又鼓励着招弟，勾玛丽，与朱樱。亭子里本来就很乱，有的女郎因看别人的化装比自己出色，哭哭啼啼的要临时撤退，有的女郎因忘带了东西，高声的责骂着跟来的人，有的女郎因穿少了衣服，冻得一劲儿打喷嚏，有的女郎自信必得锦标，高声的唱歌……再加上大赤包的发威怒吼，亭子里就好像关着一群饿坏了的母豹子。冠晓荷知道这里不许男人进来，就立在外边，时时的开开门缝往里看一眼，招得里边狼嚎鬼叫的咒骂，而他觉得怪有趣，怪舒服。

日本人不管这些杂乱无章。当他们要整齐严肃的时候，他们会用鞭子与刺刀把人们排成整齐的队伍；当他们要放松一步，教大家“享受”的时候，他们会冷笑着像看一群小羊撒欢似的，不加以干涉。他们是猫，中国人是鼠，他们会在擒住鼠儿之后，还放开口，教它再跑两步看看。

集合了。男左女右排成行列，先在冰上游行。女队中，因为大赤包的调动，招弟这一组作了领队。后边的小姐们都撅着嘴乱骂。男队里，老一辈的看不起年轻的学生，而学生也看不起那些老头子，于是彼此故意的乱撞，跌倒了好几个。人到底还是未脱尽兽性，连这些以忍辱为和平的人也会你挤我，我碰你的比一比高低强弱，好教日本人看他们的笑话。他们给日本人证明了，凡是不敢杀敌的，必会自相践踏。

冰上游行以后，分组表演。除了那几个曾经在御前表演过的老人有些真的工夫，耍了些花样，其余的人都只会溜来溜去，没有什么出色的技艺。招弟这一组，三位小姐手拉着手，晃晃悠悠的好几次几乎跌下去，所以只溜了两三分钟，便退了出来。

可是，招弟这一组得了头奖，三位小姐领了大赤包所赠的大银杯。那些老手没有一个得奖的。评判员们遵奉着日本人的意旨，只选取化装的“正合孤意”，所以第一名是“中日满合作”，第二名是“和平之神”——一个穿白衣的女郎，高举着一面太阳旗，第三名是“伟大的皇军”。至于溜冰的技术如何，评判员知道日本人不高兴中国人会运动，身体强壮，所以根本不去理会。

领了银杯，冠晓荷，大赤包，与三位小姐，高高兴兴的照了像，而后由招弟抱着银杯在北海走了一圈。晓荷给她们提着冰鞋。

在漪澜堂附近，他们看见了祁瑞丰，他们把头扭过去，作为没看见。

又走了几步，他们遇见了蓝东阳和胖菊子。东阳的胸前挂着评判的红缎条，和菊子手拉着手。

冠晓荷和大赤包交换了眼神，马上迎上前去。晓荷提着冰鞋，高高的拱手。“这还有什么说的，喝你们的喜酒吧！”

东阳扯了扯脸上的肌肉，露了露黄门牙。胖菊子很安详的笑了笑。他们俩是应运而生的乱世男女，所以不会红脸与害羞。日本人所倡导的是孔孟的仁义道德，而真心去鼓励的是污浊与无耻。他们俩的行动是“奉天承运”。

“你们可真够朋友，”大赤包故意板着脸开玩笑，“连我告诉都不告诉一声！该罚！说吧，罚你们慰劳这三位得奖的小姐，每人一杯红茶，两块点心，行不行?”可是，没等他们俩出声，她就改了嘴，她知道东阳吝啬。“算了吧，那是说着玩呢，我来请你们吧！就在这里吧，三位小姐都累了，别再跑路。”

他们都进了漪澜堂。

# 五十四

瑞丰在“大酒缸”上喝了二两空心酒，红着眼珠子走回家来。唠里唠叨的，他把胖菊子变了心的事，告诉了大家每人一遍，并且声明：他不能当王八，必定要拿切菜刀去找蓝东阳拚个你死我活。他向大嫂索要香烟，好茶，和晚饭；他是受了委屈的人，所以，他以为，大嫂应当同情他，优待他。大嫂呢反倒放了心，因为老二还顾得要烟要茶，大概一时不至于和蓝东阳拚命去。

天佑太太也没把儿子的声明放在心里，可是她很不好过，因为儿媳妇若在外边胡闹，不止丢瑞丰一个人的脸，祁家的全家也都要陪着丢人。她看得很清楚，假若老二没作过那一任科长，没搬出家去，这种事或许不至于发生。但是，她不愿意责备，教诲，老二，在老二正在背运的时候。同时，她也不愿意安慰他，她晓得他是咎由自取。

瑞宣回来，马上听到这个坏消息。和妈妈的心理一样，他也不便表示什么。他只知道老二并没有敢去找蓝东阳的胆子，所以一声不出也不至于出什么毛病。

祁老人可是真动了心。在他的心里，孙子是爱的对象。对儿子，他知道严厉的管教胜于溺爱。但是，一想到孙子，他就觉得儿子应负管教他们的责任，而祖父只是爱护孙子的人。不错，前些日子他曾责打过瑞丰；可是，事后他很后悔。虽然他不能向瑞丰道歉，他心里可总有些不安。他觉得自己侵犯了天佑的权利，对孙子也过于严厉。他也想到，瑞全一去不回头，是生是死全不知道；那么，瑞丰虽然不大有出息，可究竟是留在家里；难道他既丢失小三儿，还再把老二赶了出去么？这么想罢，他就时常的用小眼睛偷偷的看瑞丰。他看出瑞丰怪可怜。他不再追究瑞丰为什么赋闲，而只咂摸："这么大的小伙子，一天到晚游游磨磨的没点事作，也难怪他去喝两盅儿酒！"

现在，听到胖菊子的事，他更同情瑞丰了。万一胖菊子要真的不再回来，他想，瑞丰既丢了差，又丢了老婆，可怎么好呢？再说：祁家是清白人家，真要有个胡里胡涂就跟别人跑了的媳妇，这一家老小还怎么再见人呢？老人没去想瑞丰为什么丢失了老婆，更想不到这是乘着日本人来到而要浑水摸鱼的人所必得到的结果，而只觉这全是胖菊子的过错——她嫌贫爱富，不要脸；她背着丈夫偷人；她要破坏祁家的好名誉，她要拆散四世同堂！

"不行！"老人用力的擦了两把胡子："不行！她是咱们明媒正娶的媳妇，活着是祁家的人，死了是祁家的鬼！她在外边瞎胡闹，不行！你去，找她去！你告诉她，别人也许好说话儿，爷爷可不吃这一套！告诉她，爷爷叫她马上回来！她敢说个不字，我会敲断了她的腿！你去！都有爷爷呢，不要害怕！"老人越说越挂气。对外来的侵犯，假若他只会用破缸顶上大门，对家里的变乱，他可是深信自己有控制的能力与把握。他管不了国家大事，他可是必须坚决的守住这四世同堂的堡垒。

瑞丰一夜没睡好。他向来不会失眠，任凭世界快毁灭，国家快灭亡，只要他自己的肚子有食，他便睡得很香甜。今天，他可是真动了心。他本想忘掉忧愁，先休息一夜，明天好去找胖菊子办交涉，可是，北海中的那一幕，比第一轮的电影片还更清晰，时时刻刻的映现在他的眼前。菊子和东阳拉着手，在漪澜堂外面走！这不是电影，而是他的老婆与仇人。他不能再忍，忍了这口气，他就不是人了！他的心像要爆炸，心口一阵阵的刺着疼，他觉得他是要吐血。他不住的翻身，轻轻的哼哼，而且用手抚摸胸口。明天，明天，他必须作点什么，刀山油锅都不在乎，今天他可得先好好的睡一大觉；养足了精神，明天好去冲锋陷阵！可是，他睡不着。一个最软柔的人也会嫉妒。他没有后悔自己的行动，不去盘算明天他该悔过自新，作个使人敬重的人。他只觉得自己受了忍无可忍的侮辱，必须去报复。妒火使他全身的血液中了毒，他想起捉奸要成双，一刀切下两颗人头的可怕的景象。嗑喳一刀，他便成了英雄，名满九城！

这鲜血淋漓的景象，可是吓了他一身冷汗。不，不，他下不去手。他是北平人，怕血。不，他先不能一上手就强硬，他须用眼泪与甜言蜜语感动菊子，教她悔过。他是宽宏大量的人，只要她放弃了东阳，以往的一切都能原谅。是的，他必须如此，不能像日本人似的不宣而战。

假若她不接受这种谅解呢，那可就没了法子，狗急了也会跳墙的！到必要时，他一定会拿起切菜刀的。他是个堂堂的男儿汉，不能甘心当乌龟！是的，他须坚强，可也要忍耐，万不可太鲁莽了。

这样胡思乱想的到了鸡鸣，他才昏昏的睡去，一直睡到八点多钟。一睁眼，他马上就又想起胖菊子来。不过，他可不再想什么一刀切下两个人头来了。他觉得那只是出于一时的气愤，而气愤应当随着几句夸大的话或激烈的想头而消逝。至于办起真事儿来，气愤是没有什么用处的。和平，好说好散，才能解决问题。据说，时间是最好的医师，能慢慢治好了一切苦痛。对于瑞丰，这是有特效的，只需睡几个钟头，他便把苦痛忘了一大半。他决定采取和平手段，而且要拉着大哥一同去看菊子，因为他独自一个人去也许被菊子骂个狗血喷头。平日，他就怕太太；今天，菊子既有了外遇，也许就更厉害一点。打虎亲兄弟，上阵父子兵，他非求大哥帮帮忙不可。

可是，瑞宣已经出去了。瑞丰，求其次者，只好央求大嫂给他去助威。大嫂不肯去。大嫂是新时代的旧派女人，向来就看不上弟妇，现在更看不起她。瑞丰转开了磨。他既不能强迫大嫂非同他去不可，又明知自己不是胖菊子的对手，于是只好没话找话说的，和大嫂讨论办法。他是这样的人——与他无关的事，不论怎么重要，他也丝毫不关心；与他有关的事，他便拉不断扯不断的向别人讨论，仿佛别人都应当把他的事，哪怕是像一个芝麻粒那么大呢，当作第一版的新闻那样重视。他向大嫂述说菊子的脾气，和东阳的性格，倒好像大嫂一点也不知道似的。在述说的时候，他只提菊子的好处，而且把它们夸大了许多倍，仿佛她是世间最完美的妇人，好博得大嫂的同情。是的，胖菊子的好处简直说不尽，所以他必须把她找回来；没有她，他是活不下去的。他流了泪。大嫂的心虽软，可是今天咬了咬牙，她不能随着老二去向一个野娘们说好话，递降表。

蘑菇了好久，见大嫂坚硬得像块石头，老二叹了口气，回到屋中去收拾打扮。他细细的分好了头发，穿上最好的衣服，一边打扮一边揣摩：凭我的相貌与服装，必会战胜了蓝东阳的。

他找到了胖菊子。他假装不知道她与东阳的关系，而只说来看一看她；假若她愿意呢，请她回家一会儿，因为爷爷，妈妈，大嫂，都很想念她。他是想把她诓回家去，好人多势众的向她开火；说不定，爷爷会把大门关好，不再放她出来的。

菊子可是更直截了当，她拿出一份文件来，教他签字——离婚。

她近来更胖了。越胖，她越自信。摸到自己的肉，她仿佛就摸到自己的灵魂——那么多，那么肥！肉越多，她也越懒。她必须有个阔丈夫，好使她一动也不动的吃好的，穿好的，困了就睡，睁眼就打牌，连逛公园也能坐汽车来去，而只在公园里面稍稍遛一遛她的胖腿。她几乎可以不要个丈夫，她懒，她爱睡觉。假若她也要个丈夫的话，那就必须是个科长，处长或部长。她不是要嫁给他，而是要嫁给他的地位。最好她是嫁给一根木头。假若那根木头能给她好吃好穿与汽车。不幸，天下还没有这么一根木头。所以，她只好求其次者，要瑞丰，或蓝东阳。瑞丰呢，已经丢了科长，而东阳是现任的处长，她自然的选择了东阳。论相貌，论为人，东阳还不如瑞丰，可是东阳有官职，有钱。在过去，她曾为瑞丰而骂过东阳；现在，东阳找了她来，她决定放弃了瑞丰。她一点也不喜欢东阳，但是他的金钱与地位替他说了好话。他便是那根木头。她知道他很吝啬，肮脏，可是她晓得自己会有本事把他的钱吸收过来；至于肮脏与否，她并不多加考虑；她要的是一根木头，脏一点有什么关系呢。

瑞丰的小干脸白得像了一张纸。离婚？好吗，这可真到了拿切菜刀的时候了！他晓得自己不敢动刀。就凭菊子身上有那么多肉，他也不敢动刀；她的脖子有多么粗哇，切都不容易切断！

只有最软弱的人，才肯丢了老婆而一声不哼。瑞丰以为自己一定不是最软弱的人。丢了什么也不要紧，只是不能丢了老婆。这关系着他的脸面！

动武，不敢。忍气，不肯。他怎么办呢？怎么办呢？

胖菊子又说了话："快一点吧！反正是这么一回事，何必多饶一面呢？离婚是为有个交代，大家脸上都好看。你要不愿意呢，我还是跟了他去，你不是更……"

"难道，难道，"瑞丰的嘴唇颤动着，"难道你就不念其夫妇的恩情……"

"我要怎么着，就决不听别人的劝告！咱们在一块儿的时候，不是我说往东，你不敢说往西吗？"

"这件事可不能！"

"不能又怎么样呢？"

瑞丰答不出话来。想了半天，他想起来："即使我答应了，家里还有别人哪！"

"当初咱们结婚，你并没跟他们商议呀！他们管不着咱们的事！"

"你容我两天，教我细想想，怎样？"

"你永远不答应也没关系，反正东阳有势力，你不敢惹他！惹恼了他，他会教日本人惩治你！"

瑞丰的怒气冲上来，可是不敢发作。他的确不敢惹东阳，更不敢惹日本人。日本人给了他作科长的机会，现在日本人使他丢了老婆。他不敢细想此中的来龙去脉，因为那么一来，他就得恨恶日本人，而恨恶日本人是自取灭亡的事。一个不敢抗敌的人，只好白白的丢了老婆。他含着泪走出来。

“你不签字呀？”胖菊子追着问。

“永远不！”瑞丰大着胆子回答。

“好！我跟他明天就结婚，看你怎样！”

瑞丰箭头似的跑回家来。进了门，他一头撞进祖父屋中去，喘着气说：“完啦！完啦！”然后用双手捧住小干脸，坐在炕沿上。

“怎么啦？老二！”祁老人问。

“完啦！她要离婚！”

“什么？”

“离婚！”

“离——”离婚这一名词虽然已风行了好多年，可是在祁老人口中还很生硬，说不惯。“她提出来的？新新！自古以来，有休妻，没有休丈夫的！这简直是胡闹！”老人，在日本人打进城来，也没感觉到这么惊异与难堪。“你对她说了什么呢？”

“我？”瑞丰把脸上的手拿下来。“我说什么，她都不听！好的歹的都说了，她不听！”

“你就不会把她扯回来，让我教训教训她吗？你也是胡涂鬼！”老人越说，气越大，声音也越高。“当初，我就不喜欢你们的婚姻，既没看看八字儿，批一批婚，又没请老人们相看相看；这可好，闹出毛病来没有？不听老人言，祸患在眼前！这简直把祁家的脸丢透了！”

老人这一顿吵嚷，把天佑太太与韵梅都招了来。两个妇人没开口问，心中已经明白了个大概。天佑太太心中极难过：说话吧，没的可说；不说吧，又解决不了问题。责备老二吧，不忍；安慰他吧，又不甘心。教儿子去打架吧，不好；教他忍气吞声，答应离婚，又不大合理。看看这个，又看看那个，她心中愁成了一个疙疸。同时，在老公公面前，她还不敢愁眉苦眼的；她得设法用笑脸掩盖起心中的难过。

韵梅呢，心中另有一番难过。她怕离婚这两个字。祁老人也不喜欢听这两个字，可是在他心里，这两个字之所以可怕到底是渺茫的，抽象的，正如同他常常慨叹“人心不古”那么不着边际。他的怕“离婚”，正像他怕火车一样，虽然他永没有被火车碰倒的危险。韵梅的怕“离婚”，却更具体一些。自从她被娶到祁家来，她就忧虑着也许有那么一天，瑞宣会跑出去，不再回来，而一来二去，她的命运便结束在“离婚”上。她并不十分同情老二，而且讨厌胖菊子。若单单的就事论事说，她会很爽快的告诉大家：“好说好散，教胖菊子干她的去吧！”可是，她不敢这么说。假若她赞成老二离婚，那么，万一瑞宣也来这么一手呢？她想了半天，最好是一言不发。

两位妇人既都不开口，祁老人自然乐得的顺口开河的乱叨唠。老人的叨唠就等于年轻人歌唱，都是快意的事体。一会儿，他主张“教她滚！”一会儿，他又非把她找回来，好好圈她两个月不可！他是独力成家的人，见事向来不迷头。现在，他可是老了，所遇到的事是他一辈子没有处理过的，所以他没了一定的主意。说来说去呢，他还是不肯轻易答应离婚，因为那样一来，他的四世同堂的柱子就拆去一大根。

瑞丰的心中也很乱，打不定主意。他只用小眼向大家乞怜，他觉得自己是受了委屈的好人，所以大家理应同情他，怜爱他。他一会儿要落泪，一会儿又要笑出来，像个小三花脸。

晚间，瑞宣回来，一进门便被全家给包围住。他，身子虽在家里，心可是在重庆。在使馆里，他得到许多外面不晓得的情报。他知道战事正在哪里打得正激烈，知道敌机又在哪里肆虐，知道敌军在海南岛登陆，和兰州的空战我们击落了九架敌机，知道英国借给我们五百万镑，知道……知道的越多，他的心里就越七上八下的不安。得到一个好消息，他就自己发笑，同时厌恶那些以为中国已经亡了，而死心蹋地想在北平鬼混的人们。得到个坏消息，他便由厌恶别人而改为厌恶自己，他自己为什么不去为国效力呢。在他的心中，中国不仅没有亡，而且还正拚命的挣扎奋斗；中国不单是活着，而且是表现着活的力量与决心。这样下去，中国必不会死亡，而世界各国也决不会永远袖手旁观。像诗人会梦见柳暗花明又一村似的，因为他关心国家，也就看见了国家的光明。因此，对于家中那些小小的鸡毛蒜皮的事，他都不大注意。他的耳朵并没有聋，可是近来往往听不见家人说的话。他好像正思索着一道算术上的难题那样的心不在焉。即使他想到家中的事，那些事也不会单独的解决了，而须等国事有了办法，才能有合理的处置。比如说：小顺儿已经到了入学的年龄，可是他能教孩子去受奴化的教育吗？不入学吧，他自己又没工夫教孩子读书识字。这便是个无可解决的问题，除非北平能很快的光复了。在思索这些小问题的时候，他才更感到一个人与国家的关系是何等的息息相关。人是鱼，国家是水；离开水，只有死亡。

对瑞丰的事，他实在没有精神去管。在厌烦之中，他想好一句很俏皮的话：“我不能替你去恋爱，也管不着你离婚！”可是，他不肯说出来。他是个没出息的国民，可得充作“全能”的大哥。他是中国人，每个中国人都须负起一些无可奈何的责任，即使那些责任等于无聊。他细心的听大家说，而后很和悦的发表了意见，虽然他准知道他的意见若被采纳了，以后他便是“祸首”，谁都可以责备他。

“我看哪，老二，好不好冷静一会儿，再慢慢的看有什么发展呢？她也许是一时的冲动，而东阳也不见得真要她。暂时冷静一点，说不定事情还有转圜。”

“不！大哥！”老二把大哥叫得极亲热。“你不懂得她，她要干什么就一定往牛犄角里钻，决不回头！”

“要是那样呢？”瑞宣还婆婆妈妈的说，“就不如干脆一刀两断，省得将来再出麻烦。你今天允许她离异，是你的大仁大义；等将来她再和东阳散了伙呢，你也就可以不必再管了！在混乱里发生的事，结果必还是混乱，你看是不是？”

“我不能这么便宜了蓝东阳！”

“那么，你要怎办呢？”

“我没主意！”

“老人！”祁老人发了话：“你说的对，一刀两断，干她的去！省得日后捣麻烦！”老人本来不赞成离婚，可是怕将来再捣乱，所以改变了心意。“可有一件，咱们不能听她怎么说就怎么办，咱们得给她休书；不是她要离婚，是咱们休了她！”老人的小眼睛里射出来智慧，觉得自己是个伟大的外交家似的。

“休她也罢，离婚也罢，总得老二拿主意！”瑞宣不敢太冒失，他知道老二丢了太太，会逼着哥哥替他再娶一房的。

“休书，她未必肯接受。离婚呢，必须登报，我受不了！好吗，我正在找事情作，人家要知道我是活王八，谁还肯帮我的忙？”老二颇费了些脑子，想出这些顾虑来。他的时代，他的教育，都使他在正经事上，不会思索，而在无聊的问题上，颇肯费一番心思。他的时代，一会儿尊孔，一会儿打倒孔圣人；一会儿提倡自由结婚，一会儿又耻笑离婚；一会儿提倡白话文，一会又说白话诗不算诗；所以，他既没有学识，也就没有一定的意见，而只好东一杓子捞住孔孟，西一杓子又捞到恋爱自由，而最后这一杓子捞到了王八。他是个可怜的陀螺，被哪条时代的鞭子一抽，他都要转几转；等到转完了，他不过是一块小木头。

“那么，咱们再慢慢想十全十美的办法吧！”瑞宣把讨论暂时作个结束。

老二又和祖父去细细的究讨，一直谈到半夜，还是没有结果。

第二天，瑞丰又去找胖菊子。她不见。瑞丰跑到城外去，顺着护城河慢慢的遛。他想自杀。走几步，他立住，呆呆的看着一块坟地上的几株松树。四下无人，这是上吊的好地方。看着看着，他害了怕。松树是那么黑绿黑绿的，四下里是那么静寂，他觉得孤单单的吊死在这里，实在太没趣味。树上一只老鸦呱的叫了一声，他吓了一跳，匆匆的走开，头发根上冒了汗，怪痒痒的。

河上的冰差不多已快化开，在冰窟窿的四围已陷下许多，冒出清凉的水来。他在河坡上找了块干松有干草的地方，垫上手绢儿，坐下。他觉得往冰窟窿里一钻，也不失为好办法。可是，头上的太阳是那么晴暖，河坡上的草地是那么松软，小草在干草的下面已发出极嫩极绿的小针儿来，而且发着一点香气。他舍不得这个冬尽春来的世界。他也想起游艺场，饭馆，公园，和七姥姥八姨儿，心中就越发难过。泪成串的流下来，落在他的胸襟上。他没有结束自己性命的勇气，也没有和蓝东阳决一死战的骨头，他怕死。想来想去，他得到了中国人的最好的办法：好死不如癞活着。他的生命只有一条，不像小草似的，可以死而复生。他的生命极可宝贵。他是祖父的孙子，父母的儿子，大哥的弟弟，他不能抛弃了他们，使他们流泪哭嚎。是的，尽管他已不是胖菊子的丈夫，究竟还是祖父的孙子，和……他死不得！况且，他已经很勇敢的想到自杀，很冒险的来到坟墓与河坡上，这也就够了，何必跟自己太过不去呢！

泪流干了，他还坐在那里，怕万一遇见人，看见他的红眼圈。约摸着大概眼睛已复原了，他才立起来，还顺着河边走。在离他有一丈多远的地方，平平正正的放着一顶帽子，他心中一动。既没有自杀，而又拾一顶帽子，莫非否极泰来，要转好运么？他凑近了几步，细看看，那还是一顶八成新的帽子，的确值得拾起来。往四外看了一看，没有一个人。他极快的跑过去，把帽子抓到手中。下边，是一颗人头！被日本人活埋了的。他的心跳到口中来，赶紧松了手。帽子没正扣在人头上。他跑了几步，回头看了一眼，帽子只罩住人头的一半。像有鬼追着似的，他一气跑到城门。

擦了擦汗，他的心定下来。他没敢想日本人如何狠毒的问题，而只觉得能在这年月还活着，就算不错。他决不再想自杀。好吗，没被日本人活埋了，而自己自动的钻了冰窟窿，成什么话呢！他心中还看得见那个人头，黑黑的头发，一张怪秀气的脸，大概不过三十岁，因为嘴上无须。那张脸与那顶帽子，都像是读书人的。岁数，受过教育，体面，都和他自己差不多呀，他轻颤了一下。算了，算了，他不能再惹蓝东阳；惹翻了东阳，他也会被日本人活埋在城外的。

受了点寒，又受了点惊，到了家他就发起烧来，在床上躺了好几天。

在他害病的时候，菊子已经和东阳结了婚。

# 五十五

这是蓝东阳的时代。他丑，他脏，他无耻，他狠毒，他是人中的垃圾，而是日本人的宝贝。他已坐上了汽车。他忙着办新民会的事，忙着写作，忙着组织文艺协会及其他的会，忙着探听消息，忙着恋爱。他是北平最忙的人。

当他每天一进办公厅的时候，他就先已把眉眼扯成像天王脚下踩着的小鬼，狠狠的向每一个职员示威。坐下，他假装的看公文或报纸，而后忽然的跳起来，扑向一个职员去，看看职员正在干什么。假若那个职员是在写着一封私信，或看着一本书，马上不是记过，便是开除。他以前没作过官，现在他要把官威施展得像走欢了的火车头似的那么凶猛。有时候，他来得特别的早，把职员们的抽屉上的锁都拧开，看看他们私人的信件，或其他的东西。假若在私人信件里发现了可疑的字句，不久，就会有人下狱。有时候，他来的特别的迟，大家快要散班，或已经散了班。他必定要交下去许多公事，教他们必须马上办理，好教他们饿得发慌。他喜欢看他们饿得头上出凉汗。假若大家已经下了班，他会派工友找回他们来；他的时间才是时间，别人的时间不算数儿。特别是在星期天或休假的日子，他必定来办公。他来到，职员也必须上班；他进了门先点名。点完名，他还要问大家："今天是星期日，应当办公不应当？"大家当然要答应："应当！"而后，他还要补上几句训词："建设一个新的国家，必须有新的精神！什么星期不星期，我不管！我只求对得起天皇！"在星期天，他这样把人们折磨个半死，星期一他可整天的不来。他也许是在别处另有公干，也许是在家中睡觉。他不来办公，大家可是也并不敢松懈一点，他已经埋伏下侦探，代他侦察一切。假若大家都怕他，他们也就都怕那个工友；在他不到班的时候，工友便是他的耳目。即使工友也溜了出去，大家彼此之间也还互相猜忌，谁也不晓得谁是朋友，谁是侦探。东阳几乎每天要调出一两个职员去，去开小组会议。今天他调去王与张，明天他调去丁与孙，后天……当开小组会议的时候，他并没有什么正经事和他们商议，而永远提出下列的问题：

"你看我为人如何？"

"某人对我怎样？"

"某人对你不甚好吧？"

对于第一个问题，大家都知道怎样回答——捧他。他没有真正的学识与才干，而只捉住了时机，所以他心虚胆小，老怕人打倒他。同时，他又喜欢听人家捧他，捧得越肉麻，他心里越舒服。听到捧，他开始觉得自己的确伟大；而可以放胆胡作非为了。即使有人夸赞到他的眉眼，他都相信，而去多照一照镜子。

对于第二个问题可就不易回答。大家不肯出卖朋友，又不敢替别人担保忠心耿耿，于是只好含糊其词。他们越想含糊闪躲，他越追究得厉害；到末了，他们只好说出同事的缺点与坏处。这可是还不能满足他，因为他问的是："某人对我怎样？"被迫的没了办法，他们尽管是造谣，也得说："某人对你不很好！"并且举出事实。他满意了，他们可是卖了友人。

第三个问题最厉害。他们是给日本人作事，本来就人人自危，一听到某人对自己不好，他们马上就想到监狱与失业。经过他这一问，朋友立刻变成了仇敌。

这样，他的手下的人都多长出了一只眼，一个耳，和好几个新的心孔。他们已不是朋友与同事，而是一群强被圈在一块儿的狼，谁都想冷不防咬别人一口。东阳喜欢这种情形：他们彼此猜忌，就不能再齐心的反抗他。他管这个叫作政治手腕。他一会儿把这三个捏成一组，反对那四个；一会儿又把那四个叫来，反对另外的两个。他的脸一天到晚的扯动，心中也老在闹鬼。坐着坐着，因为有人咳嗽一声，他就吓一身冷汗，以为这是什么暗号，要有什么暴动。睡着睡着也时常惊醒，在梦里他看见了炸弹与谋杀。他的世界变成了个互相排挤，暗杀，升官，享受，害怕，所组成的一面蛛网，他一天到晚老忙着布置那些丝，好不叫一个鸟儿冲破他的网，而能捉住几个蚊子与苍蝇。

对于日本人，他又另有一套。他不是冠晓荷，没有冠晓荷那么高的文化。他不会送给日本人一张名画，或一对古瓶；他自己就不懂图画与磁器，也没有审美的能力。他又不肯请日本人吃饭，或玩玩女人，他舍不得钱。他的方法是老跟在日本人的后面，自居为一条忠诚的癞狗。上班与下班，他必去给日本人鞠躬；在办公时间内还要故意的到各处各科走一两遭，专为给日本人致敬。物无大小，连下雨天是否可以打伞，他都去请示日本人。他一天不定要写多少签呈，永远亲自拿过去；日本人要是正在忙碌，没工夫理会他，他就规规矩矩的立在那里，立一个钟头也不在乎，而且越立得久越舒服。在日本人眼前，他不是处长，而是工友。他给他们点烟，倒茶，找雨伞，开汽车门。只要给他们作了一件小事，他立刻心中一亮："升官!"他写好了文稿，也要请他们指正，而凡是给他删改过一两个字的人都是老师。

他给他们的礼物是情报。他并没有什么真实的，有价值的消息去报告，而只求老在日本人耳旁唧唧咕咕，好表示自己有才干。工友的与同事们给他的报告，不论怎么不近情理，他都信以为真，并且望风捕影的把它们扩大，交给日本人。工友与同事们贪功买好，他自己也贪功买好，而日本人又宁可屈杀多少人，也不肯白白的放过一个谣言去。这样，他的责任本是替日本人宣传德政，可是变成了替日本人广为介绍屈死鬼。在他的手下，不知屈死了多少人。日本人并不讨厌他的罗嗦，反倒以为他有忠心，有才干。日本人的心计，思想，与才力，都只在一颗颗的细数绿豆与芝麻上显露出来，所以他们喜爱东阳的无中生有的，琐碎的，情报。他的情报，即使在他们细心的研究了以后，证明了毫无根据，他们也还乐意继续接受他的资料，因为它们即使毫无用处，也到底足以使他们运用心计，像有回事儿似的研究一番。白天见鬼是日本人最好的心理游戏。

蓝东阳，这样，成了个红人。

他有了钱，坐上了汽车，并且在南长街买了一处宅子。

可是，他还缺少个太太。

他也曾追逐过同事中的"花瓶"，但是他的脸与黄牙，使稍微有点人性的女子，都设法躲开他。他三天两头的闹失恋。一失恋，他便作诗。诗发表了之后，得到稿费，他的苦痛便立刻减轻；钱是特效药。这样，他的失恋始终没引起什么严重的，像自杀一类的，念头。久而久之，他倒觉得失恋可以换取稿费，也不无乐趣。

因为常常召集伶人们，给日本人唱戏，他也曾顺手儿的追逐过坤伶。但是，假若他的面貌可憎，他的手就更不得人缘；他的手不肯往外掏钱。不错，他会利用他的势力与地位压迫她们，可是她们也并不好欺负，她们所认识的人，有许多比他更有势力，地位也更高；还有认识日本人的呢。他只好暗中诅咒她们，而无可如何。及至想到，虽然在爱情上失败，可是保住了金钱，他的心也就平静起来。

闹来闹去，他听到瑞丰丢了官，也就想起胖菊子来。当初，他就很喜欢菊子，因为她胖，她像个肥猪似的可爱。他的斜眼分辨不出什么是美，什么是丑。他的贪得的心里，只计算斤量；菊子那一身肉值得重视。

同时，他恨瑞丰。瑞丰打过他一拳。瑞丰没能替他运动上中学的校长。而且，瑞丰居然能作上科长。作科长与否虽然与他不相干，可是他心中总觉得不舒泰。现在，瑞丰丢了官。好，东阳决定抢过他的老婆来。这是报复。报复是自己有能力的一个证明。菊子本身就可爱，再加上报仇的兴奋与快意，他觉得这个婚姻实在是天作之合，不可错过。

他找了菊子去。坐下，他一声不出，只扯动他的鼻子眼睛，好像是教她看看他像个处长不像。坐了一会儿，他走出去。上了汽车，他把头伸出来，表示他是坐在汽车里面的。

第二天，他又去了，只告诉她：我是处长，我有房子，我有汽车，大概是教她揣摩揣摩他的价值。

第三天，他告诉她：我还没有太太。

第四天，他没有去，好容些工夫教她咂摸他的“诗”的语言，与戏剧的行动中的滋味。

第五天，一进门他就问："你想出处长太太的滋味来了吧？"说完，他便拉住她的胖手，好像抓住一大块红烧蹄膀似的，他的心跳得很快，他报了仇！从她的胖脸上，他看见瑞丰的失败与自己的胜利；他的脸上微微红了一点。

她始终没有说什么，而只把处长太太与汽车印在了心上。她晓得东阳比瑞丰更厉害，她可是毫无惧意。凭她的一身肉，说翻了的时候，一条胖腿便把他压个半死！她怎样不怕瑞丰，便还可以怎样不怕东阳，他们俩都没有大丈夫的力量与气概。

她也预料到这个婚姻也许长远不了。不过，谁管那些个呢。她现在是由科长太太升为处长太太，假若再散了伙，她还许再高升一级呢。一个妇人，在这个年月，须抓住地位。只要能往高处爬，你就会永远掉不下来。看人家大赤包，那么大的岁数，一脸的雀斑，人家可也挺红呀。她曾经看见过一位极俊美的青年娶了一个五十多岁，面皮都皱皱了的，暗娼。这个老婆婆的绰号是"佛动心"。凭她的绰号，虽然已经满脸皱纹，还一样的嫁给最漂亮的人。以此为例，胖菊子决定要给自己造个像"佛动心"的名誉。有了名，和东阳散了伙才正好呢。

三下五除二的，她和东阳结了婚。

在结婚的以前，他们俩曾拉着手逛过几次公园，也狠狠的吵过几回架。吵架的原因是：菊子主张举行隆重的结婚典礼，而东阳以为简简单单的约上三四位日本人，吃些茶点，请日本人在婚书上的介绍人，证婚人项下签字盖章就行了。菊子爱热闹，东阳爱钱。菊子翻了脸，给东阳一个下马威。东阳也不便示弱，毫不退让。吵着吵着，他们想起来祁瑞丰。菊子以为一定要先把离婚的手续办清，因为离婚是件出风头的事。东阳等不及，而且根本没把瑞丰放在眼里。他以为只要有日本人给他证婚，他便得到了法律上的保障，用不着再多顾虑别的。及至瑞丰拒绝了菊子的请求，东阳提议请瑞丰作介绍人，以便表示出赶尽杀绝。菊子不同意。在她心里，她只求由科长太太升为处长太太，而并不希望把祁家的人得罪净了。谁知道呢，她想，瑞丰万一再走一步好运，而作了比处长更大的官呢？东阳可以得意忘形，赶尽杀绝。她可必须留个后手儿。好吧，她答应下马上结婚，而拒绝了请瑞丰作介绍人。对于举行结婚典礼，她可是仍然坚持己见。东阳下了哀的美敦书：限二十四小时，教她答复，如若她必定要浪费金钱，婚事着勿庸议！

她没有答复。到了第二十五小时，东阳来找她：他声明：他收回“着无庸议”的成命，她也要让步一点，好赶快结了婚。婚姻——他琢磨出一句诗来——根本就是妥协。

她点了头。她知道她会在婚后怎样的收拾他。她已经收拾过瑞丰，她自信也必能教东阳脑袋朝下，作她的奴隶。

他们在一家小日本饮食店里，定了六份儿茶点，庆祝他们的百年和好。四个日本人在他们的证书上盖了仿宋体的图章。

事情虽然办得很简单，东阳可是并没忘了扩大宣传。他自己拟好了新闻稿，交到各报馆去，并且嘱告登在显明的地位。

在日本人来到以前，这种事是不会发生在北平的。假若发生了，那必是一件奇闻，使所有的北平人都要拿它当作谈话的资料。今天，大家看到了新闻，并没感到怎么奇怪，大家仿佛已经看明白：有日本人在这里，什么怪事都会发生，他们大可不必再用以前的道德观念批判什么。

关心这件事的只有瑞丰，冠家，和在东阳手下讨饭吃的人。

瑞丰的病更重了。无论他怎样没心没肺，他也受不住这么大的耻辱与打击。按照他的半流氓式的想法，他须挺起脊骨去报仇雪耻。可是，日本人给东阳证了婚，他只好低下头去，连咒骂都不敢放高了声音。他不敢恨日本人，虽然日本人使他丢了老婆。只想鬼混的人，没有爱，也没有恨。得意，他扬着脸鬼混。失意，他低着头鬼混。现在，他决定低下头去，而且需要一点病痛遮一遮脸。

冠家的人钦佩菊子的大胆与果断。同时也有点伤心——菊子，不是招弟，请了日本人给证婚。而且，东阳并没约请他们去参加结婚典礼，他们也感到有失尊严。但是，他们的伤心只是轻微的一会儿，他们不便因伤心而耽误了“正事”。大赤包与冠晓荷极快的预备了很多的礼物，坐了汽车去到南长街蓝宅贺喜。

已经十点多钟，新夫妇还没有起来。大赤包与侍从丈夫闯进了新房。没有廉耻的人永远不怕讨厌，而且只有讨厌才能作出最无耻的事。

“胖妹了！”大赤包学着天津腔，高声的叫：“胖妹子！可真有你的！还不给我爬起来！”

“哈哈！哈哈！好！好得很！”晓荷眉开眼笑的赞叹。

东阳把头藏起去。菊子露出点脸来，楞眼巴睁的想笑一笑，而找不到笑的地点。“我起！你们外屋坐！”

“怕我干什么？我也是女人！”大赤包不肯出去。

“我虽然是男人，可是东阳和我一样啊！”晓荷又哈哈了一阵。哈哈完了，他可是走了出去。他是有“文化”的中国人。

东阳还不肯起床。菊子慢慢的穿上衣服，下了地。大赤包张罗着给菊子梳头打扮：“你要知道，你是新娘子，非打扮得漂漂亮亮的不可！”

等到东阳起来，客厅里已挤满了人——他的属员都来送礼道喜。东阳不屑于招待他们，晓荷自动的作了招待员。

菊子没和东阳商议，便把大家都请到饭馆去，要了两桌酒席。东阳拒绝参加，而且暗示出他不负给钱的责任。菊子招待完了客人，摘下个金戒指押给饭馆，而后找到新民会去。在那里，她找到了东阳，当着众人高声的说："给我钱，要不然我会在这里闹一整天，连日本人闹得都办不下公去！"

东阳没了办法，乖乖的给了钱。

没到一个星期，菊子把东阳领款用的图章偷了过来。东阳所有的稿费和薪金，都由她去代领。领到钱，她便马上买了金银首饰，存在娘家去。她不像大赤包那样能搂钱，能挥霍；她是个胖大的扑满，只吞钱，而不往外拿。她算计好：有朝一日，她会和东阳吵散，所以她必须赶快搂下老本儿，使自己经济独立。况且，手中有了积蓄，也还可以作为钓别的男人的饵，假若他真和东阳散了伙。有钱的女人，不论长得多么难看，年纪多大，总会找到丈夫的，她知道。

东阳感觉出来，自己是头朝了下。可是，他并不想放弃她。他好容易抓到一个女人，舍不得马上丢开。再说，假若他撵走菊子，而去另弄个女人，不是又得花一份精神与金钱么？还有菊子风言风语的已经暗示给他：要散伙，她必要一大笔钱；嫁给他的时候，她并没索要什么；散伙的时候，她可是不能随便的，空着手儿走出去。他无可如何的认了命。对别人，他一向毒狠，不讲情理。现在，他碰到个吃生米的，在无可如何之中，他反倒觉得怪有点意思。他有了金钱，地位，名望，权势，而作了一个胖妇人的奴隶。把得意变成愁苦，他觉出一些诗意来。亡了国，他反倒得意起来；

结了婚，他反倒作了犬马。他是被压迫者，他必须道出他的委屈——他的诗更多了。他反倒感到生活丰富了许多，而且有诗为证。不，他不能和菊子散伙。散了伙，他必感到空虚，寂寞，无聊，或者还落个江郎才尽，连诗也写不出了。

同时，每一想起胖菊子的身体，他就不免有点迷惘。不错，丢了金钱是痛心的；可是女人又有她特具的价值与用处；没有女人也许比没有金钱更不好受。“好吧，”他想清楚之后，告诉自己：“只拿她当作妓女好啦！嫖妓女不也要花钱么？”

慢慢的，他又给自己找出生财之道。他去敲诈老实人们，教他们递包袱。这种金钱的收入，既不要收据，也不用签字盖章，菊子无从知道。而且，为怕菊子翻他的衣袋，他得到这样的钱财便马上用个假名存在银行里去，决不往衣袋里放。

这样，他既有了自己的钱，又不得罪菊子，他觉得自己的确是个天才。

# 五十六

正是芍药盛开的时节，汪精卫到了上海。瑞宣得到这个消息，什么也干不下去了。对牛教授的附逆，他已经难受过好多天。可是，牛教授只是个教授而已。谁能想得到汪精卫也肯卖国求荣呢？他不会，也不肯，再思索。万也想不到的事居然会实现了，他的脑中变成了一块空白。昏昏忽忽的，他只把牙咬得很响。

“你看怎样？”富善先生扯动了好几下脖子，才问出来。老先生同情中国人，可是及至听到汪逆的举止与言论，他也没法子不轻看中国人了。

“谁知道！”瑞宣躲开老先生的眼睛。他没脸再和老人说话。对中国的屡吃败仗，军备的落后，与人民的缺欠组织等等，他已经和富善先生辩论过不止一次。在辩论之中，他并不否认中国人的缺陷，可是他也很骄傲的指出来：只要中国人肯抱定宁为玉碎，不求瓦全的精神抵抗暴敌，中国就不会灭亡。现在，他没话再讲，这不是吃败仗，与武器欠精良的问题，而是已经有人，而且是有过革命的光荣与历史的要人，泄了气，承认了自己的软弱，而情愿向敌人屈膝。这不是问题，而是甘心失节。问题有方法解决，失节是无须解决什么，而自己愿作犬马。

“不过，也还要看重庆的态度。”老人看出瑞宣的难堪，而自己打了转身。

瑞宣只嘻嘻了两声，泪开始在眼眶儿里转。

他知道，只要士气壮，民气盛，国家是绝不会被一两个汉奸卖净了的。虽然如此，他可是还极难过。他想不通一个革命的领袖为什么可以摇身一变就变作卖国贼。假若革命本是假的，那么他就不能再信任革命，而把一切有地位与名望的人都看成变戏法的。这样，革命只污辱了历史，而志士们的热血不过只培养出几个汉奸而已。

在日本人的广播里，汪精卫是最有眼光，最现实的大政治家。瑞宣不能承认汪逆有眼光，一个想和老虎合作的人根本是胡涂鬼。他也不能承认汪逆最现实，除非现实只指伸手抓地位与金钱而言。他不能明白以汪逆的名望与地位，会和冠晓荷李空山蓝东阳们一样的去想在敌人手下取得金钱与权势。汪逆已经不是人，而且把多少爱国的男女的脸丢净。他的投降，即使无碍于抗战，也足以教全世界怀疑中国人，轻看中国人。汪逆，在瑞宣心里，比敌人还更可恨。

在恨恶汪逆之中，瑞宣也不由的恨恶他自己。汪逆以前的一切，由今天看起来，都是假的。他自己呢，明知道应该奔赴国难，可是还安坐在北平；明知道应当爱国，而只作了爱家的小事情；岂不也是假的么？革命，爱国，要到了中国人手里都变成假的，中国还有多少希望呢？要教国际上看穿中国的一切都是假的，谁还肯来援助呢？他觉得自己也不是人了，他只得在这里变小小的戏法。

在这种心情之下，他得到敌机狂炸重庆，鄂北大捷，德意正式缔结同盟，和国联通过援华等等的消息。可是，跟往日不同，那些消息都没给他高度的兴奋；他的眼似乎盯住了汪精卫。汪精卫到了日本，汪精卫回到上海……直到中央下了通缉汪逆的命令，他才吐了一口气。他知道，在日本人的保护下，通缉令是没有什么用处的，可是他觉得痛快。这道命令教他又看清楚了黑是黑，白是白；抗战的立在一边，投降的立在另一边。中央政府没有变戏法，中国的抗战绝对不是假的。他又敢和富善先生谈话，辩论了。

牡丹，芍药都开过了，他仿佛都没有看见。他忽然的看见了石榴花。

在石榴花开放以前，他终日老那么昏昏糊糊的。他没有病，而没有食欲。饭摆在面前，他就扒拨一碗，假若不摆在面前，他也不会催促，索要。有时候，他手里拿着一件东西，而还到处去找它。

对家里的一切，他除了到时候把钱交给韵梅，什么也不过问。他好像是在表示，这都是假的，都是魔术，我和汪精卫没有多少分别！

瑞丰的病已经被时间给医治好。他以为大哥的迷迷糊糊是因为他的事。大哥是爱体面的人，当然吃不消菊子的没离婚就改嫁。因此，他除了磨烦大嫂，给他买烟打酒之外，他还对大哥特别的客气，时常用："我自己还不把它放在心里，大哥你就更无须磨不开脸啦！"一类的话安慰老大。

听到这些安慰的话，瑞宣只苦笑一下，心里说："菊子也是汪精卫！"

除了在菊子也是汪精卫的意义之外，瑞宣并没有感到什么耻辱。他是新的中国人，他一向不过度的重视男女间的结合与分散。

何况，他也看得很明白：旧的伦理的观念并阻挡不住暴敌的侵袭，而一旦敌人已经进来，无论你怎样的挣扎，也会有丢了老婆的危险。侵略的可怕就在于它不单伤害了你的身体财产，也打碎了你的灵魂。因此，他没把菊子的改嫁看成怎么稀奇，也没觉得这是祁家特有的耻辱，而以为这是一种对北平人普遍的惩罚，与势有必至的变动。

老人们当然动了心。祁老人和天佑太太都许多日子没敢到门口去，连小顺儿和妞子偶尔说走了嘴，提到胖婶，老人的白胡子下面都偷偷的发红。老人找不到话安慰二孙子，也找不到话安慰自己。凭他一生的为人处世，他以为绝不会受这样的恶报。他极愿意再多活几年，现在他可是时常闭上小眼睛装死。只有死去，他才可以忘了这家门的羞耻。

瑞宣一向细心，善于察颜观色。假若不是汪精卫横在他心里，他必会掰开揉碎的安慰老人们。他可是始终没有开口，不是故意的冷淡，而是实在没有心程顾及这点小事。在老人们看呢，他们以为瑞宣必定也动了心，所以用沉默遮掩住难堪。于是，几只老眼老盯着他，深怕他因为这件事而积郁成病。结果，大家都不开口，而心中都觉得难过。有时候，一整天大家相对无言，教那耻辱与难堪荡漾在空中。

日本人，在这时候，开始在天津和英国人捣乱。富善先生的脖子扯动得更厉害了。他开始看出来，日本人不仅是要灭亡中国，而且要把西洋人在东方的势力一扫而光。他是东方化了的英国人，但是他没法不关切英国。他知道英国在远东的权势有许多也是用侵略的手段得来的，但是他也不甘心就把那果实拱手让给日本人。在他的心里，他一方面同情中国，一方面又愿意英日仍然能缔结同盟。现在，日本人已毫不客气的开始挑衅，英日同盟恐怕已经没了希望。怎办呢？英国就低下头去，甘受欺侮吗？还是帮着一个贫弱的中国，共同抗日呢？他想不出妥当的办法来。

他极愿和瑞宣谈一谈。可是他又觉得难以开口。英国是海上的霸王，他不能表示出惧怕日本的意思来。他也不愿对瑞宣表示出，英国应当帮助中国，因为虽然他喜爱中国人，可是也不便因为个人的喜恶而随便乱说。他并无心作伪，但是在他的心的深处，他以为只有个贫弱而相当太平的中国，才能给他以潇洒恬静的生活。他不希望中国富强起来，谁知道一个富强了的中国将是什么样子呢？同时，他也不喜欢日本人用武力侵略中国，因为日本人占据了中国，不单他自己会失去最可爱的北平，恐怕所有的在中国的英国人与英国势力都要同归于尽。这些话，存在他心中，他感到矛盾与难过；说出来，就更不合体统。战争与暴力使个人的喜恶与国家的利益互相冲突，使个人的心中也变成了个小战场。他相当的诚实，而缺乏大智大勇的人的超越与勇敢。他不敢公然道出他完全同情中国，又不敢公然的说出对日本的恐惧。他只觉得已失去了个人的宁静，而被卷在无可抵御的混乱中。他只能用灰蓝色的眼珠偷偷的看瑞宣，而张不开口。

看出富善先生的不安，瑞宣不由的有点高兴。他绝不是幸灾乐祸，绝不是对富善先生个人有什么蒂芥。他纯粹是为了战争与国家的前途。在以前，他总以为日本人既诡诈，又聪明，必会适可而止的结束了战争。现在，他看出来日本人只有诡诈，而并不聪明。他们还没有征服中国，就又想和英美结仇作对了。这是有利于中国的。英美，特别是英国，即使要袖手旁观，也没法子不露一露颜色，当日本人把脏水泼在它们的头上的时候。有力气的蠢人是会把自己毁灭了的。

他可是只把高兴藏在心里，不便对富善先生说道什么。这样，慢慢的，两个好友之中，好像遮起一张障幕。谁都想说出对友人的同情来，而谁都又觉得很难调动自己的舌头。

瑞宣刚刚这样高兴一点，汪精卫来到了北平。他又皱紧了眉头。他知道汪精卫并发生不了什么作用，可是他没法因相信自己的判断而去掉脸上的羞愧。汪精卫居然敢上北平来，来和北平的汉奸们称兄唤弟，人的不害羞还有个限度没有呢？汪逆是中国人，有一个这样的无限度不害羞的中国人便是中国历史上永远的耻辱。

街上挂起五色旗来。瑞宣晓得，悬挂五色旗是北平的日本人与汉奸对汪逆不合作的表示；可是，汪逆并没有因吃了北方汉奸的钉子而碰死啊。不单没有碰死，他还召集了中学与大学的学生们训话。瑞宣想象不到，一个甘心卖国的人还能有什么话说。他也为那群去听讲的青年人难过，他觉得他们是去接受奸污。

连大赤包与蓝东阳都没去见汪精卫。大赤包撇着大红嘴唇在门外高声的说："哼，他！重庆吃不开了，想来抢我们的饭，什么东西！"蓝东阳是新民会的重要人物，而新民会便是代替"党"的。他绝对不能把自己的党放下，而任着汪精卫把伪国民党搬运到北平来。

这样，汪逆便乘兴而来，败兴而去。他的以伪中央，伪党，来统辖南京与华北的野心，已经碰回去一半。瑞宣以为汪逆回到南京，又应当碰死在中山陵前，或偷偷的跑到欧美去。可是，他并不去死，也不肯逃走。他安坐在了南京。无耻的人大概是不会动感情的，哪怕只是个马桶呢，自己坐上去总是差足自慰的。

汪逆没得到"统一"，而反促成了分裂。北平的汉奸们，在汪逆回到南方去以后，便拿出全副精神，支持与维持华北的特殊的政权。汪逆的威胁越大，他们便越努力巴结，讨好，华北的日本军阀，而华北的日本军阀又恰好乐意割据一方，唯我独尊。于是，徐州成了南北分界的界限，华北的伪钞过不去徐州，南京的伪币也带不过来。

“这到底是怎回事呢？”连不大关心国事的祁老人都有点难过了。“中央？中央不是在重庆吗？怎么又由汪精卫带到南京去？既然到了南京，咱们这儿怎么又不算中央？”

瑞宣只好苦笑，没法回答祖父的质问。

物价可是又涨了许多。无耻的汪逆只给人们带来不幸。徐州既成了“国”界，南边的物资就都由日本人从海里运走，北方的都由铁路运到关外。这样各不相碍的搬运，南方北方都成了空的，而且以前南北相通的货物都不再互相往来。南方的茶，磁，纸，丝，与大米，全都不再向北方流。华北成了死地。南方的出产被日本人搬空。

这是个风云万变的夏天，北平的报纸上的论调几乎是一天一变。当汪逆初到上海的时候，报纸上一律欢迎他，而且以为只要汪逆肯负起责任，战争不久就可以结束。及至汪逆到了北平，报纸对他又都非常的冷淡，并且透露出小小的讽刺。同时，报纸上一致的反英美，倒仿佛中国的一切祸患都是英美人给带来的，而与日本人无关。日本人是要帮助中国复兴，所以必须打出英美人去。不久，报纸上似乎又忘记了英美，而忽然的用最大的字揭出“反苏”的口号来；日本军队开始袭击苏联边境的守军。

可是，无敌的皇军，在诺蒙坎吃了败仗。这消息，北平人无从知道。他们只看到反共反苏的论调，天天在报纸上用大字登出来。

紧跟着，德国三路进攻波兰，可是苏日反倒成立了诺蒙坎停战协定。紧跟着，德苏发表了联合宣言，互不侵犯。北平的报纸停止了反苏的论调。

这一串的惊人的消息，与忽来忽止的言论，使北平人莫名其妙，不知道世界将要变成什么样子。可是，聪明一点的人都看出来，假若他们自己莫名其妙，日本人可也够愚蠢的；假若他们自己迷惘惶惑，日本人可也举棋不定，手足无措。同时，他们也看清，不管日本人喊打倒谁，反对谁，反正真正倒霉的还是中国人。

果然，在反英美无效，反苏碰壁之后，日本人开始大举进攻湖北。这已经到了秋天。北平的报纸随着西风落叶沉静下来。他们不能报导日本人怎样在诺蒙坎吃败仗，也不便说那反共最力的德国怎么会和苏联成立了和平协定，更不肯说日本人无可如何只好进攻长沙。他们没的可说，而只报导一些欧战的消息，在消息之外还作一些小文，说明德国的攻取华沙正用的日本人攻打台儿庄的战术，替日本人遮一遮羞。

瑞宣得到的消息，比别人都更多一些。他兴奋，他愤怒，他乐观，他又失望，他不知怎样才好。一会儿，他觉得英美必定对日本有坚决的表示；可是，英美人只说了一些空话。他失望。在失望之中，他再细细玩味那些空话——它们到底是同情中国与公理的，他又高了兴。而且，英国还借给中国款项啊。一会儿，他极度的兴奋，因为苏日已经开了火。他切盼苏联继续打下去，解决了关东军。可是，苏日停了战。他又低下头去。一会儿，听到欧战的消息，他极快的把二加到二上，以为世界必从此分为两大阵营，而公理必定战胜强权。可是，再一想，以人类的进化之速，以人类的多少世纪的智慧与痛苦的经验，为什么不用心智与同情去协商一切，而必非互相残杀不可呢？他悲观起来。聪明反被聪明误，难道是人类的最终的命运么？

他想不清楚，不敢判断什么。他只感到自己像浑水中的一条鱼，四面八方全是泥沙。他没法不和富善先生谈一谈心了。可是，富善先生也不是什么哲人，也说不上来世界要变成什么样子。因为惶惑迷惘，老人近来的脾气也不甚好，张口就要吵架。这样，瑞宣只好把话存储在自己心里，不便因找痛快而反和老友拌嘴。那些话又是那样的复杂混乱，存在心中，仿佛像一团小虫，乱爬乱挤，使他一刻也不能安静。夏天过去了，他几乎没有感觉到那是夏天。个人的，家庭的，国家的，世界的，苦难，仿佛一总都放在他的背上，他已经顾不得再管天气的阴晴与凉暖了。他好像已经失去了感觉，除了脑与心还在活动，四肢百体仿佛全都麻木了。

入了十月，他开始清醒了几天。街上已又搭好彩牌坊，等着往上贴字。他想象得到，那些字必是：庆祝长沙陷落。他不再想世界问题了，长沙陷落是切身之痛。而且，日本人一旦打粤汉路，就会直接运兵到南洋去，而中国整个的被困住。每逢走到彩牌楼附近，他便闭上眼不敢看。他的心揪成了一团。他告诉自己：不要再管世界吧，自己连国难都不能奔赴，解救，还说什么呢？

可是，过了两天，彩牌坊被悄悄的拆掉了。报纸上什么消息也没有，只在过了好几天才在极不重要的地方，用很小的字印出来：皇军已在长沙完成使命，依预定计划撤出。同时，在另一角落，他看到个小小的消息：学生应以学业为重，此外遇有庆祝会及纪念日，学生无须参加游行……

半年来的苦闷全都被这几行小字给赶了走，瑞宣仿佛忽然由恶梦中醒过来。他看见了北平的晴天，黄叶，菊花，与一切色彩和光亮。他的心里不再存着一团小虫。他好像能一低眼就看见自己的心，那里是一片清凉光洁的秋水。只有一句像带着花纹的，晶亮的，小石卵似的话，在那片澄清的秋水中："我们打胜了！"

把这句话念过不知多少回，他去请了两小时的假。出了办公室，他觉得一切都更明亮了。来到街上，看到人马车辆，他觉得都可爱——中国人不都是亡国奴，也有能打胜仗的。他急忙的去买了一瓶酒，一些花生米和香肠，跑回了家中。日本人老教北平人庆祝各地方的失陷，今天他要庆祝中国人的胜利。

他失去了常态，忘了谨慎，一进街门便喊起来："我们打胜了！"拐过影壁，他碰到了小顺儿和妞子，急忙把花生米塞在他们的小手中，他们反倒吓楞了一会儿。他们曾经由爸爸手中得到过吃食，而没有看见过这么快活的爸爸。

"喝酒！喝酒！爷爷，老二，都来喝酒啊！"他一边往院里走，一边喊叫。

全家的人都围上了他，问他为什么要喝酒。他楞了一会儿，看看这个，再看看那个，似乎又说不出话来了。泪开始在他的眼眶中转，他把二年多的一切都想了起来。他没法子再狂喜，而反觉得应当痛哭一场。把酒瓶交与老二，他忸怩的说了声："我们在长沙打了大胜仗！"

"长沙？"老祖父想了想，知道长沙确是属于湖南。"离咱们这儿远得很呢！远水解不了近渴呀！"

是的，远水解不了近渴。什么时候，什么时候，北平人才能协助着国军，把自己的城池光复了呢？瑞宣不再想喝酒了；热情而没有行动配备着，不过是冒冒热气而已。

不过，酒已经买来，又不便放弃。况且，能和家里的人吃一杯，使大家的脸上都发起红来，也不算完全没有意义。他勉强的含着笑，和大家坐在一处。

祁老人向来不大能吃酒。今天，看长孙面上有了笑容，他不便固执的拒绝。喝了两口之后，他想起来小三儿，钱先生，孟石，仲石，常二爷，小崔。他老了，怕死。越怕死，他便越爱想已经过去了的人，和消息不明的人——消息不明也就是生死不明。他很想控制自己不多发牢骚，免得招儿孙们讨厌他。但是，酒劲儿催着他说话；而老人的话多数是泪的结晶。

瑞宣已不想狂饮，而只陪一陪祖父。祖父的牢骚并没招起他的厌烦，因为祖父说的是真话；日本人在这二年多已经把多少多少北平人弄得家破人亡。

老二见了酒，忘了性命。他既要在祖父与哥哥面前逞能，又要乘机会发泄发泄自己心中的委屈。他一口一杯，而后把花生米嚼得很响。“酒很不坏，大哥！”他的小瘦干脸上发了光，倒好像他不是夸赞哥哥会买酒，而是表明自己的舌头高明。不久，他的白眼珠横上了几条鲜红的血丝，他开始念叨菊子，而且声明他须赶快再娶一房。“好家伙，老打光棍儿可受不了！”他毫不害羞的说。

祁老人赞同老二的意见。小三儿既然消息不明，老大又只有一儿一女，老二理应续娶，好多生几个胖娃娃，扩大了四世同堂的声势。老人深恨胖菊子的给祁家丢人，同时，在无可如何之中去找安慰，他觉得菊子走了也好——她也许因为品行不端而永远不会生孩子的。老人只要想到四世同堂，便忘了考虑别的。他忘了老二的没出息，忘了日本人占据着北平，忘了家中经济的困难，而好像墙阴里的一根小草似的，不管环境如何，也要努力吐个穗儿，结几个子粒。在这种时候，他看老二不是个没出息的人，而是个劳苦功高的，会生娃娃的好小子。在这一意义之下，瑞丰在老人眼中差不多是神圣的。

“唉！唉！”老人点头咂嘴的说；“应该的！应该的！可是，这一次，你可别自己去瞎碰了！听我的，我有眼睛，我去给你找！找个会操持家务的，会生儿养女的，好姑娘；像你大嫂那么好的好姑娘！”

瑞宣不由的为那个好姑娘痛心，可是没开口说什么。

老二不十分同意祖父的意见，可是又明知道自己现在赤手空拳，没有恋爱的资本，只好点头答应。他现实，知道白得个女人总比打光棍儿强。再说，即使他不喜爱那个女人，至少他还会爱她所生的胖娃娃，假若她肯生娃娃的话。还有，即使她不大可爱，等到他自己又有了差事，发了财的时节，再弄个小太太也还不算难事。他答应了服从祖父，而且觉得自己非常的聪明，他是把古今中外所有的道理与方便都能一手抓住，而随机应变对付一切的天才。

喝完了酒，瑞宣反倒觉得非常的空虚，无聊。在灯下，他也要学一学祖父与老二的方法，抓住现实，而忘了远处的理想与苦痛。他勉强的和两个孩子说笑，告诉他们长沙打了胜仗。

小孩们很愿意听日本人吃了败仗。兴奋打开了小顺儿的想象：“爸！你，二叔，小顺儿，都去打日本人好不好？我不怕，我会打仗！”

瑞宣又楞起来。

# 五十七

瑞宣的欢喜几乎是刚刚来到便又消失了。为抵抗汪精卫，北平的汉奸们死不要脸的向日本军阀献媚，好巩固自己的地位。日本人呢，因为在长沙吃了败仗，也特别愿意牢牢的占据住华北。北平人又遭了殃。“强化治安”，“反共剿匪”，等等口号都被提了出来。西山的炮声又时常的把城内震得连玻璃窗都哗啦哗啦的响。城内，每条胡同都设了正副里长，协助着军警维持治安。全北平的人都须重新去领居住证。在城门，市场，大街上，和家里，不论什么时候都可以遭到检查，忘带居住证的便被送到狱里去。中学，大学，一律施行大检举，几乎每个学校都有许多教员与学生被捕。被捕去的青年，有被指为共产党的，有被指为国民党的，都随便的杀掉，或判长期的拘禁。有些青年，竟自被指为汪精卫派来的，也受到苦刑或杀戮。同时，新民会成了政治训练班，给那些功课坏，心里胡涂，而想升官发财的青年辟开一条捷径。他们去受训，而后被派在各机关去作事。假若他们得到日本人的喜爱，他们可以被派到伪满，朝鲜，或日本去留学。在学校里，日本教官的势力扩大，他们不单管着学生，也管着校长与教员。学生的课本一律改换。学生的体育一律改为柔软操。学生课外的读物只是淫荡的小说与剧本。

新民会成立了剧团，专上演日本人选好的剧本。电影园不准再演西洋片子，日本的和国产的《火烧红莲寺》之类的影片都天天“献映”。

旧剧特别的发达，日本人和大汉奸们都愿玩弄女伶，所以隔不了三天就捧出个新的角色来。市民与学生们因为无聊，也争着去看戏，有的希望看到些忠义的故事，涤除自己一点郁闷，有的却为去看淫戏与海派戏的机关布景。淫戏，像《杀子报》，《纺棉花》，《打樱桃》等等都开了禁。机关布景也成为号召观众的法宝。战争毁灭了艺术。

从思想，从行动，从社会教育与学校教育，从暴刑与杀戮，日本没打下长沙，而把北平人收拾得像避猫鼠。北平像死一般的安静，在这死尸的上面却插了一些五光十色的纸花，看起来也颇鲜艳。

瑞宣不去看戏，也停止了看电影，但是他还看得见报纸上戏剧与电影的广告。那些广告使他难过。他没法拦阻人们去娱乐，但是他也想象得到那去娱乐的人们得到的是什么。精神上受到麻醉的，他知道，是会对着死亡还吃吃的笑的。

他是喜欢逛书摊的。现在，连书摊他也不敢去看了。老书对他毫无用处。不单没有用处，他以为自己许多的观念与行动还全都多少受了老书的恶影响，使他遇到事不敢说黑就是黑，白就是白，而老那么因循徘徊，像老书那样的字不十分黑，纸不完全白。可是，对于新书，他又不敢翻动。新书不是色情的小说剧本，便是日本人的宣传品。他不能甘心接受那些毒物。他极盼望能得到一些英文书，可是读英文便是罪状；他已经因为认识英文而下过狱。对于他，精神的食粮已经断绝。他可以下决心不接受日本人的宣传品，却没法子使自己不因缺乏精神食粮而仍感到充实。他是喜爱读书的人。读书，对于他，并不简单的只是消遣，而是一种心灵的运动与培养。他永远不抱着书是书，他是他的态度去接近书籍，而是想把书籍变成一种汁液，吸收到他身上去，荣养自己。他不求显达，不求富贵，书并不是他的干禄的工具。他是为读书而读书。读了书，他才会更明白，更开扩，更多一些精神上的生活。他极怕因为没有书读，而使自己“贫血”。他看见过许多三十多岁，精明有为的人，因为放弃了书本，而慢慢的变得庸俗不堪。然后，他们的年龄加增，而只长多了肉，肚皮支起多高，脖子后边起了肉枕。他们也许万事亨通的作了官，发了财，但是变成了行尸走肉。瑞宣自己也正在三十多岁。这是生命过程中最紧要的关头。假若他和书籍绝了缘，即使他不会走入官场，或去作买办，他或者也免不了变成个抱孩子，骂老婆，喝两盅酒就琐碎唠叨的人。他怕他会变成老二。

可是，日本人所需要的中国人正是行尸走肉。

瑞宣已经听到许多消息——日本人在强化治安，控制思想，“专卖”图书，派任里长等设施的后面，还有个更毒狠的阴谋：他们要把北方人从各方面管治得伏伏帖帖，而后从口中夺去食粮，身上剥去衣服，以饥寒活活挣死大家。北平在不久就要计口授粮，就要按月献铜献铁，以至于献泡过的茶叶。

瑞宣打了哆嗦。精神食粮已经断绝，肉体的食粮，哼，也会照样的断绝。以后的生活，将是只顾一日三餐，对付着活下去。他将变成行尸走肉，而且是面黄肌瘦的行尸走肉！

他所盼望的假若常常的落空，他所忧虑的可是十之八九能成为事实。小羊圈自成为一里，已派出正副里长。

小羊圈的人们还不知道里长究竟是干什么的。他们以为里长必是全胡同的领袖，协同着巡警办些有关公益的事。所以，众望所归，他们都以李四爷为最合适的人。他们都向白巡长推荐他。

李四爷自己可并不热心担任里长的职务。由他的二年多的所见所闻，他已深知日本人是什么东西。他不愿给日本人办事。

可是，还没等李四爷表示出谦让，冠晓荷已经告诉了白巡长，里长必须由他充任。他已等了二年多，还没等上一官半职，现在他不能再把作里长的机会放过去。虽然里长不是官，但是有个“长”字在头上，多少也过点瘾。况且，事在人为，谁准知道作里长就没有任何油水呢？

这本是一桩小事，只须他和白巡长说一声就够了。可是，冠晓荷又去托了一号的日本人，替他关照一下。惯于行贿托情，不多说几句好话，他心里不会舒服。

白巡长讨厌冠晓荷，但是没法子不买这点帐。他只好请李四爷受点屈，作副里长。李老人根本无意和冠晓荷竞争，所以连副里长也不愿就。可是白巡长与邻居们的“劝进”，使他无可如何。白巡长说得好：“四大爷，你非帮这个忙不可！谁都知道姓冠的是吃里爬外的混球儿，要是再没你这个公正人在旁边看一眼，他不定干出什么事来呢！得啦，看在我，和一群老邻居的面上，你老人家多受点累吧！”

好人禁不住几句好话，老人的脸皮薄，不好意思严词拒绝：“好吧，干干瞧吧！冠晓荷要是胡来，我再不干就是了。”

“有你我夹着他，他也不敢太离格儿了！”白巡长明知冠晓荷不好惹，而不得不这么说。

老人答应了以后，可并不热心去看冠晓荷。在平日，老人为了职业的关系，不能不听晓荷的支使。现在，他以为正副里长根本没有多大分别，他不能先找晓荷去递手本。

冠晓荷可是急于摆起里长的架子来。他首先去印了一盒名片，除了一大串“前任”的官衔之外，也印上了北平小羊圈里正里长。印好了名片，他切盼副里长来朝见他，以便发号施令。李老人可是始终没露面。他赶快的去作了一面楠木本色的牌子，上刻“里长办公处”，涂上深蓝的油漆，挂在了门外。他以为李四爷一看见这面牌子必会赶紧来叩门拜见的。李老人还是没有来。他找了白巡长去。

白巡长准知道，只要冠晓荷作了里长，就会凭空给他多添许多麻烦。可是，他还须摆出笑容来欢迎新里长；新里长的背后有日本人啊。

“我来告诉你，李四那个老头子是怎么一回事，怎么不来见我呢？我是‘正’里长，难道我还得先去拜访他不成吗？那成何体统呢！”

白巡长沉着了气，话软而气儿硬的说：“真的，他怎么不去见里长呢？不过，既是老邻居，他又有了年纪，你去看看他大概也不算什么丢脸的事。”

“我先去看他？”晓荷惊异的问。“那成什么话呢？告诉你，就是正里长，只能坐在家里出主意，办公；跑腿走路是副里长的事。我去找他，新新！”

“好在现在也还无事可办。”白巡长又冷冷的给了他一句。

晓荷无可奈何的走了出来。他向来看不起白巡长，可是今天白巡长的话相当的硬，所以他不便发威。只要白巡长敢说硬话，他以为，背后就必有靠山。他永远不干硬碰硬的事。

白巡长可是没有说对，里长并非无公可办。冠晓荷刚刚走，巡长便接到电话，教里长马上切实办理，每家每月须献二斤铁。听完电话，白巡长半天都没说上话来。别的他不知道，他可是准知道铜铁是为造枪炮用的。日本人拿去北平人的铁，还不是去造成枪炮再多杀中国人？假若他还算个中国人，他就不能去执行这个命令。

可是，他是亡了国的中国人。挣人钱财，与人消灾。他不敢违抗命令，他挣的是日本人的钱。

像有一块大石头压着他的脊背似的，他一步懒似一步的，走来找李四爷。

“噢！敢情里长是干这些招骂的事情啊？”老人说：“我不能干！”

“那可怎办呢？四大爷！”白巡长的脑门上出了汗。“你老人家要是不出头，邻居们准保不往外交铁，咱们交不上铁，我得丢了差事，邻居们都得下狱，这是玩的吗？”

“教冠晓荷去呀！”老人绝没有为难白巡长的意思，可是事出无奈的给了朋友一个难题。

“无论怎样，无论怎样，”白巡长的能说惯道的嘴已有点不利落了，“你老人家也得帮这个忙！我明知道这是混账事，可是，可是……”

看白巡长真着了急，老人又不好意思了，连连的说：“要命！要命！”然后，他叹了口气：“走！找冠晓荷去！”

到了冠家，李老人决定不便分外的客气。一见冠晓荷要摆架子，他就交代明白：“冠先生，今天我可是为大家的事来找你，咱们谁也别摆架子！平日，你出钱，我伺候你，没别的话可说。今天，咱们都是替大家办事，你不高贵，我也不低搭[1]。是这样呢，我愿意帮忙；不这样，我也有个小脾气，不管这些闲事！”

交代完了，老人坐在了沙发上；沙发很软，他又不肯靠住后背，所以晃晃悠悠的反觉得不舒服。

白巡长怕把事弄僵，赶快的说：“当然！当然！你老人家只管放心，大家一定和和气气的办好了这件事。都是多年的老邻居了，谁还能小瞧谁？冠先生根本也不是那种人！”

晓荷见李四爷来势不善，又听见巡长的卖面子的话，连连的眨巴眼皮。然后，他不卑不亢的说：“白巡长，李四爷，我并没意思作这个破里长。不过呢，胡同里住着日本朋友，我怕别人办事为难，所以我才肯出头露面。再说呢，我这儿茶水方便，桌儿凳儿的也还看得过去，将来哪怕是日本官长来看看咱们这一里，咱们的办公处总不算太寒伧。我纯粹是为了全胡同的邻居，丝毫没有别的意思！李四爷你的顾虑很对，很对！在社会上作事，理应打开鼻子说亮话。我自己也还要交代几句呢：我呢，不怕二位多心，识几个字，有点脑子，愿意给大家拿个主意什么的。至于跑跑腿呀，上趟街呀，恐怕还得多劳李四爷的驾。咱们各抱一角，用其所长，准保万事亨通！二位想是也不是？”

白巡长不等老人开口，把话接了过去：“好的很！总而言之，能者多劳，你两位多操神受累就是了！冠先生，我刚接到上边的命令，请两位赶紧办，每家每月要献二斤铁。”

“铁？”晓荷好像没听清楚。

“铁！”白巡长只重说了这一个字。

“干什么呢？”晓荷眨巴着眼问。

---

①低搭，人品低下的意思。

“造枪炮用！”李四爷简截的回答。

晓荷知道自己露了丑，赶紧加快的眨眼。他的确没有想起铁是造枪炮用的，因为他永远不关心那些问题。听到李老人的和铁一样硬的回答，他本想说：造枪炮就造吧，反正打不死我就没关系。可是，他又觉得难以出口，他只好给日本人减轻点罪过，以答知己：

“也不一定造枪炮，不一定！作铲子，锅，水壶，不也得用铁么？”

白巡长很怕李老人又顶上来，赶快的说：“管它造什么呢，反正咱们得交差！”

“就是！就是！”晓荷连连点头，觉得白巡长深识大体。“那么，四爷你就跑一趟吧，告诉大家先交二斤，下月再交二斤。”

李四爷瞪了晓荷一眼，气得没说出话来。

“事情恐怕不那么简单！”白巡长笑得怪不好看的说：“第一，咱们不能冒而咕咚去跟大家要铁。你们二位大概得挨家去说一声，教大家伙儿都有个准备，也顺手儿教他们知道咱们办事是出于不得已，并非瞪着眼帮助日本人。”

“这话对！对的很！咱们大家是好邻居，日本人也是大家的好朋友！”晓荷嚼言咂字的说。

李四爷晃摇了一下。

“四爷，把脊梁靠住，舒服一点！”晓荷很体贴的说。

“第二，铁的成色不一样，咱们要不要个一定的标准呢？”白巡长问。

“当然要个标准！马口铁恐怕就……”

“造不了枪炮！”李四爷给晓荷补足了那句话。

“是，马口铁不算！”白巡长心中万分难过，而不得不说下去。他当惯了差，他知道怎样压制自己的感情。他须把歹事当作好事作，还要作得周到细腻，好维持住自己的饭碗。“生铁熟铁分不分呢？”

晓荷半闭上了眼，用心的思索。他觉得自己很有脑子，虽然他的脑子只是一块软白的豆腐。他不分是非，不辨黑白，而只人模狗样的作出一些姿态来。想了半天，他想出句巧妙的话来：“你看分不分呢？白巡长！”

“不分了吧？四大爷！”白巡长问李老人。

老人只“哼”了一声。

“我看也不必分得太清楚了！”晓荷随着别人想出来主意。“事情总是笼统一点好！还有什么呢？”

“还有！若是有的人交不出铁来，怎么办？是不是可以折合现钱呢？”

素来最慈祥和蔼的李老人忽然变成又倔又硬：“这件事我办不了！要铁已经不像话，还折钱？金钱一过手，无弊也是有弊。我活了七十岁了，不能教老街旧邻在背后用手指头戳打我！折钱？谁给定价儿？要多了，大家纷纷议论；要少了，我赔垫不起！干脆，你们二位商议，我不陪了！”老人说完就立了起来。

白巡长不能放走李四爷，一劲儿的央告：“四大爷！四大爷！没有你，简直什么也办不通！你说一句，大家必点头，别人说破了嘴也没有用！”

晓荷也帮着拦阻李老人。听到了钱，他那块像豆腐的脑子马上转动起来。这是个不可放过的机会。是的，定价要高，一转手，就是一笔收入。他不能放走李四爷，教李四爷去收钱，而后由他自己去交差；骂归老人，钱入他自己的口袋。他急忙拦住李四爷。看老人又落了座，他聚精会神的说：

“大概谁家也不见得就有二斤铁，折钱，我看是必要的，必要的！这么办，我自己先献二斤铁，再献二斤铁的钱，给大家作个榜样，还不好吗？”

“算多少钱一斤呢？”白巡长问。

“就算两块钱一斤吧。”

“可是，大家要都按两块钱一斤折献现钱，咱们到哪儿去买那么多的铁呢？况且，咱们一收钱，它准保涨价，说不定马上就涨到三块，谁负责赔垫上亏空呢？”白巡长说完，直不住的搓手。

“那就干脆要三元一斤！”晓荷心中热了一下。

“三块一斤？”李四爷没有好气儿的说：“就是两块一斤，有多少人交得起呢？想想看，就按两块钱一斤说，凭空每家每月就得拿出四块钱来，且先不用说三块一斤了。一个拉车的一月能拉多少钱呢？白巡长，你知道，一个巡警一月挣几张票子呢？一要就是四块，六块，不是要大家的命吗？”

白巡长皱上了眉。他知道，他已经是巡长，每月才拿四十块伪钞，献四元便去了十分之一！

冠晓荷可没感到问题的严重，所以觉得李四爷是故意捣乱。“照你这么说，又该怎办呢？”他冷冷的问。

“怎么办？”李四爷冷笑了一下。“大家全联合起来，告诉日本人，铁没有，钱没有，要命有命！”

冠晓荷吓得跳了起来。“四爷！四爷！”他央告着：“别在我这儿说这些话，成不成？你是不是想造反？”

白巡长也有点发慌。“四大爷！你的话说得不错，可是那作不到啊！你老人家比我的年纪大，总该知道咱们北平人永远不会造反！还是心平气和的想办法吧！”

李四爷的确晓得北平人不会造反，可是也真不甘心去向大家要铁。他慢慢的立起来：“我没办法，我看我还是少管闲事的好！”

白巡长还是不肯放老人走，可是老人极坚决：“甭拦我了，巡长！我愿意干的事，用不着人家说劝；我不愿干的事，说劝也没有用！”老人慢慢的走出去。

晓荷没有再拦阻李四爷，因为第一他不愿有个嚷造反的人坐在他的屋中，第二他以为老头子不爱管事，也许他更能得手一些，顺便的弄两个零钱花花。

白巡长可是真着了急。急，可是并没使他心乱。他也赶紧告辞，不愿多和晓荷谈论。他准备着晚半天再去找李四爷；非到李四爷点了头，他决不教冠晓荷出头露面。

新民会在遍街上贴标语：“有钱出钱，没钱出铁！”这很巧妙：他们不提献铁，而说献金；没有钱，才以铁代。这样，他们便无须解释要铁去干什么了。

同时，钱默吟先生的小传单也在晚间进到大家的街门里：“反抗献铁！敌人用我们的铁，造更多的枪炮，好再多杀我们自己的人！”

白巡长看到了这两种宣传。他本想在晚间再找李四爷去，可是决定了明天再说。他须等等看，看那反抗献钱的宣传有什么效果。为他自己的饭碗打算，他切盼这宣传得不到任何反应，好平平安安的交了差。但是，他的心中到底还有一点热气，所以他也盼望那宣传发生些效果，教北平因反抗献铁而大乱起来。是的，地方一乱，他首先要受到影响，说不定马上就砸了饭锅；可是，谁管得了那么多呢；北平人若真敢变乱起来，也许大家都能抬一抬头。

他又等了一整天，没有，没有人敢反抗。他只把上边的电话等了来："催里长们快办哪！上边要的紧！"听完，他叹息着对自己说：北平人就是北平人！

他强打精神，又去找冠里长。

大赤包在娘家住了几天。回来，她一眼便看见了门口的楠木色的牌子，顺手儿摘下来，摔在地上。

"晓荷！"她进到屋中，顾不得摘去带有野鸡毛的帽子，就大声的喊："晓荷！"

晓荷正在南屋里，听到喊叫，心里马上跳得很快，不知道所长又发了什么脾气。整了一下衣襟，把笑容合适的摆在脸上，他轻快的跑过来。"喝，回来啦？家里都好？"

"我问你，门口的牌子是怎回事？"

"那，"晓荷噗哧的一笑，"我当了里长啊！"

"嗯！你就那么下贱，连个里长都稀罕的了不得？去，到门口把牌子拣来，劈了烧火！好吗，我是所长，你倒弄个里长来丢我的人，你昏了心啦吧？没事儿，弄一群臭巡警，和不三不四的人到这儿来乱吵嚷，我受得了受不了？你作事就不想一想啊？你的脑子难道是一团儿棉花？五十岁的人啦，白活！"大赤包把帽子摘下来，看着野鸡毛轻轻的颤动。

"报告所长，"晓荷沉住了气，不卑不亢的说："里长实在不怎么体面，我也晓得。不过，其中也许有点来头，所以我……"

"什么来头？"大赤包的语调降低了一些。

"譬如说，大家要献铁，而家中没有现成的铁，将如之何呢？"晓荷故意的等了一会儿，看太太怎样回答。大赤包没有回答，他讲了下去："那就只好折合现钱吧。那么，实价比如说是两块钱一斤，我硬作价三块。好，让我数数看，咱们这一里至少有二十多户，每月每户多拿两块，一月就是五十来块，一个小学教员，一星期要上三十个钟头的课，也不过才挣五十块呀！再说，今天要献铁，明天焉知不献铜，锡，铅呢？有一献，我来它五十块，有五献，我就弄二百五十块。一个中学教员不是每月才挣一百二十块吗？想想看！况且，"

"别说啦！别说啦！"大赤包截住了丈夫的话，她的脸上可有了笑容。"你简直是块活宝！"

晓荷非常的得意，因为被太太称为活宝是好不容易的。他可是没有把得意形诸于色。他要沉着稳健，表示出活宝是和圣贤豪杰一样有涵养的。他慢慢的走了出去。

"干吗去？"

"我，把那块牌子再挂上！"

晓荷刚刚把牌子挂好，白巡长来到。

有大赤包在屋里，白巡长有点坐立不安了。当了多年的警察，他自信能对付一切的人——可只算男人，他老有些怕女人，特别是泼辣的女人。他是北平人，他知道尊敬妇女。因此，他会把一个男醉鬼连说带吓唬的放在床上去睡觉，也会把一个疯汉不费什么事的送回家去，可是，遇上一个张口就骂，伸手就打的女人，他就感到了困难；他既不好意思耍硬的，又不好意思耍嘴皮子，他只好甘拜下风。

他晓得大赤包不好惹，而大赤包又是个妇人。一看见她，他就有点手足无措。三言两语的，他把来意说明。果然，大赤包马上把话接了过去：

“这点事没什么难办呀！跟大家去要，有敢不交的带了走，下监！干脆嘹亮！”

白巡长十分不喜欢听这种话，可是没敢反驳；好男不跟女斗，他的威风不便对个妇人拿出来。他提起李四爷。大赤包又发了话：

“叫他来！跑腿是他的事！他敢不来，我会把他们老两口子都交给日本人！白巡长，我告诉你，办事不能太心慈面善了。反正咱们办的事，后面都有日本人兜着，还怕什么呢！”大赤包稍稍停顿了一下，而后气派极大的叫：“来呀！”

男仆恭敬的走进来。

“去叫李四爷！告诉他，今天他不来，明天我请他下狱！听明白没有？去！”

李四爷一辈子没有低过头，今天却低着头走进了冠家。钱先生，祁瑞宣，他知道，都入过狱。小崔被砍了头。他晓得日本人厉害，也晓得大赤包确是善于狐假虎威，欺压良善。他在社会上已经混了几十年，他知道好汉不要吃眼前亏。他的刚强，正直，急公好义，到今天，已经都没了用。他须低头去见一个臭妇人，好留着老命死在家里，而不在狱里挺了尸。他愤怒，但是无可如何。

一转念头，他又把头稍稍抬高了一点。有他，他想，也许多少能帮助大家一些，不致完全抿耳受死的听大赤包摆布。

没费话，他答应了去敛铁。可是，他坚决的不同意折合现钱的办法。“大家拿不出铁来，他们自己去买；买贵买贱，都与咱们不相干。这样，钱不由咱们过手，就落不了闲话！”

“要是那样，我就辞职不干了！大家自己去买，何年何月才买得来呢？耽误了期限，我吃不消！”晓荷半恼的说。

白巡长为了难。

李四爷坚决不让步。

大赤包倒拐了弯儿："好，李四爷你去办吧。办不好，咱们再另想主意。"在一转眼珠之间，她已想好了主意：赶快去大量的收买废铁烂铜，而后提高了价钱，等大家来买。

可是，她得到消息较迟。高亦陀，蓝东阳们早已下了手，收买了碎铜烂铁。

李四爷相当得意的由冠家走出来，他觉得他是战胜了大赤包与冠晓荷。他通知了全胡同的人，明天他来收铁。大家一见李老人出头，心中都感到舒服。虽然献铁不是什么好事，可是有李老人出来办理，大家仿佛就忘了它本身的不合理。钱先生的小传单所发生的效果只是教大家微微难过了一会儿而已。北平人是不会造反的。

祁老人和韵梅把家中所有的破铁器都翻拾出来。每一件都没有用处，可是每一件都好像又有点用处；即使有一两件真的毫无用处，他们也从感情上找到不应随便弃舍了的原因。他们选择，比较，而决定不了什么。因为没有决议，他们就谈起来用铁去造枪炮的狠毒与可恶。可是，谈过之后，他们并没有因愤恨而想反抗。相对叹了口气，他们选定了一个破铁锅作为牺牲品。他们不单可惜这件曾经为他们服务过的器皿，而且可怜它，它是将要被改造为炮弹的。至于它变成了炮弹，把谁的脑袋打掉，他们就没敢再深思多虑，而只由祁老人说了句："连铁锅都别生在咱们这个年月呀！"作为结论。

全胡同里的每一家都因了此事发生一点小小的波动。北平人仿佛又有了生气。这点生气并没表现在愤怒与反抗上，而只表现了大家的无可奈何。大致的说，大家一上手总是因自家献铁，好教敌人多造些枪炮，来屠杀自家的人，而表示愤怒。过了一会儿，他们便忘了愤怒，而顾虑不交铁的危险。于是，他们，也像祁老人似的，从家中每个角落，去搜拣那可以使他们免受惩罚的宝物。在搜索的时节，他们得到一些想不到的小小的幽默与惨笑，就好像在立冬以后，偶然在苇子梗里发现了一个还活着的小虫子似的。有的人明明记得在某个角落还有件铁东西，及至因找不到而刚要发怒，才想起恰恰被自己已经换了梨膏糖吃。有的人找到了一把破菜刀，和现在手下用的那把一比，才知道那把弃刀的钢口更好一些，而把它又官复原职。这些小故典使他们忘了愤怒，而啼笑皆非的去设法找铁；他们开始承认了这是必须作的事，正如同日本人命令他们领居住证，或见了日本军人须深深鞠躬，一样的理当遵照办理。

在七号的杂院里，几乎没有一家能一下子就凑出二斤铁来的。在他们的屋子里，几乎找不到一件暂时保留的东西——有用的都用着呢，没用的早已卖掉。收买碎铜烂铁的贩子，每天要在他们门外特别多吆喝几声。他们连炕洞搜索过了，也凑不上二斤铁。他们必须去买。他们晓得李四爷的公正无私，不肯经手收钱。可是，及至一打听，铁价已在两天之内每斤多涨了一块钱，他们的心都发了凉。

同时，他们由正里长那里听到，正里长本意教大家可以按照两块五一斤献钱，而副里长李四爷不同意。李四爷害了他们。一会儿的工夫，李四爷由众望所归变成了众怒所归的人。他们不去考虑冠晓荷是否有意挑拨是非，也不再想李老人过去对他们的好处，而只觉得用三块钱去换一斤铁——也许还买不到——纯粹是李四爷一个人造的孽！他们对日本人的一点愤怒，改了河道，全向李四爷冲荡过来。有人公然的在槐树下面咒骂老人了。

听到了闲言闲语与咒骂，老人没敢出来声辩。他知道自己的确到了该死的时候了。他闹不过日本人，也就闹不过冠晓荷与大赤包，而且连平日的好友也向他翻了脸。坐在屋中，他只盼望出来一两位替他争理说话的人，一来是别人的话比自己的话更有力，二来是有人出来替他争气，总算他过去的急公好义都没白费，到底在人们心中种下了一点根儿。

他算计着，孙七必定站在他这边。不错，孙七确是死恨日本人与冠家。可是孙七胆子不大，不敢惹七号的人。他盼望程长顺会给他争气，而长顺近来忙于办自己的事，没工夫多管别人的闲篇儿。小文为人也不错，但是他依旧揣着手不多说多道。

盼来盼去，他把祁老人盼了来。祁老人拿着破铁锅，进门就说："四爷，省得你跑一趟，我自己送来了。"

李四爷见到祁老人，像见了亲弟兄，把前前后后，始末根由，一口气都说了出来。

听完李四爷的话，祁老人沉默了半天才说："四爷，年月改了，人心也改了！别伤心吧，你我的四只老眼睛看着他们的，看谁走的长远！"

李四爷感慨着连连的点头。

"大风大浪我们都经过，什么苦处我们都受过，我们还怕这点闲言闲语？"祁老人一方面安慰着老朋友，一方面也表示出他们二老的经验与身分。然后，两个老人把多年的陈谷子烂芝麻都由记忆中翻拾出来，整整的谈了一个半钟头。

四大妈由两位老人在谈话中才听到献铁，与由献铁而来的一些纠纷。她是直筒子脾气。假如平日对邻居的求援，她是有求必应，现在听到他们对"老东西"的攻击，她也马上想去声讨。她立刻要到七号去责骂那些忘恩负义的人。她什么也不怕，只怕把

“理”委屈在心里。

两位老人说好说歹的拦住了她。她只在给他们弄茶水的当儿，在院中高声骂了几句，像军队往远处放炮示威那样；烧好了水，她便进到屋中，参加他们的谈话。

这时候，七号的，还有别的院子的人，都到冠家去献金，一来是为给李四爷一点难堪，二来是冠家只按两块五一斤收价。

冠晓荷并没有赔钱，虽然外边的铁价已很快的由三块涨到三块四。大赤包按着高亦陀的脖子，强买——仍按两块钱一斤算——过来他所囤积的一部分铁来。

“得！赚得不多，可总算开了个小小利市！”冠晓荷相当得意的说。

# 五十八

招弟才只学会了两出戏，一出《汾河湾》，一出《红鸾禧》。她相当的聪明，但是心像一条小死鱼似的，有一阵风儿便顺流而下，跑出好远。她不肯死下工夫学习一样事。

她的总目的是享受。享受恰好是没有边际的：吃是享受，喝也是享受；恋爱是享受，唱几句戏，得点虚荣，也是享受。她要全享受一下。别人去溜冰，她没有去，她便觉得委屈了自己，而落几个小眼泪。可是，她又不能参加一切的热闹，她第一没有分身术，第二还没征服了时间，能教时间老等着她。于是，她只能尽可能的把自己分配在时间里，像钟表上的秒针似的一天到晚不闲着。

这样，她可又招来许多小小的烦恼。她去溜冰，便耽误了学戏。而且，若是在冰场上受了一点寒，嗓子就立刻发哑，无论胡琴怎么低，她也够不上调，急得遍体生津。同样的，假若三个男朋友一个约她看电影，一个约她看戏，一个约她逛公园吃饭，她就不能同时分身到三处去，而一定感到困难。若是辞谢两个吧，便得罪了两个朋友。若是只看半场电影，然后再看一出戏，最后去吃饭吧，便又须费许多唇舌，扯许多的谎，而且还许把三个朋友都得罪了。

况且，这么匆匆的跑来跑去也太劳苦。爱的享受往往是要完全占有，而不是东扑一下，西扑一下呀。它有时候是要在僻静的地方，闭着眼欣赏，而不是锣鼓喧天的事呀。她有时候几乎想到断绝了看电影，听戏，逛公园，吃饭馆，而只专爱一个男友，把恋爱真作成个样子，不要那么摆成一座爱的八阵图。可是，她又舍不得那些热闹。那些热闹到底给她一些刺激。假若她被圈在西山碧云寺，没有电影，戏剧，锣鼓，叫嚣，尽管身边有个极可爱的爱人，恐怕她也会发疯的，她想。过多的享受会使享受变成刺激，而刺激是越来越粗暴的。以听戏说，她慢慢的能欣赏了小生，因为小生的尖嗓比青衣的更直硬一些，更刺耳一些。她也爱听了武戏，而且不是杨小楼的武戏文唱的那一种，她喜欢了《红门寺》，《铁公鸡》，《青石洞》一类的，毫无情节，而专表现武工的戏。锣鼓越响，她才感到一点愉快；遇到《彩楼配》与《祭塔》什么的唱工戏，她会打起瞌睡来。连电影也是如此，她爱看那些无情无理的，乱打乱闹的片子。只有乱打乱闹，才能给她一点印象，她需要强烈的刺激。

对于男朋友们，她也往往感到厌烦。他们总不约而同的耍那套不疼不痒的小把戏。他们之中没有一个李空山。因为厌烦他们，她时时的想念李空山。李空山不会温柔体贴，可是给了她一些刺激。她可也不敢由他们之中，选择出一个，制造成个李空山。她须享受，可也得留神；一有了娃娃便万事皆休。再说，专爱一个男人，别的男人就一定不再送给她礼物，这也是损失。她只好昏昏糊糊的鬼混，她得到了一切，又似乎没得到一切，连她自己也弄不清到底是怎回事。在迷迷糊糊之中，有时候很偶然的她看出来，她是理应如此，因为她是负着什么一种使命，一种从日本人占据了北平后所得来的使命。她自己愿意这样，朋友们愿意她这样，她的父母也愿意她这样；这不是使命还是什么呢？

在她的一些男友之中，较比的倒是新交的几个伶人还使她满意。他们的身体强，行动轻佻，言语粗俗。和他们在一处，她几乎可以忘了她是个女人，而谁也不脸红的把村话说出来。她觉得这颇健康。

男人捧女伶，女人捧男伶，已经成为风气，本来不足为奇。不过，她的朋友们往往指摘她不该结交男伶。这又给她不少的苦痛。凡是别人可以作的，她也都可以作，她是负有“使命”的人，不能甘居人后的落伍。她为什么不可以与男伶为友呢？同时，她又不敢公然的和朋友们开火，绝对不接受他们的批评。她是有“使命”的人，她须到处受人欢迎，好把自己老摆在社会的最前面。她不能随便得罪人，以至招出个倒彩来。

她忙碌，迷糊，劳累；又须算计，又不便多算计；既须大胆，又该留神；感到茫然，又似乎不完全茫然；有了刺激，又仍然空虚。她不知道怎样才好，又觉得怎样都好。她瘦了。在不搽粉的时候，她的脸上显着黄暗，眼睛四围有个黑圈儿。她有时候想休息休息，而又不能休息，事情逼着她去活动。她不知道自己有病没有，而只感到有时候是在雾里飘动。等到搽胭脂抹粉的打扮完了，她又有了自信，她还是很强壮，很漂亮，一点都不必顾虑什么健康不健康。她学会了吸香烟，也敢喝两杯强烈的酒。她已找不到了自己的青春，可也并不老苍。她正好是个有精力，有使命，有人缘，有福气的小妇人。

在这么奔忙，劳碌，迷惘，得意，痛苦，快乐之中，她只无意中的作了一件好事，她救了桐芳。

为避免，或延缓，堕入烟花的危险，桐芳用尽心计抓住了二小姐，她并不十分的恨恶招弟，也不想因鼓励招弟去胡搞而毁灭了招弟。她是被人毁害过了的女人，她不忍看任何的青春女子变成她自己的样子。她只深恨大赤包与日本人。她不能坐候大赤包把她驱逐到妓院去，一入妓院，她便无法再报仇。所以，她抓住了招弟作为自己的掩蔽。在掩蔽的后面，她只能用力推着它，还给它时时的添加一点土，或几根木头，加强它的抵御力。她不能冷水浇头的劝告招弟，引起招弟的不快；招弟一讨厌了她，她便失去了掩蔽，而大赤包的枪弹随时可以打到她。

招弟年轻，喜欢人家服从她，谄媚她。在最初，她似乎也看出来，桐芳的亲善是一种政略。可是，过了几天，以桐芳的能说会道，多知多懂，善于察颜观色，她感到了舒服，也就相信桐芳是真心和她交好了。又过了些日子。她不知不觉的信任了桐芳，而对妈妈渐次冷淡起来。不错，她知道妈妈真的爱她；但是，她已经不是三岁的小娃子，她愿意自己也可以拿一个半个主意，不能诸事都由妈妈替她决定。她不愿永远作妈妈的附属物。拿件小事情来说：她与妈妈一同出去的时候，就是遇上她自己的青年朋友，他们也必先招呼妈妈，而后才招呼她。她在妈妈旁边，仿佛只是妈妈的成绩展览品；她的美丽恰好是妈妈的功劳，她自己好像没有独自应得的光荣。反之，她若跟桐芳在一起呢，她便是主，而桐芳是宾，她是太阳，而桐芳是月亮了。她觉得舒服。她的话，对桐芳，可以成为命令。她拿不定主意的时候，可以向桐芳商议，而这种商谈只显出亲密，与接受命令大不相同。和桐芳在一起，她的光荣确乎完全是她自己的了。而且，桐芳的年纪比妈妈小得多，相貌也还看得过去，所以跟桐芳一块儿出来进去，她就感到她是初月，而桐芳是月钩旁的一颗小星，更足以使画面美丽。跟妈妈在一道呢，人们看一眼老气横秋的妈妈，再看一眼美似春花的她，就难免不发笑，像看一张滑稽影片似的。这每每教她面红过耳。

大赤包的眼睛是不揉沙子的。她一眼便看明白桐芳的用意。可是眼睛不揉沙子的人，心里可未必不容纳几个沙子。她认准了招弟是异宝奇珍，将来一定可以变成杨贵妃或西太后。一方面她须控制住这个宝贝，一方面也得讨小姐的喜欢。假若母女之间为桐芳而发生了冲突，女儿一气而嫁个不三不四的，长相漂亮而家里没有一斗白米的兔蛋，岂不是自己打碎了自己的玛瑙盘子翡翠碗么？不，她不能不网开一面，教小姐在小处得到舒服，而后在大事上好不得不依从妈妈。再说，女儿花是开不久的，招弟必须在全盛时代出了嫁。女儿出嫁后，她再收拾桐芳。不管，不管怎样，不管到什么时候，她必须收拾了桐芳；就是到了七老八十，眼看要入墓了，她也得先收拾了桐芳，而后才能死得瞑目。

在这种新的形势下，却只苦了高第。她得不到妈妈的疼爱，看不上妹妹的行为，又失去了桐芳的友情。不错，她了解桐芳的故意冷淡她，但是理智并不能够完全战胜了感情。她是个女孩子，她需要恋爱或怜爱。她现在是住在冰窖里，到处都是凉的，她受不了。她有时候恨自己，为什么不放开胆子，闯出北平。有时候，她也想到用结婚结束了这冰窖里的生活。但是，嫁给谁呢？想到结婚，她便也想到危险，因为结婚并不永远像吃鱼肝油精那么有益无损。她在家，便感到冷气袭人；出去，又感到茫茫不知所归。浪漫吧，怕危险；老实吧，又无聊。她不知怎样才好。她时常发脾气，甚至于对桐芳发怒。但是，脾气越坏，大家就越不喜欢她，只落个自讨无趣。不发脾气吧，人们也并不就体贴她。她变成个有父母姐妹的孤女。有时候，她还到什么慈善团体去，听听说经，随缘礼拜。可是这也并没使她得到宁静与解脱。反之，在钟磬香烛的空气里冷静一会儿之后，她就更盼望得到点刺激，很像吃了冷酒之后想喝热茶那样。无可如何，她只能偷偷的落几个泪。

天冷起来。买不到煤。每天，街上总有许多冻死的人。日本人把煤都运了走，可是还要表示出他们的善心来。他们发动了冬季义赈游艺大会，以全部收入办理粥厂，好教该冻死的人在一息尚存的时节感激日本人。在这意义之外，他们也就手儿又教北平人多消遣一次；消遣便是麻醉。该冻死的总要冻死，他们可是愿意看那些还不至于被冻死的听到锣鼓，看到热闹，好把心灵冻上。对于这次义赈游艺，他们特别鼓励青年们加入，能唱的要出来唱，能耍的要出来耍；青年男女若注意到唱与耍，便自然的忘了什么民族与国家。

蓝东阳与胖菊子亲自来请招弟小姐参加游艺。冠家的人们马上感到兴奋，心都跳得很快。冠晓荷心跳着而故作镇定的说：

“小姐，小姐！时机到了，这回非唱它一两出不可！”

招弟立刻觉得嗓子有点发干，撒着娇儿说：“那不行啊！又有好几天没吊嗓子啦，词儿也不熟。上台？我不能丢那个人去！我还是溜冰吧！”

“丢人？什么话！咱们冠家永远不作丢人的事，我的小姐！谁的嗓子也不是铁的，都有个方便不方便。只要你肯上台，就是放个屁给他们听听，也得红！反正戏票是先派出去的，咱们唱好了，是他们的造化；唱不好，活该！”晓荷兴奋得几乎忘了文雅，目光四射的道出他的“不负责主义”的真理。

“是要唱一回！”大赤包气派极大的说：“学了这么多的日子，花了那么多的钱，不露一露算怎么回事呢？”然后转向东阳：“东阳，事情我们答应下了！不过，有一个条件：招弟必须唱压轴！不管有什么角色，都得让一步儿！我的女儿不能给别人垫戏！”

东阳对于办义务戏已经有了点经验。他知道招弟没有唱压轴的资格，但是也知道日本人喜欢约出新人物来。扯了扯绿脸，他答应了条件。虽然这里面有许多困难，他可是晓得在办不通的时候可以用势力——日本人的势力——去强迫参加的人。于是他也顺手儿露一露自己的威风：

“我教谁唱开场，谁就得唱开场；教谁压台谁就压台；不论什么资格，本事！不服？跟日本人说去呀！敢去才怪！”

“行头怎办呢？我反正不能随便从‘箱’里提溜出一件就披在身上！要玩，就得玩出个样儿来！”招弟一边说，一边用手心轻轻的拍着脸蛋。

高亦陀从外面进来，正听到招弟的话，很自然的把话接过去：“找行头，小姐？交给我好啦！要什么样的，全听小姐一声吩咐，保管满意！”他今天打扮得特别干净整齐，十分像个“跟包”的。

打量了亦陀一眼，招弟笑了笑。“好啦，我派你作跟包的！”

“得令！”亦陀十分得意的答应了这个美差。

晓荷瞪了亦陀一眼。他自己本想给女儿跟包，好随着她在后台挤出挤进，能多看看女角儿们。在她上台的时节，他还可以弄个小茶壶伺候女儿饮场，以便教台下的人都能看到他。谁知道，这么好的差事又被亦陀抢了去！

“我看哪，”晓荷想减少一些亦陀报效的机会，“咱们楞自己作一身新的，不要去借。好财买脸的事，要作就作到了家！”

招弟拍开了手。她平日总以为爸爸不过是妈妈配角儿，平平稳稳的，没有什么大毛病，可也不会得个满堂好儿。今天，爸爸可是像忽然有了脑子，说出她自己要说的话来。“爸爸！真的，自己作一身行头，够多么好玩呀！是的，那够多么好玩呀！”她一点也没想到一身行头要用多少钱。

大赤包也愿意女儿把风头出得十足，不过她知道一身行头要花许多钱，而且除了在台上穿，别无用处。眨一眨眼，她有了主意：“招弟，你老夸嘴，说你的朋友多，现在到用着他们的时候了，看看他们有没有替你办点事儿的本事！”

招弟又得到了灵感：“对！对！我告诉他们去，我要唱戏，作行头，看他们肯掏掏腰包不肯。他们要是不肯呀，从此我连用眼角都不再看他们一眼。我又不是他妈的野丫头，贱骨头，随便白陪着他们玩！”把村话说出来，她觉得怪痛快，而且仿佛有点正义感似的。

“小姐！小姐！”晓荷连连的叫：“你的字眼儿可不大文雅！”

“还有头面呢！”亦陀失去代借行头的机会，赶快想出补救的办法来。“要是一身新行头，配上旧头面，那才难看得要命。我去借，要点翠的，十成新的，准保配得上新行头！”

把行头与头面的问题都讨论得差不多了，大赤包主张马上叫来小文给招弟过一过戏。“光有好行头，好头面，而一声唱不出来，也不行吧？小姐，你马上就得用功哟！”她派人去叫小文。

小文有小文的身分。你到他家去，他总很客气的招待；你叫他带着胡琴找你来，他伺候不着。

大赤包看叫不来小文，立刻变了脸。东阳的脸也扯得十分生动，很想用他的片子把小文“传”来。倒是招弟拦住了他们：“别胡闹！人家小文是北平数一数二的琴师！你们杀了他，他也不会来！只要有他，我就砸不了；没他呀，我准玩完！算了吧，咱们先打几圈吧!”

东阳还有事，大赤包还有事，胖菊子也还有事。可是中国人的事一遇见麻雀也不怎么就变成了没事，大家很快的入了座。

亦陀在大赤包背后看了两把歪脖子胡，轻轻的溜出去。他去找程长顺。

生活的困苦会强迫着人早熟。长顺儿长了一点身量，也增长了更多的老气，看着很像个成人了。自从小崔死后，他就跟丁约翰合作，作了个小生意。这个小生意很奇特而肮脏。丁约翰是发现者。在英国府，他常看到街上一大车一大车的往日本使馆和兵营拉旧布的军服。军服分明是棉的，因为上下身都那么厚墩墩的。可是，分量很轻，每一车都堆得很高，而拉车的人或马似乎并不很吃力。这引起他的好奇心。他找了个在日本军营作工友的打听打听。那个工友是他的朋友——在使馆区作工友的都自成一帮——可是不肯痛痛快快的告诉他那到底是怎回事。丁约翰，身为英国府的摆台的，当然有些看不起在日本军营作工友的朋友，本想扬着脸走开，不再探问。可是，福至心灵，他约那个朋友去喝两杯酒。以一个世袭基督教徒而言，他向来反对吃酒；但是，为了满足自己的好奇心，他只好对上帝告个便。

酒果然有灵验，三杯下去，那个朋友口吐了真言。那是这样一回事：日本在华北招收了许多伪军，到了冬天当然要给他们每人一身棉军衣。可是，华北的棉花已都被日本人运回国去，不能为伪军再运回来。于是日本的策士们埋头研究了许多日子，发明了一种代用品。这种代用品无须用机器造，也无须在上海或天津定做，而只需要一些破布与烂纸就能作成。这就是丁约翰所看到的一车一车的军衣。这种军衣一碰就破，一湿就瘫；就是在最完好的时候，穿上也不挡寒。虽然如此，伪军可是到底得着了军衣——日本人管它叫作军衣，它便是军衣。

这批军衣的承做者是个日本人。日本人使馆的工友们贿赂了这日本人，取得了特权去委托他们自己的亲友制作。那位朋友也便是得到特权的一个。

丁约翰向来看不起日本人，不为别的，而只为他自己是在英国府作事——他以为英国府的一个仆人也比日本使馆的参赞或秘书还要高贵的多。对于这件以烂纸破布作军服的事，从他的基督徒的立场来说，也是违反上帝的旨意的，因为这是欺骗。无论从哪方面看吧，他都应该对这件事不发生兴趣，而只付之一笑。但是，他到底是个人；人若见了钱而还不忘了英国府与上帝，还成为人么？他决定作个人，即便是把灵魂交给了魔鬼。况且他觉得这样赚几个钱，并不能算犯罪，因为他赚的是日本人的钱。至于由他手里制造出那种军服的代用品，是否对得起那些兵士们，他以为无须考虑，因为伪军都是中国人，而他是向来不把中国人放在心上的。

整花了十天的工夫，他和那个朋友变成了莫逆。凡是该往冠家送的黄油，罐头，与白兰地，都送到那个朋友的家中去。这样，他分到了一小股特权，承办一千套军衣。得到这点特权之后，他十分虔敬的作了礼拜，领了圣餐，并且献了五角钱，（平日作礼拜，他只献一角，）感谢上帝。然后，他决定找长顺合作，因为在全胡同之中只有长顺最诚实，而且和他有来往。

约翰的办法是这样的：他先预支一点钱，作为资本。然后，他教长顺去收买破布，破衣服，和烂纸。破衣服若是棉的，便将棉花抽出来，整理好再卖出去。卖旧棉花的利钱，他和长顺三七分账；他七成，长顺三成。这不大公平，但是他以为长顺既是个孩子，当然不能和一个成人，况且是世袭基督徒，平分秋色。把破布破衣服买来，须由长顺洗刷干净，而后拼到一块——“你的外婆总会作这个的，找小崔寡妇帮帮忙也行；总之，这是你的事，你怎办怎好。”拼好了破布，把烂纸絮在里面——“纸不要弄平了，那既费料子，又显着单薄，顶好就那么团团着放进去，好显出很厚实；分量也轻，省脚力。”絮好，粗枝大叶的一缝，再横竖都“行”上几道，省得用手一提，纸就都往下面坠，变成了破纸口袋。

“这些，”约翰恳切的嘱咐：“都由你作。你跑路，用水，用针线，干活儿，我都不管；每套作成，我给你一块钱。一千套就是一千块呀！你可是得有账。我交给你多少钱，用了多少钱——只算买材料哟，车钱，水钱什么的，都不算哟！——你每天要报账；我不在家，你报给我太太听。账目清楚，军衣作得好，我才能每套给你一块钱；哪样有毛病，我都扣你的钱，听明白了没有？我是基督徒，作事最清楚公道，亲是亲，财是财，要分得明明白白！你懂？”这末两个字是用英文说的，以便增加言语的威力。

没详细考虑，程长顺一下子都答应了。他顾不得计算除了车钱，水钱，灯油钱，针线钱，一块钱还能剩下多少。他顾不得盘算，去收买，去整理，去洗刷，去拼凑，去缝起，去记账，要出多少劳力，费多少时间。他只看见了远远的那一千元。他只觉得这可以解决了他与外婆的生活问题。自从留声机没人再听，外婆的法币丢掉之后，他不单失了业，而且受到饥寒的威胁。他久想作个小生意，可是一来没有资本，二来对什么都外行，他不肯冒险去借钱作生意，万一舍了本儿，他怎么办呢？他是外婆养大的，知道谨慎小心。可是，闲着又没法儿得到吃食，他着急。半夜里听到外婆的长吁短叹，他往往蒙上头偷偷的落泪。他对不起外婆，外婆白养起他来，外婆只养大了一个废物！

他想不到去计算，或探听，丁约翰空手抓饼，不跑一步路，不动一个手指，干赚多少钱。他只觉得应该感激约翰。约翰有个上帝，所以约翰应当发财。长顺也得到了个上帝，便是丁约翰！他须一秉忠心的去作，一个铜板的诡病不能有，一点也不偷懒，好对起外婆与新来的上帝！

长顺忙了起来。一黑早他便起来，到早市上去收买破布烂纸，把它们背了回来。那些破烂的本身虽然没有很大的分量，可是上面的泥污增加了它们的斤两，他咬着牙背负它们，非至万不得已，决不雇车，他的汗湿透了他的衣裤。他可是毫无怨言，这是求生之道，这也是孝敬外婆的最好的表示。

把东西死扯活掖的弄到家中，他须在地上蹲好大半天才能直起腰来。他本当到床上躺一会儿，可是他不肯，他不能教外婆看出他已筋疲力尽，而招她伤心。

这些破东西，每一片段都有它特立独行的味道；合在一起，那味道便无可形容，而永远使人恶心要吐。因此，长顺不许外婆动手，而由他自己作第一遍的整理。他晓得外婆爱干净。

第一，他须用根棍子敲打它们一遍，把浮土打起来。第二，他再逐一的捡起来，抖一抖，抖去沙土，也顺手儿看看，哪一块上的污垢是非过水不能去掉的。第三，他须把应洗刷的浸在头号的大瓦盆里。第四，把脏布都浸透，他再另用一大盆清水，刷洗它们。而后，第五，他把大块的小块的，长的短的，年龄可是都差不多的，搭在绳索上，把它们晒干。

这打土与抖土的工作，使四号的小院子马上变成一座沙阵，对面不见人，像有几匹野马同时在土窝里打滚似的。灰土遮住了一切，连屋脊上门楼上都沙雾迷茫，把檐下的麻雀都害得不住的咳嗽而搬了家。这沙阵不单浓厚，而且腥臭，连隔壁的李四大妈的鼻子都怀疑了自己，一劲儿往四处探索，而断定不了到底那是什么味道。打完一阵，细的灰沙极其逍遥自在的在空中摇荡，而后找好了地方，落在人的头发上，眉毛上，脖领里，饭碗上，衣缝中，使大家证明自己的确是“尘世间”的人物。等灰土全慢慢的落下去，长顺用棍子抽打抽打自己的身上，马上院中就又起了一座规模较小，而照样恼人的，灰阵。他的牙上都满是细——可是并非不臭——的沙子。

马老太太，因为喜欢干净，实在受不住外孙这样天天设摆迷魂阵。她把门窗都堵得严严的，可是臭灰依然落在她的头上，眉上，衣服上，与一切家具上。可是，她不能拦阻外孙，更不肯责备他。他的确是要强，为养活她才起早睡晚的作这个脏臭的营生。她只好用手帕把头包起来，随手的擦抹桌凳。听着外孙抖完了那些脏布，她赶快扯下来头上的手帕，免得教外孙看见而多心。

小崔太太当然也躲不开这个灾难，她可是也一声不出。她这些日子的生活费是长顺给她弄来的。她只能感激他，不能因为一些臭灰沙而说闲话。金钱而外，她需要安慰与爱护，而马老太太与长顺是无微不至的体贴她，帮助她。她睁开眼，世上已没有一个亲人。她虽有个亲哥哥，可是他不大要强。他什么事都作，只是不作好事。假若他知道了她每月能由高亦陀那里领十块钱，他必会来挤去三四块；他只认识钱，不管什么叫同胞手足。近来，她听说，他已经给日本人作了事。她恨日本人，日本人无缘无故的砍去了她丈夫的头。因此，她更不愿意和给日本人作事的哥哥有什么来往。兄妹既断绝了往来，她的世界上只剩了她自己，假若没有马老太太与长顺，她实在不晓得自己怎么活下去。不，她决定不能嫌憎那些臭灰。反之，她须帮助长顺去工作。长顺给她工钱呢，她接着；不给呢，也没多大关系。

在小崔被李四爷抬埋了以后，她病了一大场。她不吃不喝，而只一天到晚的昏睡，有时候发高烧。在发烧的时节，她喊叫小崔，或破口骂日本人。烧过去了一阵，她老实了，鼻翅扇动着，昏昏的睡去。马老太太，在小崔活着的时候，并不和小崔太太怎样亲近，一来是因为小崔好骂人，她听不惯；二来是小崔夫妇总算是一家人，而她自己不过是个老寡妇，也不便多管闲事。及至小崔太太也忽然的变成寡妇，马老太太很自然的把同情心不折不扣的都拿出来。她时时的过来，给小崔太太倒碗开水，或端过一点粥来，在小崔太太乱嚷乱叫的时节，老太太必定过来拉着病人的手。赶到她闹得太凶了，老太太才把李四妈请过来商议办法。等她昏昏的睡去，老太太还不时的到窗外，听一听动静。此外，老太太还和李四妈把两个人所有的医药知识凑在一处，斟酌点草药或偏方，给小崔太太吃。

时间，偏方，与情义，慢慢的把小崔太太治好。她还忘不了小崔，但是时间把小崔与她界划得十分清楚了，小崔已死，她还活着——而且还须活下去。

在她刚刚能走路的时候，她力逼着李四大爷带她去看看小崔的坟。穿上孝袍，拿着二角钱的烧纸，她滴着泪，像一头刚会走路的羊羔似的跟在四大爷的后边，泪由家中一直滴到先农坛的西边。在坟上，她哭得死去活来。

泪洒净了，她开始注意到吃饭喝水和其他的日常琐事。她的身体本来不坏，所以恢复得相当的快。由李四妈陪伴着，她穿着孝衣，在各家门口给帮过她忙与钱的邻居都道了谢。这使她又来到世界上，承认了自己是要继续活下去的。

李四爷和孙七，长顺，给募的那点钱，并没用完，老人对着孙七与长顺，把余款交给了她。长顺儿又每月由高亦陀那里给她领十元的“救济费”。她一时不至于挨饿受冻。

慢慢的，她把屋子整理得干干净净，不再像小崔活着的时候那么乱七八糟了。她开始明白马老太太为什么那样的喜清洁——马老太太是寡妇，喜清洁会使寡妇有点事作。把屋子收拾干净，她得到一点快乐，虽然死了丈夫，可是屋中倒有了秩序。不过，在这有秩序的屋子中坐定，她又感到空虚。不错，那点儿破桌子烂板凳确是被她擦洗得有了光泽，甚至于像有了生命；可是它们不会像小崔那样欢蹦乱跳，那样有火力。对着静静的破桌椅，她想起小崔的一切。小崔的爱，小崔的汗味，小崔的乱说，小崔的胡闹，都是好的；无论如何，小崔也比这些死的东西好。屋中越有秩序，屋子好像就越空阔，屋中的四角仿佛都加宽了许多，哪里都可以容她立一会儿，或坐一会儿，可是不论是立着还是坐着，她都觉得冷静寂寞，而没法子不想念小崔。小崔，在活着的时候，也许进门就跟她吵闹一阵，甚至于打她一顿。但是，那会使她心跳，使她忍受或反抗，那是生命。现在，她的心无须再跳了，可是她丧失了生命；小崔完全死了，她死了一半。

她的身上也比从前整齐了好多。她有工夫检点自己，和照顾自己了。以前，她仿佛不知道有自己，而只知道小崔。她须作好了饭——假若有米的话——等着小崔，省得小崔进门就像饥狼似的喊饿。假若作好了饭，而他还没有回来，她得设法保持饭菜的热气，不能给他冷饭吃。他的衣服，当天换上，当天就被汗沤透，非马上洗涤不可，而他的衣服又是那么少，遇上阴天或落雨就须设法把它们烘干。他的鞋袜是那么容易穿坏，仿佛脚上有几个钢齿似的。一眨眼就会钻几个洞。她须马不停蹄的给他缝补，给他制做。她的工夫完全用在他的身上，顾不得照顾她自己。现在，她开始看她自己了，不再教褂子露着肉，或袜子带着窟窿。身上的整洁恢复了她的青春，她不再是个受气包儿与小泥鬼，而是个相当体面的小妇人了。可是，青春只回来一部分，她的心里并没感到温暖。她的脸上只是那么黄黄的很干净，而没有青春的血色。她不肯愁眉皱眼的，一天到晚的长吁短叹，可是有时候发呆，楞着看她自己的褂子或布鞋。她仿佛不认识了自己。这相当体面，洁净的她，倒好像是另一个人。她还是小崔太太，又不是小崔太太。她不知到底自己是谁。楞着，楞着，她会不知不觉的自言自语起来。及至意识到自己是在说话，她忽然的红了脸，闭紧了嘴，而想赶快找点事作。但是，干什么呢？她想不出。小崔若活着，她老有事作；现在，没有了小崔，她也就失去了生活的发动机。她还年轻，可是又仿佛已被黄土埋上了一半。

无论怎样无聊，她也不肯到街门口去站立一会儿。非至万不得已，她也不到街上去；买块豆腐，或打一两香油什么的，她会恳托长顺给捎来。她是寡妇，不能随便的出头露面，给小崔丢人。就是偶然的上一趟街，她也总是低着头，直来直去，不敢贪热闹。凭她的年龄，她应当蹦蹦跳跳的，但是，她必须低着头；她已不是她自己，而是小崔的寡妇。她的低头疾走是对死去的丈夫负责，不是心中有什么对不起人的事。一个寡妇的责任是自己要活着，还要老背着一块棺材板。这，她才明白了马老太太为什么那样的谨慎，沉稳。对她，小崔的死亡，差不多是一种新的教育与训练。她必须非常的警觉，把自己真变成个寡妇。以前，她几乎没有考虑过，她有什么人格，和应当避讳什么。她就是她，她是小崔的老婆。小崔拉她出来，在门外打一顿，就打一顿；她能还手，就还给他几拳，或咬住他的一块肉；这都没有什么可耻的地方。小崔给她招来耻辱，也替她撑持耻辱。她的褂子露着一块肉，就露着一块肉，没关系；小崔会，仿佛是，遮住那块肉，不许别人多看她一眼。如今，她可须知道耻辱，须遮起她的身体。她是寡妇，也就必须觉到自己是个寡妇。寡妇的世界只是一间小小的黑暗的牢房，她须自动的把自己锁在那里面。

因此，她不单不敢抱怨长顺儿摆起灰沙阵，而且觉得从此可以不再寂寞。她愿意帮马老太太的忙。长顺儿自然不肯教她白帮忙，他愿出二角钱，作为缝好一身“军衣”的报酬；针线由他供给，小崔太太没有谢绝这点报酬，也没有嫌少；她一扑纳心的去操作。这样，她可以不出门，而有点收入与工作，恰好足以表示出她是安分守己的，不偷懒的寡妇。

孙七，也是爱洁净的人，没法忍受这样的乌烟瘴气。他发了脾气。“我说长顺儿，这是怎回事？你老大不少的了，怎么才学会了撒土攘烟儿呀？这成什么话呢，你看看，”他由耳中掏出一小块泥饼来，“你看看，连耳朵里都可以种麦子啦！还腥臭啊！灰土散了之后，可倒好，你又开了小染房，花红柳绿的挂这么一院子破布条！我顶讨厌这湿渌渌的东西碰我的脑袋！”

长顺确是老练多了。搁在往日，他一定要和孙七辩论个水落石出；他一来看不起孙七，二来是年轻气壮，不惜为辩论而辩论的作一番舌战。今天，他可是闭住了嘴，决定一声不响。第一，他须保守秘密，不能山嚷鬼叫的宣布自己的“特权”；好家伙，要教别人都知道了，自己的一千元不就动摇了么？第二，他以为自己已是兴家创业的人，差不多可以与祁老人和李四爷立在一块儿了，怎好因并不住嘴而耽误了工夫呢？孙七说闲话，由他说去吧；挣钱是最要紧的事。是的，他近来连打日本人的事都不大关心了，何况是孙七这点闲话呢。他沉住了气，连看孙七一眼也没看。反正，他知道，自己卖力气挣钱，养活外婆，总不是丢脸的事；干吗辩论呢？可是，他越不出声，孙七就越没结没完。孙七喜欢拌嘴；假若长顺能和他粗着脖子红着筋的乱吵一阵，他或者可以把这场破布官司忘掉，而从争辩中得到点愉快。长顺的一语不发，对于他，是最惨酷的报复。

幸而，马老太太与小崔太太，一老一少两位寡妇，出来给他道歉，他才鸣金收兵。

这样对付了孙七，长顺暗中非常得意。他有了自信心。他不单已经不是个只会背着留声机在小胡同里乱转，时常被人取笑的孩子，而且变成个有办法，有心路，有志气的青年。什么孙七孙八的，他才不惹闲气。有一千元到手，他将是个……是个什么呢？他想不出。可是，他总会变成比今天更好的人是不会错的。

高亦陀找了他来。他完了。他对付不了高亦陀。他不单还是个孩子，而且是个傻蛋！他失去了自信。

# 五十九

天佑老头儿简直不知道怎么办好了。他是掌柜的，他有权调动，处理，铺子中的一切。但是，现在他好像变成毫无作用，只会白吃三顿饭的人。冬天到了，正是大家添冬衣的时节，他却买不到棉花，买不到布匹。买不进来，自然就没有东西可卖，十个照顾主儿进来，倒有七八个空手出去的。当初，他是在北平学的徒；现在，他是在北平领着徒。他所学的，和所教给别人的，首要的是规矩客气，而规矩客气的目的是在使照顾主儿本想买一个，而买了两个或三个；本想买白的，而也将就了灰的。顾客若是空着手出去，便是铺子的失败。现在，天佑天天看见空手出去的人，而且不止一个。他没有多少东西可卖。即使人家想多买，他也拿不出来。即使店伙的规矩客气，可以使买主儿活了心，将就了颜色与花样，他也没有足以代替的东西；白布或者可以代替灰布，但是白布不能代替青缎。他的规矩客气已失去了作用。

铺中只有那么一些货，越卖越少，越少越显着寒伧。在往日，他的货架子上，一格一格的都摆着折得整整齐齐的各色的布，蓝的是蓝的，白的是白的，都那么厚厚的，崭新的，安静的，温暖的，摆列着；有的发着点蓝靛的温和的味道，有的发着些悦目的光泽。天佑坐在靠进铺门的，覆着厚蓝布棉垫子的大凳上，看着格子中的货，闻着那点蓝靛的味道，不由的便觉到舒服，愉快。那是货物，也便是资本；那能生利，但也包括着信用，经营，规矩等等。即使在狂风暴雨的日子，一天不一定有一个买主，也没有多大关系。货物不会被狂风吹走，暴雨冲去；只要有货，迟早必遇见识货的人，用不着忧虑。在他的大凳子的尽头，总有两大席篓子棉花，雪白，柔软，暖和，使他心里发亮。

一斜眼，他可以看到内柜的一半。虽然他的主要的生意是布匹，他可是也有个看得过眼的内柜，陈列着绫罗绸缎。这些细货有的是用棉纸包着斜立在玻璃橱里，有的是折好平放在矮玻璃柜子里的。这里，不像外柜那样朴素，而另有一种情调，每一种货都有它的光泽与尊严，使他想象到苏杭的温柔华丽，想象到人生的最快乐的时刻——假若他的老父亲庆八十大寿，不是要做一件紫的或深蓝或古铜色的，大缎子夹袍么？哪一对新婚夫妇不要穿上件丝织品的衣服呢？一看到内柜，他不单想到丰衣足食，而且也想到升平盛世，连乡下聘姑娘的也要用几匹绸缎。

一年三百六十五天，他几乎老在铺子里，从来也没讨厌过他的生活与那些货物。他没有野心，不会胡思乱想，他像一条小鱼，只要有清水与绿藻便高兴的游泳，不管那是一座小湖，还是一口磁缸子。

现在，两篓棉花早已不见了，只剩下空篓子在后院里扔着。外柜的格子，空了一大半。最初，天佑还叫伙计们把货匀一匀，尽管都摆不满，可也没有完全空着的。渐渐的，匀也匀不及了；空着的只好空着。在自己的铺子里，天佑几乎不敢抬头，那些空格子像些四方的，没有眼珠的眼睛，昼夜的瞪着他，嘲弄他。没法子，他只好把空格用花纸糊起来。但是，这分明是自欺；难道糊起来便算有货了么？

格子多一半糊起来，柜台里只坐着一个老伙计——其余的人都辞退了。老伙计没事可作，只好打盹儿。这不是生意，而是给作生意的丢人呢！内柜比较的好看一些，但是看着更伤心。绸缎，和妇女的头发一样，天天要有新的花样。搁过三个月，就没有再卖出的希望；半年就成了古董——最不值钱的古董。绸缎比布匹剩的多，也就是多剩了赔钱货。内柜也只剩下一个伙计，他更没事可作。无可如何，他只好勤擦橱子与柜子上的玻璃。玻璃越明，旧绸缎越显出暗淡，白的发了黄，黄的发了白。天佑是不爱多说话的人，看着那些要同归于尽的，用银子买来的细货，他更不肯张嘴了。他的口水都变成了苦的，一口一口的咽下去。他的体面，忠实，才能，经验，尊严，都忽然的一笔勾消。他变成了一筹莫展，和那些旧货一样的废物。

没有野心的人往往心路不宽。天佑便是这样。表面上，他还维持着镇定，心里可像有一群野蜂用毒刺蜇着他。

他偷偷的去看邻近的几家铺户。点心铺，因为缺乏面粉，也清锅子冷灶。茶叶铺因为交通不便，运不来货，也没有什么生意好作。猪肉铺里有时候连一块肉也没有。看见这种景况，他稍为松一点心：是的，大家都是如此，并不是他自己特别的没本领，没办法。这点安慰可仅是一会儿的。在他坐定细想想之后，他的心就重新缩紧，比以前更厉害，他想，这样下去，各种营业会一齐停顿，岂不是将要一齐冻死饿死么？那样，整个的北平将要没有布，没有茶叶，没有面粉，没有猪肉，他与所有的北平人将怎样活下去呢？

想到这里，他不由的想到了国家。国亡了，大家全得死；千真万确，全得死！

想到国家，他也就想起来三儿子瑞全。老三走得对，对，对！他告诉自己。不用说老父亲，就是他自己也毫无办法，毫无用处了。哼，连长子瑞宣——那么有聪明，有人格的瑞宣——也没多大的办法与用处！北平完了，在北平的人当然也跟着完蛋。只有老三，只有老三，逃出去北平，也就有了希望。中国是不会亡的，因为瑞全还没投降。这样一想，天佑才又挺一挺腰板，从口中吐出一股很长的白气来。

不过，这也只是一点小小的安慰，并解救不了他目前的困难。不久，他连这点安慰也失去，因为他忙起来，没有工夫再想念儿子。他接到了清查货物的通知。他早已听说要这样办，现在它变成了事实。每家铺户都须把存货查清，极详细的填上表格。天佑明白了，这是“奉旨抄家”。等大家把表格都办好，日本人就清清楚楚的晓得北平还一共有多少物资，值多少钱。北平将不再是有湖山宫殿之美的，有悠久历史的，有花木鱼鸟的，一座名城，而是有了一定价钱的一大块产业。这个产业的主人是日本人。

铺中的人手少，天佑须自己动手清点货物，填写表格。不错，货物是不多了，但是一清点起来，便并不十分简单。他知道日本人都心细如发，他若粗枝大叶的报告上去，必定会招出麻烦来。他须把每一块布头儿都重新用尺量好，一寸一分不差的记下来，而后一分一厘不差的算好它们的价钱。

这样的连夜查点清楚，计算清楚，他还不敢正式的往表上填写。他不晓得应当把货价定高，还是定低。他知道那些存货的一多半已经没有卖出去的希望，那么若是定价高了，货卖不出去，而日本人按他的定价抽税，怎样办呢？反之，他若把货价定低，卖出去一定赔钱，那不单他自己吃了亏，而且会招同业的指摘。他皱上了眉头。他只好到别家布商去讨教。他一向有自己的作风与办法，现在他须去向别人讨教。他还是掌柜的，可是失去了自主权。

同业们也都没有主意。日本人只发命令，不给谁详细的解说。命令是命令，以后的办法如何，日本人不预先告诉任何人。日本人征服了北平，北平的商人理当受尽折磨。

天佑想了个折衷的办法，把能卖的货定了高价，把没希望卖出的打了折扣，他觉得自己相当的聪明。把表格递上去以后，他一天到晚的猜测，到底第二步办法是什么。他猜不出，又不肯因猜不出而置之不理；他是放不下事的人。他烦闷，着急，而且感觉到这是一种污辱——他的生意，却须听别人的指挥。他的已添了几根白色的胡子常常的竖立起来。

等来等去，他把按照表格来查货的人等了来——有便衣的，也有武装的，有中国人，也有日本人。这声势，不像是查货，而倒像捉捕江洋大盗。日本人喜欢把一粒芝麻弄成地球那么大。天佑的体质相当的好，轻易不闹什么头疼脑热。今天，他的头疼起来。查货的人拿着表格，他拿着尺，每一块布都须重新量过，看是否与表格上填写的相合。老人几乎忘了规矩与客气，很想用木尺敲他们的嘴巴，把他们的牙敲掉几个。这不是办事，而是对口供；他一辈子公正，现在被他们看作了诡弊多端的惯贼。

这一关过去了，他们没有发现任何弊病。但是，他缺少了一段布。那是昨天卖出去的。他们不答应。老人的脸已气紫，可是还耐着性儿对付他们。他把流水账拿出来，请他们过目，甚至于把那点钱也拿出来：“这不是？原封没动，五块一角钱！”不行，不行！

他们不能承认这笔账！

这一案还没了结，他们又发现了“弊病”。为什么有一些货物定价特别低呢？他们调出旧账来：“是呀，你定的价钱，比收货时候的价钱还低呀！怎回事？”

天佑的胡子嘴颤动起来。嗓子里噎了好几下才说出话来：“这是些旧货，不大能卖出去，所以……”不行，不行！这分明是有意捣乱，作生意还有愿意赔钱的么？

“可以不可以改一改呢？”老人强挤出一点笑来。

“改？那还算官事？”

“那怎么办呢？”老人的头疼得像要裂开。

“你看怎么办呢？”

老人像一条野狗，被人们堵在墙角上，乱棍齐下。

大伙计过来，向大家敬烟献茶，而后偷偷的扯了扯老人的袖子：“递钱！”

老人含着泪，承认了自己的过错，自动的认罚，递过五十块钱去。他们无论如何不肯收钱，直到又添了十块，才停止了客气。

他们走后，天佑坐在椅子上，只剩了哆嗦。在军阀内战的时代，他经过许多不近情理的事。但是，那时候总是由商会出头，按户摊派，他既可以根据商会的通知报账，又不直接的受军人的辱骂。今天，他既被他们叫作奸商，而且拿出没法报账的钱。他一方面受了污辱与敲诈，还没脸对任何人说。没有生意，铺子本就赔钱，怎好再白白的丢六十块呢？

呆呆的坐了好久，他想回家去看看。心中的委屈不好对别人说，还不可以对自己的父亲，妻，儿子，说么？他离开了铺子。可是，只走了几步，他又打了转身。算了吧，自己的委屈最好是存在自己心中，何必去教家里的人也跟着难过呢。回到铺中，他把没有上过几回身的，皮板并不十分整齐的，狐皮袍找了出来。是的，这件袍子还没穿过多少次，一来因为他是作生意的，不能穿得太阔气了，二来因为上边还有老父亲，他不便自居年高，随便穿上狐皮——虽然这是件皮板并不十分整齐值钱的狐皮袍。拿出来，他交给了大伙计："你去给我卖了吧！皮子并不怎么出色，可还没上过几次身儿；面子是真正的大缎子。"

"眼看就很冷了，怎么倒卖皮的呢？"大伙计问。

"我不爱穿它！放着也是放着，何不换几个钱用？乘着正要冷，也许能多卖几个钱。"

"卖多少呢？"

"瞧着办，瞧着办！五六十块就行！一买一卖，出入很大；要卖东西就别想买的时候值多少钱，是不是？"天佑始终不告诉大伙计，他为什么要卖皮袍。

大伙计跑了半天，四十五块是他得到的最高价钱。

"就四十五吧，卖！"天佑非常的坚决。

四十五块而外，又东拼西凑的弄来十五块，他把六十元还给柜上。他可以不穿皮袍，而不能教柜上白赔六十块。他应当，他想，受这个惩罚；谁教自己没有时运，生在这个倒霉的时代呢。时运虽然不好，他可是必须保持住自己的人格，他不能毫不负责的给铺子乱赔钱。

又过了几天，他得到了日本人给他定的物价表。老人细心的，一款一款的慢慢的看。看完了，他一声没出，戴上帽头，走了出去，他出了平则门[①]。城里仿佛已经没法呼吸，他必须找个空旷的

①平则门，即阜成门。

地方去呼吸，去思索。日本人所定的物价都不到成本的三分之二，而且绝对不许更改；有擅自更改的，以抬高物价，扰乱治安论，枪毙！

护城河里新放的水，预备着西北风到了，冻成坚冰，好打冰储藏起来。水流得相当的快，可是在靠岸的地方已有一些冰凌。岸上与别处的树木已脱尽了叶子，所以一眼便能看出老远去。淡淡的西山，已不像夏天雨后那么深蓝，也不像春秋佳日那么爽朗，而是有点发白，好像怕冷似的。阳光很好，可是没有多少热力，连树影人影都那么淡淡的，枯小的，像是被月光照射出来的。老人看一眼远山，看一眼河水，深深的叹了口气。

买卖怎么作下去呢？货物来不了。报歇业，不准。税高。好，现在，又定了官价——不卖吧，人家来买呀；卖吧，卖多少赔多少。这是什么生意呢？

日本人是什么意思呢？是的，东西都有了一定的价钱，老百姓便可以不受剥削；可是作买卖的难道不是老百姓么？作买卖的要都赔得一塌胡涂，谁还添货呢？大家都不添货，北平不就成了空城了么？什么意思呢？老人想不清楚。

呆呆的立在河岸上，天佑忘了他是在什么地方了。他思索，思索，脑子里像有个乱转的陀螺。越想，心中越乱，他恨不能一头扎在水里去，结束了自己的与一切的苦恼。

一阵微风，把他吹醒。眼前的流水，枯柳，衰草，好像忽然更真切了一些。他无意的摸了摸自己的腮，腮很凉，可是手心上却出着汗，脑中的陀螺停止了乱转。他想出来了！很简单，很简单，其中并没有什么深意，没有！那只是教老百姓看看，日本人在这里，物价不会抬高。日本人有办法，有德政。至于商人们怎么活着，谁管呢！商人是中国人，饿死活该！商人们不再添货，也活该！百姓们买不到布，买不到棉花，买不到一切，活该！反正物价没有涨！日本人的德政便是杀人不见血。

想清楚了这一点，他又看了一眼河水，急快的打了转身。他须去向股东们说明他刚才所想到的，不能胡胡涂涂的就也用“活该”把生意垮完，他须交代明白了。他的厚墩墩的脚踵打得地皮出了响声，像奔命似的他进了城。他是心中放不住事的人，他必须马上把事情搞清楚了，不能这么半死不活的闭着眼混下去。

所有的股东都见到了，谁也没有主意。谁都愿意马上停止营业，可是谁也知道日本人不准报歇业。大家都只知道买卖已毫无希望，而没有一点挽救的办法。他们只能对天佑说：“再说吧！你多为点难吧！谁教咱们赶上这个……”大家对他依旧的很信任，很恭敬，可是任何办法也没有。他们只能教他去看守那个空的蛤壳，他也只好点了头。

无可如何的回到铺中，他只呆呆的坐着。又来了命令：每种布匹每次只许卖一丈，多卖一寸也得受罚。这不是命令，而是开玩笑。一丈布不够作一身男裤褂，也不够作一件男大衫的。日本人的身量矮，十尺布或者将就够作一件衣服的；中国人可并不都是矮子。天佑反倒笑了，矮子出的主意，高个子必须服从，没有别的话好讲。“这倒省事了！”他很难过，而假装作不在乎的说：“价钱有一定，长短有一定，咱们满可以把算盘收起去了！”说完，他的老泪可是直在眼圈里转。这算哪道生意呢！经验，才力，规矩，计划，都丝毫没了用处。这不是生意，而是给日本人做装饰——没有生意的生意，却还天天挑出幌子去，天天开着门！

他一向是最安稳的人，现在他可是不愿再老这么呆呆的坐着。

他已没了用处，若还像回事儿似的坐在那里，充掌柜的，他便是无聊，不知好歹。他想躲开铺子，永远不再回来。

第二天，他一清早就出去了。没有目的，他信马由缰的慢慢的走。经过一个小摊子，也立住看一会儿，不管值得看还是不值得看，他也要看，为是消磨几分钟的工夫。看见个熟人，他赶上去和人家谈几句话。他想说话，他闷得慌。这样走了一两个钟头，他打了转身。不行，这不像话。他不习惯这样的吊儿郎当。他必须回去。不管铺子变成什么样子，有生意没有，他到底是个守规矩的生意人，不能这样半疯子似的乱走。在铺子里呆坐着难过，这样的乱走也不受用；况且，无论怎样，到底是在铺子里较比的更像个生意人。

回到铺中，他看见柜台上堆着些胶皮鞋，和一些残旧的日本造的玩具。

“这是谁的？”天佑问。

“刚刚送来的。”大伙计惨笑了一下。“买一丈绸缎的，也要买一双胶皮鞋；买一丈布的也要买一个小玩艺儿；这是命令！”

看着那一堆单薄的，没后程[①]的日本东西，天佑楞了半天才说出话来：“胶皮鞋还可以说有点用处，这些玩艺儿算干什么的呢？况且还是这么残破，这不是硬敲买主儿的钱吗？”

大伙计看了外边一眼，才低声的说：“日本的工厂大概只顾造枪炮，连玩艺儿都不造新的了，准的！”

“也许！”天佑不愿意多讨论日本的工业问题，而只觉得这些旧玩具给他带来更大的污辱，与更多的嘲弄。他几乎要发脾气：“把它们放在后柜去，快！多年的老字号了，带卖玩艺儿，还是破

①没后程，指物品质量低劣，使不住。

的！赶明儿还得带卖仁丹呢！哼！”

看着伙计把东西收到后柜去，他泡了一壶茶，一杯一杯又一杯的慢慢喝。这不像是吃茶，而倒像拿茶解气呢。看着杯里的茶，他想起昨天看见的河水。他觉得河水可爱，不单可爱，而且仿佛能解决一切问题。他是心路不甚宽的人，不能把无可奈何的事就看作无可奈何，而付之一笑。他把无可奈何的事看成了对自己的考验，若是他承认了无可奈何，便是承认了自己的无能，没用。他应付不了这个局面，他应当赶快结束了自己——随着河水顺流而下，漂，漂，漂，漂到大河大海里去，倒也不错。心路窄的人往往把死看作康庄大道，天佑便是这样。想到河，海，他反倒痛快一点，他看见了空旷，自由，无忧无虑，比这么揪心扒肝的活着要好的多。

刚刚过午，一部大卡车停在了铺子外边。

“他们又来了！”大伙计说。

“谁？”天佑问。

“送货的！”

“这回恐怕是仁丹了！”天佑想笑一笑，可是笑不出来。

车上跳下来一个日本人，三个中国人，如狼似虎的，他们闯进铺子来。虽然只是四个人，可是他们的声势倒好像是个机关枪连。

“货呢，刚才送来的货呢？”一个中国人非常着急的问。

大伙计急忙到后柜去拿。拿来，那个中国人劈手夺过去，像公鸡掘土似的，极快而有力的数：“一双，两双……”数完了，他脸上的肌肉放松了一些，含笑对那个日本人说：“多了十双！我说毛病在这里，一定是在这里！”

日本人打量了天佑掌柜一番，高傲而冷酷的问：“你的掌柜？”

天佑点了点头。

“哈！你的收货？”

大伙计要说话，因为货是他收下的。天佑可是往前凑了一步，又向日本人点了点头。他是掌柜，他须负责，尽管是伙计办错了事。

“你的大大的坏蛋！”

天佑咽了一大口唾沫，把怒气，像吃丸药似的，冲了下去。依旧很规矩的，和缓的，他问：

“多收了十双，是不是？照数退回好了！”

“退回？你的大大的奸商！”冷不防，日本人一个嘴巴打上去。

天佑的眼中冒了金星。这一个嘴巴，把他打得什么全不知道了。忽然的他变成了一块不会思索，没有感觉，不会动作的肉，木在了那里。他一生没有打过架，撒过野。他万想不到有朝一日他也会挨打。他的诚实，守规矩，爱体面，他以为，就是他的钢盔铁甲，永远不会教污辱与手掌来到他的身上。现在，他挨了打，他什么也不是了，而只是那么立着的一块肉。

大伙计的脸白了，极勉强的笑着说：“诸位老爷给我二十双，我收二十双，怎么，怎么……”他把下面的话咽了回去。

“我们给你二十双？”一个中国人问。他的威风仅次于那个日本人的。“谁不知道，每一家发十双！你乘着忙乱之中，多拿了十双，还怨我们，你真有胆子！”

事实上，的确是他们多给了十双。大伙计一点不晓得他多收了货。为这十双鞋，他们又跑了半座城。他们必须查出这十双鞋来，否则没法交差。查到了，他们不能承认自己的疏忽，而必把过错派在别人身上。

转了转眼珠，大伙计想好了主意："我们多收了货，受罚好啦！"

这回，他们可是不受贿赂。他们必须把掌柜带走。日本人为强迫实行"平价"，和强迫接收他们派给的货物，要示一示威。他们把天佑掌柜拖出去。从车里，他们找出预备好了的一件白布坎肩，前后都写着极大的红字——奸商。他们把坎肩扔给天佑，教他自己穿上。这时候，铺子外边已围满了人。浑身都颤抖着，天佑把坎肩穿上。他好像已经半死，看看面前的人，他似乎认识几个，又似乎不认识。他似乎已忘了羞耻，气愤，而只那么颤抖着任人摆布。

日本人上了车。三个中国人随着天佑慢慢的走，车在后面跟着。上了马路，三个人教给他："你自己说：我是奸商！我是奸商！我多收了货物！我不按定价卖东西！我是奸商！说！"

天佑一声没哼。

三把手枪顶住他的背。"说！"

"我是奸商！"天佑低声的说。平日，他的语声就不高，他不会粗着脖子红着筋的喊叫。

"大点声！"

"我是奸商！"天佑提高了点声音。

"再大一点！"

"我是奸商！"天佑喊起来。

行人都立住了，没有什么要事的便跟在后面与两旁。北平人是爱看热闹的。只要眼睛有东西可看，他们便看，跟着看，一点不觉得厌烦。他们只要看见了热闹，便忘了耻辱，是非，更提不到愤怒了。

奸商

天佑的眼被泪迷住。路是熟的，但是他好像完全不认识了。他只觉得路很宽，人很多，可是都像初次看见的。他也不知道自己是在作什么。他机械的一句一句的喊，只是喊，而不知道喊的什么。慢慢的，他头上的汗与眼中的泪联结在一处，他看不清了路，人，与一切东西。他的头低下去，而仍不住的喊。他用不着思索，那几句话像自己能由口中跳出来。猛一抬头，他又看见了马路，车辆，行人，他也更不认识了它们，好像大梦初醒，忽然看见日光与东西似的。他看见了一个完全新的世界，有各种颜色，各种声音，而一切都与他没有关系。一切都那么热闹而冷淡，美丽而惨酷，都静静的看着他。他离着他们很近，而又像很远。他又低下头去。

走了两条街，他的嗓子已喊哑。他感到疲乏，眩晕，可是他的腿还拖着他走。他不知道已走在哪里，和往哪里走。低着头，他还喊叫那几句话。可是，嗓音已哑，倒仿佛是和自己叨唠呢。一抬头，他看见一座牌楼，有四根极红的柱子。那四根红柱子忽然变成极粗极大，晃晃悠悠的向他走来。四条扯天柱地的红腿向他走来，眼前都是红的，天地是红的，他的脑子也是红的。他闭上了眼。

过了多久，他不知道。睁开眼，他才晓得自己是躺在了东单牌楼的附近。卡车不见了，三个枪手也不见了，四围只围着一圈小孩子。他坐起来，楞着。楞了半天，他低头看见了自己的胸。坎肩已不见了，胸前全是白沫子与血，还湿着呢。他慢慢的立起来，又跌倒，他的腿已像两根木头。挣扎着，他再往起立；立定，他看见了牌楼的上边只有一抹阳光。他的身上没有一个地方不疼，他的喉中干得要裂开。

一步一停的，他往西走。他的心中完全是空的。他的老父亲，久病的妻，三个儿子，儿媳妇，孙男孙女，和他的铺子，似乎都已不存在。他只看见了护城河，与那可爱的水；水好像就在马路上流动呢，向他招手呢。他点了点头。他的世界已经灭亡，他须到另一个世界里去。在另一世界里，他的耻辱才可以洗净。活着，他只是耻辱的本身；他刚刚穿过的那件白布红字的坎肩永远挂在他身上，粘在身上，印在身上，他将永远是祁家与铺子的一个很大很大的一个黑点子，那黑点子会永远使阳光变黑，使鲜花变臭，使公正变成狡诈，使温和变成暴厉。

他雇了一辆车到平则门。扶着城墙，他蹭出去。太阳落了下去。河边上的树木静候着他呢。天上有一点点微红的霞，像向他发笑呢。河水流得很快，好像已等他等得不耐烦了。水发着一点点声音，仿佛向他低声的呼唤呢。

很快的，他想起一辈子的事情；很快的，他忘了一切。漂，漂，漂，他将漂到大海里去，自由，清凉，干净，快乐，而且洗净了他胸前的红字。

# 六十

天佑的尸身并没漂向大河大海里去，而是被冰，水藻，与树根，给缠冻在河边儿上。

第二天一清早就有人发现了尸首，到午后消息才传至祁家。祁老人的悲痛是无法形容的。四世同堂中的最要紧，离他最近，最老成可靠的一层居然先被拆毁了！他想象得到自己的死，和儿媳妇的死——她老是那么病病歪歪的。他甚至于想象得到三孙子的死。他万想象不到天佑会死，而且死得这么惨！老天是无知，无情，无一点心肝的，会夺去这最要紧，最老成的人："我有什么用呢？老天爷，为什么不教我替了天佑呢？"老人跳着脚儿质问老天爷。然后，他诅咒日本人。他忘了规矩，忘了恐惧，而破口大骂起来。一边骂，一边哭，直哭得不能再出声儿。

天佑太太的泪一串串的往下流，全身颤抖着，可是始终没放声。一会儿，她的眼珠往上翻，闭过气去。

韵梅流着泪，一面劝解祖父，一面喊叫婆婆。两个孩子莫名其妙的，扯着她的衣襟，不肯放手。

瑞丰，平日对父亲没有尽过丝毫的孝心，也张着大嘴哭得哇哇的。

慢慢的，天佑太太醒了过来。她这才放声的啼哭。韵梅也陪着婆母哭。

哭闹过了一大阵，院中忽然的没有了声音。泪还在落，鼻涕还在流，可是没了响声，像风雷过去，只落着小雨。悲愤，伤心，都吐了出去，大家的心里全变成了空的，不知道思索，想不起行动。他们似乎还活着，又像已经半死，都那么低头落泪，楞着。

楞了不知有多久，韵梅首先出了声："老二，找你哥哥去呀！"

这一点语声，像一个霹雷震动了浓厚的黑云，大雨马上降下来，大家又重新哭叫起来。韵梅劝告这个，安慰那个，完全没有用处，大家只顾倾泄悲伤，根本听不见她的声音。

天佑太太坐在炕沿上，已不能动，手脚像冰一样凉。祁老人的脸像忽然缩小了一圈。手按着膝盖，他已不会哭，而只颤抖着长嚎。瑞丰的哭声比别人的都壮烈，他不知道哭的是什么，而只觉得大声的哭喊使心中舒服。

韵梅抹着泪，扯住老二的肩摇了几下子："去找你大哥！"她的声音是那么尖锐，她的神情是那么急切，使瑞丰没法不收住悲音。连祁老人也感到一点什么震动，而忽然的清醒过来。老人也喊了声："找你哥哥去！"

这时候，小文和棚匠刘师傅的太太都跑进来。自从刘师傅走后，瑞宣到领薪的日子，必教韵梅给刘太太送过六元钱去。刘太太是个矮身量，非常结实的乡下人，很能吃苦。在祁家供给她的钱以外，她还到铺户去揽一些衣服，缝缝洗洗的，赚几文零用。她也时常的到祁家来，把韵梅手中的活计硬抢了去，抽着工夫把它们作好。她是乡下人，作的活计虽粗，可是非常的结实；给小顺儿们作的布鞋，帮子硬，底儿厚，一双真可以当两双穿。她不大爱说话，但是一开口也满有趣味与见解，所以和天佑太太与韵梅成了好朋友。对祁家的男人们，她可是不大招呼；她是乡下人，却有个心眼儿。

小文轻易不到祁家来。他知道祁家的人多数是老八板儿，或者不大喜欢他的职业与行动，不便多过来讨厌。他并不轻看自己，可也尊重别人，所以他须不即不离的保持住自己的身分。今天，他听祁家哭得太凶了，不能不过来看看。

迎着头，瑞丰给两位邻居磕了一个头。他们马上明白了祁家是落了白事。小文和刘太太都不敢问死的是谁，而只往四处打眼。瑞丰说了声："老爷子……"小文和刘太太的泪立刻在眼中转。他们都没和天佑有过什么来往，可是都知道天佑是最规矩老实的人，所以觉得可惜。

刘太太立刻跑去伺候天佑太太，和照应孩子。

小文马上问："有用我的地方没有？"

祁老人一向不大看得起小文，现在他可是拉住了小文的手。"文爷，他死得惨！惨！"老人的眼本来就小，现在又红肿起来，差不多把眼珠完全掩藏起来。

韵梅又说了话："文爷，给瑞宣打个电话去吧！"

小文愿意作这点事。

祁老人拉着小文，立了起来："文爷，打电话去！教他到平则门外去，河边！河边！"说完，他放开了小文的手，对瑞丰说："走！出城！"

"爷爷，你不能去！"

老人怒吼起来："我怎么不能去？他是我的儿子，我怎么不能去？教我一下子也摔到河里去，跟他死在一块儿，我也甘心！走，瑞丰！”

小文一向不慌不忙，现在他小跑着跑出去。他先去看李四爷在家没有。在家。“四大爷，快到祁家去！天佑掌柜过去了！”

“谁？”李四爷不肯信任他的耳朵。

“天佑掌柜！快去！”小文跑出去，到街上去借电话。

四大妈刚一听明白，便跑向祁家来。一进门，不管三七二十一，就放声哭嚎起来。

李四爷拉住了祁老人的手，两位老人哆嗦成了一团。李老人办惯了丧事，轻易不动感情；今天，他真动了心。祁老人是他多年的好友，天佑又是那么规矩老实，不招灾不惹祸的人；当他初认识祁老人的时候，天佑还是个小孩子呢。

大家又乱哭了一场之后，心中开始稍觉得安定一些，因为大家都知道李四爷是有办法的人。李四爷擦了擦眼，对瑞丰说：“老二，出城吧！”

“我也去！”祁老人说。

“有我去，你还不放心吗？大哥！”李四爷知道祁老人跟去，只是多添麻烦，所以拦阻他。

“我非去不可！”祁老人非常的坚决。为表示他能走路，无须别人招呼他，他想极快的走出去，教大家看一看。可是，刚一下屋外的台阶，他就几乎摔倒。挣扎着立稳，他再也迈不开步，只剩了哆嗦。

天佑太太也要去。天佑是她的丈夫，她知道他的一切，所以也必须看看丈夫是怎样死的。

李四爷把祁老人和天佑太太都拦住：“我起誓，准教你们看看他的尸！现在，你们不要去！等我都打点好了，我来接你们，还不行吗？”

祁老人用力瞪着小眼，没用，他还是迈不开步。

“妈！”韵梅央告婆婆。“你就甭去了吧！你不去，也教爷爷好受点儿！”

天佑太太落着泪，点了头。祁老人被四大妈搀进屋里去。

李四爷和瑞丰走出去。他们刚出门，小文和孙七一块儿走了来。小文打通了电话，孙七是和小文在路上遇见的。平日，孙七虽然和小文并没什么恶感，可是也没有什么交情。专以头发来说，小文永远到最好的理发馆去理发刮脸，小文太太遇有堂会必到上海人开的美容室去烫发。这都给孙七一点刺激，而不大高兴多招呼文家夫妇。今天，他和小文仿佛忽然变成了好朋友，因为小文既肯帮祁家的忙，那就可以证明小文的心眼并不错。患难，使人的心容易碰到一处。

小文不会说什么，只一支跟着一支的吸烟。孙七的话来得很容易，而且很激烈，使祁老人感到一些安慰。老人已躺在炕上，一句话也说不出，可是他还听着孙七的乱说，时时的叹一口气。假若没有孙七在一旁拉不断扯不断的说，他知道他会再哭起来的。

职业的与生活的经验，使李四爷在心中极难过的时节，还会计划一切。到了街口，他便在一个小茶馆里叫了两个人，先去捞尸。然后，他到护国寺街一家寿衣铺，赊了两件必要的寿衣。他的计划是：把尸身打捞上来，先脱去被水泡过一夜的衣服，换上寿衣——假若这两件不好，不够，以后再由祁家添换。换上衣服，他想，便把尸首暂停在城外的三仙观里，等祁家的人来办理入殓开吊。日本人不许死尸入城，而且抬来抬去也太麻烦，不如就在庙里办事，而后抬埋。

这些计划，他一想到，便问瑞丰以为如何。瑞丰没有意见。他的心中完全是空的，而只觉得自己无忧无虑的作孝子，到处受别人的怜惜，颇舒服，而且不无自傲之感。

出了城，看见了尸身——已由那两位雇来的人捞了上来，放在河岸上——瑞丰可是真动了心。一下子，趴伏在地，搂着尸首，他大哭起来。这回，他的泪是真的，是由心的深处冒出来的。天佑的脸与身上都被泡肿，可是并不十分难看，还是那么安静温柔。他的手中握着一把河泥，脸上可相当的干净，只在胡子上有两根草棍儿。

李四爷也落了泪。这是他看着长大了的祁天佑——自幼儿就腼腆，一辈子没有作过错事，永远和平，老实，要强，稳重的祁天佑！老人没法不伤心，这不只是天佑的命该如此，而是世界已变了样了——老实人，好人，须死在河里！

瑞宣赶到。一接到电话，他的脸马上没有了血色。嘴唇颤着，他只告诉了富善先生一句话："家里出了丧事！"便飞跑出来。他几乎不知道怎样来到的平则门外。他没有哭，而眼睛已看不清面前的一切。假若祖父忽然的死去，他一定会很伤心的哭起来。但是，那只是伤心，而不能教他迷乱，因为祖父的寿数已到，死亡是必不可免的，他想不到父亲会忽然的死去。况且，他是父亲的长子：他的相貌，性格，态度，说话的样子，都像父亲，因为在他的幼时，只有父亲是他的模范，而父亲也只有他这么一个珍宝接受他全份的爱心。他第一次上大街，是由父亲抱去的。他初学走路，是由父亲拉着他的小手的。他上小学，中学，大学，是父亲的主张。他结了婚，作了事，有了自己的儿女，在多少事情上他都可以自主，不必再和父亲商议，可是他处理事情的动机与方法，还暗中与父亲不谋而合。他不一定对父亲谈论什么，可是父子之间有一种不必说而互相了解的亲密；一个眼神，一个微笑，便够了，用不着多费话。父亲看他，与他看父亲，都好像能由现在，看到二三十年前；在二三十年前，只要他把小手递给父亲，父亲就知道他要出去玩玩。他有他自己的事业与学问，与父亲的完全不同，可是除了这点外来的知识与工作而外，他觉得他是父亲的化身。他不完全是自己，父亲也不完全是父亲，只有把父子凑到一处，他仿佛才能感到安全，美满。他没有什么野心，他只求父亲活到祖父的年纪，而他也像父亲对祖父那样，虽然已留下胡子，可是还体贴父亲，教父亲享几年晚福。这不是虚假的孝顺，而是，他以为，最自然，最应该的事。

父亲会忽然的投了水！他自己好像也死去了一大半！

他甚至于没顾得想父亲死了的原因，而去诅咒日本人。他的眼中只有个活着的父亲，与一个死了的父亲；父亲，各种样子的父亲——有胡子的，没胡子的，笑的，哭的——出现在他眼前，一会儿又消灭。他顾不得再想别的。

看见了父亲，他没有放声的哭出来。他一向不会大哭大喊。放声的哭喊只是没有办法的办法，而他是好想办法的人，不惯于哭闹。他跪在了父亲的头前，隔着泪看着父亲。他的胸口发痒，喉中发甜，他啐出一口鲜红的血来。腿一软，他坐了在地上。天地都在旋转。他不晓得了一切，只是口中还低声的叫：“爸爸！爸爸！”

好久，好久，他才又看见了眼前的一切，也发觉了李四爷用手在后面戗着他呢。

“别这么伤心哟！”四爷喊着说：“死了的不能再活，活着的还得活下去呀！”

瑞宣抹着泪立起来，用脚把那口鲜红的血擦去。他身上连一点力气也没有了，脸上白得可怕。可是，他还要办事。无论他怎么伤心，他到底是主持家务的人，他须把没有吐净的心血花费在操持一切上。

他同意李四爷的办法，把尸身停在三仙观里。

李四爷借来一块板子，瑞宣瑞丰和那两个帮忙的人，把天佑抬起来，往庙里走。太阳已偏西，不十分暖和的光射在天佑的脸上。瑞宣看着父亲的脸，泪又滴下来，滴在了父亲的脚上。他浑身酸软无力，可是还牢牢的抬着木板，一步一步的往前挪动。他觉得他也许会一跤跌下去，不能再起来，可是他挣扎着往前走，他必须把父亲抬到庙中去安息。

三仙观很小，院中的两株老柏把枝子伸到墙外，仿佛为是好多得一点日光与空气。进了门，天佑的脸上没有了阳光，而遮上了一层儿淡淡的绿影。“爸爸！”瑞宣低声的叫。“在这里睡吧！”

停灵的地方是在后院。院子更小，可是没有任何树木，天佑的脸上又亮起来。把灵安置好，瑞宣呆呆的看着父亲。父亲确是睡得很好，一动不动的，好像极舒服，自在，没有丝毫的忧虑。生活是梦，死倒更真实，更肯定，更自由！

“哥哥！”瑞丰的眼，鼻，连耳朵，都是红的。“怎么办事呀？”

“啊？”瑞宣像由梦中惊醒了似的。

“我说，咱们怎么办事？”老二的伤心似乎已消逝了十之八九，又想起凑热闹来。丧事，尽管是丧事，据他看，也是凑热闹的好机会。穿孝，唪经，焚纸，奠酒，磕头，摆饭，入殓，开吊，出殡……有多么热闹呀！他知道自己没有钱，可是大哥总该会设法弄钱去呀。人必须尽孝，父亲只会死一回，即使大哥为难，也得把事情办得热热闹闹的呀。只要大哥肯尽孝，他——老二——也就必定用尽心计，筹划一切，使这场事办得极风光，极体面，极火炽。比如说：接三那天还不糊些顶体面的纸人纸马，还不请十三位和尚念一夜经么？伴宿就更得漂亮一些，酒席至少是八大碗一个火锅，庙外要一份最齐全的鼓手；白天若还是和尚唪经，夜间理应换上喇嘛或道士。而后，出殡的时候，至少有七八十个穿孝的亲友，像一大片白鹅似的在棺材前面慢慢的走；棺材后面还有一二十辆轿车，白的，黄的，蓝的，里面坐着送殡的女客。还有执事，清音，闹丧鼓，纸人纸车金山银山呢！只有这样，他想，才足以对得起死去的父亲，而亲友们也必钦佩祁家——虽然人是投河死了的，事情可办得没有一点缺陷啊！

"四爷爷！"瑞宣没有搭理老二，而对李老人说："咱们一块儿回去吧？怎么办事，我得跟祖父，母亲商议一下，有你老人家在一旁，或者……"

李老人一眼便看进瑞宣的心里去："我晓得！听老人们怎么说，再合计合计咱们的钱力，事情不能办得太寒伧，也不能太扎花[①]；这个年月！"然后他告诉瑞丰："老二，你在这里看着；我们一会儿就回来。"同时，他把那两个帮忙的人也打发回去。

看见了家门，瑞宣简直迈不开步了。费了极大的力量，他才上了台阶。只是那么两三步，他可是已经筋疲力尽。他的眼前飞舞着几个小的金星，心跳得很快。他扶住了门框，不能再动。门框上，刚刚由小文贴上了白纸，浆糊还湿着呢。他不会，也不敢，进这贴了白纸的家门。见了祖父与母亲，他说什么呢？怎么安慰他们呢？

---

①太扎花，铺张浪费，惹人眼目。

李四爷把他搀了进去。

家中的人一看瑞宣回来了，都又重新哭起来。他自己不愿再哭，可是泪已不受控制，一串串的往下流。

李四爷看他们已经哭得差不多了，拦住了大家："不哭喽！得商量商量怎么办事哟！"

听到这劝告，大家仿佛头一次想到死人是要埋起来的；然后都抹着泪坐在了一处。

祁老人还顾不得想实际的问题，拉着四爷的手说："天佑没给我送终，我倒要发送他啦；这由何处说起哟！"

"那有什么法子呢？大哥！"李四爷感叹着说，然后，他一语点到了题："先看看咱们有多少钱吧！"

"我去支一个月的薪水！"瑞宣没有说别的，表示他除此而外，别无办法。

天佑太太还有二十多块现洋，祁老人也存着几十块现洋，与一些大铜板。这都是他们的棺材本儿，可是都愿意拿出来，给天佑用。"四爷，给他买口好材，别的都是假的！谁知道，我死的时候是棺材装呢，还是用席头儿卷呢！"老人颤声的说。真的，老人的小眼睛已看不见明天。他的唯一的恐惧是死。不过，到时候非死不可呢，他愿意有一口好的棺材，和一群儿孙给他带孝；这是他的最后的光荣！可是，儿子竟自死在他的前面，夺去了他的棺材，还有什么话可说呢。最后的光荣才是真的光荣，可是他已不敢希望那个。他的生活秩序完全被弄乱了，他不敢再希望什么，不敢再自信。他已不是什么老寿星，可能的他将变成老乞丐，死后连棺材都找不到！

"好！我去给看口材，准保结实，体面！"李四爷把祁老人的提案很快的作了结束。“停几天呢？天佑太太！”

天佑太太很愿意丈夫的丧事办得像个样子。她知道的清楚：丈夫一辈子没有浪费过一个钱，永远省吃俭用的把钱交到家中。他应当得到个体面的发送，大家应当给他个最后的酬谢。可是，她也知道自己不定哪时就和丈夫并了骨，不为别人，她也得替瑞宣设想；假若再出一档子白事，瑞宣怎么办呢？想到这里，她马上决定了：

“爷爷，搁五天怎样？在庙里，多搁一天，多花一天的钱！”

五天太少了。可是祁老人忍痛的点了头。他这时候已看清了瑞宣的脸——灰渌渌的像一张风吹雨打过的纸。

“总得念一夜经吧？爷爷！”天佑太太低着头问。

大家也无异议。

瑞宣只迷迷糊糊的听着，不说什么。对这些什么念经，开吊的，在平日，他都不感觉兴趣，而且甚至以为都没用处，也就没有非此不可的必要。今天，他不便说什么。文化是文化，文化里含有许多许多不必要的繁文缛节，不必由他去维持，也不必由他破坏。再说，在这样的一个四世同堂的家庭里，文化是有许多层次的，像一块千层糕。若专凭理智办事，他须削去几层，才能把事情办得合理；但是，若用智慧的眼来看呢，他实在不必因固执而伤了老人们的心。他是现代的人，但必须体贴过去的历史。只要祖父与妈妈不像瑞丰那样贪热闹，他便不必教他们难堪。他好像是新旧文化中的钟摆，他必须左右摆匀，才能使时刻进行得平稳准确。

李四爷作了总结束：“好啦，祁大哥，我心里有了准数啦！棺材，我明天去看。瑞宣，你明天一早儿到坟地去打坑。孙七，你匀得出工夫来吗？好，你陪着瑞宣去。刘太太，你去扯布，扯回来，帮着祁大奶奶赶缝孝衣。念经，就用七众儿吧，我去请。鼓手，执事，也不必太讲究了，有个响动就行，是不是？都请谁呢？”

韵梅由箱子里找出行人情的礼金簿来。祁老人并没看簿子，就决定了：“光请至亲至友，大概有二十多家子。”老人平日在睡不着的时候，常常掐指计算：假若在他死的时候，家道还好，而大办丧事呢，就应当请五十多家亲友，至少要摆十四五桌饭；若是简单的办呢，便可减少一半。

“那么，就预备二十多家的饭吧。”李四爷很快的想好了主意：“干脆就吃炒菜面，又省钱，又热乎；这年月，亲友不会耻笑咱们！大哥，你带着她们到庙里看看吧。到庙里，告诉老二，教他明天去报丧请人。好在只有二十多家，一天足以跑到了。大哥！到那里，可不准太伤心了，身体要紧！四妈，你同天佑太太去；到那儿，哭一场就回来！回头我去和老二守灵。”

李老人下完这些命令，刘太太赶快去扯布。祁老人带着李四妈，儿媳与小顺子，雇了车，到庙中去。

刘太太拿了钱，已快走出街门，李四爷向她喊：“一个铺子只能扯一丈哟，多跑几家！”

韵梅也想到庙中去哭一场，可是看瑞宣的样子，她决定留在家里。

孙七的事情是在明天，他告辞回家去喝酒，他的心里堵得慌。

小文没得到任何命令，还继续的一支紧接着一支的吸烟。李老人看了小文一眼，向他点点手：“文爷，你去弄几两白干吧，我心里难过！”

瑞宣走到自己的屋中去，躺在了床上。韵梅轻轻的进来，给他盖上了一床被子。他把头蒙上，反倒哭出了声儿。

泪洒净，他心中清楚了许多，也就想起日本人来。想到日本人，他承认了自己的错误：自己不肯离开北平，几乎纯粹是为家中老幼的安全与生活。可是，有什么用呢？自己下过狱，老二变成了最没出息的人；现在，连最老成，最谨慎的父亲，也投了河！在敌人手底下，而想保护一家人，哼，梦想！

他不哭了。他恨日本人与他自己。

# 六十一

似睡非睡的，瑞宣躺了一夜。迷迷糊糊的，他听到祖父与母亲回来。迷迷糊糊的，他听到韵梅与刘太太低声的说话，（她们缝孝衣呢。）他不知道时间，也摸不清大家都在作什么。他甚至于忘了家中落了白事。他的心仿佛是放在了梦与真实的交界处。

约摸有五点来钟吧，他像受了一惊似的，完全醒过来。他忽然的看见了父亲，不是那温和的老人，而是躺在河边上的死尸。他急忙的坐起来。随便的用冷水擦了一把脸，漱了漱口，他走出去找孙七。

极冷的小风吹着他的脸，并且轻轻的吹进他的衣服，使他的没有什么东西的胃，与吐过血的心，一齐感到寒冷，浑身都颤起来。扶着街门，他定了定神。不管，不管，不管他怎样不舒服，他必须给父亲去打坑。这是他无可推卸的责任。他拉开了街门。天还不很亮，星星可是已都看不真了，这是夜与昼的交替时间，既不像夜，也不像昼，一切都渺茫不定。

他去叫孙七。

程长顺天天起来得很早，好去收买破布烂纸。听出来瑞宣的语声，他去轻轻的把孙七唤醒，而没敢出来和瑞宣打招呼。他忙，他有他的心事，他没工夫去帮祁家的忙，所以他觉得怪不好意思的来见瑞宣。

孙七，昨天晚上喝了一肚子闷酒，一直到上床还嘱咐自己：明天早早的起！可是，酒与梦联结到一处，使他的呼声只惊醒了别人，而没招呼他自己。听到长顺的声音，他极快的坐起来，穿上衣服，而后匆忙的走出来。口中还有酒味，他迷迷糊糊的跟着瑞宣走，想不出一句话来。一边走，他一边又打堵得慌，又有点痛快的长嗝儿。打了几个这样的嗝儿以后，他开始觉得舒服了一点。他立刻想说话。“咱们出德胜门，还是出西直门呢？”

“都差不多。”瑞宣心中还发噤，实在不想说话。

“出德胜门吧！”孙七没有什么特殊的理由，而只为显出自己会判断，会选择，这样决定。看瑞宣没说什么，他到前面去领路，为是显出热心与勇敢。

到了德胜门门脸儿，晨光才照亮了城楼。这里，是北平的最不体面的地方：没有光亮的柏油路，没有金匾，大玻璃窗的铺户，没有汽车。它的马路上的石子都七上八下的露着尖儿，一疙疸一块的好像长了冻疮。石子尖角上往往顶着一点冰，或一点白霜。这些寒冷的棱角，教人觉得连马路仿佛都削瘦了好些。它的车辆，只有笨重的，破旧的，由乡下人赶着的大敞车，走得不快，而西啷哗啷的乱响。就是这里的洋车也没有什么漂亮的，它们都是些破旧的，一阵风似乎能吹散的，只为拉东西，而不大拉人的老古董。在大车与洋车之间，走着身子瘦而鸣声还有相当声势的驴，与仿佛久已讨厌了生命，而还不能不勉强，于是也就只好极慢极慢的，走着路的骆驼。这些风光，凑在一处，便把那伟大的城楼也连累得失去了尊严壮丽，而显得衰老，荒凉，甚至于有点悲苦。在这里，人们不会想起这是能培养得出梅兰芳博士，发动了“五四”运动，产生能在冬天还啯啯的鸣叫的翠绿的蝈蝈的地方，而是一眼就看到了那荒凉的，贫窘的，铺满黄土的乡间。这是城市与乡间紧紧相连的地区；假若北平是一匹骏马，这却是它的一条又长又寒伧的尾巴。

虽然如此，阳光一射到城楼上，一切的东西仿佛都有了精神。驴扬起脖子鸣唤，骆驼脖子上的白霜发出了光，连那路上的带着冰的石子都亮了些。一切还都破旧衰老，可是一切都被阳光照得有了力量，有了显明的轮廓，色彩，作用，与生命。北平像无论怎么衰老多病，可也不会死去似的。

孙七把瑞宣领到一个豆浆摊子前面。瑞宣的口中发苦，实在不想吃什么，可是也没拒绝那碗滚热的豆浆。抱着碗，他手上感到暖和；热气升上来，碰到他的脸上，也很舒服。特别是他哭肿了的，干巴巴的眼睛，一碰到热气，好像点了眼药那么好受。嘘了半天，他不由的把唇送到了碗边上，一口口的吸着那洁白的，滚热的，浆汁。热气一直走到他的全身。这不是豆浆，而是新的血液，使他浑身暖和，不再发噤。喝完了一碗，他又把碗递过去。

孙七只喝了一碗浆，可是吃了无数的油条。仿佛是为主持公道似的，他一定教卖浆的给瑞宣的第二碗里打上两个鸡蛋。

吃完，他们走出了城门。孙七的肚子有了食，忘了悲哀与寒冷。他愿一气走到坟地去——在城里住的人很不易得到在郊外走一走的机会，况且今天的天气是这么好，而他的肚子里又有了那么多的油条。可是，今天他是瑞宣的保护者，他既知道瑞宣是读书人，不惯走路，又晓得他吐过血，更不可过度的劳动，所以不能信着自己的意儿就这么走下去。

“咱们雇辆轿车吧?”他问。

瑞宣摇了摇头。他知道坐轿车的罪孽有多么大。他还记得幼时和母亲坐轿车上坟烧纸，怎样把他的头碰出多少棱角与疙疸来。

“雇洋车呢?”

“都是土路，拉不动!”

“骑驴怎样?”即使孙七的近视眼没看见街口上的小驴，他可也听见了它们的铃声。

瑞宣摇了摇头。都市的人怕牲口，连个毛驴都怕降服不住。

“走着好！又暖和，又自由!”孙七这才说出了真意。“可是，你能走那么远吗?累着了可不是玩的!”

“慢慢的走，行!”虽然这么说，瑞宣可并没故意的慢走。事实上，他心中非常的着急，恨不能一步就迈到了坟地上。

出了关厢，他们走上了大土道。太阳已经上来。这里的太阳不像在城里那样要拐过多少房檐，转过多少墙角，才能照在一切的东西上，而是刚一出来就由最近照到最远的地方。低头，他们在黄土上看到自己的淡淡的影子；抬头，他们看到无边无际的黄地，都被日光照亮。那点晓风已经停止，太阳很红很低，像要把冬天很快的变为春天。空气还是很凉，可是干燥，清净，使人觉得痛快。瑞宣不由的抬起头来。这空旷，清凉，明亮，好像把他的心打开，使他无法不兴奋。

路上差不多没有行人，只偶尔的遇到一辆大车，和一两个拾粪的小孩或老翁。往哪边看，哪边是黄的田地，没有一棵绿草，没有一株小树，只是那么平平的，黄黄的，像个旱海。远处有几株没有叶子的树，树后必有个小村，也许只有三五户人家；炊烟直直的，圆圆的，在树旁慢慢的往上升。鸡鸣和犬吠来自村间，隐隐的，又似乎很清楚的，送到行人的耳中。离大道近的小村里还发出叱呼牛马或孩子的尖锐的人声，多半是妇女的，尖锐得好像要把青天划开一条缝子。在那里，还有穿着红袄的姑娘或妇人在篱笆外推磨。哪里都没有一点水，到处都是干的，远处来的大车，从老远就踢起一股黄烟。地上是干的，天上没有一点云，空气中没有一点水分，连那远近的小村都仿佛没有一点湿的或暖的气儿，黄的土墙，或黄的篱笆，与灰的树干，都是干的，像用彩粉笔刚刚画上的。

看着看着，瑞宣的眼有点发花了。那些单调的色彩，在极亮的日光下，像硬刺入他的眼中，使他觉得难过。他低下头去。可是脚底下的硬而仍能飞腾的黄土也照样的刺目，而且道路两旁的翻过土的田地，一垅一垅的，一疙疸一块的，又使他发晕。那不是一垅一垅的田地，而是什么一种荒寒的，单调的，土浪。他不像刚才那么痛快了。他半闭着眼，不看远处，也不看脚下，就那么深一脚浅一脚的走。他是走入了单调的华北荒野，虽然离北平几步，却仿佛已到了荒沙大漠。

越走，脚下越沉。那些软的黄土，像要抓住他的鞋底，非用很大的力气，不能拔出来。他出了汗。

孙七也出了汗。他本想和瑞宣有一搭无一搭的乱说，好使瑞宣心中不专想着丧事。可是，他不敢多说，他须保存着口中的津液。什么地方都是干的，而且远近都没有小茶馆。他后悔没有强迫瑞宣雇车或骑驴。

默默无语的，他们往前走。带着马尿味儿的细黄土落在他们的鞋上，钻入袜子中，塞满了他们的衣褶，鼻孔，与耳朵眼儿，甚至于走进他们的喉中。天更蓝了，阳光更明暖了，可是他们觉得是被放进一个极大又极小的，极亮又极迷糊的，土窝窝里。

好容易，他们看见了土城——那在鞑子统辖中国时代的，现在已被人遗忘了的，只剩下几处小土山的，北平。看见了土城，瑞宣加快了脚步。在土城的那边，他会看见那最可爱的老人——常二爷。他将含着泪告诉常二爷，他的父亲怎样死去，死得有多么惨。对别人，他不高兴随便的诉委屈，但是常二爷既不是泛泛的朋友，又不是没有心肝的人。常二爷是，据他看，与他的父亲可以放在同一类中的好人。他应当，必须，告诉常二爷一切，还没有转过土城，他的心中已看见了常二爷的住处：门前有一个小小的，长长的，亮亮的，场院；左边有两棵柳树，树下有一盘石磨；短短的篱笆只有一人来高，所以从远处就可以看到屋顶上晒着的金黄色的玉米和几串红艳辣椒。他也想象到常二爷屋中的样子，不单是样子，而且闻到那无所不在的柴烟味道，不十分好闻，可是令人感到温暖。在那屋中，最温暖的当然是常二爷的语声与笑声。

“快到了！一转过土城就是！”他告诉孙七。

转过了土城，他揉了揉眼。嗯？只有那两棵柳树还在，其余的全不见了！他不能信任了他的眼睛，忘了疲乏，他开始往前跑。离柳树还有几丈远，他立定，看明白了：那里只有一堆灰烬，连磨盘也不见了。

他楞着，像钉在了那里。

“怎么啦？怎么啦？”孙七莫名其妙的问。

瑞宣回答不出来。又楞了好久，他回头看了看坟地，然后慢慢的走过去。自从日本人占据了北平，他就没上过坟。虽然如此，他可是很放心，他知道常二爷会永远把坟头拍得圆圆的，不会因没人来烧纸而偷懒。今天，那几个坟头既不像往日那么高，也不那么整齐。衰草在坟头上爬爬着，土落下来许多。他呆呆的看着那几个不体面的，东缺一块西缺一块的，可能的会渐渐被风雨消灭了的，土堆堆儿。看了半天，他坐在了那干松的土地上。

“怎么回事?”孙七也坐了下去。

瑞宣手里不知不觉的揉着一点黄土，简单的告诉明白了孙七。

“糟啦!”孙七着了急。“没有常二爷给打坑，咱们找谁去呢?”

沉默了好大半天，瑞宣立了起来，再看常家的两棵柳树。离柳树还有好几箭远的地方，他看见马家的房子，也很小，但是树木较多，而且有一棵是松树。他记得常二爷那次进城，在城门口罚跪，就是为给马家大少爷去买六神丸。“试试马家吧!”他向松树旁边，指了指。

走到柳树旁边，孙七拾了一条柳棍儿，“乡下的狗可厉害!拿着点东西吧!”

说着，他们已听见犬吠——乡间地广人稀，狗们是看见远处一个影子都要叫半天的。瑞宣仿佛没理会，仍然慢慢的往前走。两条皮毛模样都不体面，而自以为很勇敢，伟大的，黄不黄，灰不灰的狗迎上前来。瑞宣还不慌不忙的走，对着狗走。狗们让过去瑞宣，直扑了孙七来，因为他手中有柳棍。

孙七施展出他的武艺，把棍子耍得十分伶俐，可是不单没打退了狗，而且把自己的膝磕碰得生疼。他喊叫起来：“啾!打!看狗啊!有人没有?看狗!”

由马家跑出一群小娃娃来，有男有女，都一样的肮脏，小衣服上的污垢被日光照得发亮，倒好像穿着铁甲似的。

小孩子嚷了一阵，把一位年轻的妇人嚷出来——大概是马大少爷的太太。她的一声尖锐而细长的呼叱，把狗们的狂吠阻止住。狗们躲开了一些，伏在地上，看着孙七的腿腕，低声的呜——

呜——呜的示威。

瑞宣跟少妇说了几句话，她已把事听明白。她晓得祁家，因为常常听常二爷说起。她一定请客人到屋里坐，她有办法，打坑不成问题。她在前面引路，瑞宣，孙七，孩子，和两条狗，全在后面跟着。屋里很黑，很脏，很乱，很臭，但是少妇的诚恳与客气，把这些缺点全都补救过来。她道歉，她东一把西一把的扫除障碍物，给客人们找座位。然后，她命令身量高的男娃娃去烧柴煮水，教最大的女孩子去洗几块白薯，给客人充饥："唉，来到我们这里，就受了罪啦！没得吃，没得喝！"她的北平话说得地道而嘹亮，比城里人的言语更纯朴悦耳。然后，她命令小一点的，不会操作，而会跑路的孩子们，分头去找家中的男人——他们有的出去拾粪，有的是在邻家闲说话儿。最后，她把两条狗踢出屋门外，使孙七心中太平了一点。

男孩子很快的把柴燃起，屋中立刻装满了烟。孙七不住的打喷嚏。烟还未退，茶已煮热。两个大黄沙碗，盛着满满的淡黄的汤——茶是嫩枣树叶作的。而后女孩子用衣襟兜着好几大块，刚刚洗净的红皮子的白薯，不敢直接的递给客人，而在屋中打转。

瑞宣没有闲心去想什么，可是他的泪不由的来到眼中。这是中国人，中国文化！这整个的屋子里的东西，大概一共不值几十块钱。这些孩子与大人大概随时可以饿死冻死，或被日本人杀死。可是，他们还有礼貌，还有热心肠，还肯帮别人的忙，还不垂头丧气。他们什么也没有，连件干净的衣服，与茶叶末子，都没有，可是他们又仿佛有了一切。他们有自己的生命与几千年的历史！他们好像不是活着呢，而是为什么一种他们所不了解的责任与使命挣扎着呢。剥去他们的那些破烂污浊的衣服，他们会和尧舜一样圣洁，伟大，坚强！

五十多岁的马老人先回来了，紧跟着又回来两个年轻的男人。马老人一口答应下来，他和儿子们马上去打坑。

瑞宣把一碗黄汤喝净。而后拿了一块生的白薯，他并不想吃，而是为使少妇与孩子们安心。

老人和青年们找到一切开坑的工具，瑞宣，孙七跟着他们又到了坟地上。后边，男孩子提着大的沙壶，拿着两个沙碗，小姑娘还兜着白薯，也都跟上来。

瑞宣，刚把开坑的地点指定了，就问马老人："常二爷呢？"

马老人楞了会儿，指了指西边。那里有一个新的坟头儿。

"死——"瑞宣只说出这么一个字，他的胸口又有些发痒发辣。

马老人叹了口气。拄着铁锹的把子，眼看着常二爷的坟头，楞了半天。

"怎么死的？"瑞宣揉着胸口问。

老人一边铲着土，一边回答：

"好人哪！好人哪！好人可死得惨！那回，他替我的大小子去买药，不是——"

"我晓得！"瑞宣愿教老人说得简单一些。

"对呀，你晓得。回家以后，他躺了三天三夜，茶也不思，饭也不想！他的这里，"老人指了指自己的心窝，"这里受了伤！我们就劝哪，劝哪，可是解不开他心里的那个扣儿，他老问我一句话：我有什么错儿？日本人会罚我跪？慢慢的，他起来了，可还不大吃东西。我们都劝他找点药吃，他说他没有病，一点病没有。你知道，他的脾气多么硬。慢慢的，他又躺下了，便血，便血！我们可是不知道，他不肯告诉我们。一来二去，他——多么硬朗的人——成了骨头架子。到他快断气的时候，他把我们都叫了去，当着大家，他问他的儿子，大牛儿，你有骨头没有？有骨头没有？给我报仇！报仇！一直到他死，他的嘴老说，有时候有声儿，有时候没声儿，那两个字——报仇！”老人直了直腰，又看了常二爷的坟头一眼。“大牛儿比他的爸爸脾气更硬，记住报仇两个字。他一天到晚在坟前嘀咕。我们都害了怕。什么话呢，他要是真去杀一个日本人，哼，这五里以内的人家全得教日本人烧光。我们掰开揉碎的劝他，差不多要给他跪下了，他不听；他说他是有骨头的人。等到收庄稼的时候，日本人派来了人看着我们，连收了多少斤麦秆儿都记下来。然后，他们赶来了大车，把麦子，连麦秆儿，都拉了走。他们告诉我们：拉走以后，再发还我们，不必着急。我们怎能不着急呢？谁信他们的话呢？大牛儿不慌不忙的老问那些人：日本人来不来呢！日本人来不来呢？我们知道，他是等着日本人来到，好动手。人哪，祁大爷，是奇怪的东西！我们明知道，粮食教他们拉走，早晚是饿死，可是我们还怕大牛儿惹祸，倒仿佛大牛儿一老实，我们就可以活了命！”老人惨笑了一下，喝了一大碗枣叶的茶。用手背擦了擦嘴，他接着说：

“大牛儿把老婆孩子送到她娘家去，然后打了点酒，把那些抢粮的人请到家中去。我们猜得出：他是不想等日本人了，先收拾几个帮日本人忙的人，解解气。他们一直喝到太阳落了山。在刚交头更的时候，我们看见了火光。火，很快的烧起来，很快的灭下去；烧得一干二净，光剩下那两棵柳树。气味很臭，我们知道那几个人必是烧在了里面。大牛儿是死在了里面呢，还是逃了出去，不知道！我们的心就揪成了一团儿，怕日本人来屠村子。可是，他们到今天，也没有来。我猜呀，大概死的那几个都是中国人，所以日本人没把这件事放在心上。多么好的一家人哪，就这么完了，完了，像个梦似的完了！”

老人说完，直起腰来，看了看两棵柳树，看了看两边的坟头儿。瑞宣的眼睛随着老人的向左右看，可是好像没看到什么；一切，一切都要变成空的，都要死去，整个的大地将要变成一张纸，连棵草都没有！一切都空的，他自己也是空的，没有作用，没有办法，只等寂寂的死去，和一切同归于尽！

快到晌午，坑已打好，瑞宣给马老人一点钱，老人一定不肯收，直到孙七起了誓：“你要不收，我是条小狗子！”老人才收了一半。瑞宣把其余的一半，塞在提茶壶的男孩儿手中。

瑞宣没再回到马家，虽然老人极诚恳的劝让。他到常二爷的坟前，含泪磕了三个头，口中嘟囔着：“二爷爷，等着吧，我爸爸就快来和你作伴儿了！”

孙七灵机一动，主张改走西边的大道，因为他们好顺脚到三仙观看看。马老人送出他们老远，才转身回家。

三仙观里已经有几位祁家的至亲陪着瑞丰，等候祁家的人到齐好入殓。瑞丰已穿上孝衣，红着眼圈跟大家闲扯，他口口声声抱怨父亲死得冤枉，委屈，——不是为父亲死在日本人手里，而是为丧事办得简陋，不大体面。他言来语去的，也表示出他并不负责，因为瑞宣既主持家务，又是洋鬼子脾气，不懂得争体面，而只懂把钱穿在肋条骨上。看见大哥和孙七进来，他嚷嚷得更厉害了些，生怕大哥听不懂他的意思。看瑞宣不理会他，他便特意又痛哭了一场，而后张罗着给亲友们买好烟好茶好酒，好像他跟钱有仇似的。

四点半钟，天佑入了殓。

# 六十二

程长顺忙得很，不单手脚忙，心里也忙。所以，他没能到祁家来帮忙。这使他很难过，可是无可如何。

高亦陀把长顺约到茶馆里去谈一谈。亦陀很客气，坐下就先付了茶钱。然后，真照着朋友在一块儿吃茶谈天的样子，他扯了些闲篇儿。他问马老太太近来可硬朗？他们的生活怎样，还过得去？他也问到孙七，和丁约翰。程长顺虽然颇以成人自居，可是到底年轻，心眼简单，所以一五一十的回答，并没觉出亦陀只是没话找话的闲扯。

说来说去，亦陀提到了小崔太太。长顺回答得更加详细，而且有点兴奋，因为小崔太太的命实在是他与他的外婆给救下来的，他没法不觉得骄傲。他并且代她感谢亦陀：

“每月那十块钱，实在太有用了，救了她的命！”

亦陀仿佛完全因为长顺提醒，才想起那点钱来：“呕，你要不说，我还忘了呢！既说到这儿，我倒要跟你谈一谈！”他轻轻的挽起袍袖，露出雪白的衬衫袖口来。然后，他慢慢的把手伸进怀里，半天才掏出那个小本子来——长顺认识那个小本子。掏出来，他吸着气儿，一页一页的翻。翻到了一个地方，他细细的看，而后跟往上看，捏着手指算了一会儿。算完，他噗哧的一笑："正好！正好！五百块了！"

"什么？"程长顺的眼睁得很大。"五百？"

"那还有错？咱们这是公道玩艺儿！你有账没有？"亦陀还微笑着，可是眼神不那么柔和了。

长顺摇了摇大脑袋。

"你该记着点账！无论作什么事，请你记住，总要细心，不可马马虎虎！"

"我知道，那不是'给'她的钱吗？何必记账呢？"长顺的鼻音加重了一些。

"给——她的？"亦陀非常的惊异，眨巴了好大半天的眼。"这个年月，你想想，谁肯白给谁一个钱呢？"

"你不是说，"长顺嗅出怪味道。

"我说？我说她借的钱，你担的保；这里有你的签字！连本带利，五百块！"

"我，我，我，"长顺说不上话来了。

"可不是你！不是你，难道还是我？"亦陀的眼整个的盯在长顺的脸上，长顺连一动也不敢动了。

眼往下看着，长顺呜囔出一句："这是什么意思呢？"

"来，来，来！别跟我装傻充楞，我的小兄弟！"亦陀充分的施展出他的言语的天才来："当初，你看她可怜；谁能不可怜她呢？人同此心，心同此理，我不能怪你！你有个好心肠！所以，你来跟我借钱。"

"我没有！"

"唉，唉，年轻轻的，可不能不讲信义！"亦陀差不多是苦口婆心的讲道了。"处世为人，信义为本！人而无信，不知其可也！"

"我没跟你借钱！你给我的！"长顺的鼻子上出了汗。

亦陀的眼眯成一道缝儿，脖子伸出多长，口中的热气吹到长顺的脑门上；"那么，是谁，是谁，我问你，是谁签的字呢？"

"我！我不知道……"

"签字有自己不知道的？胡说！乱说！我要不看在你心眼还不错的话，马上给你两个嘴巴子！不要胡说，咱们得商议个办法。这笔账谁负责还？怎么还？"

"我没办法，要命有命！"长顺的泪已在眼圈中转。

"不准耍无赖！要命有命，像什么话呢？要往真理说，要你这条命，还真一点不费事！告诉你吧，这笔钱是冠所长的。她托我给放放账，吃点利。你想想，即使我是好说话的人——我本是好说话的人——我可也不能给冠所长丢了钱，放了秃尾巴鹰啊！我惹不起她，不用说，你更惹不起她。好，她跺一跺脚就震动了大半个北京城，咱们，就凭咱们，敢在老虎嘴里掏肉吃？她有势力，有本领，有胆量，有日本人帮助她，咱们，在她的眼里，还算得了什么呢？不用说你，就是我要交不上这五百元去，哼，她准会给我三年徒刑，一天也不会少！你想想看！"

长顺的眼中要冒出火来。"教她给我三年监禁好了。我没钱！小崔太太也没钱！"

"话不是这样讲！"亦陀简直是享受这种谈话呢，他的话一擒一纵，有钩有刺，伸缩自如。"你下了狱，马老太太，你的外婆，怎么办呢？她把你拉扯到这么大，容易吗？"他居然揉了一下眼，好像很动心似的。"想法子慢慢的还债吧，你说个办法，我去向冠所长求情。就比如说一月还五十，十个月不就还清了吗？”

“我还不起！”

“这可就难办了！”亦陀把袖口又放下来，揣着手，拧着眉，替长顺想办法。想了好大半天，他的灵机一动：“你还不起，教小崔太太想办法呀！钱是她用了的，不是吗？”

“她有什么办法呢？”长顺抹着鼻子上的汗说。

亦陀把声音放低，亲切诚恳的问：“她是你的亲戚？”

长顺摇了摇头。

“你欠她什么情？”

长顺又摇了摇头。

“完啦！既不沾亲，又不欠情，你何苦替她背着黑锅呢？”

长顺没有说什么。

“女人呀，”亦陀仿佛想起个哲学上的问题似的，有腔有调的说：“女人呀，比咱们男人更有办法，我们男人干什么都得要资本，女人方便，她们可以赤手空拳就能谋生挣钱。女人们，呕，我羡慕她们！她们的脸，手，身体，都是天然的资本。只要她们肯放松自己一步，她们马上就有金钱，吃穿，和享受！就拿小崔太太说吧，她年轻，长得满过得去，她为什么不设法找些快乐与金钱呢？我简直不能明白！”

“你什么意思？”长顺有点不耐烦了。

“没有别的意思，除了我要提醒她，帮助她，把这笔债还上！”

“怎么还？”

“小兄弟，别怪我说，你的脑子实在不大灵活；读书太少的关系！是的，读书太少！”

“你说干脆的好不好？”长顺含着怒央告。

“好，我们说干脆的！”亦陀用茶漱了漱口，喷在了地上。“她或你，要是有法子马上还钱，再好没有。要是不能的话，你去告诉她，我可以帮她的忙。我可以再借给她五十元钱，教她作两件花哨的衣服，烫烫头发。然后，我会给她找朋友，陪着她玩耍。我跟她对半分账。这笔钱可并不归我，我是替冠所长收账，巡警不会来麻烦她，我去给她打点好。只要她好好的干，她的生意必定错不了。那么以后我就专去和她分账，这五百元就不再提了！”

“你是教她卖……”长顺儿的喉中噎了一下，不能说下去。

“这时兴的很！一点儿也不丢人！你看，”亦陀指着那个小本子，“这里有多少登记过的吧！还有女学生呢！好啦，你回去告诉她，再给我个回话儿。是这么办呢，咱们大家都是朋友；不是呢，你们俩马上拿出五百元来。你要犯牛脖子不服气呢——不，我想你不能，你知道冠所长有多么厉害！好啦，小兄弟，等你的回话儿！麻烦你呀，对不起！你是不是要吃点什么再回去呢？”亦陀立起来。

长顺莫名其妙的也立起来。

亦陀到茶馆门口拍了拍长顺的肩头，“等你的回话儿！慢走！慢走！”说完，他好像怪舍不得离开似的，向南走去。

长顺儿的大头里像有一对大牛蜂似的嗡嗡的乱响。在茶馆外楞了好久，他才迈开步儿，两只脚像有一百多斤沉。走了几步，他又立住。不，他不能回家，他没脸见外婆和小崔太太。又楞了半天，他想起孙七来。他并不佩服孙七，但孙七到底比他岁数大，而且是同院的老邻居，说不定他会有个好主意。

在街上找了半天，他把孙七找到。两个人进了茶馆，长顺会了茶资。

“喝！了不得，你连这一套全学会了！”孙七笑着说。

长顺顾不得闲扯。他低声的，着急的，开门见山的把事情一五一十的告诉了孙七。

“哼！我还没想到冠家会这么坏，妈的狗日的！怪不的到处都是暗门子呢，敢情有人包办！妹妹的！告诉你，日本人要老在咱们这儿住下去，谁家的寡妇，姑娘，都不敢说不当暗门子！”

“先别骂街，想主意哟！”长顺央告着。

“我要有主意才怪！”孙七很着急，很气愤，但是没有主意。

“没主意也得想！想！想！快着！”

孙七闭上了近视眼，认真的去思索。想了不知有多久。他忽然的睁开了眼：“长顺！长顺！你娶了她，不就行了吗？”

“我？”长顺的脸忽然的红了。“我娶了她？”

“一点不错！娶了她！她成了你的老婆，看他们还有什么办法呢！”

“那五百块钱呢？”

“那！”孙七又闭上了眼。半天，他才又说话：“你的生意怎样？”

长顺的确是气胡涂了，竟自忘了自己的生意。经孙七这一提示，他想起那一千元钱来。不过，那一千元，除去一切开销，也只许剩五六百元，或更少一点。假若都拿去还债，他指仗着什么过日子呢？况且，冠家分明是敲诈；他怎能把那千辛万苦挣来的钱白送给冠家呢？思索了半天，他对孙七说：“你去和我外婆商议商议，好不好？”他没脸见外婆，更没法开口对外婆讲婚姻的事。

“连婚事也说了？”孙七问。

长顺不知怎么回答好。他不反对娶了小崔太太。即使他还不十分明白婚姻的意义与责任，可是为了搭救小崔太太，他仿佛应当去冒险。他傻子似的点了头。

孙七觉出来自己的重要。他今天不单没被长顺儿驳倒，而且为长顺作了媒。这是不可多得的事。

孙七回了家。

长顺儿可不敢回去。他须找个清静地方，去凉一凉自己的大脑袋。慢慢的他走向北城根去。坐在城根下，他翻来覆去的想，越想越生气。但是，生气是没有用的，他得想好主意，那足以一下子把大赤包和高亦陀打到地狱里去的主意。好容易，他把气沉下去。又待了好大半天，他想起来了：去告，去告他们!

到哪里去告状呢？他不知道。

怎么写状纸呢？他不会。

告状有用没有呢？他不晓得。

假若告了状，日本人不单不惩罚大赤包与高亦陀，而反治他的罪呢？他的脑门上又出了汗。

不过，不能管那么多，不能！当他小的时候，对得罪了他的孩子们，即使他不敢去打架，他也要在墙上用炭或石灰写上，某某是个大王八，好出一口恶气，并不管大王八对他的敌人有什么实际的损害与挫折。今天，他还须那么办，不管结果如何，他必须去告状；不然，他没法出这口恶气。

胡里胡涂的，他立起来，向南走。在新街口，他找到一位测字的先生。花了五毛钱，他求那位先生给他写了状子。那位先生晓得状纸内容的厉害，也许不利于告状人。但是，为了五毛钱的收入，他并没有警告长顺。状纸写完，先生问："递到什么地方去呢?"

"你说呢?"长顺和测字先生要主意。

“市政府吧?”先生建议。

“就好!”长顺没特别的用心去考虑。

拿起状纸，他用最快的脚步，直奔市政府去。他拚了命。是福是祸，都不管了。他当初没听瑞宣的话，去加入抗日的军队，满以为就可以老老实实的奉养着外婆。谁知道，闭门家中坐，祸从天上来。大赤包会要教他破产，或小崔太太作暗娼。好吧，干干看吧!反正他只有一条命，拚吧!他想起来钱家的，祁家的，崔家的，不幸与祸患，我不再想当个安分守己的小老人了，他须把青春的热血找回来，不能傻蛋似的等着钢刀放在脖子上。他必须马上把状纸递上去，一犹疑就会失去勇气。

把状子递好，他往回走。走得很慢了，他开始怀疑自己的智慧，有点后悔。但是，后悔已太迟了，他须挺起胸膛，等着结果，即使是最坏的结果。

孙七把事情办得很快。在长顺还没回来的时候，他已经教老少两个寡妇都为上了难。马老太太对小崔太太并没有什么挑剔，但是，给外孙娶个小寡妇未免太不合理。再说，即使她肯将就了这门亲事，事情也并不就这么简单的可以结束，而还得设法还债呀。她没了主意。

小崔太太呢，听明白孙七的话，就只剩了落泪。还没工夫去细想，她该再嫁不该，和假若愿再嫁应该嫁给谁。她只觉得自己的命太苦，太苦，作了寡妇还不够，还须去作娼!落着泪，她立了起来。她要到冠家去拚命。她是小崔的老婆，到被逼得无路可走的时候，她会撒野，会拚命!“好，我欠他们五百元哪，我还给他们这条命还不行吗?我什么也没有，除了这条命!”她的眉毛立起来，说着就往外跑。她忘了她是寡妇，而要痛痛快快的在冠家门外骂一场，然后在门上碰死。她愿意死，而不能作暗娼。

孙七吓慌了，一面拦着她，一面叫马老太太。“马老太太，过来呀！我是好心好意，我要有一点坏心，教我不得好死！快来！”

马老太太过来了，可是无话可说。两个寡妇对楞起来。楞着楞着，她们都落了泪，她们的委屈都没法说，因为那些委屈都不是由她们自己的行为招来的，而是由一种莫名其妙的，无可抵御的什么，硬压在她们的背上的。她们已不是两条可以自由活着的性命，而是被狂风卷起的两片落叶；风把她们刮到什么地方去，她们就得到什么地方去，不管那是一汪臭水，还是一个粪坑。

在这种心情下，马老太太忘了什么叫谨慎小心。她拉住了小崔太太的手。她只觉得大家能在一块儿活着，关系更亲密一点，仿佛就是一种抵御“外侮”的力量。

正在这时候，长顺儿走进来。看了她们一眼，他走到自己屋中去。他不敢表示什么，也顾不得表示什么。他非常的怕那个状子会惹下极大的祸来！

# 六十三

把父亲安葬了以后，瑞宣病了好几十天。

天佑这一死，祁家可不像样子了。虽然在他活着的时候，他并不住在家里，可是大家总仿佛觉得他老和他们在一处呢。家里每逢得到一点好的茶叶，或作了一点迎时当令的食品，大家不是马上给他送去，便是留出一点，等他回来享用。他也是这样，哪怕他买到一些樱桃或几块点心，他也必抓工夫跑回家一会儿，把那点东西献给老父亲，而后由老父亲再分给大家。

特别是因为他不在家里住，所以大家才分外关心他。虽然他离他们不过三四里地，可是这点距离使大家心中仿佛有了一小块空隙，时时想念他，说叨他。这样，每逢他回来，他与大家就特别显出亲热，每每使大家转怒为喜，改沉默为欢笑，假若大家正在犯一点小别扭或吵了几句嘴的话。

他没有派头，不会吹胡子瞪眼睛。进了家门，他一点也不使大家感到“父亲”回来了。他只是那么不声不响的，像一股温暖的微风，使大家感到点柔软的兴奋。同时，大家也都知道他对这一家的功绩与重要，而且知道除了祁老人就得算他的地位与辈数最高，因为知道这些，大家对他才特别的敬爱。他们晓得，一旦祁老人去世，这一家的代表便当然是他了，而他是这么容易伺候，永远不闹脾气，岂不是大家的福气么？没有人盼望祁老人快死，但是不幸老人一旦去世，而由天佑补充上去，祁家或者就更和睦光明了。他是祁家的和风与阳光，他会给祁家的后辈照亮了好几代。祁老人只得到了四世同堂的荣誉，天佑，说不定，还许有五世同堂的造化呢！

这样的一个人却死去了，而且死得那么惨！

在祁老人，天佑太太，瑞丰，与韵梅心里，都多少有点迷信。假若不是天佑，而是别人，投了河，他们一定会感到不安，怕屈死鬼来为厉作祟。但是，投河的是天佑。大家一追想他的温柔老实，就只能想起他的慈祥的面容，而想象不到他可能的变为厉鬼。大家只感到家中少了一个人，一个最可爱的人，而想不到别的。

因此，在丧事办完之后，祁家每天都安静得可怕。瑞宣病倒，祁老人也时常卧在炕上，不说什么，而胡子嘴轻轻的动。天佑太太瘦得已不像样子，穿着件又肥又大的孝袍，一声不出，而出来进去的帮助儿媳操作。她早就该躺下去休养，她可是不肯。她知道自己已活不很久，可是她必须教瑞宣看看，她还能作事，一时不会死去，好教他放心。她知道，假若家里马上再落了白事，瑞宣就毫无办法了。她有病，她有一肚子的委屈，但是她既不落泪，也不肯躺下。她须代丈夫支持这个家，使它不会马上垮台。

瑞丰一天到晚还照旧和一群无赖子去鬼混。没人敢劝告他。“死”的空气封住了大家的嘴，谁都不想出声，更不要说拌几句嘴了。

苦了韵梅，她须设法博得大家的欢心，同时还不要显出过度的活跃，省得惹人家说她没心没肺。她最关切丈夫的病，但是还要使爷爷与婆母不感到冷淡。她看不上瑞丰的行动，可是不敢开口说他；大家还都穿着热孝，不能由她挑着头儿吵架拌嘴。

丧事办得很简单。可是，几乎多花去一倍钱。婚丧事的预算永远是靠不住的。零钱好像没有限制，而瑞丰的给大家买好烟，好酒，好茶，给大家雇车，添菜，教这无限制的零用变成随意的挥霍。瑞宣负了债。祁家一向没有多少积蓄，可是向来不负债。祁老人永远不准大家赊一斤炭，或欠人家一块钱。瑞宣不敢告诉祖父，到底一共花了多少钱。天佑太太知道，可也不敢在长子病着的时候多说多问。韵梅知道一切，而且觉得责无旁贷的须由她马上紧缩，虽然多从油盐酱醋里节省一文半文的，并无济于事，可是那到底表现了她的责任心。但是，手一紧，就容易招大家不满，特别是瑞丰，他的烟酒零用是不能减少的，减少了他会吵闹，使老人们焦心。她的大眼睛已不那么水灵了，而是离离光光的，像走迷了路那样。

韵梅和婆母商议，好不好她老人家搬到老三的屋里来，而把南屋租出去，月间好收入两个租钱。房子现在不好找，即使南屋又暗又冷，也会马上租出去，而且租价不会很低。

天佑太太愿意这么办。瑞宣也不反对。这可伤了祁老人的心。在当初，他置买这所房子的时候，因为人口少，本来是有邻居的。但是，那时候他的眼是看着将来，他准知道一旦人口添加了，他便会把邻居撵了走，而由自己的儿孙完全占满了全院的房屋。那时候，他是一棵正往高大里生长的树，他算得到，不久他的枝叶就会铺展开。现在，儿子死了，马上又要往外租房，他看明白这是自己的枝叶凋落。怎么不死了呢？他问自己。为什么不乘着全须全尾的时候死去，而必等着自己的屋子招租别人呢？

虽然这么难过，他可是没有坚决的反对。在这荒乱的年月，个人的意见有什么用处呢？他含着泪去告诉了李四爷：“有合适的人家，你分心给招呼一下，那两间南屋……”

李老人答应给帮忙，并且嘱咐老友千万不要声张，因为消息一传出去，马上会有日本人搬来，北平已增多了二十万日本人，他们见缝子就钻，说不定不久会把北平人挤走一大半的！是的，日本人已开始在平则门外八里庄建设新北平，好教北平人去住，而把城里的房子匀给日本人。日本人似乎拿定了北平，永远不再放手。

当天，李四爷就给了回话，有一家刚由城外迁来的人，一对中年夫妇，带着两个孩子，愿意来往。

祁老人要先看一看租客。他小心，不肯把屋子随便租给不三不四的人。李四爷很快的把他们带了来。这一家姓孟。从西苑到西山，他们有不少的田地。日本人在西苑修飞机场，占去他们许多亩地，而在靠近西山的那些田产，既找不到人去耕种，只要照常纳税完粮，所以他们决定放弃了土地，而到城里躲一躲。孟先生人很老成，也相当的精明，举止动作很有点像常二爷。孟太太是掉了一个门牙的，相当结实的中年妇人，看样子也不会不老实。两个孩子都是男的，一个十五岁，一个十二岁，长得虎头虎脑的怪足壮。

祁老人一见孟先生有点像常二爷，马上点了头，并且拉不断扯不断的对客人讲说常二爷的一切。孟先生虽然不晓得常二爷是谁，可也顺口答音的述说自己的委屈。患难使人心容易碰在一处，发出同情来，祁老人很快的和孟先生成为朋友。虽然如此，他可是没忘了嘱告孟先生，他是爱体面爱清洁的人。孟先生听出来老人的弦外之音，立刻保证他必不许孩子们糟蹋院子，而且他们全家都老实勤俭，连一个不三不四的朋友也没有。

第二天，孟家搬进来。祁老人虽然相当满意他的房客，可是不由的就更思念去世了的儿子。在院中看着孟家出来进去的搬东西，老人低声的说，“天佑！天佑！你回来可别走错了屋子呀！你的南屋租出去了！”

马老太太穿着干净的衣服，很腼腆的来看祁老人。她不是喜欢串门子的人，老人猜到她必定有要事相商。天佑太太也赶紧过来陪着说话。虽然都是近邻，可是一来彼此不大常来往，二来因日本人闹的每家都有一本难念的经，所以偶尔相见，话就特别的多。大家谈了好大半天，把心中的委屈都多少倾倒出一些，马老太太才说到正题。她来征求祁老人的意见，假若长顺真和小崔太太结婚，招大家耻笑不招？祁老人是全胡同里最年高有德的人，假若他对这件事没有什么指摘，马老太太便敢放胆去办了。

祁老人遇见了难题。他几乎无从开口了。假若他表示反对，那就是破坏人家的婚姻——俗语说得好，硬拆十座庙，不破一门婚呀！反之，他若表示同意吧，谁知道这门婚事是吉是凶呢？第一，小崔太太是个寡妇，这就不很吉祥。第二，她比长顺的岁数大，也似乎不尽妥当。第三，即使他们决定结婚，也并不能解决了一切呀；大赤包的那笔钱怎办呢？

他的小眼睛几乎闭严了，也决定不了什么。说话就要负责，他不能乱说。想来想去，他只想起来：“这年月，这年月，什么都没法办！”

天佑太太也想不出主意来，她把瑞宣叫了过来。瑞宣的病好了一点，可是脸色还很不好看。把事情听明白了，他马上想到：“一个炸弹，把大赤包，高亦陀那群狗男女全炸得粉碎！”但是，他截住了这句最痛快，最简截，最有实效的话。假若他自己不敢去扔炸弹，他就不能希望马老太太或长顺去那么办。他知道只有炸弹可以解决一切，可也知道即使炸弹就在手边，他，马老太太，长顺，都不敢去扔！他自己下过狱，他的父亲被日本人给逼得投了河，他可表示了什么？他只吐了血，给父亲打了坑，和借了钱给父亲办了丧事，而没敢去动仇人的一根汗毛！他只知道照着传统的办法，尽了作儿子的责任，而不敢正眼看那祸患的根源。他的教育，历史，文化，只教他去敷衍，去低头，去毫无用处的牺牲自己，而把报仇雪恨当作太冒险，过分激烈的事。

沉默了好久，他极勉强的把难堪与羞愧像压抑一口要喷出的热血似的压下去，而后用他惯用的柔和的语调说：

"据我看，马老太太，这件婚事倒许没有人耻笑。你，长顺，小崔太太，都是正经人，不会招出闲言闲语来。难处全在他们俩结了婚，就给冠家很大很大的刺激。说不定他们会用尽心机来捣乱！"

"对！对！冠家什么屎都拉，就是不拉人屎！"祁老人叹着气说。

"可是，要不这么办吧，小崔太太马上就要变成，变成……"马老太太的嘴和她的衣服一样干净，不肯说一个不好听的字。看看这个，看看那个，她失去平日的安静与沉稳。

屋里没有了声音，好像死亡的影子轻轻的走进来。

刚交过五点。天短，已经有点像黄昏时候了。

马老太太正要告辞，瑞丰满头大汗，像被鬼追着似的跑进来。顾不得招呼任何人，他一下子坐在椅子上，张着嘴急急的喘气。

"怎么啦？"大家不约而同的问。他只摆了摆手，说不上话来。大家这才看明白：他的小干脸上碰青了好几块，袍子的后襟扯了一尺多长的大口子。

今天是义赈游艺会的第一天，西单牌楼的一家剧场演义务戏。戏码相当的硬，倒第三是文若霞的《奇双会》，压轴是招弟的《红鸾禧》，大轴是名角会串《大溪皇庄》。只有《红鸾禧》软一点，可是招弟既长得美，又是第一次登台，而且戏不很长，大家也就不十分苛求。

冠家忙得天翻地覆。行头是招弟的男朋友们“孝敬”给她的，她试了五次，改了五次，叫来一位裁缝在家中专伺候着她。亦陀忙着借头面，忙着找来梳头与化妆的专家。大赤包忙着给女儿“征集”鲜花篮，她必须要八对花篮在女儿将要出台帘的时候，一齐献上去。晓荷更忙，忙着给女儿找北平城内最好的打鼓佬，大锣与小锣；又忙着叫来新闻记者给招弟照化妆的与便衣的像片，以便事前和当日登露在报纸上与杂志上。此外，他还得写诗与散文，好交给蓝东阳分派到各报纸去，出招弟女士特刊。他自己觉得很有些天才，可是喝了多少杯浓茶与咖啡，还是一字写不出。他只好请了一桌客，把他认为有文艺天才的人们约来，代他写文章。他们的确有文才，当席就写出了有“娇小玲珑”，“小鸟依人”和“歌喉清啭”，“一串骊珠”，“作工不瘟不火”这样句子的文字。蓝东阳是义赈游艺会的总干事，所以忙得很，只能抽空儿跑来，向大家咧一咧嘴。胖菊子倒常在这里，可是胖得懒的动一动，只在大家忙得稍好一点的时节，提议打几圈牌。桐芳紧跟着招弟，老给小姐拿着大衣，生怕她受了凉，丢了嗓音。桐芳还抓着了空儿出去，和钱先生碰头，商议。

戏票在前三天已经卖光。池子第四五排全留给日本人。一二三排与小池子全被招弟的与若霞的朋友们定去。黑票的价钱已比原价高了三倍至五倍。若霞的朋友们看她在招弟前面出台，心中不平，打算在招弟一出来便都退席，给她个难堪。招弟的那一群油头滑面的小鬼听到这消息，也准备拚命给若霞喊倒好儿，作为抵抗。幸而晓荷得到了风声，赶快约了双方的头脑，由若霞与招弟亲自出来招待，还请了一位日本无赖出席镇压，才算把事情说妥，大家握了手，停止战争。

瑞丰无论怎样也要看上这个热闹。他有当特务的朋友，而特务必在开戏以前布满了剧场，因为有许多日本要人来看戏。他在午前十点便到戏园外去等，他的嘴张着，心跳的很快，两眼东张西望，见到一个朋友便三步改作两步的迎上去："老姚！带我进去哟！"待一会儿，又迎上另一个人："老陈，别忘了我哟！"这样对十来个人打过招呼，他还不放心，还东瞧瞧西看看预备再多托咐几位。离开锣还早，他可是不肯离开那里，倒仿佛怕戏园会忽然搬开似的。慢慢的，他看到检票的与军警，和戏箱来到，他的心跳得更快了，嘴张得更大了些。他又去托咐朋友，朋友们没好气的说："放心，落不下你！早得很呢，你忙什么？"他张着嘴，嘻嘻两声，觉得自己有进去的把握，又怕朋友是敷衍他。他几乎想要求他们马上带他进去，就是看一两个钟头光板凳也无所不可；进去了才是进去了。在门外到底不保险！可是，他没好意思开口，怕逼急了他们反为不美。他买了块烤白薯，面对戏园嚼着，看一眼白薯，看一眼戏园，恨不能一口也把戏园吞了下去。

按规矩说，他还在孝期里，不应当来看戏。但是，为了看戏，他连命也肯牺牲了，何况那点老规矩呢。

到了十一点多钟，他差不多要急疯了。拉住一位朋友，央告着非马上进去不可。他已说不上整句的话来，而只由嘴中蹦出一两个字。他的额上的青筋都鼓起来，鼻子上出着汗，手心发凉。朋友告诉他："可没有座儿！"他啊啊了两声，表示愿意立着。

他进去了，坐在了顶好的座位上，看着空的台，空的园子，心中非常的舒服。他并上了嘴，口中有一股甜水，老催促着他微笑。他笑了。

好容易，好容易，台上才打通，他随着第一声的鼓，又张开了嘴，而且把脖子伸出去，聚精会神的看台上怎么打鼓，怎么敲锣。他的身子随着锣鼓点子动，心中浪荡着一点甜美的，有节奏的，愉快。

又待了半天，《天官赐福》上了场。他的脖子更伸得长了些。正看得入神，他被人家叫起来，"票"到了。他眼睛还看着戏台，改换了座位。待了一会儿，"票"又到了，他又换了座位。他丝毫没觉到难堪，因为全副的注意都在台上，仿佛已经沉醉。改换了不知多少座位，到了《奇双会》快上场，他稍微觉出来，他是站着呢。他不怕站着，他已忘了吃力的是他自己的腿。他的嘴张得更大了些，往往被烟呛得咳嗽一下，他才用口液润色它一下。

日本人到了，他欠着脚往台上看，顾不得看看日本人中有哪儿个要人。在换锣鼓的当儿，他似乎看见了钱先生由他身旁走过去。他顾不得打招呼。小文出来，坐下，试笛音。他更高了兴。他喜欢小文，佩服小文，小文天天在戏园里，多么美！他也看见了蓝东阳在台上转了一下。他应当恨蓝东阳。可是，他并没动心；看戏要紧。胖菊子和一位漂亮的小姐捧着花篮，放在了台口。他心中微微一动，只咽了一口唾沫，便把她打发开了。晓荷在台帘缝中，往外探了探头，他羡慕晓荷！

虽然捧场的不少，若霞可是有真本事，并不专靠着捧场的人给她喝彩。反之，一个碰头好儿过后，戏园里反倒非常的静了。她的秀丽，端庄，沉稳，与适当的一举一动，都使人没法不沉下气去。她的眼仿佛看到了台下的每一个人，教大家心中舒服，又使大家敬爱她。即使是特来捧场的也不敢随便叫好了，因为那与其说是讨好，还不如说是不敬。她是那么瘦弱苗条，她又是那么活动焕发，倒仿佛她身上有一种什么魔力，使大家看见她的青春与美丽，同时也都感到自己心中有了青春的热力与愉快。她控制住了整个的戏园，虽然她好像并没分外的用力，特别的卖弄。

小文似乎已经忘了自己。探着点身子，横着笛，他的眼盯住了若霞，把每一音都吹得圆，送到家。他不仅是伴奏，而是用着全份的精神把自己的生命化在音乐之中，每一个声音都像带着感情，电力，与光浪，好把若霞的身子与喉音都提起来，使她不费力而能够飘飘欲仙。

在那两排日本人中，有一个日本军官喝多了酒，已经昏昏的睡去。在他的偶尔睁开的眼中，他似乎看到面前有个美女子来回的闪动。他又闭上了眼，可是也把那个美女子关闭在眼中。一个日本军人见了女的，当然想不起别的，而只能想到女人的“用处”。他又睁开了眼，并且用力揉了揉它们。他看明白了若霞。他的醉眼随着她走，而老遇不上她的眼。他生了气。他是大日本帝国的军人，中国人的征服者，他理当可以蹂躏任何一个中国女子。而且，他应当随时随地发泄他的兽欲，尽管是在戏园里。他想马上由台上把个女的拖下来，扯下衣裤，表演表演日本军人特有的本事，为日本军人增加一点光荣。可是，若霞老不看他。他半立起来，向她“嘻”了一声。她还没理会。很快的，他掏出枪来。枪响了，若霞晃了两晃，要用手遮一遮胸口，手还没到胸前，她倒在了台上。

楼上楼下马上哭喊，奔跑，跌倒，乱滚，像一股人潮，一齐往外跑。瑞丰的嘴还没并好，就被碰倒。他滚，他爬，他的头上手上身上都是鞋与靴；他立起来，再跌倒，再滚，再喊，再乱抡拳头。他的眼一会儿被衣服遮住，一会儿挡上一条腿，一会儿又看到一根柱子。他迷失了方向，分不清哪是自己的腿，哪是别人的腿。乱滚，乱爬，乱碰，乱打，他随着人潮滚了出来。

日本军人都立起来，都掏出来枪，枪口对着楼上楼下的每一角落。

桐芳由后台钻出来。她本预备在招弟上场的时候，扔出她的手榴弹。现在，计划被破坏了，她忘了一切，而只顾去保护若霞。钻出来，一个枪弹从她的耳旁打过去。她趴下，用手用膝往前走，走到若霞的身旁。

小文扔下了笛子，顺手抄起一把椅子来。像有什么魔鬼附了他的体，他一跃，跃到台下，连人带椅子都砸在行凶的醉鬼头上，醉鬼还没清醒过来的脑浆溅出来，溅到小文的大襟上。

小文不能再动，几只手枪杵在他的身上。他笑了笑。他回头看了看若霞："霞！死吧，没关系！"他自动的把手放在背后，任凭他们捆绑。

后台的特务特别的多。上了装的，正在上装的，还没有上装的，票友与伶人；龙套，跟包的，文场，一个没能跑脱。招弟已上了装，一手拉着亦陀，一手拉着晓荷，颤成一团。

楼上的人还没跑净。只有一个老人，坐定了不动，他的没有牙的胡子嘴动了动，像是咬牙床，又像是要笑。他的眼发着光，仿佛得到了一些诗的灵感。他知道桐芳还在台上，小文还在台下，但是他顾不了许多。他的眼中只有那一群日本人，他们应当死。他扔下他的手榴弹去。

第二天，瘸着点腿的诗人买了一份小报，在西安市场的一家小茶馆里，细细的看本市新闻：

“女伶之死：本市名票与名琴手文若霞夫妇，勾通奸党，暗藏武器，于义赈游艺会中，拟行刺皇军武官。当场，文氏夫妇均被击毙。文若霞之女友一名，亦受误伤身死。”老人眼盯着报纸，而看见的却是活生生的小文，若霞，与尤桐芳。对小文夫妇，老人并不怎么认识，也就不敢批评他们。但是，他觉得他们很可爱，因为他们是死了；他们和他的妻与子一样的死了，也就一样的可爱。他特别的爱小文，小文并不只是个有天才的琴手，也是个烈士——敢用椅子砸出仇人的脑浆！对桐芳，他不单爱惜，而且觉得对不起她！她！多么聪明，勇敢的一个小妇人——必是死在了他的手中，炸弹的一个小碎片就会杀死她。假若她还活着，她必能成为他的助手，帮助他作出更大的事来。她的姓名也许可以流传千古。现在，她只落了个“误伤身死”！想到这里，老人几乎出了声音：“桐芳！我的心，永远记着你，就是你的碑记！”他的眼往下面看，又看到了新闻：“皇军武官无一受伤者。”老人把这句又看了一遍，微微的一笑。哼，无一受伤者，真的！他再往下看：“行刺之时，观众秩序尚佳，只有二三老弱略受损伤。”老人点了点头，赞许记者的“创造”天才。“所有后台人员均解往司令部审询，无嫌疑者日内可被释放云。”老人楞了一会儿，哼，他知道，十个八个，也许一二十个，将永远出不来狱门！他心中极难过，但是他不能不告诉自己：“就是这样吧！这才是斗争！只有死，死，才能产生仇恨；知道恨才会报仇！”

老人喝了口白开水，离开茶馆，慢慢的往东城走，打算到坟地上，去告诉亡妻与亡子一声：“安睡吧，我已给你们报了一点点仇！”

# 六十四

小羊圈里乱了营，每个人的眼都发了光，每个人的心都开了花，每个人的脸上都带着笑；嘴，耳，心，都在动。他们想狂呼，想乱跳，想喝酒，想开一个庆祝会。黑毛儿方六成了最重要的人物，大家围着他，扯他的衣襟与袖子要求他述说，述说戏园中的奇双会，枪声，死亡，椅子，脑浆，炸弹，混乱，伤亡……听明白了的，要求他再说，没听见的，舍不得离开他，仿佛只看一看他也很过瘾；他是英雄，天使——给大家带来了福音。

方六，在这以前，已经成了“要人”。论本事，他不过是第二三流的说相声的，除了大茶馆与书场的相声艺员被天津上海约去，他临时给搭一搭桌，他总是在天桥，东安市场，隆福寺或护国寺去撂地摊。他很少有参加堂会的机会。

可是，北平的沦陷教他转了运气。他的一个朋友，在新民会里得了个地位。由这个朋友，他得到去广播的机会。由这个朋友，他知道应当怎样用功——“你赶快背熟了四书！”朋友告诉他。“日本人相信四书，因为那是老东西。只要你每段相声里都有四书句子，日本人就必永远雇用你广播！你要时常广播，你就会也到大茶楼和大书场去作生意，你就成了头路角儿!”

方六开始背四书。他明知道引用四书句子并不能受听众的欢迎，因为现在的大学生中学生，和由大学生中学生变成的公务员，甚至于教员，都没念过四书。在他所会的段子里原有用四书取笑的地方，像：“君不君，程咬金；臣不臣，大火轮；父不父，冥衣铺；子不子，大茄子”；和“冠者五六人，童子六七人”，是说七十二贤人里有三十个结了婚的，四十二个没有结婚的，等等。每逢他应用这些“典故”，台下——除了几个老人——都楞着，不知道这有什么可笑之处。但是，他相信了朋友的话。他知道这是日本人的天下，只要日本人肯因他会运用四书而长期的雇用他去广播，他便有了饭碗。他把四书背得飞熟。当他讲解的时候，有的相当的可笑，有的毫无趣味。可是，他不管听众，他的眼只看着日本人。在每次广播的时候，他必递上去讲题：“子曰学而”，“曾子曰，吾日三省吾身”，或“父母在不远游，游必有方”……日本人很满意，他拿稳饭碗。同时，他不再去撂地摊，而大馆子争着来约他——不为他的本事，而为他与日本人的关系。同时，福至心灵的他也热心的参加文艺协会，和其他一切有关文化的集会。他变成了文化人。

在义赈游艺会里，他是招待员。他都看见了，而且没有受伤。他的嘴会说，也爱说。他不便给日本人隐瞒着什么。虽然他吃着日本人的饭，他可是并没有把灵魂也卖给日本人。特别是，死的是小文夫妇，使他动了心。他虽和他们小夫妇不同行，也没有什么来往，可是到底他们与他都是卖艺的，兔死狐悲，他不能不难受。

大家对小文夫妇一致的表示惋惜，他们甚至于到六号院中，扒着东屋的窗子往里看一看，觉得屋里的桌椅摆设都很神圣。可是，最教他们兴奋的倒是招弟穿着戏行头就被军警带走，而冠晓荷与高亦陀也被拿去。

他们还看见了大赤包呀。她的插野鸡毛的帽子在头上歪歪着，鸡毛只剩下了半根。她的狐皮皮袍上面湿了半边襟，像是浇过了一壶茶。她光着袜底，左手提着“一”只高跟鞋。她脸上的粉已完全落下去，露着一堆堆的雀斑。她的气派还很大，于是也就更可笑。她没有高亦陀搀着，也没有招弟跟着，也没有晓荷在后面给拿着风衣与皮包。只是她一个人，光着袜底儿，像刚被魔王给赶出来的女怪似的，一瘸一拐的走进了三号。

程长顺顾不得操作了。他也挤在人群里，听方六有声有色的述说。听完了，他马上报告了外婆。孙七的近视眼仿佛不单不近视，而且能够透视了；听完了方六的话，他似乎已能远远的看到晓荷和亦陀在狱中正被日本人灌煤油，压棍子，打掉了牙齿。他高兴，他非请长顺喝酒不可。长顺还没学会喝酒，孙七可是非常的坚决：“我是喝你的喜酒！你敢说不喝！”他去告诉马老太太，“老太太，你说，教长顺儿喝一杯酒，喜酒！”

“什么喜酒啊？”老太太莫名其妙的问。

孙七哈哈的笑起来。“老太太，他们——”他往三号那边指了指，“都被宪兵锁了走，咱们还不赶快办咱们的事？”

马老太太听明白了孙七的话，可是还有点不放心。“他们有势力，万一圈两天就放出来呢？”

“那，他们也不敢马上再欺侮咱们！”

马老太太不再说什么。她心中盘算：外孙理当娶亲，早晚必须办这件事，何不现在就办呢？小崔太太虽是个寡妇，可是她能洗能作能吃苦，而且脾气模样都说得下去。再说，小崔太太已经知道了这回事，而且并没表示坚决的反对，若是从此又一字不提了，岂不教她很难堪，大家还怎么在一个院子里住下去呢？没别的办法，事情只好怎么来怎么走吧。她向孙七点了点头。

第二天下午，小文的一个胯骨上的远亲，把文家的东西都搬了走。这引起大家的不平。第一，他们想问问，小文夫妇的尸首可曾埋葬了没有？第二，根据了谁的和什么遗言，就来搬东西？这些心中的话渐渐的由大家的口中说出来，然后慢慢的表现在行动上。李四爷，方六，孙七，都不约而同的出来，把那个远亲拦住。他没了办法，只好答应去买棺材。

但是，小文夫妇的尸首已经找不到了。日本人已把他们扔到城外，喂了野狗。日本人的报复是对死人也毫不留情的。李四爷没的话可说，只好愤愤的看着文家的东西被搬运了走。

瑞丰见黑毛儿方六出了风头，也不甘寂寞，要把自己的所闻所见也去报告大家。可是，祁老人拦住了他："你少出去！脸上青一块紫一块的，万一教侦探看见，说你是囚犯呢？你好好的在家里坐着！"瑞丰无可如何，只好蹲在家里，把在戏园中的见闻都说与大嫂与孩子们听，觉得自己是个敢冒险，见过大阵式的英雄好汉。

大赤包对桐芳的死，觉得满意。桐芳的尸身已同小文夫妇的一齐被抛弃在城外。大赤包以为这是桐芳的最合适的归宿。她决定不许任何人给桐芳办丧事，一来为是解恨，二来是避免嫌疑——好家伙，要教日本人知道了桐芳是冠家的人，那还了得！她嘱咐了高第与男女仆人，绝对不许到外边去说死在文若霞身旁的是桐芳，而只准说桐芳拐去了金银首饰，偷跑了出去。她并且到白巡长那里报了案。

这样把桐芳结束了，她开始到处去奔走，好把招弟，亦陀，晓荷赶快营救出来。

她找了蓝东阳去。东阳，因为办事不力，已受了申斥，记了一大过。由记过与受申斥，他想象到撤职丢差。他怕，他恐慌，他忧虑，他恨不能咬掉谁一块肉！他的眼珠经常的往上翻，大有永远不再落下来的趋势。他必须设法破获凶手，以便将功赎罪，仍然作红人。看大赤包来到，他马上想起，好，就拿冠家开刀吧！桐芳有诡病，无疑的；他须也把招弟，亦陀，晓荷咬住，硬说冠家吃里爬外，要刺杀皇军的武官。

大赤包的确动了心，招弟是她的掌上明珠，高亦陀是她的"一种"爱人。她必须马上把他们救了出来。她并没十分关切晓荷，因为晓荷到如今还没弄上一官半职，差不多是个废物。真要是不幸而晓荷死在狱中，她也不会十分伤心。说不定，她还许，在他死后，改嫁给亦陀呢！她的心路宽，眼光远，一眼便看出老远老远去。不过，现在她既奔走营救招弟与亦陀，也就不好意思不顺手把晓荷牵出来罢了。

虽然心中很不好受，见了东阳，她可是还大摇大摆的。她不是轻易皱上眉头的人。

"东阳！"她大模大样的，好像心中连豆儿大的事也没有的，喊叫："东阳！有什么消息没有？"

东阳的脸上一劲儿抽动，身子也不住的扭，很像吃过烟油子的壁虎。他决定不回答什么。他的眼看着自己的心，他的心变成一剂毒药。

见东阳不出一声，大赤包和胖菊子闲扯了几句。胖菊子的身体面积大，容易被碰着，所以受了不少的伤，虽然都不怎样重，可是她已和东阳发了好几次脾气——以一个处长太太而随便被人家给碰伤，她的精神上的损失比肉体上要大着许多。自从作了处长太太以来，有意的无意的，她摹仿大赤包颇有成绩。她骄傲，狂妄，目中无人，到处要摆出架子。她讨厌东阳的肮脏，吝啬，与无尽无休的性欲要求。但是，她又不肯轻易放弃了“处长太太”。因此，她只能对东阳和别人时常发威，闹脾气，以便发泄心中的怨气。

她喜欢和大赤包闲扯。她本是大赤包的“门徒”，现在她可是和大赤包能平起平坐了，所以感到自傲。同时，在经验上，年纪上，排场上，她到底须让大赤包一步，所以不能不向大赤包讨教。虽然有时候，她深盼大赤包死掉，好使她独霸北平，但是一见了大赤包的面，她仿佛又不忍去诅咒老朋友，而觉得她们两个拚在一处，也许势力要更大一些。

大赤包今天可不预备多和菊子闲谈，她还须去奔走。胖菊子愿意随她一同出去。她不高兴蹲在家里，接受或发作脾气——东阳这两天老一脑门子官司，她要是不发气，他就必横着来。大赤包也愿意有菊子陪着她去奔走，因为两个面子凑在一处，效力当然大了一倍。菊子开始忙着往身上擦抹驰名药膏和万金油，预备陪着大赤包出征。

东阳拦住了菊子。没有解释，他干脆不准她出去。菊子胖脸红得像个海螃蟹。“为什么？为什么？”她含着怒问。

东阳不哼一声，只一劲儿啃手指甲。被菊子问急了，他才说了句：“我不准你出去！”

大赤包看出来，东阳是不准菊子陪她出去。她很不高兴，可是仍然保持着外场劲儿，勉强的笑着说：“算了吧！我一个人也会走！”

菊子转过脸来，一定要跟着客人走。东阳，不懂什么叫作礼貌，哪叫规矩，把实话说了出来：“我不准你同她出去！”

大赤包的脸红了，雀斑变成了一些小葡萄，灰中带紫。“怎么着，东阳？看我有点不顺序的事，马上就要躲着我吗？告诉你，老太太还不会教这点事给难住！哼，我瞎了眼，拿你当作了朋友！你要知道，招弟出头露面的登台，原是为捧你！别忘恩负义！你掰开手指头算算，吃过我多少顿饭，喝过我多少酒，咖啡？说句不好听的话，我要把那些东西喂了狗，它见着我都得摇摇尾巴！”大赤包本来觉得自己很伟大，可是一骂起人来，也不是怎的她找不到了伟大的言语，而只把饭食与咖啡想起来。这使她自己也感到点有失体统，而又不能不顺着语气儿骂下去。

东阳自信有丰富的想象力，一定能想起些光伟的言语来反攻。可是，他也只想起：“我还给你们买过东西呢！”

“你买过！不错！一包花生豆，两个凉柿子！告诉你，你小子别太目中无人，老太太知道是什么东西！”说完，大赤包抓起提包，冷笑了两声，大摇大摆的走了出去。

菊子反倒不知道怎么办好啦。以交情说，她实在不高兴东阳那么对待大赤包。她觉得大赤包总多少比东阳更像个人，更可爱一点。可是，大赤包的责骂，也多少把她包括在里面，她到底是东阳的太太，为什么不教东阳大方一点，而老白吃白喝冠家呢？大赤包虽骂的是东阳，可是也把她——胖菊子——连累在里面。她是个妇人，她看一杯咖啡的价值，在彼此争吵的时候，比什么友谊友情更重要。为了这个，她不愿和东阳开火。可是，不和他开火，又减了自己的威风。她只好板着胖脸发楞。

东阳的心里善于藏话，他不愿告诉个中的真意。可是，为了避免太太的发威，他决定吐露一点消息。“告诉你！我要斗一斗她。打倒了她，我有好处！”然后，他用诗的语言说出点他的心意。

菊子起初不十分赞同他的计划。不错，大赤包有时候确是盛气凌人，使人难堪。但是，她们到底是朋友，怎好翻脸为仇作对呢？她想了一会儿，拿不定主意。想到最后，她同意了东阳的意见。好吧，把大赤包打下去，而使自己成为北平天字第一号的女霸，也不见得不是件好事。在这混乱的年月与局面中，她想，只有狠心才是成功的诀窍。假若当初她不狠心甩了瑞丰，她能变成处长太太吗？不能！好啦，她与大赤包既同是“新时代”的有头有脸的人，她何必一定非捧着大赤包，而使自己坐第二把交椅呢？她笑了，她接受了东阳的意见，并且愿意帮助他。

东阳的绿脸上也有了一点点笑意。夫妇靠近了嘀咕了半天。他们必须去报告桐芳是冠家的人，教日本人怀疑冠家。然后他们再从多少方面设法栽赃，造证据，把大赤包置之死地。即使她死不了，他们也必弄掉了她的所长，使她不再扬眉吐气。

“是的！只要把她咬住，这案子就有了交代。我的地位可也就稳当了。你呢，你该去运动，把那个所长地位拿过来！”

胖菊子的眼亮了起来。她没想到东阳会有这么多心路，竟自想起教她去作所长！从她一认识东阳，一直到嫁给他，她没有真的喜爱过他一回。今天，她感到他的确是个可爱的人，他不但给了她处长太太，还会教她作上所长！除了声势地位，她还看见了整堆的钞票像被狂风吹着走动的黄沙似的，朝着她飞了来。只要作一二年妓女检查所的所长，她的后半世的生活就不成问题了。一旦有了那个把握，她将是最自由的女人，蓝东阳没法再干涉她的行动，她可以放胆的任意而为，不再受丝毫的拘束！她吻了东阳的绿脸。她今天真喜爱了他。等事情成功之后，她再把他踩在脚底下，像踩一个虫子似的收拾他。

她马上穿上最好的衣服，准备出去活动，她不能再偷懒，而必须挺起一身的胖肉，去找那个肥差事。等差事到手，她再加倍的偷懒，连洗脸都可以找女仆替她动手，那才是福气。

瑞宣听到了戏园中的“暴动”，和小文夫妇与桐芳的死亡。他觉得对不起桐芳。钱先生曾经嘱咐过他，照应着她。他可是丝毫没有尽力。除了这点惭愧，他对这件事并没感到什么兴奋。不错，他知道小文夫妇死得冤枉；但是，他自己的父亲难道死得不冤枉么？假若他不能去为父报仇，他就用不着再替别人的冤枉表示愤慨。从一种意义来说，他以为小文夫妇都可以算作艺术家，都死得可惜。但是，假若艺术家只是听天由命的苟安于乱世，不会反抗，不会自卫，那么惨死便是他们必然的归宿。

有这些念头在他心中，他几乎打不起精神去注意那件值得兴奋的事。假若小文夫妇与桐芳的惨死只在他心中飘过，对于冠家那些狗男女的遭遇，他就根本没有理会。一天到晚，自从办过了丧事之后，他总是那么安安静静的，不言不语的，作着他的事。从表面上看他好像是抱定逆来顺受的道理，不声不响的度着苦难的日子。在他心里，他却没有一刻的宁静。他忘不了父亲的惨死，于是也就把自己看成最没出息的人。他觉得自己的生命已完全没有作用。除非他能替父亲报了仇。这个，他知道，可绝不是专为尽孝。他是新时代的中国人，绝不甘心把自己只看成父母的一部分，而去为父母丧掉了自己的生命。他知道父子的关系是生命的延续关系，最合理的孝道恐怕是继承父辈的成就，把它发扬光大，好教下一辈得到更好的精神的与物质的遗产。生命是延续，是进步，是活在今天而关切着明天的人类福利。新的生命不能拦阻，也不能代替老的生命的死亡。假若他的父亲是老死的，或病死的，他一定一方面很悲痛，一方面也要打起精神，勇敢的面向明天的责任走下去。但是，父亲是被日本人杀害了的。假若他不敢去用自己的血去雪耻报仇，他自己的子孙将也永远沉沦在地狱中。日本人会杀他的父亲，也会杀他的子孙。今天他若想偷生，他便只给儿孙留下耻辱。耻辱的延续还不如一齐死亡。

可是，有一件事使他稍微的高了兴。当邻居们都正注意冠家与文家的事的时候，一号的两个日本男人都被征调了走。瑞宣觉得这比晓荷与招弟的被捕更有意义。冠家父女的下狱，在他看，不过是动乱时代的一种必然发生的丑剧。而一号的男人被调去当炮灰却说明了侵略者也须大量的，不断的，投资——把百姓的血泼在战场上。随着士兵的伤亡，便来了家庭的毁灭，生产的人力缺乏，与抚恤经费的增加。侵略只便宜了将官与资本家，而民众须去卖命。

在平日，他本讨厌那两个男人。今天，他反倒有点可怜他们了。他们把家眷与财产都带到中国来，而他自己却要死在异域，教女人们抱一小罐儿骨灰回去。可是，这点惋惜并没压倒他的高兴。不，不，不，他不能还按照着平时的，爱好和平的想法去惋惜他们；不能！他们，不管他们是受了有毒的教育与宣传，还是受了军阀与资本家的欺骗，既然肯扛起枪去作战，他们便会杀戮中国人，也就是中国人的仇敌。枪弹，不管是怎样打出去的，总不会有善心！是的，他们必须死在战场上；他们不死，便会多杀中国人。是的，他必须狠心的诅咒他们，教他们死，教他们的家破人亡，教他们和他们的弟兄子侄朋友亲戚全变成了骨灰。他们是臭虫，老鼠，与毒蛇，必须死灭，而后中国与世界才得到太平与安全！

他看见了那两个像磁娃娃的女人，带着那两个淘气的孩子，去送那两个出征的人。她们的眼是干的，她们的脸上没有任何表情，她们的全身上都表示出服从与由服从中产生的骄傲。是的，这些女人也该死。她们服从，为是由服从而得到光荣。她们不言不语的向那毒恶的战神深深的鞠躬，鼓励她们的男人去横杀乱砍。瑞宣知道，这也许是错怪了那两个女人：她们不过是日本的教育与文化制成的磁娃娃，不能不服从，不忍受。她们自幼吃了教育的哑药，不会出声，而只会微笑。虽然如此，瑞宣还是不肯原谅她们。正因为她们吃了那种哑药，所以她们才正好与日本的全盘机构相配备。她们的沉默与服从恰好完成了她们男人的狂吼与乱杀。从这个事实——这的确是事实——来看，她们是她们男人的帮凶。假若他不能原谅日本男人，他也不便轻易的饶恕她们。即使这都不对，他也不能改变念头，因为孟石，仲石，钱太太，小崔，小文夫妇，桐芳，和他的父亲都千真万确的死在日本人手里。绕着弯子过分的去原谅仇敌便是无耻！

立在槐树下，他注视着那出征人，磁娃娃，与两个淘气鬼。他的心中不由的想起些残破不全的，中国的外国的诗句："一将功成万骨枯；可怜无定河边骨；谁没有父母，谁没有兄弟？……"可是，他挺着脖子，看着他们与她们，把那些人道的，崇高的句子，硬放在了一边，换上些"仇恨，死亡，杀戮，报复"等字样。"这是战争，不敢杀人的便被杀！"他对自己说。

一号的老婆婆是最后出来的。她深深的向两个年轻的鞠躬，一直等到他们拐过弯去才直起身来。她抬起头，看见了瑞宣。她又鞠了一躬。直起身，她向瑞宣这边走过来，走得很快。她的走路的样子改了，不像个日本妇人了。她挺着身，扬着脸，不再像平日那么团团着了。她好像一个刚醒来的螃蟹，把脚都伸展出来，不是那么圆圆的一团了。她的脸上有了笑容，好像那两个年轻人走后，她得到了自由，可以随便笑了似的。

"早安！"她用英语说。"我可以跟你说两句话吗？"她的英语很流利正确，不像是由一个日本人口中说出来。

瑞宣楞住了。

"我久想和你谈一谈，老没有机会。今天，"她向胡同的出口指了指，"他们和她们都走了，所以……"她的口气与动作都像个西洋人，特别是她的指法，不用食指，而用大指。

瑞宣一想便想到：日本人都是侦探，老妇人知道他会英文，便是很好的证据。因此，他想敷衍一下，躲开她。

老妇人仿佛猜到了他的心意，又很大方的一笑。"不必怀疑我！我不是平常的日本人。我生在坎拿大，长在美国，后来随着我的父亲在伦敦为商。我看见过世界，知道日本人的错误。那俩年轻的是我的侄子，他们的生意，资本，都是我的。我可是他们的奴隶。我既没有儿子，又不会经营——我的青春是在弹琴，跳舞，看戏，滑冰，骑马，游泳……度过去的——我只好用我的钱买来深鞠躬，跪着给他们献茶端饭！"

瑞宣还是不敢说话。他知道日本人会用各种不同的方法侦探消息。

老婆婆凑近了他，把声音放低了些："我早就想和你谈谈。这一条胡同里的人，算你最有品格，最有思想，我看得出来。我知道你会小心，不愿意和我谈心。但是，我把心中的话，能对一个明白人说出来，也就够了。我是日本人，可是当我用日本语讲话的时候，我永远不能说我的心腹话。我的话，一千个日本人里大概只有一个能听得懂。"她的话说得非常的快，好像已经背诵熟了似的。

"你们的事，"她指了三号，五号，六号，四号，眼随着手指转了个半圆。“我都知道。我们日本人在北平所作的一切，当然你也知道。我只须告诉你一句老实话：日本人必败！没有另一个日本人敢说这句话。我——从一个意义来说——并不是日本人。我不能因为我的国籍，而忘了人类与世界。自然，我凭良心说，我也不能希望日本人因为他们的罪恶而被别人杀尽。杀戮与横暴是日本人的罪恶，我不愿别人以杀戮惩罚杀戮。对于你，我只愿说出：日本必败。对于日本人，我只愿他们因失败而悔悟，把他们的聪明与努力都换个方向，用到造福于人类的事情上去。我不是对你说预言，我的判断是由我对世界的认识与日本的认识提取出来的。我看你一天到晚老不愉快，我愿意使你乐观一点。不要忧虑，不要悲观；你的敌人早晚必失败！不要说别的，我的一家人已经失败了：已经死了两个，现在又添上两个——他们出征，他们毁灭！我知道你不肯轻易相信我，那没关系。不过，你也请想想，假若你肯去给我报告，我一样的得丢了脑袋，像那个拉车的似的！”她指了指四号。“不要以为我有神经病，也不要以为我是特意讨你的欢心，找好听的话对你说。不，我是日本人，永远是日本人，我并不希望谁格外的原谅我。我只愿极客观的把我的判断说出来，去了我的一块心病！真话不说出来，的确像一块心病！好吧，你要不怀疑我呢，让我们作作朋友，超出中日的关系的朋友。你不高兴这么作呢，也没关系；今天你能给我机会，教我说出心中的话来，我已经应当感谢你！”说完，她并没等着瑞宣回答什么，便慢慢的走开。把手揣在袖里，背弯了下去，她又恢复了原态——一个老准备着鞠躬的日本老妇人。

瑞宣呆呆的楞了半天，不知怎样才好。他不肯信老婆婆的话，又似乎没法不信她的话。不论怎样吧，他可是止不住的笑了一下。他有好些天没笑过一回了。

# 六十五

快到阴历年，长顺和小崔太太结了婚。婚礼很简单。孙七拉上了刘棚匠太太同作大媒，为是教小崔太太到刘太太那里去上轿。一乘半旧的喜轿，四五个鼓手；喜轿绕道护国寺，再由小羊圈的正口进来。洞房是马老太太的房子，她自己搬到小崔太太屋里去。按照老年的规矩，娶再醮的妇人应当在半夜里，因为寡妇再嫁是不体面的，见不到青天白日的。娶到家门，须放一挂火炮，在门坎里还要放个火盆，教她迈过去；火炮若是能把她前夫的阴魂吓走，火盆便正好能补充一下，烧去一切的厉气。

按着马老太太的心意，这些规矩都须遵守，一方面是为避邪，一方面也表示出改嫁的寡妇是不值钱的——她自己可是堂堂正正，没有改嫁过。

不过，现在的夜里老在半戒严的状态中，夜间实在不好办事。火炮呢，久已不准燃放——日本人心虚，怕听那远听颇似机关枪的响声。火炮既不能放，火盆自然也就免了吧。这是孙七的主意："马老太太，就不用摆火盆了吧！何必叫小崔太太更难过呢！"

连这样，小崔太太还哭了个泪人似的。她想起来小崔，想起来自己一切的委屈。她已失去了自主，而任凭一个比孙七，长顺，马老太太都更厉害的什么东西，随便的摆布她，把她抬来抬去，教她换了姓，换了丈夫，换了一切。她只有哭，别无办法。

长顺儿的大脑袋里嗡嗡的直响。他不晓得应当哭好，还是笑好。穿着新蓝布袍罩，和由祁家借来的一件缎子马褂，他坐着不安，立着发僵，来回的乱走又无聊。在他的心里，他却一会儿一算计：一千套军衣已经完全交了活，除了本钱和丁约翰的七折八扣，只落下四百多块钱。这是他全部的财产。他可是又添了一口吃饭的人。结了婚，他便是成人了。他必须养活着外婆与老婆，没有别的话好说。四百多块钱，能花多少日子呢？尽管婚礼很简单，可是鼓手，花轿不要钱吗？自己的新大衫是白拣来的吗？街坊四邻来道贺，难道不预备点水酒和饭食吗？这都要花钱。结过婚，他应当干什么去呢？想不出。不错，他为承作那些骗人的军衣，已学会了收买破烂。可是，难道他就老去弄那些肮脏东西，过一辈子吗？为钱家，祁家，崔家，他都曾表示过气愤，都自动的帮过忙。他还记得祁瑞宣对他的期望与劝告，而且他曾经有过扛枪上阵去杀日本人的决心。可是，今天他却胡胡涂涂的结了婚，把自己永远拴在了家中。他皱上了眉。

但是贺喜的人——李四老人，四妈，祁瑞丰，孙七，刘太太，还有七号的一两家人——都向他道喜。他又不能不把眉头放开。他有点害羞，又不能不大模大样的假充不在乎。人们的吉利话儿像是出于诚心，又似乎像讽刺与嘲弄，使他不敢不接受，而接受了又不大好过。他不知怎样才好，而只能硬着头皮去敷衍。他的脸上红一阵白一阵，他的鼻音呜囔的特别的难听，连自己听着都不够味儿。

贺客之中，最活跃的，也最讨厌的，是祁瑞丰。长顺永远忘不了在教育局的那一幕。况且，今天他是和小崔太太结婚，他万想不到瑞丰还有脸来道喜。瑞丰可是满不在乎，他准知道只要打着贺客的招牌，他就不会被人家撵出来，所以他要来吃一顿喝一顿。而且，既无被驱逐出来的危险，他就必须像一个贺客的样子，他得对大家开玩笑，尽情的嘲弄新郎，板着面孔跟主人索要香烟，茶水，而且准备恶作剧的闹洞房。本来，他还穿着孝，家里的人都不许他来道贺。他答应了母亲，只把礼金在门外交给长顺或马老太太就赶快回家，可是，他把孝衣脱下来，偷偷的溜出去，满面春风的进了马家的门。他自居为交际家，觉得自己若不到场，不单自己丢了吃喝的机会，也必教马家的喜事减色。一进门，他便张罗着和长顺开玩笑，而他的嘴又没有分寸，时时弄得长顺面红过耳。长顺很想翻脸辱骂他一顿，可是他知道今天他不该吵架拌嘴，所以只好远远的躲开他。长顺的退让，恰好教瑞丰以为自己确有口才，于是赶上前去施展嘲弄与开玩笑。贺客们都晓得长顺老实，也都晓得瑞丰讨厌，大家都怕他把长顺逼急了，弄得不好看。同时，大家看在祁老人与瑞宣的面上，又不肯去劝告瑞丰。于是，大家不约而同的都躲着他，并且对他说的笑话都故意的不笑。他们以为这样就可以使他知难而退了，谁知道他却觉得他们的不言不笑是有点怕他，于是他的话就更多了。最后，李四爷看不过了，把他扯到一边："老二，我说句真话，你可不要怪我呀！开玩笑要有个分寸。长顺儿脸皮子薄，别惹急了他！"

瑞丰没敢和四爷驳辩，而心中很不高兴。他可是也不想马上告辞回家，他舍不得那顿酒饭。在摆饭之前，他一支跟着一支的吸香烟。他不乱说了，看到香烟快吸完了，便板起脸来告诉长顺：再去买两包烟！赶到摆饭的时候，他大模大样的坐了首座，他以为客人中只有他作过科长，理应坐首座。他拿出喝酒的本领，一扬脖一个，喝干了自己的杯；别人稍一谦让，他便把人家的杯子拿过来："好，我替你喝！"喝了几杯之后，他的嘴没法再并上。他又开始嘲弄长顺，并且说到小崔太太是寡妇。不单这样耍嘴皮子，他还要立起来讲演一番。他看不起那些贺客，所以他要尽兴的发泄自己的无聊与讨厌。

孙七早就不高兴了。他是大媒，理当坐首座。多亏李四爷镇压着他，他才忍着气没有发作。等到他也喝了几杯之后，他不再看李四爷的眼神，而把酒壶抄了起来。

"祁科长！"他故意的这么叫："咱们对喝六杯！"

李四爷伸出手来要抢酒壶。孙七不再听话。"四大爷，你别管！我跟祁科长比比酒量！"

瑞丰的脸上发了光。他以为孙七很看得起他。"牛饮没意思，咱们划拳吧！一拳一个，六个！告诉你，我不教你喝六个，也得喝五个，信不信！来，伸手！"

"我不划拳！你是英雄，我是好汉，对喝六杯！"孙七说着，已斟满了三杯。

瑞丰知道，六杯一气灌下去，他准得到桌子底下去。"那，我不来，没意思！喜酒，要喝得热闹一点！你要不划拳，咱们来包袱剪子布的？"

孙七没出声，端起杯来，连灌了三杯，然后，又斟满："喝！喝完这三个，还有三个！"

"那，我才不喝呢！"瑞丰嘿嘿的笑着，觉得自己非常的精明，有趣。

"喝吧，祁科长！"孙七的头上的青筋已跳起来，可是故作镇定的说。“这是喜酒，你不是把太太丢了吗？多喝两杯喜酒，你好再娶上一个！”

李四爷赶快拦住了孙七：“你坐下！不准再乱说！”然后对瑞丰：“老二，吃菜！不用理他，他喝醉了！”

大家都以为瑞丰必定一摔袖子走出去，而且希望他走出去。虽然他一走总算美中不足，可是大家必会在他走后一团和气的吃几杯酒。

可是，他坐着不动，他必须讨厌到底，必须把酒饭吃完，不能因为一两句极难听的话而牺牲了酒饭。

正在这个难堪的时节，高亦陀走了进来。长顺的嘴唇开始颤动。

大赤包有点本事。奔走了一两天，该送礼的送礼，该托情的托情，该说十分客气话的，说十分，该说五分好话的，说五分，她把晓荷，亦陀，招弟，全救了出来。他们都没受什么委屈，只是挨了几天的饿。他们的嘴不惯于吃窝窝头与白水。最初，他们不肯吃。后来，没法不吃了，可是吃了还不饱。招弟在这几天里，始终穿着行头，没有别的衣服替换。她几天没有洗脸，洗脚，她的身上发痒，以为是长了虱子。她对每个人都送个媚眼，希望能给她一点水，可是始终无效。她着急，急得不住的哭泣。最使她难过的是那么一身漂亮的行头，不单没摸着在台上露一露，反穿到狱中来。她已不是摩登的姑娘，而是玉堂春与窦娥，被圈在狱中。她切盼她的男友们会来探视她，营救她。可是，他们一个也没有来。由失望而幻想，她盼着什么剑侠或什么圣母会在半夜中把她背了走。她想起许多电影片子上的故事，而希望那些故事能成为事实，使她逃出监狱。

晓荷真害了怕。自从一出戏园的后台，他已经不会说话。他平日最不关心的人，像钱先生与小崔，忽然的出现在眼前。他是不是也要丢了脑袋呢？他开始认真的祷告玉皇大帝，吕祖，关夫子，与王母娘娘。他觉得这些位神仙必能保佑他，不至于教他受一刀之苦。坐在潮湿的小牢房里，他检讨自己的过去。他找不出自己的错误来。他低声的告诉玉皇大帝："该送礼的，我没落过后；该应酬的，我永远用最好的烟酒茶饭；我没错待过人哪！对太太，对姨太太，我是好的丈夫；对女儿，我是好的父亲；对朋友，我最讲义气；末了，对日本人，我五体投地的崇拜，巴结；老天爷，怎么还这样对待我呢？"他诚恳的祷告，觉得十分冤枉。越祷告，他可是越心慌，因为他弄不清哪位神仙势力最大，最有灵应。万一祷告错了，那才糟糕！

他怕死，怕受刑。他夜里只能打盹，而不能安睡。无论哪里有一点响动，他都吓一跳，以为是有人要绑出他去斩首。他死不得，他告诉自己，因为还没有在日本人手下得到个官职，死了未免太冤枉。

受罪最大的是高亦陀，他有烟瘾，而找不到烟吃。被捕后两三个钟头，他已支持不住了，鼻涕流下多长，连打哈欠都打不上来。他什么也顾不得想，而只搭拉着脑袋等死。

大赤包去接他们。招弟见了妈，哭出了声音。冠晓荷也落了泪。他故意的哼哼着，为是增加自己的身分："所长！这简直是死里逃生啊！"他心中赶快的撰制一篇受难记，好逢人便讲，表示自己下过狱，不失为英雄好汉。高亦陀是被两个人抬出来的，他已瘾得像一团泥。

回到家中，招弟第一件事是洗个澡。洗完了澡，她一气吃了五六块点心。吃完，她摸着胸口，告诉高第："得了，这回可把我管教得够瞧的！从此我不再唱戏，也不溜冰！好家伙，再招出一场是非来，我非死在狱里不可！"她要开始和高第学一学怎么织毛线帽子："你教给我，姐！从此我再也不淘气了！"她把"姐"叫得挺亲热，好像真有点要改过自新似的。可是，没有过了一刻钟，她又坐不住了。"妈！咱们打八圈吧！我仿佛有一辈子没打过牌了！"

晓荷需要睡觉。"二小姐，你等我睡一觉，我准陪你打八圈。死里逃生，咱们得庆贺一下。所长，待会儿咱们弄几斤精致的羊肉，涮涮吧？"

大赤包没回答他们，气派极大的坐在沙发上，吸着一支香烟。把香烟吸完，她才开口："哼！你们倒仿佛都受了委屈！要不是我，你们也会出得来，那才怪呢！我的腿，为你们，都跑细了，你们好像连个谢字都不会说！"

"真的！"晓荷赶快把话接下去。"要不是所长，我们至少也还得圈半个月！甭打我，只要再圈半个月，我准死无疑！下狱，不是好玩的！"

"哼，你才知道！"大赤包要把这几天的奔走托情说好话的劳苦与委屈都一总由晓荷身上取得赔偿。"平日，你招猫逗狗，偏向着小老婆子，到下了狱你才想起老太太来。你算哪道玩艺儿！"

"哟！"招弟忽然想起来："桐芳呢？"

晓荷也要问，可是张开口又赶紧并上了。

"她呀？"大赤包冷笑了一下："对不起，死啦！"

"什么？"晓荷不困了。他动了心。

"死啦？"招弟也动了心。

"她，文若霞，小文，都炸死啦！我告诉你，招弟，晓荷，桐芳这一死，咱们的日子就可以过得更整齐一点。你们可是得听我的，我一心秉正，起早睡晚，劳心淘神，都是为了你们。你们有我，听从我，咱们就有好日子过。你们不听我的，好，随你们的便，你们有朝一日再死在狱里可别怨我！”

晓荷没听见这一套话。坐在椅子上，他捧着脸低声的哭起来。

招弟也落了泪。

他们这一哭，更招起大赤包的火儿来：“住声！我看谁敢再哭那个臭娘们！哭？她早就该死！我还告诉你们，谁也不准到外面去说，她是咱们家里的人！万幸，报纸上没提她的姓名；咱们自己可就别往头上揽狗屎！我已经报了案，说她拐走了金银首饰，偷跑了出去。你们听见没有？大家都得说一样的话，别你说东，他说西，打自己的嘴巴！”

晓荷慢慢的把手从脸上放下来，咽了许多眼泪，对大赤包说：“这不行！”他的声音发颤，可是很坚决。

“不行？什么不行？”大赤包挺起身来问。

“她好歹是咱们家的人。无论怎说，我也得给她个好发送。她跟了我这么多年！”晓荷决定宣战。桐芳是他的姨太太，他不能随便的丢弃了她，像丢一个死猫或死狗那样。在这一家里，没有第二个人能替桐芳，他不能在她丧了命的时候反倒赖她拐款潜逃。死了不能再活，真的；但是他必须至少给她买口好棺材，相当体面的把她埋葬了。她与高第招弟都不同，假若她们姐妹不幸而死去一个，他，或者不至于像这么伤心；她们是女儿，即使不死，早晚也要出嫁；桐芳是姨太太，永远是他的，她死不得。再说，虽然他的白发是有一根，拔一根，可是他到底慢慢的老起来；他也许不会再有机会另娶一房姨太太。那么，桐芳一死，他便永远要过着凄凉的日子——没有了知心的人，而且要老受大赤包的气！不行，说什么也不行，他必须好好的发送发送她。他没有别的可以答报她，他只知道买好棺材，念上一两台经，给她穿上几件好衣服，是唯一的安慰他自己与亡魂的办法。假若连这点也作不到，他便没脸再活下去。

大赤包站起来，眼里打着闪，口中响了雷："你要怎着呢？说！成心捣蛋哪？好！咱们捣捣看！"

冠晓荷决定迎战。他也立起来，也大声的喊："我告诉你，这样对待桐芳不行！不行！打，骂，拚命，我今儿个都奉陪！你说吧！"

大赤包的手开始颤动。晓荷这分明是叛逆！她不能忍受！这次要容让了他，他会大胆再弄个野娘们来："你敢跟我瞪眼哪，可以的！我混了心，瞎了眼，把你也救出来！死在狱里有多么干脆呢！"

"好，咒我，咒吧！"晓荷咬上了牙。"你咒不死我，我就给桐芳办丧事！谁也拦不住我！"

"我就拦得住你！"大赤包拍着胸口说。

"妈！"招弟看不过去了。"妈，桐芳已经死了，何必还忌恨她呢？"

"噢！你也向着她？你个吃里爬外的小妖精！在这儿有你说话的份儿？你是穿着行头教人家拿进去的，还在这儿充千金小姐呀？好体面！我知道，你们吃着我，喝着我，惹出祸来，得我救你们，可齐了心来气我！对，把我气死，气死，你们好胡反：那个老不要脸的好娶姨太太，你，小姐，好去乱搭姘头！你们好，我不是东西！"大赤包打了自己一个嘴巴，打得不很疼，可是相当的响。

"好吧，不许我开口呀，我出去逛逛横是可以吧？"招弟忘了改过自新，想出去疯跑一天。说着，她便往外走。

“你回来！”大赤包跺着脚。

“再见，爸！”招弟跑了出去。

见没有拦住招弟，大赤包的气更大了，转身对晓荷说：“你怎样？”

“我？我去找尸首！”

“你也配！她的尸首早就教野狗嚼完了！你去，去！只要你敢出去，我要再教你进这个门，我是兔子养的！”

这时节，亦陀在里间已一气吸了六七个烟泡儿。他本想忍一个盹儿，可是听外面吵得太凶了，只好勉强的走出来。一掀帘，他知道事情有点不对，因为晓荷夫妇隔着一张桌子对立着，眼睛都瞪圆，像两只决斗的公鸡似的，彼此对看着。亦陀把头伸在他们的中间，“老夫老妻的，有话慢慢的说！都坐下！怎么回事？”

大赤包坐下，泪忽然的流下来。她觉得委屈。好容易盼来盼去把桐芳盼死了，她以为从此就可以和晓荷相安无事，过太平日子了。哪知道晓荷竟自跟她瞪了眼，敢公然的背叛她，她没法不伤心。

晓荷还立着。他决定打战到底。他的眼中冒着火，使他自己都有点害怕，不知道自己从哪儿来的这么多的怒气。

大赤包把事情对亦陀说明白。亦陀先把晓荷扶在一张椅子上坐好，而后笑着说：“所长的顾虑是对的！这件事绝对不可声张。咱们都掉下去，受了审问，幸而咱们没有破绽，又加上所长的奔走运动，所以能够平安的出来。别以为这是件小事！要是赶上‘点儿低’，咱们还许把脑袋要掉了呢！桐芳与咱们不同，她为什么死在那里？没有人晓得！好家伙，万一日本人一定追究，而知道了她和咱们是一伙，咱们吃得消吃不消？算了吧，冠先生！死了的不能再活，咱们活着的可别再找死；我永远说实话！”

冠家夫妇全不出声了。沉默了半天，晓荷立了起来，要往外走。

“干什么去？”亦陀问。

“出去走走！一会儿就回来！”晓荷的怒气并没妨碍他找到帽子，怕脑袋受了风。

大赤包深深的叹了口气。亦陀想追出去，被她拦住。“不用管他，他没有多大胆子。他只是为故意的气我！”

亦陀喝了碗热茶，吃了几块点心，把心中的话说出来：“所长！也许是我的迷信，我觉得事情不大对！”

“怎么？”大赤包还有气，可是不便对亦陀发作，所以口气相当的柔和。

“凭咱们的地位，名誉，也下了两天狱，我看有点不大对！不大对！”他揣上手，眼往远处看着。

“怎么？”大赤包又问了声。

“伴君如伴虎啊！人家一翻脸，功臣也保不住脑袋！”

“嗯！有你这么一想！”

“我看哪，所长，赶快弄咱们的旅馆，赶快加紧的弄俩钱。有了底子，咱们就什么也不怕了。人家要咱们呢，咱们就照旧作官；人家不要咱们呢，咱们就专心去作生意。所长，看是也不是？”

大赤包点了点头。

“小崔太太打算扯咱们的烂污，那不行，我马上过去，给她点颜色看看！”

“对！”

“办完这件事，我赶紧就认真的去筹备那个旅馆。希望一开春就能开张。开了张，生意绝不会很坏。烟，赌，娼，舞，集聚一堂，还是个创举！创举！生意好，咱们日进斗金，可就什么也不怕了！”

大赤包又点了点头。

“所长，好不好先支给我一点资本呢？假若手里方便的话。现在买什么都得现款，要不然的话，咱们满可以专凭两片子嘴皮就都置备齐全了。”

“要多少呢？”

亦陀假装了的想了想，才说：“总得先拿十万八万的吧？先别多给我，万一有个失闪，我对不起人！亲是亲，财是财！”

“先拿八万吧？”大赤包信任高亦陀，但是也多少留了点神。她不能不给他钱，她不是摸摸屁股，咂咂手指头[①]的人。再说，亦陀是她的功臣。专以制造暗娼一项事业来说，他给她就弄来不止八万。对功臣不放心，显然不是作大事业，发大财的，道理与气派。可是，她也不敢一下子就交给他十万二十万。她须在大方之中还留个心眼。她给了他一张支票。

亦陀把支票带好，奔了四号来。

孙七喝了酒，看明白了进来的是亦陀，他马上冒了火。他本是嘴强身子弱，敢拌嘴不敢打架的人；今天他可是要动手。他带了酒，他是大媒，而亦陀又是像个瘦小鸡子似的烟鬼，所以他不再考虑什么，而只想砸亦陀一顿拳头。

李四爷一把抓住了孙七，“等等，看他说什么！”

亦陀向长顺与马老太太道了喜，而后凑过李四爷这边来，低

①摸摸屁股，咂咂手指头，指人小气、吝啬

声的对老人说：

“都放心！一点事没有！我是你们的朋友。她，那个大娘们，”他向三号指了指，“才是你们的仇人。我不再吃她的饭，也犯不上再替她挨骂！这不是?”他掏出那个小本子来，“当着大家，看!”他三把两把将小本子撕了个粉碎，扔在地上。撕完，他对大家普遍的笑了笑。而后，他拿起一杯酒，一扬脖灌了下去：“长顺，恭贺白头到老！别再恨我，我不过给人家跑跑腿；坏心眼，我连一点也没有！请坐了，诸位！咱们再会!”说完，他扬着绿脸，摔着长袖口，大模大样的走出去。

他一直奔了前门去，在西交民巷兑了支票，然后到车站买了一张二等的天津车票。“在天津先玩几天，然后到南京去卖卖草药也好！在北平恐怕吃不住了!”他对自己说。

老舍作品精选

# 四世同堂（四）

老舍 著

山东科学技术出版社
·济南·

**图书在版编目(CIP)数据**

四世同堂 / 老舍著. -- 济南 : 山东科学技术出版社, 2022.5

(老舍作品精选)

ISBN 978-7-5723-1102-4

Ⅰ. ①四… Ⅱ. ①老… Ⅲ. ①长篇小说—中国—现代 Ⅳ. ①I246.5

中国版本图书馆CIP数据核字(2021)第265878号

**老舍作品精选**

**四世同堂**

LAO SHE ZUOPIN JINGXUAN

SISHI TONGTANG

责任编辑:董小眉 潘 菲

装帧设计:艺唐广告

---

**主管单位:山东出版传媒股份有限公司**

**出 版 者:山东科学技术出版社**

地址:济南市市中区舜耕路517号

邮编:250003 电话:(0531)82098088

网址:www.lkj.com.cn

电子邮件:sdkj@sdcbcm.com

**发 行 者:山东科学技术出版社**

地址:济南市市中区舜耕路517号

邮编:250003 电话:(0531)82098067

**印 刷 者:湖北鑫光印务股份有限公司**

地址:湖北省云梦经济开发区三湖大道13号

邮编:430070 电话:(0712)4084888

---

**规格**:32开(146 mm×210 mm)

**印张**:38.75 **字数**:775千 **印数**:1~7 000

**版次**:2022年5月第1版 **印次**:2022年5月第1次印刷

**定价**:115.20元

# 六十六

冠晓荷，都市的虫子，轻易不肯出城。从城内看城楼，他感到安全；反之，从城外看它，他便微微有些惧意，生怕那巨大的城门把他关在外边。他的土色是黑的，一看见城外的黄土，他便茫然若失。他的空气是暖的，臭的，带着香粉或油条味儿的；城外的清凉使他的感官与肺部都觉得难过，倦怠。他是温室里的花，见不得真的阳光与雨露。

今天，他居然出了平则门。他听说，在城内冻死的饿死的，都被巡警用卡车拉到城外，像倾倒垃圾似的扔在城外。他希望能在城外找到桐芳的尸身。即使不幸她真的被野狗咬烂，他能得到她的一块骨头或一些头发也是好的。这可真的难为他；他须出城，而且须向有死尸的地方走去！

一看见城门，他的身上就出了汗，冷汗。他怕离开热闹的街道，而走入空旷无人的地方。他放慢了脚步，迟疑了一下。不，他不能就这么打了转身。他须坚决！他低声的叫着桐芳："桐芳！桐芳！保护我呀！我是冒着险来找你呀！"

走进城门洞，他差不多不敢睁开眼。他是惯于在戏园子电影院里与那些穿着绸缎衣服，脸上擦着香粉的人们挤来挤去的。这里，洋车，粪车，土车，骡车，大车，和各色的破破烂烂的人，背着筐的，挑着担子的，提着一挂猪大肠的，都挤在一处，谁都想快走，而谁也走不快。他简直不敢睁开眼看，而且捂上了鼻子。

好像挤了一年半载似的，他才出了城门。出了城，按说他应当痛快一些；他可是更害怕了。他好像是住惯了笼子的鸟儿，一旦看见空旷，反倒不知如何是好了。极勉强的，他往前走。走出关厢，看一看护城河，看一看城墙，他像走迷了的一个小儿，不敢再向任何方向迈步。立了好久，他决定不了是前进还是后退。他几乎忘了桐芳，而觉得有一些声音在呼唤他："回来吧！回到城中来吧！"城中，只有城中，才是他的家，他的一切。他应当像一块果皮或一些鸡肠，腐烂在那大垃圾堆——都市——上。他是都市文化的一个蛔虫，只能在那热的，臭的，肠胃里找营养与生活。他禁不得一点风，一点冷；空旷静寂便是他的坟墓。

他应当回去，尽管桐芳是他心爱的人，他也不便为她而使自己在这可怕的地方受罪。再说，他已经冒险出了城，心到神知，桐芳若有灵，一定会明白他，感谢他，原谅他！

他也想到，即使找到桐芳的一块骨头或一些头发，又怎样呢？那不过是小说与戏剧中的一种痴情，对实际上并无任何用处。他精明，不便作蠢事。再说，最要紧的事恐怕还是他须去作官，作了官他会好好的给桐芳念几台经，给她修个很体面的衣冠冢。作了官，他就可以不再受大赤包的气。作了官，而且，他就可以再娶一个或两个姨太太。不，这未免有点对不起桐芳！不过，人是须随着官运而发展自己的。假若真作了官，到时候必须再娶姨太太呢，恐怕桐芳也不会不原谅他的。想清楚了这些，他心中舒服了好多。算了，回家吧！回到家中，他不应再和太太闹气。为人处世，他告诉自己，必须顾到实际，不可太痴情，太玄虚。

他开始往回走。刚一迈步，他的臂被人抓住。他吓了一大跳。一想，他便想到强盗；这是城外，城外是野地方，白天也会有人抢劫。他用眼偷偷的往旁边瞎，预备看明白了再决定喊救命呢，还是乖乖的把钱包交出去。交出钱包是不上算的，但是性命比钱包更可宝贵。

他看明白了，身旁是个瘪嘴乱胡子老头儿。老头儿身上的衣服很不体面。晓荷马上勇敢起来。他轻看穷人，讨厌穷人；对穷人，他一点也不客气。他把抓着他的手打下去，像打下一个脏臭的虫子："要钱吗，开口呀！动手动脚的，算什么规矩？不看你有胡子，扯你两个嘴巴子！"

"你已经打过我！"老头儿往前赶了一步，两个人打了对脸。

晓荷这才看明白，面前是钱默吟先生。"哟！钱先生！"他叫的怪亲热。他忘了他曾出卖过钱诗人。他以为钱先生早已死去。钱先生既没死，而落得一贫如洗，像个叫花子，他看在老邻居的情面上，理应不以一般的乞丐相待；他想给老人一两毛钱，表示自己的慈善厚道。

"你已经打过我！"钱先生光亮的眼睛盯着晓荷的脸。

"我打过你？"晓荷惊异的问。他想老头儿必定是因为穷困而有点神经病。他赶快在口袋里去摸，先摸到一张票子，大概是一元钱，他把它放下了。他犯不上一给老人就给一块。他慈善，但善心须有个限度。他又摸，摸到两个五分的，日本人铸造的，很小的小角子。两个角子不过才是一毛钱，少了一点。不过白给人家钱，总是少一点的好。他把它掏出来："老先生拿去！下不为例哟！"

钱先生没有去接那点赒济。“你忘了。你没打过我，你可教日本人打过我！你我是仇人！想起来了吧？”

晓荷想了起来。他的脸立刻白了。

“跟我走！”老人极坚决的说。

“上，上哪儿？”晓荷咽了口唾沫。“我很忙，还要赶快进城呢！”

“甭废话，走！”

晓荷的眼惊鸡似的往四处看，须备着逃走，或喊救命。

“走！”老人把右手伸在棉袄里边去。那里鼓鼓囊囊的像有“家伙”。

“你一出声，我就开枪。”

晓荷的唇开始颤动。其实老人身上并没有武器，晓荷可是觉得已看见了枪似的。他想起当初他怎么陷害，怎么带着日本宪兵去捉捕钱先生。他们俩的确是仇人，所以，他想象到仇人必带着枪。他的磕膝软起来，只要再稍一松劲儿，就会跪下去。枪，仇人，城外，凑在一处，他非死不可，他想。

“钱先生！”他颤抖着央告：“饶了我吧！我无知，我没安心害你！大人不见小人过，饶我这回，我下次不敢！你没钱，我供给！我会拿你当我的爸爸似的那么永远孝敬你！”

“跟我走！”钱先生用手杵了他一下子。

晓荷的泪开始在眼眶里转。他后悔，甚至诅咒桐芳；为了她，他却来到了“行刑场”！他的腿已不能动，像插在了地上。钱先生扯住他的胳臂，拉着他走。晓荷不敢抬头，怕看见远处的山，那可怕的山。他知道，他将永远进不了城，他的鬼魂会被关在城外，只能在高山与田野之间游荡。可怕！他也不敢夺出胳臂逃跑，他晓得枪弹比腿走的快。他只能再央告，可是嘴唇一劲儿颤，说不出话来。

他们走过了祁天佑投河的地方，钱先生指给了晓荷看。“祁天佑死在了这里！”

那里除了冻得很结实的冰，什么也没有。晓荷可是不敢看，他把头扭开。当天佑死的时候，他丝毫没感觉到什么，并且也没到祁家去吊唁。他以为天佑不过是个小商人，死或活都与他没有什么关系。现在，他可是动了心；他想他也许在十分钟之内便和天佑作了地下的邻居。

再往前走，他们过了瑞丰发现帽子盖着人头的地方。帽子没有了，人头也不见了，可是东一块西一块的扔着人骨头。他们还往前走。晓荷有点不耐烦了。他想问一声：“到底上哪儿去？”可是又不敢开口。他不敢说：“别折磨我啦，杀剐给我个干脆的！”不单不敢开口，他几乎也不敢睁眼看四外了。他觉得，不用杀他，只须在这种地方走一整天，他也会吓死。他知道，这里与城里，不过只隔着一道小河与一堵厚的城墙，但是，他也知道，城墙里才算北平，才有安全，才有东安市场与糖葫芦，涮羊肉！

穿过一个小松林，他们斜奔西南。又走了一里地左右，他们来到一个乱尸岗子。在一群小小的坟头里，有两个新的。那简直不是坟头，而只是很少的一点土，上面盖着一些破瓦烂砖头。

钱先生立住了。

晓荷的嘴开始扯动，鼻子不住的吸气。“钱先生！你真要枪毙我吗？我，我一辈子没作过错事！我不过好应酬，讲究吃穿，我并没有坏心眼！你就不能饶恕我吗？钱先生！钱伯伯！”

“跪下！”钱先生命令他。

没费事，晓荷跪在了坟头前，用手捂着后脑瓢儿，好像他的手可以挡得住枪弹似的。

等他跪了一会儿，钱先生转到他的前面，低声的说：“这个是桐芳的坟，那个是小文夫妇的。我把他们的尸身由河边搬到这里来，埋了他们。你说你没作过错事，请你看看这俩坟！亡了国，你不单不以为耻，反倒兴高采烈。为了你的女儿出风头唱戏，白白的牺牲了小文夫妇。你还说没作过错事！至于桐芳，她有心肝，有胆量，有见识，你却拿她当作玩物，她恨日本人，也恨你们巴结日本人。若不是你们一家子寡廉鲜耻，她或者还不至于去冒险。她恨你们。你们欺侮她，玩弄她，你们看她只是个小猫小狗，或者还不如个小猫小狗。她恨你们，她恨不能喝你们的血，剥你们的皮！你以为你是她最亲近的人，但是事实上，你连一丝一毫也不了解她。你无聊，无耻，你的眼你的心永远在吃喝穿戴与升官发财上。你放纵你的老婆，你的儿女，教她们信意的胡为。你还没有作过错事！”老先生缓了一口气，把声音放高了些：“你给他们磕头！磕！他们未必知道你给他们行礼。即使知道，他们或者还不屑于接受。我教你给他们磕头，为是教你明白一点，你是罪人，卖国贼，无耻的混蛋！”

晓荷胡胡涂涂的磕了几个头。

“你看看我的腿！你教日本人把我打伤的！你敢说，你没作过错事，没有坏心眼？你再看看这个，”老人三下两下解开棉袄，露出一部分脊背来，“抬头，看！这每一块疤，每一条伤，都与你有关系！它们永远在我的背上，每到变天的时候，它们会用疼痛告诉我不要忘了报仇！它们告诉我，仇人是日本人和你！和你！”老人三下两下的把棉袄穿好。“你知道你的罪过了吧？”

“知道了！知道了！只求饶命！”晓荷又磕了两个头。

“对我个人这点伤害还是小事。我要问你，你到底是中国人呢？还是日本人呢？这个事大！”

“中国人！我是中国人！”

“噢，你晓得你是中国人，那么为什么中国的城教日本人霸占了，你会那么高兴呢？为什么钻天觅缝的去巴结日本人，仿佛他们是你的亲爸爸呢？”

“我混蛋！”

“你不止是混蛋！你受过点教育，你有点聪明，你也五十来岁的了！一个无知的小娃子都晓得恨日本人，你偏不知道，故意的不知道。你是个没有骨头的汉奸！我可以原谅混蛋，而不能原谅你这样的汉奸！”

“我从此不敢了！”

“不敢了？我问你明白了没有？明白了一个人必须爱他的国家，恨他的仇敌没有？你应当明白，你没看见小崔无缘无故的被砍了头？没看见祁天佑跳了河？现在，你没有看见桐芳和小文夫妇都埋在了这里？日本人杀了咱们千千万万的人，也杀了桐芳。即使你不关心别人，还不关心她吗？日本人能杀桐芳，就也能杀你，你知道不知道？”

“知道！知道！”

“那么，你怎么办呢？”

“只要你放了我，我改过！”

“怎么改过呢？”

“我也恨日本人！”

“怎么恨日本人？”

晓荷回答不出。

“你说不出！你的心里没有是非，没有善恶；没有别人，只有你自己！你不懂什么是爱，哪是恨！告诉你，你要是还有点人心，你就会第一，去拦住你的老婆，别再教她任意胡为。她不听，杀了她！她比你的罪恶更大，杀了她，你可以赎去自己一点罪！你明白?”

晓荷没哼声。

“说话!”

“我怕她!”

钱先生笑了一下。“你没有骨头!”

“只要你放了我，我回家去劝劝她!”

“她要是不听呢?”

“我没办法!”

“你会不会跑出北平去，替国家作点事呢?”

“我不敢离开北平！我的胆子小!”

钱先生哈哈的笑起来。“论你的心术，罪恶，我应当杀了你！我杀你，和捻一个臭虫一样的容易！你记住这个！我随时随地都可以结果你的性命！论你的胆量，骨头，我又不屑于杀你！我不愿教你的血脏了我的手！你我是仇人，这永远解不开，除非你横一下心，像个人样儿似的，去作点对得起国家的事。起来！今天我放了你！明天，后天，我看你还不改过，我还会跟你算账！你听明白了?”

晓荷老老实实的立了起来。一起来，他就看了城墙一眼，他恨不能一伸胳臂就飞起去，飞到城墙那边。

“滚!”钱先生搡了他一把。

晓荷几乎跌倒，因为磕膝跪得有一点发麻。揉了揉磕膝，他屁滚尿流的往城里跑。钱先生看着晓荷的背影，叹了一口气。低头，他对着两个坟头儿说："对不起你们，我的心还是太软！桐芳！文先生！若霞！你们安睡吧！有什么好消息，我必来告诉你们！"说完，他蹲下去，又给坟头上添了几块破瓦烂砖。

晓荷看见了城门洞，赶快把衣服上的尘土拍打了去。他复活了，看见了北平城，也找回来自己的体面的姿态。只向洋车夫一眨眼，便把车叫过来，坐上去。进了城，看见了大街，他是多么高兴啊！他忘了钱先生的话，连一句也不记得。他心中只盘算两件事：他后悔冒险出城找桐芳的尸身；第二，他起誓，从此不再独自出城。至于对钱先生，他还想不起什么办法，只好走着瞧。有朝一日，钱老头子落在他手里，他一定不能善罢甘休。在西四牌楼，他教车子停住，到干果店里买了两罐儿榅桲，一些焙杏仁儿。他须回家烫一壶竹叶青，清淡的用榅桲汤儿拌一点大白菜心，嚼几个杏仁，赶一赶寒。买完了这点东西，他又到洋货店选了两瓶日本制的化妆品，预备送给所长太太。从此，他不能再和太太闹气。好家伙，要不是跟她犯别扭，哪能有城外那一场？祸由自取，真他妈的！至于杀了太太，或劝告太太，简直是疯话，可笑的很！

含着笑，他回了家。

# 六十七

晓荷见了家门，好像快渴死的人见着了一口井。想一想城外的光景，再想一想屋中的温暖与安全，他几乎要喊出来："我回来喽！"这时候已是下午四点多钟，快压了山的太阳给他的里长办公处的木牌照上一点金红的光，像刚刚又上了一道油。他向木牌点了点头。在城外，他跪在坟前，任凭人家辱骂；在这里，他是家长，里长，他可以发号施令。他高兴，他轻轻的推开了门。

一迈门坎，他看见一堆东西，离他也就只有五尺远。嗯了一声，他看明白：那不是什么东西，而是个人；不是别人，而是他的大女儿高第！她倒剪着双臂，在墙根上窝着呢。

"怎么回事？"他差一点失手，摔了那两罐儿榅桲。"怎么回事？"

高第扭了扭身子，抬起一点头来，努着双睛，鼻中出了一点声音。她的嘴里堵着东西呢。

"见鬼！这是怎回事？"他一边说一边轻轻的放下手中的两个小罐儿。

高第的眼要努出来。她又扭了扭身子，用力的点了点头。

晓荷掏出口中的东西。她长吸了一口气，而后干呕了好几下。

“怎回事?”

“快解开我的绳子!”她发着怒说。

晓荷挽了挽袖口，要表示自己的迅速麻利，而反倒更慢的，过去解绳扣。扣系得很紧，他又怕伤了自己的指甲，所以抓挠了半天，并无任何效果。

“拿刀子去!”高第急得要哭。

他身上有一把小刀。把刀掏出来，他慢慢的锯绳子。

“快着点！我的腕子快掉下来了!”

“别忙！别忙！我怕伤了你的肉!”他继续的锯绳子。高第一劲的替他用力，鼻子里哼哼的响。

好容易把绳子割断，晓荷吐了口气，擦了擦头上的汗。他的确出了汗。他是横草不动，竖草不拿的人，用一点力气就要出汗。

高第用左右手交互的揉着双腕，腕子已被绳子磨破，可是因为麻木，还不觉得疼。揉了半天手腕之后，她猛的往起立。她的腿也麻了，没立好就又坐下去，把头碰到了墙上。“搀着我!”

晓荷赶快搀起她来，慢慢的往院里走。

北屋的门开着呢。晓荷一眼便看到里面：桌凳歪着的歪着，倒着的倒着；磁器摔了满地，花瓶和痰盂在一处躺着；很像刚经过一次地震。他放开高第，一跳，跳到屋里。他的最心爱的沙发上张着大嘴，像被刺刀给划破的。他的腿不能再动，他的嘴张着。这是他一二十年的心血所造成的堡垒，居然会变成了垃圾堆。他的泪整串的流下来。

高第扶着门框，活动她的腿：“我们遭了报!”

“什么?”晓荷问了一声。随着这么一出声，他的腿会活动了。

他踩着地上的东西，跳进卧室去。床上，连他的绣花被子，与鸭绒的枕头都不见了。木器，和外间屋一样，都横七竖八的倒在地上。“这是怎回事？”他狂叫起来。

高第一瘸一点的蹭进来。“咱们遭了报！”

“说！说这是怎回事！什么遭报不遭报？我为什么遭报？我没作过伤天害理的事！”

“爸爸！”高第坐在倒在地上的一张小凳子上。“你陷害过钱伯伯；你任着妈妈的性儿教好人家的妇女变成妓女，敲诈妓女们的钱；你放纵招弟，教她随便玩弄男人，也教男人随便玩弄她；你任着妈妈的性儿欺侮桐芳；你一天到晚吃喝玩乐，交些个狐朋狗友，一点也不问那些钱是怎么来的！”

“我问你这是怎回事，没教你教训我！”晓荷跺着脚嚷。

“你最不该拿日本人当作宝贝，巴结他们，谄媚他们，好像他们并没杀咱们的人，抢咱们的土地！”

“你要把我急死！我问你，这——是——怎——回——事！”

“是，我这就告诉你！日本人干的！”

“什么？”他不肯相信自己的耳朵。

“日本人干的！”她重说了一遍，比第一遍更清楚。

他没法不再信任自己的耳朵。可是，他心里还疑惑不定。腿似乎立不住了，他蹲在了地上，用手捧着脸。“不能！”他心里说：“不能是日本人干的！从日本人那方面说，他们给他的太太带来官职，地位，金钱，势力。给招弟带来风头荣誉。从他自己这方面说，他对日本人可以说是仁至义尽：他租下来的房子，转租给日本人；他对日本小娃娃都要见面就打招呼；他对日本军人，老远的就鞠躬，而且度数是那么深；对于恨恶日本人的中国人，他要去报告；对日本人发起的游行与聚会，他永远热心的去参加；对日本人所发明的中国话，他首先放在自己的唇舌上；对日本官员，识与不识，他都去送礼……”想到这里，他出了声音：“不能！不能是日本人！我没有对不起日本人的地方！高第，你说真话！”

“我没说一句假话！”

“真有日本人进来把……”

“妈妈吃过午饭就办公去了。”高第的手腕开始疼痛，她可是忍着痛，一心想把父亲劝明白了。“招弟始终没有回来。家里只有我一个人。”

“仆人们呢？”

“他们呀，妈妈在家，他们是机器；妈妈一出去，他们便自己放了假！他们怕妈妈，而不喜爱她！”

“你似乎也不爱你的妈妈！”晓荷立起来，坐在了床上。

“她的行为，心术，教我没法爱她！”高第把凳子拉近了他一点。

“好吧，先甭提你爱她不爱吧；说，这是怎回事！”

“也就有两点半钟吧，一共来了十个人。其中有两个日本人。一进门，他们一声不出，就搬东西。”

“搬东西？”

“你看哪！妈妈的箱子哪儿去了？”高第指了指平日放箱子的地方。

晓荷往那里看了一眼，空的。不单箱子，连箱子上装首饰的盒子也不见了。他的手颤起来。

“这屋里的，桐芳，和我与招弟屋里的，箱子匣子，一律搬净！我急了，过去质问他们。他们把我用绳子捆上。我要喊叫，他们堵上了我的嘴。我只能瞪着眼看他们往外搬运，他们必是有一部卡车，在胡同口上停着呢。出来进去搬东西的都是中国人，那两个日本人大概只管挑选，不管搬运。有时候，院里只剩下我自己和他们两个！我打好了主意，只要他们俩敢过来强行无礼，我就一头碰死墙上！我决定碰死，一方面是要保全我的清白，一方面也是为妈妈赎一点罪——她害了那么多的女人，她的女儿应当死！可是，他们没来找我，或者也许太注意抢东西了。搬得差不多了，他们找到了酒。我开始往外滚。我知道，他们喝了酒必不肯放过我去。我滚到了门坎那里，没有了办法。无论如何使劲，我没法越过门坎去。他们喝完了酒，开始摔东西。我听得见各屋里砰砰哧哧的响。摔完了东西，他们出来，把我由门坎里提到墙根去。他们走了，把街门关好。我们遭了报。我们巴结，逢迎，谄媚他们，为了得一点钱。现在，我们赔了老本，连衣服和被子都丢光了！"

晓荷听完，半天没有出声。楞了好大一会儿之后，他低声的问："高第，你准知道那两个是真日本人呢？你怎么知道他们不是假扮的呢？"

高第压不住了怒气："是！他们是假扮的！日本人都是你的亲戚朋友，绝不会来伤害你！"

"别生气！别生气！我想，凭我与日本人的关系，他们不至于这么不客气！"

"他们一定对你很客气，要不然怎么来侵占了你的城抢去你的地，盗去你的国家呢？"

"别生气！生气办不了事！我有办法！你先好歹的收拾收拾屋子，我找你妈去。只要她一见日本的要人，咱们必能把东西都找回来！你收拾一下，等仆人们回来，教他们帮助你。"

“他们都不会回来!”

“怎么?”

“日本人走后，他们回来过了。拿了他们自己的东西，也顺手拿了咱们一些东西，又都走啦。”

“都是混蛋!”

“没有人看得起我们的生活，他们并不混蛋!”

“别说了！我找你妈去!”

晓荷还没走出屋门，招弟跑进来。“爸爸！爸爸!”她慌慌张张的，几乎被地上的东西绊倒。

“怎么啦？又是什么事?”

“妈，妈教人家拿了去啦!”招弟说完，一下子坐在了地上。

“你妈——”晓荷说不上话来了。

“我找她去要点钱，正赶上，她教人家给绑了出来!”

“绑——”晓荷的泪整串的流下来。“咱们完了！完了！我作了什么错事？教我受这样的报应呢？家产完了，你妈妈再有个好歹，剩下咱们三个怎么活着呢?”

父女二个全都闭上了嘴。

楞了半天，招弟立起来，说：“爸爸！去救妈妈呀！妈妈一完，咱们全完，我简直的不敢想：好吗，真要是没漂亮的衣服，头发一个月不烫一次，我怎么活下去呢?”

晓荷的想法和招弟的一样。他知道没有了所长太太，便没了一切。他须赶快去营救她。可是，他胆子小，他怕，怕出去一奔走，把自己也饶在了里面。他是大赤包的丈夫，大赤包要是真犯了罪，日本人也许不会不想到了他。他不住的搓手，想不出任何主意。

“走！”招弟挺着小胸脯，说：“走！我跟你去！”

“上哪儿呢？”晓荷低着头问。

“找日本人去！”

“找哪个日本人去？”晓荷的心中像刀刺着的那么疼。平日，他以为所有的日本人都是他的朋友；今天，他才看清，他连一个日本人也不认识！

招弟偏倾着头，想了一会。“有啦！咱们先到一号去看看那个老太婆吧！有用没用的，反正她是日本人！”

晓荷的脸上立刻好看了许多。“对的！”他心里说：“反正她是日本人，任何一个日本人也比中国人强！”“可是，”他问招弟：“咱们不带点礼物去吗？空着手，怎好意思去呢？”

高第冷笑了一声。

“你笑什么？”招弟美丽的眼睛里带着微怒。“平日，你什么都不管！现在，妈妈教人家抓了去，你还看哈哈笑！你愿意妈妈死在狱里，好教咱们也都饿死，是不是？”

高第也立起来。“你们只看见了妈妈，可是没有看见妈妈的罪恶！我决不能盼望她死，她是我的母亲！我可是也决不能因为她是我的妈妈，就说她的行为都对！我们哪，据我想，得先认清了妈妈罪有应得，然后我们大家都改过自新，为咱们自己，和妈妈，赎点罪！妈妈能出来呢，更好；不能呢，咱们也不至于因为她的罪过就一齐饿死！我没有多少本事，可是我愿意去找个小事情，清清白白的挣一碗饭吃。爸爸也不是废物，只要他不一定想去作官，他也会找到个小事作作。凭本事挣饭吃，总比教人家的妇女作暗娼体面的多！我们肯改过，不见得就赎了罪；我们不肯改过，我们就必定死。”

"嗯——"招弟撇着嘴说:"我反正不会作事!我只知道要我的妈妈!"

"招弟!"晓荷亲热的叫。"你说的对!就凭咱们,作点小事,混饭吃,那教人耻笑!把咱们的绸缎衣服换成粗布的,把咱们的酒饭换上粗饽饽辣饼子,咱们还见人不见了呢?"他转向大女儿:"高第,你一向就别扭,到如今大祸临头还是这么别扭!好啦,你看家,我和招弟出去,这总行了吧?"

高第还想说话,可是只叹了一口气。

招弟开始抹口红,和往脸上加香粉。整妆完毕,她拉着晓荷走出去。刚到一号门口,晓荷必恭必敬的把脚并齐,预备门一开便深深的鞠躬。招弟叩门。

老太婆来开门。刚一看清楚门外的人,她把门又关上了。

冠家父女楞住了。

"事情严重了!严重!"晓荷告诉招弟。"你看,你妈妈刚刚出了事,立竿见影,人家马上不搭理咱们了!这,这怎么办呢?"

招弟挂了火:"爸爸你回家,我跑一跑去!我有朋友!我必能把妈妈救出来!"说完,她跑出胡同去。

晓荷独自回了家。他的心中极乱。他不会反省,而只管眼前。眼前,又恰好是一片盆儿朝天碗儿朝地的景象。他不肯下手去整理它们,不整理吧,又没地方坐一坐,放一放脚。他急得老想落泪。

更迫切的是天已黑上来,他的腹中已开始咕噜咕噜的响,而没人给他作饭。他到厨房看看,火已经灭了。他叹了一口气。这已不像个家,虽然他的确是在家里!家,可是没有一点火亮,一口开水,更不要提香片茶与酒饭了。

高第正收拾屋子。她的作事的方法显着很笨,可是她的确愿意作，高兴作。在家里，她一向受大家的冷淡，对什么事她都没有发言权，不能插手帮忙。今天，她仿佛变成了主人，不必问谁，不必看谁的眼色，而只凭着自己的心意与判断，愿意怎么作去怎么作。她不是不知道家庭前途的暗淡，可是她也觉得只有暗淡与困苦才能改变一切；假使能慢慢的变好，那就先吃一点苦头也值得。她也知道自己没有多大的本事，假若妈妈真的一去不回头，她是否能养活着自己与爸爸，颇成问题。但是，她决定不教那个问题给吓倒。她须努力，挣扎，奋斗；她想，只要自己有用武之地，她一定不会走到绝路。她的短鼻子上出了汗，眼中发着光，一种准知道事情不妙而毫不惧怕的光。听见爸爸回来，她作得更起劲了。她要教爸爸看一看，她是沉得住气，能作事的人。

晓荷看着女儿操作，心中非常的难过，不是为心疼女儿，而是为他的女儿居然亲自动手收拾屋子，实在有失体统。扫地擦桌子，在他想，是仆人的事，与“小姐”理应永远不发生关系。他故意的轻咳，暗示给她：可以休息一会吧？高第没有接受他的暗示。最后，他说了话：

“高第！晚饭怎么办呢？”

高第还继续的工作，只回答了声：“你去买几个烧饼，我把火升上，烧点开水，对付对付吧！”

晓荷不能出去买烧饼，那太丢人！他可是没敢出声。他开始看见了真的困苦。他的眼前是黑暗与最大的耻辱——得自己去买烧饼！他轻轻的走出去，在院子里来回的转。这是他自己的院子，可是他丢失了安全与舒适。走了一会儿，他感到寒冷，肚子也越来越饿。他想出去买烧饼——肚子是不大管脸面与耻辱的。几次，他走到街门，又折了回来。不，他宁可挨一夜的饥饿，也不能丧失自己的体面！好吗，今天他要是肯打破了自己的脸去买烧饼，明天他大概就甘心作个“无耻之徒”了！

他又进到屋中。

“爸爸，你不是饿了吗？怎么不去买烧饼呢？”高第问。

晓荷不肯开腔。他觉得高第绝不会了解他，所以用不着多费话。他似乎是要用沉默充饥。但是，不行，沉默到底不能代替烧饼！他忘了大赤包，忘了一切，只觉得他马上有饿死的危险。他向来没挨过饿。平日，只要胃中稍微有点空儿，他必赶紧把它填满；他以为能多吃而不闹胃病是他的一种天才与福气。现在，晚饭毫无消息！他发了慌！“吃”是中国文化里的，也就是他的，主要的成分与最高的造诣。饿一顿便等于人生与文化的灭亡！他没法不着急。他巴结，谄媚日本人，不是为得到好吃好喝么？哼，现在居然落了个前功尽弃！他悲观，他觉得自己的一只脚已临在地狱里。

“高第！”他凄声惨气的叫，“高第！”

“干什么？”高第问。

“啊——”他揉着胸口说：“没事！没事！”他把话收了回去。他不肯说“饿”。那是个可耻的字。

“饿了吧？好，我买烧饼去，就手儿捎一壶开水来省得再升火！”高第拍了拍身上的灰土，要往外走。

“你——”晓荷要阻拦她。他的女儿去买烧饼，打开水，与他自己去，是一样的丢人！可是，烧饼到底是可以充饥的东西，他又不便过度的和肚子闹别扭。在以吃为最主要的成分的文化里，人是要有“理想”，而同时又须顾及实际的。

高第跑出去。

剩下他自己，他觉得凄凉黯淡。他很想悬梁自尽，假若不是可能在五分钟内就吃上烧饼的话。

高第买回了烧饼来。晓荷含着泪吃了三个。

吃完。他马上想起睡的问题来——没有被子！他不敢向高第要主意，高第不了解他。他又没法不向她要主意，他自己想不出办法。他的文化使他生下来便包在绣花被子里，凡事都由别人给他预备得妥妥当当的，用不着他费心费力。赶到长大成人，他唯一的才智便是怎么去役使别人，利用别人，把别人用血汗作成的东西供他享受。

“爸爸！盖上我的褥子和大衣，先睡吧！我等着招弟！”高第把自己的褥子取过来。

晓荷躺在了床上。他以为一定睡不着。可是，过了一会儿，他开了呼。

# 第三部

# 饥　荒

# 六十八

恰巧丁约翰在家。要不然，冠晓荷和高第就得在大槐树下面过夜。

晓荷，盖着一床褥子与高第的大衣，正睡得香甜，日本人又回来了。

“醒醒，爸！他们又来了！”高第低声的叫。

“谁?”晓荷困眼蒙眬的问。

“日本人!”

晓荷一下子跳下床来，赶紧披上大衣。“好！好得很！”他一点也不困了。日本人来到，他见到了光明。他忙着用手指拢了拢头发，抠了抠眼角；然后，似笑非笑，而比笑与非笑都更好看的，迎着日本人走。他以为凭这点体面与客气，只需三言五语便能把日本人说服，而拿回他的一切东西来。他深信只有日本人是天底下最讲情理的，而且是最喜欢他的。

见到他们，（三个：一个便衣，两个宪兵）晓荷把脸上的笑意一直运送到脚指头尖上，全身像刚发青的春柳似的，柔媚的给他们鞠躬。

便衣指了指门。晓荷笑着想了想。没能想明白，他过去看了看门，以为屋门必有什么缺欠，惹起日本人的不满。看不出门上有什么不对，他立在那里不住的眨巴眼；眼皮一动便增多一点笑意，像刚睡醒就发笑的乖娃娃似的。

便衣看他不动，向宪兵们一努嘴。一边一个，两个宪兵夹住他，往外拖。他依然很乖，脚不着地的随着他们往外飘动。到了街门，他们把他扔出去；他的笑脸碰在地上。

高第早已跑了出来，背倚影壁立着呢。

慢慢的爬起来，他看见了女儿：“怎回事？怎么啦？高第！”

“抄家！连一张床也拿不出来了！”高第想哭，可是硬把泪截住。“想办法！想办法！咱们上哪儿去！”

晓荷不再笑，可也没特别的着急：“不会！不会！东洋人对咱们不能那么狠心！”

“日本人是你什么？会不狠心！”高第搓着手问。假若不是几千年的礼教控制着她，她真想打他几个嘴巴！

“等一等，等着瞧！等他们出来，咱们再进去！我没得罪过东洋人，他们不会对我无情无理！”

高第躲开了他，去立在槐树下面。

晓荷必恭必敬的朝家门立着。等了半个多钟头，日本人从里面走出来。便衣拿着手电筒，宪兵借着那点光亮，给街门上贴了封条。

晓荷的心仿佛停止了跳动。可是，像最有经验的演员，能抱着病把戏演到完场，他还向三个人的背影深深的鞠了躬。鞠完躬，他似乎已筋疲力尽，一下子坐在台阶上，手捧着脸哭起来。他的历史，文化，财产，享受，哲学，虚伪，办法，好像忽然都走到尽头。

高第轻轻的走过来："想办法！哭有什么用？"

"我完啦！完啦！"他说不下去了，因为心中太难受。用力横了一下心，才又找到他的声音："我去报告，报告！"他猛的立起来。"那三个必不是真正东洋人，冒充！冒充！真东洋人决不会办这样的事！我去报告！"

"你混蛋！"高第向来没有辱骂过父亲，现在她实在控制不住自己了。"日本人抄了你的家，你怎么还念叨他们呢？难道这个封条能是假的？要是假的，你把它撕下来！"她的喉中噎了一下，说不上话来。用力嗽了几下，她才又说："上哪儿去？不能在这儿冻一夜！"

晓荷想不出主意。因人成事的人禁不住狂风暴雨。

高第去叫祁家的门。

祁家的大小，因天寒，没有煤，都已睡下。韵梅听见拍门，不由的打了个冷战。瑞宣也听见了，马上要往起爬。"不是又拿人呀？"韵梅拦住了他，而自己披衣下了床。她轻轻的往外走；走到街门，她想从门缝先往外看看。可是，天黑，她看不见任何东西；大着胆，她低声问了声："谁？"

"我，高第，开开门！"高第的声音也不大，可是十分的急切。

韵梅开了门。高第没等门开利落便挤了进来，猛的抓住韵梅的手："祁大嫂，我们遭了报！抄了家！"

韵梅与高第一齐哆嗦起来。

瑞宣不放心，披着大衣赶了出来。"怎回事？怎回事？"他本想镇定，可是不由的有点慌张。

"大哥！抄了家！给我们想想办法！"高第的截堵住许久的泪

落了下来。

瑞宣又问了几句，把事情大致的搞清楚。他愿意帮忙高第，他晓得她是好人。可是，为帮忙她，也就得帮忙冠晓荷；他迟疑起来。他的善心，不管有多么大，也不高兴援助出卖钱默吟的，无耻的冠晓荷。

韵梅不高兴给冠家作什么，不是出于狠心，而是怕受连累。在这年月，她晓得，小心谨慎是最要紧的事。

高第看出瑞宣夫妇的迟疑，话中加多了央告的成分："大哥！大嫂！帮我个忙，不用管别人！冬寒时冷的，真教我在槐树底下冻一夜吗?"

瑞宣的心软起来，开始忘了晓荷，而想怎么教高第有个去处。"大小姐，小文的房子不是还空着吗？问问丁约翰去!"

韵梅也忘了小心谨慎。"你自己去一趟，他看得起你，不至于碰了钉子！好吗，真要在树底下蹲一夜，还了得!"

约翰恰巧在家。这整个的院子是由他包租的，他给了瑞宣个面子。"可是，屋子里什么也没有啊!"

"先对付一夜再说吧!"瑞宣说。

韵梅给高第找来一条破被子。

大家都没理会晓荷，除了丁约翰给了他两句："日本人跟英国人不同，你老没弄清楚。日本人翻脸不认人，英国人老是一个劲儿。不信，你问问祁先生!"

晓荷没敢还言。可是，也并没感激瑞宣与约翰，因为他只懂得人与人之间的互相利用，而不懂得什么叫善心与友情。他以为他们的帮忙是一种投资：虽然他今天丢失了一切，可是必能重整旗鼓，（只要东洋人老不离开北平！）再跳动起来，所以他们才肯巴结他。再说，大赤包不久，在他想，必会出狱；只要她一出来，她便能向东洋人索回一切。

坐着约翰给拿来的小板凳，腿上盖着祁家的破被子，晓荷感到寒冷，痛苦，可是心中还没完全失望。每一想到大赤包，他就减少一点悲观，也就不由得说出来："高第，不用发愁！只要你妈妈一出来，什么都好办！"

"你怎么知道她可以出来？"高第没有好气的问。

"你还能咒她永远不出来？"

"我不能咒她，可是我也知道她都作了什么事！"

"什么事？难道她给我们挣来金钱，势力，酒饭，热闹，都不对吗？"

高第不愿再跟他费话。

第二天，全胡同的人都看见了冠家大门上的封条，也就都感到高兴。大家都明白日本人的狠毒——放任汉奸作恶，而后假充好人把汉奸收拾了；不但拿去他们刮来的地皮，而且没收了他们原有的财产。虽然如此，大家，看见那封条，还是高兴；只要他们不再看见冠家的人，他们便情愿烧一股高香！

他们没想到，晓荷会搬到六号院子去。不过，这点失望并没发展成仇视与报复；他们都是中国人，谁也不好意思去打落水狗。他们都不约而同的不再向晓荷打招呼——这点冷酷的冷淡，在他们想，也满够冠晓荷受的了！

可是瑞丰是个例外。他看，这是和冠家恢复友好的好机会。他必须去跟晓荷聊天扯淡。而且，假若乘冠家正倒霉的时节去献殷勤，说不定可以把高第弄到手。尽管高第不及招弟貌美，可是有个老婆总比打光棍儿强。这是他的机会，万不可失的机会。

“干什么去？老二！”瑞宣吃过早饭，见瑞丰匆匆忙忙的往外走，这样问。

“看看冠先生去。”老二颇高兴的回答。

“干吗？”

“干吗？喊！大哥你不是还帮忙给他找住处吗？”

瑞宣在昨天夜里，就迟疑不定，是否应当帮这点忙。他最怕因善心而招出误解——像老二的这种误解。这种误解至少会使他得到不明是非，不辨善恶的罪名。听到老二的话，他的脸马上变了颜色。几乎是怒叱着，他告诉老二：“我不准你去！”

“怎么？”老二也不带好气的问。

“不怎么！我不准你去！”瑞宣不愿解释什么，只这样怒气冲冲的喊。

天佑太太明白老大的心意——他的善心是有分寸的，虽然帮了冠家一点忙，而仍不愿与晓荷为友。她说了话：“听你哥哥的话，老二！”

瑞丰非常的不高兴。扬着小干脸说：“好，好，我不去了还不行吗？哼！这儿没有一丁点自由，我知道！”说完，他气哼哼的走进屋里去。

瑞宣真愿意大吵大闹一顿，好出出心中的恶气，可是看了看妈妈，他把话都封锁在心里。匆忙的戴上帽子，他走了出去。

刚一出门，他遇上了冠晓荷！

晓荷向来不这么早起来；今天，因为屋中冷得要命，他只好早早的出来活动活动半僵了的腿。小羊圈的人们多数是起床很早的，他遇见了好几位邻居。他不知道怎么办好：对他们递个和气吗，未免有失身分；虽然他目下的时运不太好，可是冠晓荷到底是冠晓荷，死了的骆驼总比驴大！要是不招呼他们吧，似乎又有点别扭；他觉得自己现在是“公子落难”，理应受到大家的体贴与安慰；大家一定很爱听一听他的遭遇，而他有对他们讲一讲的责任。

可是大家谁也没招呼他。他们只看他一眼，而后把眼移到那张封条上去，而后淡然的走过去，好像他与封条是属于同一类的东西。这使他非常的难堪，而感到一个人必须有房产，有金钱，有势力，有日本人作靠山，有像大赤包那样的太太！没有这些，你便是丧家之犬，大家不单不招呼你，高了兴还许踢你两脚呢！想到这里，他动了气。他很想跑到日本宪兵营去，报告全胡同的人都“反动”，一下子把他们全送进监狱里去！

一眼看到瑞宣，他以为得到了发发牢骚的机会。平日，他总以为瑞宣高傲，冷酷，不和群儿；现在，他看瑞宣是比全胡同的男女老少都更精明，因为瑞宣看出来死骆驼比驴大的意思。

“瑞宣！”晓荷叫得亲切而凄凉：“瑞宣！”他的脸上挂着三分笑意，七分忧惨，很巧妙的表示出既不完全悲观，而又颇可怜来。

瑞宣连点头也没有点，昂然的走开。一边走，一边他恨自己：为什么自己会把不打落水狗的道理应用到冠晓荷的身上呢？晓荷不止是狗，而是疯狗；疯狗落了水，谁都有责任给它几砖头，把它打下去，打下去！

晓荷倒没怎么难过，他原谅了瑞宣：“这并不是瑞宣敢对我摆架子，而是英国府的关系！”正在这么自言自语的，高第半掩着门叫他：“你进来，爸！”

进到屋中，晓荷看了看四角皆空的屋子，又看了看没有梳妆洗脸的女儿，他干咽了几口。

“爸！你有主意没有？”高第干脆的问。

“啊——”他想了一想：“咱们银行里还有钱！看，”他由怀里掏出支票本子来，“我老把这个宝贝本子揣在怀里！哪时用钱，哪时刷刷的一写，方便！你妈妈的那本，我可不知道放在哪儿了！”

“日本人抄了咱们的家，还给咱们留下钱？倒想得如意！”

“怎么？怎么？钱也抄了去？”晓荷着了急。“不能！不能！”

“你不记得李空山的事？”

“嗯——”他答不出话来，头上忽然出了汗。

“不要再作梦！”

“我走，到银行看看去！”

“爸，你听着！我手里还有一点点钱。我去托李四爷先给咱们买两张破床，跟一些零碎东西。我呢，赶紧出去找事。找到了事，我养活你！可有一样，不准你再提日本人，再想帮助日本人；是这样，我马上出去找事；不是这样，我走！”

“上哪儿？”

“哪儿不可以去？”

“你看你妈妈出不来了？”

“不知道！”

“你去找什么事？”

“能干的就干！”

“我先上银行去，咱们回头再商量好不好？”

“也好！”

晓荷没雇车，居然也走到了银行。银行拒绝兑他的支票。

他生平第一次，走得这么快，几乎是小跑着，跑回家来。

“怎样？”高第问。

他说不出话来。他仿佛已经死了一大半。他一个钱也没有了——而且是被日本人抢了去！

好久好久，他才张开口："高第，咱们赶紧去救你妈妈，没有第二句话！她出来，咱们还有办法；不然……"

"她要真出不来呢?"

"托人，运动，没有不成功的!"

"又去托蓝东阳，胖菊子?"

晓荷的眼瞪圆。"不要管我！我有我的办法!"

高第没再说什么。她找到李四爷，托他给买些破旧的东西。然后，她自己到街上买了一个小瓦盆，一把沙壶，并且打了一壶开水，买了几个烧饼。

吃过了烧饼，喝了口开水，晓荷到处去找他的狐朋狗友。这些朋友，有的根本拒绝见他，有的只对他扯几句淡。

连着十几天，他连大赤包的下落也没打听出来。他可是还不死心。他以为自己虽然不行，招弟可一定有些办法。她在哪儿呢?他开始到处打听招弟的下落。招弟仿佛像一块石头沉入了大海。

晓荷没有了办法，只好答应高第："你找事去好啦!"

又过了几天，大赤包与招弟还是全无消息，他故意想讨高第的喜欢："要这样下去呀，我想我得走，上重庆!"

"好！我跟你走!"

晓荷吓了一大跳，赶紧改嘴："可千万别到处这么乱说去呀！好家伙，走不成，先掉了脑袋！我看哪，我还是修道去好！白云观哪，碧云寺哪，我那么一住，天天吃点罗汉斋，烧烧香，念念经，倒满好的!"

高第决定不再跟他多费话。她看明白，他已无可救药了；至死，他也还是这么无聊！她很想一横心，独自逃出北平去。但是她又不忍。没有她，她想，他必会闹到有那么一天，连一条狗都不会向他摇摇尾巴。到他走投无路的时候，他还会找日本人去；日本人给他一个烧饼，他便肯安心的作汉奸！不，她不能走！她须养着他，看着他，当作一个只会吃饭的废物那么养着他；废物总比汉奸好一点！

# 六十九

大赤包下狱。

她以为这一定，一定，是个什么误会。

凭她，一位女光棍，而且是给日本人作事的女光棍，绝对不会下狱。误会，除了误会，她想不出任何别的解释。

“误会，那就好办！”她告诉自己。只要一见到日本人，凭她的口才，气派，精明，和过去的劳绩，三言两语她就会把事情撕捋[①]清楚，而后大摇大摆的回家去。“哼！”她的脑子翻了个斤斗，“说不定，也许因为这点小误会与委屈，日本人还再给她加升一级呢！这不过是月令中的一点小磕绊[②]，算不了什么！”

可是三天，五天，甚至于十天，都过去了，她并没有看见一个日本人。一天两次，只有一个中国人扔给她一块黑饼子，和一点凉水。她问这个人许多问题，他好像是哑巴，一语不发。她没法换一换衣裳，没地方去洗澡，甚至于摸不着一点水洗洗手。不久，她闻见了自己身上的臭味儿。她着了慌。她开始怀疑这到底是不是个

---

①撕捋，理清头绪，排解纷难。

②月令中的一点小磕绊，经常碰到小挫折。

误会！

她切盼有个亲人来看看她。只要，在她想，有个人来，她便会把一切计划说明白，传出去，而后不久她便可以恢复自由。可是，一个人影儿也没来过，仿佛是大家全忘记了她，要不然就是谁也不晓得她被囚在何处。假若是前者，她不由的咬上了牙：啊哈——！大家平日吃着我，喝着我，到我有了困难，连来看我一眼都不肯，一群狗娘养的！假若是后者——没人知道她囚在哪里——那可就严重了，她出了凉汗！

她盘算，昼夜的盘算：中国人方面应当去运动谁，日本人方面应该走哪个门路，连对哪个人应当说什么话，送什么礼物，都盘算得有条有理。盘算完一阵，她的眼发了亮；是的，只要有个人进来，把她的话带出去，照计而行，准保成功。是的，她虽然在进狱的时候有点狼狈，可是在出狱的时候必要风风光光的，她须大红大紫的打扮起来，回到家要摆宴为自己压惊。

她特别盼望招弟能来。招弟漂亮，有人缘儿，到处一奔走，必能旗开得胜。可是，谁也没来！她的眼前变成一片乌黑。“难道我英雄了一世，就这么完了吗？”她问自己，问墙壁，问幻想中的过往神灵。白问，丝毫没有用处。她的自信开始动摇，她想到了死！

不，不，不，她不会死！她还没被审问过，怎会就定案，就会死？绝对不会！再说，她也没犯死罪呀！难道她包庇暗娼，和敲妓女们的一点钱，就是死罪？笑话！哪个作官的不搂钱呢？不为搂钱，还不作官呢，真！

她想起来：自己的脾气太暴，太急，所以就这么快的想到了死！忍着点，忍着点，她劝慰自己，只要一过堂，见到日本法官，几句话她便能解释清楚一切，而后安然无事的回家。这么一想，她得到暂时的安慰与镇定。她整一整襟，拍拍头发，耐心的等着过堂受审；什么话呢，光棍还能怕吃官司？她抿着嘴笑起来。

一天天的过去了，没有人来传她过堂。她的脸上似乎只剩了雀斑与松皮，而没了肉。她的飞机头，又干，又乱，像拧在一处的乱麻，里边长了又黑又胖的虱子。她的眼睛像两个小火山口儿，四圈儿都是红的。两手老在抓挠，抓完了一阵，看看手，她发现指甲上有一堆儿灰白的鳞片，有时候还有一些血。她的脚踵已冻成像紫里蒿青的两个芥菜疙疸。她不能再忍。抓住狱房的铁栏杆，她拚命的摇晃，像一个发了狂的大母猩猩。她想出去，去看看北海，中山公园，东安市场，和别的地方。她想喝丁约翰由英国府拿来的洋酒，想吃一顿由冠晓荷监造的饭食。至少，她要得到一点热水，烫一烫她的冻疮！

把手摇酸，铁栏杆依然挡着她的去路。她只好狂叫。也没用。慢慢的，她坐下，把下巴顶在胸上，听着自己咬牙。

除了日本人，她怀恨一切她所认识的老幼男女。她以为她的下狱一定和日本人无关，而必是由于她的亲友，因为嫉妒她，给她在日本人面前说了坏话。咬过半天牙以后，她用手托住脑门，怀着怒祷告："东洋爸爸们，不要听那些坏蛋们的乱造谣言！你们来看看我，问问我，我冤枉，我是你们的忠臣！"

这样祷告过一番，她稍微感到一些安恬。她相信她的忠诚必能像孝子节妇那样感动天地的感动了东洋爸爸们，很快的他们会询问她，释放她。她昏昏的睡去。

并没有十分睡熟，只是那么似睡非睡的昏迷：一会儿她看见自己，带着招弟，在北海溜冰大会上，给日本人鞠躬；一会儿她是

在什么日本人召集的大会上，向日本人献花；一会儿她是数着妓女们献给她的钞票。这些好梦使她得到些甜美的昏迷，像吃了一口鸦片烟那样。她觉得自己是在往上飞腾，带着她的臭味，虱子，与冻疮，而气派依然像西太后似的，往起飞，一位肉体升天的女光棍！

忽然的一股冷气使她全身收缩，很快的往下降落，像一块脏臭的泥巴，落在地上。她睁开了眼，四围只有黑暗，污浊，恶味，冷气，包围着她，一个囚犯。她不由的又狂叫起来。怒火燃烧着她的心，她的喉咙，她的全身。她忘记了冷，解开衣上的钮扣，露出那松而长的双乳，教墙壁看："你看，你看，我是女的，女光棍！为什么把我圈在这里？放我出去！"她要哭，可是哈哈的狂笑起来。三把两把的把衣服脱掉，歪着头，斜着眼，扭着腰，她来回的走。"你看，看！"她命令着墙壁："看我像妓女不像？妓女，窑子，干女儿，钞票，哈哈！"

由栏杆的隙缝中，扔进来一块黑的饼子和一小铁筒水。她赤着身，抓住铁栏杆，喊："嗨！就他妈的这么对待我吗？连所长都不叫一声？我是所长，冠所长！"而后，像条疯狗似的，爬在地上，喝了那点水。舔着嘴唇，她拾起那块黑饼，闻了闻，用力摔在墙上。

在她这样一半像人，一半像走兽，又像西太后，又像母夜叉，在狱中忽啼忽笑的时节，有多少多少封无名信，投递到日本人手里控告她。程长顺的那个状子居然也引起了日本人的注意。同时，颇有几位女的，因想拿大赤包的地位，不惜有枝添叶的攻击她，甚至于把她的罪状在报纸上宣布出来，把她造成的暗娼都作了统计表揭露在报纸上。

冬天过去了。春把北平的冰都慢慢的化开，小溪小湖像刚刚睡醒，一睁眼便看见了一点绿色。小院的墙角有了发青的小草，猫儿在墙头屋脊上叫着春。

大赤包的小屋里可没有绿草与香花。她只看见了火光，红的热辣辣的火光，由她的心中烧到她的口，她的眼，她的解了冻的脚踵。她自己是红的，小屋中也到处是红的。她热，她暴躁，她狂喊。她的声音里带着火苗，烧焦了她的喉舌。她用力喊，可是已没有了声音；嗓子被烧哑。她只能哼吃哼吃的出气，像要断气的母猪。

她把已长满了虱子的衣服，一条条的扯碎。没有可撕拉的了，她开始扯自己的头发，那不知曾经费过多少时间与金钱烫卷的头发。她握着拳头打尤桐芳，可是打在墙上，手上出了血。她扯着自己的头发叫骂："臭娘们，撕碎你！"她撕扯，撕扯，已分不清撕扯的是臭娘们，还是她自己。虽然没有了声音，她却依然喊叫。她喊叫汽车夫，怒叱着男女仆人与小崔，高叫着"皇军胜利！"虽然只有她自己知道她喊叫的是什么，可是她以为全世界都听见了她。疲乏了，停止喊叫，她却还嘟囔着：打！打！打！她的脑中一会儿出现了一群妓女，一会儿出现了几个亲友；打，打，打，她把那些影子都一一的打倒，堆在一块，像一座人山，她站在山巅上；她是女英雄，女光棍，所长！

慢慢的，她忘了自己。一会儿她变成招弟，打扮得花枝招展的，拉着一个漂亮的男子，在公园调情散步；一会儿她变成个妓女，疯狂的享受着爱的游戏。忽然的，她立起来，像公鸡搔土似的，四处搜寻，把身子，头，手脚，碰在门上，墙上。"我的钞票呢？钞票呢？谁把我的钱藏起来？谁？藏在哪儿？"碰得浑身是血，她立定了不动。歪着头，她用心的听着，而后媚笑："来了！来了！

你们传冠所长过堂吧?”

可是，连个人影也没有。她的怒火从新由心中燃起，烧穿了屋顶，一直烧到天空，半空中有红光结成的两个极亮的大字：所长!

看着那两个大的红字，她感到安慰与自傲，慢慢的坐下去。用手把自己的粪捧起来，揉成一个小饼，作为粉扑，她轻轻的，柔媚的，拍她的脸：“打扮起来，打扮起来!”而后，拾起几条布条，系在头发上：“怪年轻呀，所长!”

她已不辨白天与黑夜，不晓得时间。她的梦与现实已没有了界线。她哭，笑，打，骂，毫无冲突的可以同时并举。她是一团怒火，她的世界在火光中旋舞。

最后，她看见了晓荷，招弟，高亦陀，桐芳，小崔，还有无数的日本人，来接她。她穿起大红的呢子春大衣，金的高跟鞋，戴上插着野鸡毛的帽子，大摇大摆的走出去。日本人的军乐队奏起欢迎曲。招弟献给她一个鲜花篮。一群“干女儿”都必恭必敬的向她敬礼，每人都递上来一卷钞票。她，像西太后似的，微微含笑，上了汽车：“开北海!”她下了命令!

汽车开了，开入一片黑暗。她永远没再看见北海。

当大赤包在狱里的时候，运动妓女检查所所长这个地位最力的是她的“门徒”，胖菊子。

蓝东阳有了丰富的诗料。他无所不尽其极的嘲弄，笑骂，攻击大赤包，而每一段这样的嘲骂都分行写下来，寄到报馆去，在文艺栏里登载出来。读着自己的诗，他的脸上的筋肉全体动员，激烈的扯动着，像抽羊痫疯。

胖菊子决定把自己由门徒提升为大师。她开始大胆地创造自己的衣服鞋帽，完全运用自己的天才，不再模仿大赤包。她更胖了，可是偏偏把衣服作得又紧又瘦，于是她的肥肉都好像要由衣服里钻了出来。蓝东阳很喜爱她的新装束，而且作了他自认为最得意的一首诗：

“从衣裳外面，我看到你的肉；

肉感的一大堆灌肠！”

她不喜爱他，更不喜爱他的诗。可是，她的胖脸上，为他，画出几根笑纹来。她必须敷衍他，好能得到他的协助，而把“所长”弄到她的胖手里。一旦她作了所长，她盘算，她就有了自己的收入，地位，权柄，和——自由！到那时候，她可以拒绝他的臭嘴，绿脸，和一块大排骨似的身体。他若是反抗，她满可以和他翻脸。当初，她跟从了他，是为了他的地位；现在，假若她有了自己的地位，她可以毫不留情的一脚踹开他。

穿着她的紧贴身的衣裳，她终日到处去奔走。凡是大赤包的朋友，胖菊子都去访问，表示出：“从今以后，我是你们的领袖了。你们必须帮助我，而打倒大赤包！”

等到晚间回来，她的腰，胳臂，与脖子已被新衣服箍得发木，她的胖脚被小新鞋啃得落了好几块皮。她感到疲乏，痛苦，可是在精神上觉出高兴，有希望。三把五把的将那些“捆仙绳”脱掉，她松了一口气。可是，三把五把的又将它们穿上。不，她不能懈怠，而必须为自己的前途多吃点苦。好吗，万一在这时节，来个贵客，她怎能就衣冠不整的去接待呢？她必须用大赤包的办法打败了大赤包；大赤包不是无论在什么时节都打扮得花狸狐哨的吗？好，她也得这么办！

虽然在服装穿戴上她力求独创，不再模仿大赤包，可是在举止动作上她不知不觉的承袭了大赤包一部分的气派。当她叫人的时候，她也故意老气老声的；走路也挺起脖子；转身要大转大抹。虽然这些作派使她的胖身子不大好受，使她的短粗脖子发酸，可是她不敢偷懒，她必须变成大赤包，而把真的大赤包消灭了！

奔走了几天，事情还没有一点眉目。胖菊子着了急。越着急，她的胖喉咙里越爱生痰。见到了要人，她往往被一口痰堵住，说不出话来。她本来没有什么口才，再加上这么一堵，她便变成一条登了陆的鱼，只张嘴，而没有声音。闹过一阵哑戏以后，她慌张得手足失措，把新添的气派一齐忘掉。她开始害怕，怕在她还没有运动成功之际，而大赤包也许被释放出来。她要顶大赤包，不错；可是她总有点怕那个老东西。因为急与怕，她想马上去用毒药谋害了大赤包！

她和东阳商议，怎样去毒死那个老东西。

东阳在这几天，差不多是背生芒刺，坐卧不安。一想到若能把大赤包的地位，收入，拿到自己家中来，他的浑身就都立刻发痒：于是，他就拚命去奔走，去写诗，去组织“讨赤团”。这末一项是他独自发动，独自写文章，攻击大赤包，而假造出一些人名，共同声讨，故名曰“团”。他的第一篇文章里有这样的句子：“夫大赤包者，绰号也。何必曰赤？红也！红者共产党也！有血气者，皆曰红者可死，故大赤包必死！”他非常满意这几句文章，因为他知道，在今天，只要一说“红”，日本人就忘了黑白。这比给大赤包造任何别的罪名都狠毒。

可是，一看胖菊子的过度的热烈奔走，他又不大放心。他还没忘记胖菊子是怎么嫁了他的。她要是肯放弃了祁瑞丰，谁敢保她，若有了她自己的地位与收入，不也放弃了他自己呢？他的浑身又痒起来。

在另一方面，他又不肯因噎废食，大睁白眼的看着别人把"所长"搬了去。

还有，招弟曾经找过他，托他营救大赤包。他不能不满口答应帮忙，因为这不单是能接触她的好机会，也是最便宜的机会——他知道招弟是费钱的点心，可是招弟既来央求他，他便可以白揩一点油，用不着请她吃饭，看戏，而可以拉住她的手。为这个，他应当停止在报纸上攻击大赤包，以便多得到和招弟会面的机会。可是，要是一懈劲，停止攻击，他又怕所长的地位被别人抢了去。

这些矛盾在他心中乱碰，使他一天到晚的五脊六兽的不大好过。一会儿，他想到胖菊子已作了所长，心中一热；一会儿，他想到菊子离弃了他，心中又一冷；一会儿，他想到招弟的俊美，浑身都发痒；一会儿，他想到因取悦招弟，而耽误了大事，浑身又都起了鸡皮疙疸。

可是，这些矛盾与心理上的疟疾，并没使他停止活动。他还作诗写短文攻击大赤包；还接见招弟，并且拉住她的手；还到处去奔走；还鼓励胖菊子去竭力运动。这样，他的矛盾与难过渐渐的变成一种痛苦的享受。他觉得自己能这样一手拉着八匹马，是一种天才。

他赞同菊子的建议，去毒死大赤包。可是，他不知道大赤包被囚在哪里。他把绿脸偎在她的胖脸上，而心中想着招弟，对她说："快快的去打听大赤包的下落，好毒死她！毒死她！"这样说完，他感到他是掌握着生杀之权。于是，把眼珠吊起，许久不放下来，施展自己的威风。

他们俩把什么都计议到，只是没思虑到大赤包为什么下了狱，和胖菊子若是作了所长，是不是也有下狱的危险。他们只在讨论如何攻击大赤包的时候，谈到她的贪污，而彼此看那么一眼，似乎是说："大赤包贪污必定下狱，咱们比她高明，一定没有危险！"

# 七十

招弟，自从家中被抄，就没再回家。她怕家中再出了什么意外，而碰到像什么把她也绑了走的事。她可是一心一意的要救出妈妈。没有妈妈，她看出来，她便丢失了一切。

在她学戏的时候，她曾经捧过一位由票友而下海的女伶——粉妆楼。她找了这位粉妆楼去，三言两语的就住在了那里。

粉妆楼有许多朋友，一天到晚门庭若市。招弟便和这些人打成一气，托他们营救大赤包。

在旧日的亲友中，她也去找过几位，大家对她可是都很冷淡。有的甚至当面告诉她："我们怕连累，请你不要再来！"

在这些人里，只有蓝东阳没有拒绝她的请求。她知道东阳是至多只给女人买一个凉柿子或几粒花生米的人，所以坐窝[①]就不敢希望他能请她吃顿饭或玩一玩。反之，她是来求他，所以她倒须下点资本贿赂他。她的资本便是她的身体；为营救妈妈，没办法，她只好任凭他拉着她的手，或摸摸她的脸。她须忍耐；等到救出妈妈

①坐窝，根本的意思。

来，她再给东阳一点颜色看看。

至于东阳怎样在报纸上攻击大赤包，招弟并没有看到。她没有看报的习惯。即使偶尔拿起张报纸来，她也只看戏剧新闻，电影消息，与恋爱小说，而不看到别的事情。

她渴想看到妈妈，可是无论怎么打听，也不晓得妈妈是在哪里圈着。招弟落了泪。她猜到事情一定是非常严重了。假若妈妈真有个不幸，她想，她自己可怎么办呢？她没有本事，没有存款，没有……不错，她有美丽与青春，不至于没人要她。可是，她的美丽与青春，在这混乱的年月，是为玩一玩的。她不愿老老实实的嫁个人，一天到晚去作饭抱娃娃。即使能嫁个阔人，用不着作饭抱娃娃，她的自由也要打个很大的折扣呀；那不行，她要的是无忧无虑无拘无束，尽情享受，而毫无责任，说干什么就干什么的生活。这样的生活只有妈妈能给她。她真的哭了，想起妈妈的一切好处，也想起妈妈若有危险，她自己可怎样活下去！

在粉妆楼的许多男友中，有一个是给日本人作特务的。他，黄醒，是个漂亮的青年。他的长相好，装束好，老带着手枪。他知道自己体面，所以无论在什么时候，他老把一点不必需的媚笑放在脸上，以便加多他的体面。他知道自己的装束好，所以一天到晚老在扯扯领子，提提裤子，或正正衣襟。在手枪而外，他还老带着一面小镜子，时时的掏出来照照自己的脸，有时候连牙床儿都照到。

跟招弟谈了一会儿，黄醒明白了她的困难。他愿意帮她的忙，而且极有把握；只要她跟他走一趟，去见一个人，大赤包就能马上出狱！

招弟喜出望外的愿意跟他去。

他把招弟带到东城，离城根不远的孤零零的一所房子里。进去，他把她介绍给一个日本人。转眼之间，黄醒不见了，招弟开始怀疑这是怎回事。日本人详细的问了她的履历，她一边回答，一边把大赤包的事提出来。他把她的履历都记录下来，对大赤包的事没说什么。然后，他领她到一间小屋，很小，只有一床一椅。

“这是你的屋子。记清楚，一〇九号。以后，你就是一〇九号，没人再叫你的姓名。”说完，日本人向外面喊了声：

“一〇四号！”

不大的工夫，进来个与招弟年纪相仿佛的女子。极恭敬的向日本人敬礼，而后她笔直的立定。

“告诉她这里的规矩！”日本人走了出去。

招弟的心要跳出来，想赶快逃跑。一〇四号拦住了她：“别动！这里，进来的就出不去！”

“怎回事？怎回事？”招弟急切的问。

“待下去自然就明白了，用不着大惊小怪的！”

“放我出去！放我走！我还有要紧的事呢！”

“放了你？这里还没放过一个人！”一〇四号毫不动感情的说。

“我必得出去，得去救我的妈妈！”

“在这里待下去，将来立了功就能救你的妈妈！”一〇四号笑了笑，笑得极短，极冷，极硬。

“真的？”招弟不相信一〇四号的话。

“信不信由你！”一〇四号又那么笑了一下，而后开始告诉招弟此处的规矩。

招弟的心凉了半截。她一向没受过任何拘束，根本不懂得规矩两个字怎么讲。可是，这里一切都有规矩，仿佛要把活人变成机器！她哭了半夜。

好容易才睡着了，可是不久她被铃声吵醒，天还不十分亮呢。一〇四号在门外低声的说："快起，你！迟到一会儿，打个半死！"

招弟颤抖着爬了起来，迷迷糊糊的往外跑。天很冷，冷气猛的打在她的脸上，她似乎才醒利落。马上，泪又迷住她的眼。跑到盥洗处，她只含了口水漱漱嘴，捧了一把水抹抹脸，就赶紧离开，恐怕迟到挨打。手揉着眼，她随着大家——一共有四十多个青年男女——跑进后院的一块空地去集合。

空地的三面是高墙，墙头上密扎铁网；另一面是房子，山墙上有几个方方的洞儿。院子的东墙外，不远，便是城墙；那灰黑的，高大的，城墙，不声不响的看着院内。

地是光光的，冰硬的，灰黄的，城墙是灰黑的，坚硬的，光光的。天是灰碌碌的，阴寒的，光光的。招弟由地看到城墙，再看到天，作梦她也没梦过这么可怕的地方。一切是灰的，冷的，静的，光光的，她不敢再看。即使不看，她还觉得到那冷气，和灰暗，像要把她冻僵，凝结在灰暗里。她想抓住谁的胳臂，好使自己立稳。她浑身都发颤，能听到自己的牙响。

男的在前，女的在后，大家站成一排，面对着有方孔的山墙。由一〇五号到一〇九号立在最后，大概都是新进来的，神情上都显出特别的不自然与不安。

大家站好了一会了，四位教官，三个日本人，一个中国人，才全副武装的，极庄严的，由前院走来。队长喊了敬礼。三个日本教官还礼，眼珠由排头看到排尾，全身都往外漾溢杀气，严肃，与得意。

中国教官向日本人们敬过礼，而后大转大抹的，像个木头人似的，转向了队伍，把鞋跟磕得像小爆竹那么响。他开始训话。说了几句关于全体学员的话，他叫新来的几个号数：“向前五步——走！”

招弟看了看左右的同伴，而后随着他们向前走。

中国教官嗽了一声，相当亲热的说：“你们已经知道了这里的规矩，不必我再重复。现在是你们最后的机会，来决定你们到底愿意在这里不愿意。有不愿意的，请再向前走五步！”

没有人敢动。后面的老学员们似乎已都停止了呼吸。招弟想往前走，可是她的脚已不会迈动。她向左右看，左右的人也正看她。

“没有？”教官催问了一声。

在招弟左边的一个小姑娘，看样子不过十六七岁，扁扁的脸，红红的腮，身体不高，而颇粗壮，模样不俊，而颇浑厚可爱，猛的向前走去。

“好！”教官笑了笑。“还有没有？”

招弟要迈步，可是被身旁的一个女的拉住。她晃了晃，又立定。

“好，你过来！”教官向扁脸红腮的小姑娘说。她迟疑了一下，而后很勇敢的往前走；口中冒着些白气。

“这边！”教官把她领到房子的山墙下，叫她背倚着墙上的一个小方洞。这时候，太阳上来了，把灰碌碌的天空忽然照红，多半个天全是灰红的，像淤住了血。城墙更黑了，而院中的墙与人都更清楚了点儿。扁脸姑娘的身上都发了红，口中的白气更白了。一个日本教官跳起来，手一扬，喊了声：“好的！”屋里边开了枪，小姑娘，口中还冒着点白气，像块木板似的，往前栽倒。天上更红了，地上流着血。

“归队!”中国教官向招弟们说。

招弟不晓得怎么退回去的。她的眼前已没有了别的东西与颜色，只有一片红光由地上通到天空，红光里有些金星在飞动。

“向左转！跑步!”教官发了命令。

招弟跑不动。可是，有那具死尸躺在那里，她不敢不跑。每逢跑到死尸附近，她就想闭上眼。可是，不知怎么的，她偏偏看见了它，与地上的血。她透不过气来，又不敢站住。她张着口，双手捧着小肚子，肠子仿佛要扯断了似的。忍着疼，她东一脚西一脚的乱晃，仿佛是个醉鬼。不久，她的眼前遮上了一块红幕，与红的天，红的血，联接到一处。她忘了自己，忘了一切，只觉得天地，红的天地，在旋舞转动。

她不晓得什么时候，和怎么，进到屋中。睁开眼，她是在床上躺着呢，已经正午。

她没再落泪。不敢想什么。她惜命，决定不去靠一靠墙上的方洞儿。

青春是铁，环境是火炉。过了一个月，她又“活”了。她不再怕血与死，她的心已变成了石头的。她忘了以前小姐的生活，不再往手指甲上涂上寇丹，而变成了个新的招弟。这个新招弟，她自己盘算，将要比她的妈妈更厉害，更毒辣。以前，她只知道利用花般的容貌，去浪漫，去冒险；现在，她将把花容月貌加上一颗铁石的心，变成比妈妈还伟大许多的女光棍。不错，她的妈妈是还在狱里，可是她不能不感谢日本人给了她个机会，使她有了前途。她想：只要她立点功，她一定能把妈妈救出来。等妈妈恢复了自由，她们俩并肩立在一处，必能教全北平城都发抖!

春天过去了，招弟受完了训。

她希望得一只手枪。没有得到。

她希望得到一些足以使她兴奋的工作。可是她被派到火车站上，查看来往的旅客。她得到一本子照片，须一一的记住在心里，而后在车站上看有没有与像片相符的人。这点事不易作，而且毫无趣味。她须时刻的留着神，而不见得能发现一个“奸细”。她须每天改变她的化装，今天扮作乡下丫头，明天变作中年的妇人；可是老不能擦胭脂抹粉的扮成摩登小姐。她不高兴这个差遣，更不喜欢她的化装。可是，命令是命令，无法反抗。她知道反抗命令的结果是什么，她还没忘了那个扁脸的女郎。她渴望再穿上漂亮的衣服与高跟鞋，像好莱坞影片中的女间谍，来往在华丽的大旅馆与阔人之间。可是，她必须去作乡下丫头！

她渴想去看看父亲，不为别的，只为教他知道她已变成个有本事的人。可是，命令禁止她回家，禁止她与家里的人来往。

她切盼能见到妈妈。她以为自己既作了日本人的特务，就一定有会到妈妈的机会与权益。可是，她依旧打听不到妈妈在何处。

头一天到前门车站去值班，她感到高兴。她又有了自由，又看见春暖花开的北平。及至走到了车站，她又有些害怕。不错，她是特务，有捉拿人的权柄。可是，捉拿人是不是也有危险呢？是的，她的身上有个证章；可是，它并没显露在外面，而是藏在衣裳里边；她露不出自己的威风，而只缩头缩脑的站在那里，像个乡下来的傻丫头。她感到寂寞，无聊，与寒伧。

过了一会儿，她拾起一张报纸。头一眼，她看见了妈妈的像片！大赤包已死在狱中！像片的上下左右都说明着她的贪污，罪状，与如何在狱里发狂！

看完，她的泪整串的落下来。她白受了苦。白当了特务，永远不能再看见妈妈！

隔着泪，她看见车站上来来往往的人；那么多人，可是她只剩了自己。她已没有了那爱她的，供给她一切的，妈妈！

楞了半天之后，第一个来到她心中的念头是——逃走！作了特务既没能救出妈妈来，还有什么意义呢？日本人是骗了她的妈妈，骗了她自己；她应当逃走，不再给骗她的人作爪牙！

可是，她知道自己逃不了。看着车站上来往的人，以及脚行，巡警，车站上的职员，她不知道他们之中有多少是特务，哪几个是特务。她可是准知道其中必有特务，而且不止一个。他们之中，也许有专负责监视着她的。她又看见了那个扁脸的女郎，在方洞儿前面一声没出的就栽倒在地，流尽了鲜血！

她抬头看见了城墙的垛口，觉得那些豁口儿正像些巨大的眼睛，只要她一动，就会有一粒枪弹穿入她的胸口！她颤抖了一下。她忘了作特务的兴奋与威风，而只感到多少只枪在她背后！

“好吧。”过了好大半天，她告诉自己：“混下去吧！顶毒辣的混下去吧！能杀谁就杀谁，能陷害谁就陷害谁！杀害谁也是解恨的事！”

她丢失了家，丢失了妈妈，丢失了自由，只剩下了杀，害，恨！她并不想去杀害日本人，因为日本人的枪多，眼目多，手快！

同时，高第天天出去找事，但是找不到。北平已经半死，凡是中国人的生意，都和祁天佑的布铺差不多，开着门而没有买卖；因此，到处裁人，哪儿也不肯多添吃饭的。大一点的生意，即使是饭馆子，已都不能不接受日本人的“股子”，和日本人合作。高第不高兴到这种“合作”的地方去作事，即使她能得到机会。至于官方的机关，那就更不用说，通通被日本人一手拿住，不走日本人的或汉奸的门路，不用打算得到个地位。这样，北平的躯壳虽然仍是高大宽厚的城墙，与那曾经住过多少位皇帝的亭园殿宇，可是它的心肺已完全是日本人；凡想呼吸一点空气的，得到一点血液的，都必须到日本人那里摇尾乞怜。高第不肯这么作。她亲眼看见她的母亲作了些什么，和怎样被抄家。

即使她肯去卖苦力挣饭吃，她的机会也还是不多。在太平年月，一个女人给铺户里的人们洗洗缝缝的，也能吃上三顿饭。现在铺户的人已裁减去一大半，她抢不到活计。在人家里，只有“红”汉奸才用得起仆人，高第既不愿作女仆，更不高兴作奴隶的奴隶。

她后悔以前没能够学得挣饭吃的本事，可是后悔已迟。她的确有些勇气，可是没有任何资格与资本。假若她能逃出北平，她必能找到作事的机会，一边作事，一边学习，慢慢的她必能得到点知识与技巧。可是，她要清白的在北平挣饭吃，她是走入了一条死巷子！

她忙：她须作饭，洗衣服，买东西，和到处去找事。她急：她憋着一口气，非要教爸爸看看不可，不作汉奸也还能活动。但是，她找不到事，而且手中眼看着就没了钱。她慌：她本不会作饭，洗衣服；现在，初学乍练，越要讨好，越容易把饭煮糊，把衣服洗得像狗舐的。她气：晓荷不帮忙，也不给她一点鼓励。他认为高第是没认清大势所趋，而只从枝节问题下手，显然是自讨无趣。虽然没有明说，他的神气却表示出来：“在东洋人脚下，可想不吃日本饭，道地的糊涂蛋！”因此，他想看高第的笑话。无论她怎忙，他依然横草不动，竖草不拿。到了高第发脾气的时候，他会冷隽的说：“要我调动十桌八桌酒席吗，嗯，我含糊不了！教我刷家伙洗碗哪，对不起，自幼儿没学过!”

许多天，他还没打听到大赤包与招弟的下落，他爽性不再去白跑腿。遇到丁约翰回来，他能跟他穷嚼[1]几个钟头。他详细的问英国府的一切，而后表示出惊异与羡慕。“嗯！嗯!”他眯着眼有滋有味的赞叹：“这玩艺儿，是得托生个外国人！这个天下是洋人的!”

丁约翰，现在，已不大看得起晓荷，本不大愿招呼他。可是，晓荷既对英国府称赞不置，他觉得若冷淡了晓荷便几乎等于不忠于英国府，所以便降格相从的和他一扯就是几个钟头。

除了丁约翰，瑞丰是他的密友。两个人都不走时运，所以自然的同病相怜。一谈起他们的怀才不遇，他们便感到一种辛酸的甜美，与苦痛的伟大。瑞丰总是说他的特务朋友。谈起他们，他就觉得自己有希望，有作为，而提出这样的结论：“冠大哥，你等着看，我非来个特务长作作不可!”

“是的！是的!”晓荷把眼眯成两道细缝。“那才是发财的事！是的!”

两个人的口袋里，有时候，连一个铜板也没有，可是他们的没出息的幻想使他们越谈越高兴。他们的肚子没有好的吃食，说到口干舌燥的时候又只好喝口凉茶或冷水，所以说着说着，他们的脸上往往发绿，头上出了盗汗，甚至于一阵恶心，吐出些酸水来。可是，他们还不住口，必须谈下去；在谈话中他们看见了一些虚渺的希望与幸福。

假若是刚吃过饭后，瑞丰必张罗着帮忙，替高第刷洗刷洗家伙，以便得到她的欢心。虽然高第并没有给他点好颜色看，他可是

①穷嚼，形容人爱说话，没话找话，没完没了。

觉得很开心，并且时常暗示给她：“别发愁，大小姐！多喒我有了好事，大家就都跟着好起来！咱们是知己的朋友啊！”

在实在没有什么可谈的时候，他们俩会运用他们所知道的一点相术，彼此相面看气色。“瑞丰！”晓荷用食指或无名指在瑞丰脸上轻轻划动。“别看你的脸发干，颜色可是很正，很正！你的眼运鼻运都好！”然后，瑞丰也拣着好听的夸赞晓荷一番；彼此的心中都宽了好多，都相信自己至少也是什么星宿下界！

已到春天，高第还没找到事。她，因心中发慌，开始觉得这是大赤包为非作恶的报应，不单她自己下了狱，而且她的女儿也得饿死！她的，和晓荷的，冬衣，刚一脱下来，便卖了出去。她不能不和父亲商议一下了：“我尽到我的力量，可是没有用；怎么办呢？”

晓荷的答话倒很现成：“我看哪，只有出嫁是个好办法！嫁个有钱的人，你我就都有了饭吃！”真的，这是他由一部历史提出的一个最妥当的结论：幼年吃父母；壮年，假若能作了官，吃老百姓；老年吃儿女。高第是他的女儿，她应当为养活着他而卖了自己的肉体。

“没有别的办法？”高第又问了一声。

“没有！”

高第偷偷的找了瑞宣去，详详细细的把一切告诉了他，并且向他要主意。

“恐怕你得走吧？此地已经死了，在死地方找不到生活！”瑞宣告诉她。

“怎么走呢？”

“当然有困难！第一是路费，第二是办出境的手续，第三是吃苦冒险。不过，走总比蹲在这里有希望!”

“爸爸呢?”

“也许我太不客气，他值不得一管！这，你比我知道的更清楚一点!”

高第点了点头。

瑞宣，仿佛是，由骨头上刮下二十块钱来，给了她：“这太少点！可是至少能教你出了北平城；走出去再说吧!”

拿着二十块钱和一个很小的包裹，她没敢向父亲告别，也没敢去办离境的手续，便上了前门车站。她打听明白：若是去办离境手续，她必须说明到哪里去，去多少日子；假若到期不回来，日本人会向她家中要人；所以她宁可冒点险，而不愿给别人找麻烦。再说，她根本不知道她自己到哪里去。她大致的想了想，以为自己须先到天津，走一站说一站；就凭那二十块钱，是不会给她个详细的行旅计划的。她很坚决。她总以为她是在妈妈的黑影下面，所以必须离开北平，躲开那个黑影。

上了到前门去的电车，她的心跳得极快。低着头，紧握着那个小包，她觉得多少只眼都盯着她呢！过了几站，人们上来下去，似乎并没有注意她。她这才敢抬了抬眼皮。可是，正看见一个巡警，与两个日本人，上车。她的心又跳起来。她以为他们必定是来捉她的。不久，他们都下了车。她咽了一口唾沫，松了口气。她想起桐芳来。闭着口，在喉中叫：“桐芳！桐芳！早知道，咱们俩要是一块逃出去，多么好！请你保佑我！教我能平安的出去!”

这是北平的一个和暖的春天，高第可没感到温暖。没了家，没了一切，她现在是独自走向不可知的地方去！看见了前门，她的心中更慌了。高大的前门，在她心中，就好像是阴阳分界的标记。

下了车，她慢慢的往车站上走，她的腿似如已完全没有了力气。

开往天津的快车还有二十多分钟才开车。她低着头，立在相当长的一队旅客的后边。她的脊背上时时爬动着一股凉气，手心上出了凉汗。她不敢想别的，只盼身后赶快来人，好把她挤在中间，有点掩饰。

正在这么半清醒，半迷糊的当儿，有人轻轻的拍了拍她的肩。她本能的要跑。可是，她的腿并没有动。她只想起两个字来："完啦!"

"姐!"招弟声音极低的叫了一声。

高第全身都软了，泪忽然的落下来。好几个月了，她已没听见过这个亲密的字——姐！尽管她平日跟招弟并没有极厚的感情，可是骨肉到底是骨肉。这一声"姐"，把她几个月来的坚决与挣扎仿佛都叫散了！

没敢看招弟，她只任凭招弟拉着她的手，往人少的地方走。她忘了桐芳，忘了一切，像个迷了路的小娃娃似的，紧紧的握着妹妹的手，那小的，热乎乎的手。

出了车站，在一排洋车的后边，姐妹打了对脸。姐姐变了样子，妹妹也变了样子，彼此呆呆的看着。

对看了许久，招弟低声的问："姐，你上哪儿?"

高第没哼声。

"爸呢?"

高第不知怎么回答好。

"说话呀，姐!"

高第又楞了一会儿，才问出来："妈呢?"

招弟低下头去。"你还不知道?"

“不知道!”

“完啦!”招弟猛的抬起头来，眼钉着姐姐。

“完啦?”高第低下头去。她的手轻颤起来。

“告诉我，你上哪儿去?”

“上天津!”

“干吗?”

“找到了事!”高第握紧了小包，为是掩饰手颤。

“什么事?”

“你不用管！我得赶快买票去!”

“不告诉我，你走不了！我是管这个的!”

“什吗?”

“我管这个!”

“你?”高第的腿也颤起来。“妈妈怎么死的？现在，你又……难道你一点好歹也不懂?”

“我没办法!”招弟惨笑了一下，而后把语气改硬。“你好好的回家！我要是放了你，我就得受罚!”

“我是你的姐姐!”

“那也是一样！即使我放了你，别人也不会楞着不动手！走，回家!”招弟掏出一点钱来，塞在姐姐的手中，而后扯着姐姐往洋车前面走。“雇洋车，还是坐电车?”

高第回不出话来。她的手脚都不再颤，她的脸红起来，翻来覆去的，她的脑中只折腾着这一句话：“报应！报应！拦阻你走的是你的亲妹妹!”

“姐，好好的回家!”招弟一边走一边说：“你敢再想跑，我可就不再客气！再说，这个车站是天罗地网，没有证据，谁也出不去！”她给高第叫了一部洋车。

高第已往车上迈腿，招弟又拉住她，向她耳语：“你等着，我会给你找事作！”

高第瞪着妹妹，字从牙齿间挤出来：“我？我饿死也不吃你的饭！”她把手中的一点钱扔给了妹妹。

“好，再见！”招弟笑了一下。

# 七十一

进了前门不远，高第停住了车，抱歉的对车夫说："对不住，我不坐了！"给了车夫几个钱，她向西走去。她不知向哪里走呢，也不知要向哪里走呢；她只知道须走一走，好散散胸中的怒气。

迷迷糊糊的走了半天，她才知道她是顺着顺城街往西走呢。又走了一会儿，她看见路北的一座小庙，她不由的立住了。庙门，已经年久失修，开着一扇，她走了进去。她不一定要拜佛烧香，而只觉得这是个可以静静的坐一会儿，想一想前前后后的好地方。山门里一个人也没有。三面的佛殿都和庙门一样的寒伧，可是到处都很干净。这，使她心里舒服了一点。正在这么东张西望的时节，由西殿里出来一个人，钱默吟先生。他穿着一件旧棉道袍，短撅撅的只达到膝部。手中，他提着一个大粗布口袋，上面写着很大很黑的"敬惜字纸"。

高第说不上来话，而一直的扑奔过去，又要笑，又要哭，像无意中遇到多年未见的亲人似的。

老人的脸很黑很瘦，头发已花白。看见高第，他楞住了。眨了眨眼，他想了起来，极温柔的笑了笑。"高第！"紧跟着，他停止了笑，几乎有点不安的问：“你怎么知道我在这里？谁告诉你的？”

高第也笑了：“没人告诉我，我误投误撞的走了进来。”

老人仿佛是放了心，低声的说：“别对任何人说，我在这里。这里也不是我的住处。不过有时候来，来……”老人又笑了一下。“告诉我，你干什么呢？”老人一边说，一边往正殿那边走。高第在后边跟着。他们都坐在石阶上。

高第的话开了闸，把过去几个月的遭遇都倾倒出来。老人一声不响的听着。最后，高第又提出“报应”作为结论。

老人听完，楞了一会儿，才说：“没有报应，高第！事在人为，不要信报应！”

“我怎么办呢？”

“等我想一想看！”老人闭上了眼。

高第似乎等不及了，紧跟着问：“招弟要是也教我当特务去，我怎么办？”

“我正想这个问题！你有胆子去没有？”老人睁开眼，注视着她。

“我，有胆子也不能去，我不能给……”

“你只想了一面，没看另一面。假若你有胆子进去，把你的一切都时时的告诉我，不是极有用吗？”

“那么，我得等着她，她教我进去，我就进去？”

“一点不错！可是，”老人的眼还注视着高第的脸，“可是被他们知道了，你马上没了命，所以我问你有胆子没有！”

高第迟疑了一下。“钱伯伯，你不能给我点事作？我愿意跟着您。”

“哼，我一时还不敢用小姐们！你看，日本人喜欢造就女间课，一来是因为他们看不起女人，以为女人们胆子小，容易管束；二来是因为中国人对女的客气，女间谍容易混进内地去。至于他们自己，可不大容易受女子的骗，他们到处都给军官们，兵们，安置好妓女，伺候着他们；咱们的女间谍即使肯牺牲色相，也无从接近他们。因此，我只在万不得已的时候，男人活动不开的时候，才求女人帮帮忙。你到底敢去不敢，假若招弟找了你来？"

"我去！可是她要不找我来呢？"

"等着她！同时，我有用着你的地方，必通知你！"

"可是，我没有收入，怎么活着呢？"

"嗯，慢慢的想办法！先别愁，别急，一个人还不那么容易饿死！"

"我相信你的话，钱伯伯！回到家里，我把招弟的事告诉爸爸不告诉呢？"

"告诉他！一告诉他，他必马上找招弟去，必定到处去吹嘘他的女儿当了特务。这么一来，招弟必吃亏，而无从红起来。她红不起来，咱们就减少了一个祸害星！"

"可是她要是红不起来，也许她就不来找我，教我也去当……"

"人是活的，高第！要见机而作，不能先给自己画好了白线，顺着它走！"老人立了起来。"还有，随时跟瑞宣商议，他没胆子，可有个细心！"

高第也立起来。"钱伯伯，我以后上哪儿找你去呢？"

"这里，我要不在这里，告诉后院的明月和尚，他是咱们的人。见到他，先要说‘敬惜字纸’[①]，要不然他不相信你！”

高第随着老人，慢慢的往庙外走，看着老人手中的口袋，她好奇的问出来：“钱伯伯，口袋里有什么?”

老人立住，看着她，笑了笑，没说什么。快到庙门口，老人教高第先出去：“高第记住了！别对任何人说我的事！好好的回家，等着招弟，或我的消息。别着急，发愁！见机而作！你是个好孩子，我早就知道！走吧！”

高第先独自走出来。她不敢回头再看一看，知道老人不愿和她一同出来必有用意，她不便再东瞧西望的，惹老人不高兴。可是，老人的黑瘦的脸与温和的笑容，还都非常清晰的在她心中。那个形影，像发着光与热力，使她看见春天，全身都温暖起来。那个形影，像个最美丽的菩萨似的，教她感到安全，给了她无限的希望。她想到，即使马上再遇到招弟，马上去当特务，她也会连眼也不眨一下，便去冒险，牺牲；有钱先生的话在她心中，即使她马上掉了脑袋，也是舒服的！

最使她高兴的是钱先生说没有报应。这几个字揭去了她心上的一片黑云。她是她，大赤包是大赤包，她并不须替妈妈负责，承受惩罚。只要她大起胆来，敢去作钱先生教她作的事，她便能对得起自己的良心，也对得起一切的人。想明白了这一点，她的全身都感到轻松，腿上有了力气。她一气走回家来。

冠晓荷和祁瑞丰正在屋中闲扯淡。一看见他们俩，高第马上皱上了眉。刚才，在小庙里，她见到一位活的菩萨；现在她看见一对小鬼。他们俩，这一对活鬼，特别的丑恶，讨厌，因为她刚刚看

①“敬惜字纸”，以前寺庙里都有“敬惜字纸”的篓子，叫人爱惜物品，不要任意糟蹋东西。这里指与人接头的暗号。

见了那慈祥的，勇敢的，有智慧的，菩萨。她下了决心，不再对他们客气，敷衍。瞪了他们一眼，像凭空响了一声雷似的，告诉他们："妈妈死啦！"

晓荷不相信自己的耳朵："什吗！"

"妈妈死啦！"高第还瞪他们。

晓荷用手捂上了眼。瑞丰看了看他们父女，张着嘴，说不出话来。他居然动了心，倒仿佛大赤包是万万死不得的。

"大哥！大哥！"瑞丰含着泪劝慰："别太伤心！别……"他的话噎在了喉中，眼泪流了下来。

晓荷把手放下来。"我并没哭！哭不得！现在哭不得！想想看，自从她下狱，街坊四邻就都对我翻白眼；他们要是知道了冠所长死了，不就更小看我，说不定还许啐我两口吗？我不哭，我伤心我知道，可是不能教街坊们听见，得意！"

"大哥！"瑞丰急忙把落错了的泪擦去，而改为含笑："大哥，你见得对，高明！"

晓荷长叹了一声，凄婉的问高第："你怎么知道的呢？"

"招弟告诉我的！"

两个人一齐跳起来，一齐问："招弟？招弟？"

高第真想扯他们一顿嘴巴子，但是她必须按照钱先生的嘱咐行事，她纳住了气："她当了特务！"

"真的？"瑞丰狂喜的说："喝！谢天谢地！二小姐是真有两下子，真有两下子，我佩服，五体投地的佩服！"

"高第！"晓荷高声的叫："我们可以放声的哭了！教街坊们听一听！哼，我死了作所长的太太，可又有了作特务的女儿！他们敢再向我翻白眼，我教招弟马上抓他们下狱！来，我们哭！"说罢，他高声的哭叫起来。

高第气得又颤抖起来，独自坐在外间屋里。瑞丰不好意思也放声哭大赤包，只好落着泪用手轻轻捶晓荷的背，一边捶一边劝慰："大哥！大哥！少恸吧！按说，二小姐既作了特务，我们应当庆贺一番；这么哭天恸地的，万一冲了喜反倒不美！"

晓荷好容易才止住悲声，大口的啐着粘水，而后告诉高第："找点黑布，咱们得给她挂孝！"

高第没有动，依然坐在那里生气。晓荷自己在屋中搜寻了一回，找不到任何布条。这使他有点挂气："混得连块黑布也没有了！他妈的！"

"别忙呀，二小姐一立了功，大捧的钞票不是又塞鼓了你的口袋?"瑞丰眉飞色舞的说。

晓荷走到外间屋来，问高第："你在哪里看见她的?"

"前门车站！"

"前门车站！"瑞丰也跟出来，点头赞叹。

"她穿着什么?"

"像个乡下丫头。"

"化装！化装！"瑞丰给下了注解。

"瑞丰，"晓荷拉住瑞丰的胳臂："走，跟我找她去！"

"走！见着二小姐，咱们先要过点钱来，痛痛快快的喝两杯，庆贺她的成功！有这么一说没有?"瑞丰不愿白跑一趟，所以先用话扣住晓荷。

"有这么一说，走！"

到了车站，二人扑了个空。招弟已离开了那里。

"大哥，交给我好啦，我去打听她在哪里。我有特务上的朋友，一定能打听得到！你先回家，咱们家里见！”瑞丰横打鼻梁的说。

“好，就那么办！我再在这儿等一会儿，家里见！”

在车站上又等了一个多钟头，晓荷还是没遇见招弟。他回了家。

一进小羊圈，迎头他碰见了李四爷。他赶紧纵上鼻，湿着眼，报告大赤包“过去了”。而后，他起誓，必须找到她的尸身，给她个全份执事，六十四人杠的发送。“好啦，四爷，听我的招呼，领杠是你的事！这一定能作到，你看，招弟又在日本人手下成了个人物！”

李四爷只随便的哼了两声，便搭讪着走开。

走到大槐树下面，晓荷又遇了孙七，他扬眉吐气的告诉孙七：“来，给我刮刮脸！你的别的手艺不行，刮脸总可以对付了！”

孙七毫不客气的说：“忙，没有工夫！”

“喝，好大的架子！”晓荷撇着嘴说：“赶早儿别跟我这么劲儿味儿的[①]！告诉你，招弟，二小姐，作了特务！”

孙七没再出声，眨巴着近视眼走开。

晓荷多走出几步路，去访问白巡长，告诉他：“里长还得由我担任哟！招弟，我们的二小姐，现在作了官，比你的官职还大那么一点！”

在过去的几个月里，因为高第的关系，大家似乎已忘了晓荷的讨厌与可恶。大家，一方面看在高第的面上，一方面看晓荷缺衣缺食的，都不便死打落水狗。这点成绩，一天的工夫被晓荷破坏无遗。

①劲儿味儿的，故意作态，端起架子。

第二天，冠家门上的封条被扯掉，搬来七八口子日本人。全胡同的人都把头低下去。这么小的一条胡同，倒有两个院子被日本人占据住，大家感到精神上的负担实在太重。因为讨厌日本人，他们也就更恨冠晓荷：假若，他们想，不是冠晓荷出卖了钱先生，假若大赤包没有作出抄家的事情来，日本人怎会想起这条不起眼的小胡同呢？

晓荷可是另有一个看法，他对邻居们解释："咱们必要看清楚，东洋人跟咱们是一家人。那是我的房子，我能不心疼吗？当然心疼！可是，话得从两面说，招弟现在作着他们的事，而他们又住着我的房子，这不是越来越亲热，越有交情吗？一定！"

除了这样声明，他还每见到新搬来的日本男女，都深深的鞠躬，赶上去搭讪着说几句话，并且报告一点房子的历史："这所房子是我——等我想一想啊——前六年翻修过的，砖瓦木料全骨力硬棒！下多大的雨，绝对，绝对不漏！就是呀，夏天稍微热一点，必须吗，请记住，搭个凉棚！搭上棚，地上再洒点水，我告诉您，就甭提多么舒服啦！"

瑞丰跑了一天，没打听到招弟的下落。他非常的着急。见到晓荷，他保证第二天再去打听，必定能打听出她的下落。晓荷拿出老太爷的劲儿来："好啦，瑞丰，你就多偏劳吧！你去跑跑，就省得我奔驰了！"在他想：招弟反正是他的女儿，早找到一天呢更好，迟两天呢也没多大关系；她还不会因为延迟两天而另找个爸爸。他沉住了气，感到万分的得意，好像女儿被选作皇后，而自己可以不费任何事的作了宰相。他不愿再去跑腿，而要静候圣旨来到。他得意，越细咂摸，他越相信自己以前的所作所为都完全顺情合理，所以老天有眼，才使他绝处逢生，生生不已！

瑞丰可是比晓荷还更急切。他有他的盘算：假若他能找到招弟，说不定她也能把他介绍进去，他确信作特务是发财的最好的捷径。即使他进不去，那么，凭他为冠家奔走的功劳，大概也可受之无愧的白吃白喝冠家一些日子；他是冠家的“患难朋友”啊！

招弟很得意。能毫不留情的截阻回姐姐，她相信了自己的本领。她决定要在车站上作出几件出手的事来，以便快快的高升一步，好能穿上漂亮的衣服，抹上口红，把浪漫与杀人联系到一处。随着这个决定，她在两个星期里拿了八个青年。在这几个人中，只有一个确有间谍的嫌疑，其余的都是老实规矩的旅客。她不管什么间谍，还是旅客，她只求立功。她知道，日本人并不因为她错拿了人而见怪她，因为他们喜欢多有些青年来尝试他们的毒刑与残暴。

她的眼还是那么美，可是增加了一点光儿，一种浮动的，厉害的，光儿。带着这点光儿去看人，她好像看见谁都要马上爱上他；同时，又好似并没十分看清楚他，即使他马上掉了脑袋，她也毫不关心。这点光儿像是一片蛛网，要捉住一切蜂蝶，而后把它们杀掉！

她的笑已失去从前的天真，而变成忽发忽止的一点“作派”。她忽然的笑了，从唇上，脸上，以及身上，发出一股春风，使人心荡漾；忽然的，她停止了笑，全身像电流忽然停顿，使人们失去灯光，而看到黑暗与恐怖。

她的身体虽然还是那么小，而失去了以前的玲珑。她还时时刻刻的意识到自己的美丽，即使在扮作乡下丫头的时候，也还一会儿看看自己的脚，一会儿用手掌轻轻拍一拍头发。可是，有时候她似乎忘了自己的娇美，而把腿伸出去老远，或忘了系一两个钮扣，好像要把肉体施舍给全世界似的。

在捉过八个人以后，她已获得日本人的欢心。她觉得自己的确有本领，有胆气，真不愧为大赤包的女儿！

过了几天，她那个受训的地方开庆祝成立三周年纪念会。招弟得到个好机会。在游艺会上，她扮唱了前次未能唱成，而且惹起祸来的《红莺禧》。她的嗓子并不比以前好，可是作派十分的老到。她已不怯场，而且深知道必须捉到这个机会，出一出风头。她把那浮动的眼光由心里加劲的提出来，扫射着台下的日本人。她把已不甚玲珑的肢体调动得极肉感，丑恶。她没按着规矩去作戏，而是尽量施展肉感。台下的日本人都发了狂。

这一场戏，使她压倒了一切的女同事。她希望不久便可以得到好的遣派，能穿上好衣服与高跟鞋。她希望一〇九号不久便变成日本人心中的一个有强烈色彩的数字。

可是她的住处被瑞丰设尽了方法打听到。瑞丰和晓荷像一对探险家似的，兴高采烈的来到东城根。门儿关得严严的，他们俩不敢去叫门，而恭恭敬敬的立候招弟出来。守门的在门内，早已由门缝看清楚他们。他们等了有二十多分钟，没有一个人出来。晓荷决定去叫门。他以为自己既是招弟的父亲，他必能受一番招待，不管招弟现在在这里与否。他还没把手放在门上，门开了一点。守门的，一个中国青年，低声的问："干什么？"

"找小女招弟！"晓荷装出极文雅的样子说。

"赶紧走！别惹麻烦！"守门的青年说。"我看你岁数不小了，不便去报告；你知道，在这里东张西望都有罪过！"

"行个方便，给我通报一声；冠招弟，她是我的女儿，我来看看她！"

守门的青年急了。"我是好意，告诉你赶紧走开？你要不信，我就进去报告，起码他们圈禁你半年！谁告诉你的，她在这里！”

晓荷赶紧指了指瑞丰：“他！”

“走！走！”青年急切的说。

晓荷和瑞丰不肯走，他们既找对了地方，怎能不见到招弟就轻易的走开呢!?

正在这个时候由里面出来一个日本人。晓荷急忙调动两脚，要给日本人行九十度的鞠躬礼，守门的青年已经把手枪掏出来：“别动！”

瑞丰要跑，青年又喊了声：“别动！”

日本人一点头，青年用枪比着他们俩，教他们进去。晓荷在迈步之前，到底给日本人鞠了一个深躬。瑞丰的小干脸上已吓得没了血色。

到了里边，日本人问了守门的青年几句话，一转眼珠，马上看到一个极大的阴谋。他是征服者，征服者的神经不安使他见神见鬼。他首先追究，他们怎么知道招弟在这里。晓荷把这个完全推到瑞丰的身上。瑞丰很想掩护告诉他招弟的地址的那位特务，可是两个嘴巴打在他的干脸上，他吐了实话。日本人听到瑞丰的话，马上推想到：“中国的特务已经不十分可靠，应当马上大检举，否则日本特务机关将要崩溃！”

瑞丰怕再挨打，不等问便连忙把他平日所认识的特务都说了出来。日本人的心中看见了：里应外合，中国的地下工作者与在日本特务机关作事的中国人，将要有个极大的暴动！

他追问瑞丰为什么交结特务？瑞丰回答：“我愿意当特务！”这是个很好的回答，可是并没有能减少日本人的疑心。

为报复晓荷把狗屎堆在他的身上，教他挨了嘴巴，他告诉日本人："是他先知道招弟作了特务，所以我才去打听她的下落。"

日本人问晓荷怎么知道招弟作了特务，晓荷决定不等掌嘴，马上把高第攀扯出来。

日本人忙起来，把晓荷与瑞丰囚起之后，马上把瑞丰提到的那些特务，一齐圈入暗室，听候审讯。

# 七十二

到晚间十点钟了，晓荷还没有回来，高第心中打开了鼓。最初，她感到欢喜，假若晓荷和瑞丰都被日本人扣下，招弟也就得受惩戒。那么，钱先生的妙计岂不是成了功？可是再一想，假若他们真被扣下，日本人也一定不会轻易放过祁家和她自己；她有点发慌。她决定先去警告祁家一下。

韵梅也正在等着瑞丰。

高第把来意说明，韵梅把瑞宣叫了起来。瑞宣听罢高第的话，马上去把祖父与母亲都叫了起来；他知道，假使日本人真来调查，他们必分别的审问祁家的每一个人，大家的话若是说得不一致，就必有危险。

高第把话又说了一遍，祁老人与天佑太太都一声没出。

瑞宣首先提议："我们就是受刑，也不能说出钱先生来！是不是？"

祁老人点了点头。

"日本人问到老二，我们怎么回答呢？"瑞宣问。

"实话实说！"天佑太太低声而坚决的说。

"对！实话实说！"祁老人的小眼睛盯住了自己的磕膝说。"他的年纪，他的为人，他的履历，跟他愿意去当特务，都照实的说，不必造假！我们说实话，信不信全在日本人！杀剐存留，任凭他们，反正我们说的是真话！"老人把头抬起来，小眼睛看着大家。"实话，还要硬说！我活了快八十岁了，永远屈己下人，先磕头，后张嘴；现在，我明白了，磕头说好话并不见得准有好处！硬着点！"说完，老人的手可是颤起来。

"我呢？大哥！也实话实说？"高第问瑞宣。

"除了遇见钱先生的那一点，都有什么说什么！他会教招弟跟你对证！"瑞宣告诉她。

"那么，我大概得下狱！"

"怎么？"韵梅问了一声。

"我为什么要离开北平？我不能自圆其说！"

"还是实话实说！"祁老人像发了怒，声音相当的大。"咱们的命都在人家手里攥着呢，干吗再多饶一面，说假话呢！"

高第沉默了半天，才说："好吧，我等着他们就是了！"

瑞宣把她送回去。他还要嘱咐她许多话，可是一句也没说出来。

一夜，祁家的人谁也没睡好。不错，几年的苦难把他们都熬炼得坚硬了一些，可是他们到底是北平人，没法子不顾虑，恐慌。

果然不出高第所料，约摸着大概刚刚五点钟吧，小羊圈来了一卡车日本人。胡同口，大槐树下，都设了临时的岗位，倒仿佛胡同里有一连游击队似的。

三个进了六号，五个进了祁家。

祁老人有了双重的准备——几年的折磨与昨晚的会商——决

定硬碰硬的对付日本人。他的眼直看着他们，语声相当的高，表示出他已不再客气谦恭；客气谦恭并没救了天佑，小文，小崔们的命。

四个人在四处分头审问瑞宣，韵梅，天佑太太，和祁老人。这样审问后，他们比较了一下他们的纪录，而后把大家集合在一处，从头儿考问。祁老人的眼神告诉了瑞宣们，他自己愿意作代言人。日本人问一句，老人毫不迟疑的回答一句。日本人问到："你们知道他愿意作特务?"

"知道!"祁老人回答。

"为什么他要去当特务?"

"因为他没出息!"

"怎么?"

"甘心去作伤天害理的事，还不是没出息?"

天佑太太和韵梅听老人这样回答，都攥着一把汗。可是，日本人的态度仿佛倒软和了一点。他们都看着祁老人，半天没再问什么。老人的白发，高身量，与铁硬的言语，好像有一种不可侵犯的尊严，使他们不好再开口。

两个日本人嘀咕了几句，其中的一个匆忙的走出去。不大的工夫，他走回来，带着一号的日本老太婆。瑞宣心里亮了一下，他就疑心她，所以每次她用话探他，他老留着神，不肯向她多说多道。可是，不久，他发现了自己的错误。

日本人逐一的指着祁家的人，问老太婆几句话，老太婆必恭必敬的作简单的回答。虽然他们说的是日本话，瑞宣听不懂，可是由老太婆的神气，与他们的反应，他看清楚，她是给祁家的人说好话呢。

问完了老太婆，他们又盘问了瑞宣几句。他回答的和他们已记录下的完全一致。他们无可奈何的往外走。老太婆极恭敬的跟在他们的后面，仅在到了院中，她才抓着机会看了瑞宣一眼，微微的一点头。瑞宣明白她的意思，也只微一点头，而没敢说什么。

日本人走后，祁老人仿佛后怕起来，坐在炕沿上，两手发颤。

韵梅为安慰老人，勉强笑着说："这大概就没事了吧？"

老人楞了半天才说出来："让他们再来！反正我已经活够了，干吗还怕死呢！教他们再来，我等着他们的！"又楞了一会儿，他摇着头说："一个人没出息呀，能闹得鸡犬不安！我，你，大家，都错了，都不该那么善待老二！"

"虽然这么说呀，一家人到底是一家人，难道因为他没出息，就不要他了吗？"韵梅还勉强笑着说。"不信，他明天出了狱，回来，咱们还不是得给他饭吃！"

老人没再说什么，歪在了炕上。

高第被日本人带走。她回答不出为什么要离开北平，为什么要走而不办出境的手续。

跟着他们走，她的心反倒安静下来。她对自己说："既逃不出北平去，不下狱也等于下狱；那么，到狱里去仿佛倒更妥当一点。假若日本人强迫我作特务，我，我便点头——给钱先生作点事！他们要杀我呢，也好；反正活着也是受罪！"这么想好，她不单镇定，而且几乎有点快活。

来到狱中，日本人马上教她和招弟对质，她们所说的完全与以前的口供相合。而后，他们把姊妹俩带到前门车站去表演上次相遇的情形，她们几乎连一步都没走错，通通与口供相符。车站相遇这一场算是毫无破绽。

可是，他们不能释放了高第，因为她还没解释清楚她为什么要逃出北平，他们以为那绝对不能出于她的自动，而一定有什么背景——比如：城外有什么秘密的机关，专招收北平的青年。他们，所以，必须关起她来。慢慢的，细细的，把那个背景审问出来。

假若因为一两个人的无聊，也能造成一段杀人流血的历史，这回事便是个好的例证。北平的日本特务机关举行了整饬风纪运动，要彻底肃清不可靠的中国人。晓荷与瑞丰一点也不知道他们的无聊无耻会发生这么大的作用，可是多少个青年的鲜血都因此而流在暗室里！凡是瑞丰所供出的特务，都人不知鬼不觉的丧了命。而后，特务与特务之间又乘此机会互相检举，倾轧，于是有一大批人被囚在暗室里。

招弟，在和姐姐对质后，仍然被禁在暗室。她解释得很好："我教高第回家，不是私自放了她，而是想也把她介绍进来，作特务。"可是，日本人不接受这个解释。他们以为她应当马上向上方报告，不应私自拿主意，放高第回家。假若高第没有回家，而从别处跑出北平去呢，怎么办？招弟无言答对。

最难以处置的倒是晓荷与瑞丰。日本人调查他们俩的过去经历，他们俩，一点不错，是百分之百的顺民。日本人特由天津调来两位有权威的"支那通"，教他们鉴定这两个活宝。结果是：在相貌，言谈举止，嗜好，志愿，心理，各项中，晓荷的平均分数是九十八；瑞丰稍差一点，九十二！据两位支那通说：能得到平均分数八十分的就可以作第一等的顺民；晓荷与瑞丰应当是超等！

日本人是崇拜权威的，按照两位支那通的报告，他们理应马上重用晓荷与瑞丰。可是，他们到底还有点不放心，只好再细细的调查。他们每天要审问晓荷与瑞丰三次；越审问，他们越觉得他们俩可爱，可也越有点摸不清头脑。

晓荷的鞠躬，说话（模仿着日本人说中国话的语调与用字），与种种小身段，使日本人惊异：他们占领了北平才这么三四年，会居然产生了这样的中日合璧的人物。他们问他："大赤包死在狱里，你有没有一点反感？"他的回答是那么自然，天真，使日本人不知怎办才好。他深深鞠了一躬说："你们给我个官儿作呢，就是把大赤包的骨头挖出来，再鞭打一顿，我也不动心；有了官儿作，我会再娶个顶漂亮的，年轻的，太太！你们要是不给我事情作呢，没办法，我总得想念大赤包！"

"你要作什么官呢？"他们问。

"越大越好，不管什么官！"

他们彼此相视，谁也没办法。他们喜欢汉奸，也卑视汉奸，他们可是不知是喜爱晓荷好，还是卑视他好！他几乎是个超人，弄得日本人没了办法。他们提审瑞丰："你愿意干什么？"

"我？"瑞丰摸着小干脸，说："愿意当特务。"

"为什么？"

"好弄钱！"

是的，瑞丰的言谈，风度，的确没有晓荷的那么成熟，得体。可是，他的天真与爽直，也使日本人受了感动。说真的，日本人来侵略中国，哪一个不是为弄钱呢？他们没法再抬起手来掌瑞丰的嘴！他也是一个什么超人！

为试探他，他们答应下教他作特务。他噎了好几口气才说出来："那好极了！"

回到狱室，他欢喜得似乎发了狂。见着给他送饭的，和从门外走过的，他都眉飞色舞的告诉他们："看见过这种事儿没有？我进来坐狱，一共只挨过两个嘴巴，猛孤丁的，大变戏法，我当上了特务！我，喊，嗯，有点福分！等着瞧吧，从这儿一出去，腰里掖着手枪，喝，钞票塞满了口袋哟！”

日本人们只能干咽唾沫，想不出主意，如何处置他。他们不能再给他施刑，那对不起两位支那通的报告。他们不能真用他作特务，因为他的嘴是一座小广播电台。他们囚着他，光多费一些饭食；放了他，又不大妥当。

于是，晓荷与瑞丰便平安无事的在狱里度着他们的无聊的生活。山洪巨浪冲破了石堤，毁灭了村庄，淹死了牛马，拔出了老树，而不能打碎了一点渣滓！

# 七十三

当大赤包入狱的时候，欧洲的大战已经开始。北平的报纸，都显出啼笑皆非，不知怎样报导西方的血光炮影才好。看到德军的所向无敌，日本人与汉奸们都感到狂喜，愿意用最大的铅字，替战魔宣传。可是，德军的闪电袭击与胜利，又恰好使日本人自愧无能，没有一下子灭亡了中国的本事。他们不能不替德国作宣传，又似乎不好意思给别人摇旗呐喊，而减低了自家的威风。

北平的一般人，可是，并没怎么十分注意这些事。他们听惯了谣言，所以不轻易相信伪报纸的消息。再说，假若他们相信了那些消息，他们便没有了希望：德国征服了欧洲，日本人征服了亚洲，他们自然就永远为奴，没有翻身之日。为给自己一点希望，他们把那些消息当作了谣言。这就是说，他们不相信德国能征服欧洲，也不相信日本人能灭亡了中国。

还有，他们的切身的问题，也使他们无暇去高瞻远瞩的去关心与分析世界问题。他们须活着。可是，他们没有了煤，没有了粮。他们自己的肚子的饥鸣，与儿女们的悲啼，比一切都更重要，都须最先解决。饥与寒是世界上最大的事，因为它们的后面紧随着死亡。

德军攻下华沙，德军占领丹麦，英法军失败……消息一串串的传来，仿佛战神，和大赤包一样，已经发了疯。但是，北平人们的眼却看着四处的麦秋。他们切盼有个好的收成，可以吃到新的面粉。

华北的新麦收下来了，可是北平人不单没见到新麦，也看不见了一切杂粮。

日本人一道命令，北平所有的面粉厂与米厂都停了工，大小的粮店都停止交易。存粮一律交出，新粮候命领取。面粉厂的机器停止了活动，粮店的大椭圆形的笸箩都底儿朝天放起来。北平变成了无粮的城。

天津，石家庄，保定，却建立了极大的粮库，囤积起粮食，作长期战争的准备。

小羊圈里最有办法的人，李四大爷，竟自没有了办法。在几十年的忧患中，不管是总统代替了皇帝，还是由洋人或军阀占领了北平，他始终能由一个什么隙缝中找到粮食；不单为自己充饥，也尽可能的帮助别人。今天，他没有了办法。他亲自去看过了：面粉厂里已鸦雀无声，粮店的大笸箩底子朝了天，打烧饼的熄了灶，卖馄饨与面条的歇了工。平日，他老把坏消息报告给邻居们，不是要使大家心中不安，而是为教大家有个准备。今天，他低着头回了家，没敢警告街坊四邻，因为他只看到了患难，而毫无帮助大家的办法。日本人使老者的智慧与善心都化为无用。

祁老人发了脾气。听到断粮的消息，他亲自去检看米缸与面坛子。他希望看到有三个月的存粮——他的一成不变的预防危患的办法。可是，他发现坛子与缸中的东西只够再吃十来天的。他冒了火，责备韵梅为什么不遵行他的老规矩。

韵梅有可以为自己辩护的理由：粮食早已一天比一天贵，一天比一天更难买到，她没有那么多的钱，也没有那么大的本事，去购买存粮。可是，她不便向老人声辩。她是旧式的贤妇，不肯为洗刷自己，而招老人更生气。

天佑太太知道其中的底细，知道老人冤屈了韵梅。可是她也没敢出声。她只想起丈夫的惨死，而咒诅自己："我没有一点用处，为什么不教我死了呢，也好给大家省一口粮啊！"

连小顺儿和妞子似乎都感到了大难临头。他们随着老人去看坛子与缸，而后跑到枣树下低声的嘀咕："没了粮！没了粮！"

孙七因在粮店作活，打听到更多的消息，也就更恐慌。他打听明白：以后每家粮店都没有了自由交易，而改为向日本人领取杂粮，领到多少，便磨多少面粉，而后以一定的价钱，与规定的时间，凭粮证卖给住户们。这样，粮店已不是作生意，而是替日本人作分配粮食的义务机关。这样，除了领到粮的时候，粮店的人们便没有任何事可作，所以每家都须裁人；有十个伙计的，只留下一两个便够用了。听到这个，孙七的心凉了半截！别的铺户已经都裁过人了，现在又添上了粮店。他怎么活下去呢？铺户越多裁人，他的生意就越少啊！

回到家中，他想痛痛快快的对程长顺发发牢骚，大骂日本人一顿。可是，他没敢扯着嗓子乱骂，他晓得对门有两家日本人。他挤咕着近视眼，低声的咒诅，希望既不至于被日本人们听见，又能得到长顺的同情。

可是，长顺已结了婚，而且不久就可以作父亲，（太太已有了孕）已经不像先前那么爱生气，爱管闲事，和爱说话了。他还是恨日本人，真的；但是不像从前那样一提日本人便咬牙，便想逃出北平去当兵了。现在，他似乎把养活外婆与妻子当作第一件事，而把国家大事放在其次了。有时候，他甚至须故意忘记了日本人，才好婆婆妈妈的由日常生活中找到一点生趣。

在作完了那一批烂纸破布的军服以后，他摸清了点“小市”上的规矩与情形，于是就拿丁约翰分给他的一点钱作资本，置办了一副挑担，变成个“打鼓儿的”。

这个生意不大好作。第一，打鼓儿的必须有眼睛；看见一件东西，要马上能断定它的好坏，与有没有出路。有眼睛的，能买到“俏”——也许用烂纸的价钱买到善本的图书，或用破铜的价钱买到个古铜器。反之，没眼睛的，便只能买到目所共睹的东西，当然也就没有俏头。第二，必须极留神。万一因贪利而买到贼赃，就马上有吃官司的可能；巡警与侦探专会由打鼓儿的手中起赃，而法律上并不保护他们——拿不到犯人，便扣起打鼓儿的来。这在以前是如此，在日本人的统治下更是如此。第三，必须心狠。打鼓儿的与放账的一样，都是吃穷人的。卖东西的越急于用钱，打鼓儿的便越咬牙出价。用最低的价钱买入，以最高的价钱卖出，是每个打鼓儿的所必遵行的；没有狠心趁早儿不用干这一行。第四，必须吃苦受累。每天，要很早的起来，去赶早市。然后，挑着担子去串小胡同，敲打着小鼓唤醒穷人的注意。走许多条胡同，也许只作一号生意，也许完全落了空；但是，腿脚不动，买卖不来，绝对不能偷懒。

在选择这个营业的时候，外婆与长顺很费了一番思索与计议。长顺知道自己没有什么眼力。他只认识破布烂纸，而打鼓儿的须能鉴定一切。其次，他晓得自己的心不狠毒；他自己是穷人，不能去实行“不杀穷人没饭吃”的理论。可是，他也看出来，经验不是由一天得来的，老不敢去试一试，他便永远得不到它。

况且，他的确知道自己不怕跑腿受累。过去的沿街叫唱留声机，与赶早市收买破烂，都是跑腿的事情，他愿继续这么办。再说，尽管天天要跑路，可是游游荡荡的，也自有它的自由。腿是自己的，愿往哪里去，便往哪里去；愿几时出发或停止，便几时出发或停止。他有完全的自由。这个，恐怕就是这营业的最大的诱惑力。

至于自己的心不毒辣，他以为，倒不算一件要紧的事。他愿意公平交易。能公平，生意必多，他还能挣上饭吃。

外婆最不放心的是怕长顺买了贼赃，吃上罣误官司。长顺立誓不贪便宜，一定极留神——他会把卖东西的人的相貌，年纪，地点，都用个小纸本记下来，以便有根可寻；即使不幸真买到赃物，也不至于吃官司。

他置备了挑担与小鼓。

最初，他只买旧报纸与旧瓶子什么的；这些几乎都有一定的价钱，他不会吃亏。拿到市上去卖，这些东西也有定价；赚的不多，可是有一定的赚头。他须卖相当大的力气，挑来挑去这些破烂而沉重的东西，他可是不敢惜力：他已是个有了家室的人，必须负责养活他的老婆。

小崔太太（现在是小程太太了），在马老太太的手下，比从前干净利落了许多。她好像说不上来，喜欢长顺不喜欢，而只觉得应当尽力讨马外婆的欢心，好好的过日子。她现在有了吃穿，有了住处。无论她喜欢长顺与否，她也得打起精神去操作。没有这次再嫁，她知道，她会流落成乞丐或妓女。自然，她还没忘了再嫁的难堪与惭愧，特别是她天天须看到一位守节多年的马外婆；可是，“不得已”能原谅一切，她有什么更好的办法呢？她也没能忘了小崔，到了他的生日祭日，或他们结婚的日子，她不敢明言，却暗中落泪。她特别怕听“日本人”三个字，每逢听到，她的眼就发直，忽然的楞起来！

程长顺看出来这些，而决定一言不发。他知道他必须卖力气，多挣钱，能使她吃得好一点，穿得好一点，她就必能满意，渐渐的忘了小崔。同时，他不敢再当着她讲论日本人，甚至于连“东洋”两个字也不提。

由买卖旧纸破瓶子，他慢慢的放胆收买旧衣服破鞋。他看见了别人用极低的价钱能买到一套沙发，或一套讲究的桌椅。他可不敢去买，即使他得到机会。他知道现在的北平，能穿能用的旧东西比沙发和好木器更有用处与出路。

可是，他所知道的，别人也知道。自从他作了打鼓儿的，这一行人忽然增加了一两倍。大家都看出来：北平是越来越穷了，人们也越会卖东西，和买东西——卖了顶好的，买次好的；卖了次好的，买不甚好的；卖了不甚好的，买坏的……同行的一多，势必发生竞争。他所愿买入的，也是别人愿弄到手的。他不得不多出价钱，多出便少赚。他又想出办法来。他请求外婆与太太帮他的忙，把收进的东西该洗刷的由她们加以洗刷，该缝补的缝补齐整。虽然她们不能整旧如新，可究竟能使破烂的东西稍微改观，也就可以多卖几个钱。这样，外婆与太太也就有了事作。

在破旧的衣裳鞋帽而外，铜铁铅锡都最值钱。日本人除了教北平人按月献铜献铁之外，还到处去收买它们；只要能买到，就不怕没有出路。长顺可是不肯买卖铜铁。他知道他自己不买，别人还是照样的收进来，而后转卖给日本人。但是，他下了决心不动铜铁，为是证明自己还有点良心，不肯替日本人搜集作炮弹——打中国人的炮弹——的原料。

自从他选取了这行营业，他就有心闭上眼瞎混，不关心别的，而只求使一家三口冻不着，饿不着。可是，一天到晚穿大街过小巷，他好像不知不觉的把手指按在了北平的腕脉上。他看出来：破衣服值钱，因为日本人统制了棉纱；一块破铁也有价值，因为日本人搜刮废铁。同时，他也看出：北平的中等人家已多数保持不住"中等"，因为他们已开始卖东西；而穷苦人家已降落到无衣无食。有时候，他接过来一件女短袄或小衣服，还滚热的呢——刚刚由女人或小儿身上脱下来！他还咬着牙问价还价，可是心中真想哭。他不由的多添了钱，忘了他是作生意呢！买成或没买成这样的一件衣服之后，他会挑着担子走出老远，迷迷糊糊的忘记敲打手中的小鼓！他知道北平是"完"了！

从一个老人手中，他买了一根乌木杆，白铜嘴的长烟管。过了好几天没能把它卖出去，他留着自用了。他是要强的，不肯染上任何嗜好。可是，他需要吸口烟。在街上看见伤心的事，他便找个树荫或僻静的地方，放下担子，装上一袋烟，轻轻的吧唧着。看着蓝烟是在面前旋动，他心中安恬了一些。

回来家中，他不是忙着帮助外婆与妻子洗刷修整那些破东西，便是坐在屋外台阶上吸一两袋烟。从眼角偷偷的看一看她们，他心里说："我心中有许多事，可是不便告诉你们！"

他把自己的破留声机与古老的唱片挑出去不知多少次，始终没卖出去。他可也不再去上弦，唱给自己听，偶尔的，因为买到一点俏货，心中一高兴，他不知不觉的哼出一两句二簧来。可是，一听到自己的声音，马上就闭上嘴。他喜欢唱戏，但是嗓子一动，他就不由的想起小文夫妇来！是的，他想一心一意的作生意，忘了国事，忘了日本人；可是，日本人，像些鬼似的，老跟随着他！

孙七的爱说爱道，已引不起长顺的高兴答辩。孙七拉不断扯不断的说，长顺只缩着脖子吸叶子烟，一语不发。等到孙七问急了他，他才呜囔着鼻子说："谁知道！"

今天，他又用这三个字答了孙七对绝粮的忧虑。孙七几乎要发脾气了："你简直变成了小老人啦！"

长顺没心思拌嘴，轻轻在阶石上磕了磕烟锅子，走进屋中去。

自从他作了买卖破烂的，长顺就不再找瑞宣去谈天。见到瑞宣，他总搭讪着呜囔两声，便很快的躲开。他，在瑞宣面前，总想起二三年前的自己。那时候，他有勇气与热心，虽然没有作出什么惊人的事，可是到底有点人味儿。他没脸再和瑞宣谈话。

瑞宣，自从父亲被逼死，便已想到迟早北平会有人造的饥荒；日本人既施行棉纱与许多别的物品的统制，就一定不会单单忘记了统制粮食。虽然有这点先见之明，他可是毫无准备。一来是他没有富余的钱去存粮，二来是他和多数的文人相似，只会忧虑，而不大会想实际的办法。

由日本人在天津与英国人的捣乱，由欧洲大战的爆发，他也看出来日本人可能的突击英国在东方的军事据点与要塞。假若这将成为事实，日本人就必须拚命的搜刮物资与食粮，准备扩大战争。

他屡次想和富善先生说这件事，可是老人总设法闪躲着他。老人知道瑞宣所知道的一切，明知情形不妙，可是还强要相信日本人不敢向英帝国挑战。他最高兴和人家辩论，现在却缄默无言了。他为中国人着急，也为英国人着急。但是，他又以为英国到底是英国，不能与中国相提并论，不肯承认中国与英国一同立在危险的地位。

见老人不高兴谈话，瑞宣想专心的作事，好截住心中的忧虑。可是，他的注意力不能集中。一会儿，他想起欧洲的战事，而推测到慢慢的全世界会分为两大营阵，中国就有了助援与胜利的希望。一会儿，他想象到祖父，母亲，与儿女，将要挨饿的惨状。这样的一忧一喜，使他感到焦躁。

长顺不敢招呼他，他也不敢招呼长顺。他觉得自己一点也不比长顺高明。他们俩似乎都已变为老人，身体还未衰老，而心已不会发出青春之花的香味。

小顺儿已到了上学的年岁。瑞宣决定不教他去入学——他的儿子不能去受奴隶教育。天佑太太与韵梅都反对这个办法，瑞宣可是很坚决，倒好像不教儿子去受奴化教育是他的抗日最后的一道防线！

不久，他开始笑自己："要用个小娃娃去挡住侵略吗？去洗刷一家人的苟延残喘的耻辱吗？"可是，他依然不肯改变主张。每天一得空，他便亲自教小顺儿识字，认数目。在这以外，他还对孩子详细的讲述中国的历史与文化。他明知道，这不大合教育原理，可是，这似乎是他最高兴作的事。在这么讲论的时候，他能暂时忘了眼前的危亡与耻辱，而看见个光华灿烂，到处是周铜汉瓦，唐诗晋字，与梅岭荷塘的中华。同时，他也忘了自己的因循苟安，而想到小顺儿的将来——一个最有希望与光明的将来！

为省灯油，韵梅总在白天抓着工夫作活，晚上很早的就睡，不必点灯。就是点上灯，灯头也捻得很小。为教小顺儿读书，瑞宣狠心的把灯头捻大！不，他不能为省一点油而耽误了孩子的教育！

屋中的这点灯光，仿佛是亡城中的唯一的光明，是风暴里的灯塔！

冷天，他把小顺儿的小手放在自己的袖口里，面对面的给讲古说今。讲着讲着，小顺儿打了盹。他无可如何的把孩子放到床上去。热天，父子会坐在院中用功。这时候，小妞子也往往装模作样的坐下听讲。小顺儿若提出抗议："妞妞，你听不懂！"瑞宣温和的说："教她听听，她会懂的！"

在最近两天，正在这么讲说，忽然想起目前的人造饥荒，瑞宣浑身忽然的一冷。他看见了个将要饿死的小儿，样子还像小顺儿，可是瘦得只剩了一层皮！他讲不下去了。"小顺儿，睡觉去吧！"他知道，这点教育救不了小顺儿，而更恨自己的无能与可笑。

因此，他可也就更爱小顺儿。小顺儿是他的希望，小顺儿将要作出他所未能作到的一切，小顺儿万不可饿死！

但是，谁能保证，在无粮的城中，儿女不饿死呢？

# 七十四

李四爷的生意还是很不错。北平，虽然穷，虽然没有粮，可是人口越来越多。不错，铺户家家裁人；可是四乡八镇的人民，因为丢失了家产，或被敌人烧毁了村庄，或因躲避刀兵，像赶集似的一群群的往这座死城里走。“北平”这两个字，好像就教他们感到安全。街上，十家铺子倒有九家只剩了一两个老弱残兵，而胡同里，哪一家院子都挤满了人。李四爷给活人搬家，给死人领杠，几乎天天都有事作。

虽然这样不得闲，老人可是并不很高兴。他纳闷人们为什么都往这座死城里来受罪。北平城里并不是出粮的地方啊！有时候，他领着棺材出城，听见了远处传来的炮声。他心中马上想明白：怪不得人们往城里逃，四处还都在打仗啊！不过，过一会儿他又想到：躲开枪炮，逃到城里，可躲不开饥寒哪！想到这里，他几乎要立在城门口大声的去喊叫：“朋友们，不要进这个城门，进去必死！”可是，他不敢去喊，城门上有日本兵。

“哼！”他揣摸着对自己说：“都怕死！城里的人不敢逃出去，怕死！城外的人，往城里走，怕死！连你，李四，你不敢在城门口喊叫，也怕死！”他看不起了大家，也看不起他自己！

更让他伤心的，是看见城外各处都只种着白薯。没有玉米，高粱，谷子；一望无际，都是爬在地上的绿的白薯秧子。他打听明白，凡是日本人占领的地方，铁路公路两旁二十里以内，都只准种白薯。日本人怕游击队，所以不给他们留起青纱帐。白薯秧子只能爬伏在地上；中国人，仿佛是，也得爬伏在地上，永远不能立起来，向敌人开几枪！

这一岗一岗的，毫无变化的，绿秧子，使老人头晕。在往年，每一出城，看见各种的农作物，他便感到高兴。那高高的高粱与玉米，那矮的小米子，那黑绿的毛豆，都发着甜味，给他一些希望——这是给他与大家吃的粮食。特别是在下过大雨以后，在两旁都是青苗的大道中，他不单闻见香甜的青气，而且听到高粱玉米狂喜的往上拔节子，咯吱咯吱的轻响。这使他感到生趣，觉得年轻了几岁。

现在，他只好半闭着眼走。那些白薯秧子没有香味，没有红的缨，没有由白而黄而红的穗子，而只那么一行行的爬伏在地上，使他头晕心焦。有时候，他几乎忘了方向。

而且，看到那些绿而不美的秧蔓，他马上便想到白薯是怎样的不磁实：吃少了，一会儿就饿；吃多了，胃中就冒酸水。他是七十多岁的人了，白薯不能给他饱暖与康健之感。

在这些零七八碎的杂感而外，他还有更痛心的事呢。自从他作了副里长，随着白巡长挨家按户的收取铜铁，他的美誉便降落了许多。谁都知道他是好人，可是又有一种不合逻辑的逻辑——不敢反抗日本人，又不甘毫无表示，所以只好拿李老人杀气！

现在就更好了，他须挨着家去通告：“喝过了的茶叶可别扔了，每家得按月献茶叶！”

“干什么用呢？”人家问他。

“我知道才怪！”老人急扯白脸的说。

“呕，”白巡长上来敷衍：“听说，旧茶叶拌在草料里，给日本的马吃；败火！败火！又听说，在茶叶里可以榨出油来。呕，我也说不十分清楚！”

“我们已经喝不起茶，没有茶叶！”有人这样说。

“那，也得想法子去弄点来！”白巡长的笑意僵在了脸上，变成要哭的样子。

过了几天，他又须去告诉大家：“按月还得献包香烟的锡纸啊！”老人急了，对白巡长没有好气的说：“我不能再去！我没工夫再去跑腿，还得挨骂！你饶了我好不好？我不再作这个破里长！”

无论他怎说，白巡长不点头：“老爷子！谁当里长谁挨骂，只有你老人家挨得起骂！捧我这一场，他们骂什么都算在我的身上，还不行吗？”

除了央告，白巡长还出了主意：冠晓荷既已下了狱，李四爷理应升为正里长，而请孙七作副。不久，他约同副里长，从新调查户口，以便发给领粮证。

李老人不高兴当这个差事，可是听到发给大家领粮证，心中稍觉安顿了一点。他对自己说：“好喽，只要发给大家粮食，不管什么粮食，就不至于挨饿喽！”一来二去的，他把这心中的话说了出来，为是使大家安点心。大家听了，果然面上都有了笑容，彼此安慰：“四爷说的不错，只要还发粮，不管是什么粮，就好歹的能够活下去了！”这“好歹的能活下去”倒好像是什么最理想的办法！

及至户口调查过了，大家才知道六十岁以上的，六岁以下的，没有领粮的资格!

这不是任何中国人所能受的!什么,没有老人和小孩子的粮?这简直的是教中国历史整翻个筋斗,头朝下立着!中国人最大的责任是养老抚幼;好,现在日本人要饿死他们的老幼;那么,中年人还活着干什么呢?小羊圈的人一致以为这是混蛋到底的“革命”,要把他们的历史,伦理,道德,责任,一股脑儿推翻。他们要是接受了这个“革命”的办法,便是变成不慈不孝的野人!

可是,怎么办呢?

孙七虽然刚刚作了副里长,可是决定表示不偏向着日本人。他主张抢粮造反!“他妈的,不给老人们粮食,咱们的孝道到哪儿去呢?不给孩子们粮食,教咱们断子绝孙!这是绝户主意,除非没有屁眼儿的人,谁也不会这么狠!他妈的,仓里,大汉奸们家里,有的是粮,抢啊!事到如今,谁还能顾什么体面吗?”

这套话,说得是那么强硬,干脆,而且有道理,使大家的腮上都发了红,眼睛都亮起来。可是,他刚刚说完,连他带他们便似乎已经看见了机关枪。大家都咽了口唾沫,没有一个人敢抬起臂来,喊一声:“抢啊!”他们是中国人,北平的中国人,相信慢慢的饿死,总会,若与因抢粮而被杀头比起来,还落个全尸首!他们宁可饿死,也不敢造反!

他们只好退一步想:“好啦,老的小的没有粮食,就大家分匀一下吧;谁也吃不饱,可是谁也不至于马上就饿死;不也是个办法吗?”

这个“分而食之”的办法,大家都看得出,比孙七的主张松软的多,松软得几乎不像话。但是,在小羊圈的人们心中,这却也含有不少的人情与智慧。

在他们这样纷纷议论之际，他们接到了传单："马上决定吧，同胞们，是甘心饿死，还是起来应战！活路须用我们的热血冲开；死路是缩起脖子，闭上眼，等，等——饿死！"

大家都猜得到，十之八九这是他们的老邻居钱默吟给他们送来的。他们一致的同意钱先生的话，而又兴奋起来。可是，不久，他们的"智慧"又占了上风。那"智慧"正像北平的古老的，无用的，城墙，虽然无用，而能使他们觉出点安全之感。

假若孙七与钱先生都不能戟刺[1]起人们的反抗的勇气，人们可会另外去找发泄怨气的路儿。他们以为李四爷有意欺骗他们。"他告诉了咱们，又有了粮，可是不提并没有老人和小孩子的份儿！再说，他是里长，大概不管他是六十岁，还是七十岁，他总能得到一份粮！年月是变了，连李四爷也会骗人！"

这些背后的攻击虽然无补于事，可是能这么唧唧咕咕的到底似乎解一点气，倒好像一切毛病都在李四爷的身上，而攻击了他也就足够解恨的了。

祁老人居然直接的找了李四爷去。

祁老人，这全胡同的最老的居民，大家的精神上的代表，福寿双全的象征，现在被列为没有资格领粮的老乞丐，老饿死鬼！他不能忍受！

"我说四爷！"祁老人的小眼睛没敢正视李四爷；他知道一正看他的几十年的老友，他便会泄了气。"这是怎么弄的？怎么会没有我的粮呢？"

"大哥！那能是我的主意吗？"

李老人这一声"大哥"已使祁老人的心软下来一半儿。几十

①戟刺，刺激。

年的老友，难道谁还不知道谁吗！可是，他还不敢正视李四爷，以便硬着心肠继续质问；事情太大了，不能随便的马虎过去。他狠了心，唇发着颤："四爷，你可是有一份儿！"

四爷是都市中的虫子，轻易不动气；听到祁大哥的毒狠的质问，他可是不由的面红过耳，半天也没回出话来。

祁老人的小眼睛找到了李四爷的脸，赶紧又转开，他也说不出话来了。

"大哥！"四爷很难堪的笑了笑："各处的里长都有一份儿，也不是我的主意！告诉你，大哥，我的腿脚还利落，还能挣钱，我不要那份儿粮，省得大家伙儿说闲话！"

祁老人的头慢慢的低下去，一颗老泪镶在眼角上。楞了半天，他才低声的说："四爷，我是真着急，真着急！要不然……！我说，你不能不要那份粮！你不要，可上哪儿找粮食去呢？"

四爷往前凑了一步，拉住祁大哥的手。四只一共有一百五十多年的手接触到一块儿，两个人了解，原谅了彼此，不由的都落下泪来。

落了几点泪之后，两位老人都消了气，而只剩了难过。他们想亲热的谈谈心中的积闷，谈几个钟头。可是，谁也没开口。他们都是寒苦出身，空手打下天下的人，可是现在他们有饿死的可能！他们已不是成家立业的老英雄，而是没有人喂养的两条老狗。他们一向规规矩矩，也把儿女们调教的规规矩矩，这是他们引以为荣的事；可是，他们错了，他们的与他们儿女的规矩老实，恰好教他们在敌人手底下，都敢怒而不敢言；活活的被饿死，而不敢出一声！

平日，一想到自己的年纪，他们便觉得应当自傲。现在，他们看出来，在一条猛虎面前，年纪越大才越糟糕！四只老眼对视了半天，他们决定不必再扯那些陈谷子烂芝麻了！以往的光荣只能增加今日的难堪与辛酸！

回到家中，祁老人越想越难过，越不是滋味。想了许久，他决定必须作点什么，不能坐在屋里等死！他回忆起从前所遇见过的危难，和克服危难的经过。是的，他必须去作点什么，因为哪一次闯过难关不是仗着自己的勇敢与勤苦呢？他摸了摸自己的四肢；不错，他是老了；可是，老了也得去作事，也不能坐以待毙！

他脱了大衫，轻手蹑脚的到厨房去，找他旧日谋生活的工具：筐子，绳子，扁担。他不知道，能否找到它们，因为他已不记得它们是早已被扔出去，或是被韵梅给烧了火。

韵梅轻轻的走进来："哟！爷爷在这儿干什么呢？"

"啊——"被这么忽然的一问，老人仿佛忘了自己是在干什么呢。假装的笑了笑，才想起来："我的筐子扁担呢？"

"什么筐子扁担？"韵梅根本不记得这里有过那些东西。

"哼！我什么小生意都作过！庚子那年，我还卖过枣儿呢！我要我作生意用的筐子扁担！"

"干什么呢？爷爷！"韵梅的大眼睛睁得很大，半天也没眨巴一下。

"我作小买卖去！不能走远了，我在近处磨蹭；不能挑沉重的，我弄点糖儿豆儿的；一天赚三毛也好，五毛也好；反正我要卖点力气，不能等着饿死，也不能光分吃你们的粮！"

"爷爷！"韵梅一时想不出话来，只这么叫了一声，声音相当的大而尖锐。

听了这声音喊叫，小顺儿，妞子，和天佑太太全跑了来。

被大家围住，老人把话又说了一遍，说得很客观，故意的不带感情，为是使大家明白：事情是事情，不必张牙舞爪。

听罢，大家都默默相视，小妞子过去拉住老人的手。

天佑太太知道她必须先发言：“我们不能教您老人家去！事情不好办是真的，可是无论怎说，我们得想法子孝顺您！还说您的筐子扁担呢，横是搁也搁烂了！”

小顺儿与妞子一齐响应：“太爷爷，不去！”

韵梅也赶紧说：“等等瑞宣，等他回来，大家伙商议商议。”她回头叫小顺儿：“小顺儿，搀着他老人家！”

这样捧着哄着的，大家把老人送到他的屋中去。

躺在床上，老人把自己从前的奋斗史一五一十的说给孩子们听，而没敢提到现在与将来，因为对现在与将来他已毫无办法。

晚上瑞宣回来，韵梅和婆婆赶紧把老人的事告诉了他。他楞了半天，然后干笑了一下，没法说出任何话来。

祁老人，说也奇怪，并没向长孙再说那件事。祖孙的眼光碰到了一处，就赶紧移开；唇刚要动，就又停住。结果，大家都很早的就睡下，把委屈，难堪，困难，都交给了梦！

# 七十五

李四爷和邻居们都以为粮证是一发下来，便可以永远适用的。李老人特别希望如此，因为他已经挨了不少冤枉骂，所以切盼把一劳永逸的粮证发给大家，结束了这一桩事，不再多受攻击。

谁知道，粮证是只作一次用的，过期无效。大家立刻想到：天天，或每三两天，他们须等着发给粮证；得到粮证，须马上设法弄到钱，好赶快去取粮——过期无效！假若北平人也有什么理想的话，那便是自自由由的，客客气气的，舒舒服服的，过日子。这假使作不到，求其次者，便是虽然有人剥夺了他们的自由，而仍然客客气气的不多给他们添麻烦——比如粮证可以用一年或二年，凭证能随时取到粮食。哼！日本人却教他们三天两头的等候粮证，而后赶紧弄钱，马上须去领粮！麻烦，麻烦，无穷无尽的麻烦！他们像吃下去一个苍蝇，马上想呕吐！

最使他们心寒胆颤的是：假若发了一次粮证以后，而不再发，可怎么好呢？就是再发而相隔十天半月，中间空起一块来，又怎么办呢？难道肚子可以休息几天，而不饿么？这样一揣测，他们看见了死亡线，像足球场上刚画好的白道儿那么清楚，而且就在他们眼前！他们慌了神，看到了死；于是，也就更加劲的咒骂李四爷。他们不敢公开的骂日本人，连白巡长也不敢骂，因为他到底是个官儿。他们也不便骂孙七，他不过是副里长。李四爷既非官儿，又恰好是正里长，便成了天造地设的“骂档子”①！

李老人时时的发楞：发气，没有用；忍受，不甘心。他也看到死亡，而且死了还负着一身的辱骂！拿出他的心来，他觉得，他可以对得起天地日月与一切神灵；可是，他须挨骂！

或者只有北平，才会有这样的夏天的早晨：清凉的空气里斜射着亮而喜悦的阳光，到处黑白分的光是光，影是影。空气凉，阳光热，接触到一处，凉的刚刚要暖，热的刚搀上一点凉；在凉暖未调匀净之中，花儿吐出蕊，叶儿上闪着露光。

就连小羊圈这块不很体面的小地方，也有它美好的画面：两株老槐的下半还遮在影子里，叶子是暗绿的；树的梢头已见到阳光，那些浅黄的花朵变为金黄的。嫩绿的槐虫，在细白的一根丝上悬着，丝的上半截发着白亮的光。晓风吹动，丝也左右颤动，像是晨光曲的一根琴弦。阳光先照到李四爷的门上。那矮矮的门楼已不甚整齐，砖瓦的缝隙中长出细长的几根青草；一有了阳光，这破门楼上也有了光明，那发亮的青草居然也有点生意。

几只燕子在树梢上翻来覆去的飞，像黑的电光那么一闪一闪的。蜻蜓们也飞得相当的高：忽然一只血红的，看一眼树头的槐花便钻入蓝的天空；忽然一只背负一块翡翠的，只在李四爷的门楼上的青草一逗便掉头而去。

放在太平年月，这样的天光，必使北平的老人们，在梳洗之

---

①“骂档子”，整天挨骂受气的人。

后，提着装有“靛颏”或“自自黑”[①]的鸟笼，到城外去，沿着柳岸或苇塘，找个野茶馆喝茶解闷。它会使爱鸽子的人们，放起几十只花鸽，在蓝天上旋舞。它也会使钓者很早的便出了城，找个僻静地方消遣一天。就是不出城远行的，也会租一只小船，在北海去摇桨，或到中山公园的老柏下散步。

今天，北平人可已顾不得扬头看一看天，那飞舞着的小燕与蜻蜓的天；饥饿的黑影遮住了人们的眼。天上已没有了白鸽，老人们已失去他们的心爱的鸟；人们还没有粮，谁还养得起鸟与鸽子。是的，有水的地方，还有垂钓与荡桨的；可是，他们是日本人；空着肚子的中国人已没有了消遣的闲心。北平像半瘫在晴美的夏晨中。

韵梅，就是在这样的一个早晨，决定自己去领粮。她知道从此以后，她须把过去的生活——虽然也没有怎么特别舒服自在过——只当作甜美的记忆；好的日子过去了，眼前的是苦难与饥荒。她须咬起牙来，不慌不忙的，不大惊小怪的，尽到她的责任。她的腮上特意摆出一点笑来，好教大家看见：“我还笑呢，你们也别着急！”

看着她，瑞宣心中不很舒坦。对她，这么些年了，他一向没有表示过毫无距离的亲热。现在，看到她的坚定，尽责，与勇敢，他真想用几句甜蜜的话安慰她，感激她，鼓励她。可是，他说不出来。最后，他只向她笑了笑，便走去上班。

韵梅给大家打点了早饭，又等大家吃完，刷洗了家伙，才擦擦脸，换上件干净的蓝布衫，把粮证用小手绢裹好，系在手腕上，又拿上口袋，忙而不慌的走出去。走到了影壁前，她又折回来嘱咐

① “自自黑”，一种会叫的黑头小鸟。北京称“自自黑儿”。

孩子们："小顺儿，妞妞，都不准胡闹哟！听见没有？"

妞妞先答了话："妈取吃吃，妞妞乖！不闹！"

小顺儿告诉妈妈："取点白面，不要杂合面！"

"哼，"韵梅一边往外走，一边说："不是人家给我什么是什么吗？"

天还早，也不过八点来钟，韵梅以为一定不会迟到。而且，取粮的地方正是祁家向来买粮的老义顺；那么，她想，即使稍迟一点，也总有点通融，大家是熟人啊。

快走到老义顺，她的心凉了。黑糊糊的一大排人，已站了有半里多地长。明知无用，她还赶走了几步，站在了最后边。老义顺的大门关得严严的。她不明白这是怎回事。她后悔自己来迟。假若她须等到晌午，孩子和老人们的午饭怎么办呢？她着了急，大眼睛东扫西瞧的，想找个熟人打听一下，这到底是怎回事，和什么时候才发粮。可是，附近没有一个熟人。她明白了，小羊圈的人，对领粮这类的事是向来不肯落后的；说不定，他们在一两个钟头以前已经来到，立在了最前边，好能早些拿到粮。她后悔自己为什么忘了早来一些。她的前面，一位老太婆居然带来了小板凳，另一位中年妇人拿着小伞。是的，她们都有准备。她自己可是什么也没有；她须把腿站酸，把头晒疼，一直的等几个钟头。她似乎还没学会怎么作亡国奴！

在她初到的时候，大家都老老实实的立着，即使彼此交谈，也都是轻轻的嘀咕，不敢高声。人群外，有十来个巡警维持秩序，其中有两三个是拿着皮鞭的。看一看皮鞭，连彼此低声嘀咕的都赶紧闭上嘴；他们爱惯了"和平"，不肯往身上招揽皮鞭；他们知道，有日本人给巡警们撑腰，皮鞭是特别无情的。

及至立久了，太阳越来越强，阴影越来越小，大家开始感到烦躁，前前后后都出了声音。巡警们的脚与眼也开始加紧活动。起初，巡警们的眼神所至，便使一些人安静一会儿，等巡警走开再开始嘈嘈。这样，声音一会儿在这边大起来，却在那边低下去，始终没打成一片，成为一致的反抗。渐渐的，巡警的眼神失去了作用，人群从头至尾成了一列走动着的火车，到处都乱响。

韵梅有点发慌，唯恐出一点什么乱子；她没有出头露面在街上乱挤乱闹的习惯。她想回家。但是，一想到自己的责任，她又改了念头。不，她不能逃走，她必须弄回粮食去！她警告自己：必须留神，可是不要害怕！

很热的阳光已射在她的头上。最初，她只感到头发发热；过了一会儿，她的头皮痒痒起来，痒得怪难过。她的夹肢窝和头上都出了汗。抬头看看，天空已不是蓝汪汪的了，而是到处颤动着一些白气。风已停止，马路旁的树木的叶子上带着一层灰土，一动也不动。便道上，一过来车马便带起好多灰尘，灰白的，有牲口的粪与尿味的，呛得她的鼻子眼里发痒。无聊的，她把小手绢从腕上解下来，擦擦头上的汗，而后把它紧紧的握在手中。

她看见了白巡长，心中立刻安定了些。白巡长的能干与和善使她相信：有他在这里，一定不会出乱子。她点了点头，他走了过来：“祁太太，为什么不来个男人呢？”

她没回答他的问题。而笑着问他：“为什么还不发粮啊？白巡长！”

“昨天夜里才发下粮来，铺子里赶夜工磨面！再待一会儿，就可以发给大家了。”白巡长虽然是对她说话，可是旁人自然也会听到；于是她与大家都感到了安定。

可是，半点钟又过去了，还是没有发粮的消息。白巡长的有镇定力的话已失去了作用。大家的心中一致的想到："日本人缺德！故意拿穷人开玩笑！"太阳更热了，晒得每个人的头上都出粘糊糊的，带着点油的汗。越出汗，口中便越渴，心中也越焦躁。天色由白而灰，空中像飞荡着一片灰沙。太阳，在这层灰气上边，极小极白极亮，使人不敢抬眼；低着头，那极热的光像多少烫红了的针尖，刺着大家的头，肩，背，和一切没有遮掩的地方。肚子空虚的开始发晕；口渴的人要狂喊；就是最守规矩的韵梅也感到焦急，要跺一跺脚！这不是领粮，而是来受毒刑！

可是，谁也不敢公然的喊出来："打倒日本！"口渴的，拚命的咽唾沫；发晕的，扶住旁边的人；腿酸了的，轻轻的踏步。为挡住一点阳光，有的把手绢缠在头上，有的把口袋披在肩上，有的把褂子脱下，双手举着，给自己支起一座小小的棚儿。他们都设法减少一点身体上的痛苦，以便使心中安定；心中安定便不会有喊出"打倒日本"的危险！

前面忽然起了波动，队伍马上变成了扇面形。欠着脚，韵梅往前看：粮店的大门还关着呢。她猜不透这是怎回事，可是不由得增多了希望，以为一定是有了发粮的消息。她忘了脚酸，忘了毒热的阳光，只盼马上得到粮食，拿回家去。

前面有几个男的开始喊叫。韵梅离开行列，用力欠脚，才看明白：粮店的大门旁，新挖了一个不大的洞儿，挡着一块木板，这块木板已开了半边。多少多少只手都向那小洞伸着，晃动。她不想往前拥挤，可是前面那些乱动的手像有些引诱力，使她不由的往前挪了几步，靠近了人群，仿佛只有这样，她才能得到粮食，而并不是袖手旁观的在看热闹。

皮鞭响了。嗖——拍！嗖——拍！太阳光忽然凉了，热空气里生了凉风，人的皮肤上起了冷疙疸，人的心在颤抖。韵梅的腿似乎不能动，虽然她想极快的跑开。前面的人都在乱冲，乱躲，乱喊；她像裹在了一阵狂风里，一切都在动荡，而她迈不开脚。“无论如何，我必须拿到粮食！”她忽然听见自己这样说。于是，她的腿上来了新的力气，勇敢的立在那里，好像生了根。

忽然的，她看不见了一切。皮鞭的梢头撩着了她的眼旁。她捂上了眼，忘了一切，只觉得世界已变成黑的。她本能的要蹲下，而没能蹲下；她想走开，而不能动。她还没觉得疼痛，因为她的全身，和她的心，都已麻木；惊恐使神经暂时的死去。

“祁太太！”过了一会儿，她恍惚的听见了这个声音：“快回家！”

她把未受伤的眼睁开了一点，只看见了一部分制服，她可是已经意识到那必是白巡长。还捂着眼，她摇了摇头。不，她不能空手回家，她必须拿到粮食！

“把口袋，钱，粮票，都给我，我替你取，你快回家！”白巡长几乎像抢夺似的，把口袋等物都拿过去。“你能走吗？”

韵梅已觉出脸上的疼痛，可是咬上牙，点了点头。还捂着眼，她迷迷糊糊的往家中走。走到家门口，她的腿反倒软起来，一下子坐在了阶石上。把手拿下来，她看见了自己的血。这时候，热汗杀得她的伤口生疼，像撒上了一些细盐。一咬牙，她立起来，走进院中。

小顺儿与妞子正在南墙根玩耍，见妈妈进来，他们飞跑过来：“妈妈！”可是，紧跟着，他们的嗓音变了：“妈——”而后又喊：“太爷爷！奶奶！快来！”

一家大小把她包围住。她捂着眼，忍着疼，说："不要紧！不要紧！"

天佑太太教韵梅赶快去洗一洗伤口，她自己到屋中去找创药。两个孩子不肯离开妈妈，跟出来跟进去的随着她。小妞子不住的吸气，把小嘴努出好高的说："妈流血，妈疼哟！"

洗了洗，韵梅发现只在眼角外打破了一块，幸而没有伤了眼睛。她放了心。上了一点药以后，她简单的告诉大家："有人乱挤乱闹，巡警们抡开了皮鞭，我受了点误伤！"这样轻描淡写的说，为是减少老人们的担心。她知道她还须再去领粮，所以不便使大家每次都关切她。

她的伤口疼起来，可是还要去给大家作午饭。天佑太太拦住她，而自己下了厨房。祁老人力逼着孙媳去躺下休息，而后长叹了一口气。

韵梅眯了个小盹儿，赶紧爬了起来。对着镜子，她看到脸上已有点发肿。楞了一会儿，她反倒觉得痛快了："以后我就晓得怎么留神，怎么见机而作了！一次生，两次熟！"她告诉自己。

白巡长给送来粮食——小小的一口袋，看样子也就有四五斤。

祁老人把口袋接过来，很想跟白巡长谈一谈。白巡长虽然很忙，可是也不肯放下口袋就走。他对韵梅的受伤很感到不安，必须向她解释一番。韵梅从屋里出来，他赶紧说了话：

"我，祁太太，我没教他们用鞭子抽人，可是我也拦不住他们！他们不是我手下的人，是区署里另派来的。他们拿着皮鞭，也就愿意试试抡它一抡！你不要紧了吧？祁太太！告诉你，我甭提多难过啦！什么话呢，大家都是老街旧邻，为领粮，还要挨打，真！可是我没有办法，他们不属我管，不听我的话。哼，我真不敢想，全北平今天得有多少挨皮鞭的！我是走狗，我拦不住拿皮鞭的走狗们乱打人，还有什么可说的呢？得啦，祁太太，好好的休息休息吧！日久天长，有咱们的罪受，瞧着吧！”白巡长把话一气说完，没有给别人留个说话的机会，便走出去。

祁老人送到门口，白巡长已走出老远去，他很想质问白巡长几句，可是白巡长没给他个开口的机会。他觉得白巡长可爱，也可恨；诚实，也狡猾。

小顺儿像一条受了惊的小毛驴似的跑来：“太爷爷，快来看看吧！快呀！”说完，他拉住老人的手，往院里扯。

“慢点哟！慢着！别把我扯倒了哟！”老人一边走一边说。

天佑太太与儿媳被好奇心所使，已把那点粮食倒在了一个大绿瓦盆中。她们看不懂那是什么东西，所以去请老太爷来鉴定。

老人立着，看了会儿，摇了摇头。哈着腰，用手摸了摸，摇了摇头。他蹲下去，连摸带看，又摇了摇头。活了七十多岁，他没看见过这样的粮食。

盆中是各种颜色合成的一种又像茶叶末子，又像受了潮湿的药面子的东西，不是米糠，因为它比糠粗糙的多；也不是麸子，因为它比麸子稍细一点。它一定不是面粉，因为它不棉棉软软的合在一处，而是你干你的，我干我的，一些谁也不肯合作的散沙。老人抓起一把，放在手心上细看，有的东西像玉米棒子，一块一块的，虽然经过了磨碾，而拒绝成为粉末。有的虽然也是碎块块，可是颜色深绿，老人想了半天，才猜到一定是肥田用的豆饼渣滓。有的挺黑挺亮，老人断定那是高粱壳儿。有的……老人不愿再细看。够了，有豆饼渣滓这一项就够了；人已变成了猪！他闻了闻，这黑绿的东西不单连谷糠的香味也没有，而且又酸又霉，又涩又臭，像由老鼠洞挖出来的！老人的手颤起来。把手心上的“面”放在盆中，他立起来，走进自己的屋里，一言未发。

小顺儿走过来，问：“太爷，到底是什么呀？”

老人把头摇得很慢，没有回话，好像是不仅表示自己的知识不够，也否定了自己的智慧与价值——人和猪一样了。

韵梅决定试一试这古怪的面粉，看看它到底能作出什么来——饺子？面条？还是馒头？

把面粉加上水，她楞住了。这古怪的东西，遇见了水，有的部分马上稠嘟嘟的粘在手上和盆上，好像有胶似的；另一部分，无论是加冷水或热水，始终拒绝粘合在一处；加水少了，这些东西不动声色；水多了，它们便漂浮起来，像一些游动的小扁虫子。费了许多工夫与方法，最后把它们团成了一大块，放在案板上。

无论如何，她也没法子把它擀成薄片——饼子与面条已绝对作不成。改主意，她开始用手团弄，想作些馒头。可是，无论轻轻的拍，还是用力的揉，那古怪的东西决定不愿意团结到一处。这不是面粉，而是马粪，一碰就碎，碎了就再也团不起来。

生在北平，韵梅会作面食；不要说白面，就是荞面，油麦面，和豆面，她都有方法把它们作成吃食。现在，她没有了办法。无可奈何的，她去请教婆母。

天佑太太，凭她的年纪与经验，以为必定不会教这点面粉给难倒。可是，她看，摸，团，揉，擀，按，都没用！“活了一辈子，倒还没见过这样不听话的东西！”老太太低声的，失望的，说。

“简直跟日本人一样，怎么不得人心怎么干！”韵梅啼笑皆非的下了一点注解。

婆媳像两位科学家似的，又试验了好大半天，才决定了一个最原始的办法：把面好歹的弄成一块块的，摊在“支炉”[1]上，干烙！这样既非饼，又非糕，可到底能弄熟了这怪东西。

“好吧，您歇着去，我来弄！”韵梅告诉婆母，而后独自像作土坯似的一块块的摊烙。同时，她用小葱拌了点黄瓜，作为小菜。

祁老人，天佑太太，和两个孩子，围着一张小桌，等着尝一尝那古怪的吃食。小顺儿很兴奋的喊：“妈！快拿来呀！快着呀！”

韵梅把几块“土坯”和“菜”拿了来，小顺儿劈手就掰了一块放在口中，还没尝出滋味来，一半已落入他的食道，像一些干松的泥巴。噎了几下，那些泥巴既不上来，也不下去，把他的小脸憋紫，眼中出了泪。

“快去喝口水！”祖母告诉他。

他飞跑到厨房，喝了口水，那些泥巴才刺着他的食道走下去；他可是还不住的打嗝儿。

祁老人掰了一小块放在口中，细细的嚼弄，臭的！他不怕粮粗，可是受不了臭味。他决定把它咽下去。他是全家的老太爷，必须给大家作个好榜样。他费了很大的力量，才把一口臭东西咽下去；而后直着脖子向厨房喊：“小顺的妈，作点汤吧！”他知道，没有点汤水往下送，他没法再多吃一口那个怪“土坯”。

“汤就来！”韵梅在厨房里高声的回答，还问了声：“到底怎样啊？”

老人没回答她。

小妞子掰了很小的一块，放在她的小葫芦嘴里。扁了几扁，她很不客气的吐了出来，而后用小眼睛撩着太爷爷，搭讪着说：“妞妞不饿！”

---

①“支炉”，烙饼用的一种砂质上有小孔的炊具。

小顺儿随着妈妈，拿了汤来——果然是白水冲虾米皮。他坐下，又掰了一块，笑着说：“看这回你还噎我不！”

韵梅见妞妞不动嘴，问了声：“妞子！你怎么不……来，妈给你一块黄瓜！”

“妞妞不饿！”小妞子低着头说。

“不能不吃呀！以后咱们天天得吃这个！”韵梅笑着说，笑得很勉强。

“妞妞不饿！”妞子的头更低了，两只小手紧紧的抓住自己的磕膝。

“小顺儿的妈！”祁老人看看妞子，看看韵梅，和善的说：“去给她烙一张白面的小饼吧！咱们不是还有几斤白面吗？”

“你老人家不能这么惯着她！那点白面就是宝贝，还得留着给你老人家吃呢！”韵梅不想违抗老人，也真可怜小女儿，可是她不能不说出这几句话。

“去，给她烙张小饼去！”老人知道不应当溺爱孩子们，可也知道这怪饼实在难以下咽。“就是这一回，下不为例！”

“妞妞，你吃一口试试！你看哥哥怎么吃得怪香呢？”韵梅还劝诱着小女儿。

“妞妞不饿！”妞子的泪流了下来。

祁老人看着小妞子，忽然发了怒，一掌拍在了桌子上，把筷子与碟碗都震得跳起来。“我说的，给孩子烙个小饼去！”他几乎是喊叫着。

妞子一头扎在祖母的怀里，哭起来。天佑太太口中含着一小块饼，她始终没能咽下去！乘这个机会，把它吐出来，而后低声的安慰妞子：“太爷没有跟你生气，妞妞！不哭！不哭！”用手抚摸着妞子的头，她自己的眼眶也湿了。“小顺的妈，给她烙个饼去！”

韵梅轻轻的走开。她知道老太爷是向来不肯轻易发脾气的人，也知道他今天的发怒绝不是要和她为难，而是事情逼得他控制不住了自己。虽然如此，她可是也觉得委屈，摸了摸眼旁的伤口，她落了泪。迷迷糊糊的，她从缸中舀出一点白面来，倒在盆子里，泪落在白面上。

祁老人真没想发脾气，可是实在控制不住了自己。拍了桌子之后，他有点后悔，而又不便马上向孙媳道歉。楞磕磕的，他瞪着那黑不溜球的怪饼，两手一劲儿哆嗦。

毒花花的太阳把树叶都晒得低了头。院中没有声音，屋中没有声音，祁家像死亡一样的静寂。

# 七十六

卖烧饼的停了工；点心铺还开着门，而停了炉；卖粥的，卖烫面饺的，卖馄饨的……都歇了工。没有面粉。

城郊的菜园还在忙着浇菜。哗啦哗啦——辘轳轻脆的，继续不断的响着；清凉的井水一股股的流向菜畦。深绿的是韭菜，浅绿的是小白菜，爬架的是黄瓜，那满身绿刺儿，头上顶着黄花的黄瓜，还有黑紫的海茄，发着香味的香菜与茴香，带着各色纹缕的倭瓜，碧绿的西葫芦，与金红的西红柿……

可是尽管生产，卖给谁去呢？那古怪的面粉，（日本人管它叫作“共和面”。哈！三四十种猫不闻狗不舐的废物混合成的东西，实在需要这样个美丽名称啊！）既不能包饺子，又不能蒸包子，烙回头[①]，炸三角，作锅贴，谁买青菜作馅子用呢？即使人们想炒一点菜吃，谁肯多花钱买贵重的青菜，就共和面吃呢？那委屈了那些菜蔬！共和面只配和小葱拌黄瓜，或生腌臭韭菜摆在一块儿！因此，什么都贵了，而青菜反倒减了价；种菜的倒了霉！

---

①烙回头，北京小吃。如长方形的肉火烧。

没有了粮，北平也失去它负有世界美誉的手工业。饿着肚子的人不会再买翡翠的戒指与耳环，镀金包金或真金的玲珑细巧的首饰，大雅优美的地毯，巧妙的儿童玩具，雕花的红木桌椅，彩色像鲜花一般的景泰蓝，灌浆的蟋蟀瓦罐子……北平人没有闲心闲钱买这些东西，而又没有法子把它们运出去，于是那些手巧心灵的工人们，（真的，他们若生在外国，也许被尊称为艺术家！）便随着大家一同挨起饿来。北平失去它最好的工人与生产，而只得到饥荒！

汉奸们，在这个情形之下，可反倒更加得意。他们庆幸自己有远大的眼光，及早的投降给日本人，所以现在他们能得到较好较多的粮食！不过，这还不够，他们须加紧的活动，设法要高升一级：能得到三等粮的，须改为二等粮；能得到一份的，设法得到双份儿。粮成为钻营谋事的标准。他们不单必须吃的好，吃的多，而且希望得到吃不了的粮食，好去卖黑市！

胖菊子没有运动成妓女检查所的所长。因为竞争的人太多，日本人索性裁撤了这个机关，而改由军部直接管理花姑娘的事。胖菊子狠狠的和蓝东阳吵闹了几次，甚至于摔砸了一些不很值钱的杯碗什么的。她以为她的失败纯粹因为东阳没有尽到所有的力量去运动。

蓝东阳，在计口授粮的办法实行以后，也有点后悔，没能给胖菊子运动成功。假若太太能作到所长，岂不多拿一份较好的粮！即使她拿不到好的粮食，不是还可以多弄点钱？有了钱，或者不至于买不到好的粮的。

后悔，使他咬上了牙，决定去得到个肥缺，教胖菊子看看他的本事，也使自己的心灵上得到自慰。他开始调查哪个机关肥，哪个机关瘦，以便找个肥的，死啃一口。越调查，他越发怒。敢情有的机关，特别是军事机关，不单发较多较好的粮，而且还有香烟，茶叶，与别的日用品呢！这使他由悔而恨，恨自己为什么不早早的下手，打入这样的机关里去！

由这种机关再往别处看，他发现了铁路学校的学生是由官方发给伙食的。他的眼忽然发出火来，绿脸上出了汗，用力的把手拍在桌子上："啊！作这个学校的校长！校长！"吊起一只眼珠，他细细的啃手指甲，把指甲中的黑泥都有滋有味的吃下去。这才使他镇定了一些，他开始计算："就拿三百个学生算吧，每人扣下一斤粮，一月就是三百斤！三百斤哪，我的天！嗯，嗯，每月再开除几个学生，又多落下几份粮！哎哟，哎哟，我为什么没早想到这个呢？"

停止了啃指甲，他决定去运动这个学校的校长。

不，可不能因作校长，而放弃了处长呀！兼差好啦，兼差，处长兼校长！他咧嘴笑了笑，以为他所想到的就必能作到，因为这个时代是他的！

但是，他有没有作校长的资格呢？他没留过学，也没作过大学教授。想了一会儿，他把这些顾虑推在一旁；这根本不成问题。他是处长啊！处长有作一切的资格！

不过，铁路学校的校长并没有出缺呀！东阳又啃上了指甲。指甲上流了血，他想起来了：给现任的校长栽赃就是了。楞说校长窝藏各处来的"奸细"，岂不一下子就把他打下去？好主意！东阳马上看到多少袋子白面堆在自己的屋中！为这些面粉，他必须去捉几个学生，屈打成招的使他们承认"通敌"，而后把校长也拿下监去！为了面粉，屈杀几个人算什么呢？

他决定先去看看教育局的牛局长，探听一点消息。

在日本人占领北平之前，东阳没有作过官，所以不懂作官的方法与规矩。他是完全凭着日本人的力量而作了官的，因此，除了对日本人，他犯不上请客应酬。他向来不懂得什么叫适当的客气与礼貌，于是，见到日本人他就过度的恭顺，不怕出丑，而见到中国人便信意的吊儿啷当。他以为只有这样，才可以特别得到日本人的欢心，而使中国人怕他。这种欺软怕硬，为虎作伥的作风，居然被无聊的人们称为“东洋派”，在汉奸中自成一家。

他与牛局长向来没有过来往。可是，他决定今天去看牛局长。他以为牛局长是凭教授的资格才作了局长，而他自己却以中学教员的出身作到处长；那么，他自己的本事必定比牛局长大，他与日本人的关系也比牛局长的深；所以他用不着打个电话，或写封信，约定会面的时间。

牛局长呢，恰好是另一路汉奸。他是个学者，并没上赶着日本人去谋求地位，也不懂什么是应酬，交际。他只求顺着日本人的摆弄而能保全自己的身家性命与他的图书仪器。因此，他不大爱和官僚们来往，而且颇以此自傲，觉得自己很“清高”。到他良心上感到痛苦的时候，他会对他的太太说：“我不是汉奸！不是汉奸！”他可是只能说到此处为止，因为他找不到充足的理由证明自己，既作了日本官，怎么不是汉奸？

自从他作了局长，他的门外老有一个巡警给他守门。这使他感到了安全，而忽略了那个巡警也许是监视着他的，他的家也就是变相的牢狱。真的，自从他就任局长以后，他并没有一朝权在手，便把令来行的胡干，或故意邀功，可是他的收入显然的比从前加多了许多，他也没细考究那些钱是怎么来的，可只觉得在日本人手下作事（不是汉奸！）也怪舒服。

蓝东阳来到有四株绿树的门前，没理管门警，而硬往里闯。

“找谁?”巡警拦住了他。

他猛的往上一吊眼珠，觉得这是“国耻”——一个中国巡警敢拦住给日本人作事的官儿！嘴唇几乎没动，他口中干嘣出：“蓝处长会牛局长!”

“请给个片子!”巡警很客气的说。

东阳有名片，而不高兴递给中国人；他的片子是用日文印的。“蓝处长!”他又喊了一声。

巡警见他的绿脸上抽动得那么奇怪，不便再索要名片。“请等一等，我回禀一声去!”

巡警去了有三四分钟，蓝东阳等得不耐烦，一个劲儿吊眼珠。在他等候日本人的时候，他往往要必恭必敬的站立半点钟或三刻钟，可是并没感到过焦躁，因为等候日本人的时间越长，他越觉得有滋味，像作祷告似的，越长越见虔诚。现在，为见一个中国小官，也居然等三四分钟，他受不了；这伤了他的自尊心，假若他也有自尊心的话。

巡警回来，和颜悦色的说：“对不起，局长正忙着呢!”

东阳一口臭气喷在巡警的脸上，“什么?我是蓝处长!”

巡警看出来，若不拿出点厉害的来，恐怕不易抵抗那臭气的再来侵袭：“局长不爱见客！有时候连日本人都挡驾!”

“真的?”东阳的嘴半天没有闭上。“连日本人……”他的绿脸上有了笑纹。“好啦，我改天再来!”

“顶好先来个电话，定个时间!”巡警教导蓝处长。

“一定!”蓝东阳慢慢的走开，心中掂算着：“好家伙，真有高人呀，连日本人都不见！这小子的势力大远了去啦！说不定他的局长还是天皇下手谕派出来的呢!”一边走，他一边回头看那四棵柳树。他没有感到绿树的美好，而只觉得他应该回去多站一会儿，表示出依依不舍的意思。

刚一转过头来，面对面他看见了冠晓荷和祁瑞丰——他的盟兄弟，同事，情敌。

冠祁二位被放了出来，因为日本人既没法定他们的罪，又不愿多费狱中的粮食。

祁瑞丰的小干脸当时没了血色。他的第一个念头是打东阳一顿。可是，他没有动手。他是祁老人的孙子，天佑的儿子，瑞宣的弟弟，冠晓荷的朋友，他不敢打架，即使面对面见着抢去他的老婆的人。

蓝东阳明知瑞丰不敢打架，可还有点怕，绿脸更绿了一些。

冠晓荷先开了口："哎呀，东阳老弟！我想死你啦！"

东阳看着他们俩，见他们的狼狈的样子，想不出一声便走开。

晓荷一句话把东阳扣住："老弟，你可晓得，招弟当了特务？"

东阳暗自庆幸："幸而我没得罪她！"紧跟着，他叫了声："冠大哥！"虽然他手下也有特务，可是他想招弟恐怕是直属于军部的；一个军部的特务是可以随便欺侮一个文官的。

瑞丰见晓荷唬住了东阳，他也搬运出一点狡猾来："东阳，你猜怎着，我也当了特务！"说着，他把手伸在衣襟里去，仿佛是摸手枪。

东阳真想请他们俩到家中去吃饭，可是，那又根本与他的天性矛盾着，于是改为："你们有工夫，到我那里谈谈！"

"明天准去！"晓荷兴高采烈的说。"瑞丰，你也……"他不便替瑞丰答应下来，因为怕瑞丰不好意思见到胖菊子。

瑞丰的确有点不好意思去，可是，又一想，假若到了蓝家，能吃上一顿饭什么的呢，也就不便过于固执。“真有事吗？”他问了一句。

“有事！有事！”东阳心中盘算好：假若招弟和瑞丰都是军部的特务，他就不妨利用他们俩给铁路学校的校长栽赃。军部的人既有特殊的势力，又能即使惹出祸来也与他无关。

“总得弄点什么给我们吃哟！”晓荷笑着说：“哪怕有四两酒呢，哥儿们老不见了，还不亲热一回？”

东阳决定不掉在圈套里，没说请他们吃饭，也没说不请他们，而只吊了吊眼珠。

晓荷实在希望能吃到一顿好饭，于是开始夸赞东阳的眼珠：“真的，老弟，你的官运越好，眼珠儿也越吊得高！”

东阳不单没答应请他们吃饭，反而告诉他们：“明天到我那里，你们俩得换换衣服！我那里常来有地位的人！”看他俩破衣拉撒[①]的样子，他怀疑招弟与瑞丰是否真作了特务。

瑞丰的灵机一动：“我这是化装！到哪儿去也是这样打扮！”

东阳赶紧赔笑：“好啦，明天见！”

见东阳走远，晓荷用肘轻撞瑞丰的肋骨：“化装！化装！有你的！妙！”

瑞丰也非常得意自己的随机应变，抿着嘴笑。

二人先回到六号，在院中，他们遇到丁约翰。丁约翰把他们拦住。晓荷惊异的问：“这是我的家，你怎么不让我进去？”

“你的家，我早租了别人！想想看，你几个月没交房租啦？”

“那末，高第呢？”晓荷并不知道她也下了狱。

“她，早给日本人抓走啦！”

①破衣拉撒，形容衣服破烂不整齐。

“我还有东西呢!”晓荷没注意高第下狱的事，他素常就不大喜欢她。

“你几个月没交房租，那点东西能值几个钱?”

晓荷楞住了。没有个地方住，是严重的事。想了想，他要唬唬丁约翰:“你知道招弟是干什么的，顶好别得罪我!”

约翰不吃这一套。“甭管她是干什么的，反正你得出去，请!”

多么晴美的夏天晚上啊。在往年，这是祁老人最快乐的一段时间。到五点多钟，斜阳使西墙给院里铺上阴影，枣树上半大的绿枣都带着点金光，像一颗颗的宝石。祁老人必灌几壶水，把有阴凉儿的地方喷湿，好使大家有个湿润凉爽的地点吃晚饭。饭后，老人必浇一浇花，好使夜来香之类的花草放出香味，把长鼻子的蜂子招来，在花朵外颤动着翅儿，像一些会动的薄纱。蜻蜓，各种颜色的蜻蜓，在屋檐那溜儿飞旋，冲破了蚊阵。蝙蝠们逐渐的飞出来，黑黑的像些菱角，招得孩子们把鞋扔上去，希望能扣住一个大菱角。乌鸦，背上带着霞光，缓缓的由城外飞回，落在南墙外的大树上。小燕们一排排的落在电线上，静静的休息飞了一天的翅膀。天上发过一阵红之后便慢慢灰暗起来，小小的凉风吹来，吹出一阵强烈的花香。这时候，孩子们说了一天的废话的小嘴，已经不大爱张开，而请求老人给他们说故事。老人的故事还没说完，他们已闭上了眼，去看梦里的各色的小鱼与香瓜。

今天，老人的肚子饿，而不肯说出来。他已停止了给地上喷水，一来是懒得动，二来是舍不得水——天热井浅，而胡同中的两家日本人无尽无休的用水，倒水的山东二哥只尽量的供给他们，而不管别家有没有水吃。至于浇花，就更提不到了；老人久已没有闲心种花；连那几盆多年的石榴都已死去一半；那没死的，因为缺水，只剩了些半黄的叶子，连一朵花也没有开。老人的眼老躲着它们。北平的乌鸦，因为找不到吃食，已经减少；南墙外的大树上只有两三只脱了毛，一声不出的黑鸦，仿佛跟北平一样的委屈饥瘦。

小妞子还是不肯吃共和面作的东西，所以每天吃饭必定吵闹一阵。吵过去，她含着泪一边抽搭，一边倒在祖母怀中似睡非睡的闭上眼。她平日不是爱哭闹的孩子，可是现在动不动便哇的一声哭叫起来，发泄她小心眼中的委屈。这晴美的夏晚，还有晚霞，还有蜻蜓与蝙蝠，而没有了孩子们的笑声，天色越美，院中反倒越显出静寂，静寂得可怕！大家唯一的希望就是赶紧躺在床上去，省得面面相窥，找不到话说。

正是在这样的一个晴美的，难堪的，傍晚，祁瑞丰回到家来——还带着冠晓荷。

头一个看见他们的是小顺儿，他飞跑过来，高声喊："二叔！你回来了?"

小妞子正在祖母怀中假睡，听到哥哥的喊叫，赶紧睁开眼，也叫"二叔!"

祁老人在自己屋子的阶前坐着呢。看见老二，他不由的高了兴。可是，几年来的苦难，教训明白他不应当只想着四世同堂，而宽容老二。他低下头去。瑞丰叫了一声"爷爷，"老人也没答应。

天佑太太的母爱，本来使她要问老二在狱中受了委屈没有，可是一见老人对孙子的冷淡，就决定不说什么。

瑞丰本想大家必定热烈的欢迎他，像欢迎一个远征归来的英雄似的。他颤着声叫了爷爷与妈妈，还想马上就鼻一把泪一把的把入狱的情形，像说故事似的，说给大家听。及至看到祖父与母亲的冷淡，他楞住了。

韵梅，明白祖父与婆婆的心意，可是不便不给老二一点温暖。她是这一家的主妇，应当照应一切的人。她给了他一点笑脸："哟，老二你回来啦？没受委屈啊？"

老二扑奔了大嫂去，想痛痛快快的述说狱中的一切。可是，一回头，见祖父瞪着他呢，他又无可如何的闭上了嘴。楞了一会儿，他低声的问大嫂："冠先生没有了住处，你能给他想个主意不能？"

冠晓荷扯了扯衣襟，向祁老人与天佑太太行了礼，而后满面春风的，对韵梅说："哪怕只住这一晚上呢！明天我就有办法，不再打搅！说真的，招弟作了特务，特务的爸爸还能没个地方住吗？"

韵梅还笑着，而语气相当的坚决："冠先生，那我可不能作主！"

祁老人不想出声。一来，肚子里寡寡落落的，实在打不起精神说话。二来，他知道韵梅有分寸，不至于随便的留下冠晓荷。三来，不得罪人是他的老办法，他希望晓荷赶紧走出去，他也就不便多开口。可是，他忽然的张开口；几年的受罪仿佛逼着他放弃了对条狗都和和气气的，对恶人也勉强着客气的办法。他的世界已经变了，他必须黑白分明，不再敷衍。他立了起来，指着晓荷的脸说："走！出去！别惹出我的不好听的来！"而后，他转向瑞丰："你，不知好歹的东西！你要不把这个人弄走，我老命不要，跟你拚了！"

瑞丰见祖父真生了气，不敢再说什么，扯起晓荷往外就走。他知道，假若他敢违抗老人，老人也许真不再给他饭吃。把晓荷扯到街门外，他只说了声"对不住！"便把门关上了。再跑进院中，他以为就可以平安无事，去吃晚饭了。哪知道，祖父还等着他呢。一照面，老人把孙子截住，把从日本人占领北平以来的瑞丰的所作所为一股脑儿全提出来，一边说一边骂。老人好像已不是瑞丰的祖父，而是个旁观者清的外人；他已不再由祖父的立场去格外原谅孙子，而是客观的责骂，像一个有正义感的，有见解的人，责骂一个不知好歹的，没有出息的坏蛋那样毫不留情。

骂了有半点多钟，老人，肚子里本来空虚，开始颤抖起来。天佑太太和韵梅并没有给瑞丰说好话，而只过来劝慰老人，怕老人气出病来。她们好说歹说的把老人劝住，老人坐在阶石上，落下泪来。

瑞丰没有详细的揣摩老人的责骂，而只觉到委屈与不平。他以为自己刚刚出狱，理应得到家人的欢迎与安慰，老人这样的对他未免过分的无情。见老人坐下，他跑进自己屋中，低声的为自己叫屈。

坐了半天，老人渐渐的把气消净，乘着韵梅搀他起来的时候，他低声的告诉她："给他弄点饭吧！"韵梅惨笑着点了点头。

瑞宣今天又回来的晚了一些。在平日，他总是下了班就回家，为是表明："我是家长，我到时候就回家，绝不在外面多为自己花一个钱！虽然我没能出去，参加抗战，可是我至少对得起一家老少！"这样他虽不格外的原谅自己，可也就不便太轻看自己。

近来，自从大家都吃共和面，他懒得回家了。有时候，下了班之后，他不去搭电车，而丧胆游魂的在街上走。他怕回到家中，面对面的看着老祖父，病母亲，吃那猪狗都不肯吃的东西；更不愿听到小妞子的哭哭啼啼与韵梅的左右为难的话语。一看到，听到，那情形与哭啼，他便觉得这已不是家庭，而是地狱！老人们的眼中已失去那老年的慈祥，孩子们的眼中已失去那天真的光泽，而都露出恐惧与绝望。这使他看出来，他不单辜负了国家，而也并没能救活了一家子人。他的全盘打算——不去救国，而只求养家——通体弄错了！

看着委委屈屈的老小，他觉得他应当说几句笑话，使大家笑一下。可是，那是欺骗！他只能低着头，把那不能下咽的东西吞下去，虽然明知道那些东西不过仅在肚子里打个穿堂，对他没有任何好处。假若那些没有任何营养的东西对他无益，它们就能很快的杀死老人与孩子们；它们是毒药！想到孩子们也会饿死，他的头上出了冷汗。苟安，苟安，苟安的真意是杀死自己的儿女，断子绝孙！

有时候，富善先生特意省下一点面包和点心，用油纸包好，偷偷的放在瑞宣的旧皮包中。老人还另外放一张纸条，用英文写上："请原谅我，瑞宣，假若这能使孩子们高兴一点，我的功过就相抵了。"

小狼似的，两个孩子把那点东西吞下去。及至吃完他们才想起："怎么没分给太爷爷和奶奶一点呢？"

小妞子特意的等着爸，希望他能带回点面包什么的来。看到爸没带回东西来，她会说："爸爸！妞妞乖！妞妞不要面包！"这使瑞宣的心中像刀刺着那么疼。

他已停止了教小顺儿读书，知识救不活快饿死的孩子。忧郁，饥饿，使他的胃中一阵阵的疼，一阵阵的冒酸水，没有精神再谈文化与历史；饥荒会使文化与历史灭亡！

在他丧胆游魂的串街的时候，他发现了许多新的，使他难过的事。他看见了中日合办的饭馆，里面的装备都是中日合璧的：高桌高凳是给中国人预备的，另有一些矮桌是给日本人用的。四壁上挂着日本的彩印版画，桌上摆着日本人所喜爱的奇形异状的盆景。别的饭馆，因为粮米与猪羊的统制，都已三天打鱼，两天晒网，不能天天升火；这个中日合办的地方却老能得到米面调货，而且用低廉的价钱抢别家的生意，所以天天挤满了人。在这里，人们花不了多少钱，而能得到一大盘子白米饭，和一点日本式的简单的菜。好几次，瑞宣的时常冒酸水的胃，与很久没吃过米饭的嘴，逼迫着他进去吃那么一大盘子“和定食”。可是，他咬上牙，赶紧走开。无论如何，他告诉自己，他不能那么下贱，去吃东洋饭，去帮助完成日本饭馆的生意兴隆，去和日本人挤在一处吃东西！他明知道这种消极的抵制，并无补于事，可是他到底还觉得有这么一口硬气是值得自傲的。

他也看见了不少日本铺子，在王府井大街一带。这，他倒没感到怎么奇怪。连小羊圈里都有了日本住家，这条大街上理应有日本铺子。可是，当他看见中国铺户也把牌匾什么的装修成日本式，他的头不由的就低了下去。他觉得这不是文化的吸收，而是无耻的投降。

同样的，他在东安市场看到小盆景：一株粗而短的松树，斜倚着一块奇形的山石；或一个茶碗大小的盆子，种着一小枝仙人掌或仙人拳；或用人工曲扭成的小树，开着一两朵花。他知道这是为卖给日本人的。日本人的“自然”必经过残忍的炮制，把花木都忍心的削折歪扭，好显出不自然的“美”来。中国人也学会了这一套！中国人聪明，什么都一学就会，可是只没学会怎么强硬与反抗！

回家吧，可怕；在街上溜吧，又触景生情；他简直不知如何才好。他不敢逃出北平，而北平好像已离开了他，使他没有地方去。就是在这种心情下，他今天慢慢的走回家来。

冠晓荷在祁家门外的阶石上坐着呢。看见瑞宣，他急忙立了起来："啊，瑞宣！我和老二都平安无事的出来了！你能不能……"他还没有说完，瑞宣已推开门，走进去，而后把门上了闩。

韵梅轻轻的告诉他："老二回来啦!"

他一声没出，走进屋里去。

# 七十七

晓荷，吃了瑞宣的钉子，呆呆的立在那里，看着原来是他自己的那所房子。他想起以前的自己，大赤包，桐芳，与女儿们。他不能明白他怎么会落到这步天地。左思右想，他想不出自己有什么过错；假若真的有因果报应一说，他既没有过错，怎会有这么惨的报应呢？堂堂的冠晓荷会没有了住处！长叹了一声，他走出小羊圈。

天已快黑了，他上哪儿去呢？平日，他总以为北平的一切都是给他预备的：洋车是给他代步的，只要他一点头，马上有两条腿来替他奔跑；街灯是给他照亮儿的，好使他的缎子鞋不至于踩着脏东西；铺户是为他开着的，只要他一摸钱袋，那些作生意的便像一群狗似的来伺候他。现在，洋车，铺户，街灯，还都在街上，他可是觉得惨淡，孤寂，难过。没有人招呼他，他自己也不知道该到何处去，北平的一切已不是为他预备着的了！为什么呢？为什么呢？他想不出道理来！

他不敢发怒，因为假若一怒而作出些与深鞠躬，慢走路相反的事来，容或就出点乱子。他不后悔以前的所作所为，因为他只觉得以前的一切是值得记住的，值得自傲的；以前的，特别是在大赤包作了所长以后，是他的黄金时代；黄金时代不会是个错误！

他的肚中响起来。饥饿是最迫切的问题；他忘了别的，而只想怎么能马上吃到点东西。他决定去找蓝东阳。他知道东阳是啬刻鬼，可是他也相信自己的三寸不烂之舌；即使东阳真是鬼，他相信，他也会把鬼说活了心的。

东阳，因为巴结日本人的经验，晓得凡是急于求事的必在约定的时间以前来到；他自己就是那样。他也晓得，求事的人来得越早，被求的人就越要拿架子，故意的不肯出来会见；他自己就受过多少回这样的冷淡与折磨。因此，一见晓荷今天晚上就来到，他马上起了疑心：大概晓荷是急于求助，而急于求助就表明招弟未必真作了特务。于是，他开门见山的问晓荷：

“告诉我，招弟的事是不是真的？”

晓荷像忽然被马蜂螫了一下：“哎呀！你怎可以不信我的话呢？你就不想想，我敢拿东洋人的事随便开玩笑吗？”

东阳楞了一会儿，觉得晓荷并没说假话。“告诉我，我上哪儿去找她？”

“那——”晓荷不敢说出她的地址来，怕再下狱。“那，你知道，特务的地址是不准告诉别人的！”

“我找不到她，还有什么可说的呢？你呢？你也找不到她？”

“我——”晓荷不知怎么回答好。

“好啦，别多耽误我的工夫！你既也找不到她，我只好用祁瑞丰了！”

“瑞丰？他骗你呢，他要是特务，我就是日本天皇了！”

“晓荷，你怎么敢当着我，随便拿天皇开玩笑呢？”东阳立起来，吊着眼珠，向东方鞠了一躬。

“呕，我错了！我道歉！”

“你跟瑞丰全是骗子，滚出去！”

“我还没吃饭哪，东阳！”

“我，这儿又不是饭馆！滚出去！敢来戏弄处长，哈！”

“太太呢？我见见太太！”晓荷真着了急，想向胖菊子求救。

胖菊子恰好由外面走进来，一眼看到晓荷，她的气不打一处来。因为没能把妓女检查所的所长弄到手，近来她恨一切的人；晓荷是大赤包的丈夫，特别教她生气。

“处长太太！”晓荷柔媚的叫了声，为是打动女性的慈悯。

胖菊子一声没出，只啐了一口唾沫，便走了进去。

晓荷的脸跟东阳的一样的绿了。头上出着冷汗，他慢慢的走出来。

已经走到大门，他灵机一动，又走回去，对东阳说：“东阳，我不计较你！你的态度对！比如说你是我，我是处长，我还不是也这样对待你？对，你对，理应如此！可是，你记住，招弟真是特务，有朝一日，我见到她，你可也提防着点！”说完，他扭身便往外走。

东阳追出来。他不懂什么叫对人不可赶尽杀绝，不懂什么叫维持人缘，可是他知道军部的特务有多么厉害。他扯住了晓荷：“你回来！我给你一顿饭吃！”他以为一顿饭必能收买住晓荷，因为他向来连一颗米粒也没白给过任何人。

晓荷的脸上又有了笑意。

这时候，瑞丰在屋里没敢出来向大哥招呼，怕大哥也像祖父似的责骂他。第二天早上，他等着大哥出去上班，才敢起床。起来，胡乱的吃了口东西，他又藏在屋里去思索：到底他应当去找东阳不应当。想到菊子，他不好意思去。想到东阳也许给他点事作，他又愿意去。他知道昨天他骗了东阳；那么，假若东阳需要的是特务，他怎么办呢？想了好大半天，他噗哧的一笑："蒙着锅儿来吧[①]！到时候再说！"这么一想，他决定去见东阳。他觉得瞎猫碰死耗子是最妥当的办法。他细细的刮了脸，里外都换上干净衣裳，又跟大嫂要了点零花，而后气象焕然一新的走出家门。

天气非常的晴爽，虽然温度相当的高，可是时时有一阵凉风儿使人觉得舒服。瑞丰扬着小干脸，走几步便伸开胳臂，使凉风吹吹他的夹肢窝，有点飘飘欲仙的样子。他忘了祖父的责骂，狱中的苦楚，而只一心一意的想和东阳去"合作"，给自己创出一条新生路。

到了蓝宅，他不敢去叫门；万一真遇上胖菊子，他怎么办呢？假若他这一辈子也有一桩教他觉得可耻的事，那便是他丢了老婆而没敢向东阳决斗。

站了半天，他还是决定不了去叫门与否。忽然门开了，一个年轻人相当客气的往里边让瑞丰。瑞丰不再迟疑，跟年轻人走了进去。他心中说："东阳真诚心诚意的等着我呢，有门儿！"

东阳，还另有一个青年，在院里站着呢。瑞丰怕见到胖菊子；可又似乎愿意看见她，不住的向四处打眼。他听见屋里咳嗽了一声，很像菊子的声音。他的心跳起来。

东阳斜着绿脸，为是把眼调正了，瞪着瑞丰。瑞丰莫名其妙的笑了一下。东阳猛的把眼珠吊起去，问："你说，你是特务，真的？"

---

①蒙着锅儿来吧，办事没有一点把握。

瑞丰，说惯了谎话，硬着头皮回答："那还能是假的？"

东阳问两个青年："你们听见了？"青年们点了点头，而后一齐走向瑞丰，一边一个把他夹在中间。瑞丰猜不透这是怎回事，心中有点发慌，连声的问："怎回事？怎回事？"一边问，一边他想起最好的主意，跑！可是，刚要抬脚，他觉得两个硬东西一左一右的顶在他的肋骨上。他不敢再动，脸上没有了血色，嘴张了半天才问出来："东阳，我怎么了？"

"你，冒充特务！"东阳向两个青年一扬手，"带他走！"

瑞丰急了，狂喊了一声："菊子？快救救我！"

菊子没有出来。两个青年一齐加劲的把硬东西顶在瑞丰身上，他不敢再出声，跟着他们往外走。

这样，瑞丰又入了狱。

东阳非常的得意。他知道瑞丰是没有胆子，不值得一欺侮的人，可是，能借机会把他下了狱，他的心灵上觉得舒服：一来是，多抓一个人，他可以多立一功；二来是，能把瑞丰结果在狱中，他便是对菊子示了威，而且也可以扫清了自己心中那一点点对瑞丰的顾忌。结果了瑞丰，仿佛他才真能是胖菊子的唯一的丈夫。是的，他必须教瑞丰死在狱中。这是他临时想起来的，可是临时想起的主意，假若十分狠毒，就仿佛比自己盘算好的计划更近乎有灵感；他很想去作一首诗。不，他还顾不得作诗，他得先去布置瑞丰的死！

到吃晚饭的时候，瑞丰还没有回来，大家并没怎么觉得奇怪。天黑了，他还没回来，祁老人开始叨唠："已经教日本人圈过这么多日子，还不知好歹；乱撞什么去，天黑了还不回来！"

听到老人的叨唠，大家还没十分的搁心，都以为老二刚由狱里出来，必像出笼的鸟儿似的，尽量的散逛；待一会儿必会回来的。

又过了半天，祁老人又叨唠起来。口中叨唠，心中却难过，老人以为自己不该在瑞丰刚由狱里出来，就劈面骂他那么一大顿。假若瑞丰是为被责骂而挂了气，也像小三儿似的跑出北平去，老人觉得未免太对不起祁家的祖先；瑞丰是个不要强的子孙，可是即使如此，老人也不愿负对不起祖先的责任。这样一想，他开始忘了瑞丰一切的劣迹，而只觉他是祁家的人，千万不要再出点什么乱子。

到了快睡觉的时候，连天佑太太也沉不住气了。在往日，瑞丰时常回来的很迟，她并没这样耽过心。今天，她好像有一点什么预感，使她的心七上八下的安不下去。

夜里，屋中还是很热。大家都假装的睡，可是谁也睡不着。一会儿，小妞子像炸了痱子似的哭喊两声；一会儿，祁老人长叹一口气；一会儿天佑太太低声的对小顺儿说两句话。黑的天，热的空气，不安的心情，使全家都感到一点什么可怕的事在暗中埋伏着。没有人喜欢瑞丰，真的；可是大家越知道他无聊无知，才越不放心他。

快到天亮，屋中的热气散尽，也有了点凉风，大家才昏昏的睡去。

韵梅起来的很早。可是，一出屋门，就看见祁老人在院中坐着呢。老人的白发，特别是头顶上那几根，在晓风里微微的颤动，颤动得很凄凉。他脸上的皱纹像比往日深了许多，也特别黑暗，老人的小褂子只系了一个扣子，露着一部分胸口，那里的肉皮也是皱起的，黑暗的，像已没有了血脉。

“你老人家干吗起这么早？”韵梅低声的问。

好大半天老人也没答出话来。低着头，他的下巴像要顶进那瘦硬的胸口里去。好久，他长叹了一声，还低着头，说：“哼！都错了，我都算错了！我说北平的灾难过不去三个月；三个月？好几年了！我算计着，不论如何，咱们不至于挨饿；哼！看看小妞子，看看你婆婆！我算计着，咱们祁家就是受点苦，也不见得能伤了人口；可是，先是你的公公，现在，又轮到老二了！”

“老二不会出岔子，你老人家放心吧！”韵梅勉强的笑着说。

老人还低着头，可是语声提高了一点：“怎么不会出岔子？在这年月，谁敢拍拍胸口，说不出岔子？我不对！不该在老二刚回来，就那么骂他！”

“难道他不该骂？爷爷！”

老人翻眼看了韵梅一下，不再说什么。

凉风把夏晨吹醒。鸟儿用不同的腔调唱起歌来，牵牛花顶着露水展开各色的小喇叭，浑身带着花斑的飞虫由这儿飞到那儿，蜘蛛在屋角织起新的丝网。世界是美好的，似乎只有人们不大知趣；他们为自己的生活，使别人流血；为施展他们的威风，顷刻之间用炮火打碎一座城池。

瑞宣一睁眼，就皱上了眉头。美丽的夏晨，对他，是一种嘲弄。

出了屋门，他看见祖父，赶紧叫了声：“爷爷！”

老人没哼声，还那么低头坐着。

瑞宣慢慢的往外院走。走到影壁前，他看见地上有个不大的纸包。他的心里马上一动。那是东洋纸，他认识。包儿上的细白绳也是东洋的。楞了一会儿，他猛的把纸包拾起来，把绳子揪开。里边，是瑞丰的一件大褂。搂着大褂，他的泪忽然落下来。他讨厌老二，可是他们到底是亲手足！

轻轻的开了街门，他去找白巡长。

找到白巡长，瑞宣极简单的说："我们老二昨天穿着这件大褂出去的，今儿个早晨有人从墙外把它扔进来，包得好好的。"

看了看瑞宣，看了看大褂，白巡长点了点头，"他们弄死人，总把一件衣裳送回来；老二大概——完啦！"

听白巡长说的和他自己想的正一样，瑞宣想不起再说什么。

白巡长叹了口气。"哼，老二虽然为人不大好，可是也没有死罪！"他打开了户口簿子。"祁先生，这件大褂就是通知书，以后别再给他领粮！"说着，他把"瑞丰"用笔抹上条黑杠儿。

"白巡长！"瑞宣的嘴唇颤动着说："我把这件大褂留在这儿吧？万不能教我祖父看见！我的父亲……现在又是老二，祖父受不了！请你帮我点忙，千万别对任何人说这件事！"

"我懂得！一定帮忙！"白巡长把那件大褂又包起来。"祁先生，甭伤心！好人也罢，歹人也罢，不久都得死！"

瑞宣急忙去找李四爷。简单的把事情说明，他嘱托老人："发粮证的时候，千万别教我祖父知道少了一份粮！还有，过两天，您看机会，告诉我祖父，就说您看见瑞丰了！"

"我得扯谎？"

"那有什么法子呢！只要您说看见老二，祖父必信您的话，放了心；要不然，他老人家得病一场！真要是他老人家现在有个好歹，可教我怎办？我已经穷到这样儿，还办得起丧事？"

"好吧！你的话也对！"李老人点了头。

辞别了李四爷，瑞宣慢慢的往家中走。

走进了家门，他似乎不能再动了。他坐在了门洞里，一半有声的，一半无声的对自己说："你知道老二的行为不对，为什么不早教训他呢？打他几个嘴巴子，也比教他死在日本人手里强呀！你为什么只顾大家表面上的和睦，而任着老二的性儿瞎胡闹呢？好，现在他死了，你去央求白巡长，李四爷，给遮掩着事实；倒好像老二根本是好人，总得活下去；即使他死了，也得设法弄得好像他还活着似的！这是什么办法呢？你讨厌他，而不肯教训他；他死了，你倒还希望他活着！你只会敷衍，掩饰，不会别的！你的父亲教敌人逼死，报仇了吗？没有！现在你的弟弟，不管他好坏，又教日本人杀了，你不单不想报仇，而且还不教别人声张，给日本人遮瞒着罪恶……你也算个人!!!”

这样骂过自己一阵，他无精打采的立了起来。

祁老人还在那儿坐着呢。

祖孙彼此看了一眼，谁也没说什么。

# 七十八

北平人到什么时候也不肯放弃了他们的幽默。明快理发馆门前贴出广告："一毛钱，包办理发，刮脸，洗头！"对面的二祥理发馆立刻也贴出："一毛钱，除了理发，刮脸，洗头，还敬送掏耳，捶背！"左边的桃园理发馆贴出："八分钱，把你打扮成泰伦鲍华！"右边的兴隆理发馆赶紧贴出："七分钱包管一切，而且不要泰伦鲍华的小账！"

饭已没得吃，人们顾不得什么剃头刮脸。不错，像胖菊子们，还照常烫头发，修指甲，可是她们都到那不减价的美容室去。至于一般人，他们得先设法撑满了肚子，头发与胡须的修整必须放在其次。于是，小理发馆不论怎么竞争减价，怎样幽默，还是没有生意。

孙七在往日，要从早到晚作七八个钟头，才能作完该作的活。现在，他只须作一两个钟头就完结了一天的事。铺户里都大批的裁人，他用不着再忙。而且，因为小理发馆都发狂的减价，有的铺户便干脆辞掉了他，而去照顾那花钱少而花样多的地方。他，孙七，非另想办法不可了！

他是爱脸面的人，虽然手艺不高，可是作惯了铺户的包活，他总以为自己应当有很高的地位，像什么技术专家似的。因此，他不能到街头和那群十三四岁的，刚出师的小孩子们挤在一处，去伺候洋车夫和小贩们。他也不肯挑起剃头挑子，沿街响着唤头，去兜生意。在平日，他打扮得相当的漂亮：短蓝布衫，浆洗得干净硬正，底襟仅将将过膝，显出规矩而利落。里面的小褂，很白，袖子很长，以便把白袖口挽出来，增加他的漂亮干净。他没拿着过那铮铮响的唤头，而只夹着一个雪白的布包，里面放着他的家伙。这样，每天早晨，夹起白布包，甩着长而白的袖口，去到铺户作活，他感到像一位艺术家去开展览会似的。他体面，规矩，自傲。他一定不肯沿街去兜揽生意，那损伤了他的尊严。

现在，他可是非下街不可了！他的眼本来就有点近视，现在就更迷糊了，因为眼中有些泪。他爱瞎扯。他对什么都不十分了解，所以才敢信意的瞎扯；瞎扯使他由无知变为无所不知。现在，他闭上了他的嘴。他须和程长顺一个样子的去游街，弄得满身尘土，像个泥鬼。他伤心，也就不肯再瞎扯。

每天早晨，他依旧到几家他作过多少年生意的铺户里去。作完这点活，天色还不到正午。下半天他干什么去呢？在家中坐着，棚顶上不会给他掉下钱来！没办法，他去买了个唤头。夹着白布包，打着唤头，他沿街去作零散的活计。听着唤头铮铮的响，他心里一阵阵的发酸。混了二三十年，混来混去会落到这步天地！他的尊严，地位，忽然的都丢掉。在前些日子，他还敢拒绝给冠晓荷刮脸，现在，谁向他点手，谁便是财神爷！

他不敢在家门附近响唤头，他必须远走，到没有人认识他的地方去。他须在生疏的地方去丢脸，而仍在家门左近保持着尊严。

转了一天，不管有无生意，他必在离家门还相当远的地点，把唤头掩藏起来，撢去鞋上与身上的灰土，走回家中。

在北平人的记忆里，有些位理发匠（在老年间被叫作剃头的）曾有过不甚光荣的历史。孙七还记得这个，所以他一向特别的要表示出尊严与正经，仿佛是为同行的争一口气。他最怕看见十几岁的小剃头的们，把特制的短小的挑子放在一处，彼此诟骂，开玩笑，或彼此抠抠摸摸的。现在，他既须去游街，就没法子不遇见这样的孩子们。不管他们的手艺多么不好，年岁多么小，他们到底是他的同行，都拜一个祖师。他的眼不得力，不能由远处就看见他们而及早绕道儿躲开。及至身临切近，看见他们的丑态，听到他们的脏话，他不由的就发了怒。尽管发怒，他可是没法干涉他们；他们不是他的徒弟，他没有管束他们的权利。搁在往日，他可以用前辈的资格去说他们几句；现在，他与他们全是下街讨饭吃的，谁也不高，谁也不低。他要申斥他们，只是自讨无趣！有时候，孩子们中间有认识他的，便高声的问他："孙师傅，你也下街啦？"教他轰的一下，连头发根儿都红了起来。

为避免这种难堪，他开始选择小胡同去走。可是胡同越小，人们越穷，他找不到生意。他用力敲打唤头，一半是为招生意，一半是为掩遮他的咒骂，咒骂他自己，他的同行，与日本人。

天极热，小胡同里的房子靠得紧，又缺少树木，像一座座的烤炉。可是孙七必须在这些烤炉中走来走去。被阳光晒得滚烫的墙壁，发着火气，灼炙着他的脸，他的身体。串过几条这样的胡同，他便闻到自己身上的臭汗味。他的袜子，像两片湿泥巴，贴在他的脚心上。哪里都是烫的，他找不到个地方去坐一坐。他的肚子里只有些共和面和凉水，身上满是臭汗与灰土，心中蓄满了忧虑，愤恨，与耻辱。这样，走着走着，他便忘了敲打手中的唤头，忘了方向，只机械的往前缓缓的移动脚步。忽然一声犬吠或别的声音，才惊醒了他，赶紧再响动手中的唤头，铮铮的给自己更增加一些烦躁。

饥，暑，疲倦，忧虑，凑在了一处，首先弄坏了他的肠胃，他时常泻肚。走着走着，肚子一阵疼，他就急忙的坐下，用手揉着肚子。他的脸登时变成绿的，全身出着盗汗。他的肚子像要拧成一根绳，眼前飞动着金星。他张着嘴呼吸；一阵疼，身子要分为两截。他的耳中轻响，像有两个花蚊子围着他飞旋。随着这响声，他的心也旋转；越转越快，他渐渐失去知觉。那点响声走远了，他的眼前完全变成黑的；心中忽然舒服了一下，身子像在空中飘着。这么飘荡了许久，那点响声又飞了回来，他又觉出肚中疼痛；原来他已昏过去一会儿。睁开眼，他也许还在地上坐着呢，也许是躺着呢。他楞着，心与身都懒得动一动。肚子还疼，他不能不立起来。哼哼着，他很费力的立起来。他的手，天气虽然是那么热，变成煞白煞白的。他扶着那炙手的墙壁，去找茅房。

有过这么几次昏迷，他认识了死亡。无可如何的，他告诉自己："死并不太难过！那点响声想必就是魂儿往外走呢！不，不太难过！为什么不就那么死了呢？"

他没钱去看医生，也不肯买点现成的药，只在疼得太厉害的时候，去喝一口酒。酒，辣辣的，走入腹中，暂时麻醉了内部，使他舒服一会儿。可是，经过这刺激，他的肠胃就更衰弱，更容易闹病。

一来二去，孙七已经病得不像样子了。他的近视眼陷进去多深，脸上只剩了一些包着骨头的黑皮。在作活的时候，他的手常常颤动，好像已拿不住剃刀。他还想强打精神，有说有笑，省得主顾们怀疑他因手颤而也许有刮破耳朵的危险。可是，他说笑不上来。他须时时刻刻的警戒着——肚子稍微一疼，便赶紧把刀子收回来，以免万一掉在人家的脸上或身上，不到疼得要命的时候，他不肯停下来；他咬上牙，头上冒着虚汗，心里祷告着，勉强把活作完。这样作完一个活，他已筋疲力尽，赶紧走开，好找个僻静的地方坐下或躺下。他顾不得与人们说笑，虽然说笑是维持生意关系的必须有的手段。

他应当休息。可是，休息没人给钱。他必须去串胡同。他走得极慢，几乎不像走路，而是像一条快死的老狗，找个不碍事的地方，好静静的死去。这样，即使有人要叫住他，看他一眼也就不叫了。他已不是个体面干净的理发匠，而是一个游魂！

在他的心里，他知道自己恐怕不久于人世了。可是，只要肚子舒服了一点，他便乐观的欺哄自己："并没有多大的病，只要能休息休息，吃口儿好东西，我就会好起来的！"但是，好东西在哪儿呢？

快到"七七"纪念日，他又昏倒在街上。

苏醒过来，不知怎的，他却是躺在一辆大卡车上，他觉得奇怪，可是没有精神去问这是怎回事。又闭上眼，他蜷起身子，渺渺茫茫的不出一声。车子动，他的身子便随着动，仿佛他已不是个活人，而是一块木头。

走了好久？他不晓得。他只觉出车子已停止摇动；然后，有人把他从车上拖下来。他还半闭着眼；肚子已经好些，可是他十分疲乏。迷迷糊糊的，他走进一间相当大的屋子。屋里除了横躺竖卧的几个人，没有任何东西。他找了个墙角坐下。他打不起精神去看什么，只感到一股子强烈的石炭酸水味儿。这个味道使他恶心，他干噎了几下，并没能吐出来，只噎出几点泪，迷住他的近视眼。

隔了好久，他听见有人叫他，语声怪熟。他挤了挤眼，用力的看。那个人又说了话："我，冠晓荷！"

一听到"冠晓荷"三个字，孙七马上害了怕，他不知道自己为什么被拖到这里，和这里是什么所在，他也没想到这里会有什么危险。可是，一听到"冠晓荷"，他立刻联想到危险，祸患，因为冠晓荷是，在他看，一切恶事的祸首；只要有冠晓荷，就不会有好事。他极快的想到：他是被冠晓荷给陷害了，正像钱默吟先生，小文夫妇，无缘无故的被姓冠的害了一样。他用力的看，原来冠晓荷就在离他不远的地方坐着呢。

晓荷的上身穿着一件白小褂，颜色虽然不很白，可是扣子还系得十分整齐。下身，穿着一条旧蓝布裤子，磕膝那溜儿已破了，他时时用手去遮盖。他的脸很黑很瘦，那双俊美的眼，所以，显着特别的大。他还爱笑，可是因为骨棱儿太显明，所以笑得不甚妩媚。他的牙还是很白，可惜唇上与腮上有些稀稀的，相当长的胡子，减少了白牙的漂亮。他的脑门上有许多褶子，褶子中有些小小的白皮，像是被日光晒焦的；他时时用手去抠它们，而后用袖子擦擦脑门。

自从他在蓝宅吃过一顿饭以后，他就赤手空拳的到处蒙吃蒙喝，变成个骗子兼乞丐。他受尽了冷淡，污辱，与饥渴，可是他并不灰心丧气；他的心中时时刻刻的记着招弟。招弟，在他心中，仿佛是圣母，即使不能马上来给他吃，给他喝，也总会暗中保佑他。

孙七看了再看，把晓荷完全看清楚。可是他更糊涂了：晓荷在这儿干什么呢？看样子，晓荷大概也是被人家拖了来的；为什么呢？他想：假若晓荷和他自己同样的被人家拖了来，晓荷就不至于陷害他；不过，晓荷总是晓荷，有晓荷的地方必不会有好事。他没有好气的问出来："你在这儿干什么呢？是不是又害人呢？"

晓荷要笑一笑，可是忽然的咬上了牙。他的脸忽然缩扁了许多，眉眼拧在一起。他蜷起腿来，双手抱住肚子。他已不再俊美，而像东岳庙中天王脚下踩着的扁脸小鬼。孙七向来没看见过这样不体面的冠晓荷。过了一会儿，晓荷伸开了腿，脸上的皱纹渐次松展开，吐了一口长气："噗——肚子疼！"

孙七出了凉汗。肚子疼不算罪恶，他知道。可是，晓荷既也肚子疼，既也被拖到这里，大概非出岔子不可！一急，他骂了出来："他妈的，我孙七要跟这小子死在一块儿才倒了血霉[①]！"

晓荷揉着肚子，忽略了孙七的咒骂，而如怨如诉的自述："这不是一天了，时常啊，肚子里一拧，拧得我要叫妈！毛病都在我太贪油腻！天天哪，我总得弄什么四两清酱肉啊，什么半只熏鸡啊，下点酒！好东西敢情跟共和面调和不来，所以……"他又咬上了牙，他的肚子仿佛是在惩戒他的扯谎！

疼过一阵去，他继续着说："自从我搬开小羊圈以后，好多朋友都给我介绍事作，我可是不高兴去。招弟，你知道她的地位？她既有了好事，我老头子何必再去多受累呢？所以呀，我就天天的约几个朋友，有时候也有日本朋友，坐坐野茶馆呀，钓钓鱼呀，图个清闲自在！日本朋友屡次对我说：冠先生——他们老称呼我先生——你总得出来帮帮我们的忙啊！我微微那么一笑，对他们说呀：'我老了，教我的女儿效劳吧，我得休息休息！'"

孙七知道晓荷是在扯谎，知道顶好不搭理他，可是他按不住

①倒了血霉，倒了大霉。

他的怒气："他妈的，饿成了屌样，你还他妈的念叨日本人，你是什么玩艺呢！"

"说话顶好别带脏字儿，孙七！"

"我要再分有点力气，我掰下你的脑袋来！"

"呕，你也肚子痛？别着急，这是医院。待会儿，日本医生一来，给咱们点药儿，——日本药是好的，好的！——咱们就可以出去了！"

孙七没入过医院，不晓得医院是否就应当像这个样子。"我才不吃日本药呢！他妈的，用共和面弄坏了我的肚子，又给我点药；打一巴掌揉三揉，缺他妈的德！"

"你要是老这么说话，我可就不理你啦！"晓荷挂了点气说。

下午三点，正是一天最热的时节。院里毒花花的太阳烧焦了一层地皮。树木都把叶儿卷起去。什么地方都是烫的，没有一点凉风。连正忙着孵窝的麻雀都不敢动了，张着小嘴在树叶下蹲着。屋里相当的阴凉，可是人们仍然感到暑热与口渴。孙七不愿再听晓荷瞎扯乱吹，头倚墙角，昏昏的睡去。

门前来了个又像兵又像护士的日本人。晓荷像见了亲人似的赶紧立起来，把所有能拿出来的笑意都搬运到瘦脸上来。等日本人看明白他的笑脸，他才深深的鞠躬，口中吱吱的吸着气。鞠完了躬，他赶紧把孙七叫醒："别睡了，医官来了。"

日本人问晓荷："你的？"

晓荷并齐两脚，挺了挺腰，笑纹在脸上画了个圆圈，恭敬的回答："肚子疼！"恐怕日本人不明白，他又补充上："闹肚子，拉稀，肠胃病，消化不良！"

日本人逐一的问屋里的人，大家都回答：肚子不好。

“要消毒的!”日本人说了这么一句，匆匆的走开。

大家都不明白消毒是什么意思。晓荷觉得责任所在，须给大家说明一下：“大概是教咱们洗洗澡，换换衣服。这是必有的手续，日本人最讲究卫生，清洁，我知道!”

又过了几分钟，那个日本人又回来，拉开门，说了声：“开路!”

晓荷抢先往外走，并且像翻译官似的告诉大家：“教咱们走!”

连晓荷，孙七一共是七个病人。大家都慢慢走出来。一出屋门，热气像两块烧红的铁，贴在大家的脸上。孙七扶住了门框，感到眩晕。

“快着走呀，孙七!”晓荷催促他，然后向日本人一笑。

走出大门，一部大卡车在门外等着他们呢。司机的已在车上坐好，旁面还坐着个持枪的日本兵。

“上车的!”日本人喊。

“大概呀，这是送咱们到正式的医院去。”晓荷一边往车上爬，一边推测。

车上没有座位，没有棚子。车板上有些血条子，被阳光晒得综起来，发着腥臭。晓荷认识这部车，它是专往城外拖死尸的。大概他的太太，冠所长，就是被这辆车拖出去扔在野外的。可是，他不便过度的疑虑什么，他对自己的国家与民族，没有丝毫的自信与自傲；假若他再怀疑日本人，他就完全没有立脚的地方了。

车上没有地方不是滚烫的，大家没有坐下去的勇气，只好蹲着。车开了，有了一点风，也是热的。太阳似乎已不在天上，而是就在他们的身旁。车很快，像要冲出火海。什么地方都是亮的，连墙影儿都没有多少黑色。墙头，屋瓦，特别是电线上，都发着一些颤动的光。车飞驰，强烈的颜色联成一道飞虹，车上的人都闭上了眼。

忽然一黑，车声像雷似的响，大家全快忙睁开了眼，原来是到了城门洞内。

晓荷怕出城，预感到什么危险。可是，他不便说出来，怕那样对不起日本人。他想起大赤包来；但是，大赤包被杀也不能教他怀恨日本人；不是吗，他想，日本人会给她官儿作，当然也会杀了她，当然！

车上的人都发了慌，一齐问："到底是怎回事？"

出了城门，毒热的阳光又晒在大家的头上。他们停止了说话，又都闭上眼。

车冲过关厢，尘土被车轮卷起多高，热的灰沙落在他们的脸上。

"孙七！孙七！"晓荷看到一大片白薯地，更发慌了："这，这是……"

"你放心，日本人决不会害你！"孙七没有好气的说。

"对的！对的！"晓荷点了点头。"我没得罪过日本人！"

车停在一片榆林外。榆叶几乎已都被虫子吃光，秃眉烂眼的非常难看。树枝上，裹着好些虫网，网上挂着一颗颗的黑的虫屎。林外，四面都是白薯地，灰绿的叶子卷卷着，露出灰红的秧蔓，像些爬不动的大虫子。四外没有一个人，没有一点声音。一阵热风卷过来，只卷起一些干的黄土，吹落几片被虫子咬过的榆叶。两只黑鸦在不远的坟头上落着，飞起来，又落下。

前面的兵由车上跳下来，把刺刀安上。那长窄的刺刀，发出亮光，像一条冰似的，使大家的心都发凉起来。司机的也下了车，手中提着两把军用的铁锹。兵叫大家下车。

晓荷由车上滚下来，没顾得整一整衣服，便扑奔了日本兵去，跪在地上："老爷！老爷！我是你们的人，我的太太跟女儿都给你们作事！我没犯罪呀，老爷！老爷！"

孙七本是胆小的人，但在自从昏倒在街上几次以后，他已不那么怕死。现在，他想不出自己有什么死的罪名，也顾不得去想他该怎样处置自己。他好像完全没有经过考虑，扑奔过晓荷去，他的手与脚全踢打在晓荷的身上。"你！你！我知道，遇见你就没好事；你，没有骨头，没有血的走狗！"

这时候，日本兵正要用刺刀扎孙七，可是最后下车的一个，穿着长衫颇体面的人，跳下车来掉头就跑。日本兵赶了他去，刺刀扎入他的背中。

端着枪，日本兵跑回来。孙七还在踢打冠晓荷。刺刀离孙七很近了，他把近视眼眯成两条缝子，而后睁开，睁得很大；紧跟着，他怒吼了一声："干什么？"说也奇怪，冷不防的听到这一吼，日本兵莫名其妙的立定，仿佛忘了他要干什么了。

楞了一会儿，日本兵不去用刺刀扎孙七，而教大家排好。晓荷还在地上跪着，兵顺手把他揪起来，作为排头。孙七胡胡涂涂的排在第二。

天更亮了。阳光照着这些人，一片光杆的榆树，坟头，白薯地，也照着死亡。坟头上的一对乌鸦又飞起来，哀叫了两声，再落下。日本兵端着枪，领着大家往树后走。

树后有一大溜挖好的坑，土块上有些被晒死的紫红的蚯蚓。

"消毒的！"日本兵一枪把子将冠晓荷打入第一个坑。晓荷尖锐的狂喊了一声："饶命哟！"

司机把铁锹交给孙七与第三个人，用手比画着，教他们填土。孙七忘了一切，只知道坑中是卖国卖友的冠晓荷。他把身上所有的一点力气都拿出来，往坑中填土。晓荷还在喊：“饶命呀！”

坑中的土越来越厚，晓荷的声音越来越小。土埋到他的胸，他翻眼看看日本兵，要再喊饶命，可是一锹堵住他的嘴，乌鸦飞了过来，在树林上旋转了一下，又飞开。

第二个坑是孙七的，他跳了进去，没出一声。

这叫做消毒。

全城都在消毒。共和面弄坏了北平人的肠胃，而日本人疑心是什么传染病，深怕染到日本居民。几辆大卡车日夜在街上巡行，见到晕倒的，闹肚子的，都拖走去消毒。消灭一个便省一份粮食。

就是这样，我们的天字号的顺民冠晓荷，与我们的好邻居，朋友，理发匠，都被消了毒。

# 七十九

小羊圈的人们只注意到孙七的失踪，而没想到他会被活埋。饥饿使人们自顾不暇，谁也没张罗着去找一找他。

孙七太太是个四十来岁，永远烟不出火不进的[①]，不惹人注意的妇人。见丈夫老不回来，她落了几点泪，回了娘家。小羊圈的老住户就这么鸦雀无声的又减少了一家。

慢慢的，消毒这一名词与办法传到人们的耳中，他们开始怀疑是否孙七便是这个办法的牺牲者。虽然这么疑虑，大家可不高兴以此为题，谈论什么。他们的肚子也都不很好。假若孙七真是因闹肚子而……他们自己呢？这太惨，太可怕了！不提也罢！

又到了“七七”。日本人把五色旗收起去，而卖给大家青天白日旗。旗上还有新添的一条黄布，上面印好：“反共和平建国。”他们不认识这个黄条，也不信上面的那几个字。低下头，他们不敢再看那骗人的旗子。

在这面旗子而外，他们也看到：黄色的，左角上有红蓝白黑

①烟不出火不进的，形容人窝囊老实。

条子的满洲国旗，和中间一条红宽道子，上下有黄白蓝窄道道的蒙古联邦国旗。他们向来没看见过这些旗帜，也就不想去承认它们。他们知道，在这些旗帜下，闹肚子的都可以被活埋！

除了悬挂这些旗子，日本人还大张旗鼓的追悼东洋武士的“忠魂”。在南苑，西苑，中山公园，都有极庄严的追悼会，倒好像历史须从新写过，中国人须负战争的责任似的。

小羊圈的人们不由得都屈指计算（这是最好的“清理账目”的日子），他们这小小的胡同里，好的歹的，该死的与不该死的，已经有好几家子家破人亡。他们想起那厚重老成的祁天佑，会作诗的钱先生和他的太太，两位少爷；壮实得像一条小豹子似的小崔；美得像并蒂莲的小文夫妇；和忽然像一把火烧掉了的冠家。还有，祁家的老三，棚匠刘师傅，他们逃了出去，是活着，还是死了呢？哼，还有祁老二的老婆呢，不是姘了个汉奸吗？什么事都会发生，他们慨叹，只是没有好事！

程长顺不愿出去作生意，他怕看见街上那些骗人的旗帜，与那些穿着礼服的日本男女。可是，他必须出去。他的老婆知道今天是“七七”，也必想起小崔来，他须躲开她，不愿看见她的愁眉苦眼。

瑞宣也请了一天的假。这不是父亲的祭日，可是他想起父亲；这不是老三逃出去的纪念日，可是他想起老三。他本不愿想起老二，可是也不由的想起来。三个弟兄只剩下他一个人了！

像幼年过盂兰节[①]似的，瑞宣想起全北平，全中国的千千万万被杀的，被炸的，被奸的，被淹死的，被活埋的，男男女女。这日

①盂兰节，农历七月十五日为盂兰节，为亡人祭祀，放河灯、烧纸钱等。

子，不像清明节，只到自己的祖茔去祭扫就够了；这不是清明，而是盂兰节。闭上眼，他可以想象到成千论万的灵魂，没有头的，没有手脚的，被炸碎的，都带着鲜血与恨怒冲荡疾走，向活着的人索要报仇雪耻；老的幼的，男的女的，还有在胎里的婴儿，都在空中，旷野，水里火里，仰首向天，呼叫复仇报怨！这日子，会使小小的人心，由日常生活的关切，走到包括着天堂与地狱的想象中去。这日子，使实际与想象联成了一气，使恩与仇特别分明。

他渴想能见到钱默吟先生，畅谈一番。可是，谈，谈，光是闲谈有什么用呢？他不敢再想什么，在这样一个历史的日子，他却毫无办法，只在想象中看见一批批的亡魂，而没有复仇的决心与行动。他后悔请了一天的假。

小顺儿和妞子拉住爸的手，往外扯，要到门外去玩玩。瑞宣不高兴出去，他以为今天只应当蹲在屋里，独自追念，默祷，与忏悔。可是，他也没拒绝孩子们的小小的要求。楞楞磕磕的，他随着他们往外走。

天依然很热，可是时时有一些凉风。门外两株老槐的叶子时时微动，一些开败了的槐花轻轻的落下来。孩子们一出街门便看见了两条槐虫，各自吊着一根长丝，在打秋千。小顺儿正要跑过去捉槐虫，由三号院子里出来一群日本男女老少，都穿着最好的衣服，显然的是去参加追悼会。日本小孩子的手中都拿着小太阳旗，蹦蹦跳跳的往前跑。妇女们穿着礼服，屁股一颠一颠的，随着男人们后边。

瑞宣在门坎内立定，忽然觉得心中作恶。

“爸！”小顺儿，急于去捉槐虫，“走啊！爸，你怕日本人吧？”

瑞宣没说什么，脸可是红起来。

“爸！”小妞子也想起话来：“他们都上北海吧？看荷花哟，吃冰激凌哟，坐小船哟，多么好？妞妞也去吧？爸带妞妞去吧？”

“北海，荷花……都不是咱们的！”瑞宣想好这句话。可是，话已到唇边，又咽了下去。

这时候，老王——卖烧饼油条的——挎着笸箩走了来。他是个大高个儿，可是年纪——七十多了——使他的背弯得很厉害。他的头发只剩了几根，白而软的在脑瓢上趴趴着。他的嗓子，因风雨无阻的吆喝了几十年，已经沙哑，所以手里打着个满是油泥的木梆子。瑞宣自幼儿就买他的东西，因为他的油条是真正小磨香油炸的。老王永远不讨厌，不利用孩子们的哭叫而立定不走，以便多作一号生意。今天，他可是立住了。他轻易看不到瑞宣，很想闲扯几句。他只知道瑞宣的乳名儿——一看孩子们也在这里，他不好意思叫出来。哑着嗓子，他说：“没上班哪，今天？唉！”老人用叹气引起话来：“唉！这是头一天开张！十多天，领不到一点面粉！今儿个是‘七七’，日本人发了善心，我才弄到这点货。没法子！生意没法儿作，我又回不了家。家教鬼子给烧光啦！”他打开盖笸箩的布：“看看！这是烧饼？还不够吃两口的呢！一辈子不作屈心的事；现在，可是，……连面粉都领不到，还说什么呢？”

小顺儿与妞子已忘了槐虫和北海，都把小手放在笸箩边上，四只玻璃珠似的小眼在烧饼与油条上转来转去。

瑞宣随便的敷衍了两句，不是看不起老王，而是他的注意也集中在笸箩上。摸了摸衣袋，还有一点钱，他一下子拿起六个烧饼，六根油条。小顺儿与妞子一齐长吸了一口气。老王用马兰叶穿起油条，交给了妞妞；瑞宣叫小顺儿用衣襟兜起烧饼。“拿去，大家吃，别跑！”

小顺儿没法控制自己的腿，只走了两步便改为飞跑。妞妞不敢跑，而用尖锐的狂叫补足了欢悦："妈——油条!"

两个孩子跑进去，瑞宣和老王一同叹了口气。老王又敲起梆子，毛着腰走开；剩下瑞宣独自啼笑皆非的立着，向自己叨唠："用几个烧饼纪念'七七'吗？哼!"

一号的日本老婆婆走了过来，用英语打招呼："早安!"

瑞宣向前迎了两步："早安！我应当早就去谢谢你，可是……"

"我懂，我懂!"她拦住他的话，向自己的街门指了指："她们到前门车站去接骨灰，骨灰!"咽了一口唾沫，她好像还有许多的话，而说不出来了。

"那……"瑞宣自然而然的想安慰她，可是很快的管束住自己，他不能可惜阵亡了的敌人，虽然老太婆帮过他的忙。

楞了好大一会儿，老太婆才又想起话来："什么时候咱们才会由一半走兽，一半人，变成完全是人，不再打仗了呢?"

"你我也许已经没有了兽性，"瑞宣惨笑着说："可是你拦不住你家的男人去杀中国人，我也没因爱和平而挡住你们来杀我们！在我的心中，我真觉得自古以来所有的战争都不值得流一滴血，可是从今天的局势来看，我又觉得把所有的血都流净也比被征服强!"

老太婆叹了口气，慢慢的走回家中去。

瑞宣，仍然立在门前，听见了小顺儿与妞子的歌声。他几乎要落下泪来。小孩们是多么天真，多么容易满足！假若人们运用聪明，多为儿童们想一想，世界上何必有战争呢!

回到院中，他的心怎样也安不下去。又慢慢的走出来，看着一号的门，他才想清楚，他是要看看那两个日本妇人怎样捧回来骨灰。他恨自己为什么要这样，这分明是要满足自己没出息的一点愿望——我不去动手打仗，敌人也会死亡！

一会儿，他想他必须把心放大一些，不能像苍蝇似的看到同类的死亡而毫不动心。人总是人，日本人也是人，一号的男人的死亡也是该伤心的。一会儿，他又想到，假若被侵略的不去抵抗，不去打死侵略者，岂不就证明弱肉强食的道理是可以畅行无阻，而世界上再没有什么正义可言了么？

他想不出一个中心的道理，可以使他抓着它不放，从而减削了他的矛盾与徘徊。他只能出来进去，进去出来，像个热锅上的蚂蚁。

刚到正午，他看见了。他的眼亮起来，心也跳得快了些。紧跟着，他改了主意，要转身走开。可是，他的腿没有动。

两个日本孩子，手中举着小太阳旗，规规矩矩的立在门外，等着老太婆来开门。他们已不像平日那么淘气，而像是有什么一些重大的责任与使命，放在他们的小小的身躯上。他们已不是天真的儿童，而是负着一种什么历史的使命的小老人；他们似乎深深的了解家门的“光荣”，那把自己的肢体烧成灰，装入小瓶里的光荣。

极快的他想到：假若他自己死了，小顺儿和妞子应当怎样呢？他们，哼，必定扯着妈妈的衣襟，出来进去的啼哭，一定！中国人会哭，毫不掩饰的哭！日本人，连小孩子，都知道怎么把泪存在心里！可是，难道为伤心而啼哭，不是更自然，更近乎人情吗？难道忍心去杀人与自杀不更野蛮吗？

还没能给自己一个合适的回答，他听见了一号的门开了，两扇门都开了。他的心，随着那开门的响声，跳得更快了些。他觉得，不论怎样，他也应当同情那位老太婆——她不完全是日本人，她是看过全世界的，而日本，在她心中，不过是世界的一小部分；因此，她的心是超过了种族，国籍，与宗教等等的成见的。他想走开，恐怕老太婆看见他；可是，他依然没动。

老太婆走出来。她也换上了礼服——一件黑地儿，肩头与背后有印花的“纹付”[①]。走出来，她马上把手扶在膝部，深深的鞠躬，敬候着骨灰来到。

两个妇人来了，两人捧着一个用洁白的白布包着的小四方盒。她们也都穿着“纹付”。老婆婆的腰屈得更深了些。两个妇人像捧着圣旨，脸上没有任何表情，就那么机械的，庄严的，无情的，走进门去。门又关上。瑞宣的眼中还有那黑地的花衣，雪白的白布，与三个傀儡似的妇人，呆呆的立着。他的耳倾听着，希望听见一声啼叫。没有，没有任何响动。日本妇人不会放声的哭。一阵风把槐叶吹落几片，一个干枝子轻响了一声。

他想起父亲的死，孟石的死，小文夫妇与小崔的死。哪一回死亡，大家不是哭得天昏地暗呢？为什么中国人那么怕死，爱哭呢？是中国的文化已经过熟呢，还是别人的文化还没熟到爱惜生命与不吝惜热泪呢？

他回答不出。更使他难堪的是他发现了自己的眼已经湿了。他知道他不应当替他的敌人伤心，他的敌人已杀害了千千万万中国人，包括着他的父亲与弟弟。可是，他也知道，为死亡而难过，也不算什么过错；敌人也是人。

他的心中乱成了一窝蜂。生与死，爱与恨，笑与泪，爱国与战争，都像一对对的双生的婴儿，他认不清哪个是哪个，和到底哪个好，哪个坏！他呆呆的坐在门坎上，看着槐叶随风摆动。

---

①“纹付”，印有家徽的和服。

第二天见了富善先生，瑞宣很想把这些问题全提出来，跟老先生畅谈一番。可是，一看老人的神色，他闭住了嘴。这一程子了，富善先生简直的不高兴和任何人闲谈。日本人的积极打通粤汉线，赶走了天津的英美人，和在暹逻缅甸安南与印度的暗中活动，都使他看清楚，迟早日本会突击香港与新加坡。他虽自居为东方人，但是在他的心里，他却吃不消大英帝国的将要失败与解体。他并不喜欢侵略与战争，可是作为一个英国的公民来说，他几乎不能不迷信大英帝国应当占领着香港与马来亚。不过，日本若是真进攻香港与南洋，英国是不是守得住那些地方呢？又这么一想，他的脖子就伸得长长的而还觉得透不过气来。

有时候，他想到中国近百年来的外患，都是英国给招来的；英国是用战舰政策，打开中国的门户的祸首。这么一想，他不由的说出来：日本应当与中国立在一块儿，把白人都打出去；中日的战争是自相残杀，替白人造成压迫东方人的机会。

可是，这样说完以后，他马上后了悔。不，不，中日不能携手！英国与日本联盟过，今天英日还应恢复旧好，一东一西，遥遥相映的控制着全世界！他爱中国人，他真愿英国与中国成为朋友。可是，由大英帝国的立场来看，他就觉得那可恨的日本人，似乎比中国人更好一些，更够个朋友。

他的心中这样忽此忽彼的乱折腾，所以不愿再和瑞宣闲谈；他已不知道自己的立场到底是什么，应当是什么。

把这些大事撇开，假若日本人真的要对英国作战，他个人怎样呢？他有胆气，不怕死，可是假若被日本人捉去，关在集中营里，那可就……他简直不敢再想下去。他不愿教人看见他的手发颤！为解除这些忧虑，他想赶快把那本《北平》写完，好使他有个传之久远的纪念品。他看，他掀弄，几十年来收集的图画与照片；可是，一个字也写不出。

瑞宣几乎不敢再正眼看他的老友。老人的长脸尖鼻子，与灰蓝色的眼珠，还都照旧，可是他已失去那点倔强而良善的笑容。战争改变了一切人的样子。

这样，一个良善的中国人，和一个高傲的英国人，就那么相对无言，教战争的鬼影信意的捉弄着他们的感情与思想，使他们沉默，苦痛。战争不管谁好谁歹，谁是谁非，遇见它的都须毁灭。

# 八十

一晃儿又到了中秋节。月饼很少很贵。水果很多，而且相当的便宜。兔儿爷几乎绝了迹。不管它们多吧少吧，贵吧贱吧，它们在吃共和面的人们心中，已不占重要的地位。他们更注意那凉飕飕的西风。他们知道，肚子空虚，再加上寒冷，他们就由饥寒交迫而走上死亡。

只有汉奸们兴高采烈的去买东西，送礼：小官们送礼给大官，大官们送给日本人。这是巴结上司的好机会。同时，在他们为上司拣选肥大的螃蟹，马牙葡萄，与玫瑰露酒的时候，他们也感到一些骄傲——别人已快饿死，而他们还能照常过节。

瑞宣看见汉奸们的忙于过节送礼，只好惨笑。他空有一些爱国心，而没法阻止汉奸们的纳贡称臣。他只能消极的不去考虑，怎样给祖父贺寿，怎样过过节，好使一家老幼都喜欢一下。这个消极的办法，他觉得，并不怎样妥当，但是至少可以使他表示出他自己还未忘国耻。

韵梅可不那么想。真的，为她自己，她绝对不想过节。可是，在祁家，过中秋节既是包括着给祖父贺寿，她就不敢轻易把它忽略过去。真的，祁家的人是越来越少了，可是唯其如此，她才更应当设法讨老人家的欢喜；她须用她“一以当十”的热诚与活跃减少老人的伤心。

“咱们怎样过节啊?”她问瑞宣。

瑞宣不知怎样回答她好。

她，因为缺乏营养，因为三天两头的须去站队领面，因为困难与愁苦，已经瘦了很多，黑了很多。因为瘦，所以她的大眼睛显着更大了；有时候，大得可怕。在瑞宣心不在焉的时节，猛然看见她，他仿佛不大认识她了；直到她说了话，或一笑，他才相信那的确还是她。她还时常发笑，不是因为有什么可笑的事，而是习惯或自然的为讨别人的喜欢。在这种地方，瑞宣看出她的本质上的良善来。她不只是个平庸的主妇，而是像已活了二三千年，把什么惊险困难都用她的经验与忍耐接受过来，然后微笑着去想应付的方策。因此，瑞宣已不再注意她的外表，而老老实实的拿她当作一个最不可缺少的，妻，主妇，媳妇，母亲。是的，尽管她没有骑着快马，荷着洋枪，像那些东北的女英雄们，在森林或旷野，与敌人血战；也没像乡间的妇女那样因男人去从军，而担任起筑路，耕田，抢救伤兵的工作；可是她也没像胖菊子那样因贪图富贵而逼迫着丈夫去作汉奸，或冠招弟那样用身体去换取美好的吃穿；她老微笑着去操作，不抱怨吃的苦，穿的破，她也是一种战士！

从前瑞宣所认为是她的缺欠的，像举止不大文雅，服装不大摩登，思想不出乎家长里短，现在都变成了她的长处。唯其她不大文雅，她才不怕去站队领粮，以至于挨了皮鞭，仍不退缩。唯其因为她不摩登，所以她才不会为没去看电影，或没钱去烫头发，而便撅嘴不高兴。唯其因为她心中装满了家长里短，她才死心塌地的为一家大小操劳，把操持家务视成无可卸脱的责任。这样，在国难中，她才帮助他保持住一家的清白。这，在他看，也就是抗敌，尽管是消极的。她不只是她，而是中国历史上好的女性的化身——在国破家亡的时候，肯随着男人受苦，以至于随着丈夫去死节殉难！

真的，她不会自动的成为勇敢的，陷阵杀敌的女豪杰，像一些受过教育，觉醒了的女性那样；可是就事论事，瑞宣没法不承认她在今天的价值。而且，有些男人，因为女子的逼迫才作了汉奸，也是无可否认的事实。

“你看怎么办呢？”瑞宣想不出一定的办法。

“老太爷的生日，无论怎样也得有点举动！可是，咱们没有粮食。咱们大概不能通知拜寿来的亲友们，自己带来吃食吧？”

“不能！他们可也不见得来，谁不知道家家没有粮食？”

“你就不知道，咱们北平人多么好凑热闹！”

“那也好办，来了人清茶恭候！不要说一袋子，就是一斤白面，教我上哪儿去弄来呢？就是大家不计较吃共和面，咱们也没有那么多呀！”

“真的，清茶恭候？”韵梅清脆的笑了两声，——她想哭，不过把哭变成了笑。

韵梅去和婆母商议：“我们俩都没有主意，你老人家……”

天佑太太把一根镀金的簪子拔下来：“卖了这个，弄两斤白面来吧！”

“不必，妈！有钱不是也没地方去买到面吗？”

握着那根簪子，天佑太太楞起来。

祁老爷的小眼睛与韵梅的大眼睛好像玩着捉迷藏的游戏，都要从对方的眼睛中看出点意思来，又都不敢正视对方。最后，老人实在忍不住了："小顺儿的妈，甭为我的生日为难！我快八十岁了，什么没吃过，没喝过？何必单争这一天！想法子呀，给孩子们弄点什么东西吃！看，小妞子都瘦成了一把骨头啦！"

韵梅回答不出什么来，尽管她是那么会说话的人。她知道老人在这几天不定盘算了千次万次，怎么过生日，可是故意的说不要贺生。这不仅是为减少她的为难，也是表示出老人对一切的绝望——连生日都不愿过了！她也知道，老人在这几天中不定想念天佑，瑞丰，瑞全，多少多少次，而不肯说出来。那么，假若她不设法在生日那天热闹一下，老人也许会痛哭一场的。可是，无论她有多大的本事，她也弄不来白面！粮食是在日本人手里呢！

到了十一的晚间，丁约翰像外交官似的走了进来。他的左手提着一袋子白面，右手拿着一张大的红名片。把面袋放下，他双手把大红名片递给了祁老太爷。名片上只有"富善"两个大黑字。这还是富善先生在三十年前印的呢，红纸已然有点发黄。

"祁老先生，"丁约翰必恭必敬的说："富善先生派我送来这点面，给您过节的。富善先生原打算自己来请安，可是知道咱们胡同里有东洋人住着，怕给您惹事，他请您原谅！"

丁约翰没有敢到屋中坐一坐，或喝一碗茶，虽然祁老人诚恳的这么让他。富善先生派他来送面，他就必须只作送面的专使，不能多说话，或吃祁家的一杯茶。富善先生，在他心中，即使不是上帝，也会是一位大天使。把"差使"交代清楚，他极规矩的告辞，轻快而稳当的走出去。

看着那袋子的白面，祁老人感动得不大会说话了，而只对面袋子不住的点头。

小顺儿与妞子欢呼起来："吃炸酱面哪！吃'白'馒头呀！"

韵梅等老人把面袋看够了，才双手把它抱进厨房去，像抱着个刚生下来的娃娃那么喜欢，小心。

祁老人在感叹了半天之后，出了主意：“小顺的妈，蒸馒头，多多的蒸！亲友们要是来拜寿，别的没有，给他们馒头吃！现在，馒头，白面的，不就是海参鱼翅吗？”

“哟！好容易得到这么一口袋宝贝面，哪能都招待了客人？”韵梅的意思是只给老人蒸几个寿桃，而留着面粉当作药品：这就是说，到家中谁有病的时候，好能用白面作一碗片儿汤什么的。

“你听我的！咱们，咱们的亲友，早晚都得饿死！一袋子面救不了命！为什么不教大家都吃个馒头，高兴一会儿呢？”

韵梅眨巴着大眼睛，没再说什么。她心中可是有点害怕：老人是不是改了脾气呢？老人改脾气，按照着“老妈妈论”来说，是要快死的预兆！祁家，在她看，已经丢失了三个男人，祁老人万万死不得！有最老的家长活着，不管家中伤了多少人，就好像还不曾损失元气似的，因为老人是支持家门的体面的大旗。同时，据她想，尽管公公天佑死去，而祁老人还硬硬朗朗的活着，她便可以对别人表示出：“我们还有老人！”而得到一点自慰——我们，别看天下大乱，还会奉养孝顺老人！

她去问婆母与丈夫，是否应当依照老人的吩咐，大量的蒸馒头。回答是：老人怎说，怎办吧！这使她更不安了。大家难道都改了脾气，忘了节俭，忘了明天？

到了生日那天，稀稀拉拉的只来了几个至亲。除了给老人拜寿而外，他们只谈粮食问题。在谈话中，大家顺手儿向老人给别的亲友道歉：谁谁不能来，因为没有一件整大褂，谁谁不能来，因为已经断了炊！

这些恶劣的消息并没使老人难过，颓丧。他好像是决定要硬着心肠高兴一天。他把那些伤心的消息当作理当如此，好表示出自己年近八十，还活着，还有说有笑的活着！尽管日本人占据北平已有好几年，尽管日本人变尽了方法去杀人，尽管他天天吃共和面，可是他还活着，还没被饥荒与困苦打倒——也许永远不会被打倒！

天佑太太，瑞宣，韵梅，以至于亲戚们，看老人这样喜欢，都觉得奇怪。同时，因为老人既很高兴，大家就不便都哭丧着脸；于是，把目前伤心的事都赶紧收起去，而提起老年间太平的景象，以便博得老人的欢心。

及至馒头拿上来，果然不出老人所料，大家都仿佛看见了奇珍异宝。他们只顾往口中送那雪白的，香软的，馒头，而忘了并没有什么炒菜与荤腥。韵梅屡屡的向大家道歉："除了馒头可没有别的东西呀！"大家仿佛觉得她的道歉是多此一举，而一劲儿夸赞馒头的甜美。

祁老人好似发了狂，一手扶着小顺儿，一手拿着馒头，劝让每一个客人："再吃一个！再吃一个！"

等到客人都走了，老人脸上的笑容完全不见了。教小顺儿给拿来小板凳，他坐在了院中，把下巴顶在胸前，一动也不动。

"爷爷，你累了吧？到屋里躺一会儿去？"韵梅过来打招呼。

老人没出一声，也没动一下。

韵梅的心中打开了鼓："爷爷，你怎么啦？"

老人又沉默了半天，才抬起头来，看着韵梅。她又问了声："怎么啦？你老人家！"

老人叹了口气，而后仿佛已筋疲力尽了似的，极慢极慢的说："你也许看我是发了疯，把馒头往外乱塞！我没有疯，没有！想想吧，要是天佑，瑞丰，瑞全，常二爷，连那个胖二媳妇，都在里面，得吃多少馒头呢？我假装的拿亲戚们当作了天佑，常二爷……！他们吃了，也就好像……！”老人又低下头去。

“爷爷！这是干什么呢！今天您不是挺高兴的吗？干吗自己找不痛快呢？”韵梅假笑着劝慰。

“我高兴？”老人低着头说：“混账才高兴呢！算算吧，四辈子人还剩下了几个？生日？这是祭日！我的生日，天佑们的祭日！一个人活着是为生儿养女，永远不断了香烟。看我！儿子倒死在我前面！我高兴？我怎那么不知好歹！”

又叨唠了一大阵，老人才手指着三号院子那边，咬着牙说：“全是他们闹的！日本人就是人间的祸害星！”

说完了这一句，老人似乎解了一点气，呆呆的楞起来。

楞了好大半天，他低声的叫：“小顺儿！”看重孙子跑过来，他说：“去拿几个馒头来，用手绢儿兜好！”

一家人都猜不到老人是什么意思。小顺儿把馒头拿来，老人发了话：“走！跟我去！”

瑞宣搭讪着走过来，笑着问：“给谁送馒头去？爷爷！”

老人慢慢的立起来，惨笑了一下。“哼！我要恩怨分明！有仇的，我不再忘记；有好处的，我一定记住。一号的那位日本老婆子对咱们有点好处，我给她送几个馒头去！”

“算了吧，爷爷！”瑞宣明知祖父想的很对，可是总觉得给日本人送东西去，有点怪难为情。“他们有白面吃！”

“他们有面吃是他们的事，我送不送给他们是我的事！再说，这是寿桃，不是平常的馒头。”

“好，我陪您去！”瑞宣知道一号的老太婆不大会说中国话。

小顺儿见爸爸要跟老人去，偷偷的躲开。他恨一号的日本孩子，不高兴他们吃到太爷的寿桃。

瑞宣敲了两次门，一号的老太婆，带着两个淘气孩子，才慢慢的开了个门缝。及至看明白是瑞宣，她赶紧把门开开，两个孩子，一点也不像往日那么淘气了，乖乖的立在她旁边。还没等瑞宣说明来意，老太婆就用英语说了话：

“你来的正好，我正要去告诉你！他们的娘都被军队调了去，充当营妓！我是日本人，也是人类的人；以一个日本人说，我应当一语不发，完全服从命令；以一个人类的人说，我诅咒那教这两个孩子的父亲变成骨灰，妈妈变成妓女的人！”老太太把话说完，手与唇都颤动起来。

两个孩子始终看着老太太的嘴，大概已猜到她说的是什么。到她说完了话，他们更靠近她些，呆呆的立着。

瑞宣想不起说什么好。他应当安慰老太太，可又觉得那些来烧杀中国的人们理当男作骨灰，女作娼妓。

祁老人不知道她说的是什么，慢慢的把手绢里的馒头拿出来，递给那两个孩子。同时，他对瑞宣说：“告诉她，这是寿桃！”

瑞宣照样的告诉了老太太，她点了点头，而后又楞起来。

男的，女的，老的，小的，都没有话可说，十只眼都呆呆的看着那大的白的馒头。

瑞宣搀着祖父，轻轻的说了声：“走吧？”

老人没说什么，随着长孙往家中走：“那个老太太说什么来着？”

瑞宣没敢回头。他觉得老太婆和两个孩子必定还在门口看着他呢。一直的进了家门，他才把老婆婆的话告诉了祖父。祁老人想了半天，低声的说：“谁杀人，谁也挨杀；谁祸害女人，谁的女人也挨祸害！那两个孩子跟老婆婆都怪可怜的！”

# 八十一

一阵冷飕飕的西北风使多少万北平人颤抖。

在往年，这季节，北平城里必有多少处菊花展览；多少大学中学的男女学生到西山或居庸关，十三陵，去旅行；就是小学的儿童也要到万牲园去看看猴子与长鼻子的大象。诗人们要载酒登高，或到郊外去欣赏红叶。秋，在太平年月，给人们带来繁露晨霜与桂香明月；虽然人们都知道将有狂风冰雪，可是并不因此而减少了生趣；反之，大家却希望，并且准备，去享受冬天的围炉闲话，嚼着甜脆的萝卜或冰糖葫芦。

现在，西北风，秋的先锋，业已吹来，而没有人敢到城外去游览；西山北山还时常发出炮声。即使没有炮声，人们也顾不得去看霜林红叶，或去登高赋诗，他们的肚子空，身上冷。他们只知道一夜的狂风便会忽然入冬，冬将是他们的行刑者，把他们冻僵。

人们忘了一切，而只看到死亡的黑影。他们听到德军攻入苏联，而并没十分注意。他们已和世界隔离，只与死亡拴在一处。不敢希望别的，他们只求好歹的度过冬天，能不僵卧在风雪里便是胜利。

在那晨霜未化的大路上，他们看见，老有一部卡车，那把冠晓荷与孙七送到“消毒”的巨坑的卡车，慢慢的游行。这是鬼车！每逢它遇到路旁的僵尸，病死的，饿死的，或半死的，它便随便的停下来，把尸身拖走。看到鬼车，他们不由的便想到自己也有被拖走的可能——你倒在路上，被拖走，去喂野狗！没有医生看护来招呼，没有儿女问你的遗言，没有哀乐与哭声伴送棺材，你就那么像条死猫死狗似的销声灭迹。

韵梅三天两头的看见这部鬼车。

有了第一次领粮的经验，她不敢再迟到。每逢去领粮，她黑早的便起床。有时候起猛了，天上还满是星星。起来，她好歹的梳洗一下，便去给大家勾出一锅黑的，像药汤子似的粥来；而后把碗筷和咸菜都打点好。这些作罢，她到婆母的窗外，轻声的叫了一声：“妈，我走啦！”

领粮的地方并不老在一处。有时候，她须走四五里路；有时候，她甚至须到东城去。假若是在东城，她必须去赶第一班电车；洋车太贵，她坐不起。她没坐惯电车，但是她下了决心去试验。她是负责的人，她不肯因为日本人的戏弄，残暴，而稍微偷一点懒。

她的胆量并不大。她怕狗。在清晨路静人稀的路上走，偶而听到一声犬吠，她便大吃一惊。她必须握紧了口袋，大着胆，手心上出着凉汗，往前冲走。有时候，她看见成群的日本兵。她害怕，可是不便显出慌张来。低下头，心跳得很快，她轻快的往前走。她怕，可是绝不退缩。她好像是用整个的生命去争取那点黑臭的粮食。

使她最胆战心惊的是那部鬼车。不管是阴是晴，是寒是暖，一眼看见它，她马上就打冷战。有时候，车上有三四个，甚至于十来个，死尸，她不由的便闭上了眼。那些死尸，在她心里，不仅是一些冰冷的肢体，而是和她一样的人；他们都必定有家族，亲友，与吃喝穿戴等等的问题。她想，他们必然还惦念着他们的儿女，父母，和家中的事情。是的，有一次她看见一个死尸，右腕上还挂着一个面口袋！和她一样，她的手中也有个口袋！那具死尸可能的是她自己！她一天没有吃饭，只一劲儿喝水。

因为领粮的地方忽远忽近，因为拿着粮证而不一定能领到粮，小羊圈的人们时时咒骂李四爷——他发粮证，所以一切过错似乎都应由他负责。韵梅，和别人一样的受尽折磨，可是始终不肯责难李老人。她的责任心使她坚强，勇敢，任劳任怨。

有一天，她抱着半袋子共和面，往家中走。离家还有二三里地呢，可是她既不肯坐洋车，也不愿坐电车。洋车贵，电车不易挤上去。她走得很慢，因为那点臭面像个死孩子似的，越走越沉重。

猛一抬头，她看见了招弟。招弟（已由狱中出来，被派为监视北平的西洋人的“联络”员）虽然穿着高跟鞋，可是身量还显着很矮。与她同行的是个极高极大的西洋人。她的右手紧紧的抓着那个“伟人”的臂，脸儿仰着，一边走一边笑着和他说话。她的头发一半朝上，像个极大的刷瓶子的刷子，蓬蓬着，颤动着，那一半披散在肩上。她的小脸比从前胖了许多，眉眼从远处看都看得很清楚，因为都按照电影明星拍制影片时候那么化过装。她高声的说笑，脸上的肌肉都大起大落的活动：眉忽然落在嘴角上，红唇忽然卷过鼻尖去。及至笑得喘不过气来，她立住，双手抱住“伟人”的臂，把蓬蓬着的头发都放在他的怀里，肩与背一抽一抽的动弹。这样笑够了，她抽出他的领带，轻轻的搌一搌眼角。而后，她掏出小镜子，粉扑，劈拍劈拍的往脸上拍粉，倒好像北平的全城是她的化装室。

韵梅抱着面袋，楞在了那里。招弟没注意她，也没注意任何人，所以韵梅放胆的看着，直到招弟拍完粉，又和那个“伟人”缓缓的走开。

韵梅不由的啐了一口唾沫。她不知道什么国家大事，但是她看明白了这一点——日本人来到北平，才会有这种怪事与丑态。想到这里，她不由的看了看面袋与自己的旧蓝布大褂。看完，她抬起头来，觉得自己的硬正。别管她吃的是什么，穿的是什么，她没有变成和洋人一块出怪象的招弟。她觉得应当自傲！

回到家中，她没敢向大家学说那件事。不要说对大家一五一十的讲，就是一想起那种怪样子，她的脸上就要发热，发红。

假若招弟的丑态教韵梅的脸红，刘棚匠太太可是教她感到妇女并不是白吃饭的废物或玩物。

刘太太一向时常到祁家来，帮助韵梅作些针头线脑什么的。最近，因为粮食缺乏，物价高涨，刘太太决定不再要瑞宣每月供给她的六块钱。她笨嘴拙舌的把这个决定首先告诉了韵梅，韵梅既不能作主，又怀疑刘太太是否因为不好意思要求增加钱数，而故意的以退为进的拒绝再接受供给。

“我有法儿活着！有法儿！”刘太太一劲儿那么说，而不肯说出她到底有什么法儿活着。

过了两天，刘太太不见了。连韵梅带祁家的老幼全很不放心。特别是瑞宣：虽然因为经济的力量不够，不能多照应刘太太，可是他既受到刘师傅之托，就不能不关切她的安全。

又过了几天，刘太太忽然回来了，拿来有一斤来的小米子，送给祁老人。不会说别的，她只笑着告诉老人：“熬点粥喝吧！”

小米子，在战前，是不怎么值钱的东西；现在，它可变成了宝贝！每逢祁老人有点不舒服，总是首先想到："要是有碗稠糊糊的小米粥喝，够多么好呢！"今天，看见这点礼物，他摸弄着那一粒粒娇黄的米粒，倒好像是摸着一些小的珍珠。他感激得说不上话来。

把刘太太扯到自己屋中，韵梅问她从哪儿和怎么弄来的小米子。刘太太接三跳两的说出她的行动。原来，自从日本人统制食粮，便有许多人，多半是女的，冒险到张家口，石家庄等处去作生意。这生意是把一些布匹或旧衣裳带去，在那些地方卖出去，而后带回一些粮食来。那些地方没有穿的，北平没有吃的，所以冒险者能两头儿赚钱。这是冒险的事，他们或她们必须设法逃过日本人的检查，必须买通铁路上的职工与巡警。有时候，他们须藏在货车里，有时候须趴伏在车顶上。得到一点粮，他们或她们须把它放在袖口或裤裆里，带进北平城。刘太太加入了这一行。她不肯老白受祁家的供给，而且那点供给已经不够她用的了。

粗枝大叶的把这点事说完，刘太太既没表示出自己有胆量，也没露出事体有什么奇怪，而只那么傻乎乎的笑了笑。直到韵梅问她难道不害怕吗，她才简单的说了句："我是乡下人！"倒好像乡下人能够掉了脑袋也还能走路似的。

过了两天，刘太太又不见了。

从这以后，韵梅每逢要害怕，或觉得生活太苦，便马上想起刘太太来，而咬上了牙。她甚至对自己说："万一真连一点粮也买不到，我也得跟刘太太到张家口去！不论怎苦，怎么险，反正不能看着一家老小都饿死！"

假若刘太太的勇敢引起韵梅的坚强与自信，李四妈的广泛的爱心又使她增多了对人与人之间的了解，与应有的互相关切。在从前，韵梅除了到街上买点东西，很少出街门，所以虽然知道李四妈是菩萨心肠，可是总嫌老婆子有点疯疯癫癫，不大懂规矩。现在，她常常出门，常常遇到李四妈，她开始了解那个老妇人。因为她常常到街上去，所以她时常需要别人的安慰与援助，而每逢遇到李四妈，她就必能得到她所需要的。这使她受了感动。在从前，她的处世待人的方法多半是本着祁家的传统，凡事都有个分寸，对谁都不即不离。现在，在屡次受李四妈的助援以后，她开始明白分寸与不即不离并不是最好的方法，而李四妈的热诚也并非过火与故意讨好。因此，她也试着步儿去帮助别人，在帮助了别人以后，她感到一种温暖，不是温暖的接受，而是放射；放射温暖使她觉得自己充实坚定。

不错，李四妈时常的撒村骂人，特别是在李四爷备受邻居的攻击的时候。可是，尽管她骂人，她还去帮忙大家；她并不为小小的一点怨恨而收起她的善心；她不仅有一点善心，她伟大！

在全胡同里，受李家帮助最多的是七号杂院那些人，可是攻击李四爷最厉害的也是那些人。他们穷，所以他们的嘴特别厉害。虽然如此，李四妈还时常到七号去。他们说闲话，她马上用最脏的村话反攻。可是，在他们的病榻前，产房里，她像一盏灯似的，给他们一点光明。

七号的黑毛儿方六，自从能熟背四书以后，已成为相声界的明星，每星期至少有两三次广播。

有一天，在广播的节目中，他说了一段故事，俏皮日本人。节目还没表演完，方六就下了狱。

听到广播的人一致同情方六，可是并没有人设法营救他。李四妈并没听见广播，不晓得方六为什么下狱。但，她是第一个来安慰方家的人的，而后力逼“老东西”去设法救出方六来。

李四爷不过是小小的里长，有什么力量能救出方六呢？他去找白巡长，问问有无办法。

“四爷，我佩服您的好心，可是这件事不大好管！”白巡长警告李老人。

“我要是不管，连四妈带七号的人还不把我骂化了？”

“嗯——”白巡长闭了会儿眼，从心中搜寻妙计。“我倒有个主意，就怕您不赞成！”

“说说吧！谁不知道你是诸葛亮！”

“这一程子，大家不是老抱怨你老人家吗？好，咱们也给他们一手瞧瞧！”

李老人惨笑了一下。“我老啦，不想跟他们赌气！我好，我坏，老天爷都知道！”

“对！我也不劝您跟他们赌气！我是说，您出头，对大家伙儿去说：咱们上个联名保状，把方六保出来！看看，到底有几个敢签字的？他们要是不敢签字呀，好啦，他们也就别再说您的坏话；您看是不是？”

“他们要是都签字呢？”

“他们？”白巡长狡猾的一笑。“才怪！我懂得咱们的邻居们！”

李老人不高兴作这种无聊的事。不过，邻居们近来的攻击，又真使他不甘心低着头挨骂。他正这么左右为难，白巡长又给加了点油：“四爷，我并不愿挑拨是非，我是为您抱不平！试验试验他们，看看到底有几个有骨头的！”

李老人无可如何的点了头。

果然不出白巡长所料，七号的人没有敢签字的。他们记得小崔，小文夫妇，不肯为了义气而丧掉了命。

李老人有点高兴，不久就又变成了扫兴。他觉得那些人可恨，也可怜。他很想把保状撕碎，结束了这件无聊的事。可是，一点好奇心催动着他，他继续的去访问邻居们。

丁约翰没说什么便签了字。他不是为帮方六的忙，而大概是为表示英国府的人不怕日本鬼子。

程长顺，看了看保状，呜囔了两声什么，他也签了字。

李老人到了祁家，来应门的是韵梅。听明白李四爷的来意，她没进去商议，就替瑞宣签了名。她识字不多，可是知道怎么写丈夫的名字。

这教李四爷倒吓了一跳。他知道祁家是好人，可是没料到韵梅会有这么大的胆子。

真的，她的确长了胆子。她常常的上街，常常看到听到各种各样的事，接触各种各样的人，她不知不觉的变了样子。在从前，厨房是她的本营，院子是她的世界。现在，她好似睁开了眼，她与北平的一切似乎都有了密切的关系。假若营救方六，她盘算，是件错事，李四爷就一定不会出头。李四爷既肯出头，她就也应当帮忙；为什么好事都教李四老夫妇一手包办了呢？

最使她高兴的是瑞宣回来，听到她的报告，并没有责备她轻举妄动。他笑了笑，只说了声：“救人总是好事！”

李四爷并没把保状递上去，一来是签名的太少，二来知道递上去不但不见得有用，而且倒许给签名的人惹出麻烦来。可是，由这回事，他更认清楚了街坊中谁是真人，谁是假人。特别对于韵梅，他觉得她仿佛是他的一个新的收获。

在她上街的时候，韵梅常常遇见一号的日本老婆婆和那两个淘气的日本孩子。她一向不搭理他们。她恨那两个孩子，因为他们欺侮过小顺儿子。

现在，她知道了一号的男人阵亡，妇女作了营妓，她开始可怜他们，开始和那老婆婆过话。老婆婆只会说几句简单的中国话，可是韵梅能由她的眼神中猜出许多要说而没能说出来的意思。有时候，她们俩立在一处，呆呆的一言不发，而感到彼此之间有些了解。老太婆仿佛是要说："我不是平常的日本人，别拿我的相貌服装判断我！"韵梅呢，想不出什么简单明了的话来说明自己的态度，可是那几千年文化培养出的一点一视同仁之感使她可怜老太婆的遭遇。渺茫的，她觉得自己非常伟大——她能可怜她的敌人！

一夜飕飕的西北风，地上头一次见了冰。一清早，韵梅须去领粮。看着地上的薄冰，她想找出她的手套来。可是，她并没去找。她不能怕冷，她知道这一冬天，苦难还多着呢，不能先教一点冰吓倒。出了门，冰凉的小风一会儿便把她的鼻尖冻红；她加速了脚步，好给自己增多一点热力。

领粮的人们，有的戴上了多年不见的红呢子破风帽，有的戴上了已成古董的耳帽儿，有的穿着油腻多厚的旧棉袍，有的穿着只有皮板而没有毛的皮坎肩。韵梅看着这些带着潮味的"奇装异服"，忽然怀疑自己是不是在北平的街上立着呢。她知道，北平人是最讲体面的；就是衣服破旧，也要洗得干干净净的。她想不起什么时候看见过这么多，这么脏，这么臭的衣裳来。

仰起头，看看天，那蓝得像宝石的天，她知道自己的确是在北平。那街道，铺户，与路旁落了叶子的树，也都不错，是她所熟识的。她只是不认识了那些人。假若今年，北平人已成了这么人不人鬼不鬼的样子，明年应当怎样呢？她不敢再往下想。

正在这时候，她敢起誓，她的的确确的看见了老三瑞全！他穿着一件短撅撅的，像种地的人穿的，蓝布旧棉袄，腰中系着一根青布搭包。光着头，头上冒着热汗，他顺着马路边走，走得很快。她张开口，喊：“老三！”可是，没有声音。一眨眼的工夫，老三已走出老远去。

老三！老三！她无声的叫了多少次，她不冷了；反之，她的手心上出了汗。老三回来了；刚才，他离她不过有两丈多远！老三，在户口登记簿上已经“死”了，居然又回到北平！老三，在外边打敌人，不单没被敌人打死，反倒公然的打进北平，在马路边上大踏步走着！韵梅的眼亮起来，腮上红了两小块。她无须再怕任何人，任何事，老三就离她不远，一定会保护她！

领了粮，回到家中，多少次她要把这个好消息告诉给老人们。可是，她晓得这不是随便说着玩的事，必须先和丈夫商议一下。她的话像一群急于出窝的蜂子，在心中乱挤乱撞。她须咬紧了嘴唇，把唇咬痛，才能使那群蜂儿暂时安静一会儿。院中每逢一有脚步声，她就以为是老三。即使没有声音，她还时时的看见他，在厨房，在院中，在各处，她看见他，穿着蓝短棉袄，头上出着热汗。好容易到了就寝的时候，她才得到开口的机会：

“小顺儿的爸，你猜怎么着，我看见了老三！”

瑞宣已经躺下，猛的坐起来：“什么？”

“我看见了老三！我起誓，一定是他！”

“在哪儿？他什么样子？”

韵梅一五一十的告诉了他。

抱住膝，他把眼盯在墙上，照着韵梅所说的，他给自己描画出一个老三来，像一张像片似的，挂在墙上。呆呆的看着那张想象的像片，他忘了一切。耳中，他仿佛只听到自己的心跳。

韵梅一脱鞋，响了一声，瑞宣吓了一跳；墙上的形影忽然不见了。他慢慢的躺下。“你可千万别对任何人说呀！”

“我就那么傻？”

“好，千万别说！别说！”

“一定不说！”韵梅也躺下。

夫妇都想说话，可是谁也不知道说什么好。都想假装入睡，可是都知道谁也没有困意。这样楞了好久，韵梅忽然说出一句来：“老三在外面都作了什么呢？”

“不知道！”瑞宣假装在语声中加上点困意，好教她不再说话；他要静静的细琢磨老三的一切，从老三的幼年起，像温习历史似的，想到老三的流亡。

可是，她仿佛是问自己呢：“他真打仗来着吗？”

瑞宣的眼睁得很大，可是假装睡着了，没有回答她。他真愿和韵梅谈讲老三，说一整夜也好；但是，他必须把老三的过去全盘想一过儿，以便谈得有条理。老三是祁家的，也是民族的，英雄；他不能随便东一句西一句的乱扯。

韵梅也不再出声，她的想象可是充分的活动着：她想老三必定是爬过山，越过岭，到过很远很远的地方，甚至于走到海边，看见了大海。她一生没出过北平城，对于山她只远远的看见过西山与北山，老那么蓝汪汪的，比天色深一点。她可不晓得山上的东西是不是也全是蓝颜色的。对于海，她只见过三海公园的“海”，不知道真正的大海要比三海大多少。她不由的又问出来：“大海比三海大多少呀？”

“大着不知有多少倍！干什么？”

她笑了一下。“正想，老三看见了海没有！”

“他什么都看见了，一定！”

“那多么好！”韵梅闭上了眼，心中浮起比三海大着多少倍的海，与蓝石头蓝树木的蓝山。海边山上都有个结实的，勇敢的老三。

这样，一个没有出过北平的妇人，在几年的折磨困苦中，把自己锻炼得更坚强，更勇敢，更负责，而且渺茫的看到了山与大海。她的心宽大了许多，她的世界由四面是墙的院子开展到高山大海，而那高山大海也许便是她的国家。

# 八十二

身上带着秦岭上的黄土，老三瑞全在旧历除夕进了西安古城，只穿着一套薄薄的棉学生装。

在这以前，他的黑豆子似的眼已看见了黄河的野浪，扬子江心的风帆，三峡的惊涛，与乱山中连茶叶都没见过的三家村。

对于他，没有一个地方能比得上北平。可是，每一个地方都使他更多明白些什么是中国。中国，现在他才明白，有那么多不同的天气，地势，风俗，方言，物产；中国大得使他狂喜，害怕，颤抖。连各处的云与蚊子都不一样！他没法忘了北平，可也高兴看那些不同的地域。那滚滚的黄流与小得可怜的山村，似乎是原始的，一向未经人力经营过的。可是它们也就因此有一种力量，是北平所没有的一种力量，紧紧的和天地连在一处。假若那人为的，精巧的，北平，可以被一把大火烧光，这些河流与村庄却仿佛能永远存在——从有历史以来，它们好像老没改过样子，所以也永远不怕，不能，被毁灭。这些地方也许在三代以前就是这样，而且永远这样。它们使他担心它们的落伍，可也高兴它们的坚实与纯朴。他想，新的中国大概是由这些坚实纯朴的力量里产生出来，而那些腐烂了的城市，像北平，反倒也许负不起这个责任的。

他也爱那些脚登在黄土上的农民，他们耕植的方法是守旧的，他们的教育几乎是等于零的，他们的生活是极端艰苦的，可是他们诚实，谨慎，良善，勤俭。只要他们听明白了，他们就（哪怕他们自己须挨饿呢!）不惜拿出粮食，金钱，甚至于他们的子弟，献给国家。他们没有北平人那样文雅，聪明，能说会道，可是他们，他们，负起抗战的全部责任；中国是他们的。是他们，把秦岭与巴山的巨石铲开，修成公路；是他们，用一筐一筐的灰沙，填平水田，筑成了飞机场；是他们，当敌人来到的时候，烧了房屋，牵了牛马，随着国旗撤退；是他们，把子弟送上前线，把伤兵从战场上抬救下来。

有这样的人民，才有吃不饱，穿不暖，而还能打仗的兵。有他们，“原始的”中国才会参加现代的战争。

他们不知道多少世界大势，甚至不认识自己的姓名，可是他们的心中却印着两三千年传下的道德，遇到事要辨别个是非。假若他们不知道别的，他们却知道日本人不讲理。这就够了。他们全用血肉和不讲理的人见个高低。因为山川的阻隔与交通的不便，使他们显着散漫，可是文化的历史与传统的道义把他们拴到一处：他们都是中国人，也自傲是中国人。

这样看明白了，瑞全才也骄傲的承认自己是中国人，而不仅是北平人。他几乎有点自愧是北平人了。他有点知识，爱清洁，可是，他看出来，他缺乏着乡民的纯朴，力量，与从地土中生长出来的智慧。有许多事，乡民知道，乡民能作，而他不懂，不能作。他的知识，文雅清洁，倒好像是些可有可无的装饰；乡民才是真的抓紧了生命，一天到晚，从春至冬，忙着作那与生命密切相关的事情；而且到时候，他们敢去拚命——尽管他们的皮肤是黑的，他们的血可是或者比他的更热更红一点。

他开始不注意自己的外表。看着自己身上的破衣服，鞋子上的灰土，和指甲缝中的黑泥，他不单不难过，而反觉得应当骄傲。他甚至于觉得乡民身上若有虱子，他就也应当有几个。以前，在北平的时候，他与别的青年一样，都喜欢说“民众”。可是，那时节，他的“民众”不过是些无知的，肮脏的，愚民。他觉得自己有知识，有善心，应去作愚民的尊师与救主。现在，他才知道，乡民，在许多事情上，不但不愚，而且配作他的先生。

他开始放弃了大学生的骄傲，而决定与乡民们在一块儿工作，一块儿抗敌。而且，要把他所知道的教给乡民；同时，也从乡民学习他所不知道的。

他不大会唱歌，而硬着头皮给百姓们唱抗战的歌曲。他不会演戏，而拉长了脸上台。他不会写文章，可是拧起眉毛给人们写抗战的故事。同样的，他不会骑马放枪，可是下了决心请百姓们教给他。他甚至于强迫自己承认，乡下的红裤子绿袄的姑娘比招弟更好看。假若他要结婚，他须娶个乡下姑娘！

同时，百姓们是那么天真，他们听，看，相信，他那连牛都不高兴接受的歌曲，话剧，与故事。他更高了兴，不是因为自傲，而是因为他已和乡民打成一片。他相信自己若能和乡民老在一块儿，他就能变成像乡民那么纯朴健壮，而乡民也变成像他那么活泼聪明；哼，打败日本简直可以比杀只鸡还容易！

这天真，高兴，自信，使他忘了北平。在北平，他一筹莫展；现在，他抓住了爱国的真对象。爱国成了具体的事实——爱那些人民与土地。战争，没想到，使都市的青年认识了真的中国。

他更瘦了些，可是身量又高出半寸来，他的脸晒得乌黑，可是腮上有棱有角的显出结实硬棒。没法子和乡下青年打篮球，他学会和他们摔跤，举石墩。摸着自己的筋肉，他觉得他能一枪把儿打碎两个敌人的头颅。

热血循环得快，他的想象也来得快，他甚至于盘算到战后的计划。他想，在胜利以后，他应当永远住在乡下，娶个乡下姑娘，生几个像小牛一般结实的娃娃。为教育自己的娃娃，他顺手儿便办一个学校，使村中老幼男女都得到识字的机会。他将办一个合作社，一个小工厂，一个医院，一个……他不单看见了胜利，也看见了战后的新中国。在那个新中国里，乡村都美化得像花园一样！

可是，不久，因当权者的不信任民众与怀疑知识青年们的自由思想，瑞全被迫离开他的工作与朋友，而必须到城市里作他所不高兴的工作。打击与失望使他愤怒。可是"不要灰心"！他想起钱伯伯与瑞宣大哥给他的临别赠言。他忍住气，闭上口，把乱说乱唱的时间都让给静静的思索。

从历史的背景，他重新看自己。他看出来，他的自信与天真只是一股热气催放出来的花朵，并不能结出果实。他的责任不是只凭一股热气去抗敌，去希冀便宜的胜利，去梦想胜利后的乌托邦。他也必须沉住了气去抵抗历史，改造历史。历史使中国的人民良善可爱，历史也使另一些人别有心肝，打算。他必须监视自己，使自己在历史的天平上得到真正的分量。他看出来，日本人的侵略中国是打开了十八层地狱，鬼魂们不但须往外冲杀，也应当和阎王与牛头马面们格斗。

在城市里过活了许多时候，他得到回北平的机会。假若他能在民间工作，或被军队收容，他万也不想回北平。他真爱北平，可是现在已体会出来它是有毒的地方。那晴美的天光，琉璃瓦的宫殿，美好的饮食，和许多别的小小的方便与享受，都是毒物。它们使人舒服，消沉，苟安，懒惰。瑞全宁可到泥塘与血狱里去滚，也不愿回到那文化过熟的故乡。不过既没有旁的机会，他也只好回北平，去给北平消毒。

在除夕，他进了西安古城。因穿得太薄，他很冷。绕了几条街，他买不到一件棉袍。铺户已都关上门，过年。他知道西安和北平是同一气味的古城，不管有无战争灾难，人们必须过年。他，不便生气；不生气，也就会慢慢的想主意。这就是他三四年来得到的一点宝贵的修养。

他去敲寿衣铺的门。不管是除夕，还是元旦，人间总有死亡；寿衣铺不会因过年而拒绝交易。他买了件给死鬼穿的棉袍。他笑了。好，活人穿死人的衣服，就也算不怕死的一点表示吧。

从西安，他往东走。遇上什么车，便坐什么车；没有车，他步行。当坐火车或汽车的时候，他必和日本人坐在一处，跟他们闲谈，给他们一点东西吃，倒好像他是最喜欢日本人的人。假若他拿着机密的文件或抗日的宣传品，他必把它们放在日本人的行李当中，省得受检查；有时候，他托日本人给他带出车站去。这些小小的把戏使他觉得自己很不值钱，因为日本人就专好玩这种小聪明。可是，及至它们得到了应得的效果，他又不由的有点高兴，心中说："你们会玩的，我也会！"

当他步行的时候，他有时候为躲避日本人，有时候为故意进入占领区，就绕了许多许多路，得到详细观察各处情形的机会。走了些日子之后，闭上眼他能给自己画出一张地图来。在这地图上，不仅有山河与大小的村镇，也有各处的军队与人民的动态。这是一张用血画的地图：一个小小的村子，也许遭受过十次八次的烧杀；一条静静的小溪，也许被敌人与我们抢渡过多少次。看着这张他心中的地图，他知道了中国人并不老实，并不轻易投降给敌人。在那张图上，他看见一些人影，那些穷，脏，无知而又无所不知，诚实而又精明的人民。真的，是他们，给了他心中的地图一些鲜红的颜色。

越走，离北平越近了，他不由的想起家来。他特别想念母亲与大哥。可是，这并没教他感到难过，因为三四年来的流亡，他看明白，已使他永远不会把自己再插入那四世同堂的家庭里，恢复战前的生活状态。那几乎已不可能。他已经看见了广大的国土，那么多的人民，和多少多少民间的问题。他的将来的生活关系，与其是家庭的，毋宁说是社会的。战争打开了他的心与眼，他不愿再把自己放在家里去。

已是秋天，他才由廊坊上了火车。

他决定变成廊坊的人。这不难，只要口音稍微一变，他就可以冒充廊坊的人。他的服装——一件长蓝布夹袍，一双半旧的千层底缎鞋，一顶青缎小帽——教他变成了粮店少掌柜的样子。他的行李是一件半旧的“捎马子”，上面影影绰绰的还带着“三槐堂”的字样。他姓了王。此外，他带着一副大风镜，与一条毛巾。拿毛巾当作手绢，带出点乡下人的土气，而大风镜又恰好给他添加些少掌柜的气派。捎马子里放着那“死灵魂”的棉袍，与三五件小衣裳。除了捎马子上的“三槐堂”，他浑身上下没有任何带字的东西。

高高的，黑黑的，他装傻充楞的上了火车，颇像常走路的买卖人。在车上，他想好王少掌柜的家谱与王家村的地图。一遍，两遍，十几遍，他把家谱与地图都背得飞熟。假若遇上日本人盘问，他好能用详细的形容与述说去满足他们的细心与琐碎——日本人不是最理想的仇敌，他们太琐碎。琐碎使日本人只看见了树，而忘了林，因而也就把精力全浪费在阴险与破坏上，而忘了人世间最崇高，最有意义的事情。

离北平越来越近了。火车一动一动的，瑞全的眼中一闪一闪的看到了家。家门，门外的大槐树，院中的一切，同时的，像图画似的，都显现在目前。他赶紧闭上眼，听着火车的轮声，希望把自己催眠过去，他一定不要因为看见北平而心跳得快起来。他已经被日本人摸过几次胸口，看他的心跳得快不快。这是北平，是他的家，也是虎口；他必须毫不动心的进入虎口，而不被它咬住。

车停住。他慢慢的扛起行李，一手高举着车票，一手握着那条灰不噜的毛巾，慢慢的下了车。车站旁的古老的城墙，四围的清脆的乡音，使他没法不深吸一口气。一吸气，他闻到北平特有的味道。他想快跑几步，像小儿看到家门那样兴奋的跑几步。北平有毒，可是，北平到底是他的生身之地，那颜色，气味，语声，都使他感到舒服与恰好合适，倒仿佛他一伸手就可以摸到母亲的手腕似的。可是，他必须镇定的，慢慢的，走。他知道，只要有人一拍他的肩膀，他就得希望那最好的，而勇敢的接受那最坏的。这已不是北平，而是虎口。

平安无事的，在车站上的木栅前，他交出手中的车票。可是，他还不敢高兴；北平的任何一块土，在任何时间，都可以变成他的坟墓。

果然，他刚一出木栅，一只手就轻轻的放在他的肩上。他反倒更镇定了，因为这是他所预料到的。

他用握着毛巾的手把肩头上的手打落，而后拿出少掌柜的气派问了声：“干什么？”不屑于看那只手是谁的，他照旧往前走，一边叨唠着：“我有熟旅馆，别乱拉生意！北平是常来常往的地方，别拿我当作乡下脑壳！”

可是，这点瞎虎事并没发生作用。一个硬棒棒的东西顶住了他的肋部。后面出了声：“走！别废话！”

三槐堂的王少掌柜急了，转过身来，与背后的人打了对脸。“怎回事？在车站上绑票？不躲开我，我可喊巡警！”

口中这样乱扯，瑞全心里却恨不能咬下那个人几块肉来。那是个中国的青年。瑞全恨这样的人甚于日本人。可是，他须纳住气，向连猪狗不如的人说好话。他叫了“先生”，“先生，我身上没有多少钱，您高抬贵手！”

“走！”那条狗龇了龇牙，一口很整齐洁白的牙。

王少掌柜见说软说硬都没有用，只好叹气，跟着狗走。

票房后边的一间小屋就是他预期的虎口。里边，一个日本人，两个中国人，是虎口的三个巨齿。

瑞全忙着给三个虎齿鞠躬，忙着放下行李，忙着用毛巾擦脸。而后，立在日本人的对面，傻乎乎的用小手指掏掏耳朵，还轻轻的揉了揉耳朵眼。

日本人像鉴定一件古玩似的看着瑞全，看了好大半天。瑞全时时的傻笑一下。

日本人开始掀着一大厚本像片簿子。瑞全装傻充楞的也跟着看，看见了好几个他熟识的人。日本人看几片，停一停，抬头端详瑞全一会儿，而后再看像片。看了半天，瑞全看到他自己的像片。他已忘了那是在哪里照的，不过还影影绰绰的记得那大概是三年前的了。像片上的他比现在胖，而且留着分头，（现在，他是推着光头，）一绺儿松散下的头发搭拉在脑门上。也许是因为这些差异，日本人并没有看出像片与瑞全的关系，而顺手翻了过去。瑞全想象着吐了吐舌头。

日本人推开像片本子，开始审问瑞全。瑞全把已背熟了的家谱与乡土志，有点结巴，而又不十分慌张的，一一的说出来。他说，那两个中国人便记录下来。

问答了一阵，日本人又去翻弄像片，一个中国人从新由头儿审问，不错眼珠的看着记录。这样问完一遍，第二个中国人轻嗽了一下，从记录的末尾倒着问。瑞全回答得都一点不错。

日本人又推开像片本子，忽然的一笑。“我认识廊坊！”这样说完，他紧跟着探进手去，摸瑞全的胸口。

瑞全假装扭咕身子，倒好像有点害羞似的，可是并没妨碍日本人的手贴在他的胸口。他的心跳得正常。

日本人拿开手，开始跟瑞全“研究”廊坊，倒好像他对那个地方有很深的感情似的。

听了几句，瑞全知道日本人的话多半是临时编制的，所以他不应当完全顺着日本人的话往下爬，也不该完全呛着说。他须调动好，有顺有逆的，给假话刷上真颜色。

“王家村北边那个大坑还有没有？”

“那个大坑？孩子们夏天去洗澡的那个？早教日本军队给填平了！”

“大坑的南边有两条路，你回家走哪一条？”

“哪一条我也不走！我永远抄小道走，可以近上半里多路！”

日本人又问了许多问题，瑞全回答得都相当得体。日本人一努嘴，两个中国人去搜检行李与瑞全的身上。什么也没搜出来。

日本人走出去。两个中国人楞了一会儿，也走出去。

瑞全把钮扣系好，然后把几件衣服折叠得整整齐齐，又放回捎马子里。一边收拾，一边暗中咒骂。他讨厌这种鬼鬼祟祟的变戏法的人。这不是堂堂正正的作战，而是儿戏。但是，他必耐着心作这种游戏，必须在游戏中达到他的抗敌的目的。是的，战争本身恐怕就是最愚蠢可笑的游戏。

他没出声的叹了口气。而后，把捎马子拉平，坐在上面，背倚着墙角，假装打瞌睡。

“睡”了一会儿，他听见有一个人走回来。他的睡意更浓了，轻轻的打着呼。没有心病的才会打呼。

“嗨！”那个人出了声：“还不他妈的滚？”

瑞全睁开眼，擦了擦脸，不慌不忙的立起来，扛起行李。他给那个人，一个中国人，深深的鞠了躬；心里说：“小子，再见！我要不收拾你，汉奸，我不姓祁！”

出了屋门，他还慢条厮理的东张西望，仿佛忘了方向，在那里磨蹭。他知道，若是出门就跑，他必会被他们再捉回去；不定有多少只眼睛在暗处看着他呢！

# 八十三

扛着行李，瑞全慢慢的进了前门。

一看见天安门雄伟的门楼，两旁的朱壁，与前面的玉石栏杆和华表，瑞全的心忽然跳得快了。伟大的建筑是历史、地理、社会、与艺术综合起来的纪念碑。它没声音，没有文字，而使人受感动，感动得要落泪。况且，这历史，这地理，这社会与艺术，是属于天安门，也属于他的。他似乎看见自己的胞衣就在那城楼下埋着呢。这是历史地理等等的综合的建筑，也是他的母亲，活了几百年，而且或者永远不会死的母亲。

是的，在外边所看到的荒村，与两岸飞沙的大河，都曾使他感动。可是，那感动似乎多半来自惊异；假若他常常看着它们，它们也许会失去那感动的力量。这里，天安门，他已看见过不知多少次，可是依然感动他。这里的感动力不来自惊异与新奇，而仿佛来自一点属于“灵”的什么。那琉璃瓦的光闪，与玉石的洁白，像一点无声的音乐荡漾到他心里，使他与那伟大的建筑合成一体。

刚才，日本人摸他的胸口，他并没惊惶失措；现在，这静静的建筑物却使他心跳，跳得很快。他与那个日本人，都须死，而且不定哪一时就死。这伟大的城楼，却永远立在那里，上面顶着青天，下面踩着白白的玉石。在那城楼上闪动的光儿里，他好像看见了几百年前那些工匠，一块块的，一根根的，往城楼里安置砖瓦栋梁。他们的技巧与审美心似乎也不死，因为他们创造出不朽的建筑物。为什么人们不多造几个城楼，而偏偏打仗呢？想到这里，他几乎要轻看自己的勇敢与工作了。哼，那些工事算得了什么呢，当你立在天安门前的时候。

还好，还好，过了一会儿，他对自己说：日本鬼子并没拆毁了天安门！是日本人不敢毁它呢，还是不屑于毁它呢？他赶紧往四下里看，仿佛要从城门前的广场上找到答案。

他看到天安门前的冷落与空寂。他不忍再看。不，这已不是他自幼看惯了的天安门，而是一座大的碑或塔，下面藏着死人的尸骨。北平已经死去，日本人不屑，是不屑，拆毁了它。它不过是金碧辉煌的胜利品。

真的，天安门前是多么静寂呀。行人车马都带着短短的影子，像不敢出声的往东往西走。地方的空旷与城楼的高大，使蠕动的人马像一些小小的什么虫子。一阵凄凉的小风吹过，似乎把树影儿都吹淡了一些。电线随着小风颤动，发出一些响声。这，使瑞全想起那大的，空的，斑斑点点的，美丽的海螺。它美丽，能发出微响，可是空的，死的，只配作个摆设或玩物。哈，天安门就正像个海螺！

他不敢多想。再想下去，他知道，也许会落泪。他真愿意去看看中山公园与太庙，不是为玩耍，而是为看看那些建筑，花木，是否都还存在。不，他不能去。扛起捎马子游公园或太庙，是会招起疑心的；焉知身后没有人钉他的梢呢。

一想走进公园，他也不由的想起招弟。她变成了什么样子呢？他想起，在战前，他与她一同在公园里玩耍的光景。他特别记得：那老柏的稀疏影儿落在她的脸上与白的衣服上，使她的脸和浑身都有光有暗，而光暗都又不十分明显，仿佛要使她带着那些柔软的影与色，渐渐变成个无可捉摸的仙女似的。

不，不要想她！他应当自庆，他没完全落在爱的网里，而使他为了妻室，不敢冒险，失去自由！还是这么扛着捎马子到处乱跑好，这是他该作的事，必须作的事！他已不应再以为自己是个肉作的青年，而须变成炸弹，把自己炸开，炸成千万小片，才是他的最光荣的归宿。他不应再是个有肉欲的青年，而须变成个什么抽象的东西，负起时代托付给他的责任。

忘了天安门，公园，太庙，与招弟！忘了！只是不要忘记他现在是王少掌柜。王少掌柜不应当扛着捎马子呆呆的立在天安门前。他必须走，快走！

到哪里去呢？他不能马上去找他的秘密的机关。万一有人跟随他的呢？那岂不泄露了秘密？好的，他须东西南北的乱晃一阵，像兔儿那样东奔一头，西跳两下，好把猎犬弄胡涂了。

他往西走。走出不远，并没回头，他觉出背后有人跟着他呢！他应当害怕，可是反倒高了兴。紧张，危险，死，才会打破北平的沉寂。他是来入墓，而不是来看天安门！

他不慌不忙的往前走，想起刚才在车站看到的那张自己的像片。哼，那多少是点光荣，光荣！老三瑞全，想想看吧，和祖父，父亲，大哥都不一样！哼，这要教祖父知道了，老人要不把胡子都吓掉了才怪！

轻巧的，他把一只鞋弄掉，而后毛下腰去提鞋。一斜眼，他看明白了跟着他的人，高第！

他要呕吐！他想得到北平的沉寂，冠晓荷们的无耻，可是才想不到高第，冠家的最好的人，会也甘心给日本人作爪牙！还有，假若高第已经如此，那么招弟呢，说不定还许嫁给了日本人呢！几年的修养与锻炼好像忽然离开了他。他的心中乱起来，像要生病时那么忽冷忽热的乱起来。他后悔回到了北平，来看他的女友，也是中国的青年，这么无耻，没骨头。他不由的摸了摸腰间，哼，没有枪；他必须赤手空拳的走进北平；他真想一枪先打死那无耻的东西！

高第从他的身旁走过去，用极低的声音说了句："跟我走！"

他只好跟着她，别无办法。他，真的，并没有害怕，可是不由的想到：万一真死在她的手里，实在太窝囊。

看一看那晴美的天空，与冷落的大街，他觉得北平什么也没变；北平或者永久不会变，永远是那么安静美丽，像神仙似的，不大管人间的悲欢离合。可是，看着高第的后影，那颇好看的，有淡淡的阳光的后影，他又觉得北平一切都变了，变得丑恶，无耻，像任凭人家奸污的妇女。他不知道是应当爱北平，还是应当恨它；应当保存它，还是烧毁了它。北平跟战争绞缠在一处，像花园里躺着一条腐烂了的死狗！

跟着她，他走到了西城根。第一个来到他心中的念头是：假若她动手，他不应当客气。他须看机会，能打死她就打死她。他是为国家作事的，不能因为她是女的，她是朋友，而退让一点。不，他现在不应当再有父母兄弟与朋友，而只有个国家。这样一想，他的手马上预备好，他的眼紧盯着她的全身。哼，只要她一动，他就须打出拳去，没有客气，没有！

可是，忽然的，他改变了念头。不，他不可以动手。动了手，即使他打胜，也会招来更多的麻烦。他是来到北平，北平是不容易进来，更不容易出去的。他看了看那坚厚的城墙，不，他万不可卤莽！他须央告她，利用旧日的友谊，与妇女的慈心，设法脱逃。可是，怎么出口呢？他是堂堂的男子汉，肯对一个没出息的女子告饶求情吗？他抓了抓他的黑亮的脑门！

这时候，高第已和他走并了肩。她忽然的说出来："我入了狱，作了特务；要不然，我没法出狱！不用防备我，我和钱先生通气，明白吧？"

"钱先生？哪个钱先生？"

"钱伯伯！"

"钱伯伯？"瑞全松了口气。忽然的，连那灰色的城墙都好像变成了玻璃，发了光！北平并没有死，连钱先生带高第都是在敌人鼻子底下拚命呢！他真想马上跪在地上，给高第磕个头！

"他晓得你要来！你要是愿意先看他去，他在西边的小庙里呢。你应当看看他去，他知道北平的一切情形！到小庙里说：敬惜字纸！"说到这里，她立住，和瑞全打了对脸。

在瑞全眼中，她的脸上没有多余的表情，而只有一股正气，与坚定的眼神。这点正义与眼神，并没使她更好看一点，可是的确增多了她的尊严。她的鼻眼还和从前一样，但是她好像浑身上下全变了，变成了一个他所不认识的高第。这个新高第有一种美，不是肉体的，而是一些由心中，由灵魂，放射出来的什么崇高与力量。这点美恰好是和他心中那点劲儿一样，使他仿佛要忘记她的五官四肢，而单独的把那点劲儿抓住，和她心心相印。他低下了头去。他错想了她。

“招弟呢?”他低声的问。

“她也——跟我一样!”

“一样?”瑞全抬起头来，硬巴巴的脸上布满了笑纹。他的心中，北平，全世界，都光亮起来。

“只有这一点分别：我跟钱先生合作，她，她给敌人作事!”

瑞全的笑纹全僵在了脸上。

“你要留神，别上了她的当！再见!”高第用力的看了他一眼，转身走开。

瑞全没再说出话来。咬咬牙，他往西走。高第，招弟，与钱伯伯三个形影在他心中出来进去，他不知道应当先想谁好。他几乎要失去他的镇定。这两个女的，一位老人，仿佛把一切都弄乱了，他找不到了世界的秩序。他最喜爱的女人，变成了他应当最仇视的。他最不敢希望到的，却成了事实；钱伯伯和高第居然联合在一处，抗敌。他不敢再想什么了。战争像地震，把上面的翻到下面去，把下面的翻到上边来。不，他决不再事先判断什么。北平简直是最大的一个谜。它冷落，也有阳光；它消沉，而也有钱伯伯与高第的热烈。

猛的，他啐了口唾沫，“呸，什么也别再想!”

他看见了路北的小庙。忘了高第，招弟与北平，他想要飞跑进去，去看他的钱伯伯。

# 八十四

虽然已是秋天，钱诗人却只穿着一件蓝布的单道袍。他的白发更多了；两腮深陷，四围长着些乱花白胡子，他已不像个都市里的人，而像深山老谷里修道的隐士。静静的他坐在供桌旁的一个蒲圈上，轻轻的敲打着木鱼。

听见了脚步声，老人把木鱼敲得更响一点。用一只眼，他看明白进来的是瑞全。他恨不能立刻过去拉住瑞全的手。可是，他不敢动。他忍心的控制自己。同时，他也要看看瑞全怎样行动，是否有一切应有的谨慎。他知道瑞全勇敢，可是勇敢必须加上谨慎，才能成功。

瑞全进了佛堂，向老人打了一眼，而没认出那就是钱伯伯。他安详的把捎马子放下，而后趴下恭恭敬敬的给佛像磕头。他晓得怎么作戏，不管他怎么急于看到钱伯伯。他必须先拜佛；假若有人还钉他的梢，他会使钉梢的明白，他是乡下人，也就是日本人愿意看到的迷信鬼神的傻蛋。

老人，看到瑞全的安详与作戏，点了点头。他轻轻的立起来，嗽了声；而后，向佛像的后面走。

瑞全虽然仍没认出老人，可是听出老人的嗽声。“钱伯伯”三个字，亲热的，有力的，自然的，冲到他的唇边。可是，他把它们咽了下去。拾起捎马子，他也向佛像后面走。绕过佛像，出了正殿的后门，他来到一个小院。

院中有个小小的砖塔，塔旁有一棵歪着脖的柏树。西边有三间小屋。钱诗人在最南边的一间外面，和一位五十多岁的和尚低声的说了两句话。和尚，看了瑞全一眼，打了个问讯，走入正殿，去敲打木鱼。

钱诗人向瑞全一点手，拐着腿，走进最北边的那间小屋。瑞全紧跟在老人的后面。

一进屋门，“老三”与“钱伯伯”像两个火团似的，同时喷射出来。瑞全一歪肩，把行李摔在地上。四只手马上都握在一处。瑞全又叫了声“钱伯伯”，可就想不起任何别的话来。在他记忆中，钱伯伯是个胖胖的，厚敦敦的，黑头发的，安良温善的，诗人。他也想到，钱伯伯的左右应该是各色的鲜花与陈古的图书。他万想不到钱伯伯会变成这个狼狈的样子，和在这些个破小庙里。楞了一会儿，他认识了钱伯伯，正像他细看一会儿那被轰炸过的城市之后，便依稀的认出街道与方向。老人的眼正像从前那么一闭一闭的。老人的声音还是那么低柔和善。

“我看看你！我看看你！”老人笑着说。他的深陷的双腮不帮忙使他的笑容美好，可是眼角上的笑纹还很好看。“我看看你，老三！”

瑞全怪发僵的教老人看，不知怎样才好，只傻乎乎的微笑。

老人看着老三，连连的微微点头。忽然的，老人低下头去。他想起自己的儿孙。

“怎么啦？钱伯伯！”

老人慢慢的抬起头来，勉强的笑了一下。“没什么，坐下吧！”

瑞全这才看到屋中只有一张木板床，一张非靠墙不能立稳的小桌，和一把椅子。老人坐在床沿上，瑞全把椅子拉过来，凑近老人，坐下。

老人的心里正在用力控制自己，不要再想自己的儿孙，所以说不出话来。

瑞全听到前殿中的木鱼响。

“伯伯，你怎么变成这个样子了？”瑞全打破了沉寂。

老人的唇动了动。他想把入狱受刑的经过，与一家人的死亡，一股脑儿像背书似的背给瑞全听。可是，他以为瑞全刚由外面回来，必定看见过战场；战场上一天或一点钟内，也许有多少流血的与死亡的；他自己的一点苦痛有什么可说的价值呢？他坚定，勇敢，可是他还谦卑。

“教日本人收拾的。”老人低声的说，希望就用这么一句话满足了瑞全。

“什吗？”瑞全猛的立起来，一双黑豆子眼盯住老人的脑门。

瑞全万也没想到钱诗人，钱伯伯，天下最老实的人，会受毒刑。在外面三四年，因为不肯想家，他冷淡了北平。他以为北平在这几年里必是一声不出的，一滴血不流的，用它的古老的城墙圈着百万以上的亡国奴。谁知道，连钱先生这样的老实人也会受刑呢，并且因受刑而反抗呢？

对北平的冷淡，在他想，也就是对整个国家的关心。于是，他已打算好，他虽回到北平，而决不打听家里的事。这太狠心，可是忘了家才能老记着国，也无可厚非。

现在，听到钱伯伯这一句话，他可是马上想起家里的人。假若钱伯伯会受刑，一切人都有受刑的可能，他家中的人也不能是例外。特别是他的大哥；大哥比钱先生更多着点下狱受刑的资格。他不由的问出来：

“我家里的人呢？”

钱老人低声的，温和的，说：“坐下！”

瑞全傻乎乎的又坐下。

老人不敢再抬眼皮。难过的，低着头思索：是否应当把实话告诉给瑞全呢？

“钱伯伯！”瑞全催了一下。

钱老人不愿教瑞全刚一回到北平就听到家中的惨事。可是，他若不说，瑞全会不会到别处去打听？他决定实话实说，知道瑞全也许可以在他面前，一点不害羞的哭出来。他是瑞全的老友，老邻居；瑞全小时候怎样穿着开裆裤，他都知道。好，瑞全若是要哭，就应当在他的面前。他的头低得无可再低，极慢极慢的说：“你父亲和老二都完了！别人还都好！”

看过敌人的狂炸都市，看过山河间的战场，看见过杀伤与死亡，瑞全的心仿佛，像操作久了的手掌似的，长了一层厚皮。听到老人的话，他并没有马上受到强烈的刺激。他问了声“什么？”仿佛没有听明白似的。可是，没有等老人再说什么，他低下头去，泪像潮水似的流出来，低声的叫着：“爸爸！爸爸！”

老人十分难堪的，把一只手放在瑞全的肩上，轻轻的叫：“老三！老三！”他不敢劝阻瑞全，谁死了父亲能不伤心呢？他又不肯不安慰瑞全，谁能看着朋友伤心而不去劝慰呢？可是用什么话去安慰呢？老人一边叫着“老三”，一边急得出了汗。

哭了半天，瑞全猛的一挺脖子，“告诉我，小羊圈怎样了？”他似乎忘了中国，甚至于忘了北平，而只记得小羊圈，他的生身之地。

老人乐得的说些足以减少瑞全的悲苦的事；简单的，他把冠家的，小文夫妻的，小崔的，和棚匠刘师傅的事，说了一遍。

瑞全听完，楞了起来。他没想到，连小羊圈那么狭小僻静的地方，会出了这么多的事，会死这么多的人。哼，他走南闯北的去找战场，原来战场就在他的家里，胡同里！他出去找敌人，而敌人在北平逼死他的父亲，杀害了他的邻居。他不应当后悔逃出北平，可是他的青年的热血使他自恨没有能在家保护着父亲。他失去了镇定，他的心由家中跳到那高山大川，又由高山大川跳回小羊圈。他已说不清哪里才是真正的中国，他应当在哪里作战。他只觉得最合理的是马上去杀下一颗敌人的头来，献祭给父亲！

他不敢再正眼看钱伯伯。钱伯伯才是英雄，真正的英雄，敢在敌人的眼下，支持着受伤的身体，作复国报仇的事。

钱诗人见瑞全不出声，也不敢再张口说什么，虽然他急于听瑞全由外面带回来的消息和新闻。在这个青年面前，老人觉得自己所作的不过是些毫无计划的，无关宏旨的小事情。反之，瑞全身上的灰土才是曾经在沙场上飞扬过的，瑞全所知道的才是国家大事。

这样，一老一少本都想一见面就把积累了好几年的话倾倒出来，可是反倒相视无言了。他们都听着前殿的木鱼声。

还是瑞全先出了声：“钱伯伯，告诉我点您自己的事！”

“我自己的事？”老人瘪着嘴一笑，他本不想说，可是又觉得不应当拒绝青年朋友的要求。再说，瑞全刚刚哭完，老人的话也许能比无聊的，空洞的，安慰，强一些。“我的事很多，可也很简单。

让我这么解释吧；我的工作有三个阶段：第一阶段是在我受刑出狱之后。那时候，我没有计划，只想报仇。我心中有一口气，是怒，是恨，催动着我放弃了安静的生活，像疯了似的去宣传，去暗杀。那时候，我急，我怒，所以我不能容纳别人的意见。凡是与我主张不同的，我便把他们看成仇敌。那时候，我是唱独角戏。

“慢慢的，我走到第二阶段。我的肯作，敢作，招引来朋友。好，我看清楚，我应当有朋友，协力同心的去作。虽然我还没改了这一头儿是我，那一头儿是国家的态度，可是我知道了独自拚命远不及大家合作的更有效，更有力量。好，我不管别人的计划是什么，派别是什么，只要他们来招呼我，我就愿意帮忙。他们教我写文章，好，我写。他们教我把宣传品带出城去，好，我去。他们教我去放个炸弹，只要把炸弹给我预备下，好，我去。这样，我开始摸清了道路，有了作不过来的工作；而且，我也不生闲气了。我变成一个抗敌的机器，谁要用我，我都去尽力。同时，我没有顾忌，没有对报酬与前途的算计。我属于一切抗敌的人，作一切抗敌的事，一直作到死。假若第一阶段是个人的英雄主义或报仇主义，这第二阶段是合作的爱国主义。前者，我是要给妻儿与自己报仇，后者是加入抗敌的工作，忘了私仇，而要复国雪耻。

“现在，我走到第三阶段。刚才你看见了那位和尚？”老人指了指前殿。“他是明月和尚，我的最好的朋友。我们两个人的交情很纯真，也很奇怪。我呢，当初我一认识他的时候，是一心要报仇，要杀人。他呢，尽管北平城亡了，还不改变他的信仰，他不主张杀生。这样，我以为即使佛生在北平，佛也得发怒，也得去抗敌，假若佛的父母兄弟被敌人都杀害了的话。明月和尚不这样看，他以为这侵略，战争，只是劫数，是全部人间的兽性未退，而不是任何一个人的罪过。说也奇怪，我们两个人的见解是这么不同，而居然成了好朋友。他不主张杀人，因为他以为仇杀只足助长人的罪恶，而不能消灭战争。可是，他去化缘，供给我吃。他不主张杀人，而养着手上有血的朋友；可笑！

“不过，虽然我不接受他的信仰，可是我多少受了他的影响。他教我更看远了一步——由复国报仇看到整个的消灭战争。这就是说，我们的抗战不仅是报仇，以眼还眼，以牙还牙，而是打击穷兵黩武，好建设将来的和平。

“这样，我又找到了我自己，我又跟战前的我一致了。这就是说，在战争一开始，我忽然受了毒刑，忽然的家破人亡，我变成疯狂。只有杀害破坏，足以使我泄恨。我忘记了我平日的理想与诗歌，而去和野兽们拚命。那时候，我是视死如归，只求快快的与敌人同归于尽。现在，说句也许教你笑我的话，我似乎长成熟了。我一边工作，一边也又有了理想。我不只胡里胡涂的去扔掉我的脑袋，而是要稳稳当当的，从容不迫的，心平气和的，去作事，以便达到我的理想。所以，我说，我又找到了自己。以前，我是爱和平的人；现在，还是那样。假若这里有点不同的地方，就是在战前，我往往以苟安懒散为和平；现在呢，我是用沉毅坚决勇敢去获得和平。

“我不必告诉你，一件一件的，我都作过什么。我倒真高兴能告诉你，我的这点小小的变化。变化是生长的阶段。我并没死，也并不专凭一口怒气去找死，我是像个小孩，或小树，天天在生长。这样，危险困苦也就都不可怕了，因为我的眼是看着远处，正像明月和尚老看着西天那样。我不必再老咬着牙，拧着眉了，而可以既不着急，又不妥协的往前干去；我知道我所干的是任何一个有心思，有理想的人，所应当干的；我能自信了。是的，今天我没有，将来也不会，皈依佛法；不过，明月和尚的确给了我好的影响。我很感激他！他是从佛说佛法要取得永生；我呢是从抗敌报仇走到建立和平——假若人类的最终的目的是相安无事的，快快活活的活着，我想，我也会得到永生！”

用心的，瑞全一字不落的，把钱伯伯的话都听进去。

他没想到钱伯伯会这样概括的述说。他原来以为老人必定婆婆妈妈的告诉他一些有年月，有地点的事实。听完这一大段话，他呆呆的看着钱伯伯。是的，钱伯伯的身上，正像他的思想，全变了。他好像不认识了，又好像更多认识了一点，钱老人。钱老人没有陈说事实，可是那一大段话，尽管缺乏具体的事情，教瑞全不单感动，而且也看见了他自己；像他自己，在这三四年中，不也变了吗？不也是由一股热气，变为会沉静的思索吗？他马上觉得他的心靠近了老人的心。老人的经验与变化正差不多是瑞全自己的。

他很想把自己的经验都告诉给老人，可是，他鼓不起勇气来说了。事实，假若没有一个以思想作线索的纲领，不过是一些零散的砖头瓦块，说不说都没有关系。

“老三，说说你的事呀！”老人微笑着说。

老三伸了伸腿。“钱伯伯，用不着说了吧？我也正在变！”

“那可好，好！”老人的眼对准了瑞全的。“你看，要是对别人，我决不会说刚才那一套话，怕人家说我老王卖瓜，自卖自夸。对你，我不能不那么说，因为那是千真万确的事实。只有那么对你说，你才真能看见我的心。假如我只说些陈谷子烂芝麻，你也许早发了困！呕，老三，你不以为我是瞎吹，铺张？”

“我怎能呢？钱伯伯！”

“好！好！还是说说吧，说说你的事！我愿意多知道事情，只有多知道事情，心里才能宽绰！”

瑞全没法不开口了。他源源本本的把逃出北平后的所见所闻，都说出来。说着说着，瑞全感到空前未有的痛快，与兴奋。这是和钱伯伯谈心，他无须顾忌什么；在事实之外，他也发表了自己的意见与批评。

一直等老三说完，钱诗人才出了声：“好！你看见了中国！中国正跟你，我一样，有多少多少矛盾！我希望我们用不灰心与高尚的理想去解决那些困难与矛盾！”

“我们合作？”

“当然！”

老少的两颗心碰到了一处。

# 八十五

跟钱伯伯畅谈了以后，瑞全感到空前的愉快。真的，他还没弄清楚，自己的变化已经到了哪个阶段，和一共有了多少阶段；可是，由钱诗人的话里，他得到一些灵感——干下去，干下去，只要干下去，他就能更明白自己与世界。假若他自己的，能与世界应有的，理想，联到一处，他才真对得起这一条命。

他不再乱想。他须马上去工作，愉快的，坚定的，去工作。

他须先到东城的一家鞋铺去拿钱，马上买上一辆脚踏车，好开始奔走。

在路上，他遇见一男一女两个小学生，都挎着书包，像是兄妹刚下了学的样子。他不由的多看了他们两眼。他想起了小顺儿和妞妞。

男的大概有十岁，女的七岁左右，正和小顺儿，妞子，差不多。两个小孩儿都长的相当的体面，可是小脸上都很黄很瘦。女孩儿的衣裳很短，手腕脚腕都露在外面，像花要开的时候，外面的绿萼已经包不住了花瓣儿。男孩儿的衣服上有好几块补丁。他们走得很慢。

瑞全不由的也走慢了一点。他想起当年自己上学的光景：一出街门，他永远是飞跑。这两个小孩好像不会跑。连快走也不会！

走着走着，小男孩，看见路上的一块小砖头，用脚踢了一下。

女孩立住了，和男孩打了对脸。她的脸上，那么黄瘦，表现出怒，轻蔑，而又似乎不忍责骂的，复杂的神情。她的小薄嘴唇动了几动，才说出话来："哥！踢破了鞋，不又教妈妈生气吗？"

男小孩的脸红了一红，假装的笑着。"我就踢了一下，不要紧！"

瑞全咽了口气。钱伯伯，他自己，变了？哼，连这俩小孩子也变了，变成了老人！战争剥夺了孩子们的天真与青春！

又走了几步，小男孩，似乎赎踢砖头的罪过，拾起一根有三尺长的枯枝。教妹妹帮助他，他把枯枝折成三段，放在书包里。兄妹脸上都有了笑容。

瑞全不敢再看，他加快了脚步。从一进北平，他便看见了这古城的冷落寒伧；现在，在这两个小孩的身上与举动上，他看到饥荒的黑影。小儿女已经学会，把一根枯枝当作宝贝。

走出几步，他又立住；颇想给那两个小孩几个钱，教他们买两个烧饼吃。可是，他立住，小孩们也立住了。哥哥拉住妹妹的手，两个小脸挨在一处，互相耳语。瑞全只好走开。小孩们，在这亡城里，知道怎么小心，不单提防日本人，也须防备一切的人。战争使人与人之间的关系变成猫与狗的关系。恐怖教小儿女们多长出一个心眼，盼望宁可饿死，也别被杀！小顺儿与妞妞，他想也必定是这样！他一直走下去，不敢再回头。

在东四牌楼附近，他找到了鞋铺。

铺子是两间门面，门窗牌匾的油饰都已脱落，连匾上的字号也已不甚清楚。窗上的玻璃裂了一大道璺，用报纸糊着。玻璃窗里放着两三双鞋，落满了尘土。

瑞全怀疑他是否找对了地方。再看看匾上的字号与门牌，他知道并没有找错。想起钱伯伯的道袍与那个小庙，他告诉自己：只有这种地方才适于作暗中进行的事体。他走了进去。

屋中相当的暗，而且有一股子潮湿的，掺夹着臭浆糊与大烟的味道。他嗽了一声，没有人答理他。他说出暗号："有双脸鞋吗？掌柜的！"

里面有了响动。他耐心的等着。又过了一会，里面的门吱的响了一声，出来个又高又瘦的人，口中正嚼着一口什么东西。他像个大烟鬼。

瑞全知道，在日本的统治下，吸鸦片是一种好的掩护。他掏出那副风镜来。在风镜的遮挡里藏着他的很小的证章。他取出证章，教瘦子看。而后，他低声的说："我来拿钱。"

瘦人翻了翻眼："什么钱？"

瑞全知道事情不妙。"你弟弟拨来的！"

"我，我没有弟弟！"瘦鬼把口中的东西咽净。

"没有……"瑞全的黑眼珠盯住那个又黄又瘦的脸，立刻想用手掐住那细长的脖子。可是，他得控制自己。他是在北平；只要瘦鬼一喊叫，他必会遇到危险。"别开玩笑！老哥！"他勉强的笑着说："你知道，那点钱多么重要！"

瘦鬼反倒不耐烦了："走，快走！我没有工夫跟你捣乱！"

瑞全看明白，瘦鬼是安心要炸他的酱[1]。他猛的往前一扑，一手攥住瘦鬼的右腕，一手掐住脖子。他不能教瘦鬼高声喊叫，也不

①炸他的酱，被人诈骗的意思。

愿伤了瘦鬼的性命。但是，他必须给瘦鬼一点厉害。

瘦鬼，虽然那么大的个子，可是一点力气也没有，从未被瑞全扣紧的嗓子里发出急切而声音不大的央求：“放开我！放开！”

瑞全稍把手扣紧一点：“你一嚷，我就掐死你！”

“我不嚷！我不嚷！放开我！”

瑞全把手挪开。“有什么话快说！”

瘦鬼舐了舐嘴唇，看了瑞全一眼。“好，我实话实说！有那末一笔钱，我接到了。可是，可是，教我给用了！我没生意，我得吸烟，没钱！我知道，你跟我的弟弟都是了不起的人。我，我可是没有别的办法！我并不是坏人，可是，哼，四年了，四年在日本人脚下活着，连神仙也得变成坏蛋！”

瑞全一挺脖子走了出去。他不愿再听瘦鬼的话。怒气要炸破他的肺，他不能再立在这又臭又暗的屋子里。

可是，刚出门，他又转身走回来。不，他不能轻易这么放了瘦鬼。他的手，现在，是为战斗用的。他不能这么随便的丢了钱，耽误了自己的工作。他想再用肉体的痛苦惩治瘦鬼，万一能挤出一点钱来，岂不比全数都丢了好？他不必心疼那个瘦鬼，瘦鬼早晚是会死去的。

可是，瘦鬼趴在柜台上哭呢！

瑞全迟疑了一下。瘦鬼，既是在哭，一定不是全无心肝的人。不，不，不能太心软！他走过去，把趴在柜台上的头扯了起来。

瘦鬼含着泪呆呆的看着瑞全。

瑞全把想起来的话都忘了。他松了手。他一点办法也没有。这个瘦鬼没有生命，却还活着；没出息，却还有点天良。没法办！

“对不起！”瘦鬼声音极低的说：“对不起，我知道你着急，可是钱已教我花光，花光！”

瑞全忽然想起话来，“你是不是想出卖我呢？你知道我的号数，相貌，你……”

“我不会！不会！我的弟弟跟你一样！我不会出卖你，我的心里已经够难过的了！我也是中国人！”

瑞全又走出去。他怒，他憋闷，他毫无办法。飞快的，他走了一大段路，心中稍微舒服了一点。他想起钱伯伯来。呕，钱伯伯受过多少打击？哼，也许比他自己所受的多着十倍百倍！可是，钱伯伯并不灰心，并不抱怨谁，还是那么稳稳当当的工作。哈，这点挫折算什么呢？他的眼亮起来，难道没有那点钱，就不继续工作了吗？笑话！

可是，万一那个瘦鬼出卖他呢？是的，瘦鬼答应了他，决不会出卖他；不过，一个大烟鬼的话靠得住吗？为吸烟，一个人是可以出卖自己的灵魂的！

他是不是应当马上回到鞋铺，结束了瘦鬼呢？那并不难，只需把手掐紧瘦鬼的……

不！那双手须放在比瘦鬼的更有点价值的脖子上。毒手是必须下的，可要看放在哪里。他不能学日本人，把毒手甚至于加到一个婴儿身上。

他去找地下工作者的机关，一来是为报到，二来是看看能否借到一辆自行车。

走着，走着，他看见一辆自行车，斜倚着一株柳树。他愿去偷过它来，真的。有一辆车，他就长了翅膀，可以城里城外到处去奔走。那么，他的工作似乎应当抵消了他的偷窃的罪过！他笑了。

可是，他并没去偷车。好吧，日本人可以偷去整个北平，而他不屑于偷一辆车。这是不是一个道德的优越呢？他又笑了笑。

快走到目的地，他放慢了脚步，把一切思索都赶出心外。他必小心，像鼠儿在白天出来那么小心。他忘去了一切，好使他的每一根汗毛都警觉，留神。

街门开着呢。他不便敲门，而大模大样的闯进去。一个小院，四四方方的包着一块儿阳光，使他感到温暖。他不由的说出来：“小院子怪可爱！”

南墙上放着一个木梯。他向梯子走去。他不敢马上进屋子，而必须在院中磨蹭一会儿，用耳目探听屋中的动静。

北屋的门轻轻的开了。瑞全用眼角撩了一下，门口立着个完全像日本人的中国人。

瑞全心中说：“糟了！”可是，他反倒有点高兴。这是战斗，不像刚才鞋铺中的那一幕那么闷气与无聊。

他转过身来，和那个中日合璧的，在战争的窑里烧出的假东洋料，打了对脸。

“干什么的？”假东洋料板着脸问。

“贵姓呀？你老！”瑞全慢慢的凑过来，满脸赔笑的说：“你是管房子的？我，三顺木厂的，来看看房。”

那个假东洋货的眼钉住瑞全的脸，一声没出。

瑞全更凑近一些，把声音放低：“房东要三万！三万！”他吐了吐舌头。“好家伙，三万！才有几间小房啊！小院倒怪可爱，可是，怎么也不值三万哪！”说完，他搭讪着躲开。“我得上去看看，三万！非仔细看看不可！”他又走到南墙根，把梯子搬起来。这时候，他看清小东屋的玻璃窗子上还有个人脸呢。

他上了屋，细细的敲验砖瓦，检看房椽。把上面看够，他由梯子上爬下来，再细心的看墙壁，阶石，与柱子。一边看，一边嘟囔着：“木料还好，墙里可有碎砖！不值三万！”

把外面都看完，他把梯子放回原处，而后到屋中去看。假东洋货的眼始终不错眼珠的跟着瑞全。

瑞全一共磨蹭了半个钟头。因为登梯爬高的，他的腮上发了红，鼻子上出了汗。用毛巾擦了擦脸，他出来坐在台阶上，有声无声的盘算：“屋进身太小！也别说，要盖新的，大概五万也盖不下来！”盘算了一阵，他高声的说：“辛苦了，你老！”而后依依不舍的，东瞧西望的，向院外走。

看见街门，他恨不能一下子飞出去！他猜得出，这个机关是刚刚被破获，说不定全数的工作者已都被捉了去。被捉去的，他知道，就不会再生还。假若机关里的文件也落在敌人手里，他自己的秘密便已泄漏了一大半！

可是，他不能，万不能，因此而慌张。他轻轻敲了敲门垛子与街门，看看工料如何。而后，坐在门坎上，用毛巾扇了扇脸。这样耽误了一会儿，约摸着院中的人若是在后边监视他，必定已经看清楚他的不慌不忙，而且也相信了他是木厂子的人，他才伸了伸腰，慢慢立起来，走开。这时候，他的心才真要从口里逃出来；轰的一下，他全身都出了汗。

走出老远，他的汗才落下去。他开始觉得痛快。这是他在北平的开场戏，唱得不算不热闹火炽。车站上被检查，小庙里看见钱伯伯，丢了钱，又几乎丢了性命；这都有劲！有劲！

谁说北平沉寂呢？哼，这比在战场上还更紧张！这是赤手空拳到老虎穴里来挑战！有劲！

他高兴起来。这才是工作，真的工作。这才是真的把生命放在火药库里。这里，只有在这里，才真能闻到敌人刺刀上的血味。看到天牢的锁镣与毒刑。“好，干吧!”

看了街上，他觉得北平又和战前一样的可爱了！天还是那么高，阳光还是那么明亮，一切还是那么美。是的，这还是北平，北平永远不会亡，只要有钱伯伯与咱老三!“老三，加油!”

# 八十六

珍珠港！在东京，上海，北平，还有好多其他的都市，恶魔的血口早已在发音机前预备好；飞机一到珍珠港的附近上空，还没有投弹，血口已经张开，吐出预备好了的："美国海军全体覆没！"

北平的日本人又发了疯。为节省粮食，日本人久已摸不到酒喝。今天，为庆祝战胜美国，每个日本人都又得到了酒。

这样的喜酒是不能在家里吃的。成群的矮子，拿着酒瓶，狂呼着大日本万岁，在路上东倒西歪的走，跳，狂舞。他们打败了美国，他们将是人类之王。汽车，电车，行人的头，都是他们扔掷酒瓶的目标。

与醉鬼们的狂呼掺杂在一处的是号外，号外的喊声。号外，号外！上面的字有人类之王的头那么大，那么疯狂：美国海军覆没！征服美洲，征服全世界！

学生们，好久不结队游行了，今天须为人类之王出来庆祝胜利。

这消息并没教瑞全惊讶。自他一进北平城，便发现了日本人用全力捉捕，消灭，地下工作者。这是，他猜到，日本人为展开对英美的战争，必须首先肃清"内患"。

从另一方面，他几次看到招弟陪着西洋人在街上摆丑相。他妒，他恨，他想用条绳子把她勒死。可是，他不敢碰她，他必须压着怒气。把气压下去，他揣测得到，招弟的工作后面必含有更大的用意；她的诱惑是一片蛛网，要把西洋的蜂蝶都胶住，而后送到集中营去。

由高第的报告，他知道火车站上一方面加紧搜查来客，而另一方面却放松了北平的妇孺出境。日本人要节省粮食，所以任凭妇孺出走。积粮为是好长期作战。

同时，他因想到日本掀起了世界战争，而觉得自己的工作也许会更紧张，更惊险。比如说，他将负责刺探华北的军事情形与消息，那够多么繁难，危险！哈，假若他真去探听军事消息，他便是参加了世界战争！他高了兴，他的黑眼珠子亮得像两个小灯！

他忽然明白了钱伯伯的理想。虽然老人的与他自己的在战争中的经验不同，变化不同，可是他们的由孤立的个人，变为与四万万同胞息息相通，是相同的。现在，战争变成全世界的，他们俩又同样的变为与世界发生了关系的人。瑞全的想象极快的飞腾到将来。哈，现在，全世界分成两大营阵；明天，公理必定战胜强权；后天，世界上的人，都吃过战争的苦，必会永远恨恶战争，从而建设起个永远和平的世界。哈，他自己，不管有多么一点的本事，不管他的一点血是洒在北平，还是天津，他总算是为人类的崇高的理想而死去的！他知道自己渺小，他一共不过有一百六十磅的骨肉，五尺八寸的身量；可是，那个理想把他，像小孩玩的气球，吹胀起来，使他比他的本身扩大了多少倍。他已不仅是个五尺八寸的肉体，而是可以飞腾的什么精灵；脚立在地上，而头扬到云外。理想使他承认了肉体的能力多么有限，也承认了精神上的能力能移山倒海。他想象到，假若英国的，美国的，苏联的，法国的，和……的人民都能尽到自己所能的为那同一理想去奋斗，每一个人就都是光明里的一粒金星，能使世界永远辉煌灿烂。

在小羊圈里，一号的老太婆把街门关得严严的，不肯教两个孩子出来。

战争的疯狂已使她家的男人变成骨灰，女的变成妓女；现在，她看见整个日本的危亡。但是，她不敢说出她的预言，而只能把街门关起，把疯狂关在门外。

三号的日本男女全数都到大街上去，去跳，去喊，去醉闹。在街上闹够，他们回到小羊圈，东倒西歪的，围着老槐树欢呼跳跃。他们的白眼珠变成红的，脸上忽红忽绿。他们的脚找不到一定的地方，一会儿落在地上，一会儿飞到空中。有时候，像猫狗似的，他们在地上乱滚。啊，这人类之王！

在中国人里，丁约翰差不多已死了半截。他的英国府被封，他的大天使富善先生被捕，他的上帝已经离开了他。他可以相信，天会忽然塌下来，地会忽然陷下去；可是，他不能相信，英国府会被查封；他的世界到了末日！

他亲眼看见富善先生被拖出去，上了囚车！他自己呢，连铺盖，衣服，和罐头筒子，都没能拿出来，就一脚被日本兵踢出了英国府！他连哭都哭不上来了。

他开始后悔为什么平日他那么轻看日本人。今天，他才明白日本人是能把英国府的威风消尽了的，日本人是能打倒西洋人的上帝的。他想他应当给上帝改一改模样；上帝不应当再是高鼻子，蓝眼珠的，而是黄脸，黑眼珠的，像日本人那样。是的，他和别的吃洋教的人一样，只会比较外国人与外国人的谁强谁弱，而根本想不到中国人应当怎样。

天还没亮，富善先生便被打入囚车。同时，日本随军的文人早已调查好，富善先生收藏着不少中国古玩，于是“小琉璃厂”里的东西也都被抄去。他们也知道，富善先生的生平志愿是写一本《北平》。于是，他们就细心的搜检，把原稿一页一页的看过，而后封好，作为他们自己著书的资料。他们是“文明”的强盗。

见富善先生上了囚车，丁约翰落了泪。日本人占据了北平，和一半中国，杀了千千万万的人，烧了无数的城池与村镇，丁约翰都没有落过一滴泪。他犯不上为中国人落泪，因为他的生计与生活与中国人无关。他常常为自己的黄脸矮鼻子而长叹；哼，假若他白脸高鼻子，上帝岂不更爱他一些么？那时候，他的上帝还的确是白脸高鼻子的。

像被魔鬼追着似的，他跑回小羊圈来。顾不得回家，他先去砸祁家的门。小羊圈，甚至于全北平，没有他的一个知心人，除了瑞宣。这并不是说，瑞宣平日对他有什么好感，而不过是丁约翰想：瑞宣既也吃着英国府的饭，瑞宣就天然的和他是同类。

虽然已是冬天，丁约翰可是跑得满身大汗。他忘了英国府的规矩，而像报丧似的用拳头砸门。

瑞宣还没有起床。韵梅在升火。听见敲门的声音，她忙着跑出来。一开门，她看见了一个像刚由蒸锅里拿出来的大馒头。那是丁约翰的头。

“祁太太，我！”约翰没等让，就往门里迈步。“祁先生呢？有要紧的事！要紧的事！”说着，他已跑到院中。他忘了安详与规矩，而想抓住瑞宣大哭一场。

祁老人已早醒了，可是因为天冷，还在被窝里蜷蜷着老腿，忍着呢。听到院中的人声，他发了话："谁呀?"

丁约翰在窗外回答："老太爷，咱们完啦！完啦！全完!"

"怎回事?"老人坐起来，披上棉袍，开开门闩。

丁约翰闯进门去。"英国府!"他呛了一口。"英国府抄封啦！富善先生上了囚车！天翻地覆哟!"

"英国府？富善先生?"祁老人虽然不是吃洋教与洋饭的，可是多少有点迷信外国人。自从他的幼年，中国就受西洋人的欺侮，而他的皇帝与总统们都不许他去反抗。久而久之，他习惯了忍辱受屈。经过了四年的日本侵略，他的确知道了他应当恨日本人，可是对于西洋人他并没有改变他的固定的意见。日本人居然敢动英国府？老人简直不敢相信丁约翰的话。况且，瑞宣是在英国府作事，而富善先生曾经在中秋节送给他一袋子白面呀！

"一点不错，英国府，富善先生，全完!"丁约翰揉了揉眼，因为热汗已流进去一点。

这时候，瑞宣披着棉袍，走了进来。

"祁先生!"丁约翰像见着亲人那样，带着哭音儿叫。"祁先生！咱们完啦!"

"英国府！富善先生!"祁老人抢着说。"莫非老天爷真要饿死咱们吗?"

韵梅和婆母都在门外听着。听到英国府完了的消息，天佑太太微颤起来。韵梅忙拉住婆母的手。

瑞宣对这坏消息的反应并没像祖父的那么强烈。他早猜到会有这么一天。他的关切几乎完全在富善先生的身上。富善先生，是，无论怎说，他的多年的良师益友。富善先生被捕，下集中营?瑞宣马上想起钱伯伯的下狱，与他自己的被捕。他恨不能马上去找到老人，去安慰他，保护他。可是，他是个废物，一点办法也没有。

祖父又发了问："咱们怎么办呢？我饿死不算回事，我已经活够了！你的妈，老婆，儿女，难道也都得饿死吗？"

瑞宣的脸热起来。他既没法子帮富善先生的忙，也无法回答祖父的问题。他走到了绝路。

韵梅在门外说了话："丁先生，你回去歇歇吧！天无绝人之路，哪能……"她明知道天"有"绝人之路，可是不能不那么说。她愿把丁约翰先劝走，好教瑞宣静静的想办法。她晓得瑞宣是越着急越没办法的。

丁约翰，忘了英国府的规矩，不肯马上告辞。要发牢骚，他必须在这里发，因为他以为他与祁家是同病相怜。他坐下了。即使瑞宣不高兴搭理他，他也必须和祁老人畅说一番。他生平看管着自己，像个核桃似的，不肯把瓤儿轻易露出来。今天，他丢失了一切，他必须自己敲开皮壳，把心中的话说出来。

瑞宣走了出来。

头一眼，他看见了妈妈。她是那么小，那么瘦，而且浑身微颤着。他不由的想安慰她几句。可是，他找不到适当的话。他会告诉她，日本的袭击美国是早在他意料之中，这是日本自取灭亡。可是，这足以使妈妈得到安慰吗？

妈妈，看了看长子，极勉强的笑了笑。她心中有无限的忧虑，可是偏偏要拿出无限的慈祥。不等儿子安慰她，她先说出来："瑞宣，别着急！别着急！"

瑞宣也勉强的笑了下："我不着急，妈！"

老太太叹了口气："对了，咱们总会有办法的！只要你不着急，我就好受一点！"

“妈，你进去吧，院里冷！”

“好，我进去！我进去！”老太太又看了长子一眼，看得很快，可是一下子就要看到，仿佛是，儿子的心里去。她慢慢走回屋中。

韵梅回到厨房去。

瑞宣独自立在院中。他还惦记着富善先生，可是不久他便想起来：父亲，老二，不都是那么白白的死去？在战争里，人和苍蝇一样的谁也管不了谁！

他应当干什么去呢？教书去？不行，他不肯到教育局去登记。说真的，凭他的学识，在这教育水准低落的时候，他满可以去教大学。但是，他不是浑水摸鱼的人，不肯随便去摸到个教授头衔。

写作？写什么呢？报纸上，杂志上，在日本人的统治下，只要色情的，无聊的，文字。他不能为挣钱而用有毒的文字，帮助日本人去麻醉中国人的心灵；此路不通。

翻译？译什么书呢？好书不能出版，坏书值不得译。

他想不出路子来。他有点本事，有点学识，可是全都没用。战争是杀人的事，而他的本事与学识是属于太平年月的。

“瑞宣！”天佑太太在屋中轻轻的叫。

他走进妈妈的屋中。

“瑞宣！”老太太仿佛要向儿子道歉似的，又这么叫了声。

“干什么？妈！”

“我有多少多少话要对你说了呢！”老太太假笑了笑，把“我怕你不高兴听”藏起去。

“说吧，妈！”

“你看，我知道你一定不肯给日本人作事去；那么，这个年月，还有什么别的路儿呢？”

“对了，妈！我不能给他们作事去！”

“好！咱们死，也死个清白！我只想出一条路儿来，可是……”

“什么路儿？”

“哼，不好意思说！”

瑞宣想了一会。“是不是卖这所房？”

老太太含愧的点了点头。“我想过千遍万遍了，除了卖房，没有别的办法！”

“祖父受得了吗？”

“就是说！所以我说不上口来！我是外姓人，更不应当出这样的主意！可是，我想我应当告诉你，真到了什么法子也没有了的时候，狠心！房产是死的，人是活的，我不能看着你急死！”

“好吧，妈！我心里有这么个底子也好。不过，您先别着急；教我慢慢的想一想，也许想出点好主意来！”

天佑太太还有许多话要说，可是妞妞醒了。刚一睁开小眼，她就说出来：“奶奶，我不吃共和面！”

老太太把心中的话都忘了。她马上要告诉小孙女：“你爸爸没了事作，想吃共和面恐怕也吃不上了！”可是，她没有这么说出来。她是祖母，不能对孙女那么无情。她低下头去，既不敢看孙女，也不敢看儿子。她知道，只要她一看瑞宣，他也许因可怜妞妞而发怒，或是落泪。

瑞宣无可如何的走出来。

天佑太太强打精神的哄妞妞。“妞妞长大了呀，坐花汽车，跟顶漂亮的人结婚！”

“妞妞不坐汽车，不结婚；妞妞要吃白面的馒头！”

天佑太太又没了话说。

# 八十七

正在小羊圈里的日本男女围绕着大槐树跳跃欢呼的时节，有一条小小的生命来给程长顺接续香烟。他，那小小的新生命，仿佛知道自己是亡国奴似的，一降生就哇哇的哭起来。

程长顺像喝醉了似的，不知道了东西南北。恍惚的他似乎听到了珍珠港被炸的消息，恍惚的他似乎看见了街上的日本醉鬼。可是，那都只是恍惚的，并没给他什么清楚的印象。他忙着去请收生婆，忙着去买草纸与别的能买到的，必需的，小东西。出来进去，出来进去，他觉得他自己，跟日本人一样，也有点发疯。

他极愿意明白珍珠港是什么，和它与战局的关系，可是他更不放心他的老婆。这时候，他觉得他的老婆比世界上任何人都更重要，生小孩比世界上任何事情都更有价值；好像世界战争的价值也抵不过生一个娃娃。

马老寡妇也失去平日的镇静，不是为了珍珠港，而是为了外孙媳妇与重孙的安全。她把几年来在日本人手下所受的苦痛都忘掉，而开始觉出自己的真正价值与重要。是她，把长顺拉扯大了的；是她，给长顺娶了老婆；是她，将要变成曾祖母。她的地位将要和祁老人一边儿高，也有了重孙！

她高兴，又不放心；她要镇定，而又慌张；她不喜多说多道，而言语会冲口而出。她的白发披散开，黄净子脸上红起来一两块。她才不管什么珍珠港不珍珠港，而只注意她将有个重孙；这个娃娃一笑便教中国与全世界都有了喜气与吉利。

小羊圈里的人们听到这吉利的消息，马上都把战争放在一边，而把耳目放在程家的事情上。至少，这将要降生的娃娃已和全世界的兵火厮杀相平衡了；战争自管战争，生娃娃到底还是生娃娃；生娃娃永远，永远，不是坏事！他们都等待着娃娃的哭声，好给马老太太与程长顺道喜。是的，他们必须等着道喜；他们觉得在这时候生娃娃是勇敢的，他们不能不佩服程长顺与小程太太。

李四大妈的慌忙，热烈，又比马老太太的大着好几倍。产房的事她都在行，她不能不去作先锋。生娃娃又是给她增多“小宝贝”的事，她的热心与关切理应不减于产妇自己的，假若不是更多一点。在万忙之中，她似乎听到一声半声的珍珠港。她挤咕着近视眼告诉大家：“好，你们杀人吧，我们会生娃娃！”

小程太太什么也不知道，不知道珍珠港，不知道世界在血泪里将变成什么样子。她甚至于顾不得想起小崔，与杀死小崔的日本人。她只知道自己身上的疼痛，和在疼痛稍停时的一种最实际的希望——生个娃娃。她忘了一切，而只记得人类一切的根源，生孩子！

娃娃生下来了，是个男的。全世界的炮火声并没能压下去他的啼哭。这委屈的，尖锐的，脆弱而伟大的啼声，使小羊圈的人们都感到兴奋，倒好像他们都在黑暗中看见了什么光明与希望。

及至把这一阵欢喜发泄在语言与祝贺中之后，他们才想到，他们并拿不出任何东西去使道喜的举动更具体化一点，像送给产妇一些鸡蛋，黑糖，与小米什么的。孩子是小程太太生的，而鸡蛋，糖，与小米，都在日本人手里拿着呢。

由这个，他们自然而然的想到：生娃娃，在这年月，不是喜事，而是增加吃共和面的小累赘。这小东西或者不会长成健壮的孩子，因为生下来便吃由共和面变成的乳，假若共和面也会变成乳的话。这样，由生，他们马上看到夭折。生与死是离得那么近，人生的两极端可以在一个婴儿身上看到。他们没法再继续的高兴了。

孩子生下来的第二天，英美一齐向日本宣战。程长顺本想给那个满脸皱纹的娃娃起个名字，可是他安不下心去。看一眼娃娃，他觉得自己有了身分。可是，一想到全世界的战争，他又觉得自己毫无出息——在这么大的战争里，他并没尽丝毫的力气。他只是由没出息的人，变成没出息的父亲。看，那个红红的，没有什么眉毛的，小皱脸！那便是他的儿子，卷着一身的破布——都是他由各处买来的破烂。他的儿子连一块新布都穿不上！他不敢再看那个寒伧的小东西。

小儿的三天，中国对德意与日本宣战。程长顺，用尽他的知识与思想，也不明白为什么中国到今天才对日本宣战。可是，明白也罢，不明白也罢，他觉得宣战是对的。宣战以后，他想，一切便黑是黑，白是白，不再那么灰渌渌的了。而且，他也想到，今天中国对日宣战，想必是中国有了胜利的把握。哈，他的儿子必是有福气的。想想看，假若再打一年半载，中国就能打胜，他的儿子岂不是就自幼儿成为太平时代的人？儿子，哼，不那么抽抽疤疤的难看了。细看，小孩子也有眉毛啊！是的，这个娃娃的名字应当叫"凯"。他不由的叫了出来："凯！凯！"娃娃居然睁了睁眼！

可是，凯的三天过得并不火炽。邻居们都想过来道喜，可是谁也拿不出贺礼，也就不便空着手过来。马老太太本想预备点喜酒，招待客人。可是，即使她有现成的钱，她也买不到东西。战争是不轻易饶恕任何人的，小凯的三天只好鸦雀无声的过去吧。

只有李四妈不知由哪里弄来五个鸡蛋，用块脏得出奇的毛巾兜着，亲自送了来。把五个蛋交出去，她把多年积下的脏野的字汇全搬出来，骂她自己，“那个老东西”，与日本人，因为她活了一世，向来没有用过五个鸡蛋给人家贺喜。“五个蛋，丢透了人喽！”她拍打着自己的大腿，高声的声明。

可是，马老太太被感动得几乎落了泪。五个鸡蛋，在这年月，上哪儿找去呢！

祁家的老人，早已听到程家的喜信儿，急得不住的叹气。他是这胡同里的老人星，他必须到程家去贺喜，一来表示邻居们的情义，二来好听人家说：“小娃娃沾你老人家的光，也会长命百岁呀！”可是，他不能去，没有礼物呀。

天佑太太，听到老人的叹气，赶紧到处搜寻可以当作礼物的东西。从掸瓶底儿上，她找出一个“道光”的大铜钱来。把大铜钱擦亮，她又找了几根红线，拴巴拴巴，交给了妞妞，教妞妞去对老人说：“把这个给程家送去好不好？”

老人点了头。带着重孙子，重孙女，他到程家去证实自己是老人星。

祁老人带着孩子们走后，瑞宣在街门外立了一会儿。他刚要转身回去，一位和尚轻轻的走过来，道了声“弥陀佛”。瑞宣立定。和尚看左右无人，从肥大的袖口中掏出一张小纸，递给了瑞宣；然后又打了个问讯，转身走去。

瑞宣赶紧走进院内，转过了影壁才敢看手中的纸条。一眼，他看明白纸条上的字是老三瑞全的笔迹。他的心跳得那么快，看了三遍，他才认明白那些字：“下午二时，中山公园后门见面，千万!”

握着纸条，他跑进屋中，一下子躺在了床上。他好像已不能再立住了。躺在床上，第一个来到心中的念头是：“我叫老三逃出去的!”这使他得意，自傲。

他想：老三必定在外面作过了惊天动地的事，所以才被派到北平来作最危险的工作。哈，他教老三逃出去的，老三的成功也间接的应当是他自己的成功！好，无论怎么说吧，有这么一个弟弟就够了，就够给老大老二赎罪的了。

过了一会儿，他不那么高兴了。假若老三问他：“父亲呢？老二呢?”他怎么回答？老三逃出去是为报国，他自己留在家里是为尽孝。可是，他的孝道在哪儿呢？他既没保住父亲的命，也没能给父亲报仇！他出了汗，他没脸去见老三!

不，老三也许不会太苛责他。老三是明白人，而且在外面闯练了这么几年。对的，老三必定会原谅大哥的。瑞宣惨笑了一下。

他想去告诉韵梅：“你说对了，老三确是回来了!”他也想去告诉母亲，祖父，和邻居们：“我们祁家的英雄回来了!”可是，他没有动。他必须替自家的英雄严守秘密。这个，使他难过，又使他高兴——哈，只有他自己知道老三回来，他是英雄的哥哥!

他怀疑自己的破表是不是已经停住。为什么才是十一点钟呢？他开开屋门，看看日影；表并没有停住，影子告诉他，还没到正午。

他不知道怎么吞下去的一点午饭，不知怎么迷迷糊糊的走出街门。走了半天，他才明白过来，时间还太早。虽然明白过来，他可是依然走得很快。他好像已管束不住自己的脚。是的，他是去看他的弟弟，与中国的英雄。

哼，老三必定像一个金盔金甲的天神，那么尊严威武！

天气相当的冷，可是没有风，冷得干松痛快。穷破的北平借着阳光，至少是在瑞宣心里，显出一种穷而骄傲的神色。

远远的，他看见了禁城的红墙，与七十二条脊的黄瓦角楼。他收住脚步，看了看表，才一点钟。他决定先进到公园里去，万一瑞全能早来一些呢。

公园里没有什么游人。御河沿上已没有了茶座，地上有不少发香的松花。他往南走。有几个青年男女在小溜冰场上溜冰。他没敢看他们。不管他们是汉奸的，还是别人的，子弟，反正他们都正和老三相反：不知道去抗敌，而在这里苟安，享受。他不屑于看他们。

他找了松树旁的一条长凳，坐下。阳光射在他的头上，使他微微的发倦。他急忙立起来，他必不可因为困倦而打盹儿，以至误了会见老三的时间。

好容易到了两点钟，他向公园后门走去。还没走到，迎面来了个青年，穿着件扯天扯地的长棉袍。他没想到那能是老三。

老三扑过大哥来。“哈，不期而遇！瑞大哥！”老三的声音很高，似乎是为教全公园的人都能听到。

瑞宣这才看明白了老三。他的眼泪要夺眶而出。

可是瑞全没给大哥留落泪的机会。一手扯着大哥的臂，他大声的说：“来，再溜一趟吧！老哥儿俩老没见了，大嫂倒好？”

瑞宣晓得老三是在作戏，也知道老三必须作戏，可是，他几乎有点要恨老三能这么控制住感情去作戏。

瑞宣愿意细看看老三，由老三的脸看到老三的心。可是，老三扯着他一劲往前走。

瑞宣试着找老三的脸，老三的脸可是故意的向一旁扭着点。这，教瑞宣明白过来：老三是故意把脸躲开，因为弟兄若面对了面，连老三也恐怕要落泪的。他不恨老三了。老三不但有胆子，也知道怎么小心。真的，老三并不像金盔金甲的天神；可是老三的光阴并没白白的扔弃，老三学会了本事。老三已不是祁家四世同堂的一环，而是独当一面的一个新中国人。看老三那件扯天扯地的棉袍！

“我们坐一坐吧？”瑞宣好容易想起这么句话来。

兄弟坐在了一棵老柏的下面。

瑞宣想把四年来的积郁全一下子倾吐出来。老三是他的亲弟弟，也是最知心的好友。他的委屈，羞愧，都只能向老三坦白的述说；而且，他也知道，只能由老三得到原谅与安慰。

可是，他说不出话来。身旁的老三，他觉得，已不是他的弟弟，而是一种象征着什么的力量。那个力量似乎是不属于瑞宣的时代，国家的。那个力量，像光似的，今天发射，而也许在明天，明年，或下一世纪，方能教什么地方得到光明。他没法对这样的一种力，一种光，诉说他自己心中的委屈，正像萤火不敢在阳光下飞动那样。这样，他觉得老三忽然变成个他所不认识的人。他本极想细看看弟弟，现在，他居然低下头去了；离着光源近的感到光的可怕。

老三说了话：“大哥，你怎么办呢？”

“嗯？”瑞宣似乎没听明白。

“我说，你怎么办呢？你失了业，不是吗？”

“啊！对！”瑞宣连连的点头。在他心里，他以为老三不开口则已，一开口必定首先问到祖父与家人。可是，他没想到老三却张口就问他的失业。呕，他一定不要因此而恼了老三，老三是另一世界的人，因此，他又“啊”了一声。

“大哥！”瑞全放低了声音：“我不能在这里久坐！快告诉我，你教书去好不好？”

“上哪儿去教书？”瑞宣以为老三是教他到北平外边去教书。他愿意去。一旦他离开北平，他想，他自己便离老三的世界更近了一点。

“在这里！”

“在这里？”瑞宣想起来一片话：“这四年里，我受了多少苦，完全为不食周粟！积极的，我没作出任何事来；消极的，我可是保持住了个人的清白！到现在，我去教书，在北平教书，不论我的理由多么充足，心地多么清白，别人也不会原谅我，教我一辈子也洗刷不清自己。赶到胜利的那一天来到，老朋友们由外面回来，我有什么脸再见他们呢？我，我就变成了一个黑人！”瑞宣的话说得很流畅了。他没想到，一见到老三，他便这样像拌嘴似的，不客气的，辩论。同时，他可是觉得他应当这么不客气，不仅因为老三是他的弟弟，而且也因为老三是另一种人，他须对老三直言无隐。他感到痛快。“教我去教书，也行，除非……”

“除非怎样？”

“除非你给我个证明文件，证明我的工作是工作，不是附逆投降！”

老三楞了一会儿才说：“我没有给任何人证明文件的权，大哥！”没等大哥回话，他赶紧往下说：“我得告诉你，大哥：当教员，当我所要的教员，可就是跟我合作，有危险！哪个学校都三天两头的有被捕的学生和教员。因此，我才需要明知冒险而还敢给学生们打气的教员。日本人要用恐怖打碎青年们的爱国心，我们得设法打碎日本人的恐怖。一点不错，大哥，你应当顾到你的清白；可是，假若你到了学校，不久就因为你的言语行动而被捕，不是也没有人知道吗？在战争里，有无名的汉奸（像贪官污吏和奸商），也有无名的英雄。你说你怕不明不白的去当教员，以后没脸见人；可是你也怕人不知鬼不觉的作个无名英雄吗？我看哪，大哥，我明白你，你自己明白你，就够了，用不着多考虑别的。”

瑞宣没敢说什么。

“还有，大哥，太平洋上的战争开始，我也许得多往乡下跑，去探听军事消息。我所担任的宣传工作，顶好由钱伯伯负责。我不能把那个责任交给你，因为太危险；可是你至少可以帮助钱伯伯一点，给他写点文章。假若你到学校里去，跟青年们接近，你自然可以得到写作的资料。你看怎样？大哥！”

瑞宣的脑子里像舞台上开了幕，有了灯光，鲜明的布景，与演员。他自己也是演员之一。他找到了自己在战争的地位。

啊，老三并没有看不起他的意思。老三教他去冒险，去保护学生，去写文章！好吧，既是老三要求他去这么作，他便和老三成为一体；假若老三是个英雄，自己至少也会是半个，或四分之一的英雄！

老三始终没提到家中的问题；老三对啦！要顾家，就顾不了国。是的，他不必再问：“假若我去危险，我被捕，家中怎办呢？”不必问，不必问。那问题或者只教老三为难，使自己显出懦弱。老三是另一种人，只看大处，不管小节目。他，瑞宣，应当跟老三学。况且，自己就是不去冒险，家中不也是要全饿死吗？他心中一亮，脸上浮出笑容："老三，我都听你的就是了！你说怎办就怎办！"

说完，看着老三。他以为老三必定会兴奋，会夸赞他。可是，老三没有任何表示，而只匆匆的立起来："好，听我的信儿吧！我不敢在这儿坐久了，我得走！我出前门儿，不用跟着我！再见，大哥！"老三向公园前面走去。

瑞宣仍在那儿坐着，眼看着老三的背影，他心中感到空虚：哼，老三没有任何表示！

过了一会儿，他惨笑了一下，立起来。"老三变了，变得大了！哼，瑞宣，你又不是个小孩子，还需要老三说几句好听的话鼓励你？老三是真杀真砍的人，他没工夫顾到那些婆婆妈妈的小过节呀！"

他又向公园前门儿打了一眼。老三已经不见了。"就是这样吧！"他告诉自己："说不定，我会跟老三一样有用的！"

# 八十八[1]

蓝东阳勾搭上特务，在一天里，就从铁路学校逮走了十二个学生和一位教员。十三个人，罪名全一样，都是“通敌”的“奸细”；下场也全一样，一律枪毙。

铁路学校的校长给撤了，蓝东阳当上了代理校长。

他图的就是吃空额，打学生身上挤出粮食来。花了十三条人命，他达到了目的。他兴奋，他得意。如今，他既是处长，又是校长，真抖了起来；简直就跟在南京大肆奸淫烧杀的日本兵一样神气。

他花了整整两个钟头，为他的就职典礼预备讲稿。用的是文言。他知道，日本人喜欢用文言写文章的中国人。

写好的讲稿还没用上，胖菊子就把东阳任命的会计主任轰跑

①自本段起至本书第一百段止，此十三段因中文原稿已毁，现根据《四世同堂》的英文节译本The Yellow Storm（Ida Pruitt译，1951年在纽约出版）一书的最后十三段，由马小弥同志再翻译为中文。此译文曾连载于1982年《十月》杂志上，收入本书时进行了校勘。

了，自己当上了主任。十三条人命换来的肥缺，掌握着全校的财政大权，倒叫胖菊子夺了去！东阳气得把自个儿的指甲都啃出了血！他恨不得下道命令，叫工友把她捆起来送回家。可是，她如今有招弟做靠山。招弟是学校的女学监，东阳惹不起她。

珍珠港事变之前，招弟的任务是监视西洋人，她干这种事很在行。她，不光能盯住美国人、英国人，还能弄得德国人、意大利人、法国人、俄国人，一古脑都拜倒在她的石榴裙下。她的肉体已经国际化了。

跟西洋人混惯了，她瞧不上中国人，中国人太没劲。找不到西洋人，日本人也能凑和。中国妇女的温柔、恬静，跟她沾不上边；她呢，总觉着自己是在开风气之先。

为了对付这三个人，瑞全仔仔细细盘算了个够。

他拿定了主意，假装在无意中遇上了招弟。招弟这会儿有的是闲空。在北平的西洋人，该进集中营的早就进去了；没关起来的，胳臂上也都带上了袖标，写明是哪国人，用不着她再去下工夫。

学校里的事儿她没兴趣，不过是帮胖菊子一把罢了。她去学校的时候总在下午，瞧瞧有谁该管一管，唬一唬。而后，她就大摇大摆走出校门，到玩乐的地方去消磨时间。妈在的时候，总还有个家，而她自己，连个招待客人的地方都没有。她闲暇无事，走到哪儿，哪儿有人款待，谁也不敢冷落她。赌场、大烟馆、窑子、戏馆子、电影院，都欢迎她。只要跟她攀上了交情，就是有点为难的事，也好对付。

今天，招弟着意修饰了一番，显得分外的妖冶。梳装打扮，如今是她最大的安慰和娱乐。她明白，自己是一朵快要萎谢的花儿，穿衣服、描眉抹红，都需要加倍细心。每天早晨她都怕照镜子。要是不涂口红，不擦胭脂抹粉的，她简直就不认得自己了。

她的脸蛋儿、嘴唇，都涂得通红，眉毛画得像两片弯弯的竹叶。虽然没有风，头上还是扎了一条白纱巾。红色的薄呢子旗袍，紧紧裹住她的身子，鼓鼓的乳房和屁股就都显露出来了。旗袍外面，披了一件短短的滩羊皮大衣，露出两条圆滚滚的，结实匀称的腿。

白纱巾、红旗袍和滩羊皮大衣，都是用她的肉体换来的。她记不清，哪件是那个白俄给的，哪件是那个法国商人给的。她只觉得骄傲，在这个要什么没什么的北平，她倒还能打扮得神气十足。

瑞全在招弟身后不远跟着，心里直扑腾。这个阴险凶狠的女人，就是他少年时代的心上人，他心目中的天使！他望着她的背影，心里七上八下一个劲儿地翻腾。

他嘱咐自己：别忘了她如今是什么人，别忘了现在是在打日本。要冷静，要坚定沉着。他挺了挺身子，坚定果敢地向前走去。

到了北海前门，他抢上前去，买了两张门票。“招弟，不记得我啦？”他微笑着问她。他怕自己穿得太寒伧，招弟不肯认他。

招弟一下子就认出他来，笑得相当自然：“敢情是你呀，老三！”

这一笑，依稀有点像战前的招弟，就像有的时候瑞全自己照镜子，也能模模糊糊辨别出自己十年前的模样。

他又看了看她。不，这已经不是战前的招弟了。他爱过的是另外一个招弟——在梦幻中爱过。他勉强笑了一笑，跟着她走进公园，又抢上几步，和她并肩走起来。她自然而然伸出手去，挎住他的胳臂。

一碰到她的胳臂，瑞全马上警惕起来："留神！留神！"稍微一不留神，就许上当。

她拿身子挤他。"这几年你上哪儿找乐子去了？"她的口气很随便，漫不经心。

他又看了看她的脸，不由得起心里直恶心。"我吗？你还不知道？"如今他是地下工作者，面对着个女特务，得拿出点儿机灵劲儿来。

"我真的不知道。"

"知道也罢，不知道也罢。"他的声音硬梆梆，冷冰冰。

走了几步，她忽然笑了起来。"有女朋友了吗？"

瑞全不明白她是在逗他，还是在笑话她自个儿。"没有。我一直想着你。"

"谁信呀！"她又笑了，不过马上又沉默了。

公园里人不多。走到一棵大柳树下，招弟的肩膀蹭着瑞全的胳臂。俩人走到大树后面，她伸出胳臂，搂住他的脖子。

瑞全低下头来看她。她的眉毛、眼睛和红嘴唇都油光锃亮，活像一张花狸狐哨的鬼脸儿[1]。他想推开她，可是她的胸脯和腿都紧紧贴着他——对他施展开了诱惑手段。

她亲了他一下。

然后，她拖着长腔，柔声柔气地说："老三，我还跟以前一样爱你，真的。"

瑞全做出受感动的样子，低下了头。"怎么了？话都不会说啦！"她又变了一副脸，抖了抖肩头上的大衣，走了开去。

瑞全紧走几步，撵上了她。不能让她就这么跑掉。别看她甜

①鬼脸儿，即儿童在年节时玩耍的面具。

嘴蜜舌的，他知道她手上沾了多少青年人的血。不行，不能让她跑掉。对付她，就得以眼还眼，以牙还牙。

瑞全走上前去，一把抓住她的胳臂。“喝，你的脾气一点儿也没改，一不顺心就变脸，使性子。”

“本来嘛，”她把嘴唇撅得老高，“你别装蒜，我可不能白亲你。”

“我拿不出东西来，要，就是我爱你。”老三自己也觉着自己的话空空洞洞，没法让人信服。

“哟，你倒还是从前的老样子——”她猛的住了口。

“你——那么你呢?”

招弟没搭茬儿，往他身边靠了靠。又走了几步，她扬着脸看他。“老三，你要什么我都肯给。真的，我真的爱你。”

老三不知道该怎么回答。

“真的，凡是你要的，我都乐意给。”她又说了一遍。

老三晓得，在招弟看来，爱情和肉欲是一回事。见了他，她动了旧情，而且只知道拿淫欲来表达。她是个出卖肉体的婊子，是日本人的狗特务。

他们来到白塔脚下，塔尖在淡淡的阳光中显得又细又长。“到下面山洞里待会儿，好吗?”她一点也不害臊。

“下边不冷吗?”瑞全故意装傻。

“冬暖夏凉。”她加快了脚步。

刚一进去，眼前漆黑一片，招弟紧紧抓住瑞全的手。他俩慢慢走下台阶，走进一个小小的山洞，里面有一张方方的石桌，四个小石头凳子。山洞顶上有个窟窿，一线微光透了进来。招弟在一个小石头凳子上坐下来，瑞全也挨着她坐下。

朦胧中，招弟脸上的胭脂口红不那么刺眼了，瑞全仿佛又看见了当年的招弟。

“你想什么呢，老三?”招弟问。

“我吗?什么也没想。”

“你呀!”她冲他笑了笑，“别净说瞎话了，我知道你是干什么的。”

瑞全朝四周扫了一眼，他怕这儿有人藏着。

“别害怕，就我在这儿，我自个儿就对付得了你。”

“你这是什么意思?”

“你不明白?瞧，咱们从前不是相好来着吗?”

瑞全点了点头。

“好，咱们现在是同行了。俗话说，‘同行是冤家’。不过咱们倒不一定……”

“咱俩是怎么个同行呢?”

“别跟我装蒜了，死不开口。打开天窗说亮话，你的小命攥在我手心里。我要是想叫你死，你马上就活不成。”

“那你怎么不叫我死呢?”瑞全笑了一笑。

“我有我的打算。”招弟也笑了。

“要我帮着你干，是不是?”

“差不多。你拿情报来，我呢，就爱你。”

“你拿什么给我呢?”

“爱情呀，我爱你。”

瑞全拿起了她的手。“好吧，那就来吧!”

“忙什么?还没讲好条件呢!”

“来吧，来了再说。”他拉着她就往山洞深处走去。

往前，山洞越来越窄，越来越黑。招弟起了疑。“就这儿不好吗，干吗还往里走?”

瑞全没言语。他猛地用双手卡住她的脖子，她一声没哼，就断了气。

瑞全把尸首拖在山洞尽头，擦了擦脑门儿上的汗，把招弟的证章摘下来，把她的戒指褪下一个，一齐放在自个儿的口袋里。

他站起身来，低低叫了一声：“招弟。”他仿佛又听见了她的笑声，多年以前的清脆的笑声。

他很快跑了出来。山洞外面，阳光并不很强烈，可也亮得叫他睁不开眼。过了一会儿，他才睁开眼，快步走了开去。

走出公园，瞧着路上的行人，大车，马匹，他有点怕。刚才，在那黑森森的山洞里……而现在，又是明晃晃的太阳，大街，走着道儿的人群和来往的车辆。他那双手，刚才还那么强壮有力，这会儿竟微微地抖了起来。他低头望着筒子河，想把手伸进冰窟窿里洗一洗。可是他还得赶紧去找胖菊子。哼！也是个叫人恶心的臭娘们。他胃里直翻腾，想吐。然而没法子，这是他的工作，必须完成的工作。

他在蓝家附近等着胖菊子。每当他抬起头来，总看得见白塔，映着蓝蓝的天，它是那么洁白，那么高，那么美。

“二嫂，”胖菊子刚要跨进家门，瑞全就抢上一步，叫住了她。

没等他走到跟前，她就听出了是他的话音儿。她的脸吓得发了白，腿也不听使唤了。“进去，到里边说话，”瑞全低声下了命令。

胖菊子耷拉着脑袋走进大门，老三紧紧跟在她身后。进了屋，她像是累瘫了，一下把她那胖身子倒在沙发里。她没什么可后悔的，但非常害怕。她怕瑞全来给瑞丰报仇。她也就是有那么点儿对不起瑞丰，别的事，她并没觉着有什么不合适，不过是迎时当令的赶了点儿风头罢了。

瑞全把招弟的证章和戒指放在掌心里让她看。“认得吗？”

菊子点了点头。

“她完蛋了。她是第一个，你，第二个。”

菊子的一身胖肉全缩成团了。她不由自主地想跑，可是挪不动步。“老三，老三呀，我跟招弟可不是一码子事儿，她的事我不沾边，我真不知道。”

“你自个儿做的事，你明白。”

“我——我没干过什么坏事。”

瑞全把证章和戒指放下，举起了他那刚刚掐死过人的手。得给胖菊子点颜色看看。他左右开弓，狠狠朝她那张胖脸上打去。

她杀猪似地喊了起来。瑞全马上揪住她的头发，这脑袋头发是用谋害别人性命得来的钱烫成一卷一卷的。“敢哼一声，我立刻宰了你。”胖菊子赶紧闭上嘴，血打她嘴角流出来。她从来没有挨过打，这是头一次，她尝到了疼的滋味。

“别打了，别打了，”她两手捂住脸，“你要什么我都答应。”

听了这话，老三更气了。她说的话跟招弟一个样，都那么下贱，无耻。“你怕死么？”瑞全问，“不论什么时候，什么地方，只要我想要你的狗命，你就跑不了。”

“饶了我吧，老三。”

“听着——要是你再从学生身上克扣一斤粮食，我就打发你去见招弟。明白了没有？”

“明白了！”

“要是蓝东阳敢再杀一个学生，我就找你算账。”

“他的事——我——”

“我有办法对付他。我告诉你，你要是知情不拦，我先宰了你。明白了没有？”

“明白了。”

“学校里现在正缺个语文教员，你叫蓝东阳请大哥来干。如果你们俩胆敢合起来算计我，那就打错了算盘。我在一天，你们俩的狗命也留着；我要是下了牢，你们就得给我抵命。城里有的是我们的人，有人替我报仇。听清楚了吗？”

“听清楚了。”

“拿去！”瑞全掏出个小信封，里面有一颗子弹。“把这交给蓝东阳，告诉他，是我捎给他的。还有这个！”他把招弟的戒指往她怀里一扔。“把这个也给他。要是你狗胆包天，敢不照我的话办，就跟招弟一起去见阎王！”说完，老三收起招弟的证章，大踏步跨出了门。

# 八十九

明月和尚给瑞宣捎了个信来。“去，很危险；不去，也难保无祸。老路子走不通了，希望你能另觅新途。抗战嘛，人人都得考虑自己应当站在哪一边，中间道路是不存在的。”

这封信，没头没脑，连下款也没有。瑞宣读了，高兴得打心眼儿里笑出了声。他一扑纳心的等着学校发聘书，聘书一来，就去上课。哪怕是法场呢，他也得上。

仗，已经打了四年，他第一次觉着自己有了主心骨，心里也亮堂多了。如今，他跟老三肩并肩地战斗。哪怕连累全家，大家一起都得死，他也不能打退堂鼓。

聘书真的来了，由蓝东阳签字盖章。要是在过去，瑞宣会觉着这是天大的耻辱，宁肯饿死，也不能管蓝东阳叫“校长”。不过这一回，他高兴极了。

家里人听见这个好消息，都赶忙围过来打听。瑞宣只说是有了新差事，有指望弄点儿粮食。差事怎么得来的，谁是校长，他一句没提。

祁老人听见好消息，拧着白眉毛，不住地点头咂嘴。“哎，还是老天有眼，老天有眼。”

瑞宣仔细地瞧了瞧爷爷，看出爷爷已经有了生气，不再像是在阴阳界上徘徊的人了。他不知道究竟是该笑，还是该哭。

胖菊子打算耐着性子把瑞宣安抚下来，让他知道，她还是把他当大哥看待，希望他能忘了老二瑞丰那档子事。她指望蓝家能跟祁家攀上交情，让东阳保住校长的位子，学校的财务大权也照旧归她。

她觉着，自己这一番盘算，非常的得体。起初，为了瑞全扇她的耳光，她光想着报仇，叫东阳马上去报告日本人，把四面城门关上，准能把瑞全搜出来，然后把祁家满门抄斩。她那张肥脸蒙受的羞辱与疼痛，必得用祁家的血才洗得干净。

东阳一见子弹头和招弟的戒指，吓得尿湿了裤子！他所有的成就全仗着两样东西：自己的厚颜无耻与北平人的逆来顺受。如今见了这子弹头，他看见了不怕死的北平人。他的绿脸起了一层白霜，俩眼珠一块往上吊。危险和死亡就在眼前，他是真怕死。

他连忙把大门关上，把房门和窗户也堵死，加锁。然后，把发着抖的手指头搁进嘴里，使劲啃指甲。他首先想到找日本人来保护他。比方说，派一个班，最好是一个连来，在他宅子周围站岗放哨，那他也许就可以高枕无忧了。可是，这能办到吗？如果他去要求保护，而日本人只派一两个便衣来，又有什么用？

他想了又想，最后拿定主意，最好的办法是：第一，先请上几天病假，把自个儿锁在屋里，躲过风头再说；第二，想法子跟瑞全讲和；第三，要是瑞全不肯讲和呢，他就找门路上日本去。总不能老呆在北平，等着挨枪子儿。

胖菊子见东阳真害了怕，只好揉了揉自家的脸，琢磨缓兵之计。她得先上祁家去一趟。给老的小的买上一份礼物，讨讨他们的欢心，然后在言语之间，保不定就能套出老三的下落。要是他们都挺加小心，守口如瓶，不肯提老三，起码她能察言观色，看看有什么空子可钻。即便什么也看不出来吧，“亲善亲善”总没有什么害处，只要恢复了“邦交”，总能慢慢劝他们回心转意，跟她合作。

她拿着两三样礼物，亲自上了祁家。她很得意，觉着自己既聪明，又勇气十足。

走进小羊圈，她周遭瞧了瞧。小羊圈一点没变，只不过各户的街门和院墙都更加破旧，看起来跟电影里的贫民窟一样。她认为，自己非常有见识，居然逃出了这么个穷窝子。要不然，真是一朵鲜花插在狗屎上了。

太阳挺暖和，天佑太太正坐在屋门坎儿上晒太阳呢。两个孩子都在台阶前玩。小妞子已经饿得皮包骨，连玩的精神都没有了，无精打采地站在旁边，看着哥哥玩。小顺儿也瘦极了，不过还总算有力气蹦来蹦去。

俩孩子先看见菊子。他们已经不大记得她了。平日说起闲话来，还常常提起“胖二婶”，不过她的形象在他们的小脑袋瓜儿里已经逐渐模糊。小顺儿只说了一声“哟”，就再没别的可说了。

天佑太太慢慢睁开眼睛，一眼就认出了菊子。她晃晃悠悠站起来招呼说：“小顺儿，妞子，快进来！”拉起两个孩子的手，迈进了自个儿的屋门坎。四世同堂的一大家子人，老太太很知道该怎么和和睦睦过日子。可是像胖菊子这么个臭娘们，她受不了。胖菊子生了气；真是给脸不要脸。

不，她不能动真气。办外交就不能动肝火。别忘了，来的目的是为了恢复邦交。她甜腻腻地叫了一声：“大嫂”，知道大嫂比较好对付。

韵梅正在厨房里，没往外瞧，凭声音就听得出来是胖菊子，刷地一下变了脸色。她向来不愿意得罪人，然而，是非还是分明的。到底该不该出来迎接这位胖弟妹呢？

她知道，胖菊子是夜猫子进宅，无事不来。这趟，究竟是为了什么！她咂摸不透。她拿定主意不作声。不能随便招呼这么个不要脸的臭娘们；要是她来瞎搅和，岂不是自个儿惹一身臊。

祁老人听见喊“大嫂”，以为来了客人，慢慢打开了房门。一见是菊子，老人很快抬头看了看天，好像是在问老天爷，该怎么对付这个娘们。

“爷爷，我给您送礼来了！”胖菊子憋着一肚子气，拿出办外交的手段。

老人的胡须动了几下，没说出话来。胖菊子想走进老人屋里，她把带来的东西高高举在眼前，好引起他注意。

老人拦住了她。他声音不高，可是清清楚楚：“滚！”然后像河水开闸似的，连声嚷：“滚开！出去！还有脸上门，给我送礼来！我要是受了你的礼，我们家坟头里的祖宗都不得安宁。滚！给我滚！”

韵梅从厨房里走了出来，她怕这个胖娘们会说出什么话，让老人听了不受用。她站在厨房门口高声说：“你还没走哪？快走吧！”

胖菊子没辙了，只好向后转。起初，她还想要点脾气，把礼物重重地摔在地上。可是一转念，又把礼物紧紧搂在了怀里。

韵梅很快地走过来，招呼爷爷说：“爷爷，您歇着吧！”老人本来有一肚子话要说，气得发晕，就是不知道打哪儿说起。

等瑞宣回家，听家里人一念叨，他自言自语说：“干得好！祁家人到底是有骨头的。”

# 九十

蓝东阳续了病假。他帮日本人搞恐怖的时候，自己从来没有尝过恐怖的滋味。不论青年男女在被捕的时候怎么惊惶失措，他们的父母怎么悲恸欲绝，他都无动于衷。他就知道自己有了钱又有了势，这，就心满意足了。

这一回，瑞全把子弹头给他摆在了眼前。他不敢碰它。他怕只要轻轻沾它一下，就会嘣的一声炸了。它，亮晶晶，冷冰冰，老瞧着他，像个叽里咕噜乱转的眼珠子似的，老跟着他。

老实说，他从来没有想过冤有头，债有主，他根本不认为自己造了什么孽，犯了什么罪。现在，死真是找上他了。他既不承认有罪，自然也就不存在赎罪的问题。信教的人相信罪是可以赎的，这能使人改恶从善；而蓝东阳可是死心塌地，不可救药了。

他总是害怕，非常害怕。啃着啃着指甲，他会尖声大叫起来，一头钻到床上，拿被子把头蒙起来，能一憋多半天，大气也不敢出，捂得浑身大汗淋漓。他不敢掀被子，觉得死神就站在被窝外头，等着他呢。

只有等胖菊子回了家，他才敢推开被子坐起来。他把她叫过来，发疯似的乱搂一气，在她的胖胳臂上瞎咬。她是他的胖老婆，他死以前，得痛痛快快地咬咬她，把她踩在脚底下，踩个够。只有这样，为她花的钱才不冤。

咬完她，他朝屋里周围瞧了瞧，把他的东西细细看了又看，再算了算还剩下多少钱，他大声喊着："我不能死，不能死啊！"

他顾不得穿鞋，光着脚下地，抓过一只铅笔，一张纸，把所有的家具、衣服、茶壶、饭碗什么的，一一登记上，连笤帚和鸡毛掸子都没有剩下。开列的项目越多，他就越得意，也越害怕。眼看活不成了，这么些个东西可留给谁呢？不，不能留给胖菊子。她嫁给他，不过是图他的钱财和地位。东西不能留给她。

他又搂了搂她，把嘴伸到她的胖腮邦子上："你一定得跟我一块儿死，咱俩一块儿死。"对，哪怕是躺在棺材里，他身边也得有个伴儿，要不，就是死了，也得日日夜夜担惊受怕。

胖菊子挣脱了他的拥抱，他恨得直咬牙。哈！她到底是祁家的人，没准儿还打算回祁家去，好嫁给瑞全！

他求胖菊子别甩下他，跟她商量，一块逃出北平去。

对，得逃出北平！出了北平，瑞全就再也找不着他了。天底下不过一个瑞全跟他作对，只要到了别的地方，他就又可以绸子缎子穿戴起来。

要跑，这么些个东西可怎么带？桌椅板凳，当然远不如金子银子值钱，可是，不论怎么说，总还是他的东西。木头的也好，磁的也好，都是他费尽心机弄来的。不过，话又说回来了，要是东西拿得太多，日本人该截住他了。

到了晚上，一听见砰砰的声音——也许是洋车轱辘放了炮——他就一溜滚儿钻到床下，两手捂住脸。

白天黑夜提心吊胆，担惊受怕，他倒了胃口，吃不下饭。不过他还是强打精神，硬塞下许多吃食。他得吃，有了劲儿才能想出逃命的办法。勉强吃下去，消化不了，他呼出来的气就更臭了。他屋子里的门窗，都死死地关着，不消一两天，屋子里的味儿就臭得跟臊狐狸洞似的。

他病了这么久，日本人起了疑，派个日本大夫来瞧他。大夫把门敲开，一股子臊臭味儿差点没把他熏得闭过气去，赶紧跑过去把所有的窗户都给打开。

要是往常，来个日本大夫，东阳还不跟磕头虫似的，鞠多少个躬。可是这一回，他不怎么高兴，担了心思，替日本人办事儿的，不是常被日本人毒死吗？

大夫给了他点儿助消化的药，他不敢吃。大夫左说右劝，费了九牛二虎之力，才把药硬给他灌了下去。

东阳躺在床上，认定自己快死了，大声哭了起来。

药慢慢打嗓子眼里往下窜，不多一会儿，只听得肚子里咕噜咕噜一个劲儿地响。准是给他下了砒霜！他挣扎着爬下床来，把门窗又紧紧关上，稍微自在了一些。肚子松快了点，不那么难受了，他笑了。唔，没有，没给他下毒，可见日本人对他还是信得过。好吧，想个招儿，逃出北平。

唔，干吗不，干吗不到日本去呢？那儿不也是他的国家吗？

胖菊子另有她的打算。她不乐意再伺候东阳了。这不算对不住他。她耐着性子，用她那一身肥肉供他取乐，足有三年之久。现在，用不着再低三下四地去讨好他了。

她要是真打算走，就得快——把东阳所有的钱都敛了去。不能等他病好，趁他卧病在床，正是大好机会。

她从东阳那儿弄来的钱，早已换成金银藏到娘家去了。可是东阳一死，谁敢保日本人不会到她娘家去搜呢？要走就得快，跑得远远的。马上走，不但能保住她存在娘家的东西，还能把东阳身边的细软也带走。

有了金子，她也许就能跑到上海，或者南京那些大地方去，凭她这些年跟着大赤包和东阳学来的一身本事，还不能另起炉灶，大干一场？

不能老这么犹犹豫豫的，她得赶快动手，趁东阳不死不活地躺在床上，赶紧把细软敛到娘家去，然后拿上东阳的图章，把他在银行里存的现款卷个精光。

就这么着，她把最值钱的东西和现钱带在身边，把笨重的东西存在娘家，一溜烟上了天津。

菊子跑了，东阳并不留恋。如今天下大乱，一口袋白面就能换一个大姑娘，胖菊子算个什么！他喜欢胖娘们，要是女人按分量计价，他也可以用两袋子白面换一个更肥的来。

不过，等他发现菊子把他的钱财拐跑了，他两只眼珠一齐往上吊，足足半个钟头没缓过气来。虽说屋子里的东西没动，银行里也还有背着菊子的存款，然而这些都不足以安慰他。

东阳真的病重了。焦躁，寒冷，恐惧，打四面八方向他袭来。他忽冷忽热，那张绿脸，一会儿灰，一会儿紫。发冷的时节，那副黄牙板，一个劲儿地直磕打。他想好好盘算盘算，可是，一股透心凉的寒气，逼得他没法集中思想。他想来想去，摆脱不开一个死字。

猛的，他又全身发热，脑子里乱哄哄的，像一大群蝗虫嗡嗡地猛袭了来。稍一清醒，他就大声叫唤：“我不想死，给我钱，上日本去——。”

日本大夫又来了，东阳吃了点儿药，迷迷糊糊地睡了。他的脑子静不下来，觉也睡不踏实。他放不下钱和菊子。

东阳病得久了，上头又派了个校长到铁路学校来。

要是往常，瑞宣就该考虑按规矩辞职。可是这一回，他连想也没想仍然照常到校上课。只要新校长不撵，他就按瑞全的意思，照旧教他的书。要是新校长真不留他，到时候再想办法对付。

新校长是个中年人，眼光短浅，不过心眼儿不算坏。虽说这个位置是他费了不少力气运动来的，他倒并不打算从学生身上榨油，也不想杀学生的头。他没撤谁的职。瑞宣就留了下来。

对于瑞宣说来，这份差事之可贵，不在于有了进项，而是给了他一个机会，可以对祖国，对学生尽尽心。他逐字逐句给学生细讲——释字义，溯字源，让学生对每一个字都学而能用。除了教科书，还选了不少课外读物。他精心选出的那些文学教材，都意在激起学生的爱国热忱，排除他们的民族自卑感。他装作漫不经心的选了一些课外读物，仿佛只是为了帮助学生更好地理解课文。这样做起来，即使学生中有个把隐藏的特务，也不容易挑出他的毛病。

最难的是出作文题。根据他的教学原则，他不愿意给学生出些空空洞洞的题目，让学生作起来，只能拿“人生于世……”开头，然后咬着毛笔杆，怎么也想不起下句该写什么。但他又不能出些与时事相关的大题目。要是他胆敢在黑板上写点什么跟学生生活密切相关的东西，他马上就会给抓起来。为了避免空洞，也为了不被抓起来，他出的题目总得跟课文沾上边。这样的题目学生有话可说，他也能从而了解学生的反应。

改作文卷子的时候，他总是兴高采烈。很多学生的作文说明，他们不但理解他的苦心，而且还小心翼翼地向他倾诉了压在心底的痛苦。批改作文原是件枯燥无味的事，现在倒成了他的欢乐。他简直是在用隐语在和一群青年人对话。

他特别注意那些可疑的学生，观察他们是不是会自觉或不自觉地接受日本人的奴化教育。

使他高兴的是，有一两个汉奸家庭的子弟，观点和他们父亲的截然不同。有了这个发现，他反躬自省，觉得自己以前过于悲观了。他原以为，北平一旦被日本人占领，就会成为死水一潭。他错了。

他决定让小顺儿去上学，没时间自个儿教。现在他看清了，学校里的老师并不像他原来想的那么软弱无能。

东阳躺在床上，冷一阵热一阵受煎熬的时候，冬天不声不响地离开了北平。这一冬，冻死了许多衣不蔽体，食不果腹的人。乍起的春风，还没拿定主意到底该怎么个刮法。它，忽而冷得像冰，把墙头上的雪一扫而光；忽而又暖烘烘的，带来了湿润的空气，春天的彩云。古老城墙头上的积雪也开始融化，雪水渗进城墙缝里。墙根下有了生机。浅绿的小嫩草芽儿，已经露了头。白塔的金刹顶，故宫的黄琉璃瓦，都在春天的阳光下闪闪发光。可是，忽然间又来了冰冻，叫人想起寒冷的隆冬。

人们扒掉了厚重、破烂的棉袄。一阵寒风吹来，感冒了，一些人很快就死了。冬春之交，最容易死人。

春天终于站稳了脚跟。冰雪融化了，勇敢的蜜蜂嗡嗡地在空中飞翔。忽然传来了比春风还要温暖的消息，使所有的北平人都忘掉了一冬来的饥寒：美国空军轰炸了日本本土。瑞宣从老三送来的传单里得到了这个消息。

读了这些传单，瑞宣欣喜若狂，不知不觉地走到了学校。

走进教室，只见一双双眼睛都闪着快活的光芒。他明白，日本挨炸的消息已经传开了。大家眼睛里的光亮，照得整个教室异常温暖。他一句话也没说，只用闪烁着同样光芒的眼睛看着大家。每个人的脸上全带着笑，许多双眼睛里闪烁着泪光。

瑞宣开始讲课了。他很想插一句：“日本挨炸了。”可是拼命控制住自己。这几个字像音乐一样老在他的胸间荡漾。

他还想对学生们说：“小兄弟们，这个好消息是我弟弟送来的呀！”不过他不敢说出口来。

他现在懂得宣传的力量了。以前，他太悲观，总以为宣传不过是讲空话，没有价值。可如今——瞧吧，这条消息能使他，他的学生和全北平的人都兴奋，欢快。

为什么不多搞点这样的宣传？他决定帮老三搞起来。要笔杆子的事，他在行。他知道，老三有本事，能把他写的东西印出来；钱伯伯也有本事，能把它散发出去。

他在街上遇到明月和尚，把想为地下组织写东西的打算讲了讲。和尚交代给他几个地址，写出来的东西就往那儿送。和尚要他注意化装，留神特务。

跟和尚分手的时候，瑞宣觉出北平春天的阳光照亮了他的心，快活极了。他有了具体任务，不能再自惭形秽或踌躇不前了。

头年的萝卜空了心，还能在顶上抽出新鲜的绿叶儿；窖藏的白菜干了，还能拱出嫩黄的菜芽儿。连相貌不扬的蒜头，还会蹿出碧绿的苗儿呢。样样东西都会烂，样样东西也都会转化。

# 九十一

日本人颁布防空令，家家户户都得用黑布把窗户蒙起来。

小羊圈谁家也买不起黑布，白巡长和李四爷发了愁。他们不敢违抗上面的命令，可是他们也很知道，连衣裳都穿不上的人，自然也买不起黑布。

白巡长一见李四爷就叹了口气，说："我刚才还在说，乐极必生悲。这不是——家家户户都得用黑布蒙窗户了。"

"哼——这一回，我又该挨训了。"

"唉——先别扯那个。怎么办？这是最要紧的事。大家拿不出黑布来，咱俩可怎么交差？"

"把报纸拿墨涂黑了——拿它当黑布。日本人来检查的时候——唔——反正大家的窗户是黑的，不就成了吗？"

"你说的倒有点门儿，可是上哪儿找浆子去？共和面打浆子不黏。"

"我想法打一桶浆子分给大家，不要钱。说真的，就是白给浆子，还备不住要挨骂呢。"

白巡长马上说："这回我不能让你一个人挨骂，我先去叫大家拿黑布，完了，你再去说糊报纸的事儿。给大家把浆子一分，他们要是还不领情，可就是真不知道好歹了。”

李四爷点了点头。

“事情到这儿，还不算完。”

“怎么着？没完了！”李四爷嚷了起来。

白巡长笑了笑。“你还是得跟大家说说，要是来了空袭，家家户户都得把灯火和火炉子弄灭。人也不许出屋子。”

“让炸弹把大伙儿都给炸死？”

白巡长没答老人的茬，还接着讲上面命令的事儿。“家家户户都得出个人在街门外头站岗，空袭的时候不准关门。家里要是没人站岗，就得雇人。官价，一个钟头三块钱。”

“这都是些什么乱七八糟的？”

“我要是明白，那才怪呢！您保不住会说，要是不关街门，日本人撞进来就方便多了，想逮谁就逮谁。”

“说得不错。根本不是为了防空，是为了逮人方便。”

白巡长到各户去通知防空的事。所到之外，怨声载道。不过大家转而又一想：“这么看来，日本真的挨炸了！”跟着又高兴起来。

李四爷去找程长顺，跟他要旧报纸。

程长顺说，旧报纸，破布，他都有，随便拿就是了。“四爷，您就拿一捆旧报纸去，比他们一家一家的来要强。我是个做小买卖的，要是大家知道我是白给，该不肯要了，话是这么说不是？”

“你说得也是，”李四爷点了点头。

“再说破布——要是有人想要的话——我就按买来的价儿卖，不能白给。”

李老人拿起一大捆报纸，打了一大桶浆子，就到各户去了。大家都很感激，连丁约翰也受了老人拿来的东西。

唯独韵梅没有要李老人拿来的报纸和浆子。她已经想到可以用报纸，早就把窗户糊好了。报纸上用墨汁涂得黑黑的。

夜里十点，头一回响起了防空演习警报。小羊圈的人多一半都上床睡觉了。

大人们迷迷瞪瞪的，有的找不着衣裳，有的穿错了鞋。孩子们从梦中惊醒，大声哭号。大家胡里胡涂，推推搡搡，拖儿带女，一齐拥到院子里。这才想起白巡长的话："遇到空袭，赶快灭灯，在屋子里坐着，别出来。"

瞧瞧院子，瞧瞧天，他们悟出来，就是想走，也没个藏身之处。日本人压根儿没给挖防空洞，大伙儿只能回屋子里去坐着。

瑞宣、韵梅，都披上衣服起来了，悄悄走到院子里，招呼南屋的街坊。"是空袭警报——你们起不起来都成。"然后他走到爷爷窗户外头听了听，老人要是还在睡，就不惊动他了。

韵梅打开街门，坐在门前的台阶上，决心一直等到解除警报。她不乐意叫瑞宣来守街门，他第二天还有课；她也不乐意花三块钱一小时雇个人来替她守着。

瑞宣走到门口来看她，她一个劲儿说："你回去睡吧。"

"我先在这儿站一会儿，过一时半会的，你再来替我。谁知道这一闹得几个钟头呢！"

"你还是去睡吧，我反正也睡不着。"

说着，只见三号的日本人悄悄地，飞快地，走出大门，贼似的，溜着墙根，往大街那溜儿跑。

"他们要干什么？"韵梅压低了嗓门问。

“他们得上防空洞里去呆着。哼!”瑞宣静静地站了一会儿，然后走回院子里。

在黑暗中，韵梅凭身影儿和咳嗽的声音，慢慢地看出来，李四爷大门口站的是他的胖儿子，马寡妇门外是程长顺，六号门外是丁约翰。谁也不出声。

过了半个多小时，一点儿动静没有，祁老人也出来了。“到底是怎么档子事儿?什么事也没有嘛，你还是进来吧!”

“您回屋歇着去吧，爷爷。我得在这儿瞧着，没准儿，日本人会来查呢!”韵梅好说歹说，把老人劝了回去。

韵梅果然想得不错。全城的宪兵和警察，都动员起来了，挨家挨户的查。不过是防空演习，可日本人做得跟真的一样。他们豁出去通宵不睡，也得把全北平的人折腾个够，叫他们熄灭了灯火、炉子，坐在屋子里不出来。这么着，日本人才能顺顺当当地撤到安全地带，日本人的家也不会挨抢了。

他们果真来了。韵梅一见西头有四个人影儿奔这么来，赶紧站了起来。俩高个儿的，她估摸是李四爷和白巡长，那俩矮的呢，就是日本鬼子。

他们打一号和三号门前走过，直奔韵梅。她往一边闪了闪，没作声。李四爷和白巡长也不言语，跟着日本人进了院子。

没有灯，没有火。日本人拿电筒把每个窗户都照了照，黑的。他们走了出来。

六号也没有差错。

走到七号大杂院，李四爷和白巡长都捏了把汗。

情况不坏。家家户户都黑灯瞎火——七号里住的人家，压根儿就没有灯油，也没有煤。

宪兵拿电筒往窗户上刷地照去，白巡长吓得直冒汗。至少有三户人家没把窗户给糊黑。李四爷忍不住骂出声来了：“他妈的——！我连浆子都给了，怎么……”

白巡长知道事情闹大了。为了这，他就得丢差事。他气急败坏地连忙问道：“为什么不把窗户糊起来？为什么？李四爷跟我不是嘱咐又嘱咐吗？”他这话是冲七号的人说的，可主要还是讲给日本人听，好洗刷他自己和李四爷。

“真对不住，”站在一边的一个女人可怜巴巴地说，“孩子把浆子给吃了，白巡长，给我们说几句好话吧，一年四季孩子们都没见过白面。”

白巡长没了话说。

日本宪兵懂的中国话不多，听不懂那个女人说的是什么。他不分青红皂白，上去就给了李四爷两嘴巴。

李四爷楞住了。虽说为了生活他得走街串巷，跟各种各样的人打交道，可他从来没跟人动过手；要是看见别人打架，不管人家拿的是棍棒还是刀枪，他都要冒着危险把人家拽开。

他气炸了肺。他忘记了自己一向反对动武，忘记了自己谨小慎微的处世哲学，只看见眼前站着两畜牲，连个白了胡子的老头也敢打。他从容不迫，一声没吭，举起手来，照着日本人的脸就是一下子。他忽然觉着非常痛快，得意。他没作声，把所有的劲儿全用在拳头上了。

宪兵的大皮靴，照着李老人的腿一阵猛踢，老人倒下了。

白巡长不敢拦，他想救出自己的老伙伴，可又惹不起那两个发了狂的野兽。

院子里的人谁也没动一动。老人抱住一个宪兵的腿，把他拖倒在地，两人就在院子里滚成一团。

另一个宪兵，跟着地上滚的人转来转去，找准机会，冲着老人的太阳穴就是一下，李老人一下子就不动了。

两个宪兵住了手，叫白巡长把所有没把窗户糊严实的住户，都抓走下狱。

宪兵和白巡长都走了，院子里的人一窝蜂似的围上了李四爷。自从他当了里长，不知道挨了他们多少骂。那是贫困逼得他们平白无故地骂人。如今，为了他们，他躺下起不来了。大家都哭了。

大伙儿把李四爷抬回家，四爷两个多小时人事不知。虽说还没有解除警报，四大妈什么也不管不顾了，大声哭了许久。她升着了火，给老人烧开水喝。小羊圈的人把警报忘了个一干二净，进进出出，都来看李四爷。

凌晨两点才解除警报。祁老人一直没睡下。他过一小会儿就走出来看看韵梅，然后回到自个儿屋里躺下。

韵梅披了一件破棉袄，靠在门框上，再不就半醒半睡地坐在门前台阶上。她很想去看看李四爷，可又不敢走开。不管是不是真有空袭，她都得坚守岗位。不论怎么说，不能给家里人惹麻烦。

解除警报前几分钟，三号的日本人叽叽呱呱说笑着回了家，韵梅知道快完事了。

解除警报的信号一响，韵梅马上跑到李家，祁老人跟在她后面。李四爷睁开眼睛看了看他们，又把眼睛闭上了。大家都找不到安慰他的话。祁老人见多年的老伙伴半死不活地躺在床上，想放声大哭。

“爷爷，咱们回去吧？”韵梅悄悄问祖父。

祁老人点了点头，由她搀着，回了家。

又过了三天，李四爷还是人事不醒。末了，他睁开眼，看了看老伴，看了看家里的人，慢慢闭上眼，从此不再睁开了。

虽说四大妈拿不出东西款待来吊丧的人，守灵、出殡还是按规矩办了。没得过李家好处的人，知道四爷是个实诚人，都赶来磕了三个头。得过他好处的，哭得特别伤心，斟酒浇奠一番。那得过他的好处又时常骂他的人，也跑来哭灵，借机倾诉一下心里的烦恼与不幸，骂自己对老人不够公道。

祁老人哭得很伤心。他和李四爷都是小羊圈的长者。论年纪、经历和秉性，他俩都差不多。虽说不是亲戚，多年来也真跟手足不相上下。李四爷一死，整条街上，也可以说全世界，就再也没有人能懂得祁老人那一套陈谷子烂芝麻了。他俩知根知底地交往了一辈子。

李四爷的丧事办得挺像那么一回事，来的人很多。那些窝脖儿的杠大个儿，杠房的，还有清音吹鼓手和打执事的，都跟他有交情。他们穿了孝；诚心诚意来发送这位老相好，一直把他送出了城。他们没法给他报仇，只能用祭奠、吹打、送殡和友情来表示他们的心意，把他一直送到坟地，让他好好安息。但愿日本人不至于把他的尸骨挖出来。日本人为了修飞机场，修公路，挖了数不清人家的坟墓。

# 九十二

夏天，膏药旗飘扬在南海和太平洋。太阳神的子孙，征服了满是甘蔗田和橡胶园的许多绿色岛屿。北平倒很少见得着短腿的日本兵了。他们不敢见天日，来来去去，总在夜晚，因为他们的军装上有补钉，鞋也破了。皇军成了一群破衣烂衫的人。

皇军为了遮丑，到夜里才敢出来；普通的日本人倒不在乎，不怕到处丢人现眼。一些穿着和服、低着头走路的日本娘们，在市场上，胡同里，见东西就抢。她们三五成群，跑到菜市场，把菜摊子或水果摊子围上。你拿白菜，我拿黄瓜，抓起来就往篮子里头塞。谁也不闲着，茄子、西葫芦，一个劲儿地往袖筒里装。抢完了，一个个还像漂漂亮亮的小磁娃娃似的叽叽呱呱有说有笑地各回各家。

配给他们的粮食，虽说比中国人的多，质量也好些，可也还是不够吃。征服者和被征服者都过的是穷鬼的日子。抢最简便，中国警察不管，日本宪兵不问，做小买卖的也不敢拦。

日本娘们的开路先锋是高丽棒子——高级的奴才。她们不单是抢，还出着性儿作践。她们一个子儿不花地吃你几个西瓜，还得糟踏几个。相形之下，日本娘们反而觉乎着她们不那么下作——她们只是抢东西，不毁东西。

入夏以来，见不着卖蔬菜和水果的小贩了，小羊圈的人只能将就着活下去。小贩们都怕三号的日本女人们抢。

这样一来，给中国妇女带来了很大的不方便，像韵梅就再也不能在自己家门口买点葱和菠菜什么的了。哪怕买头蒜呢，也得上趟街。再说，小贩们挨了抢，就得打中国人身上捞回本儿来。东西全涨了价。韵梅发现她还得交一笔抢劫税。

打李四爷过世那会儿起，白巡长就一天比一天烦恼。虽说他也能琢磨出两条理由来原谅自己，可不论他怎么想，总还是觉着亏心，对不住李四爷。是他，硬拉四爷出来当的里长，日本宪兵打四爷的时候，他也没上前拦。他没法不到小羊圈来巡查，可他又很怕见四大妈和她儿子。每回见了他们，他都低下头，不敢正着眼瞧。他在人前挺不起腰杆，简直是个苟且偷生的可怜虫。

他不让手下人去管日本娘们抢东西的事。“我们要是去报告，或者管上一管，保不住这些混账东西就会想方设法把做小买卖的抓起来。我说弟兄们，最好的法子就是把眼睛闭上。整个北平都让人家给占了，哪儿还有是非呢?”

小羊圈不能没有里长，他想到祁瑞宣和程长顺，不过他们都面慈心软，办不了事。

李四爷一死，丁约翰就看上了这份儿差事。他如今有的是时间。自打英国府出来，他就没再谋差事。既在英国府里做过事，他不愿意到西餐馆里去当摆台的。就算他乐意降低身分，也不见得准能找到工作，因为日本人既反英，又反美，多一半的西餐馆都关了门。

白巡长不喜欢丁约翰那副洋派头，不过找不到合适的人，只好点了头。

安排好里长的事，白巡长仍然日夜里牵肠挂肚。还有桩事让他揪心，又难于说出口：年纪太大了。

见天儿，他拿一把老掉了牙的剃刀，细细把胡子茬刮个精光，旧制服收拾得整整齐齐，干干净净，一双旧皮鞋，也用破布擦得锃亮，走路的时候，强打精神挺起胸脯，可是他明白，自己的老态是遮盖不住的。他并不愿意给日本人当走狗，然而也的确怕日本人撤他的差。查街的时候，他总怕抽冷子会碰上个日本人对他说："滚！谁要你这么个老东西来当巡长？"

他最头疼的是，自打日本女人们抢开东西以后，中国人也学会了这一手。他叫手底下的人别管日本女人们抢东西，那他又怎么能叫他们去管中国人呢？中国人抢得再多，也赛不过日本人。要是他不敢管日本人，也就不该管中国人。

他低下头，对手下人说："别管他们，肚子都饿瘪了，谁没尝过挨饿的滋味？就是把他们抓起来，日本人也不会说咱们好。监牢都住满了，犯人也没有粮食吃。唉——还是那话，睁只眼闭只眼吧，等咱们的眼睛都闭上，永远不再睁开，世界兴许就太平了。"

因为不够吃，居于统治地位的异族露出了狐狸尾巴；因为饥饿，奴隶们也顾不得羞耻了。忍饥挨饿的人，一心想的是弄点什么往嘴里填，体面不体面，早就顾不上了，偷点抢点都算不了什么事儿。

在北平卖生熟猪肉的铺子里，切肘花和香肠的肉墩子足有一人多高。这是因为掌柜的怕买主伸手抓肉，把手指头剁掉一截。可是现在这些高高的肉墩子（原本就是半截大树干）已经拦不住人们往那儿伸手。卖生肉的肉铺一向是在肉案子上切，因为再贪的人也不会把生肉，或者大油抓起来往嘴里送。然而现在真有抢生肉吃的人。

自打日本人实行粮食配给以来，肉铺的生意就冷清起来。常常一连三五天没有肉卖。偶尔有点儿肉，就连夜的出来，不论生熟，都切成小块，拿纸或者荷叶包上，藏在柜橱里。买主得先交钱，然后才能接过一小点肉。

这种先交钱后交货的办法，在北平风行一时。要是不先掏钱，什么也甭想买。

卖烧饼、包子和别种吃食的做小买卖的，都用细铁丝网子把篮子罩上，加锁。买主先交钱，随后打开篮子上的锁，把东西拿出来。小贩们还一边交货一边说，东西一倒手，他就不负责了。因为买东西的时候，摊子或担子旁边总有人等着，见吃的东西就抢。

韵梅给抢过两回，再也不敢打发小顺儿去买东西了。虽说东西不值什么，她可是害了怕。

天佑太太犹犹豫豫地出了个主意："让小顺儿跟着你去不好么？四只眼总比两只眼管用。"

韵梅觉着，不论小顺儿有用没用，叫他跟着总能壮壮胆子，可是小顺儿得上学。

"唉，"祁老人叹了口气，"这年月，上不上学有什么要紧！"

小顺儿一听给他派了这份差事，美得不行，马上想到要随身带根棍子。"谁要是敢夺您的口袋，妈，我就拿棍子敲打他。"

"你安静一会儿吧，"韵梅哭笑不得，"把眼睛睁得大大的，仔细瞧着点就行了。要是有人老跟着咱们，你就大声嚷嚷。"

"叫警察吗？"小顺儿爱打岔。

“哼——他们要管，那才叫怪呢。”

“那我嚷什么呢？”小顺儿样样事情都要闹个一清二楚，不然怎么能当好妈妈的保镖呢。

“嚷什么都可以——嚷嚷一通就是了，”奶奶直帮着解释。

祁老人，为了让大家瞧瞧，自己虽说是年老体弱，却还足智多谋，找来几块破布和绳子，对韵梅说：“拿去把篮子罩上，买来东西，把绳头一紧，就跟那些做小买卖的用的篮子一样了。这不牢靠多了吗？”

韵梅说：“您的主意真不错，爷爷。”她可没说：“要是连篮子一块儿给抢了去呢？”

瑞宣当然也想出把力。每次打学校往家走，他都尽量顺路买点儿东西，省得韵梅一趟趟上街，减少挨抢的机会。

有一天，他从学校回家，想起韵梅仿佛要他带点什么来着，可是忘了她究竟要的是什么东西。

走了一会儿，看见一个卖烧饼油条的。战前卖烧饼的有的是，可这会儿倒很希罕了。篮了上的铁丝网也显得新奇、古怪。

他想买上俩烧饼油条，好补偿他忘了买东西的过错，也让妞子乐一乐。她还是一见共和面就哭。

手里拿着烧饼油条，他一路走，一路想着富善先生。他不是常送给妞子饼干，面包来着吗？他很惦记这位老朋友，不过他心里明白，就是知道老先生在哪儿，也不敢去看他。日本人特别恨跟西洋人有来往的中国人。

想着想着，猛孤丁打旁边伸过来一只手，一只非常脏，非常瘦的手。他还没明白过来是怎么回事，烧饼油条已经不翼而飞了。他住了脚，回过头去看。

抢烧饼的人是个极瘦、极弱的人，没命的跑，可又跑不快。他冲着烧饼油条吐了几口唾沫，就是给追上，人家也不要了。

瑞宣撵上了他。这瘦子像只走投无路的老母鸡，脸冲墙站住了。瑞宣见他还懂得点羞耻，可怜起他来，后悔不该撵他。

“朋友，你拿着吃吧，我不要了。”瑞宣温和地说，希望这个瘦子会转过身来。

瘦子把脸往墙上贴得更紧了。

瑞宣想说，“是日本人害得我们顾不得廉耻也没法要面子了，不是你一个人的错。”可是，这一番话他想说可又说不出来。因为怎么说都是空话。讲道理，劝慰，饱不了肚皮。于是他说：“朋友，吃吧！”

瘦子仿佛受了感动，慢慢转过身来。

瑞宣一下子看清楚了：是钱诗人的舅爷陈野求。他把准备要说的话都抛到九霄云外，好不容易才憋出一句：“野求！”

野求耷拉着脑袋，身子倚在墙上，木呆呆地站着。他的头发怕有好几个月没理了，又长又脏，乱糟糟的在头上卷成一团。他的脸，瘦成一条儿，好多天没洗了。眼睛里没有泪，楞坷坷地望着手里的油条出神。

瑞宣一把抓住野求的胳臂，野求想挣扎开，可是没有力气，踉踉跄跄的他跟着瑞宣走了几步，强打着精神问：“上哪儿？”

“找个地方坐一坐。”瑞宣说。

两人走进一家小饭铺。一进门，跑堂的就过来挡驾。“对不起您哪，今儿我们什么也没有，压根儿没升火。没生意。”

没有升火，没有杯盘碗盏相碰的叮哨之声，这也算饭馆？桌椅板凳，都收拾得整整齐齐，铺子里还有多年来留下的一股子荤油味儿和饭菜味儿。

“让我们坐一会儿好不好?”瑞宣客客气气地问，“这位先生有点儿不舒服，”他指的是野求。

“没说的，坐吧，凳子都空着呢，”跑堂的笑着说道。“您瞧，先生，我们这生意怎么做?没可卖的东西，还不许关门，真是笑话。”

两人都坐下了。因为瘦，野求的脸显得越发长了，眼珠子跟死鱼的一样。他平静下来，呆呆地坐着，一动也不动。

野求叹了口气。“没什么可说的——如今，我不过是行尸走肉罢了。”他说话的时候，脸上的肌肉纹丝不动。他说的是实话，用不着带表情。

“我把一切都毁了，”野求静静地说，“为了养活我的孩子和病病歪歪的老婆，我给日本人做事，抽大烟麻醉自己。是呀，我出卖灵魂，为的是老婆孩子不挨饿。出卖一个灵魂，拯救全家的性命，倒也划算。”住了口，他冲着桌子发楞。

瑞宣不敢催他往下说，只咳了一声。

这一声咳嗽，仿佛惊醒了野求，他接着又说:“说来也怪，老婆有了吃食，身体反倒更弱了，仿佛我给她吃的东西都有毒似的。她死了。”他脸上还是木然没有表情，说起话来，像背诵一个听过许多遍的故事。“死了的，倒还算有福。我满以为儿女长大成人，就能挣钱养活我。可是，大儿子刚能挣钱，就二话不说离开了北平。他不但不感恩图报，还恨我，恨我出卖了灵魂。另外三个儿子也跟大儿子一模一样。我出卖灵魂把他们抚养大，可他们是怎么报答我的?一场空，没有心肝。”他舐了舐嘴唇。

“可笑的事情多着呢。我刚才说，因为我抽大烟，日本人对我还算不错。可是烟瘾一大，我动都懒得动了，他们就撤了我的差。我没了进项，只剩下几个不能挣钱，靠我养活的孩子。等他们能挣钱了，大概也得打我这儿跑掉。我不能再拉扯他们了，就是能，他们也不感激我。唉，要说是不拉扯吧，他们又得挨饿，真没法子。我现在还抽大烟，大烟能麻醉人——这就是它的好处。有什么见不得人的？连我自己的孩子都不认我这个爸爸了。我今天抢了你的东西，可是我用不着道歉，我知道你能原谅一个快死的人。”

“你不能就这么死了，”瑞宣想帮他一把。

“谁也不该落这么个下场，可是我只能这么死。也许就是明天，我会躺在大街上，让人家拿大卡车拉走，扔到城外去。我不指望人家把我埋在祖坟里，没脸见祖宗。”他站起来，跟瑞宣拉了拉手，就往外走了。

走出饭铺，野求一屁股坐在台阶上，吃起烧饼来。

# 九十三

金三爷发了财，置下三处房产。虽说他的相貌，神态，穿戴，都没有变；而心，可跟以前不一样了。如今，他跟那些站在大街上抢东西吃的人大不相同，成了个小财主，有了点儿派头。每天，他还照常上茶馆去坐坐，然而小笔的生意，他已经看不上眼。跟同行在一起，他总是把腰挺得笔直，独自坐在一边，好像在说："小事儿甭麻烦我。金三爷不能为了仨瓜俩枣的事儿跑腿。"

对于那些打算买卖房产的主顾，他的态度也变了。他逢人便说："我自个儿也有点产业，"恨不得再添上一句："您以为我跟平常的中人拉纤的一样，呼之即来，挥之即去吗？哼——我有我的身分。"

他并没有忘记，是日本人害了他亲家钱默吟一家子。不过，他更不能忘记，打从日本人进占北平，他的生意一天天兴隆起来，如今，自个儿也置下了产业。为了钱先生，他应当恨日本人；替自个儿盘算盘算，他又应当感激他们。恨和感激，这两种感情揉不到一块儿，他只好不偏不倚地同时摆在心里。

然而不偏不倚并维持不了多久。不偏不倚就是偏倚的开始。

为了长远保住他的产业，他不由得相信了日本人的宣传：他们侵略中国并不是为了打中国人，而是为了帮中国人消灭共产党。金三爷那四方脑袋里想的是：要是日本人真的消灭了共产党，也就等于保护了他那三所宅子。

他老惦着钱默吟。不论在街上遛弯儿，还是在茶馆里坐着，他总留着神寻觅，找他极敬慕的这位亲家。见了和他亲家模样相仿的人，他总要跑上前去看个究竟，希望自己没看错。一旦发现认错了人，他就揉揉眼睛，埋怨自己老眼昏花，看不真切。

他非常疼爱外孙子，几乎把孩子给惯坏了。钱先生在监牢里受罪的当儿，外孙子倒给宠得不行。金三爷宁可自个儿吃共和面，喝茶叶末儿，也要想尽法儿让外孙子吃好喝好。外孙子只要有点头疼脑热，他就赶紧去请北平最好的大夫。他把外孙子当菩萨供养着。

外孙子犯了错儿，钱少奶奶要罚，金三爷就把外孙子搂在怀里，数落她："真是身在福中不知福，这么好的孩子，还要罚！要是没有他，你又不知道该怎么样了。"

孩子刚会迈步，金三爷就想让他见世面。他把孩子扛在肩膀头上，或者干脆让他骑在脖子上，挺起胸脯，迈着大步，带他去逛大街，赶庙会，上市场。不论这东西吃了有没有好处，也不论这东西该不该玩，只要孩子说一声"要"，金三爷就赶紧掏钱买。

孩子会说话了，金三爷又苦恼起来。孩子跟妈学会了说："打倒日本鬼子！""给爸报仇"，还会挺起小胸脯说："我姓钱。"金三爷不能把个常叫"打倒日本鬼子"的小外孙子带着到处跑，也不能跟自个儿的闺女吵；没准儿会让邻居听了去，报告日本人。他不怕给抓起来，他身强力壮，挨几下子也没什么，然而要是日本人没收了他的产业，那可就真要了命了。

金三爷那四方脑袋里琢磨着要跟日本人套套近乎。他并不想跟日本人合作，当他们的走狗。不，他还没有坏到那步田地，他只不过是为了自己的安全，想要不即不离的跟日本人攀点儿交情。

他加入了三清会。三清会专收那种有点儿小聪明，或者像金三爷这样有点儿本事，而脑子又糊里糊涂的人。日本人不久就把他列入“有用”的人一类，要跟他交朋友。

等金三爷真的以为日本人是安着好心，他们就突然追问起钱默吟，吓得金三爷瞠目结舌。是他造的孽，招惹来的日本人。日本人向他担保，决不会伤害钱先生。他们赌咒发誓的说，金三爷崇拜亲家，他们也佩服钱先生的学问，人品和胆识。他们要是找到他，一定不记前仇，好好跟他交朋友。金三得帮忙找人。他们暗示，要是他不肯帮忙——哼！——小心他那三处房产和他的外孙子！

金三爷精明了一辈子，这下子掉进了人家的圈套。他又气又恼，红里透亮的鼻子尖发了紫。哪怕日本人保证不害钱先生，他也不乐意帮着日本人去逮钱先生。

金三琢磨来琢磨去，终于想出了主意。他决定去向钱先生讨教。

上哪儿找钱先生去呢？

他想起了野求。多日不见那瘦猴儿了，他可是很关心钱先生的。

这条路子没走通。野求的街坊说，他们全家都搬得无影无踪，不知道上哪儿去了。

金三爷又想到了瑞宣。

祁家的人，全都侧着耳朵仔细听他说话，都想知道钱少奶奶和她的孩子日子过得怎么样。

金三爷没时间谈他的闺女和外孙子，他单刀直入，打听钱先生住在哪儿。

一起头，瑞宣以为金三爷是惦记钱先生，才这么急着打听他的住处。过了一会儿，他觉着事情有点蹊跷，就盘问起金三爷来。

金三爷很不耐烦，一个劲儿敲他那烟袋锅，拿定主意不吐真情。瑞宣也谨慎小心，什么都不说，憋了半天，金三爷泄了气，拔腿走了。

瑞宣心里犯开了嘀咕。他不明白，为什么金三爷要找钱先生，情况有点儿不妙。他想马上去找钱先生，嘱咐他多加小心；可是反复一想，又怕自己过于大惊小怪。不能听见风就是雨，随便惊扰钱先生。不论怎么说，金三爷总算是钱先生的亲家。

他拿定主意，先别忙，等他向明月和尚交稿的时候，先跟明月商量商量。

金三爷见瑞宣的嘴这么严实，起了疑。他觉着瑞宣准知道钱先生的下落，只不过不肯告诉他罢了。他拿定主意，跟着瑞宣看个究竟。

金三发现瑞宣在个小铺子里跟明月见面，便又盯上了明月，发现了那座小庙。

金三不敢贸然进庙，要是钱先生真的在那儿，他冒冒失失的撞进去，劝亲家跟日本人合作，而钱先生不肯听他的，就会马上换个地方躲起来，那——

再说，要是钱先生不听他的，他能昧着良心叫日本人来逮吗？

他去看瑞宣的时候，看见了小羊圈一号和三号的宅子。他想起了几年前背着钱先生去找冠晓荷的事。难道如今他自己也跟冠晓荷一样了？冠家的人是一群狗，而我金三爷可是黄帝的子孙。

要是钱亲家真的在小庙里，他又不去报告日本人，岂不是就犯了包庇亲戚的罪，不但人受连累，连产业也得玩儿完！

他的良心跟恶念展开了斗争，谁对谁也不肯让步。是万恶的侵略战争，逼得他为了个人的安危，竟想出卖自己的亲戚。

他常在小庙附近徘徊，不敢进去。他想见见他最敬佩的亲家兼朋友，可是，他也怕见了钱先生会挨骂。

他在小庙门外踟蹰不前的时候，有几个人在后面跟着他。他虽然不敢往小庙里进，可是那些人却悄悄的摸了进去。

钱先生被捕了。

# 九十四

意大利投降了，日本皇家海军打太平洋一点一点往后撤。北平的日本人奉命每人结交十个中国朋友。

小羊圈三号的日本人也出门“交朋友”来了。他们向来不跟左邻右舍的中国人来往，可是现在，就连他们脸上的表情，也得按照上面的命令来一个变化。

四大妈头一个拒绝和他们交朋友。她谁都能爱，就是不能爱那打死她老伴的日本人。虽说打死她老伴的并不是三号的日本人，然而，日本人总归是日本人——她闹不清他们谁是谁，也犯不着去闹清楚。

这位居孀老太太的嘴，可不像个寡妇嘴，什么脏字儿都敢出口。日本人听不懂她用的那些字眼儿，光知道冲她傻笑。

程长顺几乎要跟他外婆吵起来。马寡妇向来不肯得罪人，更不敢得罪日本人。她对他们既恨又怕，人家上门来了，还能不给杯茶喝？总不能把人家撵出去吧。然而，长顺决定把门插上，不招待这种“朋友”。

小羊圈的人觉着，一边儿杀人，一边儿交朋友，简直是莫名其妙，叫人恶心。大家都不约而同地不理那些日本人。

只有丁约翰例外。

其实，他在英国府当差那会儿，最瞧不起的就是日本人。如今长期失业在家，回英国府的希望越来越渺茫了。得早日改换门庭，另找洋主子才好。他已经当惯了洋奴。

一当上里长，他就施展手段，弄了点煤来。有了煤，他每天就能多少有点进项。他在院子里点了个小煤炉卖火。没钱自家起火的街坊，可以到他这儿来烧点儿茶水，做点吃的。他盯着他那只大钟，按钟点收钱。

三号的日本人不明白，中国人为什么这么不通人情，不讲道理，不友好。他们走了一遭，只有丁约翰一个人来回拜，还把他们高兴得不得了。他们怕要是连一个朋友也交不上，就该挨罚了。他们原打算去访问一号那位老婆婆，问问她跟街坊和睦相处有什么诀窍。老婆婆要是不肯说实话，就吓唬她一气，要不然编个罪名暗害她。幸而里长丁约翰知趣，肯跟他们交朋友。那就得牢牢地抓住他，施展侵略者惯用的伎俩，像蚕吃桑叶一样，把一家一家人通通攥到手里。

丁约翰跟所有的洋奴一样，恨不得人人是洋奴，而由他当奴才总管。他在三号跟日本人吹牛说："我是里长，能下命令叫他们跟你们交朋友。"走出三号大门，丁约翰就挺胸凸肚，那副神气劲儿，几乎跟他在英国府当差的时候差不多。

他去找白巡长，干脆给白巡长下了命令，叫他帮着通知街坊们，好好跟日本人交朋友。

白巡长是个讲究实际的人，通情达理。他一向精明能干，也会见风使舵。然而他不能因此就不爱国，不爱自己的同胞。他不同意丁约翰那一套。

“哼，”他对丁约翰说，“日本人跟咱们交朋友？岂不是黄鼠狼给鸡拜年？”

丁约翰恼了。他是几百年来民族自卑的产儿，是靠呼吸带着国耻味儿的空气长大的。他的最高理想就是求外国人高抬贵手，不打他，让他好好当洋奴。在他想来，日本人能打败英国佬，而中国一定打不过日本。即使日本人不幸败了，英国和美国也会卷土重来，再当他的主子。唯独中国人挺不起腰杆，不能跟英国人和美国人平起平坐。他不乐意再跟白巡长多废话。

丁约翰找上了瑞宣。瑞宣吃过英国府的洋面包，一定能够明白他的意思。

要是早先，瑞宣没准儿会笑上一笑，说两句俏皮话把丁约翰打发走。可是而今，他决不肯放过进行宣传的任何机会。他不管丁约翰懂不懂，也不管他爱不爱听，详详细细对他讲开了世界大势，末了告诉丁约翰：“白巡长和街坊们做得对，错的是你。”

丁约翰把瑞宣的话仔仔细细琢磨了一番，不禁恍然大悟。“哦，这下子我明白了。英国和美国一定会赢，你我就都可以回英国府去作事了。那才好呢，好极了。”

瑞宣真想啐他一口，可又忍住了。“你又错了。咱们谁也甭靠，自己当家作主人。”

丁约翰没再言语，客客气气告辞了。他不明白瑞宣说的是什么意思。

他又到三号去，告诉日本人说白巡长不乐意合作。他并没成心背地里给白巡长使坏，可他得让日本人知道知道，他是真想帮他们拉朋友的。要是不幸日本人恨上了白巡长，他也没辙。

日本人果然恨上了白巡长，他们的仇恨比友情来得快。

他们没把这件小事拿去惊动他们的长官，而是给白巡长的上司写了封信，说他玩忽职守。这位上司当然是中国人。

白巡长的上司怕丢差事，怕饿死。为了保饭碗，不敢护着白巡长，撤了他的差。

白巡长的好日子真是走到了头。他有经验，有主张，受街坊邻居爱戴。然而，他没有积蓄，没有前途。他一辈子没攒下一个钱。哼，要是他再滑一点，连蒙带骗，常常使点坏心眼，在这么个兵荒马乱的年月，就不说飞黄腾达吧，总不至于丢差事。

好吧，既然好心没好报，干脆就杀人放火去！日本人杀人放火，倒成了北平的主人！他决心要杀丁约翰。杀人是善是恶，有谁来管？战争最大的教训，就是教那些从来没有杀过人的人去杀人。

再一想——既杀，何不杀日本人？

他没跟家里人提丢了差事，把菜刀往棉袄里一掖，走出了门。

他往小羊圈走。每条胡同里都住的有日本人。可是，他不加思索，出于习惯，走到了小羊圈。他最熟悉这里。在背后使坏的准是住在三号的日本人。好，——先拿他们开开刀。

他的长脸煞白，一脑门汗珠；背挺得笔直，眼睛直勾勾朝前看，可什么也看不见。他已经不是白巡长，而是阴风惨惨，五六尺高的一个追命鬼！他已经无所谓过去，也无所谓将来，无所谓滑头，也无所谓老实。他万念俱灰，只想拿一把菜刀深深的斫进仇人的肉里，然后自己一抹脖子了事。

走到三号的影壁跟前，他颓然站住，仿佛猛地苏醒过来。他安分守己过了一辈子，如今，难道真的要去杀人么？迷迷忽忽的，他站在那儿发楞。

迎面来了瑞宣。

一见瑞宣，白巡长的杀人念头忽然消散了一多半。他耷拉下肩膀，手脚瑟瑟地哆嗦起来。

“怎么啦，白巡长?”瑞宣问道。

白巡长伸手摸了摸怀里的菜刀，仿佛怕瑞宣搜他。

瑞宣明白，准是出了事。他拉着白巡长的胳臂说：“来，上我屋里呆会儿。”

白巡长不知道怎么是好，被瑞宣拽着朝家走。一进大门，他把杀人的念头摆在一边，恢复了彬彬有礼的态度：“祁先生，我——我不进去了。”他真的不想进屋去跟瑞宣说话。他觉着，杀人，哪怕是杀一个害他丢了差事的日本人，也是一件见不得人的事情。

瑞宣看出白巡长心里有事，“你要是不乐意上屋里去，咱们就在这儿聊聊。”说着，就把院门掩上了。

白巡长悔恨自己竟然起了杀人的念头，也埋怨自己勇气不足，下不去手。他只好把心事抖搂出来，让瑞宣给拿个主意。于是，急急忙忙，一五一十地把事情告诉了瑞宣。

瑞宣听了他的话，半天没言语。白巡长的遭遇就是许多，许多北平人的遭遇；他的话也说出了大家的心思。老百姓是不甘心受日本人奴役的，他们要反抗。可是几千年来形成的和平，守法思想，束缚了他们的手脚，使他们力不从心。

瑞宣理解白巡长的心情，劝他不必单枪匹马去杀日本人，最好是跟大家同心合力，做点地下工作。能不能跟白巡长提钱先生和老三呢？他思忖再三，觉得还是应该多加小心，开头只说自个儿，不提钱先生和老三。

瑞宣试着步儿慢慢地说，白巡长听得很仔细。他听了一会儿，打断了瑞宣的话："祁先生，你要说什么——就痛痛快快说吧。我不会去当走狗，出卖朋友。我没了生路，只想宰他几个日本人，然后一抹脖子了事。不能为了几块钱出卖朋友。你要不信，我可以起誓。"

瑞宣心里一块石头落了地，跟他说了实话。"白巡长，咱俩能做的事儿，理当比钱先生还多。钱先生能做到，咱俩为什么做不到？干吧！怎么样？我知道你没了进项，没了活路，那好办。但凡我有的，就有你一份，这不在话下。没准儿老三也能帮你拿点主意。咱们今天一块干，明儿个要是给逮起来，可不能做孬种。古人说过，人生自古谁无死，留取丹心照汗青嘛。"

"你说得有理。让我先干点儿什么好呢？"白巡长毫不犹豫地说。

"我跟钱先生和老三已经多日不见了，我不能上那小庙里去，我怀疑金三。那天他忽然跑来看我，到底是什么意思？要是钱先生又让人给逮了去，日本人准会把明月留在庙里当诱饵，好逮老三和别的人。我上那儿去很不方便，你敢不敢去走一趟？"

"瞧，这不是，"白巡长惨笑了一下，打大襟里把菜刀掏了出来。"我原本就想拼了，还有什么不敢的呢？"

"用不着拿菜刀，"瑞宣也笑了，"你上庙里去最合式。你有眼力，一眼就能看得出来到底该不该进去。明月和尚不认识你，这又是个好条件。你们俩谁也不认识谁，见了面不会在无意之间露出点什么破绽让人家发现。该不该往庙里进，你到那儿掂量着办。你要是真的进了庙里，千万可别跟和尚说话。得假装求神讨签，还得装得真像那么回事。先到佛前磕个头，祷告祷告，说你丢了差事，问问前途凶吉。等你摇出签来，到佛龛上去拿签帖的时候，记住一定要拿最下面的那一张。那上头写着咱们要知道的事儿。有了那张帖儿，老三的下落也就有了。还有……你拿到那张帖儿，千万别直接给我送来。我到白塔寺庙会上去见你。得找个人多的地方见面，比如说，那些变戏法的，卖估衣的地方，得找这样的地方。”

“这事儿我能办。”白巡长高兴起来。

“我知道你必能办到。还有，你得做点儿小买卖什么的，哪怕是卖点儿花生呢，也好。这么着，丁约翰就不会怀疑你。你得常去他那儿走走，跟他聊聊天，恭维恭维他的基督精神。一句话，你得哄着他点儿，别让他再怀疑你，跑去报告。”

“好吧，祁先生，我又活了，哪怕过两天就得去死呢，我也感你的恩。”白巡长藏起刀，伸手要开街门，准备出去。

“你要是让人逮住，哪怕粉身碎骨，也不能连累别人。”瑞宣又低声告诫他。

白巡长点了点头，而后打开了街门。他把菜刀送回家，一径上了小庙。

他耷拉着脑袋走近小庙，打眼角往四下里瞅。庙门开着，院子里，佛堂里都没个人影儿。他走到庙门旁边，想买股香拿着，像个求神讨签的样子。

忽然瞧见金三爷在庙门外不远的地方蹲着。他认得金三的红鼻子和大方脑袋。他咳了一声，金三一下子蹦了起来。白巡长挺神气地笑了笑，说：“混得不错吧，金三爷？”他态度亲切，丝毫不显莽撞，只有当过多年警察的人，才能做得这么自然。

“怎么啦？您是谁？”金三不知所措了。

“不记得我啦？”白巡长做得像个老相识。“我姓白，家离小羊圈不远。”

小羊圈三个字，像把刀子捅进了金三的心窝儿。

白巡长往西头走，金三不知不觉地也跟着他走了过去。

金三的鼻子还是那么红，可是不亮了；原来油光锃亮的脑门发了暗，有了深深的纹路。眼皮红红的，像好多天没睡觉似的。鞋上，肩膀上，裤子上都蒙了厚厚一层灰，仿佛他在街上已经站了好几天。“找个地方坐坐，”白巡长说。

金三点了点他那四方脑袋。“嗯？”刚一坐下，金三就开了话匣子，仿佛他心里憋了一肚子话，正等着机会蹦出来。哪怕来条狗冲他摇摇尾巴呢，他也会把心里话跟它说一说。“亲家，我那亲家，让人逮去了，”他没头没脑地说起来。

“钱先生？”白巡长说着，想起了七年前抓钱先生那会儿的事。“您怎么知道的？”

“是他们告诉我的——他们日本人。哎，这一回我真是造了孽了！为了保住我的产业，好让我闺女和外孙有口吃喝，我跟日本人去攀交情。结果呢，我只在庙门口张望了一下，他们就摸进庙里，偷偷把我亲家绑走了。而后，他们又哄我说，别发愁，亏待不了他。哼，七年前，日本人差点没把他的脊梁骨给打折了。我不是人，我没脸回家去见外孙子。我把他爷爷送进了虎口——还有什么脸去见那孩子？”金三说了又说，想把憋在心里的苦闷一气儿抖搂出来。

“得想个法子搭救钱先生。”白巡长说着，指望金三能琢磨出点主意来。

“救他？那是当然。”金三打衣襟底下掏出一沓子票子。“我带了钱来，一个劲儿在这儿转悠，想把亲家赎出来。要是这些钱还不够，我可以卖房子，我舍得花钱。钱，房子算什么！不管怎么为难，我也得见上亲家一面，告诉他我是个混蛋，简直不是人。我知道，跟他一说，他明白了，一定饶了我。他是个有学问的人，通情达理。要是他们把他打死了，没能当面跟他说清楚，我在九泉之下可怎么跟他见面呢。我在棺材里都不得消停。帮兄弟一把吧，帮兄弟一把——可怜可怜我吧。"

"我当然要帮忙。"

"怎么个帮法呢?"金三乐意给钱，可是他得先知道，这笔钱究竟用在什么地方。

"得先找到钱先生的朋友，然后，再一块儿想办法救他。"

"上哪儿打听去呢?"

"上那小庙里去。"

"好，我去，"金三说着，站了起来。

"等会儿，"白巡长也站了起来，拦住金三。"我去，您站在远处瞅着点儿。万一我被他们逮了去，您就带个信儿给瑞宣。"

"好吧，"金三脸上有了点血色。虽说救钱先生的事儿八字还没有一撇儿，可他总算有了指望。他给了白巡长几张票子。"拿着，你要是不肯收，我就是狗养的。你这是为我的亲家办事，我不能让你自个儿掏钱买吃喝。"

# 九十五

钱少奶奶双手托腮，坐在门口的台阶上。不过是几个钟头以前的事情，她却仿佛已经记不清楚了。她费尽心思想了又想，结结巴巴地说："他说是出去买点儿零嘴……"

"后来呢？快说呀，"金三爷不耐烦起来。

"出去了——半天没回来。"

"你干吗让他自个儿出去？"

她不想分辩，"我以为他在大门里边吃边玩呢。过了一会儿，我有点不放心，跑出来瞧。他没在，我到大街上去找他，找了又找——喊了又喊，"她又低下了头。

金三爷也在台阶上坐了下来。他忍住气，静下心来思索。想了半天，把几天来的事儿跟闺女说了一遍，说不定从这些乱七八糟的事情里能看出点眉目，找出丢孩子的原因来。

钱少奶奶听爸爸这么一说，噌的一下站了起来。"准是让日本鬼子给偷去了！"

"日本鬼子？"

"他们把我公公逮去了，又把我儿子偷走了。老爷子就是铁打的心肠，见孩子受委屈也得心软，只好叫说什么就说什么了。他们会把我那孩子折磨死！您倒好——为了三所房子，绝了钱家的后！”

金三一句话也说不出来。他筋疲力尽，又气又羞，迷迷糊糊冲着院墙发楞。

第二天，白巡长来了。他告诉金三，钱先生果真下了牢，不过还没有受刑。

这是从小庙里拿来的签帖上得来的消息。还有些别的话，他不能都告诉金三。

“哦——他没受刑？”金三露出了笑脸。

“哼——日本鬼子马上就要完蛋，不敢乱来了。他妈的——都是些欺软怕硬的东西！”

“可我的外孙子丢了，”金三又没了笑意。

“丢了？”白巡长楞住了。

“丢了。”

“也是日本人干的？”

金三无话可答。他只想抽自己的嘴巴，可他的胳臂沉得举不起来。呆呆的，他坐了好一阵，然后问道：“您能给打听打听吗？”

白巡长知道自己没处可打听去，而又不愿意把话说死，让金三绝望。“我试试，尽力而为吧！”

白巡长走了。他知道金家这场祸事不小，自己无能为力。还是忙自个儿的事情为妙。瑞宣和他已经把签儿上的意思弄明白了：

第一，钱先生下了牢，不过还没有受刑，日本人想拉拢他；

第二，明月和尚目前不便多活动，老有特务盯着；

第三，瑞全的工作重点在城外，不能常回北平来；

第四，瑞宣应当接替钱先生，当好地下报刊的编辑，想法把稿件送出城去。得找个腿脚利索的人。

瑞宣乐意当编辑，而白巡长也乐意跑腿。他俩都知道这个事弄不好就会掉脑袋，不过俩人都毫不迟疑的把担子担了起来。俩人冲着签儿出了一会儿神，又相对笑了一笑，仿佛在说：“要是非死不可，这么着去死最痛快，也最值。”

白巡长每天把稿件送出城去，而后带回报纸来。他化装成做小买卖的，天天走不同的路线。

他常上小羊圈来，却不是找瑞宣。他和瑞宣商量好，不在小羊圈附近碰头。他每次上小羊圈，都是找丁约翰。他跟丁约翰絮叨他的买卖、他的难处，还有别的鸡毛蒜皮的事儿，好让丁约翰不怀疑他。只要丁约翰不怀疑他，小羊圈就没别人会造他的谣。

钱少奶奶天天上街找儿子。她的生命分成了两半儿，一半已经死去，另一半还活着。她跟死人一样不吃不喝，不管家务。只有当她跑遍全城，呼唤儿子的时候，才有了生命。她四下奔走，只要看见跟她儿子身量相仿的孩子，马上跑过去看个仔细，常常吓孩子一大跳。一看不是儿子，她一声不出，极轻的在孩子头上拍一拍就走开了。

一天找下来，累得浑身都散了架，任凭两条腿把她拖回家去。她不跟爸爸说话，好像他已经不是她爸爸了。到了夜里，她跪在院子里祷告：“孩子他爹，保佑保佑你那儿子吧。”她只会说这一句，反反复复，说了又说。

金三时常把他那大拳头攥得紧紧的，攥得骨节格格发响。他雇了些人来帮他找孩子。那些雇来的人敲着铜锣，大声吆喝着走遍大街小巷。他还叫人写了许多寻人启事，到城里各处去张贴。

日本人对他说，钱先生在狱里很受优待，叫他别担心。日本人还说，他和他闺女最好一起写封信，劝钱先生别固执。只要钱先生肯跟日本人合作，不但钱先生能做大官，连他金三也能得着好处。

金三打听外孙子的下落。日本人只微微一笑，不搭茬。他明白孩子八成是让日本人给弄了去了，钱先生若是不答应他们的条件，他们就要对孩子下毒手。金三只好答应给钱先生写信。要是信能起作用，孩子目前也许不至于遭罪。他求人写了封信，交给了日本人。

信一送出去，他后了悔。他知道亲家的脾气多硬，多倔。要是钱先生见信后还不肯跟日本人合作，那金三不就是把孩子往死里送了吗？

他又去求日本人让他见见钱先生。他想，只要见了亲家的面，他就可以把一切都说清楚，求得原谅；然而日本人一个劲儿地摇头。

# 九十六

德国无条件投降了。

北平的报纸不敢议论德国投降的原因，竭力转移人们的注意力，大讲皇军要作战到底，哪怕盟军打到日本本土，也决不屈服。这种“圣战”的滥调天天都在弹，弹了又弹。

住在北平的日本人使出全身解数，要跟中国人交朋友。他们如今这样做并不是秉承了上司的旨意，而是自个儿的主张。有的日本人死皮赖脸地巴结着要跟中国人拜把兄弟，有的认个北平的老太太当“干娘”。

在这么个时候，日本军方也不得不表示宽容，把一些还没有死利落的犯人放了出去。他们还打监牢里挑出几个没打折骨头的败类，要他们写悔过书，然后打发他们去内地探听和平的消息，散布和平的谣言。说：“皇军是爱好和平的，如果中日两国立即缔和，携起手来对英美作战，岂不大大的好?”

日本人以外，最着忙的是汉奸。他们最会见风使舵。德国一投降，他们就乱了营。有的宣布跟老婆离婚，万一自个儿难逃法网，起码老婆孩子的产业能保住。有的偷偷把孩子送往内地，脚踩两只船，好减轻自己卖国的罪责。有的把亲友送到内地工作，用“曲线救国”的鬼话，掩盖他们附逆投降的丑行。

就说小羊圈吧，教育局的牛局长住在门口有四棵大柳树的宅院里，从来不承认自己是汉奸，这下子也沉不住气了。他不能再埋头于书堆和实验仪器之间，想偷偷溜出北平。他只走到前门车站，就让日本人抓了回来，下了牢。

仗着这一阵宽容之风，说相声的黑毛儿方六也打牢里放了出来。

小羊圈的街坊邻居，对牛局长的被捕，毫不理会，对方六的出狱，却大为轰动。大家一窝蜂把方六围上，七嘴八舌地给他压惊。虽说他被捕的时候大家没勇气联名保他，可是他出来了，大家决不能冷落了他。

方六已经不是早先大家熟悉的方六了。他下过牢，见识过死亡和刑罚，已经不会说说笑笑了。

为了挣钱吃饭，他很快又说上了相声，可是，来来去去，总是耷拉着脑袋。他不能回电台，茶馆也不肯再雇他。他只能到天桥和东西两庙去撂地，挣几个铜子儿。

不论是在天桥，还是在别的什么地方，他总能运用最尖刻的语言来宣泄胸中的愤恨。他不光会逗哏，还会见景生情，把时事材料“现挂”到相声段子里去，激发听众的爱国情怀。

他能用隐语和冷嘲热讽，引起听众的共鸣。他每次说相声，里三层，外三层，人挤得水泄不通。能激起人们的仇恨，给人以力量的相声，的确很受欢迎。他还常去找瑞宣，要他给解释报上的新名辞儿，讲讲他看不懂的新闻。

瑞宣乐意当义务教员，可是不让方六常上门来。最好是趁瑞宣上下班的时候，在街上碰头，利用走道的时候说说话。瑞宣已经接替钱先生，负责编辑地下报刊，所以得加倍小心。要是方六到家里来，让丁约翰碰上，就许出事儿。

瑞宣喜欢方六，讨厌丁约翰。丁约翰自从知道了德国投降的消息以后，就常来看瑞宣。瑞宣最怕他碰上自己在写稿子，然而又不敢不让他来，只好推说太忙。

在丁约翰看来，德国必是英国给打败的。他对国际事务的知识很欠缺，然而又自有他的一孔之见。

除了英国，丁约翰最佩服的就数德国。他佩服德国人，主要原因恐怕跟德国制造的自行车和化学染料有关系。他在言谈之中总爱说上一句："英国货而外，德国牌子最靠得住。"他说这话，为的是显排他也懂得国际上的事。提到德国，他必定要在前边儿加个"老"字，仿佛他和德国早就是街坊老邻了。

丁约翰不能不跟瑞宣维持着交情，那是他的老本儿！要是英国府又重打鼓另开张，而瑞宣跑去诉说，他跟日本人有过一手——那他还受得了？

他跟瑞宣讲英国如何了不起，比德国强大得多。他还想引出瑞宣的看法，直问："要是日本也战败了，我们是不是应当把北平所有的日本人都杀了呢？"

瑞宣一声不吭，恨不得一脚把丁约翰踢出门去。

丁约翰见瑞宣不言语，以为自己说对了，很快又补了一句："我在小羊圈，大小也算个里长，走着瞧吧。我要不给一号和三号那些人点颜色看看，才怪呢。祁先生，您可是亲眼看见的，我自始至终都是英国府的人。等富善先生回来，我还回去伺候他老人家。您说是不是？"

瑞宣明白他要是说一声“是”，丁约翰就会点头哈腰求瑞宣照应，好像他回不回得去英国府，全仗着瑞宣一句话；而要是说声“不”呢，丁约翰又会絮絮叨叨要他给说个明白。他绝不想跟这么个走狗多废话。

程长顺给瑞宣带了个消息来。他说日本人开始卖东西了。长顺不乐意跟日本人做买卖，没跟他们买什么。可是他们招揽过他，别的打鼓儿的也真的买过日本人的东西。“祁先生，这么说日本鬼子真的快完蛋了。他们忙着要把零碎东西卖掉，换点现钱好回日本去。”

瑞宣认为长顺说得不错。

“祁先生，您注意到没有，打从德国投了降，”长顺囔着鼻子说，“日本人就改了样。直冲咱们鞠躬，陪笑。您瞧，三号老关着大门，好像怕人家进去宰了他们。”

有一天，瑞宣意外地收到一封信，虽说署的是假名，可他一眼就看出是老三的笔迹。他奇怪，老三居然敢直接把信寄到家里来。以往老三的信总是通过秘密渠道送来，从来不经过邮局。

才读了几行，他就放了心。就是碰上检查，这么一封信也挑不出毛病来。

“我在落马湖见着胖嫂，她带的东西都给没收了，只好卖她那身胖肉度日。她长了一身烂疮，手指头缝都流着脓。我不可怜她，也犯不着去骂她，她会烂死在这儿。”

瑞宣知道胖嫂指的就是胖菊子，虽说他不知道落马湖在哪儿，从字里行间可以看出那不是个体面地方。他问方六，方六告诉他，那是天津最下等的窑子窝儿。

北平的日本人忙于认干娘，卖东西，在日本的中国人却千方百计找路子回中国。日本本土给轰炸得很厉害，在日本的中国人，不论是汉奸，还是留学的学生，都怕葬身日本，怕破财。见了炸弹，他们就想起祖国来了。

在北平，原来削尖脑袋钻着想去日本的人，也怕到日本去出差，开会了。他们能推就推，能赖就赖，想方设法，就是不去。性命最要紧，不能上那弹如雨下的地方去找死。

唯独蓝东阳还是一心一意想去日本。他病了好长时间。在他生病期间，一个日本大夫，一个日本护士看守着他，日本大夫是军方派来的，有生杀大权。要是蓝东阳在说胡话的时候说上一两句不满意日本人的话，大夫就会喂他点儿毒药，叫他两眼扯得上去再也落不下来。可东阳就是在烧得说胡话的时候，都在喊“天皇万岁！”大夫护士受了感动，很替他向上美言了一番，夸他是个最最忠于天皇的中国人。他们小心翼翼地看护他，尽了一切力量治好他。他全身每一处都用X光拍了照，片子送回日本作科研材料，看看他的心、肝、脑子和肺有些什么特殊构造，怎么能这么效忠于日本。

东阳还是怕瑞全的子弹会送他的命。病一好，他立时想到日本去，躲开瑞全的枪子儿。

因为病，他那新民会处长的职务已经给了别人。他对这倒无所谓，因为日本大夫和护士都告诉过他，要是上日本去，做的官还要大，他们的话还能不信？

牛局长被捕，教育局的局长出了缺。日本人想起了蓝东阳。他是他们忠顺的奴才，驯服的狗。他有功绩纪录在案，绝对可靠。

是呀，东阳乐意当教育局长。不过他得先上一趟日本，名义上是考察日本的教育。要是他去了日本，而瑞全又给抓起来杀了，他岂不就可以放心大胆地回来，太太平平的当他的局长了吗？再说，没准儿，他在日本兴许还能弄个日本老婆呢，那他岂不就成了日本的皇家女婿啦？

蓝东阳上了日本。

去给他送行的人都扑了空，因为他化了装，由两个便衣保护着，夜里悄悄离开了北平。他怕上了火车站，让一大群人闹哄哄地围着，瑞全一下子就会认出他来，给他一枪。

那些买了礼物准备给他送行的人，在他走了以后，都叹着气，面面相觑地说："还是人家蓝东阳厉害！日本天天挨炸，他倒还敢往那儿跑。哼，瞧瞧咱们吧，咱们是又想吃，又怕烫。像咱们这样儿的，一辈子也发不了。"他们万万没有想到，东阳到日本是有去无回，连块尸骨都找不着了！

蓝东阳和中华民族五千年的文化毫不相干。他的狡猾和残忍是地道的野蛮。他属于人吃人，狗咬狗的蛮荒时代。日本军阀发动侵略战争，正好用上他那狗咬狗的哲学，他也因之越爬越高。他和日本军阀一样，说人话，披人皮，没有人性，只有狡猾和残忍的兽性。

他从来不考虑世界应该是什么样子，他不过是只苍蝇——吸了一滴血，或者吃块粪便，就心满意足。世界跟他没关系，只要有一口臭肉可吃，世界就是美好的。他从来没琢磨过没有枪炮、炸弹、没有仗打的世界是个什么样子，所以他也就不必去想这个世界上该不该有枪炮炸弹，该不该打仗。

科学突飞猛进，发明了原子弹。发现原子能而首先应用于战争，这是人类的最大耻辱。由于人类的这一耻辱，蓝东阳碰上了比他自己还要狡诈和残忍的死亡武器。他没能看到新时代的开端，而只能在旧时代——那人吃人，狗咬狗的旧时代里，给炸得粉身碎骨。

# 九十七

如果孩子的眼睛能够反映战争的恐怖，那么妞子的眼睛里就有。

因为饿，她已经没有力气跑跑跳跳。她的脖子极细，因而显得很长。尽管脸上已经没有多少肉，这又细又长的脖子却还支撑不起她那小脑袋。她衣服陈旧，又太短，然而瞧着却很宽松，因为她瘦得只剩了一把骨头。看起来，她已经半死不活了。

她说不吃共和面的时候，那眼神仿佛是在对家里人说，她那小生命也自有它的尊严：她不愿意吃那连猪狗都不肯进嘴的东西。她既已拿定主意，就决不动摇。谁也没法强迫她，谁也不会为了这个而忍心骂她。她眼睛里的愤怒，好像代表大家表达了对侵略战争的憎恨。

发完了脾气，她就半睁半闭着小眼，偷偷瞟家里的人，仿佛是在道歉，求大家原谅她，她不会说："眼下这么艰难，我不该发脾气。"她的眼神里确实有这个意思。然后，她就慢慢闭上眼睛，把所有的痛苦都埋在她那小小的心里。

虽说是闭上了眼，她可知道，大人常常走过来看她，悄悄的叹上一口气。她知道大人都可怜她，爱她，所以她拚命忍住不哭。她得忍受痛苦。战争教会她如何忍受痛苦。

她会闭上眼打个小盹，等她再睁开眼来，就硬挤出一丝笑容。她眨巴着小眼，自个儿骗自个儿——妞妞乖，睁眼就知道笑。她招得大家伙儿都爱她。

要是碰巧大人弄到了点儿吃食给她，她就把眼睛睁得大大的，以为有了这点儿吃的，就能活下去了。她的眼睛亮了起来，仿佛她要唱歌——要赞美生活。

吃完东西，她的眼睛像久雨放晴的太阳那样明亮，好像在说："我的要求并不多，哪怕吃这么一小点儿，我也能快乐地活下去。"这时候，她能记起奶奶讲给她听的故事。

然而她眼睛里的笑意很快就消失了。她没吃够，还想吃。那块瓜，或者那个烧饼，实在太小了。为什么只能吃那么一丁点儿呢？为什么？可是她不问。她知道哥哥小顺儿就连这一小块瓜也还吃不上呢。

瑞宣不敢看他的小女儿。英美的海军快攻到日本本土了，他知道，东方战神不久也会跟德国、意大利一样无条件投降。该高兴起来了。然而，要是连自己的小闺女都救不了，就是战胜了日本，又怎么高兴得起来呢？人死不能复生，小妞子犯了什么罪，为什么要落得这么个下场？

祁老人，现在什么事都没有力气去照应，不过还是挣扎着关心妞妞。最老的和最小的总是心连心的。每当韵梅弄了点比共和面强的吃食给他，老人看都不看就说："给妞子吃，我已经活够了，妞子她——"接着就长叹一口气。他明白妞子就是吃了这口东西，也不见得会壮起来。他想起死了的儿子，和两个失了踪的孙子。要是四世同堂最幼小的一代出了问题，那可怎么好！他晚上睡不着的时候，老是祷告："老天爷呀，把我收回去，收回去吧，可是千万要把妞子留给祁家呀！"

韵梅那双作母亲的眼睛早就看出了危险，然而她只能低声叹息，不敢惊动老人。她会故意做出满不在乎的样子说："没事儿，没事儿，丫头片子，命硬！"

话是这么说，可她心里比谁都难过。妞子是她的闺女。在她长远的打算里，妞子是她一切希望的中心。她闭上眼就能看见妞子长大成人，变成个漂亮姑娘，出门子，生儿育女——而她自个儿当然就是既有身分又有地位的姥姥。

小顺儿当然是个重要的人物。从传宗接代的观点看，他继承了祁家的香烟。可他是个男孩子，韵梅没法设身处地仔细替他盘算。妞子是个姑娘，韵梅能根据自己的经验为妞子的将来好好安排安排。母女得相依为命哪。

妞子会死，这她连想都不敢想。说真的，要是妞子死了，韵梅也就死了半截了。说一句大不孝的话吧——即便祁老人死了，天佑太太死了，妞子也必须活下去。老人如同秋天的叶子——时候一到，就得落下来，妞子还是一朵含苞未放的鲜花儿呢。韵梅很想把她搂在怀里，仿佛她还只有两三个月大。在她抚弄妞子的小手小脚丫的时候，她真恨不得妞子再变成个吃奶的小孩子。

妞子总是跟着奶奶。那一老一少向来形影不离。要是不照看，不哄着妞子，奶奶活着就一点儿用处也没有了。韵梅没法让妞子离开奶奶。有的时候，她真的妒忌起来，恨不得马上把妞子从天佑太太那儿夺过来，可她没那么办。她知道，婆婆没闺女，妞子既是孙女，又是闺女。韵梅劝慰婆婆："妞子没什么大不了的，没有大病。”仿佛妞子只是婆婆的孙女，而不是她身上掉下来的肉。

当这条小生命在生死之间徘徊的时候，瑞宣打老三那儿得到了许多好消息，作为撰稿的材料，且用不完呢。美国的第三舰队已经在攻东京湾了，苏美英缔结了波茨坦协定，第一颗原子弹也已经在广岛投下。

天很热。瑞宣一天到晚汗流浃背，忙着选稿，编辑、收发稿件。他外表虽然从容，可眼睛放光，心也跳得更快了。他忘了自己身体软弱，只觉得精力无限，一刻也不肯休息。他想纵声歌唱，庆祝人类最大悲剧的结束。

他不但报导胜利的消息，还要撰写对于将来的展望。经过这一番血的教训，但愿谁也别再使用武力。不过他并没有把这意思写出来。地下报刊篇幅太小，写不下这么多东西。

于是他在教室里向学生倾诉自己的希望。人类成了武器的奴隶，没有出息。好在人类也会冷静下来，结束战争，缔结和议。要是大家都裁减军备，不再当武器的奴隶，和平就有指望了。

然而一见妞子，他的心就凉了。妞子不容许他对明天抱有希望。他心里直祷告：“胜利就在眼前，妞子，你可不能死！再坚持半年，一个月，也许只要十天——小妞子呀，你就会看见和平了。”

祈求也是枉然，胜利救不了小妞子。胜利是战争的结束，然而却无法起死回生，也无法使濒于死亡的人不死。

当妞子实在没有东西可吃，而只能咽一口共和面的时候，她就拿水或者汤把它冲下肚里去。共和面里的砂子、谷壳卡在阑尾里，引起了急性阑尾炎。

她肚子阵阵绞痛，仿佛八年来漫长的战争痛苦都集中到这一点上了，痛得她蜷缩成一团，浑身冒冷汗，旧裤子、小褂都湿透了。她尖声叫喊，嘴唇发紫，眼珠直往上翻。

全家都围了来，谁也不知道该怎么办。打仗的年头，谁也想不出好办法。

祁老人一见妞子挺直身子不动了，就大声喊起来："妞子，乖乖，醒醒，妞子，醒醒呀！"

妞子的两条小瘦腿，细得跟高粱杆似的，直直地伸着。天佑太太和韵梅都冲过去抢她，韵梅让奶奶占了先。天佑太太把孙女抱在怀里不住地叫："妞子，妞子！"小妞子筋疲力竭，只有喘气的份儿。

"我去请大夫，"瑞宣好像大梦初醒，跳起来就往门外奔。

又是一阵绞痛，小妞子在奶奶怀里抽搐，用完了她最后一点力气。天佑太太抱不动她，把她放回到床上。

妞子那衰弱的小身体抗不住疾病的折磨，几度抽搐，她就两眼往上一翻，不再动了。

天佑太太把手放在妞子唇边试了试，没气儿了。妞子不再睁开眼睛瞧奶奶，也不再用她那小甜嗓儿叫"妈"了。

天佑太太出了一身冷汗，伸出去的手停在半空。她动不了，也哭不出。她迷迷糊糊站在小床前，脑子发木，心似刀绞，连哭都不知道哭了。

一见妞子不动了，韵梅扑在小女儿身上，把那木然不动，被汗水和泪水浸湿了的小身子紧紧抱住。她哭不出来，只用腮帮子挨着小妞子的胸脯，发狂地喊："妞子，我的肉呀，我的妞子呀，"小顺儿大声哭了起来。

祁老人浑身颤抖，摸摸索索坐到在一把椅子里，低下了头。屋子里只有韵梅的喊声和小顺儿的哭声。

老人低头坐了许久，许久，而后突然站了起来，他慢慢地，可是坚决地走向小床，搬着韵梅的肩头，想把她拉开。

韵梅把妞子抢得更紧了。妞子是她身上掉下来的肉，她恨不得再和小女儿合为一体。

祁老人有点发急，带着恳求的口吻说："一边去，一边去。"

韵梅听了爷爷的话，发狂地叫起来："您要干什么呀？"

老人又伸手去拽她，韵梅一屁股坐在了地上，老人抱起小妞子，一面叫："妞子，"一面慢慢往门外走。"妞子，跟你太爷爷来。"妞子不答应，她的小腿随着老人的步子微微地摇晃。

老人踉踉跄跄地抱着妞子走到院里，一脑门都是汗。他的小褂只扣上了俩个扣，露出了硬绷绷干瘪瘪的胸膛。他在台阶下站定，大口喘着气，好像害怕自己会忘了要干什么。他把妞子抱得更紧了，不住的低声呼唤："妞子，妞子，跟我来呀，跟我来！"

老人一声声低唤，叫得天佑太太也跟着走了出来。直楞楞的，她朝前瞅着，僵尸一样痴痴地走在老人后面，仿佛老人叫的不是妞子，而是她。

韵梅的呼号和小顺儿的哭声惊动来了不少街坊。

丁约翰是里长，站在头里。从他那神气看来，到了该说话的时候，他当然是头一个张嘴。

四大妈的眼睛快瞎了，可她那乐于助人的热心肠，诚恳待人的亲切态度，还和往日一样。她拄着一根拐棍儿，忙着想帮一把手，好像自从"老东西"死了以后，她就得独自个承担起帮助四邻的责任来了。

程长顺抱着小凯，站在四大妈背后。他如今看着像个中年人了。小凯子虽说不很胖，可模样挺周正。

马老寡妇没走进门来。祁家的人为什么忽而一齐放声大哭起来，她放心不下。然而她还是站在大门外头，耐心等着长顺出来，把一切告诉她。

相声方六和许多别的人，都静悄悄站在院子里。

祁老人迈着坚定的步子，走得非常慢。他怕摔，两条腿左一拐，右一拐地，快不了。

瑞宣领着大夫忙着闯进院了。他绕过影壁，见街坊四邻挤在院子里，赶紧用手推开大家，一直走到爷爷跟前。大夫也走了过来，拿起妞子发僵了的手腕。

祁老人猛然站住，抬起头来，看见了大夫。“你要干什么?”他气得喊起来。

大夫没注意到老人生气的模样，只悄悄对瑞宣说，“孩子死了。”

瑞宣仿佛没听见大夫说的话，他含着泪，走过去拉住爷爷的胳臂。大夫转身回去了。

“爷爷，您把妞子往哪儿抱？她已经——”那个“死”字堵在瑞宣的嗓子眼里，说不出来。

“躲开!”老人的腿不听使唤，可他还是一个劲儿往前走。“我要让三号那些日本鬼子们瞧瞧。是他们抢走了我们的粮食。他们的孩子吃得饱饱的，我的孙女可饿死了。我要让他们看看，站一边去!”

# 九十八

祁老人挣扎着走出院子的时候，三号的日本人已经把院门插上，搬了些重东西顶住大门，仿佛是在准备巷战呢!

他们已经知道了日本投降的事。

他们害怕极了。日本军阀发动战争的时候，他们没有勇气制止。仗打起来了，他们又看不到侵略战争的罪恶，只觉着痛快，光荣。他们以为，即便自己不想杀人，又有多少中国人没有杀过日本兵呢?

他们把大门插好，顶上，然后一起走进屋去，不出声地哭。光荣和特权刷地消失了，战争成了恶梦一场。他们不得不放弃美丽的北平，漂亮的房子与优裕的生活，像囚犯似的让人送回国去。要是附近的中国人再跑来报仇，那他们就得把命都丢在异乡。

他们一面不出声地哭泣，一面倾听门外的动静。如果日本投降的消息传到中国人耳朵里，难道中国人还不会拿起刀枪棍棒来砸烂他们的大门，敲碎他们的脑袋?他们想的不是发动战争的罪恶，而是战败后的耻辱与恐惧。他们顶多觉得战争是个靠不住的东西。

一号的日本老婆子反倒把她的两扇大门敞开了。门一开，她独自微笑起来，像是在说：“要报仇的就来吧。我们欺压了你们八年，这一下轮到你们来报复了。这才算公平。”

她站在大门里头瞧着门外那棵大槐树，日军战败的消息并不使她感到愉快，可也不觉着羞耻。她自始至终是反对战争的。她早就知道，肆意侵略的人到头来准自食其果。她静静地站在门里，悲苦万分。战争真是停下来了，然而死了成千上万的该怎么着呢！

她走出大门来。她得把日本投降的消息报告给街坊邻居。投降没有什么可耻，这是滥用武力的必然结果。不能因为她是日本人，就闭着眼睛不承认事实。再说，她应当跟中国人做好朋友，超越复仇和仇恨，建立起真正的友谊。

一走出大门，她自然而然地朝着祁家走去。她认为祁老人固然代表了老一辈的尊严，而瑞宣更容易了解和接近。瑞宣能用英语和她交谈，她敬重，喜爱他的学识和气度。她的足迹遍及全世界，而瑞宣没有出过北平城；但是凡她知道的，他也全明白。不，他不但明白天下大势，而且对问题有深刻的认识，对人类的未来怀有坚定的信心。

她刚走到祁家大门口，祁老人正抱着妞子转过影壁。瑞宣搀着爷爷。日本老太婆站住了，她一眼看出，妞子已经死了。她本来想到祁家去报喜，跟瑞宣谈谈今后的中日关系，没想到看见一个半死的老人抱着一个死去了的孩子——正好像一个半死不活的中国怀里抱着成千上万个死了的孩子。胜利和失败有什么区别？胜利又能带来什么好处？胜利的日子应该诅咒，应该哭。

投降的耻辱并不使她伤心，然而小妞子的死却使她失去自信和勇气。她转过身来就往回走。

祁老人的眼睛从妞子身上挪到大门上，他已经认不得这个他迈进迈出走了千百次的大门，只觉得应当打这儿走出去，去找日本人。这时，他看见了那个日本老太婆。

老太婆跟祁老人一样，也爱好和平，她在战争中失去了年轻一辈的亲人。她本来无需感到羞愧，可以一径走向老人，然而这场侵略战争使黩武分子趾高气扬，却使有良心的人惭愧内疚。甭管怎么说，她到底是日本人。她觉得自己对小妞子的死也负有一定的责任。她又往回走了几步。在祁老人面前，她觉得自己有罪。

祁老人，不加思索就高声喊起来："站住！你来看，来看看！"他把妞子那瘦得皮包骨的小尸首高高举起，让那日本老太婆看。

老太婆呆呆地站住了。她想转身跑掉，而老人仿佛有种力量，把她紧紧的定住。

瑞宣的手扶着爷爷，低声叫着："爷爷，爷爷。"他明白，小妞子的死，跟一号的老太婆毫不相干，可是他不敢跟爷爷争，因为老人已经是半死不活，神志恍惚了。

老人仍然蹒跚着朝前走，街坊邻居静静地跟在后面。

老太婆瞧见老人走到跟前，一下子又打起了精神。她有点儿怕这个老人，但是知道老人秉性忠厚，要不是妞子死得惨，决不会这样。她想告诉大家日本已经投降了，让大家心里好受一点。

她用英语对瑞宣说："告诉你爷爷，日本投降了。"

瑞宣好像没听懂她的话，反复地自言自语："日本投降了？"又看了看老太婆。

老太婆微微点了点头。

瑞宣忽然浑身发起抖来，不知所措地颤抖着，把手放在小妞子身上。

"他说什么？"祁老人大声问。

瑞宣轻轻托起小妞子一只冰凉的小手，看了看她的小脸，自言自语地说："胜利了，妞子，可是你——"

"她说什么来着？"老人又大声嚷起来。

瑞宣赶快放下小妞子的手，朝爷爷和邻居们望去。他眼里含着泪，微微笑了笑。他很想大声喊出来："我们胜利了！"然而却仿佛很不情愿似的，低声对爷爷说："日本投降了。"话一出口，眼泪就沿着腮帮子滚了下来。几年来，身体和心灵上遭受的苦难，像千钧重担，压在他心上。

虽说瑞宣的声音不高，"日本投降"几个字，就像一阵风吹进了所有街坊邻居的耳朵里。

大家立时忘记了小妞子的死，忘了对祁老人和瑞宣表示同情，忘了去劝慰韵梅和天佑太太。谁都想做点什么，或者说点什么。大家都想跑出去看看，胜利是怎样一幅情景，都想张开嘴，痛痛快快喊一声"中华民族万岁！"连祁老人也忘了他原来打算干什么，呆呆的，一会儿瞧瞧这个，一会儿瞧瞧那个。悲哀，喜悦，和惶惑都掺和在一起了。

所有的眼光一下子都集中在日本老太婆身上。她不再是往日那个爱好和平的老太婆，而是个集武力，侵略，屠杀的化身。饱含仇恨怒火的眼光射穿了她的身体，她可怎么办呢？她无法为自己申辩。到了算账的日子，几句话是无济于事的。她纵然知道自己无罪，可又说不出来。她认为自己应当分担日本军国主义者的罪恶。虽说她的思想已经超越了国家和民族的界限，然而她毕竟属于这个国家，属于这个民族，因此她也必须承担罪责。

看着面前这些人，她忽然觉着自己并不了解他们。他们不再是她的街坊邻居，而是仇恨她，甚至想杀她的人。她知道，他们都是些善良的人，好对付，可是谁敢担保，他们今天不会发狂，在她身上宣泄仇恨？

韵梅已经不哭了。她走到爷爷身边，抱过妞子来。胜利跟她有什么关系？她只想再多抱一会儿妞子。

韵梅紧紧抱住妞子的小尸体，慢慢走回院子里。她低下头，瞅着妞子那灰白，呆滞，瘦得皮包骨的小尖脸，低声叫道："妞子！"仿佛妞子只不过是睡着了。

祁老人转回身来跟她说："小顺儿他妈，听见了吗？日本投降了。小顺儿他妈，别再哭了，好日子就要来了。刚才我心里憋得难受，胡涂了。我想抱着妞子去找日本人，我错了，不能这么糟践孩子。小顺儿他妈，给妞子找两件干净衣服，给她洗洗脸。不能让她脸上带着泪进棺材。小顺儿他妈，别伤心了，日本鬼子很快就会滚蛋，咱们就能消消停停过太平日子了。你和老大都还年轻，还会再有孩子的。"

韵梅像是没有听见老人的劝慰，也没注意到他是尽力在安慰她。她一步一步慢慢朝前挪，低声叫着："妞子。"

天佑太太还站在院子里，一瞧见韵梅，她就跟着走起来。她好像知道，韵梅不乐意让她把妞子抱过去，所以在后面跟着。

李四大妈本来跟天佑太太站在一块儿，这会儿，也就不加思索的跟着婆媳俩。三个妇女前后脚走进屋里去。

影壁那边，说相声的方六正扯着嗓门在跟街坊们说话，"老街坊们，咱们今儿可该报仇了。"他这话虽是说给街坊邻居们听的，可眼睛却只盯着日本老太婆。

大家都听见了方六的话，然而，没明白他的意思。北平人，大难临头的时候，能忍，灾难一旦过去，也想不到报仇了。他们总是顺应历史的自然，而不想去创造或者改变历史。哪怕是起了逆风，他们也要本着自己一成不变的处世哲学活下去。这一哲学的根本，是相信“善有善报，恶有恶报。”——用不着反击敌人。瞧，日本人多凶——可日本投降了！八年的占领，真够长的！然而跟北平六、七百年的历史比起来，八年又算得了什么？……谁也没动手。

方六直跟大家说：“咱们整整受了八年罪，天天提溜脑袋过日子。今儿个干吗不也给他们点儿滋味儿尝尝？就说不能杀他们，还不兴啐口唾沫？”

一向和气顺从的程长顺，同意方六的话。“说的是，不打不杀，还不兴冲他们脸上啐口唾沫？”他呜囔着鼻子，大喊一声：“上呀！”

大家冲着日本老太婆一哄而上。她不明白大家说了些什么，可看出了他们来得不善。她想跑，但是没有挪步。她挺了挺腰板儿，乍着胆子等他们冲过来。她愿意忍辱挨打，减轻自己和其他日本人的罪过。

瑞宣到这会儿一直坐在地上，好像失去了知觉。他猛然站起，一步跨到日本老太婆和大家中间。他的脸煞白，眼睛闪着光。他挺起胸膛，人仿佛忽地拔高了不少。他照平常那样和气，可是态度坚决的问道：“你们打算干什么？”

谁也没敢回答，连方六也没作声。中国人都尊重斯文。瑞宣合他们的口味，而且是他们当中唯一受过教育的。

“你们打算先揍这个老太婆一顿吗？”瑞宣特别强调了“老太婆”三个字。

大家看看瑞宣，又看看日本老太婆。方六头一个摇了摇头。

谁也不乐意欺侮一个老太婆。

瑞宣回过头来对日本女人说："你快走吧。"

老太婆叹了一口气，向大家深深一鞠躬，走开了。

老太婆一走，丁约翰过来了。

方六一见丁约翰过来，觉着自己有了帮手。自从德国战败以后，丁约翰就跟大家说过，只要日本一战败，就好好收拾收拾北平的日本人。

"约翰，你是什么意思？咱们该不该上三号去，教训教训那帮日本人？"

"出了什么事？"丁约翰还不知道胜利的消息。

"日本鬼子完蛋了，投降了，"方六低声回答。

丁约翰像在教堂里说"阿门"那样，把眼睛闭了一闭。二话不说，回头就跑。

"你上哪儿去？"瑞宣问他。

"我——我上英国府去。"丁约翰大声回答。

# 九十九

在重庆，成都，昆明，西安和别的许多城市里，人们嚷呀，唱呀，高兴得流着眼泪；北平可冷冷清清。北平的日本兵还没有解除武装，日本宪兵还在街上巡逻。

一个被征服的国家的悲哀和痛苦，是不能像桌子上的灰尘那样，一擦就掉的。然而叫人痛快的是：日本人降下了膏药旗，换上了中国的国旗。尽管没有游行，没有鸣礼炮，没有欢呼，可是国旗给了人民安慰。

北海公园的白塔，依旧傲然屹立。海子里的红荷花，白荷花，也照常吐放清香。天坛，太庙和故宫，依然庄严肃穆，古老的玻璃瓦闪烁着铿亮的光彩。

北平冷冷清清。在这胜利的时刻，全城一点动静都没有。只有日本人忙于关门闭户，未免过于匆忙。

最冷清的莫过于祁家了。瑞宣把爷爷扶回屋里，老人坐在炕沿儿上，攥着瑞宣的手。他想起八年来的种种困难，恨不得高声大骂；想到死去的儿子，孙子，重孙女，又恨不得放声痛哭。

他慢慢松开了瑞宣的手，又慢慢躺下了。瑞宣把小顺儿叫进来，要他给太爷爷做伴。

这差事小顺儿愿意承担。他不敢上妞子躺着的屋里去，也不乐意一个人傻站在院子里。没了妞子，他不知道该上哪儿去。跟太爷爷一块儿呆着，总算有点事做。他乖乖地让老人攥着他的手。

老人闭上眼睛，仿佛想要打个盹似的，小顺儿的手热乎乎的，一股热气顺着胳臂一直钻进老人的心里。他觉着自己不但活着，而且还攥着重孙子的手——从战争中活过来的最老的和最小的——他像是在腾云驾雾，身子也化到云彩里去了。他把小顺儿的手攥得更紧了。小顺儿以后可以安享太平，生儿育女，祁家世世代代，香烟不断。他把小顺儿的手越攥越紧，老手和小手合成了一体。老人睁开眼睛，好像要对小顺儿说，你我是四世同堂的老少两辈，咱俩都得活下去。只要咱俩能活下去，打仗不打仗的，有什么要紧？即便我死了，你也得活得我这把年纪，当你那个四世同堂的老祖宗。

小顺儿看见老人睁开眼睛，想找两句话说。他问："太爷爷，您醒啦？"

老人没回答，又把眼睛闭上，脸上浮起一丝笑容。

瑞宣在院子里转来转去，绕了好几个圈，打窗户外向里望了望，母亲和媳妇还坐在床头上瞧着妞子。眼泪一下子流了出来，他走开，站在枣树下。

这当儿，白巡长和金三爷走进来。

白巡长跑得浑身是汗。他用一只手擦脑门上的汗，把另一只手伸向瑞宣。"喝，——祁先生，咱们胜利了！"他准备亲亲热热跟瑞宣握一握手，可一见瑞宣脸上那副难过的样子，不由得把手缩了回去。"怎么了，祁先生？"

瑞宣还没搭茬，金三爷就开了口："祁先生，帮帮我吧。胜利了，还不赶快去找找钱先生和我那外孙子？求求你，帮着找找，看看他们到底给弄到哪儿去了。”

瑞宣很愿意马上跟着金三爷去找钱先生，可是打不起精神来。他不能把妈妈和妻子留在家里陪妞子，自己跑出去。没准儿妈妈伤心得会背过气去，甚至于死掉。他指了指屋里。

白巡长走过去，金三跟在后头。白巡长打窗户玻璃往里瞧，一眼就看明白是怎么回事。他当了多年巡长，什么悲痛的场面都见过，他知道，两个女的一定得哭出声来，要是静静的光坐在那儿瞅着妞子，心里的悲痛一定会把人憋坏，特别是天佑太太准受不住。

“祁先生，您得领头大哭，”白巡长低声对瑞宣说：“您要是大声哭起来，她们就会跟着您哭。得哭出来，要不，伤心过了劲儿，气憋在心里，会把人憋坏，憋死。”

瑞宣还没想好是不是应当按白巡长说的办，只见门外头走进来一男一女。

那男的，像个又细又高的黑铁塔，身子骨结实，硬棒。他没戴帽子，大兵似的剃着光头。脸盘又黑又瘦，漆黑明亮的眼睛闪着愉快的光辉。他穿了一身小了两三号的学生服，上身长不及腰，裤子短的露出小腿。衣服虽说没个样子，又不合身，可他穿在身上却显得很得体，朴素。他扬着头，硬棒的脸上透着笑，右手拉着一个女的，是高第。

高第也瘦了，因为瘦，那副厚嘴唇显得好看多了。短鼻子周遭纵起不少条笑纹。头发没烫，嘴唇也没抹口红。看来，她已经完全摆脱了大赤包和招弟对她的束缚，毫不做作的显出了她的本来面目。她也扬着头，仿佛盯着老三的腮帮子，又像是在看那高高的蓝天。

转过影壁，老三就大声喊了起来："妈!"他的声音响亮，连金三爷都吓了一跳。瑞全原来没打算惊动人，可是不由自主地喊了起来。多年没叫过的这个字，一下子打他心眼里蹦出来了。

"老三!"瑞宣也大声喊了起来。一刹时，他几乎把妞子的死都忘了。老三是中国青年的代表——象征着勇敢，强有力的新中国。瑞宣走过来，认出了高第。他一手一个把他们拉到身边，滚滚的热泪在眼睛里转了好几个圈。

白巡长很想过去招呼老三，一见瑞宣抓住老三的手不放，他就悄悄地往边上站了站。他知道一家人重逢的时候，最不乐意外人打搅。"咱们走吧，"白巡长一边说着，一边把金三爷拽出门外。

老三的语音像一股春风，融化了屋子里的冰块。天佑太太始终哭不出声来，恍恍惚惚地坐在那里，两眼直勾勾地瞅着妞子发呆。一听见老三的声音，她的心怦怦的跳了起来。像胎儿在妈妈肚子里乱踹似的。她的孩子，老三，在院子里叫她呢。她又活过来了，憋在心里的眼泪唰的流了出来。老三一进门，她连妞子也顾不得照看了。妞子已经死了，儿子可还活着呢。泪水迷了她的眼睛，她摸索着走出屋门。

一见她出了屋门，老三就松开了大哥的手，冲妈妈奔过来。

天佑太太大声哭了起来。老三攥住她那冰凉的手，不住的叫"妈"。

老三越过妈妈的肩头，看见了坐在妞子床边的大嫂。"大嫂，我回来了。"

韵梅没有回过头来瞧小叔子，却扑倒在妞子身上，大声哭开了。

"怎么了？怎么了？"老三让妈妈和嫂子哭胡涂了。他拉着妈妈的手，走进韵梅坐着的那间屋里，一眼就看见了床上的妞子，楞住了。

瑞宣听见妈妈和韵梅哭出了声，放了心。他明白，哭，是减轻痛苦的最好办法。他准备去把老三回家的消息告诉爷爷。

“爷爷，爷爷，”瑞宣压低了嗓门叫。

老人仿佛睡着了，闭着眼睛嘟囔了两句。

“爷爷，老三回来了。”

“什么？”老人还没睁眼。

“老三家来了。”

老人一下子睁开了眼睛。“小三儿，我的小三儿，在哪儿？”老人坐了起来，“他在哪儿？”老人着急地问。没等瑞宣答话，他就大声喊了起来：“小三儿，小三儿，上这儿来，让我瞧瞧你。”一边喊着，他扶着瑞宣站起来，急忙往屋子外头走。“到家了，还不先来看看爷爷，这小子！”

老三听见爷爷叫，连忙走出屋来，一见爷爷，猛的站住了。爷爷已经不是他记忆中那硬硬朗朗的样子，变成了个弯腰驼背，又瘦又弱的老头儿。不光头发胡子是白的，连眉毛也全白了。

老人把十瘪枯瘦的手放在孙子肩膀上，说：“好，好，小三你又长高了，也结实多了。哎——你走了八年，爷爷一直等着你呢。这下子好了，我放心了，就是死了，也踏实了，我的小三到底回来了。”

天佑太太还在哭着，也走出屋子，朝儿子扑过去。

老人瞧着儿媳妇叹了口气，非常温和地说：“别再哭了，小三回来了——还不该高兴高兴吗？”

天佑太太点了点头，用衣襟擦了擦眼泪。

老人看见高第，又揉了揉眼睛，问：“你不是冠家的大小姐吗？”

高第点了点头。

“是跟小三儿一块儿来的吗？”虽说老人知道高第的人品跟大赤包和招弟不一样，可是，他终究不喜欢冠家的人。

“是呀，”高第说着迎上去，拉起天佑太太的手。

“哦——”老人不想难为高第，没再问下去。

过了一会儿，老人把老三叫到自己屋里。“小三儿，冠家的这个闺女是怎么回事？”

老三一点也不犹豫，直截了当地回答：“她没处去，想在咱们家呆几天。”

“哦——”老人慢慢躺下了。“你们——”

老三明白爷爷的意思。“说不定——”

老人半天没言语——就是高第再好，他也还是不喜欢冠家。

“爷爷，您不是盼着咱家人丁兴旺吗？”老三说着笑了起来。

老人想了一想：“你说得对。”

# 一百

妞子没有新衣裳，只穿一身过于短小，总还算干净的旧衣服。买个小小的木头匣子，装敛起来，埋在城外了。

韵梅病得起不了床。幸好有老三和高第在家。老三不打算老呆在家里，准备出去做跟抗日一样重要的工作。他对国家的现状有了认识，懂得祖国最需要他去做什么。他不能婆婆妈妈的，成天守在家里，跟油盐酱醋打交道。不过，眼下他还走不开。首先，得把钱伯伯救出来，安置妥当，然后才能松口气，何况目前爷爷，妈妈和哥嫂都离不开他。他明白，自己的有说有笑和无忧无虑的态度，能够打破家里死一般的沉寂。

老三对付大嫂的办法很简单，然而甚有成效。他不去安慰她，只是从早到晚要这要那，闹得她一会儿都不得安宁。

“大嫂，还没起来哪？我想饺子吃了。八年没吃过你包的饺子了。”再不就是：“大嫂，起来吧，给我找两件旧衣服。瞧瞧我穿的都是些什么——紧绷绷的，箍得我都出不来气了。”他知道嫂子心眼好，一定会上他的当，挣扎着爬起来做事。她只要能起床做事，那心头的创伤就会慢慢好起来。

他一面跟大嫂要这要那，不让她得空去想那些伤心的事儿，一面跟她唠叨他见过的许多惨事——被敌机炸死的孩子，逃难时被挤到河里的孩子……，在战争中，无辜死去的孩子成千上万，妞子不过是其中的一个。

大嫂终于能起床做活了。她瘦了，越瘦，眼睛就越显得大。她做活的时候，会忽然停下来，仿佛想起了什么。老三总不让她得着机会去胡思乱想，叫小顺儿陪着妈妈，跟她说话儿。

老三跟大哥在一起的时候，话最多。哥俩干脆搬到一间屋里住，让高第陪韵梅。

谈过三、四个晚上，哥俩把要说的话都说了，还不乐意就此罢休。又扯起家事，国事，世界大势，仿佛国家的繁荣昌盛与世界和平，全仗着他俩筹划。等到实在没的可说了，就把已经说过的话，拿出来再重温一遍。

全家都喜欢高第。她已经不是什么“小姐”，样样活都乐意干，——战争把她调教出来了。她伺候祁老人和天佑太太，做全家的饭。她做饭的手艺不高，可是这难为不了她。不论好歹，饭总算是做出来了，这顿做得不可口，下顿还不能改进改进?

这样韵梅就更觉着自己应当赶快爬起来干活，不能让客人替她操持一切。连祁老人也受了感动，忘记了他对冠家的成见。他偷偷对老三说：“别让客人来伺候咱们呀，那像什么话呢!”

老三笑了一笑，没说什么。

胜利后第七天，钱诗人打监牢里出来了。

老三打算来次小小的聚会，欢迎欢迎钱伯伯。胜利以来，北平一直冷冷清清，瑞全不喜欢这股子冷清劲儿。

他去跟爷爷商量。爷爷答应了，叮咛说：“得买瓶酒，他喜欢喝两口。”

“那是自然，我知道上哪儿弄酒去。”

他还跟韵梅和高第商量，得做上几个菜？韵梅觉乎着，有豆腐干和花生米下酒，就满够了。她安排不了那么些个人的饭食，没什么钱，精神也不济。

“就这么办吧，大嫂，再给沏点儿茶。”

他去找妈妈：“妈，钱伯伯要来，您得起来招待招待他。”

天佑太太点了头。

瑞全邀大哥一起去接钱先生。瑞宣当然乐意。他也想到了富善先生。他花了一整天去找这位老朋友，后来听人说，几个月以前，富善先生给弄到山东潍县的集中营里去了。

老三去找金三爷，要他跟钱少奶奶一起到祁家来。然后他又邀了李四大妈，程长顺和小羊圈所有的街坊邻居。老邻居们高兴得跟刚听到胜利的消息时一样。

瑞宣和瑞全把钱先生接了出来。

钱先生，除了一身衣服，什么也没有。他一手扶着老三的胳臂，一手领着孙子，踉踉跄跄走出监牢的门。瑞宣跟在后面。

这回钱先生在牢里过堂的时候，没有受刑。日本人要他投降，他拒绝了他们的“亲善”，他们就把他的孙子偷来，也给下在牢里。他们让爷儿俩每天见一面。钱先生明白，他们是想要利用这个孩子，来对他施加压力。要是他低头，投降了，孙子就有了活命；要是他不肯呢，他们就会当着他的面给孩子用刑。

钱先生一点也没发愁。他一不发脾气，二不惹他们，尽量不让孩子遭罪；当然他更不能为了救孩子而屈服。他那斯斯文文的脸上老带着笑，顺其自然。要是到时候他确实保护不了自己的孙子，那也没有法子。反正也不能投降。打仗嘛，多死一个两个的又怎么样？即便那死去的就是他的孙儿。

孩子初进监牢里来，是又哭又闹。日本人头一回带他见钱先生的时候，他满脸都是泪。他使劲拍打爷爷的腿，喊着："我要妈妈，我要妈妈。"

钱先生，轻轻拍了拍孩子的脑袋，一再说："别闹，乖乖的，别哭了。"孩子安静了一点，问："干嘛要把咱们关在这儿？干嘛不让咱们回家去？"

"没有道理。"

"怎么没有道理？"

"就是没有道理。"

过了几天，孩子习惯了一点，不再大哭大闹了。每逢人家带着他来看爷爷，他总是特别高兴。他拿好多问题来问爷爷——为什么要打仗，监牢是干什么的，日本人打哪儿来，为什么要到北平来。爷爷很耐心地一一讲给他听。

孙子要求爷爷给起个名字。他记得妈妈常说，他的名字得让爷爷来起。

孩子还没有出世，爷爷就给起好了名字，钱仇——不忘报仇的意思。而这会儿孩子倚在膝下，他又觉得不能让孩子一辈子背着这么一个叫人痛心的名字。老人问孩子，"你觉着'仇'字怎么样？"

孙子的小眼睛直眨巴，像是在认真考虑。他能想象出猫、狗、牛是什么样子，然而"仇"，"仇"是什么呢？他闹不明白，一准不是什么好词儿。他说："我不要这个。"

爷爷赶紧道歉："好，等一等，让我再好好想想，一定要给你起个好名字。”

于是有一天，他说了：“钱善怎么样，善，是正义，善良的意思，是打我教你的那本《三字经》的头一行上取来的，人之初，性本善，记得吗?”孩子同意了。

起初，日本人每次只让孩子跟爷爷在一块儿呆几分钟，后来爷爷跟孙子在一块儿呆惯了，他们就把时间延长，让他们多谈谈，希望用孩子来打动钱先生。等爷俩谈得正热闹，他们就突然把孩子带走，故意让他哭闹。

钱少奶奶和小顺儿站在小羊圈口上，等她的公公和儿子。她模样大变，变得叫人认不出来了；瘦得皮包骨，只有一双眼睛还亮堂堂的，仿佛她把整个生命都注入了这一对眼睛，好去找儿子。这会儿，她知道儿子快要回到她的身边来了，她的眼睛几乎要冒出火星来。

钱少奶奶一见公公和儿子的人影儿，就没命的跑起来。她一下子把小善搂在怀里，紧紧抱住。她蹲在地上，把脸紧紧贴在儿子脸上。

走到一号门口，钱少奶奶习惯地站住了，可是钱先生连朝大门都没瞧一眼，就慢条斯理地走了过去。

祁家大门外站了一群人。大伙儿见了钱先生，都想跑上前来，可是谁也没挪窝。钱先生是大家的好邻居，老朋友，英雄。他穿了一件旧的蓝布僧袍，短得刚刚够得着膝盖。他的头发全白了，乱蓬蓬的，双颊下陷，干巴巴的没有一点血色。他外表上并没有什么英雄气概，浑身满布战争的创伤。大家不禁相互打量了一番，他们自己的衣服也很破烂，每个人的脸都瘦骨棱棱的，白里带青。大家又朝小羊圈扫了一眼，家家户户，大门上的油漆已经完全看不出来了，墙皮也剥落了。一切都显着凄凉，使人不忍得看。

说相声的方六，点起一小挂鞭炮，按老规矩欢迎英雄归来。

大家都想第一个跟钱先生拉手，又都不约而同，一致把优先权让给了祁老人。祁老人双手捧着钱先生的手，只说了一句："到底回来了！"就再也说不出话来。他想起了天佑。在小羊圈，论年纪，身量和人品，就数钱先生跟天佑最相近。

钱先生热烈地握住老人的手，也说不出话来。

老三想把欢迎会弄得热热闹闹的，一个劲往里让着街坊："进去吧，里面请，到院子里头喝一盅。"

祈老人转过身来，站在门边让钱先生，嘴里不住地说："请！请！"

钱先生的确想喝一盅。他起过誓，抗战不胜利，他决不沾酒盅儿，今儿他可得喝上一大杯。

他走进大门，边走边跟高第，天佑太太和刘太太打招呼。

祁老人等大家都进了院子，才慢慢跟了进来。瑞全早就跟大家伙儿说笑开了，瑞宣在一边等着搀爷爷。走了几步，老人点了点头，说："瑞宣，街坊都到齐啦？得好好庆祝庆祝。"他脸上逐渐现出了笑容。

"等您庆九十大寿的时候，比这还得热闹呢。"瑞宣说。

小羊圈里，槐树叶儿拂拂的在摇曳，起风了。